U0641440

刘心武妙品红楼梦
LIU XINWU'S INTERPRETATION OF THE DREAM OF RED MANSIONS
刘心武 著
伍
Beijing United Publishing Co.,Ltd.
北京联合出版公司

青埂峯頭容再遊，分明身世此紅樓。還容富貴閒人到，尚有情天冊子留。十載經銷幾粉黛，一心破作兩恩仇。出門大笑從今去，歸却平生萬種愁。

丙子六月蓮卷生日賞雨玉鑪三硐雪詞館

瞿應紹子冶甫讀一過題記

《红楼梦图咏》题诗之「宝玉」

清・瞿应绍 题

《红楼梦图咏》题诗之「晴雯」

清·瞿应绍 题

扯花扇底慣呼來破竹聲中暈靨開極畫溫存如我意太因嬌好被人猜空留針綫悲當日觸得芙蓉咲幾回冷指環和長指爪只愁濁玉來同厭

瞿應紹子冶甫

紅樓夢人物之賈寶玉

红楼梦人物之晴雯

・《红楼眼神》原序・

本书包括三辑阅读欣赏《红楼梦》的文章。

第一辑《红楼眼神》，把书中几处关于人物眼神的描写拎出，道其妙处，和读者共享曹雪芹文笔之老辣精到。

第二辑《红楼拾珠》，则集中分析书中人物的精彩语言。

一部小说让读者读起来觉得很爽，一是叙述语言必须生动流畅，一是人物语言个性活现。曹雪芹的《红楼梦》就把那叙述语言和人物语言交织成的文本，书写得非常成功。《红楼梦》里那些如闻其声、如见其神的人物语言，犹如璀璨的珠玑，书里比比皆是，我不过是拾取了其中一部分，拿来赏析发挥罢了。

我的这些“拾珠”，大都包含三个元素：一是研红心得，有的是独家见解，当然仅供参考，并无自以为真理在手，非得人家来认同的目的，只希望读者见了我这一家之言，多一种思考的角度，得一些交流的乐趣。二是对所涉及的具体语言“珍珠”的讨论，其中有的俗话俚语现在已经不大能从人们嘴里说出，比如“黑母鸡一窝儿”，究竟是表达着一个什么意思？查工具书未必能找到现成答案，问老前辈也多半不能确定，就需要讨论讨论，通过讨论，既有助于把《红楼梦》读通，也增加了对我们民族语言的丰富性生动性的体验。三是从一句具体的语言“珍珠”，生发出对我们大家共处的社会现实和世道人心乃至人性的感慨与感悟。

第三辑《红楼细处》，更充分地体现出我对《红楼梦》进行文本细读的心得。也包括从书里延伸到书外的一些文字。最后《揭秘刘心武》是首次入书的电视采访记录，读来应觉有趣，希望有助于大家对我研红特别是从秦可卿入手开辟“秦学”的理解与宽容。

我是中国人，我说中国话，我写中国方块字，我看中国方块字写成的书，我为自己民族有《红楼梦》这样的，用方块字写成，并且记录下珍珠般的中国话的经典而自豪——谨以这最朴素的情怀，与能共鸣的读者共乐。

2010年5月15日　绿叶居中

【此册内容已在原《红楼眼神》单行本基础上有所增添，特别是收入了《献给少年读者阅读〈红楼梦〉的十个锦囊》，使这套书更适合于家庭祖孙三代收藏翻阅。】

目　录

◇ 红楼眼神

◇ 红楼拾珠

◇ 红楼细处

◇ 附　录

◇ 献给少年读者阅读《红楼梦》的十个锦囊

红楼眼神

下死眼

小红是曹雪芹笔下的一个极诡谲的形象。她大名叫林红玉。她是荣国府大管家林之孝的女儿。

荣国府本有大管家赖大，是世代大管家，赖大的母亲赖嬷嬷在故事开始后仍健在，常到府里来给贾母请安、打牌，按说荣国府有赖大、赖大家的一对世仆充当管家也就够了，却又偏还有林之孝、林之孝家的一对似乎非世仆的夫妇也来担任大管家，而且一个天聋、一个地哑，令读者多少有些奇怪。

宁国府地位比荣国府高，书里只出现赖升一个大管家，难道是因为荣国府在故事开始的时候人丁比宁国府繁多，因此需要多设一对大管家？

更耐人寻味的是，有的古本上，林之孝的名字本来写成秦之孝，后来又把“秦”字改为“林”字。林红玉若姓林，与林黛玉重姓，若姓秦，则又与秦可卿有某种关联。曹雪芹写得真是扑朔迷离。

“秦”在书里可不是个好字眼儿，贾宝玉随贾政初游大观园，有位清客在题咏时想必是忆起古诗“寻得桃园好避秦”，建议用“秦人旧舍”作匾，宝玉忙道：“这越发过露了，‘秦人旧舍’说避乱之意，如何使得？”这样的文句显然绝非闲文赘笔。书里姓秦的难道都有“避乱”之嫌？

且不说秦可卿，在大观园西南角上守夜的秦显家的，林之孝家的把她拉来顶替柳家的充当内厨房主管，平儿没答应，理由是对这个姓秦的不熟。林之孝家的为何推荐秦显家的？莫非是林之孝本姓秦后为更稳妥地“避乱”而改姓林？

恐怕也正是为了“避秦”，才天聋地哑地低调生存。林之孝家的已是一成年妇人，却偏去认年轻媳妇王熙凤为干妈，自己明明手中有权，完全可以把女儿安排得地位高些，却偏把林红玉安排在怡红院里，先是看守空屋子，后来宝玉带一群人入住，林红玉只是个管浇花、喂鸟、拢茶炉子的三等丫头，多次被头、二等丫头晴雯、秋纹、碧痕挤对。总而言之，林红玉这个角色，从出身设计上来看，就谜团重重。

林红玉这名字，姓氏重了黛玉，名字更与宝、黛二位相犯，所以王熙凤初听到就皱眉撇嘴：“讨人嫌的很！得了玉的益似的，你也玉，我也玉。”这就更让人觉得林之孝夫妇不像赖大夫妇那样，属于家生家养，如果他们是家生家养，不至于给女儿取名字时，非重几位主子名字里的“玉”字，他们可能是已经为女儿取好了名字，再因某种机缘来到荣国府的。

更值得探究的是，书里用不少笔墨写林红玉和贾芸的爱情。林红玉后来简称小红，但“红”字不仅与“怡红院”重合，更与“绛芸轩”（“绛”就是红色）暗合，“绛芸轩”是宝玉给自己居处取的名字，早在跟着贾母住的时候，他就把自己居住的那个空间叫作“绛芸轩”，移到怡红院后，他还那么叫。“绛”若理解成小红，那么“芸”恰好是贾芸。这是怎么一回事呢？

根据古本里署名脂砚斋和畸笏叟的某些批语，可知宝玉后来被逮入狱，在狱神庙里，不仅有茜雪出现（“茜”也是红色），也有小红和贾芸出现，那么，“绛芸轩”这一轩名，是否就含有特殊的，与小红和贾芸相关的隐喻呢？

小红和贾芸的爱情故事是《红楼梦》里的重要篇章。他们首次见面的场景，有两笔特别值得细细鉴赏。一是写贾芸的听觉享受："只见门前娇声嫩语的叫了一声'哥哥'。"那并不是叫他，是小红从怡红院出来传唤宝玉小厮焙茗。小红从焙茗话里听清从屋里出来的贾芸是本家的爷们儿，"便不似先前那等回避，下死眼把贾芸钉了两眼。"曹雪芹笔下多次细写人物的眼神，依我之见，小红的"下死眼"对贾芸钉住端详，可评为全书"第一眼神"。

在那个时代那个社会那样的贵族宅第那样的具体环境里，无论小姐还是丫头，都必须按礼教行事，对异性，尤其是青年男子，绝不能直视、正视、久视，偷窥已属不良行为，何况下死眼去钉住看。但小红有种，她在怡红院悒悒不得志，她知道自己难以接近宝玉，纵使宝玉对自己产生一点兴趣，以后也绝无袭人那样的前途；她也不愿像晴雯那样毫无忧患意识地快活一天算一天，她深知"千里搭长棚，没有个不散的筵席"，她下棋多看七八步，尽管她父母是府里大管家，她年龄大了拿去配小子时，或许遭遇会比那些出身背景差的略强一些，但她也不甘心任由父母包办婚姻，她要自主择婿，蹚出一条自强之路！曹雪芹用"下死眼"三个字，把一位具有自主意识的女奴的心灵眼神活化了出来！

镜内对视 

那真是一幅绝妙的图画，或者说是一个生动的镜头：麝月坐在梳妆匣前，卸去钗钏，打开头发，宝玉站在她身后，拿篦子给她一一地梳篦。本是宁静的二人世界，忽然晴雯跑了进来，晴雯是跟人耍钱输了，回来取钱好去捞本，晴雯见那情景，立刻尖牙利齿地讥讽："哦，交杯盏还没吃，倒上头了。"宝玉忙表示也可为她篦头，晴雯说："我没那么大福。"拿完钱摔帘子出屋了。于是宝玉和麝月就在镜内相视，宝玉笑对镜中的麝月说："满屋里就只是他磨牙。"麝月忙向镜中摆手，宝玉会意。果然晴雯掀帘子进来，不满发问："我怎么磨牙了？咱们倒得说说。"麝月笑道："你去你的吧，又来问人了。"晴雯又斗了两句嘴，才一径跑去接着玩耍。接着场面复归于宁静。

麝月在宝玉身边，"公然又是一个袭人"。书里写到，一次宝玉雨中回到怡红院，因为丫头们没有及时开门，门开后，宝玉任性地一脚踹去，万没想到踢中的是袭人，袭人"不觉将素日想着后来争荣夸耀之心尽皆灰了"，这说明袭人是有明确的人生目标的，就是当上宝玉的第一姨娘，并以此来"争荣夸耀"，麝月显然并没有这样的人生目标，她之像袭人，可以在袭人缺位的情况下替代袭人，只不过是她也能为宝玉的世俗生活提供避免微嫌小弊的技术性支撑罢了。

从书里描写看，袭人尽管性格温柔和顺，气质似桂如兰，论姿色却绝非一流，麝月就更平庸一些。虽然书里也有几次写出袭人的嘴不让人，也写到麝月出面去说退芳官干娘的无理取闹，呈现出她们性格中有棱角的一面，但总体而言，她们还是属于圆润型性格，不像晴雯那么爆炭般火辣、剪锥般尖刻，也不像芳官那么浪漫任性。

在晴雯被撵逐后，宝玉难以自持，袭人这样劝解："太太只嫌他生的太好了，未免轻佻些，在太太是深知这样的美人似的人必不安静，所以恨嫌他，像我们这粗粗笨笨的倒好。"

袭人说自己"粗粗笨笨"，把麝月也包括进去，称"我们"，倒未必是虚伪的谦词，从封建主子的角度看她们，"粗粗"就是姿色不那么细致嫩腻，对府第公子没有"狐媚子"的威胁；"笨笨"就是或许对比她们身份低的会显示出尊严威力，但对主子却是跟前背后都绝不多言多语多想妄动的。

根据曹雪芹的构思，贾宝玉的丫头系列里，还有一个檀云名字是跟麝月配对的，宝玉住进大观园后写的《夏夜即事》诗里有两句是"窗明麝月开宫镜，室霭檀云品御香"，晴雯夭折后，宝玉撰《芙蓉诔》悼她，里面又有对偶句："镜分鸾别，愁开麝月之奁；梳化龙飞，哀折檀云之齿"，正好把两个丫头的名字嵌了进去。

另外他还设计了一个丫头叫绮霰，绮霰和晴雯的名字也恰好对应。可惜檀云、绮霰还有媚人等宝玉的丫头在前八十回里都只有其名不见其事，也许会在八十回后出现并参与情节的推衍？

我在《〈红楼梦〉八十回后真故事》的电视讲座和同名书籍里，探佚出麝月在八十回后的情节发展里，是袭人在忠顺王点名索要的情况下被迫离开荣国府，临走时告诉已经成婚的宝玉和宝钗："好歹留着麝月。"

忠顺王勒令二宝减撤丫头只允许留下一名，二宝果然留下了麝月。但在皇帝通过忠顺王对荣、宁二府实施第二波毁灭性打击时，宝钗先已死去，宝玉被逮入狱，麝月则被收官发卖，不知所踪。书里对麝月最后大概就是被卖的那么一个模糊的悲惨结局。

但是在书中写到宝玉为麝月篦头并镜内对视时，一条畸笏叟的批语却这样写道："麝月闲闲无一语，令余鼻酸，正所谓对景伤情。"批语的内容与书中那段情节并不对榫，因为那段情节里麝月并非"闲闲无一语"，而且那正是荣国府的全盛时期，繁华热闹，主仆同乐，人人喜笑颜开。

于是我从批语推测出，麝月是有原型的，其原型经历一番惨烈遭遇后，终于与批书人遇合，批书人把书里那段关于她和宝玉镜内对视的文字读给她听，她的悲怆并不形于外，而是"闲闲无一语"，真是"此时无声胜有声"，使得批书人鼻酸，不禁把书中往昔的繁华与书外今日的萧索两景相对照，伤情感慨万端！

杀鸡抹脖使眼色儿

这是一个连带肢体语言的极其生动的眼神描写。

贾琏和王熙凤的女儿染上天花，全家总动员，采取种种措施来维护大姐儿使其逃过一劫。

有的现代读者不大理解，出痘算多大的症候，怎么荣国府里紧张到如此地步？其实查查清代文献就可知道，那时候天花一旦流行，就是皇宫里也如临大敌，而且没有什么好办法来防止传染，治愈的概率很低，完全是听天由命的那么一种恐怖状态。若干皇子公主都夭折于天花。玄烨之所以成了康熙皇帝，很重要的一个因素，就是他儿时染了天花却只在脸上留下一些瘢痕而已。天花是一旦得过挺住，便获得自动免疫力，余生再不会重患的疾病，顺治皇帝死后，掌握朝政大权的孝庄皇太后正是考虑到这一点，怕立了别的后代当皇帝一旦染上天花驾崩于朝廷不利，遂果断拥立玄烨成为康熙皇帝，当然，也是看中玄烨还有许多其他优点。

清朝每当天花流行，都会造成大批幼童死亡，曹雪芹之所以四十岁就去世，也是因为他的独生子死于天花，悲伤过度。《红楼梦》里写大姐儿染上天花，立刻安排隔离治疗，贾琏和凤姐也要暂停夫妻生活，一点都不牵强，正是那个时代一般世态的真实写照。使用接种牛痘的方法获得针对天花的免疫力，是近代才有的医学进步，服用药丸免疫更是近三十年来的新医学成果。

王熙凤是真为女儿着急奔忙。贾琏却利用这个空当儿偷腥。当大姐儿病愈，要从外书房回归与王熙凤的共居处时，平儿收拾铺盖，发现了贾琏偷腥的证据——一绺女人的青丝，贾琏意欲抢回，平儿拼力挣扎，正在这个当口，王熙凤来了，询问平儿整理东西时，可发现少了什么？多了什么？杀鸡抹脖使眼色儿，便是这时候贾琏在王熙凤身后抛给平儿的一套做派。平儿不动声色，若无其事，竟替贾琏遮掩了过去，贾琏却过河拆桥，王熙凤一走，到头来还是把那绺青丝夺了过去。

这是《红楼梦》第二十一回里的情节，这一回的回目是“贤袭人娇嗔箴宝玉，俏平儿软语救贾琏”。前半回写袭人和宝玉的冲突，当中夹写了一笔宝钗对袭人的暗赏。古本里这个地方有条脂砚斋批语，意思是这一回是从两个丫头来表现两对主子的关系，到了后来——指的是八十回后——有一回回目是“薛宝钗借词含讽谏，王熙凤知命强英雄”，那回文字里，就不是通过袭人、平儿来折射二宝和琏凤的关系了，是直接去表现那两对人物的意识冲撞。

我在《〈红楼梦〉八十回后真故事》的电视讲座和书籍里，探佚出八十回后，有王熙凤被贾琏休掉，并且与平儿换了个位置的情节。有的听众读者提出，王熙凤被休尚可信，她与平儿互换位置，则难以认同。

有位读者说，王熙凤带着巧姐离开另过不就结了吗？她怎么能忍受与平儿互换位置的奇耻大辱？这是现代人的思维。现在女性与男子离异，当然可以通过法律保护带着孩子离开另过，在《红楼梦》所表现的那个时代，是个男权社会，女子被丈夫休了，只能独自离开返回娘家，一个子女也不能带走的。

又有读者问，王熙凤既被休了，就该回到王家去呀，她怎么会还在贾家呀？我在讲座里和书里，对这一点的探佚心得交代得不细，借此文加以补充：故事发展到那个阶段，书里的四大家族都陆续遭受到皇帝打击，首先被打击的应该是史家，也就是贾母的娘家，史湘云的两个叔叔全被削了爵；然后遭到打击的就是王家，王家原来有个在朝廷做大官的王子腾，是王夫人、薛姨妈的哥哥，王熙凤的伯伯或叔叔，这个人被皇帝罢官治罪，牵连到王家几房，全都忽喇喇似大厦倾，王熙凤那一房，也整个儿破落了，她的胞兄王仁，只顾自己苟活，哪里还管她的死活，因此，贾琏休掉王熙凤的时候，她已无娘家可回，无娘家人认领，不得已，接受了留在贾家，贾琏将平儿扶为正妻，自己降到往昔平儿那样的通房大丫头地位的方案。

再加上，情节发展到那个阶段，贾元春已经失却皇帝宠爱，皇帝已经命令忠顺王来查封贾家，忠顺王知道王熙凤原来是荣国府大拿，为查清荣国府的财产，也绝不允许王熙凤以任何理由离开府第。王熙凤“知命”，屈辱存活，但她毕竟性格刚硬，有时候又不免梗着脖子“强英雄”。可惜我们现在只知道曹雪芹的八十回后有这样一个回目，具体是怎么行文的，竟只好意想悬悬了。

乜斜着眼

《现代汉语词典》里对“乜斜”有两解，一是眼睛因困倦眯成一条缝，一是眼睛略眯而斜着看（多表示瞧不起或不满意）。曹雪芹写《红楼梦》不止一次使用“乜斜”一词表现人物眼神，但他赋予这个词汇的意味却比《现代汉语词典》的解释更为丰富。

《红楼梦》第三十回写到盛暑中午，宝玉因无聊，顺脚进入王夫人上房，只见王夫人在里间凉榻上睡着，金钏儿坐在旁边捶腿，乜斜着眼乱恍——这里的“乜斜”一词，确实只是形容金钏困倦时眼神恍惚。宝玉悄悄跟她调笑，其间有动作、有玩笑话，金钏说了句最不该说的涉嫌下流的话：“凭我告诉你个巧宗儿，你往东小院子拿环哥儿和彩云去。”宝玉和金钏儿都万没想到，王夫人那时候并未睡沉，忽然翻身起来，照金钏脸上就打了个嘴巴子，指着金钏骂道：“下作小娼妇，好好的爷们，都叫你们教坏了！”盛怒之下，立即把金钏母亲叫来，将金钏撵了出去，后果大家都清楚，是“含耻辱情烈死金钏”。

金钏之死，性质是否属于奴隶主对女奴的迫害？以今天的观点来看，答案是肯定的。其实宝玉也有一定责任，金钏固然轻佻，宝玉在那短暂的时间里也只释放着贵族公子的特权意识，其人格中的优美面毫无体现，王夫人打骂金钏时他一溜烟儿跑了，竟没有留下多少为金钏辩解哀求几句。

就曹雪芹下笔而言，他倒未必是要表现主子对奴才的压迫，他似乎是在书写又一个性格悲剧，因为在第二十三回，写到贾政和王夫人召见众子女时，就特意写到宝玉进门前，一群丫头在廊檐下站着，见到他都只是抿着嘴笑，唯独金钏一把拉住宝玉说："我这嘴上是才擦的香浸胭脂，你这会子吃不吃了？"金钏仗着素日王夫人对她服务的惯性依赖，竟不知收敛自己的轻薄做派，她是迟早要出事的。

而王夫人对金钏的投井自尽，在曹雪芹笔下并不是狠毒无情，而是心有悔意，也很符合王夫人的一贯性格，包括后来王夫人决定抄拣大观园，撵逐晴雯等丫头，曹雪芹在叙述文字里说"王夫人原是天真烂漫之人，喜怒出于胸臆，不比那些饰词掩意之人"，我以为那并非反讽之语，而是对王夫人性格的白描。

乜斜死金钏，偶然性里有必然性。

金钏的乜斜是睡眼。醉眼也可能呈乜斜状。第二十四回"醉金刚轻财尚义侠"，写贾芸在卜世仁舅舅家受了气，烦恼中低头往家走，不曾想一头撞到了一位醉汉身上，那是市井泼皮醉金刚倪二，倪二正抓住贾芸脖领骂完要打时，贾芸忙叫道："老二住手，是我冲撞了你！"倪二听是熟人的语音，将醉眼睁开看时，见是贾芸，忙把手松了，趔趄着转怒为喜。

这段描写里曹雪芹虽然没有使用"乜斜"这个字眼儿，但脸上醉眼、脚下趔趄，有读者产生倪二双眼乜斜的想象，也很自然。醉金刚这个角色很耐琢磨。按说他在市井中重利放贷，属于法外谋财的社会填充物，似乎没有什么正面价值可言，但曹雪芹却用十分明亮的色彩来描绘他，把他安排进回目，称道他"轻财尚义侠"，脂砚斋批语更指出，在作者和他的实际生活里，都遭遇到醉金刚这样的人物，言外之意，是他们多舛命运中的若干援助者，恰恰是这种“泼皮破落户”。

醉金刚是底层的社会边缘人，书里另一位引人瞩目的社会边缘人是柳湘莲，曹雪芹对柳湘莲这样一位破落世家的飘零子弟，就给予了更多的温情与赞美。

薛蟠错把会串戏的柳湘莲视为一个可以轻亵的相公，第四十七回“呆霸王调情遭苦打”那段情节里，曹雪芹从各种角度描写到薛蟠色迷颟顸的眼神，他听到柳湘莲明明是骗他的话，竟信以为真，“喜得心痒难挠，乜斜着眼忙笑道”……薛蟠的这个眼神，区别于金钏的睡眼和倪二的醉眼，是十足的色眼，这样看视柳湘莲当然更刺激出柳湘莲痛打他的决心。

但是，我们要注意到，在曹雪芹笔下，柳湘莲是个由着自己性子生活的人，他常会随性而变。痛殴薛蟠之后，他避事藏匿，有的读者或许以为他的故事就此结束，没想到第六十六回，他竟忽然和薛蟠同时出现在贾琏面前，一问，竟是戏剧性地驱散了劫掠薛蟠商队的强盗，与薛蟠不仅尽弃前嫌，更结拜为兄弟了！贾琏趁便促成了他和尤三姐定亲，谁知回到京城后，听了宝玉几句话，他又坚决反悔，要收回定亲的鸳鸯剑，这就导致了尤三姐的持剑自刎。然后有一段迷离扑朔的文字，使读者觉得柳湘莲遁入空门，从此不再出现于俗世。

我在《〈红楼梦〉八十回后真故事》的电视讲座和书籍里，探佚出柳湘莲在八十回后复出俗世,不仅做了对抗皇帝和“日派”政治势力的“强梁”，还与没嫁成梅翰林家的薛宝琴在离乱中遇合，使得宝琴最后的归宿是“不在梅边在柳边”，根据之一，就是曹雪芹已在前面为柳湘莲的性格特征和命运轨迹定下了调子：他是最会随性而变，也最会出人意表的一种生命存在。

贾政一举目

认为《红楼梦》一书具有反封建的思想内涵，是非常值得尊重的论断。但有的持这种观点的人士，把贾政设定为一个代表封建正统的载体，从书里截取出若干贾政的言行，特别是训斥贾宝玉的那些话语，从而把全书的主线概括为那个时代的“新人”（新兴市民阶层的代表人物）与封建顽固势力进行斗争，我以为，这样的观点，有简单化的弊病，不利于我们理解曹雪芹的苦心、参透《红楼梦》的真味。

书里写贾政，也是立体化的。对贾政需作面面观。贾政固然有忠于皇帝的一面，有父权、夫权的威严，有封建正统思想，对于贾宝玉总体而言是施以必须走仕途经济“正路”的意识形态压迫，但书里也多次写到贾政内心里的矛盾，他的灵魂由多种因素组合，而且常会发酵，生发出种种复杂的况味。

第二十二回写“制灯谜贾政悲谶语”，就多层次地展开了贾政内心涌动的情愫。由于其原型并非贾母原型的亲子而是过继的，虽然“真事隐”，却又“假语存”，写到贾母对他的冷淡和他内心里对母爱的需求，更写到他面对元、迎、探、惜等晚辈灯谜中透露出的不祥之兆的警觉惊悚，写出了他在家族兴隆时期内心的孤苦无告与疲惫凄清。

这是一个有血有肉的形象，欣赏这个艺术形象要摆脱贴标签的模式，要从中体味出曹雪芹挖掘探究人性的功力。

按有的人的粗糙思路，贾政一举目，定然无好事，又要宣扬什么封建正统思想？但是在第二十三回，写贾政和王夫人召集子女们公布元妃让他们住进大观园的谕旨时，晚辈到齐后，曹雪芹特意写下这样一笔："贾政一举目，见宝玉站在眼前，神采飘逸，秀色夺人；看看贾环，人物委琐，举止荒疏；忽又想起贾珠来，再看看王夫人只有这一个亲生的儿子，素爱如珍，自己的胡须将已苍白；因这几件上，把素日嫌恶处分宝玉之心不觉减了八九。"

这个地方把贾政的眼神从外在形态直写到内在底蕴，说明他也有超越封建价值观念判断的审美亲情。

第七十八回前半回写"老学究闲征姽婳词"，更进一层写出"近日贾政年迈，名利大灰，然起初天性也是个诗酒放诞之人，因在子侄辈中，少不得规以正路。近见宝玉虽不读书，竟颇能解此，细评起来，也还不算十分玷辱了祖宗……"读者读到这里，会感觉到贾政与宝玉并非势不两立，他们灵魂深处，都有看淡功名、诗酒放诞的因素，只不过贾政素日自己压抑更去压抑子侄，而宝玉能挣脱压抑自觉释放罢了。

我在《〈红楼梦〉八十回后真故事》的电视讲座和书籍里，告诉大家我的探佚心得："老学究闲征姽婳词"，是贾政内心深处悲悼明亡情绪的一次大宣泄。

有的听众读者发问：贾政是个满清王朝的官僚，他怎么会有这样的心思？更有人指出，曹雪芹是八旗子弟，又不是明朝遗老遗少，他怎么会在书里去通过这样的情节、这样的人物来表达哀明的情绪？

要弄通这个问题，就必须要知道三个事实。

第一，曹雪芹祖上是满州八旗的成员，而所属于的正白旗还是八旗中的"上三旗"之一。一直有人误以为曹雪芹祖上是汉军旗的成员，非。

如果是满清入关前后所编制的汉军旗的成员，那么，在整个社会系统里面，身份就比较低下。属于正白旗成员，表面上就属于最正统的满族。

第二，曹雪芹祖上是汉人，但被满人俘虏得早，那时究竟满人能否得天下，还很难说，但曹雪芹祖上与满人共同作战，立下汗马功劳，后来竟一同入关，清王朝定都北京、统一全国，跟随满族主子夺得天下的如曹雪芹祖上的汉人纷纷分享到胜利果实，被委任为有权有势的官僚，曹雪芹家后来三代四人担任了江宁织造，在康熙一朝，无限风光。特别是曹雪芹祖父曹寅，他与康熙可谓“发小”，除了织造任内的事务，他还兼负盐政、制造铜筋、刻印典籍等重任，更担任着不为人知的单线与康熙联系的特务，其中一项特工任务就是与明朝遗老遗少套近乎，笼络时也就刺探到他们的内心想法与外在作为。

第三，虽然被编制到了满八旗中，但曹雪芹家族毕竟血管里流淌的是汉族的血液，而他家在正白旗里，地位又比满族成员低，属于“包衣”，就是奴隶，他们分配到的衙门，是内务府，也就是为皇家服务的一个专门机构。

从曹寅留下的诗文里，能找到不少在与明朝遗老遗少唱和中，自己也发哀明之幽思的蛛丝马迹，这一方面可能是为了“统战”，另一方面也不排除其内心确有那样的情愫涌动。但曹寅那样做，却又有所仗恃，康熙六次南巡四次住进曹寅接驾的江宁织造署，而且康熙为了强调满清政权在中国的合法性与连续性，专门去祭奠明太祖陵，书写了“治隆唐宋”的碑文，因此，适度地表达悼明情绪，对于曹寅那样的人来说，属于“打擦边球”，并不一定是悖逆，弄巧妙了倒是对满清“奉天承运”的一种肯定。

了解这些书外的情况，有利于我们理解书里贾政“闲征姽婳词”这段情节。

相对笑看 

抄拣大观园的导火线，是傻大姐在大观园山石上捡到的一个绣春囊。那绣春囊究竟是谁失落在那里的？

绝大多数读者都认同这样的判断：是迎春的大丫头司棋的情人不慎遗落在那里的。抄拣时从迎春的箱子里抄出了司棋表兄潘又安写给她的一封密信，里面提到“所赐香袋二个，今已查收”，那么当潘又安潜入园子与司棋幽会时，很可能就至少佩戴着一个绣春囊，在隐蔽处宽衣求欢，又被鸳鸯无意中惊散，惶恐中失落在山石上，顺理成章。

但是，历来《红楼梦》的读者中，对绣春囊究竟是由谁遗失在那里的，却也有另样的理解。

比如一位叫徐仅叟的读者，他就认为那绣春囊非司棋潘又安所遗，是谁的呢？薛宝钗！有人听了可能哑然失笑，会觉得这位徐姓读者是个现代小青年，也许是在网络上贴个帖子，以“语不惊人死不休”谋求高量点击率罢了。但是我要告诉你，这位徐仅叟是晚清的官僚文士，跟康有为、梁启超志同道合，他对《红楼梦》里描写的人情世故，比我们不知要贴近多少倍，作为饱学之士，他这样解读书中绣春囊的遗落者，自有其逻辑。

抄拣大观园丑剧发生第二天，惜春"矢孤介杜绝宁国府"，尤氏被惜春抢白了一顿，怏怏地到了抱病疗养的李纨住处，没说多少话，人报"宝姑娘来了"，果然是薛宝钗到。头晚抄拣，薛宝钗住的蘅芜院秋毫未犯，理由是王善保家的提出王夫人认可的——不能抄拣亲戚，但是，那又为什么不放过潇湘馆呢？难道林黛玉就不是亲戚？这些地方，曹雪芹下笔很细，虽未明点王夫人的心态，聪明的读者却可以对王夫人诛心。抄家的浩荡队伍虽然没有进入蘅芜院，没有不透风的墙，薛宝钗探得虚实后，第二天就来到李纨这里，说母亲身上不自在，家中可靠的女人也病了，需得亲自回去照料一时，按说从大观园撤回薛家需跟老太太、太太说明，或者去跟凤姐说明，但宝钗强调"又不是什么大事，且不用提，等好了我横竖进来的"，因此只来知会李纨，托她转告。对于宝钗的这一撤离决定，曹雪芹这样来写李纨和尤氏的眼神："李纨听说，只看着尤氏笑，尤氏也只看着李纨笑。"几个人一时间都无语，丫头递过沏好的面茶，大家且吃面茶。

李纨和尤氏的相对笑看，那笑应是无声的浅笑，心照不宣。她们都深知宝钗的心机。真个是随处装愚、自云守拙。

如果宝钗真拥有绣春囊，我们也不必拍案惊奇。书里多次写出宝钗见识丰富，高雅低俗无所不通。她如果拥有绣春囊，并不意味着她心思淫荡，她只不过是要尽可能扩大认知面罢了。她哥哥薛蟠一定是拥有许多这类淫秽物品的，她得来全不费工夫。当然，她把那东西带进大观园并失落在山石上，可能性实在太小，徐仅叟若把这一点解释圆满，恐怕也不容易。尽管如此，我觉得徐仅叟的观点仍有参考价值。书里写宝钗是有"热毒"的，她需时时吞食"冷香丸"来平衡自己的身心状态。

我们可以把宝钗和"二玉"对比一下。

宝玉、黛玉虽聪慧过人，却"五毒不识"，他们不懂仕途经济，宝玉不会使用称银子的工具，黛玉不识当票，他们坐在台下看《鲁智深醉闹五台山》却不会背其中的唱词，接触到《西厢记》的戏本他们欣喜若狂，而人家宝钗早在幼年时就把《元人百种》都浏览过了，宝玉不识绿玉斗的贵重，黛玉不知梅花雪烹茶才成上品，而旧年蠲的雨水“如何吃得”……

宝钗之所以能成为那个时代、那个社会那种贵族家庭里的模范闺秀，不是因为她单纯、真诚、透明，而恰恰是因为她什么都知道却能装作什么都不知道，说出话行出事来常常让别人心下明白却又无法点破，这是她游弋于那个社会、那种环境的优势，但也使她即使获得了宝玉这个人却无法获得宝玉那颗心。

宝钗来辞别，李纨、尤氏先只是相对笑看，无语应付。后来李纨才说“你好歹住一两天还进来，别叫我落不是”。这时宝钗却冒出一句很厉害的话来，叫作“落什么不是呢，这也是通共常情，你又不曾卖放了贼”。

按说宝钗不该如此绵里藏针，她为什么脱口来上一句“你又不曾卖放了贼”？难道真如徐仅叟所言，她对抄拣一事除了回避，还有某种微妙的心理？

以目相送

有一个被称为“靖藏本”的古本《红楼梦》，它在20世纪中叶一度浮出水面，却又神秘地消失。有阅读过这个古本的人士，抄录下其中若干独有的批语，寄送给当年的红学家们，因此，这些“靖藏本”批语也就传播开来。我对这些资料也是很重视的，纳入到自己探佚的参考范畴之内。

我的《〈红楼梦〉八十回后真故事》电视讲座和书籍公开后，有观众读者指出，“靖藏本”第六十七回前，有很长的批语，涉及全书结尾，可是我的探佚心得里，却没有采纳，这是为什么？

首先，古本《红楼梦》的第六十四回、第六十七回，经过去不止一位红学家研究考证，基本达成共识，就是这两回文字不是曹雪芹的文笔，当然也不是高鹗弄出来的，应该是跟曹雪芹比较亲近的人士揣测曹雪芹构思补缀的。第六十四回，还有人认为前半回大体是曹雪芹留下的，第六十七回，则正文全不可靠，其批语的价值，也就格外可疑。在现存的其他古本里，第六十七回都没有任何批语，“靖藏本”的批语的确很独家。这一回回前的批语，抄录者过录下来的文字，简直无法阅读，文句错乱到不知所云的程度，这也是我不敢采纳的重要原因。勉强点读，大体而言，是说最末一回，写到宝玉“撒手”，达到“了悟”，他出家不必削发，回到青埂峰，仍应在甄士隐的梦里，而在前面引领他回归的，是尤三姐。我的探佚，最末一回，却是有二丫头出现。

我为什么看重二丫头，认为她会在最关键的时刻起到令宝玉顿悟升华的作用？是因为在第十五回里，写到宝玉随凤姐去到一处农庄，在凤姐来说，不过是找处地方暂且“更衣”，对宝玉而言，却是来到一处与平日完全不同的环境里，产生了新鲜的生命体验。在农庄里宝玉遇到了二丫头，一个淳朴的村姑，二丫头纺线给他看，使他大开眼界。

本来这段文字似乎也没有什么警动读者之处，但到登车离开农庄时，曹雪芹却写出这样一些惊心动魄的文字：“出来走不多远，只见迎面那二丫头怀里抱着他小兄弟，同着几个女孩子说笑而来。宝玉恨不得下车跟了他去，料是众人不依的，少不得以目相送，争奈车轻马快，一时展眼无踪。”

关于二丫头的出现，脂砚斋批语指出：“处处点情，又伏下一段后文。”在“以目相送”“车轻马快”侧旁，又批道：“四字有文章。人生离聚，亦未尝不如此也。”所指“四字”，多认为是“车轻马快”，我觉得更应指“以目相送”，宝玉的这个眼神，体现出他内心对囚禁于富贵之家的大苦闷与复归淳朴田园生活的大向往，同时也是一个大伏笔，就是到最后他会在二丫头的引领下顿悟，从而悬崖撒手、复归天界，也就是“因空见色，由色生情，传情入色，自色悟空”。

请注意，“色即是空，空即是色”是佛教的说词，但曹雪芹用“由色生情，传情入色”八个字作为顿悟的桥梁，就超出了传统世俗佛教的“色空”概念，强调出了“情”在宇宙人生中的重大意义。

历来多有用世界上现成的理论解读《红楼梦》的，王国维早在上世纪初就试图用叔本华的悲观哲学来阐释这部奇书，20世纪中叶运用俄罗斯别林斯基、车尔尼雪夫斯基、杜勃留罗波夫（简称别、车、杜）的文艺观点，特别是运用恩格斯提出的“典型环境中的典型人物”的理论来分析论证《红楼梦》的主题与人物，更成为一种潮流，直到进入21世纪，也还有用康德、尼采、海德格尔的哲学来说事的，更有引进女权批评、结构主义、后现代主义、解构主义来诠释《红楼梦》的。十八般文艺批评的利器，凡有可取处的，皆可借鉴、试用。我自己的研究，也一直借鉴使用着原型研究和文本细读的方法。

但曹雪芹写《红楼梦》却是超越理论的，他不是在既有理论指导启发下来写这部小说的，他自创了“真事隐”而又“假语存”的文本，书中又“处处点情”，以“情”贯串全书，他似乎在启示我们：宇宙人生中最宝贵的，不是功名利禄，不是传宗接代，不是声光色电，而是那些人与人、人与自然之间的情感享受，哪怕只是短暂的、转瞬即逝的，只要享受到了真情，人生就具有了实在的意义与价值。

我曾说自己的红学研究从秦可卿入手可称“秦学”，其实，更准确的称谓，应该是“情学”。

红楼拾珠

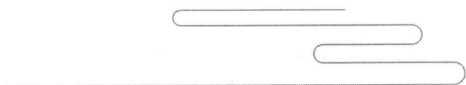

世法平等

妙玉在大观园所住的那所尼姑庵，究竟叫栊翠庵还是拢翠庵？各个古本《红楼梦》在写法上不一致，通行本庵名第一字从“栊”，过去有“帘栊”的说法，“栊”有细栅的意思，跟“翠”连用意义难解；“拢”有梳理汇聚的意思，“拢翠”就是把一派翠绿理顺集中，庵名曰此较为合理，我下面说妙玉居处，采取拢翠庵的写法。

妙玉是“金陵十二钗正册”中，唯一的一位既不属于有贾、史、王、薛“四大家族”血统，也非嫁入“四大家族”做媳妇的女性，而且她排位第六，在书中大主角戏份极多的王熙凤之前，可见曹雪芹对她的珍爱，非同寻常。

在前八十回里，妙玉正面出场只有两次，一次是她在庵中招待大家品茶，一次是中秋深夜，林黛玉、史湘云联句未竟，她忽然出现，最后到庵中一气将诗篇完成。有些读者因为不懂书中关于她的《世难容》曲里“到头来，风尘肮脏违心愿，好一似，无瑕白玉遭泥陷，又何须，王孙公子叹无缘！”这几句，又受到高鹗续书的影响，对这一角色产生出不应该有的误解，这是需要为她辨明的。特别是“风尘肮脏违心愿”这一句，误解最严重。有的读者一见“风尘”就联想到“风尘女子”，觉得妙玉后来一定是沦为妓女了。其实“风尘”一词过去还有很通行的一种解释，就是“尘世”也即“世俗社会”的意思。“肮脏”在这里要读成“抗藏”的第三声，是不屈不阿的意思，古人常这么使用这个语汇，如文天祥《得女儿消息》诗里就有“肮脏到底方是汉，娉婷更欲向何人？”的句子。“风尘肮脏违心愿”是说妙玉最后还是回到尘世上，做了一番不屈不阿、可歌可泣的大事，这虽然违背了她那作一世“槛外人”的初衷，是个“无瑕白玉遭泥陷”的自我牺牲的惨烈结局，但这并不意味着堕落，反而更说明她品质高贵。那么她究竟爱不爱贾宝玉？“王孙公子叹无缘”指的是否就是贾宝玉喟叹跟她没缘分？我的探究结果，是否定这些猜测的。她赞赏贾宝玉的脱俗，认为贾宝玉是个难得“些微有知识的”，却未必是暗恋贾宝玉，叹“无缘”的王孙公子，另有其人，我考出是第十四回出现的那位陈也俊（曹雪芹明文称他和另几位为“王孙公子”），我在探佚小说《妙玉之死》中写下了自己对八十回后妙玉命运的描述，有兴趣的读者可以找来一阅。

“拢翠庵茶品梅花雪”这半回书，只用了1325个字（按庚辰本统计，其他本子出入有限），就把妙玉性格活跳出来。曹雪芹写妙玉拉宝钗、黛玉到耳房去品私房茶，宝玉跟了过去，妙玉给钗、黛二位用的茶具，那名字又难写又难读，都是稀世古玩，给宝玉用的呢，则是她自己常日吃茶的绿玉斗，看上去似乎平庸，这时候宝玉就发牢骚了，当然主要是开玩笑，他笑道：“常言‘世法平等’，他两个就用那样古玩奇珍，我就是这个俗器了？”妙玉立刻正告他：“这是俗器？不是我说狂话，只怕你家里未必找的出这么一个俗器来呢！”妙玉究竟是怎样的家族背景？又究竟为什么从江南流落到京城大观园？她怎么会拥有那么多价值连城的珍贵瓷器珍玩？她实在是十二钗正册里最神秘的一位女性，其神秘度比秦可卿还更胜一筹。

贾宝玉所说的“世法平等”一语，源于《金刚经》。《金刚经》里过去被人引用最多的是“一切有为法，如梦幻泡影，如露亦如电，应作如是观”几句，这是很虚无的观念。《金刚经》里也有“是法平等，无有高下”的句子，却又能让人感受到在佛法面前人人平等的一种温馨许诺，使信众增强在攘攘红尘中继续趱行的信心。值得注意的是，曹雪芹写贾宝玉说那句话时，把“是法平等”故意写成“世法平等”，虽然这句前后的句子各古本多有差异，但这四个字却完全一样，可见是曹雪芹原笔原意。曹雪芹通过贾宝玉这一艺术形象，表述了世界上人人应该平等相处的人际法则，这不但在他那个时代是超前的，就是搁在今天，也是很先进的思想。联想到近时，还有一些人嫌贫爱富，甚至对外出打工的农民特多的省份歧视，对来自那一地域的农民工“老实地不客气”，难道这些人不应该感到惭愧，不应该在“世法平等”的理念中改弦易辙吗？

事若求全何所乐

这样的概括有一定道理：林黛玉小心眼儿，但有反封建的叛逆意识；薛宝钗豁达圆通，对封建礼教依顺维护——但请注意，这只是现代人从“一定角度”粗线条概括的“道理”，其实曹雪芹对他笔下的人物总无单线平涂的笨笔，他能写出人的复杂性，所谓“活生生”是也。林黛玉在扬州随贾雨村读书时，年龄还很小，大约才五岁吧，却能自觉地把“敏”读作“密”，以避母亲贾敏的名讳，何尝天生是个“反封建”的“新人”。薛宝钗扑蝶偶然听到小红在滴翠亭里吐露隐私，不惜嫁祸林黛玉来个“金蝉脱壳”，这即使按封建道德规范也是不雅之举。在拢翠庵品茶，林黛玉遭到妙玉尖刻的讥讽：“你这么个人，竟是个大俗人。”她也并没有小心眼儿发作，容纳了妙玉的乖僻。薛宝钗只不过听到贾宝玉一句说她像杨贵妃一般“体丰怯热”，就不由大怒，竟然“借扇机带双敲”，不仅对宝玉冷言怪语，还把无辜的小丫头靛儿呵斥了一顿，心眼儿又何尝宽宏。

在曹雪芹笔下，黛中有钗，钗中有黛，既如二水分流、双峰对峙，又似形动影随、阴晴交融。到第四十九回，宝玉发现林黛玉竟然绝不再猜忌宝钗，二人亲如同胞姊妹，“心中闷闷不乐”、“只是暗暗的纳罕”，如此灵动地写出人性复杂人际诡谲的文笔，是一般先给角色定了性再去细描的作家决计不能有的。

如果仔细阅读《红楼梦》，就会发现曹雪芹笔下的林黛玉，她的性格虽然始终如一，其思想境界却在不断变化提升。第七十六回，她和史湘云一起在凹晶馆联诗，那时的她，已经不同于吟菊花诗时，少了些幽咽哀怨，多了些淡定禅悟，当时她们在池边两个湘妃竹墩上坐下，看到月光下的美景，史湘云就说应该到水中泛舟吃酒，林黛玉则表示，就那么坐着赏月已经很好了，“事若求全何所乐”。

在前几十回书中，林黛玉给人的印象是个“完美主义者”，她的苦恼，往往缘于“美中不足，好事多魔”（注意：曹雪芹在书里一再地写成“好事多魔”而非“好事多磨”，有深意存焉），所谓“情重愈斟情”，泪珠也就总是涟涟不断线，但到凹晶馆这一回，她似乎通过生活的磨炼有了顿悟，不再有求全之想，眼泪也似乎所储不多，作为天上的绛珠仙草下凡历劫，她偿还神瑛侍者甘露浇灌之恩，已经所欠有限，据周汝昌先生考证，按曹雪芹的构思，林黛玉并不是死于高鹗所写的什么“调包计”，而是因为遭到赵姨娘诬陷（硬说她与宝玉有“不才之事”），以及吃了贾菖、贾菱错配的药（这从第三回一条脂砚斋批语可知），“风刀霜剑严相逼”，便自己沉湖而殁了。史、林联句中有“寒塘渡鹤影，冷月葬花魂”的句子，就是在暗示她们二人最后的归宿，通行本《红楼梦》后一句作“冷月葬诗魂”，有的人很欣赏，但曹雪芹的原笔应该就是“葬花魂”（书中几次出现“花魂”一词，黛玉葬花时吟的就有“昨宵庭外悲歌发，知是花魂与鸟魂？花魂鸟魂总难留，鸟自无言花自羞”等句），鹤鸟喻湘，花魂喻黛，这是我们应该知道的。

“事若求全何所乐”，揭示了一条真理，就是：你一定要追求美，却无论如何不必追求完美。比如有的人讲究卫生，达到怎么洗手都觉得不能达到完美境地，就没完没了地洗个不停，终于洗完，一拿东西，就立刻怀疑沾染了病菌，心里总闷闷不乐。再比如有的女性其实相貌身材并不差，却为了完美去一再地整容，有的虽然没造成什么不良后果，却被亲友一句“你没原来自然”弄得气急败坏，更有的上当受骗，花费不赀却成为“丑容”，面对美容机构的推脱耍赖，踏上了漫长的投诉、诉讼之路。还有人一味追求人际上的“人见人爱”，削掉了必要的性格棱角，甚至不能坚持原则，到头来隐忍了对个别、少数腐化分子的恶感，没有去抵制抗争，弄得反而得罪了大多数，甚至在腐化分子被查处时还惹了一身臊。以上是自己对自己求全闹得痛苦焦虑，对他人如果求全责备，缺乏宽容忍耐之心，也会闹个心烦意乱、抑郁暴躁，难以与人共事。追求完美如果达于极端化，会造成病态人格，甚至精神分裂，因为觉得自己怎么都难以完美，便会自杀，而觉得人家实在是不能完美，便会产生“干脆把其灭掉”的恶念。

林姑娘最终被其所处的险恶环境所毁灭，是大悲剧的结局，但她给我们留下的“事若求全何所乐”的悟语，却值得我们细细体味，有利于我们构建健康的心理素质，提升我们的精神境界。

是真名士自风流

琉璃世界白雪红梅，大观园的冬景真是美丽动人，然而更美的是活跃其间的青春花朵，脂粉香娃割腥啖膻，史湘云带头大嚼烧烤鹿肉，今天的“布波族”不会认为吃烧烤是不雅之举了，但在曹雪芹笔下那个时代，贵族家庭的主子是绝不能吃“自助烧烤”的，来客居的李婶娘就认为那是吃生肉，对之惊诧不已。但是史湘云真如海棠怒放，娇憨潇洒，不仅自己吃得津津有味，还带动宝琴等都围上来尝鲜，林黛玉就打趣说：“今日芦雪广遭劫，生生被云丫头作践了，我为芦雪广一大哭！”史湘云就还击她说：“你知道什么！是真名士自风流，你们都是假清高，最可厌的！我们这会子腥膻大吃大嚼，回来却是锦心绣口！”果然，后来在芦雪广联诗，独她和宝琴两个吃鹿肉最多的大展奇才，技压群芳。

是真名士自风流，这里的“风流”，是“数风流人物，还看今朝”的那种用法，指才能出众，光彩溢人，整句话的意思就是真正的高雅人物用不着装扮做作，其一举一动自然而然地就能显示出超俗洒脱的高品位来。

史湘云在《红楼梦》里，是最具天然健康之美的绝品女性。林黛玉是病态美，当然那也是一种独具魅惑力的美，贾宝玉就为之倾倒。薛宝钗是一种自动收敛的含蓄美，吃冷香丸以压抑内在的“热毒”，住进大观园的蘅芜苑以后，居室雪洞一般，连贾母都觉得素净到没有道理的地步，但她“任是无情也动人”，自《红楼梦》流布后，多少读者把她设定为梦中情侣。曹雪芹笔力真是令人敬佩，按说塑造出林、薛两个形象已经难能可贵了，他却又写出了一个史湘云，绝无林黛玉那样的病态，也绝无薛宝钗那样的内敛，天真烂漫，如云舒卷，她的割腥啖膻，以及醉卧芍药裀，我们从旁看去，绝对是曼妙的行为艺术，但是就她自己而言，完全是率性而为，跟她穿上宝玉男装哄得贾母以为就是宝玉，以及在大雪地里扑雪人等行为，都是她活泼泼生命力的惯常状态，不是像黛玉葬花那么精心预设、理性驾驭，也不像宝钗扑蝶那么只是偶一为之难得再现。

是真名士自风流，天性的底子固然是一个潜在的因素，但更应该说那是一种修养，一种境界。现在小资一族追求所谓品位，一般的段数，是达到使用宜家家具、喝星巴克咖啡、吃必胜客比萨饼、读昆德拉和张爱玲、看法国艺术电影、养吉娃娃狗……有人指责他们“躲进小巢成一统，管他国事与民工”，其实那是不公平的，多数这样的人士是心怀世界的，网上的许多相关的帖子，是他们贴上去的，对于经济状况比自己低下的社会群体，他们中的多数也是在意，而且在力所能及的前提下，有所捐助的。这里要提醒他们的是，学学史湘云，去除矫情做作，崇尚自然洒脱，修炼成风流倜傥的真名士。

忽然想到了陆文夫，他前些日子去世了。这是一位从不张扬的杰出作家，他一生居住苏州，描写苏州，他的作品可以说是姑苏风味十足，小桥流水声潺潺，小巷深处响筝琶，极富特色。在他身上，我就体味到是真名士自风流。一次是 1978 年，他来北京领全国优秀短篇小说奖，我称他陆大哥，早就仰慕他的大名，亟欲与他交谈，以获教益，于是一天他就牵头，到招待所外面一家餐馆去聚餐，我自然紧随其后，到了餐馆坐他身边，大家随意闲谈，兴味盎然，酒尽之后，他站起来撤出，大家也都纷纷踱出餐馆，到了街上，还边走边聊，我总问他些短篇小说的技巧问题，他的回答听似漫不经心，后来细加咀嚼，却都是点铁成金之言。走出很远了，陆大哥忽然止步，微笑问我："我们付钱了吗？"啊呀，大家才想起来，我们竟忘了付账就离开餐馆了。于是我随陆大哥回餐馆，他补付餐款，我问柜台上的人："你们当时怎么不拦住我们啊？"他笑指陆大哥说："一看就不是俗人，肯定会回来补钱的，我们着什么急啊！"

陆大哥那似乎永不会发脾气，永不会高声急语，永是蔼然可亲，永能将就他人的音容笑貌，此刻宛在眼前。又想起1983年，我们同游洪泽湖，一行人同乘一辆面包车，雨后路滑，车行减速，中途还抛了锚，我坐在车上，望见柏油路外一片泥泞，心中颇为不快，但忽见陆大哥从容下车，姿态优雅地走向村路边的一个粥摊，要了一碗清粥，坐在那粥摊简陋的木桌旁的长条凳上，两只脚小心地踩定于泥泞中，喝起了那碗粥来，哎，他那将喝一碗乡村清粥当作审美活动的意态，真难描摹，我确实就联想到了《红楼梦》里史湘云的割腥啖膻，湘云说那之后才有锦心绣口，而也恰恰在喝那清粥不久，陆大哥就发表了绝妙佳构《美食家》，是真名士自风流，这不是在当代的最好诠释吗？

惟大英雄能本色

因为朝廷里薨了一位老太妃，皇帝敕谕天下，凡有爵之家，一年内不得筵宴音乐，因此贾府为元妃省亲所准备的梨香院十二官，也就应该蠲免遣发，但她们原是拿银子买的，“产权”属于贾府，因此也可以留下她们当使唤丫头，最后有八个官愿意留在贾府，自愿离去的是龄官、宝官和玉官，龄官画蔷和情悟梨香院是《红楼梦》里的重场戏，但龄官和贾蔷后来究竟是终成眷属，还是劳燕分飞，因为曹雪芹的八十回后失传，我们不能得知；还有一个药官死掉了；留下的八官分别被派往各自主子处，贾母要了文官，宝玉处是芳官，黛玉处是藕官，宝钗、湘云、探春、宝琴、尤氏处分别是蕊官、葵官、艾官、荳官和茄官。

这留下的八个女孩，十分淘气，芳官尤其活泼伶俐，宝玉十分欣赏她，把她装扮成小土番摸样，还给取了个诨号“耶律雄奴”，后来因为有人咬不准音，叫成了“野驴子”，于是又改叫“温都里纳”，据说是海西福郎思牙金星玻璃石的译音，芳官自己很得意，大观园的众儿女为之雀跃，一时风气大炽，宝琴的荳官也扮成了书童，如此有趣的事，湘云岂有不参与的，她便将原来唱大花面的葵官也扮成个男子，因为葵官本姓韦，就唤作“韦大英”，暗“惟大英雄能本色”的意思。

湘云在书中，是最具本色美而且有豪气的女性。她自己也很喜欢女扮男装，有一回她穿上宝玉的衣服，站在离贾母稍远的地方，哄得贾母把她错认为宝玉，逗得人们都笑起来。黛玉很真情，不虚伪，但黛玉小心眼儿，疑心大，常对宝玉使小性子，未免矫情；宝钗打小就靠“冷香丸”维持生命，拼命压抑自己青春少女的情怀，用一副中规中矩的面具来取悦他人，尤其是长辈，只偶尔露出点真性情，如宝玉挨打后去探望时。总体而言，她很不本色。

第五回贾宝玉神游太虚境，看到“金陵十二钗册页”，还聆听了《红楼梦》十二支曲，关于湘云的《乐中悲》曲里明确地唱道：“幸生来，英豪阔大宽宏量，从未将儿女私情略萦心上。”最近周汝昌前辈在其新著里指出，贾宝玉对林黛玉是怜多于爱，他所真正钟情的，其实是史湘云，书中第三十一回回目“因麒麟伏白首双星”指的就是宝玉与湘云最后遇合，得以白首偕老。对于周老的前一判断，我目前还难以全部认同，从八十回书里看，就情爱而言，宝玉真爱、挚爱、只爱黛玉，是非常清楚的，而在他与宝钗、湘云相处时，则可以看出，他对她们非常欣赏，有深厚的感情，但只是闺友闺情。从薛宝钗方面来说，她是暗恋宝玉的，但她努力压抑自己那“越轨”的情愫，她并没有像她母亲和姨母王夫人那样，处心积虑地想让贾宝玉娶她，她的本性还是善良的，结局也是悲剧性的；从湘云方面来说，在八十回书里，她并没有情窦初开，爱上宝玉或别的男子，她是自自然然地、坦坦荡荡地跟宝玉及众姊妹相处，天真烂漫，口无遮拦，率性而为，诗意生存，有一定的中性化特色，既是巾帼英豪，也颇有男子汉气派。

湘云给葵官取“韦大英”的名字，并非只是因为葵官正好姓韦，将就而名，实在是因为她把“惟大英雄能本色”作为座右铭，我们都记得，她在芦雪广，曾带头烧烤，大嚼自烤的鹿肉，在黛玉讥讽时，说过“是真名士自风流”，“惟大英雄能本色”与“是真名士自风流”可以作为一副对联，倘加一横批，则“霁月光风”可矣。

就做人而言，千色万色，本色最难。所谓“大英雄”，并不一定是在政治上、经济上、学术上取得多么骄人的成绩，一个人能心无恶意，善意待人，对社会有益，对自己负责，就是无名英雄，不枉来世界一趟。

眼下我们都处在社会转型期，有人说，在如此诡谲的世道中，不得不戴上一定的人格面具，以自我保护，“不如意事常八九，可与人言无二三”，因此活得很累，并且常常是在热闹场中，在看似喧嚣嬉笑的场合里，内心依然感到非常孤独，甚至有无助的凄凉感，这样的感受，我以为属于正常。我并不主张大家都像史湘云在大观园里那般本色示人、名士风流，我们处在远比大观园复杂的人际网络里，太直率，过烂漫，确实未必受各方欢迎，也许还会吃哑巴亏，但是，在自己最亲近的家属姻戚朋友同人同好的那个小社会小环境里，放松自己，以本色示人，还是非常有必要的，说破了，我们之所以那么艰难地应付各方面的人际，为的不就是在从社会人际中得到自己那份正当的报酬报答后，能在亲情、爱情、友情的范畴里，本色一番吗？

小心没有过逾的

薛家寄居到贾家，并不是自家在京城没有现成的房子住，从薛姨妈的角度讲，住在姐姐姐夫家，有很多方便之处，何况戴金锁的女儿需许配给戴玉的，成就一段“金玉良缘”，当然是离目标越近成功率越高；薛蟠呢，开头还怕姨父管束他，后来发现那姨父根本不理家事，宁、荣两府的表哥贾珍、贾琏又跟他臭味相投，也就“乐不思蜀”，住在荣国府里舍不得搬出去了。薛宝钗恪守孝道，母兄做主，她便依从，当然，住进贾府，而且后来更住进了仙境般的大观园蘅芜苑，使她的生活变得如诗如歌，她表面上不动声色，内心里一定觉得真是三生有幸。

林黛玉刚往荣国府时，也曾提醒自己要“步步留心，时时在意，不肯轻易多说一句话，多行一步路”，但性格支配行为，也决定命运，她后来在那府里，率性而为，多说的话何尝几句，多行的路何尝几步，爱她者固然绝不真正计较，厌她的那就都难以原谅。

薛宝钗的为人处世，有的论家，指出是顺应封建礼教规范，当然有的表现可以那样定性，有的呢，则不必都去“上纲上线”，她有其不同于林黛玉的性格，而就性格而言，其实是难以是非而论的。薛宝钗做事谨慎，这是她内敛型性格决定的，但也有超出性格层面，可以叫作修养的成分在里面，这就是她的优点了。

薛家刚到荣国府，住在梨香院，后来梨香院圈入大观园，成了戏班子居住排练的场所，薛家就另到府第东北角一处院落居住，这院落与荣国府其他建筑群之间有墙隔断，但有夹道角门可通，薛姨妈薛宝钗，还有薛宝琴、香菱等人，都常使用这个角门。第六十二回，曹雪芹特地写下一笔，就是宝玉去她家做客回来，她跟宝玉同回大观园，一进角门，她就命婆子将门锁上，把钥匙自己拿着。宝玉见了觉得何必多此一举，宝钗就跟他说："小心没有过逾的。你瞧你们那边，这几日七事八事，竟没有我们这边的人，可知是这门关的有效了。若是开着，保不住那起人图顺脚，抄近路从这里走，拦谁的是？不如锁了，连妈和我也禁着些，大家别走。纵有了事，就赖不着这边的人了。"后来大观园里发现了绣春囊，酿成抄拣丑剧，宝钗就干脆搬出大观园，去跟母亲住在一处，更体现出她那"小心没有过逾的"处事原则。

"小心没有过逾的"，意思是就做事一定要小心谨慎这一点来说，怎么样地加小心，都不算过头。这实在是一句金玉良言。最近妻子住院，我去守护，护士跟她已经很熟了，但每次给她打点滴和发药，还是要先看病床上的患者牌证，再问一声她的名字，经确认，才挂输液瓶放小药碗，我就笑问过那护士："这些程序非那么机械地过一遍吗？"她说必须如此，不怕一万，就怕万一，他们医院里就曾有一对双胞胎同来住院，住的不是同一科的病房，一位到花园遛弯儿去了，一位来找姐姐看床上没人，就躺上去看杂志，看一会儿睡着了，护士来给安排打点滴，觉得床上就是那姐姐，就把出液口插在那妹妹手上现成的插口里了，过了半个钟头，姐姐回来才发现弄错了，造成了一次医疗事故！

一位比我还大两岁的朋友，三年前考下了驾照，买了辆桑塔纳开来开去的，刚上路的磨合时期，因为小心，跟在一辆货车后头始终不敢超车，竟跟了十几公里，曾被熟人们引为笑谈，但是现在所有认识他的都对他肃然起敬，因为他三年下来车技娴熟来往自如，却一直保持着零违章和零事故的记录，连小剐小蹭的情况也没有过，搭乘他的车，最安全、最舒适。他对我说，他的诀窍是，能精确判断前后左右的司机究竟想怎么开，“光想着自己不出错是不行的，更要提防他人以错误来妨碍甚至伤害自己”，他可谓深得薛宝钗那“小心没有过逾的”高论精髓。

薛宝钗命运的悲惨结局，不是她小心过度所致，也不是靠着凡事小心就能加以避免的，那是时代、社会状况和不可抗拒的灾难所决定的，冷艳的牡丹的凋谢，与风露中芙蓉的陨落，同样令我们扼腕叹息。但是薛宝钗的某些想法和做法，体现出一种具有超时代的，普适性的修养，仍是今天的人们可以认同的。

到底还该归到本来面目上去

妙玉在品茶拢翠庵一回中，把那放诞诡僻的性格表露得淋漓尽致，到第七十六回，她第二次正面出场，却将其性格中那温情通达的一面展现了出来。她先在凹晶馆暗处倾听林黛玉、史湘云联诗，听到“寒塘渡鹤影，冷月葬花魂”两句，她转出明处，参与进去，将黛、湘二位引到自己庵中，趁兴将那联诗一口气续完，结果这中秋夜大观园即景联句三十五韵，她一人独占十三韵，黛、湘二位才各有十一韵，她的确是“气质美如兰，才华阜比仙”，黛、湘惊叹：“可见我们天天是舍近而求远，现有这样诗仙在此，却每天去纸上谈兵！”并非谀词恭维，而是发自肺腑的赞许，这也可见妙玉是曹雪芹心中格外珍爱的一位女性。

妙玉所续的十三韵，依我的推敲，是把八十回后贾府的崩溃和众女子的云散陨落加以了艺术性的概括，特别有意思的两韵，其一是“石奇神鬼搏，木怪虎狼蹲”，字面上是形容大观园夜里那些太湖石和树木阴森可怖，实际上“石奇”也就是“奇石”即贾宝玉，他后来的命运是“神鬼”（主流社会和世俗恶势力）不容，都要来打击他，而“木怪”也就是“怪木”即林黛玉，她后来将被“虎狼”（封建礼教和嗜利者）吞噬，悲惨陨灭。其二是“钟鸣拢翠寺，鸡唱稻香村”，意味着八十回后贾府被抄拣治罪后，大观园其他部分一时都空落荒芜了，但妙玉并不是贾府的成员，也不是贾府的奴仆（那个时代主子获罪奴才会被当作“动产”与不动产一起罚没再加分配或变卖），她暂且还可以在拢翠庵里喘息一时。而李纨，我有文章考据出，她的原型，是曹颙的未亡人，曹頫被治罪，她作为寡嫂并不连坐，因此她和她的儿子（曹颙遗腹子）尚可另寻出路，其子后来通过科举当了官，她也就成了诰命夫人，曹雪芹将此人作为原型，加以艺术处理，把她降了一辈来写，但仍留下了不少生活真实的痕迹，这也就是为什么小说里的李纨在贾府倾覆后，犹能凤冠霞帔的原因，妙玉的诗句“鸡唱稻香村”，也正是照应八十回后关于她和贾兰“独好”的情节。

妙玉在续十三韵前，强调“到底还该归到本来面目上去”，这既是美学宣言，也是人生誓言。妙玉是一个在任何情况下，都坚持自己的本来面目，也就是由着自己的性情生活的“畸零之人”，这在任何时代任何地域，都是极难做到的。社会要求个体服从群体，少数服从多数，要求个人将就他人，这是社会运作与发展的必要条件，我觉得我们每个人必须想通，但是我也一贯呼吁社会、群体尊重个体生命，我在 1978 年就发表过一个短篇小说《我爱每一片绿叶》，表达了出自内心的强烈诉求：如果一个人并没有妨碍群体和他人，而且还通过自己的劳动为社会做出了一份贡献，那么群体和他人，乃至社会的各个方面，就不但应该对他或她性格的放诞诡僻或者内敛幽深保持尊重，而且应该懂得，只有各种各样的隐私、各种各样的性格、各种各样的爱好取向，都得到宽容，社会真正实现了多元并存下的公正，才是一种理想的境界。妙玉虽然有缺点，如她嫌刘姥姥脏，不能认识到这位乡下老太婆也有心灵美，就因为贾母把她那献茶的成窑五彩小盖钟递给刘姥姥，刘姥姥喝了杯里剩茶，她就连那么贵重的古瓷也不要了；但妙玉总体而言，在权势不容的情况下，仍能那样绝不害人欺人损人地过自己闲云野鹤般的生活，应该说还是很值得肯定的，也是很不容易的。更何况根据我的考证，她在八十回后还勇于牺牲自己，解救贾宝玉和史湘云，那就更令人钦敬了。

妙玉在说了“到底还该归到本来面目上去”以后，进一步说：“若只管丢了真情真事且去搜奇捡怪，一则失了咱们的闺阁面目，二则也与题目无涉了。”这一方面透露出曹雪芹所追求的艺术风格，是以真情真事为根本去生发出艺术的奇葩仙果，另外，这句话也让我们知道妙玉虽然是带发修行的尼姑，她内心里却一直把自己和黛、湘等都视为“咱们闺阁”的成员，她“云空未必空”，心在尼庵，心系闺阁，她也有自己隐秘的情爱生活，不过她所爱恋的并非贾宝玉，对她叹无缘的王孙公子，也绝不是贾宝玉，而有关的交代，可能都在曹雪芹写成又佚失的文稿里，我们再不得见，思之不禁长叹！

看见燕子就和燕子说话

在一套《红楼梦》烟画里，有一幅画的是傅秋芳，这是一个并未在前八十回书里正式出场的人物，估计曹雪芹会在八十回后写到她，也许在他撰成的一些文稿里已经正面写到了她，只是跟茜雪、小红狱神庙慰宝玉等五六稿一样，被“借阅者迷失”了。

傅秋芳是在第三十五回被郑重提及的，说是她哥哥傅试算贾政的门生，总想利用妹妹秋芳高攀豪门，常派人到贾府请安联络，那天就又派了两个嬷嬷来，并且还指名要见贾宝玉，那贾宝玉是最厌见愚男蠢女的，却破例地允许两个婆子进怡红院来请安，曹雪芹交代：只因那宝玉闻得傅秋芳也是个琼闺秀玉，传说才貌双全，虽自未亲睹，然遐思遥爱之心十分敬诚，故而爱屋及乌，容那两个傅家嬷嬷近前问好。书里交代，那傅秋芳已然二十三岁，比贾宝玉要大很多。脂砚斋指出，曹雪芹的文笔是“一树千枝，一泉万派，无意随手，伏脉千里”，连第十三回只不过是出现了一次名字的卫若兰，也是八十回后有重头戏的角色，何况第三十五回里对其身份有详尽交代的傅秋芳，肯定不会是一闪后绝不再现的赘物，晚清时的一些读者评家都估计到了这一点，题咏《红楼梦》人物时多有专为傅秋芳而赋的，几十年前的烟画里为她专设一幅，都不足奇，我在所撰写的探佚小说《妙玉之死》里就安排她正面出场，写她对落难的贾宝玉有所救助，这样写可能尚切合曹雪芹设置这一人物的初衷。

傅家派到贾府请安的两个婆子，本是极次要的过场人物，但曹雪芹却让她们承担了极重要的任务，那就是通过她们二人离开怡红院后，一边走一边议论，将贾宝玉的性格加以再次皴染，给读者留下了非常深刻的印象。书里是这样写的。这一个婆子笑道："怪道有人说他家宝玉是外像好里头糊涂，中看不中吃的，果然有些呆气。他自己烫了手，倒问人疼不疼，这可不是个呆子？"那一个婆子又笑道："我前一回来，听见他家里许多人抱怨，千真万确的有些呆气，大雨淋的水鸡似的，他反告诉别人'下雨了，快避雨去罢'。你说可笑不可笑？时常没人在跟前，就自哭自笑的；看见燕子，就和燕子说话；河里看见了鱼，就和鱼说话；见了星星月亮，不是长吁短叹，就是咕咕哝哝的……"

据脂砚斋透露，曹雪芹实际已经大体完成了约十一回的《红楼梦》，最后一回是"情榜"，每个上榜的人物都有一个"考语"，宝玉的"考语"是"情不情"，第一个"情"字是动词，意思是他这人能将自己的感情赋予那些甚至是无情的事物，有着一种博大的泛爱情怀。傅家两个婆子的这段对话不仅是宝玉"情不情"的又一证词，而且也生动地揭示了宝玉那追求无功利的诗意生存的执拗劲头。

贾宝玉这一贵族公子的艺术形象，于我们而言当然主要是具有认识价值与审美价值，并不能作为我们的仿效模范。但他那"情不情"里所蕴含的人道主义因素，仍不失为我们置身于当下社会中，面对弱势群体中的具体成员时，值得汲取的一种情感资源，可以增进我们的同情心，促使我们伸出援手，去扶危济困。

婆子所描述的，宝玉"看见燕子就和燕子说话"等行为表现，我以为那不仅是"情不情"，更是一种让自己的生活更富诗意的人生追求，

《红楼梦》里所刻画的贾宝玉，与其说是一个反封建的叛逆人物，不如说是一个总想逸出功利社会的理想主义者，他的理想其实是在任何时代任何社会体制下都不可能彻底实现的，他要花儿开了不谢，要青春女性容颜永驻，而且永不增岁变老，永是女儿永不嫁人，永远如春花般陪伴在他身边，还要盛宴永不散，欢乐永不歇……我们看不到八十回后的《红楼梦》也许反倒是我们的幸事，说实在的，这样的一个贾宝玉，他面临狂暴的摧花风雨时那撕心裂肺的痛楚，那些文字纵使存在，我们又怎能忍心卒读？

但是，如果不去照搬贾宝玉的那些长吁短叹、咕咕哝哝，而是在时下功利主义甚嚣尘上的情势下，适度撷取他那诗意生存的态度，也能偶尔看见燕子就和燕子说话，看见河里鱼儿跟鱼儿打招呼，把早霞夕阳、月亮星星当作有性灵的朋友，对之凝视沉思，甚或低吟浅唱，肯定是有好处的。我们不能也不必像贾宝玉那样，非把自己的生存完全地诗化不可，然而我们却无妨让自己的生活至少是镶嵌进诗意的片断，对不对？

大小都有个天理 

一次饭局上，都是些同行，大家嘻嘻哈哈，随意闲聊，其中一位最抢话头，这本也没有什么，各人有各人的性情，话匣子型的性格，比锯嘴葫芦型的性格，原更适合于社交，本不应对之反感，但那回此公的言谈，竟全是糟改同行及相关熟人的笑话，一会儿把某人在某场合不慎说错的话一再地模仿挖苦，一会儿又把某人难看的吃相模拟得活灵活现，他真是欲罢不能，接二连三，牵四挂五，渐渐打趣到同桌的忠厚者头上，形容他当年作检讨时怎么一副“孙子样”，甚至离席站起，学起某人不雅的“蛙跳步”，连大家都认识的一位资深编辑和一位司机也不放过，讲了二位的无从对证的荤笑话……席上有人听了哈哈大笑，有人抿嘴不语，我实在听不下去，只好佯作去洗手间，避席畏听糟改语。

有人专爱从门缝或锁眼看他人，形成了一种心理定式。比如我刚到某单位时，私下向一位比我资深的人士请教，意思是有劳他把其他跟我们分在一个组学习的人士介绍一下，他就眉飞色舞地给我形容起来，一位当年如何走投无路，是他在大街上偶然遇见了，才大发善心帮助其调到我们单位，而此公普通话又如何蹩脚，以至于在文章里写出了别别扭扭的怪句子；另一位如何在家里受老婆辖制，再一位当年在大会上被当众点名时如何面如土色……就连分组学习作记录的那位女士，他也将其一桩隐私添油加醋地描绘了一番，这么听下来，除了他本人，真真是“洪洞县里无好人”了。那以后，我当然也就成了他对别人糟改的靶子，甚至于，有时在正式社交场合，他也要用一些字面上堂皇的语句，把我讽刺性地介绍给在座的客人，令我既难堪又无奈。

我现在的怕社交，怕某些饭局，实在跟不愿再遇上这样的人，听这类的聒噪有关。经历过太多的人际摩擦，我现在懂得，尽量以善意看待别人，不吝把真诚的赞语说出口，才应该成为我们的心理定式与社交准则。

因为有了这样的感悟，所以再读《红楼梦》第三十九回的一段“过场戏”，就觉得特别有味道了。曹雪芹写到李纨偶然地从平儿身上摸到一串钥匙，引出她一番感慨：“我成日家和人说笑，有个唐僧取经，就有个白马来驮他；刘智远打天下，就有个瓜精来送盔甲；有个凤丫头，就有个你。你就是你奶奶的一把总钥匙，还要这钥匙作什么？”宝钗跟着说：“这倒是真话。我们没事评论起人来，你们这几个都是百个里头挑不出一个来，妙在各人有各人的好处。”宝钗所说的“我们”，是她们那一群主子小姐，“你们”则是指平儿等上等丫头，接着李纨又赞扬了鸳鸯，说她不仅把贾母伺候得舒舒服服，而且“心也公道”，并不仗恃着贾母的信任依赖“依势欺人”，“倒常替人说好话儿”。惜春也赞鸳鸯，又引得宝玉探春赞彩霞，当然袭人也就被提出来大加肯定。其中李纨还把对这些人的肯定上升到理论：“大小都有个天理。”

“大小都有个天理”，意思是人无论高低贵贱，他或她的存在，总有个最基本的道理，那就是“各人有各人的好处”，一个人看待别人，应该把这一点作为前提，对家人亲友要这样自不待言，对待同事、邻居、同行、熟人也要这样。当然，社会确有复杂一面，知人知面难知其心，所共事的也好，所遭逢的陌生人更不消说，确有缺点盖过优点，或竟隐蔽着罪恶意识，对自己可能不利、有害的，对之需加防范，不可轻率置评。但在人际交往中，尊重他人，善待他人，扬其善，赞其美，懂得人与人之间是一种互补互助的依赖关系，还是应该成为我们的主导意识；玩笑可以开，幽默应该有，但无论是背靠背地糟改，还是当面冷嘲热讽，都是不对的，说轻了是低级趣味，说重点就是为人刻薄有违厚道，再说重点，那就是自丑忘形。

李纨那样一群封建贵族家庭的主子们，对其丫头们尚且能多看优点，赞美其好，而且懂得双方的生命历程是在相互依赖中达于和谐的，我们生活在今天人文环境下的人们，互相之间已经没有了主奴关系，难道不是更应该把“大小都有个天理”这句话铭记在心，在为人处事中多些相互肯定、真诚赞语吗？

朴而不俗，直而不拙

一般读者都记得惜春会画画，天津泥人张曾创作过一座非常生动的泥塑《惜春作画》，那照片经许多报刊登载，风靡一时。电视连续剧里也有表现惜春作画的段落。但一般读者往往忽略了探春的专长，只知道她诗才逊于黛、钗、湘，似乎只有理家方面的管理才干，其实，曹雪芹也是把她作为一个书法家来塑造的，我们万不可眼错不见。

《红楼梦》里除了在表现秦可卿卧室时使用极度夸张手法外，对其他居室的描写一律是写实的手法。他那样表现秦的卧室，是别有用意——暗示她真实的皇家血统公主身份，他是不得不用那样的“曲笔”。描写贾府空间别的部分他虽然也有艺术升华，但力求给人以真实感，比如他写林黛玉第一次进入贾政王夫人居住的荣国府正房，就见到炕上“靠东壁面西设着半旧的青缎靠背引枕”，“挨炕一溜儿三张椅子上，也搭着半旧的弹墨椅袱”，“半旧”二字两见，倍增可信度。

刘姥姥二进荣国府，贾母带她在大观园里溜了个够，几乎把每位小姐的闺房都逛到。其中描写最细腻的，就是探春住的秋爽斋。探春素喜阔朗，三间屋子不曾隔断，当地放着一张花梨大理石大案，案上磊着各种名人法帖，并数十方宝砚，各色笔筒，笔海内插的笔如树林一般，那一边设着斗大的一个汝窑花囊，插着满满的一囊水晶球儿的白菊；西墙上当中挂着一大幅米襄阳《烟雨图》，左右挂着一副对联，乃是颜鲁公墨迹，其词云："烟霞闲骨格，泉石野生涯"；案上设着大鼎，左边紫檀架上放着一个大观窑的大盘，盘内盛着数十个娇黄玲珑大佛手；右边洋漆架上悬着一个白玉比目磬，旁边挂着小锤……怎么样？古今书法家，几人能够拥有一个如此高雅阔朗的挥洒空间？

元春省亲后，"便命将那日所有的题咏，命探春依次抄录妥协"，之所以点名让探春抄录，就是因为元春知道这个妹妹精于书法。

光看上面对于探春居所的描写，我们难免会觉得她的审美趣味十分地贵族化，她使用的陈设的那些东西，哪一样不是精妙昂贵的？有的更可以说是无价瑰宝。但曹雪芹把探春的审美品格设定在了更高的段位上。那就是超越了一般的富贵与高雅眼光，更能追求来自乡土民间的淳朴之美。在"饯花节"那一天，她把宝玉哥哥叫到一边，喁喁地说私房话，托付宝玉去外面给她买回些美丽的东西来，宝玉一时也想不出有什么可买的，对她说外面"左不过是那些金玉铜磁没处撂的古董"，她就点明："谁要这些，怎么像你上回买的那柳枝儿编的小篮子，整竹子根抠的香盒儿，胶泥垛的风炉儿，这就好了，我喜欢的什么似的……你拣那朴而不俗、直而不拙者，这些东西，你多多的替我带了来！"难怪她屋里卧榻，那拔步床上，悬的是葱绿双绣花卉草虫的纱帐，从农村来的板儿立即认出上面有蝈蝈和蚂蚱。

懂得欣赏朴而不俗、直而不拙的乡土工艺品的人士，才算具有高段位的审美品位。眼下中国人真个是富起来了，这里暂且不谈财富分配不公的问题，只就小康与大富的社会阶层而论，追风雅，搞收藏，炫品位，诩内行，一时风气大炽，而各级市场也应运而生，从高级拍卖会，到大众化地摊，吸引了众多的人士，有的一脑门子心思只在低价搜奇以待升值大赚，有的一掷万金气度不凡意在炫富，有的苦心孤诣呕心沥血誓淘传世瑰宝，有的收进售出频繁与炒股炒汇一个目的属单纯的投资行为……而在这些人士眼中，“柳枝儿编的小篮子，整竹根抠的香盒，胶泥垛的风炉儿”等等，都属于不值钱的毫无收藏价值的，甚至如果自己偶然摆弄了被人看见了还会觉得“丢份儿”。正是在这种“一颗富贵心，两只体面眼”（这是《红楼梦》里的话）的作用下，朴而不俗、直而不拙的乡土工艺品越来越难觅得，有的已经失传。鸡年庙会上，我见到了大量工业流水线上生产出的塑料鸡、棉绒鸡、铁皮鸡、石膏鸡，就是见不到手工制作的布鸡、泥鸡，好不容易见到了吹糖鸡捏面鸡的，却是围观的不多购买的更少，跟那民间小贩一聊，说是没办法，也就是自己跑来找个乐儿，靠那手艺根本无法维生。

我们这社会还需要推广探春式的审美观，懂得鉴赏朴而不俗、直而不拙的草根产品，不仅可以保存一大批民间工艺制作的文化遗产，还可以维系富裕阶层与清贫阶层的心灵沟通，有利于在审美共识中，滋润出和谐的社会气象来。

竟是拈阄公道 

英国的莎士比亚生活在 16 世纪末 17 世纪初，比曹雪芹约早一个多世纪，他作品里有句名言：“弱者，你的名字是女人！”曹雪芹也同情被社会所摧残所毁灭的弱女子，但他的思想境界比莎士比亚更上层楼，他宣称“女儿是水作的骨肉”，创作《红楼梦》的动机，是因为“忽念及当日所有之女子，一一细考较去，觉其行止见识，皆出于我之上，何我堂堂须眉，诚不若彼裙钗哉？……闺阁中本自历历有人，万不可……使其泯灭也”。他笔下的青春女儿形象，个个性格凸现，如闻其声，如见其形，又各不相同，有的豪爽，有的泼辣，有的姣俏，有的端庄，有的狡黠，有的伶俐……有王熙凤那样的“巾帼英雄”，也有迎春那样的懦弱小姐。

迎春的身份，各古本《石头记》里歧文横生，有贾赦前妻所出、贾赦妾生、贾政前妻所出、贾赦女过继给贾政等不同说法，可见曹雪芹在对这个角色定位时，颇费神思，因为全书稿未定曹雪芹就溘然而逝，所以尽管我们能大体知道迎春出嫁后被孙绍祖这匹“中山狼”蹂躏而死，但具体的情节，还是只能依靠想象。就迎春这个形象而言，以莎士比亚那句名言来对之喟叹，是恰切的。

1874 年英国出版了一本名为《龙之帝国》的书，书里写到英国商人菲力普向接待他的曹頫讲起了莎士比亚戏剧故事，忽然发现屏风后有人偷听，曹頫去从屏风后揪出一个少年，加以责备，这个少年应该就是曹雪芹。这是一段与英、中两国大文豪都相关的趣闻，足充谈资。

迎春的相貌，第三回通过林黛玉进府有所描写：合中身材，腮凝新荔，鼻腻鹅脂，温柔沉默，观之可亲。一次贾政、王夫人召见府中子女辈，宝玉到得最晚，见他进屋，唯有探春、惜春和贾环站了起来，这就点明，迎春比他们四位都大，因为是姐姐，所以见了宝玉不用起立迎接。在这样一个封建礼法森严的环境里生活，迎春因为与世无争，能忍能让，因此不像其他姐妹们那么时生焦虑，和所有的上下人等都从无龃龉冲撞。第三十八回写众女儿吃蟹之余，林黛玉倚栏杆坐着钓鱼，宝钗俯在窗槛掐桂花蕊掷向水面喂鱼，探春、惜春、李纨立在垂柳阴中看鸥鹭，而迎春呢，曹雪芹为她设计的行为是“独在花阴下拿着花针穿茉莉花”，这是多么娴雅柔媚的女儿形象，谁能将其绘成绝美的仕女图？

迎春在书中很少开口说话。即使有话，也多半是被动式，人问她答。秋爽斋偶结海棠社，迎春积极性不高，随大流而已，李纨封她为副社长之一，负责限韵，迎春难得地发表了一个看法：“依我说，也不必随一人出题限韵，竟是拈阄公道。”

后来她果然采取了类似拈阄的方式，随手翻书，翻出七言律，于是让大家作七言律，又让小丫头随便说一个字，那丫头正倚门立着，便说了个“门”字，“门”属于诗韵“十三元”，头一个韵就定了“门”，又从韵牌匣子“十三元”一屉中随机抽出“盆”“魂”“痕”“昏”四块牌子，这样就确立了吟白海棠花的全部规则。

在一个利益分割日趋细化，而游戏规则尚不健全的社会环境里，弱者常会选择或服从抓阄的方式。迎春说出“竟是拈阄公道”的话语绝非偶然，这是曹雪芹针对她的性格特点所延伸出的一个艺术细节。在写灯谜诗时，曹雪芹又特意为迎春设计了一首谜底为算盘的诗："天运人工理不穷，有功无运也难逢；因何镇日乱纷纷？只因阴阳数不同。"这灯谜诗其实表达的是对精确算计的不信任，而宁肯将一切托付给"运气"的那么一种无奈的心情。

在我们当前所置身的社会里，一般老百姓所期盼的，是公平合理的社会分配机制的确立。像北京的经济适用房的发售，对发售对象尽管有相关的规定，但"镇日乱纷纷"，只见有住进去享受三个卫生间安了七台电视，并且楼下停着豪华轿车的；许多符合条件的市民昼夜排队等候放号，却排得死去活来后被告知"此队无效"，望穿秋水，身心憔悴；最新的消息，是采取了迎春那"竟是抓阄公道"的方案，将在电脑上摇号，这对弱势社群来说，也许真是个说不上有多好，但毕竟可以接受的消息。曹雪芹通过他的书弘扬一种"情不情"的人道情怀，第一个"情"字是动词，就是对"不情"，即不懂得感情的事物，也要主动赋予满腔的关爱，现在我们面对着那么多懂感情的普通市民，最起码，要把这"抓阄"的公道履行好，别让类似西安"宝马车彩票案"那样的事态重现吧！

状元榜眼难道就没有糊涂的

元、迎、探、惜四春，在曹雪芹笔下探春着墨最多，元春次之，迎春和惜春升为主角的“本传”只各有半回，迎春的是“懦小姐不问累金凤”，惜春的则是“矢孤介杜绝宁国府”。迎春的身份在现存古抄本《红楼梦》里异文极多，究竟把她设置为贾赦前妻所出，或妾所出，或贾政前妻所出，曹雪芹似乎犹豫过，最后也没有敲定，但惜春设定为贾珍胞妹，这在各古本和通行本上都是一致的。

因为贾氏两府辈分最高的是贾母，她又特别喜欢女孩儿，所以她把两府的小姐都集中到荣国府来抚养，后来又都安顿到大观园里，探春入住秋爽斋写得很明确，迎春和惜春开始说是分别住在缀锦楼和蓼风轩，后来又说分别住在紫菱洲和藕香榭，也许是她们在大观园里搬迁过？

在“惑奸谗抄拣大观园”后，惜春因为丫头入画箱子里被翻查出男人物品和一大包金银元宝，算是违犯了府规府法，认为此事令自己丢了面子，就让人去叫来嫂子尤氏，执意要撵入画出去，入画跪求，尤氏认为入画固然不该私自传递东西进园，但那些钱财物品确实都是贾珍赏给她哥哥的，入画并不是像迎春丫头司棋那样与外面的男人私通，只不过是把“官盐”弄得成了“私盐”，罪过不算大，训斥警告一番尚可察看留用，但惜春却冷面冷心，说“快带了他去，或打，或杀，或卖，我一概不管”，尤氏进一步劝说，惜春哪里听得进去，还把双方争论的话题从入画可不可赦，引申到风闻很多对宁国府的不堪议论，因此她不仅是要杜绝入画，还要从今后跟宁国府一刀两断，尤氏在一群丫头、嬷嬷面前被小姑子如此排揎，脾气再好也难隐忍，就说“四丫头年轻糊涂”，惜春顶嘴说“你们不看书不识几个字，所以都是些呆子”，话赶话，尤氏急了，就讽刺她“你是状元榜眼探花，古今第一个才子，我们是糊涂人，不如你明白”，惜春这时就说出了一句掷地有金石声的名言：“状元榜眼难道就没有糊涂的不成？可知他们也有不能了悟的！”

惜春性格的孤介乖僻，可与妙玉媲美。她的诗才虽然平庸，却比擅诗的黛、钗、湘等多一方面才能——能画。她的悲惨命运，在第五回里透露得很清楚：“可怜侯门绣户女，独卧青灯古佛旁。”有清代人在笔记里记载，曾见到八十回后古本，惜春最后是“缁衣乞食”。高鹗续书胡写什么“沐皇恩贾家延世泽”，说惜春后来在妙玉被劫后的拢翠庵中安顿下来，那是不符合曹雪芹原意的，拢翠庵是元春省亲时建的，到贾府败落时才三年多的时间，哪是什么“古庙”（第五回太虚幻境册页里画的是古庙），里面又哪来的古佛？

状元榜眼探花相当于现代竞赛中的冠亚季军，对这些“蟾宫折桂”“出人头地”者的迷信，不仅过去存在，到如今也还存在于一般俗众之中，但曹雪芹早在两百多年前，就通过笔下惜春这个人物，发出了“状元榜眼难道就没有糊涂的不成？！”这样的呼声。抛开惜春这个人物那不近人情，过分地冷面冷心，陷入悲观主义的这一点不论，就她对状元、榜眼那具有穿透力的觑破揭露而言，确实是振聋发聩的。当然，惜春对他们的评判另有标准，那就是能否“了悟”，也就是《红楼梦》十二支曲里关涉惜春的那首《虚花悟》里点出的，人需要懂得“将那三春看破，桃红柳绿待如何？……说什么，天上夭桃盛，云中杏蕊多，到头来，谁把秋捱过？……生关死劫谁能躲？”这样的标准太虚无、太消极，我们难以认同，但往昔那些状元榜眼探花大都热衷名利，欲望烧心，有几个真能挣脱名缰利锁，而且能拿出真本事造福社会的？把他们当成“纸老虎”觑破，很有必要。

不仅过去封建社会科举制度下的状元榜眼探花不值得崇拜追逐，就是一再地进行了改革的现代考试、评奖机制下的冠军亚军季军及什么前多少名，也不能盲目地推崇效仿。遗憾的是，直到今天，把高学历、高名次、高职称、高位置、高头衔、高座次看得过死过重，而忽视了人的实际素质、实践能力、可开掘潜力与可持续前景的庸俗眼光，仍流行于社会，遮蔽、阻挡、妨碍、毁灭有真才实学、实践能力的“无名次”俊杰的现象，仍非个别存在，在这种情势下，我们跟着惜春喊一句“状元榜眼难道就没有糊涂的不成？”还是有清心醒脑作用的。

水晶心肝玻璃人

王熙凤只约略识得几个字，是贾府年轻一辈里肚中最缺乏墨水的一位，她平时记账精算开单查书等与文字相关的事宜，都支使一个未弱冠小童彩明办理，那其实也就是她的文案秘书。但有一天忽然李纨探春等找到她，说是要请她当大观园诗社的“监察御史”，她立刻明白，“御使”的高帽子戴到她头上，绝非什么妙事，她戳破探春等人的诡计：“我猜着了，那里是请我作监察御史，分明是叫我作个进钱的铜商，你们弄什么社，必是要轮流做东道的，你们月钱不够花了，想出这个法子来拘了我去，好和我要钱，可是这个主意？”一席话说得众人都笑起来了，李纨就说她：“真真你是个水晶心肝玻璃人！”

李纨说王熙凤是个“水晶心肝玻璃人”，明褒实贬，听话听声，锣鼓听音，王熙凤是个任何方面都要拔尖占强的人，受此讥讽，岂能甘休，就说了“两车无赖的泥腿市俗家常打算盘分金拨两的话”出来，惹得一贯寡言少语笨嘴夯腮的李纨，也就一口气说出了一大篇揭她短处的话来，甚至说王熙凤跟平儿“只该换一个个儿才是”——这段文字不仅把李纨性格塑造得更其丰满，也是“草蛇灰线，伏延千里”，逗露出八十回后，确有王熙凤被贾琏休掉，平儿被扶了正的情节。

所谓“水晶心肝玻璃人”，并不是说此人单纯，对他人的透明度高，无城府，忒直率，而是指其聪明过人，机关算尽，对他人的意图，哪怕是非常含蓄地表达出来，甚至还不及将整个意思表达完毕，就已经心知肚明，并立即有了应付的词语与策略。王熙凤正是这样，她点破探春李纨等人的诡计，遭逢李纨一番超常发挥的抨击后，飞快地适应形势，转攻为守，甚至不惜营造出一种“缴械投降”的氛围，谋求“哀兵必胜”的效果，当李纨最后问她：“这诗社你到底管不管？”她的回答真是非常漂亮：“这是什么话，我若不入社花几个钱，大观园里我不成了反叛了，还想在这里吃饭不成？明日一早就到任，下马拜了印，先放下五十两银子，给你们慢慢的做会社东道。过后几天，我又不作诗作文，只不过做个俗人罢了，监察也罢，不监察也罢，有了钱了，你们还撵出我来也使得！”一番话化干戈为玉帛，皆大欢喜。

“水晶心肝玻璃人”，更多地意味着对他人有超常的洞察力，《红楼梦》里非常生动地写出，王熙凤如何总能效戏彩斑衣，哄贾母开心，并从贾母因开心而施予的恩宠里，获得实际的好处；她又能将贾琏的心思一眼看破，或以言语点破，或以颜色示之，在前八十回里，基本上将贾琏辖制得无可奈何。王熙凤的这种对他人的洞察力，是她行事胆大妄为的心理前提。虽然我们现在看不到曹雪芹笔下的八十回后文字了，但在前面曹雪芹已经非常明确地告诉了读者，这个“水晶心肝玻璃人”并没有什么好结果，她的生命结局是非常凄惨的：“机关算尽太聪明，反误了卿卿性命，生前心已碎，死后性空灵……呀！一场欢喜忽悲辛……”水晶心一旦破碎，该割出怎样喷涌的鲜血；玻璃人一旦成为碎片，该是怎样一种不堪回首的惨景！

与“水晶心肝玻璃人”对应的，在《红楼梦》语汇里，有一句“痰迷了心，脂油蒙了窍”，“酸凤姐大闹宁国府”时，王熙凤见了尤氏劈头便骂，就骂出了这句话。一个人“痰迷了心，脂油蒙了窍”，当然是完全昏聩，毫无优点可言了。其实对比于王熙凤，尤氏理事的能力未必逊色多少，像贾母让她为王熙凤操办生日，她就处理得非常之好，退回几个“苦瓠子”和几位丫头的“份子钱”，收买了人心，却又并不克扣留给自己，用那些银子把那场生日活动办得丰丰富富、多姿多彩。丈夫贾珍儿子贾蓉都不在家，忽然公公贾敬吞丹而亡，面对这突发事件，尤氏的应变能力也不算弱，体现出一定的理事水平。尤氏这方面的能力受到抑制，主要是因为她丈夫贾珍爵位在身，又是一族之长，非常强悍，况且她是填房，跟王熙凤带着堂皇的嫁妆被贾琏娶为头房正妻，有所不同。在《红楼梦》里，尤氏戏份不少，细心的读者，应该从那些情节里发现不少她优于王熙凤的地方。但尤氏在八十回后的结局也很悲惨。曹雪芹写出了社会大环境大事态对个人命运的无情控制，“个人是历史的人质”，不管是“水晶心肝玻璃人”还是“痰迷了心，脂油蒙了窍”，到头来决定人命运的往往并非其品质，而是大势。

但我们不应因此陷入宿命论中。就个人而言，无论面对怎样的命运，都应努力提升自己的心灵品质。不要做一个“水晶心肝玻璃人”，太累，也太难与人为善，当然也不要“痰迷了心，脂油蒙了窍”，活得懵懵然昏昏然，郑板桥的那“难得糊涂”意蕴还是值得我们体味的，在大事情上要清醒，大原则上要坚守，在小事情甚至某些中等事情上，对他人无妨“没心没肺”一点，对自己则无妨“得过且过”一点，这样的人生，应该才是朴素自然、问心无愧的。

太满了就泼出来了

贾母发起，“闲取乐偶攒金庆寿”，为凤姐过生日，派尤氏张罗此事，尤氏只能从命。尤氏领命后，来到凤姐房里，商议如何行事，不禁微嗔：“你这阿物儿，也忒行了大运了，我当有什么事叫我们去，原来单为这个。出了钱不算，还要我来操心，你怎么谢我？”凤姐笑道：“你别扯臊，我又没叫你来，谢你什么！你怕操心？你这会子就回老太太去，再派一个就是了！”尤氏于是回击：“你瞧他兴的这样儿！我劝你收着些儿好，太满了就泼出来了！”

《红楼梦》开篇不久，有秦可卿给凤姐托梦的情节，里面就有“月满则亏，水满则溢”的警告，又一连说出“登高必跌重”“树倒猢狲散”“盛筵必散”等含义相通的俗语，不过，那个语境里的“水满则溢”，主要是预示一种物极必反的状态，而尤氏所说的“太满了就泼出来了”，则是抨击一种恶劣的心态，对于读者的启示，侧重面有所不同。

王熙凤那样跟尤氏说话，所仗恃的，就是贾母这座靠山。王熙凤以戏彩斑衣、噱头不断的手法，哄得贾母开怀大笑，于是她的劣迹丑行，就都瞒蔽过了贾母，以及王夫人等。

读《红楼梦》读得细的人，都会发现书里不时出现“官中的钱”这样一个概念，就是说贾府经济上的开支，是由一个总账房来管理的，凤姐的权限，是向总账房领取了月银月钱后，再按分例往各处发放，从贾母、王夫人起，李纨、宝玉、众小姐，当然还有她自己，一直到大小丫头，都从她手里往下发，按说这些银钱是“官中”的，绝非她的私房钱，但她却总是预支来了以后，便让旺儿拿到外头去放贷取利，利银归己，数年如一日地如此敛财，经常是因为本利没有及时收回，而耽搁了月例银钱的发放，这事后来连袭人都知道了，贾母、王夫人却一直被蒙在鼓中。宝玉挨了父亲暴打后，养伤时说想喝莲叶羹，贾母一迭声地让赶快去做，这事当然由凤姐来操办，她就传话给厨房，让做出十来碗，解释说这东西平时难得做，既然给宝玉做，也就顺便多做些，请贾母、王夫人、薛姨妈等都尝尝，贾母就指责她是拿着官中的钱做人情，贾母的指责当然只是口头上的，心里是觉得这个孙儿媳妇着实是办起事来面面俱到；凤姐也就表示多做的汤，不必由官中开支，这个东道她还做得起。

贾府有府规，有总账房，府里人称之为“官中”，从贾母到凤姐，府里的家下人等，嘴里都承认，甚至敬畏这个“官中”，但实际的情况是，从上到下，许多人心里都另有一杆秤，把一己私利奉为准星，损“官中”而肥自身，蔚成风气，曹雪芹写得非常细致，比如关于玫瑰露和茯苓霜的官司，就牵扯面极广，谁真正按规矩行事？凤姐作为内当家，胆子就更大，瞒天过海，贪得无厌，她又不信什么阴司报应，百无顾忌，反正有贾母这位老祖宗的宠信，她的心态岂止是“自我感觉良好”，简直是“自我感觉优秀”，尤氏说她“太满了就泼出来了”，指的就是她那有恃无恐的狂劲儿。

我认为，“太满了就泼出来了”这句话，作为劝诫一般人要谦虚谨慎，固然也适用，但就其出现的语境，以及其词语的意象而论，应该还是更针对凤姐那样的大狂妄者。

曹雪芹的本意，未必是把凤姐当贪官来写，他笔下的凤姐是个复杂的人物，对于凤姐后来的悲惨命运，他也惋惜悲叹。但是我们今天读《红楼梦》，也无妨把凤姐身上那负面的东西，比如“太满了就泼出来了”的狂妄心态，作为一种借鉴。我们置身的现实里，有的公务员之所以成为毫无顾忌的贪官，也跟凤姐一样，那心态膨胀得太厉害了，觉得自己“朝中有人”，谁能把自己怎么样？“你反映去呀，换个人来呀！”恣行无忌，横行无度，你认为他“太满了就泼出来了”，一时间他却偏泼出些来也还盘踞不移。时下有的贪官连凤姐也不如，凤姐至少还能拿出些银子来请人喝莲叶羹，至少还以公然用“官中的钱”做人情为耻，至少总还能把放出的贷款连本带利收回来，把各处的月银月钱发放下去，拖欠的时间也还有限，现在有的贪官连家里的卫生纸也公费报销，用公费宴私客成为习惯，而违规放出的贷款，根本就无从收回，搞得下面连工资也发不出。

但是，从根本上说，“太满了就泼出来了”，这种心态必然导致行为的严重失范，最后君临其身的并非什么阴司报应，而是现世报，凤姐她“机关算尽太聪明，反误了卿卿性命”，“呀！一场欢喜忽悲辛！”就这一点而言，还是足令我们今天的某些人惊悚的吧？

推倒油瓶不扶

王熙凤一张嘴，赛过三千毛瑟枪，她自己巧舌如簧、满嘴滚珠，也喜欢所使唤的人能跟她一样，舌尖生花、口齿脆朗，她宣称最恨那起“必定把一句话拉长了作两三截儿，咬文嚼字，拿着腔儿，哼哼唧唧的”的奴仆，“急得我冒火，他们那里知道！先时我们平儿也是这么着，我就问着他，难道必定装蚊子哼哼就是美人了？说了几遍才好些儿。”所以她偶然发现怡红院的杂勤丫头小红，居然说话“口声简断”，立刻召到麾下，加以任用。

大凡读过《红楼梦》的人，都难忘王熙凤的生动言辞，她那“从来不信什么是阴司报应的”、“拼着一身剐，敢把皇帝拉下马”的泼辣话，以及形容宝玉和黛玉口角后握手言和：“倒像黄鹰抓住了鹞子的脚，两个都扣了环了！”等软幽默，许多读者都能随口道出。

王熙凤一向打心眼里看不起宁国府的尤氏，在贾琏偷娶尤二姐事发，她去大闹宁国府撒泼时，就高声呼出了这样的话：“你又没才干，又没口齿，锯了嘴子的葫芦，就只会一味瞎小心图贤良的名儿，总是他们也不怕你，也不听你！”“他们”指贾珍和贾蓉，这二位确实是贾琏偷娶尤二姐的“大媒”。前八十回里，王熙凤在家里对贾琏可是处处要占上风，贾琏在她面前倒仿佛是个“锯了嘴的葫芦”，凡跟她过话总是遭噎，所谓“一从二令三人木”，就是指贾琏在第一阶段总是不得不服从王熙凤，到八十回后，才因她诸恶逐步曝光，进入第二阶段，就是贾琏可以命令她了，最后一个阶段，她被贾琏休掉。

秦可卿丧事过后，贾琏和林黛玉从扬州也料理完了林如海的丧事，回到荣国府。王熙凤设酒宴给贾琏接风，说起协理宁国府，王熙凤一番话亏曹雪芹怎么模拟得来：“我那里照管得这些事！见识又浅，口角又笨，心肠又直率，人家给个棒槌，我就认作针；脸又软，搁不住人家给两句好话，心里就慈悲了……一句也不敢多说，一步也不敢多走。”这是听来令人起鸡皮疙瘩的“谦词”。说到她所面对的那些仆妇，则这样形容：“咱们家所有的这些管家奶奶们，那一位是好缠的？错一点儿他们就笑话打趣，偏一点儿他们就指桑说槐的抱怨。坐山观虎斗，借剑杀人，引风吹火，站干岸儿，推倒油瓶不扶，都是全挂子武艺……”则听来足令人倒抽凉气。

且不管那王熙凤如何把自己形容为柔弱善良的憨妇，又如何把别人形容为一群奸狡刁钻的丑类，来达到夸赞自己、堵塞问责的目的，现在我们单把她嘴里所说的那些反面的“全挂子武艺”拎出来探讨探讨，也还是挺有意思的。

如今的某些公仆，似乎有着贾府里那些“管家奶奶”的“遗风”，对上，“错一点儿就笑话打趣”，“偏一点儿就指桑说槐的抱怨”，在公私宴席上，除了说“荤笑话”，就是此种“打趣”与“抱怨”。对其自己所负的那一摊责任，不仅谈不到对人民负责，就是对上司同僚，也无团结奋进、和衷共济之心，“坐山观虎斗”“借剑杀人”是把为人民服务的岗位当成了争名夺利的权力网络，“引风吹火”地制造内部矛盾，所管辖的领域内出了问题不去认真解决，对应予协调解决的兄弟部门的事情更是“站干岸儿”，任凭人家在“险浪”中挣扎也不伸出援手，你说恶劣不恶劣，该不该曝光揭露、批判罢免？

“推倒油瓶不扶”，我曾听一位胡同杂院的大妈告诉我，又可以说成是“带倒油瓶不去扶”，所形容的，是极端地不负责任的态度。大妈说，“推倒”不一定是故意要做坏事，但因为一贯马虎，所以会“一不留神”连带着把“油瓶”弄倒，这本来并不难挽救，只要及时地扶起来，问题也就解决了，即便漏出一点油，损失也有限，但就有那么一些人，身负某方面责任，却吊儿郎当，在其责任范围内“油瓶”不慎被带倒后，居然不去扶正，任那油咕嘟咕嘟地流到地上，他心里想的只是“反正这油瓶又不是我故意推倒的”“反正这油又不是我家的”“反正这瓶油流空了，还会再给这块儿补上一瓶来”，这样的家伙，有时就居然以一纸检查混过事故责任，之后依然盘踞其位，会上照瞌睡，宴后照剔牙，你说可气不可气？该不该想个杜绝这类“公仆”的法子？

看着多多的人吃饭最有趣的

贾母是个享乐主义者，在吃上严格履行孔老夫子的“八字方针”，即“食不厌精，脍不厌细”，在艺术欣赏上能“破陈腐旧套”，布置房屋，用今天的话来说也就是搞装潢设计，她的趣味既高贵也高雅，这些，读《红楼梦》的人都会留下很深刻的印象。

但是，有一个细节，往往被许多读者忽略，那就是第七十五回，贾母说了句发自肺腑的话，她表达了她的一个最强烈的人生享受，那就是：看着多多的人吃饭最有趣的。

贾母是宁、荣两府尊崇的老祖宗。她是女性，地位虽尊，族长还是让贾珍去当。荣国府值班守夜的婆子，吃醉了酒，忙着分主子筵席剩下的果品，当尤氏丫头去支派她们的时候，两个婆子很不耐烦，借着酒劲儿，说出了“各家门，另家户”的话，惹出一场风波。其实我们仔细阅读《红楼梦》的文本，就会感觉那两个婆子说得并不错，宁国府跟荣国府尽管都认贾母这个老祖宗，但是经济上是分开核算的，贾珍过年时会跪在贾母榻前敬酒，但是敬完酒退出去就只顾追欢买笑，何尝真对贾母所在的荣国府这边的得失挂在心上。

贾母是荣国府的顶梁柱。她有很雄厚的私房。人们都知道，她也含蓄地表达过，宝玉、黛玉两个人的一娶一嫁，用不着“官中的钱”，她是全包的。贾琏、凤姐作为荣国府的管家，在开支上掰不开镊子时，跟鸳鸯开口，让鸳鸯协助他们，暗中把属于贾母自己的几大箱金银器皿拿去当了，来应付窘局。鸳鸯为什么那么胆大妄为？其实，鸳鸯做这件事，私下里还是跟贾母汇报了的，贾母只当不知道，鸳鸯只当没跟贾母说，贾琏凤姐也就只当没做这件事。曹雪芹写得真妙。他写出了封建大家庭“内囊却也尽上来了”的景象，也写出了家族内部几种人物之间微妙的心照不宣。

贾母刚见刘姥姥就跟她说：“我老了，不中用了，眼也花，耳也聋……亲戚们来了，我怕人笑我，我都不会，不过嚼的动的吃两口，困了睡一觉，闷了时和这些孙子孙女儿顽笑一回就完了。”这些话，刘姥姥在大观园里那么一逛，心里就明白全是谦词，你看贾母带着刘姥姥和一群人到了林黛玉的潇湘馆，是怎么对凤姐谆谆教诲，让凤姐和大家懂得蝉翼纱和软烟罗的区别的，再后来到了薛宝钗的蘅芜苑，又是怎么教训薛宝钗不可以那么样地简朴到没道理的地步，立即命令鸳鸯“你把那石头盆景儿和那架纱桌屏，还有个墨烟冻石鼎……再把那水墨字画白绫帐子拿来”，贾母处理这些事情，是非常睿智也非常麻利的。

第七十三回，一连串的偶然事件，引发出贾母亲自查赌，老祖宗一怒，谁敢徇私？“虽不免大家赖一回，终不免水落石出”，贾母的威严、杀伐，跃然纸上。

所以，把贾母简单化地定位于封建大家族宝塔尖上“福深还祷福”的“享福人”，是不对的。这是一个既放权享受又时时处处统领家族全局，必要时甚至亲自干预局部乃至细节的家族领袖。

到第七十五回，跟贾家休戚与共的江南甄家已经被皇帝查抄治罪，而且荣国府已经违反王法替甄家藏匿了转移来的家产，荣国府收取的租米已经不能达到原来的水平，整个儿是个捉襟见肘、风雨飘摇的局面了，但就在这一回，曹雪芹特意写到，贾母自己吃完饭，在地下走来走去“行食”，先叫薛宝琴和探春坐在她吃饭的桌子两边吃，又叫尤氏坐下吃，更叫丫头鸳鸯、琥珀和银碟都坐在一处吃，这在那样的贵族家庭里，是很出格的，按规矩，不仅奴才没资格坐在那样的地方，当着贾母面吃饭，就是那些媳妇小姐也不能那样，但是贾母不仅又一次“破陈腐旧套”，而且还跟大家笑道：“看着多多的人吃饭，最有趣的。”

把“看着多多的人吃饭”当作人生的一大乐趣，这说明贾母有一种“全族富足我快乐”的情怀。贾母是一位封建大家庭的总主子，尚且懂得只有“多多的人”，包括她那个空间里的丫头下人全有充足的饭吃，才能称其为繁荣，才能有家族的稳定与和谐，她自己也才能获得坚实的快感，这对今天的某些辖管一大空间或领域的“父母官”来说，应该仍是有借鉴启发意义的吧？

从小儿世人都打这么过的

王熙凤因为贾琏酒后跟下人鲍二家的老婆乱搞，大泼老醋，最后两口子一直闹到老祖宗贾母面前，谁知贾母虽也呵斥贾琏，却当着众人跟凤姐儿说了这么一番话："什么要紧的事！小孩子们年轻，馋嘴猫儿似的，那里保得住不这么着，从小儿世人都打这么过的……"这话凤姐儿听到耳中，落入心底，居然也就不再撒泼打滚，一场闹剧，最后竟以喜剧收场。

过去的评家和读者，有把贾母定位于封建家族宝塔尖上大罪人的，说她不劳而获，穷奢极欲，维护封建正统，而又以虚伪的开明言行迷惑人们，像她在"变生不测凤姐泼醋"后所说的这些话，就凸显出她的腐朽本质：为了维护贾府的正统秩序，不惜撕下封建道德的虚伪面纱，赤裸裸地为封建贵族的糜烂生活辩护，宣扬建筑在对劳动人民敲骨吸髓基础上的享乐主义。

曹雪芹写贾母，却并没有也不可能从阶级分析的角度出发，他忠于自己的人生体验，忠于客观真实，忠于把生活原型刻画到纸上使其获得艺术生命的追求，我们如果摆脱了"以阶级斗争为纲"的视角，冷静地阅读其笔下的文字，就会觉得贾母确实也是一个无法用简单标签来定位的形象，她对孙辈的慈蔼和对贾政贾赦的冷漠，对刘姥姥的惜怜和对府中设赌局的婆子的严厉，对贵族礼数的因循执着和对曲艺表演的破陈腐旧套，对福寿的一再昏祈与对人生艰辛的清醒认知，对生活享受的精致敏感与能糊涂时且糊涂，种种似乎相悖的特性却都很协调地融汇在她的精神世界与行为语言中，对这一艺术形象我们似乎不必去加以褒贬，而应该将其作为认知那一时代的一种生命存在的宝贵标本。

把贾母那一番话，用今天的语言加以详解，应包括以下丰富的层次：第一层，食色，性也，个体生命的性存在，是毋庸大惊小怪的。第二层，在主观上并不真正想改变婚姻状况的前提下，偶尔的性出轨属于“什么要紧的事”！（贾琏和那淫妇虽有些怨嫌凤姐的浪语，但那都不过是趁兴说说罢了。）第三层，在双方都属自愿的前提下，婚外通奸并非什么大罪大恶，“那里保得住不这么着”，夫妻间没必要非闹个鸡飞蛋打。第四层，“小孩子们年轻”，允许年轻人犯错误，人都有一个从荒唐到庄重的成长过程。第五层，不要以为只有自己遇到了这样的窝心事，配偶花心闹出些风流韵事，或者只不过是因为“馋嘴猫儿似的”，不管脏的臭的，都临时拉来泄欲，这类的事情其实可以说是一种普世的规律性存在，“从小儿世人都打这么过的”，只不过很少被人看破说透而已。第六层，看破说透了，配偶双方应该回复到平日基本上是恩爱和谐的生活常态中来。

一位常跟我讨论《红楼梦》的年轻朋友说，他以为贾母的言论即使搁在今天，也是振聋发聩的，如今关于婚外性行为方面的讨论，能用寥寥几句把观点亮明而且富于雄辩力，超越贾母之上的论家，似还不多见。我向他指出，贾母的论点，朝男性一方倾斜，庇护丈夫一方有余而要求妻子一方容忍则又过苛，不知当年她对贾代善的性出轨是否真能一笑了之？年轻朋友说，去除掉贾母言论中的这一会令女权主义者不满的因素，对夫妻双方“一碗水端平”地要求他们懂得“从小儿世人都打这么过的”，在今天的社会情势下，应该说至少还是很有启发性的。不知读者诸君是怎样的一种看法？

卖油的娘子水梳头 

这句话里的“油”不是指食用油，而是史湘云那句“这鸭头不是那丫头，头上哪讨桂花油”趣话里的那种女用梳妆油。

这话是王夫人说的。凤姐因病需配调经养荣丸，要使上等人参二两。王夫人先让丫头在自己屋里找，找出来的只有几支簪挺般细的，剩下全是些须末。去问邢夫人那边，更没有。只好求救于贾母，贾母那边倒有一大包，都有手指头那么粗，但送去给医生看，医生说这东西不能久放，凭是怎么好的，过一百年全变成灰，贾母那里的人参虽未成灰，也都是朽糟烂木，早无性力，根本不能使用了。王夫人于是叹道：“卖油的娘子水梳头，自来家里有好的，不知给了人多少，这会子轮到自己用，反倒各处求人去了。”七十七回的这段情节，清楚地印证了脂砚斋一再告诉我们的，曹雪芹所写的是贵族家庭的“末世”，八十回后，肯定会一步紧逼一步地写到贾府以及整个贾、史、王、薛“四大家族”的“忽喇喇似大厦倾，昏惨惨似灯将尽”，“好一似食尽鸟投林，落了片白茫茫大地真干净”，绝对不会像高鹗那样，还要去写什么“占旺相四美钓游鱼　奉严词两番入家塾”，以及“沐皇恩贾家延世泽”。

“卖油的娘子水梳头”是一句俗语。按说卖头油的老板娘应该最不缺头油使，但是她却偏用刨花水甚至清水来代替桂花油等化妆品，凑合着把头发勉强梳顺，使其有一点亮光。

现在像《红楼梦》里写到的那种头油，已经近乎绝迹，现在发廊里使用的焗油用料，还有摩丝发胶什么的，大都含有多种化工原料。当年的头油可都是纯植物制品。我童年时代每天上下学要穿过北京隆福寺庙会四次，尽管关注的主要是零食摊和玩具摊，但逛得久了，也难免会偶尔注意一下别的货摊，记得那庙会上就有老远能闻见气息的头油摊，光顾的主要是妇女，那摊上摆放着大大小小的玻璃瓶子，瓶子贴着花花绿绿的标签，标签上还往往有仕女画，或花卉蝴蝶的图案，那些瓶子里装的就是头油，有桂花油、茉莉油、玫瑰油等不同的品种，看摊的有老板也有老板娘，只记得那老板娘镶着银牙，头上老插着艳丽的绢花，描着弯弯的细眉，脸颊上抹着胭脂，只是不知道她头上是否擦有头油，或者竟是“水梳头”？

后来也曾跟同住一个胡同杂院的大妈，聊闲天时扯到《红楼梦》，涉及“卖油娘子水梳头”这句话，那大妈却说，她老早听到过这句话，但其意思是形容人“抠门儿”（吝啬）、“善敛财”。一句俗话在流传的过程里，意义不断地丰富，而且在不同的语境里分流转化为不同的含义，是很正常的语言现象。

这话搁到今天，其实还可以引申出更丰富的意思。现在有的经营者，不在提升产品质量、加强管理和科学营销等方面下功夫，单以自己“水梳头”的“苦肉计”方式去谋求成本的降低，甚至压低员工工资、不按规定为全体员工投入医疗保险和养老保险，这种克扣式“水梳头”，必将导致“枯发”、“掉发”形成“秃顶”的后果。起先这“水梳头”还只是主观上的收敛，到后来，想拿些油来“梳头”也力不从心了，“水梳头”成了无奈之计。再往后，则意味着企业连头油也没有了，实际上已经停止正常运转，“水梳头”说明还在强撑着脸面而已。当然，也有那样的情况：开头，猛地享受自己的“桂花油”，即从无节制地“增加福利”，发展到无利也“分红”，最后成了“破馅儿饺子”，甚至是号称“饺子”而无馅儿，竟是满锅的浑汤烂皮儿，根本就没了“桂花油”，焉能不“水梳头”？某些国企，不就在上演这样的闹剧，最后使绝大多数职工处在悲剧的境域中吗？

无论是哪种原因导致“卖油的娘子水梳头”，都不是什么好事情。但愿人们在用这话解嘲之后，能将事态调整、纠正到一个正常的，可持续发展的局面。

读书人总以事理为要

《红楼梦》字字珠玑，人物语言尤其精彩，而且十分感性，很少在写人物说话时故意制造哲理警句，真是一个角色有一个角色的独特话语，比如史湘云，这是一个多么具有魅力的艺术形象，但你细检她的语言，都从她活泼的天性自然流出，其中几乎没有什么抽象的理性，“这鸭头不是那丫头，头上那讨桂花油”，谐谑而富有情趣，就是跟丫头翠缕论阴阳，也是一派天真，毫无学问气，像是说绕口令。

但第一回就出场的贾雨村，却是个爱说哲理性语言的角色，第二回他对冷子兴长篇大套地讲述了一番“阴阳二气掀发搏击论”，这里且不去管他，单说第一回得甄士隐资助赴京赶考，他留下的那句话，就值得品味一番。甄士隐头晚才给他银子衣服，他第二天五鼓竟已启程，留下的话是：“读书人不在黄道黑道，总以事理为要，不及面辞了。”

贾雨村是书中除了贾宝玉外，有具体外貌描写的男性，他生得腰圆背厚，面阔口方，剑眉星眼，直鼻权腮，非常雄壮。由于此人后来与贾政过从甚密，双方在仕途经济的价值观上一致，被贾宝玉视为国贼禄蠹，深为厌恶，又由平儿嘴里揭露出他陷害石呆子，将石珍藏的古扇掠给贾赦，还招致贾琏被贾赦痛打，平儿因此咬牙骂他是“半路途中那里来的饿不死的野杂种”，根据前八十回的脂砚斋批语透露，八十回后还会写到贾家败落过程里他恩将仇报，狠踹了贾府几脚，当然最后自己也还是没能逃脱“因嫌纱帽小，致使枷锁扛”的命运，许多评家都指出这个人物是典型的“奸雄”。

但我以为曹雪芹刻画他笔下的人物，虽然有爱憎臧否蕴含其中，但总是还原于鲜活，写出了性格的复杂与人性的诡谲，正如我们不能对历史中的真正存在以人废言一样，对于贾雨村这个艺术角色也不能以其劣行而废其睿智之言。

从《红楼梦》中撷拾人物珠玑般的语言，也就可以将贾雨村的“读书人不在黄道黑道，总以事理为要”作为一例。将这句话从书里剥离出来，搁到今天的社会环境中，对我们仍具有启发性。

中国的阴阳八卦、黄道黑道，西洋的星座运程、扑克占卜，这类玩意儿不能说完全没有它一定的道理，大体而言是一种概率推测，或模糊数学，更多的因素则是非科学的随心所欲，直到今天，迷信这些而疏远精密科学的人还非常之多，包括不少的读书人，比如按属相、血型、星座来判断一个人的气质命运，将其奉为谶言，因吉语少而生焦虑的就大有其例，其实仔细想想，全世界那么多人，若按属相等分类也不过就那么多种，难道各种属相的人真的就同命运共遭遇？就在你身边，也可以找出归于一类但境况大相径庭的例子啊，被那么粗糙含糊的说词搞得神魂颠倒、忧心忡忡，不是太可笑了吗？再比如近期太阳黑子活动频繁，在这种情况下乘坐飞机是否安全？单就这一个因素而言当然安全性是降低了，“不宜出行”，但现在的科学技术足以在飞机导航方面使其影响化解到最微小的程度，而在一个“万胜历”上标明是黄道吉日最宜出行的日子和时辰，却又偏偏发生了空难与车祸，这就说明决定事物状态的应该是诸多因素的集合，而精密科学就是认知与把握这些合力的“事理”，读书人实在是应该带头摆脱迷信，“总以事理为要”。

黄柏木作磬槌子

这是歇后语的前半句，后半句是“——外头体面里头苦”。这话是宁国府贾珍说的。一些读《红楼梦》的人总没弄清，贾珍虽然比贾母辈分低两辈，比他父亲贾敬和荣国府的贾赦、贾政低一辈，但书里故事开始时，他却已经是贾氏家族的族长，这在那个时代可是个非同小可的身份，贾珍在族务上不仅统管宁、荣两府，他的管理面还包括两府以外的所有贾氏族谱上挂号的人士，建造大观园他是总监工，贾母带领府中女眷和贾宝玉到清虚观打醮，他充当总指挥，大展族长威严，让仆人往躲懒的贾蓉脸上啐口水，把其他族中子弟都震慑住了。书中还有不少细节刻画他作为族长的善于周旋和应对，在家族败像频现的中秋节，开夜宴时大家忽然听到那边墙下有长叹之声，祠堂槅扇有开阖怪响，别人全慌了，他还能厉声叱咤，显示出体现在他身上的阳刚之气。

过去的许多《红楼梦》评论都把贾珍当成个简单的反面人物来分析，特别是他与秦可卿的乱伦关系，老仆焦大之骂，似乎把他钉牢在了耻辱柱上。我却认为曹雪芹并没有把他当作“反面教员”的意思，是力图把一个真实的封建贵族家庭的壮年族长的形象血肉鲜活地呈现在我们面前，他有罪愆，也有光彩、有荒唐，也有魄力，种种因素汇聚在他身上，对这一角色我们不应该粗率地贴标签，而应该细致地分析他的存在方式与审美价值。我在自己开创的“秦学”中，考证出秦可卿的原型是康熙朝废太子胤礽的一个女儿，胤礽在小说中则以“义忠亲王老千岁”的符码隐现，按曹雪芹原来的写法，是因为宁国府冒极大风险收养了“坏了事”的“义忠亲王老千岁”的女儿，所以才终于遭抄家陨灭，“家事消亡首罪宁”正是这个意思，在收养的过程里，秦可卿名义上是贾蓉的媳妇，其实是贾珍的情妇，他们之间的爱情是真挚而深切的。在反复整理书稿的过程中，为了避文字狱，曹雪芹后来听取了脂砚斋的忠告，把已写好的文字删去了很多，又打了补丁，将秦可卿的出身说成一个从养生堂里抱来的野种。

书里写到贾珍的话语，总是非常贴切于他的身份，性格鲜明，别具韵味。“黄柏木作磬槌子——外头体面里头苦”这个歇后语，是他在接收府里庄田之一的黑山村乌庄头送年租来时，因为乌庄头误以为贾府有宫里娘娘支撑，就一定富贵无忧，说出的带有自嘲意味的一句话。

人最难得的是有自知之明。知己的同时当然还应该知彼。双知的情况下，对自己的劣势一面，应该有自嘲的能力。自嘲能化解焦虑、浮躁、恐惧与慌张。自嘲是软幽默，能在困境中令人软着陆。缺乏自嘲能力的人，即使在优势胜过劣势的情况下，也可能因为心理上的僵硬，而经不起变故，甚至经不起仅仅不过是谣言的冲击。贾珍能当着边远地方来的佃户头子说出这种“露家底”的话，显示出他在家族颓败情势下，还具有相当健康的心理状态，这也是他尚能在颓势中拼力一搏的本钱。

抛开《红楼梦》，撇开贾珍，“黄柏木作磬槌子——外头体面里头苦”这个歇后语，也可以令我们生出许多的联想。世上的人和事，多有与这种磬槌子类似的，但能对此有清醒认知的，不多，能以此自嘲，坦率地面对命运，去努力改变、抗争的，那就更少了。

牛不吃水强按头?

这是一句带强烈反抗情绪的话，所以必须加上一个问号，念出时需在句末将声调往上硬挑。

这是鸳鸯说的。作为老祖宗贾母的宠侍，鸳鸯平时出语总是不急不躁，显得温柔敦厚而又诙谐可人，但没想到老色鬼贾赦竟打上了她的主意，意欲向贾母讨去做妾，邢夫人不仅不阻拦，还亲自去动员鸳鸯，鸳鸯性格中桀骜泼辣的一面于是破茧而出，曹雪芹写了她一系列激越铿锵的话语，读来令人不禁拍案叫绝。

贾府的丫头，有的是家生家养的，有的是中途来的，家生家养的属于“世奴”，是最不能自己把握自己命运的，主子可以任意摆弄她们，反抗往往是徒劳的。鸳鸯偏就属于这一类的家奴，她父母在南京贾府老宅看守空房，兄嫂在荣府当差，非家养世奴的平儿、袭人很为她担心，因为其兄嫂势必会来帮主子逼婚，鸳鸯就说：“家生女儿怎么样？牛不吃水强按头？我不愿意，难道杀我的老子娘不成？”

后来鸳鸯那嫂子果然跑进大观园来，企图说服鸳鸯就范，鸳鸯对其心肠一眼洞穿，对平、袭说：“这个娼妇专管是个‘九国贩骆驼的’，听了这话，他有个不奉承的去！”那嫂子刚说有“好话”有“天大的喜事”要告诉鸳鸯，鸳鸯就指着她骂道：“你快夹着屄嘴离了这里，好多着呢！什么‘好话’！宋徽宗的鹰，赵子昂的马，都是好画儿！什么‘喜事’！状元痘儿灌的浆儿又满是喜事！怪道成日家羡慕人家女儿做了小老婆，一家子都仗着他横行霸道的，一家子都成了小老婆了！看的眼热了，也把我送在火坑里去！我若得脸呢，你们在外头横行霸道，自己就封自己是舅爷了，我若不得脸了时，你们把忘八脖子一缩，生死由我！”一番痛骂真是酣畅淋漓、血泪交喷。其中“好话（画）”、“喜事”两句，是以谐音来讥讽其嫂，因为侍奉的是贾府上层，耳渲目染，所以鸳鸯知道宋徽宗画的鹰、赵子昂画的马是好画；清朝时人们最害怕的是出天花，那时往往一蔓延开就会死很多人特别是婴儿，倘若出的“状元痘”能灌满浆，那么尽管可能会留下麻坑，却标志着生命可保无虞了，所以俗称是“喜事”，急切中鸳鸯说出这么两句，十分符合她的身份见识，也显示出她对其嫂是既气愤更蔑视。

鸳鸯抗婚，是《红楼梦》中最精彩的篇章之一，也为八十回后埋下了伏笔。高鹗的续书，把鸳鸯之死锁定在“殉主”上，这是违背曹雪芹本意的。鸳鸯作为贾母的忠仆，如用今天的眼光看，类似机要秘书的角色，她与贾母在长期相处的磨合中，除了主觉奴顺奴感主恩外，也确实会派生出超越阶级地位的真实感情，贾母如死在她之前，她大为悲痛是必然的，而且她上述激烈抗婚的言行之所以能一时得逞，也确实是因为有贾母这么一个大庇护伞，贾母一死，那就谁也保护不了她，只能落在贾赦手心里了。按曹雪芹八十回后的构思，鸳鸯之死虽会借“殉主”的形式，但实质应该仍是对贾赦的反抗，而且意义还不仅是对一个恶人的反抗，需知像她那样的“世代家奴”是主子以“口”计算的财产，生死都是不能由自己来支配的，你自己去死了那是破主子家的“活财”，会被视为针对整个主子集团的大罪。可惜我们今天已经无缘得见曹雪芹笔下的鸳鸯之死。

时代已经转换，社会已经进步，我们所处的人际间现在已经没有了《红楼梦》里的那种主奴关系，但个人有时还会遭遇不良势力甚至是恶势力的胁迫，在这种情况下，从鸳鸯身上汲取有益的营养，发出“牛不吃水强按头？”的抗争之声，求助于法制、法律和社会道德舆论，包括公序良俗，摆脱胁迫，使公民权益不受侵犯，仍是保持生命尊严的必要手段。

前人撒土迷了后人的眼 

贾琏偷娶尤二姐，王熙凤设计迫害尤二姐，导致尤二姐把已成形的男婴流掉，在悲伤绝望中吞金自尽，被草草火化埋葬，这段故事在《红楼梦》读者中，对尤二姐的同情是一致的，对王熙凤的评价，却产生出分歧，有的觉得王熙凤实在阴狠歹毒，是她人性中黑暗面的一次大暴露，有的却觉得她在那种一夫多妻制的处境里，所作所为，也不失为一种妇女对夫权的反抗，还是有其可以理解与谅解的一面。

清朝入主中原以后，允许满汉通婚，《红楼梦》里出现的女性，实际上是满汉混杂的。曹雪芹所写下的故事，虽然具有明显的自叙性、自传性，但他不愿意把朝代、地域过分坐实，林黛玉进荣国府以后，故事基本上都发生在北京，多次写到炕：上炕，下炕，炕桌，一条腿跪在炕上一条腿立在地下吃饭，等等，这都是江南金陵地区不可能有的情况；写书中人物的服饰装扮，男人避免写到辫子，所有的男性角色只写到贾宝玉梳辫子，但又不是清朝法定的那种剃光前半个脑袋上头发的那种辫子；写女性角色的服装基本上全是汉族式样（清代入关后对男子发型服装有严格规定，对汉族女子的服装却基本上维持明代风格），没有旗袍、两把头、花盆底鞋等典型满族女装的描写，至于女性脚的样式，也绝少涉及，以致有的读者一直在问：林黛玉薛宝钗她们究竟是三寸金莲还是天足啊？

要说《红楼梦》里完全没有写到女性的脚，那也不对。写“红楼二尤”的故事时，就直接写到尤三姐是小脚，她在对贾珍、贾琏的调戏实行反抗，嬉笑怒骂时，“底下绿裤红鞋，一对金莲或翘或并，没半刻斯文”，这说明尤氏父亲续弦所娶的尤老娘，是汉族妇女，她带来的两个“拖油瓶”女儿，从小就是裹脚的。尤二姐被王熙凤“赚入大观园”，带去见贾母，贾母戴上眼镜看完了她的手，“鸳鸯又揭起裙子来”，这是暗写请贾母检查她的脚裹得好不好，贾母看毕摘下眼镜笑赞道“更是个齐全孩子”，所谓“齐全”就是从头到脚都中规中矩，尤二姐的“金莲”按当时标准来说，是令府里的老祖宗满意的。

但是根据我们对《红楼梦》里诸多人物的原型研究，大体可以确定，属于“四大家族”的女性，应该都是随满俗，脚是天足，不裹脚的，这是因为“四大家族”祖上应该都是早年在关外就被满族俘虏，编入正白旗，成为包衣奴才，他们后来生下的女性，基本上是在满族文化风俗中长大成人的。林黛玉呢，比较费猜测，她母亲是“四大家族”中的女性，但父亲林如海很可能又是汉族，父母是否能形成统一意见，或让她缠足或任其天足，曹雪芹没有写，读者也就只能各随其想。

《红楼梦》里的丫头，傻大姐是特意写到她“两只大脚”，以为鲜明特征，可见府里丫头并非都是大脚，而且丫头们互骂“小蹄子”，又讽刺不愿跑腿是“怕把脚走大了”，可见属于小脚的不少，贾宝在《芙蓉诔》里有“捉迷屏后，莲瓣无声”的句子，可见晴雯是小脚，但像鸳鸯那样的府中家生家养的世仆的后代，我们判断她是天足，应该是八九不离十的。

“齐全孩子”尤二姐，死得很惨，一年以后，王熙凤忽然假惺惺地对贾琏说：“我因为我想着后日是尤二姐的周年，我们好了一场，虽不能别的，到底给他上个坟烧张纸，也是姊妹一场，他虽没留下个男女，也不要‘前人撒土迷了后人的眼’才是。”

“前人撒土迷了后人的眼”究竟是什么意思？有解释为“稀里马虎含混了事”的。但古本《石头记》里，写王熙凤说这句话，有的本子在前头是“也要”，有的却是“也不要”。如果选择“也要”——红楼梦研究所校注的现在十分流行的本子，选择的就是“也要”——那么，整句话就不通了，王熙凤是故意说这个话来欺骗人，她不可能直接表明她主张对尤二姐的周年祭“含混了事”。

曾请教过北京什刹海边的老大妈，她说那是句早年常听见她上两辈说到的俗话，应该是“前人撒土别迷了后人的眼”，意思是做事情要尽量周到，不要前人所做的事情对后人不利。录此以为红学研究者和红迷朋友们参考。

我个人比较倾向于这句俗语的正确说法是“前人撒土别迷了后人眼”，抛开王熙凤什么的不论，就是在今天，这话对我们不也仍有一定的警示作用吗？

清水下杂面你吃我看见

“红楼二尤”的故事是令人难忘的，尤二姐善良软弱，尤三姐泼辣刚烈，贾琏在小花枝巷“包二奶”，不仅包了二姐，把尤老娘和三姐也养起来，贾珍本是色迷，乘虚而入，有一回跑到小花枝巷去，正鬼混间，贾琏回来，贾琏采取了同意“共享”的态度，于是居然兄弟二人与尤三姐同桌共饮，谈笑取乐，这时尤三姐站在炕上，指着贾琏嬉笑怒骂道：“你不用和我花马吊嘴的，清水下杂面你吃我看见，见提着影戏人子上场，好歹别戳破这层纸儿。你别油蒙了心，打谅我们不知道你府上的事，这会子花了几个臭钱，你们哥儿俩拿着我们姐儿两个权当粉头来取乐儿，你们就打错了算盘了！……”她以拿两个贵族男子开涮的方式进行反抗，自己高谈阔论，任意挥洒一阵，弄得那二人连口中一句响亮话都没了，那局面竟仿佛她嫖了男人，并非男人淫了她。一时她酒足尽兴，也不容那兄弟二人多坐，撵了出去，自己关门睡去了。

“清水下杂面你吃我看见”，在这里的意思是“你的意图瞒得了谁，我可是一清二楚”，有一种揭露对方、不屈服于对方而控诉、斥责的力度在里面，因此声调必是拔高的，与“见提着影戏人子（就是皮影戏的角色造型）上场，好歹别戳破这层纸儿（就是放映皮影纸的那个纸幕）”连说，更具冲击力。

这句话在《红楼梦》的另一段故事里又出现了一次。那是宁、荣两府为贾母贺八十大寿，尤氏作为孙媳，必须要体现孝道，于是一连几日都不回宁府，白日间迎送宾客，晚间就到大观园稻香村李纨那里歇息。且说那日尤氏晚间一径来至园中，只见正门与各处角门仍未关，犹吊着各色彩灯，就命小丫头叫该班的女仆。没找到一个女仆，只好到二门外去找管事的女人，见到两个婆子正在那里分主子席上撤下的菜果，就让她们去唤管事的女人来，那两个婆子听到并不是凤姐的命令而是尤氏的命令，就不放在心上，还只顾分菜果，说了句“管家奶奶们才散了”，以为就对付过去了，谁知那宁府来的小丫头不是好糊弄的，点破她们如果是荣国府的主子下命令，早就“狗颠儿似的传去的”，那两个婆子一则吃了酒，二则被这丫头揭挑着弊病，老羞成怒，回口道：“扯你的臊！……什么‘清水下杂面你吃我也看’的事，各家门，另家户，你有本事，排场你们那边的人去！”小丫头便赶到大观园里，当着荣国府的人，把两个婆子的话告诉给尤氏。

这段情节虽然不如二尤故事那么吸引人，但曹雪芹写它的用意很值得我们重视。他是以此来表现贵族大家族各支派间的矛盾。从表面上论，宁国府和荣国府如唇齿相依，荣国府里有两府辈分最高的老祖宗贾母，宁国府里则有整个贾氏宗族的族长贾珍，两府肯定是一荣俱荣、一枯俱枯，利益既然相连难分，两府的主子不分彼此，应该都可以随意地支使另一府里的仆役，但实际情况上，却是不同的宗族支派间貌合神离，表面礼让，而各怀异心，曹雪芹把这一段情节还衍生为邢夫人趁机挤对王熙凤，所谓“嫌隙人有心生嫌隙”，从一桩小事，揭破封建大家族人际间“乌眼鸡”般的明争暗斗，为我们提供了丰富的认识价值与审美乐趣。

两个分菜果的老婆子嘴里呐出的“清水下杂面你吃我也看”（用字与尤三姐略有不同），是反讽的口气，意思是“你别把事情分得那么清楚，不存在什么清清楚楚的可能性”，她们借着酒劲儿居然就紧接着喊出了“各家门，另家户”的话来，把宁、荣两府利益分流、彼此敷衍甚至龃龉冲突的隐秘一面公开出来，小丫头自然将这话当作把柄，气急败坏地找到尤氏告状，结果一浪推一浪地掀起了轩然大波。

在今天的社会语境下，“清水下杂面你吃我看见”这句俗语，也仍可在特指的前提下，激活为一种对“公开透明度”的朴素诉求。“别以为能瞎糊弄过去，清水下杂面你吃我看，咱们走着瞧！”还是掷地有声，具有威慑力的。

失了大体统也不像

薛宝钗协助李纨、探春理家，先说了一句“天下没有不可用的东西”，可谓至理名言。她们从赖大家那里获得启发，原来一个破荷叶、一根枯草根子，都是值钱的，赖家的花园子比贾府大观园小许多，但就靠着把一切东西皆转化为金钱的经营方式，除了自家戴花、吃笋等不用外买节约出许多开销，还可将多余东西外卖出二百两银子来。天下东西皆可用，宝钗接着说：“既可用，便值钱。”探春算起账来，越算越兴奋，于是三人就计议一番，要在大观园实行兴利剔弊的新政，所实施的政策，便是承包责任制。十几年前就有人写文章，说岗位责任的个人承包体制，早在《红楼梦》里，就通过第五十六回“敏探春兴利除宿弊　时宝钗小惠全大体”里很具体很生动地描写出来了，确实如此，我这篇文章不想把立意再局限于这个方面，我想强调的，是薛宝钗的另一思想侧面。

承包的前提，是将个人责任与个人利益紧密联系在一起，说破了，也就是首先承认人皆有私心，人性中皆有恶，因此顺其心性，加以驾驭，“使之以权，动之以利”，因为所承包的事项关系到自身收益，所以会尽心尽力，一定会努力地降低成本、减少浪费、提升技术、珍惜收益，一个一个的承包者皆是如此，则大局一定繁荣，用宝钗的话说，就是光一年下来的生产总值，就“善哉，三年之内无饥馑矣”！

但承包的做法，是挥动了一把双刃剑，一边的剑刃用于提高生产积极性很锋利，一边的剑刃却很可能因为没能辖制住人性恶，而使获利者的私心膨胀，伤及他人，形成不和谐的人际龃龉，甚至滚动为一场危机。曹雪芹的厉害，就在于他不仅写出了敏探春、时宝钗她们的“新政”之合理一面与繁荣的效果，也用了很多笔墨写出了因为没有真正建立起公平分配机制，所形成的大大小小的风波，仅从看角门的留杩子盖头的小幺儿与柳家的口角，就可以知道承包制使大观园底层仆役的人际关系比以往更紧张了，一个个两眼就像那鬣鸡似的，眼里除了金钱利益，哪里还有半点儿温情礼让？

薛宝钗是个头脑极清醒的人，所谓“时宝钗”，用今天的话来说就是“摩登宝钗”，就是既能游泳于新潮又能体谅现实的因循力量，总是设法在发展与传统之间寻求良性的平衡。她一方面肯定岗位责任制，一方面又提出了“均富”的构想，这构想又细化为，一、大观园里的项目承包者，既享受税收方面的优惠，不用往府里的账房交钱，但他们也就不能再从账房那里领取相关的银子或用品，比如原来他们服侍园里的主子及大丫头们，要领的头油、胭粉、香、纸，或者是笤帚、撮簸、掸子，还有喂各处禽鸟、鹿、兔的粮食等等，此后都由他们从承包收益里置办；二、承包者置办供应品外的剩余，归他们“粘补自家”；三、除“粘补自家”外，还须拿出若干贯钱来，大家凑齐，散与那些未承包项目的婆子们。薛宝钗在阐释这一构想时，一再强调“虽是兴利节用为纲，然……失了大体统也不像”，“凡有些余利的，一概入了官中，那时里外怨声载道，岂不失了你们这样人家的大体？”她特别展开说明，为什么要分利与那些并没有参与承包的最下层的仆役：“他们虽不料理这些，却日夜也是在园中照看当差之人，关门闭户，起早睡晚，大雨大雪，姑娘们出入，抬轿子，撑船，拉冰床，一应粗糙活计，都是他们的差使，一年在园里辛苦到头，这园内既有出息，也是分内该沾带些的。”

薛宝钗的“大体统”，当然是指贾府的稳定，起码是表面上的繁荣与和谐。过去人们读这回文字，兴趣热点多在“承包”的思路上，对与之配套的“均富”构想重视不够。我们的现实社会，实行“承包”已经颇久了，甚至有人已形成了“改革即承包”的简单思维定式。实际上“承包”不是万能的，有的领域有的项目是不应该承包给私人的，而实行承包也不能只保障直接承包者的利益，而忽略了没能力、没兴趣、没必要参与承包的一般社会成员，特别是社会弱势族群的利益，薛宝钗的“均富”构想，虽然很不彻底，而且在她所处的那样一种社会里，也不可能真正兑现，但是对我们今人来说，还是很有参考价值的，特别是她能考虑到如何让抬轿、撑船、拉冰床的做“粗糙活计”的苦瓠子们也能“沾带些”体制改革的利益，以保持社会不至于因“失了大体统”而“不像个样子”，这一思路，无论如何还是发人深省的。

提防着怕走了大褶儿

“寿怡红群芳开夜宴”，从贾宝玉和众女儿来说，是一次畅怀惬意的集体行为艺术，但若从贾府的规矩礼数角度上看，则是一次骇人听闻的集体越轨活动。好在袭人晴雯等很聪明，她们特意把代理王熙凤管理府务的探春、李纨和宝钗都强拉了来，这样，就使这样一次夜聚饮唱的行为，获得了合法性。

贾府里的规矩是很多的，大观园每天早晚，管家娘子林之孝家的都要领着手下几个管事的女人各处检查，这天晚上也不例外，到了掌灯时分，前头一位打着灯笼，林之孝她们来了，先把迎出来的上夜人清点了一下，看了不少，又嘱咐她们别耍钱吃酒，醉后闷睡误事，上夜的都忙说“那里有那样大胆子的人”；林之孝家的又问宝玉睡了没有？宝玉忙出去礼貌招呼，还请她进屋，林之孝家的也就进去，以有脸面的老仆的口吻，对贾宝玉进行了虽很柔和却又表述得很清晰的劝诫，宝玉只能乖乖听着，丫头们也都只能帮着贾宝玉唯唯称是。后来林之孝家的一行终于离开怡红院，晴雯等忙关了院门，进来笑说：“这位奶奶那里吃了一杯来了，唠三叨四的，又排场了我们一顿去了！”这时麝月就说：“他也不是好意的，少不得也要常提着些儿，也提防着怕走了大褶儿的意思。”

曹雪芹写这一笔，是为了把贵族大家庭的生存方式，展示得更加立体、更加精微。在那样的百年簪缨之族的府第里，服侍过两三代主子的老仆，不仅在诸多年轻奴仆面前威严有加，就是年轻的主子，也需谦恭以待。封建礼法的“大褶子”，在那样的时空里，是不许“走样”的。

麝月是贾宝玉身边的大丫头之一，身份与袭人略低而与晴雯、秋纹平肩，她性格沉稳，不像袭人那样心怀“争荣夸耀”的“大志”，也不像晴雯那么风流灵巧具有个性棱角，比起秋纹来，却又颇显大气洒脱。曹雪芹把她设计成诸芳水流云散的最后见证人，那天夜宴她掣中的签上写着“开到荼蘼花事了”的诗句，据脂砚斋批语透露，贾府事败，袭人不得不离开时，曾跟贾宝玉说“好歹留着麝月”，而在曹雪芹已经写成的后数十回文字中，麝月后来也确实成为留在贫困潦倒的宝玉和宝钗夫妇身边唯一的忠仆；而且在古本《石头记》的批语中还有“麝月闲闲无语令余鼻酸，正所谓对景伤情”的句子，仿佛批书人批那段文字时，麝月的生活原型就坐在其身边，足资玩味。据周汝昌先生考证，脂砚斋就是书中史湘云的原型，经过一番颠沛流离，她终于与曹雪芹遇合，联合著书，而麝月的原型，竟也还能找到他们，同度艰难岁月，正所谓“秦淮风月忆繁华”“燕市歌哭悲遇合”。

贾府的倾塌，外在因素当然是主要的，但其内在的腐朽，也是一个方面。所谓“大褶儿”，也就是“大格局”“基本规范”，表面上似乎还具备“驴粪蛋四面光”的假象，颇为堂皇气派，其实内里早已掏空，人人自欺，又各欺人。后来府里乱象迭生，贾母一怒之下亲自过问，严查夜聚赌博，林之孝家的不得不听命盘查，结果一家伙查得大头家三人，小头家八人，通共竟有二十多人卷入，这才知道，夜幕下的荣国府和大观园，表面上是个温柔富贵乡，似乎一派安详甜美，其实早已是鸡鸣狗盗、藏污纳垢，严重地走了“大褶儿”的样，那罩在外面的堂皇衣衫，已经褶乱纽落，露出不雅，而且危机重重，厄运即至。

一种制度，一套规范，一旦确立，就要认真实施，严格考核，“提防着怕走了大褶儿”，按说只能是作为一道底线，哪里能连“大褶儿”也任其走样呢？但是不仅在曹雪芹笔下那个时代，就是到了今天，也仍然存在着连“大褶儿”也不顾，破着脸逾制违规的人与事，真令人气愤扼腕。

维护“大褶儿”，求得表里如一、中规中矩的效果，应该从两个方面入手，一是必须对贪官污吏严惩不贷，提升法律规范的威严，建立健全纯净有效的监察监督机制；二是从群众中来，到群众中去，通过民主程序，剔除“大褶儿”当中的某些华而不实、无从遵循，导致“罪不罚众”或者“卡死善良人，奈何奸邪人”的那些“褶缝”，使我们的制度规范更合理也更具可操作性。

蝎蝎蜇蜇老婆汉像

我曾写过一篇《话说赵姨娘》，探究过曹雪芹何以会那样地描写她。曹雪芹笔下的绝大多数人物，都塑造得非常立体化，写出了他或她性格的复杂、内心的丰富、人性的诡谲，换句话说，就是有优点写优点，有缺点写缺点，不因其有毛病而舍弃其好处，也不因其有好处而遮蔽其缺失。可是，他写赵姨娘，却用笔刻薄到底，给人平面化的感觉，这个妇人在他笔下只有丑恶粗俗、愚蠢颟顸，而无其他表现。曹雪芹的《红楼梦》是一部自叙性的小说，其中的人物都是有生活原型的，赵姨娘也不例外，大概在他以往的生活中，真有这么一位父亲的小老婆，让他想起来就难以抑制自己的厌恶，他将这一生活原型写入小说中时，也就倾注了过多的憎恨与鄙夷，形成了我们现在所看到的一幅笔墨。

据周汝昌先生考证，曹雪芹原意原笔，对林黛玉之死的设计，绝非是高鹗所续的那样，是因为凤姐实施“调包计”，贾母变了脸，而“焚稿断痴情”，“魂归离恨天”。造成林黛玉死亡的凶手并非贾母、王熙凤，而是赵姨娘。赵姨娘造谣生事，说林黛玉与贾宝玉之间有“不才之事”，又买通在荣国府内药房负责配药的贾菖、贾菱，在林黛玉平日所吃的药里下了慢性毒素，导致林黛玉身心交瘁，最后“冷月葬花魂”，在大观园的水域里沉湖自尽了。赵姨娘这样做的更主要的目的是搞垮贾宝玉，以便由她生的儿子贾环来继承荣国府的万贯家财。曹雪芹本人正是贾宝玉的原型，他对害死林黛玉原型的那个父亲的小老婆，恨之入骨，写入书中时，下笔难以冷静，也就可以理解了。《红楼梦》第七十八回里的《芙蓉诔》，既是悼念晴雯，也兼暗示黛玉的命运，其中“钳诐奴之口，讨岂从宽；剖悍妇之心，忿犹未释”两句，一般论者多以为是痛斥袭人和王夫人的，其实，恐怕理解成是厉骂赵姨娘，更加准确。

我在《话说赵姨娘》一文中，特别提到第六十七回前半回里的一个情节，就是薛蟠从江南带回一批土特产，薛宝钗普遍地分赠给贾府的人，也送给贾环一份，于是赵姨娘就故意拿去给王夫人看，说了些不伦不类的话，本以为夸赞一下王夫人的亲戚薛宝钗能讨个便宜的彩头，没想到王夫人正眼也不看她，让她碰了一鼻子灰，她只好悻悻地走开去。在这段描写里，用了“蝎蝎蜇蜇”这么个形容词，我以为非常生动，把赵姨娘那副丑态概括得十分准确。但后来仔细研究《红楼梦》的文本，我就接受了一些专家早已提出的见解，那就是认为现存的第六十四回和六十七回，特别是这两回的前半回，很可能并非曹雪芹的原笔，而是另外的人补缀上去的。

蝎蝎蜇蜇，形容的是一种仿佛被蝎子蜇了似的，失去了正形的一副猥琐做派，第五十一回里已经出现过这个词儿，写的是在怡红院，夜里麝月出屋方便，晴雯也没披厚衣服，就跟了出去，想吓唬麝月一下，“忽然一阵微风，只觉侵肌透骨，不禁毛骨森然”，宝玉在屋里高声告诉麝月：“晴雯出去了！”一来为麝月免受惊吓，二来也为了让晴雯赶紧回屋。这个情节又引出了下面晴雯受寒得病，但为了把宝玉不小心给烧出一个洞的雀金裘修理好，“勇晴雯病补雀金裘”的重头戏。这可都是曹雪芹的原笔。就在这个情节里，曹雪芹写到晴雯回屋后埋怨宝玉：“那里就唬死了他？偏你惯会这么蝎蝎螫螫老婆汉像！”

蝎蝎螫螫老婆汉像，是针对男子汉的讥讽语，意思是你本应是副男子汉的气派，怎么却仿佛被蝎子螫了似的，失了正形，变得像娘儿们那样婆婆妈妈的，让人看着别扭！在这个具体的情景里，贾宝玉的表现从客观上说是否一定属于“蝎蝎螫螫老婆汉像”，容当另议，但这句俗语直到今天，应该说仍有一定的警示作用，那就是提醒诸位男子汉，无论在何时何地，都应该有与自己性别身份相配的做派，千万别遇见某些情况，就变得“蝎蝎螫螫老婆汉像”，婆婆妈妈，絮絮叨叨，要么委委琐琐，要么惊惊乍乍，惹人厌烦，尤其是令女性嗤鼻齿冷。

摇车里的爷爷

“摇车里的爷爷，拄拐的孙孙”，这是贾芸说的一句话。

《红楼梦》里写了多组爱情故事：贾宝玉和林黛玉的挚爱，薛宝钗对贾宝玉的冷恋，秦钟和智能儿的热恋，龄官对贾蔷的痴情，尤三姐对柳湘莲的单恋，司棋与潘又安的密恋，贾芸与小红的大胆之恋……其中贾芸与小红的恋爱故事着墨相当浓酽，“痴女儿遗帕惹相思”“蜂腰桥设言传心事”，光是单为他们列出的回目就有这么两条，可见这是两个非常重要的、贯穿始终的角色，他们的爱情故事一波几折，而且像滴翠亭小红与坠儿私语被宝钗无意中听见，宝钗为摆脱自身尴尬处境，竟不惜以金蝉脱壳法，将小红的怀疑转嫁到黛玉身上，这样的情节真是极富戏剧性，对刻画人物起到一石数鸟的作用，也为八十回后铺垫下“草蛇灰线，伏脉千里”的伏笔，真是花团锦簇、灵动飘逸的妙文。

可恨高鹗续书时，把小红写丢了，又胡乱地把贾芸写成一个奸邪的坏蛋，使一些读者至今不能好好地欣赏曹雪芹笔下这两个乖巧而善良的活泼形象。

曹雪芹笔下的贾芸和小红，都是有缺点的人物，贾芸用尽心计以冰片麝香巴结凤姐以谋美差，小红以伶牙俐齿博得凤姐青睐达到了“学些眉眼高低，出入上下，大小的事也得见识见识”的攀高枝的目的，但这都是些利己而不损人的行为，是由他们的具体的生存环境所决定的，无可苛责。据脂砚斋批语透露，八十回后将写到，已结为夫妇的贾芸和小红甘冒风险，到狱神庙去看望被系缧绁的宝玉，给予他安慰与救助的情节，他们对凤姐也不因其落难而忘恩负义，在那样的篇章里，这两个很世俗的人物将展现出他们人格中颇光彩的一面。可惜曹雪芹已经写好的这些文字，被“借阅者”所“迷失”，我们今天已无缘得见。

贾芸虽是贾氏宗族中的一员，但他家那一支已经非常衰微，他为生存和发展，不得不绞尽脑汁到荣国府里去钻营，一次有幸见到年纪比他小四五岁的宝玉，宝玉随口说了句“你倒比先越发出挑了，倒像我的儿子”，贾芸就乘机而入，笑道：“俗语说的，‘摇车里的爷爷，拄拐的孙孙’，虽然岁数大，山高高不过太阳，只从我父亲没了，这几年也无人照管教导，如若宝叔不嫌侄儿蠢笨，认作儿子，就是我的造化了。”后来他也真以这样的身份混进怡红院直至宝玉榻前，又送白海棠花给宝玉，成为大观园青春儿女结社吟诗的由头。

贾芸所引的俗语，不是汉族的而是满族的，这也是《红楼梦》将满汉文化融为一体的一例。摇车是满族特有的一种育儿工具，男婴与女婴各有入摇车的时间规定，上摇车是很重要的一个日子，家庭会有一系列特殊的安排，只是摇车的形制今已失传，不知尚有复原的可能否。

贾芸引此满族俗语，有阿谀之态，但也反映出他为人处世有圆通的一面。抛开书中的人物和情节，单就这俗语而言，不仅道出了年龄与辈分不必相谐的生命存在的现实，也蕴含着破除论资排辈定规的活泼思维，这种通达宽容的心理状态，在今天的世道中，也不失为我们现代人可以参照的一种健康标准。时下颇有一些年轻生命似乎“越位存在”，小小年纪就成为畅销书作家，版税收入可以名列于富豪榜中，到学校里去搞抽样调查，从初中生到高中生以至大学一二年级学生，会在他们的答卷里将这样的年轻作家与鲁迅并列在“最熟悉”或“最喜欢”的提问后，有的爷爷辈的人就对此气愤填膺，简直不能容忍，但又无法禁绝其存在，弄得自己损元伤身，我建议他们无妨笑道：“摇车里的爷爷，拄拐的孙孙。”不必那么大惊小怪，更不必那么气急败坏，天道、世道往往就会那么“不按次序”，对自己觉得实在是“乱序有害”的事物，可以批评，可以指正，但应该出之理性，心怀开阔，花开花落任由之，由他后浪推前浪。

扬铃打鼓的乱折腾

凤姐小产后身体一直难以复原，荣国府里一时颇有权力真空的态势，加上小戏班解散后“十二官”多半都分进了大观园，女孩子们更成了扎堆儿之势，各种矛盾暴露出来，怪事迭出，大哭小叫，官司不断，难解难判，在这纷乱的局势下，连聪明过人处事果断的探春，也往往没了主意，大有“按下葫芦起了瓢”的狼狈感。

诸种矛盾交织纠结，“茉莉粉替去蔷薇硝　玫瑰露引来茯苓霜”，闹到最后，连宝玉都卷了进去，面对如此情势，大观园该怎么治理？平儿经过一番调查，认定了柳五儿确实是蒙冤，通过宝玉包揽责任，可以解脱彩云，并且保住探春的面子，也不必将柳家的那厨头职务撤销，改换秦显家的，多余地进行一次伤筋动骨的权力改组，于是，她就去向凤姐汇报，说服凤姐采纳她的怀柔政策。

谁知凤姐是个地道的“法家”，她的治理方略是：“依我的主意，把太太屋里的丫头都拿来，虽不便擅加拷打，只叫他们垫着磁瓦子跪在太阳地下，茶饭也别给吃，一日不说跪一日，便是铁打的，一日也管招了。又道是‘苍蝇不抱无缝的蛋’，虽然这柳家的没偷，到底有些影儿，人才说他，虽不加贼刑，也革出不用，朝廷原有挂误的，倒也不算委屈了他。”“文革”当中“四人帮”把“法家”捧上天，乍一听，似乎他们是主张“依法治国”，但实质上他们并不是要建立以民为本的法制体系，而是想实行“朕即法”的苛酷压制。王熙凤真可谓“四人帮”的“好前辈”，其“法制观”完全剥夺了被告的辩护权，搞的是“逼、供、信”，主张捕风捉影，拒绝调查研究，一个人说了算，认为冤假错案也没什么了不起，真是种下蒺藜不计后果，更没有什么历史眼光，她在铁槛寺受贿三千两银子害死两条人命，就宣称过“从不信什么阴司地狱报应的，凭是什么事，我说要行就行”，不迷信鬼神本来并不错，但不懂得善必将战胜恶，“不是不报，时候未到”，一意孤行而毫无顾忌，这就大错特错了。

曹雪芹通过平儿，肯定了另一种治国齐家的思路。在怡红院的一场风波过后，她被请去处理，袭人告诉她：“已经完了，不必再提。”她就笑道：“得饶人处且饶人，得省的将就省些事也罢了。”面对固执己见的凤姐，她知道推行自己的治理方略很难，于是耐心地以迂回的逻辑劝说：“何苦来操这心！得放手时需放手，什么大不了的事，乐得不施恩呢……没的结些小人仇恨，使人含怨。好容易怀了一个哥儿，到了六七个月还掉了，焉知不是素日操劳太过，气恼伤着的？如今乘早儿见一半不见一半的，也倒罢了。”没想到平儿一席话，竟把凤姐说服了。平儿意思总起来说就是应该“抓大放小”，在那个时代对于凤姐那样的角色来说，生下一个儿子是泼天大事，平儿就在这一点上做文章，软化了凤姐。

取得了凤姐的首肯，于是“判冤决狱平儿行权”，她出来对管家婆林之孝家的宣谕：“大事化为小事，小事化为没事，方是兴旺之家。若得不了一点子小事，便扬铃打鼓的乱折腾起来，不成道理。”

后来邢夫人从傻大姐那里得到绣春囊，将其交到王夫人手中，被激怒的王夫人找到凤姐，轰走平儿，竟听取了王善保家的馊主意，扬铃打鼓地乱折腾起来，抄拣大观园，闹了个沸反盈天，正如探春所说："可知这样的大族人家，若从外头杀来，一时是杀不死的，这是古人曾说的'百足之虫，死而不僵'，必须先从家里自杀自灭起来，才能一败涂地！"果然，经过这么扬铃打鼓一顿乱折腾，且不说死晴雯、逐司棋，芳官等被迫出家，惜春杜绝宁国府……就是贾母、王夫人等主子，也元气大伤，整个家族迅速呈现败象，八十回后，曹雪芹会加快节奏地写到忽喇喇似大厦倾、昏惨惨似灯将尽的陨灭局面。

我们所处的时代跟曹雪芹笔下的时代已有质的区别，何况《红楼梦》是小说而不是治国齐家平天下的论文，不能把上述故事情节和人物话语生搬硬套于今天，但避免"扬铃打鼓的乱折腾"这一提法，对于我们今天构建和谐社会，应该说还是有参考价值的。

管谁筋疼

一位年轻的红迷朋友跟我说，跟许多人相反，他很不喜欢晴雯，尤其是晴雯病中责骂小丫头，看见坠儿冷不防欠身一把将她的手抓住，向枕边取了具有尖锐细头的金属簪子一丈青，朝坠儿手上乱戳，疼得她乱哭乱喊，晴雯还借势自作主张，当即把坠儿撵了出去，这些描写，使他对晴雯产生厌恶，并且非常同情坠儿。

另一位红迷跟我说，曹雪芹何必要在“勇晴雯病补雀金裘”这回里写这么一笔呢？写比如说周瑞家的那样的妇人去处治坠儿不就行了吗？

曹雪芹那个时代，还没有诸如典型性、人民性等文艺理论概念，他就是写活鲜鲜的生命存在，他笔下的晴雯就是那么一个既能让人爱得颤抖又能让人气得牙痒的生命，“撕扇子作千金一笑”那回里，贾宝玉就让她先气黄了脸，后来又被她逗得惬怀大笑。过去有的论家，按晴雯的地位，将她说成“具有反抗精神的女奴”，她的性格里确实有叛逆的因素，但她何尝想“挣脱奴隶地位”，她和大观园里一大批头、二等丫头一样，非常珍惜自己已经获得的地位，满足自己所过上的“二主子”生活，她们所害怕的，恰恰是被撵出去，失去了“女奴”的地位。晴雯呵斥比她地位低的小丫头，张口就是“撵出去”，对坠儿，她何尝有“同为女奴应相怜”的“阶级感情”，尽管坠儿偷了平儿的虾须镯，其行为确实欠妥，但我们细想想，那戴在“准主子”平儿手腕上的金镯，本是许多底层百姓血汗的结晶，作为身处相对底层的坠儿来说，她把平儿为了跟着湘云、宝琴等吃烧烤而暂时捋下的金镯藏起，不过是以非规范方式，将含有自己血汗的一件物品，从剥削者那里收回而已，怎么晴雯就那么不能容忍，必欲撵之而后快？

大观园里的丫头里，也有清醒者，小红就是其中一位先知先觉者，她说出了“千里搭长棚，没有个不散的筵席”的箴言，当然她也绝不希望被作为“罪人儿”给撵出去，但她一点没有长久留在府里，去争荣夸耀，谋个副主子、小老婆的想法，她一方面大胆追求府外当时还相当寒酸的西廊下的贾芸，一方面不靠背景关系，而完全靠自己的能力，先在府里拣高枝儿飞——她获得了王熙凤青睐，学得眉眼高低，出入上下，大小的事也就见识多多，这样，她就真正把握了自己的命运，根据脂砚斋批语，我们知道，在八十回后，当王熙凤、贾宝玉被命运捉弄，狼狈不堪时，在社会上获得自立地位的贾芸、小红夫妇，挺身而出，去救助他们。

值得注意的是，曹雪芹有意把小红和坠儿设计成一对密友，在滴翠亭里，是坠儿把贾芸拾到的帕子送还给了小红，而且，那交给小红的帕子，很可能是贾芸自己的，小红又把自己的一块帕子，托坠儿带给贾芸。这在那个时代，那种社会环境里，特别是在赫赫森严的贵族府邸里，她们的作为、她们的话语，才是真正具有叛逆性的，是晴雯等望尘莫及的，放射出真正的人性光辉。由此可以推想，坠儿其实也早看破，大观园并非久留之地，被撵固然不好，但自己对出去一定要有所准备，而平儿那虾须镯，取来恰好作为将来出去后的谋生之资，坠儿的这一行为，并非一般的贪小，而是有长远考虑的一次冒险行动。晴雯那样的完全倚赖宝玉宠爱的生命，是非常脆弱的，平日张口要把这个那个撵出去，一旦轮到自己被撵出，那就无法再生存，只能夭亡。不知八十回后还有没有坠儿出现，但我们可以想见，这位早打着出去自己过算盘的女性，被撵出去以后，一定会撑得住，顽强地生存下去。

小红和坠儿那高度机密的谈话，不承想被人偷听去了，从她们的角度，真是不知道究竟被薛宝钗还是林黛玉哪位窃听了去，小红的反应，是怕林甚于怕薛，八十回后是否会有小红戒惕甚至误会、不利林黛玉的情节？很难说。坠儿的反应却是："便是听了，管谁筋疼，各人干各人的就完了。"前面说了坠儿一些好话，现在却必须批判一下她的这一意识。"管谁筋疼"，只为自己个人谋利益谋前程，这是一种狭隘自私的想法。正是在这种意识支配下，坠儿以偷窃为改变自己人生状况的手段，尽管上面我分析了其中的某些可理解可谅解因素，但这种手段毕竟是有违各个时代的普遍被认同的道德准则的。我们当然不能要求坠儿具有现代社会的那种群体意识，但也在曹雪芹笔下，就写到芳官她们那一群小戏子，能够团结起来，同仇敌忾，让来兴师问罪的赵姨娘和辖制她们的婆子们，大受挫折，争了一口群体的气。

坠儿是个值得一再琢磨的艺术形象。她究竟何罪？要摆脱"罪人儿"的命运，她那样的生命，究竟该往一条什么样的路上走？

花儿落了结个大倭瓜

一位朋友跟我说，他读《红楼梦》，最捺不下性子就是“金鸳鸯三宣牙牌令”那一段，他不明白曹雪芹为什么要用那么多篇幅来写贾府的女眷们聚在一起玩牙牌。

曹雪芹撰《红楼梦》，绝无冗文闲笔。“金鸳鸯三宣牙牌令”这一段描写，首先是通过那样一些文字，进一步刻画各个人物的不同性格，其次是为下面的情节留下伏笔——林黛玉毫无顾忌地把《牡丹亭》《西厢记》里的词句当众吟出，这在那个时代那样的家庭里，是“出轨”的行为，因为《牡丹亭》《西厢记》被认为是大家闺秀绝不可接触的有害“闲书”，即使背着封建家长偷偷读了，焉能如此放肆暴露？亏得当时贾母等没注意，可是这“小辫子”却被薛宝钗牢牢抓住，她当时倒也不露声色，但后来就把林黛玉单独找去，好一顿“审问”，把林黛玉狠狠教训了一番。不过曹雪芹写这一段文字还有更深的用意，他总是“一声也而两歌，一手也而二牍”，善于“一石三鸟”，“一树千枝，一泉万脉”地铺陈花团锦簇的文字。这一段，他更深的用意，是用牌令词暗示贾家的政治处境已经十分地尴尬，烘托出“山雨欲来风满楼”的情势，为后面贾府的陨灭预设大伏笔。

据考证，《红楼梦》是具有自叙性的小说，曹雪芹是把自己家族在康、雍、乾三朝的兴衰荣辱，投射到这部作品中，以血泪升华为艺术真实的。这一节写众人说牌令，贾母说“头上有青天”，“一轮红日出云霄”，暗指雍正暴薨乾隆登基后，实行大赦天下的怀柔政策，书中贾府的原型曹家也因此从被雍正惩治的危局中摆脱出来，恢复到一个小康的状态，但她摸的三张牌凑成的却是个“蓬头鬼”，并不吉利，难道贾府仍有危难？所以她最后说“这鬼抱住钟馗腿”，内心里在希冀能有“钟馗”那样的打鬼神来保佑自家。史湘云的牌令则明言“双悬日月照乾坤”，这是暗指乾隆朝初年，其政治对立面，康熙朝废太子的儿子弘晳已经私立地下小朝廷，出现了“双悬日月”即“两个司令部”的凶险态势，弘晳打算跟乾隆进行夺权大较量，而书中“四大家族”的原型在现实生活里，由于历史渊源，都不得不在政治上站到弘晳一边，因此乾隆将“弘晳逆案”扑灭后，曹家等“百年望族”必受株连，最后都“家亡人散各奔腾”。如果把这些意蕴都弄明白了，那么，读“三宣牙牌令”这一回就不会觉得枯燥难解，细细检索推敲去，必会兴味盎然的。

当然，这牙牌令里，最有趣的还是刘姥姥所说的。她那句“大火烧了毛毛虫”也是贾家的不祥之兆，但结尾那句“花儿落了结个大倭瓜”，却是句带有戏剧色彩的“谐语”，不但引得书中的人大笑，也足令读者莞尔。

曹雪芹的文笔，特点之一，就是会使用反衬的手法，书里不知写了多少种花，而且屡屡以花喻人，但绝大多数花，都是悲剧的归宿，“花落水流红”，“冷月葬花魂”，“开到荼靡花事了”，那些如同青春女性的花朵，或者反过来说，那些如花美眷，到头来最好的结局也不过是“一抔净土掩风流”，但在一派衰败的景象里，他却用刘姥姥这样的庄稼人，来形成“跳色”，在“三宣牙牌令”的情节里，他有意用“花儿落了结个大倭瓜”的“村妇”之言，来调剂那“处处风波处处愁”的悲剧氛围。

即使在今天，以花喻人，将其作为青春年华的代码，“祖国的花朵”，“花样年华”，也还十分流行，几乎所有的家长、老师、长辈，都把孩子视为娇美的花蕾，恨不得天天蹲在旁边，瞪眼盼着其开放。但过分的关爱往往变成了溺爱，揠苗助长，强掰花蕾，花未开而株萎，这类现象时有发生。更有一心让自己孩子成为牡丹、君子兰之类的富贵花、发财花的，看看北京几所艺术类院校招生现场的“超级盛况”，真是惊心动魄。面对今天的现实，琢磨琢磨刘姥姥那朴实的话语，还是很有教益的——干什么都去争当“观赏花”呢？我们让自己的后代扎扎实实地根植于沃土，“花儿落了结个大倭瓜”，岂不是最可喜的收获，最大的福气吗？

可着头做帽子

那已经是荣国府抄拣大观园之后了，没等外面的杀进来，自己先自杀自灭起来，整个府第已然是一派衰败景象。但荣国府老祖宗贾母，仍固执地跟以往一样，过一个热闹喜庆的中秋节，尤氏从宁国府那边过来，给她请安，贾母图热闹，留她一起吃饭，当天贾母吃的是一种红稻米粥，那是产量很少的，很特别的一种“胭脂米”熬的粥，贾母自己已经吃完，在地下走动“行食”，负手看着尤氏等吃饭取乐，因见伺候添饭的人手内捧着一碗下人的米饭，尤氏吃的仍是白粳米饭，就责问道：“你怎么昏了，盛这个饭来给你的奶奶？”那人道：“老太太的饭吃完了，今日添了一位姑娘，所以短了些。”鸳鸯忙解释：“如今都是可着头做帽子了，要一点富裕不能的。”王夫人跟上去说：“这一二年旱涝不定，田上的米都不能按数交的，这几样细米更艰难了，所以都可着吃的多少关去，生恐一时短了，买的不顺口。”贾母这才明白原来是“巧媳妇做不出没米的粥”。

贾府的衰败，外因是一个方面，内因则是更主要的方面。第六回写刘姥姥一进荣国府，特意写到她目睹众仆妇伺候王熙凤进午膳的情况，那些川流不息送进去的美味佳肴，再端出来搁到另一房间炕桌上，都只不过是略动了几筷子罢了。后来写刘姥姥二进荣国府，贾母带她两宴大观园，也是一派只讲排场毫无节约暴殄天珍的情景。虽然十三回秦可卿上吊前给王熙凤托梦，已经提出“若目今以为荣华不绝，不思后日，终非长策”的警告，但贾府哪里真能勤俭节约，从贾母起，就只知一味高乐。

大观园原来不设厨房，住在里面的贾宝玉和众小姐，每顿饭都要到园子外面，跟贾母等长辈一起进餐，后来王熙凤大发善心，说宁愿多费些事，也别让小姑娘们冷风朔气的，顿顿从园子里跑到贾母那边吃饭，于是在大观园里设立了专门的厨房，由柳家的主管，一次迎春房里大丫头司棋支使小丫头莲花儿跑到厨房，命令柳家的炖碗嫩嫩的鸡蛋羹，以为那不过是很平常的东西，没有炖不成的道理，但柳家的当即大发牢骚：“就是这样尊贵，不知怎的，今年这鸡蛋短的很，十个钱一个还找不出来，昨儿上头给亲戚家送粥米去，四五个买办出去，好容易才凑了两千个来，我那里找去？你说给他，改日吃罢。”结果酿成一场大风波，司棋亲自上阵，带领其麾下的小丫头们跑进厨房，把里面的东西砸了个稀巴烂，还往外一顿乱扔。

柳家的不情愿给司棋炖鸡蛋羹，有人际方面的原因，在大观园里，他们属于利益冲突的两个派别，但她所说的那种情况，也应该是真实的，就是纵使荣国府当时还有大把的银子，但社会的资源已经开始匮乏，出现了有钱也买不到东西的情况。

曹雪芹笔下的贾府，开始虽然内囊尽上来了，外边看上去似乎还架子魁伟，但到后来，内外交困，风雨冲刷，终于露出了下世的光景，忽喇喇大厦倾，昏惨惨灯尽，当然，那主要是社会政治因素使然，但书里通过种种细节所表现出来的，由于人们不知珍惜环境资源，浪费成性，而形成的生存窘境，也是足令我们今人戒惕的。

贾府的“可着头做帽子”，是被迫性的，非自觉节约，是封建贵族穷奢极欲的生活流程中无奈的“将就”。其实，“可着头做帽子”应该成为人们自觉性的生活原则。自然资源是有限的，无节制地采取享用，会导致严重的环境危机。脑袋多大，就把帽子做多大，这有什么不好呢？脑袋如此，胃袋也是如此。为什么非要把胃袋撑鼓撑胀呢？大帽子扣在头上能舒服吗？胃袋撑得要破裂的感觉能美好吗？看看我们各地餐馆里的景象吧，暴食暴饮，满桌剩菜，不以为耻，反以为荣，这类的恶习陋俗，竟总不能消除。当然，现在在饭馆餐后打包的人多起来了，略可告慰，但国人的节约意识，确实仍需努力加强，饮食方面的浪费只是一个方面，在水资源、树资源、草资源、石油资源等方面，浪费现象都是触目惊心的，实在到了不能不猛敲警钟的地步。

我们现在应该把“可着头做帽子”当作一个正面语汇，加以弘扬。最近有朋友让我写一句提倡节约的话，我就是这样写的：“可着脑袋做帽子，头也舒服，帽子也舒服——何必图那个虚‘富裕’呢！”

仓老鼠和老鸹去借粮

柳家的，和周瑞家的、王善保家的等一样，都是贾府里的女仆，曹雪芹所描写的那个时代，女仆的地位很低，嫁了人的女仆地位更低，她们自己的名字等于消失，上下人等称呼她们，就用她们丈夫的姓氏或名字再缀个“家的”。当然地位低是相对而言，她们里面也还分三六九等，像荣国府的赖大家的、林之孝家的，宁国府的赖升家的，都是大主管的老婆，本身也执掌一定的权力，年轻的主子见到她们也得礼让三分。周瑞和周瑞家的是王夫人的陪房（王夫人嫁到贾府时，他们这对夫妻作为“动产”，和其他妆奁一样，陪随而来），王善保和王善保家的则是邢夫人的陪房。柳家的则比管家婆子和太太陪房又低了几级，她只是派到大观园内厨房的一个厨房头目而已。

虽说柳家的不过是个厨头，但这是许多人眼红争夺的一个肥差。曹雪芹写《红楼梦》，绝不是只写贵族家庭老爷太太、公子小姐，也不是只写丫头，他把笔触延伸到府内外的各个角落，刻画出三教九流各色人物。从第五十八回到第六十一回，他把关于大观园的故事，从茜纱窗放射到厨房灶台，从大丫头、小丫头一直写到想进园里当丫头而不得的厨头闺女，甚至还写到单管开关角门的，头上留着“杩子盖”的小幺儿，而且把各色人等的欲望，之间的冲突，涟漪般展开，每个人物都活跳如见，其话语都生动如闻，真是一支妙笔，写尽人间哀乐。

第六十一回开头写到柳家的和留杩子盖（就是四周剃去，使发型圆得像马桶盖一样）的小幺儿拌嘴，真是声声如炒豆，句句爆口彩，令人忍俊不禁，掩卷难忘。

小幺儿想让柳家的从园子里给他摘些杏子吃，那时候大观园里的花果树连同菱藕香草等，都按探春、宝钗的规划实现了“责任承包制”，杏子等果品都有专人分管，哪儿能随便去偷来带出？而且那小幺儿的舅母姨娘两三个亲戚都是分管果木的，因此柳家的听了那小厮的请求气不打一处来，就说了句“这可是仓老鼠和老鸹去借粮——守着的没有，飞着的有”。

我研究《红楼梦》，有时也到书房外的村野里，跟村友讨教。他们不一定读过《红楼梦》，多半只对电视连续剧有些印象，但问到书里刘姥姥等角色的村语村言，却会积极响应。村友三儿说：“仓老鼠和老鸹去借粮——守着的没有，飞着的有。”这话他听去世的老人说起过。他告诉我，仓老鼠不同于家鼠，我以为仓老鼠是“仓库里的老鼠”的意思，他说不是，仓老鼠一般在大田里安窝，这种老鼠比家鼠体大，尾短，最大的特点是两个腮帮子能鼓起老高，成为两个储物袋，能把玉米粒、豆子什么的先含在腮帮子里，然后再运回洞穴里去储藏建仓（这也是其得名的缘由），他当过农机手，看到过被掘开的鼠洞，那里面储藏的粮食最多能达到二三十公斤！而鸟类一般都是现找食物现吃进肚，“鸽子不吃带气的，小燕不吃落地的”，老鸹（就是乌鸦）虽然吃得杂，荤素不论，但是只会飞着觅食，觅见了落下啄进嘴，并没有储藏粮食的能力。仓老鼠竟然和老鸹去借粮，这违背逻辑，而且说明其虚伪、奸诈、贪婪、丑恶。这句歇后语的后半句必须把声调挑上去，形成质问、抗议的气势，意思是你守着财的装穷相告诉没吃的，难道飞着艰苦觅食的倒会有多余的吃的东西？

仓老鼠和老鸹去借粮，是典型的“以有余损不足”的行为。沧海桑田，日新月异，但人性相贯通，到如今，也还有将其人性中的恶劣面泛滥出来的例子，隐瞒自己的“仓储”，而向穷“老鸹”伸手言“借”，这所谓的“借”，其实就是“骗”，一旦到手，是决计不会归还的。贪官污吏、奸商劣绅，多有此种伎俩，或巧立名目征收款项，或摇唇鼓舌诱人投资，在让艰辛一族“无私奉献”的同时，他们却化公为私，甚至将自己的鼠仓偷移到境外去了。善良的人们，必须警惕啊！

黑母鸡一窝儿

邢夫人跟王熙凤之间的矛盾，不是一般的婆媳矛盾。一般的婆媳，是生活在同一空间中，互相合不来，或者婆婆专挑媳妇毛病，形成一组矛盾，酿成纠纷，甚至造成悲剧。邢夫人和王熙凤的婆媳矛盾，是非常个案的，在封建社会里，也是很特殊的。

读《红楼梦》，一定要注意到，虽然书里设定荣国府老祖宗贾母的大儿子是贾赦，贾母丈夫贾代善死后，由贾赦接续着袭爵，爵位递降，不再是公候级，是一等将军，但这爵位也很不错，按道理，这个袭了爵位的大儿子，应该住在荣国府里，跟贾母生活在一起，恪守孝道，以尽人子之责，但是，书里写得很奇怪，就是这个接替父亲袭了爵位的长子贾赦，他却并不住在荣国府里，不是跟贾母生活在一个院宇里，他另住在一个跟荣国府隔开的黑油大门的院落里，双方来往，要先出各自院门，坐车走一段路，再进另一院门，实在出人意料。更出人意料的是，贾母的二儿子贾政，他并无爵位，只不过由皇帝恩赐了一个不算很高的官职，夫妻二人却住进了荣国府大宅门中轴线上的正房里，俨然成了荣国府的一号主人。

更有意思的是，按那个时代的伦常秩序，贾赦的儿子贾琏和他的媳妇王熙凤，应该是跟父母住在那个黑油门宅院里，尽孝道照顾父母的，但是，书里写的，却是一种很特殊的情况：贾赦、邢夫人住的那个黑油门大院里，并没有成年的儿子及其儿媳妇跟他们一起生活，书里称贾琏是二爷，但书里并没有一个比贾琏大的儿子守在贾赦夫妇身边，倒是出现过贾赦另一儿子贾琮，但那贾琮被描写成黑眉乌嘴，年纪和荣国府的贾环差不多大，显然还不足以在那黑油门宅院里当家理事、服侍父母。

书里写到，王熙凤是荣国府一号夫人王夫人的内侄女儿，名义上，是贾政请贾琏到荣国府来理事，实质上，是王夫人把王熙凤叫来到荣国府拿权。贾琏和王熙凤两口子，平时就住在荣国府的一所"院中院"里。曹雪芹为什么要这样写？如果他是完全虚构，为什么要作这样的虚构？我的看法是，他写这部小说，当然有虚构成分，但跟那种完全虚构的作品不同，他是有生活原型的，他在这部作品是有自传性、自叙性和家族史特点的。

在真实的生活里，贾母的原型是江宁织造曹寅的夫人、苏州织造李煦的妹妹，她的丈夫曹寅和儿子曹颙相继病死后，康熙皇帝做主，由李煦挑选出曹寅的侄子曹頫，过继到曹寅名下，成为她的儿子，贾政的原型，就是曹頫，而贾赦的原型呢，应该是曹頫的一个哥哥，他并没有一起过继给贾母，这生活里的特殊情况折射到小说里，就形成了我们现在看到的文本现象。

把这些情况弄清楚了，就不难理解书里所写到的，邢夫人跟王熙凤之间的婆媳矛盾了。按书里设定的人物关系，王熙凤应该把贾赦邢夫人的利益放在第一位，但是，情节中的具体表现，却是王熙凤和王夫人、薛姨妈组成了一个利益集团，完全把黑油大门里的贾赦邢夫人等人视为可有可无的存在，这当然就首先引出了邢夫人的强烈不满。

邢夫人虽说是贾赦的填房夫人，贾琏、贾迎春、贾琮都非她所生，但既然贾赦娶她为正妻了，子女们就该把她当母亲孝顺，可是，王熙凤对她怎么样呢，表面敷衍，实际上根本不放在眼里。书里几次写邢夫人对王熙凤的不满，还写到她们的正面冲突。其中有一次是通过贾琏的仆人兴儿，跟尤二姐、尤三姐说出来的："如今连他正经婆婆太太都嫌了他，说他'雀儿拣着旺处飞，黑母鸡一窝儿，自家的事不管，倒替人家去瞎张罗'。""雀儿拣着旺处飞"好懂，因为贾氏家族的老祖宗贾母在荣国府里，人虽老了，威严还在，家底儿十分雄厚，王熙凤笼络住了贾母，自然会得到好处。"黑母鸡一窝儿"是什么意思呢？现代人理解起来，就费思量了。

"黑母鸡一窝儿"，是与"雀儿拣着旺处飞"相对应的一句话。雀儿忘本求旺，被认为是一种恶习。黑母鸡呢，比之于白母鸡、芦花鸡，形象不雅，遭人歧视，但是，黑母鸡却抱团儿，互相不离不弃，这被认为是一种美德。邢夫人的意思，就是你王熙凤不该去讨老祖宗的好，以谋取你娘家那个利益集团的利益，你本是我们黑油大门这个宅院里的媳妇，即使如今我们这一房的局面比不了荣国府那一房的局面，没那么红火，你也应该跟自己婆家这边抱团儿，为这边谋利益啊，现在倒去为你娘家算计去了，你这不是瞎张罗、胡乱闹吗？

现代人说话，即使农村里的老年妇女们，也很少有使用"黑母鸡一窝儿"的语汇了。现在更讲究吃乌鸡，乌鸡从里到外全黑，市场价格比一般鸡贵，而且现在养鸡的方式也改进了，"黑母鸡一窝儿"的景象越来越少，社会风貌、价值观念都变了，人们说话的语境今非昔比了，"雀儿拣着旺处飞"的俚语还时常出之人口，但往往已经不是一句贬语，而是可以"励志"的"座右铭"了，"黑母鸡一窝儿"则几乎绝迹于人口，渐成一句莫名其妙的话语了。

不过，当我们今天从《红楼梦》里读到"雀儿拣着旺处飞"和"黑母鸡一窝儿"两句"对比式"俚语时，还是无妨在默默的体味中，微微一笑。

抓着理扎个筏子

有红学家认为，曹雪芹笔下的大观园，是个清净美丽的理想世界，是写来跟园外污浊的俗世社会作对比的，这话有一定的道理，相对而言，大观园里生活着诸多花朵般的姑娘，氤氲出玉精神、兰气息，她们又有“绛洞花王”贾宝玉欣赏呵护，的确比那须眉浊物和“死鱼眼睛”般的太太们横行的园外社会清爽多了，但如果把大观园生硬地判断为无污染的理想世界，则我不敢苟同。

《红楼梦》从第五十五回到第六十一回，整整用了七回来写大观园里的“乱象”，把笔触从主子层延伸到奴婢的最下层，从公子小姐的院落闺房延伸到厨房角门，是全书中情节最紧凑、节奏最急促、波澜最交错、声音最喧哗的一大段落。最难能可贵的是，曹雪芹在这一大段落里，挖掘了贾府上中下几种人物的人性，而且非常深入，可以说是力透纸背，令人读来既眼花缭乱，又心多憬悟。

大观园里何尝是一味地清净爽洁，首先，像赵姨娘那样的蝎蝎螫螫的猥琐角色会跑进来滋事聒噪，其次，住在园里和每日要进园来做事的丫头婆子，哪一位真是“省油的灯”？尤其是那一群小戏子分配到园里各房后，更是把园里平日就未必平静的生活，搅和得更加喧嚣繁杂。曹雪芹把各种人物，各个大大小小的利益集团，他们之间的利益冲撞，写得细致鲜活，如闻其声，如见其形，而且七穿八达，一石数鸟，看得我们一会儿忍俊不禁，一会儿拍案叫绝，虽只是文字的铺排，读来竟有如今影视那样的声光色电，实实过瘾！

芳官、藕官等分配到园里的戏子，她们多是率性而为，都想摆脱所谓干娘的辖制，而夏婆子等所谓干娘，则力图保持住她们克扣其例银的既得利益；管理园里花木的婆子们要防止丫头们掐花摘果，以保证承包项目的收益不受损失，而看园子角门的小幺儿则有吃些园里熟李子的诉求；从门房到各处的仆人，总是要从经手的客人馈赠品中，贪污一些以供自己享用，还取出一些作为礼物分赠亲友；管园里厨房的柳家的，总想把女儿柳五儿送进怡红院，谋一份肥差，因此对晴雯、芳官等百般奉承，而司棋却想将厨房的运作掌握到自己手中，先让莲花儿打头阵，再自己御驾亲征，以打、砸、抢的手段来争夺“唤菜权”，后来更借柳五儿犯事被拘，设法让自己一头的秦显家的夺了柳家的权，但到头来柳五儿却被无罪释放，柳家的官复原职，秦显家的只当了半天政，就偃旗息鼓而去，还白赔了许多……

在这犬牙交错的利益之争里，赵姨娘表现得最为颟顸，她因“茉莉粉替去蔷薇硝”欲去找芳官问罪，自己本已焦虑失态，又让夏婆子这样的人撺掇着当枪使，夏婆子煽动她进一步把事情闹大：“你老想一想，这屋里除了太太，谁还大似你？你老自己撑不起来，但凡撑起来的，谁还不怕你老人家？如今我想，乘着这几个小粉头儿恰不是正头货，得罪了他们也有限的，快把这两件事抓着理扎个筏子，我在旁作证据，你老把威风抖一抖，以后也好争别的礼……”

夏婆子所说的“抓着理扎个筏子”，不但意味着“得理就不必让人”，而且也意味着除了占住理以外，还应该“扎个筏子”，“筏子”是用来渡河的，渡什么河呢？当然是渡“法律”之河，希图能找到公正的执法者，据“道理”和“证据”做出有利于控方的裁决。

平心而论，去除掉“借刀伤人”的恶劣动机，夏婆子那“抓着理扎个筏子”的理论，并没有什么不对。当然，在曹雪芹笔下，赵姨娘跑进怡红院见到芳官，理也讲不顺，筏子也没扎成，当闹得沸反盈天以后，把尤氏、李纨、探春三位管家的也惊动得亲来现场了，她也并不会理智诉讼，“气的瞪着眼粗了筋，一五一十说个不清”，这样子怎么能求得一个公正裁决呢？到头来她是怒冲冲而来，悻悻然而去，连探春也跟着丢了脸面，哪里有半点收获？

曹雪芹写夏婆子撺掇赵姨娘，他当然是否定的态度，描写中透着讥讽不屑。但我以为，单拎出“抓着理扎个筏子”这句话，搁到今天，还是有参考价值的。在今天的现实生活里，当自己与他人的利益发生冲撞时，一是可以采取法律外的私下了结的方式处理（如机动车行驶中与他车的小剐蹭小追尾一类纠纷），一是可以“抓着理扎个筏子”，将过硬的证据搁在“筏子”上，执拗地去寻求法律的公正裁决。

丈八的灯台

嬷嬷，又可写成嫫嫫，读音同妈妈，《红楼梦》里写到若干嬷嬷，其中给人印象深的有宝玉的奶母李嬷嬷和贾琏的奶母赵嬷嬷。《红楼梦》开篇后所写到的贾府虽然已经处于“末世”，是在走下坡路了，但排场还是非同小可，林黛玉从扬州到京城投奔荣国府，贾母见她只带来两个仆人——奶母王嬷嬷和小丫头雪雁，嫌少，立刻把身边一个二等丫头鹦哥（后改名紫鹃）派给了她，另外又按迎春等小姐的惯例，派四个教养嬷嬷、贴身掌管钗钏盥沐的两个丫鬟，再安排五六个洒扫房屋来往使役的小丫鬟，你算算一个小主子就要多少个下人伺候！

李嬷嬷这个角色，在书里戏份不少。宝玉到梨香院薛姨妈住处找薛宝钗玩耍，后来林黛玉也去了，薛姨妈留下他们喝酒吃饭，李嬷嬷絮絮叨叨地阻拦宝玉吃酒，令宝玉十分不快，这倒还罢了，宝玉喝得醉醺醺地回到绛芸轩，也就是他自己的住处，问丫头要枫露茶喝，谁知丫头茜雪告诉他早起沏的那碗枫露茶被李嬷嬷喝了，宝玉一听大怒，摔了不是盛枫露茶的茶盅，溅了茜雪一裙子的茶水，宝玉本是为李嬷嬷发怒，没曾想事后李嬷嬷倒没事，茜雪竟无辜地被撵了出去。前八十回里，茜雪就此消失，高鹗续书，也再不见此人踪影，其实，根据脂砚斋批语透露，曹雪芹在八十回后写出了关于茜雪的大段文字，这个人物是故意埋伏那么久的，贾府被抄家后，贾宝玉锒铛入狱，茜雪不念当年的冤屈，到狱神庙去安慰救助宝玉，这是非常重要的篇章，但这部分已经写成的书稿，竟被“借阅者”迷失！李嬷嬷后来又在宝玉住处出现，她不仅继续擅自吃宝玉特意留下来的食物，还对袭人等宝玉房里的丫头吆三喝四，说些不伦不类的话语，其中一句，就是“那宝玉是个丈八的灯台——照见人家，照不见自家的”。再后来宝玉搬进大观园怡红院住，她还在“蜂腰桥设言传心事”的情节里出现，估计八十回后，也还会有关于这个嬷嬷的一个最后交代。

李嬷嬷说的这句歇后语，相当生动，别书未见，很是独特。在李嬷嬷嘴里，这是一句抱怨贾宝玉的牢骚话。李嬷嬷的意思是说，你宝玉总嫌我们老太婆脏，可是你自己住的绛芸轩里，丫头们嬉闹，磕了一地瓜子皮，你却一点也不嫌厌她们！可见你是丈八高的灯台，只照出远处的毛病，却照不见自己脚下地面的问题。曹雪芹笔下的贾宝玉确实是个“行为偏僻性乖张”的人物，他珍爱青春女性，对妇女的看法有个古怪的“三段论”：“女孩儿未出嫁，是颗无价之宝珠；出了嫁，不知怎么就变出许多不好的毛病来，虽是颗珠子，却没有光彩宝色，是颗死珠了；再老了，更变的不是珠子，竟是鱼眼睛了。”过去有的论家认为贾宝玉的这一观点具有反封建的意义，表达的是对封建社会压抑妇女，通过包办婚姻埋葬了青春女性的美好一面这种现象的揭露与批判，这样的分析有一定道理，却未必准确，贾宝玉对青春女性的珍惜，达到恨不能让她们永远停止增岁、无限期驻颜、始终跟他厮混在一起赏花吟诗的地步，这是一种在任何时代也不可能实现的理想，是一种超现实的诗意追求，但这里面有着非常值得挖掘探讨的人类生存的终极性问题。

“丈八的灯台——照见人家，照不见自家”这句古代俗语，抛开书中李嬷嬷的具体针对性，拿到今天来琢磨，能获得什么样的启发呢？跟一位朋友闲聊，他说可以当作一种提醒：不要只能看到别人的缺点，看不到自己的错失。我却觉得也可以这样来理解：宁愿自己这里留下阴影有些损失，也要将光明的火把高高举起，去给别人照亮一片天地。据脂砚斋透露，曹雪芹在《红楼梦》最后一回里会排出“情榜”，“绛洞花王”贾宝玉作为护花者排在众芳之前，他的考语是“情不情”，第一个“情”字是动词，意思是他能把感情贡献给甚至是“不情”的事物，这是一种博大的人文情怀，非常高尚而且难得，值得我们反复推敲体味。

自古嫦娥爱少年

鸳鸯抗婚，令邢夫人吃惊。邢夫人本是贾赦的填房，她回到大观园里迎春住处，数落了迎春一番，其中“况且你又不是我养的……倒是我一生无儿无女的，一生干净”这样的话，可证她没有生育过，她觉得自己够三从四德的，贤惠得可以，贾赦想纳鸳鸯为小老婆，她非但不阻拦，还亲自去游说，依她想来，这对鸳鸯而言是一次社会地位的提升，如果答应了，到贾赦身边再生下一男半女，那就更有福享了，她作正房的又如此能容人，天上掉馅儿饼，鸳鸯焉有不接不吃的道理？万没想到鸳鸯发出了“牛不吃水强按头？！”的呼声，此事竟难进行。

贾赦听到鸳鸯抗婚的消息，不仅吃惊，而且气愤。他有他的思路，他断定鸳鸯拒绝的原因，是遵从一条规律，那就是“自古嫦娥爱少年”，他声色俱厉地接着说：“他必定是嫌我老了，大约他恋着少爷们，多半是看上宝玉，只怕也有贾琏。若有此心，叫他早早歇了。我要他不来，以后谁还敢收她？此是第一件。第二件，想着老太太疼他，将来自然往外聘，想正头夫妻去。叫他细想，凭他嫁到谁家，也难出我的手中，除非他死了，或是终身不嫁男人，我就服了他了！”

贾赦这一番恶言，听来真是冷森森，杀气腾腾。鸳鸯知道了，却不但毫无畏惧，反而更顽强地进行了抵抗，当着众人，她袖了一把剪子，冲到贾母面前，跪下发誓，说到最后打开头发就铰，她的誓言相当地决绝："我是横了心的，当着众人在这里，我这一辈子别说是宝玉，便是宝金、宝银、宝天王、宝皇帝，横竖不嫁人就完了！"她在奋起反抗中急不择词，连"宝皇帝"这样的话也喊了出来，这在那个时代是犯大忌的，但彼时鸳鸯死都不怕，还忌什么口避什么讳？她宣布："就是老太太逼着我，我一刀子抹死了，也不能从命！"她说这话时，还并不知道贾母最后会是怎样的一个态度，她说倘若贾母归了西，她要么寻死，要么去当尼姑，"若说不是真心，暂且拿话支吾，日后再图别的，天地鬼神，日头月亮照着嗓子，从嗓子里头长疔，烂了出来，烂化成酱！"值得注意的是，她设誓时将"日头月亮"并列，按说一般情况下，人们会只说"日头照着"如何如何，不会同时去说"月亮照着"，这让我们想起她三宣牙牌令那一回，牌令词中出现了"双悬日月照乾坤"的句子，这就说明，曹雪芹在写这一年（据考证是乾隆元年）的故事时，当时的政治态势，就是废太子的嫡长子，也是康熙的嫡长孙弘皙，已经成为悬在天上的"明月"，"精华欲掩料应难"，企图达到"天上一轮才捧出，人间万姓仰头看"的胜境，分明是要跟"日头"即皇帝（实际上就是指乾隆）决一雌雄了。

鸳鸯在八十回后，究竟是怎样的结局？高鹗续书，写她在贾母殡天后上吊殉主，强调她的"忠心"，这当然也是一种说得过去的情节安排，但实际上曹雪芹笔下的鸳鸯不但是一个极有主见，富于反抗性，自我意识高扬的人物，而且，她绝非封建礼教的遵循者，她发现了司棋和潘又安在大观园里私通，虽然觉得有些惊讶害臊，却并不根据封建道德去评判司棋是越轨犯罪，得知司棋抱愧病倒以后，她及时去看望，支走别的人，立身发誓："我告诉一个人，立刻现死现报！你只管放心养病，别白糟蹋了小命儿！”在那样的时代，那样的环境中，又是大宅门里老祖宗身边有脸面、有权威的宠婢身份，她却能视司棋的大胆妄为是司棋的个人隐私，她尊重这一隐私，保护这一隐私，你说这个鸳鸯的观念有多么超前！当然，这实际上是曹雪芹的观念超前。

“自古嫦娥爱少年”，虽然贾赦承认这是一个客观的情爱规律，但他却力图依仗自己的权势金钱将其颠覆。其实贾赦那时候无非是 60 岁上下，按今天的划分应该还在壮年阶段，并非什么耄耋老翁。时代在进步，但进步有时也会付出始料不及的代价，比如经济腾飞了，俗世的价值观在一些方面却失范了，“自古嫦娥爱少年”似乎并不是一个情爱定律了，贾赦如果生活在今天，他只要通过传媒征婚，说明他爵袭一等将军，拥有豪宅名车、家财丰厚，那么，一定会有数不清的美赛鸳鸯的嫦娥争先恐后地奔向他的身边，您说是不是？

浮萍尚有相逢日

我在本系列第二部里，探讨了书中林之孝的名字问题，在有的古本《石头记》里，林之孝分明写成了秦之孝。秦可卿、秦之孝、秦显这些角色的名字，是随便命名的吗？分析曹雪芹对全书角色取名的规律，我可以发觉，他给角色取名字，是很费心思的。我认为，曹雪芹本来的构思，是不仅设置出秦可卿，通过她的命运暗示书中“月”派政治力量的存在，还把“月”派转移到贾家的仆人，从比较拿事的大管家，到只分配在府里一角上夜的底层杂役，都设计出几个姓秦的，以加重小说潜台词里“虎兕相争”的政治斗争气氛。但是，在写作的过程里，曹雪芹不断调整自己的思路，也不断修订写出的部分，或删或改，在这个过程中，他后来就决定减弱情节里的“双悬日月照乾坤”的成分，不让原来设定为“月”派成员的秦之孝，再承担那么沉重的任务，就只把秦之孝两口子，写成贾府里的身份单纯的大管家，于是就把秦之孝的名字改成了林之孝。

秦之孝虽然改称了林之孝，但是，这个角色以及他老婆的生活原型，因为是来自以废太子以及废太子弘皙为原型的“月”派那边的，属于从“坏了事”的政治力量里分流出来的人物（尽管可能是太子还没“坏事”

就被赠予贾家的原型曹家的），因此，对他们的描写里，就还带出了一些蛛丝马迹。比如写到林之孝两口子低调为人，虽然在府里拿事，却一个天聋，一个地哑，林之孝家的应该已经是人过中年，却还要认刚二十出头的王熙凤为干妈，以遮人耳目；但是回到他们自己家中，在私密空间里，他们却可能又常喁喁交谈，怀旧感叹，他们的女儿林红玉听多了，耳渲目染，也就懂得“千里搭长棚，没有个不散的筵席，谁守谁一辈子呢？不过三年五载，各人干各人的去了，那时谁还管谁呢？”

其实，仔细读《红楼梦》，就会发现书中还有另一个角色，也说过“千里搭长棚，没有不散的筵席”的话。说这话的不姓秦，跟林之孝家的和林红玉关系也很淡，但是，她却跟府里另一个姓秦的关系密切、利益相连，那个姓秦的，是秦显家的，长相很有特点，颧骨突出，大大的眼睛。

也说出“千里搭长棚，没有不散的筵席”这话的角色，就是迎春房里的首席大丫头司棋。司棋大胆与青梅竹马的表哥潘又安相爱，还买通看园门的婆子，让潘又安偷跑到大观园里来和自己幽会，这是人们都很熟悉的情节。

司棋自由恋爱的行为，值得肯定。但是司棋又是一个复杂的人物。大观园设置了厨房以后，园子里的宝玉和众小姐还有李纨、贾兰等，就不用顿顿出园子到荣国府上房吃饭去了，方便了许多，而大丫头、小丫头们，也因此可以得到诸多好处，当然，谁跟管厨房的关系好，那么就能得到更多的好处，在这种情况下，有的大丫头，就开始争夺厨房的支配权。府里派来大观园管厨房的，是柳嫂子，这柳嫂子偏跟司棋合不来，柳嫂子满心满意去巴结的，是怡红院里的人，她一直想把自己女儿柳五儿送到怡红院里去当差，晴雯要她为自己专门炒个芦蒿，她亲自洗了手炒，生怕晴雯不满意；当然，她最相好的是芳官，为芳官准备的饭菜，书里有细致描写，连宝玉看见闻见都馋，撇下生日筵席上的东西不吃，来吃芳官的；芳官在帮助柳五儿进怡红院这件事情上，也确实非常卖力，在宝玉面前多次推荐，不遗余力。

司棋对柳嫂子善待别人亏待自己非常不满，她让小丫头莲花儿去下命令，让柳嫂子炖一碗嫩嫩的鸡蛋，柳嫂子就叨唠了一大篇，很不情愿，莲花儿回去一学舌，司棋大怒，伺候完迎春吃饭，就“御驾亲征”，带领小丫头们冲进厨房，实施了一次名副其实的“打、砸、抢”。光是出气，还不能解决问题，后来柳嫂子和柳五儿出了事，林之孝家的就做主，换了内厨房的负责人，就是秦显家的，这当然大合司棋心意，从此以后，她就可以操纵这厨房了！

谁知世事白云苍狗，由于代王熙凤行权的平儿实行了“大事化小，小事化了”的政策，柳家母女的冤情竟得平反，柳嫂子依然回到厨房主事，秦显家的只兴头了半天，就下台走人，还去看园子犄角，司棋闻讯，气了个倒仰。

司棋在园子里跟潘又安幽会，被鸳鸯无意中撞见，尽管鸳鸯当时就表示她不会告发，司棋那夜以后一直畏惧，病倒在床。鸳鸯真是个好人，她不仅不去告发司棋，还偷偷地来看望她，立身发誓，再次表示绝不会坏司棋的事，这时候司棋就感激涕零，说了一大篇话，其中就有这样的语句：“……再俗语说，‘千里搭长棚，没有不散的筵席。’再过三二年，咱门都是要离这里的。俗语又说，‘浮萍尚有相逢日，人岂全无见面时。’倘或日后咱们遇见了，那时我又怎么报你的德行。”

如果说，林红玉能说出“千里搭长棚”的俗语，是因为听见过父母关于“坏了事的义忠亲王老千岁”的议论，那么，司棋也脱口而出这句话，会不会是从秦显家的那里听来的呢？这是很值得玩味的啊！

当然，司棋在那种情况下跟鸳鸯说那样的话，她主要想表达的，是知恩必报的誓愿。“浮萍尚有相逢日，人岂全无见面时”，人世间的事情，个人的命运，实在有很难预测的一面。水中的浮萍，按说一旦长成，各在水之一隅，互不相干，但如果一阵狂风骤雨，那之后呢，很可能本来在水域中离得很远的浮萍，却会紧紧地贴靠在一起；生活中人们分离后，更难说从此不再邂逅，今天你帮助了落魄的我，明天也许我反会援手落难的你，司棋说出这样的人生感悟，鸳鸯听了感动得心酸落泪。

司棋在抄拣大观园后东窗事发，被撵了出去。鸳鸯尽管在八十回书里没交代她的结局，但从种种伏笔我们可以知道，八十回后，会写到贾母丧事过后，贾赦对她的残酷报复，而她也就以死抗争。

司棋和鸳鸯都是那个时代和社会的牺牲品，她们两个浮萍，估计后来并没有相逢，无法互相救助，但司棋关于“浮萍尚有相逢日”的人生期盼，却是值得我们反复吟味的。

隔锅饭儿香

因为宫里薨了个老太妃，贾母、王夫人等都得去参加丧葬活动，而王熙凤又因流产后体虚不能理事，荣国府里的公子小姐们得以能更加率性地欢乐度日。春天芍药花盛开的时候，正逢贾宝玉、薛宝琴、邢岫烟、平儿等扎堆儿过生日，他们就聚在红香圃里大吃大喝、大说大笑，甚是惬意。这样的场合，一等大丫头们是可以参与的，二等以下的丫头如果没有派到相关活计，那就只能望洋兴叹。

芳官本是荣国府里养的小戏子之一，宫里有丧事，元妃不能再省亲，府里一年内也不许再演戏，因此荣国府就把戏班子遣散了，芳官不愿离去，就分派到怡红院当丫头，她自然不可能成为一等丫头，勉勉强强，忝列二等吧，红香圃大开寿宴那天，她没分儿参与，一个人闷闷地留守在怡红院，好不寂寞，虽说也可以出去到园子里跟别的丫头斗草玩耍，终究还是不能到红香圃里一醉方休。

但是芳官有两个优势：一是她性格直率活泼，很得宝玉喜欢；二是她跟管内厨房的柳嫂子关系特别好。宝玉在红香圃那边热闹够了，想起芳官，就回怡红院找她，一找一个准儿，芳官正面向里睡在床上，宝玉就推她起来，芳官就发牢骚说“你们吃酒不理我”，宝玉就拿好多话安抚她。就在这个当口儿，柳嫂子派人把单给芳官准备的饭端来了。

柳嫂子原来跟芳官她们戏班子的人，都在梨香院里混事由，在那段岁月里，芳官和柳嫂子建立起密切的关系，柳嫂子后来被派到大观园的厨房管事儿，戏班子遣散后芳官恰又分到怡红院，二者的互助互利关系得以顺利延续，芳官答应帮助柳嫂子的女儿柳五儿到宝玉身边来当丫头，柳嫂子呢，不消说，报答芳官的第一方式，就是给她提供精致可口的专享饭菜。

那么，柳嫂子派人给芳官送来的，是怎样的一套配餐呢？书里写得很细：揭开饭盒，“里面是一碗虾丸鸡皮汤，又是一碗酒酿清蒸鸭子、一碟腌的胭脂鹅脯，还有一碟四个奶油松瓤卷酥，并一大碗热腾腾碧荧荧蒸的绿畦香稻粳米饭”。真是色、香、味俱全。芳官一直享受这种特殊待遇，见了只说“油腻腻的，谁吃这些东西”！宝玉闻了却觉得比往常吃的饭菜还香，先吃了个卷酥，又以汤泡饭，吃了半碗，十分香甜可口。

没想到宝玉吃芳官那“二等丫头饭”的情况，被大丫头袭人、晴雯等知道了，晴雯吃醋，用手指戳在芳官额上，说她是“狐媚子”，怀疑她故意约了宝玉来共餐；袭人则平和通达，说不过是误打误撞，宝玉跟猫儿一样，闻见香就要吃一口，“隔锅饭儿香”。

隔锅饭儿香，道出了一个普遍规律。再好的饮食，接连着吃也会倒胃口。平常在家里烧饭吃，也总得不断地换换花样。下饭馆，也不能总去同一家。偶尔到朋友家做客，吃人家一餐饭，其实那菜肴烹制的水平一般，但仍然会觉得口味一新，赞谢之辞出自肺腑。

饮食上如此，人生途程上，适度地尝尝“隔锅饭”，也很必要。“隔锅”的概念可以外延很远，隔行隔界隔专业，都可视为“隔锅”，“隔锅饭”不能当日常饭吃，真那样吃起来，吃不顺当一定倒胃，吃顺了也就无所谓“隔锅”，成了“换锅”了。但在守着自己的锅吃本分饭的前提下，偶尔地尝尝“隔锅饭”，那就不仅是胃口大开，觉得“香甜异常”，而且，所汲取的营养，也一定格外珍贵，特别是某些微量元素的摄入，有着至关重要的养生作用。

在《红楼梦》里所描写的那种社会环境里，青年男女的精神食粮，首先是强制性规定的四书五经，像林黛玉那样的才女，她对孔孟之道、仕途经济是厌恶鄙视的，她那文化修养的“家常饭”是唐诗宋词，如她教香菱学诗时，就特别提到王维、李白、杜甫以及更早的陶渊明等人的诗作，这些“饭”在那个时代是允许随便“吃”的，但是像《西厢记》《牡丹亭》，戏台上的演出可以看，那书却不许读，被指认为“淫书艳词”，但是，一旦她从宝玉手里接过了《西厢记》，一口气读下来，又隔墙听到梨香院排戏的小姑娘们唱出《牡丹亭》里的句子，立刻产生出“隔锅饭儿香”的效应，心动神摇，如醉如痴。

对于我们现代人来说，不必像贾宝玉那样，只是“误打误撞”地吃几口“隔锅饭”，而应该自觉地拓宽自己物质与精神食粮的食谱，多从“隔锅饭”里获得快感、补充营养。

自为花上几个臭铜没有不了的

写下这个题目，心里很不是滋味。

这是《红楼梦》第四回，写薛蟠的一句内心独白。作为金陵四大家族传人的薛蟠，与小乡绅冯渊争买被拐子拐去养大的甄英莲，喝令手下人，将冯公子打了个稀烂，然后若无其事地带着母亲妹妹家人等往京城而去，贾雨村正在金陵应天府任上，受理此案，乍一听，本能地大怒："岂有这等放屁的事！打死人命就白白的走了，再拿不来的！"但经充任门子的"葫芦僧"指点，他才知道那薛家是名列金陵"护官符"上第四位的豪门贵族，并与他所攀附的名列第一位的贾家连络有亲，是万万得罪不得，也根本无法靠民间或他个人的努力就能将其"绳之以法"的，那"葫芦僧"特别地告诉他，薛蟠根本无所谓"畏罪潜逃"，"既打了冯公子，夺了丫头，他便没事人一般，只管带了家眷走他的路，他这里自有弟兄奴仆在此料理，也并非为此些些小事值得他一逃走的。"曹雪芹写薛蟠的心理："人命官司，他竟视为儿戏，自为花上几个臭铜没有不了的。"贾雨村在弄清了"护官符"后，也就"乱判葫芦案"，并且将此"巧妙"的判决，作为进一步攀附四大家族的献礼。

曹雪芹并没有把薛蟠写成一个简单化的恶棍。他后面有不少篇幅写他的荒唐无知，但也同时写出他对母亲和妹妹的真挚的亲情，他对贾宝玉、冯紫英这些同阶级的朋友交往时，也常常表露出天真恳切，有一回他把贾宝玉诓出大观园，这样说："要不是我也不敢惊动，只因明儿五月初三是我的生日，谁知古董行的程日兴，他不知那里寻来了这么粗这么长粉脆的鲜藕，这么大的大西瓜，这么长一尾新鲜的鲟鱼，这么大的一个暹罗国进贡的灵柏香熏的暹猪……我连忙孝敬了母亲，赶着给你们老太太、姨父、姨母送了进去，如今留了些，我要自己吃，恐怕折福，左思右想，除我之外，惟有你还配吃，所以特请你来……"你看曹雪芹把薛蟠的肢体语言也连带写出来了，在这个片段里，这个生命呈现出其可爱的憨态，但这也就是喝令手下人在光天化日下将冯渊打个稀烂的同一生命啊！

马克思主义者认为，人的本质是社会关系的总和，人是被制度打造成的，个人属于一定的阶级或阶层，人的思想意识的主体是阶级意识，曹雪芹写书的时候，马克思和马克思主义在世界上还不存在，但是，读《红楼梦》里关于薛蟠的文字，我们却可以用上述马克思主义的理论来理解，而且，曹雪芹还写出了复杂的人性，他使读者憬悟，像薛蟠这样的生命，人性里也还是有善的，后面写到他在母亲妹妹前忏悔落泪，就展示出他人性中与残暴相对立的柔软一面，这样一个生命，如果不是在那样的阶级地位和那样一种制度下生存，那么，他人性中的善良面有可能压抑住邪恶面。曹雪芹笔下的贾雨村也是如此，他乍听薛蟠打死人后大摇大摆管自进京，那"岂有这等放屁的事"的愤懑是真实的，是其人性中良知的喷发，但当他在现实的"社会关系总和"面前"冷静"下来以后，他就把良知抛到爪哇国去了，他的表现，让我们懂得，贪官污吏的出现，其实也是一种难以逃避的"官场游戏规则"所决定的。曹雪芹后面写到"四大家族"的败落，薛蟠当然不会有什么好下场，贾雨村也“因嫌纱帽小，致使枷锁扛”，但那并不是民众的胜利，正义的伸张，而只不过是皇权下统治集团利益再分割的现象。

《红楼梦》第几回是全书的总纲？一般多认为第五回是总纲，因为里面通过金陵十二钗的册页以及十二支曲，全面透露了书中主要人物的命运轨迹，但毛泽东却指出，应该把第四回，即呈现“护官符”和写到薛蟠“自为花上几个臭钱没有不了的”这一回，当作全书的总纲。革命家从《红楼梦》里看到的，是“斧头砍出新世界，镰刀割断旧乾坤”的必然性。

脂砚斋在薛蟠“自为花上几个臭钱没有不了的”句下，这样批道：“人谓薛蟠为呆，余则谓是大彻悟。”这是非常沉痛的话。

离曹雪芹写下《红楼梦》的文字，已经二百五十年以往了，我们现在读这部巨著，应有的收获之一，就是要为彻底消除“自为花上几个臭铜没有不了的”的旧时代、旧制度的残余，而努力、而奋斗。

千里搭长棚

有朋友问我：你的《红楼拾珠》写了不少了，为什么连一些一般读者觉得挺生僻的“珠语”都拾起来议论一番，却迟迟不见你写到“千里搭长棚，没有个不散的筵席”这颗人们耳熟能详的“珠子”呢？其实，我也一直在构思对这颗“珠子”赏析的写法，只是觉得说浅了没啥意思，往深里说呢，则牵扯的方面颇多，怕一篇短文容不下。不过，现在我还是试一试，看能否长话短说，各层意思都点到为止。

首先要牵扯的，就是《金瓶梅》。《红楼梦》是一部与《金瓶梅》区别很大的书。《金瓶梅》文学性很强，在刻画人物，写人物对话方面，非常出色，但《金瓶梅》不仅色情描写过度，而且作者在暴露政治腐败、社会堕落、人性黑暗的时候，只有冷静，没有任何理想色彩，升华不出精神上的东西，而《红楼梦》不同，曹雪芹透过描写，通过人物塑造，有时候更直接在叙述语言里面，融注批判的锋芒，提出了尊重以未被污染的青春女性为象征的社会人生理想，升华出含有哲理内涵的诗意。但是，毋庸讳言，《红楼梦》与《金瓶梅》又有着明显的文学上的传承与突破的关系，像“拼着一身剐，敢把皇帝拉下马”、“千里搭长棚，没有个不散的筵席”这两句被一些读者认为是曹雪芹笔下最精彩的谚语，其实是早在《金瓶梅》里就有的。

当然，曹雪芹使用“千里搭长棚，没有个不散的筵席”，无论在总体构思，还是表达意蕴上，都比《金瓶梅》的作者高明、深刻。曹雪芹是在第二十六回里，让小红来说这句话的。书里交代，荣国府的大管家林之孝两口子，权柄很大，却一个天聋，一个地哑，更古怪的是林之孝家的年龄比王熙凤大，却认她作干妈，而他们的女儿林红玉也就是小红，虽然相貌也还不错，又伶牙俐齿，他们却并没有依仗自己的权势，将她安排为头、二等丫头，只悄悄地安排到怡红院里，当了个浇花喂雀炼茶炉子的杂使丫头，后来还是小红自己凭借真本事，才攀上了高枝，成为凤姐麾下的一员强将。这两位大管家为何如此低调？这就又牵扯《石头记》版本问题，在有的古本里，林之孝原来写作秦之孝，据我分析，很可能其生活原型，就是秦可卿原型真实家族的仆人，后来被赠给了曹家为仆——这在那个时代是常有的事，不足为奇——曹雪芹原来打算在书里，也点明他们与秦可卿来自同一背景，后来他改了主意，想隐去这一点，才决心把角色的姓氏，由秦改为了林。姓氏虽然改了，但其原型所具有的某些特点，却没有改，依然如实地写出来。

我的“秦学”研究，揭示出秦可卿的生活原型，是康熙朝两立两废的太子胤礽的一个女儿，胤礽在书里化为了“义忠亲王老千岁”，他“坏了事”，因此他的女儿秦可卿属于藏匿性质，他“坏事”前赠予贾家的仆人，虽然不至于被穷追深究，但毕竟属于“来历不洁”，因此，林之孝家的要认王熙凤为干妈，以增加一些安全感，而他们在家里窃窃私语，也就能使早熟的小红比其他同龄人更知道世道的白云苍狗。

小红是在与一个只出场那么一次的小丫头佳蕙对话时，说出这句话来的，还接着说：“谁守谁一辈子呢？不过三年五载，各人干各人的去了，那时谁还管谁呢？”这话与第十三回秦可卿念出的偈语“三春过后诸芳尽，各自须寻各自门”是完全相通的。据佳蕙透露，故事发展到那个阶段的时候，贾宝玉等人还根本没有“盛筵必散”的憬悟，“昨儿宝玉还说，明儿怎么样收拾屋子，怎么样做衣裳，倒像有几百年的熬煎。”

“千里搭长棚”的歇后语，在《红楼梦》里与“树倒猢狲散”，《好了歌》及其甄士隐的解注等，是一以贯通的，里面有对世事绝不会凝固而一定会有所变化的规律性总结，也含有悲观主义世界观人生观的消极情绪。

2000 年 7 月 14 日法国国庆那天，我恰好在巴黎，目睹了法国民众自发组织的“千里长桌筵”，人们沿着法国中部穿过巴黎市中心的经线，摆出筵席，大体相连，使用同一种图案的纸桌布，各家拿出自己准备的酒菜与邻居同人们共享，在巴黎罗浮宫庭院和塞纳河艺术桥上，据说是那条经线通过的地方，我看见男女老少或倚桌或席地，边吃喝边欢唱，十分热闹，又从电视里，看到那条经线通过的地方，现场转播的种种情况，真是非常有趣。到太阳落山时，这个贯穿整个法国的“千里长桌筵”在欢歌笑语中散场。我觉得法兰西人的这份浪漫情怀，真的很值得我们学习。其实《红楼梦》里就已经写到不少西洋事物，如金星玻璃鼻烟盒，治头痛的膏子药“依弗那”等，“洋为中用”，咱们从“千里搭长棚，没有不散的筵席”这句话里剔除悲观的情绪，注入法兰西式的浪漫旷达，那不也就成为一句好话了吗？

柳藏鹦鹉语方知

脂砚斋是曹雪芹的合作者。当然，她主要是通过批语来揭橥《石头记》的生活依据和艺术特色，直接执笔补缀文本的地方不多。她——这里用这个女性的第三人称，是因为我基本上信服周汝昌先生的考据：脂砚斋是书中史湘云的原型，是曹雪芹的一位李姓表妹，他们在家族败落后，历尽坎坷，戏剧性地遇合，隐居乡间，呕心沥血，共同从事《石头记》的写作——在第一回的批语中，就一方面指出书中的朝代年纪、地舆邦国“大有考证”，使我们知道曹雪芹的这部书尽管将真事隐去，以假语村言来进行叙述，但确实是一部带有自叙性、自传性的作品；另一方面又指出，曹雪芹在将生活的真实化为艺术情境时，使用了许多高妙的手法。

第一回的批语里，脂砚斋就这样总括曹雪芹的写作技巧：“事则实事，然亦叙得有间架，有曲折，有顺逆，有映照，有隐有见，有正有闰，以致草蛇灰线、空谷传声、一击两鸣、明修栈道、暗度陈仓、云龙雾雨、两山对峙、烘云托月、背面傅粉、千皴万染诸奇……”她的评论语汇非常丰富，能让读者产生出联翩的意象，既增进了对曹雪芹文笔的审美力度，对她那批语本身，也往往能获得阅读的快感。

在第七回，曹雪芹以相当含蓄的手法写贾琏和王熙凤中午在家里行房事，点睛的句子其实只一两句："只听那边一阵笑声，却有贾琏的声音。接着房门响处，平儿拿着大铜盆出来，叫丰儿舀水进去。"有年轻读者问我：什么叫"通房大丫头"？我就让他自己去琢磨这两句描写。脂砚斋对曹雪芹的这一写法大加赞扬，她说："妙文奇想！阿凤之为人岂有不着意于风月二字之理哉？若直以明笔写之，不但唐突阿凤身价，亦且无妙文可赏；若不写之，又万万不可，故只用'柳藏鹦鹉语方知'之法，略一皴染，不独文字有隐微，亦且不至污渎阿凤之英风俊骨。"

"柳藏鹦鹉语方知"用在这里，向读者点化曹雪芹的高妙的艺术技巧，真是恰切极了。脂砚斋很显然极有文化修养，她多次随口吟出、随手拈出诗词妙句来评点曹雪芹的文本。

第三回写到林黛玉初次"还泪"，脂砚斋批道："月上纱窗人到阶，窗上影儿先进来，笔未到而意先到矣！"第十五回有批语引昔安南国使题一丈红的诗句："五尺墙头遮不得，留将一半与人看。"第十六回写贾母心神不定，在大堂廊下伫立，她批道："与'日暮倚庐仍怅望'对景，余掩卷而泣。"第二十五回写早晨宝玉想观察头天偶然给他倒茶的小红，"却恨面前有一株海棠花遮着，看不真切"，她批道："余所谓此书之妙皆从诗词句中泛出者，皆系此等笔墨也。试问观者，此非'隔花人远天涯近乎'？"第三十七回批语里道："好极！高情巨眼能几人哉？正'一鸟不鸣山更幽'也。"诸如此类，都是善用诗句点评小说文笔妙处的例子。

脂砚斋也很会活用俗谚俚语，来作为评点的利器。她先后运用到批语中的这类语句很多，比如："一日卖了三千假，三日卖不出一个真！""人若改常，非病即亡。""不如意事常八九，可与人言无二三。""人在气中忘气，鱼在水中忘水。"等等。

在第二十七回的回后批中，脂砚斋总结说：“《石头记》用截法、岔法、突然法、伏线法、由近渐远法、将繁改简法、重作轻抹法、虚稿实应法，种种诸法，总在人意料之外，总不见一丝牵强，所谓‘信手拈来无不是’是也。”曹雪芹固然技巧非凡，如千手观音无所不能，脂砚斋的批评技巧亦妙笔生花、灵动自如，比如她在鸳鸯抗婚一回，感慨鸳鸯在急难中提到一起度过许多岁月的姊妹们，让人读来浮想联翩，就挥笔写道：“余按此一算，亦是十二钗，真镜中花，水中月，云中豹，林中之鸟，穴中之鼠，无数可考，无人可指，有迹可寻，有形可据，九曲八折，远响近影，迷离烟灼，纵横隐现，千奇百怪，眩目移神，现千手千眼大游戏法也！”

不仅曹雪芹的小说是我们中华民族的经典，脂砚斋的批评也是我们中华文化的瑰宝。当代作家可以向曹雪芹“偷艺”，当代批评家也可以从脂砚斋那里“窃宝”啊！

贾母论窗

通过《红楼梦》不但可以了解中国古代的历史、哲学、宗教、伦理秩序、神话传说、诗词歌赋、烹调艺术、养生方式、用具服饰、自然风光、民间风俗……还可以了解中国民族的园林艺术和建筑审美心理，而这些因素并不是生硬地杂陈出来，完全融进了小说的人物塑造、情节流动与文字运用中。

例如，第四十回，书中贾母带着刘姥姥逛大观园，到了林黛玉住的潇湘馆，发现窗户上的窗纱不对头。

“这个纱新糊上好看，过了后来就不翠了。这个院子里头又没有个桃李树，这竹子已是绿的，再拿这绿纱糊上反而不配。我记得咱们先有四五样颜色的纱呢！明儿给他把这些窗上的换了。”

凤姐听了，说家里还有银红的蝉翼纱，有各种折枝花样、流云卍福、百蝶穿花的。

贾母就指出，那不是蝉翼纱，而是更高级的软烟罗，有雨过天晴、秋香色、松绿、银红四种。这种织品又叫霞影纱，软厚轻密。

这个细节就让人知道，中国人对窗的认识，与西方人有所不同。西方人认为窗就是采光与透气的，尽管在窗的外部形态上也变化出许多花样。古代中国人却认为窗首先应该是一个画框，窗应该使外部的景物构成一幅优美的图画，因此在窗纱的选择上，也应该符合这一审美需求，外面既然是“凤尾森森”的竹丛，窗纱就该是银红的，与之成为一种对比，从而营造出如画如诗的效果。

后来贾母又带着刘姥姥到了探春住的秋爽斋，她再一次注意到窗户，“隔着纱窗往后院看了一回，说道：‘后廊檐下的梧桐也好了，就只细些。’正说话，忽一阵风过，隐隐听得鼓乐之声，贾母问：‘是谁家娶亲呢？这里临街倒近。’王夫人等都笑回道：‘街上的那里听得见，这是咱们的那十几个女孩子们演习吹打呢。’贾母便笑道：既是他们演，何不叫他们进来演习……就铺排在藕香榭的水亭子上，借着水音更好听！’”贾母嫌窗外的梧桐细，就是因为她把那窗户框当作画框来看，窗户比较大，外面的“画面”上的梧桐树也要比较粗才看上去和谐悦目。中国古典窗不大隔音，并不完全是因为工艺技术上在隔音方面还比较欠缺，而是有意让窗户起到一种“筛音”的作用，即使关闭了窗扇，也能让外面的自然音响和人为乐音渗透进来，以形成窗内和窗外的心理共鸣，所以她主张到水上亭榭里面，开窗欣赏贴着水面传过来的鼓乐之声。

林黛玉受家庭熏陶，也受贾母审美趣味的影响，非常懂得窗的妙处。潇湘馆有个月洞窗，第三十五回，林黛玉从外面回来，她就让丫头把那只能吟她《葬花词》的鹦鹉连架子摘下来，另挂到月洞窗外的钩子上，自己则坐在屋子里，隔着纱窗调逗鹦鹉作戏，再教它一些自己写的诗词。那时候窗外竹影映入银红窗纱，满屋内阴阴翠翠，几簟生凉，窗外彩鸟窗内玉人，相映生辉，如痴如醉。

鹦鹉毕竟还是一种人为培育的宠物。第二十七回写到，林黛玉一边往外走一边跟丫头交代：“把屋子收拾了，撂下一扇纱屉；看那大燕子回来，把帘子放下来，拿狮子倚住；烧了香就把炉罩上。”可见那些糊上软烟罗的窗户，是可以把窗屉子取下来，让窗外的自然和室内的人物完全畅通为一体的，而大燕子就是自然与人亲和的媒介，潇湘馆的屋子里，是有燕子窠的！燕子归来后，放下的窗帘并不完全闭合，说拿“狮子”倚住，那“狮子”其实是一种金属或玉石的工艺美术制品，压住窗帘一角，使窗帘构成优美的曲线，使窗内与窗外形成一种既通透又遮蔽的暧昧关系，这里面实在是蕴涵着丰富的文化元素！

林黛玉写有一首《桃花行》，几乎从头至尾是在吟唱窗户内外的人花的交相怜惜：“……帘外桃花帘内人，人与挑花隔不远。东风有意揭帘栊，花欲窥人帘不卷。桃花帘外开依旧，帘中人比黄花瘦。花解怜人花也愁，隔帘消息风吹透……一声杜宇春归尽，寂寞帘栊空月痕！”贾母也曾年轻过，曾在史家枕霞亭淘气，落进湖中险些淹死，虽然被及时救了上来，毕竟还是被竹钉碰坏了额角，留下一点疤痕，她年轻时可能没有林黛玉那么伤感，但林黛玉对外祖母的审美情趣，可以说是继承了其衣钵，并有所发扬光大，她的一系列行为和她的诗句，都是对贾母论窗的艺术化诠释。

红楼细处

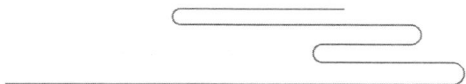

留杩子盖头的小厮

决定写一组“红楼细处”的文章，把自己细读《红楼梦》的心得与红迷朋友们分享。这些“细处”，常被囫囵吞枣地翻阅《红楼梦》的诸君忽略。比如第六十回末尾到第六十一回，写到大观园内厨房厨头柳嫂子从她哥哥家回来，到角门那里遇到了一个留杩子盖头的小厮，两个人有一番十分切合人物身份的戏谑口角，虽是回末章头似乎漫不经心的过渡性文字，这细处却大有意趣，值得玩味。

近些年多有论家热衷于分析第五十六回，认为所写的敏探春兴利除宿弊、时宝钗小惠全大体，在大观园中推行承包责任制，对今天的经济改革也颇有借鉴意义。更有论家认为这一回所写的，甚符合十九世纪末二十世纪初意大利经济学家帕累托所标榜的“新福利主义”。帕累托认为，如果一个高收益的社会利益集团自动让出部分利益，以补贴另一低收益集团构成一种社会福利，双方可能达到利益双保，社会状态也就趋向和谐，这种效果就叫作“帕累托最优”。曹雪芹生活在帕累托之前一百多年的封闭状态的中国，竟能在《红楼梦》第五十六回里形象地描绘出荣国府“临时内阁”推行“新福利主义”，令若干论家一唱三叹，赞颂不已。

的确，那回书里所写的，是贾府在险些面临权力真空的状况下，临时凑成的“三驾马车”竟能锐意革新的故事。荣国府府主贾政那时被皇帝派了外差，王夫人一贯依仗的“内阁总理”王熙凤又因病休假，更加上朝廷里薨了老太妃，贾母、邢夫人、王夫人连同宁国府的女主子尤氏乃至贾蓉续娶的媳妇许氏，因为全属“诰命夫人”，按规定全得参与旷日持久的祭奠活动，先是每日早出晚归，后来更离京到远处陵寝，虽然贾氏宗族向皇家撒谎，说尤氏产育去不了，让她照管自家宁国府外，每天过来协理荣国府，但荣国府毕竟也还需要组成一个“临时内阁”，于是由王夫人指派了李纨、探春、宝钗三位出任，一个寡妇，一个庶出闺女，一个外姓亲戚，真有点“将不够，兵来凑”的架势。其实曹雪芹用笔尽量客观、周到。他固然在字里行间确实有赞扬探春之敏、宝钗之智的味道，但也写出荣国府的仆役们对这“三驾马车”和对王熙凤一样怀有无法释怀的阶级敌意：“刚刚的倒了一个‘巡海夜叉’，又添了三个‘镇山太岁’，越性连夜里吃酒玩的工夫都没了！”

大观园的管理，真是“一包就灵”吗？各个利益集团之间真是因“帕累托最优”的润滑就相安无事，趋于和谐了吗？曹雪芹在第五十八回到第六十一回里，恰恰写出了探春、宝钗她们设计推行的承包责任制所形成的人际关系紧张，与不时因小由头而发酵成的群体事件，“三驾马车”压力很大，王熙凤病休中指派平儿辅政，平儿也忙得不亦乐乎。

留杩子盖头的小厮在角门与柳家的一番斗嘴，就是在这种大背景下出现的。“杩子盖”就是“马桶盖”，这样的发型在那个时代，是未成年的男孩子常有的。这个小厮先是抓住柳家的不像是从自家回来，有可能找“野老儿”去了的把柄为要挟，让柳家的偷些园子里的杏子给他吃。柳家的就抱怨自从实行了果木责任承包制，“一个个的不像抓破了脸的”，管理上是严格了，心里头可全是钱了。柳家的点出小厮的舅母姨娘都是揽到承包任务的,“这可是‘仓老鼠和老鸹去借粮——守着的没有,飞着的有’。”小厮就揭其隐私——正活动着要让柳五儿分到怡红院去。柳家的奇怪他怎么“门儿清”,小厮就笑道:“单是你们有内牵,难道我们就没有内牵不成?我虽在这里听哈,里头却也有两个姊妹成个体统的,什么事瞒了我们?”

留杩子盖头的小厮最后的话特别令人深思。中国直到如今还是一个血统裙带老关系熟面孔为人际重点的社会。人与人在社会游戏规则面前不能一律“陌生化”,执法办事对亲者宽疏者严,因此,再好的规则再妙的设计,推行起来总是大打折扣。这问题怎么解决?恐怕是,经济改革政治进步,必须与心灵教化相辅相成,对此应作持久不懈的努力。

《红楼梦》里的宠物 

看到题目，我们首先想到的会是潇湘馆的鹦哥（有的古本写作莺哥）。林黛玉和这个宠物的亲密关系，在第三十五回开头有一段非常细腻的描写，见黛玉回来，它会扑过去欢迎，并且招呼小丫头："雪雁，快掀帘子，姑娘来了。"黛玉虽然被它"嘎"的一声扑来吓了一跳，有所嗔怪，但仍以手扣架道："添了食水不曾？"那鹦哥竟长叹一声，大似黛玉素日吁嗟音韵，念起《葬花词》来。迎出的大丫头紫鹃和黛玉都笑了。黛玉又嘱咐紫鹃，把原来挂在廊子上的鹦哥架，另挂在月洞窗外的钩上，于是进了屋子，吃毕药，"只见窗外竹影映入纱来，满屋内阴阴翠润，几簟生凉……无可释闷，便隔着纱窗调逗鹦哥作戏，又将素日所喜的诗词也教与他念"。从这段描写里可以看出，黛玉的宠物鹦哥不是笼养而是架养，这一方面可能是它体型比较大，另一方面应该是黛玉希望给它以相对自由的活动空间。

第二十三回写黛玉隔墙听曲，是《牡丹亭·惊梦》一折里的词句，虽然没有引出"可知我常一生儿爱好是天然"这句，但黛玉的心，与杜丽娘的心是完全相通的，这从黛玉与宠物的关系上充分体现了出来。鹦哥毕竟是经人工驯化的商品性宠物，黛玉不仅养鹦哥，她还容纳大自然里的大燕子。第二十七回，写到黛玉边往潇湘馆外走边嘱咐紫鹃："把屋子收拾了，撂下一扇纱屉；看那大燕子回来，把帘子放下来，拿狮子倚住，烧了香就把炉罩上。"显然，在黛玉的居住空间里，有一个燕子窝，大燕子每天会出去觅食，衔回来喂小燕子，黛玉对燕子一家不仅不嫌不烦，还呵护备至。估计那燕子窝是在窗屉内正屋外的一个灰空间里面，正屋与那灰空间以软帘隔开。

《红楼梦》里出现得最多的宠物，是禽鸟。第三回黛玉初进贾府，先到西边贾母的院落，进入垂花门，只见"两边穿山游廊厢房，挂着各色鹦鹉、画眉等鸟雀"。后来盖起大观园，怡红院里禽鸟更多。怡红院里的特色植物是蕉棠两植，特色宠物，第二十六回通过到访的贾芸眼中看到"那边有两只仙鹤在松树下剔翎"。当然也写到"一溜儿回廊上吊着各色笼子，各色仙禽异鸟"，但仙鹤显然是宝玉的最爱，他迁入怡红院后便写出《四季即事诗》，里面有两句都提到爱鹤："苔锁石纹容睡鹤""松影一庭惟见鹤"。后来第七十六回黛玉、湘云月下联诗，湘云咏出"寒塘渡鹤影"的谶语。周汝昌先生认为，鹤在书里是湘云的象征，曹雪芹《红楼梦》真本的最后情节里，有宝、湘终于遇合的情节，湘云到头来是宝玉的最爱。此说可供参考。当然，从前八十回书里，读者会感觉到，宝玉对所有的青春女性都崇拜、体贴。因此，对于怡红院里象征女性的禽鸟，书里设计得也最丰富，不仅有"仙禽（或可对应于黛玉）异鸟（或可对应于宝钗）"，更有可与一般大小丫头对应的普通品种，第三十回就写到下雨时，梨香院的小戏子宝官、玉官和袭人等玩笑，"大家把沟堵了，水积在院内，把些绿头鸭、丹顶鹤、花鸂鶒、彩鸳鸯，捉的捉，赶的赶，缝了翅膀，放在院内玩耍……"

宝玉在"会芳园试才题对额"一回（通行本回目为"大观园试才题对额"）中，当贾政要他为后来被称作稻香村的景区题名时，他大发议论，强调“天然”。第三十六回，曹雪芹有意写下这样一幕：贾府戏班班主贾蔷为了讨好所喜欢的龄官，用一两八钱银子为她献上会串戏的雀儿“亮翅梧桐”，龄官不但不领情，还痛斥贾家花了银子买她们女孩“关在这牢坑里学这劳什子”，认为买这雀儿来在鸟笼里的戏台上乱串，衔鬼脸弄旗帜，“分明是弄他来打趣形容我们”，令贾蔷十分难堪，只好拆了笼子放了雀儿。这固然是为了写宝玉“识分定情悟梨香院”，也令我们了解到曹雪芹的宠物观，那就是要尊重任何生命，崇尚自然，呵护弱小。贾府特别是大观园里也有些较大型的动物，第五十六回宝钗与探春计议在大观园里实施“承包制”时，就提到，园子里养着“大小禽鸟鹿兔”。第二十六回的一个细节也值得注意：宝玉顺着沁芳溪看了一会儿金鱼，只见那边山坡上箭似的跑来两只小鹿，正纳闷儿，忽见贾兰在后面拿着一张小弓追了过来，宝玉毕竟是叔辈，贾兰只好站住，解释说是在“演习骑射”，这一笔当然是暗伏后来贾兰考取了武举，但宝玉不以为然地说：“把牙栽了，那时候才不演习呢！”在宝玉眼里，小鹿是不可伤害的，动物都是人类的朋友，他的这种“呆气”甚至声播于外，第三十五回曹雪芹有意通过傅家来问安的两个婆子的对话，点明宝玉是个“看见燕子，就和燕子说话，河里看见鱼，就和鱼说话”的“情痴”、“情种”。

有红迷朋友和我讨论：贾府里养不养宠物猫和宠物狗呢？答案是肯定的。第五回写宝玉到宁国府里，在秦可卿卧室午睡，安顿好了一切后，“秦氏便吩咐小丫鬟们，好生在廊檐下看着猫儿狗儿打架”。可见宁国府宠物猫狗很多，荣国府应该也是如此。虽然《红楼梦》文本里没有对荣国府宠物猫的具体描写，但在“芦雪广争联即景诗”时，湘云“就地取材”，吟出“石楼闲睡鹤”的句子后，黛玉不甘落后，“笑的握着胸口，也高声嚷道：‘锦罽暖亲猫。’”可见影视剧《红楼梦》里安排王熙凤抱波斯猫，是合理的想象。

可惜曹雪芹大体写完《红楼梦》后，却因“借阅者迷失”及更神秘的原因，我们现在只能看到前八十回（其实还不足）的原本。但跟他大体同时代的一些人士，是看到过原本全稿的。有一位满洲贵族明义（字我斋），比曹雪芹约小十几岁，他和曹雪芹的生命时空有所重叠，在他的《绿烟琐窗集》稿本里，有二十首《题〈红楼梦〉》诗，从组诗前小序里“曹子雪芹出所撰《红楼梦》一部……余见其钞本焉”的话推敲，他看到的应是从曹雪芹处辗转借到的一个全本。其中一首他回忆书中的情节是：“晚归薄醉帽颜欹，错认猧儿为玉狸；忽向房内闻语笑，强来灯下一回嬉。”他看到了宝玉醉归错把宠物叭儿狗当成宠物大白猫的有趣描写。可是现在无论哪种版本的《红楼梦》里都绝无这样的细节。要是能找到一本明义读过的手抄本，那该是多么惬意的事啊！

和硕淑慎公主

2009年北京故宫博物院运去不少珍贵文物到台北，在那里的故宫博物院开雍正文物大展，其中有康熙传位于雍正的诏书，以满汉两种文字写成，似为雍正继统有据的铁证，但早有清史专家指出，此诏书系雍正继位后制作，疑点颇多。不过历史由胜利者书写展示，即使那书写展示并不完全符合事实，但基本事实——谁赢谁输——总还是颠扑不破的。

雍正甫继位，就大施隆恩。其中包括封八阿哥允禩和十三阿哥允祥为亲王，废太子二阿哥允礽嫡子弘皙为郡王。允禩在康熙朝就是个争皇位的野心家，康熙当众斥责过，雍正却将他的地位从多罗贝勒提升为廉亲王。雍正此举是为了封堵允禩的篡位野心。但允禩岂是省油的灯，他与九阿哥允禟勾结，继续觊觎大位，于是雍正果断地在两三年后将他们恶治，先革爵，再逐出宗室，这还不算，更进一步取消“人籍”，将允禩改名阿其那，允禟改名塞思黑，民间有谓分别是“狗”、“猪”之意，不过有专家根据满语满文细加考证，认为分别是“俎上冻鱼”、“讨厌”之谓；再后就让这两个兄弟相继猝死于禁所。不管怎么说，对允禩这样的政敌，雍正欲擒故纵先封亲王是着好棋。

至于将十三阿哥允祥封为亲王，则是雍正真的看重他。康熙曾在康熙三十八年和四十八年两次对年长之子封爵。第一次分封时允祥十三岁，未受分封不奇怪。但第二次分封时他已经二十三岁了，连比他小两岁的十四阿哥（当时叫胤祯后被雍正改为允禵）也被封为了贝子，允祥却仍然未得分封，这就很奇怪了。但史家对这一情况分析阐释甚少。雍正一登基，却立即将这位十三弟封为和硕怡亲王，并对他极其信任倚仗。其实允禵是雍正唯一的既同父也同母的亲胞弟，康熙晚期朝野都看好他，认为是康熙没有公开宣布而实际上内定的皇储，康熙任命他为征西大将军，立下赫赫战功。他在任上忽然得到父王驾崩的消息，马不停蹄赶回京城，四阿哥竟已登上宝座，要他下跪臣服，开始他无论如何不肯承认这个事实，他的母亲向着他，坚决不肯让雍正把她“移宫”到紫禁城去享皇太后之尊，搞得雍正非常尴尬。那当口十四阿哥是雍正最难对付的政治劲敌，血气方刚（比他小十岁），羽翼丰满，皇太后护着又不好动粗。雍正且将十三阿哥奉为臂膀，来维系政局。

十三阿哥怡亲王允祥与曹雪芹他们家有种特殊的关系。雍正二年，雍正将江宁织造曹頫（若非曹雪芹父亲则是他叔叔）交与怡亲王“看管”，现在我们仍可看到雍正在曹頫请安折上长达近三百字的朱批，其中有许多“怪话”值得推敲，如说“诸事听王子教导而行……不要乱跑门路，瞎费心思力量买祸受……因你们向来混账风俗贯（惯）了，恐人指称朕意撞你……若有人恐吓诈你，不妨你就求问怡亲王……主意要拿定，少乱一点，坏朕声名，朕就要重重处分……”雍正的名声，怎么至于被曹頫那么个小角色“坏掉”？那令雍正不安的具备“恐吓”、“讹诈”威力的“人”究竟是谁？又为什么非得把曹頫交给怡亲王看管？怡亲王看管的效果又究竟如何呢？那以后又足足过了四年，曹頫才终于被治罪，公开的罪状是“骚扰驿站”，那不能公开的罪是什么呢？我们后人当然要重视官方正式档案，但尽信“官档”，可能就永远无法接近曾经有过的事实。

我们现在所看到的古本《红楼梦》（多称《石头记》），其中己卯本、庚辰本，据专家考证，母本就出自乾隆朝的怡王府，那时承袭这个王位的是乾隆的堂兄弟弘晓。曹雪芹晚年在北京西郊的固定居所，有专家认为是在白家疃，而白家疃正是怡亲王建造别墅的地方。

总之，雍正登基后所做的种种人事安排，无一不具有强烈的政治内涵。

有人注意到，雍正对康熙朝两立两废的太子允礽以及其嫡子弘皙非常优待。废太子虽然仍按照康熙的意志将其软禁，没有行动自由，但丰其衣食，保障供给。弘皙则封为郡王，这倒并非雍正的创造性恩典，乃是康熙逝前已定下的。

更有人特别指出，雍正继位不久，就将废太子第六个女儿过继到自己家，这是否昭显着雍正对侄女的慈爱？

大家都知道，自来有“满蒙一家亲”之说。早在关外征战、定鼎中原之前，满族上层与蒙古族上层就不断以通婚来巩固双方的政治联盟。入主中原、定都北京以后，康熙的二十个公主中，就有七个下嫁蒙古王公。这虽然不好跟“和番”画等号，但从繁盛的京城嫁到相对艰苦的草原，更何况遇上什么丈夫自己完全不能把握，无论如何难称幸运幸福。

父皇的这项将公主下嫁蒙古王公的传统政策，雍正当然乐于继承。但雍正登基时已经四十四岁，却只养大了一个女儿，他的下嫁蒙古王公的公主储备，是大大地欠缺。于是，他立即补充了三位公主，也就是从兄弟那里过继来三位侄女。其中两位是他重用信赖的怡亲王的第四女（后称和硕和惠公主），以及庄亲王允禄的长女（后称和硕端柔公主），还有一位，就是废太子的第六女，也就是弘皙的六妹。

雍正登基前，废太子已经是政治上的“死老虎”了，况且到雍正二年，他也就死在禁所，乐得追谥他“理密亲王”。

那么，废太子第六女被雍正收来作为公主，是否能证明废太子的女儿们都沐新皇之恩，属幸福之辈呢？

揆诸史料，可知这位和硕淑慎公主生于康熙四十七年正月初二，就在这一年九月，她父亲的太子身份被废掉，全家处于被圈禁的状态，虽然过了半年，她父亲又戏剧性地被复立为太子了，但她只是个婴儿，应该全无记忆。到康熙五十一年，她父亲再次被废，那时她有四岁的样子，也许会多少留下一些记忆。那应该是很恐怖的记忆。太子被废黜被圈禁，他那一大家子人，他的正妻和许多侧室，以及这些女子所生下的孩子，包括所有的男女仆役，一律也随之失去自由，虽然康熙命令丰其衣食、保障供给，谁会甘愿过那种禁锢的生活呢？能设法逃离的，一定不会放过任何机会。设若废太子身边一位女子恰好在那时生下了一个女儿，尚未及到宗人府注册登记，于是其母设法将其运出禁所托付给平日相与亲密的官宦人家藏匿起来，就是可能的。如果说太子一废时家中诸人万没想到手足无措，那么二废前家中个别人应变有方，也是不奇怪的。现在我们虽然未能找到废太子家族成员设法逃出藏匿的例证，但却分明可以从《清圣主实录》第二百八十六卷里查到这样的记载：就在太子被二废时，太子宫中有个叫得麟的人，通过“诈死”的方式，让人把自己当死尸运了出来，当时一位大学士嵩祝，就冒犯王法藏匿了他。当然后来败露了，得麟处死，嵩祝被惩治。

雍正真的很同情他那被两立两废的哥哥吗？真的对这位倒霉的二哥的女儿充满慈爱吗？那他登基前为什么不把那位二哥的六女接来当作继女？那位姑娘，一直活到她十四岁的时候，仍饱受着被禁锢之苦。她被雍正从禁所接出去，没过几年，也就是她十七八岁的时候，在雍正四年，就下嫁科尔沁博尔济吉特氏观音保，封为和硕淑慎公主。那位额驸观音保到雍正十三年二月就“嗝儿屁、潮凉、大海棠”（北京俗语谓死亡）了。那一年和硕淑慎公主才二十六七岁，从此守寡，一直守到乾隆四十九年九月初十日去世，终年七十七岁。她一生的七十七年，有十四年随父被幽禁，有五十余年守寡。

那天偶然见到一档电视节目，作为嘉宾的一位学者谈及和硕淑慎公主，以谐谑的口气问道："不知刘心武是否知道她？"言外之意是康熙朝废太子的女儿均可以此为例，可知本无生命危机可言，毫无藏匿之必要。

我知道和硕淑慎公主。抛开我从秦可卿入手研究《红楼梦》的特殊角度，单就这位公主的命运而言，我已感觉到宫廷政治的冷酷诡谲。如何评价雍正的统治非我力所能及，但若把雍正收养废太子之女视为慈行善举，恐怕是太小觑了他的政治权术吧？

见识狱神庙

研究《红楼梦》，一个不可或缺的方法，就是进行“田野考察”。比如书里讲到明角灯，什么是明角灯？就是用羊犄角为原料的一种外壳透明的灯具。它是怎么制作的呢？有人说是用羊犄角熬成胶，再冷却为薄片，嵌装在框架上。其实，北京厂桥地区，至今还有一条羊角灯胡同，那里在清朝曾集中着若干羊角灯作坊，四十几年前我在那附近一所中学任教，曾访问过当时已是耄耋老翁的制灯师傅，蒙他详告制作方法：用萝卜丝汤将精选的羊犄角煮软，然后用一组楦子撑大撑薄那羊犄角，最初用的楦子如同纺锤，最后的楦子则有如西瓜，制成的球形明角灯上下有口但周遭无须框架。此外，像书里提到的腊油冻石、西府海棠、枫露茶究竟是怎样的事物，以及角色对话里出现的“黑母鸡一窝儿”、“前人撒土迷了后人眼”的含义，还有为什么不说“死去活来”而非说“七死八活”……都是可以通过踏勘、寻访、采风、询老有所收获的。

曹雪芹绝对不曾与高鹗合作过。曹、高二人不认识、无来往，人生轨迹毫无重叠与交叉。高鹗续后四十回《红楼梦》，是在曹雪芹去世二十多年以后。书商程伟元把大体是曹雪芹的八十回和高鹗的四十回合印成一百二十回的本子在社会上流布，那时曹雪芹则谢世已近三十年。许多人以为曹雪芹没有把《红楼梦》写完，写到八十回就去世了，其实完全不是那么回事。曹雪芹是把《红楼梦》写完了的，从古本《红楼梦》署名脂砚斋、畸笏叟的大量批语可知，脂砚斋甚至把八十回后的一个完整的回目都引出来了：“薛宝钗借词含讽谏　王熙凤知命强英雄”。曹雪芹同时代的富察明义所写的二十首《读〈红楼梦〉》绝句，也显示出他看到的是一个有“石归山下”最后大结局的本子。根据曹雪芹前面大约八十回里的伏笔、脂砚斋的批语，以及其他一些资料，我们是可以对曹雪芹八十回后的整体构思、情节发展、人物命运乃至某些细节、文句，做出探佚的。曹雪芹完成的书稿应该是一百零八回，第一回前有五条《凡例》，《凡例》最后有一首重要的诗；最后一回有《情榜》，榜中除贾宝玉外，分九组每组十二钗共开列出一百零八位女性。曹雪芹去世前，他的一百零八回书稿只差某些“部件”（诗词）尚待写好嵌入，全书还需统稿剔除某些前后矛盾的“毛刺”。他的《红楼梦》本是无须别人来从八十一回续写的。他写成的后二十八回书稿的迷失无踪，以及高鹗续书的出现，恐怕不是一件简单的事情，亟待深入探究。

古本《红楼梦》（正式书名多称《石头记》）第二十回有署名畸笏叟的批语：“茜雪至狱神庙方呈正文。”并说明是在狱神庙中“慰宝玉”。第二十六回又有署名畸笏叟的批语：“狱神庙回有茜雪、红玉一大回文字，惜迷失无稿，叹叹！”这都是在透露曹雪芹的《红楼梦》后二十八回的内容。茜雪作为宝玉的丫头，在第七回里出现，宝玉支使她去问候宝钗，到第八回，就发生了“枫露茶事件”，宝玉醉后拿她撒气，导致她无辜被撵。从那以后一直到前八十回结束，茜雪不再出现。但曹雪芹是使用“草蛇灰线，伏延千里”的手法，这个角色到了八十回以后，贾家败落，宝玉被逮入狱，却又出现，而且在狱神庙那一回，茜雪还“呈正文”，就是说那一回里，她会成为主角，这是曹雪芹全书布局的一大特点，比如迎春、惜春在前七十回一路当配角，但是到了第七十三回“懦小姐不问累金凤”，迎春“方呈正文”，而第七十四回“矢孤介杜绝宁国府”，惜春“方呈正文”，那么，在八十回后的某一回，茜雪“方呈正文”，而这一回故事发生的空间，则是在狱神庙，“狱神庙”三个字也一定是入了回目。

狱神庙是什么地方？监狱里会有神庙吗？所供奉的又是什么神祇呢？

我一直想在北京找到清代狱神庙的遗迹，始终不能如愿。2006年10月，到了河南南阳市内乡县，那里有一座保存得相当完整的清代县衙，这我是早就听说，也极想参观的，进入以后，发现那县衙果然“五脏俱全”，与北京紫禁城并称“北有龙头，南有龙尾”，也确实有其道理——是与清代最高权力运作中心配套的基层的权力运作中心的完整标本。它的仪门西侧有一偏院，院门两侧有狴犴的浮雕，狴犴是露着锋利獠牙的怪兽，古代把它作为监狱的图腾，让人见之悚然生畏。这就是所谓的“南监”。于是我马上想到：既有监狱，里面会不会有狱神庙呢？走进去细看，呀，果然有狱神庙！这可是清代的原物啊！曹雪芹笔下的狱神庙，应该大体上就是这个样子。

南监外院坐北朝南，是小小的庙堂。东西厢房都不大，是狱卒室。这一组建筑构成了监狱的前院，院南两个鬼门之间的墙根下有口水井，井口出奇的小，就是最瘦弱的囚犯想投井，也难把脑袋身子塞进去。鬼门里头分别是男监和女监以及阴森恐怖的刑讯室。

我细考察狱神庙。虽然经过翻修，塑像、壁画全是近二十年来新补的，但大体上还是反映出当年的格局氛围。所供奉的狱神右手捋须，神态慈祥，原来是传说中的舜时良臣皋陶（“陶”要读作“摇”），皋陶应该是我们中华民族的司法之祖，那时民风淳朴，侵犯他人的罪人很少，皋陶对判决为有罪的人，实行人身限制，方法很简单：在地上用树枝画一个圆圈，把罪人画入其中，在规定的时间内，不许其越出圆圈。这就是“画地为牢”。但是，随着社会财富的增加，以及人性深处的各种复杂因素的上旋，损害他人和群体的罪人增多了，手法也越来越狡猾歹毒，对他们画地为牢不管用，于是产生了高墙严守的监狱。监狱的产生及其流变是一门很深的学问，这里不去探讨。我感兴趣的是，在吏治那么腐败，司法那么黑暗的封建社会里，监狱里毕竟还存在着这样一个小小的空间，无论是初入狱的还是待判决、已判决乃至即将被转移和处决的犯人，都还允许他们到这个小小的空间里（一般是在朔日和望日，也就是阴历初一和十五），暂时超越人间的司法权力，去向一位蔼然可亲的狱神进行心灵交流，祈求他能保佑自己，逢凶化吉，或者能沉冤昭雪、无罪开释，或者虽然罪有应得，祈盼能够少受酷刑折磨、得到宽恕轻判，纵使被判死刑，也还总能在狱神前求个来生的保障。

狱神庙是个具有特殊心灵感应的神秘空间。曹雪芹在《红楼梦》的后二十八回里，会写到这个空间。贾宝玉曾经那样粗暴地对待茜雪，致使她被无辜撵出。贵族府第的丫头最怕的就是被撵，那一是等于被钉在了耻辱柱上（金钏就因此跳井“烈死”），二是会被转卖或“拉出去配小子”，完全不能掌握自己的命运，面临经济上、生活品质上的全面沦落，金钏、坠儿、司棋乃至晴雯的被撵，终究还是因为她们自身有“茬儿”，茜雪没有任何“茬儿”，仅仅是因为宝玉当时喝醉了耍贵公子脾气，当然，宝玉连嚷“撵出去”所针对的本是他的奶妈李嬷嬷，但那时他和贾母住在一个大空间里，惊动了贾母，最后迁怒茜雪，茜雪含冤被撵，按主子的“游戏规则”，也是“顺理成章”的。宝玉从那以后，显然已经把茜雪完全忘怀。但是，“盛席华筵终散场”，贾府忽喇喇大厦倾，树倒猢狲散，家亡人散各奔腾，以前有意无意得罪过的，有的就会“冤冤相报实非轻”，比如第九回闹学堂吃了亏的金荣，就会对入狱的宝玉羞辱称快，而就在宝玉陷于人生最低谷时，忽然茜雪在狱神庙中出现，不是来报复，而是不计前嫌，来对他安慰救助，这样的描写，该具有多么大的震撼力！曹雪芹他无论是写人性深处的黑暗，还是写人性深处所能放射出的善美之光，都能力透纸背，不能不令我们叹服。

见识了内乡县衙的狱神庙，对于进一步探佚曹雪芹真本《红楼梦》的后二十八回意义非凡。我还打算就《红楼梦》里的内容进行更多的“田野考察”。

门礼茯苓霜

茯苓是跟灵芝在植物学分类上同纲同属的菌类植物，多寄生在赤松或马尾松的根部。将茯苓采下焙干，把里面的粉状物磨细，制成白霜般的补品，称茯苓霜。据说寄生于千年老松根上的茯苓最补人，用其制成的茯苓霜也最昂贵。

《红楼梦》第六十回里写到粤东官员到京城荣国府想谒见贾政，带了三篓茯苓霜，一篓明言是送给门房的门礼，以便由他们把自己的名刺和另两篓献给贾政的茯苓霜递进去。这位粤东官员来拜见时，贾政并不在京，皇帝派他外差，一直在外忙碌，并没有返京。对此这位粤东官员应该是知道的，但他既到京，荣国府府主即使不在，他也还是要来礼貌一番，可见贾政虽然并没有他哥哥贾赦那样封到爵位，但皇帝恩赐的工部员外郎的官职，还应算作肥缺，尤其是招揽工程的地方官员，孝敬京都的工部员外郎的确属于必修的功课。

粤东官员带三篓茯苓霜到贾府，为把自己来谒见的信息传递到里面，留待贾政知悉，居然将三分之一即一整篓茯苓霜作为门礼，可见荣国府的大门二门是多么森严，人轻易不能进去，就是给你传个信儿留点痕迹，也必须“水过地皮湿”。

第六回写刘姥姥从乡下来到京城荣国府门外，所见到的还不是大门的门房，不过只是看守角门的，“只见几个挺胸叠肚指手画脚的人，坐在大板凳上，说东谈西呢”，好不神气！他们对蹭上去说话的刘姥姥眼皮也不夹，视若尘土。角门的门房尚且如此，大门门房的气概又该如何？更深一层的二门门房岂不更加如狼似虎？

《红楼梦》第五十八回到第六十二回开头，用细腻的笔触描绘了大观园里底层人物的生存状态。当然这“底层”只是相对而言。他们在荣国府属于底层，就整个社会而言，他们还远不是底层。在大观园里管内厨房的厨头柳嫂子，为把自己女儿柳五儿送进怡红院当差，跟晴雯、芳官等交好。有一种名贵的贡品玫瑰露，在进贡皇家的过程里，有部分被荣国府获得。其实荣国府也是皇家的一个大门房，那玫瑰露也是一种门礼。玫瑰露原放在王夫人屋里，她当然会拿一些给宝玉享用，宝玉则又让丫头们分享，连芳官也可以问宝玉讨要，去赠给柳嫂子柳五儿服用，而柳嫂子得到小半瓶后，除了留给柳五儿吃，又倒出半盏给她正患热病的侄儿，于是，本应是皇家专享的物品，也就来到了寻常百姓家里。柳五儿劝她妈省些事不要扩散，柳嫂子宣布了自己的信条：“那里怕起这些来，还了得了。我们辛辛苦苦的，里头赚些东西，也是应当的……”

到了哥哥家，侄儿用现汲的井水沏了一碗喝，顿时心头一畅，头目清凉。妹妹投桃，哥嫂报李，曹雪芹写得很有意思，原来柳嫂子哥哥恰是荣国府门上该班的，那粤东官员的门礼茯苓霜，他分到一大包，于是他媳妇匀出一小包，给了柳家的。那茯苓霜第一种吃法是用人奶合了吃，第二种吃法是用牛奶送，第三种则是用滚水冲饮，据说大补，正合素有弱症的柳五儿享用。

《红楼梦》第六十回回目是《茉莉粉替去蔷薇硝　玫瑰露引来茯苓霜》，用四种物品生发出矛盾冲突，造成人物命运的跌宕歌哭，真是巧妙至极。茉莉粉和蔷薇硝都是具有药用价值的化妆品，玫瑰露和茯苓霜则是号称有医疗养生效用的高级休闲食品。柳五儿因芳官赠来玫瑰露，于是决定感恩报答，遂把从舅舅家得来的茯苓霜又匀出一小包，趁黄昏人稀，花遮柳隐地摸进大观园，来到怡红院外，遇到小丫头春燕，就托她将茯苓霜转交芳官。当时柳五儿还属于“待分配”状态，是没资格进入大观园深处的，结果，她返回厨房时恰遇上管家婆林之孝家的带人巡查，一盘问，她心慌语乱，于是被当作嫌犯监禁起来，更连累到她母亲，厨房遭到搜检，一小瓶玫瑰露、一包茯苓霜俱被发现，林之孝家的自己手里早有“人力资源”储备，就是秦显家的，于是做主罢免了柳嫂子，任命了新厨头秦显家的。

这段关于大观园厨房控制权的争夺战，写得十分精彩。在情节的流动中，涉及柳嫂子的门房哥哥，揭示出收取门礼的风俗，细细一笔，将世道人心戳破穿透，十分发人深省。如今已是《红楼梦》所描绘的时代的两百多年之后，我们扪心自问：门礼恶俗，究竟是否已经绝迹？

小吉祥儿问雪雁借衣

赵姨娘跟前大丫头之外，至少还有两个小丫头。一个叫小鹊，她在第七十三回开头正式出场，大老晚的忽然来到怡红院径直走到宝玉跟前，告诉他赵姨娘刚在贾政耳边下了蛆，“仔细明儿老爷问你话”，说完就匆匆离去。按说小喜鹊不是乌鸦，应该报喜不报忧，但“吉凶不在鸟音中”，如打比方，这位小鹊好比是蝴蝶扇了扇翅膀，却不曾想就此一环环引出风波、风潮直至大风暴——贾母亲自查赌、抄捡大观园、死晴雯、逐芳官……

赵姨娘跟前的另一个小丫头叫小吉祥儿。她只暗出。第五十五回写探春理家，遇到一个情况，就是赵姨娘的兄弟赵国基死掉了。探春在伦常秩序上，认贾政为父，王夫人为母，赵姨娘只是一个供她父亲使用的泄欲生孩子的工具，是贾氏宗族的世奴之一。赵姨娘说赵国基是探春舅舅，探春不认，宣称自己的舅舅是王夫人兄弟王子腾，“年下才升了九省检点”，而赵国基只是跟随贾环上学的男仆。探春坚持按家生奴才的待遇只赏了赵国基二十两银子。这是《红楼梦》里令读者读了心里发冷的一段情节。

曹雪芹的文字真是细针密绣，得空便入，玲珑剔透。到第五十七回，他写了前八十回里宝、黛爱情的最后一个高潮：慧紫鹃情辞试忙玉。按说集中去写紫鹃以江南林家即将来接走林黛玉，试探宝玉有何反应，以此来绾系宝、黛二人的婚姻前景，这回书也就非常好看了，但他偏插进一笔，就是写比紫鹃矮一级的丫头雪雁，从王夫人那边取人参回到潇湘馆，说在王夫人那边下房歇息时，赵姨娘招手叫她，原来是赵姨娘兄弟赵国基死了明日发丧，赵姨娘要带小丫头小吉祥儿去伴宿坐夜，小吉祥儿要跟雪雁借月白缎子袄儿穿。

雪雁是很早就出场的人物。第二回写贾雨村到林如海家作西宾，“妙在只一个女学生，并两个伴读丫鬟”，女学生不消说就是黛玉，雪雁呢，应是两个伴读丫鬟之一。第三回写黛玉进贾府，“只带了两个人来：一个是自幼奶娘王嬷嬷，一个是十岁的小丫头，亦是自幼随身的，名唤作雪雁。贾母见雪雁甚小，一团孩气……便将自己身边的一个二等丫头，名唤鹦哥者与了黛玉。”鹦哥跟随黛玉后易名紫鹃，由二等丫头升为一等丫头。第六十回写到管内厨房的柳嫂子有个闺女柳五儿，“虽是厨役之女，却生的人物与平、袭、紫、鸳皆类。”可见到后来紫鹃是与平儿、袭人、鸳鸯三位大丫头并列的高素质人物。平、袭、紫、鸳在书里都有许多重头戏，雪雁虽然后来时不时地提到，却一直只是个影子似的存在。

但是到第五十七回，雪雁自己说起小吉祥儿跟她借衣的情形，这个人物形象忽然鲜明了起来，仿佛一瞬间聚光灯圈住了她，那几百字，无妨视为“雪雁正传”。

雪雁是这样向紫鹃汇报的：“……小吉祥儿没衣裳，要借我的月白缎子袄儿。我想他们一般也有两件子的，往脏地儿去恐怕弄脏了，自己的舍不得穿，故此借别人的。借我的弄脏了也是小事，只是我想，他素日有什么好处到咱们跟前，所以我说了：‘我的衣裳簪环都是姑娘叫紫鹃姐姐收着呢。如今先得去告诉他，还得回姑娘呢。姑娘身上又病着，更费了大事，误了你老出门，不如再转借罢。’”

故事发展到这一段的时候，雪雁跟随黛玉进府已经好几年了，她已经不再“一团孩气”，历练得相当世故了。替她想想，黛玉本是寄人篱下，她更处在篱下的篱下，她不但身份比紫鹃低，前途也比紫鹃堪忧，如果出现最坏的情况，比如黛玉竟不幸病亡，那么，紫鹃的退路是现成的——她本是贾母的丫头，再回到贾母身边就是了，但雪雁她怎么算呢？她并非贾家世奴，也非袭人那样是贾家花银子买来的，从理论上说，黛玉若亡，她应退回林家，可林家已经流散，她何去何从？因此，她再憨厚淳朴，也不得不时时关注他人“有什么好处到咱们跟前”，实施严格的自我保护，而且把紫鹃、林姑娘当作了两道保护墙。雪雁拒借月白缎子袄儿给小吉祥儿，不是小气，而是一个在生命之旅中漂泊的小生命，在努力维系自己的基本利益，求得安全感。

宝官和玉官

金陵十二钗究竟有几组？第五回宝玉在太虚幻境偷看册页，明写出至少有三组，分别载入正册、副册、又副册。周汝昌先生考证出，在八十回后曹雪芹佚稿最后一回，即一百零八回，有一个《情榜》，宝玉作为绛洞花王单列，然后是九组十二金钗，也就是说，正册、副册、又副册后还应有三副、四副……直至八副。那么，除了曹雪芹明写出的正册十二钗外，另外各册里都是哪些女性呢？历来读者众说纷纭。但我以为其中一册是“金陵十二官”，当无疑义。

金陵十二官，就是贾家为了元妃省亲，除了大兴土木建造大观园这个“硬件”外，还配备了小戏子、小尼姑、小道姑等“软件”。十二官就是派贾蔷到姑苏去采购回来的一群小姑娘，带回荣国府后安置在梨香院，派教习培训，结果到元妃省亲时，她们一个个歌欺裂石之音，舞有天魔之态，虽是妆演的形容，却作尽悲欢情状，大得元妃表扬赏赐。后来她们留在府里随时应召表演。

故事发展到第五十五回后，书里交代说宫里有位太妃先是病重后来薨逝，朝廷不许官宦人家演戏了，而元妃的下次省亲又杳无盼头，于是贾府就遣散了梨香院戏班，戏子们可由其家长领走，也可自愿留下。结果留下了八官，都分配到各处去当丫头，文官归了贾母；尤氏当时协理荣国府，要了茄官；芳官去了怡红院，藕官去了潇湘馆，蕊官去了蘅芜苑，艾官去了秋爽斋；此外湘云得了葵官，宝琴得了豆官。那么，不愿留下走掉的是哪几官呢？没有明确交代，却不难推敲。首先，有个药官，她死掉了，留去都不必算她。前面书里有戏份很重的一官——龄官，她是上过回目的，而且她与戏班班主贾蔷的爱情曾使宝玉顿悟“人生情缘，各有分定”。龄官没有留下当丫头，势在必然，贾蔷一定设法把她接出妥善安排，并且，她与贾蔷在曹雪芹的八十回后书里，一定还会有戏。

书里前面出现过，却在遣散戏班后不见踪影的，还有宝官和玉官。

宝官和玉官曾出现在怡红院里。第三十回，宝玉偶遇龄官画蔷后，忽然一阵雨来，慌忙跑回怡红院，却发现大门闩住，连敲不开，不禁怒火中烧，袭人后来听见跑去开门，宝玉也不管来的是谁，踢去一记窝心脚。事态是怎样酿成的呢？书里交代：“原来明日是端阳节，那文官等十二个女子都放了学，进园来各处玩耍。可巧小生宝官、正旦玉官两个女孩子，正在怡红院和袭人玩笑，被大雨阻住。大家把沟堵了，水积在院内，把些绿头鸭、花鸂鶒、彩鸳鸯，捉的捉，赶的赶，缝了翅膀，放在院内玩耍，将院门关了。袭人等都在游廊上嘻笑……”

宝官和玉官玩耍起来很有创意。她们似乎跟宝玉和怡红院的人走得最近。那时候芳官跟宝玉和怡红院的人似乎还不大相熟。第三十六回宝玉跑到梨香院，想让龄官给他唱《牡丹亭》里的曲子，进门首先遇到的就是宝官和玉官，她们笑嘻嘻地给宝玉让座。宝玉进屋求龄官唱曲，被龄官冷峻拒绝，宝玉从未如此这般被女孩子弃厌，讪讪地红了脸退出，又是宝官玉官迎上他，问其所以，给他解释龄官为何如此，直到贾蔷出现，宝玉目睹了龄官与贾蔷的互爱情深，才恍然大悟那回龄官为何在蔷薇花架下痴迷地一再画出蔷字……

金陵十二官在书里都不是影子人物，有的戏份很重，如芳官、龄官，其余的如藕官为药官亡灵烧纸，芳官遭赵姨娘荼毒时藕、蕊、葵、豆四官冲进怡红院一个顶住赵姨娘前胸一个抵住她后腰，另两个拉住她左右手，声援芳官，大喊大闹；艾官则在探春前告发夏婆子对赵姨娘的挑唆……这十二官，官官都不是省油的灯！

据书里交代，十二官以文官为首。第五十四回荣国府大闹元宵，贾母让十二官为亲戚薛姨妈李婶娘献唱，说她们“都是有戏的人家”，意思是什么好的全都看过听过，于是“少不得弄个新鲜样儿的，叫芳官唱一出‘寻梦’，只提琴合箫管，笙笛一概不用”。这时候文官有句很经典的话：“这也是的，我们的戏自然不能入姨太太亲家太太姑娘们的眼，不过听我们一个发脱口齿，再听一个喉咙罢了。”

宝官和玉官当然也都是具有发脱口齿、脆甜喉咙的戏子。她们没有留在贾府，想是被其父母或兄长接走了。她们后来的命运如何呢？令人挂念。另外，总在一起活动的宝官玉官的命名，为什么恰与宝玉犯重？这和第二十八回里的妓女偏叫云儿，与史湘云犯重一样引人思索，是否有什么影射蕴含其中？

莲花儿眼尖

迎春房里的丫头，司棋排头位，其次是绣橘，她们在书里戏份都不少，一般《红楼梦》的读者都记得她们，尤其是司棋，她大胆与表弟潘又安恋爱，私通音信，交换信物，更干脆买通看门婆子张妈把情人引入大观园，月夜里在大桂树下山石旁同享云雨之乐，事发后当着凤姐等的面，她居然并无畏惧惭愧之意。高鹗续书把她的结局设计成殉情触柱而亡，应与曹雪芹原来构思相近。但是，迎春房里的小丫头莲花儿，也有戏份，却往往被一些读者忽略。

细读《红楼梦》，乐趣无穷。我少年时期就对《红楼梦》读得很细，那倒并不是受到红学家影响，那时也无“文本细读”的理论出现，我的细读，引导者是我的母亲。比如，母亲会说：哦，王善保家的跟秦显家的，是亲戚啊！我曾把这一点告诉宗璞大姐，她吃惊：这两个人能是亲戚吗？一般人都会记得，王善保家的是邢夫人的陪房，而秦显家的，是大观园南角子上夜的，她一度被荣国府的管家婆林之孝家的封为内厨房厨头，取代了柳嫂子，没想到才高兴了不到半天，就又被“判冤决狱”的平儿“原封退还”，得到平反的柳嫂子重回内厨房主政。平儿的“人力资源库”里没有秦显家的，林之孝告诉她已经先斩后奏委派了秦显家的，平儿表示：“秦显的女人是谁？我不大相熟。”王夫人房里的大丫头玉钏提醒她：秦显家的是司棋的婶娘，司棋父母虽然是大老爷贾赦那边的，其叔婶却在二老爷贾政这边当差——这说明秦显和他哥哥两家全是荣国府的世奴。后来抄捡大观园的时候，书里又交代，王善保家的是司棋的外祖母。我们细想一下，王善保家一个女儿嫁给了一位姓秦的男仆，生下了司棋；这位男仆的弟弟叫秦显，那么，秦显的女人难道不是王善保家的一位亲戚吗？当然，她们互相怎么称呼，是个难题，按北方延续至今的习俗，或者秦显家的就随司棋唤王善保家的姥娘，王善保家的或者就称其为显子媳妇。

司棋一直想除掉柳家的，夺到内厨房的控制权。为此她一再给柳家的出难题。而柳家的仗恃跟怡红院的人交好，也并不把迎春处的人看在眼里。司棋派莲花儿去跟柳家的说，要一碗炖得嫩嫩的鸡蛋。“嫩嫩的”这标准很难把握，无论你怎么细心，炖出的鸡蛋还是会被埋怨“炖老了”。柳家的知道来者不善，就长篇大套地叨唠鸡蛋匮缺恕不伺候，莲花儿不仅动嘴更动手，从菜柜里发现了十来个鸡蛋，发出极难听的指责：“又不是你下的蛋，怕人吃了。”对吵中，莲花儿更揭发柳家的讨好怡红院晴雯的丑态，柳家的越发恼羞成怒。莲花儿回到迎春房里，把在厨房的遭遇告诉司棋，司棋怒从心头起，恶向胆边生，伺候完迎春晚饭，率领莲花儿等小丫头冲进厨房，发布了打、砸、抢命令：“凡箱柜所有的菜蔬，只管丢出来喂狗，大家赚不成！”在曹雪芹笔下，司棋在情欲上的大胆与婚姻追求上的自主执着，与她在争夺内厨房控制权上的跋扈嚣张，融为一个可信的艺术形象。

脂砚斋说曹雪芹的文笔“细如牛毛”，例证太多。柳五儿被当作窃贼嫌疑犯被监禁后，林之孝家的说起王夫人屋里丢了一罐玫瑰露，围观的婆子丫头里恰有莲花儿，她听见了忙说“今儿我倒看见一个露瓶子”——她先是在厨房里翻查有无鸡蛋，后来想必更跟随司棋成为冲进厨房打、砸、抢的急先锋，她眼尖，看见了橱柜里柳家的从芳官那里得来的小半瓶玫瑰露，当时因为兴奋点不在玫瑰露上，也没特别在意，晚上听见林之孝家的提起，便带领巡查一行到厨房里，立马取出露瓶作为贼赃，而且又进一步发现了一包茯苓霜，使柳家的和柳五儿更加有口难辩，面临各被打四十大板，母亲撵出去永不许再进二门，女儿则交到庄子上或卖或配人，那样恐怖的命运。

后来由于宝玉出面“顶缸”，掩饰了真正的窃贼，平儿判冤决狱，为柳氏母女平反，大事化小，小事化了，已经夺到手的厨房，竟又权归柳家的，司棋气了个倒仰，莲花儿想必也悻悻然。在曹雪芹笔下，迎春是最懦弱的，但偏她房里的大丫头司棋也好，小丫头莲花儿也好，强悍，甚至凶悍，这种主奴性格大反差的设计，实在有趣，也意味无穷。

北院大太太

北院大太太指邢夫人。《红楼梦》第七十五回，写到尤氏从荣国府回到宁国府，隔窗偷看偷听贾珍和其狐朋狗友聚赌寻欢的情景，其中邢德全的丑态最为不堪，尤氏悄向身边大丫头银蝶说："这是北院里大太太的兄弟抱怨他呢！"现存古本《红楼梦》（多称《石头记》）里，"北院里"又有写作"北远里"的，总之都明明白白地写出"北"这个方位来。

细读《红楼梦》（从古本到现今通行本），读者都会在头脑里，大体形成对荣、宁二府及贾赦住处的方位概念：宁府居东，荣府居西，贾赦呢，他住在与荣府一墙之隔的另一黑油门的宅第中；荣宁二府前面是荣宁街，二府之间原有夹道，属于贾氏私地；为元妃省亲，把夹道取消，将荣府和贾赦宅以及宁府中原有的花园合并扩大，建造了大观园。书里多次写到荣宁二府以及贾赦宅里院落屋宇的具体情况，前后基本上合榫，可见曹雪芹在写这部小说时，他是"胸有成屋"的。

书里西边荣国府的人提起宁国府，称"东府"。宁东荣西赦中间，这应是书里贾氏两府的空间布局。但第七十五回尤氏偏称邢夫人为"北院里的大太太"，这该怎么解释？

现为台湾东海大学教授的关华山先生，早在三十年前就以《〈红楼梦〉中的建筑与园林》为题撰写了硕士论文，后在台湾正式出版，2008年天津百花文艺出版社将这部资料甚丰、论述甚细的著作提供给了我们，相信红迷朋友们读来都会兴味盎然。关华山梳理出了《红楼梦》中荣、宁二府的建筑布局的现实性以及大观园这个“文笔园林”的虚拟性，指出前者体现出儒家的重秩序、后者体现出道家的循自然，且以几何形态来赋予不同的象征意义，即宅方而园圆。其中也对贾赦宅进行了研究，认为书中关于其“黑油大门”的交代，符合《明会典》中三品官阶宅第的营造规定（清朝大体承袭明制）。我对关先生的研究非常佩服。但尤氏何以称邢夫人为“北院大太太”，他的解释却不能苟同：“以‘北院’称贾赦院，似无方位的实质理由，只是习惯的称谓，以别东、西院及下人的南院吧！”

《红楼梦》是一部“真事隐”后“假语存”的奇书。将其视为全盘虚构或报告文学都是不对的。作者的写作从“真事”入手，也就是说不仅绝大部分人物有生活原型，就是荣、宁二府和贾赦宅第也都有空间原型，但升华为小说文本以后，却又在不同程度上掺进了“假语”，现代文学创作有“典型论”一说，就是作者将生活中的实际素材加以艺术想象进入虚构以后，所形成的“典型环境”与“典型人物”就成为独立的审美对象了，一般读者欣赏“典型”就可以了，不必往原型去探究，可是曹雪芹的写作却并非如此（他生活的时代全人类也还无“典型论”的美学理论的提出），他恰恰是希望审美者能既从“假语”里获得“离真”的意趣，却也能从“假语”里窥见作者“存真”的苦心，所以他才感叹：“满纸荒唐言，一把辛酸泪；都云作者痴，谁解其中味？”我们读《红楼梦》，也需“痴”，也就是孜孜不倦地去探究那些隐藏在“假语”中的“真事”，才能品出这部奇书的厚味。

荣、宁二府的原型，我比较服膺周汝昌先生的考据，简而言之，其原型应是雍正朝败落的某阿哥的宅第，乾隆朝初期曹頫恢复内务府职务后带领包括曹雪芹在内的全家从蒜市口“十八间半”小宅移入借住过（当时府主为谁待考），后来和珅在那基础上营造出某些部分的豪华度甚至超过皇宫的府第，到清末则由恭亲王奕訢改建享用。大观园的夸张想象，应是以那个宅第的花园为“原点”展开的。从人物原型的关系上说，贾赦与贾政的原型确是亲兄弟，但贾赦的原型并没有一起过继给贾母的原型，所以书里尽管把赦、政写成同为贾母所生，赦作为袭爵的长子却离母另住。书里尤氏也是有原型的，她那句称邢夫人为“北院里的大太太”的话，应该是生活中的原话，为什么赦宅是“北院”？一种解释是，贾赦原型的居所本不在荣国府东侧隔壁，而是在北边街区；另一种解释是：宁国府原型的空间位置，并不与荣国府齐平，也就是说荣宁街是由西北朝东南斜置的（现在恭王府所在的三座桥街就如此歪斜），因此真实生活中东府的人，就把偏西北的宅第里的福晋称作“北院大太太”，这是《红楼梦》“假语”中“存真”的一例。

阿其那之妻

雍正登上帝位以后，把政敌一个一个地铲除。他的八弟允禩，在康熙朝两废太子之后，曾经露骨地觊觎太子之位，康熙崩逝雍正登基之初，故意提升允禩地位，但很快就抓住把柄加以惩治，先削爵，再革出皇族降为庶人，这样觉得还不解恨，就让人叫允禩阿其那，民间传说，阿其那是狗的意思，但据清史专家根据满语考证，含义应是“案板上的冻鱼”。已经贬得连人都不是了，严加圈禁，雍正还是觉得留着终究是个祸患，于是把他毒死。九弟允禟，雍正斥他为“痴肥臃肿矫诬妄作狂悖下贱无耻之人”，也是先削爵，再逐出皇族废为庶人，再让人叫他塞思黑，民间传说，塞思黑是猪的意思，也是专家考证出，准确的含义是“讨人嫌”。允禟被安置到大同管制，最后也被毒死。雍正对三哥允祉和与他同母的十四弟允禵也进行了无情打击。其实当年康熙给儿子们取名全用一个胤字，雍正名胤禛，十四阿哥名胤祯，两个人的名字从字形和字音都非常接近，康熙那样给他们取名，大概是觉得二人既为一母所生，这样命名可以显得更亲密一点，没想到他薨逝以后，这嫡亲的哥儿俩在权力斗争中撕破了脸，雍正当然占据上风，不仅让胤祯和别的兄弟一样，不许再使用他专享的胤字，先改名为允禵，再改为允禵。

八阿哥允禩大概从容貌到才能都确实比较突出，而且很会笼络人心，早年也颇受康熙青睐。二阿哥允礽因为是皇后所生，不满三岁就被康熙立为太子，康熙对他精心培养，甚至在自己出征时一度让他代理朝政，但是康熙长寿，权力总不能移交给太子，太子接班心切，皇帝与皇储之间终于爆发冲突，经过两立两废，康熙心力交瘁，但他还是请权贵朝臣提出立谁为新太子的建议，其实康熙并不可能在建储的问题上听取除了他自己以外的任何人的建议，他不过是故作姿态和进行测试，没想到最后权贵朝臣几乎是一致地推举了胤禩，这还了得！这样的结果，第一说明那些臣属互相串联自以为是，第二说明允禩心思不正暗中活动，康熙大怒，不但直到临终也没有再立储君，而且对八阿哥深为厌恶。

康熙一生生育过三十五个儿子二十个女儿，儿子里有二十四个养到八岁以上并给予排序，大阿哥和第二十四阿哥相差四十一岁。康熙在世时前面十几个儿子几乎都已经娶妻生子，当然这些阿哥几乎都不止一个老婆，但正妻只有一位，称嫡福晋（或写作福金，是满语音译），尽管康熙日理万机，国务繁冗，但是他仍有精力关注每位阿哥的各方面情况，他后来对允禩的恶感，也波及允禩的嫡福晋郭络罗氏。在《清圣祖实录》第235卷中，记载着康熙对允禩家庭状况的评议，说允禩“素受制于妻”。

在清代官方档案里，皇阿哥之妻鲜有被记述者，但允禩这位妻子却几次被记载甚至被描述。康熙朝，康熙让大儒何焯教导允禩，师生正在对谈时，允禩嫡福晋从屋门外走过，她不仅朝里面窥视，而且，可能是觉得何焯的酸腐神态腔调很滑稽，就纵声大笑，其洪亮的笑声甚至传到了院子以外，当时和事后允禩都没有对她的出轨行为有所指责。虽说满洲八旗妇女在生活习俗上一贯较汉族妇女少些约束，比如保持天足，在家族事务里发言权略大，但如此放肆的做派，还是绝对不允许的。雍正登基后，先故作姿态，让允禩入阁襄理政务，嫡福晋娘家人来表示祝贺，她居然把对雍正的疑惑大声说出："道什么喜？还不知道以后什么时候掉脑袋哩！"果然很快允禩就遭到一连串打击，夫妇均被废为庶人后，她竟对监视的太监说："原来我每餐只吃一碗饭，今天你再给我加上两碗，我死了不是全尸也没关系，吃到那天再说！"雍正知道后即勒令她自尽，死后"散骨以伏其辜"，她死了以后允禩才被叫作阿其那，但我们也无妨称她为阿其那之妻。

曹雪芹祖父、伯父、父亲，生时都与允禩、允禟交好。雍正下令查抄曹頫，负责查抄的官员后来专门报奏，从曹家家庙里抄出了一对高大的金狮子，那本是皇帝才能享用的，曹頫供认是代允禟藏匿的。曹頫大难不死，到乾隆朝初年又回到内务府当差，那时候曹雪芹已具备写作能力，在家族的私秘交谈里，曹雪芹应该从父母那里听到过关于阿其那之妻的事情，这也许对他创作《红楼梦》、塑造王熙凤那样的艺术形象有所帮助。想想王熙凤的言谈做派，"普天下的人，我不笑话就罢……他是哪吒，我也要见一见，别放你娘的屁了，再不带去，看给你一顿好嘴巴子！"这个角色应该以曹氏家族的某一女性为原型，但作为一个艺术典型，里头是否也多少含有阿其那之妻的元素呢？

茶搭子·热水瓶·饮水机

北京西直门外的动物园，乾隆中期，叫作环溪别墅，后来被称作“三贝子花园”，清代皇帝给皇族男子封爵，有亲王、郡王、贝勒、贝子四等，那地方曾归一位排行第三的贝子所有。那位“三贝子”死后，这片花园一度为富察明义拥有，这位字我斋的明义，看到过一部来源于曹雪芹的《红楼梦》，写下二十首题咏，收入到自己编就的《绿烟琐窗集》里，非常值得研究。跟正儿八经的贵族园林相比，这花园里建筑不多，人工雕琢的处所也少，野景为主，野趣迷人。晚清时此地先成为“农事实验场”，引进了一些外国植物，后来，又在其东部成立了“万牲园”，从国外买进了一批动物，乘海轮先运到塘沽，再运进北京。新中国成立以后，动物园增添了许多珍奇动物，但大体还保持着“东动西植”的格局。

清代对皇族的分封，如果要说详细一点，顺治六年厘定为了十二等：和硕亲王、多罗郡王、多罗贝勒、固山贝子、奉恩镇国公、奉恩辅国公、不入八分镇国公、不入八分辅国公、镇国将军、辅国将军、奉国将军、奉恩将军。据清末皇裔溥杰著文，他所知道的入八分与不入八分的区别，只在辅国公一级。“和硕”是满语音译为“一方”之意；“多罗”、“固山”则分别是满语“一角”、“旗”之意；“一方”大于“一角”更大于“旗”。分封这些爵位，大体有“功封”、“恩封”之别，“功封”可以“世袭罔替”，“恩封”则要代代递降，当然，皇帝（晚清同光时期则主要是皇太后）根据自己的利益可以随时降削或提升这些皇族人员的爵位。

最有意思的是公爵那“入八分”与“不入八分”之别。“八分”指的是八种特殊待遇：坐的车可以是“朱轮”；骑的马可以用“紫缰”；帽子上使用比珊瑚顶更高档的宝石顶；帽子上还佩戴双眼花翎；可以使用牛角灯；可以使用茶搭子；马上可以使用坐褥；府邸大门上可以装饰大铜钉。其中第五项殊荣——茶搭子是什么东西？是盛热水用的，类似于现代的热水瓶。是否可以使用保温热茶水的器皿，在清代居然是区分公爵等级的重要标志之一。

入八分公爵所使用的茶搭子究竟什么模样？我一直很想知道，也询问过若干人士，但始终不得要领。据我的想象，应该就是一种用保温材料紧紧包裹住的茶壶。我的少年时代，虽然那时候热水瓶已经非常流行，但我家和一些亲友、邻居家里，仍有给大瓷茶壶穿上贴身棉衣的习俗，记忆里，从那棉裹茶壶里倒出的茶水，温而不烫，十分适口。《红楼梦》里写到，冬夜宝玉在露天方便后，来到花厅后廊，丫头秋纹伺候宝玉洗手，嫌小丫头捧着的沐盆里的热水已经变凉，可巧一个婆子提着一壶滚水走来，那本是准备给贾母泡茶用的，秋纹仗势压人，说：“我管把老太太茶吊子倒了洗手！”那婆子先不给，后来看清是宝玉跟前的人，忙提起壶来往小丫头捧的水盆里兑热水。那水壶从灌进滚水的地方穿越若许空间提到贾母屋里，如无保温层掩护，必定变成凉水，估计就是茶搭子一类的器皿。小说里的荣国公，读者可以想象属于入八分之列，当然到了小说故事开始以后，贾母的长子贾赦已降袭为一等将军，荣国府的府主贾政则并无爵位，当然也就不能公然使用茶搭子，但将那玩意加以变通，比如改变一下体积形态色彩，随时享受热水供应，也就不能算是僭越了。

20世纪60年代，在什刹海附近一家街道工厂里，一位工人指着糊纸盒的垫子跟我说："这是用当年茶搭子壳儿剪开铺上的。"我用手捻了捻，感觉很古怪，不像棉花胎、丝绵胎，类似帆布却又有些稀糟，那一刻距清朝覆灭不过半个世纪出头，如果从1924年溥仪被驱赶出紫禁城、众满清贵族败落云散算起，则不过三十多年，但那曾给入八分公爵家族带来荣耀骄傲的茶搭子，却已经沦为历史脚步的践垫，人间正道是沧桑，信然！

直到二十年前，热水瓶可以说是我们中国一般人的生活必需品。我结婚的时候，收到的礼物里就有好几个热水瓶。一度流行彩印铁皮壳的热水瓶。朴素一点的，外壳是竹木的或塑料的，更节俭的一种是铁条编就有漏孔涂以蓝漆的。如今的则多半是不锈钢外壳。一位同龄人跟我说，他回忆往事，会从陆续使用过的热水瓶引入，伴随着对一个个更换的热水瓶所牵出的昔日生活片断，平凡人生里那些唯有自知其味的喜怒哀乐、离聚歌哭，便会涌汇心头，感慨万千。

但是热水瓶也正在退出许多年轻的中国人的日常生活。如果说当年满清入八分公爵失去茶搭子所标志的特权是他们的悲剧，那么现在年轻的中国公民逐步告别热水瓶则是社会发展的喜剧。越来越多的新式住宅里只有罐装桶水饮水机而无热水瓶，那天我到老朋友家去，无意中说了句"热水瓶"，他那小孙子就好奇地眨巴着眼问："什么是热水瓶呀？"我从那稚嫩的腔调里，竟感受到一种历史的足音。

净　饿

我现在很少参与饭局，那天偶然应约而去，上菜之前，忽见一位仁兄掏出一套注射器，当着大家面，若无其事地搂开上衣，给自己往肚子上扎针，不禁叹为观止，旁边一位熟人遂附耳说，你莫少见多怪，现在此类做法颇为流行，是注射胰岛素呢，得了糖尿病，不愿放弃口福……进餐时，那位肚子上扎过针的人士果然百无禁忌，吃得稀里呼噜。生命属于各自，我没有干预他人生活方式的权力，但回到家里想到饭局上的镜头，还是不免暗中訾议。

竖向，跟三十年前相比，如今人们不仅普遍得到温饱，城镇居民的饮食质量也普遍有所提高；横向，跟世界上其他地方包括发达国家相比，我们中国普通市民进餐馆——还不算快餐类餐馆，指进去坐下来点菜的餐馆——的频率，应该属于领先地位。这里暂不涉及公费消费问题。总之，“打牙祭”这个旧语汇现在已经很不流行，因为普通百姓下趟馆子已经不是一件难得的事情。吃香喝辣，本是好事，但正如古本《红楼梦》里所说：“好事多魔。”注意不是“多磨”而是“多魔”，也就是乐极会生悲，福兮祸所伏，现在有相当多的人患病，不是饥饿导致的营养不良，而是贪吃造成的营养过剩、营养失衡，糖尿病已不新鲜，更有痛风的流行——那更是一种“富贵病”，有的人士就因为鲍翅宴吃得过频，导致体内嘌呤积存，一般先从脚拇趾缝痛起，严重后会窜至身体其他部位。

病了怎么办？当然需要检测，需要吃药。如今又很流行“食疗”，而且似乎什么食物皆有疗效，以吃代治，似乎可以百病包除。我倒觉得《红楼梦》里所写的一种治病方式更值得参考。书里写贾母带着刘姥姥逛大观园，兴致过高劳累过度身体欠安，请来王太医诊治，这位王太医号过脉后对族长贾珍说：“太夫人并无别症，偶感了一点风寒，究竟不用吃药，不过略清淡些，常暖着一点儿就好了，如今写个方子在这里，若老人家爱吃呢，便按方煎一剂吃，若懒待吃，也就罢了。”写了方子刚要告辞，奶子抱过大姐儿（凤姐之女，后来刘姥姥给取名巧姐）来让给看病，王太医号脉、摸头、观舌后笑道：“我说了，姐儿又要骂我了，只是要清清净净饿两顿就好了……”书里后来又写到晴雯淘气受了风寒，“此症虽重，幸亏他素昔是个使力不使心的，再者素昔饮食清淡饥饱无伤。这贾宅中的秘法，无论上下，只一略有些伤风咳嗽，总以净饿为主，次则服药。”显然，曹雪芹对王太医主张的贾府奉行的“净饿疗法”并无反讽，而是一种充分肯定的态度。这倒恐怕并非曹氏家族的“祖传秘法”，因为不少资料显示，曹雪芹祖父曹寅是个“食不厌精，脍不厌细”的享乐主义者，精刻过《糖霜谱》等很偏僻的“美食指南”，后来不慎染上了疟疾，康熙皇帝虽然对他破格关照，派驿马飞送金鸡纳霜给他，却也在李煦（曹寅同僚、内兄、《红楼梦》中贾母原型的哥哥）的相关奏折上批评曹寅喜欢吃人参的陋习。皇帝恩赐的特效药抵达时曹寅已经咽气，家族这惨痛的遭遇可能促使了曹雪芹父兄辈特别是他自己的反省，懂得迷信药物补品的害处，从民间总结出“净饿疗法”的秘诀。

人难免有欲望，欲望有激发创造力、竞争力以及审美热情等正面效应，但欲望过烈，摄取无度，不仅会派生自己生理、心理方面疾患，还可能导致社会悲剧。适当地压抑欲望，采取“净饿”的方式来休养生理系统与心理系统，以使自己恢复正常并以健康状态接触他人介入社会，是十分必要的。

如今电脑十分普及，从小学生到离退休老人，天天开电脑的人越来越多，上网、查阅资料、开博、网聊、网上购物……不少人已经患有“电脑依赖症”，电脑出了故障，跟手机出了故障一样，几可达到“如丧考妣”的程度，这其实也是一种“嗜食症”，属于接收信息方面的“营养过剩”。一位朋友跟我说，他虽然喜欢利用电脑，但每周一定安排一至二天“净饿日”，不开机，不上网——当然，如有重大事件发生例外——他说这种“净饿”带给他的身心收益十分显著，而且使他形成电脑开机后“不贪吃”“不偏食”“不迷信”的良好“吃相”。好，联想至此，也就打住，否则“联想过度”也会导致“思维痛风”。

两代荣国公

宁国府的世系，《红楼梦》里交代得非常清楚：第一代贾演封为宁国公；第二代贾代化任京营节度使，世袭一等神威将军；第三代贾敬考中进士却不袭爵；第四代贾珍世袭三品爵威烈将军；第五代贾蓉为秦可卿丧事风光，花一千二百两银子捐了个五品龙禁尉。

但是，荣国府的世系，就显得比较模糊。第一代荣国公的名字，第三回林黛玉进府看到的荣禧堂御笔金匾，后有一行小字："某年月日书赐荣国公贾源"，但第五十三回贾蓉从光禄寺领回的封条上有"皇恩永锡"字样的黄布口袋，礼部的印记前却写着"宁国公贾演、荣国公贾法，恩赐永远春祭赏"等一行小字。各古本上都存在着贾源、贾法前后矛盾的写法。第二回冷子兴演说荣国府，告诉贾雨村"自荣公死后，长子贾代善袭了官"，袭的什么官？按贾代化之例推测，似乎应该也是一等将军，但接下去第三回林如海却告诉贾雨村"大内兄现袭一等将军之职"，荣国府的第三代贾赦所袭爵位竟与宁国府第二代贾代化一样。那么，贾代善所袭的，究竟是什么爵位呢？

第五回贾宝玉神游太虚幻境，警幻仙姑向众仙女说，她原欲往荣府去接绛珠，适从宁府所过，偶遇宁、荣二公之魂，这两个阴魂对她说，“吾家……近之子孙虽多，竟无一可以继业者，其中惟嫡孙宝玉一人……略可玉成”，希望她能设法引导宝玉走上正路。这段叙述里的宁公是个陪衬，荣公说宝玉是其嫡孙，则这个荣公应该是宝玉的祖父贾代善而不是曾祖父贾源（或贾法），这就让人觉得，贾代善所袭的爵位，并没有像贾代化那样递减，他还是一个国公。

最值得注意的是第二十九回。贾母带荣国府众女眷浩荡往清虚观打醮，曹雪芹交代，清虚观观主张道士，当日是荣国公的替身。所谓替身，就是替代其出家以求神佛保佑的职业宗教人员。那么，张道士究竟是贾源（或贾法）的替身，还是贾母丈夫贾代善的替身呢？这段故事里贾珍、凤姐、宝玉都管他叫张爷爷。如果他是贾源（或贾法）的替身，那么一定是跟第一代荣国公同辈的人，贾珍、凤姐、宝玉不能称他为爷爷，应该称太爷或祖爷爷才是。张道士称贾母为“老太太”，贾母则称他为“老神仙”，如果他当日是贾母公公的替身，似乎不能如此互相称呼。更应该推敲的是，张道士针对宝玉说：“我见哥儿的这个形容身段，言语举动，怎么就同当日国公爷一个稿子！”说着，两眼流下泪来。张道士如果是贾源（或贾法）的替身，那么，他这句话里说的国公爷就应该是宝玉的太爷，可是，贾母是怎么回应张道士的呀？她也不由得满脸泪痕：“正是呢，我养了这些儿子孙子，也没个像他爷爷的，就只是玉儿还有个影儿。”可见张道士提到的国公爷，应该是宝玉的爷爷，即贾母的亡夫贾代善，一个寡妇忽然听到提及其亡夫的话不由泪流满脸，是完全可以理解的一种情景。

也许有人会说，贾母嘴里不过随便那么一说，本来应该说“我养了这些儿子孙子重孙子，也没个像他太爷（或祖爷爷）的”，她把“重孙子”和“太爷”压缩成“孙子”和“爷爷”了。但书里贾母提及家族事务时，从不信口乱辈，在那个时代那种社会那样家庭里，任何人说起这些事都是绝对不能出口成错的。第四十七回贾母说“我进了这门子，做重孙子媳妇起，到如今我也有了重孙子媳妇了，连头带尾五十四年”，我在另一本书里分析出来，她不说五十年或五十五年，是因为人物原型李氏从乾隆元年往前推，确实是在五十四年前从李家嫁给曹寅的，曹寅及上一辈虽然在真实的生活里并没有封为国公，但康熙皇帝六次南巡四次驻跸在曹寅所任的江宁织造府，折射到小说里，夸张为国公爷，也是可以理解的。贾母所说的她的“重孙子媳妇”，则指的是秦可卿死后贾蓉续娶的许氏（以古本为准，通行本则印成胡氏）。

总而言之，通过文本细读，我倾向于贾代善袭爵时没有像贾代化那样递降为一等将军，他是第二代荣国公，张道士正是他的替身，他死后，长子贾赦才和贾代化一样，递降袭了一等将军。

玉带林中挂

早在 1984 年，周汝昌先生就发表了“冷月寒塘赋宓妃—— 黛玉夭逝于何时何地何因”一文，提出了曹雪芹对黛玉的结局设计是自沉于湖的观点。我在《揭秘〈红楼梦〉》的系列讲座和书里，承袭、发展了周先生的这一论断，主要是从古本《石头记》前八十回的诸多伏笔里，探佚出曹雪芹在已经写成而又不幸迷失的后二十八回里，安排黛玉在中秋夜沉湖而逝，整个过程构成一次凄美的行为艺术，体现出黛玉生既如诗、逝亦如诗的仙姝特质。

周先生二十多年前提出的黛玉沉湖说，似乎关注者不多，经我在《百家讲坛》弘扬后，反响开始强烈。质疑者提出的问题，主要是两个：一是黛玉葬花时，她否定了宝玉提出将落英撂到水里的建议：“撂在水里不好，你看这里的水干净，只一流出去，有人家的地方，脏的臭的浑倒，仍旧把花糟蹋了……”她主张土葬，令花瓣在香冢里日久随土化掉。黛玉对落花尚且主张土葬而拒绝沉水，她怎么会到头来自己去沉湖呢？第二个问题是第五回“金陵十二钗正册”的册页里，画着写着“玉带林中挂，金簪雪里埋”，如果说后一句意味着宝钗最后孤独地死在雪天，那么前一句是不是意味着黛玉最后是用玉带挂到树上，上吊自尽呢？

正如蔡元培先贤所说，“多歧为贵，不取苟同”，每一位红迷朋友，都有参与讨论、独立思考的权利。针对以上两个问题，提供我个人的看法如下，仅供参考。

黛玉是仙界的绛珠仙草，追随神瑛侍者下凡，她将其一生的眼泪，用以还报后者以甘露灌溉的恩德，眼泪流完以后，她当然就要回归仙界。黛玉沉湖，最后不会留下尸体，不存在像落花一样流出大观园去的可能。当然黛玉在回归仙界前，她又是个凡人，她被赵姨娘通过贾菖、贾菱配制的慢性毒药所害，她在《葬花词》里唱道：“质本洁来还洁去，强于污淖陷渠沟。”也向往能够入土为安，但是，“天尽头，何处有香丘？”凡间的险恶令她无法获得“香丘”，因此，在贾母去世、病入膏肓、泪尽恩报的临界点，她选择在中秋夜自沉于“这里的水干净”之区域，是可以理解的。曹雪芹用了许多伏笔（我在《妙品》第三部中讲到六处重要伏笔）来暗示她最终自沉于大观园净水之中，葬花时的那一笔，其实并不与那些伏笔矛盾。

至于“玉带林中挂”，我的理解是，或许曹雪芹会写到一个细节，就是黛玉沉湖前，解下了自己腰上的玉带，挂在湖边林木上，这样就给寻找她的人们，留下一个记号，因为她实际是仙遁，最后没有尸体的。

《红楼梦》里多次写到汗巾，汗巾是系在外衣里面的腰带，它比较长，系法一般就是用收拢的两端交叉打个活结。那个时代常有人用汗巾上吊自尽，秦可卿“画梁春尽落香尘”，大概用的就是汗巾。但玉带与汗巾并不相同，它往往是系在外衣上的，长度有限，类似于现在我们使用的皮带，收紧后不是用富裕的两端打结约束，而是使用钩扣来合拢。从考古发现的最早的玉带，是五代后周时期的，当然它并不完全是玉石制作的，基础材料还是丝织品，简单的，只是两端有玉制的钩扣；复杂的，则整条带子上缀饰着大小、形态不尽相同的玉块，如北京明定陵出土的一条玉带，全长一米四六，由两层黄色素锻夹一层皮革制成，带上用细铜丝缀连白玉饰件二十块，分别为长方形、圭臬形、桃形。《红楼梦》第四十九回写黛玉雪中的装束：罩了一件大红羽纱面白狐狸皮里鹤氅，束一条青金闪绿双环四合如意绦。绦就是丝制的带子，黛玉束的应该就是一条玉带，“双环四合如意”应该就是对那玉带上玉块和钩扣的形容。显然，玉带是不适用于来上吊自尽的。但黛玉沉湖前将那条青金闪绿双环四合如意绦挂到湖边树木的枝丫上，则是可能的。

第五回册页上的图画，具体的交代是：“画着两株枯木，木上悬着一围玉带；又有一堆雪，雪下一股金簪。”这里面影射着林黛玉、薛宝钗两人的姓名自不消说，但按曹雪芹那“一声也而两歌、一手也而二牍”的惯用手法，必定还有另外的意蕴。究竟“木上悬着一围玉带”的画面和“玉带林中挂”的判词，会在曹雪芹的后二十八回里如何应验，值得我们深入地探佚、讨论。

邂逅大行宫

康熙三十八年，康熙皇帝第三次下江南，巡视到南京时，以江宁织造署为行宫，江宁织造曹寅的母亲孙氏，以六十八高龄趋前觐见，康熙见之“色喜”，当着许多臣下慰劳孙氏说：“此吾家老人也。”厚赏之外，还挥毫写下了“萱瑞堂”的大匾。以上只是一个粗线条的概括，细究起来，则需弄清以下问题：康熙接见孙氏的地方，究竟是江宁织造署还是江宁织造府？或者署府是合一的建筑群？康熙题写“萱瑞堂”那天是四月初十，现存记叙此事最详的两篇当时的文章，冯景的《御书萱瑞堂记》说是“会庭中萱花盛开”，毛际可的《萱瑞堂记》更说是“岁方初夏，庭下之萱，皆先时丰茂，若预知翠华之将临且为寿母之兆，岂偶然之数欤！”根据当时的气候条件，萱花那时究竟是否可能已经开放并呈丰茂之状？

我研究《红楼梦》，采取的两个方法，一是文本细读，一是原型研究。通过文本细读，我们就会发现在曹雪芹的八十回文本里，特意在第七十六回凹晶馆黛、湘联诗时，由黛玉吟出一句“色健茂金萱”，而且安排湘云做出这样的评论：“‘金萱’二字，便宜你了，省了多少力……

只是不犯着替他们颂圣去。”由此可知康熙皇帝为曹雪芹祖上题写“萱瑞堂”大匾事，被曹雪芹“真事隐”后又“假语存”，第三回黛玉进府所见的荣国府正房所悬的御笔“荣禧堂”匾，其原型正是康熙三十八年四月初十题写的那个“萱瑞堂”匾。但曹雪芹使用这些原型材料，目的已绝非“颂圣”，他是要背离当时的主流意识形态，去抒发其独特的人生哲学。

2007 年 5 月下旬到南京，我应“市民课堂”邀请，去进行他们系列讲座的第 63 讲，题目是“我眼中的红学世界”，地点呢，是在大行宫会堂。何谓大行宫？这个名称虽然是乾隆时期才有的，但乾隆皇帝一生有个值得人们深思的做法，就是他行事处处以祖父康熙为榜样，而很少标榜是以他父亲雍正为楷模，他的南巡之举，就是步祖父康熙后尘，到了南京，连驻跸的地点都尽量不逾祖制，仍在当年曹寅接驾的那个空间，当然，已经进行了一番改造，并且不再作别的使用。现在的大行宫会堂，实际上就是曹雪芹祖父接驾康熙的地方，也就是曹雪芹的故家。在这样的一处地方来讲自己阅读《红楼梦》的心得，真是别有一番滋味在心头。

研究《红楼梦》，先把曹雪芹所经历所表达的康、雍、乾三朝的政治风云、家族浮沉搞清楚，是十分必要的。正如《红楼梦》中写贾政验收竣工的大观园，他第一步是命令“把园门都关上，我们瞧了外面再进去”，把门面外墙欣赏完了，把握住了园子的大环境、总风格，再开门入院，曲径通幽，穿花度柳，一处处地细品细赏，最后全局入心，达到审美的大愉悦。正如总在园门外转悠无法评价大观园一样，如果只是考察清史和拘泥曹学，那对《红楼梦》的研究当然难脱片面，但如果是从外围逐渐深入内部，最后是对《红楼梦》文本的细读深思、考辨感悟，那么，你怎么能对之冠以“红外学”的恶谥呢？

我在演讲过程里，不时在想：严中先生在不在座啊？严中先生是南京的红学家之一，他对曹雪芹与《红楼梦》和南京的关系，研究近三十年，用功极深、收获甚丰，我的《揭秘〈红楼梦〉》讲座和书，参考过他的《红楼丛话》，对他可谓神交已久，十分佩服。他通过实地考察与查阅资料，告诉我们：曹寅时代的江宁织造署和江宁织造府是两处不相连通的空间，前者是曹寅接驾康熙皇帝的地方，也是“萱瑞堂”之所在，后者则是曹寅和夫人家属的一个居住空间，另有江宁织造局，则是进行纺织品生产的机房。江宁地区的萱花在阴历四月初不可能开放，因此当时文人关于康熙皇帝题写“萱瑞堂”大匾时“庭中萱花盛开”的说法，特别是强调萱草预知皇恩将沐特意提前开放，全是“颂圣”的谀词。真实的情况应该是康熙见到孙氏，这位当年他最亲近的保母（不是保姆，是“教养嬷嬷”），他人性深处的感激之情迸涌出来，也就未必注意庭中的萱花是否已经绽放，萱花既然象征母亲，便大书“萱瑞堂”以释情怀。

弄清曹雪芹祖上与康、雍、乾三朝皇帝的关系，对于我们理解《红楼梦》文本至关重要。曹寅在南京四次接驾康熙，风光已极，怎么才过了二三十年，这家人的家谱就找不到后续了，连曹寅后人究竟有谁，曹雪芹究竟是他的亲孙子还是过继孙子，都弄不清了，这种家族史的大断裂，实在令人震惊。如果不是卷进了政治大案，而遭到无法抗拒的档案销毁，这种现象是绝对不会出现的。中国人是靠祖宗崇拜维系族群延续与发展的，远的不论，就从清初说起，许多家族遭遇了无数次社会震荡，他们还是能拿出历经劫难而保留下来的家谱，一代一代记录得清清楚楚。怎么曹寅的后人到第三代就模糊得如烟如雾呢？这是我亟想当面向严中先生聆教的。

演讲过后南京报馆的人士告诉我，严先生来听了。后来又促成了我们在饭局上的晤面。我事先并不知道演讲和那晚的饭局都在大行宫范围之内，也并不敢奢望严中先生会听我演讲并乐于见我。因此，“邂逅”

一词，确实表达出了我的惊喜意外。我知道我和严中先生在对《红楼梦》的理解上是有着重大分歧的。他认为曹雪芹笔下的荣、宁二府及相关空间如水月庵等都在南京，林黛玉从苏州入都的那个都城也就是南京（石头城）；元春的原型是嫁给平郡王做了福晋（正妻）的曹寅女儿……简言之，他认为《红楼梦》的“本事”在南京，而我认为《红楼梦》的“本事”在北京（只是糅合进了曹家在南京的一些故实），元春的原型另有别人而非曹雪芹姑妈平郡王福晋，其他分弛处也不少，因这两年所经历的党同伐异、排斥歧见如仇寇的事情颇多，所以对严中先生能否容我，还真有些诚惶诚恐。没想到，席间一见，竟如久别重逢，言谈甚欢。我们抓紧时间交换在一些问题上的看法，对于我的一些求教，如废太子当年随康熙南巡在江宁的行为表现，特别是与曹家的关系，他或即席回应，或表示今后可从容告知。严中先生长我八岁，晤面才发现他仍有浓重的湖南口音，他非南京土生，而已成为一位南京历史、文化方面的专家，对曹雪芹和《红楼梦》与南京的关系，探幽发隐，最近又与周汝昌先生合作推出了《江宁织造与曹家》一书，听他一席谈，感受到兄长般的呵护、朋友般的坦诚，真是相见恨晚。

我一直神往上世纪初那些先贤们的君子高风，蔡元培先生提出来“多歧为贵，不取苟同”，他真是言行如一、有容乃大；胡适通过考证，使得原来对索隐派感兴趣的人们，把兴奋点转移到他那关于《红楼梦》是一部写实小说的思路上来，可以说是开启了红学新风，但他从未减少对索隐派主帅蔡元培的尊重，也从未将继续搞索隐的人士视为寇仇。“五四”新文化运动的内容且不去评价，那种百家争鸣的局面，和大多数参与者绝不将观点分歧转化为政治判决和人格攻击的总体风度，实在是今天我们仍须继承与发扬的。

南行归来，我将和严中先生保持联系，交流研红心得。写此文时已是炎夏，大行宫一带的萱花，该是真的盛开了吧？

附：周汝昌先生赠诗

心武贤友：

聆读兄文，殊以为佳。今之文家多不知“文笔”为何至矣，八股气永难解脱——非文之八股，人之八股也。

代我谢谢《乱弹集》，我也很高兴。附上小诗两首。

汝拜

丁亥五月廿五

听读心武文

刘严相会大行宫，艳说江城府署红。
主北主南各自异，何妨谈笑两心同。

笔健文舒意味长，有情有理各相当。
行云流水如闲叙，谁识朱弦富抑扬。

傅恒何时归故里？

两位年轻的红迷朋友提出一个问题跟我讨论：《百家讲坛》节目里常穿插一些清朝皇帝的画像，那真实度究竟如何？我的看法是：大体真实。明、清两朝，都有西洋传教士供奉宫廷，有的兼画师，这种人参与的皇室画像，大概具有一定的写生性质吧！一位年轻朋友说，传统中国画多是大写意，工笔人物尽管笔触细腻，却又往往因为不懂人体解剖，因此人物画不发达，也很难具有类似照相的功能。另一位年轻的朋友说，明朝不大好判断，但清康熙以后的皇室画像，起码达到了形似，到晚清，实际掌权的慈禧太后，她请美国女画家卡尔为她画油画造像，是按照西方规矩行事，她要真坐在那里当“模特”的——当然更多的时候是别的贵族妇女替她摆姿势——历时 9 个月，才大功告成，现在到颐和园去，还能看到卡尔留下的一个副本，卡尔本人还写了一本《慈禧太后画像记》，早有中文译本，读来很有趣。

我说，给皇帝画像，恐怕压力比较大，也许多少会尽量去美化一下，但如果是给功臣画像，那就可能不必为其相貌掩饰什么了，是什么样子就给尽量画来吧！我拿出一册 2008 年 1 月出版的《紫禁城》杂志，和他们共赏。那上面有故宫专家聂崇正先生谈紫光阁功臣像的文章，聂先生告诉我们，乾隆时期，皇帝命令宫廷画家为战功赫赫的臣属画像，在紫光阁里悬挂表彰，历年积累，起码达到280幅以上。奉命造像的画工多不可考，但至少有两位传下了姓名，一位是来自波希米亚（今属捷克）的洋人，汉名艾启蒙，另一位是本土的金廷标，他们很可能是合作制画。可惜经过1900年“八国联军”的抢掠，现在北京故宫博物院里仅存有两幅，还是摹本。但在海外的某些博物馆里，还存有若干真本，在海外的某些文物拍卖会上，还出现过一些拿出参拍的紫光阁功臣画像，有的被个人收购珍藏。聂先生在2001年9月，在美国纽约一位私人收藏家Dora Wong家里，看到一幅保存得非常完整的《大学士一等忠勇公傅恒像》，纵155厘米，横95厘米，上方有乾隆以满、汉两种文字书写的御笔加章赞语，所画傅恒正当中年，全副官服站立，冠服采取的是传统的中国工笔画技巧，但面容的画法虽然边缘使用了线条勾勒，在用色上却完全尊重人体解剖的客观性，以深浅明暗来达到立体感，显然是使用了西洋油画的技巧。仅从纯粹的肖像画角度来观赏，这也堪称是一幅中西合璧的佳作。

这幅流落在异国他乡的傅恒画像，当然引起了我们的浓厚的兴趣。我们都知道在古本《红楼梦》第十六回，当贾琏的乳母赵嬷嬷出现时，忽然有一条简捷的脂砚斋批语：“文忠公之嬷。”何解？历来红学界聚讼纷纭。据周汝昌先生考证，清代雍、乾时期死后被皇帝谥以“文忠”的公爵，只有乾隆朝傅恒一人，他一个姐姐是乾隆的皇后，一生为皇帝征战，西讨南伐，最后在缅甸战役中染病而亡。我向两位年轻的红迷朋友说出我的见解：第一，脂砚斋这个批语，是在指认角色原型；第二，《红楼梦》里艺术形象与真实生活里的人物的对应关系是：贾代善相当于曹寅，与康熙同辈；贾政相当于曹頫，与雍正同辈；宝玉相当于曹雪芹，贾琏是宝玉堂兄，与乾隆同辈；第三，估计乾隆朝初年，傅恒家的一位乳母，成了曹雪芹某堂兄的乳母，这位堂兄就是贾琏的原型，而赵嬷嬷也绝非纯虚构的角色，她的原型就是来自傅恒家的那位乳母。

一位年轻朋友对我的见解存疑：傅恒家一直大富大贵，而曹家在雍正初年就遭到严重打击，虽说那个时代权贵家庭交往中有将自家仆人当作礼品赠予别家的风俗，但到乾隆朝初期，傅、曹两家已经完全不对等，这傅家的乳母怎么可能流动到曹家呢？另一位红迷朋友说，时代、社会、家族、个人的命运走向，在粗线条、大轮廓内外，还有许多诡谲因素和出人意料的个案存在，脂砚斋既然写下了“文忠公之嬷”字样，必有原因，绝非信笔涂鸦。我们决心进一步探索下去。

近来又有紫光阁功臣画像出现在国外拍卖行，这些当年忠于皇帝的臣属究竟怎么评价且不论，他们的精致画像应该回到故里。与《红楼梦》有着某种神秘联系的傅恒画像，何时能回归故里让我们一睹风采呢？

歪评凤姐 

凤姐之令人诟病，首先是“弄权铁槛寺”。其实凤姐这个首罪，很值得冷静分析。

说是“弄权铁槛寺”，不如说是“弄权馒头庵”，凤姐应住铁槛寺而不爱住铁槛寺，“因遣人来和馒头庵的姑子静虚说了，腾出几间房来预备”，住进了馒头蒸得呱呱叫的馒头庵。事情在凤姐方面，有偶发性。静虚主动求她办的事情是：“……有个镇主姓张，是大财主。他的女孩儿小名金哥，那年都往我庙里来进香，不想遇见长安太府的小舅子李少爷。那李少爷一眼看见金哥就爱上了，立刻打发人来求亲……”据这头一段叙述，颇令人联想起《西厢记》中的莺莺和张生，金哥和李少爷倘能结合，很可能比父母包办的婚姻美妙，但，老尼接着说：“不想金哥已受了原任长安守备公子的聘定。张家欲待退亲，又怕守备不依，因此说已有了人家了。谁知李少爷一定要娶，张家正在没法，两处为难；不料守备家听见此信，也不问青红皂白，就来吵闹，说：‘一个女孩儿你许几家子人家儿？’偏不许退定礼，就打起官司来。女家急了，只得着人上官找门路，赌气偏要退定礼。我想如今长安节度云老爷，和府上相好，怎么求太太和老爷说，写一封书子，求云老爷和那守备说一声，不怕他不依。要是肯行，张家哪怕倾家孝顺，也是情愿的。”据此可知：这是一桩民事讼案，以今天的眼光来看，张金哥与守备公子从未谋面，本是父母包办，其结合之幸福率极低，李少爷毕竟是见过张金哥并对之一见钟情的，又托了媒人来明媒拟正娶，张金哥的父母审情度理，对李少爷的求婚颇为动心，是无足怪的，守备家先上门厮闹继之告到官府，并无令人同情之处。老尼所代为求助于凤姐的，无非是通过“后门”、“开条子”促成一项本不足惜的婚约的解除。直到二十世纪八十年代的今天，我们社会上有头有脸的人物不也还在“开条子”，而相当于云老爷的官员们，不也还有收“条子”并按“条子”所嘱办事的吗？当然，在这桩事情上，凤姐有索贿受贿的问题，但她那“从来不信什么阴司地狱报应的；凭是什么事，我说要行就行”的宣言，却也无妨看作是一种对封建统治秩序和封建礼教规范的公然蔑视与挑战。曹雪芹当然是谴责凤姐的，在下一回中他交代道：“那凤姐却已得了云光的回信，俱已妥协，老尼达知张家，那守备无奈何，忍气吞声受了前聘之物。”如果事情到此结束，倒也算不得什么，但，“谁知那个张财主虽如此爱势贪财，却养了一个知义多情的女儿，闻得父母退了前夫，他便一条麻绳悄悄的自缢了。那守备之子闻得金哥自缢，他也是个极多情的，遂也投河而死，不负妻义。只落得张李两家没趣，真是人财两失。这里凤姐却坐享了三千两。王夫人等连一点消息也不知道。自此凤姐胆识愈壮，以后有了这样的事，便恣意的作为起来，也不消多记。”这是所谓“史笔”吧！但我们读《红楼梦》，倒也不必全被曹公牵着鼻子走。从现代法律角度衡量，张金哥和守备公子这两条人命，还不能算作凤姐的“血债”，金哥的自杀，是出于“一女不许二门”的观念过于固置，而守备之子只根据一个消息，便也投河自尽，在我们现代人看来，真叫莫名其妙，他们本是完全可以不死的。凤姐就是有责任，也只是间接而又间接的责任。倘若更冷静地审视，则张金哥和守备之子是满脑袋封建道德的人物，个体的独特价值几无显现，而凤姐却是生气勃勃冲破封建道德约束的敢作敢为者，她并没有杀人的动机，她只不过是蔑视封建婚约的神圣性，看透封建官场表面秩序的虚伪性，坦率地利用“开条子”和“走后门”办了一桩“替他出这口气”的小事而已。作为一个个体，她却具有超出那个社会群体规定性的相当独特的价值。

21 世纪以来的文学评论，越来越热烈地颂扬贾宝玉和林黛玉的反封建言行。其实，贾宝玉、林黛玉对封建主子们直接蔑视和反抗的言行几等于零，对贾母，宝玉和黛玉由衷地爱戴，并将自身幸福的企盼寄托于这位封建老祖宗；对邢夫人他们可能没有任何感情，却也始终尊重；对王夫人他们有时爱怨交加（如宝玉），有时冷眼旁观（如黛玉），但总的来说他们是相处和谐的。王熙凤则不然。对贾母，她奉承讨好，百般蒙骗，结果获得了一种不仅在贾府而且在整个社会上去看也相当令人咋舌的特权。林黛玉一进府就发现，在贾母面前，“这些人个个皆敛声屏气如此，这来者是谁，这样放诞无礼？”所谓“放诞无礼”，就是公然超越封建宗法秩序，达到个性的高度张扬。凤姐个人争取到的这种个性自由，是远远超过只会躲到花园角落里暗泣残红的林黛玉，更远远超过路过父亲书房便战战兢兢的贾宝玉的。对邢夫人，这位封建婆婆，凤姐的蔑视与对抗是很明显的，难得的是，对王夫人这位她的实际靠山（亲姑妈和委托她管家的贾府正经主妇），她也绝无贾宝玉式的敬爱和林黛玉式的温情。第三十六回中写到，凤姐从王夫人屋里“转身出来，刚至廊檐下，只见有几个执事的媳妇子正等他回事呢；见他出来，都笑道：‘奶奶今儿回什么事，说了这半天？可别热着罢。’凤姐把袖子挽了几挽，跐着那角门的门槛子，笑道：‘这里过堂风，倒凉快，吹一吹再走。’又告诉众人道：‘你们说我回了这半日的话！太太把二百年的事都想起来问我，难道我不说罢！’又冷笑道；‘我从今以后，倒要干几件刻薄事了。抱怨给太太听，我也不怕！糊涂油蒙了心、烂了舌头、不得好死的下作娼妇们，别做娘的春梦了……一裹脑子扣的日子还有呢……”我以为，凤姐那“把袖子挽了几挽，跐着那角门的门槛子”的肖像，是整部《红楼梦》中最为出色的人物肖像，要说反封建，这做派本身便是百分之一百的反封建。试问，贾宝玉、林黛玉被那么多人以“反封建”捧上了天，他们又有哪一幅肖像，有王熙凤这个跐门槛子的肖像更活灵活现地体现出了她对封建礼教的挑战精神呢？当然，贾宝玉林黛玉虽然没有对贾母、王夫人公然地不以为然乃至彻底蔑视，他们的许多思想言论确实是饱含反封建因素的，可我们也不能忘记，“舍得一身剐，敢把皇帝拉下马”这句话，却恰恰不是他们也不是晴雯司棋之流喊出来的，而是王熙凤在大庭广众中喊出来的，不管她喊出这句“俗话”的动机究竟如何，如以二十世纪中期的“文革”标准衡量，她犯下的“恶攻罪”，是远比宝玉和黛玉严重的。

论《红楼梦》中的人物，实在是应该把王熙凤同贾宝玉、林黛玉一起并列于反封建谱系的。“惑奸谗抄拣大观园”，常被论者视为封建势力对花朵般烂漫开放的青春生命的一次大摧残，而这次大摧残，王熙凤不仅不是发起者和积极参与者，一开头还率先成为被怀疑被追查的对象，不得不“又急又愧，登时紫胀了面皮，便挨着炕沿双膝跪下”，费了老大的劲儿才算洗清了自己，否则，恐怕免不了要被“停职检查”乃至“撤职查办”的。当王夫人听了王善保家的谗言，“猛然触动往事，便问凤姐道：‘上次我们跟了老太太进园逛去，有一个水蛇腰，削肩膀儿，眉眼又有些像你林妹妹的，正在那里骂小丫头；后来要问是谁，偏又忘了。今日对了槛儿。这丫头想必就是他了？’凤姐道：‘若论这些丫头们，共总比起来，都没晴雯长得好。论举止言语，他原轻薄些。方才太太说的倒很像他，我也忘了那日的事，不敢混说。”凤姐在这种情况下，能够这样回答，算是对晴雯起了力所能及的保护作用了，比起二十世纪八十年代中国某些有一定发言权的人物，对一些被谗言打击的人士所表现出的冷冷清清、漠不关心、麻木不仁乃至“王八一缩脖，死活由你去”的态度，那可是强得远了，或者竟可以说有着质的区别。

凤姐被卷进抄拣大观园的行动中，被动之中也有她的主动，当晴雯以“豁啷”一声掀倒箱子，以示对抗时，凤姐也并没有生气，最后还笑着说，既然没查出什么，咱们就往别处去，实际上是包庇怡红院众丫头过关；到了黛玉处，她一方面安抚黛玉，一方面公开为紫鹃等解脱；在探春处，王善保家的挨了探春一巴掌，凤姐不消说是心中称快的；到了惜春那里，查出了入画的“赃物”，倒是惜春把入画往火坑里推，凤姐表面申斥实际上在宽赦。在迎春那里搜出司棋“犯罪”的“铁证”后，尽管因为司棋偏偏是王善保家的外孙女儿，凤姐不无幸灾乐祸的痛快感，但她“见司棋低头不语，也并无畏惧惭愧之意，倒觉可异。”凡此种种，都说明王熙凤在大观园封建势力与被摧残的弱者的对抗中，不仅没有站在封建势力一边，而且也并不是严守中立，她的同情，是明显倾向于受害者一边的。

我这里不想袭用所谓“二分法”来分析凤姐，实际上，倘把凤姐放到历史潮流的大背景上加以考察，她的若干重大的作为，都无须“二分”便可判定为是一种自觉的个性本位的蔑视既存礼法的性质，起着瓦解封建秩序的效果，至少在客观上有着进步的作用。或问：难道她害死尤二姐，也是进步的吗？她迫害尤二姐的程度和速度，或许过分了一些，但她对理想的一夫一妻家庭结构的追求，她对贾琏偷娶外室的反抗，她对个人在性生活和感情生活中的尊严的维护（这包括她对贾瑞的“毒设相思局”），她的自我价值肯定和对自我命运的主动把握，都带有逸出封建规范的反叛色彩，具有某些资本主义初始阶段早期资产阶级代表人物的那种滴着血的耀眼光芒。凤姐爱钱，敛钱，并且还努力使“钱生钱”，这在商品经济受到沉重压抑的中国，不仅不应视为一种罪恶，而且大可从正面加以探究。凤姐克扣月钱，拖放月例，把钱拿去生钱，放高利贷，究竟是怎么个放法，书中没有明写，但想必是以借贷方式用去作为了商业资本的流动资金，其中有没有可能被借贷者拿去兴办实业呢？我以为是可能的。第十六回中，赵嬷嬷回忆起当年“咱们贾府正在姑苏扬州一带监造海舫，修理海塘，只预备接驾一次，把银子花的淌海水似的”！王熙凤忙接道：“我们王府里也预备过一次。那时我爷爷专管各国进贡朝贺的事，凡有外国人来。都是我们家养活。粤、闽、滇、浙所有洋船货物都是我们家的。”这就说明王熙凤是那个时代中国最早接触外部世界的买办家庭的产物，她具有某些资本主义拜金思想、资产阶级个人主义者的做派，是一点也不奇怪的。

曹雪芹借太虚幻境“薄命司”中的册子概括王熙凤一生的命运是：“凡鸟偏从末世来，都知爱慕此生才；一从二令三人木，哭向金陵事更哀。”她的生不逢时，其实是一种超前性。“一从二令三人木”这个谜语使无数红学家“尽折腰”，对这个谜底大家始终不能形成共识，依我看来，那种认为王熙凤到头来只得由“第一步贾琏对之言听计从到第二步转而听命于贾琏到第三步终不免被休”的推测，是最没有道理的。“一从二令三人木”，应是同后面“《红楼梦》十二支曲”的《聪明景》中“机关算尽太聪明，反算了卿卿性命”相对应的。王熙凤的悲剧，并不一定凝聚在“忽喇喇大厦倾”、“家亡人散各奔腾”上，而在她主体所意识到的与客观所不能容纳与提供的尖锐矛盾上，更明快地说，便是个人生存与历史进展之间所形成的不可逾越的差距，所以要“叹人世，终难定”！

想喝碧粳粥

粥可以是最贱最下等的果腹之物，如旧社会寺庙等慈善机构或想积德求报的阔人所设的粥棚、粥厂的大锅粗粥。

粥又可以是最精致、最上等的美食，如《红楼梦》里写到宁国府里死了秦可卿，她的婆婆尤氏偏在她死的时候“正犯了胃疼旧疾，躺在床上”因而不能出来操办丧事，于是她的公公贾珍便把堂弟媳妇王熙凤从荣国府请到宁国府来主持丧政，那凤姐儿不仅权到令行，对下人大施淫威，还八面玲珑，在大嫂跟前卖好到底，她“因见尤氏犯病，贾珍又过于悲哀，不大进饮食，自己每日从那府中熬了各样细粥，精致小菜，命人送来劝食”。

“各样细粥”，可见不仅品种繁多，而且制作手续相当烦琐；而佐粥的小菜，想必不仅是色色精细，一定还有哪种粥配食哪种小菜的讲究。凤姐儿送给贾珍尤氏的细粥小菜，其价值当不在宴请刘姥姥时所上的茄鲞之下，而且更是一种能将消退的食欲重新勾出的绝妙美食。

曹雪芹写《红楼梦》，有人说其实是不断地写吃饭，写完上顿写下顿，写完大宴写小宴，写完正餐写消夜，写完主食写零食，一直写到“脂粉香娃割腥啖膻”，其间确实显示出他对中国饮食文化的知识达到几乎无所不知、无所不晓的地步，而下笔时又几乎无所不能描摹、无所不能发挥，令人钦佩，令人叫绝。

《红楼梦》里多次具体地写到汤、粥，以至已故的红学家俞平伯先生专门为此撰写过“宝玉为什么尽喝稀的？”（见《读〈红楼梦〉随笔》），他举第八回为例，那一回写到贾宝玉到梨香院中探望薛宝钗，后来林黛玉也去了，贾宝玉在那里先用了几样“细茶果”，又就着糟鹅掌鸭信喝了三杯酒，这之后，又痛喝了两碗酸笋鸡皮汤，最后吃了半碗碧粳粥，饭毕，竟又吃了酽酽沏上的茶，方才告辞回去。

我读这一回文字时，无论是糟鹅掌鸭信还是酸笋鸡皮汤，都还并不怎样羡慕，唯独碧粳粥，读时不禁津液绵绵，十分向往。

《红楼梦》中第六十二回里写到戏班子解散后分配到怡红院宝玉房中的芳官，让厨房柳家的给她备一份饭来，柳家的遣人送来一个饭盒，揭开一看，里面是一碗虾丸鸡皮汤、一碗酒酿清蒸鸭子、一碟腌的胭脂鹅脯，还有一碟四个奶油松瓤卷酥，并一大碗热腾腾碧荧荧蒸的绿畦香稻粳米饭。这只不过是三四等丫头的食谱，然而与第八回里薛姨妈招待贾宝玉的菜式几无差别。芳官还说“油腻腻的，谁吃这些东西”！末了只将汤泡饭吃下一碗，拣了两块腌鹅就不吃了。宝玉也确实爱喝稀的，他闻着，倒觉比往常之味有胜些似的，遂吃了一个卷酥，又命小丫头给他拨了半碗饭，泡汤一吃，十分香甜可口。那碧荧荧的绿畦香稻粳米饭用汤一泡，不也就成为稀粥了吗？而且是鸡汤稀粥，想来现在上海仍存的名店“小绍兴鸡粥店”的鸡粥，其滋味庶几近之吧？

曹雪芹之精于中国饮食文化，有其家学渊源，他的祖父曹寅不仅累官通政使、江宁织造、兼理盐课，是个得到清康熙帝宠信的大官僚，而且也是一个有声威的文化人，他主持了《全唐诗》的编镌，自己又有《楝亭诗钞》8 卷，《诗钞别集》4 卷，《文钞》《词钞》《词钞别集》各一卷，此外还编镌前人冷门著作，其中有《居常饮馔录》一卷，内中包括宋人的《糖霜谱》《粥品》及《粉面品》，元人的《泉史》《制脯鲜法》，明人的《酿录》《茗笺》《蔬香谱》《制蔬品法》。《粥品》一书系宋署名“东溪遁叟”的人所著，可惜现在难以找到，不得一读。想必曹雪芹是读过或至少听长辈讲过并至少部分地煎制品尝过该书中所述的各类粥馔，因而他那关于凤姐儿“每日从那府中煎了各样细粥、精致小菜，命人送来劝食”的描写，绝非信笔而来。纸背后，是有着深厚的生活体验与饮食文化知识作依托的。

现在西式快餐在北京大行其道，美国的肯德基炸鸡店早占了天安门广场西南仅距毛主席纪念堂一箭之遥的黄金地段，整天飘散出橄榄油烹炸鸡肉的浓烈气息，门庭若市；而最近美国的麦当劳快餐店又在最繁华的王府井大街南口开张，卖汉堡包、炸薯条、苹果派，一时间红男绿女趋之若鹜；这两家美国快餐店都称他们在北京的上述店堂是遍布于世界上的数千家连锁店中最大的。此外，北京还有加拿大的邦尼炸鸡店，法国的美尼姆斯快餐店，香港的123快餐店，等等。西式快餐自有其某些优点；纵无更多的优点，进去领略领略异国风情亦颇有趣。但我总觉得中国人应闯出自己的快餐套路来，例如上面提到的芳官食谱，倘略作删减作为一道中式快餐推出，相信其形态色泽味道营养都绝不在上述西式快餐套餐之下，甚至还在其上；而其中最令人喜爱的，当是一碗用热鸡汤煮成的碧粳粥。

算来自己这辈子也喝过了不少的粥，无论是粗犷的棒渣儿粥还是精致的腊八粥，也无论是风格独特的粤式皮蛋瘦肉粥还是京味八宝莲子粥，包括鸡粥、鱼粥、虾粥、蟹粥、菜粥、奶粥，总算起来都不如一碗素白的碧粳粥更诱人更可口、更具魅力、更足回味。又尤其是在旅行归家之际，在大病初愈之时，在辛苦劳作之后，在深夜临睡之前……

热腾腾，碧荧荧，香喷喷，滑腻腻，一粥到口，其乐融融！

让世界知道曹雪芹和《红楼梦》

（1）用其母语创作的优秀文学作品，可以成为一个民族、一个国家的“名片”。

曹雪芹和《红楼梦》，可以作为中华民族和中国的“名片”。

世界各民族、各国文学“名片”举例：

☆希腊：约公元前 6 ～前 5 世纪　三大悲剧家　埃斯库勒斯
索福克勒斯
欧里庇德斯
喜剧家　阿里斯托芬

☆印度：约 4 ～ 5 世纪　迦梨陀娑　《沙恭达罗》（戏剧）

☆日本：约 10 世纪　紫式部　《源氏物语》（长篇小说）

☆伊朗：约 13 世纪　萨迪　《蔷薇园》（散文集）

☆意大利：13 ～ 14 世纪　但丁　《神曲》（长诗）

☆英国：16 世纪　莎士比亚　37 部戏剧

☆西班牙：16 世纪　塞万提斯《堂·吉诃德》（长篇小说）

☆中国：18 世纪　曹雪芹　《红楼梦》（长篇小说）

☆朝鲜：18 世纪　《春香传》（小说、戏剧）

☆德国：18 ～ 19 世纪　歌德　《浮士德》（诗剧）

☆法国：19 世纪　雨果　《悲惨世界》（长篇小说）

☆丹麦：19 世纪　安徒生　《安徒生童话》（童话）

☆俄罗斯：19 世纪　列夫·托尔斯泰《战争与和平》（长篇小说）

☆美国：19 世纪　马克·吐温　幽默小说

☆古巴：19 世纪　何塞·马蒂　诗歌

☆奥地利：19 ～ 20 世纪　卡夫卡　《变形记》（小说）

………

中国古代的哲学家著作，以及古代诗人的诗歌，在国外知道的人比较多。但是，有一种说法，就是认为中国的长篇叙事文学，似乎跟别的民族别的作品相比，就比较弱，这种说法是不对的。我认为，曹雪芹的《红楼梦》，完全可以与世界上任何一个民族、一个国家的文学“名片”相提并论。

曹雪芹和《红楼梦》，可以并且应该，作为中华民族和中国的一张文化“名片”。

（2）《红楼梦》集中华文化精粹之大成，是中国古典文化的一座高峰。

通过《红楼梦》可以了解中国古代的历史、哲学、宗教、伦理秩序、审美习惯、神话传说、诗词歌赋、园林艺术、烹调艺术、养生方式、用具服饰、自然风光、民间风俗……而这些因素并不是生硬地杂陈出来，完全融进了小说的人物塑造、情节流动与文字运用中。

仅举一例。第四十回，书中贾母带着刘姥姥逛大观园，到了林黛玉住的潇湘馆，发现窗户上的窗纱不对头。

“这个纱新糊上好看，过了后来就不翠了。这个院子里头又没有个桃李树，这竹子已是绿的，再拿这绿纱糊上反而不配。我记得咱们先有四五样颜色的纱呢。明儿给他把这些窗上的换了。”

凤姐听了，说家里还有银红的蝉翼纱，有各种折枝花样、流云卍福、百蝶穿花的。

贾母就指出，那不是蝉翼纱，而是更高级的软烟罗，有雨过天晴、秋香色、松绿、银红四种。这种织品又叫霞影纱，软厚轻密。

这个细节就让人知道，中国人对窗的认识，与西方人有所不同。西方人认为窗就是采光与透气的，尽管在窗的外部形态上也变化出许多花样。古代中国人却认为窗首先应该是一个画框，窗应该使外部的景物构成一幅优美的图画，因此在窗纱的选择上，也应该符合这一审美需求，外面既然是“凤尾森森”的竹丛，窗纱就该是银红的，与之成为一种对比，从而营造出如画如诗的效果。

（3）《红楼梦》有很高的精神境界，与世界上其他民族和优秀文化传统相通，共同铸造出人类的普适价值。

不能把《红楼梦》简单地归结为一部爱情小说，也不能把它简单地归结为写一个封建贵族家庭的兴衰史。

曹雪芹有政治倾向，《红楼梦》里有政治因素，但曹雪芹不是用它来表达不同政见。曹雪芹超越了政治，通过贾宝玉这一艺术形象，表达了更高层次的思考，那就是人类应该平等相处，大地上应该有诗意的生活。

曹雪芹通过贾宝玉之口，宣布：“女儿是水作的骨肉，男人是泥作

的骨肉，我见了女儿，我便清爽；见了男子，便觉浊臭逼人。”（第二回）

又通过小丫头春燕转述贾宝玉的观点：“女孩儿未出嫁，是颗无价的宝珠；出了嫁，不知怎么的就变出许多的毛病来，虽是颗珠子，却没有光彩宝色，是颗死珠子了；再老了，更变的不是珠子，竟是鱼眼睛了。分明一个人，怎么变出三样来？”（第五十九回）

在世界上还没有“妇女解放运动”和“女权主义”的时候，曹雪芹却在皇权、神权与夫权结合得最坚实的中国清朝乾隆时期，把关注点集中到了青春女性身上，旗帜鲜明地为社会中的弱势族群——青春女性——鸣不平，争人权。而且，他那“女性三阶段论”，不仅是对封建社会男尊女卑伦理秩序的挑战，更避免了“唯性别”的空泛之论，指出封建社会主流价值观，通过包办婚姻和家庭宗法制度，使青春女性随着嫁人和岁月流逝，从纯洁堕落为污浊。

曹雪芹通过“金陵十二钗”正册、副册、又副册……的艺术构思，塑造了一系列青春女性的形象，构筑了长长的文学人物画廊。他不避讳每一个人物人性的复杂诡谲，但从总体上，他为这些女子唱出了哀惋的悼怀之歌。

曹雪芹还通过两个老婆子的话，描绘了贾宝玉的生存状态与人格情愫：

“时常没人在眼前，就自哭自笑的；看见燕子，就和燕子说话；河里见了鱼，就和鱼说话；见了星星月亮，不是长吁短叹，就是咕咕哝哝的。”（第三十五回）

“浮生着甚苦奔忙？”这是被称作“甲戌本”的古本《石头记》（现存古本《红楼梦》基本上书名都是《石头记》）开篇的一句诗。这就是终极追问，是人类最高层次的思考。通过贾宝玉这个艺术形象，曹雪芹表达了“天人合一”、“世法平等”的思想。据曹雪芹合作者脂砚斋的透露，书的最后一回有个《情榜》，除贾宝玉外，是每十二个一组的女性榜单，每个角色还附“考语”，贾宝玉的考语是“情不情”，第一个“情”字是动词，就是对没有感情的事物，也付出自己的感情去关爱，这是非常博大的人文情怀。

（4）《红楼梦》具有超常的艺术魅力。

残缺之美。有如现在陈列在法国巴黎罗浮宫的米罗的维纳斯。

现在人们看到的通行本《红楼梦》一百二十回，经考证，后四十回是高鹗续的。

我个人研究《红楼梦》，采取了两个手段，一是原型研究，一是文本细读。

我从秦可卿这个角色入手，研究曹雪芹对文本的修改过程，从中了解他所处在的历史阶段的具体情况，他家族和他个人的遭遇，他的创作心理，他如何从生活的真实出发，经过艺术想象，去塑造艺术形象。我本人是写小说的，我研究《红楼梦》，目的之一，就是向曹雪芹学习，特别是学习他从生活真实升华为艺术形象的能耐。

我的“秦学”研究只是一家之言。清代袁枚有两句诗：“苔花如米小，也学牡丹开。”民国初期蔡元培有两句话：“多歧为贵，不取苟同。”这两句诗和这两句话，是我研究《红楼梦》时的座右铭。

我的研究成果已经以《刘心武揭秘〈红楼梦〉》第一集、第二集（共36讲）的形式，由东方出版社在今年推出。

曹雪芹的写作技巧非常高妙。他使用了“草蛇灰线，伏延千里”的手法。在似乎是无意随手之间，就埋下了伏笔，形成了悬念。

比如第八回结尾。关于茜雪的故事，“枫露茶事件”，尚未展开，戛然而止，却又有关于秦可卿出身的古怪交代。其合作者批书人（有时署名脂砚斋，有时署名畸笏叟，有时不署名）在批语里透露：“茜雪至狱神庙方见正文……余只见有一次誊清时，与狱神庙慰宝玉等五六稿被借阅者迷失。叹叹！”

《红楼梦》的叙述策略非常高明，兼有第一、第三人称的韵味。叙事语言与人物对话都非常流畅生动，而且有作者个人的风格。

（5）应该对内普及，对外弘扬，使曹雪芹和《红楼梦》进入人类普适的常识结构中。

我注意到，我们外交部新闻发言人在发言中，引用了根据《红楼梦》改编的戏曲里面的唱词，来比喻克服困难、历经艰险，去达到目的。其实，在《红楼梦》里，作者的叙述语言当中，就能找到可资引用的语言，比如第十七、第十八回，写贾政带着贾宝玉等在大观园里游览，有这样一些句子：“穿花度柳，抚石依泉，过了荼蘼架，再入木香棚，越牡丹亭，度芍药圃，入蔷薇院，出芭蕉坞，盘旋曲折……”“忽见大山阻路……直由山脚边忽一转，便是平坦宽阔大路，豁然大门前见。”这些语言似乎就可以用来比喻谈判需要以耐心和相互让步去取得成果。当然，书中许多人物的语言，简洁明快，更可以古为今用，略举出数例：

“世法平等。”（第四十一回，贾宝玉说的）
“大小都有个天理。”（第三十九回，李纨说的）
“牛不吃水强按头？”（第四十六回，鸳鸯说的）
“可着头做帽子。”（第七十五回，鸳鸯说的）

“大有大的艰难。”（第六回，王熙凤说的）

“事若求全何所乐？”（第七十五回，林黛玉说的）

“是真名士自风流。”（第四十九回，史湘云说的）

“惟大英雄能本色。”（第六十三回，史湘云说的）

“天下逃不过一个理字去。”（第六十五回，兴儿说的）

“小心没有过逾的。”（第六十二回，薛宝钗说的）

《红楼梦》里提到了若干外国，如女儿国、茜香国、真真国；提到了波斯国玩具、汪恰洋烟、“衣弗哪”膏子药、弗朗思牙的名为“温都里纳”的金星玻璃宝石……

希望外交部人士能发挥自己的优势，对外弘扬曹雪芹和《红楼梦》。

有的古本（手抄本）《红楼梦》可能流落在国外，应该发现线索，进行寻找，争取宝物回家。

曹雪芹祖上几代人陆续担任江宁职造。特别是他祖父曹寅、父辈曹颙、曹頫，实际上都兼有皇帝派给的，与外国来华商人等接待交往的特殊任务，有关这方面的资料也应该注意搜集。

据传有一本1874年英国伦敦Douglas出版社出版的书，著者为Willam Winston，书的名字是*DRAGON' S IMPERIAL KINGDOM*，黄色封面上有黄龙图案，大于32开小于16开，厚约3厘米。该书第53页上，有关于曹雪芹偷听英国商人菲立普给他父亲讲莎士比亚戏剧故事，而被发现受到责罚的内容。此书“文革”前北京有两个单位的图书馆里都藏有，“文革”中丢失。像这样的资料，应该设法再从国外搜集。

现在国内有一些糊涂的、错误的看法，如认为《红楼梦》是一部“堕落的作品”，认为现实中有腐败、矿难、失学、欠薪、就医难……等诸多迫切需要解决的问题，研究普及曹雪芹的《红楼梦》则是“吃饱了撑的”，甚至是“精神堕落”。这种文化上的民族虚无主义的观点，轻视甚至抹杀传承民族文化传统的态度，以及把关注解决现实问题和长远地铸造民族魂魄的细致工程对立起来的想法和做法，我认为都是必须加以批评、劝导、纠正的。

在国内，应该做好曹雪芹和《红楼梦》的普及工作。

对国外，应该把曹雪芹和《红楼梦》作为一张光辉耀眼的民族和国家的文化“名片”，加以弘扬。

（本文为2005年11月21日应外交部邀请为约200位外交官演讲研红心得的内容提要）

科头抱膝轩中人

整理旧书，翻出一册小说，扉页上有作者题赠字样，落款为“壬戌仲春”。这个壬戌应该是 1982 年。那一年仲春，我路过花市大街一家理发馆，正好一位瘦高的先生理完发走出来，他本来就衣冠整洁，加上新理过发，越发显得斯文儒雅，他主动招呼我，面容体态礼数周全，我定睛一看，啊，是金寄水先生。

1975 ～ 1980 年，我在北京出版社当过几年文学编辑，那时候我参与创办的《十月》积极丰富创作题材，除了反映改革、开放时代步伐的作品，反思性的，革命历史题材的，家务事儿女情的……也约到一些历史小说，像吴恩裕先生的《曹雪芹的故事》，配上范曾先生精美的绣像画刊出，极得好评。我听说金寄水先生手头正写着《〈红楼梦〉外编》系列，第一部是写司棋的，就跑去向他约稿。

那时候我们编辑部在花市附近的东兴隆街，他家则在花市附近巾帽胡同，走过去十分方便。他住在一个大杂院里。那院子当年应该是一个富人的住宅。他住的那间屋子，进身非常之窄，大概还不足两米，长度呢，大概也只有五米，度其结构，应该是由当年的一截儿游廊改造而成。

屋子虽然十分狭窄，但拾掇得非常清爽，屋如其人，人如其屋，不起眼儿，特平淡、谦和、礼貌，绝无非分之想，随时准备让步。但屋墙上挂着一个长方镜框，算是块素匾吧，寄水先生自己题写的，是“科头抱膝轩”五个大字，“抱膝”是形容空间小只能将就，“科头”呢，后来知道是引《史记》中“虎贲之士，跿跔科头”的典故，“跿跔”是跳跃，“科头”是不戴帽子，唐王维有“科头箕踞长松下，白眼看他世上人”的诗句，可见寄水先生的软外表下，也有硬骨存焉。

1979年那天我向他约稿，他说是在写司棋，但还没改定。我就跟他闲聊了一阵《红楼梦》，具体聊了些什么，到1982年理发馆外见面时，我就已经不复记忆。但他还记得，他是这样表述的：“您跟我聊了那么多，却一个字不涉及我过去。”看他的表情，他似乎对此很是感念。他就邀我再到科头抱膝轩里小坐，我高兴地随他去了。那时候我已经不再当编辑。他拿出一册山西人民出版社1981年8月出版的《司棋》，题字、钤章，双手捧给我。我好高兴！

我跟寄水先生交往，可谓淡而又淡。我没在他面前提及他的过去，主要是觉得彼此不熟，那样不礼貌。其实我对他的过去是非常感兴趣的。他是清朝开国元勋多尔衮的十三世孙。多尔衮死后虽然被顺治皇帝褫爵掘坟，但到乾隆朝时获得平反，其后人恢复了睿亲王爵位并且世袭罔替。最后一代睿亲王，府第在东单外交部街，可惜后来面目全非。寄水先生抗日战争期间坚拒伪满洲国重封睿亲王的诱惑，写有言志诗：“午夜扪心问，行藏只自知；此心如皎日，大地定无私。”新中国成立后他投身新中国的文化建设，与老舍、赵树理他们一起编《说说唱唱》杂志。但他为自己的出身饱受屈辱，包括被某些有优越感的人当成“典型的八旗子弟”揶揄，他畏惧别人哪怕仅仅出于好奇，当面提出一些难堪的问题，事后他只能躲在科头抱膝轩里，默默舐尽受伤的自尊心的缕缕血丝。

他写的《司棋》，全书只有5.5万字，薄薄的一册。但那时一开印就是 15.5 万册，可见大受欢迎。《司棋》严格来说，不算《红楼梦》的续书，它不是从曹雪芹的八十回往后续写，而是单把司棋这个角色拎出来，用十二回的曹体文字，来讲述一段故事、塑造一组艺术形象。他设定司棋本姓秦，这很有意思，他没有把司棋跟秦可卿勾连起来，却很好地解释了为什么司棋会为秦显家的争夺柳家的内厨房主管权而去冲锋陷阵。在他写的故事里，司棋通过角门张妈私递给潘又安的荷包，并不是傻大姐捡到的绣春囊，上面刺绣的是一对香瓜、一双蝴蝶，“那瓜蔓儿弯弯缠缠地和蝴蝶连在一起”。显然，他动用了往昔王府的生活经验。这是别的作者难以企及的。他与周沙尘合作的《王府生活实录》1988 年由中国青年出版社推出。我写《揭秘古本〈红楼梦〉》时，引用了其中王府诰命夫人“按品大妆”的记录，以证明《红楼梦》文本的写实成分。可惜寄水先生迁往昌运宫宽敞住宅后，没来得及写更多的东西就溘然仙去。否则，他续写曹雪芹八十回后的《红楼梦》，定会令我们大饱眼福。

耄耋老翁来捧场 

我在哥伦比亚大学弘红次日，几乎美国所有的华文报纸都立即予以报道，《星岛日报》的标题用了初号字《刘心武哥大妙语讲红楼》，提要中说：“刘心武在哥大的‘红楼揭秘’，可谓千呼万唤始出来。他的风趣幽默，妙语连珠，连中国当代文学泰斗人物夏志清也特来捧场，更一边听一边连连点头，讲堂内座无虚席，听众们都随着刘心武的‘红楼梦’在荣国府、宁国府中流连忘返。”

我第一次见夏志清先生，是在1987年，那次赴美到十数所著名大学演讲（讲题是中国文学现状及个人创作历程），首站正是哥大，那回夏先生没去听我演讲，也没参加纽约众多文化界人士欢迎我的聚会，但是他通过其研究生，邀我到唐人街一家餐馆单独晤面，体现出他那特立独行的性格。那次我赠他一件民俗工艺品，是江浙一带小镇居民挂在大门旁的避邪镜，用锡制作，雕有很细腻精巧的花纹图样，他一见就说：“我最讨厌这些个迷信的东西。”我有点窘，他就又说：“你既然拿来了，我也就收下吧。”他的率真给我留下了深刻的印象。

这回赴美在哥大演讲的前一天，纽约一些文化名流在中央公园绿色酒苑小聚，为我洗尘，夏先生携夫人一起来了，他腰直身健，双眼放光，完全不像是个 85 岁的耄耋老翁。席上他称老妻为“妈妈”，两个人各点了一样西餐主菜，菜到后互换一半，孩童般满足，其乐融融。

我演讲那天上午，夏先生来听，坐在头排，正对着讲台。讲完后我趋前感谢他的支持，他说下午还要来听，我劝他不必来了，两场全听，是很累的。但下午夏先生还是来了，还坐头排，一直是全神贯注。

报道说“夏志清捧场”（用二号字在大标题上方作为导语），我以为并非夸张。这是实际情况。他不但专注地听我这样一个没有教授、研究员、专家、学者身份头衔的行外晚辈演讲，还几次大声地发表感想。一次是我讲到“双悬日月照乾坤”所影射的乾隆和弘晳两派政治力量的对峙，以及“乘槎待帝孙”所表达出的著书人的政治倾向时，他发出“啊，是这样！”的感叹。一次是我讲到太虚幻境四仙姑的命名，隐含着贾宝玉一生中对他影响最大的四位女性，特别是“度恨菩提”是暗指妙玉时，针对我的层层推理，他高声赞扬：“精彩！”我最后强调，曹雪芹超越了政治情怀，没有把《红楼梦》写成一部政治小说，而是通过贾宝玉形象的塑造和对“情榜”的设计，把《红楼梦》的文本提升到了人文情怀的高度，这时夏老更高声地呼出了两个字：“伟大！”我觉得他是认可了我的论点，在赞扬曹雪芹从政治层面升华到人类终极关怀层面的写作高度。

后来不止一位在场的人士跟我说，夏志清先生是从来不乱捧人的，甚至于可以说是一贯吝于赞词，他当众如此高声表态，是罕见的。夏先生并对采访的记者表示，听了我的两讲后，他要“重温旧梦，恶补《红楼梦》”。

到哥大演讲，我本来的目的，只不过是唤起一般美国人对曹雪芹和《红楼梦》的初步兴趣，没想到来听的专家，尤其是夏老这样的硕儒，竟给予我如此坚定的支持，真是喜出望外。

当然，我只是一家之言，夏老的赞扬支持，也仅是他个人的一种反应。国内一般人大体都知道夏老曾用英文写成《中国现代小说史》，被译成中文传到我们这边后，产生出巨大的影响，沈从文和张爱玲这两位被我们这边一度从文学史中剔除的小说家，他们作品的价值，终于得到了普遍的承认；钱锺书一度只被认为是个外文优秀的学者，其写成于20世纪40年代的长篇小说《围城》从五十年代到七十年代根本不被重印，在文学史中也只字不提，到九十年代后则成了畅销小说。我知道国内现在仍有一些人对夏先生的《中国现代小说史》不以为然，他们可以继续对夏先生，包括沈从文、张爱玲以及《围城》不以为然或采取批判的态度，但有一点那是绝大多数人都承认的，就是谁也不能自以为真理独在自己手中，以霸主心态学阀作风对付别人。

蜘蛛脚与翅膀

跟老伴看完《梅兰芳》，从电影院出来，在人行道上缓步前行，议论着观影心得。忽然觉得身后有竹竿点地的声响，一回头，是一位戴墨镜的盲人，立即意识到，不该占住脚下的盲道，让开后，道歉：“对不起，真不好意思！”盲人却并不移动，叫出我的名字来。老伴好吃惊。我倒并不以为稀奇。想必他从电视里听过我在《百家讲坛》揭秘《红楼梦》的讲座。一问，果然。于是说：“感谢您听我的讲座，欢迎批评指正啊！”本是一句客气话，没想到他认真地指正起来：“你讲得好听，可是，观点另说，你有的发音不对啊！‘角色’不该说成‘脚色’，该发‘决色’的音。刘姥姥，你‘姥姥’两个字全发第三声，北方人习俗里是前一字第三声，后一字第一声短读……这还都是小问题，有的可是大错啊，你说史湘云后来‘再蘸’，其实应该是‘再醮’，那‘醮’字发‘叫’的音啊！奇怪的是，你明明是认得‘醮’字的呀！你前面讲贾府在清虚观打醮，‘醮’这个字不知道重复了多少次，你都正确地发出‘叫’的音啊！寡妇‘再醮’，就是她再次进行了祈福仪式，改嫁的意思啊……”

老伴先替我道谢：“谢谢啦，就是应该跟淘米似的，每一粒沙子都给他挑拣出来啊！”我非常感动，在这样一个傍晚，这样一个地点，陌生人如此不吝赐教，是我多大的福气啊！

万没想到，他跟着讲出这样一番话来：“这世界上，大概只有我单拨一个人，知道你为什么出这么个错儿……那一定是，五十多年前，在钱粮胡同宿舍大院里，你总听见我奶奶说‘再蘸’、‘再蘸’的……那是俗人错语呀，词典字典不承认的，你到电视上讲，哪能这么随俗错音呀，应该严格按照正规工具书来啊！”说到这儿，他脸微微移向我老伴：“嫂夫人，您说是不是这个理儿呀？”

我惊喜交集，双手拍向他双肩，大叫：“喜子！是你呀！”

他用左拳击了我一下胸膛：“苟富贵，毋相忘！你还记得我！”

我们进到附近一家餐馆，点几样家常菜，边吃边畅叙起来。

老伴问他：“您怎么只听两句，就认出他来了啊？”喜子笑眯眯地说：“他要没上电视，我也未必听出是他。我们半个多世纪没见过了。当然，我一直记得他那时候的话音。那时候我们都没变声呢！我呀，眼睛长在心上。成年人，只要听见过一声，那么，再出一声，不管隔了多长时间，也不管在什么地点，哪怕很嘈杂，好多声音互相覆盖、干扰，我多半都能‘看见’那个出声的人，一认一个准儿啊！”

我说：“我在明处，你全看见了。可你是怎么过来的？能告诉我吗？”他说：“我从盲人学校毕业以后，到工艺美术工厂，先当工人，后来当技师，现在当然也退休啦！我老伴也是心上长眼的。可我们的闺女跟你们一样。不夸张地说，我差不多把咱们国家出版的盲文书全读过了。现在闺女利用电脑，还在帮我丰富见识。活到老，学到老，咱们这代人，不全有这么个心劲儿吗？”

我说：“坦白：这些年，我真把你忘了，忘到爪哇国去了……”他说：“人都有自己的命运，分离多年，遇上能想起来就不易。其实我也曾经把你忘了，后来广播里、电视有你出现，我才关注起来。如果不是今天我恰巧也来听《梅兰芳》，也没这次邂逅。闺女问过我：小孩时候，你就觉得这人能成作家吗？我就告诉她，是的，因为，他往墙上给我画过……”

回到家，我给老伴详细讲起半个多世纪以前的往事。那时候，在钱粮胡同宿舍大院，喜子奶奶常叨唠他妈是“寡妇再蘸”，给好些气受，其实，对他妈最不满的，是他的姐姐、妹妹都正常，他生下来却双眼失明。那时候他常坐在他家侧墙外的一张紧靠墙的破藤椅上晒太阳。有一次，我们几个淘气的男孩，就拿粉笔，以他为中心，往黑墙上画出蜘蛛脚，还嘎嘎怪笑。我开头也觉得这恶作剧很过瘾，但是，见到他脸上痛苦的表情久久不散，就有点良心发现，过了一阵，别的小朋友散去了，我就过去把那些蜘蛛脚全擦了，另画出了两只大翅膀。说来也怪，我也没告诉他我的修改，喜子却微笑了，那笑脸在艳阳下像一朵盛开的花……

老伴听了说：“做人，你要继续发扬善良。如果你还写得动，那么，画蜘蛛脚，得奔卡夫卡的水平，画翅膀，起码得有鲁迅《药》里头，坟头上花圈那个意味吧！”

公众共享的红学

——马凯《孔方中观〈红楼梦〉》序

英国有莎学，研究莎士比亚及其剧作诗作，当然也会研究到莎士比亚身世。莎学有权威，有终生以莎学为业的研究人士，当然也形成了主流观点，但鲜有不许草根人物“插嘴”说“外行话”的学霸，更没有自以为具有裁判权的研究机构，任何人只要能自圆其说，都可以发表文章乃至推出专著，参与对莎士比亚这个英国国宝的研究。2000 年我曾到英伦一游，在泰晤士河畔的环球剧场里，观看莎剧的演出。那剧场据说就是当年莎士比亚他们使用的剧场，当然早经多次翻修，但每次翻修都并不使其“现代化”，环形看台上仍是粗夯的原木长凳，舞台仍是那么简陋，剧场当中的观看区域依然不设座椅，甚至不铺地板、不敷水泥、不镶地砖，就是有着一层薄沙的泥土地，观众就站在那上面观看演出。我那回看的是由一个葡萄牙剧团以葡语演出的《罗密欧与朱丽叶》。没有开幕闭幕，进到剧场台子上已经装好布景，是一辆敞开车门的轿车，轿车旁有很高的桅杆，桅杆高处套着个小平台。开演由一群戏装人物排着队跟着最前面的敲鼓人踏步进场，由台下步上舞台，然后演绎我们都十分熟悉的那个故事。开头我很惊诧，现代小轿车的布景，怎能适宜那样一个古典故事？戏里的角色分明都穿着古装嘛！但往下看，渐渐被那新奇的手法吸引住，虽然听不懂葡萄牙语，但整个演出看来还是严格按照莎翁原本在往前推进，演员从轿车这边门进那边门出，表达空间转换，桅杆高处的小平台一会儿被当作小阳台，一会儿被当作了望塔，看去都觉得自然优美……戏演完了，全体演员又跟着最前的敲鼓人走下台来，在场子里转悠，观众则可跟随他们手舞足蹈，我也不禁参与其中，一直随鼓声出了剧场来到剧场外的河边……那一回，我深深地体味到，莎士比亚不仅是全体英国人，从皇室到贫民，从专家到菜贩，所共享的，也是全人类，从操葡萄牙语，到操中文的，所共享的。

英国有莎士比亚，我们有曹雪芹的《红楼梦》，与之媲美，绝不逊色。《红楼梦》真是一部奇书，说它是中华传统文化的百科全书，绝非夸张。而且，它还有超时代的一面，其中有些内容，其实是反传统、超传统，而与我们今天的新意识接轨的。百多年来，对《红楼梦》的研究已经形成了一种专门的学问——红学。但红学的公众共享，则是近年来才逐渐彰显的。

公众共享的红学，近年来推出了不少妙论佳构。有的权威专家或嗤之以鼻，或竟恼羞成怒，大有“红学属我不得染指”的架势。但“百花齐放，百家争鸣”是必须遵循的文化政策，而且蔡先贤元培那“多歧为贵，不取苟同”的学术箴言越来越深入人心，又正如清代诗人袁枚所吟：“苔花如米小，也学牡丹开。”就算权威专家是“牡丹”吧，其他的花蕾，包括如米粒般小的苔花，也有将自己绽放的研究权、表达权。

在这样的大背景下，我读到了马凯先生的书稿《孔方中观〈红楼梦〉》，这恐怕是一朵比苔花大得多也艳得多的红学新花了。从经济学、管理学角度研究《红楼梦》，早已有人开风气之先，但一直没有很深入、很细致。马凯先生的这部论著，有的内容是别人也表述过的，有的，则至少是我头一回看到，很有新鲜感。比如他通过文本细读，发现《红楼梦》中屡屡以“二十两银子”为论财的“口头禅”，这究竟是怎么回事？他给予了相当有见地的解释。他那“职场小红”的分析角度也是富于新意的。当然这部书稿也还有再加打磨的必要，比如他把贾府里老太太、太太、小姐、丫头等从“官中”领取的“月例银”一律称为“员工的工资”，就比喻不当。再比如他对柳五儿母亲柳家的判断，认为并非贾家世奴的后代，属于“自由民”，这是不对的。书里明明写出柳家的哥哥是荣国府门房当值的，这是家奴才会有的现象。而且之所以要谋求柳五儿到怡红院当差，也恰是因为柳五儿属于世代家奴的后代，到了年龄就必须“分房”（分到某主子居所当差），只是由于柳五儿素昔有弱症，才没及时“分房”。这些“毛刺”都不难打磨，相信经过打磨的书稿一定会更加精彩。

愿马凯先生的这部论著，能推动一般民众阅读《红楼梦》原著的兴趣，更能使红学进一步成为公众共享的一个学术领域。

倡读曹红兴更浓

今年6月11日下午，接受了台湾佳音电台苏阔小姐长达45分钟的直播采访，她主持的是一个读书栏目，因为台湾商周出版社已经出版了《刘心武续〈红楼梦〉》的繁体字版，新书上市，她希望通过跟我的对谈，能增强台湾读者对续书的兴趣。她提出的第一个问题是："您是如何从质疑和批评的压力下调适过来的？"问得好！本来，续写《红楼梦》不过是我这么一个退休金领取者的个人行为，是为了避免患上老年痴呆症，找些自己喜欢的事情来做——这件事只是其中之一，近两年之所以加速了续写频率与速度，更是因为要超越孤独与寂寞，没想到的是，续书出版以后，似乎成了一桩社会文化公共事件，反响十分强烈，虽然有鼓励和支持的声音，质疑、批评的声浪相当响亮。所有相关的声音，我都必须听取，所形成的压力，我都理应承受。如何调适心态？唯一的办法就是把自己的位置摆正。

摆正位置，也就是清醒地意识到自己的角色定位。我不是专家、教授，不是才子、达人，更不可能是曹雪芹二世，我不可能续得跟曹雪芹写出又丢失的那些文稿一样，不可能形成一个人们普遍立即给予价值认定的精彩文本。我的续书，不过是在《红楼梦》的诸多续作里，又增添了一本而已，出版社将周汝昌先生根据十一个古本整理出的八十回，和我的续作二十八回，合起来出了个一百零八回的本子，也不过是在众多的读本中，给读者多提供了一种选择罢了，不存在着我的续书一出，人们就没办法再读一百二十回程高通行本的威胁，实际上书店里始终在售卖各种不同的《红楼梦》读本，就是一百二十回的本子，除了这些年最流行的《红楼梦》研究所的校注本，也还有其他数种，如护花主人、大某山民评点的晚清版本，至于古本《红楼梦》，除了影印本，近年来很出了几种当代研究者整理出的校订本。我只是一个崇拜曹雪芹、热爱《红楼梦》的人士，我近二十年来研红，第一阶段是随机发表些心得，第二阶段是聚焦秦可卿，通过对这一角色的探秘，揭示出《红楼梦》“真事隐”而又“假语存”，“草蛇灰线，伏延千里”的文本特征，第三个阶段就进入探佚，即设法将曹雪芹写完而又丢失的后二十八回的内容找回来，最后就大胆运用续书的形式，去力图显现曹雪芹后二十八回可能具有的大体面貌。续书出版后，质疑、批评的声音里，有许多是善意的，而且所提出的问题挑出的毛病，对我是有启发的，我正在搜集整理、思考筛选，以后对续书进行修订，是非常有用的。

我研红、续红的最大乐趣，是在这个过程里，促使我反复地阅读欣赏曹雪芹留下的大体为八十回的文本。越读，就越觉得高鹗的续书虽然有某些优点，但是，他起码在三个方面严重违背了曹雪芹的原意。一是他把《红楼梦》变成了一部爱情小说，其实曹雪芹的原书在第四十九回就写到“黛钗合一”，黛玉不再跟宝玉闹别扭也不再猜忌宝钗，那以后只有第五十七回又写了宝黛爱情，但并非是他们互相闹气而是“慧紫鹃情辞试忙玉”，宝玉单方面因误会而发作以至生病，即使按八十回来算，从第五十八回到第八十回，在二十三回里完全不再写宝黛恋情，怎么能认为《红楼梦》就是一部写宝黛爱情和宝、黛、钗婚姻故事的书呢？这个误解的形成，就是因为历来许多人对《红楼梦》的印象，并不来自阅读原本，而是来自舞台演出、电影、电视剧、连环画等衍生品。这些改编的作品里，大都只抽出前八十回里关于宝、黛、钗的三角关系，以及高续中的“调包计”“焚稿断痴情”“魂归离恨天”，来构成其主体，像曹雪芹前八十回里辛辛苦苦写出的第五十八回到第六十一回里的那些大观园里丫头、婆子的矛盾冲突，争夺内厨房掌控权的较量，等等，几乎全都省略；其实，那也是《红楼梦》的重要内容，到第七十五回明点出甄家被皇帝治罪派人到贾府藏匿罪产，更说明曹雪芹他要写的是权力斗争大格局下的贵族家庭的毁灭，岂能简单归结为一部“爱情小说”？高续的第二大败笔是完全歪曲了前八十回里与当时主流价值观对抗、反仕途经济的宝玉形象。第三大败笔是把曹雪芹设定的“白骨累累忘姓氏，无非公子与红妆”的家破人亡族谱断裂的大悲剧结局，篡改为小波折而“沐皇恩”“复世职”“延世泽”“兰桂齐芳”的大喜剧结局。我之所以弃高续而从八十回后续曹红，正是出于对曹雪芹原笔原意的尊重与追寻。

接受台湾佳音电台苏阔小姐采访，最高兴的是她为这次采访“恶补”了《红楼梦》，主要是重读了曹雪芹的前八十回，我告诉她，其实我这些年到《百家讲坛》讲红也好，出若干研红著作，直到续红也好，真的并不是想从中创造出个人的文本价值，而是为的倡导人们去直接阅读曹红，即曹雪芹传下的前八十回古本，我的倡读曹红已收良效，眼下兴致更浓。有批评者说我的续书文字太差，要赶紧拿曹红来“洗眼”，天哪，这恰是我想达到的目的啊！我的续书您完全可以不理睬，但您一定要抽暇直接阅读曹红来养眼滋心啊！

推荐《红楼梦》周汝昌汇校本

人民出版社 2006 年 12 月第一版的周汝昌《红楼梦》汇校本，是一个非常珍贵的古典文学读本。

由于曹雪芹的《红楼梦》在流传的过程里，出现了多种不同的版本，十八至十九世纪有手抄本，有木活字摆印本，到上世纪初有石印本，再后又有铅排本，为了便利读者阅读、研究，新中国成立以后，多次整理、出版《红楼梦》，有供一般读者阅读的“通行本”（即封面署曹雪芹、高鹗著的一百二十回本），也有各种古本单本的排印本（有的加注释）或影印本，也出版过如俞平伯先生用几个古本互校的特色本，但一直缺少一部把现存诸多古本尽可能全部找齐，逐字逐句比较、研究、斟酌、取舍的汇校、精校的本子，人民出版社 2006 年 12 月第一版的这个经周汝昌先生在出版前再加精心厘定的汇校、精校本，补上了这个历史空缺，使全球的《红楼梦》阅读者和研究者，获得了一个弥足珍贵的《红楼梦》新版本。

周汝昌先生开拓这项工程，是在 1948 年，从胡适先生那里借到古本《脂砚斋重评〈石头记〉》（甲戌本）后，立即录副，与其兄周祜昌一起，迈出第一步的。其后历经半个世纪的岁月风云、人生沧桑，坎坷备至，摧毁重来，周祜昌先生去世后，周汝昌女儿周伦苓又参加进来，一家两代三人，私家修书，克尽困难，终于大功告成，因最后由周汝昌先生定稿，此书汇校者只署周汝昌一人之名。

这个汇校本，是把他们在工作期间所能搜集到的十一个古本，逐字逐句进行对比、研究，再经讨论、斟酌，选出认为是最符合或最接近曹雪芹原笔原意的一句，加以连缀，最后形成的一个善本。汇校中还加以必要的注释，向读者交代，为什么选这样的字、这样的词、这样的句子，以及为什么要保留某些篇章、段落。比如我们一般人所读到的“红学所”的校注本（人民文学出版社 1982 年第一版），这个本子不是把现存古本逐一对照汇校，而是以一种古本“庚辰本”为底本加以修订的一个本子，它有优点，却也存在明显的缺憾——比如曹雪芹在全书第一回之前写的《凡例》，它只把其中很少的一点取用在第一回正文前面，用低两格的格式做一特殊处理，这样，就使得读这个本子的广大读者，不能读到完整的《凡例》，而周汇本《红楼梦》却完整地呈现出了曹雪芹写在第一回前面的《凡例》。类似的优点，周汇本比比皆是，不胜枚举。

初读周汇本，因为对以往印行的通行本印象已深，往往会有惊奇甚至不解的反应：这回目、句子怎么“眼生”呀？这字怎么会是“别字”、“错字“呀？但细读细思，特别是看了周先生加的注释，就能理解，那“眼生”的回目或句子，更接近曹雪芹的原笔，而有些字那么样地“不规范”，正说明曹雪芹当时创作这部白话小说时，往往不得不“借音用字”、“生造新字”，使我们懂得 1919 年以后的“白话文”，有一个逐步演化、规范的过程，通过读这个周汇本，也能使我们对母语文本的流变，有所憬悟，这也恰是这个周汇本的一个特色。

周汝昌先生的学术观点，是认为曹雪芹大体写完了《红楼梦》，全书不是一百二十回，八十回后还有二十八回，全书的规模是一百零八回；

认为高鹗的续书违背了曹雪芹的原笔原意，应在出版上与曹雪芹的《红楼梦》切割开。因此他汇校的《红楼梦》只收八十回。但为了一般读者能了解曹雪芹《红楼梦》的全貌，他将自己对曹雪芹《红楼梦》八十回后的内容，多年来进行探佚的成果，浓缩成文，附在书后，这样，就使得这个本子不仅具有最接近曹雪芹原笔原意的特色，也满足了一般读者希望了解到曹雪芹的《红楼梦》全貌的愿望。

人民出版社所出的这个周汇本《红楼梦》，编辑精心，印装雅致，为广大的《红楼梦》爱好者、研究者提供了一个难得的汇总精校本。

周老赠诗有人和

——赴美讲红杂记

和L君同往夏威夷一游，老友梅兄送我们到机场，领登机牌前，他把一个纸袋递给我，脸上现出顽皮的微笑，嘱咐我："到了那边再看，在海滩上慢慢看。"

夏威夷跟我想象的很不一样。我以为那里很热，只带去恤衫，谁知平均气温多在二十五度上下，时有小阵雨，外套还是少不了的。我以为可以用"天然金沙滩，翻飞银海鸥"来形容那里的海滨风光，却原来那是火山岛，海滩本来全是被岩浆烧焦过的黑石头、黑沙子，现在所看到的金色白色沙滩，全是从澳大利亚进口的沙子铺敷的。因为全境长期禁止捕鱼，近海生态特殊，并无海鸥飞翔，所看到的鸟类，大多是鸽子。我以为它已接近南太平洋，热带植被中必然多蛇，我最怕的就是蛇，自备了蛇药，但导游告诉我们："这些火山岛全无蛇，如果说有，那只有两条，一条在动物园里，一条就在你们眼前——我，地头蛇啊！"我原以为夏威夷州花必是一种很特殊的热带花卉，没想到却是北京常见到的朱锦牡丹……

但夏威夷确有一种令人心醉神迷的风韵。那里的土著以黑为贵，以胖为美，人们见面互道“阿罗哈”，无论是柔曼的吉他旋律，还是豪放的草裙舞，都传递给你充沛的善意与天真。

我们下榻的宾馆离著名的维基基海滩很近，散步过去，租两把躺椅一把遮阳伞，在免费的冰桶里放两瓶饮料，一身泳装，日光浴、海水浴交替进行，真是神仙般快活。我带去了梅兄给我的纸袋，靠在躺椅上，抽出了里面的东西，原来是一册纽约出版的中文《今周刊》，于是发现，有一整页刊登着与我有关的古体诗。

我赴美前，《北京晚报》已经刊载了周汝昌先生的《诗赠心武兄赴美宣演红学》：

前度英伦盛讲红，又从美土畅芹风。
太平洋展朱楼晓，纽约城敷绛帐崇。
十四经书华夏重，三千世界性灵通。
芳园本是秦人舍，真事难瞒警梦中。

《今周刊》将其刊出，重读仍很感动。但让我惊讶和更加感动的，是在周老的诗后面，《今周刊》一连刊登了四首步周韵的和诗。第一首就是梅兄振才的：

百载探研似火红，喜看秦学掀旋风。
轻摇扇轴千疑释，绽放百花四海崇。
冷对群攻犹磊落，难为自说总圆通。
问君可有三春梦，幻入金陵情榜中。

还有刘邦禄先生的：

锲而不舍探芹红，当代宗师德可风。
十杰文坛登榜首，一番秦论踞高崇。
揭穿幻像真容貌，点破玄关障路通。
三十六篇纾梦惑，薪传精髓出其中。

陈奕然先生的和诗则是：

劫后文坛一炮红，长街轻拂鼓楼风。
坚冰打破神碑倒，传统回归儒学崇。
真事隐身凭揭秘，太虚幻境贯穷通。
阿瞒梦话能瞒众，还赖高人点醒中。

罗子觉先生和诗：

忽闻美协艺花红，纽约重吹讲学风。
芹老锦心千载耀，刘郎绣口万侨崇。
红楼梦觉云烟散，碧血书成警幻通。
嗟我息迟无耳福，不惭敬和佩胸中。

除了步周老韵的和诗外，还有七首诗也是鼓励我的，其中赵振新先生《无题》：“早有才名动九州，伤痕文学创潮流。红楼今又开生面，攀向层楼最上头。”

当然，我深知，这些人士，有的是老友，有的是新识，有的尚未谋面，都属于我的“粉丝”，有的更取一特称叫“柳丝”；人做事需要扶持，出成果需要鼓励，一个篱笆三个桩，一个人至少需要三个人帮，国内海外皆有我揭秘《红楼梦》的“柳丝”，是我的福分。但我也知道，恨不得把我“撕成两半”的人士，也大有人在，国内见识过，海外未遇到，却未必没有，对于他们，我要说，难为他们花那么多的时间和精力，投入那么强烈的情感来对付我，凡他们抨击里的含有学术价值的那些成分，我都会认真考虑，但凡那些属于造谣污蔑人身攻击的话语，我就只能是付之一笑，我祝他们健康快乐，不要因为对我生气而伤身废事。

赏完那些诗，朝海上望去，只见翻卷的海涛里，冲浪健儿正在灵活而刚强地上下旋跃，就觉得，要向他们学习，做一个永不退缩的弄潮儿！

附录

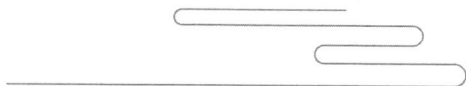

诗赠心武兄赴美宣演红学

周汝昌

近悉作家刘心武先生应华美协进社之邀，将赴美在哥伦比亚大学宣讲《红楼》之《梦》，喜而赋诗送行，并以小文记此一事，或有愿闻者，故披露于报端，方家大雅，当有解味知音，亦可存也。诗云——

前度英伦盛讲红，又从美土畅芹风。
太平洋展朱楼晓，纽约城敷绛帐崇。
十四经书华夏重，三千世界性灵通。
芳园本是秦人舍，真事难瞒警梦中。

如今为了让年轻一代读者易于理解，于此文末附以简释，逐句而粗为解说——

首句是说，刘先生2000年曾受英中文化协会和伦敦大学之邀，专赴伦敦讲了一次“红学”，深受欢迎，影响远播。故第二句即言，今番又受邀专赴纽约去讲雪芹之书，《红楼》之学。“前度”者，暗用唐贤刘禹锡“前度刘郎今又来”之句，巧为关合。“畅芹风”，仿古人“大畅玄风”之语法（“玄”，指老庄哲理）。

第三句写飞渡大洋时，目睹云海朝霞，如红楼乍曙之气象。第四句之“绛帐”是借古代名师讲学时设绛帐，正可借为今之“讲座”语义。绛帐与朱楼对仗，自谓异常工巧。

以上为首联、颈联四句。以下腹联为第五、第六两句了：上句何谓耶？——是说中华本有十三经是国粹，我则提出，应将《红楼梦》列为十三经之后一部重要经典，称之为十四经——有了这一经，华夏民族文化精髓又增添了重要的分量！下句则指明“红学”的宣演推广，将为世界各民族国家的交流融会带来新的美好前景。

尾联是点睛结穴之处：讲的是大观园“试才”时，清客相公题一匾曰“秦人旧舍”四字，宝玉听了，在他的评语中首次点破了全书中的一大秘密：此园此境，乃是“避秦人”的曾居之所——建园省亲而道出此等“逆语”，可骇可愕！而宝玉也忍不住说：这越发过露了，此是“避乱”之语，如何使得？！雪芹在此，用了书中唯一的一处特笔，揭破“过露”的背后深层，正是政治局势双方较量而招致的巨变和大祸！

末句总结之意：由此可悟，雪芹原著，开头即“自云”历过“梦幻”，故将“真事”隐去，假借灵石下凡而“敷衍”成一段“悲欢离合”的传奇故事——这隐去的“真事”，就是我们致力探佚的重要目标，亦即理解作者作品动机大旨、一切价值意义的唯一一把钥匙。

丙戌仲春之月

唯痴迷者能解味

2009年3月29日，我的私人助手鄂力接到手机短信，是周汝昌老前辈儿子周建临发送给他的，他立即抄录到纸上，第二天送来给我看。

鄂力是搞篆刻的。他原是吴祖光新凤霞的小朋友，后来成为我的忘年交之一，帮助我办些事。如今吴老新老都已仙去，他帮我也已达十七年之久，他眼看着我从写《五十自戒》的中年人，也进入望七之年，如果他把那短信转到我的手机，我老眼看起费力，因此抄录拿来。

我接过一看，原来是周老的赠诗：

听儿子建临读心武兄报端《蜘蛛脚与翅膀》文章心有所感律句寄怀：

不见刘郎久，高居笔砚丰。
丹青窗烛彩，边角梦楼红。
观影知心健，闻音感境通。
新春快新雪，芳草遍城东。

《蜘蛛脚与翅膀》是我发表在天津《今晚报》个人专栏“多味煎饼”里的一篇文章。其中只有部分内容涉及《红楼梦》。没想到再次引起周老对我的关怀、鼓励与鞭策。

我自2005年到2008年，在中央电视台科教频道（CCTV-10）《百家讲坛》栏目录制播出了45集《刘心武揭秘〈红楼梦〉》，并陆续出版了四本同名书籍，颇为轰动。在讲座中，我一再申明，自己是遵从蔡元培先贤所倡导的“多歧为贵，不取苟同”的学术伦理的，并以清代袁枚的两句诗“苔花如米小，也学牡丹开”来为自己的发言身份定位。我也几次向听众和读者说明，我对《红楼梦》的研究，是在周汝昌前辈的影响下进行的，我的“秦学”研究里，融入了他大量的学术成果，而我所引用的周老的观点，都是先征得他的同意的。当然，我对《红楼梦》的理解与周老也有若干不同甚至抵牾的地方，他也很清楚，但他从未要求我与他保持一致，我们在“境通”的前提下，始终尊重各自的“独解”。

周老年轻时，取得燕京大学西语系本科文凭，他的英文作文水平，曾令教授惊叹赞扬。当然，他后来又入燕大中文系研究院深造，国学底子打得也很坚实。他本来凭借英文水平高的优势，可以在大学英语系任教授，或从事英译中或中译英的翻译事业，但对《红楼梦》的热爱，使他走上了一条终身爱红、护红、研红的不归路。

1947年，周汝昌还没从大学毕业，就在报纸上就曹雪芹生卒年问题与胡适进行了答辩。胡适知道他不过是位尚未毕业的大学生以后，不但并不鄙夷他，1948年还在家里亲切地接待了他，更慨然把自己珍藏的古本（甲戌本）借给他。周汝昌和哥哥周祜昌征得胡适同意将甲戌本过录后，在解放军已经围城，从西郊燕京大学进城非常困难的情况下，周汝昌还是赶到了城里胡宅，将甲戌本原璧归还。胡适几天后到东单临时机场登上飞机，先离北京，后转往台湾，他登机时只带了两部书，其中一部就是周汝昌归还的甲戌本。鄂力跟我闲聊时曾议论，那时周先生如将甲戌本留住，待北京和平解放、新中国建立后，将其捐给国家，岂不是立一大功吗？我说，跟周先生接触不算多，但有一种很强烈的感觉，就是他毕竟是个纯书生，绝对不懂政治，也不善人际经营，用北京土话说，就是有些个“死凿”。日伪统治天津时，他闭门在家读书，拒绝为侵略者工作，爱国情怀是无可怀疑的，日本投降消息传来，他激动万分，但他不懂政治，政治的核心是权力争夺、分配，一个懂政治的人，那时不会仅仅是爱国，会有政治头脑，进行政治站位选择，比如天津的日本鬼子投降了，那要看是谁来接收，如果是非自己所属所择的政治力量来接收，那就会冷静对待，而不会凭借朴素的爱国感情奔向街头，去迎接首批入城的战胜者。周先生那时知道日本投降了，激动地走出书斋，去欢迎胜利者，他哪里能预先知道，共产党那时出于战略考虑，军队并没有马上去天津，首先开进天津的，也并不是国民党军队，而是美国的海军陆战队。第二次世界大战，美国是反德、日法西斯的，美军是中国的盟军，这一般老百姓都是知道的，那么，既然首先进天津的是美军，那么，一般天津老百姓也就“箪食壶浆，以迎王师”，这难道应该责怪吗？周先生那时以孱弱的书生之躯，挤在街边人群中，想到日本鬼子终于失败，苦已尽甘将至，流下热泪，也就是非常自然的表现了。周先生不懂政治，但懂传统道德，借人物品，一定要归还。更何况甲戌本是珍贵的孤本，怎能留下不还胡适？胡的慨然借书和周的“完璧归赵”，与政治无关，却同是中国文人传统美德的体现。

1953 年，周先生出版了在当时引出轰动的《红楼梦新证》。那时胡适已经在台湾，而且继续从政。原来书里提及胡适全是中性表述，但大家想想，在那种情况下，出版社能那么出版吗？就由编辑操刀，加了些批判的语句，而且在胡适的名字前，加上“妄人”的二字定语。转眼就到了 1954 年，发生了毛泽东肯定两个“小人物”批评俞平伯《红楼梦研究》的著名事件，很快又发展为对胡适的批判。于是《人民日报》上出现了周汝昌批判胡适并与之划清界限的文章。有些年轻人翻旧报纸合订本，看到了这文章，不禁大惊小怪，觉得周某人怎么能如此“忘恩负义”？

你那《红楼梦新证》，从书名上看，就是承袭胡适的《红楼梦考证》的呀，你划得清界限吗？又何必去划清界限？你保持沉默不行吗？好在周先生在晚年出版了《我与胡适先生》一书，把来龙去脉交代得一清二楚。1953 年周先生《红楼梦新证》出版之际，正逢中国文化界联合会召开大会，会上几乎人手一册。从后来"文革"中毛泽东让将《红楼梦新证》中《史料稽年》印成大字本供自己阅读，又对《新索隐》中"胭脂米"一条十分感兴趣，以至找到那样的米煮粥招待来华访问的日本首相，诸如此类情况，都可以证明，毛泽东当时不仅看了《红楼梦新证》，而且起码对其中《史料稽年》和《新索隐》部分兴趣甚浓。显然，是毛泽东布置下一个任务：让周汝昌主动写文章与胡适划清界限并作自我批评，然后无事——也就是通过这个办法将他保护起来。当时周先生见批判俞平伯的火力特猛，又牵出胡适，当然紧张，焦虑中住到医院，忽然被毛泽东大力肯定的"小人物"之一李希凡飘然来至医院病床前，蔼然可亲，让他安心养病，又跟他说，他与俞平伯、胡适还是有区别的。这当然等于给周先生吃了一粒"定心丸"。从医院回到家中，不久就有《人民日报》文艺部的干部找到他家，我说周先生不懂政治，也不善人际经营，从他的回忆文章里可以找到很多例证，比如他在文章里一直说是《人民日报》的钟洛找的他，他竟浑然不知钟洛姓田，而且在文艺界几乎无人不知其笔名袁鹰，后来出任《人民日报》文艺部主任，曾以儿童诗著名，又是散文名家。他回忆那时钟洛陪他坐邓拓专车去往《人民日报》社，那是他第一次（也可能是最后一次）坐上高干汽车，到了《人民日报》社，总编辑邓拓亲切地接待他……他哪里写得出合乎要求的文章来，后来以他署名发表的文章，其实是编辑部在他底稿上几经"彻底改造"完成的。那时候中国知识分子的处境就是那样，如果认为你没资格发表批判他人的文章，你写出的文章再"好"也不会刊用，而一旦确定一定要让你以批判他人的文章来"过关"，则你的文章再"不好"，也会帮你改“好”按计划发表。周先生当年就那么“过关”了。但他竟至今不明白，邓拓对他的态度是由当时毛泽东的态度决定的，他就误以为那以后能够让邓拓记住并保持那天的亲切态度。因此，他在另外的回忆文章里，写到 1962 年举办曹雪芹逝世 200 周年大展，邓拓出现时，他趋前打招呼，自报姓名，邓拓却十分冷淡，令他难堪，不禁耿耿于怀。他哪里知道，邓拓一直在政治的风口浪尖上浮沉，曾被毛泽东召到床前，毛痛斥他是“书生办报”、“死人办报”，后来就从《人民日报》卸职到了北京市委在彭真领导下工作，1962 年时他心情难好，正在思考许多问题，在《北京晚报》上写《燕山夜话》专栏，哪可能与周汝昌邂逅时喜笑颜开呢？

1953 年冬天，我 12 岁，因为 5 岁上学，所以那时已念到初中一年级。我早慧。那时受家里大人影响，已经读了《红楼梦》，而且很有兴趣。那时我家住北京钱粮胡同，胡同东口外马路对面，有家书店，我常去逛。有天在那书店里见到《红楼梦新证》，翻开看到有一幅“《红楼梦》人物想象图”，大吃一惊，因为我自己的想象，是从京剧舞台上衍生出来的，与那相去甚远。我就把那书买下来，回家捧读。似懂非懂，也难卒卷。但其中《迷失了的曹宣》和《一层微妙的过继关系》两节，令我有阅读侦探小说的快感。于是就跑到大人门前说嘴，惹得他们将书“没收”，拿去轮流阅读，然后我们家里就时时有关于《红楼梦》的讨论。那其实就是 1991 年（三十八年后）我开始大量发表读红心得，逐步形成“秦学”思路，以及到 2005 年推出集大成的《红楼望月》，并终于借助 CCTV-10《百家讲坛》把自己研红心得以更大力度公诸社会，引起争议，产生轰动，拥有“粉丝”，欲罢不能的“原动力”。

1991 年我在《团结报》副刊上开了一个“红楼边角”的专栏，时不时发表些谈主流红学界很少触及的“边角”话题，比如“大观园的帐幔帘子”什么的，没想到我这样一个外行人的外行话，竟引起了周先生的注意，他公开著文鼓励，更与我建立通信关系，使我获得了宝贵的动力，不为只是一粒苔花而自惭，也学牡丹，努力将自己小小的花朵胀圆。周先生对我，正如胡适当年对他，体现出学术大家对后进晚辈的无私扶持。

周先生给我的来信，均系他亲自手书。由于他早已目坏，坏到一目全盲一目仅剩 0.1 视力的程度，因此，他等于是摸黑在纸上写字，每个字都有铜钱那么大，而且经常是字叠字笔画叠笔画，辨认起来十分困难，但阅读他的来信，竟渐渐成为我的一大乐趣，而且过目次数多了，掌握了他下笔的规律，辨认的速度也越来越快，当然，往往时隔多日仍然不能认准的字，只能最后去请教他的女儿也是助手周伦苓女士。十多年积攒下来，已有好几十封。这些来信内容全是谈红，或是对我提出的问题的耐心回答，或是对我新的研红文章的鼓励与指正，更难能可贵的，是将他掌握的最新资料无私地提供给我，或将他最新的思路感悟直书给我。有出版社愿将周先生与我的通信出成一本书，供红迷朋友们参考，周伦苓女士也已经在电脑里录入了绝大部分通信，但一次电脑故障，排除后经格式化，竟将全部录入的资料丧失！不过相信通过再次努力，这本通信录早晚能够付梓。

我和周老虽有颇丰的书信来往，但我们见面的次数，十几年里加起来竟不过四五次而已。我去他家里拜访过他两次。他家的景况，坦率地说，破旧、寒酸，既无丰富的藏书，更无奢华的摆设，但在那里停留的时间略久，却又会感觉到有一种“辛苦才人用意搜”的氛围，一种“嶙峋更见此支离”的学术骨气，在氤氲、在喷薄。

周老原来的编制在艺术研究院红学所，他一不懂政治（大学有“大学政治”，研究所也有“学术政治”），二不善人际经营，因此申请退出红学所，人家也就乐得他退出，虽然还给他在红学会里保留虚衔，但学刊这些年基本上成了“批周园地”。也好。周老这些年一再申明，他不是什么“红学家”，更不懂何谓“红学界”。确实，周老何尝靠红学“吃饭”、“升官”、“发财”？他本是英文高手，20 世纪 80 年代他和一些人士同时被邀到美国参加关于《红楼梦》的研讨会，下了飞机，过海关，人家看见推车上那么一大堆东西，当然就欲细查，偏其他人士都不会英语，结果只好由周先生出面交涉，他告诉海关人员他们是一行什么人，为什么要携带如许多资料，因为他说出的英语竟是那么古典、规范，竟把海关工作人员震住了，这就好比有金发碧眼的美国人进入中国过海关时，忽然开口用典雅的汉语说道："诸君，这厢有理了。我们一行均是专业研究人员，因之必定要携带参加研讨会的丰富材料，盼理解，请通融……"美国海关人员听了，立即对他们免检放行。周老还写得一手漂亮的散文，他的散文集也出了不少。研究古典文学他也不仅在《红楼梦》这一个方面，他以九十岁高龄，在 CCTV-10《百家讲坛》录制播出的《周汝昌评说四大名著》，把《水浒传》《三国演义》《西游记》的研究心得也表述得见解独特、生动活泼，大受欢迎，影响深远。他选注的宋代诗人杨万里、范成大的诗集几十年来不断重印。另外我们不要忘记，周先生还是书法家，他论书法的专著，鄂力曾担任特约责任编辑，在热爱书法的群众中影响也非常之大。

我不想援引某些人士对周老那"红学泰斗"的称谓。人会被捧塌。巴掌太响亮会拍死人。周老是个普通人。他只是痴迷《红楼梦》。曹雪芹喟叹："满纸荒唐言，一把辛酸泪。都云作者痴，谁解其中味？"周老痴迷地研究了《红楼梦》一辈子，如今过了九十大寿，竟还有新观点提出，他称自己为"解味道人"，可见他的快乐并不是想当"红学泰斗"，更不想当而且远避"红学霸主"，他只是以对《红楼梦》不懈地深入体味有所解读而心生大欢喜。

我前些年每逢元旦将至，会手绘些贺年卡分寄亲友及所尊重的前辈文化人。在 2009 年现代文学馆举办的冰心纪念展上，展示了我给冰心老前辈的几张自绘贺卡，我没去看展览，鄂力去了，他回来跟我形容，我想起当时确实是那么画的。我自绘贺卡是"看人下菜碟"，很少重复

刘心武赠予周汝昌的水彩画

同一构图，总是根据所寄赠的对象，来画出给他或她以惊喜的内容。记得我曾给周汝昌老前辈画去过“一簾春雨”的意境，因为我们在通信里讨论过，简化字方案将布制的“帘”与细竹芋编成的“簾”统一为“帘”，结果古典诗词里的“一簾春雨”印成“一帘春雨”就完全不通了，因为“帘”会完全遮住门窗，只有“簾”才能因具有许多缝隙而构成“一簾春雨”的视觉效果并引发出浓郁诗意。我还就曹雪芹的好友张宜泉的诗句“有谁曳杖过烟林”画过意境图，作为贺年卡寄给周老。他每次接到我的贺卡都非常高兴，而且有诗作相赠。不过贺年卡因为要搁在邮政部门规范的信封里投寄，我绘制的尺寸都很小。但我也曾绘制过比较大幅的水彩画，如大观园沁芳亭。这样的画就只能先拍成缩照洗印出来，再粘到贺卡上。我也曾给周老寄去，他也非常高兴。

惭愧的是，虽然周老不时有诗赠我，我旧学功底太差，竟不能与他唱和。但我心里一直充满对他的敬意与感激。我只能以这样的话语答谢他——

唯痴迷者能解味，

拥知音众当久传。

2009年4月11日完稿于绿叶居

悔未陪师赏海棠

——痛悼汝昌师

前些天还在《今晚报》上看到周汝昌师的散文，今天下午忽然得他仙逝的消息，虽说早几月跟他女儿周伦苓通电话时就知道，他已经多时难以下床，时发低烧，心理上有所准备，但总又觉得他头脑还那么清楚，文思还那么蓬勃，不至于就怎么样吧，打电话给伦苓致悼，她说父亲确实大脑一直保持着最佳状态，前些天还跟她交代新书的章节构想，只是其他器官明显在衰竭，本来就属孱弱的书生，毕竟九十多个春秋了，“丝”未尽而“蚕”亡，也在规律之中。她说不打算在家中设灵堂，不开追悼会，让老人静静地离去。

我本来只是个《红楼梦》的热心读者，1992 年才开始写出发表一些关于《红楼梦》的文字，那时《团结报》的副刊接纳了我，允许我开设《红楼边角》的专栏，连续发表若干篇后，忽然一天得到周汝昌先生来信，他表扬我“善察能悟”，能注意到《红楼梦》中的小角色，如卍儿、二丫头，甚至有一篇议及“大观园中的帐幔帘子”，鼓励我进一步对《红楼梦》细读深探，得他来信，我异常兴奋，马上给他回信，一致谢，二讨教，他也就陆续地给我来信，我们首先成为忘年“信友”。他开始写来的信，还大体清晰，但是，随着目力越来越衰竭，以致一只眼全盲，一只眼仅存 0.01 的视力，那时写文章，大体已是依靠伦苓，他口述，伦苓记录，再念给他听，包括标点符号，他再修订，最后抄录或打字，成为定稿，拿去发表，但他给我写信，却坚持亲笔，结果写出的字往往有核桃那么大，下面一字会覆盖住上面半个字，或忽左忽右，一页纸要写许久，一封信甚或会费时一整天，由伦苓写妥信封寄到我处，阅读他的信，我是既苦又甜，苦在要猜，甜在猜出誊抄后，竟是宝贵的指点、热情的鼓励、平等的讨论、典雅的文本。二十年来，汝昌师给我的信，约有几十封之多，我给他的信，应有相对的数目，其中一次通信，拿到《笔会》发表，还得了一个奖，过些时，会与伦苓女士联系，将我们的通信加以汇拢、编排，出成一本书，主要是展示汝昌师的学术襟怀与提携后辈的高尚风范。

我关于《红楼梦》的文字，始于“边角”，延伸到人物论，又进一步发展到角色原型研究，最后聚焦到秦可卿，试图从秦可卿的原型探究入手，深入到曹雪芹的素材积累、创作心理、艺术手法、人生感悟、人性辨析、终极思考各个层面，对于我这样一个“红学”的门外汉，汝昌师不但能容纳我的“外行话”，而且为了将我领进“红学之门”，不仅是循循善诱，更无私地提供思路乃至独家材料。在对秦可卿研究的过程里，要涉及康熙朝两立两废的太子胤礽（后被雍正改名允礽）的资料，汝昌师为帮助我深入探讨，将他自己掌握而尚未及在文章中运用的某些独家资料与考据成果，在信中毫无保留地写出，并表示随我使用。在汝昌师还是个大学生时，胡适曾无私地将孤本手抄《石头记》即“甲戌本”借给他拿回家使用，如今有人问：“现在还有像胡适那般无私提携后辈的例子吗？”我以为，汝昌师对我的无私扶植，正与胡适当年的学术风范相类，我将永远铭记、感怀！

我所出版的关于《红楼梦》的书，在CCTV-10《百家讲坛》录制播出的节目，以及去年推出的续《红楼梦》二十八回，利用了许多汝昌师的研究成果，我告诉他将使用其学术成果时，他欣然同意，从某种程度上说，我如今被一些人认为是“红学家”，其实是汝昌师拼力将我扛在肩膀上，才获得的成绩。当然，我们大方向一致，却也有若干大的小的分歧，大的，比如他近年发表著作认为《红楼梦》的第一女主角应是湘云而非黛玉，宝玉真爱的并非黛玉而是湘云，我就不认同；小的，如他认为宝玉有个专门负责帮他洗澡的丫头，通行本上叫碧痕，他认为应作碧浪，跟宝钗问拿没拿她扇子的那个丫头通行本作靛儿，他认为应作靓儿，我却觉得仍应叫碧痕与靛儿，等等；我们都认为《红楼梦》最后一定会有《情榜》，但拟出的名单也有不少差异。

我可算得汝昌师的私淑弟子，但正如他所说，我们是“君子之交淡如水”，虽然通信不少，他还常为鼓励我吟诗相赠，隔段时间会通电话，多半是他家子女接了，把我的话大声重复给他听（他耳早聋），他做出回应，子女再转达给我，但有好几次，他觉得不过瘾，非要子女将话筒递他手中，亲自跟我对话，极其亲切、极其真率，写此文时，那声音仿佛还在我耳边回响。但我们相交二十年，见面却不过屈指数次。我第一次到他家，发现他家家具陈旧，不见一件时髦的东西，也未见到可观的藏书，颇觉诧异，后来又去几次，悟出他的乐趣，全在孜孜不倦的学术研究及文学创作中，当然“红学”是他最主要的乐趣，但他拒绝“红学家”的标签，他对《红楼梦》的理解是中华文化的百科全书，他研“红”也就是研究中华大文化，他还是杰出的散文家、书法家和书法理论家。

汝昌师学术造诣极高，却不善经营人际关系，尤拙于名位之争，看他在《百家讲坛》讲“四大古典名著”，缺牙瘪嘴，满脸皱纹，但他一开讲，双手十指交叉，满脸孩童般的率真之笑，句句学问，深入浅出，大有听众缘，以致有的年轻粉丝赞他风度翩翩。他家里人，也都憨厚。

我知几年前有一事，他们那个居民区，有些不养狗的人，对某些养狗的邻居，弄得吠声扰眠、狗屎当道深恶痛绝，便起草了一封信件，直递市政府，要求禁止养狗，到他家征求签名，汝昌师根本听不见，不知何事，子女接待，也未及细看信件文本，便代他签了名，哪知传媒报道了此事，可能是签名者中周先生名气最大，就以“周汝昌等吁禁止养狗”为标题，我看了那呼吁禁狗的信件引文，起草者大概是个恨狗者，把狗说得一无是处，结果引出网络上一片哗然，爱狗者群情激愤，将周先生骂个狗血喷头，有的还打听到他家电话，打去兴师问罪，我后来给周家打电话，回应是“此号码不存在”，想了若干办法，才接通周伦苓，她说不得已换了号码，且不忍跟父亲说明。其实汝昌师耳聋目眇，且极少下楼活动，哪里会因犬吠狗屎而觉困扰，更哪里会恨狗并恨及养狗为宠物者？代人受骂，直至仙去尚浑然不知。但就有学界某人知其事一旁嘲讽：“养狗有何不好？我就养了好几条藏獒。”

记得几年前最后一次去拜望汝昌师，他说春天到了，海棠即将盛开，真想跟你一起去看海棠花！他说即使只看到模模糊糊的一派粉白，也是好的；又说海棠不是无香，而是自有一种特殊的气息，淡淡的、雅雅的。我当即表示待海棠开时，找辆车陪他一起去赏海棠，他说知道北土城栽种了大片海棠，我说原摄政王府花园现宋庆龄故居的海棠树大如巨伞花期时灿烂如霞，也是一个选择。我深知汝昌师最钟情《红楼梦》中的史湘云，而海棠正是湘云的象征之一。但后来我竟未能践约，如今悔之晚矣！

2012年5月31日急就

我续《红楼梦》

——关于回目音韵及词性对应问题

曹雪芹的《红楼梦》大体完成，但未及最后统稿，传世的手抄本同一回的回目经常出现差异，各种通行本的回目亦不尽相同。

曹雪芹的《红楼梦》回目不以那时人们熟悉的七言拟就，而是以两句八言对应，别开生面，具有鲜明的独创性。其中最为人称道的是第十九回："情切切良宵花解语　意绵绵静日玉生香"，取 3/2/3 的节奏，上下句平仄声韵及词性无不严格对应，上句中"花"点出袭人，下句中"玉"正合黛玉，而袭、黛的性格与这回故事里的表现也都诗意盎然地传达了出来。但曹雪芹在回目上并不一味追求工整，在八言节奏上，虽然 3/2/3 居多，却也灵活多变，如"手足耽耽小动唇舌　不肖种种大承笞挞"是 4/4 的节奏，"撕扇子作千金一笑　因麒麟伏白首双星"是 3/1/4 的节奏，等等。就平仄音韵而言，以第一回为例："甄士隐梦幻识通灵　贾雨村风尘怀闺秀"，如果硬要挑剔，则"识通灵"、"怀闺秀"中的"通"、"闺"不应均为平声，下句若改为"阃秀"似乎更为"妥帖"，但所有古抄本和通行本均保持"闺秀"，就说明曹雪芹在回目上绝不胶柱鼓瑟。请注意曹雪芹所写的第四十八回里黛玉跟香菱传授作诗三昧时所说的："词句究竟还是末事，第一是立意要紧，若意趣真了，连词句不用修饰自是好的，这叫作不以词害意。"曹雪芹在拟回目时就是奉行"不以词害意"的原则的。他所考虑的主要是如何将回中所写内容准确地加以概括，并不在平仄声韵和词性对应上去刻意求得精确，最明显的例子是第三十回的回目"宝钗借扇机带双敲　椿龄画蔷痴及局外"（有的本子椿龄作龄官或椿灵），如何确定其节奏？如认为是4/4，则"宝钗借扇 / 机带双敲"就与回里所写不对榫，这回里所写的是丫头靛儿去问宝钗是否藏了她的扇子，而非宝钗问谁借扇子；"机带双敲"更欠通顺；似应把节奏理解为2/3/3才对：宝钗 / 借扇机（借靛儿问扇子的机会）/（针对宝玉黛玉在话语里）带双敲，但下句若也按2/3/3理解，就成了：椿龄 / 画蔷痴 / 及局外，总不如按4/4的节奏理解来得顺畅：椿龄画蔷 / 痴及局外。总之，第三十回的回目如果非要以严格的对应标准去衡量，从节奏上来说就有问题，更何况声韵及词性对应方面挑剔起来也有问题。但若"不以词害意"地来读这个回目，则会觉得十分恰切，也颇为上口。再如第四十九回"琉璃世界白雪红梅　脂粉香娃割腥啖膻"，不去欣赏回中内容，只一味要求其"工整"，则"白雪红梅"与"割腥啖膻"词性全然不对，前者是形容词加名词的重复，后者是动词加形容词的重复，似乎应予"订正"，请问：难道这个回目就回中内容而言，不贴切吗？回目本身的色彩、意蕴，不优美别致吗？当然，欣赏《红楼梦》前八十回也是仁者见仁，智者见智，有论家认为不应以成语入回目，但曹雪芹回目里也屡用成语，如"千金一笑""手足耽耽""投鼠忌器"等，最明显的例子是第四十四回"变生不测凤姐泼醋　喜出望外平儿理妆"，另外第三十九回通行本回目多作"村姥姥是信口开河　情哥哥偏寻根究底"，似乎也很能被多数读者接受。有位论家认为前八十回里最好的回目是第二十七回："滴翠亭杨妃戏彩蝶埋香冢飞燕泣残红”，建议续书回目应以此为圭臬，但周汝昌先生却认为这是最差的一个回目，以“杨妃”、“飞燕”喻钗、黛俗不可耐，且书里明写了宝钗对人拿杨妃比她深恶痛绝；周先生指出，有的本子第二十七回“飞燕”或作“飞尘”或空白着，应是保留下了当年曹雪芹和脂砚斋对那一回回目未臻完善继续推敲的痕迹。

我续《红楼梦》，在拟回目时，时时比照前八十回的回目，节奏上除 3/2/3 外，亦有 4/4、3/1/4，甚至有 5/3：“玻璃大围屏酿和番　腊油冻佛手埋奇祸”，在音韵和词性上尽量上下句对应，却还总以精确概括回中内容为要。惭愧的是我未能想出“情切切良宵花解语　意绵绵静日玉生香”那样的妙句来。

八十回后的诗词

前八十回里，曹雪芹代书中人物写了许多诗，给读者以口角噙香、心窝漾酒的审美愉悦。有朋友一听说我从八十回后续《红楼梦》，就问我在续书里究竟写了多少诗？及至拿到拙续，粗略一翻，就嫌诗少。

曹雪芹是大体上写完了《红楼梦》的。从现存古抄本状况上看，可知曹雪芹往往是先写出叙述性文字，然后再往里补充诗词。第二十二回的灯谜诗，他还没写全，现在大家从一百二十回通行本里所看到的“全貌”，应该是后来由别人补上的。第七十五回脂砚斋明确记载着：“缺中秋诗，俟雪芹。”那一回里缺宝玉、贾环、贾兰各一首吟中秋的诗，从回目“赏中秋新词得佳谶”上去估计，其中一首诗还要成为“佳谶”，就是埋伏下一个好的预言，这是特别值得推敲的，故事发展到那个阶段贾氏家族已经危机四伏，大限渐近，怎么还会“新词成佳谶”？写诗的三个人里，宝玉最后会“悬崖撒手”，贾兰会爵禄高登而遭丧母之痛，他们的命运在前面的文字里已经预言得很明确，似乎用不着再在这回里通过一首诗来暗示，何况出家与丧母也绝非“佳况”，那么，难道是贾环的诗里有关于他最后反而得意的“佳谶”？这回里写贾赦看了贾环的诗以后立即表态，读来十分古怪：“这诗据我看甚是有气骨……不失咱们侯门气派……以后就这样做去，方是咱们的口气，将来这世袭的前程，定跑不了你袭呢。”按书里前面交代，贾政并未袭爵，荣国府袭爵的是贾赦，头衔是一等将军，贾赦如果死了，皇帝还让荣国府后代袭爵，首先应该轮到贾琏，贾琏还有一个亲弟弟贾琮，即使那时候皇帝要让贾政的后代来袭，也应该是宝玉占先，怎么贾赦会拍着贾环的头将那“佳谶”明确表达为“将来这世袭的前程定跑不了你袭呢”？可见这不是废文赘语，应该是一个远伏笔，贾环在遥远的将来竟果然能获得“世袭前程”，我在续书第一百零七回里照应了一笔，盼细心的读者能够注意。

有我热心的粉丝（他们自称“柳丝”）做了一个统计，告诉我说，她查了高鹗四十回续书的诗词韵语，包括第八十七回里薛宝钗信函最后的骚体感叹，黛玉抚琴时的歌咏，凡一顿就算一句，以及“千古艰难惟一死，伤心岂独息夫人”等引用前人的句子，统统加起来，共 106 句，平均每回 2.65 句。而我续书里的诗词曲和联语等共 145 句，平均每回约 5.2 句，远比高鹗为多。高续真正的诗只有四首，计薛蝌、宝玉、贾环、贾兰各一首。她的意思是为我辩护：为什么高续长达四十回而诗歌很少一些读者能够容忍，而刘续只二十八回却有超过高续的诗句，却被挑剔？

其实我的续书里也有些诗和曲是借用前人的，不过我自己写的也有百句以上。我无从判断曹雪芹已写完而又迷失的后二十八回里究竟有多少诗词歌赋，但我写出来的，皆是根据曹雪芹在前八十回里设下伏笔，或脂砚斋在批语里明确提到的。第六十四回，黛玉有五首《五美吟》，脂砚斋有批语：“《五美吟》与后《十独吟》对照。”按我的理解，能跟黛玉抗衡的诗人，宝钗要排第一，而黛玉仙逝后，宝钗嫁了宝玉，她总不忘劝宝玉读圣贤书去参加科举谋求功名，“借词含讽谏”，终于逼得宝玉离家出走去当和尚，宝玉隐遁后，宝钗陷于大苦闷，遂以十个历史上确实存在过，或前人创造出的人物，写成十首《十独吟》，来抒发自己的郁闷，并通过诗句期盼宝玉终于会回归。我在续书第九十二回“霰宝玉晨往五台山　雪宝钗夜成十独吟”里完成了与前面第六十四回的“对照”。第七十回是大观园众诗友分填柳絮词，曹雪芹故意写成宝玉拈了《蝶恋花》的词牌却未能交卷，这应该又是一个伏笔。八十回后宝玉一定会填一阙《蝶恋花》，金陵十二钗里谁和蝴蝶有关系？滴翠亭宝钗扑蝶是人们印象都深的，故此我在续书第九十四回里，写甄宝玉送回贾宝玉后，贾宝玉面临宝钗的死亡，百感交集，遂填成《蝶恋花》。《红楼梦》开篇后书里人物贾雨村写了一首中秋诗，脂砚斋因为看全了曹雪芹的文稿，就批道：“用中秋诗起，用中秋诗收。”就是说全书最后一首人物咏的诗，也应该是中秋诗。我据此提示，寻踪蹑迹，不敢稍加穿凿，在续书第一百零六回安排了宝玉和湘云的中秋联句共二十二韵。在第一百零八回里我还拟了 19 句《莲花落》，但那不是诗而是俚曲。

“白茫茫”与“死光光”

我的续书出来以后，若干读者评家对前八十回里的许多人物在续书中陆续死亡的写法难以接受，发出这样的质问：难道“白茫茫”就是“死光光”吗？

“好一似食尽鸟投林，落了片白茫茫大地真干净！”这是曹雪芹在第五回里明确写下的预言，就是说书里的贾、史、王、薛四大家族最后会完全、彻底地败落，呈现“白茫茫”的荒凉景象。高鹗违背了曹雪芹的原笔原意，在他的四十回续书最后写的是贾家“沐皇恩”“复世职”“延世泽”，他写了白茫茫的雪地上，出了家的宝玉披着大红猩猩毡的斗篷，跪到贾政的面前，景象可与贾府盛时那“琉璃世界白雪红梅”的华美安谧媲美，在他笔下，悲剧逆转为喜剧，抗拒社会主流价值的宝玉与恪守社会主流价值的父亲一跪泯冲突。

曹雪芹已经写出而又迷失的后二十八回里，会写到书中诸多人物的死亡吗？经过我对前八十回的文本细读、考据探佚，结论是肯定的。若干读者评家对我续书里集中写到薛家一家三口接踵死亡特别不能接受，也许我在薛蟠、薛姨妈、薛宝钗的死亡过程确实安排得太密集了，曹雪芹原笔未必如此，但曹雪芹原意，根据我的理解，就是要让薛家的这三个人物相继死去。

不少人把曹雪芹的前八十回文本比喻成“断臂维纳斯”，强调不允许任何人通过“接臂”来破坏其“想象空间”。但我发现有的说这个话的人士，并未真正仔细欣赏过“断臂维纳斯”。比如我告诉一位媒体人士：“曹雪芹没有写过‘天上掉下个林妹妹’这么个句子。”他大吃一惊：“是吗？”我就告诉他，“天上掉下个林妹妹”是20世纪60年代上海越剧院改编演出的越剧《红楼梦》里的一句唱词，其著作权属于编剧徐进。这就说明，许多人心目中的“断臂维纳斯”，其实并非曹雪芹的前八十回文本，而是电视剧、电影、舞台演出、小人书等转化物。有人见我续书里写了黛玉、宝玉先后升到天界，嘲笑道“魔幻续书”，一细问，原来他就并未仔细读过曹雪芹写的第一回，第一回前半回“甄士隐梦幻识通灵”里明明白白写了宝、黛是天界的神瑛侍者和绛珠仙草，他们相继由警幻仙姑安排下凡，他们乃天上神仙是曹雪芹的设定，怎么会是我以“魔幻”笔法杜撰出来的呢？这就说明，若要真正维护“断臂维纳斯”，那就请去仔细通读曹雪芹的前八十回《红楼梦》。

根据《红楼梦》改编的作品，不可能将曹雪芹前八十回里的所有内容展现，这是可以理解的。但口口声声要维护“断臂维纳斯”的人士，却并不能仔细阅读曹雪芹的前八十回，则令人遗憾。

曹雪芹会怎样在八十回后去书写四大家族的陨灭？死亡是不是事件的核心？在第八回，他写到宝玉和宝钗互相交换观看各自的佩戴物（通灵宝玉和金锁），这时候他就写下了一首诗，这首诗的最后两句是：“白骨如山忘姓氏，无非公子与红妆！”请问：这是随便写下的吗？不写在别处，写在宝钗给宝玉看金锁的地方，是随意的吗？如果曹雪芹的文笔如此随意，尽写些并非伏笔、预言的废文赘句，那算得经典吗？能用“断臂维纳斯”来比喻吗？我以为，曹雪芹在贾、薛家族处境尚旺盛时，写下这样的预言，就说明他将在八十回后，要描绘出一个大悲剧的结局，那是以前中国所有文字里不曾有过的彻底的大悲剧，是对那以前中国人习惯于大团圆的审美定势的一个大突破！“白骨如山”不是“死光光”也是“死多多”吧？有的人士总不忍心宝钗死亡，觉得让她守寡不也就行了吗？按高鹗的那种贾氏“延世泽”的写法，她当然可以守寡，可是我们明明从脂砚斋批语里知道，曹雪芹八十回后要写到宝玉进了监狱，有狱神庙里茜雪慰宝玉等情节，若宝玉入监时宝钗未死，她是要被牵去发售的，若有那样的描写，不忍心宝钗抑郁而死的人士，就于心可忍了吗？

曹雪芹祖父曹寅，是康熙皇帝的“发小”，可谓“手足情深”，康熙朝曹家深受皇帝宠爱，到雍正朝，遭到打击，但也还有一些档案可查，但是到乾隆朝“弘晢逆案”后，被株连到的曹家被连根拔除，却又不留一字档案，从曹寅到曹雪芹不过祖孙三代，却家谱中断，以致今天我们连究竟有没有曹雪芹这么一个人，都还要艰苦论证，“白骨如山”而且“忘姓氏”，这惨痛的家族“真事”，便“隐”于“假语”而巧妙地“存”了下来，欣赏“断臂维纳斯”，若不入《红楼梦》文本真昧，岂非瞎子摸象乎？

关于黛玉沉湖 

高鹗的四十回续书得以从乾隆朝流传至今，有好几个因素，其中一个因素是他将前八十回里设定的大悲剧结局逆转为经小悲而大喜，使其文本维系在封建统治者的容忍度内，据说乾隆皇帝看了《红楼梦》以后有句评语：“此盖为明珠家作也！”乾隆是最早的索隐派，他把故事的依托推前到他祖爷爷顺治那个时代，也就等于免除了《红楼梦》一书影射康、雍、乾三朝，特别是他当政时期的“现行罪”，他对《红楼梦》放了一马，以致后来皇家印刷机构武英殿也印制了一百二十回的《红楼梦》，到晚清紫禁城里更出现了《红楼梦》壁画。另一个因素是高续对黛玉之死的描写文笔细腻优美，“苦绛珠魂归离恨天”赚取了两百多年来无数读者的眼泪，在各种形式的改编里，黛玉焚稿断痴情的情节总会保留且大加渲染。

我的续书里，安排黛玉的归宿是沉湖仙遁，回归天界。我的文笔难逮高鹗，但我为什么坚持黛玉沉湖的看法？

有的记者采访我时，以及有的读者评议时，以为黛玉沉湖是我的“荒唐杜撰”，这倒无所谓，但紧跟着却又说：“你如此荒唐的想象，不知周汝昌老先生将如何评价？”他们就完全不知道，黛玉沉湖，乃是周汝昌前辈早在二十几年前就提出的一个学术观点，据他考证，在曹雪芹已经写出却又迷失的八十回后文字里，黛玉就是沉塘仙遁。我关于《红楼梦》的探秘、探佚，包括写续书，得到周老大力鼓励、支持，我们的对《红楼梦》的理解上，可谓大同小异，我其实是在不断地将周老的学术研究成果放大化、通俗化，起到普及、推广的作用。有的红学专家、权威之不能容忍我，其实是久不能容忍周老，见我竟将周老许多观点放大推广，气不打一处来。其实周老也好，我也好，都只是一家之言，仅供大家参考罢了，若问为什么我将周老的观点讲出写出后产生出较大反响，而某些红学官员、专家、权威的影响不怎么彰显，则需要旁观者来进行分析，道出原因。

周老早在1984年就发表了颇长的论文《冷月寒塘赋宓妃——黛玉夭折于何时何地何因》，详细论证了黛玉在曹雪芹笔下应是沉塘的结局。在后来他一系列著作如《红楼梦的真故事》里，也一再重复、细化、深化他的研究成果。我认同他的基本看法，在自己于中央电视台《百家讲坛》关于黛玉的讲座，以及相关的《揭秘〈红楼梦〉》的书中，都辟专讲论述了这方面的研究心得，大家可以找来光盘、视频、书籍查看，这里不赘述。

根据周老的研究，黛玉沉湖应是在中秋之夜。我原来在这个具体时间上也是认同的。但在续书的过程里，我必须排出事件发展的时序，从贾元春省亲算起，到第八十回，应该已经是那以后的第三个年头的秋天，“三春去后诸芳尽，各自须寻各自门”，从第八十一回起，当然就必须去写“诸芳”或死亡或出家或远嫁等结局，而且必然会从“第三春（年）”的秋天写到冬天，进入“四春（第四年）”，这一年里四大家族要遭遇沉重打击，悲剧事件接踵而至，根据曹雪芹前八十回里的伏笔，以及脂砚斋、畸笏叟批语里的透露、逗漏，倘若把黛玉仙遁安排在这一年中秋，则中秋后到入冬落雪只有两三个月的时间，若把二宝成婚、贾宝玉第一次出家而又被甄宝玉送回等情节挤放在三个月内，殊难成立，故我采取变通的办法，安排黛玉在端午月圆夜沉湖，这样既不违背前八十回伏笔，又为上述家族巨变的情节舒展出足够的时间。我的续书时序上结束在元妃省亲后的“第六春（年）”，这一年的中秋，我遵照脂砚斋在第一回里“用中秋诗起，用中秋诗收”的提示，安排了宝玉、湘云二人在流浪中联句的情节。

附带说几句：多有传媒、评家把周老和我的研究归于索隐派（有的又误说成“索引派”），百多年来红学发展中确有索隐派，以蔡元培等为代表，这一派认为《红楼梦》是部悼明之亡、揭清之失的书，将书中人物分别与明末清初的历史人物如马士英、阮大铖、钱谦益、陈圆圆、柳如是等对号，近来台湾仍有红学家推出索隐派大著。周老和我则是考据派，即认为《红楼梦》的“假语”里有“真事”存在，“真事”就是曹雪芹家族及相关家族在康、雍、乾三朝权力斗争中的浮沉。

哪里来的小吉祥儿?

有的读者评家希望在我的续书里看到宝玉、黛玉的爱情故事，结果发现黛玉在第八十六回就沉湖仙遁了，大失所望。我关于黛玉结局的笔墨确实存在不足，但是必须跟大家交代明白，就是从曹雪芹的八十回《红楼梦》文本来看，第一，不能认为《红楼梦》是一部爱情小说，八十回里有大量篇幅写到爱情以外的故事，以“金陵十二钗”正册里的人物来说，贾元春、贾迎春、贾探春、贾惜春这“四春”的故事，就都不是什么爱情故事，然而都非常重要，引发出读者“原应叹息”的深长喟叹；王熙凤的故事里有些涉及情色，但也非爱情故事；史湘云、李纨、妙玉、巧姐的故事里没有爱情；秦可卿的故事十分诡谲，其与贾珍的暧昧关系一般人难以想象有爱情成分；只有黛玉明爱、宝钗暗恋宝玉的故事及所构成的三角关系，才是正经描述的爱情文字。更不要说八十回文本里还有许多其他女子的故事，如晴雯撕扇、鸳鸯抗婚、平儿理妆、香菱换裙、宝琴写诗、尤氏操办凤姐生日活动……都表现着社会生活及个体生命的其他方面。更何况书里还写了许多男性，大多也不写他们的情爱而写他们的其他活动，折射出那个社会的人情世故、宦海浮沉。第二，就以爱情笔墨而言，曹雪芹在前八十回里也不仅仅是写了宝、黛的爱情，他还浓墨重彩地写了贾芸和小红的爱情、贾蔷和龄官的爱情（都是上了回目的），还有秦钟和智能儿的爱情、司棋与潘又安的爱情、焙茗与卍儿的爱情……

如果你真是静心欣赏“断臂维纳斯”即曹雪芹的八十回文本，你就会发现，虽然在前四十回里曹雪芹运足了气力来写宝、黛的铭心刻骨的爱情，以及黛、钗与宝玉的三角纠葛，但是到第四十九回写到薛宝琴、邢岫烟、李纹、李绮四位亲戚女性到贾府以后，曹雪芹他就将宝、黛的爱情以及宝、黛、钗的三角关系郑重地作了一个收束，黛玉不再对宝钗猜忌，宝琴进府后获得贾母宠爱，吃醋并说出酸话的不是黛玉而是宝钗，黛玉对宝钗、宝琴以亲姐妹相待，以致宝玉反觉纳闷儿，问“是几时孟光接了梁鸿案”？宝、黛的爱情故事从此不是书里的主体了。根据第一回里的神话设计，黛玉作为绛珠仙草下凡，是要用一生的眼泪，来偿还作为神瑛侍者下凡的宝玉当年对她浇灌甘露的恩德，而在第四十九回，“断臂维纳斯”上的文字就明明白白地写出来，黛玉眼泪无多了，也就是意味着她的“还泪”之旅接近了尽头。再往下看，其后只有第五十七回，写“慧紫鹃情辞试忙玉”，算是涉及宝、黛爱情的最后一个波澜，但内容却已经不是黛玉对宝玉“情重愈斟情”，黛玉此时对宝玉并无猜忌也没有闹小性子，是紫鹃关于林家要来接走黛玉这个话头，引发出宝玉单方面情感大爆发。即使把第一回到第五十七回全算成“宝、黛的爱情故事”，那么，“断臂维纳斯”身上的后二十三回里全然没有宝、黛的爱情描写了，约占八十回的三分之一，请问，怎么能把曹雪芹的《红楼梦》理解成一部“写宝玉和黛玉爱情故事的小说”呢？又怎么能期盼曹雪芹写出的八十回后的故事里，仍是些关于宝、黛的缠绵悱恻的文字呢？

我在续书里，将前八十回里的许多角色延续下来，写他们不同的命运。有的读者因为没有认真阅读过前八十回，因此误认为那些人物乃我随意杜撰。比如续书里出现了黛玉丫头雪雁和赵姨娘丫头小吉祥儿的涉及绫缎袄子的对话及后来雪雁救出小吉祥儿的情节，有的读者就很以为小吉祥儿是我杜撰出来的，他们觉得《红楼梦》里只该有宝、黛的爱情故事，离开了宝、黛、钗写别的角色便读来“眼生”。曹雪芹在第五十七回里用几百字写了雪雁，赵姨娘要带小丫头小吉祥儿去参加她兄弟的葬礼，自己有月白绫袄，怕弄脏了，就问雪雁借，雪雁是小时随黛玉从江南来到贾府的，在贾府无根，赵姨娘他们“柿子拣软的捏”，要穿她的去，进府时一团孩子气的雪雁，在生活中磨炼出来了，她巧妙地推托掉，并总结出这样的人生经验：“只是我想，他素日里有什么好处到咱们跟前？”在艰辛的生存中，终于懂得了如何以等价交换来维护自己那小小的利益。欣赏“断臂维纳斯”，如果不能读出曹雪芹赋予这些配角、小人物的内涵丰富的笔墨，那可太遗憾了。因此，如果觉得我在续书里关于宝、黛、钗、湘以外的诸如小红、雪雁、小吉祥儿、莺儿、坠儿、茜雪、靛儿、卍儿、红衣女、二丫头……的描写看去不舒服，那么，请您重读曹雪芹的前八十回，将关于这些人物的相关文字细加品味，总该获得些特殊的审美感悟吧？

八十回后的贾宝玉

若把曹雪芹传世的八十回《红楼梦》比喻为“断臂维纳斯”，则程伟元、高鹗续在二百二十年前攒出的一百二十回《红楼梦》则应比喻为“接上胳膊的维纳斯”，其后四十回“接臂”最大的败笔，是歪曲了曹雪芹在前八十回里辛辛苦苦塑造出来的贾宝玉这个艺术形象。历来多有读者对此不满，故而将高鹗的“接臂”卸下，试着换一种能与前八十回对榫的胳臂的想法，早就大有人在，已故作家端木蕻良，就亲口跟我说过，他就想从曹雪芹的八十回后续至一百一十回。

曹雪芹笔下的贾宝玉排拒仕途经济，痛恨国贼禄蠹，把科举考试畏为毒药，将功名利禄视作粪土，他从不进入主流话语，有自己一套独特的具有叛逆性的思维和语言，有着博大的“情不情”的胸襟，“情不情”是曹雪芹在八十回后的《情榜》里对贾宝玉的考语，在前八十回的古抄本里，脂砚斋在批语里不止一次加以引用，“情不情”的第一个“情”字是动词，第二个“情”字是名词，意思是宝玉他以爱心对待天地万物，连对他无情的存在，他也能以真情相待。可是在高鹗续书里，宝玉奉严词两番入家塾，从不喜欢八股文到认真地接受塾师、父亲指导，一股股地认真往下作；他又给侄女儿开讲《列女传》，连“曹妇割鼻”那样的血淋淋的“守节楷模”也推荐给巧姐儿；他最后还进入考场，不负家族重望，中了举人，这才去出家，出了家还要找到父亲乘坐的客船，跪下与父亲和解地告别，并给家族留下后代，使贾氏最后“兰桂齐芳”。有人说，不管怎样，高鹗对前八十回里所写的宝、黛爱情这条情节线索还是延续得不错的，毕竟也保持了一个悲剧的结局，令人扼腕唏嘘，这固然是他续书的一个优点，但他偏要写出不仅宝玉自己接受了八股文，连黛玉也支持宝玉去写八股文，这就把前八十回里曹雪芹所写出的宝、黛爱情的思想基础给釜底抽薪了，这样的宝玉，还是曹雪芹笔下的那个宝玉吗？这样的黛玉，还是前八十回里的那个独不劝宝玉去立身扬名的黛玉吗？宝、黛没有了共同的具有叛逆性价值观的爱情，纵使写来也颇缠绵悱恻，还是“断臂维纳斯”所呈现的那种富有深刻内涵的爱情吗？

我续《红楼梦》，一个大志向，就是要将曹雪芹在前八十回里所塑造的贾宝玉这一艺术形象，不仅要正确地延续下去，还要力争能够将其人格光辉加以弘扬。曹雪芹笔下的宝玉“五毒不识”，他不懂得什么叫作害人，贾环故意推倒滚烫的蜡烛想烫瞎他的眼睛，他真诚地以为那不过是大意失手，我在续书里安排了宝玉离家遇到强盗的情节，他不懂何为抢劫，主动把银子交给抢劫者；后来家府败落，宝玉与贾环、贾琮软禁在一处，环琮欺侮他，他却以德报怨；及至入了监狱，同狱有个杀人犯，刑讯后浑身血迹，他小心翼翼地给那“不情”者揩血，同监的要喂那人凉水，他知失血过多猛饮凉水会导致死亡，加以阻止。曹雪芹笔下的宝玉永葆赤子之心，我在续书里就写他如何以童真待人，他总是时时检讨自己，而去努力理解、关爱别人，他在流浪中遇到坠儿，坠儿是因为偷了平儿的虾须镯，败露后被撵出贾府的，当时宝玉还为坠儿的“丑事”而生气，但当与他邂逅的坠儿道出当年做那事的动机，是为自己将来被拉出去配小子时，多获得一点自主权时，他心内就后悔当年错鄙了这个小小的生命……曹雪芹笔下的宝玉特别看重社会边缘人，我续书里写他和湘云与花子们共处，在极端贫寒中亦享受到人生的快乐。我延续了前八十回里宝玉、宝钗之间在相互爱慕时难免因价值观不同产生龃龉的写法，写到他与宝钗从对“和光同尘”的理解上展开的辩驳，我把他第一次出家的原因解释为宝钗瞒着他为他谋得了国子监生员资格，又逼他去国子监就范，实在是忍无可忍，才弃家前往五台山；最后他已“王孙瘦损骨嶙峋”，在雪天里与北静王邂逅，后来引发出他对湘云就“世法平等”的阐释……凡此种种，都凝聚着我的苦心，就是要去除高鹗对八十回后宝玉的歪曲，力图还曹雪芹八十回后宝玉形象的清白。我的续书也许确实很拙，但如果能唤起读者对曹雪芹前八十回里关于宝玉形象的再研读、再思考，不再让高续四十回里的宝玉形象败坏读者对曹雪芹的宝玉形象的欣赏，则心满意足矣！

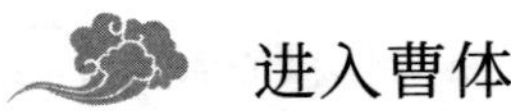

进入曹体

续书的最大困难是进入曹雪芹的文体。如果不进入曹体，就用当今的小说文体来写，那当然便当得多。实际上周汝昌先生早用随笔形式写出过《〈红楼梦〉的真故事》，我根据央视《百家讲坛》讲座整理成书的《〈红楼梦〉八十回后真故事》也可以视为一种以讲谈方式完成的叙说。但真要续《红楼梦》，那就必须努力进入曹体，以使八十一回以后的文本跟前八十回多少能产生些相接相衔的阅读感觉。

我早在十几年前就写出过《秦可卿之死》《贾元春之死》《妙玉之死》的小说，是体现我“秦学”研究成果的一种比较生动的方式。曹雪芹的《红楼梦》的文本特点是“真事隐”去却又以“假语存”。在表面的贵族家庭生活图景和公子红妆闺友闺情的描述后面，确实存在着康、雍、乾三朝权力博弈的巨大阴影，书中如“义忠亲王老千岁”，“坏了事”，“双悬日月照乾坤”，“潢海铁网山”，“乘槎待帝孙”，凤姐避过文书彩明让宝玉代写无上下款的礼单等文本现象，都是阴影的投射，到第七十五回干脆明写甄家遭皇帝抄家，来了几个女人，气色不成气色，竟然跑到荣国府来藏匿罪产，可见八十回后必然写到，因宁、荣二府在皇权斗争的“虎兕相逢”中受牵连，阴云化作雷电暴雨，忽喇喇大厦倾，家亡人散各奔腾。但是，我的关于秦可卿、贾元春的小说，是把《红楼梦》文本背后的隐秘挑明了来写，只具有帮助读者把曹雪芹以“假语”隐存的“真事”加以领悟的参考价值，并不能视为续作。

曹雪芹的前八十回文本，尽管隐含着康、雍、乾三朝的权力斗争（特别是乾隆朝的“弘晳逆案”），但在文体把握上，他故意模糊地域邦国和朝代纪年，他故意交代书里的皇帝上面还有太上皇，其实从顺治入主北京到曹雪芹写书的乾隆初期，清朝的皇帝上面都不曾有过太上皇；书里对男子的描写回避剃发留辫（所写的宝玉发辫并非清朝男子的样式）；写女子的服饰虽颇细致却绝无旗袍、两把头、花盆底鞋的描写；对贵族的称呼里绝无贝勒、贝子、格格等字样出现；书中女性各自究竟是大脚还是小脚？除尤三姐等个别角色加以点明，一般都很模糊（清代旗人女子皆为大脚）……有人担心我会把续书写成清朝的宫闱秘史，我怎么会那样写呢？我的续书进入曹体，第一步，就是要延续曹雪芹那“写清而不言清”的曲笔。

曹雪芹前八十回里正面写的都是贾府里主子奴才的日常生活，延伸到社会上，写到市井泼皮倪二、花袭人的哥哥和两姨姐妹（红衣女）、金寡妇和她的儿子金荣、二丫头……皇族权力斗争只作为背景云龙隐现，我在续书里根据前八十回伏笔和脂砚斋批语，觉得曹雪芹在八十回后会写到“虎兕相搏”“龙斗阵云销”“射圃”等权力斗争，却也估计到他势必还是尽量暗写，因此，我在续书里也主要是写前八十回里那些主子、奴才、亲族、社会边缘人的生活流，只用了两回来写“月派”和“日派”的生死搏击，并且用了旁人道及的方式。实际上曹雪芹在前八十回里就经常用配角道及的侧写方式来表达最主要的内容，如傅试家的两个婆子议论宝玉的“呆气”，春燕引述宝玉关于女儿未出嫁是宝珠，出嫁后先失光彩，最后变成鱼眼睛的“三段论”，以及贾赦通过贾雨村霸占石呆子稀世古扇并非正面描写，而是通过平儿向宝钗道出，等等，这种写法也是曹体的精髓，我续写学得不像，但需知这种旁叙侧写的方法并非我的“因陋就简”。

曹雪芹往往忽略人物的表情动作，只写这个道，那个道，一个因笑道，另一个又道，仅通过道来道去，就把人物性格、人际关系、心理活动、丰富意蕴全表达出来了，最明显的例子就是第四十一回拢翠庵品茶那半回，仅仅一千多字，便令妙玉形象活跳纸上。我续书也学这样笔法，但道来道去，读者往往觉得直白乏味，是我努力进入曹体而不得其妙的笨伯表现，但是否也还有数段可称勉为其难，稍可破闷呢？

一般读者评家对曹体的理解，多只局限于具体词句的使用。我已听到若干意见，指出续书里的一些用语是乾隆朝不可能有的，乃现代汉语的语汇。这些批评意见十分宝贵，我会在汇总以后，一一加以辨析，并将在对续书的修订中，择善而从之。此外，考虑到有的读者对前八十回里的伏笔，特别是对古抄本里的脂批不熟悉，我在续书里往往用几句话加以“温习”、“揭橥”，这又令熟悉“断臂维纳斯”的人士指为“蛇足”，确实，倘若找到曹雪芹已写出的八十回后文字，他是断不会“自己提醒自己”的，如何拿捏这种地方的叙述尺度？也需在修订中加以解决。

与林妹妹同框 

1996 年，我曾参加一档电视节目，讨论如果林黛玉和薛宝钗进入职场，她们哪一位能够胜出？那时候王扶林导演的电视连续剧《红楼梦》首播已近十年，但之后不断重播，热度不减，人们对其中的演员们都特别感兴趣，尤其是出演林黛玉的陈晓旭，她出现在哪里，都会有人指认、围观，希望跟她合影，请求她签名。那次在录制现场，陈晓旭一出现，就引起了轰动。现场除了被邀参与讨论的嘉宾，还有好几排观众，那些观众的目光都主要集中在陈晓旭身上。编导安排我坐在陈晓旭旁边，后来剪辑播出的节目里，给陈晓旭和我的同框镜头颇多。那时候我虽然已经发表了若干涉及《红楼梦》的文章，也出了第一本关于《红楼梦》的书，但响动不是太大，是直到 2007 年我应邀到中央电视台科教频道《百家讲坛》栏目，连续录制播出了《刘心武揭秘〈红楼梦〉》系列节目，产生了轰动效应，人们，特别是年轻一代，才把我跟《红楼梦》勾连起来。1996 年那期跟陈晓旭同框的谈话节目播出后，有的观众惊诧："刘心武不是写小说的吗？怎么跟陈晓旭坐在一起？"录制那期节目的时候，陈晓旭已经不再参与电视剧的演出，她有了自己的广告公司，据说业务凤凤火火，效益芝麻开花——节节高。我是抱着深入生活积累素材多方汲取营养的目的，兴致勃勃地参与了那次节目的录制。

如今还可在网络上找到二十几年前的那期电视谈话节目。讨论中大体分成两派，一派认为林妹妹不会为人处世，过于率性，出语尖酸刻薄，在职场上就很难混好，而宝姐姐特会待人接物，含蓄蕴藉，说话行事都先量好尺寸，八面玲珑，人见人爱，如入职场，必定如鱼得水，稳操胜算。陈晓旭表达她的观点，说林妹妹的最大优势在于有创造性，比如她那葬花的作为，就非同小可，是企业精神中万不可少的。当时我听了心中大畅，表示赞同她的见解，跟大家说葬花其实是一套完整的、独创的行为艺术。陈晓旭认为宝姐姐虽然能够笼络人心，但工于心计，到头来是留不住人的。那次的现场讨论很有意思，主持人也未作最后结论，让观众把各方论点都作为有益的参考。

时光过得真快。看那时的录像，我的头发还很丰茂，如今已是发稀颜衰。更可喟叹的是，当我 2007 年去《百家讲坛》录制关于《红楼梦》的节目时，陈晓旭竟已仙去。但陈晓旭对林妹妹如入职场未必失败倒是胜算颇多的见解，至今仍响于耳畔。

如今民间红学蓬勃发展。关于林妹妹和宝姐姐的评议，更加丰富多彩。最近我注意到，有不少民间红学家表达了这样的观点：从《红楼梦》前八十回看，贾母对王夫人把薛姨妈一家长期留在贾府，早有意见，拿出二十两银子来给薛宝钗过生日，其实是暗下逐客令（那一年宝钗十五岁，应该出去嫁人了）；而在书中，王熙凤跟林黛玉很随便地开玩笑，却始终没有专门跟薛宝钗说过一句话。仅就这两点而言，程伟元、高鹗攒出的后四十回，那贾母无情冷淡林黛玉、王熙凤积极设计掉包计的情节，就跟前八十回满拧。更有民间论家从书里抠出许多细节，来揭示薛宝钗的人性阴暗面。褒薛贬林曾一度流行甚广，如今拥林批薛又成气候。清代、民国时期都有人说，娶妻要娶薛宝钗，交友要交林黛玉。搁到如今市场经济中的职场，则林、薛究竟谁有优势？像 1996 年那样的谈话节目，其实真的还可以再录制一番。

我的恩师周汝昌先生，更喜欢史湘云这个艺术形象。特别是到了晚年，他甚至提出这样的观点：史湘云才是《红楼梦》中的“女一号”。吾爱吾师，吾更爱独立思考。我也非常欣赏史湘云，但我依然认为《红楼梦》中的“女一号”是林黛玉。我特别探讨了这样一个问题：为什么史湘云在第二十回突然出现，而在这之前之后，到八十回结束，却始终没有像其他各钗一样，交代一番她的身世来历？经过层层剥笋的分析，我最后得出结论，古本《石头记》署名脂砚斋的批书人，就是史湘云这个角色的原型，而这也正是周汝昌先生一生坚持的观点。1987 年王扶林导演的电视连续剧《红楼梦》，在选角上下了很大气力，像欧阳奋强饰演贾宝玉、陈晓旭饰演林黛玉，人们交口称赞不消说了，其实所选的郭宵珍饰演史湘云，我以为也非常贴切。那一年北京电视剧制作中心把我的长篇小说《钟鼓楼》拍成八集电视连续剧，就约请郭宵珍饰演了其中来自农村的杏儿一角，令我非常满意。

一位年轻人来跟我讨论，他说，林妹妹、薛姐姐、史小姐，究竟哪一位更可爱呢？我跟他说，先别进入讨论，首先，你使用的符码就不准确。把林黛玉叫作林妹妹，这不错，《红楼梦》书里以贾宝玉为主体，林黛玉比他小，所以是林妹妹，但统览前八十回《红楼梦》，里面无论是作者叙述还是人物对话里面，都绝对没有“薛姐姐”的说法，只有宝姐姐的写法，这是因为薛宝钗比贾宝玉大，是他表姐，为什么不叫“薛姐姐”而叫宝姐姐？值得揣摩。书里写史湘云，在人物对话里，总写成史大姑娘，统览前八十回《红楼梦》，绝无“史小姐”的字样，这也是我们一定要注意的。因此，要讨论《红楼梦》，首先要细读《红楼梦》，精读《红楼梦》。

总体而言，林妹妹、宝姐姐、史大姑娘，都是水为骨肉，玉为精神，兰为气息，都是那个时代、那种社会里的悲剧性人物。她们都值得我们理解、同情、喟叹、欣赏。至于每一位读者究竟更喜爱哪一位，都可以畅所欲言、直率争辩。《红楼梦》的魅力，也正在于此。

揭秘刘心武

【CCTV-10 特别节目】

导视：

著名作家刘心武

在揭秘《红楼梦》之后

首次亮相电视媒体

素以犀利、直言快语著称的

主持人张越面对刘心武

最直接、最真实的独家揭秘

《百家讲坛》独家奉献特别节目

《揭秘刘心武》

张越：好，感谢各位现场的和电视机前的观众朋友，你们现在收看的是《百家讲坛》的特别节目，说它特别，今天有两点特别：第一是节目的形式特别，因为平时我们看到《百家讲坛》都是有一个很有学问的老师站在这儿讲课，今天变成了一个很“没有学问”的主持人坐在这儿访谈，这是形式；第二，内容也很特别，就是我们今天的嘉宾，他在我们的《百家讲坛》做了一个系列的节目之后呢，在2005年引发了很大的反响，几乎成为文化圈的一个事件。而这位事件的焦点人物，他在“惹了事儿”之后就“销声匿迹”了，很久没有出来，今天，是他很长时间以后的首次面对电视媒体的观众。下面我们欢迎为我们揭秘《红楼梦》的著名作家刘心武先生。有请。

张越：刘老师您好！今天我们这期节目呀，剧组给定的这个名字非常“恶毒”，名字叫《揭秘刘心武》。

刘心武：别介啊。

张越：我觉得也是，咱们要不要揭秘他？

观众：要！

刘心武：你这叫怎么回事啊？

张越：放心吧！那我们就来揭秘一下刘老师的红学人生。

串片一：2005年，《百家讲坛》栏目推出了大型系列节目《刘心武揭秘〈红楼梦〉》，著名作家刘心武先生从秦可卿原型入手，全新解读隐藏在《红楼梦》背后的故事。节目播出之后，在社会上产生了广泛影响，身为作家的刘心武为什么会走上红学研究之路？《红楼梦》对他的人生经历有着怎样的影响？而他在《红楼梦》中最钟爱的人物形象又会是谁？敬请关注《百家讲坛》特别节目《揭秘刘心武》。

张越：我想问问您最早读《红楼梦》是在多大岁数看的？

刘心武：我想应该是在上小学的时候，因为我发现我父亲睡觉的床的枕头特别高，我就掀开枕头发现里面就有这个，还不是线装的，但是印刷年代非常古老，《红楼梦》，里面还有绣像，那我就觉得挺有意思，他怎么看这个，我看看行不行啊？我的父母他们觉得我小，是不提倡我看，但是真发现我从枕头底下薅出来看吧，他们也没有谴责我。所以我最早看应该就是在上小学，大概那个时候是十二岁这个段上。

张越：我觉得我也差不多，也是上小学开始看《红楼梦》的。但是我看的时候我什么都看不懂，我也分不清这里边的人是男的是女的。关于贾宝玉到底是男是女可让我费了几年的心思，又管他叫宝哥哥，想必是男的；又老说他梳着一根大辫子，穿着一件红衣服，我想这肯定是女的呀，所以一直就没弄明白。一开始看《红楼梦》的时候看什么呀？翻那个特别漂亮的衣服、特别好吃的东西，以及再大点，看谈恋爱。我不知道您最早看《红楼梦》的时候，您爱挑着什么看？

刘心武：爱打架的那段。

张越：打架？

刘心武：闹学堂，闹学堂一般人现在都忽略不计。

张越：就几个小学童砍东西。

刘心武：对对对，因为我在学校里面是一个比较内向的，就是肢体语言比较少的人，我读这个时候我就觉得书里面人替我发泄了。还有那个醉金刚倪二那段我喜欢看，他是贾芸的邻居，是配角，跟贾芸他们家都住西廊下。别人会觉得很奇怪，但是因为我当时住在北京隆福寺附近，就有东廊下、西廊下胡同，《红楼梦》里面出现这个地名——西廊下，所以特感兴趣。这些地方，男孩子、女孩子区别还是太大了。

张越：不过您那个我觉得您找错书了，您那么爱看打架，您应该看《水浒传》。

刘心武：是，后来当然也看别的了。

张越：后来到多大的时候，您觉得您开始能懂一点《红楼梦》这本书的味道了？

刘心武：我觉得那还是在青年时期了，应该说是在“文化大革命”的后期。那个时候看《红楼梦》就很安全了，因为毛主席对《红楼梦》发表了他的一些意见，后来评红是一件非常安全的事情，而且《红楼梦》又重印了，所以这个时候读《红楼梦》。读《红楼梦》我有自己的心得，就是那种人生的沧桑感。过去读，比如说里面有一个角色叫林红玉，小红，她说“千里搭长棚，天下没有个不散的筵席”，原来哪能被这种话打动啊？其实那个时候自己还很年轻，不是很老。不老，可是觉得好像经历了很多事情以后，人与人之间，人情淡薄，就开始琢磨这些东西，我觉得那个时候就开始读出味了。

张越：那您到什么时候开始觉得自己真的是懂得《红楼梦》了？我可以出来说说《红楼梦》了？

刘心武：坦率地说，直到今天，我也不敢说我就已经读通《红楼梦》了，敢出来说了。我再强调一下，是《百家讲坛》……

张越：都是我们逼的。

刘心武：对。一而再，再而三地非把我拉到这儿来讲，我一再跟他说我不讲。因为我没有自信，录的时候我很认真，我这个人是这样，要不我就不答应，答应以后我就挺认真，比如说今天这个节目，我既然答应了我就在这儿老老实实，你问我什么我能说我就都说，这么个人，所以我就挺卖力地在这儿讲。效果怎么样，我既没有预期，也没有预料到，它完全是一个无心插柳柳成行。有人说你想出名，其实说句难听的话，我早就出过名了，我不需要再出名了。（掌声）所以应该说是这么一个状态，到现在我觉得仍然还保持着一份敬畏之心，不敢说我把《红楼梦》就读懂读通了。我觉得越这样倒越好，因为我如果都觉得自己就完全都读懂读通了，我就正确了，在这儿讲《红楼梦》，我就是告诉你什么是正确的了，那就不是现在这个状态了。我就不会再去读了，因为我就觉得我全懂了还读它干吗？我还要读，我还是仍然充满了新鲜感，我觉得我可能还会有新的收获。

张越：那《红楼梦》这本小说中，您最喜欢的人物是谁呀？

刘心武：这个在我的录的节目里面我已经说了，我说我最喜欢妙玉，这使很多人大吃一惊。王蒙，是我的一个同行，也是我的一个朋友，跟我私人通电话，他就曾经说，你怎么会选妙玉啊，妙玉最讨人嫌了，他最不喜欢就是妙玉。

张越：清高、孤僻。

刘心武：是啊，很多人就这么理解，特别是被后四十回高鹗的续书给糟蹋了，连起来形成那样一个形象，其实我就觉得妙玉她是很不容易的。因为每个人喜欢什么的话，就是说他都有自己的个人原因，因为我的性格就是比较孤僻，不合群，我为自己的个性问题在人生当中遭受到好多挫折。其实说到底的话，外包装可能是觉得政治性或者是社会性的，其实就是性格悲剧，就是我的这个性格吧？其实我觉得我自己没有恶意，也挺好的，但是人家就觉得你，德行，是吧？所以现在我就觉得从妙玉这面镜子我看到自己，我喜欢她并不等于说我就觉得她是一个属于正面形象或者是一个应该去学习的楷模，不是那个意思，就是我觉得曹雪芹他对这个生命的解释，让我觉得最能接受。她的全部的优点、缺点、弱点，就像那个邢岫烟批评她，“男不男，女不女，僧不僧，尼不尼”，这是很尖刻的批评。但是妙玉身上有很多闪光的东西，因此我对自己也有一份自尊、一份自信、一份自爱。

张越：那我想问的就是，妙玉身上的什么东西让您如此喜欢和敬重？

刘心武：我觉得妙玉，因为从书里描写她具体的出身，她后来的生存状态来说的话，她保持一种个人尊严是很困难的，可是她保持下来了。比如说她已经到京城了，师父圆寂了，师父又不让她回南方，贾府要请她，她要求你下帖子，你可以说她拿架子，她就要贾府下帖子，你不下帖子，你这个权贵之门以势压人，我不去。再比如说她接待贾母，贾母第一句就说，“我不吃六安茶”，她是老祖宗嘛，她说话就可以爱怎么说怎么说，最慈祥的话和最专制的话，她想说她就说，妙玉就敢软顶她。而且妙玉早就防着她这点，这是妙玉的聪明之处，我觉得很厉害。另外像林黛玉，谁敢说林黛玉俗呢？你说林黛玉小心眼儿、体弱多病，你敢说林黛玉俗？她还俗？那妙玉就不客气，点一句，“你是个大俗人”，不是一般的俗。在这种场合直来直去，在社会交往中敢使用这样的一种语言直抒心意很不容易，等等。所以我觉得妙玉的为人处世，她有一个前提，她在维护自己的自尊和自爱的前提下，她并不去妨碍别人，她对别人没有进攻性、没有侵略性，甚至于根据我的探佚，她后来还能够去救助别人。所以我觉得这样的生命存在应该容纳。我呼吁我们社会要容纳怪人，要容纳社会边缘人，要容纳性格冷僻的人，要容纳内向的人，要容纳说话难听的人。（掌声）

串片二：1977年，刘心武先生发表短篇小说《班主任》，成为“伤痕文学”的发轫之作，其后又陆续发表了《钟鼓楼》《四牌楼》《栖凤楼》等多部享誉文坛的作品。1993年，刘心武开始涉足红学研究，并以切入角度、研究方法和学术成果的与众不同而引起社会的广泛关注。

刘心武先生认为，《红楼梦》是一部具有自传性、家族史特点的作品，其中的许多人物在生活中都有原型，而秦可卿则是解读《红楼梦》的一把总钥匙，破解了秦可卿的生活原型，有利于了解曹雪芹真正的创作意图。他认为，秦可卿原型的真实出身是清朝康熙时期废太子胤礽藏匿在曹府的女儿，也就是一位尊贵的公主级人物。有关她的所有疑团都与她的这个真实身份有着密切的关系。刘心武先生为什么会得出这些观点？身为小说家的他会不会将学术研究与文学创作混为一谈了？而社会上的各种不同反响，他又会如何面对呢？

揭秘刘心武的红学人生，请继续关注《百家讲坛》特别节目《揭秘刘心武》。

张越：我先代表您的反对者问您一个问题。就是因为您进行的这种原型研究，在历史中去找寻人物来跟小说中的人物作对比，这样就使得您整个的研究带有了一种侦探小说的色彩，所以有些人质疑您，说您是不是在编故事？您是不是把您当作家的、写小说的才能给用在了学术研究上？对此您怎么看？

刘心武：我觉得他产生这样的想法、做出这样的评论是他的事，我不一定非要面对这样的问题再去寻找一个答案，因为我这个事已经做成了，我就是这么做的。我觉得现在实际上所有《红楼梦》研究者都遇到一个很大的困难，就是真实可靠的历史记载的欠缺。这是我们大家面对的一个共同问题，包括曹雪芹究竟是不是《红楼梦》的作者，起码最近出了两本书，一本就是有一个人他就认为是曹𫖯，可能是曹雪芹的父亲，但是曹𫖯是不是曹雪芹的父亲，也仍然没有过硬的史料能够鉴定这一点；

还有一个人士，他主动把书寄给了我，他认为《红楼梦》的作者是洪昇，就是写《长生殿》的那个作者，都能够举出不少的旁证。所以我觉得就都应该尊重，虽然我是站在《红楼梦》的作者是曹雪芹这样一个立场上，从这点来出发研究的，但是我很尊重人家的不同的看法。所以我觉得有人认为就是说我这个跟他不一样，我属于编故事，怎么怎么样，那我觉得他可以有这种看法，就好像我觉得，那个人说是洪昇，他也找些根据，我觉得他可以有他的看法。在一个社会上，对一个事物有多种多样的看法，供大家去选择，这个社会不才是一个和谐社会吗？（掌声）

张越：其实您说的是一个比较开放和比较多元的学术心态，就是大家都可以来说自己想说的话。

刘心武：对。

张越：至于您相信哪一种，您可以去选择。

刘心武：对对对。

张越：我不知道为什么您会把《红楼梦》中的秦可卿这个人物，当成一个解读《红楼梦》的钥匙？

刘心武：这个有两个原因，有一个是非常私秘的原因，我呢，你看我坐在这儿，基本上我自己的定位就是我是个北京人，因为我八岁到北京的，然后我就没离开过这个城市，短期出去访问不算，我就定居在这儿了。但是我的诞生地是四川成都，四川成都什么街呢？育婴堂街，什么叫育婴堂？育婴堂就是养生堂。我不是养生堂的弃婴啊，我不是。（笑声）但是在抗战时期，我们当时经济条件比较差，那条街房子租起来比较便宜，我母亲就当时很艰苦地在那儿，都不是到医院把我生下来的，是在家里面，请一个人把我接生出来的，所以我生在育婴堂街。因此我阅读《红楼梦》文本的时候，发现秦可卿是养生堂抱来的，我就跟别的读者不太一样，我就比较敏感，这当然是一个太私秘的原因了，所以从小我对这个，读到这儿我就有一个心理反应，哎哟，养生堂，因为我母亲多次跟我说，育婴堂就是养生堂，这是一个原因。

还有一个原因，就是说我觉得她引起我的疑问最多。其他的角色当然都会有疑问，因为我是认为前八十回基本上是曹雪芹写的，后四十回高鹗是另外一回事。因此拿十二钗来说，除了秦可卿以外，那些人的结局怎么样也都是一些疑问，但是那些疑问不那么尖锐，秦可卿是一个在前八十回里面就已经死掉的一个人，而且在十三回就死了，可是她却留下那么多的疑问，所以引起我探秘的一个兴趣。

张越：把秦可卿跟历史上的真实人物找寻原型做研究，这种原型研究的方式是您发明的方式还是自古就有的一种研究方法？

刘心武：这个自古就有，古到什么程度我不敢说，其实我研究方法是两个，一个方法是原型研究。原型研究起码是从 20 世纪以来，中外文学界很常见的一种研究模式，比如说英国，一般认为《简·爱》这个作品就是作者自己带有自传性的作品；再比如说《大卫·科波菲尔》，一般就认为是狄更斯的自传性作品；比如像俄罗斯的列夫·托尔斯泰，认为他的《复活》里面那个聂赫留朵夫就是他自己作为原型，马斯洛娃，里面那个妓女也有一个原型；像巴金的《家》，巴金去世有一段了，这个前后有很多关于巴金的文章，都指出来，他的《家》群体原型就是他自己成都的那个家族，其中大哥觉新就是他的亲哥哥，所以这个原型研究不是我的什么发明，实际上是一种比较古典的研究方式。

我另外一个研究方法，就是文本细读。文本细读是 20 世纪在西方出现的一个文学研究的流派，就是主张文本细读，你作为一般的读者，你可以粗读，而现在有一种叫作对角线的读法，更可怕，就是很大的一版文章，溜一下，就是画一个叉子，他就算知道是怎么回事了，因为现在社会信息量很大，这也是一种读法，但是你要研究《红楼梦》的话就得文本细读，我使用文本细读，我是用这两种方法的结合，结合起来以后我觉得有成果，我很愉快，我就继续往下走。

张越：既然原型研究是早已有之的一种研究方式，为什么这次在这儿，咱们遇到了这么大的风波呢？

刘心武：我觉得这是因为一些现在的被有人称为是主流红学家，他们思想僵化了，我当然这样批评人家，我挺不好意思的，可是没办法，因为他先批评我。（笑声）你看我的那个讲座，我从头到尾我有一句批评别人的地方吗？没有。是吧？而且我一再说我的不一定对，我说你的看法跟我不一样，我也很尊重。我记得还有一次我里面还有一个细节，我说我给你作揖了什么的，好像都保留在剪辑出来的节目里面了。

张越：我们在节目里看见了，您一直在承认错误，说我说得不一定对，仅供参考。

刘心武：可是他们那么生气，我觉得他们就比较僵化，他们僵化就是他们把《红楼梦》的研究模式化了，他们制定了一种规范，而且把它凝固住了，不能流动了，比如他认为《红楼梦》就是一部阶级斗争教科书，你就在这个前提下研究就行了，研究的办法就是说，比如说以第四回为总纲，四大家族怎么压迫奴隶。

张越：护官符。

刘心武：研究护官符，这是很值得尊重的一种研究角度，而且观点它也自成其说，也非常有参考价值，但是你得容许别的人他有别的办法。因为他们经营那么多年，是吧？他是一个很强大的存在，觉得你怎么一下子闹腾这么欢，影响这么大，可能他是不能接受。

张越：我想听听您的看法。就是整个揭秘《红楼梦》又引起巨大反响之后，您的感觉是在这个事件中，您觉得会让您感觉比较欣慰的事情是什么？让您觉得比较遗憾的一个状态是什么呢？

刘心武：比较欣慰的就是我觉得好像确实引起了一些原来对《红楼梦》不感兴趣的、特别是年轻人他们对《红楼梦》产生兴趣，这是我要达到的目的之一，我觉得这个意义很大。因为有一种说法就是说你原来是写《班主任》，你关注社会现实，现在你为什么不关注社会现实，你去关注《红楼梦》了？我就觉得在改革开放以后，随着西方文化的大量涌入，这种涌入是必要的，也是必然的，也是不可阻挡的，也是有好处的。但是在这种情况下，我们有的年轻一代，他的时间完全用来看美国大片，看韩剧，或者看翻译小说，他们对中国的传统文化、古典就比较轻视，或者他没有轻视的前提，他就没工夫，没有兴趣。所以我通过我这样一个讲座和两本书，我起到了我作为一个退休金领取者——这是我给自己定位——所能发挥的余热。我这么大岁数了，《班主任》时候我三十多岁，现在我六十多岁了，我还能够引起一个轰动。这个轰动的效应之一使我欣慰，就是说有些年轻人原来不知道中国还有《红楼梦》这么有趣的书，先不说它多伟大，你可以先说它不伟大，就是它一样的有趣，我需要引起他的兴趣，你光说伟大没有用，因为我不懂伟大的东西，我也没罪，可是这么有趣的东西你不读，你不就，是不是？对不对？少了个乐子了吗？

张越：其实刘老师也已经间接地回答了另外一个问题，就是有很多人说他有点儿“不务正业”，他其实现在告诉我们了，他是一个退了休的老大爷，他的正业是颐养天年。在这种情况下，他干什么都可以算正业，是吧？您继续。

刘心武：我不是专业作家，我也不是有工作任务的人，我现在完全就可以过自己的退休生活。可是你看我还介入社会，而且介入到这种程度，引起大争议，所以我自己感到挺欣慰。（掌声）

不欣慰的、不开心的，就是我就觉得我不太愿意再抛头露面，不太愿意再成为社会的一个热点。说良心话，咱们说真格的，我也不太愿意在招人喜欢的同时，又那么招一些人恨。可是这次就是说出现那个情况，喜欢的，确实喜欢得要命；不喜欢的，恨不得把我撕成两半，这不是我所希望得到的。实际上《百家讲坛》开头请我来讲的时候，我是很勉强的，我勉强在哪儿？就是对着摄像机讲，底下一些人，结果还播出来，我现在很怕。因为我当然跟像你这样的大明星还两回事，可是，你先别摇头，我也沾了点上电视的光，我到百货商场，说，哎呀，你是不是就是讲《红楼梦》那个老头儿啊？是吧，我也能被人认出来，所以别光以为能认出你来，他们现在也能认出我来。可是我就特别难为情。还有我有一次表现特别，我现在挺后悔的，因为我到一家餐馆去吃饭，马上大堂经理就过来，刘老师，欢迎您，您是刘老师吗？我当时因为跟几个朋友，我就特不愿意让人知道，我说对不起我不姓刘。当时她脸上的笑容瞬间的消失和她的尴尬，让我很意外，可是我也没纠正。

张越：您当明星当得不习惯，

刘心武：我该怎么呢？

张越：不能这样否认啊，千万不能啊。

刘心武：你教给我应该怎么办啊？你教我一招。

张越：一定要特别由衷地承认，我就是，再见，赶快跑。

刘心武：哦，还再见，赶紧跑。

张越：那您在面对其他的听众、观众的时候，您期待的那种态度，不管对方是同意您的看法，还是不同意您的看法，您愿意他的态度是什么样的？您愿意跟他们做什么样的交流？

刘心武：我没有办法控制别人的态度，我也觉得我没有资格去预设一个前提，你必须得对我什么态度，你既然做了这个事，什么态度你都得承受，比如说我到王府井新华书店去签名售书，有人背上贴着一个大红心，"刘心武骨灰级粉丝"，我看了吓我一跳，什么意思？是不是咒我呢？（笑声）人说不是，现在流行，年轻人，这是最铁杆的，叫"骨灰级"……这个挺可怕的，我岁数大一点，不习惯。（笑声）

张越：您没跟人家翻脸吧？人家可是好意。

刘心武：我差点儿没圆活脸变长活脸。后来听了解释以后才明白。

刘心武：还有一个，我看了以后不说吓一跳，我也很吃惊，就是"我爱李宇春，更爱刘心武"。（大笑）

张越：显然我们都吓了一跳。这是一个多大岁数的什么样的读者？

刘心武：我没问她，但是我看样子大概有个十七八岁，高中生什么之类的。

张越：男孩儿还是女孩儿啊？

刘心武：是个女孩儿。

张越：您满意吗？对这个说法。

刘心武：我当时一愣，我谈不到满意不满意，因为首先李宇春我就不熟悉，我知道这个名字，但是她一首歌我也没听过，怎么会并列呢？这种我也得接受，承受，因为人家支持你。还有就包括比如说网上有，就是一种谩骂或者是一种，我觉得有点“文革”的大字报那个气息，人格侮辱或者是人身攻击什么的，那你也得承受，因为人家他就有这个想法，是不是？你没道理禁止人家，所以我现在的态度就是说我都承受，因为这个事是我做的，我讲了，播了，书出了，就好像一个色谱似的，从这一级到那一级当中的所有的各种各样的，好像那个钢琴的键，从高音到低音，那你就都得承受。我现在就是一个都承受的态度。

串片三：在《刘心武揭秘〈红楼梦〉》系列节目中，刘心武先生以其出众的语言能力征服了观众，赢得了红迷们的一致好评。有人甚至认为，《刘心武揭秘〈红楼梦〉》系列节目引发的热潮不断，与通俗、生动、悬念不断的刘氏语言风格有很大的关系，对此，刘心武先生是如何看待的？生活中的刘心武又是一种怎样的生活状态？揭秘刘心武的红学人生，请继续关注《百家讲坛》特别节目《揭秘刘心武》。

张越：其实来我们的节目讲《红楼梦》的学者不仅您一个，但是引起反响最大的是您一个，所以我就想除了您的研究的内容之外，其实它还跟一件事情有关，是您的表达方式。您的表达方式比较利于观众接受，所以大家听懂了，有兴趣了，那我就想跟您聊聊您的表达方式，比如您专门学过吗？演讲啊？训练过自己吗？

刘心武：我在接受这个节目的录制之前，跟编导接触，跟制片人接触，我很同意他们的一个定位，就是咱们电视，不是一个电视大学，《百家讲坛》，也不是电视大学，它就是一个跟普通老百姓，跟中等文化水平的人服务的，具有中等文化水平，甚至低一点都没事，当然你高文化水平的，你偶尔看电视也欢迎，但是咱们这个弦定的是普通人，芸芸众生。上了班挺累的，上着学作业好不容易弄完的，是给这些人，某种意义上来说看着玩儿的，就是讲学问，也是一种消遣、消闲的一种形式，去激发他一些对学问的兴趣。所以我接受他们这个前提以后，跟他们合作就很愉快，就是说那我这个讲法，我就是让它有悬念，听了第一集我就留下一扣子，你就得第二集接着听，第二集结果我还有一扣子，当然有人就烦了，你这扣子太多了，成什么了？

张越：你说评书呢？

刘心武：就是有这个说法，我觉得《百家讲坛》不能搞成一个完全说书的形式，但是要吸收说评书的一些办法，所以现在《百家讲坛》我听说成为台里面一个收视率比较有保证的节目，一个板块，我也挺高兴的，我在当中如果能够起到一点作用的话，我也挺欣慰的。所以我是觉得我之所以能够使这个节目变得生动起来，其实跟你们台里面的总体节目定位，跟制片人和编导，跟他们的努力起了很大作用，我是在他们引导下做成的。其实说句老实话，我也曾经登上过很高级的讲坛，眼观鼻，鼻观心，煞有介事，我拿出个论文，三十五个脚注，是不是？言必及经典，言必及来源，但是那个对着谁呢？那是一个专业场所，那不是一个这样面对芸芸众生的一个演讲，所以我也是看人下菜碟。

张越：也就是说在做节目的时候，其实您是有意识地把这些学术研究用一个比较通俗的、有趣的方式表达出来。

刘心武：对，其实我所讲的，有人说你编故事，其实我都有依据。有人说你为什么不把你的依据讲出来呢？这是很麻烦的，你比如说我讲到秦可卿，她的原型，跟胤礽家族有关，胤礽他开头呢，为什么叫胤礽？后来为什么叫允礽？以及就是当时比如清朝有关的史料，我一一说明出处，是哪部书的第几页，或者我参考了哪些人的有关的著作，那你想这个节目能播出来吗？播出来以后能有人看吗？是吧？毕竟这是《百家讲坛》，我不是要完成一个我的学术成果，也不是说听了我的人以后就纷纷做《红楼梦》的学问，他能够对《红楼梦》感兴趣，目的就达到了。

张越：我想可能学者们是担心怕观众如果听说过很多其他版本的东西之后，他把各种各样的版本混为一谈，把文学作品，把戏曲，把电影、电视剧跟真实的历史混为一谈，比方说你问一个小孩说，你讲讲清朝历史，康熙皇帝是什么样的人，小孩会跟你说，他是韦小宝的哥们儿，韦小宝有七个老婆，其中有一个是他妹妹，这就毁了，大概学者是担心这个。但是如果我们观众有足够的识别的能力，我们知道是怎么回事，应该也不至于发生这种问题。

好，现在我们要给一点时间，给现场的观众，有愿意提问的，关于刘老师的红学研究，有愿意提问的，现在可以提问。

观众一：刘老师到《百家讲坛》来，揭秘《红楼梦》，揭秘秦可卿，他在《红楼梦》红学当中又创了一个分支——秦学，对他这种钻研精神和研究态度，我也是很佩服。但是我就是根据我的水平，比较差一点，有个问题我不理解，我想问一个问题，就是刘老师怎么创意或者是当时动机是什么？要研究《红楼梦》人物的原型？作为我这么一个普通的观众或者是读者来讲，我一下子搞不清这个关系，知道了《红楼梦》人物的原型，对我们理解《红楼梦》、阅读《红楼梦》这本书，或者是研究《红楼梦》，它的关系在哪个地方？我想过很久，还没想出结果来，想请教一下。

刘心武：问得非常好。这个问题是两个部分，一个就是我的研究动机，是否有不良动机。现在我就跟大家说，我没有不良动机，我觉得我的动机是良好的。因为我自己写小说，在写作当中就碰到一个问题，特别是80年代以后，20世纪80年代以后，外国文学的翻译就越来越旺盛了，外国文学新潮传到中国来了，那个时候作家之间言必及比如马尔克斯、福克纳什么的，就是你见面不谈的话你就落伍了，很多作家也是进行揣摩，他们怎么写的、怎么魔幻的、怎么变形，或者怎么意识流等，我自己也很热心，也参与这样一个过程，而且我从中也获得很多营养。但是我一想，我还是用母语写作的一个人，也不打算比如像有的作家到了国外就归化当地，用当地的语言写作，成为那个社会里面的一个少数民族作家，我也没走那条路，在中国我也还是坚持用自己的母语来写比较传统的写实性的作品。这样我就觉得，我首先还是要向咱们中国自己的古典文学里面的经典作品来借鉴，首选就是《红楼梦》。特别是那个时候我正在构思我的第三部长篇小说叫作《四牌楼》，这个小说构思的总体来说，它是具有那个自传性、自叙性、家族史的性质，而《红楼梦》正好是这样一部书，怎么把自己掌握的生活素材，这些生活当中真实的人、活生生的人，把他转化为艺术形象，就从原型升华为艺术形象，这是我要完成的一个事，这是我的动机了。当然研究《红楼梦》就要反过来了，因为它是一个成品，它呈现在我面前的是一个曹雪芹写完的东西，我就要看看它这个人物形象从哪里来的，这样对我的创作有好处，所以这是我的动机。

第二个问题刚才问得特别好。你要写小说，你这么去探索，你去搞秦可卿原型研究，以秦可卿入手，把所有那些你感兴趣的人物你都研究了，对我们来说，我们听你这个有什么好处呢？我觉得呢，我在这儿还要再次声明，就是我的研究是很个性化的，是一个个案，绝对不要觉得我的研究就是一个标准，就是一个正确的东西，就是一个你必须接受的东西。我到电视台录这个节目的时候，我就一再声明这一点，没有这个意思。那你没这个意思，你又不保证正确，你讲给我们听干吗呢？我引起你对《红楼梦》的兴趣。

我就讲到我在英国的一个遭遇，我曾经2000年，应英国邀请到英国讲过《红楼梦》，而且也是比较高级的邀请，是英中文化协会邀请的，我在那个伦敦大学也讲了。我当时就有几天很苦闷，因为我在伦敦大学校园里面，我做了一个调查，碰见一个大学生或者是我觉得他是大学生，其实有时候他不一定是。我就问他，你知道曹雪芹吗？你知道《红楼梦》吗？我大概是问了有二十个人，回答都是不知道，为零。我碰到二十个人，我获得的结果是一个零。回来以后我就赌气，我就到北大去，未名湖畔，我也找二十人，我说你知道莎士比亚吗？知道《哈姆雷特》吗？我遭到的是什么样的表情啊？你这人半疯吧？我能不知道莎士比亚吗？还有一个女生后来就急了，我连《哈姆雷特》我都不知道啊？我还用得着在这儿上学，你哪儿的？你谁啊？但当时我就觉得，中国大学生应该知道莎士比亚，应该知道《哈姆雷特》，这点大家别误会，这么二十个学生都知道英国的文豪和英国文豪的代表作，我为此首先感到高兴，应该知道，我们知道越多越好，但是这两个一对比，不是滋味，很不是滋味。

张越：感觉到强势文化和弱势文化的区别。

刘心武：而且我们的《红楼梦》本来是很强势的啊！写得那么好啊！两百多年前搁在世界文学，当时平行来看的话，它是一个高峰了，就长篇小说来说。可是我们的大学生对外国的作品那么熟悉，外国的那些大学生对《红楼梦》和曹雪芹就不知道，而且他们就不知道，他们非常有礼貌，SORRY，知道你是中国人，你的问题我很乐意倾听，您问的什么？噢，问的这两个，非常遗憾，我真不知道，他很难为情，他觉得他应该知道，给我一个满足，但是他就真不知道，他就可以不知道，你明白吗？就是它没有进入英国人的常识的范畴，而之所以北大学生跟我急，就是她认为这个莎士比亚、《哈姆雷特》，她觉得这是常识，不是知识。所以我觉得作为一个中国人，一个中国作家，我又喜欢《红楼梦》，我有责任，甚至于是，跟我见到的每一个人，来告诉他，曹雪芹伟大，《红楼梦》

很好，你不没兴趣吗？因为我碰到一些人说《红楼梦》不就是本小说嘛！《红楼梦》有什么啊？不就是宝黛恋爱、调包计、黛玉焚稿、宝玉哭灵，他们都是戏曲改编的那个印象。《红楼梦》里面还有秦可卿呢，还有好多别的人物呢，你得知道，我是这么一个心思。所以我的目的就是引起大家去读《红楼梦》，你读了《红楼梦》以后，你的看法可以完全跟我不一样，但是呢，你应该读，你是中国人，《红楼梦》是我们自己母语写作的一个文学作品，咱们什么时候也不能忘记母语啊！是不是？（掌声）

张越：还有哪位？

观众二：我觉得通过在《百家讲坛》听您揭秘《红楼梦》，我有这样的想法，我觉得您的阅读能力是超凡的。我以往看书的时候，小的时候是一页一页地读；长大了，有点思想内容了，就一句一句地读；可是我觉得您读《红楼梦》是一个字一个字地读，您把每一个字都推敲得很精细。现在社会比较浮，那么您能够这么静下心来，一个字一个字地、认真地在学术领域里不断地研究、开发、推敲，好像给这个浮躁的年代起了点静音的作用，我是这样想的。而对我自己来说，也给我一个很好的示范作用，我认为读书、做学问就是应该这样一丝不苟的。就说这么多。

张越：好，谢谢。

观众三：刘老师您好，就是说我看过你的不少的作品，但是我觉得可能这个秦可卿在里面是一个非常重要的人物，但是你对她的原型考证，同意你这种做法，但是你很多的人物进行原型考证，我觉得是不是都要进行原型考证？如果说都要进行原型考证的话，我们现在的作家，把自己的原型都写在那个地方，然后封起来，若干年以后我们拆开来看，看后代的人对他的考证，是不是和原来是一样的。就是作者可以未必然，读者未必可以不然，所以说我觉得原型考证有的时候是不是说不能占为主体？

刘心武：意思就是说原型是不是一个普遍推及的，对任何作品都要做这样的研究？当然不是！不但原型研究就不可以推广到任何作品，而且对《红楼梦》这样一部具体作品，或者任何一个具体作品都可以有不同研究方法，一定要有一个多元前提。《红楼梦》我是从原型研究和文本细读入手来进行解读，这只是我个人选择的一种方法，其他的人可以用完全不同的方法来研究《红楼梦》，而且我个人也没有说《红楼梦》里面所有的角色都要进行原型探索，比如它里面的空空道人、癞头和尚、跛足道人，是不是有原型的？我就没有进行原型研究，我认为这个可能就是作者想象的一种人物，所以没有那个意思。

张越：刘老师的意思是说找原型研究也得看那个作品的性质是什么。

刘心武：对。

张越：完全虚构的小说不能进行原型研究。《红楼梦》是一个有自传性元素的小说。

刘心武：对。

张越：若干年后，您如果研究《四牌楼》，您可以用原型研究的方式。

刘心武：她说得没错。

观众四：刘老师您好，主持人您好，我第一次读《红楼梦》是在中学的时候，那时候可能年纪小，也没有太多的像刘老师这样的高人指点，基本上可以算没有读懂，因为我当时的印象就是说里面的诗好多，词好华丽。在大学之后，因为图书馆书很多，所以读了好多像周汝昌周老先生的书，然后也读了一些刘老师的文章，对《红楼梦》有进一步的兴趣。但是那时候再读《红楼梦》，又根据书里面一些说法然后再去找，看你们说的是不是那么回事的那么一种心态。然后现在又看了《百家讲坛》这一系列您的讲座之后，对《红楼梦》又想再次读它一遍。我就想请问刘老师，您对我们这样，对《红楼梦》的认识不是特别深的这些年轻朋友，再读《红楼梦》的话，您有什么建议？谢谢。

刘心武：我的建议很简单，就是说，要尊重《红楼梦》，要读《红楼梦》，要能够从《红楼梦》发现乐趣，能够在阅读当中得到快乐，至于说你读了以后你产生什么样一些想法，你的审美最后产生什么样的效果，那是你个人的事情，那由很多因素所决定，那个我就不管了。我的目的就是引起你去重读。这次在美国，夏志清先生因为他坐头排听我演讲，上午听了下午还要来，我说您是不是下午就别来了，大热天的，纽约已经开始热了，他还来，来了以后坐头排，他还几次叫好，然后他接受记者采访，他说听刘心武的这个以后，我要恶补《红楼梦》，重温《红楼梦》，我听了很激动，因为我觉得他是专家，还不是一般的读者。如果我的演讲真的能够唤起大家兴趣的话，我的目的确实就达到了，真是不一定非得接受我这些具体的观点。

张越：千言万语，其实还是那句话，就是您同意不同意他的研究都没关系，他的目的无非是想让您觉得这个《红楼梦》挺有意思的，我回去看看，如此而已。

刘心武：对对。

张越：那您目前的工作，您称之为很边缘的工作，您的工作是由哪几部分组成的？

刘心武：我的工作是四部分组成：

第一，就是说我当年是以写小说引起大家注意的，所以我继续在写小说。就在这个月，我还在《羊城晚报》，它有一整版的《花地》，发表了六千字的小说，六千字小说是很典型的短篇小说了，是我从美国访问回来以后写的，所以我不断发表新的小说作品。

第二项工作，我写大量随笔。我这些随笔多数都是排解我自己心中的郁闷，因为现在社会压力太大，得忧郁症的人很多，心理问题很多，我经常对自己清理，自己进行心理卫生，所以我首先是写给自己和自己的亲人，以及那些跟我境遇相同的人，然后大家共同地做心灵体操。我记得我在十几年前写过一篇叫作《五十自戒》，这篇文章当时在一定范围之内有一定影响，我觉得我五十岁了，我会不会变成这样一个人，突然坐在客厅沙发上，想到自己已经不那么有名了，现在出名的作品都是别人写的了，特别是年轻的，开始叨唠年轻人如何不对，我说我要警告自己，不要这样生活，我觉得十几年来我现在可以很欣慰地给自己一个评价，我没有那样生活，我不嫉妒年轻人，我不嫉妒那些现在销量比我大的小说作家，不嫉妒那些排行榜上的作家，不嫉妒那些新获奖的作家，我继续做自己的事，这个当中我也通过随笔不断调解自己的心理，还有怎么看待社会上这些情况。这是第二个工作。

第三个，我写建筑评论，这个很多人不知道，这算文学吗？这个东西就是跨领域的一种书写，我已经出过两本书。

第四，《红楼梦》研究。我研究的大的方向是其实我主要是私淑一个红学大家，就是周汝昌先生，我是在周汝昌先生的指导下完成我的秦学研究的，我们这个研究是有两个最根本的出发点，说起来非常简单，一个就是说我们坚持让大家注意，就是《红楼梦》是曹雪芹的前八十回是一回事，高鹗是一个续书者，他的后四十回是另外一回事，这两个人不认识，生活的年龄段也不一样，没有过交往，因此就是说高鹗你说他续得好那也是他一个续书好，所以我们研究就是研究前八十回；第二个，我们前提就是认为前八十回、现在流行的版本也不好，所以你看我在我的讲座里面一再提到古本《红楼梦》。现在我就要告诉你，我现在正在做一件什么事？我就打算把周先生，他和他的哥哥，已经去世了，叫周祜昌，还有他们的女儿，用了半个多世纪所完成的，把十三种古本《红楼梦》，一句一句地加以比较，然后选出认为是最接近曹雪芹或者符合曹雪芹的原笔原意的那一句，构成了一个新的版本，这个版本现在很寂寞，虽然已经正式出版了，但是很寂寞。我打算向特别是年轻的读者推荐这个版本，我作为一个评点或者导读，或者不叫评点也不叫导读，叫比如说推介或者怎么样，这个符码还没有想好，现在也有出版社跟我在联络中，我要做这件事。这样的话，并不是说我们最后这个版本一定是最好的，但是我们努力地把我们这一个共同观点的这些研究者或者爱好者，把我们的成果奉献给这个社会，奉献给读者，特别是年轻读者。我们认为是一个比较好的版本，向读者推广。

张越：这是您的边缘工作的四项，您的边缘人生主要包括些什么内容？

刘心武：我边缘人生其中一个非常重要的内容就是到田野里面画水彩写生画，这构成我生活当中一个非常大的乐趣。我为什么在农村，我农村有一些村友，有的村友跟我特别好，他们腾出功夫以后就带我过去，因为他们知道哪儿还有些野景、野地，现在这个地方是越来越少，真是一年比一年少，开发商不断地去获得那些土地的使用权。但是，我要双手合十，就是在我选择的书房附近还有残余的湿地，还有一些具有野趣的田园。我去到那儿画水彩画，是我生活当中非常大的一个乐趣。

张越：就是说也许某一天，我们也会看到您的画册。

刘心武：这个不敢说，这个主要是自娱。

张越：充分证明了大家的一个观点，就是“不务正业”，同时也说明，其实每一项“不务正业”都是正业。

刘心武：对。

张越：谁规定一个人只能干什么和必须干什么？

刘心武：对。（掌声）

张越：那我们想简单地跟您讨论一下今后，因为我们都听了您讲秦可卿、讲妙玉、讲元春，那我们不知道您还会不会再到《百家讲坛》来讲《红楼梦》？如果再讲，您更愿意讲谁？

刘心武：可以考虑，但是我也不知道是不是听众感兴趣？

张越：那就现场征求一下意见吧，大家感兴趣吗？

观众：感兴趣。

张越：那看来只好这样了。

刘心武：要尊重，因为你一旦在社会上做一件事，使你这个行为社会化了，要老老实实听从社会的多数人的，尊重他们的愿望，听取他们的意见。

张越：好，那我们就期待着刘心武老师的进一步的更加有趣的揭秘《红楼梦》的讲座。好，今天感谢各位的参加，也谢谢刘老师！

刘心武：谢谢你，谢谢大家！

（此节目于 2006 年在 CCTV-10 播出）

周汝昌先生赠诗 

2010 年 CCTV-10《百家讲坛》开播刘心武《〈红楼梦〉八十回后真故事》前夕周汝昌先生赠诗：

喜闻名作家刘心武先生再登央视讲红台

（一）

新红鲜绿倩谁栽，一望荒原事可哀。
可喜春风吹又到，种桃培杏满园开。

（二）

为有源头活水生，顺流千里百花荣。
新枝独秀添新意，开辟鸿濛最有情。

（三）

不贵雷同贵不同，百川归海曰朝宗。

也曾一掌思遮日，无奈晴空有九重。

（四）

探佚缘何用力勤，草蛇灰线重千斤。
当仁不让真侠义，首尾全龙慰雪芹。

庚寅新正廿五日定稿

献给少年读者阅读《红楼梦》的十个锦囊

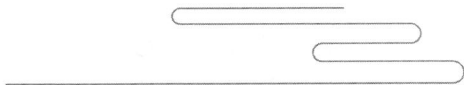

【第一个锦囊】甄英莲被拐

——懂得悲剧，珍惜美好

少男少女们，我要献给你们阅读《红楼梦》的十个锦囊。第一个锦囊，我要讲一讲甄英莲被拐的故事。

《红楼梦》是一部悲剧。什么叫悲剧？20世纪我们有一位伟大的作家叫鲁迅。鲁迅先生告诉我们，悲剧就是把人生有价值的东西毁灭给人看。也就是说美好的人、美好的事被毁灭了，这就是悲剧。那么《红楼梦》第一回就把这个悲剧的调子奠定了。

它讲了一个什么故事呢？它说在苏州这个地方，有一个门叫阊门。作者说，这阊门最是红尘中一二等富贵风流之地。什么意思？就是在这个世界上，在人们的生活当中，这个地方第一叫作富贵，是说它普遍生活比较富裕，又叫作风流，是说它有文化的意思。这个地方住着一个人，叫甄士隐，他的身份是乡宦。什么叫乡宦？他当过官，后来不当了，回到家乡居住，这种人被叫作乡宦。甄士隐过着一种很好的小康生活——观花修竹，酌酒吟诗。他家的住宅比较像样子，有花园，他能够栽花、栽竹子，有时候修理竹子，没事还可以约着朋友一块儿喝酒、作诗。

甄士隐这家人，你看不是本来过着挺好的小康生活，挺有诗意的。他和妻子有一个独生女儿。他的妻子很长时间都没有生育，都年过半百了，才生下一个小女儿，所以他特别喜欢这个女孩子，经常把她抱在怀里。

有一天甄士隐抱着女儿——取个小名叫英莲，甄英莲，出门到院子外的街上看热闹。这时对面走来了一个道士、一个和尚。这道士是一个跛足道士，瘸腿的，和尚长一头癞疮。两人走来以后，和尚见了甄士隐抱的这个小女孩，忽然说了很可怕的话："施主，你把这有命无运、累及爹娘之物，抱在怀内作甚？"这话很可怕。施主是过去和尚对遇见的人的一种称呼，因为和尚主要靠别人施舍来生活，比如说他们捧了一个碗，讨点饭；有时候捧着一个钵子，你给他点钱，是吧？所以他们对所有施予他们财物的人就叫作施主。

什么叫有命无运？就是说这小姑娘，虽然她获得了一个生命，可是今后她生活当中没有好运气，而且因为她的不幸，还会连累到她的爹妈。那么这个话出来以后甄士隐就很不爱听。当然不爱听，你的父母听这样的话会喜欢吗？就觉得这个和尚说的是疯话，不理他，转身回到院子里面去了。

过了一段时间，到了元宵节。街上很热闹，过去有那种风俗，尤其是江南，就是一到这种节日，街上就有过会的，又叫作社火花灯。什么意思？就是很多居民自动组织起来，装扮成各种神话故事里面的人物，从街上走过来游行，一边还提着各种各样的灯笼，有时候还放烟火，很好看。

那么到了这一天，小姑娘甄英莲很想看热闹。父母年纪大了，一时大意了，没有亲自带她出去，而是交给了一个仆人，叫霍启，说：你把她带去看社火花灯。那么仆人就把甄英莲带出去了。看社火花灯会沿着街，随着游行的队伍往前走，一步步地离家就越来越远了。这个时候仆人忽然觉得内急，想方便，就把这甄英莲放在一个人家门槛上，自己方便去了。方便完了回来一看，这门槛空了，孩子没有了，甄英莲被拐子拐走了。

你说，《红楼梦》这部书第一回就写这么一件事情。它干吗？它给全书定一个调子，它写悲剧。甄家本来生活挺好的，对不对？结果年过半百的父母一下子失去了自己的独生女儿，多惨啊！后来书里交代这个甄英莲被拐了，养大以后，把她当成一个东西，卖给人家了。书里面后来写的甄英莲，她长大以后不记得自己是哪儿的人了，不记得自己父母是谁，也不记得自己姓甄，更不知道自己叫甄英莲。她后来被买去的人家另取了名字叫香菱。

甄家后来很惨，失去了心爱的女儿以后，父母觉得活着都没有什么意思了，原来是观花修竹，酌酒吟诗，到后来就没有这个兴致了。他们家旁边有一座小庙，叫葫芦庙。葫芦庙到一定的节气，需要给佛像上供。上供当中有一种贡品叫炸供，就是要拿油煎炸一些东西，搁在盘子里头，摆在佛像前头。结果炸供时候怎么样呢？因为庙小，火大，这火就舔了窗户纸着了，扑不灭，就把庙烧了，庙烧了不要紧，连累整个邻居一条街全烧了。

甄士隐和妻子本来过着小康生活，通过女儿被拐走，又通过葫芦庙炸供失火，就全然烟消云散了，流落到乡下去了，非常凄惨。所以读《红楼梦》要读懂第一回，要读懂第一回里面甄家，甄士隐的故事，要懂得它一开篇写一个悲剧，就是为了给全书定下一个悲剧的总调子。所以现在你读《红楼梦》，我第一个锦囊就告诉你，你要把握它的悲剧的这样一个特点，它不是写喜剧，它是写美好的生活、美好的家庭、美好的人和美好的事如何遭遇灾难，遭遇恶势力，最后被毁灭了。

虽然这部书写在两百多年前，写的是一个古代的故事，但是时代发展到今天，我们都过上了远比那个时候美好的生活，社会上还有黑恶势力，还有拐子，同学们，你还面临着这样的一种生命的威胁。父母给了你一条命，但是你要不注意的话，可能会被拐子拐走，被黑恶势力引入歧途。所以我们今天读《红楼梦》，你读第一回，你打小就该懂得，作者实际上是在告诉我们珍惜宁静的和平的生活，要珍惜自己的父母，要珍惜自己的同学、自己的老师。要懂得如何去避免悲剧，让人间的悲剧逐步减少，这样我们就能有切实的收获。

这一讲我讲了一个开篇的悲剧故事，现在我问几个问题，看看你听完以后还记不记得。《红楼梦》的故事一开始发生在什么地方呢？是在南京吗？是在北京吗？是在什么地方？第一回故事甄家是在什么地方？好，那么讲到了甄士隐这家人，甄士隐是一个退休的官员，他和妻子有个独生女儿，取了一个什么乳名，你还记不记得？

给完你这个锦囊，我要接着给你第二个锦囊，也就是下一讲我要讲的内容，就是你要记住书里面所写到的这些青春女性。

为什么必须记住？因为这部书是献给女性的。它通过书里面的男主人公、男一号贾宝玉说了这样的话——女子是水做的骨肉，男子是泥做的骨肉。见了青春女性就觉得清爽，见了那些须眉浊物，那些成年男子就觉得浊臭无比。这很了不起。请期待我给你的第二个锦囊。

【第二个锦囊】金陵十二钗

——记住书中那些美好的青春女性

《红楼梦》了不起。过去的一些古典长篇小说，比如像《三国演义》《水浒传》《西游记》，这些故事里面的女性角色要么很少，要么就是一些白骨精之类的负面角色。到了《红楼梦》不得了，作者开始肯定女性的生命价值，他写了一系列青春女性的故事。那么这一讲题目就叫作金陵十二钗。

你可能纳闷儿了，你跟我讲这部书是写女性的故事，金陵十二钗是女性的意思吗？是的。金陵是一个地理概念。在书里面写的故事，这些人物，他们的出生地，祖籍都是金陵。金陵往小了说是南京，南京的别名是金陵。但书里面的金陵，是一个宽泛的地理概念，以南京为中心，南京的长江以北的扬州也算金陵，离南京不远的无锡、苏州也算金陵，乃至于从南京往南，远一些的杭州也算金陵，它是一个大金陵的概念。

那么书里面的这些青春女性，她们的祖籍就都是在这片地方。什么叫十二钗？钗是什么意思？钗，在古代是一种女性绾头发的东西，长长的，可以插在头发上，把已经梳好的头发固定住，同时它又是一个很好看的装饰品。

书里面写了一群姑娘，青春少女，其中多数都是小姐，都是贵族家庭的女性，所以书中就用钗来代表女子，金陵十二钗就是出生在金陵地区的十二个女子。实际上《红楼梦》里面写到了很多青春女性，不止十二个。为什么叫金陵十二钗呢？你看第五回就明白了。

第五回写贾宝玉睡午觉，做了一个梦，梦见上天了，一个什么地方？太虚幻境，一个虚无缥缈的地方。遇见了一个仙女，警幻仙姑。警幻仙姑领着贾宝玉在太虚幻境游览，看见了好多宫殿，一座宫殿上面有个匾，写着“薄命司”，什么叫“薄命”？也就是没有好命运。

贾宝玉进了这座宫殿，里面原来是存放档案的，存放了一些女子的档案，有好多大橱柜。为什么这些女子的档案都储存在这样一座宫殿里面？因为她们有个共性，她们都是薄命的。他就看这柜子上，有的写着“金陵十二钗”正册，有的写着“金陵十二钗”副册，还有的写着“金陵十二钗”又副册。一册就是装订起来的一本书。那么可见最起码就有三组，每组十二个金陵女子的档案，对吧？

贾宝玉问警幻仙姑，说我常听人说金陵极大，怎么会才有十二个女子？警幻仙姑的回答是这样的，说金陵地区的女子非常多，但是我们宫殿里面只存档最重要的那些女子的档案。所以不是每个女子都有资格被写在册页上。书里还写贾宝玉打开橱柜，随便来翻这个档案，写得很有意思，他先翻的不是正册，而是又副册。翻了两篇，看不明白，没有兴趣就放回去了。然后又取了副册翻了一篇，也看不明白，又放回去了。他最后取出这个正册，就从头到尾全看了。

这档案设计得很有意思，都有一幅画，旁边有一些字。这些画就是这些女子命运的走向和最终结局；这些字叫作“判词”，好比我们上学，到学期结束都有操行评语，是吧？这老师有一个总结，那么这些画旁边的字就等于是一些关于这些女子的命运的总结。“金陵十二钗”正册的十二个女子，是书里最重要的十二个角色哟，同学，你可一定要记清楚哟，哪十二个？

现在我们来算一算，首先有两个是并列的。这两个不分一二，不分名次，并列第一，就是林黛玉和薛宝钗。

书里面不是有一个男主人公叫贾宝玉吗？是京城荣国府的一个贵族公子。林黛玉是他的一个姑表妹。薛宝钗，年龄比他大一点，是他的一个姨表姐。什么叫姑表妹？就是他父亲的妹妹的女儿。什么叫姨表姐？是他母亲的妹妹的女儿。这两个女子在书里面戏份特别多，是非常重要的两个女性角色。记住了吗？

林黛玉、薛宝钗，这两个人合化为一幅画，一首判词。然后金陵十二钗，还有四位小姐，你要记住，都是《红楼梦》里面写的京城贾氏宗族的小姐，她们都姓贾。第一位是贾元春，她是贾宝玉的亲姐姐。书里写贾元春很早就进宫了，成为一个皇妃。然后是贾迎春。贾迎春也是贾宝玉的姐姐，但是跟他不同父也不同母，是他伯伯的一个女儿。还有一个叫贾探春，她跟贾宝玉同父，但是不同母。所以读《红楼梦》要知道当时社会跟现在不一样，当时一个贵族的老爷，除了有正妻以外，还可以有小老婆。贾探春就是书中贾宝玉父亲的一个小老婆生的。贾宝玉是他父亲的正妻王夫人生的。还有一个小姐叫贾惜春，这贾惜春的身份你可要注意，她也属于贾宝玉的一个妹妹，但是她不但跟他不同父不同母，而且也不是一个府里面出来的孩子。因为在《红楼梦》里面，贾氏宗族有两个府，一个叫作宁国府，一个叫作荣国府，最早的祖上是两个亲兄弟，后来分成两个府。

贾惜春是宁国府的，辈分和贾宝玉一样。由于书里写的荣国府的老祖宗老太太——贾母喜欢女孩子，所以她把这一辈女孩子都拢到她身边来抚养同住。

那么这说了几钗了？才说了六钗。还剩六钗是谁？有一个叫作史湘云的很重要的角色，她是贾母的一个堂侄孙女儿。具体亲戚关系我就不给你细掰了，你回家问你父母去，这是一个亲戚。这个美丽的女性从小父母双亡，被她的两个叔叔婶婶轮流抚养，因为她和贾母有亲戚关系，所以经常会被贾母接到荣国府来居住，在书里成为一个非常重要的角色。

还有一个女性叫作妙玉，她是一个尼姑，但她这个尼姑很特殊，她带发修行，也是书里很重要的一个角色。

那么现在有几钗了？我们再重复一下，你往回想一想，并列第一的是林黛玉、薛宝钗两钗，贾家四位小姐，六钗，史湘云、妙玉，八钗了，对吧？还有四钗是谁？有一对母女，一个是王熙凤，一个就是她的女儿叫巧姐。王熙凤在书里面也是个青春女性，但是她已经出嫁了。她是书里面一个非常强势、性格泼辣的女性。她在荣国府是管事的，是管家婆，在书里面戏份非常多。她女儿出生在农历七月初七，巧不巧？巧得很，所以后来就取名叫巧姐。这两个女性也是金陵十二钗当中的两钗。还剩两钗。一个叫作李纨，她是贾宝玉的亲哥哥贾珠的妻子。那么还有一钗是一个神秘人物叫作秦可卿，她是宁国府这边的一个叫贾蓉的贵族公子的媳妇。算起来，金陵十二钗就由以上这十二个青春女性组成。

请注意在第五回里面，作者写贾宝玉翻看“金陵十二钗”正册的时候，它的排列顺序跟我说的不一样，我这么说是为了让你容易记住，它的排列就更有深意了，今后你读《红楼梦》就要去琢磨。在第五回里，他写金陵十二钗的顺序，是有特别安排的。第一二不分名次是林黛玉、薛宝钗，然后是贾元春，然后是贾探春，然后是史湘云，然后是妙玉，这之后才是贾迎春、贾惜春、王熙凤、巧姐、李纨、秦可卿。

那么你就掌握了“金陵十二钗”正册的十二个女子，利用这个锦囊的方式，就是根据每一个女子，你可以检索《红楼梦》的内容。比如说我这一次要重点把贾探春的命运捋一遍，你就根据回目挑出有关她的部分仔细阅读，其他的十一钗可以用同样的方法来进一步熟悉。当然如果你是对金陵十二钗正册十二个青春女性都熟悉的同学了，那么你还可以有更高级的使用锦囊妙计的方式，因为在书里面除了“金陵十二钗”正册以外，还有“金陵十二钗”副册，作者只公布了一个人，你作为一个聪明的同学就可以和你的同学们老师们家长们一起讨论，另外十一钗是谁，会不会有薛宝琴、尤二姐、尤三姐？你们去讨论，去琢磨。你把握的金陵十二钗这样一个切入的方式，就等于掌握了一个锦囊妙计，可以变着法地进入《红楼梦》的世界。

好，那么下面留几个问题，你回去琢磨，请问林黛玉跟贾宝玉是什么关系？薛宝钗和贾宝玉又是什么关系？贾氏宗族的四个小姐都是谁？她们当中谁跟谁是既同父又同母，谁跟谁是同父不同母，谁跟谁是既不同父也不同母，而她们是平辈的。是吧？你去琢磨好吗？

下面要期待我的第三个锦囊啰！

【第三个锦囊】绛洞花王

——怎样欣赏书里的“男一号”贾宝玉

我一开始讲《红楼梦》是一部悲剧，我告诉你在两百多年前的封建时代，那是一个男尊女卑的社会，可是作者却把他的同情心给予了青春女性，他除了写了大量的青春女性，还塑造了一个去呵护这些青春女性的男性角色，就是贾宝玉。贾宝玉这个角色很超前，有研究者指出，实际上在两百多年前的封建社会，应该说没有出现真正的和书里面的贾宝玉可以大体画等号的人物，这是作者理想化的产物。

我们要了解贾宝玉当然就需要通读《红楼梦》，但是如果我们在没有通读的情况下，该怎么把握贾宝玉这个重要的角色？要抓住要点。

作者将贾宝玉写成一个复杂的人物，性格有好多方面，主要的方面是什么？我们作为学生阅读《红楼梦》，从贾宝玉身上汲取什么样的精神营养呢？请注意，你一定要记住书里的贾宝玉说过一句话，四个字，哪四个字？世法平等。贾宝玉在书里面作为一个艺术形象，两百多年前就鲜明地提出他的主张，就是在这个世界上有一个法则。什么法则？平等法则，人与人是平等的，人生而平等。其实人生而平等这样一个宣言在美国都出现得很晚，但是在我们老祖宗的《红楼梦》里面，就通过贾宝玉之口说出来了，世法平等。

所以你读这部书，贾宝玉的各种行为，各种情节故事都要抓住这个要点。书里面有三段情节体现了贾宝玉的这种平等思想。

第一段是书里写到贾氏宗族两个府第，一个是宁国府，一个是荣国府，宁国府辈分最高的是贾敬，他的儿子叫贾珍，贾珍跟贾宝玉是一辈的，他们是堂兄弟。贾珍的儿子叫贾蓉，贾蓉娶一个媳妇叫秦可卿，书里面交代了秦可卿的养父是一个小官吏，这个养父有一个亲生的儿子叫秦钟。书里写得明明白白，这个养父是一个宦囊羞涩的存在。什么叫宦囊羞涩，就是他的钱包里面的银子非常少，都不敢跟人提，提起来觉得脸上无光，叫羞涩。当官得到的工资很低，没钱。但是书里面就写有一天，贾宝玉到宁国府来玩，见到了秦钟，按辈分的话，秦钟比他还矮一辈，但是贾宝玉不因封建社会的那种辈分的等级去轻视秦钟，也不因为秦钟他们家穷，他父亲宦囊羞涩，就看不起秦钟。他一见秦钟，就一见如故，觉得秦钟首先是一个帅哥，模样很清秀就不需要说了，谈吐又很有文化、很有修养，很聪明、很伶俐，顿时就喜欢秦钟，想跟他交朋友。首先跨越了辈分的不平等，又跨越了贫富的不平等。他甚至面对秦钟有这样惭愧的心思，他说："面对这样的一个聪明伶俐的少年朋友，我就成了泥猪癞狗了。"他把自己贬低说在泥里打滚的猪，长着癞疮的癞皮狗了。他真诚地这么贬低自己，就觉得啊呀，早见到他多好啊，我们交个朋友多好啊！当然书里面讲秦钟见到贾宝玉之后，也很欣赏宝玉，说宝玉原来是荣国府的大公子，而且都知道他将是今后荣国府的府主，比如说贾政如果去世了，那么他就是继承人。而且眼前的这个宝玉穿得非常的华丽，身边有很多人伺候，不但有丫头还有小厮，秦钟就觉得"贫富"这两个字太限制人生了。因为他那么富有我这么穷，我都不好跟他交往，没想到他主动要跟我交往，于是两个人就交往上了。

书里后来写这个秦钟死掉了，死掉以后就没有情节了吗？过了很多回之后，忽然有一个照应说宝玉在秋天，他住的荣国府大观园里面的荷花谢了以后，长了莲蓬，他亲自摘了很多新鲜莲蓬，让他最亲近的小厮焙茗，拿到秦钟的坟上供上。这是书中第一个例子，说明贾宝玉尊崇世法平等的为人处世的原则，待人平等。

第二个例子，宝玉身边一个丫头叫袭人，到过年时候，荣国府就容许袭人回家探亲。你想袭人是一个丫头，所探的亲也是社会上的街巷里面的穷人家，可宝玉对袭人平等对待，他就让他的小厮焙茗陪着他，悄悄地去了袭人家。袭人全家一看大吃一惊，怎么国公爷的后代、荣国府的大公子到我们家来了？宝玉不觉得自己高高在上，他觉得我跟袭人是朋友啊，我看看她们家怎么过年，他完全是一种平等的态度。

第三个例子就更说明问题了，前面不是说了，宁国府贾蓉的媳妇是秦可卿，秦可卿死掉以后，办了很大的丧事。那个时代人死了以后，装进棺材后不马上掩埋，要送到一个地方去保存起来，选择一个吉利的日子再下葬。贾氏宗族有一座自己的家庙，叫铁槛寺。所以就把秦可卿的灵柩送到铁槛寺去，管理整个丧事的总指挥是王熙凤，是宝玉的一个嫂子。

王熙凤很喜欢宝玉，那么宝玉跟秦钟是好朋友，所以她也连带很喜欢秦钟。在送灵柩的队伍从城里到城外去往铁槛寺的途中，王熙凤让宝玉、秦钟和她坐一个车，后来王熙凤想方便一下，就让车离开了这个浩荡的送殡队伍，到了一个村庄，当然有很多仆人，丫头婆子给王熙凤去布置出一个单独的房间，让她在里面方便，洗手洗脸。宝玉跟秦钟就在这个农村里面闲逛，这两个城里的少年一到农村看什么都新鲜，看到农具也新鲜，看到房子泥巴都新鲜，到了屋子里看到炕上有一个东西不知道是什么，好像能转，两个人就上炕摆弄，这时候听见有一个姑娘说话，你别乱弄，别弄坏了，我转给你们看。原来那是一个纺车，知道纺车吗？

就是在那个时代种了棉花以后，把棉花去籽，放在纺车上把它纺成线。这个农村的女孩子就纺给他们看，说这个东西这么用，正在这个时候，有人叫这个女孩子，二丫头你跑哪儿去了，二丫头下炕就走了，这场戏写到这儿按说也就没什么可写的了。

但是作者写得非常好，他写王熙凤完了事，回到车上又把宝玉和秦钟叫上。这时宝玉从车窗往外一看，一群农村姑娘走过来，其中就有二丫头，而且二丫头抱着她的小兄弟，说着笑走过来。这时有一句《红楼梦》里面很重要的话，哪句话啊？“宝玉恨不得下车跟了他去”，他觉得农村生活那么美好，二丫头那么纯朴，劳动是那么样的美妙，我自己作为一个贵族少爷没什么意思，我干脆下车，在农村跟二丫头他们一起生活算了。他的想法是真实的。两百多年前的作品，这个不得了，所以作者写贾宝玉的形象是很有高度的，他真是有一种非常平等的思想，他连农村里土得掉渣的丫头都尊重，甚至想跟她一起生活。

《红楼梦》里面写贾宝玉是立体的，不只写他的优点，也写他的毛病。

如果你是一个对《红楼梦》很熟悉的同学，那么我要考考你了，你仔细读过第三十回吗？第三十回写了贾宝玉的五个行为，其中有两个行为很不好，有两个行为很不错，有一个行为无所谓好无所谓不好，我不可能在这儿展开，告诉你这是一个作业，就是你要知道贾宝玉是一个活生生的贵族公子的形象，他有毛病，比如说他因为是贵族公子而有特权，他发脾气的时候可不得了，会造成别人的悲剧。而且他有的时候很轻佻，由于他和他母亲身边的一个丫头金钏胡乱逗趣，导致金钏被王夫人撵走，最后觉得很羞耻而跳井自杀。所以宝玉不能成为你完全去学习的一个榜样。你作为一个女学生，不可以觉得我就要喜欢宝玉这种型、这种表现的男孩子。

但是不管怎么说，作者写出了宝玉心灵和灵魂当中闪光的东西，我一开头就告诉你了，现在再给你总结一下，读《红楼梦》我们应该从贾宝玉身上汲取什么样的精神营养呢？哪四个字——世法平等。平等观念，作者在那个时代就通过这部小说，通过贾宝玉的形象提出来了。人生而平等，这是后来写在美国《独立宣言》里面的话，但是在我们《红楼梦》里面，贾宝玉老早就喊出来了。所以《红楼梦》是一部伟大的书，贾宝玉精神当中的这一面特别值得我们很好地去汲取营养。

【第四个锦囊】饯别花神

——书中最美丽的场景

上一讲讲的是贾宝玉。上一讲的锦囊怎么利用呢？就要从书里面去找出那些能体现贾宝玉履行“世法平等”人生原则的情节和故事。宝玉小时候给自己取了一个外号叫作“绛洞花王”，绛就是投降的降，降落的降，把耳边去掉变成一个绞丝边，这字读绛（jiàng），红色的意思，他把自己形容为在一个红色的山洞里保护百花的王子。那么书里面就写了很多青春女性，像百花齐放一样；又写了很多美好的景色，特别是春天的景色，更是实打实的百花齐放。一开头不就说了嘛，《红楼梦》是一个悲剧，它先把美好的场景展示给你，再写这些美好场景的消失，以至于一些美好人物悲惨的命运。所以我们在这一讲里面就要重点把握书里的一些美好的场景，大场面。

首先是一个春天的场面，书里有一段情节写的是饯别花神。饯别，就是举行一个仪式，跟人告别，送人走；花神是什么？就是假设在人间有很多花开放，那么这些花都是由天上的神仙管理的，管理春天的花神最忙碌，因为春天花最多。大家想一想，比如说迎春花开放得最早，黄颜色的，看见过吧，然后桃花、杏花、李花、梨花，白的、粉白的、粉红的陆续开放，还有像丁香，散发出馥郁的香气，像海棠，非常的美丽，像玉兰，很多很多的花，那么春天的花多到什么地步呢？很多花是重叠地开，你还没有谢我就开了，有一种开了另外一种又开了，但是春天的花有一种最后才开，过去有一句古诗叫作“开到荼蘼花事了”，什么意思？有一种花叫荼蘼花，它是一种藤蔓花，荼蘼花一开，就说明春天所有应该开的花都开完了。荼蘼花开完了，关于开花的事务就了结了。

谁在管理这些春天的花以及开花的事情啊？花神，春天的花神。所以这些书里面的小姑娘、小伙子，他们就觉得有一个花神在管理春天的这些春花。最后春天过去了，花神就结束了她的有关管理开花的事务，她要走了，就要给她送行，当然夏天还有花，秋天还有花，冬天还有花，但是春花是最多、最美丽、最值得珍惜的。书里写的哪天是送别花神的日子？是农历的四月二十六日。那么书里面的那一年，这个日子正好是农历的二十四节气的芒种，他们就在这一天送别花神，当然这是春天的花神。

书里写荣国府后来为了迎接府里的大小姐贾元春，因为她已经到了皇帝的身边当了贵妃，回来省亲，府里就造了一个很大的园林叫作大观园。书里对大观园有很具体的描写，美极了。大观园里面又分很多具体的院落，由不同的人来居住，你当然记得了，贾宝玉住在哪儿？怡红院，怡红院的景色什么特色？蕉棠两置，就是他的正房前面一边是海棠花，一边是芭蕉树，很美。那么林黛玉住在大观园的什么地方呢？潇湘馆。潇湘馆什么景色啊？叫作凤尾森森，龙吟细细。潇湘馆里面的竹子长高以后，竹梢就垂下来，好比是凤凰的尾巴，凤凰的尾巴特别多，就叫凤尾森森；龙吟细细，是说园子里有一股水从潇湘馆的墙上穿过一个孔，流进一条细细的小渠。过去认为龙是一种产生水的神奇动物。所以，龙嘴吐出了水，水又不多，细细地流过，好像吟诗一样。美不美啊？很美的。

又写到薛宝钗住进了大观园里的蘅芜苑，这个庭院里有很多大山石，很多攀缘植物，很多香草。又写贾探春住在秋爽书斋，简称秋爽斋。贾迎春住在紫菱洲，后来又说住在缀锦楼。贾惜春住在藕香榭，后来又住在暖香坞。这都是一些美丽的园林建筑。还有李纨带着儿子贾兰，住在一个布置成农村景象的园林里，叫作稻香村。都很美丽。

那么到了这一年的四月二十六日，大观园里这些女孩子，小姐啊丫头啊，自己先把自己打扮起来了，打扮得很漂亮，她们干吗啊？她们举行一个仪式来饯别花神，开到荼蘼花事了。荼靡花都开过了，春天结束了，管理春天花卉的神仙您辛苦了，我们送您回到天上休息去。她们怎么来欢送花神啊？她们就拿着彩纸、彩缎、彩绸，还有针线缝制成的很多小轿子、小马车来欢送。因为她们想象这个神仙回到天上以后也需要交通工具，就准备了轿子和马车，她们做得小小的，象征性的。此外，古时候欢送一个人，或者迎接一个人，还有仪仗队。

那么大观园的这些青春女性高兴得不得了，把饯别花神当成一个节日来过，把它过成饯花节。她们把这些做好的小轿子、小马车拴在花园的树枝、灌木枝、花枝上，还在这些植物上系了很多彩带，风一吹整个大观园里这些彩带美丽地飘动着。

书里写了很多这种美好的场景，大场面，除了个人有个人美好的一些表现以外，作为一个女儿群，青春女性的群体，她们有很多群体呈现美丽的场面，饯别花神就是其中一个很重要的场景。

那么这个锦囊给了你以后你怎么使用呢？你就要检索《红楼梦》，这是一个春天的大场面，有没有夏天的大场面呢？是有的。比如说后面有写到，在夏天，牡丹花、芍药花开了，这些青春女性聚在一起过生日，她们划拳、喝酒、嬉笑，也是很美丽的场面。到了秋天，有吃螃蟹、赏菊花、吟菊花诗的场面。

冬天有没有美丽的场面呢？也有的。在冬天，整个大观园变成了琉璃世界，下雪了，园子里有一个小山坡，在小山坡上出现了一个什么样的情景呢？有一个美丽的少女站在那里，披着一个华丽的斗篷，这个斗篷叫作凫靥裘。什么做的啊？用野鸭子头上的毛，拼在一起做成的，得多少只野鸭子哟，只用野鸭子头顶上那一块，闪闪发光的青绿色的毛。那么后来就呈现出一个非常美丽的画面，在积雪的山坡上站着一个美丽的女子，她旁边站了一个丫头，丫头抱着一只瓶子，瓶子里面是红梅花。当时书里面的老祖宗贾母就赞叹了，说你们看这个雪景，这个女孩子站在那儿，旁边又一个女孩子，这个真人的景象不比我屋里挂的那幅双艳图，那是一幅古人的名作，还漂亮吗？所以冬天也有美丽的景象，你掌握了这个锦囊，你就可以在书中不断发掘各种美丽的大场面。

我不能一一给你列举，你自己找去。那么塑造这些场面达到什么目的呢？懂得珍惜春天，珍惜青春，珍惜你的少年年华，因为青春一去不复返，花谢以后要等到第二年才能再开，书里面有很多这种句子，值得你玩味。花落水流红，什么意思？花瓣纷纷飘落在大观园的水里面，随着水漂流。因为花瓣太多，红花瓣把水都变成红颜色了。书里面有这样的诗句——春梦水云散，飞花逐水流。春天像梦一样，随着风吹，随着时间的漂移，最后都会散去，那么飞动的花瓣最后像前面所说的那样随着水流逝了，所以这也和我在第一讲里面，告诉你《红楼梦》是一个悲剧，是贯通的，是紧扣在一起的，一定要懂。

这一课最后，我还是要给你留作业，刚才已经说了，再重复一遍，除了我所举出的饯别花神这样美丽的大场面，那么还有哪些群体性的美丽的场面，特别是夏天的、秋天的、冬天的，你自己去翻书，通过这个锦囊你可以有很大的收获。

【第五个锦囊】扑蝶·葬花·醉卧·穿花

——书里最美好的人和事

前面讲的这个锦囊，就是让你能从书中检索出那些美丽的群像大场面，感受群体的美。那么这一讲呢，要讲具体个别人物的美的行为，让你懂得他们生命的美，行为的美。这一讲要讲四个人物的美丽瞬间——扑蝶，葬花，醉卧，穿花。

扑蝶，同学们马上笑了，你知道是薛宝钗，薛宝钗在书里面是一个非常美丽的女子，她平时是很端庄的，她是说话做事都不逾矩的。但是在大观园里面，她毕竟是一个少女，有一天她看见有一只美丽的蝴蝶在前面飞动，她就忍不住从袖子里面抽出了扇子，可见是一把折扇，如果是一把团扇很难放在袖子里。那么她就抽出这把扇子打开去追逐蝴蝶，去扑这只蝴蝶，这个画面就叫作“宝钗扑蝶”，是书里非常重要的一段情节。

书里写薛宝钗扑蝶这段非常有意思，一下子没扑着，还想扑，蝴蝶呢，就扇动翅膀往前飞。在这个情节当中出现了一个美丽的建筑叫滴翠亭，一座曲折的小桥通到建筑在湖中央的亭子。滴翠亭有什么特点呢？四面都有窗户，这个窗户是可以推开、关上的，那么她追这只蝴蝶，蝴蝶就往桥那儿飞，追到桥上蝴蝶又往亭子那儿飞，她就追到亭子那儿去。没追上，她想放弃，这时候突然听到亭子里面有两个小丫头在说话，说的是一些隐秘的事情，是一些私房话，薛宝钗没有偷听的意思，但是扑蝶扑到那儿了，不听也得听，就听见了，很难为情，听见说私房话不合适，那怎么办呢？而且亭子里面两个丫头有这样的对话，咱们在这儿说话，要是有人在窗外听见了多不好啊，咱们赶紧把窗户都打开吧！

薛宝钗是一个很有心机的女子，她虽然是贵族小姐，平时端庄宁静、蔼然可亲，但是关键时刻她很有应变能力，她把脚一跺，说“颦儿你往哪里跑”，“颦儿”是她给林黛玉取的一个外号，她就用这个办法来掩饰自己听到了亭子里面两个丫头说私房话。那么正在这个时候，那两个丫头果然把亭子的窗户打开了，看见她了，她一不做二不休，干脆走进亭子，说你们把颦儿藏起来了，把林姑娘藏起来了，故意在里面找一圈，又说可能是到那边山洞里面去了，被蛇咬也就罢了，她就从亭子那边的桥又上岸了。

这一段情节很重要，第一它描写了一个贵族小姐扑蝶的场面，第二它对塑造薛宝钗这个人物，突显她的性格起到了非常好的作用，她既聪明美丽，又很有应付突发事件的能力。当然这个里面有一点不对，因为不管怎么说，你别让两个丫头认为是林黛玉先到窗户外头听见她们的话，是不是？所以历来有一些读者认为她这样做不合适，会造成两个丫头对林黛玉产生恶感，但是从书里写的情节发展来说，她这也是没有办法的办法，恐怕她不是故意要去栽赃林黛玉，诬陷林黛玉。它写了人在紧迫情况下没有办法的一种应付手段。

那么这是里面的一个人，一个行为，就是宝钗扑蝶，一个美丽的画面。

下面紧跟着我要告诉你，是一个千古以来，当然“千古”有点夸张，因为《红楼梦》到现在也就两百多年，就是在很长时间以来，人们铭心刻骨的记忆，就是《红楼梦》里面的一个场面——黛玉葬花。

黛玉葬花怎么回事，上一讲不是讲了，春天百花谢落，花瓣落了满地，甚至落到水里面去，那么怎么解决这个问题？黛玉葬花是一个连贯性的行为艺术。行为艺术，这种艺术方式，在西方，在我们国家以外，是20世纪后半叶才出现的，它不是说简单地画一幅画，或做一个雕塑，它是用行为来表达一种艺术创造。举一个例子，有一些西方人爬到一座山上去，这座山比如说海拔五百米，他们有十二个人，就一个人趴着，再一个人趴着，最后一个人趴着，使这个山海拔人为地增高了一米，由别人把这个拍下来，叫作让山长高一米，拍完之后大家散去。行为艺术是一种时间艺术，过了以后就没有了。那么西方人就很得意，说你看我们西方艺术多发达，我们有行为艺术。其实，中国在两百多年前的《红楼梦》里面就有行为艺术。

林黛玉葬花就是行为艺术，怎么个行为艺术？第一她有特殊的行头，她有道具的，林黛玉扛着一个花锄，花锄头挂着一个花囊，可以装花瓣的，手里拿着一个花帚，把花瓣扫到花囊要有一个帚，同学你怎么想象的？林黛玉在书里是一个贵族小姐，身体很弱，老有病，扛着的能是一个那种刨地的大锄头吗？她扛得起来吗？你都扛不起来。能是一把环卫工人扫地的大笤帚吗？也不可能。她是精心制作了一种行为艺术的道具，从一些电影电视剧或绘画还原可以知道，她那个花锄，是细细的竹竿，前面薄薄的一个代表锄头的薄片，它很轻，她的身体能够扛得住。花囊，林黛玉会针线活，自己就可以缝一个，象征性的一个装花瓣的刺绣的小口袋，挂在这个花锄上。花帚那就讲究了，它可能是用一个细细的竹竿，下面什么啊，绑扎了什么啊，是现在用的笤帚吗？不是，是一些禽鸟的羽毛，优美不优美？把它扎在底下算是一个扫花的笤帚。而且林黛玉这个行为艺术是有声艺术，不是无声艺术，刚才我举那个让山长高一米，那是一个无声艺术，没有声音的，林黛玉是有声艺术，她事先就做好了一首诗，葬花词，她一边扛着花锄，花锄上挂着花囊，一手拿着秀气的花帚，一边朝着葬花的地点走去，一边吟唱一首自己创作的葬花词，优美不优美，这是《红楼梦》里面一个登峰造极的优美的人、优美的事、优美的画面，充满了诗情画意。

后来又出现了另外一个优美的画面，另外一个贵族小姐就是史湘云。史湘云的性格跟薛宝钗、林黛玉都不一样，薛宝钗比较文静端庄，轻易不发火；林黛玉体弱多病，有时候小性子说点儿尖酸刻薄的话。史湘云是大说大笑的，像男孩子一样的性格。那么就写史湘云和其他的一些大观园的姊妹们过生日，给人庆生，她喝酒划拳，喝醉了以后，就找了一处阴凉地，一块山石后面有一个石头的长凳，她用自己非常好的纺织品叫鲛绡帕，大手帕，包了一些芍药花当枕头，就在那个石凳上睡着了，风吹芍药花落了她一身，也是书中一个非常美的场景。她虽然不是像林黛玉那样有计划地去做一个行为艺术，她是醉卧，醉了以后不自觉的，但也等于是一个行为艺术，很美好，成为现代很多画家画不尽的题材。

那么前面讲的这个宝钗扑蝶、黛玉葬花、湘云醉卧，你可能都很熟悉，还有一个场景你可能忽略了，也可能注意到了，谁啊？做什么事啊？就是贾迎春。贾迎春在书里面是一个很懦弱的女性，谁都能欺负她，一点反抗能力都没有，一个很可怜的生命存在。但是书里写秋天，大家聚在一起，吃螃蟹，赏菊花，然后她们的诗社就决定来一次咏菊花的诗会，在准备写诗之前，先让大家静下来构思，就写了不同的小姐有不同的状态，有一笔写贾迎春在干吗呢？贾迎春独在花阴下，用花针串茉莉花。花针是那个时代的贵族妇女会用的一种，一般是象牙做的比较粗的针，针鼻也比较大。当时茉莉花已经开放了，她摘了很多茉莉花，把它们一朵一朵地串起来，串的少一点可以做茉莉花的手链，多一点可以做茉莉花的项链。一个懦弱的女孩子，老被人欺负、被人漠视，但是她也尊重自己的生命存在。

所以读《红楼梦》我给你一个新的锦囊，要懂得捕捉这些人的艺术行为，生活诗意，这种美丽的画面和美丽的行为。那么除了我举出这四个人四个行为以外，别人还有没有呢？有的，希望你回去以后好好准备准备，看看能不能再举出几个来。

【第六个锦囊】吟诗填词

——欣赏书里的诗词

《红楼梦》虽然是一部小说，它讲故事，可里面穿插了许多诗词歌赋。

你可能会说，哎，好多诗词我都会背啊，光会背一下《红楼梦》的诗词不成，我现在给你一个锦囊，就是《红楼梦》的诗词你怎么能够把握它呢？你要分几个层次。

第一个层次，你要把握住它是在一个什么样的情节的节骨眼儿上出现的，要知道它在推动情节发展当中起什么作用，这是我给你锦囊当中的，你要注意的第一招哦！

第二个层次，你要理解这个诗词文字表面的意思，这很重要，要会欣赏。

第三个层次，这不得了，它和一些单摆浮搁的诗词可不一样，它会通过诗词来表达写诗词这个人的性格，而且还会暗示这个人今后的命运走向和最终结局。

有的诗词是灯谜诗，所以还有第四个层次，如果它是灯谜诗的话，最后有一个谜底，打一个东西，你要去猜它打的什么东西。

所以你看根据我现在给你的这个锦囊，你再去读《红楼梦》里的诗词，就应该比原来只是去读啊背啊，收获要大得多。

现在呢，先举一例，请听一首诗：

能使妖魔胆尽摧，身如束帛气如雷。
一声震得人方恐，回首相看已化灰。

刚才我给你一个锦囊，现在我们用这个锦囊一步步地来欣赏这首诗。第一步，需要知道这首诗是在一个什么样的情节点上出现的。过年了，有一个环节是在闹元宵前后要猜灯谜，所以在小说里面出现这样一个情节，荣国府的大小姐贾元春进宫了，叫作贤德妃，她在元宵节前后让伺候她的小太监拿了一个灯笼，灯笼上写的诗，就是刚才我念的那首诗，拿到荣国府来让大家猜。

现在我们来看这首诗的表面意思，说有一个东西啊，妖魔都害怕，妖魔一听这个东西都丧胆，为什么啊，因为这个东西的形象非常有特点，它的身子像捆起来的布匹一样；如果发出声音呢，气息跟打雷一样，突然发声，像霹雳一样响，你回过头一看呢，哎呀，它已经化成一堆灰了。

我刚才给你锦囊了，你要进入第三个层次，这是谁写的啊，贾元春，她怎么写这么一首诗啊，作者为什么安排她写出这么一首诗啊！这首诗暗示她的命运，是一个不祥之兆。当然这是一首灯谜诗，它有第四个层次，打一物。同学，你猜出来了吗，它的谜底就是炮竹。

所以你看，你要学会欣赏《红楼梦》里的诗，根据我的锦囊提供的妙计去欣赏它肯定有收获。那么《红楼梦》的诗很多了，公子小姐组成诗社，他们有一社是咏白海棠，有一社是咏菊花，后来还出现咏红梅等场景，他们做了很多诗。他们结成诗社，不仅写诗，也填词，又到春天了，柳絮飘飞，史湘云带头开始以“柳絮”为题材填词。

那么当中有两首词最值得你重视，也要根据我刚才提供的锦囊的那个步骤来加以把握。林黛玉填了一首词，词牌叫作《唐多令》。在古典诗歌里面，诗和词的区别基本有两点：一点是古典格律诗句子整齐，词是长短句，字数不等；第二，诗是由作者自己取一个题目，词有不同的词牌，这个词牌是固定的，词牌就规定了这首词应该是多少句，每句应该是几个字。

林黛玉所填的《唐多令》这首词，分上、下两部分，大多数词都要分上、下两部分。它的上部分是：

> 粉堕百花州，香残燕子楼，一团团逐对成毬。
> 漂泊亦如人命薄，空缱绻，说风流。

下半部分是：

> 草木也知愁，韶华竟白头！
> 叹今生，谁拾谁收？
> 嫁与东风春不管，凭尔去，忍淹留。

除了了解它是在一个什么契机点上出现的之外，要理解它表面的意思，而且要通过读懂它表面意思来理解作者让这个人写这首词，是为了象征这个人的命运，体现这个人的性格。那么林黛玉在柳絮飘飞的时候就写出了这样一个意思，在春末，水边的花，花粉堕落到水里面，这个水域叫百花州，那么就说明春天快过去了。岸上有楼阁，燕子在飞，本来这个楼阁那儿，因为周围百花开放，香气很浓郁，但是现在春天快过去了，香气就只剩下残余的一些了。看见柳絮一团一团被风吹动着像毬一样地在地上滚动，于是就想到了她自己的命运。林黛玉是个孤女，开头她母亲死了，后来她父亲也死了，她寄养在她的外祖母家，京城的荣国府，她是一个漂泊的命运，所以她就说呢，自己和柳絮一样，是薄命，命运不好，也就是有命无运。

那么空空地来留恋这些柳絮，没有什么用处，诉说柳絮本身具有的美感，也没有多大意义，为什么啊，因为你看那个柳絮，她下边就讲了，它虽然是草木，按说草木跟人应该不一样，人有情感，草木好像是无情的，无知无识的，可是林黛玉指出来，你看这草木，它也有情感，它也知道愁苦，它正在青春期，韶华，指的是生命当中的青春期这段最美好的岁月，她说你看那个柳絮，它居然有感情，而它正在最美好的岁月里居然头都白了，它发愁啊！

为什么发愁啊，它感叹自己这一生飘来飘去，最后谁来呵护它，谁来接受它呢，就觉得这个柳絮是身不由己地嫁给了东风。结果春天呢，匆匆地迈了脚步要离去，不管它了，怎么办呢？只能够任凭它飘走，尔就是你，凭尔去，由它去吧！哪忍心苦苦地把它留住呢？这是很悲苦的一首词，体现了林黛玉对自己身世的感叹，和她对今后命运飘忽不定的一种预感。

书里写得很有意思，薛宝钗也填了一首词，她的词牌跟林黛玉填的词牌不一样，是《临江仙》。薛宝钗念出自己的词之前，就跟大家宣布，说我要反着来，林妹妹这个太悲切了，她把柳絮说得太不好了，我偏要说好。她怎么说好啊，她这首词也分上、下两部分，上部分：

> 白玉堂前春解舞，东风卷得均匀。
> 蜂团蝶阵乱纷纷。
> 几曾随逝水，岂必委芳尘。

下部分：

万缕千丝终不改，任他随聚随分。

韶华休笑本无根。

好风凭借力，送我上青云！

哇，薛宝钗做翻案文章真是做得好，跟林黛玉完全不一样了，她觉得这个柳絮应该很快活啊，在一座白玉砌成的宫殿面前，春天都懂得舞蹈，那么东风并不是一个恶劣的东西，它吹动得很均匀，这时候就看见柳絮出现了，柳絮很受欢迎啊，蜜蜂团团地围住它，蝴蝶也飞来飞去地亲近它，很好啊。

底下她就两个反问，干吗说这个柳絮最后随着流水流走了呢，别乱说啊，它难道一定会落在地上被人踩了成为芳香的尘土吗，不一定啊。她底下就继续翻案，而且也是她的一个自喻，她说我就接受这个命运，万缕千丝终不改，这个柳絮多了以后就会纠缠在一起，是吧，薛宝钗就说了，没事儿，这种命运我接受，随风摆动我，随便它聚，随便它分，我都接受。而且，在我的青春年华我是一个柳絮，不是没根嘛，柳絮无根，轻飘飘的，对不对，很好啊，怎么样啊？

好风凭借力，送我上青云！我随着东风往上飘往上飘，一直能飘到云彩里面。那么这就很符合书里面所写的薛宝钗的情况，薛宝钗之所以从金陵地区跑到京城来，是为了参加宫廷选秀，她家里面就很早造出舆论，她是一个戴金锁的女孩子，今后要嫁给一个戴玉的男子。所以她身处那样一个社会里面，就尽量适应那个社会，希望借社会的各种力量，自己能够得到地位的提升。

所以欣赏《红楼梦》的诗词也要分层次。还有人提醒我，说一定要跟同学们说清楚，《红楼梦》有两句诗是最好的，是联诗当中出现的，什么叫联诗啊，你一句我一句，之后，我再说一句，你再接一句，可以两三个人或很多人来把一首诗完成。

《红楼梦》里有一回写到林黛玉和史湘云在中秋之夜，在园林当中一处叫作凹晶馆的地方联诗，就联出了两句到现在仍令所有的《红楼梦》读者都赞叹不已，混在唐诗里面毫不逊色的诗句。哪两句啊——寒塘渡鹤影，冷月葬花魂。我就不展开了，请你根据我提供的锦囊去一层一层地把它解释开，把它欣赏好。

【第七个锦囊】四大家族

——记住书里所揭露的贵族家庭

第七个锦囊，要帮助你怎么去把握《红楼梦》呢？就是你要知道《红楼梦》实际上是写封建社会豪门贵族的罪恶的一部小说，而这个豪门贵族里面的一些年轻的公子小姐是无辜的，但是呢，他们的长辈，他们的家族，在那个社会上属于统治阶级，有很多问题。所以了解《红楼梦》里面的豪门贵族的设置是非常必要的。

那么这个锦囊就告诉你，你要把握住全书第四回里面所提到的四大家族。要记住啊，《红楼梦》里面写了四个贵族家庭的故事，哪四大家族呢？第一，是贾氏宗族，这是小说里面写得最多的。当时这个社会上对这样的豪门贵族有顺口溜来形容他们，形容贾氏宗族的是什么顺口溜呢，叫作“贾不假，白玉为堂金作马”。就是这个姓贾，听着好像它是假的，你是假的豪门贵族吧，它可不假，它是真正的豪门贵族，它的殿堂就好比是白玉打造的，他们骑的马就好比金子铸成的，这是顺口溜里的形容。贾不假，白玉为堂金作马。

另外一个家族是史家，有一句顺口溜形容这个史家，叫作“阿房宫三百里，住不下金陵一个史”。阿房宫是秦朝建造的一座很大的宫殿，这座宫殿后来成为一个烂尾工程，因为它还没有建筑完呢，秦朝就覆灭了，可见它规模非常之大，据说有绵延三百里这样的规模。可就是这样一座宫殿都住不下金陵地区一个豪富人家，就是姓史的这家人，可见这个史家当初真是不得了，不光富有，而且人丁旺盛。

有的同学可能会闭眼一想，你说这书里写的贾家明摆着，不用说了，写的史家，谁是史家的人呢，书里没有正面写到史家的府第，但是有一个非常重要的人物，叫贾母，她是荣国府国公爷的配偶，在故事开始以后呢，宁国府也好，荣国府也好，国公都死掉了，其他的同一辈分的人也都死掉了，剩下一个，就是荣国府这个贾母，她是贾氏宗族故事开始以后辈分最高的一个老太太。

但是你要注意哦，她从哪个家族嫁到贾家的，从史家，她本身姓史，书里面也要注意，有时候把她叫作贾母，有时候把她简称为老太太，因为她的地位最高嘛。有的时候会称她为史太君，就是因为她当年是史家的小姐，嫁到了贾家，贾史两家是联姻的。书里面还写到了一个重要的人物是史湘云，史湘云是史家这个大家族的一个后代，她本人的父母双亡了，但是她平时还有两家叔婶来照顾她。

书里写得很清楚了，她的两个叔叔是封侯的，所以史家到了故事开始以后还是很强大的，居然有两个男性的后代都被皇帝封了侯爵。过去贵族的等级，你掌握吗，公、侯、伯、子、男。公爵第一等，侯爵第二等，所以史家虽然跟贾母一辈的那样的人物已经没有了，但是呢，他们有两个后代都封了侯爵，一个叫作保龄侯史鼐，一个叫作忠靖侯史鼎。所以书里面史家虽然不如谚语所说的当年那么不得了了，可是呢，也还很风光，有两个后代封了侯爵。

《红楼梦》里面首先有贾家，贾氏宗族，然后有史家，再然后就是王家。

王家是四大家族当中很重要的一家，也有一个顺口溜说这家人，叫作“东海缺少白玉床，龙王来请金陵王”。这个王家富裕到什么程度，传说这个大海里面有一个龙王，龙王很神气啊，管所有大地上的海域。这个龙王呢，本来过得很奢侈了，可龙王想进一步奢侈，想要一个白玉床，一个白玉打造的床，没有，求谁去啊，就求陆地上的王家。龙王就来拜见金陵的这个王家了，能不能借我或者是卖给我，甚至送给我一个白玉床啊，对王家来说居然就可以做到，所以王家也是不得了的。

书里面的王家人物都有哪些呢，荣国府的府主是贾政，他是贾母的一个儿子，他娶的太太正妻就是王家的一个小姐——王夫人，书里为什么把贾政的太太叫作王夫人啊，就是因为她是从四大家族的王家嫁到贾家来的。

而这个王夫人的妹妹呢，偏偏又嫁给了另外一个贵族家族，就是薛家。形容这个薛家，民间也有顺口溜，叫作“丰年好大雪，珍珠如土金如铁”。丰年好大雪，通过这句话来谐他姓氏薛那个音，过去南方人薛、雪，发音差不多，谐音，就是好大的一个薛家啊！

这家富裕到什么程度呢，珍珠是很珍贵的东西，可是对他们家来说就跟土一样，到处都是；金子很珍贵吧，对他们家来说就跟铁一样不值钱，他们有的是。

在有些《红楼梦》版本里面，四大家族排列顺序是把薛家排在最后，就像我说的这样，也有的是把王家排在最后，这些版本差异不要紧，总之，同学你要记住，书里面有四大家族，关于理解四大家族的锦囊妙计之一，就是要记住老百姓对他们的形容，记住四个顺口溜。

书里面的贾家封为国公爷了，在故事里所写的这个皇朝开国的时候，贾家的祖辈为皇朝立下汗马功劳，所以开国以后就封了公爵，一等贵族。宁国公死了，荣国公死了，底下一辈呢，可以继承贵族头衔，但要往下降一降。宁国公的一支呢，宁国公传下来的后代叫贾敬，他本来应该袭一个贵族头衔，但他不要，他信道教，他都不在城里宁国府住，跑到城外道观，跟道士们一起炼丹，他就把他应该得到的贵族头衔让给他的儿子，小说里面写到他的儿子叫贾珍，是和贾宝玉一辈的，是贾宝玉的一个堂兄。

所以贾珍袭的贵族头衔就降了格了，是一个三等将军。将军级在故事里，也是很不错的贵族头衔。在荣国府这边呢，荣国公传下来的后代叫贾赦，是贾政的哥哥，他袭的爵位是一等将军，也降了，但是也很不错。这些人物关系你可千万要记住，你只有记住了，才能够捋清楚这四大家族是怎么回事。

王家在朝廷也有头衔，是做大官的。故事开始以后，就交代王家有一个叫王子腾的人，做很大的官，最后官升到金陵节度使，九省统治，九省都检点，很大的官。这个人应该就是王夫人和薛姨妈的一个哥哥，或者是弟弟，书里没有很明确交代，但是是她们的亲兄弟。

史家呢，刚才已经交代了，到了现在这一辈，还有两个人袭了侯爵，那就比这一等将军和三等将军都高了，而且，不但他们有贵族头衔，他们也有一些其他的官职，也为皇帝去做一些具体的事情。

那么这个三个家族都是袭了贵族头衔，而且是当官的。

薛家为什么跟他们平起平坐？因为薛家很富有，他们家的祖上并不是封了贵族头衔或者是做大官的，他们是宫廷采买，你现在去逛北京的紫禁城，很大一个皇城啊，那么皇帝以及皇宫里面的人需要用很多东西对不对，就需要有人给他们采买，于是养了一些给他们做采买的这种人，薛家祖上就是干这个的。

所以故事到了《红楼梦》开篇以后，虽然薛姨妈的丈夫死掉了，但薛蟠继承了父亲的这份差事。

这四大家族叫作一荣俱荣，一损俱损，他们扶持遮饰，皆有照应，互相牵连，有一家被皇帝发落，给整治了，就会连累其他几家。

所以不要光是注意到书里面有贾宝玉，有金陵十二钗，还要知道背后的大背景是四大家族。最后这些公子小姐为什么命运都不好呢，叫作有命无运，就是因为后来书里写到皇帝对这四大家族进行了打击，那么这些公子小姐就无辜地牵连进去，最后命运就都很不好。这又是我教给你的一个阅读《红楼梦》的锦囊。下面两讲，我会告诉你《红楼梦》里重要的艺术手法，你怎么掌握那样的锦囊去更好地欣赏《红楼梦》的文本。

【第八个锦囊】谐音寓意

——懂得书里的这个艺术手法

阅读《红楼梦》要掌握作者惯用的一种艺术手法，就是谐音寓意。不懂得谐音寓意的手法，读《红楼梦》就等于白读了。从第一回开始，作者就大量使用了谐音寓意的手法，他写人名、地名都使用了这种手法，现在我们单把人名方面的谐音寓意拿出来说一说。

第一回回目叫什么啊，甄士隐梦幻识通灵，贾雨村风尘怀闺秀。甄士隐是一个人的名字，贾雨村是另一个人的名字，实际上呢，都有谐音寓意。甄士隐就意味着这部书呢，把生活当中的很多真实的事情都隐藏起来了，小说讲究虚构，把生活当中一些真实的事情隐藏起来并不稀奇，可是作者又告诉你他还要"假语存"，贾雨村这个人名，谐音就是"假语存"，假语就是虚构的文本，他在虚构的文本故事里面，要把生活当中一些真实情况故意保存下来，这是一种很辛苦的、很艰难的写法，也是很巧妙的写法。

所以读第一回你就要懂得这部书是把真事隐去，然后用小说的虚构的文本保存了很多那个时代作者的家族以及作者本人的真实情况。所以一开篇的两个人物的名字就有谐音寓意。

那么里面出现的其他人物呢，也有谐音寓意。比如说第一讲就告诉你了，甄士隐有一个小女儿，他年过半百才有这么一个可爱的小女儿，取什么名字啊，甄英莲。甄英莲是不是谐音啊，是谐音，谐什么音，真应该可怜她哟，是不是应该可怜啊！

还记得我讲到甄英莲是怎么被拐的吗？有一个仆人带她去街上看热闹，这仆人叫什么名字啊，叫作霍启，是不是也是一个谐音啊，这家人后来遭难遭祸就是因为他引起的，所以叫“祸起”。谐音寓意在第一回里面就密集出现，你读不懂谐音寓意，不会使用这个锦囊，眼睛一溜读过去了，糊里糊涂，就不好。

这个锦囊就要求你在读《红楼梦》的时候，每当出现人名地名时就要特别地动心思，就要想一想它谐的什么音，表达的什么意思。

比如说后来又写荣国府，贾宝玉在荣国府里面走动，忽然遇见了荣国府的管事房，几个管事的人。荣国府是很大一个府第，总管是书里面写到的贾琏和他的媳妇王熙凤，贾琏是一个怕老婆的人，所以这个大权就落在了王熙凤手里。

王熙凤手下就有很多办事人员，出现了几个办事人员的名字都是谐音，很有意思，一个呢，吴新登，他管什么啊，管出纳，就是管这个府第的银子的出入，可是呢，却谐音是吴新登，现在人听不懂，过去的人一听就懂，过去的银子怎么来测量它的重量，银子是以重量计算的，越重的银子就可以具有越大的价值，买越多的东西，就要用一种称它的工具，这工具当中就有一个准星儿，这个东西叫戥（děng）子，就好比你现在看到的学校里面的那种天平，类似那个形状，这边搁银子，另一边有一个准星移动，通过准星移动就可以知道这个银子的分量。

结果这管银子的人怎么样呢，他无星戥，他根本就不认真地为这个府第去仔细地称量银子的分量，也就是说经常贪污，做手脚，他管这个称银子的戥子，可是他却并不认真掌握那个上面的准星，无星戥，糟糕不糟糕啊，荣国府就使用这样的人来管银子。

还有一个人是买办，拿着府里的银子出去给府里买东西，这个人名字叫作钱华，也是谐音。他花钱不心疼，不是他的钱，他很铺张浪费，而且肯定还从中贪污，所以叫钱“花”。就是他这个花钱啊，哗啦哗啦地花，大把地花。所以这些笔墨如果你不懂得谐音寓意，你眼睛一看就都错过去了，读《红楼梦》一定要懂得作者的苦心。

后来作者写荣国府的老爷，即荣国府的府主叫贾政，他哥哥贾赦在父亲死了以后，袭了一等将军，贾政就没有袭贵族头衔，因为根据当时皇家的游戏规则，只有长子能够袭这个贵族爵位，他老二，他没袭。但是皇帝很感念他们祖上为皇朝开国立过功，就额外赏赐他当官，就是你不用科举考试，一层层考上去了，我直接给你个官当，所以故事一开始这个贾政就已经当了官。

贾政白天要去上朝，给皇帝办事，办公完了回到家他干吗呢？他养了一群清客，又叫相公，这些人陪着他说话，遇事给他出主意，陪他下棋，陪他吟诗，陪他观花，陪他喝酒。书里出现的这些陪着贾政的清客相公有的有名字，什么名字啊，都是谐音寓意哦，一个叫詹光，不消说，那谐音就是他去沾荣国府的光。

还有一个叫单聘仁，单个的“单”当作姓氏读单（shàn），善骗人，就是善于骗人。成天陪着贾政嘻嘻哈哈，好像对贾政很恭敬，其实不断地骗贾政，从贾政这儿骗取好处。还有个叫程日兴，也是谐音，也是寓意，成天在那儿兴风作浪，每天他都兴出新花样，表面上是讨贾政的喜欢，逗贾政高兴，实际上呢，老给贾政惹事。还有一个叫胡斯来，这也是谐音寓意，他总胡乱地做事情，胡斯来，不是正经人。

所以书里面写贾政养了这么一批清客，取的名字，就意味着贾政这个人，他自己好像挺正经，其实假正经，他养的这些清客，沾光的，善骗人的，一天到晚兴风作浪的，总胡作非为的，都是这样一些不怎么样的人物。

书里写到，贾氏宗族不光是封了国公的这两支，还有一些分支，祖上可能是同一个人，但是后来，兄弟再生孩子，传下来的一些分支就衰落了，变穷了。书里写到一个叫贾芸的人，这贾芸从血统上来说的话，是贾氏宗族血统正宗的一个传人，可是到他这一代，穷得不得了，父亲去世了，母亲借住在一个庙的西廊下的一间屋子，艰苦度日。他遇到了困难，想求他的一个舅舅来帮他一把，可是这个舅舅对他不但不帮，还冷言冷语地打击他，使他非常绝望。

书里就给这个贾芸的舅舅取了一个名字"卜世仁"，谐音寓意就是"不是人"，可见作者对这个角色深恶痛绝。所以读《红楼梦》一定要把握谐音寓意这样一个艺术手法，谐音寓意有时候不是像上面所列举的例子一样，直接地来谐一个音，而是花插着谐音。

前面多次讲到，贾氏宗族，宁国府、荣国府有四大小姐，哪四个小姐啊，贾元春、贾迎春、贾探春、贾惜春，四个小姐名字的最后一个字都是春，前一个字不一样，连起来是谐音寓意，你知道了吗？一块儿说一遍，连起来是什么？一串声音呢——"原应叹息"，就是这些女子的命运后来都不好。我们就从根本上，原本就应该去为她们叹息。所以《红楼梦》是一部青春挽歌，一部为青春女性的不幸遭遇唱挽歌的这样一部书，所以贾氏宗族的四大小姐，她们的名字连起来就是"原应叹息"。他们四大小姐都有丫头，丫头有好多个，每一个小姐都有首席大丫头，贾元春的首席大丫头叫什么呢，叫抱琴；贾迎春的首席大丫头呢，叫司棋；贾探春的首席大丫头呢，叫待书；贾惜春的首席大丫头叫入画。那么这四位丫头的名字的最后一个字连起来是什么样的谐音寓意呢，你就明白了吧——琴棋书画。

所以读《红楼梦》时，这些地方不能囫囵吞读过去，你得接受我这个锦囊，去破解这些名字里面的谐音寓意。

那么除了谐音寓意这个艺术手法以外，这部书里还有另外一个很重要的艺术手法，我将在下一讲把有关的锦囊交给你。

【第九个锦囊】草蛇灰线

——注意书里情节发展中的伏笔

第九个锦囊，我要教会你懂得《红楼梦》作者艺术手法里面的那一招，就是设置伏笔，叫作草蛇灰线，伏延千里。

什么叫草蛇啊，草长得高高的，有蛇在草中爬动，草一会儿遮住蛇身子的这一端，一会儿遮住那一端，你看过去觉得这条蛇好像断断续续的，其实呢，它是一个整体。所以“草蛇”这两个字是形容做文章，不马上把它全讲清楚，故意地讲一段然后设下一个伏笔，过一段再把这个谜底揭开，把这个包袱抖开。“灰线”也是这个意思。现在你们上学条件很好，学校都有设备很高级的操场。像我小时候跑步，跑道就是体育老师手里捏一把白灰，倒退着往地上撒灰。他不可能撒得非常连贯，而是断断续续的，古人就把这个灰线用来形容写文章，断断续续的，好像不连贯，似乎不太好，但是你仔细一看呢，它又是一条痕迹很清晰的线。《红楼梦》就是使用的这样的艺术手法——草蛇灰线，伏延千里。什么叫伏延千里，有时候他在前面设一个伏笔，不马上交代结果，过了很久很久以后，他再把这个伏笔加以照应。《红楼梦》里伏笔很多，现在我从锦囊里面找出几招，教你学会使用。

第一招，发现《红楼梦》里面的近伏笔，或者叫显伏笔。伏下这一笔以后不是过很久，不到很后面，过了几回就欲揭晓，而且它是一个很明显的伏笔，比如说第一讲里面我讲到的甄士隐的小女儿甄英莲被拐子拐走了，这就是一个伏笔，她哪儿去了呢，读者会悬心。没过几回，到了第四回，作者就把这个谜底揭开了，照应了，哦，原来拐子拐走她以后，把她养了几年，又把她当作东西一样卖给人家了，这是一个伏笔。

还有一些伏笔是远伏笔，出现以后，前八十回里面都没有揭晓，八十回以后予以揭晓。

比如说书里写了一个农村老太太，你很熟悉了，刘姥姥。这个刘姥姥是京城农村的一个孤老太婆，她丈夫死了，随着她的闺女女婿一块儿生活，她的闺女和女婿生了一儿一女，她有外孙，有外孙女，一家人过着很艰苦的生活。冬天快到了，家里不但吃不饱，冬衣都没法筹备，怎么办呢，她就想出一个法子。她的女婿姓王，祖上曾经当过小官，和荣国府的王夫人这个王家攀过关系，联过宗。什么叫联宗，中国封建社会讲究宗族，你姓王，你是王氏宗族的，我也姓王，本来我跟你没有血缘关系，八竿子打不着，但是我攀附你，我去巴结你，找到你，就说我也姓王，你也姓王，能不能够你就算我叔叔，我就算你侄子，咱们在宗族谱上就算是有勾连了。

当时王夫人的祖上为什么和这样的小官吏、小人物去勾连呢，小人物去攀附他倒是可以理解。因为那个时候王家做的官不是特别大，为了巩固自己的地位和往上攀升，上、中、下都要结交，所以就接受了刘姥姥女婿的祖上的这个要求，联了宗。刘姥姥想出这个关系以后就跑到荣国府，想尽办法让人救济她一下。她第一次到荣国府，没见着王夫人，更没见着贾母，只见到了王熙凤，王熙凤对她不错，资助了她二十两银子，她过冬就不成问题了。

后来她第二次来到荣国府，这次她运气了，被贾母知道了，贾母说请来我见见，后来贾母就带着她在大观园里面到处游逛。有一个细节，是一个很重要的伏笔，游逛到贾探春住的地方，叫秋爽斋。这地方发生了两个小孩之间的事情，一个小孩是谁啊，就是刘姥姥当时进城来到贾家时带的那个外孙子，叫板儿，一个小男孩，还有一个小孩是一个小女孩，谁啊，是王熙凤的女儿，当时还没取名字，一般人把她叫大姐儿，这个小男孩和小女孩在贾探春的屋子里见面了，有一个细节，当时这个板儿手里拿着一个佛手，佛手就是一般来说不能吃的一种树上结出的东西，像佛爷的手的形状一样，当然后来也有人把它当作菜，切成片，炒了也能吃。

这个佛手搁在贾探春屋里一只大盘子里面，板儿要了一个。大姐儿当时抱了一个大柚子，大柚子南方又叫香橼，发出很清香的气息。大姐儿一看这个佛手就想要，板儿就不愿意给，后来经过大人的劝说，板儿就把这个佛手给了大姐儿，大姐儿就放弃了自己抱的那个柚子，也就是香橼，给了板儿。板儿是个男孩，一看这香橼圆圆的可以当球踢，也很高兴，这是一个很重要的伏笔。

在八十回以后，作者会写到贾家被皇帝打击，整个家族陨灭了。在这个情况下，所有的人物最后都遭遇到了很糟糕的命运，这个大姐儿后来有了名字，是刘姥姥给取的，因为她生在七月初七，所以叫巧姐。巧姐后来居然被她的一个舅舅，还有她的堂兄，卖到妓院去，后来刘姥姥，还有一些其他人想办法把她救出来了。救出来到农村以后，她长大了就嫁给也长大了的板儿。所以在贾探春屋里发生这一幕就是一个很大的伏笔，看来是儿童之间的一个东西的交换，实际上说明是结下了一段姻缘，佛手是很吉利的一个形态，香橼，这里面有一个缘字的谐音，一个很好的缘分。

所以看《红楼梦》啊，我给你一个锦囊就是你要注意它的伏笔，这就是一个伏笔。《红楼梦》里面的伏笔很多，特别是书里写贾元春省亲，当中有一个演戏的环节，一出戏叫作《豪宴》，批语就说之所以演这出戏，是一个伏笔，伏贾家之败。

《豪宴》是一折戏，什么叫折戏，折子戏，就是一个戏从头演到尾的话，它有很多很多折组成，挑出其中的一段一折来演，叫折子戏。《豪宴》这个折子戏是一个大本的戏《一捧雪》当中的一折。一捧雪是一件用白玉精工雕刻的文物，捧在手里就好像捧着一团雪似的，这个戏讲的是因为这样一件古玩导致了一个家族的毁灭。

作者在前八十回里面没有写到贾府溃灭的大结局，但是写到很多古玩，其中有一件很重要的古玩是贾母做八十岁寿宴的时候，一个外路和尚到贾府赠送的，你查书去，给你留一个作业，什么古玩？书里所写的那件古玩很可能就像戏里面的一捧雪一样，导致一个家族的毁灭。所以读《红楼梦》不懂得伏笔可不行。

第四出戏叫作《离魂》。《离魂》是一出大戏《牡丹亭》里面的一折，它写了一个美丽女子杜丽娘的故事。批注者指出，这出戏之所以在这地方上演，也是一个伏笔，伏黛玉之死，黛玉最后还是离开人间了，这出戏就预示着她的结局。

批注者就指出来作者所使用的伏笔手段非常高妙，叫作一树千枝，一源万派，无意随手，伏脉千里。好像淡淡地写出一笔，似乎没什么意思，实则不是废话，它是伏笔。好，同学，今后你读《红楼梦》呢，就特别要注意作者所使用这种设置伏笔的艺术手法。下一讲我将给你归纳总结《红楼梦》这部书的中心意思。

【第十个锦囊】真情至上

——对《红楼梦》中心意思的把握

现在给你最后一个锦囊，帮你去理解《红楼梦》的主题，也就是中心意思。

《红楼梦》这部书很伟大，它的主题和中心意思究竟是什么，历来的读者和研究家都有不同的说法。我今天把其中一种重要的说法，作为锦囊奉献给你。

其实《红楼梦》这部书，它通过贾宝玉、林黛玉这样的艺术形象，提出了一个至高的人生原则，就是要我们能够懂得人世间、宇宙间最宝贵的，是那种纯真的、纯洁的、纯净的感情。

在《红楼梦》里面，贾宝玉和林黛玉这两个形象，作者的合作者——批注者有一个说法，就是作者最后各给了宝玉和黛玉一个考语，考语就是评语的意思。同学，你现在每学期结束，老师是不是要给你操行评语，那么《红楼梦》的作者在全书最后实际上也给其中一些主要角色写下了考语，也就是评语。

那么给林黛玉的是两个字，叫情情，感情的情。第一个情，动词，第二个情，名词。意思是林黛玉把她的全部感情都赋予了对她有感情的人，这个人就是贾宝玉，她把她一生的眼泪还给了贾宝玉。这是对林黛玉很高的评价。一个人的全部感情，奉献给最爱的人，这是在人世间生活很美好的一件事情。

可是作家更加肯定的是贾宝玉，据批注者说，作者最后给了他一个什么样的考语呢，叫情不情，第一个情也是动词，第二个情是名词。就是宝玉这个形象不得了，他不但对他有感情的人赋予情感，比如说林黛玉。还记得书里的场景吗，春天桃花开过了，花瓣纷纷谢落，他们两个在桃花树下共读一本书，并且都很喜欢这本书，叫作《西厢记》，他们是心心相印的。

所以他和林黛玉一样，有把他的感情赋予爱自己的、有感情的对象的这一面。但他更有超越性，他对他并不一定深有感情的人也赋予感情，这个是《红楼梦》作者塑造的贾宝玉形象当中不得了的一点。比如书里写了一个丫头叫平儿，平儿是谁的丫头啊，前面无数次提到荣国府的管家是两夫妇，贾琏和他的媳妇王熙凤。而这个贾琏呢，他是一个怕老婆的人，所以大权就落在了王熙凤手里，整个府里把她叫作二奶奶。

这个王熙凤二奶奶有一个贴身的大丫头叫作平儿。这个平儿的处境是很艰难的，贾琏是一个很俗气的人，王熙凤又是一个很贪婪的人，而她又要应付贾琏，又要应付他的媳妇王熙凤，都是她的主子。有一次两口子闹矛盾，对平儿又打又骂，拿她出气。平儿对宝玉并没有什么特殊的情感，他们只是相处得很好而已，可是宝玉看到平儿被两口子这样蹂躏，非常心疼，就把平儿请到了他在大观园里居住的空间怡红院，叫他的大丫头袭人拿出衣服给平儿换上，拿出化妆品给平儿重新理妆，平儿慢慢地从挨打挨骂以后的悲惨情绪中平复下来，他又亲自用竹剪子剪了一朵鲜花，别在平儿的头上。

然后宝玉斜躺在床上，有一段心理活动——他像爱林黛玉一样爱平儿吗，不是，平儿会像林黛玉那样爱他吗？也不是，他们之间是一种无情的关系，是不情的关系，但是贾宝玉这时候想，平儿这个生命多可怜，平儿是当时王熙凤从王家嫁到贾家带过来的一个丫头，自己父母是谁都不知道，是从小被卖到王熙凤家的。到了荣国府以后，实际上她是一个浮萍似的无根的生命，不知道自己的来历，然后又被这对夫妇这样蹂躏，宝玉想到这儿就非常难过，人怎么可以这么对待人呢？

书里还写到，这个时候，贾宝玉就越想平儿越可怜，痛滴了几滴眼泪。你看这时，宝玉情感高尚不高尚啊？

这本书教给你什么呢，要懂得世界上最珍贵的就是这种超越阶级，超越主奴，超越男女，超越爱情，超越婚姻，超越所有一切社会上功利因素的纯真的情感，同情不幸者，同情弱者，哪怕只能为其做一点小小的事情，把她带到自己住的地方，帮她重新理妆，也是人生一大快乐。而且能够联想到她的不幸身世，滴下眼泪。所以宝玉是一个“情不情”的这样的生命。

两百多年前我们的老祖宗写下这样的作品，塑造这样的艺术形象，不得了。而且书里面进一步写了，贾宝玉这个博爱心胸到什么程度啊，不光是对平儿这样的生命赋予情感，对一些大自然的，没有情感的东西他也赋予情感。书里说他见了河里鱼儿就和鱼儿说话，看见天上的燕子在飞，他就去和燕子打招呼，看见星星月亮不是长吁就是短叹。宝玉是一个大写的人，他超越了贵族公子的身份，超越了一个社会人的身份，他是大自然当中的一员，他对鱼儿、鸟儿都平等对待，尊重它们、呵护它们、欣赏它们，跟它们交流、对话。

所以贾宝玉情不情这个特点是我们阅读《红楼梦》特别值得注意的一个高贵品质，这也是作者想通过这部书所表达的一个主题，要懂得世上最珍贵的东西就是这种纯真的情感。

书里有一段很细致地写出了宝玉这种情感，就是后来写他病了一场，在养病稍微恢复一点体力以后，他拄着一个拐杖，在大观园里面行走，看柳垂金线、桃吐丹霞，在一个山的后面看见了一株大杏树，春天已经过去了，杏花已经都谢光了，长出了茂密的叶子，还结出了豆子大小的小杏。

他此时有一个心理活动——你看，我病了几天啊，我就把杏花辜负了，杏花开放多美丽啊，花落水流红，这花一谢落就没法回收了，我错过了。于是联想到大观园里面一些青春女性。这些女性有的开始出嫁了，离开了这种青春期的生活了。贾宝玉曾有一个三段论，他说那个时代的那些女子，没出嫁以前就好比是一个无价的珠宝，出嫁以后呢，不知道怎么就发生变化了，渐渐失去了珠宝的光彩了，再往后呢，就成鱼眼睛了。

他这三段论什么意思呢？就是他深切意识到那个社会是一个神权社会、皇权社会、男权社会，女性只有在青春期才能够享受一种不受社会主流意识形态左右的质朴的生活，一旦出嫁，她们就和丈夫结为一体了，参加到这个社会的运作当中去了，就会去追求名位、追求财富了。年龄再大以后，就忘记了青春期这种纯朴的情感了

在作者的笔下只有未出嫁的青春女性是最好的，宝玉看见一株杏树就联想到身边这些青春女性的命运，产生一种悲悯的情怀。什么叫悲悯，你现在还小，你长大后就会慢慢产生这种情绪，就是对一个事物的悲剧性前景产生一种怜悯，生出一种很深厚的同情，你从小就要练就这种同情心，同情弱者，同情青春已逝的那些生命。

这时候他就自己把自己感动了，流出了眼泪。我们今天的少年青年不一定要向宝玉学习，不是说你要像他一样的多愁善感，但是，宝玉的这种行为思想里面有值得我们汲取的精神营养，就是珍惜那些很快会消逝的美好的时光、美好的生命阶段。

所以啊，《红楼梦》这部书通过很多故事情节，特别通过贾宝玉这个艺术形象，表达了一个鲜明的主题，就是在这个世界上，财富也好、

地位也好、功名也好，还有一些皮肉的快乐，大吃大喝的乐趣也好，都没有什么价值，真正有价值的就是那种纯真的情感，那种对春天的无限的欣赏，对青春的无限的怀念，对美好生命的无限的尊重、呵护。这个锦囊就告诉你，你读《红楼梦》的时候，如果你掌握这样一个中心意思，一个主题，你读起来就会越来越有滋有味，像刚才我所说的，宝玉站在杏树面前的这段描写，在书里似乎不是很重要的一个段落，那么你得到锦囊以后，你就会懂得这部书里面的每一个段落都值得细读，都值得好好品味。

少年读者们，希望我献上的这十个锦囊，对你阅读《红楼梦》终生受用。

刘心武妙品红楼梦（伍）

出版统筹：新华先锋
出版策划：王　铭　木易雨田
选题策划：焦金木　刘　钊
责任编辑：牛炜征　孙志文　徐　樟
特邀编辑：刘　钊
封面设计：吴黛君
内文插画：赵成伟
封面绘图：吴黛君
版式设计：徐　倩
责任印制：李　静

天猫旗舰店

京东旗舰店

当当自营

微信公众号

投稿邮箱：tougao@cooldu.com
新浪微博：@先锋读书会（免费精品好书天天送）

刘心武妙品红楼梦
LIU XINWU'S INTERPRETATION OF THE DREAM OF RED MANSIONS
刘心武 著
肆
Beijing United Publishing Co., Ltd.
北京联合出版公司

倜儻風流四座驚金閨獨許占寸名解
圍憤博諸郎粲戲綵常怡大母情不避
嫌疑原脫略便招猜忌只聰明傖奴中
酒真狂瘈百犬何勞更吠聲 武念祖

《红楼梦图咏》题诗之「王熙凤」

清·武念祖 题

《红楼梦图咏》题诗之「李纨」

清·高崇瑚　题

隻影常時掩素幃稻香生愛境清幽
蘆花亭外空如雪惆悵何人共白頭
丱角嬌兒玉不殊秋燈課讀月明評
詩吟社羣花發豈獨昭容賞夜珠

丙子季冬月下澣　菊裳高崇瑚題於
燈味書堂

鳳姐
成偉製

巧姐
成偉製

真君子
李纨

目 录

◇ 古本《红楼梦》真貌揭秘

◇ 八十回后探佚

◇ 读红一得

◇ 余 响

古本《红楼梦》真貌揭秘

古本和通行本的故事

听过我在中央电视台《百家讲坛》演讲、看过我的两本《刘心武揭秘红楼梦》的人士，会注意到我在表述自己的观点时，一再提到“古本《红楼梦》”，以提醒观众，我的研究，用的是“古本”而不是“通行本”。不断有人通过各种方式，直接、间接地向我提出这样的问题：

—— 什么是古本《红楼梦》？为什么应该读古本《红楼梦》？

—— 什么是“通行本”《红楼梦》？为什么说“通行本”有问题？

—— 既然应该读古本《红楼梦》，那么你能推荐一种好的版本吗？

这几个问题问得好。我在下面将详细回答这三个问题。

《红楼梦》究竟是谁写的？经过红学一百多年的发展，现在大多数人形成了共识：是曹雪芹写的。遗憾的是，直到现在，我们也没能找到他遗留下的亲笔手稿。曹雪芹去世前，他的书稿没有公开出版过，而只是以手抄的形式，从一本变成两本或更多本，在小范围内流传。这些手抄本，笔迹当然就已经不是他自己的了。最初，可能是跟他关系最密切的亲友来抄写，后来，辗转传抄，就更闹不清抄书的人是谁了。早期抄书的人，应该是出于对书稿的喜爱。从别人那里借到一部，读完觉得真好，就想，还书以前，自己为什么不留下一部来呢？于是耐心抄一遍。但到曹雪芹去世以后，这书的传播，就像一滴墨水落到宣纸上，逐渐浸润开来，流传的范围越来越大。这时候就开始有出于商业目的而传抄的人士了，他们可能采取了这样的办法：一个人拿着一个底本（比他们抄得早的一个流传本）念，其余几个人边听边写，这样传抄，生产量就变大了。抄那么多部干什么？拿到庙会上去卖。据说挺值钱的，一部书能卖出好几十两银子呢！到了曹雪芹已经去世差不多二十八年左右的时候，才出现了一种活字印刷的版本，印书的老板叫程伟元。这人在中国的出版史上应该大书一笔，正因为他把所得到的《红楼梦》手抄本变成了活字摆印本，才使得曹雪芹的这部书能够更广泛地流传。印刷本产量大，而成本大大降低，卖起来便宜，买去看的人当然就更多了。

所谓古本《红楼梦》，古不古，分界线就是程伟元活字摆印本的出现，那以前以手抄形式出现的，都可以算是古本《红楼梦》。程伟元通过活字摆印，大量印刷、廉价发行的《红楼梦》，就是“通行本”的发端。当然，因为那也已经是二百多年前的一个版本了，并且处在一个分界点上，所以，讨论《红楼梦》版本问题时，有时也把程伟元的印本，特别是他第一次印刷的那个版本（红学界称作“程甲本”），也算到“古本”的范畴，而那以后，特别是道光、咸丰年间开始盛行的《金玉缘》本，就都不能算古本了。

按说，程伟元把手抄的古本《红楼梦》变成了印刷的通行本，不是做了件大好事吗？怎么你现在总说通行本有问题呢？

有一个情况，是我要向读者特别强调的，那就是：根据周汝昌等红学家的研究，曹雪芹是把整部书大体写完了的，八十回以后，很可能还写出了二十八回，一共一百零八回，整个故事是完整的，把他的总体构思都比较充分地体现出来了，只是还缺一些部件，比如第七十五回里的中秋诗该补还没补；也有一些毛刺没有剔尽，比如究竟把王熙凤这个角色设计成有两个女儿（大姐儿和巧姐儿），还是一个女儿（大姐儿就是巧姐儿）？看得出最后他的决定是只有一个女儿巧姐儿，但他还没有来得及统稿，没把前后各回的文字完全划一，留下了一些诸如此类的痕迹。于是，程伟元的问题就出来了。他主持印刷出版《红楼梦》的时候，前八十回，大体是曹雪芹的古本《红楼梦》，但曹雪芹的古本《红楼梦》八十回后的内容，在他印刷出版的书里，完全没有了踪影，却又出现了后四十回的内容。据他自己说，八十回后的内容，是从挑着担子敲着小鼓的商贩的担子上，陆续找到补齐的。但后来的红学家们经过考证，达成了共识：程伟元是请到了一个叫高鹗的读书人，来续出八十回以后的内容的。高鹗这个人和曹雪芹一点儿关系都没有，不认识，没来往，年龄小很多。他替程伟元把书续出来、形成通行本那阵儿，在科举上还没有发达，“闲且惫矣”，但他是一个科举迷、官迷，后来也果然中举，当了官。他的思想境界、美学趣味，跟曹雪芹之间不仅是个差距问题，应该说，在许多根本点上，是相反的。所以，我现在要再次跟大家强调：高鹗当然可以续书，他续得好不好是另外一个问题，但他绝不是跟曹雪芹合作写书的人，把他续的后四十回和曹雪芹写的八十回捆绑在一起出版，是不合理的。

程伟元和高鹗合作出版一百二十回通行本《红楼梦》的时候，曹雪芹去世已经快三十年了。那个时代小说这种东西，当作“闲书”读还可以，当作正经文章去写，一般人是做不到的。即使写了，也很少愿意公开署名，甚至明明写了，别人问到，还会难为情，羞于承认。所以，就是高鹗续写后四十回这件事，也并不是程伟元和高鹗自己宣布的，而是后来的红学家们考证出来的。那个时代对小说这种“稗官野史”的著作权根本是不重视的，程伟元印书卖书，他显然只遵循三个原则：第一，有人爱看，爱买，能赚钱；第二，书的内容显得完整，特别是讲故事的书，必须有头有尾；第三，安全，别惹事。根据这三个原则，他选择了已经在社会上流传了二三十年的手抄本《红楼梦》来印刷推广，又找到高鹗来写八十回以后的故事，形成了这么一个一百二十回的通行本。高鹗的续书除了将故事写完整，使全书有头有尾外，对程伟元来说，最大的好处是避免了大悲剧的结局，到最后把悲剧转变为喜剧，这样就比较安全，不至于坠进当时相当严密的“文字狱”罗网里。他们在合作中，为了让前八十回将就后四十回，还对前八十回进行了大量的删改。上面提到的“程甲本”，是程伟元头一次的活字摆印本，对前八十回的文字改动得还少一些，第二年因为书卖得好，再加印，加印前又改了一次，那就更伤筋动骨了，许多地方的改动已经不是为了“前后一致”的技术性考虑，而是为了削弱前八十回的批判锋芒的政治性考虑。为了他们的“安全”，当然也就顾不得原作者的什么思想境界和审美追求了。这个第二次印刷的本子，后来被称作“程乙本”。这个“程乙本”从那以后一直到二十几年前，以各种形式在社会上广为流传，一般人对《红楼梦》的印象，也就是对这个通行本的印象。因此，从程伟元开端的一百二十回《红楼梦》通行本，就可以说亦功亦罪：功在于不管怎么说，将曹雪芹的前八十回流布开了；过呢，则在于使后来的许多读者简直不知道那后四十回根本与曹雪芹无关，而且还大大违背了曹雪芹的原笔原意！

那么，一定有人要问了：程伟元当年用来进行编辑、摆印的那部手抄本，究竟是一部只有大约八十回的古本呢，还是有八十回以后内容的古本呢？他究竟是真因为拿到手的只有大约八十回，觉得不完整，印出来不好卖，才找高鹗合作（有人认为后四十回续书其实是他跟高鹗一起策划、编写的，如果高鹗有署名权，他也该有）弄出一百二十回本子的呢，还是他得到的根本就是有八十回后内容的古本，由于政治性的考虑，才舍弃了八十回后的内容，另张罗出了不会惹事的后四十回来呢？这个问题很难求证。在周汝昌先生与兄长周祜昌、女儿周伦苓联合校订的《石头记会真》第十卷中，收有一篇周汝昌先生的长文《〈红楼梦〉全璧的背后》，通过详细论证，提出了他的独特见解，概括来说，一百二十回印本的推行是一个政治阴谋，是乾隆朝负责文化管制的权臣和珅亲自过问、安排的，是考虑到这本书既然已经在社会上流传，加以严禁已很困难，莫若将具有反叛性的前八十回加以改动，然后用“回归正统”的后四十回将其性质改变，这样再在社会上流传，就对统治者无大碍了。周先生的这个判断，值得参考。

说了这么多，我的意思无非是强调两点：

—— 一百二十回的通行本《红楼梦》不是曹雪芹的《红楼梦》；

—— 读曹雪芹的《红楼梦》要读古本《红楼梦》。

那么，现在我们还能看到的古本《红楼梦》，究竟有多少种呢？

大体而言，基本可信的古本《红楼梦》，有下列数种：

一、甲戌本。这个本子的全名是《脂砚斋重评石头记》。甲戌年指的是乾隆十九年（1754 年），那一年曹雪芹还在世。这个本子正文里有“至脂砚斋甲戌抄阅再评”的句子。后来这个本子在社会上辗转流传，到晚清时候被一个叫刘诠福的官僚收藏。他很看重这个本子，后来世事沧桑，他的藏书在旧书店出现，20 世纪初被胡适买到，但那已经是个残缺的本子了，一共只有十六回（不是从第一回到第十六回，而是只存一至八、十二至十六、二十五至二十八各回）。尽管胡适一度认为《红楼梦》价值不高，但对这个残本还是非常珍视的。周汝昌还是不知名的小青年的时候，在报纸上发表了关于曹雪芹生卒年的看法的文章，胡适虽然不同意他的观点，但丝毫没有以权威自居，不是嗤之以“外行”，而是平等地与周汝昌讨论。后来周汝昌知道胡适手里有一部别人都看不到的古本，斗胆借看，没想到胡适竟慨然借予，那就是甲戌本。周汝昌真是喜出望外，于是不但精读，还跟哥哥周祜昌一起录了一个副本。后来解放军围住北京，周汝昌就主动把书还到胡适家，胡适家里人开门接过了书，没几天，胡适就被蒋介石派来的专机接到台湾去了。胡适上飞机的时候，只带了两部书，其中一部就是这个甲戌本。

胡适在历史的关键时刻没有选择留在大陆，而是去了台湾。到了20世纪50年代，就从批判俞平伯的《红楼梦研究》开始，逐步把政治批判的靶心引到胡适这个大目标上。那时候周汝昌已经出版了《红楼梦新证》（后简称《新证》），从书名就可以看出来，他是在胡适的《红楼梦考证》的基础上发展出了自己的研究。有可靠的资料证明，胡适在境外看到《新证》后，非常赞赏，认为周汝昌算是自己的一个有成绩的弟子。当时印出来的《新证》上，有对胡适大不敬的言辞，比如称胡适为“妄人”，后来大陆报纸上又出现了周汝昌批判胡适、跟胡划清界限的文章。有人告诉胡适，胡适并不在意，他说他知道那是不得已的，仍然对周汝昌的研红寄予厚望。

又过了半个多世纪，有些年轻人不理解当时的社会政治情势，翻出旧书旧文章，觉得周汝昌先生怎么能那样对待恩师胡适呢？这就说明，即使是近几十年的事情，如果不“揭秘”，人们也会被表象所蒙蔽。好在当年负责《新证》出版的编辑文怀沙先生在我写这段文字时还健在，他在2006年已经九十六岁高龄了，竟还能坐越洋飞机到美国访问。我有幸在纽约跟他晤面，他对我细说端详：原来，《新证》的书稿是寄给一家出版社被退稿后，辗转到了他手里的。他拿到看了后觉得非常值得出版，那时候胡适是个政治上有问题的人物，书稿里却多次正面或中性地提到胡适，怎么办呢？他也来不及跟周汝昌商量，为出书不犯“政治错误”计，就大笔一挥，将“胡适先生”改为了“妄人胡适”。说到这儿他顽童般呵呵大笑，其实他选择“妄人”还是有他的心机的，因为在当时的政治罪名里，其实并没有“妄人”这样一个符码，他故意不改成“反动分子”“反动文人”等字样，而以一个貌似大不恭其实玩笑般的“妄人”，来替周汝昌逃避“美化胡适”的指责。现在的年轻人看到这里，该多些对历史情势复杂诡谲的认知了吧？

周汝昌先生自来是个专心做学问的人。在日本占领天津时期，他不去就业，关在家里闭门读书、钻研，这应该是爱国的表现。后来日本投降，中国军队进城了，他非常兴奋地跑出家门，到街道上去迎接中国人的队伍，还写了文章，刊登在光复后的天津报纸上，里面有“箪食壶浆，以迎王师”的句子，于是后来也曾有人向他发难：你为什么去欢迎国民党的军队？因为那时候共产党的军队接收的是东北的城市，天津是国民党军队接收的。一个知识分子，在日据时期不去替日本人做事，在自己居住的城市光复以后去激动地迎接中国人的军队，他错在什么地方了呢？

但上面提到的那种情况，也确实说明，在中国，有一批周汝昌先生那样的知识分子，他们懂学问，却不谙政治，你要求他具有超前的“政治水平”，是否太苛求了呢？

1954年批判俞平伯《红楼梦研究》的政治运动刚开始的时候，周先生还不怎么紧张，因为他跟俞先生的观点自来不同。俞先生对《红楼梦》大体是当作纯美的东西来欣赏、品味，周先生大体来说注重揭示《红楼梦》的历史与家族背景。他的《新证》里篇幅最大、收罗资料最全的就是《史料稽年》。现在有充分的证据说明，《新证》一出，毛泽东看到后就是喜欢的，这部书成为他的“枕边书”之一。到了晚年，他更让把其中的《史料稽年》部分印成线装大字本，以便随时翻阅。周恩来总理肯定是知道这一点的。“文化大革命”期间中央系统的文化人全给送到湖北“五七干校”劳动，周汝昌先生当然也去了，却在仅仅去了一年以后，忽然由周恩来总理办公室一纸调令，独将他一人调回北京“备用”。

把这些背景搞清楚了，也就不难理解，当批评俞平伯的事情发展成为批判和清算胡适的时候，周汝昌为什么会紧张了。现在某些年轻人查到报纸上有周汝昌署名的批判胡适的文章，就大惊小怪起来。现在和以后的年轻人应该懂得，在当时中国大陆的政治情势下，如果认定你跟被批判的靶子观点相同，属于“一类货色”，那么，你就是想写文章“参加批判”“划清界限”，也未必还让你发表出来。当时周汝昌为什么要写那类文章呢？据说，是毛泽东发了话，要保护周汝昌。怎么个保护法呢？一是派他当时的爱将（带头批判俞平伯的“两个小人物”之一）李希凡到医院看望正在住院的周汝昌，告诉他他们将发表一篇批评《新证》的文章，但跟批判俞平伯不一样，属于“同志式的批评”。“同志式”在当年是一粒政治救心丸，就是说没把你看成敌人或反动观点的代表。因为你批判俞平伯是“反动的胡适资产阶级唯心论的推行者”，但俞跟胡在交往上、学术观点上并无什么把柄；而周汝昌先生呢，尽人皆知，胡适连自己的甲戌本都借给他，两人的学术观点关联处很多，《红楼梦新证》就是从《红楼梦考证》发展来的嘛，怎么能绕过去呢？绕不过，那就来个区别于批判俞平伯的“同志式批评”。二是由《人民日报》总编辑邓拓出面，约周汝昌写篇既批判胡适也自我批判的“划界限”文章，保周“过关”。周写了，改来改去难以达到要求，最后由报社加工，终于刊出。这件事反映了当时一个不懂政治的知识分子的“幸运”与尴尬，更反映了那个时代的社会特征，怎么能据此得出周“忘恩负义”“投机”的结论呢？拿这些事去攻击这样一个知识分子的“人品”，显然，如果不是幼稚，就是别有用心。

你看，光是甲戌本这样一个古本，就引出来这么多的故事，真是书有书的命运，人有人的命运啊。

这个甲戌本，是不是曹雪芹亲笔写下的？或者，是不是脂砚斋亲笔抄录和写下批语的？不是。这仍然是一个“过录本”，就是根据最原始的本子再抄录过的本子。当然，它“过手”的次数似乎不太多，应该是很接近最原始的那个母本的。那个母本上可能有曹雪芹的亲笔字迹，也可能没有，但肯定是脂砚斋本人的笔迹。说它是甲戌本，是因为这个本子上自己写出了“甲戌抄阅再评”的字样，但脂砚斋的批语，却不完全是甲戌那一年所写的。在我们现在看到的这个过录本上，出现了甲戌年以后的年代的少量批语，有的研究者就判断这个本子是假的。其实这个现象是很容易解释的：甲戌年脂砚斋整理好这样一个本子以后，一直留着，到了若干年后，还会翻看，偶然有了想法，就又写在上面，并且写下时间。如果脂砚斋要造假，何必留下这样的破绽呢？而且，曹雪芹写书和脂砚斋批书都是寂寞至极的事情，毫无名、利可收，我们找不到任何造假的动机。

甲戌本虽然只存下了十六回，但它最接近原始的母本，最接近曹雪芹的原笔原意，弥足珍贵。但是，我们读古本《红楼梦》，不能单读甲戌本，它缺失得太多，又不连贯。

那么，有没有保留篇幅比较多的古本呢？有的。下面会讲到几种：

二、蒙古王府本。这个本子现存于北京图书馆。据说是从一家没落的蒙古王府收购来的，它叫《石头记》，有一百二十回，而且有程伟元的序，乍看似乎是个通行本。但通过研究发现，它八十回后的四十回是根据程甲本抄配的，序也是抄来的，它的前八十回里，又发现五十七回至六十二回也是从通行本里抄来补齐的，但其余的七十四回应该是从没出现通行本以前的一种在贵族家庭间流传的手抄本过录的，属于古本性质。

三、戚序本。这个本子很可贵，书名《石头记》，有完整的八十回。它在清末民初以石印的方式流行，有多种印本，其中有正书局的影响最大，书前有一位署名戚蓼生的人写的序。戚蓼生是个真实的名字，他是浙江德清人，跟他合作的书商叫狄楚青，他在书上印了“国初钞本”四个字，有跟已经流行开的通行本叫阵的意思。它所依据的过录本，经研究证明是一个保留了很多曹雪芹原笔原意的本子。

四、己卯本。它的全称是《乾隆己卯四阅评本脂砚斋重评石头记》。这个己卯是乾隆二十四年，公历 1759 年。甲戌本是脂砚斋的重评本，这个本子是四评本，可惜脂砚斋的初评本和三评本没有流传下来。

这个本子也不完整，但存下来的也不算很少，有完整的四十三回和两个半回。它现存于北京图书馆。本子里有“己卯冬月定本”的字样。它也是个过录本。有意思的是，研究者考证出它最早的收藏者是乾隆朝怡亲王府的允祥的儿子弘晓。我在本套书里讲到乾隆四年（1739年）的“弘皙逆案”，弘皙是康熙朝废太子胤礽的儿子、弘晓的堂兄，允祥是康熙的第十三个儿子。康熙第一次给儿子们封爵位的时候，允祥还小，但第二次分封时，他已长大，那次连十四阿哥都得到了分封，他却仍未得到爵位，处境非常尴尬。康熙为什么不封他？我在“秦可卿出身之谜”一讲里提出过自己的解释。这个允祥在康熙朝后期一些兄弟为争夺皇位闹得不可开交的时候却很低调。他也只能低调，是不是？但是雍正夺得帝位后，立即封他为怡亲王，并且委以重任。曹雪芹的祖父和父辈在康熙朝深得信任宠爱，雍正上台后，在江宁织造任上的曹頫很快受到了训斥和追究，现在可以查到雍正二年皇帝在曹頫请安折上的一段颇长的朱批，全文如下：“朕安。你是奉旨交与怡亲王传奏你的事的，诸事听王子教导而行。你若自己不为非，诸事王子照看得你来；你若作不法，凭谁不能与你作福。不要乱跑门路，瞎费心思力量买祸受。除怡亲王之外，竟不可用再求一人托（这个别字是雍正自己写的，正确写法应该是“拖”）累自己。为什么不拣省事有益的做，做费事有害的事？因你们向来混帐风俗贯（雍正就这么写，没写成“惯”）了，恐人指称朕意撞你，若不懂不解，错会朕意，故特谕你。若有人恐吓你，不妨你就求问怡亲王，况王子甚疼怜你，所以朕将你交与王子。主意要拿定，少乱一点，坏朕声名，朕就要重重处分，王子也救你不下了。特谕。”这个奏折上的雍正朱批几乎句句都是怪话、黑话，如不予以揭秘，实在不知究竟是怎么回事。这里且不去揭历史上这真实朱批里所包含的秘密，但我抄下它来，是要提醒读者们，曹雪芹他们家，和皇帝，以及许多的皇家人物，关系实在太不一般，而且，显然，怡亲王跟曹家的关系更不一般。特别值得注意的是，乾隆时期卷入“弘皙逆案”的，偏有怡亲王允祥的儿子、弘晓的哥哥弘昌。那些被雍正整治过的皇族成员，他们反对雍正和雍正选择的继承人乾隆倒也罢了，怎么深得雍正恩惠的怡亲王府里，竟也出了反叛？还是怡亲王的大儿子弘昌？这实在耐人寻味。更耐人寻味的是，过了二三十年，偏是怡亲王府里，流传下这么一个己卯本来，作者正是雍正二年雍正让怡亲王亲自看管的曹頫的儿子曹雪芹！（也有研究者认为曹雪芹是曹颙的遗腹子、曹頫的侄子。）

五、庚辰本。己卯年过去就是庚辰年，也就是乾隆二十五年，公历1760年。这个“脂砚斋凡四阅评过”的《石头记》手抄本也是一个过录本。全本七十八回，缺六十四回和六十七回，现存北京大学图书馆。它里面有“庚辰秋月定本”字样。虽然和己卯本一样都是脂砚斋第四次写批语评论的本子，但又经过一些整理，跟己卯本还是有区别的。现存的这个过录本可能过录的时间离母本比较远，分头抄书的人也不是都那么认真。比如前十回没有批语只有正文，估计并不是原来的母本上没有批语，而是分工抄录这部分的人懒得连批语一起抄下来；而第十一回以后，抄书人比较认真，不但有批语，而且耐心地抄录了回前批、回后批、眉批、行间批、正文下面的双行小字批，有些批语母本是朱批，就也抄成朱批。这个本子有其优点也有明显的缺陷。

六、杨藏本。这个本子最早是由十九世纪一位叫杨继振的热爱文化的官僚私人收藏的，现在藏于中国社会科学院文学研究所。我们上面提到的古本，名字都叫《石头记》，这个本子叫《红楼梦稿本》，它是个一百二十回的手抄本，后四十回大体是抄自程甲本，前八十回所依据的过录本看来比较复杂，是用几种流传在社会上的手抄本拼合而成的。前八十回里，它又缺第四十一回到第五十回，杨氏得到它后，据程甲本补入。

七、俄藏本。原来是苏联的列宁格勒，现在是俄罗斯的圣彼得堡，那里的图书馆里藏有一部手抄本的《石头记》，是清道光十二年（1832年）由俄国传教士带回那里的。这个八十回的本子缺五、六两回。

这个本子流失海外一百五十二年以后的1984年，中国进入了改革开放的新时期，不再“以阶级斗争为纲”连续搞政治运动了，许多过去顾不得去做的事情终于可以去做了。在这种情势下，国家启动了古典图籍整理编印的文化积累工程，挂帅的是党内一位具有很高文化修养的老同志李一氓，他决定派人去苏联列宁格勒考察那部古本《石头记》，首先想到的，就是周汝昌先生。那年隆冬，有周先生在内的一个考察小组赴苏进行了考察，周先生对这个藏本给予了很高的评价。但那次考察前后，也出现了一些蹊跷的事情，周先生都写进了《万里访书兼忆李一氓先生》一文里，后来收进其《天·地·人·我》一书中，有兴趣的人士无妨找来一读。

八、舒序本。这个手抄古本书名题为《红楼梦》，应该是一个八十回的抄本，但现在只存前四十回。它的过录时间可以确定为乾隆五十四年（1789年）。因为前面有一位叫舒元炜的人写的序，所以被红学界称作“舒序本”。

九、梦觉本。这个手抄本书名也是《红楼梦》，八十回。它前面有署名梦觉主人的序，这个序写于乾隆甲辰年，也就是乾隆四十九年，公历1784年。

十、郑藏本。郑振铎是现代人，文学史专家。他曾任文化部副部长，在1958年率领一个文化代表团出国访问时因飞机失事不幸殉职，享年六十岁。他爱藏书，从旧书店里找到两回（二十三、二十四回）古本《石头记》，虽然只有两回，但很有研究价值。这个最初由他收藏、后来捐给国家的古本被称作郑藏本。

十一、程甲本。上面已经解释了这个本子。这个本子的前八十回尽管经过改动，但仍然保持着程伟元、高鹗他们所掌握的从其他古本系列过录来的那个本子的许多特点，因此还可以把程甲本的前八十回视为一种可资参照的古本。

有一个问题肯定是大家都关心的，那就是现在在世界上，还会不会有古本《红楼梦》默默地存在着？我们还能不能把它们发掘出来？我在揭秘妙玉的时候，提到过一个靖应鹍本，这个藏本一度浮出，却又神秘消失，但仍留下了一张有“夕葵书屋”字样的《石头记》夹页。这个古本，现在是否仍然存在于人间尚无从知晓。希望民间热爱曹雪芹和《红楼梦》的人士，都能鼓舞起来，珍惜每一个线索，去寻觅类似靖藏本那样的私家古本。自己家里如有祖传的古本，实在不愿意捐出原物，影印出来供大家欣赏、研究也是好的。当然，还有一条线索，就是向海外搜寻。俄藏本就给了我们一个启示：当初中国和苏联同一阵营，所以苏方主动告诉中方他们那边有一个古本《红楼梦》，但是一直到了1984年底，中方才派出专家去考察，可见一些古本《红楼梦》失散在海外，长期被冷落以至不为人知的情况，还是可能出现第二例、第三例的。鸦片战争以后，有很多的西方传教士来到中国，还有军官、商人，他们或出于对中国文化的喜爱，或者当作“战利品”，可能在把其他一些中国东西带回西方的时候，也带过去了古本《红楼梦》，这种估计应该是不过分的。西方的一些博物馆、图书馆里的中文旧书，特别是线装书和手抄本，他们虽然早就收藏了，却因为缺乏懂中文，特别是懂中国文化的人才，长期没有整理编目，或者简单地归类编目了，却并不能正确衡量每一种书本的价值，也就可能埋没掉珍贵的古本《红楼梦》。外国的私人收藏也值得探寻，特别是日本和韩国，还有蒙古，那里的私人家里也还有可能寻觅出古本《红楼梦》来。我的想法是：不能灰心，寻觅古本《红楼梦》的事还是应该耐心去做，而且，希望在民间。

1949年以后，“四大名著”的提法深入人心。“四大名著”指的是四部古典长篇小说：《红楼梦》《水浒传》《三国演义》《西游记》。毛泽东主席就喜欢“四大名著”，尤其是《红楼梦》。他在1956年《论十大关系》的讲话里，把我们中国的优点概括为：地大物博，人口众多，历史悠久，以及在文学上有部《红楼梦》（1976年12月26日《人民日报》正式发表了《论十大关系》）。半个多世纪以来，“四大名著”发行量都很大，相当普及。

“四大名著”普及本的出版，一直基本上由人民文学出版社承担。1953年，以作家出版社的名义，出了繁体字竖排本《红楼梦》。当时人民文学出版社的副牌是作家出版社，这个作家出版社不是现在中国作家协会的那个出版社，现在人民文学出版社也不再使用这个副牌。这个版本是用1921年上海亚东图书馆的铅字排印本作底本的，而这个底本是从程乙本演化来的一种晚清的通行本，且不说后四十回根本不是曹雪芹写的，前八十回也问题很多，是一个缺点很明显的本子。当时中华人民共和国建立不久，百废待兴，人民文学出版社能很快推出四大古典名著，对广大读者来说是做了一件大好事，当时版本意识不强，红学发展也没有后来那么深入，这个本子存在问题是可以理解的。

到了1957年10月，人民文学出版社以正牌名义再次推出了通行本《红楼梦》，不再用亚东本作底本，改用程乙本作底本，封面署曹雪芹、高鹗著，简体字横排，利于一般老百姓阅读。这个版本可真是大大地通行开来了，那以后的二三十年里，中国大陆读者所读到的《红楼梦》，一般都是这个本子。这个本子对普及《红楼梦》起了决定性作用。像影响很大的越剧《红楼梦》，就是根据这个通行本改编的。这个本子也让一般老百姓在欣赏《红楼梦》的同时，形成了一种根深蒂固、至今难以消除的错误印象，那就是以为一百二十回的故事是一个叫曹雪芹的人和一个叫高鹗的人合作写出的。尽管在出版说明里也有高鹗是续书者的说明，但一般读者都是直接去读故事，很少细推敲前面的说明文字，况且封面上并没有准确地印成“曹雪芹著，高鹗续”，而是“曹雪芹、高鹗著”，因此，也就让一般读者以为一百二十回的《红楼梦》就是曹雪芹的《红楼梦》，《红楼梦》就是这样的一部书。

1958年，人民文学出版社出版了俞平伯先生用若干古本汇校的《红楼梦八十回校本》，也还印刷过两次。这是个把曹、高分割开、努力去恢复曹雪芹原笔原意的本子，遗憾的是，它当时并没有在一般老百姓当中流传开来。

到了1982年3月，人民文学出版社推出了一个新的通行本，就是中国艺术研究院红楼梦研究所的校注本，这可以说是一个国家投资的“官修本”。相对于1957年10月推出的那个本子，这个通行本有了很大进步。它的前八十回用庚辰本作底本，再参照其他古本进行校注，每回后有“校记”，还加了不少很有必要的注释，方便一般读者的阅读。现在大家读的《红楼梦》，一般都是它。但它仍然存在着一个老问题，就是把曹雪芹的原作和高鹗的续书合在一起印行，而且封面依然是两个人的名字合署，使得一般读者仍然以为曹、高是合作者。这个本子原来分为上、中、下三册发行，各册容纳四十回，上、中是曹雪芹著的，下是高续，这样印还比较合理。后来可能是出版社从印装方便的技术角度考虑，现在你去买它，全是上、下两册的装订发行方式，这样，就无形中更增大了曹、高不分的缺点。另外，这个本子对所用的底本庚辰本过分推崇，对其他古本里的异文的采纳持保守的态度，在断句和加标点符号上多有可商榷处，个别地方还根据主观判断“径改”庚辰本的原文，因此，建议它听取各方面意见，再加改进。

2003 年，人民文学出版社将俞平伯点校本加以修订出版，收入教育部《普通高中语文课程标准》指定书目的《语文新课标必读丛书》里，面向全国高中生，每一印次的数量都很大，在青少年中流行开来。但是它也非要把高鹗的四十回续书收入连排，封面上印着“曹雪芹、高鹗著”，使一般的高中生依然走不出“《红楼梦》是曹雪芹、高鹗合作的”这样一个历史误区。而且，以今天的眼光来看，俞先生的点校存在着局限性，这个版本还不能说是一个精校的善本。（据《北京商报》2006 年 9 月 18 日引用人民文学出版社有关人员提供的数据，1982 年版的红学所校注本累计印数为 370 万册，《语文新课标必读丛书》版则已发行到 45 万册。）

说了这么多了，还要回到那个老问题：既然现在的通行本仍然不能让人满意，那么，你能不能推荐一个本子让大家来读呢？

有这样一个本子，它就是周汝昌先生根据十卷本的《石头记会真》简化成的一个汇校本，即前面提到过的周汇本。所谓汇校，就是把我上面开列出来的十一种古本，一句一句地加以比较—— 当然，因为各个古本保存的回数不一样，以及有的句子在有的古本那回里没有，因此有时候拿来比较的句子不足十一种—— 一旦发现不同之处，立刻停下来细细思考，最后选出是—— 或者说最接近—— 曹雪芹原笔原意的那一句，耐心连缀起来构成的一个善本。这个本子可以说是八十回的古本《石头记》，也可以说是八十回的古本《红楼梦》。

周汝昌先生在这个汇校本的《序言》里，交代了经历半个多世纪才终于成书的艰难历程。这可以说是一个饱含心血的“私修本”，它是一个家族两代数人前仆后继努力奋斗的一个结晶。我推荐这样一个本子，并且希望它能逐渐成为另一种通行本，毋庸讳言，其中一个主要的因素，就是我与周先生在对《红楼梦》的看法上，有重要的契合之处。我们的基本看法，说来也简单，那就是：

一、《红楼梦》是曹雪芹的作品，不是曹雪芹与高鹗合著的。这一点前面已经讲得很多了，道理不再重复。因此，不应该把这两个人写的文字印在一起，尤其不应该在书上联署两个人的名字。高鹗的续书应该单独印单独卖。要还曹雪芹和古本《红楼梦》一个清白。

二、曹雪芹不是没有写完《红楼梦》，不是只写了八十回，故事没完，需要别人来续他的书。曹雪芹是把《红楼梦》写完了的。完稿的《红楼梦》有完整的故事，体现出了他的总体构思，仅差最后的统稿润色。只是由于我们现在还不能完全确定的原因，他已经写出的八十回后的书稿，被"借阅者迷失"了，至今没有再浮出水面、呈现人间。因此，如果想知道曹雪芹的总体构思，想了解一个完整的曹雪芹的《红楼梦》故事，就不能去相信高鹗的续书。

三、曹雪芹的《红楼梦》虽然八十回以后的文字迷失了，但是红学当中有一个分支，叫探佚学，通过研究者的探佚，是能够把八十回后的一些情节、书中若干人物的最后结局，以及全书结束在《情榜》等揭示出来的。探佚的根据，主要是古本《红楼梦》的原文，以及脂砚斋等当时批书人的大量批语。一百二十回的通行本的最大弊病，就是为了"前后统一"，让曹雪芹的前八十回去将就高鹗的后四十回。这个糟糕的"统稿"过程不仅是削足适履，简直是李代桃僵。因此，要品读曹雪芹的《红楼梦》，就一定要读古本《红楼梦》。

我向大家郑重推荐周汇本《红楼梦》，它是周汝昌先生以毕生精力研红的一个结晶，算得是一个真本。细读这个本子，你就会发现它保留了不少看去与高鹗续书不合的文句语辞。我们都知道曹雪芹最善于用"草蛇灰线，伏延千里"的手法，通行本为将就高续，斩断了一些草蛇，抹去了若干灰线，不但令人遗憾，更可以说是佛头着粪、点金成铁。这个本子的与高续不合处，正说明它呈现的才是涤荡了高续污染的原生态，也说明曹雪芹的八十回后会是另外的写法。有的读者看过，对八十回后的想象，可能就会进入跟高鹗续书完全不同的思想与艺术境界，激发起参与探佚的热情来。

当然，周先生的观点，只是一家之言，我就连家也称不上，只算一个爱好者向大家公布自己的阅读和探究心得。我的目的，只是想为广大的《红楼梦》阅读者增添出一种可供选择的本子而已。

下面，我说完凡例，再逐回跟大家介绍这个古本汇校《红楼梦》的特色。最后，我参考周先生的探佚成果，就八十回后曹雪芹会写些什么，公布自己的探佚心得，以供参考。希望我的文字能提起大家阅读真本《红楼梦》的兴致来！

不读凡例真遗憾

在周汇本的第一回之前，有单独的一段文字，称作凡例。

这是非常重要的！仅仅因为这个本子有这些文字，就显示出了它努力接近曹雪芹原笔原意的特色。所有的通行本都不收这段文字，或者只把其中部分文字嵌入到第一回里。

凡例是甲戌本独有的。正因独有，弥足珍贵。现在通行的人文社（即人民文学出版社，下同）红学所的本子，它就不收。你看它，翻开正文，立刻就是第一回，第一句话是“此开卷第一回也”。只是在回后的“校记”里有一个交代，说明它不得不把凡例第五条勉强嵌入的原因，因为勉强，在排印上，它以退两字的特殊格式处理。而甲戌本翻开以后，先是凡例。周汇本尊重这个格局。

凡例，就是整部书的写作所遵循的原则。曹雪芹在全书一开头，就向读者说明他所遵循的几条原则。他又把凡例题为“红楼梦旨义”。旨就是宗旨，与原则相通；义就是要义，就是说他把全书的主要精神加以概括。他首先告诉读者，这部书题名极多，在第一回里他具体写出了哪些人参与了题名，都题了哪些名，那么，在凡例里，他先交代这部书各个题名的道理。

他写下的第一句话，现在你看不完全。因为现在传世的甲戌本几经易主，或者是其中有的藏主保存不善，或者是在转卖流动的过程里不小心，这第一句里有五个字被磨损掉了，现在只好用□□□□□替代。被磨损掉的五个字应该是什么呢？这是红迷朋友读这个本子遇到的第一个需要探佚的问题。其实，通过对上下文的推敲，是不难猜出来的。读者们可以展开讨论，去形成共识。

我把自己的探佚心得告诉大家。先把这句话引在下面：“是书题名极□□□□□梦，是总其全部之名也。”我是这样来猜的：“极”字后应该是“多”字，“梦”字前必定是“红楼”（如果仔细看影印的甲戌本，这五个字里还有个字剩半个，就是“梦”字前的“楼”的一半），因此，需要动脑筋猜的，只剩当中两个字，这两个字，我说是“然曰”。连起来就是：“是书题名极多，然曰红楼梦，是总其全部之名也。”

当然，曹雪芹那个时代还没有新式标点符号，读文章只使用断句的方法，如果在书上用笔断句，一般的做法就是在断开的句子右侧点一个墨点或画一个圆圈，有时候读的人特别喜欢某一句，时兴在那一句的每个字右侧全画上圆圈。我在一篇文章里说自己研究《红楼梦》，连一个标点符号也细抠，有读者就批评我：“那时候根本没标点符号，你抠什么？”其实，我的意思是说，如何断句，需要细抠；加新式标点符号怎么加，也需要细抠。我的研究方法之一是文本细读，细读就要细到这样的程度。

现在我把甲戌本的“红楼梦旨义”的第一句，按自己的理解补足了字，并给加上了新式标点。不知读者诸君同意否？欢迎讨论。

这句话实在太重要了。甲戌本，以及众多的古本，都用《石头记》作书名。开头谈古本，我总觉得称《石头记》才正宗，称《红楼梦》似乎理不那么直气不那么壮，但是现在再细读周汇本的这开篇一句，就觉得我们应该理直气壮地把这部书称作《红楼梦》，因为作者一开头就宣布《红楼梦》在众多的题名里是“总其全部之名”。

凡例第一条说书名的事。

第二条说所写的空间。意思是避免东西南北的字样，但读者应该懂得，写的主要是京城里的事情。

第三条说所写的侧重点是“闺中”，就是以写家庭里的女性为主，此外的事情就写得比较简略。

第四条郑重宣布“此书不敢干涉朝廷”。我在本系列第一部里，揭示出书里有康、雍、乾三朝政治权力斗争的投影，有的批评者就讥讽我把《红楼梦》讲成了“宫闱秘史”。我认为曹雪芹是以社会边缘人的身份，从事边缘写作。他的边缘生存，开头是因家族的败落而被动形成的，后来，则成为他主动自觉的选择。他从事边缘写作，完全离开了当时的官方文化和社会的主流文化。《红楼梦》里写到贾宝玉拒绝读书做官，也写到贾母破陈腐旧套，科举文章和庸俗的消遣文化全被他否定，他书写的是难以被当时官方所容忍，也难以被社会低俗文化消费者所理解的，全新的边缘话语。他的书写是痛苦的，因为他的家族，他自己，遭受到太多的政治冲击，他当然有自己的政治立场、政治倾向、政治情感，他把这种政治立场、倾向、情感渗透到自己的文字中，是不可避免的。但曹雪芹没有停留在这个层面上，他把关于秦可卿的故事一再删改，就反映出他复杂的心理状态，他在寻求超越，最后，他超越了，确实做到了“不干涉朝廷”，也就是不去参与现实的权力斗争，而把自己的情怀提升到超政治的人类关怀的新高度。我在本系列第二部里，就专门讲他如何通过贾宝玉以及金陵十二钗，来体现他的“不干涉朝廷”而“干预灵魂”的思想与艺术高度。因此，我觉得不应该把他的这一条写作原则狭隘地理解成“逃避文字狱”。

第五条，通行本当成第一回的开头嵌入。通行本把这一条的第一句话写成“此开卷第一回也”。周汇本告诉我们，这句话应该是“此书开卷第一回也”。少一个“书”字，就成了作者宣布全书开始；多一个“书”字，则就还是凡例即“红楼梦旨义”的口气，向读者解释他写第一回以及全书的用意。我接受周汇本对这一句的处理。“此书开卷第一回也……”更符合曹雪芹的原笔原意。

最可惜的是，通行本因为不取甲戌本的凡例，使得广大读者读不到曹雪芹的一首重要的诗。这首诗在周汇本里保留了：

浮生着甚苦奔忙？盛席华宴终散场。
悲喜千般同幻渺，古今一梦尽荒唐。
谩言红袖啼痕重，更有情痴抱恨长。
字字看来皆是血，十年辛苦不寻常！

有论者说，《红楼梦》缺乏哲学高度。可这首诗第一句，劈头就是“终极追问”：人生存的意义。一个人活在世界上，一天又一天地苦苦奔忙，图个什么呢？金钱？名声？地位？美色？长寿？……这是一个最根本的哲学命题，曹雪芹在全书开篇前，就通过这么一首诗，非常明确地提出来了。人应该为什么活着？显然，有比我上面开列出的那些更值得去实现的目的，其实，这应该就是《红楼梦》全书的主题。

此外，“红袖”和“情痴”相对应，提供了我们认知脂砚斋真实身份的重要线索。“红袖”和“情痴”他们联合著书，大体上用了十年的时间，书稿（包括批语）里浸透着他们的心血！“红袖”这样的符码令我们觉得脂砚斋是一个女性，而且是一位跟“情痴”（即作者）生活在一起的最亲密的女性。

女娲补天剩余石、通灵宝玉、贾宝玉是三位一体吗

先来看一道测试题。请把左边的天界存在，和右边人间的人物或事物，用连线显示其相关性。换句话说，就是请您判断一下，天界的存在，下凡到人间后，分别变成了什么：

天　界	人　间
女娲补天剩余石	荣国府贾政的儿子贾宝玉
赤瑕宫的神瑛侍者	通灵宝玉
西方灵河岸三生石畔的绛珠仙草	扬州盐政林如海的女儿林黛玉
气骨不凡、丰神迥异的和尚	癞头跣足的和尚（癞头和尚）
气骨不凡、丰神迥异的道士	跛足蓬头的道士（跛足道人）
空空道人	茫茫大士
	渺渺真人

分歧最大的，可能就是第一项与第二项的连法。这牵扯一个至关重要的问题：女娲炼出来无才补天被弃置在大荒山无稽崖青埂峰的那块石头，究竟是不是下凡后变成了贾宝玉？

如果参加测试的朋友看的是1982年以前的通行本，那么，他一定会对这个问题做出肯定的回答。从乾隆时期的程乙本一直到20世纪80年代初的通行本，都给读者这样的印象。但这是完全违背曹雪芹的原笔原意的。1982年红学所的校注本，总算把甲戌本里独有的四百二十九个字补入，大体上纠正了那以前的通行本的一大错谬。周汝昌先生汇集各种古本的精校本，就把与其相关的文字梳理得更接近曹雪芹的原笔原意。

曹雪芹在第一回里，设置了笼罩全局的神话前提，这些神话内容大体可以分为三个部分：

一是女娲补天，炼出了三万六千五百零一块石头，补天后剩下了一块，这块石头被弃置在了大荒山无稽崖青埂峰下。这块石头很痛苦。但是有一天来了一僧一道，就坐在它旁边聊天。注意这一僧一道在天界的形象是气骨不凡、丰神迥异，后面写他们下凡到人间活动，就呈现出假象，一个变成癞头，一个变成跛足。一僧一道说到人间红尘中的荣华富贵，引动出了石头的凡心，就恳求他们将它带到人间去经历一番。为了使那么大的一块巨石方便夹带，那和尚就大展幻术，将它变成扇坠般大小——扇坠就是扇子（折扇或团扇）尾柄上，用丝绦系在那里的，穿了孔的坠子，一般用玉石、翡翠、珊瑚等制作，既是装饰品，也可以增加扇子底部的稳定性，便于扇风。巨石变小了，小得可以托于掌上。和尚说，为了让它下凡后让人见了知道是个奇妙的东西，还要在上面镌上字迹。后来写到甄士隐白日做梦，梦里遇到一僧一道，他有缘看到了那个即将下凡、被僧道二仙称为“蠢物”的东西：“原来是块鲜明美玉，上面字迹分明，镌着‘通灵宝玉’四字，后面还有几行小字。”看了古本里这些文字，我们就很清楚了，女娲补天剩余石，下凡后并不是贾宝玉，而是贾宝玉落生的时候衔在嘴里的那块“五彩晶莹的美玉”（第二回冷子兴告诉贾雨村）。到第八回，作者通过薛宝钗的眼光，把通灵宝玉描写得更加详细，形容它“大如雀卵”——麻雀蛋那么大的体积，衔在一个胖大婴儿嘴里，是说得通的——把那上面镌的字，也绘图交代得一清二楚。这块石头在人间经历了一番离合悲欢、炎凉世态之后，又回到了大荒山无稽崖青埂峰下，恢复成巨石。一位天界的空空道人（并非一僧一道里的那个道士，在前八十回里也没有在人间出现，上面的连线题左边虽然列出，却无法与右边任何一项勾连）发现它时，上面就已经写满了字，“字迹分明，编述历历”，于是，空空道人与石头对话一番后，就把那《石头记》抄录下来，传播到人间。

过去的通行本把女娲补天剩余石、贾宝玉和通灵宝玉混为一谈，“三位一体”了。程伟元和高鹗弄一百二十回的通行本，他们续八十回后，何必改前八十回呢？改如果只是删，或调换一些字词，也还不算狠，问题的严重在于，他们还要往上妄加。第一回古本里说女娲补天石“灵性已通”，意味着他能够跟一僧一道对话，并能产生下凡的冲动，但他真要下凡，还得靠二仙帮助。他是在仙僧大展幻术的情况下，才变化为一个扇坠般大的通灵宝玉的，可是，程、高却在“灵性已通”后面妄加了“自去自来可大可小”八个字，又没有了现在我们从周汇本里可以看到的那些内容，细心的读者就会感到逻辑上的混乱：那石头自己可以变小又来去自由，它自己飞降人间不就结了，又何劳二仙帮忙呢？程、高真是大错。细读古本就可以理解，曹雪芹的设计，是把贾宝玉和通灵宝玉区别开的，而且让通灵宝玉作为人间风云浮沉的观察者、感受者，并且表示它回到天界恢复巨石形态后上面就出现了一部《石头记》。别的意义且不论，起码从叙述方略上，就可以一、二、三人称并用，全书大体上是第三人称的客观叙述，但有时候“石头”（通灵宝玉）自己会发出感叹，有时候又会以跟“列位看官”（读者）交谈的方式切入，使全书的语言呈现为“回环立体声”，比那种从头到尾单以一种人称叙述的文本，生动了不知多少倍。

神话设计的第二部分内容，就是营造了一个太虚幻境。主管太虚幻境的女神是警幻仙姑，这位仙姑在天界“司人间之风情月债，掌尘世之女怨男痴”（第五回正式交代），简单来说，就是一位爱情女神。第一回甄士隐在梦里遇见一僧一道，二位仙人正要去找警幻仙姑，找她做什么？通行本给读者的印象，是让警幻仙姑安排他们带去的石头下凡成为贾宝玉，而古本写得很清楚，不是这样的。他们去找警幻仙姑，是因为知道她又要安排一批“情种”落生人间，就是又要播撒一批生命的种子，有男有女，让他们去人间体验爱情的痛苦和甜蜜，所以要求警幻仙姑把变化为扇坠大小的石头“夹带”到人间去。注意，“夹带”两个字说得很清楚，而且后面也交代得很明白，贾宝玉落生时，嘴里就夹带了一样东西，跟他一起来到人间，那就是通灵宝玉，也就是天界的那块女娲补天剩余石。通灵宝玉来到人间的时刻既然与贾宝玉一样，那么，它暂别天界有多久，也就意味着贾宝玉到了多少岁。书里后面有这样的文字，到了那一回我会再提醒大家注意。另外，还请大家注意，一僧一道在天界的真面目很美好，到了人间却呈现出丑陋肮脏的幻象，而石头在天界是个被遗弃的蠢物，到了人间却呈现出莹洁美丽的幻象，我觉得作者这样设计，里面有深义可寻。您是否能跟同好者讨论一下，把心得在互联网上公布出来？

神话的第三部分内容，通过甄士隐梦遇僧道二仙听二位对话讲述了出来。除了大荒山无稽崖青埂峰以及太虚幻境，还有一处仙界，就是西方灵河岸三生石畔，有一棵美丽的绛珠仙草，那边还有一座赤瑕宫，里面住着一位神瑛侍者。神瑛侍者每天用甘露去灌溉绛珠仙草，使得仙草一直活着。神瑛侍者向往人间，到警幻仙姑那里报名备案，准备下凡；绛珠仙草听了，就也跟随下凡。她的想法，就是下凡后把一生的眼泪献给下凡后的神瑛侍者，还他的灌溉之恩。我们都知道，他们两位下凡后，就是贾宝玉和林黛玉。女娲补天是流传久远的神话，不算稀奇；天上有爱神，这也还不是很奇特的想象。但是仙草下凡还泪以报灌溉之恩的艺术想象，是非常具有独创性的，也是优美之至的。

在甲戌本独有的四百二十九个字里，有着非常重要的内容。特别是二位仙人的这几句话："那红尘中有却有些乐事，但不能永远依恃，况又有'美中不足、好事多魔'八字紧相连属，瞬息间则又乐极悲生，人非物换……"有的读者可能有疑问：应该是"好事多磨"吧？这不是印错了，也不是古本里写错了，是曹雪芹故意这样写的。这段话和十三回里秦可卿给王熙凤托梦当中的预言，是前后照应的，"所谓好事里头，往往潜伏着魔鬼"，这是作者想表达的一种政治社会观念。

第一回从第一句话到"按那石上书云"一句之前，实际是全书的楔子。楔子原指木匠的一种工具，在小说文本里就是叙述的切入点，在这段文字快结束前，脂砚斋在曹雪芹名字出现后有一条批语说："若云雪芹披阅增删，然后开卷至此，这一篇楔子又系谁撰？足见作者之笔，狡猾之甚。后文如此者不少。这正是作者用画家烟云模糊处，观者万不可被作者瞒弊（蔽）了去，方是巨眼。"这条批语至关重要，再次申明了《红楼梦》的著作权，也指点读者了解此书"烟云模糊"的文本特色，体味那"模糊近真"的高妙艺术。

从第一回起，曹雪芹就大量使用了谐音寓意（以假出真）的艺术手法，下面我列出这一回中具有这一特点的词语，请读者自己填写：

甄士隐（　　）	甄英莲（　　）
贾雨村（　　）	霍　启（　　）
娇　杏（　　）	青埂峰（　　）
十里街（　　）	仁清巷（　　）
胡　州（　　）	大如州（　　）

填起来当然不难，但也有可以讨论的。贾雨村过去多解释为谐“假语村言”的意思，“村言”就是“村野之言”，说文点就是“边缘话语”“非主流话语”，但我觉得还可以理解成“假语存”，跟“真事隐”连起来，就构成“真实的事情以假设的讲述保存了下来”。另外，“英莲”有的古本写成“英菊”，周汇本取英莲，不过我觉得“英菊”也说得通。看这一回的脂批就可以知道，这是一个照应全局的人物，也许曹雪芹在给她命名时，有过两种谐音的考虑。

青埂峰的“青埂”应该是谐“情根”。“情痴”“情种”“情根”“情悟”……这一回里空空道人将《石头记》概括为“大旨谈情”，“情”是《石头记》即《红楼梦》的精髓。“因空见色，由色生情，传情入色，自色悟空”，乍看似乎也不太新鲜，“空即是色，色即是空”，简略的说法就是“色空”。这是一般俗众都知道的、佛教的一个观念，意思就是说，万事万物都是虚无的，我们所看到的有形态、有色彩的事物，其实都是幻象，因此，要把一切看穿才好。但是，细读曹雪芹写的这四句话，就感觉味道很不一般。他在“空”与“色”之间，强调了“情”，“由色生情，传情入色”，就是对尽管只具表象的“色”，也生发出一腔真情，并且将这一腔真情，灌注到“色”里去。这其实就已经不是在宣扬佛教的“色空”观念，而是在强调“情”的力量与魅力了。我在本系列第三部最后，根据探佚，排出了情榜，贾宝玉排在九组十二钗前面，考语是“情不情”。这个考语是脂砚斋批语里透露的，第一个“情”字是动词，意思就是对无情的事物也能以真情相珍爱、相体贴、相呵护，“情不情”是与“由色生情、传情入色”相通的，是一种观念的两种表达方式。难怪清代就有人说《红楼梦》是在传播“情教”。这个“情”包括爱情，却比爱情更宽广，也不仅是人类之爱，而是及于无机物，是宇宙之爱，有很深的哲学内涵。

值得特别注意的是，在这一回里，非常具体地交代了这部书的不同题名，所有的通行本，包括红学所的校注本，都没有把古本里面的题名收全，而周汇本收全了，这些题名是：

——空空道人改《石头记》为《情僧录》；

——至吴玉峰题曰《红楼梦》；

——东鲁孔梅溪则题曰《风月宝鉴》；

——后因曹雪芹于悼红轩中披阅十载，增删五次，纂成目录，分出章回，则题曰《金陵十二钗》；

——至脂砚斋甲戌抄阅再评，仍用《石头记》。

目前最通行的人文社印行的红学所的本子，少了第二、第五两个环节。周汇本根据甲戌本把从《石头记》改名到恢复《石头记》的书名的全过程记录了下来，这对我们红迷朋友来说，是非常重要的。

为什么“至吴玉峰题曰《红楼梦》”这句，在甲戌本后来的本子里，一律不再出现？不可能是各路抄书的人都把这句漏抄了，显然是有意删去的。那么，为什么删它？凡例里说了嘛，《红楼梦》是“总其全部之名也”，最不古怪，我们现在认可的也是这个题名，这三个字在当时也不犯忌，实在不必删掉，是吧？那么，删掉的原因，难道是吴玉峰这个名字？这应该是很普通的一个名字呀？比起空空道人、脂砚斋等符码，一点儿也不扎眼。你去查清朝的资料，也查不到这么个人，他究竟是谁呢？

上面说了，曹雪芹写这部书，从第一回起就大量使用谐音寓意的手法，实在不是我特别多心，吴玉峰很可能也是谐音寓意。那么，谐的什么音，寓的什么意呢？不琢磨无所谓，一琢磨吓一跳。吴玉峰，会不会是谐“无御封”呀？这个人本来应该得到皇帝的分封，却偏偏并没有得到分封，所以是“无御封”，也可以写成“无谕封”，读音含义完全一样。这应该是皇族里的一个人物，是一个对“当今”不满的人，一个皇族里的“既失利益者”。这个人竟是最先看到书稿的少数人之一，他看了还题名，认为《红楼梦》作书名最好。脂砚斋甲戌抄阅再评的时候，书稿上还有他，己卯、庚辰的四评，这段话里就没他了，看来，不是后来转抄转录的人删去了这一句，而很可能是脂砚斋删去的。脂砚斋这个人虽然和曹雪芹很亲近，但有时想法不一样，第十三回脂砚斋就建议曹雪芹大删大改，曹雪芹听从了她的建议，那么吴玉峰这一句，曹雪芹也可能忍痛割爱。我在本系列第一部里说过，作家删改书稿，如果是出于艺术上的考虑，那么删掉改掉的就没什么可惜，但是，如果是出于非艺术考虑，就很可惜。吴玉峰这一句被删，估计就是出于非艺术考虑，怕惹祸，才删掉的。现在那惹祸的可能已经化为了零，周汇本将其保留，很有必要。何况甲戌本一直保留至今，白纸黑字，应当照录，以反映出曹雪芹的原笔原意。

周汇本的特色，在第一回里，就已经凸显了出来。在通行本里，石头上的那首偈语诗是：

> 无才可去补苍天，枉入红尘若许年。
> 此系身前身后事，倩谁记去作奇传？

而周汇本则是：

> 无材可与补苍天，枉入红尘若许年！

此系身前身后事，倩谁寄去作神传？

它的每一个字都有古本上的依据，确实体现出了其先比较每一句的相异处，然后择其最接近曹雪芹原笔原意的字、词、句的苦心。我们阅读欣赏《红楼梦》，多了这么一个本子，真是件幸事啊！

曹雪芹的《红楼梦》有回前诗

《红楼梦》究竟有没有回前诗？翻翻古本《红楼梦》，分明是有回前诗的呀！第二回一开头就有：

一局输嬴料不真，香消茶尽尚逡巡。
欲知目下兴衰兆，须问傍观冷眼人。

周汝昌先生认为早期手抄本第一句中的“嬴”没有写成“赢”、第四句“傍”没有写成“旁”，恰恰是曹雪芹原稿的面貌，没有必要非把这类的写法强行“规范”。有人可能会这样想：这诗也许是脂砚斋作为批语写的吧？但甲戌本诗旁的脂砚斋批语写得明明白白：“只此一诗便妙极！此等才情，自是雪芹平生所长。余自谓评书，非关评诗也。”这首诗的著作权属于曹雪芹，还有什么可怀疑的呢？它被写在一回的最前面，不是回前诗是什么？

这首回前诗不仅甲戌本有，己卯本、庚辰本、杨藏本、戚序本、舒序本、俄藏本、蒙古王府本全有，怎么能忽视呢？现在你看到的红学所校注的通行本，却偏不承认，不给印在正文里，只在“校记”里当作应该删除的文字交代了一下。红学所的校注是用庚辰本作底本，庚辰本明明有这首回前诗呀？为什么自己所推崇的本子里有，也不予承认呢？这是很奇怪的做法。庚辰本固然是一个珍贵的古本，但绝不能对它迷信。

第二回最重要的内容，就是作者安排冷子兴对荣国府和宁国府的人口组成作了口头介绍，给读者先铺垫出一个大的印象，到第三回以后那些人物陆续登场，再细致刻画出他们的生动形象。那么，冷子兴介绍到迎春的时候，庚辰本是怎么写的呢？它是这样写的：“二小姐乃政老爹前妻所出，名迎春。”

看了后面所有关于迎春的情节，你不觉得这个交代存在很大的问题吗？贾政如果有前妻，那么王夫人就是续弦的了。迎春如果是贾政的亲生女儿，那么她跟贾赦和邢夫人就没什么大关系了，邢夫人也犯不上那么跟她说话了；她误嫁中山狼，责任就应该全在贾政、王夫人身上了，出嫁前更没有道理由贾赦、邢夫人那边接过去再过门了。庚辰本肯定是错了。但是，其他古本上的写法，区别也很大。甲戌本写的是：二小姐乃赦老爹前妻所出。俄藏本写的是：二小姐乃赦老爹之妻所生。己卯本写的是：二小姐乃赦老爹之女政老爷养为己女。戚序本写的是：二小姐乃赦老爹之妾所出。周汇本选取了甲戌本的写法，认为最接近曹雪芹的原笔原意。我也这样认为。简单来说，迎春首先肯定和探春不一样，从文本中看不出她有庶出的自卑心理，以及因为庶出而受歧视的迹象。戚序本的说法肯定不对。她也不可能是贾政的养女，文本中明确告诉我们，迎春是贾赦那边的人，只是并非邢夫人所生。那就只能有一种解释：迎春乃贾赦前妻所生。

回前诗头一句把故事里的荣国府和宁国府的处境，概括得非常精确，就是它们实际上已经被卷进了一个棋局里。什么棋局？权力斗争的棋局，“双悬日月照乾坤”的棋局。具体而言，就是以“义忠亲王老千岁”为旗帜的“月派”，和“忠顺王”所顺从的“当今”也就是“日”派，两个政治集团的博弈。这个博弈有一个曲折的过程，因此荣宁两府还可以在香销茶尽前为自己的利益周旋维护，但是他们必将由盛而衰。他们自己不觉悟，冷眼旁观的人却心知肚明。这首回前诗很重要，不可少，怎么能不让读者在回前看到呢？

家族史的投射

周汝昌先生的《万里访书兼忆李一氓先生》是篇很有意思的文章，讲述了他 1984 年赴当时苏联列宁格勒的图书馆，验看那里所藏的一部古本《石头记》的情况。文章里说，接待方拿出那个古本，他拿着放大镜，刚抽验了第一册的几页，就不禁惊喜交加—— 为什么呢？那是第三回里的两句文字落入了他的眼帘。

哪两句？是关于林黛玉肖像描写的两句：“两湾似蹙非蹙罥烟眉，一双似泣非泣含露目。”我在“林黛玉眉眼之谜”那一讲提到过，这句话最恰切地形容出了林黛玉眼睛的特殊形态。周先生在考察俄藏本前，早对各古本里这个地方的词句有所研究，忽然看到俄藏本里有曹雪芹原笔原意的清爽句子，大喜过望也就不奇怪了。

第三回写林黛玉进荣国府，已经融汇进了太多曹雪芹家族史的因素。林黛玉所看到的“荣禧堂”金匾，由康熙亲笔御书写给南京曹寅织造府的“萱瑞堂”大匾演化而来，那副银联，则套用太子胤礽被废前常挥毫显示书法水平的唐刘禹锡的诗句，而且“黼黻”（贵族用的纺织品上的花纹）一词又影射曹家几代担任过江宁织造。书里虽然写贾赦是贾母的长子还袭了爵位（一等将军），却并不跟贾母住在一个院子里，林黛玉去拜望他须由邢夫人引领她出荣国府坐车另去别院，倒是并没有袭爵只担任员外郎的二儿子贾政和王夫人却住在府里中轴线的主建筑群里。这又把曹寅去世后，曹頫过继给曹寅遗孀的家庭秘密逗漏了出来。而贾母对黛玉这样介绍凤姐：“他是我们这里有名的一个泼皮破落户儿，南省俗谓作辣子……”又逗漏出曹家本来在南方生活，后来才到了北京。写黛玉到正院正房去，第一次描写到炕。炕是南省没有的东西，现在北京也罕见了，但那时候皇帝也使用炕来起坐。紫禁城里现在还有很多炕，去故宫博物院参观时可以仔细观察一番，以获得切实的概念。当然，《红楼梦》是小说，不是报告文学，实际上曹雪芹在第三回所写的贾家的生活状态，并不是曹家在雍正朝获罪被押解到北京以后的生活写照，就是在乾隆初期曹家一度回黄转绿，也没有达到书里所写的那么富贵的程度。曹雪芹当然对曹家生活的原生态加以了夸张，并且糅进了他对别的贵族家庭的观察体验，再加以艺术想象，才构成了这样的文本。不过，揭示出曹雪芹这部巨著的家族史、自传性、自叙性的特质，还是很有必要的。

这一回周汇本采纳的回目，跟通行本有很大的区别。这种情况还会出现在以后的许多回目中。周先生的取舍以最接近曹雪芹原笔原意为出发点，是为一家之言，有利于我们更准确地阅读与理解《红楼梦》。

四大家族惹人眼

又有回前诗。

有的古本上的回前诗是这样的：

请君着眼护官符，把笔悲伤说世途。
作者泪痕同我泪，燕山仍旧窦公无。

它的位置在回目前，可周汇本不取，为什么？因为觉得这应该是批书人表达感慨的诗。

但取了以下这首。这首在回目后，并且先有“题曰”两个字：

捐躯报国恩，未报躯犹在。
眼底物多情，君恩或可待。

俄藏本和杨藏本都有这首诗。（按：为严格地将古本上的这两种诗区别开，在回目前由批书人写的诗，可另称为“回前诗批”；而在回目后，以“题曰”引领的作者写的回前诗，可另称为“回前标题诗”。我在本书中所提到的一回叙述文字开始前的诗，都指的是“回前标题诗”。）说明这不是批者的感慨，而是作者的感慨。

很耐琢磨。四句诗没有涉及这一回的故事内容，也不像针对这回里的贾雨村等人物在进行针砭。

这一回毛泽东最看重。他认为这一回是《红楼梦》的总纲，有他的道理。

毛泽东不喜欢俞平伯的论红，是可以理解的。俞先生往往以一种闲适的心情，把《红楼梦》当作纯美的东西来把玩。这本来也应该是一种阅读与欣赏的方式，但作为革命家，就很难容忍。按我的理解，毛泽东是认为这个第四回通过“护官符”点出了四大家族，把封建社会统治阶级一方揭示出来，具有重大的认识价值。而且，这一回写“乱判”，政治社会性批判的力度非常之大，难能可贵。

“护官符”这一节，确实厉害。“这四家皆连络有亲，一损皆损，一荣俱荣，扶持遮饰，皆有照应的。”真点得透彻。过去的通行本上，写的是那门子把护官符递给贾雨村看，然后列出护官符的内容。但古本上却是这样写的：“石头亦曾照样抄写一张，今据石上所抄云……”底下才是那四句谚俗口碑。这就照应了古本第一回里的写法，而且在叙述上更具有了客观冷静的调式。

各古本上四句顺口溜的排列顺序有差异。所有通行本包括红学所本的顺序都是贾、史、王、薛，但周汇本采甲戌本的排列写法，认为不悖亲不间疏、先不僭后之旨，乃宝玉处世哲学，亦作者文章法则，贯彻始终。后来有些抄本把王移到薛前，以为王是书中宝玉母家自应在前，这是不懂曹雪芹的文章法则的表现。

周汇本的逐句比较做出抉择，非常认真仔细。比如门子跟贾雨村对话，有一句各古本有差别，有的写成“老爷说的何尝不是大道”，有的则把“大道”添一字成“大道理”。红学所本以庚辰本为底本，庚辰本明明是“大道”，却不采用，而是添一“理”字。周汇本取“大道”，是因为那门子曾在葫芦庙里充沙弥，“大道”是佛家用语，曹雪芹是特意要这样写出角色的语言习惯。再如写薛蟠的恶霸心理，一般本子都写成“人命官司一事，他却视为儿戏，自为花上几个臭钱，没有不了的”。但俄藏本写的却是“自为花上几个臭铜”，周汇本取“臭铜”，认为更符合曹雪芹总不愿随俗造句的创作特性。

再回过头来说那首五言回前诗。书中的四大家族毕竟是曹雪芹自己家族及相关家族的一种艺术概括。生活中包括曹家在内的四大家族对康熙皇帝和险些成为皇帝的胤礽感恩戴德，但太子废掉了，康熙薨掉了，雍正对曹家很不好，雍正十多年后又死掉了，新皇帝乾隆究竟会不会善待曹家呢？倘若弘皙取乾隆而代之，那“君恩”是否就更值得期待呢？生活中如此，小说里的四大家族在“双悬日月照乾坤”的格局里，究竟能不能获得期待中的“君恩”呢？我以为可以这样来解读。但有这样内涵的回前标题诗是可能惹祸的，因此，后来就被删除了。

钟情大士？种情大士？

古本《红楼梦》的这一回又有回前标题诗。这首诗的第一句是“春睡葳蕤拥绣衾”。“葳蕤”这个词，凡是读过《唐诗三百首》的都不陌生，因为《唐诗三百首》开卷第一首里就有“兰叶春葳蕤”的句子，查词典，解释为枝叶繁茂的意思。那么，“春睡葳蕤”是什么意思呢？我的理解是，这一回写贾宝玉睡了就做梦，神游太虚境，他的这个梦内容非常丰富，所以用葳蕤形容。这一回的故事，发生在冬天。“因东边宁府中花园内梅花盛开，贾珍之妻尤氏乃治酒请贾母、邢夫人、王夫人等赏花”，贾母等应邀而去，贾宝玉跟去了，中午要睡午觉，最后选择到秦可卿的卧室里去睡。那为什么诗里说是“春睡”呢？“春睡”在这里也就是“春梦”的意思，“春梦”在中国传统文化里是一个特定的概念，比喻转瞬即逝的好景。这一回里写梦境中的警幻仙姑，未见其形，先闻其歌，唱的第一句，就是“春梦随云散”，表达出对美好事物转瞬消失的无限惆怅。因此，任何季节所做的美梦，都可以说成“春梦”。

当然，宝玉的美梦，在最后阶段变成了噩梦，正所谓“好事多魔”也。

但是，“葳蕤”这个词也可以活用。本来基本上是个褒义词，却也可以在特定的语境里，转换成贬义。比如下面大家会看到，在第三十三回里，贾政责备宝玉：“好端端的，你垂头丧气些什么？方才雨村来了要见你，叫你半天才出来，既出来了，全无一点慷慨挥洒谈吐，仍是葳葳蕤蕤……”把“葳蕤”变化为“葳葳蕤蕤”，成为一种贬义的形容。那么，什么是葳葳蕤蕤的神态呢？你能解释吗？不能用语言解释，能否在心中意会？

第二十六回里，袭人劝宝玉道：“你出去了就好了，只管这么葳蕤，心里越觉烦腻了。”这里“葳蕤”的意思与“慵懒”相通。

拿“葳蕤”这么个词说这么多，我的目的何在？

我只不过想表达这么一个意思：我们的母语，我们的方块字，是非常富于表现力的符码系统，是我们中华大文化的基石；而曹雪芹，是用方块字写作的大师，《红楼梦》的文本，是方块字写就的经典，我们不但应当为之自豪，而且应该把我们的方块字文化继承下来，并发扬光大。

在这一回里，周汇本显示出了对方块字的最大尊重，也显示出了对曹雪芹使用方块字来写《红楼梦》的最高欣赏热情。因为各个古本在这一回里出现的文字差异不胜枚举，因此选择出最接近曹雪芹原笔原意的字、词、句的工作，也就格外吃重，而在这个选择过程中，也就格外能显示出周先生在中华传统文化方面的功力。

周汇本在这一回文字的取舍上，造成了哪些与你以前所看到的通行本不同的文本状态呢？通过细读与比较，你自己可以有所发现。周先生又写了若干脚注说明他那样从各古本里取舍的理由，希望你也不要略过。

我只就两处地方说说自己阅读周汇本的心得。

太虚幻境四仙姑，我曾著文分析，在“刘心武揭秘《红楼梦》”的讲座与书里也有比较充分的阐释。我指出这四位仙姑的命名，有深意在焉，实际是影射在贾宝玉一生中对他影响最大的四位女性。我认为痴梦仙姑是影射林黛玉，钟情大士是影射史湘云，引愁金女是影射薛宝钗，而度恨菩提是影射妙玉。对此周先生大加肯定，写信支持鼓励以外，还几次在文章里提及，在《我与胡适》一书里又论及我的这一观点并再加肯定。但是，对于第二个仙姑的名字，周先生不取钟情大士的写法，认为并不是曹雪芹的原笔原意，他认同舒元炜作序的古本里的写法：种情大士。大家可以看他写出的注解。我很佩服周先生的洞察力。

再说一处。这一回里的十二支曲里，《好事终》里面有两句，若干古本和通行本都是“箕裘颓堕皆从敬，家事消亡首罪宁”，但是周先生认为应该是“箕裘颓堕皆荣玉，家事消亡首罪宁”，曹雪芹最早就是这么写的，后来脂砚斋不忍心，才改“荣玉”为别的。这有一定道理。前面册页里关于秦可卿的判词，也有相对应的两句话：“谩言不肖皆荣出，造衅开端实在宁。”前句说荣府有过，后句说宁府有罪，因此，《好事终》曲也应该是先说一句荣府，后说一句宁府。

但是，根据我的思路，却还是觉得曲里的那句应该是“箕裘颓堕皆从敬”。箕裘在旧时代是家庭事务的代名词，“箕裘颓堕”就是指应该管理家庭事务的人放弃了管理责任。宝玉在荣国府不管家，况且还是个少年人，他对“箕裘”是没有责任的，箕裘颓堕了他跟着倒霉而已。而贾敬是宁国府的家长，他对府里的事务本来是应该负全责的，但故事一开始我们就知道，他把爵位让儿子贾珍袭了，自己跑到都城外面的道观里去跟道士们胡羼，贾珍把宁国府翻过来他也不闻不问，甚至府里给他过生日他也不回去。因此，说“箕裘颓堕皆从敬”是合理的。贾敬为什么放弃对宁国府的管理？我在本系列第一部中分析过，贾敬是因为不同意由宁国府收留秦可卿，但又无法阻拦，便索性撂了挑子。

我说这个，就是想告诉大家，我虽然跟周先生在对《红楼梦》的认知上大方向一致，但在若干具体问题上，还是各存己见的。我推介周汇本，是为了给广大的一般读者，增加一种在阅读版本上的选择。周先生自己也好，我也好，都没有觉得这个汇校本一字一句都绝对符合曹雪芹的原笔原意，这只是一次尽可能去还原曹雪芹原笔原意的努力，欢迎大家提出意见和建议，参与到完善一个曹雪芹的《红楼梦》的新版本的事业中来。

曹雪芹的《红楼梦》以三种人称灵活叙述

又有回前标题诗。看来曹雪芹原来打算在每一回的回目后，用“题曰”两个字引出一首回前标题诗，或五言，或七言。现在各古本里，回前标题诗的面貌差别不小。不知道究竟是曹雪芹当年没有把回前标题诗全写出来，还是手抄本在辗转过录的流程里，抄手觉得这些诗可有可无，为省事而删去了。而周汇本将可信的回前标题诗保留了下来。

这回写宝玉初试云雨情比较简略，细写精描的是刘姥姥一进荣国府。在收拾了“初试”的情节后，书里有这样一段文字：“按荣府一宅中，合算起来，人口虽不多，从上至下，也有三四百丁。事虽不多，一天也有一二十件，竟如乱麻一般，并没个头绪可作纲领。”叙述者忽然在读者与故事之间，设置了一个“中间区”，拉出了一定距离，并且用与读者商量的口吻，来琢磨着墨的角度，这是很高妙的笔法。西方到了二十世纪，才出现了“接受美学”，提出一部文学作品应该由书写者和阅读者一起来共同完成，阅读者（接受者）不应该是被动的，而应该是主动的，边阅读边想象，参与书写者的创作。我头一回读到上面几句话时，就曾一愣：是呀，这么大的一个贵族府邸，你写完这段，底下该把什么告诉我呀？三四百丁，一二十件事，哪个人哪件事能让我觉得新鲜有趣呢？快讲快讲！于是，跟着就看到作者这样的讲述："正寻思从那一件事、自那一个人写起方妙，恰好忽从千里之外，芥豆之微，小小一个人家，因与荣府略有些瓜葛，这日正往荣府中来。因此便就此一家说来，到还是个头绪。你道这一家姓甚名谁？又与荣府有甚瓜葛？"《红楼梦》不是悬念小说，它吸引我们读下去的主要不是悬念，而是一片生活、一派真情、精彩细节、诗情画意。但它里面也会时时出现一点儿小悬念，这个地方就设置了一个小悬念。

通行本上，都删去了紧接着的几句话。其实这几句话至关紧要，是万不该删的。周汇本完整地保留了——"诸公若嫌琐碎粗鄙呢，则快掷下此书，另觅好书去醒目；若谓聊可破闷时，待蠢物逐细言来。"

"蠢物"这个称谓，大家一定记得，在第一回的楔子里，"蠢物"指的就是青埂峰下那块女娲补天剩余石。它被谁施展幻术给变成扇坠般大小，它以什么方式来到人间，这里不再重复。曹雪芹在这个地方这样写，是跟楔子相呼应。这个句式把第一人称、第二人称和客观叙述的第三人称熔为一炉，读来自然而又亲切。这样的写法再一次表明，我们看到的是《石头记》，是石头（蠢物）记录其在人间的所见所闻。其实，它一点儿也不蠢，它虽然化为通灵宝玉，时常只在贾宝玉身边，白天戴在宝玉脖颈上，夜晚会由袭人用手帕包起来，压在褥子下面以免丢失，早晨取出来时也不至于冰凉，但它却可以知道自己并不在现场的许多事情，比如刘姥姥一进荣国府的经历。当然，"石头记录"只是曹雪芹的一种艺术构思、一种叙述方略，关于楔子的一条脂砚斋批语说得很透，前面引过，如果误会为真有另一个作者是"蠢物"或"石兄"，那就是胶柱鼓瑟了。

下面，大家如有兴趣，可以把上面那段话语里凸显人称特点的词语，根据提示左右画线相连：

书上的词语	内含的人称因素
正寻思从那一件事、那一个人写起方妙	第一人称
小小一个人家……这日正往荣府中来	
你道这一家姓甚名谁？	第二人称
诸公若嫌琐碎粗鄙……	
待蠢物逐细言来	第三人称

读不懂第七回，莫读《红楼梦》

在汇校完第七回之后，周先生有这样的总结：“第七回看似一派闲文，实则是耐心结撰，处处有用意，笔笔设伏线，全为后文铺下大小巨细脉络……读不懂这一回书，莫看《石头记》。”

一位亲戚对我说，她以前看《红楼梦》，总是跳跃着看，因为总觉得《红楼梦》无非是讲一个爱情故事，所以凡宝、黛、钗有爱情纠葛的地方，就停下来细看，如果匆匆拿眼睛一晃，觉得那些描写与三位主角的爱情纠葛无关，就翻过去绝不细读。她坦言，直到听了我“刘心武揭秘《红楼梦》”的电视讲座以后，才头一回读第七回。估计像我这位亲戚那样，不读、匆读、囫囵吞枣般读、读了不知其味的人士还有不少。现在我要跟周先生一起强调：这回书应当细读细品。

这一回的回前标题诗，我认为比前几回出现的回前标题诗更为重要：

十二花容色最新，不知谁是惜花人。

相逢若问名何氏，家住江南姓本秦。

这首诗非常明确地告诉读者，与宫花关系最密切的“惜花人”姓秦，实际上指的就是秦可卿。“家住江南”，所说的那个“家”，当然不是秦业的那个家，而是她真正的娘家，可能在八十回后，对此有所照应。小说里的秦可卿的娘家——“义忠亲王老千岁”及其子嗣，也就是“月派”的总后台，可能被设定为让“当今”（也就是“日”）贬谪到江南一隅。

通行本回前标题诗一概不收。这首不收，对于读者来说，损失尤大。

这一回的后半回因为有焦大醉骂的情节，比较惹人注意，因此前半回的重要性就更被遮蔽了。其实前半回更应细品。前半回基本上是以周瑞家的在荣国府里的游动轨迹，穿糖葫芦一般把若干情节、伏线非常自然地展现了出来。

薛宝钗配制冷香丸，是非常重要的一笔。注意这里提到癞头和尚，说冷香丸的方子是这和尚提供的。第三回林黛玉也提到这位癞头和尚要化她出家，又说她若要病好除非永远不听哭声，除父母外，凡外姓亲友一概不见。这与第一回里僧、道二仙说要下世度脱几个是呼应的。

长大后的英莲出场。“倒好个模样儿，竟有些像咱们东府里蓉大奶奶的品格。”周瑞家的这句话绝非赘文，是作者暗示英莲、可卿都属“有命无运、累及父母”的悲剧性角色，而且，她们的真实出身都被遮蔽了。

周瑞家的送花路线，把荣国府的院宇格局交代得更加清晰，而且，除了元春、湘云、妙玉，其余九钗基本上都扫描到了（凤姐是暗出，秦可卿是未出但明指）。

这一回里，出现了冷子兴，是暗出，由周瑞女儿道出。原来冷子兴是周瑞两口子的女婿，惹了官司又由凤姐（未必再知会贾琏）替其搞掂，这一笔非常重要，可谓一石数鸟：

——补充说明为什么冷子兴对荣、宁二府尤其是荣国府那么“门儿清”。

——冷子兴是古董商，贾府之败将由跟古董有关的事引发，可见八十回后冷某还会有戏；冷子兴又跟贾雨村是朋友，贾府事败后，贾雨村忘恩负义，狠踹了几脚，冷子兴呢？必也有某种表现。

——冷子兴被人告官面临被解递回乡的窘境，但周瑞家的听女儿说出此事后竟是这样的口吻：“这有什么大不了的！”“是了，小人家没经过什么事情，就急得你这个样子。”以此侧写出贾府当时的权势。

——“周瑞家的仗着主子的权势，把这些事也不放在心上，晚间只求求凤姐儿就完了。”说明凤姐常常并不通过贾琏就能命令心腹小厮以贾府名义去摆平一些事情，包括官司。这也就为八十回后诸如此类的“背后行为”接二连三暴露出来，使得贾琏发怒休掉凤姐，以及荣府被抄后凤姐因此被逮入狱等情节做出了铺垫。

周瑞家的最后到达贾母院宝、黛住处，黛玉对最后一枝花的反应，是第一次着墨刻画黛玉敏感多心的精彩细节。

那么，读得细致的朋友一定会注意到，宝玉支使丫头去给宝钗问安，于是有一个丫头去了，那个丫头是谁呀？在下一回里，她将面临无妄之灾。

前半回里还提到江南甄家每年会派船（顺大运河）到京城给皇帝“进鲜”，提到给临安伯老太太千秋送礼，显示出荣国府与其他贵族的网络般的紧密关系。另外，临安伯府在八十回后可能会再现于“一损俱损”的故事情节中。

白骨累累忘姓氏

这一回前面以很大篇幅写宝玉、宝钗、黛玉之间微妙的三角关系，是所有《红楼梦》读者都不会忽略的。

这一回还特别把宝玉戴的通灵宝玉和宝钗戴的金锁加以绘图介绍，许多读者都能背诵出那上面镌的字迹。但周汇本对“后人曾有诗嘲云”一句后引出的那首关于通灵宝玉的诗，根据古本选字，与通行本有所不同。通行本第二句是“又向荒唐演大荒”，周汇本则是“又向荒唐说大唐”；通行本第四句是“幻来亲就臭皮囊”，周汇本则是“幻来亲就假皮囊”。一位亲戚听我跟他这样说，一时难以接受，他的反应是：“干吗要改书上的诗啊！”可见以前的通行本威力之大，使得我这位亲戚以为周汇本是在“改诗”。我就耐心给他解释，周汇本没有擅改曹雪芹一个字，只不过是从诸多种古本中那一句诗的不同写法里，挑出来认为是更接近曹雪芹原笔原意的一种写法来罢了。当然，仁者见仁，智者见智，究竟各古本里的哪一种写法更符合曹雪芹的原笔原意，是可以讨论的。

这首诗的最后两句非常重要，各本一致，并无另样写法。但许多读者都不去体味。按说这首诗的第五、六句，已经把宝钗“运败金无彩”、宝玉“时乖玉不光”的结局交代出来了，接下去感叹一下他们的悲剧命运也就可以打住，但最后两句却由他们两位做出了一个惊人的“类推”，叫作“白骨如山忘姓氏，无非公子与红妆”！白骨，就是遭难死去的人，用“白骨累累”形容都还不到位，一定要说成是白骨堆成了山！遭难的不仅是公子，连“红妆”，就是闺中妇女，也成批地牵连陨灭！更令人错愕的是，这些被害死的人竟连姓氏也被抹掉了，以致你查官方档案、查家谱，竟然都毫无痕迹可寻了！

小说当然不能等同于家史，但曹雪芹是以“假语”（小说）来竭力隐藏一些真事（家族命运），这个创作动机和实际效果，是分明存在的。从曹雪芹往上算，到地位显赫、声名卓著的曹寅，只不过三代。曹寅留下的官方记载很多，他给康熙的奏折和康熙在奏折上的大量批语，现在仍保存在故宫档案馆里，私家著述里与他相关的文献资料也极其丰富。到曹寅的子侄，也就是曹雪芹的父辈，官方档案资料也还存留不少。我前面引用了雍正二年雍正皇帝在曹𫖯的请安折上的大段朱批，就是几年后雍正惩治曹𫖯的官方文档，也还保存至今。但是，到了乾隆初年，特别是乾隆四年的“弘晳逆案”以后，曹家似乎就从人间蒸发了，官方档案里不见只字，而且这样一个望族的家谱也突然中断，以至现在我们对曹雪芹本人也必须借助于并不多的民间资料来考证他的身世。因此，“白骨如山忘姓氏，无非公子与红妆”尽管是小说里的话语，我们把它看作曹雪芹对自己家族不仅被乾隆皇帝毁灭而且事后相关档案也被销毁得干干净净所发出的沉痛而悲怆的控诉，应该是合理的。

这一回写贾宝玉从梨香院薛姨妈那里醉醺醺地回到贾母处，那时他和黛玉分住在从贾母正房分割出的空间里，他为自己所住的那部分写了个斗方，由晴雯爬高上梯贴在了门斗上，那三个字是什么呢？红学所校注本上是“绛云轩”，周汇本上是“绛芸轩”，当中一字取“云”或“芸”都有古本作依据。这个轩名有什么象征意义？可能曹雪芹在“绛云轩”和“绛芸轩”之间也犹豫不定，这是他尚未最后定准的一处地方，所以在不同时期的母本里留下了不同的痕迹。“绛”可能是指贾宝玉，他爱红，大观园建成后他入住怡红院，而且根据探佚可知，八十回后他会和史湘云遇合，因此用“绛云轩”来暗示这个情节也是可能的。但“绛”又让人想到绛珠仙草，那么，“绛珠”和“湘云”是宝玉一生中先后真爱过的女子，“绛云轩”也可能是隐含这样的寓意。不过，周先生指出，“绛”也可能指小红，芸则是贾芸，这两个人在八十回后有救助宝玉的情节，因此，“绛芸轩”更可能是具有多重复合隐喻。不知红迷朋友们对此都有什么看法。这一回末尾，过去不少读者很不重视。一是写了“枫露茶事件”，导致丫头茜雪被撵。别以为这茜雪就此销声匿迹，脂砚斋批语告诉我们，在曹雪芹已写成后被借阅者“迷失”的八十回后的故事里，她将出现在狱神庙，安慰救助贾宝玉。

二是写了一段交代秦可卿出身的古怪文字。我的《刘心武妙品〈红楼梦〉》就是从这里揳入的。有人总觉得奇怪：你怎么会对这段文字那么敏感？其实除了对文字本身觉得蹊跷以外，也还有一个私密的原因：我 1942 年落生在四川成都的育婴堂街，母亲在我长大后多次告诉我，育婴堂就是养生堂。我出生时正当抗日战争的相持阶段，家里经济上是困难的，所以才会在那么一条贫民聚居而且有养生堂的小街上，借住在亲戚家，由我的一位舅母在家里因陋就简地把我接生下来。我长大后读《红楼梦》，读到这第八回末尾，看到养生堂字样，心里总不免“咯噔”一声：呀，宁国府贾蓉的正妻，她怎么会是养生堂的不知来历的弃婴呀？我的这个阅读反应，说明阅读文学作品，阅读者个人的特殊视角有时候是能激发出特别的感悟的。

那段文字里，抱养她的小官僚，古本里写的是秦业，脂砚斋批语说得很清楚，这是谐“情孽”的音，但程乙本故意改成了“秦邦叶”。按说这么一个人物的这么个名字，有什么好改的呢？看来程伟元和高鹗也有他们的敏感性。秦邦叶的写法一直延续到护花主人评点的《增评补图石头记》一类的印本中，1957 年人文社通行本改成了“秦邦业”，仍然破坏了“情孽”的谐音，1982 年人文社通行本才恢复为秦业。“情孽”如果只是影射秦可卿跟贾珍之间的畸恋，也真没有什么好紧张的，但如果是影射贾府和“义忠亲王老千岁”那一派的深情厚谊导致了其毁灭，并且小说的“假语”里有“真事”隐存，那程、高的改秦业为“秦邦叶”，就一点也不奇怪了。

周汇本连续很多回，结尾都以“正是”引出两个七言对句来，这大概也是曹雪芹对文本的一个设计，每回回目后是四句回前标题诗，回末则是两句感叹。可惜他似乎没有把这个体例完全补足划一。

细抠精选为求真

本着有话则长、无话则短的原则，对周汇本的介绍以及抒发我个人阅读思考心得的文字，或就一回充分展开，或几回合并在一起来写。希望读者诸君能习惯这种灵活自如的聊天式写法。

周汇本对这两回的文字抠得很细，也更见功力。比如第九回茗烟隔窗轻蔑地揭穿带头闹学房的金荣的“老底儿”：“他是东边子衚衕里璜大奶奶的侄儿，那是什么硬正仗腰子，也来吓我们。璜大奶奶是他姑娘。你那姑妈只会打旋磨子，向我们琏二奶奶跪着借当头。我就看不起他那主子奶奶！”有的古本把“东边子衚衕里”竟错成了“东衙里”，估计参与抄录的是南方人，不知“衚衕”是什么意思，所以把“衚衕”乱改为一个“衙”字。“衙”是衙门的意思，如果金荣是东边衙门里的，那不成了“衙内”了吗？茗烟又怎么能小觑他呢？“衚衕”两个字现在简化为“胡同”，南方一般称这种空间为巷，这里点明金荣家住东边衚衕里，也就再一次点明这些故事情节都发生在北京。

另外请注意对茗烟那几句话的写法：头两句是跟宝玉说，第三句是跟金荣说，第四句是自我宣称。曹雪芹写人物对话经常这样处理，不去仔细交代其话语对象的转换，却让读者完全理解，并且觉得如闻其声，如见其表情。还要说明的一点是，那时候一般人口语里，“姑娘”跟“姑妈”是相通的，但表达这个意思时，“娘”要读第一声，如果是称黛玉“林姑娘”，则“娘”为第四声而且轻读。

再如第十回有一句是“谁知他们昨儿学房里打了降”，古本里的杨藏本是这样写的，周汇本取这个“打降”的写法而不取另本“打架”的写法，因为那时候有“打降”一词，意与“打架”通，但“降”是本字。

第十回开始写秦可卿得怪病，而且来了个张太医给她看病。我的本系列第一部里对这段情节，特别是张友士的真实身份、他开出的药方、道出的黑话，有很详尽的分析，这里不再重复。但我要在这里跟大家讨论一下金荣、金寡妇和贾璜夫妇的问题。这是我在本系列第一部、第二部里都没来得及讨论的。

金荣名字出现，脂砚斋批语曰：“妙名，盖云有金自荣，廉耻何在哉。”这个金荣原来跟薛蟠交好，后来薛蟠遗弃了他；宝玉、秦钟入学后，他又与宝、秦交恶，并直接发生冲突，甚至挥动毛竹大板打去秦钟头上一层油皮。那么，这个角色的设置，难道就只在第九回里闹闹学堂，第十回开头跟他寡母咕咕嘟嘟，以后再无戏份了吗？我想是不会的。八十回后，“四大家族”“为官的，家业凋零；富贵的，金银散尽”，“转眼乞丐人皆谤”，在那种情势下，以金为荣的金荣，肯定幸灾乐祸。“冤冤相报实非轻”，秦钟早亡，但宝玉、薛蟠还在“活受罪”，他即使不去落井下石，在一旁看笑话奚落嘲谤，也够满足其报复心的。金荣在八十回后，一定会再次登场。

金寡妇，是金荣的母亲，在第十回里，戏份很少，倒是声言要去为她打抱不平的璜大奶奶，戏份颇多。她风风火火奔宁国府而去，去时是一盆旺火，进入大宅门，见到尤氏后，竟化为一盆温水。曹雪芹写得非常有趣，写出了阶层差异，更揭示了人性。但这一回的前半回目，不出璜大奶奶的名，却偏强调金寡妇，这是为什么呢？一位红迷朋友跟我讨论，他说这大概并无深意，就那么一写罢了。我却觉得恐怕还是伏笔。在回目里出名，统观我们所看到的八十回书，就会发现那不是件简单的事。比如第八回，不同的古本有不同的回目，在回目里亮出名字的角色差异很大：

甲戌本——薛宝钗小恙梨香院，贾宝玉大醉绛芸轩

己卯本、庚辰本、杨藏本——比通灵金莺微露意，探宝钗黛玉半含酸

戚序本——拦酒兴李奶母讨厌，掷茶杯贾公子生嗔

梦觉本、程甲本——贾宝玉奇缘识金锁，薛宝钗巧合认通灵

周汇本选的是甲戌本的写法，红学所校注本则选的是己、庚本的写法，我以为周汇本的选择更符合曹雪芹的原笔。这里且不讨论哪一种写法最好，举这个例子是为了说明，让哪一个角色上回目，作者是煞费苦心的，在不同时期的稿本里，来回改动，以求更加合适。那么第八回无论是宝、钗、黛，还是莺儿、李嬷嬷，确实都有上回目的资格，因为他们还都会在后面的情节里出现。由此类推，到了第十回，既然回目里上半突出金寡妇，下半强调张太医，那么绝对不会是“随便那么一写”，而且，大家请注意，各个古本在第十回回目的写法上，竟全然一致！（只有个别古本把“穷源”写作“穷原”，存在那么小小一点差异。）我的看法是，张友士在八十回后还有故事自不消说，这位金寡妇，也会再次登场，有与她相关的情节出现。当然，璜大奶奶也还会有戏。实际上前八十回里，提到贾璜的地方就不止一处。

◇ 第十一回　庆寿辰宁府排家宴　见熙凤贾瑞起淫心

◇ 第十二回　王熙凤毒设相思局　贾天祥正照风月鉴

从《风月宝鉴》中撷取改造？

在第一回的楔子部分，开列此书的各个异名时，有一句是：东鲁孔梅溪则题曰《风月宝鉴》。这个题名的意思是“戒妄动风月之情”，具有训诫的意味，符合儒家的道德指向。东鲁孔梅溪我原来以为未必真有其人，很可能是杜撰出的一个名字。东鲁是界定这位孔氏的籍贯，说明他是春秋末期鲁国那个孔夫子的正牌后代，这样一位人士来给这本书题名，他着眼在儒家所提倡的“非礼勿动”，因此题曰《风月宝鉴》。我总隐约觉得这样写多少含有点调侃在里面。后来我注意到第十三回有一条批语，是针对秦可卿念出“三春去后诸芳尽，各自须寻各自门”偈语的眉批：“不必看完，见此二句即欲堕泪。梅溪。”写这条批语的梅溪，应该就是题名《风月宝鉴》的孔梅溪，看来还真有这么个人。脂砚斋给这句话写了眉批：“雪芹旧有风月宝鉴之书，乃其弟棠村序也。今棠村已逝，余睹新怀旧，故仍因之。”这句话里包含很大的信息量：

一、《红楼梦》并非曹雪芹的处女作。此前他起码还写过一部小说《风月宝鉴》。

二、曹雪芹有个弟弟叫棠村，兄弟二人感情很好。哥哥写了《风月宝鉴》的小说，弟弟就给写序。

三、曹棠村在曹雪芹写《红楼梦》的时候已经过世。

四、脂砚斋跟曹雪芹和曹棠村兄弟二人都很熟，关系不一般。脂砚斋批书的时候，看着这新写的小说，就不禁想起那部《风月宝鉴》的旧稿来。

五、楔子里的这段话——交代这本书的各种题名——本来是不一定要提《风月宝鉴》的，但是因为想到棠村已逝，令人感伤怀念，于是就还因袭（保留）了这个书名，以作纪念。

六、不说是曹雪芹"故仍因之"，而说"余……故仍因之"，显示出脂砚斋对书稿有很大的处理权，在抄阅批评的过程里，常常提出主张，让曹雪芹采纳，有时甚至自己亲自动手，完成某些片段，甚至补足某些章回。

这第十一、十二两回，其中贾瑞"癞蛤蟆想吃天鹅肉"的故事，显然是曹雪芹从棠村作序的《风月宝鉴》旧稿里撷取出来，融入《红楼梦》文本中的。这段故事里出现了跛足道士，把一面可以两面照看的镜子给了贾瑞，说是警幻仙子所制，必须只照背面勿照正面，但贾瑞偏爱照正面，结果纵欲泄精而亡。家里人用火烧那面镜子，镜子里哭道："谁叫你们瞧正面了！你们自己以假为真，何苦却来烧我？"而跛足道人也就适时地跑来，收回了那面风月宝鉴。其实在第五回里，作者已经写到警幻仙姑的一番话，把"皮肤滥淫"的性欲发泄和在体贴入微中欣赏女性获得欢悦加以严格区别，后面还有宝玉为平儿理妆、为香菱换裙等生动的故事情节，对男女情爱的描写已经升华到超"皮肤滥淫"的精神高度，似不必再写一段贾瑞的故事来“戒妄动风月”。可是，曹雪芹想来想去，还是觉得难以割舍他早期作品《风月宝鉴》里最生动的一段，就把它演化为了《红楼梦》的第十一、十二两回。

当然，曹雪芹把贾瑞的这段故事融汇进来，基本上做到了自然流畅。第十一回有些文字接续第十回，写秦可卿得怪病后情况越来越糟，写得十分细腻。如写凤姐去秦可卿卧房看望她，把贾蓉、宝玉支使走以后，跟秦氏“又低低说了多少衷肠的话儿”，按说双方都是主子，说话不必拘谨，而且无非是病人和看望者，能有什么秘密？却偏把那情景儿写得十分诡秘，可见另有病外隐情。

从第三回黛玉进府，到第十回大闹学堂，情节的流动从时间上说是连贯的，第八回说下雪珠儿了，第九回上学堂袭人给宝玉准备了大毛衣服和脚炉手炉，第十回张友士说秦可卿的病“今年一冬是不相干的”，都说明已经是冬天，而且很冷。第十一回的故事时间上是接着第十回往下写的，却说宁国府“满园子的菊花又盛开”，又有一阕小令表现从凤姐眼中看到的秋景：“黄花满地，白柳横坡（有的古本竟写的是绿柳横坡）……石中清流激湍，篱落飘香；树头红叶翩翩，疏林如画……暖日当暄，又添蛩语……”从季节上说，这就不对头了。

第十二回前面的故事是紧接着第十一回往下写的，季节上还对榫，是冬至后腊月间的事，贾瑞中了凤姐毒设的相思局后，一病不起，列举出许多的症状，说他“不上一年，都添全了”，这在时间上就有跨度了。接下去交代“倏忽又腊尽春回”，似乎已经是凤姐毒设相思局以后的第二个年头了，按说早就应该回过头去写秦可卿的事情才对，张友士不是说“总是过了春分，就可望痊愈了”吗？那么，头年春天秦可卿究竟如何呢？竟不交代，只是一味地写贾瑞，一直写到他死去。这一回末尾，交代说“这年冬底，两淮林如海的书信寄来，却为身染重疾，写书特来接林黛玉回去”，于是贾母命贾琏送黛玉回南探望。

这么一算，好像秦可卿病了好几年也没有死，而且春分对于她来说也并非是一个“鬼门关”。这些时间上的含混处和矛盾处，就更说明这两回里贾瑞的故事大体上是从旧稿《风月宝鉴》里取用的，尽管大体上是成功地糅合进去了，毕竟还没有最后修润，它打断了对秦可卿故事的叙述，风格上和前后各回也欠统一。

揭秘古本

◇ 第十三回　秦可卿死封龙禁尉　王熙凤协理宁国府

◇ 第十四回　林如海捐馆扬州城　贾宝玉路谒北静王

◇ 第十五回　王凤姐弄权铁槛寺　秦鲸卿得趣馒头庵

史湘云的原型：曹雪芹的一个李姓表妹——脂砚斋

这三回重墨浓彩写秦可卿之死及其丧事。

第十三回关于秦可卿死讯的交代，通行本的文字是："彼时合家皆知，无不纳罕，都有些疑心。"周汇本则选择了蒙古王府本的写法："彼时合家皆知，无不赞叹，都有些疑心。"按一般人的理解，前面把秦可卿的病情说得那么严重，她死了，有什么可纳罕的？更谈不到去赞叹。"都有些疑心"，疑的什么心？也不好理解。

曹雪芹在全书一开始，就以甄士隐和贾雨村两个人物的名字，以谐音方式，宣示了他这部著作是"真实的事情在假设的话语里保存"，"假设的话语"就是小说的文本，《红楼梦》当然是小说，但这部小说不同于那些纯属虚构的小说，它的"假语"里是有隐秘的"真事"存在其中的。

秦可卿在第十回里就病得不轻，她得的是抑郁症。她为什么抑郁？

是政治因素使然。她得的也可以说是政治病。所谓“一冬是不相干的，总是过了春分，就可望痊愈了”，第二十六回有关于冯紫英随父亲神武将军冯唐春天去猎场勘察的交代，书里的“月派”总想趁皇帝春狩时“举事”，因此身为“月派”首领“义忠亲王老千岁”女儿的秦可卿，总是春前精神焦虑，能不能见好，全取决于“过了春分”以后的政治形势。红学所的校注本在第十四回后有一条校记，认为秦氏死在春天，但是细读这三回的文字，没有春天的迹象，更像是深秋。凤姐梦见秦氏前，和平儿“拥炉倦绣，早命浓熏绣被”。宝玉听到丧音后，立刻要往宁国府去，贾母说“夜里风大，明早再去不迟”。到了铁槛寺，宝玉、秦钟随凤姐在那里过夜，第二天贾母、王夫人打发人来看望，“又命多穿两件衣服”。到第十六回开头，又交代说秦钟“在郊外受了些风霜”。我的看法与红学所校注者不同，我判定书里所写的秦可卿之死，从季节上来说，是在深秋。

在八十回之内，“月派”的春狩举事，始终没有能正式启动。八十回后，才会写到冯紫英、张友士他们终于孤注一掷。那么，秦可卿为什么死？因为贾元春向皇帝告了密，说出了她本是“义忠亲王老千岁”女儿的真相。皇帝褒奖了元春揭弊不避亲的忠诚（十六回就是暗写这件事），同时，严命秦可卿自尽，但又允许贾家大办丧事，也允许北静王等王公贵族去高规格参与祭奠。总之，皇帝希望这件皇家丑事到此结案，对外遮掩，只当贾家死了个养生堂抱养来的重孙媳妇。

因为曹雪芹把旧稿《风月宝鉴》当中一段故事嵌入进来，构成第十一回和第十二回，第十回秦可卿之病和第十三回秦可卿之死之间的时间逻辑，形成了混乱，所以一般读者乃至一些研究者，都弄不清秦可卿究竟死于什么季节。从文本上看，曹雪芹也确实有些故意地烟云模糊。

我认为如果把第十一回、第十二回取出，那么第十回接续十三回，时间上是可以连贯的。就是秦可卿熬过了那一冬，第二年春分也并没有死，她的家族所属的那个政治利益集团未能在春狩举事，但也暂时未让皇帝发觉。可是她熬过了春却难熬过秋。为什么曹雪芹把秦可卿之死设定在深秋？这就是因为“真事隐去在假语里存”。隐去的真事是什么？就是雍正的暴亡和乾隆的登基。什么时间？雍正十三年（1735年）阴历八月。继位的弘历没有马上宣布新的年号，直到差不多四个月后才宣布下一年是乾隆元年。那么新皇帝在忙些什么？他提出“亲亲睦族”的和解政策，抚平皇族内部的政治伤痕，也对几乎所有卷进前朝皇族内部斗争的一般官僚实行大赦。那么，在这种情况下，如果有一位身边受宠的女子向他告密，坦陈自己家曾藏匿了一个废太子的女儿，新皇帝是不会因此去打击那告密女子父母家的，但又一定会要那被藏匿的女子立刻自尽，并依照皇家丑事绝不能外扬的原则，允许用堂皇的丧事形态将此事向一般百姓遮掩起来。我认为《红楼梦》里的这一段故事，其事件原型、人物原型，就取材于真实生活里的曹家。皇帝八月登基，九、十月赐废太子女儿死，正是深秋，写进小说，用了“假语村言”，却也仍然保留了真事的痕迹。为什么秦可卿自尽“合家皆知，无不赞叹”？因为她是皇帝赐死，她肯死，皇帝就大赦贾家，贾家就解脱了。她毅然去死，贾母、贾政、王夫人等能不赞叹吗？

但是小说又写得很复杂诡谲。我们都知道第十三回回目原来有“秦可卿淫丧天香楼”字样，是脂砚斋建议曹雪芹改掉的，并且还让他删去了四五叶（相当于现在八到十个页码）的相关描写。秦可卿被皇帝赐死，她也肯死，她采取了上吊的方式，如果她是在安排宝玉午睡的那间卧室里上吊，就不算离奇，人们也没什么好疑心的，但如果她死前是跟贾珍生离死别，“淫丧天香楼”（有古本“淫丧”写作“淫上”），这就又出格了。因此曹雪芹就又写了一句“都有些疑心”，这句话没有被删掉，一直保留至今。由于第十一回、第十二回的故事是从《风月宝鉴》里移植过来的，使得关于林如海的生病和死亡时间，在文本里也形成了明显的紊乱。第十二回末尾说林如海是冬底得的病，第十四回跟随贾琏的照儿（通行本都写成昭儿，周汇本取照儿的写法，理由见周先生注解）回来跟凤姐汇报，说“林姑老爷是九月初三巳时没的”，办完丧事后“大约赶年底就回来了”，“叫把大毛衣服带几件去”，这不前后矛盾吗？但是，如果按我上面的思路，把贾瑞的故事抽出去，再梳理一番，那么，也就并不矛盾。第十二回末尾所说的“冬底”和第十四回所说的“年底”，不在一年里，而在两年里。简言之，故事是按这样的时间顺序往下发展的：

一年秋天，秦可卿得怪病——此年冬天，秦可卿病情加重——这年冬底，林如海染病——来年春天，秦可卿渡过难关，并没有死——又到秋天，且是深秋，秦可卿“淫丧天香楼”——这个秋天的九月初三，林如海病逝。

当然，这样在时间流程上没有矛盾了，但林黛玉探父理丧的时间似乎又太长了，差不多是整整去了一年，这也不是很合理。这些不够合榫的地方，如果天假以年，曹雪芹能从容地对全书统稿，是不难解决的。可惜他是那样的不幸，竟刚到四十岁就去世了，真令人怅然扼腕！

第十三回写各路贵族官僚纷纷来为秦可卿上祭，有一句是“又听喝道之声，原来是忠靖侯史鼎的夫人来了”。一般读者或者评家谁会注意这句？但脂砚斋却郑重地批道：“史小姐湘云消息也。”（各古本句式不一但意思相同。）

不断有红迷朋友问我：你认为脂砚斋是谁？我的回答是：认同周汝昌先生的考证，要点如下：是女性，姓李，是曹雪芹祖母娘家（康熙朝苏州织造李煦家）跟他同辈的一个表妹；是《红楼梦》里史湘云的原型；经过一番离乱后，曹雪芹和她遇合；他们两人一起经营创作《石头记》（《红楼梦》）；一个是“情痴”，一个是“红袖”；一个撰写书稿，一个誊清（实际上是编辑）并加批语；“红袖”会提出大大小小的建议，曹雪芹多半采纳；“红袖”有时也会执笔撰写正文，八十回中某些缺文系她补全；曹雪芹去世后她还活了若干年；她早期写批语用脂砚斋的假名，晚期则用畸笏叟的假名；她当然了解曹雪芹所写的八十回后的内容，但由于“借阅者迷失”，她也无法恢复那些“迷失”了的内容，痛心疾首而又无可奈何；她跟曹雪芹心心相印，契合处甚多，但她毕竟另是一个独立个体，世界观、人生观、审美趣味跟曹雪芹不尽相同，她的批语是十分宝贵的文献资料，但不能把她的观点趣味跟曹雪芹完全画等号。

周汝昌先生关于脂砚斋的研究成果很多，《红楼梦新证》里有专章讨论。当然，关于脂砚斋究竟是谁，红学界争论也不小。对于周先生的论证，提出辩驳的理由里最重要的大体上是两条：一、尽管古本中的脂批有不少是女子口吻，但也有一些是男子才能有的口吻；二、脂砚斋和畸笏叟是两个人，称“叟”更不可能是女的。对这两条，周先生都有强有力的回应。关于第一条，概言之，古本上的批语虽然基本上是脂砚斋写的，但从若干条前后互相批驳和纠正的批语可以看出，也掺有另外一些能读到母本的人士的零星批语，何况有的“另者”还署了名，如梅溪、立松轩等；另外，脂砚斋既然并不想“现出真身”，偶尔以男子口气作评也是可能的。关于第二条，概言之，更是故意采取烟云模糊法来瞒蔽真实身份；另外，“笏”是砚的变形，两个署名之间还是有内在联系的。

“真事隐”后以“假语存”

第十六回的故事与第十五回衔接。“一日正是贾政生日”，各古本上这句的差异只是有的“生日”前多个“的”字。书里许多人物的生日都写明是几月几日。贾宝玉的生日虽然没有明写，但通过暗写也逗漏出是四月二十六日。既写贾政生日排宴，何必不把日子写出来呢？为什么使用了“一日”这样含混的写法呢？在分析上三回的时候，我已经点出，这段用“假语”深藏的“真事”，大背景就是雍正暴亡、弘历匆忙登基，时间正是雍正十三年的八月。弘历登基以后，立刻推行了“亲亲睦族”的怀柔政策。于是，就在这个时间段上，大约是九、十月深秋，接续发生了一系列情况。

贾元春的原型向书里“当今”（皇帝）原型弘历告发了秦可卿原型的真实出身。皇帝答应贾元春原型的请求，不去责罚贾府原型曹家，只严厉下令让秦可卿原型自裁。这里要稍微多说几句。清朝皇族家庭无论生男生女，都应到一个叫宗人府的专门机构去登记，并被记载入册。

隐匿不报是犯罪。如果废太子在二次被废的混乱中将一个女儿偷运出宫并藏匿在一直交好的内务府官员家庭里，被告发出来后一定不能赦免—— 死一儆百，防止类似事件再度发生，同时也为保持皇家血统的纯洁性。但这样的事情不能让社会上一般人知道，因为有损皇家的脸面。因此，一方面严命那女子自裁，一方面允许被宽免的相关官员家庭若无其事地大办丧事，遮人耳目，是非常必要的。皇帝甚至派出宫里大太监亲与上祭，这样就更能阻止对皇家不利的“谣言”流传。至于参与祭奠的某些皇亲国戚，如北静王原型等，就算他们对真相心知肚明，也不会声张出来，并且心里还会暗暗赞叹新皇帝的政治智慧。有的批评者对我揭秘秦可卿原型真实出身的研究的质疑是：你拿出当年宗人府的档案资料来呀，能查到废太子生过那么一个女儿吗？这问题提得很怪，我立论的前提是废太子在被二次废黜前，故意不把这女儿让宗人府知道，将她藏匿到皇族外的家庭，为的是避免从小就一起被囚禁，既然前提如此，怎么能在宗人府的档案里查到呢？

在秦可卿原型确实自裁，表面风光的丧事也已办完，皇帝就通过晋封褒奖领会并积极推行他那怀柔政策的臣属。于是贾元春的原型在宫中地位得到提升。当然，“真事”隐到“假语”中保存嘛，那文字就有了夸张、渲染，也许“真事”不过是从“答应”提升到“常在”，“假语”却说成“晋封为凤藻宫尚书，加封贤德妃”。清朝档案里“答应”“常在”一般是没有份的，但如果死心眼的人非要到清朝妃嫔的档案里去找曹姓女子，找不到就不肯承认《红楼梦》文本的“真事隐”“假语存”的独特性，或者用一个“小说就是小说”的空洞逻辑去否定一切对《红楼梦》独特性的揭示，我以为都是胶柱鼓瑟。“小说就是小说”，不错，就跟说“人就是人”一样正确，但人有千差万别，小说创作也是多元存在的。有的小说，完全没有原型，比如奥地利卡夫卡写《万里长城建造时》，他对中国万里长城完全没有感性体验，他那篇小说就是纯粹的奇思妙想。但是英国夏洛蒂·勃朗特的《简·爱》就确实有原型，具有自传性，因此一直有研究者在写有关这本书的原型研究的著作。原型研究有什么用？对于一般读者来说，能帮助他们更好地理解、欣赏这样的小说；对于打算从事或已经从事写作的人士来说，能够帮助他们写好把“真事”艺术化，构成好的“假语”文本的小说。

把《红楼梦》第十三回到第十六回的“真事”捋清楚了，对其“假语”也就能完全读通了。第十六回从“一日正是贾政生辰”到“个个面上皆有得意之色，言笑鼎沸不绝”的一段文字，是把“真事”中雍正暴亡、弘历（东宫）登基，以及贾元春原型告密、秦可卿原型自裁后贾元春原型因此地位得到提升这些发生在两三个月里的事情，浓缩起来写，也只能这样“假语村言”。因为除了艺术上的考虑外，还有非艺术性的考虑，就是一定要写却又一定不能惹事，烟云模糊，影影绰绰，点到为止，见“好”就收。正是因为这个原因，不能明写具体日期，只能含混行文：“一日正是贾政生辰……”不知从旧档案里还能不能查到曹𫖯的生辰资料，倘若那也恰是皇家公布雍正薨逝的那一日，就更有意思了。历史上的“真事”是雍正并没有一个生病的过程——倘若众官员得知皇帝染病，那即使是自己到了生日也绝不敢大摆宴席的——他的薨逝是突然宣布的，因此如果那一刻正大摆生日宴席的官员突然被宣招入朝，惊惶失措是必然的。那么第十六回的“假语”写成那样，就完全不奇怪了。“假作真时真亦假”，信然！

周汇本对这一回的文本抠得也很细，值得注意。正文里有贾母、王夫人等“按品大粧”的描写。周先生加注说：“某清皇室后人力辩绝无此等制度，纯出小说虚为点缀。但金寄水（睿王后裔）所著《王府生活实录》中确有此种情事。”我手头正好有金先生的这本书，中国青年出版社1988年10月第一版，其中第73页叙述当年王府里的辞岁状态："凡有品级者，无论男女或王府官员，均按其自身的品级穿戴。我家地位最高、身份最尊贵的是我祖母，她头戴'钿子'，其状如戏曲舞台上肖太后所戴一样。因系孀居，原有的二十四根'挑杆'只戴一半。内着蟒袍，外套八团四正四行的团龙补褂，胸挂朝珠，手握'十八子'，足穿'八分底'云头二色面棉履。伯母和母亲其穿戴与祖母相同，其差异除头戴全副'挑杆'外，补子也略有区别：伯母是亲王福晋，为两正龙八行龙；母亲乃一品夫人，补子为四爪蟒，其形似龙。着花盆底鞋。"这就是贵族老太太、太太"按品大粧"的实录。我在1980年前后与金先生有来往，那时他住在一个大杂院里一间进身很小、大约只有十来平方米的小房子里，他在那间小屋里挂了个自题的匾——"科头抱膝轩"，给我留下深刻的印象。他保留着老旗人礼数极其周到的特点，不论跟谁对话，总称对方为"您"。我们一起聊过《红楼梦》，他对《红楼梦》不仅熟悉喜爱，还出版过一本章回体的小说《司棋》，题赠给我，我至今珍藏，写得很有意思。

“秦人旧舍”越发过露
——秦之孝如何演化为林之孝

这两回在有的古本里还没有分开，有的分开了，但分开的地方不一致，分开以后的回目更是各有千秋。比如：

——己卯本、庚辰本没有分开，标“第十七回至第十八回”，回目是“大观园试才题对额，荣国府归省庆元宵”；

——蒙古王府本、戚序本十七回回目是“大观园试才题对额，怡红院迷路探曲折（深幽）”，十八回是“庆元宵贾元春归省，助情人林黛玉传诗”；

——舒序本十七回回目是“大观园试才题对额，荣国府奉旨赐归宁”，第十八回是“隔珠帘父女勉忠勤，搦湘管姊弟裁题咏”；

——梦觉本、程甲本十七回回目用己卯本的，十八回是“皇恩重元妃省父母，天伦乐宝玉呈才藻”。

周汇本采取分为两回的格式，并从纷纭的回目中选取了现在你看到的这一种，是杨藏本上的，认为比较符合曹雪芹原意。这个回目不说大观园而说会芳园是最合理的，因为贾政带着一群人考察盖好的园子、命令宝玉题咏时，还没有大观园这个名字，更没有怡红院的称谓，那园子是利用府里原有的会芳园扩大改造而成的。

第十七回写试才题咏，到了一处水景，贾政道："诸公题以何名？"众清客有说"武陵源"的，有主张叫"秦人旧舍"的，这时候宝玉发话了："这越发过露了。'秦人旧舍'说避乱之意，如何使得？莫若'蓼汀花溆'四字。"这段文字我以为非常重要。会芳园原是宁国府的花园，天香楼就在附近，秦可卿曾在那个空间里避乱——避皇族内斗，避"义忠亲王老千岁""坏了事"之乱——此事在十六回后已经了结，哪能再由"秦人旧舍"这样的字样引出新麻烦来呢？故事里的清客们似乎是无意道出，而曹雪芹通过宝玉正色批驳，则是故意再传输给读者一个关于秦可卿真实身份的信息，细心的读者决不要轻易放过。

第十八回元妃看到宝玉试题的匾额，当即表态："花溆"二字便妥，何必"蓼汀"？元妃见不得"玉"字，我曾写专文分析过，虽然她弟弟和别的亲友里多有取名用"玉"字的，但在那由会芳园（秦人旧舍）改造而成的省亲别墅里巡幸时，她心头还是抹不去秦可卿的阴影。第七回有条脂砚斋批语："古诗云：未嫁先名玉，来时本姓秦。二语便是此书大纲目、大比托、大讽刺处。"可见秦可卿"未嫁先名玉"，元春是知道的，一见宝玉题额有"红香绿玉"字样，立刻产生不快联想，改成"怡红快绿"。这说明元春的政治敏感性是非常强的。那么"蓼汀花溆"为什么也觉得扎眼呢？"蓼汀"可谐"了停"的音，"了停"就是"好事终"，"义忠亲王老千岁""坏了事"是"了停"，秦可卿"画梁春尽落香尘"也是"了停"，所以元春一见马上下令抹去。（附带说一下，"春尽"也是"好事终"的意思，不必因有"春"字就死板地理解成事情发生在春天。）

我这样细抠“秦”字及与其相关联的词语，有的人士或许会觉得多余。但在第十八回里，“秦”字又一次刺激了我的视神经。这一回交代省亲园子盖得了，各方面的准备工作紧张进行，戏班子小姑娘和小尼姑、小道姑都买齐了，于是有一个仆人来向王夫人汇报一件重要的事，让她决策。这个仆人，所有此前的通行本上，都写的是“林之孝家的”，但任何一种古本都没有“家的”两字，有五种古本写的是“林之孝”，四种古本写的是“秦之孝”。这不能不引起细心读者的思考。红学所校注本的回后校记也承认各本均无“家的”，“今按文意增补”，这种“增补”是不符合曹雪芹原笔的，也未必符合曹雪芹写作的原意。

看到后面，读者就会知道贾府里有个大管家叫林之孝，他的妻子则被称为林之孝家的。他们权力不小，但为人很低调，被认为一个天聋、一个地哑。他们有个女儿林红玉，简称小红，却“眼空心大，是个头等刁钻古怪的东西”（薛宝钗对她的定性）。林之孝夫妇并没有依仗自己的权势把小红安排到一个最好的位置上，元妃省亲之后，大观园一度空置，他们只把小红安排到怡红院看守空房。后来宝玉进驻怡红院，带来一群丫头，一、二等丫头就不下八九个，小红只是个负责浇花、喂鸟、拢茶炉子的三等丫头。有一回偶然给宝玉倒了杯茶，还遭到地位比她高的丫头的奚落嘲骂。这林之孝夫妇的生存状态，颇有些古怪，跟另一对大管家赖大夫妇相比，真是逊风骚、输文采。

那么，曹雪芹既然后面一再地写到林之孝夫妇，怎么会在十八回这里，却写有个仆人叫秦之孝呢？这个秦之孝如果另是一个角色，那怎么此后又再不出现呢？是笔误吗？是抄书人抄错了吗？各个古本的过录时间不一致，依据的母本不一样，参与过录的人士之间多半互不相干，那怎么会有至少四种古本都写着秦之孝？

另外，在贾府那样的贵族官僚府第里，一般情况下，男仆是不能直接到女主人跟前去汇报请示的，即使有的古本写成了林之孝，也绝无“家的”两个字，书中这样写分明是告诉读者，就是一个拿事的男仆在向王夫人当面汇报请示。这又怎么解释呢？周汇本尊重古本，绝无“按文意增补”“径改”的孟浪做法，于是选择了秦之孝的写法，我以为难能可贵，是努力去复原曹雪芹原笔原意的慎重之举。

我对秦之孝这个名字出现的看法是这样的：曹雪芹最早的构思里，这个仆人就是秦之孝。他在小说里设计了一个秦姓系列。虽然秦可卿的姓秦有被秦业抱养的原因，跟她有关联的人不一定也姓秦，但“秦”谐“情”的音，贾府因为跟“义忠亲王老千岁”有“情”，所以在“义忠亲王老千岁”“坏了事”以后，还因“情”而难以割舍，把相关的角色全设计成姓秦，也就顺理成章了。因此，在早期的文稿里，曹雪芹写出在“秦人旧舍”里“避乱”的，不仅有秦可卿，还有秦之孝一家。当然秦之孝不会是在“义忠亲王老千岁”“坏了事”后才来到贾府的，这窝子仆人应该是在“义忠亲王老千岁”没坏事的时候，因为跟贾府交好，被当作礼品赠予贾府的，到贾府就当了大管家。在清朝，贵族家庭之间把仆人当作礼物互赠，是常有的事。那么，秦之孝夫妇带着儿女来到贾府不久，“义忠亲王老千岁”就“坏了事”，后来秦可卿又被皇帝赐死，他们的后台完全崩溃，自然只能低调生存。不过他们跟秦可卿不一样：秦可卿是藏匿性质，属于“私盐”，一旦被告密揭发，就没有活路；他们却属于“官盐”，“义忠亲王老千岁”坏事前将他们赠予贾府，是不犯法的。他们既然已经属于贾府，那么皇帝不惩治贾府，他们也不会因为“义忠亲王老千岁”“坏了事”就被连坐。正因为秦之孝夫妇是这样的情况，为遮掩自己的“不洁来历”，就当着外人装聋作哑，秦之孝家的应该已经是个中年妇人，却偏认比她小很多的王熙凤当干妈，这也是为了进一步淡化别人对他们来历的记忆。而小红，在家里难免听到其实既不天聋也不地哑的父母谈往喟叹，因此独她有超出一般人的见识：“俗话说的‘千里搭长棚——没有个不散的筵席’，谁混一辈子呢？不过三年五载，各人干各人的去了，谁还认得谁呢？”她不但有见识，也大胆行动，先以伶牙俐齿取得凤姐欢心，攀上了高枝，然后早做出府自过的打算，大胆追求有发展前景的贾芸，终于闯出了自己的一条人生之路。

细心的读者会发觉，书里还有一对姓秦的，就是秦显夫妇。秦显家的只得到个在园子角门上夜的差事。第六十一回里，秦之孝家的已经改写成林之孝家的了，但内厨房主管柳家的犯事以后，林之孝家的派去接替她职务的，就是秦显家的，这秦显家的连平儿都不熟悉，林之孝家的偏派她，为什么？不值得深思吗？有意思的是，书里通过玉钏儿告知平儿，秦显家的是迎春房里的司棋的婶娘，那么可以推知，司棋也姓秦。我认为，曹雪芹原来就是设计了上、中、下几个层次的秦姓人物，以增强“秦人旧舍”的总体氛围。

但是，在写作的过程里，曹雪芹不断调整自己的思路。他可能是逐渐意识到，应该超越政治层面，把自己的小说提升到更高的人类关怀的层面，既然前面已经把秦可卿的“真事”隐藏到“假语”里了，任务已基本完成，没必要再把秦姓系列的人物设计得那么复杂，于是到后面就把秦之孝全改成林之孝了，但相关的生存状态与人际关系，还保留着原来构思的鲜明痕迹。

第十八回写秦之孝跟王夫人汇报，内容极其重要，是关于请妙玉入府的事情。过去贵族府第里的女主人，在某些最重要最机密的事情上，也是会让有头脸的、信得过的男仆来当面汇报请示的。妙玉是金陵十二钗中的第六钗，在书中有着特别重要的地位。这段情节里又特别写出，王夫人做主写请帖把妙玉接进大观园，估计这个白纸黑字的帖子在八十回后贾府被抄时会被查抄出来，引出相关的情节。

有的红学专家声色俱厉地批判我，说写小说可以索隐，搞学术是不能索隐的。这话真奇怪。《红楼梦》不就是小说吗？《红楼梦》又不是学术论文。既然写小说可以索隐，那么曹雪芹写的小说《红楼梦》里有索隐的元素，读者、研究者对它索隐，是犯了什么学术王法呢？当然研究《红楼梦》可以有完全不同甚至相反的角度和方法，你不取索隐的方法，却不能禁止别人使用这一方法。何况我的研究虽然从索隐和考证两种研究方法中汲取了营养，其基本方法却是两个：一个是原型研究，一个是文本细读。尤其是文本细读。比如我对第十八回秦之孝写法的诠释，就是文本细读的心得。红学所校注本没有任何古本作依据，只是根据他们的自我判断，就把秦之孝改成林之孝家的，他们的观点、做法难道就不许别人提出异议吗？是他们“离开了文本”，还是我“离开了文本”？动辄把“索隐派”当顶大帽子压人，这很不好。说到底某些人还是线性思维，总觉得红学的发展轨迹一定得是后面否定前面的线性发展模式，考证派否定了索隐派，思想性艺术性分析的文学评论派又否定了考证派，而“《红楼梦》是阶级斗争的教科书”的阐释又超越了文学评论派……其实，事物的发展未必是简单的线性模式，倒很可能是螺旋性向上的复杂模式。在新的语境下，索隐派的某些深层机制被激活，也是很正常的事，犯不上急赤白脸地来宣判人家“非学术”，必欲“批倒批臭”、加以禁绝而后快。“早被否定掉了”也是某些人士的口头禅。文学艺术领域内，学术评价上，“早被否定掉了”只能作为一种现象陈述，而不能作为一种“王法”。像沈从文、张爱玲，你翻翻20世纪50年代到80年代初的官方现代文学史以及大学中文系的教材，他们连被批判、作为“反面教员”的资格都没有，是完全被当作不存在的那么一种状态，“早被否定掉了”。但是现在怎么样呢？一提中国现当代文学，沈、张是“言必及”的对象，谁能绕过他们？当然，对他们的评价，特别是对张爱玲的评价，还是有争论的，但你喊一声“早被我们否定掉了”能解决问题吗？

揭秘古本

◇ 第 十 九 回　情切切良宵花解语　意绵绵静日玉生香

◇ 第 二 十 回　王熙凤正言弹妒意　林黛玉俏语谑娇音

◇ 第二十一回　贤袭人娇嗔箴宝玉　俏平儿软语救贾琏

◇ 第二十二回　听曲文宝玉悟禅机　制灯谜贾政悲谶语

不可不知的几条脂砚斋批语

大观园建成，元妃省亲使用过之后，闲置了一段时间，宝玉、黛玉还跟着贾母住，这四回写的就是宝玉等在元妃省亲之后、入住大观园之前的一些事情。

在第二十二回末尾，有条署名畸笏叟的批语："此回未成而芹逝矣，叹叹！"

仔细看这一回，所缺的其实主要是最后那段情节里黛、钗的灯谜诗。这回前面是写得很丰满的，脂砚斋的批语也非常多。这条批语传递了两个信息：

一、曹雪芹不是按顺序一回一回地往下写。他大概是先列出回目（更准确地说是列出提纲，因为回目也会随时调整，或想好大体内容而暂缺回目），再根据自己的灵感爆发方向，选取出最想写的那一回来写。

二、对一回文字的处理，他也往往是先把叙述文字铺排好，其中需要嵌入的诗词曲赋，暂且留白，以待另有兴致时再写好补入。

这种并不一回紧接一回的写法，好处是完全以灵感的爆发为前提，会流泻出非常自然精彩的文字，但同时也就对总体构思的细密度提升了难度，特别是在使用“草蛇灰线，伏延千里”这一手法时，如何把握前伏后延的对榫照应，需要超常的能力。尽管曹雪芹留给我们的大约八十回文字还有待剔除毛刺统一全稿，但他采用不按回序的写法，仍基本上达到了前呼后应，真不禁要赞他一句：“天才！”

周汇本对这四回古本异文的对比选择，也显示出更多的独特之处。举一个小例子：书里写到宝玉有一个专门负责伺候他洗澡的丫头，多数古本都写为碧痕，通行本也全是碧痕，但仔细想一想，宝玉其他丫头的名字，两个字连起来都构成一个意思，有的还两两相对，比如麝月和檀云、晴雯和绮霰，那么，碧痕是个什么意思呢？很难解。但梦觉本里，碧痕写作碧浪，书里有这个丫头提水的场面，又通过晴雯讲出她伺候宝玉洗澡，完了事水都汪到床脚，因此，周汇本就选了碧浪，认为是符合曹雪芹的原笔原意的。附带补充一点：前面探春的大丫头出场，1982 年以前的通行本都写作侍书，2003 年作为《语文新课标必读丛书》推出的俞平伯点校本也是侍书。探春是个书法家，身边丫头的名字按“侍候小姐挥洒书法”来命名，似乎也还贴切。但周汇本却判断待书才是曹雪芹的原笔，因为待书这个名字，是和惜春的大丫头入画相匹配的，一个表示“已经被画上了”，一个则表示“有待书写出来”，相映成趣。既然古本里有写待书的，那就选定无疑。

史湘云是大家都极其熟悉的角色，红迷朋友中“湘迷”尤多，周汝昌先生更是热爱这一艺术形象，并考证出她在八十回后有跟宝玉遇合的重要情节，其原型就是脂砚斋本人。当然脂砚斋是个假名字，她姓李无疑，身份是曹雪芹祖母的侄孙女，曹雪芹的远房表妹，名字呢，很可能叫李枕霞。但是，史湘云在第二十回的出场非常突兀，前无铺垫，后无说明：

> 且说宝玉正和宝钗顽笑，忽见人说："史大姑娘来了。"宝玉听了，抬身就走。宝钗笑道："等着，咱们两个一齐走，瞧瞧他去。"说着下了炕，同宝玉一齐来至贾母这边。只见史湘云大说大笑的，见他两个来了，忙问好厮见。

然后就行云流水般地写宝、钗、黛、湘的性格纠葛情绪碰撞，一派天籁，无限情趣。中国的一般读者在阅读《红楼梦》文本前，一般都已经通过戏曲、电影、电视剧、绘画、雕塑、小人书（连环画）及别人的讲述，早已有史湘云在胸，因此读到这里仿佛是熟人见面，不会有任何心理障碍。但我在英国遇到一位老外，他读的是英国大卫·霍克斯的译本《石头的故事》，读到这个地方就犯糊涂。因为小说里其他人物的身份，都会或者预先说明，或者紧跟着说明，比如李纨，她在第三回出场，已经由贾母说明其身份，到第四回开头，就再细致地交代一下她的出身背景和生存状态以及性格特点。史湘云呢，却仿佛是作者认为不必再加交代，"你当然应该知道"的那么一个特殊的角色，结果，在阅读《石头的故事》之前对《红楼梦》的故事、人物一无所知的这位老外，他就糊涂了：这位来了就大说大笑的姑娘，她跟周围那些人是怎样的血缘与人际关系呀？当然，往后面再读，读了再细想，也慢慢地能把史湘云的家族、血缘及与贾母和荣国府其他人物的人际关联弄个清楚。曹雪芹为什么要这样来写史湘云？这是否跟脂砚斋的建议有关？或者本来文本里也有一段如同介绍李纨那样的比较集中点透的文字，后来脂砚斋让曹雪芹删除——甚至是她删除而得到曹雪芹首肯——才形成了现在这样一种文本状态？这是一个值得探讨的问题。

古本里这四回有很多的批语，大部分应该是脂砚斋的，也有署名畸笏叟的。其中有几条很重要，值得向没有工夫直接去读带批语的古本的读者们介绍：

——第十九回写到宝玉私自跑到袭人家，袭人哥哥母亲等受宠若惊，摆出许多吃食来招待宝玉，“袭人见总无可吃之物”，于是有条批语：“补明宝玉自幼何等娇贵，以此一句留与下部后数十回寒冬噎酸齑、雪夜围破毡等处对看，可为后生过分之戒，叹叹。”由此可知，曹雪芹此书分上下部，每部“数十回”，而且在批书人写此批时，上下部都已大体完成了，下部中有与此细节呼应的内容，连文字都引出来了。类似的批语又如第二十一回，透露出后文宝玉“得宝钗之妻，麝月之婢”，但他却仍能“悬崖撒手”为僧，说明“宝玉有情极之毒”“一生偏僻处”。

——第二十二回里有贾母给薛宝钗过生日，凤姐点了一出谑笑科诨的《刘二当衣》，在这段文字上面，脂砚斋的眉批是：“凤姐点戏脂砚执笔，今知者寥寥。不怨夫。”说明凤姐点戏这个细节，根本就是她执笔写的。脂砚斋不仅是书稿的编辑和评书者，她还直接参与小说的创作。

——第十九回正文里几次提到茜雪被撵的事，当李嬷嬷说到“打量上次为茶撵茜雪的事，我不知道呢”时，批语是：“照应前文，又用一撵字，屈杀宝玉，然在李妪心中口中毕肖。”可是现在我们看不到那个“前文”，茜雪被撵的那场戏，应该在第八回末尾，显然是后来出于某种考虑，删换了。我总觉得是删去了撵茜雪，补上了关于秦可卿出身的一段文字。但从这条批语也可以知道，所谓宝玉醉后因枫露茶撵逐茜雪的说法，其实是“屈杀”，不过具体情况如何我们已经很难猜测了。

——第二十回一条批语说：“茜雪至狱神庙方呈正文，袭人正文标昌（标目），‘花袭人有始有终’。余只见有一次誊清时与狱神庙慰宝玉等五六稿被借阅者迷失。叹叹。丁亥夏。畸笏叟。”这个丁亥应该是乾隆三十二年，公历1767年，那时候曹雪芹应该是已经去世四年多了。我在本系列第一部中详细分析过这段批语。茜雪不会被撵之后就没了下文，根据探佚，在八十回后曹雪芹会写到她去狱神庙安慰被拘押的宝玉。这部分稿子曹雪芹已经写好，脂砚斋曾看到过，可惜后来被借阅者迷失了。借阅者的身份，则十分可疑。

——第二十回与第二十一回之间，庚辰本上有一首诗，非常重要：

> 有客题红楼梦一律，失其姓氏，惟见其诗意骇警，故录于斯：
> 自制金戈又执矛，自相戕戮自张罗。
> 茜纱公子情无限，脂砚先生恨几多？
> 是幻是真空历遍，闲风闲月枉吟哦。
> 情机转得情天破，情不情兮奈我何！

这首诗和凡例最后那首诗，是两相对应的，尤其是“谩言红袖啼痕重，更有情痴抱恨长”和“茜纱公子情无限，脂砚先生恨几多”，意思完全一样，对我们理解这部作品的创作历程和思想内涵，有着重要的启示。这首诗很可能就是脂砚斋自己写的。她在另外的批语里透露，全书最后有《情榜》，上榜的人都有一个考语，贾宝玉的考语是“情不情”，就是这个人物进入了最高层次的精神境界，连无情物他也能去赋予体贴爱怜的感情。“情不情兮奈我何”，就是说我已经进入了这样的境界，你俗世的那一套又能把我怎么样呢？

——第二十一回里还有条颇长也颇怪的批语：“赵香梗先生秋树根偶谭内，兖州少陵台有子美词（祠），为郡守毁为己词（祠）。先生叹子美生遭丧乱，奔走无家，孰料千百年后数椽片瓦，犹遭贪吏之毒手，甚矣，才人之厄也。固（因）改公茅屋为秋风所破歌数句，为少陆（陵）解嘲。少陵遗像太守欺无力，忍能对面为盗贼。公然折克非已祠，旁人有口呼不得，梦归来兮闻叹息，白日无光天地黑。安得旷宅千万官，太守取之不尽生钦（欢）颜，公祠免毁安如山。渎（读）之感慨悲愤，心常耿耿。”接下去又写道：“壬午九月，因索书甚急，姑志只于此，非批《石头记》也。”我认为，绝不是因为脂砚斋要写下读另一本书的感想，找不到别的纸，就随便抻过她珍爱的《石头记》抄本，只当是“借来一用”，她是话里有话。贪官酷吏连被尊为“诗圣”的杜甫都能毁其祠占来私用，“才人之厄”，真令人痛感“白日无光天地黑”。她是借赵香梗这本笔记里的这个记载，来影射她自己所遇到的情况。什么情况？“索书甚急”。谁来索取？她隐去主语，肯定是有难言之隐。那索书的目的何在？恐怕跟那位郡守一样，是要把才人的祠堂毁掉变成他自己的祠堂，这当然是个比喻，实际上就是要毁掉曹雪芹的真稿，而换成符合“索书甚急”的那个主儿意志的假稿。这条脂批对我们了解曹雪芹八十回后真稿“迷失”及伪续出现的情况，提供了一个可以深思的线索。

各古本第二十二回末尾或者呈现出明显缺失，或显露出勉强收拾的痕迹。过去的通行本最后把“朝罢谁携两袖烟”那首灯谜诗（谜底更香）算作黛玉的，又多出一首结句为“恩爱夫妻不到冬”的灯谜诗（谜底竹夫人，过去夏天抱着睡觉取凉的有孔竹筒）算作宝钗的。这都不符合曹雪芹的原笔原意。更香那首应该是薛宝钗的，黛玉那首曹雪芹没来得及补入就不幸去世了。

莫忽略：得到与谋求差事的贾氏宗族子弟们

从这一回起，书里大部分情节都发生在大观园里。

这一回回目点明的两大情节，是《红楼梦》中流传最广的内容之一。但是除了这两个情节主干以外，可注意、可体味的地方还有，也不可忽略。

荣、宁两府，穷亲戚不少。当然这些穷亲戚的经济状况也并不完全相同。有的相对小康，有的确实窘迫。外姓的且不说，单说姓贾的。贾雨村自称跟荣国府贾氏都是东汉贾复的后代，是同谱的，其实血缘上差得很远。他借住葫芦庙的时候是个穷儒，后来发迹，跟贾政、贾赦打得火热，这家伙得另说。真跟荣国府有血缘关系的同姓穷亲戚，第十回说到贾璜，但贾璜本人并没有出场，倒是他妻子璜大奶奶有场重头戏，看来贾璜经济上还过得去，但在荣国府仆人茗烟眼里，他媳妇也不过是“只会打旋磨子”去跟王熙凤跪着借当头的穷鬼。这些穷亲戚除了有时来求救济，更多的是希望能从荣国府那里弄到个差事，较长期较稳定地分到一杯羹。建造大观园、元妃省亲，以及事后元妃命令众姐妹和宝玉入住大观园，派生出许多的肥差，众穷亲戚于是纷纷来求职。二十三回写到几个同宗亲戚，都先后得到了差事。到家庙管理小沙弥、小道士的肥差，被后街上住着的周氏的儿子（第二十四回贾芸舅舅卜世仁指出是“你们三房里的老四”）贾芹得到。西廊下五嫂子（按贾琏辈分算）的儿子贾芸，在这回里尽管还没谋到差事，但已经透露出来，凤姐日后会派他负责在大观园里补种树木花草，那也还算个不错的差事。贾芸在八十回内戏份不少，八十回后也还有戏。贾芹在八十回里戏份不算太多，但八十回后也一定还会写到他。除他们两位，这回里点到了贾萍，他被派和贾蓉一起，负责在大观园里监督工匠磨石镌字—— 元妃省亲巡幸时，那些匾联及石上的字迹都是临时性的，元妃或认可或改定之后，才能将其转换为永久性的存在——这位贾萍，估计这样提到他，跟第十三回写秦可卿丧事时列在大名单里可不一样，应该是后来会有跟他相关的具体情节出现。这段交代里又说贾蔷要管戏班子的事，不大得便，无法参与监工，贾珍又将贾菖、贾菱唤来监工。有迹象显示，曹雪芹设计出菖、菱这两个人物，是要在情节发展当中派用场的。第三回黛玉初进荣国府，说到从小就吃药，如今还是吃人参养荣丸，于是贾母道：“这正好，我这里正配丸药呢。”针对这句话，脂砚斋批道：“为后菖菱伏脉。”菖菱不消说是贾菖、贾菱的简缩，“伏脉”就是说这是一个伏笔，将在后面形成一个情节。那么，第二十三回特意提到菖、菱被贾珍临时调用，应该就不是闲文赘笔，而是一次必要的铺垫。估计菖、菱二位在荣国府里是长期负责配药的，而他们的“错配药”，将促进黛玉生命的结束。

宝玉和众姐妹以及李纨、贾兰入住大观园，分别住进了哪个院落里呢？请填空：

宝玉住了（　　）　黛玉住了（　　）　宝钗住了（　　）
迎春住了（　　）　探春住了（　　）　惜春住了（　　）
李纨带着贾兰住了（　　）

如果你是按 1957 年人文社的通行本，那么宝钗住的是蘅芜院，迎春住的是缀锦楼，探春住的是秋掩书斋，惜春住进的是蓼风轩。如果你按俞平伯点校本和红学所校注本填，则蘅芜院要改成蘅芜苑，秋掩书斋要改成秋爽斋。周汇本对古本上有差异的文字的选择，跟这几种本子差别更大。把上面的填空完成，再看看周汇本的相关注解，你有怎样的看法？

周先生认为，这一回里还包含着三个大暗示。第一个，是通过贾宝玉的四季即事诗，暗示了八十回后宝玉的悲惨处境。如第一首《春夜即事》中“隔巷蟆声听未真”，就暗示他后来锒铛入狱，充当狱中击柝的更夫，惨不堪言。第二个，是通过黛玉听曲，联想到“花落水流红”等诗句，暗示她最后是沉湖而亡。第三个，是忽然写到贾赦有病，宝玉必须去请安，暗示贾府之败从贾赦起始。

总之，《红楼梦》的内涵是极其丰富的，艺术手法是极其高妙的，仅仅把它的内容概括为“反封建，争取恋爱婚姻自由”是不够的，仅仅指出它“文笔优美”而不能意会其中微妙的意象、精巧的“伏脉”，也没有真正解味。

◇ 第二十四回　醉金刚轻财尚义侠　痴女儿遗帕染相思

◇ 第二十五回　魇魔法姊弟逢五鬼　红楼梦通灵遇双真

◇ 第二十六回　蘅芜院设言传蜜意　潇湘馆春困发幽情

小红是贯穿全书的重要角色

这三回当中有一回（第二十五回）重点写荣国府内部的利益冲突。贾环先向宝玉下毒手，紧接着赵姨娘买通马道婆魇了凤姐和宝玉，同时让从天界来到人间活动的和尚道士二仙一齐登场。和尚把通灵宝玉擎在掌上，长叹一声道："青埂峰一别，展眼已过十三载矣！"点明故事发展到这个阶段，宝玉是十三岁（因为通灵宝玉是宝玉衔在嘴里一起落生的）。二仙解救了凤姐和宝玉，回目里点出"红楼梦"字样。

尽管这三回里穿插描写了很多的事情，但贯穿这三回的，却是贾芸和小红这两个角色。《红楼梦》里有很多个爱情故事，不少读者只去注意宝、黛、钗的三角恋爱，其实贾芸和小红的爱情故事曹雪芹也是很用力地来写的。第二十四回和第二十六回的回目里，芸、红各暗出一次，小红明出一次（痴女儿），四句话里三句属于他们，正文里关于他们在极其艰难的条件下，发挥主观能动性，互相传帕定情的描写所占篇幅不小，刻画得非常细腻、生动。曹雪芹写芸、红自由恋爱，连脂砚斋开头也不理解，特别是对小红这个角色，在还没有看到后面的时候，她曾写下过“奸邪婢岂是怡红应答者”的批语，后来她自己又在同一处写批语纠正：“此系未见抄没后狱神庙诸事，故有是批。”前一条批语最后注明写在“己卯冬夜”，后一条批语末尾注明“丁亥夏，畸笏”。这个己卯应该是乾隆二十四年（1759 年），那一年曹雪芹肯定还活着；这个丁亥则应是乾隆三十二年（1767 年），曹雪芹已经去世三四年了（曹雪芹究竟是壬午年还是癸未年除夕去世的，红学界有争论，周汝昌先生考证出是癸未年除夕，则公历已在 1764 年）。己卯年冬天的时候，脂砚斋在没看到后面写出的文字时对小红这个形象的塑造产生了错误理解，到丁亥年夏天，她重翻曹雪芹遗稿，看到这里立刻在书眉（书页上方空白处）写下更正。这个现象说明了好几个问题：

一、曹雪芹对全书的总体构思，以及对人物形象的宏观把握，连跟他那么亲密的合作者，在只看到一部分书稿的情况下，也难以马上理解。估计对小红的总体构想，曹雪芹是故意不事先向脂砚斋讲明的，这一方面可能是曹雪芹自己也还有个来回调整思路的过程，另一方面也可能是为了让脂砚斋看到后面，享受恍然大悟的审美乐趣。如果什么都事先跟脂砚斋说个底儿透，脂砚斋写起批语来会少却许多兴致，必须让脂砚斋跟郑和驾船下西洋似的，能因为不断地发现“新大陆”而惊呼。

二、两条批语之间明显的前后呼应、更正的话语关系，说明脂砚斋和畸笏叟就是同一个人。查所有现存古本的批语，自壬午年畸笏叟的署名出现后，就再没有署名脂砚斋并注明那以后年代字样的批语了，这也就更说明畸笏叟就是年纪渐老（特别是心理年龄渐老）的脂砚斋的一个新署名。

三、“草蛇灰线，伏延千里”确实是曹雪芹创作《红楼梦》最重要的艺术手法，似乎无意随手，信笔拈来，实际上都是呕心沥血的伏笔设计。贾芸认宝玉为干爹，凤姐要收小红为干女儿（在弄明白错了辈分后才作罢），这样的情节设计都是伏笔。在这三回以及整个八十回书里，宝玉何等尊贵，凤姐何等威风，但到了八十回后的狱神庙一回里，当年在他们面前那么卑微、那么屈从的芸、红，却以救助者的身份出现在他们面前，给他们以甘露般的慰藉。世道诡谲，人性深奥，通过这样具有穿透力的构思，定会表达得淋漓尽致。只可惜我们看不到那几回具有震撼性的文字了。

我一再强调，不应该把高鹗的续书跟曹雪芹的《红楼梦》混为一谈。现在还有人说“一百二十回的《红楼梦》是经典”，通行本的《红楼梦》还非要把高鹗的名字跟曹雪芹的名字并列，《语文新课标必读丛书》的《红楼梦》前八十回以俞平伯点校本为底本，俞本原来只有八十回，却也偏要把高鹗的四十回加上去，封面上也还是印“曹雪芹、高鹗著”。现在且不说别的，高鹗把贾芸这个形象歪曲到什么程度了啊？真是骇人听闻！他竟把贾芸写成迫害巧姐儿的“奸兄”！小红呢，一个前面两次上回目的重要角色，竟被他写丢了。倒也交代她嫁给了贾芸，但贾芸既然是“奸兄”，她也就成为“奸嫂”了！程高本如此荼毒芸、红，也就是亵渎曹雪芹和前八十回《红楼梦》，就算他们确实不是别有用心，只是根本不理解曹雪芹的构思，胡乱续写，那高续的四十回，怎么能跟曹雪芹的文字死黏在一起呢？怎么能称为经典呢？总有人说加上高鹗续书的一百二十回的《红楼梦》“完整”，我们试想一下，如果有人非要给那断臂的维纳斯雕像续全手臂，宣称只有那样的“完整”才好，才是“经典”，你会怎么想呢？那续上的手臂有资格跟那残缺的古雕一起称“经典”吗？

第二十四回醉金刚倪二上了回目。曹雪芹通过贾芸，把读者的视野引出了贵族府第之外，呈现了一派市井风情。这种辐射式的写法是非常高明的。曹雪芹写作《红楼梦》，是边缘生存中的边缘写作，而《红楼梦》从某种意义上来说，就是为边缘人树碑立传的。那是个封建时代，是个男权社会，妇女，特别是未出嫁的闺中少女，是整个处在社会边缘的状态，谁会去肯定她们的生命价值？而《红楼梦》宣布她们是水作的骨肉，男人是泥作的骨肉，那些为官作宰的更是须眉浊物。在对青春女性的刻画中，曹雪芹对相对于太太小姐是边缘存在的丫头们，又给予了极大的关注，刻画出了许多令人珍惜的脆弱生命的光彩与尊严。对书中的男子也是一样，他的爱惜与尊重，总是往边缘人物上倾斜。实际上贾宝玉就是一个边缘人物，他虽然位居封建贵族家庭的中心，但他从思想上、立场上、情感上、行为上，自觉地“离心”。第十五回里写到在给秦可卿送殡的路途上，他随凤姐到一处农庄小憩，偶遇村姑二丫头，大开眼界，大觉新鲜，离开时坐在车上，看见二丫头抱着她的小兄弟，同着几个小女孩说笑而来，他是什么反应呢？曹雪芹写下了这样一句话：“宝玉恨不得下车跟了他去。”（那时候还没有“她”字，“她”字是20世纪初提倡白话文的刘半农先生发明的，年轻的读者应该知道，在引用《红楼梦》原文时，即使指女性也不会有“她”字；那时候也没有“的”“地”“得”用法的规定，因此对引文请不要以今天的语法规范来衡量。）这是什么样的心理？就是不愿意留在主流社会、向往边缘社会的心理。当然，真要脱离那个时代那个社会的主流，贾宝玉是有那个心无那个力的，这个局限性，我们应该理解和谅解。

在第二十六回后面，脂砚斋有这样的回后批：“前回写倪二、紫英、湘莲、玉菡四样侠文，皆得传真写照之笔，惜卫若兰射圃文字迷失无稿。叹叹！”倪二在第二十四回出现，在市井人物里，他那样的泼皮无赖是一种不规范的边缘人物，或者说是一种“社会填充物”；冯紫英在这一回里正面出场，我在本系列第一部里详尽分析过，这是一个非政治主流、反政治主流的政治边缘人物；柳湘莲和蒋玉菡将在下面若干回才正式出场，一个是破落世家的飘零子弟，当然是边缘人，一个虽然是两个王爷争夺的处于社会中心的优伶，但他自觉地成为躲避权势的边缘人。倪、紫、莲、菡明明是社会边缘人，曹雪芹对他们下笔却充溢着爱意，脂砚斋更干脆把他们归纳为“红楼四侠”，并且赞扬曹雪芹写得非常真实，非常生动。这里面请特别注意倪二。在八十回的故事里，倪二的生存空间离贾芸那样的小市民近，而与紫、莲、菡的活动空间完全不搭界，后三者毕竟还是属于上层社会圈子里的人。但脂砚斋却将倪与后三位并列，可见在八十回后的故事里，倪将与他们合流，这样一些原来差异不小甚至很大的社会边缘人，在共同的反主流意识下，整合为一股力量，去冲击主流政治，结果是失败了，并牵连到贾宝玉，构成一个大悲剧。但因为他们“尚义侠”，所以，关于他们的那部分故事不会是悲哀的气氛，而应该是表现出一种悲壮的气概。

为什么脂砚斋在这条批语里说完“红楼四侠”后，紧接着说到卫若兰呢？卫若兰这个名字此前只出现在第十四回来给秦可卿送殡的宾客名单末尾。没读到后头，谁会想到曹雪芹列那个名单也是一个伏笔呢？这个卫若兰在八十回后有重头戏，他要“射圃”，曹雪芹已经完成了那个章回，但后来被“借阅者迷失”。脂砚斋为什么在这个地方叹息这部分文稿的迷失？你仔细对比此前的通行本与周汇本，就会发现第二十六回写到冯紫英来到薛蟠书房讲起他随父亲去猎场打围，“三月二十八日去的，前日初六才回来”，接下去写宝玉的话，通行本上全印的是：“怪道前初三、四儿，我在沈世兄家会席，没见你呢。”周汇本却印的是：“怪道前初三、四儿，我在□□□□会席，没见你呢。”周汇本为什么这么印？有根据吗？有的。俄罗斯圣彼得堡藏本上，就分明留下了这么四个字的空当儿。可见它所依据的母本上就缺这四个字，也可推想“沈世兄家”四个字，是某位抄书的人觉得缺了字不好，在并没有根据的情况下给补上的，其他抄本又根据这个补笔来抄，就这么让一位“沈世兄”流传到了今天。我觉得俄藏本上不会无缘无故留下这四个字空当儿的。这四个缺失的字，很可能就是“卫若兰家”，可能是传抄过程里被磨损掉了，否则脂砚斋在这条批语里不会提到“卫若兰射圃”。

高鹗续书，一般人认为写得最好的部分，就是贾母抛弃林黛玉、凤姐设计“调包计”和林黛玉“焚稿断痴情”。高鹗有写续书的自由，但这并不等于说他续的书流传了这么久，我们就必须得承认他写的符合前八十回的故事逻辑。实际上，细读第二十五回前面的一段情节，就会发现高鹗写凤姐毒设“调包计”，是不符合曹雪芹的原意的。这段情节写的是黛玉到了怡红院，大家议论凤姐分送大家的暹逻国贡茶的味道，黛玉和凤姐言语间有一点小小的摩擦，凤姐笑着脱口而出：“你既吃了我们家的茶，怎么还不给我们家作媳妇？”黛玉当然脸上搁不住，就说凤姐是“贫嘴贱舌讨人厌恶”，凤姐则干脆指着宝玉道：“你瞧瞧是人物儿门第配不上？根基配不上？模样儿配不上？家私配不上？那一点儿还玷污了谁呢？”脂砚斋是把曹雪芹所写的关于宝玉、黛玉的那部分故事读完了的，她在这个地方写了条批语：“二玉事在贾府上下诸人，即看书人、批书人皆信定一段好夫妻，书中常常每每道及，岂其不然。叹叹！”她的意思只是说二玉有情人竟成不了眷属，包括凤姐在内几乎所有的人都以为到头来他们会结为夫妻，但作者已经写出的结局却是相反的，因而为之叹息。如果那原因是凤姐后来搞了“调包计”，她在这个地方不会不针对凤姐做出评论。

揭秘古本

◇ 第二十七回　滴翠亭杨妃戏彩蝶　埋香冢飞燕泣残红

◇ 第二十八回　蒋玉菡情赠茜香罗　薛宝钗羞笼红麝串

六足龟·四月二十六·五月初三

有细心的读者可能会问：在第二十三回里，周汇本从古本的异文里，对薛宝钗入住大观园的处所，取“蘅芜苑”的写法，那为什么第二十六回的回目，却是“蘅芜院设言传蜜意”呢？这是因为在所存的古本里，这回都是这样的写法。周汇本虽然对什么是曹雪芹的原笔原意有自己的辨析，但前提是尊重古本的现状，不去“径改”。那么，对第二十七回的回目，周汇本一方面照录，一方面把自己的看法告诉读者：“‘杨妃’‘飞燕’字样甚俗，不可无疑。‘藤花榭本’‘飞燕’二字空白，必非无故，此等文笔，恐非出芹手。”“藤花榭本”是清朝嘉庆、道光年间的一种刻本，它虽然把高鹗的续书一并刻印，是个一百二十回的本子，但刻印者见到第二十七回的回目，也能存疑。因为用“杨妃”形容宝钗，从正文里还能找到根据；用“飞燕”形容黛玉，正文里既无依据，而且黛玉除了体瘦身轻外，实在与以舞邀宠的“飞燕”（汉成帝的皇后）再没有任何契合点。

毕竟我们现在看到的古本，都不是曹雪芹的亲笔原稿，批语也不是脂砚斋的笔迹，全是经他人之手抄录的（红学界称之为“过录”），饱经时代沧桑、岁月磨洗，都有残缺，兼有描改。虽然弥足珍贵，却也不能不对某些地方存疑。

我曾在一次访谈里说，对于《红楼梦》，我采取文本细读的研究方式，有时候连一个标点符号都抠得很细。有人就指出，说古本《红楼梦》根本就没有标点符号，你怎么这样讲话？20世纪白话文推行以前，中国的文章是没有新式标点符号的，我们现在习用的标点符号，是随着白话文的推行，而逐渐演变成这个样子的。那以前读文章，因为文章上的字连成一片，读者是需要根据文意断句的。断句也就是一句涂一个墨点或画一个圆圈，很简单的办法。那以前的中国书都用繁体字，竖写，从右往左翻篇儿。现在中国香港、澳门、台湾地区，印的书虽然使用了新式标点符号，但也基本上是繁体字竖排，近几年来，才有虽然字是繁体却横排出版的做法。比如我的两本《刘心武揭秘〈红楼梦〉》，2006年在台湾出版，就是繁体字横排本。这些情况，是要特别对一些不大知道中国文字书写、印刷、出版流变的年轻人说明的。那么，我说对《红楼梦》的文本抠得很细，连一个标点符号也不放过，指的就是这样两层意思：一、对古本上原文的断句，如何断，要细抠；二、断了句，如何使用新式标点符号将其意思表达准确，更值得细抠。这关系到如何确定曹雪芹的原笔原意。要向广大普通读者提供一个通行的《红楼梦》版本，这项工作的意义更是格外重大。周汇本的优点在于，除了对古本的文字细抠外，对如何断句及如何加新式标点符号，也抠得很细。为了尽可能复原，或至少是接近曹雪芹的原笔原意，这样细抠是必要的。

第二十八回，贾宝玉向大家诌了一个丸药方子，配这服药要用什么东西，有这样一段文字进行开列：头胎紫河车人形带叶参三百六十两不足龟大何首乌千年松根茯苓胆。

究竟说的是几样东西、什么东西呢？各通行本的断句(加标点符号)差别很大，还有文字上的出入：

——1957年10月第1版的人文社通行本上是五样东西：头胎紫河车，人形带叶参，三百六十两不足，龟，大何首乌，千年松根茯苓胆。

——俞平伯点校本（《语文新课标必读丛书》版）上则是四样东西：头胎紫河车，人形带叶参，三百六十两还不够。龟大的何首乌，千年松根茯苓胆。

——1982年红学所校注本上也是四样东西：头胎紫河车，人形带叶参，三百六十两不足，龟大何首乌，千年松根茯苓胆。

我曾撰文探讨这一问题，我的断句是：

头胎紫河车，人形带叶参，三百六十两不足龟，大何首乌，千年松根茯苓胆。

周汇本则经过仔细研究后，选取了这样的断句：

头胎紫河车，人形带叶参三百六十两，六足龟，大何首乌，千年松根茯苓胆。

落实为这五样东西。其实，前后两样东西，各本理解都一致，关键是当中“人形带叶参三百六十两不足龟大何首乌”如何断句。

现在我赞同周汇本的断句。“龟大何首乌”是说不通的。大家都知道龟的大小不一，小的只有指甲盖那么大，大的则比脸盆还大，“龟大”构不成一个量度，也构不成个形容词。周汇本指出，在大家熟悉的通行本里，“不足龟”的“不”，细查古本，是草书“六”的讹抄，更重要的是，在《大明会典》上有“暹逻国献六足龟”的明确记载。一般龟都是四足，六足龟是一种珍奇的东西，所以会成为贡品，而宝玉为了夸大配制那丸药的难度，说的应该就是六足龟。

如此“细抠标点符号”，难道是不必要的吗？为了准确理解我们民族经典的内容，我认为只能这样细抠。

这两回里，有两个日子特别值得注意。

第一个日子是四月二十六日。书里交代是芒种节，而且“尚古风俗，凡交芒种节的这日，都要设摆各色礼物，祭饯花神”。周汝昌先生指出，其实这个日子就是贾宝玉的生日。第二十七回里探春说到做鞋送给宝玉，那个时代那种家庭，妹妹给哥哥的最常见的寿礼就是自己亲手做的鞋；第二十八回冯紫英请宝玉赴宴，跟随宝玉的小厮里忽然出现双瑞、双寿，这两个小厮在前面和后面都再不出现，可见是暗示宝玉去赴寿宴。当然这两回里没有大写宝玉过生日，到六十三回才大写特写，但六十三回也没有明确写出他的生日是四月二十六日。统观八十回书，许多人物的生日都是写明日期的，不明确日期，像第十六回写贾政的生日，那可能是有所避忌（恰是宣布雍正突然薨逝、弘历匆忙继位的日子），但是，宝玉的这个生日，有什么好避忌的呢？

按周汝昌先生的观点，贾宝玉的原型就是曹雪芹，而经他考证，曹雪芹的生日就在雍正二年（1724 年）闰四月的二十六日，雍正三年他过第一个生日刚好是芒种节。曹雪芹从小就习惯把芒种节当作自己的生日。但是，并不是每年的芒种节都碰上四月二十六日。曹雪芹十三岁的时候，正逢乾隆元年（1736 年），那一年的四月二十六日，碰巧又是一个芒种节，他当然非常高兴。他写的《红楼梦》里，第二十七回的年代背景，就是乾隆元年。书里的贾宝玉，他也设计成那时十三岁（第二十五回癞头和尚说通灵宝玉下凡十三载可证）。但是，如果细究，他是生在闰四月，乾隆元年并没有闰四月，乾隆二年也没有，因此，他就没有在书里明写宝玉的生日。第二十七、二十八回没写，到第六十三回大写“寿怡红群芳开夜宴”也没点出日子，这既是使用烟云模糊法的艺术技巧，也可能是他觉得坐实来写（交代闰月）太费唇舌。

第二个日子，是五月初三。早在第二十六回，就点明薛蟠的生日是五月初三。第二十六回的故事在四月二十六日之前。薛蟠用谎话把宝玉骗出大观园，告诉他得到非常出色的四样东西——藕、瓜、鱼、猪，请他去品尝。宝玉就去了薛蟠书房。其实那天离薛蟠的生日还早。就在那个场合，忽然风风火火地来了冯紫英，提到跟他父亲神武将军去了潢海铁网山。这个地点跟"义忠亲王老千岁"有关系，我在本系列第一部里告诉大家，这实际是写忠于"义忠亲王老千岁"的冯紫英父子及其"月"派政治势力，去预先踏勘针对"当今"的"举事"地点，有深意存焉。冯紫英说他很忙，坐都坐不住，站着喝的酒。那他为什么非来一趟？藕、瓜、鱼、猪，其实都是祭品，祭完了当然也可以吃掉一部分，那么，他们是在暗地里祭奠谁？第二十八回末尾，袭人向宝玉报告："昨儿贵妃差了夏太监出来，送了一百二十两银子，叫在清虚观初一到初三打三天平安醮……"端午节前的初一到初三，当然是五月的初一到初三。元妃为什么命令家人替她在这个日子里打醮？绝不是为了薛蟠的生日来做这件事的吧？我在本系列第一部中关于贾元春之谜的部分，详细讨论了这个问题。说过的尽量不重复，简言之，我认为贾元春原型一度在康熙朝废太子身边。康熙的几十个儿子里，只有废太子一个人是五月初三落生的，废太子是"义忠亲王老千岁"的原型。元春命令在五月初一到初三到清虚观打三天"平安醮"，实际就是为了为"义忠亲王老千岁"的亡魂祈求在阴间能够"平安"，当然更是为了让她自己能够跨过心里的一个坎儿——毕竟是她告发了秦可卿，她希望通过这种方式也让自己能够不受报复，安享太平。那么，第二十六回里薛蟠提前以上好的藕、瓜、鱼、猪所祭奠的，也应该是跟他生于同一天的"义忠亲王老千岁"。为什么要提前？他总不能在自己生日的正日子那天做这件事吧？而忠于"义忠亲王老千岁"的冯紫英百忙中赶来，并说了那些话，也就一点儿不奇怪了。第二十九回写清虚观打醮的情况，有一笔特意写到：“冯紫英家听见贾母在庙里打醮，连忙预备了猪羊香供茶食之类的东西送礼来。”为什么偏偏是冯紫英家带头来“凑热闹”？难道又是随便那么一写的废文赘笔吗？

四月二十六日是遮天大王圣诞

第二十七回里强调了四月二十六日是个特殊的日子，第二十九回里，这个日子又被提了出来。贾母带着一大家子人去往清虚观打醮，清虚观的张道士见到贾母以后，有这样的话："前日四月二十六日，我这里做遮天大王圣诞，人也来的少，东西也狠干净，我说请哥儿来逛逛，怎么说不在家？"贾母替宝玉解释："果真不在家。"遮天大王？佛、道里都没有这么一个神仙，这个名目耐人寻味。这个遮天大王也是四月二十六日的生辰。这一笔我认为也不是随便那么一写，也是"真事隐去""假语中存"，实际上再次暗示宝玉的生辰正是四月二十六日。那天大观园里好热闹，他上午一直在姊妹群里，下午去了冯紫英家，实在分身乏术，不可能再往清虚观去。"遮天大王"应该是影射宝玉。第三回的两首《西江月》概括宝玉是"潦倒不通世务，愚顽怕读文章。行为偏僻性乖张，哪管世人诽谤""于国于家无望""古今不肖无双"。就是说，他是一个不能"撑天"更不能"补天"的古怪存在。王夫人向黛玉介绍宝玉时则说宝玉是“孽根祸胎”“混世魔王”，后面第七十三回，写宝玉听到贾政可能问他功课的消息，“便如孙大圣听了紧箍咒一般，登时四肢五内一齐皆不自在起来”，更直接把宝玉比喻为“美猴王”。这些文字，都在说明宝玉实际上是个“遮天”的角色。

第二十九回极为重要。这一回可能成文较早，展现的是贾府的清虚观打醮活动，是八十回书中的几次大场面之一。贾母率领荣国府女眷，浩浩荡荡，往清虚观而去。书里开列出了太太小姐以及跟随的丫头们的名字，这是一次我们熟悉荣国府丫头群的机会，请按书中的交代填空（最好先掩卷口述，如果是两人以上在一起议论，可互相补充纠正）：

贾母的丫头：（　　）（　　）（　　）（　　）

黛玉的丫头：（　　）（　　）（　　）

宝钗的丫头：（　　）（　　）

迎春的丫头：（　　）（　　）

探春的丫头：（　　）（　　）

惜春的丫头：（　　）（　　）

薛姨妈的丫头：（　　）（　　）

香菱的丫头：（　　）

李纨的丫头：（　　）（　　）

凤姐的丫头：（　　）（　　）（　　）

王夫人的丫头：（　　）（　　）

有的读者可能会觉得，你让我们填这些空，意义何在呢？我的想法是：过去一般人对《红楼梦》的了解，多半就是个“宝黛悲剧”，不大注意曹雪芹对丫头族群的特别关注，就是谈及丫头，也无非是几个戏份最多的，如晴雯、袭人、紫鹃、莺儿等。其实，凡上面提到的丫头，都是值得读者记忆的，她们都是弱小的生命，都有自己的生死歌哭。我们的想象力，可以从作者写出的往未及写出的艺术空间里延伸，达到“情不情”的大关爱、大悲悯的人文境界。

值得特别注意的是，这样一桩“贵妃作好事，贾母亲去拈香”的大型宗教活动，王夫人竟然不去。她为什么不去？我在“林黛玉家产之谜”一讲中有详细的分析，这里不再多讲。简单来说，《红楼梦》里不但有大政治的投影，更有“家族政治”的内容在焉。贾母打击王夫人和薛姨妈，正是为了防止王氏姐妹二人夺取家族的大权。

我在本系列第二部里分析说，这两回里写宝钗烦躁、失态，还不仅是因为元妃的指婚意向落空，实际上是暗写宝钗参加选秀受挫。那本书里说过的这里不重复。

前面提到过，贾母跟张道士说的那番话，我们千万不能误解，林黛玉和贾宝玉就误解了这句话，就在这一回末尾，写到二玉因误会又闹起来（他们二人谁也没听懂贾母的那段话），而且这一次闹得最厉害。（曹雪芹也就在他们闹气这一部分文字里，开中国白话小说心理描写之先河，把几个角色的内心活动极其贴切、细腻地刻画出来。横向地去跟外民族同时期的小说相比，就细腻的心理刻画这一点上来说，《红楼梦》应该是处于遥遥领先的位置。）曹雪芹特别写到贾母对二玉闹气的强烈反应：“我这老冤家是那世里的业障，偏生遇见了这么两个不省事的小冤家，没有一天不叫我操心，真是俗话说的，不是冤家不聚头，几时我闭了眼，断了这口气，凭你两个闹上天去，我眼不见心不烦，也就罢了，偏生不咽这口气。”贾母说这番话时，“自己抱怨着也哭了”。面对这样明确的描写，我们还能相信高鹗续书里贾母赞同、支持凤姐搞“调包计”，冷酷抛弃林黛玉的那些情节吗？很显然，通过这回的情节发展，已经伏脉千里，就是贾母在生前一直为二玉的婚事保驾护航，后来她生命之烛熄灭，咽了气，王夫人、薛姨妈面前再无障碍，黛玉又亡故，二宝才得以成婚。

有一位年轻的读者来问我：你说贾母不同意二宝的婚事，又说贾母与王氏姐妹有矛盾，可是书里写了那么多贾母喜欢赞扬宝钗的细节，又有那么多贾母与王夫人、薛姨妈说说笑笑的温馨场景，这又怎么解释呢？人因为年轻，往往不谙人情世故。莫说古代那披上“礼”字温柔面纱的社会家庭里，人们之间会明是一把火、暗是一盆冰，嘴上抹蜜，脚下使绊，时时开展着“微笑战斗”，就是已经昌明许多的今天，各个利益集团之间、有利害关系的个人之间，有时也会呈现出这样一种大面上过得去甚至相当友好，而骨子里却妒忌排拒、进行隐性竞争的复杂情状。而需要特别说明的是，鉴于人性的复杂，以及利益相左的各方会在某些时段暂无冲突，因此互相所表现出的亲和，又往往确实是真诚的。《红楼梦》除了审美功能，还有认知功能，可以帮助我们去体味、理解复杂的人际关系和深邃的人性。

第二十九回里关于贾珍的描写，也常被一般读者所忽略。因为在关于秦可卿的故事里，特别是焦大醉骂喊出“爬灰的爬灰”，贾珍形象的负面效应相当强烈，以至一些读者总是简单化地给贾珍贴上“色狼”“坏蛋”的标签。其实曹雪芹对贾珍的描写是立体化的，这不是一个扁的形象，而是一个圆的形象。在这一回里，贾珍展现出作为族长在子侄辈前的威严，在张道士前的应变能力，以及在老祖宗面前的乖巧。他为清虚观打醮活动提供的后勤保障工作，是周密的、优质的，这说明他有组织能力和号令魄力。书里有段情节写到他在道观前庭以贾蓉作筏子，严明“军令”，吓得其他子侄纷纷到位效力，谁也不敢乘凉懈怠。那么，被他族长威严所震慑的都有哪些人呢？1957 年版的通行本里说有贾琏，《语文新课标必读丛书》的《红楼梦》这一回里也说有贾琏，都是不符合曹雪芹原笔原意的。贾珍和贾琏之间关系是平等的，不存在领导与被领导的关系，而且在这次打醮活动里，贾琏是不必出现的，贾珍所号令的，只是一些子侄和平辈的穷亲戚。周汇本根据可信的古本，在贾珍喝令仆人教训贾蓉后，将文字选择为："那贾芸、贾芹、贾萍等听见了，不但他们慌了，亦且连贾瑞、贾璜、贾琼等也都忙带了帽子，一个个从墙根下慢慢的溜上来。"前三个是草字头辈的，芸、芹前面已经有所描写，贾萍名字也已经不是第一次出现了，估计他后面还会有戏；后三位是与贾珍平辈的穷亲戚，值得注意的是贾璜。第十回写到他的媳妇"璜大奶奶"跑到宁国府去，本想"理论"最后偃旗息鼓的故事。这个贾璜，以及他的媳妇，包括他媳妇的寡嫂金氏、金氏的儿子金荣，都可能会纠葛到八十回后的故事里。

第三十回，我在本系列第二部里，辟专讲分析，认为是通过五场连贯的戏，将贾宝玉人格的五个层面凸现了出来，最集中最充分地显示出了曹雪芹的写作天赋。这里不再重复，只是要提醒读者两点：

一、"宝钗借扇机带双敲"那段情节里出现的丫头，以前的通行本全作靛儿，周汇本却判断"以靛取名，无此理义"，从而遵从杨藏本的写法，作靓儿。靛是蓝紫混合而成的深蓝色，靓是漂亮好看的意思。我个人的想法是，这个地方给这样一个无辜"垫背"的丫头取名，特意悖理用了靛字，以谐"垫"的音，也是可能的。在第二十七回里，宝钗使用"金蝉脱壳"的方法，使得小红误以为黛玉听去了她的私密，八十回后，估计会有小红因此与黛玉不和谐的情节；而这个被宝钗发怒指斥的靓儿，也很可能在八十回后不利于宝钗。曹雪芹写人，写人际关系，写人情、人性，用的都不是平面、单质的写法，他写出了人生的诡谲、人性的复杂，这是我们特别需要去仔细体味的。

二、王夫人歇中觉听见宝玉、金钏二人的调笑，突然翻身起来大怒，这段情节在洞悉了前面所述的王夫人和贾母之间的那些矛盾后，再来细读细思，就越发显得真实。金钏的轻佻，其实是一贯的，早在

第二十三回，写贾政、王夫人召见宝玉及其他子女时，就有一笔描写。王夫人对她的轻佻，以往应该就有所察觉，但还能够容忍，但到了这一回所写的时段，就不行了。金钏在第三十回里胆敢那样跟宝玉轻佻，前提应该是她有服侍王夫人的经验，知道以往这个时候王夫人是会睡踏实的。她哪里知道，围绕着清虚观打醮发生的一系列事情，使老太太和太太之间发生了几乎接近表面化的矛盾。元妃给二宝指婚未成，薛姨妈从清虚观回来，把贾母那段话告诉了王夫人，王夫人能不心浮气躁吗？那几天里，她能睡得踏实吗？她翻身起来，打了金钏一个嘴巴子还骂道："下作小娼妇们，好好的爷们，都叫你们教坏了。"骂的固然是眼前的金钏，潜意识里未必不浮现出黛玉的影子。贾母针对二玉所说的"不是冤家不聚头"的"谶语"，传遍了贾府，她心里能不窝火吗？第三十二回写到，金钏被她撵逐后含耻投井，她为表示慈善，打算把为黛玉过生日做的新衣服拿去给金钏当装裹，这是什么样的心理？那个社会那种家庭，如果真心要赏赐丫头新衣，拿出银子连夜就能赶制出来，怎么会非往黛玉的生日衣服上去打主意？再联系到更后面所写，她撵逐晴雯，理由之一就是晴雯眉眼儿像黛玉——贾母那句"只要模样儿配得上"的话对她来说显然如刺扎心——而且"轻狂"，想到二宝婚姻受阻，而轻狂女子却有贾母保护，会成为宝玉的正室，她肯定是连日寝食不安。王夫人一怒逐金钏的人际矛盾背景和人物心理背景，经过这样的细读细品，我们应该更加洞若观火了。

揭秘古本

◇ 第三十一回　撕扇子作千金一笑　因麒麟伏白首双星

◇ 第三十二回　诉肺腑心迷活宝玉　含耻辱情烈死金钏

金麒麟的奥秘

第三十一回前半回把晴雯这个艺术形象塑造得更加丰满生动，古本里这一回前面留下了一条重要的脂砚斋批语，其中前半句是针对头半回故事的："撕扇子是以不知情之物，供娇嗔不知情时之人一笑，所谓情不情。"关于"情不情"我已经诠释过多次，不再赘言。这前半回是好懂的。

第三十一回后半回，表面文字也不难懂，关键是诸多古本后半回的回目都是"因麒麟伏白首双星"，这就难懂了。回前的那条批语针对后半回说："金玉姻缘已定，又写一金麒麟，是间色法也，何颦儿为其所惑，故颦儿谓情情。"脂砚斋写这些批语时已经看到了八十回后的内容，她在另一处批语里告诉我们，全书最后有《情榜》，而且榜上的角色还都各有考语，"情不情"是宝玉的考语，黛玉的考语则是"情情"。这后半句批语的意思展开来细说就是：从总体情节设计上，金玉姻缘，就是宝玉和宝钗的婚姻，是已经安排好了的（就是说尽管宝玉、黛玉互爱，贾母是坚强后盾，但到头来，贾母咽气后，王夫人还是终于包办了二宝的婚姻)，这本来已经是很出色的情节设计了，可是作者不畏难，像运用绘画上的“间色法”一样，偏又设计出了一个金麒麟来，让黛玉更加忧愁哀怨。宝钗的一个金锁已经令她耿耿于怀，忽然又出现了史湘云的金麒麟，而且宝玉偏又得到一个，成为一对金麒麟，难怪黛玉被“金”迷惑得失神落魄。黛玉的感情，只用在宝玉一个人身上，也就是说，她的感情只赋予相应的感情，因此在《情榜》上，黛玉的考语是“情情”。

绘画上的“间色法”，简单来说，就是在一种颜色里，除了使用“正色”，还能并行地使用跟它同属一个范畴的“偏色”。比如已经有了黄金色，却还使用亮金色，这样运色，当然需要非常高的技巧才能让人不感到乱，而只觉得精妙。书里从第八回就告诉读者，有“金玉姻缘”之说，围绕着这个说法，已经展开了很多矛盾，到这第三十一回那矛盾并未得到解决，可是曹雪芹却又写出了另一个潜在的“金玉姻缘”，这就是文章上的“间色法”。

那么，曹雪芹为什么要这样写呢？两个“金玉姻缘”之间，究竟是怎样的关系呢？周汝昌先生提出了自己的看法：“金玉姻缘有真假二局，湘为真，钗为假。此金玉实指金麒麟与通灵宝玉，已与宝钗之金锁无涉。金麒麟乃湘云自幼所佩，今复出一清虚观所得麒麟，故云‘又写一金麒麟’，是指追加一麟，为金玉生新彩，是为间色之法。”按周先生的探佚，全书接近最后的部分，会写到宝、湘的遇合，那才是真正的“金玉姻缘”。八十回后不久二宝的婚姻，是强捏而成，双方都不能幸福，结果是宝玉出家当了和尚，宝钗等于守活寡，抑郁而逝。那个“金玉姻缘”是个假的，宝、湘的离乱后的遇合，才是真的。

但是，在第三十一回最后，又有一条批语说：“后数十回，若兰在射圃所佩之麒麟，正此麒麟也，提纲伏于此回中。所谓草蛇灰线，在千里之外。”这一回最后，写到湘云和丫头翠缕论阴阳，忽然发现地上有个金麒麟，拾起来一看，文彩辉煌，比湘云自己佩的那个还大，原来那就是清虚观张道士给宝玉的金麒麟，个子大，应该是个雄麒麟，而湘云那个小的，应该是个雌麒麟。第三十二回开头写湘云把那雄麒麟还给了宝玉。那么第三十一回回后的批语，就告诉我们这只雄麒麟在后数十回里，属于卫若兰，有一段情节写的是“射圃”，卫若兰射圃的时候所佩的，就是这只雄麒麟。显然，一定有段文字会写到宝玉手里的雄麒麟怎么会到了卫若兰那里。可惜这些已经写好的篇章都迷失了。

前面我已经引了不少脂砚斋等人的批语，根据那些批语，能够获得不少八十回后的情节信息。但是，在现在所能看到的这些古本里，从第二十九回到第三十一回，正文里面都没有批语，这使得我们的探佚少了很多线索。幸亏在第三十一回前后还能找到这样的两条批语，总算给了我们宝贵的启示。

启示终归只是启示，还不能算作答案。究竟第三十一回后半个回目——因麒麟伏白首双星——是什么意思，研究者也好，读者也好，至今众说纷纭。

从这一回回末的批语推测，最简易的答案是：既然史湘云佩戴雌的金麒麟，卫若兰佩戴雄的金麒麟，那么，就可以说他们俩“因麒麟”而埋伏下了一段姻缘，他们最后白头偕老。但这样的推测实际上又很难有更多的依据支撑。批语只说在“射圃”那个场面里，卫若兰佩戴了那只雄麒麟，没有透露更多，也许，他只是一度佩戴了一下，就像尤三姐只是一度拥有鸳鸯剑，并不一定埋伏着一个“白首双星”的结局。

周汝昌先生的观点，强调的是假金玉与真金玉的关系，就是说贾宝玉佩戴的通灵宝玉和史湘云佩戴的金麒麟相对应，是一个真实的“金玉姻缘”。全书结束前，宝湘一度在离乱后遇合，这是很有道理的。

但如果把这一真金玉姻缘解释为“因麒麟伏白首双星”，则又派生出一个问题：如果宝、湘遇合后白头偕老，那么，小说岂不成了个喜剧的结局？八十回里正文中的暗示也好，脂砚斋许多批语的透露也好，都告诉我们最后宝玉要“悬崖撒手”，也就是说神瑛侍者会重回天界的赤瑕宫，而通灵宝玉要“石归山下”，人间则是个“落了片白茫茫大地真干净”的大悲剧。既然如此，真金玉姻缘也只能是一时的互相慰藉，不可能构成“白首双星”。这些逻辑上的矛盾，如何捋得平？

于是就有人浮想联翩，说张道士跟贾母的关系不一般。你看那些交代描写，张道士是贾母丈夫荣国公的替身，两个人见了面一对话，贾母就泪流满面，张道士捧出的献物里有金麒麟，这个金麒麟“伏白首双星”：贾母、张道士都是白发老人自不消说，他们年轻时暗恋过，说不定张道士之所以去清虚观当道士，就是因为不能娶上贾母而造成的。从书里对贾母的整个形象塑造来看，她年轻时浪漫，老了也还敢于“破陈腐旧套”。第四十四回写凤姐生日贾琏乱搞，事情闹大，一直闹到她跟前，她当着一屋子人是怎么说的？读者们都不会忘记她的话：“什么要紧的事！小孩子们年轻，馋嘴猫似的，那里保的住不这么着。自从小儿世人都打这么过的……”有人这样去理解第三十一回回目后半句，我们也不必厉声阻止，因为似乎也有一定道理。问题在于，如果“白首双星”指的是张道士和贾母（不是指他们“白头偕老”，只是说两位白发人都成了“寿星”，一个金麒麟的出现暗伏了他们过去的一段恋情），那这个回目就应该挪到第二十九回去，第三十一回里已经完全没有张道士的事儿了呀！

第三十二回，是关于宝、黛爱情的描写的一个最高潮，从这回以后，黛玉对宝玉的猜疑，即“不放心”，基本上消除了，当然，对宝钗的防备，那弦儿绷得还是紧的，直到第四十五回以后，这根弦儿才松弛下来。

第三十一回，史湘云也是忽然一下就来了。这是她第二次到荣国府，当然这个第二次是按小说故事的叙述流程来算的。在第三十二回里，湘云见到袭人，袭人旧话重提，说十年前她们就在一起住过。那时候袭人是贾母身边的丫头，湘云来了，住在西暖阁里，袭人比她大，她就姐姐长姐姐短地哄着袭人给她梳头洗脸。而且，虽然那时候那么小（袭人大约七岁，湘云大约才三四岁），晚上她们俩说悄悄话，湘云还是跟袭人说过想起来应该害臊的话。大家想想，那该是怎样的话？显然，是还不懂事的小姑娘，看见大人有结婚的，就说想当新娘子那类天真稚气的玩笑话。

跟第二十回一样，关于湘云，还是没有一段文字来明确交代她父母双亡，以及她究竟由谁抚养。只是在第三十二回里，通过宝钗和袭人关于针线活的一段话，才让读者知道，湘云虽然生活在有侯爵封号的叔叔家里，但婶婶对她很苛刻，每天要做许多的针线活，活得很累，对于自己的命运，她一点儿做不得主。但这些坎坷都没有磨灭这个少女天真潇洒乐观旷达的天性，即便不使用集中交代的方式，通过点滴透露，读者最终也还是能够弄清这个可爱的姑娘的前史今况。而这种写法本身，更说明湘云是有原型的，对她的刻画，则近于按照真实存在进行白描，否则很难解释怎么会呈现为这样的一种文本。

揭秘古本

◇ 第三十三回　手足眈眈小动唇舌　不肖种种大承笞挞
◇ 第三十四回　情中情因情感妹妹　错里错以错劝哥哥
◇ 第三十五回　白玉钏亲尝莲叶羹　黄金莺俏结梅花络
◇ 第三十六回　绣鸳鸯梦兆绛芸轩　识分定情悟梨香院

谁是告密者·如何看袭人·贾母巧夸钗

周汝昌先生对《红楼梦》一书的大结构的研究，最后形成了一个总的看法，就是全书的情节发展以九为单位，每九回形成一个大环节，九九推进，共十二个环节，因此全书应该是 12×9=108 回。这样的文本结构，跟以九组金陵十二钗构成总计 108 钗的《情榜》的设计，是配套的。

周先生指出："自二十八回至此回，为全书之第四'九'，回回各有奇境，文思意致，精彩缤纷，使人应接不暇。是为《石头记》前半部中精华之凝聚。"第三十三回异峰突起，宝玉被贾政痛笞，仿佛巨石落水，溅起水柱，再形成激荡的波环。第三十四回至第三十六回，则波环渐渐平缓，化为圈圈涟漪，最后以宝玉"情悟梨香院"，在情节的"他者化"中，复归暂时的平静。

我始终主张文本细读。有人一直批评我是在搞"红外学"，似乎我的研究，是离开了《红楼梦》的文本，光去讲些《红楼梦》以外的事情。

其实我自始至终坚持从细读文本出发，正因细读，才能从“假语存”中，揭秘出“真事隐”，这种揭秘是文本的必要的诠释与延伸。当然这只是无数种解读、研究《红楼梦》的方法中的一种，我从来不以为只有自己的这种研究方法才“正确”。“条条大路通罗马”，每个人都有天赋的思考权、研究权和话语权，都可以从自己独特的角度来讲述自己欣赏《红楼梦》的心得，怎么能将研究方法定为一尊，动辄斥责别人“是对社会文化的混乱”“扰乱了文学艺术的研究方向”（此二顶吓人的帽子见于《红楼梦学刊》2005 年第 6 辑中）呢？

那么，对这四回细读，我就有三个问题，提出来与诸位红迷朋友讨论。第一个问题：究竟是谁，向忠顺王府密告了宝玉与蒋玉菡的亲密接触？

第三十三回贾政痛打宝玉，从表面文章上看，是因为宝玉“在外游荡优娼，表赠私物，在家荒疏学业，淫辱母婢”，当然，贾环适时地火上浇油，使得贾政的怒火更呈几何级数暴涨。20 世纪后半叶至今，不少论家对这一情节的诠释，大体而言，是把贾政定性为封建正统的代表人物，宝玉则是反封建的社会新人，贾政痛打宝玉，是封建、反封建两种力量的必然冲突，贾政打宝玉的实质是封建正统对反封建新人的一次镇压。这种诠释是有一定道理的，但未必完全符合曹雪芹的原意。我在本系列第一部里讲了，这场大风波的真正背景，是两位王爷在争夺一个戏子，一方是素与荣宁二府没有来往的忠顺王，另一方则是与荣宁二府世代密切交往的北静王。而他们所争夺的这个戏子，曹雪芹故意命名为蒋玉菡，艺名呢，古本里“琪官”“棋官”两见。周汇本将两种写法都保留了，但通过注解，比较倾向于“棋官”是曹雪芹的原笔。因为古代的玉制围棋子，有雕成菡萏（莲花）形的，这就与“玉菡”的命名配套。这棋官本来是忠顺王豢养的戏子，却私下里去亲近北静王，北静王喜欢他，把一条茜香国女王的血点子似的大红汗巾赐给了他。他在冯紫英家里遇见了宝玉，两人一见如故，宝玉给了他扇坠，他就将那条汗巾换给了宝玉。关于这条汗巾，在第二十八回里，各古本上有两种写法，一种说是茜香国女国王进贡来的。一种只说是茜香国女国王之物，周汇本取后一种，认为更接近曹雪芹原笔原意。也是，一个女国王给中国皇帝的贡品，怎么会是系在内裤上的腰带呢？即使她真用那腰带当贡品，中国皇家也会认为是大不敬，拒绝接受的呀！很可能是中国皇帝征服了那个茜香国，其女王一度被俘，她的汗巾子成为战利品，皇帝把它跟别的一些东西分赐给众王爷，北静王得到了，又赐给棋官，这就比较说得通了。

棋官不仅离开忠顺王府，去跟北静王亲近，还到“义忠亲王老千岁”那一派的铁杆儿人物冯紫英家里聚会，后来更干脆躲到东郊他自己购置的庄院里，让忠顺王根本找不到他。那个地方是个什么地名呢？曹雪芹给取名为紫檀堡。我在本系列第一部里讲过，这又是使用谐音法和寓意法，来暗示两个博弈王爷所争夺的“棋子”，从象征意义上说，实际就是“装在紫檀木匣子里的玉石刻章”，说得更直白一点就是“权力之印”，双方所争夺的，就是最高一级的政治权力。我通过文本细读得出感悟，书里实际上隐约存在着“日”派和“月”派两股政治力量，它们之间的明争暗斗，形成“双悬日月照乾坤”的诡谲局面，权力斗争的利剑高悬在荣宁二府头上。别看两府里的日常生活似乎仍如一条富贵河在温柔地流淌，那利剑可是随时可能坠落下来，制他们于死命。两府里政治上比较清醒的实际上仅贾政一人。秦可卿丧事里贾珍执意要用“坏了事”的“义忠亲王老千岁”预订过的，出自潢海铁网山的樯木来制作棺材，只有贾政一人劝阻：“此物恐非常人可享者，捡上一等杉木也就是了。”贾政当时深知皇帝尽管允许宁国府收养“义忠亲王老千岁”女儿一事体面了结，这皇恩无比浩荡，但你宁国府又何必如此招摇？但贾珍哪里听得进这样的话？到头来还是非让秦可卿睡进那樯木制作的棺材里。正因为贾政有比较强的政治敏锐性，当忠顺王府派来长史官与他交涉时，他才会那样惊诧，那样震怒，才会说出宝玉“明日”会“弑父弑君”的话来。

宝玉对结交棋官一事，开始是抵赖，但忠顺王府的长史官说出了这样的话：“现有据有证，何必还赖……既说此人不知为何如人，那红汗巾子怎么到了公子腰里？”有的读者不去细想，会以为当时宝玉腰系那条红汗巾，其实第二十八回里交代得清清楚楚，那汗巾第二天就被袭人掷到一个空箱子里了，宝玉怎会还系着它？何况那是系内裤的，穿上外面大衣服，也看不出来。所以书里下面的行文才会是：宝玉听了这话，不觉轰去魂魄，目瞪口呆，心下自想：“这事他如何得知！他既然连这样机密事都知道了，大约别的也瞒他不过，不如打发他去了，免的再说出别的话来。”宝玉是头一回迎头撞到现实政治，政治的狰狞——无孔不入，无所不掌控——令他那样一个从不关心政治的边缘人大惊失色，立即感觉到个体生命在政治威严前的渺小脆弱。他招供了，当然，只是“供小护大”，供出了棋官的东郊隐匿地，而没有让对方再逼问出冯紫英父子去潢海铁网山打围之类的事。

那么，忠顺王府是如何知悉在冯紫英家宝玉、棋官互换汗巾的呢？谁告的密？二十八回所描写的那个聚会，在场有名有姓的仅仅五个人：主人冯紫英，主客宝玉，陪客薛蟠，助兴的一男一女，男是优伶棋官，女是娼妓云儿。其中值得怀疑的，只有蟠、云二位。但第三十四回，曹雪芹花了很大的力气，来为薛蟠辩诬（当然，即使是薛蟠道出，也不属于政治告密，而只能算无意泄密），回目就叫“错里错以错劝哥哥”嘛。那么，是云儿告密？这个在《红楼梦》前八十回出现的唯一的妓女，确实厉害，棋官不知道宝玉身边最贴近的大丫头叫袭人，她却“门儿清”。但对冯紫英那样一位富有政治警觉性的人物而言——在那个场合，他仍然没有讲出所谓“大不幸之中又大幸”是怎么一回事——

他既然叫了云儿来，就意味着他信得过这位风尘女子，他家的仆人，应该也都是被他精心挑选、考验过的。那么，还有什么人是可疑的呢？细心的读者翻回第二十八回，就会发现还有这样的交代：宝玉去了冯家，“只见那薛蟠早已在那里久候，还有许多唱曲儿的小厮……冯紫英先命唱曲儿的小厮过来让酒……”诸位红迷朋友作何判断呢？也许，那根本就不是告密，而是某个佯装唱曲小厮的特务向忠顺王的汇报？

不管各位对这个问题的答案是什么，我想不少红迷朋友会同意我的这个结论：曹雪芹通过忠顺王府长史官的这种表现，把那个时代主流政治的狰狞面，给点出来了。

第二个问题是：如何看待第三十四回，袭人被召见后在王夫人跟前说那番话的行为？

这几回里，二玉爱情的透明度与稳定性达到了一个新水平，特别点出了他们的爱情有着共同的反仕途经济的思想基础。特别是宝玉赠旧帕、黛玉题诗帕上，以及宝玉梦中喊出“和尚道士的话，如何信得！什么金玉姻缘，我偏说是木石姻缘！”等情节都反映出二玉的爱情关系不可能再逆转。但宝钗对宝玉的爱意，在探望被笞挞的宝玉时充分地流露了出来，使得宝玉、宝钗、黛玉的三角关系变得更加微妙。就在这种情势下，袭人被王夫人召见，说了那么一番话，其中最要害的是：“如今二爷也大了，里头姑娘们多，况且林姑娘、宝姑娘又是两姨姑表姊妹……由不得叫人悬心……”袭人故意把黛玉说在前面，其实王夫人要防范的也正是黛玉，此语一出，正合心意，于是当面表扬、托付，事后又从自己的月银里拨出二两银子一吊钱，给予袭人特殊津贴。可想而知，成为王夫人的心腹之臣后，袭人从此必定时常汇报怡红院内外的情况。

袭人因向王夫人倾诉一腔“悬心”而获得准姨娘的地位，这件事该怎么评价？旧时代的评家，多有对此深恶痛绝者。流传很广的《增评补图石头记》，前面有几家评语，其中大某山民（“某”在繁体字里是“梅”的另种写法）说：“花袭人者，为花贱人也。命名之意，在在有因。”护花主人则说：“王安石奸，全在不近人情，嗟夫！奸而不近人情，此不难辨也，所难辨者，近人情耳。袭人者，奸之近人情者也。”就是说袭人好比裹着蜜糖的毒药。这些评家厌恶袭人，一是因为第六回已经写明，她跟宝玉发生了肉体关系，所谓“不才之事”，她先做了，倒在王夫人面前担心宝玉跟别人发生“不才之事”，坏了宝玉“一生的声名品行”，实在下贱！虚伪！二是他们不知道后四十回是高鹗续的，并不符合曹雪芹原意。续书里写宝玉出家后，袭人不能“守节”，“抱琵琶另上别船”，还做出委委屈屈的样子，这种不能“从一而终”的女子，当然更该视为下贱、虚伪。

20 世纪 50 年代中期以后，则把宝钗、袭人都划分到维护封建正统的阵营中，袭人在王夫人面前说那番话的行为，被视为一个忠于封建礼教的奴才，在封建主子面前告密邀宠。当然，也指出袭人的虚伪——因为恰是她，逾越封建礼教，在名不正的情况下与宝玉偷试云雨情。

旧时代的上述论家指出袭人言行上的自我矛盾，说她虚伪，还是有一定道理的，不过，用“从一而终”的封建礼教标准来指斥她，是我们现代人所不能认同的。20 世纪 50 年代后的那种居主流的分析评判，以意识形态为前提，有相当充分的道理。但我觉得，细读曹雪芹运笔，就会发现，他在这场戏之前，是有许多铺垫的。他所写的，其实是人性的深邃。袭人在第三十二回里受到过一次超强烈的刺激：宝玉在黛玉面前诉肺腑，达到物我两忘的程度，以至于黛玉已经离开，袭人来到他面前时，他还痴痴地以为黛玉仍在眼前，竟然拉住袭人说道：“好妹妹，我的这心事，从来也不敢说，今儿我大胆说出来，死也甘心！我为你也弄了一身的病在这里，又不敢告诉人，只好挨着，只等你的病好了，只怕我的病才得好呢！睡里梦里也忘不了你！”袭人听了这话，唬得魂飞魄散，只叫神天菩萨，坑死人了！这段描写说明了什么呢？说明宝玉对黛玉的爱情，不光是精神上有共同的叛逆性，在性爱上，也是充分而强烈的。“睡里梦里也忘不了你”，意味着他即使在与袭人行“云雨”时，心里的性幻想对象还是黛玉，袭人在那种情况下竟成为替代品！所以袭人听了魂飞魄散，发出“神天菩萨，坑死人了”的心灵喊叫。

一个女人，不能独享一个男子的情爱性爱，倒也罢了，尤其是那个时代那种社会那种贵族家庭里，袭人也不可能有独占宝玉的想法，她只是希望能稳定地跟将来宝玉的正室分享宝玉的情爱与性爱。但是，宝玉的这一番错认中的诉肺腑，让她发现了宝玉心中其实只有对黛玉的爱，跟她睡觉行云雨时竟然心里想的还是黛玉，那就超过她作为一个女人的心理承受度了。她原本就倾向宝钗排拒黛玉，经过这件事以后，她那阻拦二玉婚事的决心肯定如铜似铁，有了王夫人召见的绝好机会，她岂能放过？就她自己而言，无下贱之虞，亦无虚伪之感，更没有什么意识形态的前提，她无非是要捍卫自己已经得到的利益。至于王夫人因此对她厚爱，立竿见影地划拨给她特殊津贴，确定她准姨娘的地位，倒确实并非她主观上想谋求的。曹雪芹就是这样来写袭人人性深处的东西。

根据第五回金陵十二钗副册里图画和判词的暗示，以及来自蒋玉菡的血点子似的红汗巾一度系到了她的腰上等正文中的伏笔，还有脂砚斋对后数十回里“花袭人有始有终”等内容的透露，我们可以知道，高鹗续书对袭人的那种写法是违背曹雪芹原意的。曹雪芹已经写出了关于袭人的完整的故事。八十回后，忠顺王之子看上了袭人，派人向贾府索要。袭人知自己如果拒绝会牵连贾府，便不惜舍弃声名答应去忠顺王府。她临走前建议，倘若今后二宝只能有一个丫头服侍，那就“好歹留下麝月”。到忠顺王府后，经历一番曲折，袭人嫁给了蒋玉菡。

那以后直到宝钗死去、贾府崩溃，蒋氏夫妇一直接济二宝。宝玉入狱后，袭人也还尽量地去救助他。这大体就是八十回后曹雪芹关于袭人这个角色所写下的内容，倘若八十回后的这些篇章没有迷失，本是不需要任何人来多余续写的。

曹雪芹塑造袭人这个艺术形象，我以为他没有“主题先行”的框架，更没有意识形态的大前提，他就是写一个鲜活的生命，这个生命一直沿着自我的心理逻辑在命运之途跋涉。如何评价这个生命？曹雪芹没有贴标签，没有品德鉴定，他把评价这项任务，开放性地留给了读者。不管历来的读者在对袭人的评价上有多么严重的分歧，有一点是所有读者都承认的，那就是：袭人是一个可信的生命存在。这又是曹雪芹高妙文笔的一大胜利。

第三个问题：第三十五回里，贾母当着薛姨妈夸赞宝钗，这怎么理解？

第二十九回里，元妃通过端午节颁赐，特意让二宝所得一样，含有指婚的意思，但贾母却不理这个茬儿，还在清虚观借着张道士提亲之机，当着薛姨妈说了一番话，含蓄地表明她所中意的孙媳，非钗而黛，甚至公开把二玉说成“不是冤家不聚头”。那么，她在第三十五回里，当着薛姨妈大赞宝钗确实令人费解。

这就更需要文本细读。贾母是一个智商很高的老太太，她夸赞宝钗的话，是在大家都到怡红院看望养棒伤的宝玉，被宝玉引逗夸赞黛玉时，顺口说出来的。她何必当着众人夸宝钗呢？那时元妃指婚一事已经过去，她和王夫人、薛姨妈之间的紧张关系已经大大缓和，因此她乐得送个顺水人情。她怎么说的呢？她造出的句子非常巧妙：“提起姊妹来，不是我当着姨太太的面奉承，千真万真，从我们家四个女孩儿算起，都不如宝丫头。”宝玉已经非常具体地提出了黛玉，希望贾母夸赞，贾母却并不就黛玉论事，而是突出“我们家四个女孩儿”。

哪四个女孩儿？元、迎、探、惜。尽管她说“从我们家四个女孩儿算起”，朦胧地把黛玉、湘云等囊括了进去，但是她故意把元春说进去，这顶高帽子，就让薛姨妈和宝钗都戴不起了，甚至不无讽刺的意味。我在本系列第一部里详尽分析过，在这本书前面也概括说明了，实际上第二十九回前后所写的故事，隐含着宝钗参加皇家选秀落选的情况。薛姨妈和王夫人听了贾母如此这般地“夸钗”，心里觉得尴尬，嘴里也只能是勉强应付。搞家族政治，不要说王夫人、薛姨妈斗不过贾母，就是乖巧如猴的凤姐，水平也差一大截儿呢。贾母是一个内涵非常丰富的艺术形象，读者们应该多角度地加以审视欣赏。

揭秘古本

◇ 第三十七回　秋爽斋偶结海棠社　蘅芜苑夜拟菊花题

◇ 第三十八回　林潇湘魁夺菊花诗　薛蘅芜讽和螃蟹韵

枕霞阁十二钗

从第三十七回起，故事有了一个新的起点。大观园里成立诗社了，由探春召集。第一次活动是咏白海棠。这白海棠不是地栽的乔木海棠，而是盆栽的草本海棠，俗称秋海棠。秋海棠一般是红色的，白色是变种，比较少见，因此贾芸拿去孝敬宝玉。宝玉等人不及看花，只是听说，就诗兴大发，吟诵起来。

各古本从二十九回到三十一回，正文均无批语，三十二回到三十五回仅个别本子有少量批语，这对我们进行研究是个损失。究竟是母本里就没有批语，还是过录的过程中被抄手忽略，还不能确定。但从三十六回以后，批语又丰富起来。在第三十八回里，有几条批语尤其值得注意，现在介绍给大家。

贾母来到藕香榭，回忆起小时候他们史家花园里，有个类似的枕霞阁，她那时跟史家的姊妹天天去玩，有回淘气失脚从竹桥上掉到水里，差点儿淹死，被救上来又让木钉把头蹦破，至今鬓角上还留下指头顶大一块窝儿……凤姐借机献媚，说那窝儿是用来盛福寿的，把贾母和大家都逗笑了。这时脂砚斋批道："看他忽用贾母数语，闲闲又补出此书之前，似已有一部十二钗的一般，令人遥忆不能一见。余则将欲补出枕霞阁中十二钗来，定［岂］不又添一部新书。"这条批语传递出的信息，分解开来就是：

一、《红楼梦》的文本具有家族史的特点。书中的"现在时"故事，不仅可以往前延伸，也可以往后延伸。

二、脂砚斋与书中贾母原型，同属一个家族。"真事"隐去后，以史家的"假语"含存。实际上贾母的原型是康熙朝苏州织造李煦之妹，嫁给曹雪芹祖父曹寅为妻，而史湘云的原型则是李煦的孙女，曹雪芹的一位表妹，也就是李氏的侄孙女。换过来说，则李氏是史湘云原型的祖姑。书里所设定的贾母和湘云的关系，正与此吻合。第三十八回写贾母到了藕香榭，命人念出柱子上挂的黑漆嵌蚌的对子，曹雪芹特意写由湘云念出。由此也就再一次证明了，不但书中的史湘云原型是曹雪芹祖母家族的一位李姓表妹，写批语的脂砚斋也就是同一个人。

三、脂砚斋当然最有资格来写她自己家族的故事，也就是所谓"枕霞阁十二钗"的故事。这条批语显示出脂砚斋对自己的写作能力颇有信心。前面我们提到过"凤姐点戏，脂砚执笔"，她对《红楼梦》或者说《石头记》（她更钟情后一个书名）的写作，介入得很深。古本八十回书，周汝昌先生认为有四回都并非曹雪芹原笔，后面我会详说，那么这四回是谁补成的呢？不是高鹗，而很可能就是脂砚斋。

在写到大家准备咏菊花诗时，有一笔写到宝玉"命将那合欢花酿的酒烫一壶来"，按说这句话算得什么？小说嘛，虚构嘛，作者大笔一挥，想写什么就写什么，读的人有什么必要去仔细推敲？确实有那种纯虚构信笔挥洒的小说，但《红楼梦》不属于那种类型，因此，在这个地方，就出现了一条脂砚斋批语："伤哉！作者犹记矮䫜舫前以合欢花酿酒乎？屈指二十年矣！”舫是船形的园林建筑，现在你到北京颐和园还可以看到很大的一个叫清宴舫的湖中石船。脂砚斋提到的这个舫名字很怪，当中那个字读音是“傲”，意思是头很大眼窝很深，可见那个舫造型非常特别。这样一个舫名不可能是临时虚构的。说明在现实生活中，确实有那么一个空间，在那个空间里面，批书人和著书人曾在一起用合欢花酿酒，也就是说，书中这么一句“闲笔”，其实也是有生活依据的，是有事件原型、细节原型的。批书的一见这句，由眼入心，就受触动，以至不由自主地发出喟叹：“伤哉！”这意味着他们昔日的好时光已经一去不返，正所谓“春梦随云散，飞花逐水流”。“伤哉”，也是笼罩《红楼梦》全书的一个基调。这条批语最早出现在己卯本上，它可能更早就已经批出。那么，就按己卯年（1759年）往前推二十年吧，大约是乾隆三年到四年，那正是现实生活里曹家以及相关家族“一枯俱枯”的陨落期，而当时的曹雪芹、脂砚斋大约是十六七岁。“伤哉！”这哀怨是发自内心的，用合欢花酿酒是他们共同享受过的“最后的欢乐”。这样的批语再次说明，《红楼梦》具有家族史、自传性、自叙性的特点，它的文本特征就是以“假语”来存留“真事”。

周汇本在第三十七回里，有两处文字选择是值得特别跟大家提醒的。起了诗社，作为诗人，大家就要各取一个别号。请读者诸君将书中几位诗人的别号形成过程填入括号：

李纨自取（　　　　　）
探春先自取（　　　　　）
探春接受宝玉建议后再自取（　　　　　）
黛玉刻薄探春后，探春给她取的，她默认（　　　　　）
李纨替薛宝钗取的（　　　　　）

探春替宝玉取的（　　　　）

李纨提醒宝玉小时候自己取过别号，是（　　　　）

宝钗又给宝玉取了个别号（　　　　）

宝玉最后采用的别号（　　　　）

史湘云来了后用的别号（　　　　）

迎春的别号（　　　　）

惜春的别号（　　　　）

其中李纨提醒宝玉曾有过一个别号，宝玉笑道：“小时候干的营生，还提他作什么？”那个别号究竟是什么？1957年人文社的通行本印的是“绛洞花主”，这是延续了程乙本的错误。1982年推出的红学所校注本，却也印为“绛洞花主”，这真奇怪，因为红学所的这个本子是以庚辰本为底本的，庚辰本上清清楚楚写着“绛洞花王”，为什么要改“王”成“主”呢？更奇怪的是，这个红学所校注的通行本，每回后面有“校记”，如果他们认为庚辰本的写法不足信，换用别的古本的文句，按他们自定的体例，是应该在“校记”里加以说明的，可是这样重要的一处文字，他们撇开自己所用的底本，取“主”而否“王”，竟然在回后“校记”里也不予说明。周汇本的可贵，就在于正本清源。将通行本里讹误多年的“绛洞花主”订正为“绛洞花王”，又是鲜明的一例。和贾母提起娘家曾有枕霞阁一样，这里写到宝玉小时候曾给自己取过一个“绛洞花王”的别号，都属于小说文本中的延伸空间，使读者对作者笔下的“现在时”叙述，不仅可以有前瞻性的想象，也能够有回顾性的想象。换句话说，就是把角色的“前史”，通过这样的话语，逗漏给读者，令读者感到书中的人物更有立体感。

宝玉说取那样的别号，是他“小时候干的营生”，“小时候”是什么时候？他说这个话的时候是十三岁多没到十四岁，那个时代人们认为六十岁就算满寿，“人生七十古来稀”嘛，三十岁已是“半生”，十三岁则已接近成年了。因此，“小时候”应该指五六岁刚开始懂点事的时候。那时候荣国府没有大观园，宝玉跟贾母一起住，贾母院正房有很大的空间，宝玉在那个空间里淘气。五六岁的孩子不可能有“主”的概念，但“王”的概念肯定是有的，最现成的“榜样”就是“美猴王”孙悟空。宝玉从小爱红，爱跟花朵般的女孩子玩耍，贾母正房里的主色调是深红（绛）色，他就把自己想象成“红色山洞里的一个保护花儿的猴王”，于是有了“绛洞花王”的别号。这个小时候的别号把宝玉的性格特征凸显出来，而且这种特征在他成长的过程里只有增强没有衰减。“绛洞花王”这个别号，和第二十九回里出现的“遮天大王”的符码是相通的，都是对宝玉人格的隐喻，印本里千万不能错，读者则应该充分地重视。

第三十七回写迎春担任诗社副社长，她认真负责，当大家构思的时候，她命令丫鬟点了一支香。这支香的名字，此前所有通行本都印作“梦甜香”，周汇本则根据两种古本的写法，确定为“梦酣香”。我们都知道后面有关于史湘云醉卧芍药和抽到“香梦沉酣”花签的情节，周汝昌先生认为“甜”是“酣”的讹变，“梦酣香”是曹雪芹原笔。这也显示出周汇本的精校特色。

揭秘古本

◇ 第三十九回　村老妪谎谈承色笑　痴情子实意觅踪迹

◇ 第 四 十 回　史太君两宴大观园　金鸳鸯三宣牙牌令

◇ 第四十一回　贾宝玉品茶栊翠庵　刘姥姥醉卧怡红院

◇ 第四十二回　蘅芜君兰言解疑癖　潇湘子雅谑补余香

贾母论窗需细品
书至三十八回已过三分之一有余

这四回围绕着刘姥姥二进荣国府，花团锦簇地展开情节。因为这些描写，“刘姥姥进大观园”已经成为一句广泛流传的俗谚，人们在表达从社会低层进入社会高层大开眼界大出洋相这类意思时，都可以使用这句谚语。比如：“哎呀！我可真是刘姥姥进大观园啊！”一方面表示身临的空间场合十分高级，一方面在满足中又表达出谦虚。“哎呀！你可真是刘姥姥进大观园啊！”则有“你可真是土气啊”“难怪你大惊小怪啊”一类的意思，多少有些调侃的意味。

刘姥姥一进荣国府在第六回，那时候还没盖起大观园。在曹雪芹的构思里，刘姥姥还应该有三进荣国府，估计那段情节在第九十五回左右，内容是贾府败落的危机时刻，她知恩报恩，参与搭救巧姐儿的事宜。

第三十九回的回目，周汇本取杨藏本的写法，与此前众通行本完全不同。这一回里写刘姥姥讲一个虚构的少女抽柴的故事，还没完全讲完，忽听外面人吵嚷起来，原来是南院里的马棚起火，贾母起身由人扶出至廊上去看，东南上火光犹亮。这一笔我以为具有多方面的内涵：

一、把荣国府的规模，进一步写出来了。第三回写黛玉初进荣国府，没进正门，进的是西南的角门，轿子抬进去，还走了一射之地，一射就是拉弓射箭那支箭所能飞越的距离，应该至少有三十米，从那里由府内小厮换下轿夫，再抬到垂花门，里面才是贾母住的院落。可见贾母院宇南面，还有相当大的空间。第三十二回说金钏投井的地点，是府里东南角，那里应该是她父母和别的仆人居住的空间，即所谓“下房”。这说明贾母院的垂花门，和贾政王夫人住的正房大院的仪门，应该是平齐的。而在通向这两个门的甬道的旁边，则有很大一个空间，这空间可以用墙围成几个区域，其中除了“下房”，还有马棚、轿房等必要的设施。贾母院正房的房基很高，因此站在廊下，能看到东南方向马棚余火的亮光。第六回写姥姥初闯荣国府，前边大门角门全进不去，后来找到府北边的后门，才终于进去见到了周瑞家的，可见府北也有很大的一片空间是供仆人居住的，可能像周瑞夫妇那样比较体面一点的陪房，都住在那个空间里。从那个空间往南，则能到达凤姐所住的那所小院落。小院落门前有粉油大影壁，转过那影壁，是贾母院与贾政王夫人院之间的高墙下的甬道。书里许多故事情节都发生在那个甬道里。比如贾芸为谋求一个差事而先求贾琏后求凤姐，就都是在那个空间发生的。那长长的甬道两侧有穿堂，尽头有倒座。把《红楼梦》的文本读细了，闭眼一想，读者们应该对荣国府的建筑格局形成一个至少是比较粗放的概念吧。

二、刘姥姥虽是信口开河（有的古本写作“信口开合”，也通），贾宝玉竟当了真，这是再一次写宝玉“情不情”的特殊人格。宝玉的心思，只有黛玉深谙，因此大家说下雪吟诗，她却说：“还不如弄一捆柴火，咱们雪下抽柴，还更有趣儿呢。”其他人听完刘姥姥胡诌很快忘怀，独黛玉知道宝玉不仅不会忘，还要久存于心。宝玉岂止存于心，他还采取行动——命令茗烟去踏访那塑像成仙的美女祠，这就把宝玉的“情不情”推向了极致。

三、大家都知道，茗烟按刘姥姥所述的方向去寻美女祠，最后却只找到了一处破庙，里面供的是什么呢？“那是什么女孩儿，竟是一位青脸红发的瘟神爷！”我以为这是有象征意义的，也属于“草蛇灰线，伏延千里”的一例。雪中抽柴，以图御寒系命，这正是八十回后贾府将遇到的窘境，但到头来还是避免不了遭遇“瘟神爷”，在“接二连三，牵五挂四”（第一回中的句子）的政治大火里，归于毁灭。这一回写火起东南，贾母遥望，火光闪闪，暗示最先出事的，将是东南金陵的甄家。第七十五回一开头，就写到甄家被抄没治罪，王夫人不得不向贾母汇报。

第四十回，写贾母带着刘姥姥逛大观园，把前面没有详细描写的一些居室景象，补写得非常详尽。在探春居所秋爽斋，通过凤姐女儿大姐儿和板儿互换佛手和香橼，埋下八十回后他们结为夫妻的伏线。在宝钗居所，贾母严厉地批评了宝钗那把屋子弄得素净到极点的“装愚”“守拙”做派，说：“年轻的姑娘房里这样素净，也忌讳。我们这老婆子，越发该往马圈去了。”这可是一句袒露真心的话，请问：贾母怎么会容忍为宝玉娶这样一个媳妇呢？这些，我在本系列第二部里都有详尽的分析，这里点到为止，不再展开。

《红楼梦》是集中华传统文化之大成的一部辉煌之作。通过《红楼梦》不但可以了解中国古代的历史、哲学、宗教、伦理秩序、神话传说、诗词歌赋、烹调艺术、养生方式、用具服饰、自然风光、民间风俗……还可以了解中华民族的园林艺术和建筑审美心理，而这些因素并不是生硬地杂陈出来的，而是完全融汇进了小说的人物塑造、情节流动与文字运用中。

第四十回书中，贾母带着刘姥姥逛大观园，到了林黛玉住的潇湘馆，发现窗户上的窗纱不对头。

“这个纱新糊上好看，过了后来就不翠了。这个院子里头又没有个桃杏树，这竹子已是绿的，再拿这绿纱糊上反不配。我记得咱们先有四五样颜色糊窗户的纱呢。明儿给他把这窗户上的换了。”

凤姐听了，说家里还有银红的蝉翼纱，有各种折枝花样、流云福、百蝶穿花的。

贾母就指出，那不是蝉翼纱，而是更高级的软烟罗，有雨过天晴、秋香色、松绿、银红四种。这种织品又叫霞影纱，软厚轻密。

这个细节就让人知道，中国人对窗的认识，与西方人有所不同。西方人认为窗就是采光与透气的，尽管在窗的外部形态上也变化出许多花样。古代中国人却认为窗首先应该是一个画框，窗应该使外部的景物构成一幅优美的图画，因此在窗纱的选择上，也应该符合这一审美需求。外面既然是“凤尾森森”的竹丛，窗纱就该是银红的，与之成为一种对比，从而营造出如画如诗的效果。

后来贾母又带着刘姥姥到了探春住的秋爽斋，她再一次注意到窗户，“隔着纱窗往后院看了一回，因说：‘这后廊檐下的梧桐也好了，就只细些。’正说话，忽一阵风过，隐隐听得鼓乐之声，贾母问道：‘是谁家娶亲呢？这里临街倒近。’王夫人等笑回道：‘街上的那里听得见，这是咱们的那十几个女孩子们演习吹打呢。’贾母笑道：‘既是他们演，何不叫他们进来演习……就铺排在藕香榭的水亭子上，借着水音更好听！’”贾母嫌窗外的梧桐细，就是因为她把那窗户框当作画框来看，窗户比较大，外面“画面”上的梧桐树也要比较粗才看上去和谐悦目。中国古典窗不大隔音，并不完全是因为工艺技术上在隔音方面还比较欠缺，而是有意让窗户起到一种“筛音”的作用，即使关闭了窗扇，也能让外面的自然音响和人为乐音渗透进来，以形成窗内和窗外的共鸣。所以她主张到水上亭榭里面，开窗欣赏贴着水面传过来的鼓乐之声。

林黛玉受家庭熏陶，也受贾母审美趣味的影响，非常懂得窗的妙处。潇湘馆有个月洞窗，第三十五回，林黛玉从外面回来，就让丫头把那只能吟她《葬花词》的鹦鹉连架子摘下来，另挂到月洞窗外的钩子上，自己则坐在屋子里，隔着纱窗调逗鹦鹉作戏，再教它一些自己写的诗词。那时候窗外竹影映入窗纱，满屋内阴阴翠翠，几簟生凉，窗外彩鸟、窗内玉人，相映生辉，令人如痴如醉。

鹦鹉毕竟还是一种人为培育的宠物。第二十七回写到，林黛玉一边往外走一边跟丫头交代："把屋子收拾了，下一扇纱屉子，看那大燕子回来，把帘子卷起来，拿狮子倚住，烧了香，就把炉罩上。"可见那些糊上窗纱的窗户，是可以把窗屉子取下来，让窗外的自然和室内的人物完全畅通为一体的。而大燕子就是自然与人亲和的媒介，潇湘馆的屋子里，是有燕子窠的。燕子归来后，窗帘并不闭合，说拿"狮子"倚住，那"狮子"其实是一种金属或玉石的工艺美术制品，压住窗帘一角，使窗帘构成优美的曲线，使窗内与窗外形成一种既通透又遮蔽的暧昧关系，这里面实在是蕴涵着丰富的文化元素！

第七十回林黛玉写有一首《桃花行》，几乎从头至尾是在吟唱窗户内外人花的交相怜惜："……帘外桃花帘内人，人与桃花隔不远。东风有意揭帘栊，花欲窥人帘不卷。桃花帘外开仍旧，帘中人比黄花瘦。花解怜人花也愁，隔帘消息风吹透……一声杜宇春归尽，寂寞帘栊空月痕。"前面讲了，贾母也曾年轻过，曾在史家枕霞阁淘气，落进湖中险些淹死，虽然被及时救了上来，毕竟还是被竹钉碰坏了额角，留下一点疤痕。她年轻时可能没有林黛玉那么伤感，但林黛玉对外祖母的审美情趣，可以说是继承了其衣钵，并有所发扬光大，她的一系列行为和她的诗句，都是对贾母论窗的艺术化诠释。

读第四十回，应该对贾母论窗留下印象，并加细品，否则，真成了“猪八戒吃人参果”，那么好的滋味，那么丰富的营养，全忽略、遗漏掉了，该多可惜！

第四十回后半回“金鸳鸯三宣牙牌令”，表面上似乎是“闲文”，实际上是把笼罩在贾家头上的“双悬日月照乾坤”的政治危机，巧妙地暗示了出来。第四十一回前半回可谓“妙玉正传”，仅仅一千三百多个字，就塑造出一个性格特异的艺术形象。第四十二回写“黛、钗合一”，论家对之的分析结论各不相同，但从这一回以后，黛、钗间确实不再冲突，这个文本现象总不能加以否认。这些内容都是非常重要的，因为我在本系列第二部里有非常充分的论述，这里从略。

第四十二回前，有一条脂砚斋批语，其中说：“今书至三十八回时，已过三分之一有余。”可见曹雪芹的《红楼梦》全书绝不是一百二十回，如果是一百二十回，三十八回还不够三分之一，怎么能说“已过三分之一”并且还“有余”呢？看来也不像是一百一十回，应该是一百零八回，一百零八回的三分之一是三十六回，三十八回当然就是“已过三分之一有余”。“一百二十回的经典《红楼梦》”的说法是不正确的，那不是曹雪芹的《红楼梦》，请所有热爱曹雪芹的《红楼梦》的人士一定要从以往通行本的迷雾里走出来，毅然地与高鹗的四十回续书一刀两断。即使仍觉得高续写得好或有长处，也再不要在概念上与曹雪芹的《红楼梦》混淆！

揭秘古本

◇ 第四十三回　闲取乐偶攒金庆寿　不了情暂撮土为香

◇ 第四十四回　变生不测凤姐泼醋　喜出望外平儿理妆

◇ 第四十五回　金兰契互剖金兰语　风雨夕闷制风雨词

不可小觑尤氏·李纨也有尖刻时

这三回书进入了一个新的情节链。贯穿性的事件是凤姐的生日风波。贾琏之俗，凤姐之威，平儿之屈，宝玉之慰，贾母之高论，读者们都会留下很深的印象。

但是，还应该注意到，第四十三回，其实是一篇“尤氏正传”。尤氏的生存是很不容易的。她是贾珍的续弦，贾蓉非她亲生，娘家的情况又每况愈下，父亲丧偶，续娶的妻子带来两个“拖油瓶”——尤二姐和尤三姐。她不但要操持宁府的家务，还经常被贾母叫过去办理一些事情，她要应付方方面面，其中棘手处不少。在曹雪芹笔下，尤氏是深明大义的人（这里说她深明大义，是以书中荣、宁两府的总体利益为坐标的），在关于秦可卿的那些情节里，这一点写得比较含蓄，但是依然可以让读者感觉到，她是把家族的总体利益，置于个人荣辱之上的。当家族把秦可卿作为隐性的政治资本储蓄起来，以求高利息的政治回报时，即使听到焦大那样的醉骂，她也能隐忍，直到这笔储蓄完全落空，而且秦可卿临自尽时“淫上天香楼”，她才以“胃痛旧疾”复发为借口，暂撂了一阵挑子，不去参与丧事的操办。事过境迁，她又恢复常态，理家办事。这一回写她接办贾母交代的凤姐生日喜宴，因为是采取了凑“分资”的形式，牵扯府里上、中、下众多人的经济利益，有心里愿意出资的，有勉强出资的，更有心里抵触的，实际操办起来非常棘手，但尤氏精明处不让凤姐，宽厚之德却是凤姐望尘莫及的（第七十五回脂砚斋在一条批语中赞她“其心术慈厚宽顺”）。她办起事来绝不贪渎，最后把所有的集资全部投入使用，“园中人都打听得尤氏办得十分热闹，不但有戏，连耍百戏的并说书的男女先儿全有，因而都打点取乐玩耍”。

第四十四回写“喜出望外平儿理妆”，我在本系列第二部里，论及贾宝玉的人格特征时，有详尽的分析。我在这里还要呼吁：请正确理解和使用曹雪芹创造的“意淫”一词。什么是“意淫”？这一回所写的宝玉体贴平儿，帮她理妆，特别是后来一个人歪在床上的一系列心理活动，乃至“尽力落了几点痛泪”，就是对“意淫”的最准确最充分的艺术诠释。“意淫”在曹雪芹笔下是个正面词语，是与贾琏那种“皮肤滥淫”的负面心理与行为相对应的，我们绝对不应该误解乱用。现在常有人把“意淫”当作贬义词用，如说某某人“意淫”某女性，意思是其心术不正，属于“心理上的强奸”，这就完全冤枉了曹雪芹创造这个概念的苦心。当然，这个词语十分特别，属于《红楼梦》中的专用语，不宜推广到我们的日常生活里。

第四十五回写到李纨性格的另一面，值得注意。当凤姐伤害到她的自尊心时，一贯“如槁木死灰一般”的她，竟怒火燃烧般说出了一大篇话，词锋犀利，直刺要害。凤姐是个聪明人，懂得“死木”一旦燃烧，那就比爆炭更不好惹，立刻缴械投降，谋求和解。曹雪芹把人性真是写透了。我从这一段情节出发，考证出李纨的原型是曹颙的遗孀马氏，而贾兰的原型则很可能是马氏过继来的儿子，不过在《红楼梦》小说里，曹雪芹把他们母子二人降了一辈来写。有人说我的原型研究是把书里的角色和生活里的人物画等号，我何尝画了等号？我自己也写小说，我连把生活中的人物演化为艺术形象有多种变通方式这一点都不懂得吗？曹雪芹笔下的这些艺术形象，大多有原型，但也大多是使用了各类的变通技巧。比如我就指出，北静王这个角色，就有两个生活原型，一个是康熙的第二十一阿哥允禧，一个是乾隆的第六阿哥永瑢（他后来过继给允禧为孙），这是画等号吗？这当然不是画等号。对李纨母子原型的研究更不是画等号，生活中和小说里，辈分都不一样了，怎么个等法？我的这些研究，只是为了揭示从生活真实到艺术形象之间的创作秘密，我认为这样无论是对读通《红楼梦》，还是了解写实流派的小说写作技巧，都是有好处的。

宝玉祭奠金钏一段情节，实不可少。金钏之死，毕竟与他一时的调笑有关。人活着就不可能不犯错误，错了还不是最可怕的，最可怕的是错了以后不反思，不找补。宝玉的这个行动，体现出他具有忏悔意识和自我救赎的精神，这不仅在那个时代难能可贵，搁到今天，也是很高的精神境界。他回来参与凤姐寿宴看戏，演到《荆钗记》中《男祭》一折，黛玉说了几句话，显示出又唯独是她，猜中了宝玉究竟去做了什么事。这类玲珑剔透的笔触，曹雪芹最为擅长。

第四十五回，有两个地方值得读者特别注意。一是写到赖大家的情况。贾府的头等管家仆人，书里写到两对，一对是林之孝夫妇，前面讲了，他们很低调；再一对就是赖大夫妇。这赖大家不得了，赖大母亲赖嬷嬷是荣府老仆，可能伺候过贾母的婆婆，脸面极大，到赖大这一代，他们家不但自立门户，而且也过起了大宅院里的豪华生活。赖大的儿子赖尚荣，按老规矩是应该也到荣国府来当差的，却从小就被赦免，捧凤凰般地养大，到故事发展到这一阶段，不仅捐了官，还选上了知县，要上任去了。赖大家因此连摆几天的宴席，赖嬷嬷就是来请贾母等去赏脸的。这既是为第四十七、四十八回的故事作铺垫，也埋伏下八十回后的伏笔——赖尚荣将在贾府败落的过程中扮演一个特殊的角色。这一段情节里，赖嬷嬷说了很多话，其中最沉痛的一句是："你那里知道那奴才两字是怎么写的！"赖大家经济上虽然已经强大，甚至在政治舞台上也开始小试身手，但到头来他们家的身份还是一窝子奴才！这实际上也是曹雪芹在为自己家族发出喟叹。有的年轻读者很难懂得曹雪芹祖辈、父辈的那种特殊的身世地位与生存状态。比如我分析出秦可卿原型的真实出身，有年轻的红迷朋友就来跟我讨论，说曹雪芹上几辈不过是当了个管理供应纺织品的官员，那地位能高到哪里去？他们能够得着皇帝和太子吗？但是，康熙皇帝六次南巡，到了南京却四次都住到曹雪芹祖父曹寅的织造府里，不是他们去够皇帝，倒是皇帝去够他们，难道不值得深思吗？我在这本书一开始的时候，引用了雍正在曹頫请安折上的很长很怪的朱批，你想想，曹頫那样一个小官，雍正为什么要把他交给新封爵的怡亲王看管？雍正的意思是让曹頫闭嘴，曹頫怎么会知道皇家的秘密，令雍正那么警惕？我们应该懂得，这就是皇家和世代包衣之间的微妙关系。曹雪芹祖上在关外被清军俘虏，很早就成为清政权的高级包衣。包衣是满文"奴才"的译音，这种包衣跟着清军进发，最后入关，成为清政权最贴近的老奴才，一般都安排在内务府里，一窝一窝地往下传。因为有过早期共同战斗、同生共死的深厚情谊，所以皇家会给他们经济上、政治上一定的发展空间。小说里赖大家的情况，正是现实生活里皇家善待曹家的一个缩影。但奴才终究是奴才，再往上不细说，曹寅、曹顒、曹頫虽然当了织造，可以富贵，可以炙手可热一时，却又永远不可能获得非奴才那样的官职和名分。皇家对他们，即使在善待中，也必定会时时使他们意识到自己是"奴才秧子"。这心灵阴影在被善待时已经消不掉，那么，在皇帝像捻死蚂蚁一样毁灭他们家族的时候，侥幸活下来的遗族，心中又该有怎样的感慨呢？曹雪芹作为这样的包衣世家的孑遗，用力写下赖嬷嬷的这句话，我们应该理解他落笔时的悲怆心情。

另外，似乎在无意随手间，这一回又写到王夫人陪房周瑞有个儿子，在凤姐生日那天玩忽职守，凤姐要撵他出府，经赖嬷嬷说情，才改为打四十棍留下。周瑞本人出场很少，但周瑞家的在前八十回里戏份不少，大家一定记得她送宫花的情节，在那个情节里还提到冷子兴是她的女婿。那么，第四十五回里的这一笔，也绝非闲笔，也是“草蛇灰线，伏延千里”，周瑞的儿子、女儿、女婿，在八十回后都会再出现。“冤冤相报实非轻，分离聚合皆前定。”曹雪芹会写到他们根据自我的恩怨情仇，在贾府败落的过程里有相应的表现。

第四十五回后半回，宝、黛、钗的三角关系呈现出最为和谐的局面。但不管他们各自对社会现实采取了顺应还是叛逆的态度，到头来他们还是不能掌握自己的命运，他们都是悲剧性人物。这半回文字里，把大观园夜幕中人物提灯游动的景象描摹得十分精细、动人，又以黛玉的一首《秋窗风雨夕》，把凄美的意境营造得淋漓尽致。懂得欣赏凄美，也是读者应有的一种审美能力。

揭秘古本

◇ 第四十六回　尴尬人难免尴尬事　鸳鸯女誓绝鸳鸯偶

◇ 第四十七回　呆霸王调情遭苦打　冷郎君惧祸走他乡

◇ 第四十八回　滥情人情误思游艺　慕雅女雅集苦吟诗

三个关于欲望的故事

这三回展开了三个关于欲望的故事。

第四十六回，几乎所有《红楼梦》的读者都会把其内容概括为“鸳鸯抗婚”。《红楼梦》有的回里的故事并没有外在的戏剧性，甚至所有人物的肢体语言都很克制，即使特意使用肢体语言，也尽量使其不失优雅；人与人之间展开的是心理战，出语或绵里藏针，或如橡皮钢丝鞭，行文时常以某某“笑道”为引导，是“微笑战斗”。但这一回和第三十三回一样，富有外在的戏剧性，一波推进一波，最后达到一个水花喷溅的高潮：鸳鸯袖着一把剪子，冲到贾母面前，当着众人，一行哭一行说，高声喊出了许多惊心动魄的话，还回手打开头发，右手就铰。贾母听了，气得浑身乱战，在场的众人，能不目瞪口呆？

鸳鸯喊出的话里，有两句特别值得注意。一句是她宣布：“我这一辈子别说是宝玉，便是宝金、宝银、宝天王、皇帝，横竖不嫁人就完了。”曹雪芹这样写，固然是以鸳鸯的脱口而出、毫无避忌，来刻画她刚烈的性格，但一个在乾隆朝写小说的人，挥笔写出“宝天王、皇帝”，而且是放在蔑视、排拒的语境里，确实不能不令人觉得是“别有用心”。因为弘历是雍正第四子，雍正暴薨前是和硕宝亲王，继位当皇帝后改元乾隆。捋一遍曹雪芹家族历史就可以知道，曹家对康熙是感恩戴德的，《红楼梦》里说皇帝之上还有太上皇，那个太上皇不是影射雍正而是影射康熙。古本里有不少写到“玄”字时故意少掉最后一笔的痕迹，因为康熙名玄烨，不写最后一笔是以“避讳”来表示尊重。而书里的皇帝则是雍正、乾隆的混合体。曹家到雍正朝遭到打击，但还没有完全败落，乾隆元年到乾隆三年还一度回黄转绿，但乾隆四年却因卷入“弘晳逆案”而彻底陨灭。曹雪芹在政治情感上，是崇康熙、恶雍正、怨乾隆的，因此在行文里，就留下这样的情感刻痕。另一句是写鸳鸯就抗婚的决心发出恶誓：“若说不是真心，暂且拿话支吾，日后再图别的，天地鬼神，日头月亮照着嗓子，从嗓子里头长疔，烂了出来，烂化成酱！”一般人赌咒发誓，说“日头照着”如何如何，是很正常的，曹雪芹却偏在这里通过鸳鸯之口，特意写成“日头月亮照着”。这与鸳鸯三宣牙牌令那段情节里所出现的“双悬日月照乾坤”的牌令，是相呼应的。曹雪芹就是还要点出笼罩在贾家头顶上的“日”“月”两派政治力量恶斗的紧张形势。

鸳鸯抗婚的故事，从另一个角度说，也就是贾赦的欲望故事。这是一个欲壑难填的贵族老爷。他不仅有强烈的“皮肤滥淫”的欲望，还有霸占贵重艺术品的欲望。第四十八回穿插进平儿到宝钗处讨棒疮药丸的情节，通过平儿的嘴，讲述了贾赦通过贾雨村枉法迫害石呆子，掠取石呆子珍藏的古扇的恶行。后面还有一些关于贾赦的描写，像他那样的贵族老爷，属于总想“庄家通吃”的一类，是贵族家庭的自我掘墓者，八十回后贾家败落，他的恶行将率先被究，成为导火索。

鸳鸯后来的命运究竟如何？高鹗续书写得似是而非。在高鹗笔下，殉主意识充溢鸳鸯的灵魂，“鸳鸯女殉主归太虚”，她成了封建礼教的一个“忠仆楷模”，这不符合曹雪芹的原意。

第四十七回写了薛蟠的欲望。可他这回真是看错了人，这回遇上的不是金荣，不是香怜、玉爱，而是一个外美而内刚的侠客柳湘莲。值得注意的是，曹雪芹把柳湘莲和已经夭亡的秦钟勾连起来，使读者意识到，贾宝玉和若干这类的社会边缘人，组成了一个社交圈。表面上，宝玉和薛蟠似乎有同一癖好，专爱跟这样一些不伦不类的人士交往，但细一考察，就会发现他们的目的完全不同。薛蟠是“龙阳之兴”，追逐的仍是“皮肤滥淫”，而宝玉则是欣赏他们、体贴他们，从精神上沟通，在反主流的自觉的边缘意识中，获得共鸣与快感。

第四十八回则写了一个身世不幸的女子的精神欲望。香菱终于进了大观园。她向往诗，她要进入诗境，成为诗人。精诚所至，金石为开，在黛玉和其他人的指引下，她的咏月诗一首比一首好。我认为她的三首咏月诗和第四十回里的牙牌令一样，也有深意存焉，详见本系列第一部，这里不再重复。周汇本在这一回的有关文字上，有一处与以往所有通行本有重大区别，值得提醒大家注意。那就是当香菱写出第二首诗后，有个人评价说：“不像吟月了，月字底下添上一个色字，到还使得，你看句句是月色，这也罢了。原是诗从胡说上起，再迟几天就好了。”说这话的是谁呢？多数古本上都写着是“宝钗看了笑道”，以往的通行本也就都照此印行，但是周汇本却依从俄藏本上的写法，确定为是“宝玉看了笑道”。因为“原是诗从胡说上起”这样的话，从全书所设定的人物思想、性格和语言习惯来衡量，宝钗是说不出来的，而出自宝玉口中就很自然。“宝玉看了笑道”才是曹雪芹的原笔原意。

揭秘古本

◇ 第四十九回　琉璃世界白雪红梅　脂粉香娃割腥啖膻

◇ 第 五 十 回　芦雪广争联即景诗　暖香坞创制春灯谜

◇ 第五十一回　薛小妹新编怀古诗　胡庸医乱用虎狼药

芦雪广不是芦雪庵·薛小妹灯谜诗大揭秘

《红楼梦》写了许多美人美事，但最后将美的毁灭展示给读者，是典型的悲剧。第四十九回，大观园的美人美事不但有了量的增加，更有了质的提升。曹雪芹在这三回里，浓墨重彩刻画了一位美女薛宝琴，她的美是从外至里，从里至外的，是没有瑕疵的美。

薛宝琴的出现是个异数。她之所以没有被排入金陵十二钗正册，主要是因为还有一个比她更重要的人物——妙玉，以及曹雪芹对其他一些因素的综合考虑。第五十回出现了全书中最美丽的一个画面——雪后粉银砌的大观园里，薛宝琴披着凫靥裘站在山坡上，背后一个丫鬟抱着一瓶红梅——贾母为之赞叹后，向薛姨妈细问她年庚八字并家内的景况，薛姨妈度其意思，大约是要与宝玉求配，于是只好告诉贾母，宝琴已经许了梅翰林的儿子。薛姨妈猜中贾母的意思了吗？书里接着写，凤姐不等薛姨妈说完，便声不止说：“偏不巧，我正在要作个媒呢，又已经许了人家。”贾母笑道：“你给谁说媒？”凤姐笑道：

"老祖宗别管，我心里看准了，他们两个却是一对，如今已许了人家，说也无益，不如不说罢了。"贾母已知凤姐之意，听见已有了人家，也就不提了。这样的叙述更让读者觉得，贾母、凤姐都是打算让宝琴嫁给宝玉的。我以前也一直这样判断。因为八十回后曹雪芹写成的文稿已经迷失，所以我们实在很难判断他后面究竟如何来写关于薛宝琴的故事。

在第二十九回，贾母给宝玉、黛玉定了性："不是冤家不聚头。"又公开流泪宣布她将为他们护航到咽气为止。那是这一年端午节前夕的事。故事从那个地方如溪水般汩汩流淌到第五十回，时间到了这一年的冬天，在这大约半年的时间里，没有任何情节让我们感觉到贾母对二玉的关系定位有任何改变的迹象，一个富有社会人生经验、凡事以"老顽童"表象掩饰老谋深算本性的贾母，会一时冲动，放弃抵制元妃指婚所赢来的家族政治的成果吗？曹雪芹何必这样来写呢？现在我的思路是，贾母和凤姐都可能是想为甄宝玉做媒。

从第四十九回起，史湘云四进荣国府，而且一直延续到八十回都没有再离开。她第一次出现是在第二十回，第二十二回离去；第二次出现是在第三十一回，第三十六回末尾离去；但第三十七回她很快又来了，参与诗社的活动。那么，她又是什么时候离去的呢？书里没有明文交代，从第四十三回到第四十八回的故事看，没有了她的踪影，她应该是在第四十二回那些故事发生后离去，到第四十九回四度出现。她在第四十九回说"是真名士自风流"，到第六十三回又说"惟大英雄能本色"，构成一副很好的对子，如果加个横批，那么第五回关于她的判词里的"霁月光风"颇为贴切。

芦雪广，1957年人文社通行本作"芦雪庭"，《语文新课标必读丛书》版作"芦雪庵"，都不符合曹雪芹的原笔原意。这里的"广"不是一个简化字。我们现在使用的简化字是20世纪50年代中期才在中国大陆推行的。简化字的推行对于扫除文盲，以及儿童、少年学习汉语都有一定好处。简化字方案里有的繁体字的简化是成功的。比如身体、体育的“体”，繁体字写作“體”，有二十二笔之多，写起来费力费时，而简化的“体”只需七笔，字形上又含“人之本”的寓意，并且也不会引起歧义。但是有的简化字也派生出了问题。像“里”、“裏”（又可以写成“裡”），本来是简化前都有的、表达不同意思的字，“里”是“一里路二里路”的“里”，“裏（裡）”则是“裏（裡）外”的“裏（裡）”，把“裏（裡）”全合并到“里”以后，就形成了混乱——有的大陆人士印名片，地址是三里河，这个三里河的“里”就应该是“里”，但却将其繁印为“叁裏河”，令接到名片的人士啼笑皆非。而将繁体字的“廣”简化为“广”，应该说完全是个败笔。一位台湾同胞在黄河之滨跟我说：“廣”这个字很传神，下面的“黄”字提醒我们黄帝是我们中华民族的祖先，黄河黄土养活了我们黄皮肤的中国人，而我们中国地大物博，所以有“廣”字，现在你去掉了“黄”字，岂不是弃掉了我们中华民族的“黄魂”？！他的意见十分尖锐，我却觉得值得参考。那么，《红楼梦》第五十回回目里写到的“广”字，大家应该知道，绝非简化的“廣”字，曹雪芹那个时代哪有这样的简化字呢？在原有的汉字系统里，本来就有“广”这个字，读音为“掩”，意思是傍山建造的房屋。实际上曹雪芹在第四十九回里交代得很清楚：“原来这芦雪广盖在傍山临水河滩之上，一带几间茅檐土壁，槿篱竹牖，推窗便可垂钓的。”这样一个建筑，怎么能叫作“庭”或“庵”呢？

关于简化字，在这里再多说两句。贾“蘭”的“蘭”，简化为“兰”以后，就看不出他的辈分来了。曹雪芹对贾家排行的设计是，贾代善那辈是代字辈，贾敬那辈是文字辈，贾珍那辈是玉字辈，贾兰则与贾蓉、贾蔷、贾芸等都是草字头的一辈。

芦雪广争联即景诗，那首联成的诗，我以为是曹雪芹借机用来影射曹家的家史的，那七十句联诗，把曹家从沦为清兵俘虏、成为包衣奴隶、得到清皇赏识，到卷进皇室权力斗争、希望与危机并存、终于盛极而衰的全过程，几乎都涵括进去了。相关详细论证，请参见我《红楼望月》一书中的相关篇章。

第二十二回有灯谜诗，到第五十回、五十一回又有灯谜诗，但第二十二回作者是把谜底在故事里交代出来的，而第五十回和第五十一回的灯谜诗，除了史湘云以小令形式写出的那首，都不向读者提供谜底。这样变化写法使文章不板，但历来的读者对这些诗的谜底所猜不一，难有共识，引发出巨大的兴致，也引出了不小的困惑。我在此前没有专门探讨这个问题，现在把自己最新的思考奉献出来，以期和红迷朋友们开展讨论。

第二十二回的灯谜诗，除了贾环那首令人喷饭的以外，我们都知道它们不但有谜底，也暗示着写诗人的命运。那么，第五十回最后的三首和第五十一回里的十首，应该也是这样，既有其谜底，也应该具有象征人物命运的寓意。

第五十回最后三首，第一首是宝钗写的，谜底应该是松果，或者叫松球，就是松树上结出的东西，它应该是宝钗自己“装愚”“守拙”性格的象征。第二首是宝玉写的，谜底应该是风筝上的响哨。现在北京还有放风筝的人会把一种带响的哨子从风筝线上滑射到风筝底下，在夜晚，还会让这种玩意儿发光，叫作“风筝点灯”。第七十回最后写大观园众女儿和宝玉放风筝，提到的“送饭”，就是同类的事物，它应该是宝玉自己“情不情”人格的象征。第三首是黛玉写的，谜底应该是走马灯，这东西现在也还可以看到，它应该是象征黛玉自己永远围绕着一个中心消耗自己的生命，也就是“情情”的人格特征。究竟这样理解对不对，愿意得到红迷朋友们的指正。

第五十一回，前半回就叫“薛小妹新编怀古诗”，这是很重要的一段情节。但是，宝琴所写的这十首灯谜诗，两百多年来难坏了无数读者和研究者。解读它的难点是：

——这些诗的谜底究竟是什么？曹雪芹为什么故意不交代？总不能说他是瞎写，本无谜底可言吧？

——为什么要安排薛宝琴一口气写下这十首诗？如果说这就是单纯的灯谜，并没有影射书中人物命运的内涵，那曹雪芹铺排它们干什么？前面我已经分析得很多了，曹雪芹行文中连很小的地方都是在使用伏笔。有的伏笔很快有所接应。如第三十七回开头探春给宝玉的花笺上有感谢宝玉送她鲜荔枝的句子，这一回后面写怡红院的丫头们闲聊，就有由拿缠丝白玛瑙碟子给探春送鲜荔枝被留下而引发出的一些故事。有的伏笔，呼应却在“千里之外”。如第十四回在秦可卿丧事的来客名单里有卫若兰的名字，在第三十一回写湘云丫头翠缕发现地上有个金麒麟，捡到后还给了失主宝玉，然后前八十回里再没写卫若兰和金麒麟的故事，但脂砚斋却看到过曹雪芹在八十回后写好的文稿，那金麒麟在“射圃”那段故事里，正由卫若兰佩戴。那么，第五十回以那么大篇幅写出宝琴的十首怀古诗，难道仅仅是“内隐十物”而没有其他的任何寓意吗？

——为什么是十首？如果说是分别影射金陵十二钗的，那应该有十二首呀？现在，我就把自己最新的研究心得告诉大家。

这些诗的谜底虽然难猜，特别是其中有的东西在现代社会里已经非常罕见甚至绝迹了，但也不是根本无法破解。这些诗当然也都有谜底以外的寓意，应该是用来影射书中十个角色的命运的。那么，所影射的十个人物是谁呢？如果是影射金陵十二钗，那为什么只有十首呢？我的看法是这样的：第四十九回里明确交代了，“此时大观园中比先更热闹了多少，李纨为首，余者迎春、探春、惜春、宝钗、黛玉、湘云、李纹、李绮、宝琴、岫烟，再添上凤姐和宝玉，一共十二三个”，准确地计算是十三个，宝琴是跟这里面提到的除她以外的十二个人在一起活动的，因此，她的怀古灯谜诗，应该只与这个范围内的人物有关。我以前认为有的诗是影射秦可卿和贾元春的，现在我愿意放弃那样的思路。因为秦可卿已经死去，元春，宝琴见不到，也跟她无甚关系，大观园里虽然有妙玉，宝琴也到庵里问她讨了红梅，但妙玉不合群，不算在上面开列的名单里（第六十三回宝玉说“他原不在这些人中算”），所以都应排除。宝玉是个少年，也可不必跟女儿们混在一起去影射。不过上面的名单里，去掉了宝玉也还有十二位呀，十首诗怎么涵括十二个人的命运呢？我的思路是，黛、钗合为一首，在第五回金陵十二钗正册的册页里，就是这样安排的；纹、绮合为一首，她们的身份和处境，乃至以后的命运，相同处多，合为一首是得宜的。那么这样一算，正好是十首诗，既切了“怀古”的题，又构成“隐物”的灯谜，还具有影射十二个女子命运的寓意。

现在一首一首来分析。先来看《赤壁怀古》：“赤壁尘埋水不流，徒留名姓载空舟。喧阗一炬悲风冷，无限英魂在内游。”这首诗的谜底，应该是祠堂或寺庙等处的带顶子的长方形香炉，又称“法船”。这种器物不仅用来烧香，也用来烧纸钱、锡纸锭子等迷信物品。它影射的是凤姐的命运。曹雪芹虽然刻画出了凤姐人格中的阴鸷面，但对她的总体评价却是“脂粉英雄”，对她的惨死无限惋惜。可参照第五回关于她的那首《聪明累》曲。

再来看《交趾怀古》：“铜铸金镛振纪纲，声传海外播戎羌。马援自是功劳大，铁笛无须说子房。”这首诗的谜底应该是古代军队中催战的喇叭（或者说是唢呐）。影射的应该是探春的命运。第五十五回起写探春理家“振纪纲”，八十回后将写她远嫁“戎羌”。

接下来看《钟山怀古》：“名利何曾伴汝身，无端被诏出凡尘。

牵连大抵难休绝，莫怨他人嘲笑频。”这首诗的谜底跟第五十回里湘云的那个《点绛唇》一样：被卖艺者耍的猴儿。影射的是李纨的结局。我在本系列第三部里批驳了所谓“李纨完美”的观点，分析出八十回后家族败落后她和贾兰得以幸免，却又不愿向落难者伸出援手的表现。第五回关于她的判词也明确指出她“枉与他人作笑谈”，正与此诗末句相合。

看《淮阴怀古》：“壮士须防恶犬欺，三齐位定盖棺时。寄言世俗休轻鄙，一饭之恩死也知。”这首诗的谜底应该是打狗棍。“恶犬”与“中山狼”意思相通，后两句反讽孙绍祖不懂得知恩必报。应该是影射迎春遇人不淑的悲惨命运。

看《广陵怀古》：“蝉噪鸦栖转眼过，隋堤风景近如何。只缘占得风流号，惹出纷纷口舌多。”这首诗的谜底是随风飘舞的杨花的白絮。我觉得可能是影射李纹、李绮两姐妹。她们曾暂住大观园，那段时光很快流逝过去，等大观园成了“隋堤”（意味着亡败），她们受到牵连，惹出许多难以辩白的麻烦。第五十回李纹作过一首《赋得红梅花得梅字》，最后一句是“寄言蜂蝶谩疑猜”，正与“惹出纷纷口舌多”相合。

看《桃叶渡怀古》：“衰草闲花映浅池，桃枝桃叶总分离。六朝梁栋多如许，小照空悬壁上题。”这首诗的谜底是灯前手影戏。上两句影射黛玉沉湖与宝玉生离；后两句影射宝钗后来虽然嫁给了宝玉，但宝玉出走当了和尚，她只能空怀思念。

看《青冢怀古》：“黑水茫茫咽不流，冰弦拨尽曲中愁。汉家制度诚堪嗅，樗栎应惭万古羞。”这首诗的谜底是过去木匠画线用的墨斗。应该是影射惜春身为侯门绣户女，后来却当了尼姑缁衣乞食的悲惨命运。

看《马嵬怀古》：“寂寞脂痕渍汗光，温柔一旦付东洋。只因遗得风流迹，此时衣衾尚有香。”这首诗的谜底是过去装上香料熏衣服的熏盒，一般是扁圆形，用锡或银等制作，表面上有许多小孔。这首诗应该是说湘云的。请注意出现了“脂痕”字样。后两句可以理解为脂砚斋批书。

看《蒲东寺怀古》：“小红骨贱最身轻，私掖偷携强撮成。虽被夫人时吊起，已经勾引彼同行。”这首诗的谜底是长柄的鞋拔子。“小红”和“春香”“梅香”等词语一样，是那个时代对丫头的泛称，不要往林红玉身上去想。这首诗可能隐藏着一段与邢岫烟有关的故事。邢岫烟本身是个端庄贤淑的女子，她嫁给了薛蟠的堂弟、宝琴的亲兄薛蝌（周汝昌先生指出，曹雪芹原笔应是薛虬，因为“蟠”和“虬”都从“龙”来，是配套的，而“蝌蚪”是极卑小的动物，拿来命名不合理；错成“蝌”可能是前一位抄书人先把“虬”错成虫字边一个“斗”，再去过录的人觉得没那么一个字，就附会为“蝌”）。岫烟自己行得正，但是从书里描写可以看出，她很懦弱，对丫头没有管束能力。书里交代她自己带来个丫头叫篆儿，音与“拽儿”接近，而鞋拔正是拽动鞋后部位的用物，用来影射篆儿是说得通的。这个篆儿“骨贱身轻”——第五十二回平儿就说，曾怀疑是篆儿偷了虾须镯，“跟邢姑娘的人本来又穷，只怕小孩子家没见过，拿了起来也是有的”。这篆儿后来被某小厮勾引私奔，岫烟也莫可奈何，这件事成为她人生中的一大困扰。当然，我得承认，对这十首诗的诠释，其中八首我都颇为自信是猜了个八九不离十，但《桃叶渡怀古》和这首《蒲东寺怀古》，实在太难猜了，我对自己猜出的答案不是很自信，提出来只为抛砖引玉。有人在《红楼梦》研究中一提到猜谜，就嗤之以鼻，不能容忍。研究《红楼梦》当然不能全搞成猜谜，但这十首诗明明是灯谜，你也不让猜，就很奇怪了，难道是认为曹雪芹挥笔写下了这么一大片废话吗？

看《梅花观怀古》：“不在梅边在柳边，个中谁拾画婵娟。团圆莫忆春香到，一别西风又一年。”这首诗的谜底是团扇，说的是宝琴自己的命运。她虽然许配给了梅翰林，但最后的归宿却是嫁给了柳湘莲。而如此奇诡的遭际，与一位丫头有关，时间呢，是在一年以后。

第五十一回下半回把笔触移到怡红院，引入第五十二回的故事，再次浓墨重彩写晴雯。

揭秘古本

◇ 第五十二回　俏平儿情掩虾须镯　勇晴雯病补雀金裘

◇ 第五十三回　宁国府除夕祭宗祠　荣国府元宵开夜宴

◇ 第五十四回　史太君破陈腐旧套　王熙凤效戏彩斑衣

不要忽略过场戏

全书一百零八回，那么，五十四回恰好是一半。写到这里，贾氏的盛时光景达于顶点。第十三回秦可卿给凤姐托梦时说："万不可忘了那盛宴必散的俗语。"最后又念了一句偈语："三春去后诸芳尽，各自须寻各自门。"这都体现着曹雪芹的总体构思，高鹗的续书恰恰是在这最关键的地方，违背了曹雪芹的原意。我在本系列第一部里用了不少篇幅，分析出书里故事的时间背景：从第十八回以后一直到第五十四回，都是写的乾隆元年的事情，"一春已去"；从第五十五回到第六十九回，则是乾隆二年的事情；"二春去后"，从第七十回往后进入"三春"；估计在八十五回左右，就会写到"三春去后"群芳流散的大悲剧。

五十一回后半部分到五十二回，又重点写晴雯。如果说前面第三十一回"晴雯撕扇"主要是突出晴雯"由着自己性子生活"的人格特点，那么，五十二回里"晴雯补裘"，则展示了她人格中的另一面，那就是在维护自己的人格尊严的前提下，又有急人所难、勇于承担的高贵品质。她为宝玉病补雀金裘，并不是一个女奴在效忠自己的奴隶主，她和宝玉之间有一种淳朴自然、平等互赏的友情关系，这在第八回第一次描写到她时，已经定下了基调：宝玉从梨香院醉酒而归，她埋怨宝玉哄她研了那么些墨却等了一日，又爬高上梯贴斗方弄得两手冰凉，宝玉听了忙给她渥手。第五十二回她挣扎着为宝玉补裘，是为知心互赏的朋友“两肋插刀”的义气侠行。

有意思的是，曹雪芹写晴雯，又是把她人格中的光辉面和混沌面糅合在一起来写的，这是最难的写法，而他竟写得那样的自然，那样的天衣无缝。听到坠儿有小窃的行为，她如一块爆炭，立刻发作，大施酷刑，不等袭人归来，甚至也不待征求宝玉意见，便自作主张将坠儿立马撵逐。晴雯嘴里时常喊出撵这个出去撵那个出去的话头，可她竟全然没有自我保护的忧患意识，懵懂地以为自己既然是贾母喜欢的，到宝玉身边又甚得宝玉欣赏，是绝无被撵逐的可能的。她不但常常以撵逐别人为口头禅，自己赌起气来，也常毫无所谓地让宝玉撵她。命运就是那么诡谲，到第七十四回以后，被盛怒的王夫人率先撵逐的，反而是她，宝玉也无法挽救。

坠儿这个角色，值得读者关注。不要简单地把她当作一个小偷看待。曹雪芹把这个角色设计成小红的密友。小红是大观园里难得的清醒者。坠儿应该深受小红影响，朦胧地意识到像她们那样的丫头，前途非常暗淡，一般来说，无非是三五年后，“好不好拉出去，配一个小子”（第二十回李嬷嬷语），因此，应该为自己早作打算。小红的办法是先攀高枝，然后再安全撤离，自主选择了贾芸为夫。坠儿呢，大家想想，她偷平儿那虾须镯自己戴？可能吗？立刻拿去变卖？她那样的小丫头的月钱数目上下都是清楚的，在园子里钱财都是由大丫头给她们保管的，她马上变卖了岂不等于自我暴露？何况也未必有通往外界变卖的渠道。

那么可想而知，坠儿偷下虾须镯，显然是打算密藏到该被“拉出去配小子”的关口，那时候她有这样一件值钱的珠宝，也就有了选择“小子”的本钱，总不至于被胡乱地配给丑陋酗酒的糟糕小厮。坠儿这个角色的塑造，我认为曹雪芹是有深意存焉。

在平儿悄悄向麝月透露坠儿的偷窃行为时，还提到宝玉身边还曾有个小丫头叫良儿，良儿偷玉败露被撵逐。我认为曹雪芹写出这个良儿，也并非是以废话赘文抻长篇幅，这又是一个伏笔，跟八十回后凤姐“扫雪拾玉”的情节相关联。

第五十三回和第五十四回里，又有关于贾珍的不少描写。贾珍接受庄头乌进孝的田租银子和大量物品，那一情节在 20 世纪 50 年代后被无数论家引用评述，以说明《红楼梦》里写到了地主阶级对农民阶级的残酷剥削，特别是贾珍对乌敬孝说：“不和你们要，找谁去！”充分暴露出了剥削者凶恶的嘴脸。这样的分析评述我是认同的，以阶级斗争的视角解读《红楼梦》，是非常重要的一种研究方法，但曹雪芹在那个时代写这样一部书，他自己还不具备以阶级斗争的思维来写作的可能。他生活在 18 世纪中期对外封闭的中国，马克思和恩格斯创立阶级斗争的学说是在 19 世纪的欧洲。因此，我们可以说，因为曹雪芹的《红楼梦》基本上是写实的，作者忠于生活，他如实写出了这样一些那个社会的阶级对立的情况，无形中为我们提供了用阶级斗争视角分析作品的可能。这是他写实主义的胜利，但终究还不能说曹雪芹就是刻意要写阶级斗争。

我的看法是，曹雪芹写贾珍，他是全方位地来刻画一个贵族家族族长的形象。贾珍这个人物他没有像写赵姨娘那样来写。赵姨娘被写得一坏到底，比较平面化；贾珍他希望读者作面面观，写得相当圆活。第五十三回写接受乌庄头缴租时，针对乌庄头对皇家和贾府关系的幼稚想象，贾珍说了句歇后语：“黄柏木作磬槌子——外头体面里头苦。”

这是那个时代周旋在各派政治力量和家族各个利益集团之间的一个族长的发自内心的喟叹。接下去，写贾珍“负暄发放”——负暄就是晒太阳。“贾珍看着收拾完备供器，趿着鞋，披着猞猁狲大裘，命人在厅柱下石矶上太阳中铺了一个大狼皮褥子负暄，闲看各子弟们来领取年物。”这种年终发放年物的活动，对于大家族中的贫窘者来说是一项重要的福利，也是身为族长必须履行的一项凝聚宗族的重要工作。曹雪芹写得非常细致，也很生动。贾芹也跑来领取这项福利，被贾珍斥退。因为按宗族的“游戏规则”，这些东西是发放给那些大家族里没有谋到差事、无进益的小叔叔小兄弟的，贾芹已经获得管理家庙的肥差，在家庙里作威作福，贾珍掌握情况，因此将他骂一顿撵走。在第五十三回后半部分和第五十四回里，有关贾珍的笔墨也不算少。他在荣国府宴席上的表现，可圈可点：一方面他具备为那样一个家族披上温情脉脉面纱的能力，敬完了长辈的酒，他还故意来一句：“妹妹们怎么样呢？”另一方面他也是耐着性子敷衍，所以当贾母终于让他和贾琏“忙去罢”以后，大松一口气，哥俩一起去追欢买笑，不在话下。

贾氏祭宗祠的场面，曹雪芹偏通过薛宝琴的眼光写出。这一笔历代都有评家质疑：宝琴是外姓人，怎么那个节骨眼儿上跑到贾氏宗祠里去了？难以解释。我觉得这跟前面写她一人独作十首灯谜诗一样，曹雪芹是刻意把她作为一个贾氏家族盛极而衰的旁观者来设计的，当然，最后她自己也被牵连，但在这之前，她有足够的时间来冷眼掂掇。

第五十四回里贾母破陈腐旧套，提到曹寅编写的一出戏《续琵琶》，意义重大，更无可置疑地表明《红楼梦》具有家族史的因素，而且贾母的原型就是苏州织造李煦的那个嫁给了曹寅的妹妹。我在本系列第一部里有所分析，这里从略。这几回里关于凤姐的描写，周汝昌先生指出，是接续上几回写她为了照顾宝玉和众小姐等，不怕麻烦，在大观园里单设厨房，以及体恤邢岫烟的贫窘，主动关怀救济，一路写到她对袭人回家探母的细致安排，都是在刻画她人格的另一面，就是她具有为他人提供方便、营造幸福的热心肠。曹雪芹写凤姐和写贾珍一样，都着力刻画出复杂的生命现象，把人性写得非常诡谲，完全跳出了写“好人”或“坏人”的窠臼。

读这几回，和读别的回一样，千万不要忽略一些“过场戏”。什么是“过场戏”？一般来说，在回目所强调的主要情节以外的那些场面，都可以算是“过场戏”。在第三十七回里，有一段“过场戏”，写怡红院的丫头们在一起闲聊，话头是从给小姐、太太、老太太们送东西引起的，其中话最多的是秋纹。秋纹这个角色常被一些读者忽略不计，其实曹雪芹对秋纹的刻画也是很值得玩味的。为过去通行本《增评补图石头记》作评的大某山民感叹道：“一人有一人身份。秋纹诸事，每觉器小。”“器小”还不能等同于“小器”。第三十七回写到秋纹因为得到贾母、王夫人的一点赏赐沾沾自喜，晴雯等告诉她王夫人赏她的衣裳其实是赏别人剩下的，她随口说，“哪怕给这屋里的狗剩下的，我只领太太的恩典”，结果逗得众人都笑道“可不是给了那西洋花点子哈巴儿了”。袭人生了气，她才明白真相，却又主动去跟袭人道歉，这就是她“器小”的具体表现。“器小”就是眼光短浅，卑微庸俗，苟且偷安。到了第五十四回，曹雪芹真是忙中偷闲，在两个火爆的热闹场面之间，忽然嵌入一段宝玉回园没进屋又出园，中途忽然撩衣小解的“过场戏”。在这个段落里，又集中刻画了秋纹的形象，把她那仗着是宝玉房里的丫头，而宝玉又是贾母的宠孙，就在杂使婆子和小丫头们面前威风凛凛的嘴脸，凸现出来。但她其实是根本不入贾母眼的。这一回开头就写到，贾母不见袭人，嗔怪说：“他如今也有些拿大，单支使小女孩们出来。”贾母哪里知道她秋纹是何许人？只把她视为不中用的“小女孩”。秋纹自己也知道她在正经主子跟前微不足道，

第三十七回她自己说过："你们知道，老太太素日不大同我说话的，有些不入他老人家的眼。"这是个十足的欺软怕硬、仗势摆谱的角色，当然，她亦无大恶，并且总是知难息事、抱惭而退。在第五十五回里，曹雪芹将继续通过细节完成对这样一个生命的刻画。

◇ 第五十五回　辱亲女愚妾争闲气　欺幼主刁奴蓄险心

◇ 第五十六回　敏探春兴利除宿弊　识宝钗小惠全大体

◇ 第五十七回　慧紫鹃情辞试忙玉　慈姨妈爱语慰痴颦

“零碎杂角”“无意随手”皆见功力

“探春理家”的故事是《红楼梦》读者所熟悉的。曹雪芹采取了一种客观的、多视角的冷静写法。凤姐病休，李纨、探春奉王夫人之命理家，后来又特请宝钗协助。“他三人如此一理，更觉比凤姐当权时更谨慎了些，因此里外下人都暗中抱怨说：‘刚刚的倒了一个巡海夜叉，又添了三个镇山太岁，越性连夜里偷着吃酒顽的工夫都没了。’”这样的叙述句子是难能可贵的。

上一段我分析第五十四回时，特别讲到秋纹。这一回又有秋纹出现。她大摇大摆来到议事厅前，外面的执事媳妇们告诉她里面摆饭，等撤下饭桌子来再去回话（那时候北方贵族家庭也往往是在炕上或矮板榻上放个小炕桌吃饭，吃完要把那小炕桌撤下）。秋纹满不在乎，笑道：“我比不得你们，我那里等得。”说着就往里闯。平儿站起来及时叫住她，她还意态悠然，问平儿：“你又在这里充什么外围的防护？”还一回身坐到平儿的坐褥上，完全是一副恃宠无畏的姿态（可惜所恃的只是主人宝玉的宠，本身是毫无仗恃的）。及至平儿把情况向她说明，得知即使是宝玉，探春现在也敢驳回，而且越是宝玉这样被老太太、太太宠着的，越要拿来驳两件，以镇压住众人的口声，便伸舌笑道："幸而平姐姐在这里，没的燥一鼻子灰，我趁早知会他们去。"说着便起身走了。曹雪芹真是细针密缝，精刺巧绣，在展示探春理家的故事，刻画探春、李纨、宝钗、赵姨娘、吴新登家的、平儿等构成"大戏"的主角时，还不忘得便就入地再描补一下"每觉器小"的秋纹这样一个"零碎杂角"。这是了不起的艺术功力。

在第五十三回里写到贾母在花厅上（这个花厅在黛玉初进荣国府的时候还没有，是在第四十四回凤姐生日宴之前才新盖起的）大摆家宴，极尽奢华之能事，对所使用的物件有细致的描写，根据程乙本印行的通行本，全删去了其中关于"慧纹"的一段文字，这是很不应该的。这段文字其实是很重要的。它介绍在各种物件里，有一种璎珞最名贵，是姑苏女子慧娘的作品，她刺绣出的作品"皆从雅本来，非一味浓艳匠工可比"，而且全然出自兴趣，并非为市卖而作；因为她的绣品实在太好了，所以已不能叫作"慧绣"而要称为"慧纹"。这段文字可以看作是曹雪芹的美学宣言，他的文字也真有"慧纹"的韵致。

第五十六回回目后半部分对宝钗的形容，1957 年人文社通行本作"贤宝钗"，1982 年红学所校注本作"时宝钗"，我过去觉得应该是"时宝钗"，周汇本根据三种古本作"识宝钗"，现在我认识到周汇本所择是符合曹雪芹原笔原意的。戚序本在这一回回后保留着一条脂批，说得很清楚："探春看的远，拿的定，说的出，办的来，是有才干者，故赠以'敏'字。宝钗认的真，用的当，责的专，待的厚，是善知人者，故赠以'识'字。'敏'与'识'合，何事不济？"

第五十五回最后写凤姐、平儿密议家事，值得读者特别注意。凤姐听了平儿对探春理家情况的汇报，先是赞"好好，好个三姑娘"，然后说到她庶出的弱点，最后说“将来不知那个没造化的挑庶正误了事呢！也不知那个有造化的不挑庶正得了去”，暗示探春后来的婚事与庶正无关。平儿提起：“将来还有三四位姑娘，两三个小爷，一位老祖宗，这几件大事未完呢。”三四位姑娘，按说指的应该都是贾姓的：迎春、探春、惜春、巧姐；两三个小爷指的是宝玉、贾环、贾兰。凤姐就说：“宝玉和林姑娘他两个，一娶一嫁，可以使不着官中的钱，老太太自有梯己拿出来。”她这样说，是把二玉的婚事当作同一桩事，可见贾母在二玉婚事上的态度，并没有因询问宝琴年庚和家庭景况而动摇，凤姐心里是清楚的。说到迎春，凤姐的话很怪：“二姑娘是大老爷那边的，也不算。”后来又说：“二姑娘更不中用，亦且不是这屋里的人。”似乎迎春的婚事，荣国府根本用不着花钱。可是她又接着说：“四姑娘小呢，兰小子更小，环儿更是个燎毛的小冻猫子，只等有热灶火坑让他钻去吧！”四姑娘是宁国府的，按说不应该算进来，也更应该说“亦且不是这屋里的人”。可是凤姐说到惜春时毫不见外，在计算花费时把她算进“剩下两三个”里头，说“满破着每人得花上一万银子”，“环哥娶亲有限，花上三千银子，不拘那里省一抿子也就够了”。这真让人纳闷儿，书里不是设定荣国府贾母的大儿子是贾赦吗？贾赦的女儿迎春，是大房的女儿，计算荣国府嫁女的花费，头一个就应该算到她呀，怎么竟将她排除在外呢？惜春的出嫁，按说应该由宁国府出钱呀，她哥嫂应该管呀，怎么会由荣国府来为她花一万银子呢？这个地方，就逗漏出来，《红楼梦》在将“真事”隐到“假语”中保存时，对真实生活中的人物关系，有所忌讳，有所规避，因此有所挪移，有所合并。贾政的原型，应该是曹頫。曹頫是成年后才过继给曹寅遗孀李氏的，书里所写的荣国府，中轴线主建筑群由贾政、王夫人居住，是按生活中曹頫过继后担任江宁织造的那种状况写的（不过地点移到了北京）。书里的贾赦的原型是曹頫的亲哥哥，他并没有一起过继到李氏跟前，小说只是为了叙述上的方便，就把他设定为贾母的大儿子，但在铺排故事时，又按照生活里各自真实的生活空间来安排人物居所，于是才形成了现在我们所看到的文本现象。迎春的原型既然是曹頫哥哥的女儿，那当然属于另门别屋的一位姑娘，她的婚事，曹家当然用不着花钱。

第五十六回，正面写到江南甄家。甄家那时还很兴旺，奉旨进京，甄夫人带了三姑娘随行。贾母自己说出，甄家的大姑娘和二姑娘都在京城，应该是嫁了贵婿，二姑娘跟贾府来往更加密切，因此，贾母应该是知道这几姐妹是有个宝贝弟弟的。在见到薛宝琴后，想起宝琴来自南京，又联想到南京有"老亲"甄家，并且粗知甄家也有位公子，起了为甄家公子做媒，让宝琴成为甄、贾两家世代情谊的新纽带的念头，也是合情合理的。而最能揣摩贾母心理的凤姐，也就动了这个心眼。薛姨妈以为贾母是要把宝琴配给宝玉——第五十七回她还这么说——她也只能是那样的见识，并且"心中固也遂意"。倘若宝琴没有跟梅翰林之子定亲，那么，宝钗虽然不能嫁宝玉，宝琴嫁宝玉也不错。因为宝琴父亲已辞世，母亲又病危，她等于就是薛蝌、宝琴两兄妹的监护人，宝琴嫁宝玉的好处，她能安享。但贾母偏没明说用意，这也是曹雪芹使用的"烟云模糊法"。这是我现在对第五十回里那段情节的诠释，提出来请红迷朋友们一起讨论。

第五十七回的内容很丰富，其中还有邢岫烟许配薛蝌，以及湘、黛不识当票等情节，但它着力来写的，应该是紫鹃这个角色。这一回无妨叫作"紫鹃正传"，最生动的一笔是当薛姨妈顺嘴说到不如把黛玉说给宝玉时，本不在近处的紫鹃听到后跑过去对薛姨妈说："姨太太既有这个主意，为什么不和老太太说去？"把紫鹃作为黛玉的知心朋友，满心希望黛玉幸福的那一份急切，表现得力透纸背。不过，这个地方我有一点跟周先生不同的看法。古本里，有六本对紫鹃那句话的后半句的写法是“为什么不和太太说去”，只有两本是“为什么不和老太太说去”，周先生取“老太太”的写法而不取“太太”的写法，固然有一定道理，因为薛姨妈是从贾母的话茬儿说及这话的。但是，我觉得紫鹃对贾母和王夫人对黛玉的不同态度（前者明朗后者暧昧）还是心中有数的。而且，根据那种家庭的“游戏规则”，宝玉的婚事，应该是贾政、王夫人来决定，再请示贾母。贾母当然有否决权，但王夫人不主动提出，贾母也难越俎代庖。薛姨妈作为一个外姓亲戚，没有到贾母面前议论宝玉亲事的资格（这和薛蝌的婚事不一样，薛蝌没了父亲，母亲已不省人事，她就是薛蝌的监护人，而所想娶的是邢夫人的侄女儿，当然就可以通过凤姐去向贾母求得帮助），所以，紫鹃才跑过去跟薛姨妈说：“为什么不和太太说去？”因为只有薛姨妈跟王夫人说，王夫人再跟贾母说，才合乎程序。紫鹃是将了薛姨妈一军，在她想来，似乎这也未必不是一个能让宝玉和黛玉“有情人终成眷属”的办法。

曹雪芹那“忙中偷闲”、无意随手地在“大戏”中穿插“小戏”的手法，在这几回里运用得格外娴熟。第五十七回，他非常自然地穿插进一段关于雪雁的故事：赵姨娘兄弟赵国基死了，和王夫人告了假，出去给她兄弟伴宿去坐夜，见雪雁去王夫人处取人参，就招手叫她。雪雁事后跟紫鹃说，原来第二天要送殡，跟赵姨娘的小丫头小吉祥儿没衣裳，要借她的月白绫子袄儿。“我想他们一般也有两件子的，往脏地方去，恐怕弄脏了，自己的舍不得穿，故此借别人的。借我的弄脏了也是小事，只是我想，他素日有什么好处到咱们跟前？所以我说了，我的衣裳、簪环都是姑娘叫紫鹃姐姐收着呢，如今先得去告诉他，还得回姑娘呢！姑娘又病着，竟废了大事，误了你老出门，不如再转借罢。”这就又把一个前面只出现个名字的模糊人物，一下子对焦特写，在读者面前鲜活起来。

揭秘古本

◇ 第五十八回　杏子阴假凤泣虚凰　茜纱窗真情揆痴理

◇ 第五十九回　柳叶渚边嗔莺咤燕　绛芸轩里召将飞符

◇ 第 六 十 回　茉莉粉替去蔷薇硝　玫瑰露引出茯苓霜

◇ 第六十一回　投鼠忌器宝玉情赃　判冤决狱平儿情权

刺绣复杂的人生图像 

这四回书把笔触引向荣国府的底层。所谓《红楼梦》就是一部爱情悲剧的说法，之所以不正确，就是把曹雪芹如此苦心经营的篇章笔墨全给忽略不计了。细心的读者不难发现，从第四十二回以后，宝、黛的爱情随着黛、钗的和解，已经不再有心理上的冲突，后来的矛盾冲突，比如紫鹃试忙玉，全是误会，并不是“金玉姻缘”阴影造成的“三角冲撞”。曹雪芹从五十四回以后，更摆脱了宝、黛、钗纠葛为情节主线的写法，放开手把更多层次的生命存在呈现在读者眼前，显示出他刺绣复杂人生图像、揭示人性深处奥秘的超常才能。

第五十八回写到因朝廷里薨了老太妃，贾母、王夫人等全得去参与朝廷里的丧事，因皇家规定贵族家庭一年内不得筵宴音乐，元春当然也无法再省亲，就把贾蔷主管的梨香院的小女孩们组成的戏班子解散了，宣布愿意由其父母领回的可以离开，愿意留下的则分配到各处当使唤丫头。那么，请回忆一下下面这些女孩子演戏时的行当以及她们分派给谁使唤：文官、芳官、蕊官、藕官、葵官、荳官、艾官、茄官。

这是八个愿意留下的。这十二个女孩子可以统称为“红楼十二官”，我在试拟的《情榜》中把她们列为一组，构成“金陵十二钗四副册”。那么，除了这八个，那四个离去的是谁呢？这一回里没有明确交代，但是我们可以根据前面所写的来推测。一个当然是龄官。龄官与贾蔷互恋，可想而知，她最后一定是到贾蔷身边了，八十回后他们会再出场。还有两个应该是唱小生的宝官和唱正旦的玉官。第三十回，写到她们两个在怡红院里，跟丫头们堵上水沟，把一些水禽放在积水里玩耍；第三十六回宝玉去梨香院，龄官不愿理他，接待他的就是宝官和玉官。第四个是谁呢？看到下面，就会知道是药官，不过她的离去是离开人世，不幸夭亡。藕官思念她，清明为她烧纸，惹出一场风波。

第五十八回曹雪芹着意刻画的是芳官。他在前面已经刻画了那么多的青春女性，按说各种不同的性格都已写到，再写新的角色，使其从那些女儿中活跳而出，真是难矣哉，但他偏能知难而进，再添新角。芳官的任性，跟晴雯很相近，要把对她的性格刻画跟晴雯区别开来，真是难上加难。但曹雪芹以一系列细节，写出芳官任性中又透着幼稚，跟晴雯任性中透着泼辣，别有异趣，加以对其肖像和肢体衣着特点的勾画，马上让读者感到这是两个并不雷同的艺术形象。

这回书里一些似乎是随便那么一写的文字，比如交代贾母等参与朝中大祭的“下处”（休息场所），实际上传递着非常重要的信息，可以使我们进一步认识到《红楼梦》一书的家族史内涵。而且连朝廷薨逝的老太妃也是有原型的，并且与北静王的原型又有关联。

第五十九回，我觉得读者无妨站在赵姨娘和众婆子的立场，替她们想一想。那是贵族府第中压抑已久的“蠢妇”阶层的一次大发泄。这些“蠢妇”年轻时，最好的前途也无非是像赵姨娘那样，被男主子纳为姨娘。但赵姨娘即使为贾政生下一对儿女，也依然无法摆脱身为奴才的阶层性质，探春根本不认她为母。她对探春说了句赵国基是“你舅舅”，探春竟气得脸白气噎，哭问道：“谁是我舅舅？我舅舅年下才升了九省都点检，那里又跑出一个舅舅来了？”她是只认王夫人为母，以王夫人为坐标，认王夫人的兄弟王子腾为亲舅舅。我们替赵姨娘想想，这是多么窝心的话！贾环虽然被赵姨娘把在手里，大体上跟她想法相通，但一点儿“战斗力”也没有，丝毫不能为其生母争脸争气，赵姨娘只好自己出马。曹雪芹写得非常真实，也很有趣。院子里的众婆子，都把赵姨娘视为自己这个阶层里“上了层楼”的角色，寄希望于她，只盼她趁贾母、王夫人不在家，凤姐又病休，找到似乎是丫头群里“软肋”的芳官做突破口，撕破脸大闹一场，起码能获得些阿Q式的“精神胜利”。谁承想，赵姨娘出师不利，丑态可憎，铩羽而返，大观园仍是“二主子”“副小姐”（即众体面丫头）的欢乐世界！

读《红楼梦》，要弄懂一点，就是青春女性一旦成为头层主子屋里的一、二、三等丫头，那么生活质量就相当不错，吃的、住的、用的都远比府里一般仆佣好许多，每月还有月钱。因此府里有女儿的仆佣都盼着把自己的女儿设法送到那样的位置上，而那些女孩一旦得了那样的地位，也很少有愿意离开的，特别是害怕被撵出去。因为一旦被撵，不仅所有既得利益悉数丧失，还等于在脸上刻了耻辱印，可能就被草率地发卖掉，前途无比黯淡。但这只是一个方面。另一方面，当丫头是吃青春饭，一旦大了些，就要由府里进行再分配，特别是家生家养的奴仆的女儿，她们面临的就是“好不好拉出去配一个小子”。那哪里是什么正常的婚配，说得残酷点，就是奴隶主让奴隶配种，为他们再繁殖些小奴隶。比如府里女儿出嫁，就会拨出几窝这样的家养奴隶，跟到婆家去作为陪嫁，像周瑞夫妇，就是王夫人嫁到贾家来的陪房。因此，像小红那样的丫头，有了清醒的头脑，就会早作打算，以免临时被动。因此，宝玉就跟他屋里的丫头说，一旦她们大了，他就把她们“放出去”。

这“放出去”跟“撵出去”可是完全相反的待遇——“放出去”是让她们“自便”，就是不再由府里主管部门实行强制性的“配小子”，而允许其父母将其领回，像良家女子一样，自行择偶，虽然仍免不了父母包办，总比连父母也做不得主，“好不好拉出去配一个小子”强太多了。

正是在这样的背景下，又有了第五十九回和第六十回的故事，而且又出现了一个被重笔描绘的角色：柳五儿。

第六十回写到的四样物品，是非常有意思的道具。谁能想到，曹雪芹把他笔下的那些美女写得那么迷人，可是，他却又非常写实地告诉读者，春天到了，这些美女会生杏癍癣。她们当然不使用廉价且会有副作用的银硝，而是配制一种高级的蔷薇硝来使用，这蔷薇硝到了丫头们手里，就又成了表达友情的馈赠品。蕊官托春燕带去赠给芳官，而芳官得到时，不巧贾环正来怡红院，就问她讨要。芳官不想给他新得的，去找旧用的发现已无积存，就拿了包茉莉粉去敷衍贾环。其实这茉莉粉也是上好的化妆品，过去认为可以消除面部粉刺，但这样一种“调包”行为，令赵姨娘觉得大受歧视侮辱，在众婆子鼓动下，去怡红院找芳官“算账”。没想到这群小戏子竟富有团队精神，藕官、蕊官、葵官、荳官齐来声援芳官，倒弄得赵姨娘进退失据。而玫瑰露，是很早就出现过的。第三十四回，宝玉大承笞挞之后，王夫人就给了他一瓶木樨清露、一瓶玫瑰清露，都是贴着鹅黄签子的，进贡给皇帝的东西。进贡给皇帝的东西怎么会到了贾家？请看书里对茯苓霜的交代：粤东官儿要拜见贾家主人，这样的府第也不是那么好进的，他带来三篓茯苓霜，两篓是进献贾家主人的礼品，那一篓呢，则送给值班传事的，由他们去分享。这是中国社交文化的惯例，直到今天也并未改变。由此可知，皇商替宫里采买的物品也好，内务府供给皇家的用品也好，地方、外邦送给皇帝的贡品也好，总有相当大的一部分，是由过手的皇商、官员乃至太监、豪奴等留下享用的，而提供那些物品的有关人士，也就不待他们提出，就会主动分出那个份额来，直接奉献给这些“当班者”。第七回薛姨妈让周瑞家的分送小姐们的宫花，也属于那类的截留物。曹雪芹一支笔好厉害，把中国传统社交文化中的这种难以改变的习俗，写得如此生动细腻。直到现在，我们在生活里，还常常会遇到很底层、很终端的小人物，拿出一些罕见的烟、酒一类东西，得意地向亲友展示，说是辗转来自高层、高级场所或高级活动现场；而庶民之间以这样的东西当作礼品馈赠，也被认为比花大把钱买来的东西更有面子。正如这第六十回里写的，柳家的把一些玫瑰露送往哥嫂家，其兄又将茯苓霜分赠给她，这是卑微中的自豪、庸俗中的甜蜜。我们这个民族，几时能从这样的社交文化风俗里走出？

第六十回和第六十一回，就把柳五儿的故事，放在以上四样物品所流通的社交网络里来编织。五月之柳，春梦正酣，柳五儿自己，以及她的父母，特别是她母亲柳嫂，拜托芳官力荐，竭力想谋取怡红院中因小红、坠儿离去留下的空缺。但好梦破碎，柳五儿受辱添病，柳家的险些失去内厨房厨头的位置，直到似乎已经跌下悬崖的最危机的时刻，才因宝玉的“情不情”品格，和平儿那富有人情味的开明行权方略，奇迹般地转危为安。

第六十一回的回目，1957年人文社通行本和1982年红学所校注本，以及《语文新课标必读丛书》版，都作“投鼠忌器宝玉瞒赃，判冤决狱平儿行权”，周汇本则从几种古本里选了“宝玉情赃”和“平儿情权”的写法，这应该才是曹雪芹的原笔原意。

平儿在贾母、王夫人外出，凤姐养病，而探春、李纨临时都不方便的权力真空状态下，施展了她在家族政治方面的才能。“平儿情权”，就是以人情为本，在家族各个利益集团和利益互相消长的个人之间，以柔性的措施，求得和谐平衡。当然她行权最后还是必须通过凤姐这一关。凤姐是所谓“法家”，开的是“钢铁公司”，善于以威猛震慑各方，去达到“恐怖平衡”；但这次平儿居然说服了凤姐，令凤姐暂时让步，由她去“平天下”。平儿在这前前后后，私下、公开多次表明了她的家族政治理念：“得饶人处且饶人，得省事将就省些事也罢了。”“得放手时须放手，什么大不了的，可乐得不施恩呢！”“大事化为小事，小事化为没事，方是兴旺之家。若得不了一点子小事，便扬铃打鼓，乱折腾起来，不成道理。”平儿的这种“治国理家平天下”的理念，即使搁到今天，应该说也还是很值得参考的。

第六十一回里开始具体地写到大观园边缘地带——内厨房里外——发生的小人物之间的摩擦冲突。探春房里的小丫头蝉姐儿，迎春房里的小丫头小莲花儿，以及看角门的一个留杩子盖头的油嘴小厮都被刻画得活灵活现。那留杩子盖头的小厮说：“单是你们有内纤，难道我们就没有内纤不成？我虽然在这里听哈，里头却也有两个姊妹成个体统的，什么事瞒了我们？”几句油嘴滑舌的话把世道人情写透，实际上这也还是我们今天现实生活里阶层间信息渗透的常情——最底层的小人物，有时也会为自己获知了比自己层次高的处所的秘密，而感觉到一份自豪与快意。本回关于秦显家的的一段情节很有意思。林之孝家的关于秦显家的的相貌形容，只有八个字——“高高孤拐，大大眼睛”，却把一个颧骨突出的大眼妇人鲜明地呈现在了我们面前。第四十六回写鸳鸯的长相——“鸭蛋脸面，乌油头发，高高的鼻子，两边腮上微微几点雀斑”，也令人过目不忘。我认为这是书里最成功的两处肖像描写。

◇ 第六十二回　憨湘云醉卧芍药裀　呆香菱情解石榴裙

◇ 第六十三回　寿怡红群芳开夜宴　死金丹独艳理亲丧

从《红楼梦》中选出最美的四个场景，你选哪四个

宝钗扑蝶、黛玉葬花、宝琴立雪、湘云醉卧，这是《红楼梦》前八十回里最美丽动人的四个场景。相信绝大多数读者在这一点上都能够获得共识。当然，由于每个审美主体都有自己的审美个性，针对同一审美对象，即使都觉得美，但由其引发的审美愉悦在程度上也还是有差异的。有一天，几位红迷朋友跟我聚在一起谈红，其中有的就觉得，如果非要从《红楼梦》里选出四个最美的场景，那么上述中有的就应被别的场景取代，就算这四个全选上，排列顺序也还大有商量。综合那天我们提及的场景，竟有二十三个之多，现在按照在书中出现的顺序，开列在下面，请有兴趣的读者朋友根据自己的审美心得，在各场景后面按从一到二十三的名次填入括号。由于我们几个人的看法难免有局限性，因此，最后还留有几个空白，供读者自己补充：

太虚幻境警幻仙姑作歌而现（　　）

宝玉为麝月对镜篦头（　　）

二玉桃花底下共读《会真记》（　　）

黛玉离开潇湘馆嘱咐紫鹃收拾屋子（　　）

宝玉隔着海棠花看见小红（脂砚斋认为是“隔花人近天涯远”的意境）（　　）

迎春独在花阴下拿花针穿茉莉花（　　）

宝、黛等乘船在湖里残荷中穿行（　　）

宝玉提灯暂别潇湘馆，蘅芜苑婆子打伞提灯送燕窝（　　）

黛、湘联句：“寒塘渡鹤影，冷月葬花魂”（　　）

妙玉深夜庵中续诗（　　）脂粉香娃割腥啖膻（　　）

黛玉教鹦鹉吟诗（　　）香菱抠土吟诗（　　）

宝琴立雪小螺抱梅（　　）莺儿采嫩柳编花篮（　　）

黛玉葬花（　　）宝钗扑蝶（　　）

群芳夜宴（　　）湘云醉卧（　　）

晴雯撕扇（　　）晴雯补裘（　　）

龄官画蔷（　　）大观园里放风筝（　　）

按说，应该在八十回都讲完后，再来做这样的“结算”，但是，全书写到六十三回，所剩的美事美景已经不多，衰相迭现，败兴连连。上述二十三项美丽镜头里，六十三回后我们仅列出三项，其实放风筝已经是“春梦随云散”的悲兆，而黛、湘、妙联诗之美，已是不堪承受之凄美。

有人可能会问：所开列的，怎么没有“惜春作画”这一项？细读《红楼梦》前八十回原文，你会发现并没有一段文字正面描写惜春作画，没有那样的一个具体场景。惜春作画总是暗写，写宝玉总往她那边跑，去看她画得如何，也写到贾母亲临她住处暖香坞要看画，但惜春说天气冷了，胶性皆凝涩不润，恐画了不好看，收起来了。但是《红楼梦》的读者可以从作者的暗写里延伸出自己的想象，这就是“接受美学”所说的，读者与作者共同创造，去营造出一个艺术天地。早在清朝，就有许多画家画过惜春运笔作画的场景，天津著名的泥塑艺人“泥人张”，20 世纪创作的泥塑《惜春作画》，不但有惜春执笔凝思的形象，还围绕画案把宝、黛、钗、湘、迎、探等都生动地呈现了出来，堪称《红楼梦》衍生出的艺术品中的精品。

第六十三回是荣国府，特别是大观园从盛而衰的一个大转捩点。这一回里群芳所抽到的花签全都暗示着她们的命运。值得注意的是，特别写到麝月抽到的花签，其他角色的命运前面都有过暗示，这回不过是再加描补，但麝月却是头一遭。她那根签上画着荼蘼花，题着“韶华胜极”四个字，其实这不仅是暗示她个人的命运（她是在宝玉身边留守到最后的一个丫头），更是告诉读者：这些青春生命的美好岁月都已经达于顶点。签上还有一句旧诗“开到荼蘼花事了”。荼蘼花是自然界春天最后开放的花朵（经人工培育的春后花卉，特别是暖棚里培育的四季可开的多种花卉另当别论），荼蘼花谢落，春天就结束了。春逝，是中国传统文学艺术里永恒的喟叹性主题，也是曹雪芹《红楼梦》全书的基调。他珍惜笔下这些春花般的美丽生命，写出春逝后美丽归于陨灭的人间悲剧。

《红楼梦》写得很美，但曹雪芹不是唯美主义作家。他在美的展示和美的毁灭里，富有写实的力度，更有虚构的技巧，并且熔铸进丰富的政治、社会、伦理、哲学的内涵。我在本系列第一部、第二部和这本书里，都努力地去揭示这部伟大作品的思想性。但是，我认为，即使有的读者就要从唯美的、趣味的角度来品味这本书，那也无妨。过去，有的研究者下功夫考证寿怡红群芳开夜宴宝玉和群芳的座位次序，一度被批判得体无完肤，这种批判是不利于构建和谐社会的。人家有那样研究的权利，那样的研究不仅可以提升阅读《红楼梦》的兴趣，从纯学术角度来说，也有一定意义——可以让我们知道，曹雪芹他是写实的，他下笔前，心中是有那个“往日甜蜜”的场景在胸的。俞平伯先生在这个群芳座次的研究上富有成果，近来更有研究者使用电脑来精确计算书里抽签情况和座次之间的关系，把那“韶华胜极”的温馨一夜里各人的座次，弄得更加清楚。

第六十三回，书里前面写到小燕（春燕）建议把宝姑娘、林姑娘等人请来，经过讨论，大家附议并作补充，这些建议包括补充的名单里，并没有史湘云，可是到抽签的时候，忽然又有她在座。这也成为一个研究的议题。为什么会写成这样？研究的结果是：曹雪芹就是根据生活里实际存在过的情况来写的，因为他脑海中有那天的全部记忆，所以写得很细；但也派生了另外的问题，就是有的细节他以为不交代也罢，忽略了读者细读时会产生小小的疑惑。那天湘云的情况就是如此——为什么用不着特别再去请她？因为她醉卧后被袭人请到怡红院休息，她本来就在那里。这样的研究，我认为也有它的必要。

“烦琐考证”，是过去批判上述研究的一句恶谥。我现在坚持自己的下述立场：《红楼梦》研究，也就是红学，这是一个公众共享的学术空间，特别是不使用国家经费，不因红学研究而获得行政级别、专家职称、工资待遇的业余研究者，他们完全可以从自己喜欢的角度对这部小说进行这样或那样的研究，包括唯美的研究、趣味性研究。如果他的研究由于“烦琐”而显得枯燥乏味，那不但市场会排拒他（也就是难以发表、出版），就是他的亲友也会懒于听他聒噪。但是，如果只是自居“正统”“正确”的红学家斥责他“烦琐”，而他的研究心得自有人喜欢听取，甚至市场也容纳（至少可以让读者觉得情趣盎然），那么，我觉得他的研究也就一定具有某方面的意义，绝不应加以压制。

那么，我就再举一个“烦琐考证”的例子。晴雯补裘这段故事写在第五十二回里，发生在袭人因母丧而不能回怡红院的情况下。到了第六十二回，袭人和晴雯就有一段对话。袭人说：“我烦你作个什么，把你懒的，横针不拈，竖线不动，一般也不是我的私活烦你，横竖都是他的，你就都不肯做。怎么我去了几天，你病的七死八活的，一夜连命也不顾，给他做了出来，这又是什么缘故？你到底说话，别只佯憨，和我笑，也当不了什么。”这当然是进一步刻画晴雯的性格，说明她病补孔雀裘确实并非“履行丫头职责”，而是因内心里对宝玉有一腔爱意。但是我们“烦琐”一下，这样问：一般人说话，都会说“你病的死去活来”，怎么曹雪芹偏写成“你病的七死八活”？

这就需要稍微知道点曹雪芹的身世了。他祖上在关外铁岭地区被清军俘虏，编入正白旗，但身份跟满人不一样，属于汉人包衣。包衣就是奴才，不过曹家那样的包衣，跟着清军打进关内，主子认为他们有功，他曾祖母孙氏又被选为顺治皇帝儿子玄烨的保母（教养嬷嬷），祖父成为玄烨的侍读，所以玄烨成为康熙皇帝以后，就极受宠幸，几代都担任江宁织造。康熙六次南巡，四次住到他家，太子胤礽被废前，跟他家关系也极为密切。但雍正当了皇帝以后，曹家就被治了罪，不过没有对他家斩尽杀绝，还留了些生存空间。雍正暴薨乾隆继位，立即推行怀柔政策，曹家受益，一度回黄转绿，又成了“中等人家”。可是乾隆四年发生了“弘皙逆案”（弘皙是胤礽的儿子，论起来是康熙的嫡长孙），曹家受牵连，彻底败落，败落到连家谱都中断的地步。经过后人艰苦考证（这方面周汝昌先生用功最力、成就最丰），我们现在可以知道曹雪芹三十岁左右到了北京西山贫居著书。西山中有一片叫香山，香山一带有正白旗的驻地。满人在关外就以八旗的形式构成既是军事的也是社会的组织形态，八旗是：正黄旗、镶（厢）黄旗、正白旗、镶（厢）白旗、正红旗、镶（厢）红旗、正蓝旗、镶（厢）蓝旗。前三旗后来成为“上三旗”，就是指地位高于后五旗。所谓“镶”，就是在长三角形旗子边上镶上绲边，但是后来满清官方文书时常把“镶”写成“厢”（再“烦琐”一下：《红楼梦》里许多该写成“镶”的地方都写成“厢”，正说明曹雪芹是正白旗中人，跟从了满族的这种书写习惯）。那么曹雪芹到了香山正白旗，也算“归旗”了，可以领些钱粮，维持生活。他可能在正白旗村住过。当然，他不会是一个安分守己的“旗人”，有研究者考证出，他后来有很长时间是居住到香山背后的白家疃去了。不管曹雪芹究竟住在哪处村庄，他对香山一带的风物，不消说，是非常熟悉的。现在在香山一带还有乾隆时期遗留下的团城演武厅，和一些供当年八旗兵练武用的碉楼。这些碉楼一共有十五座，七座是死膛的，八座是活心的（一说是一共八座，其中七座死膛第八座活心）—— 活心就是可以进入内部。这样不同的碉楼在演练时可以分别安排不同的项目，有的只供演练往上攀攻，有的则可演练从外攻入和在内防守。因为长期利用这些碉楼演练，附近的居民都熟悉死膛和活心碉楼的数目，因此就形成了“七死八活”的地区性俗语，渐渐也就成了“死去活来”的同义语。那么，曹雪芹这样写，就证明他确实在那一带生活过。我对这类的“烦琐考证”是极感兴趣的，不知读者诸君看法如何。

揭秘古本

“红楼二尤”的自救悲剧

这六回是关于“红楼二尤”的故事。我觉得二尤的故事很可能也是曹雪芹从旧作《风月宝鉴》里取出融合到《红楼梦》里来的。他融合得相当成功。把二尤设计成尤氏的两个妹子，但却又并无血缘关系。又把尤三姐和柳湘莲勾连起来。曹雪芹在全书开篇就通过贾宝玉之口，提出了“女人是水作的骨肉，男人是泥作的骨肉”的惊人观念，又在第五十九回通过春燕引用了贾宝玉的著名论断：“女孩儿未出家，是颗无价的宝珠；出了嫁，不知怎么变出许多的毛病来，虽是颗珠子，却没有光彩宝色，是颗死的了；再老老，更变的不是珠子，竟是鱼眼睛了。分明一个人，怎么变出三样来？”（注意：周汇本跟以往通行本不同，第一句取“出家”的写法，后面又取“再老老”的写法，为何这样写，周先生在注释中都加了说明。）六十四回前面的故事里，他刻画了“水作骨肉”的青春女性系列，也通过对许多“蠢妇”的描写，使我们知道封建婚姻和礼教如何让宝珠成了死珠再变成鱼眼睛。但是到了这六回，他却塑造了尤二姐和尤三姐这两个出乎读者意料的女性形象，进一步拓展了全书的社会景观与思想内涵。

尤二姐和尤三姐刚出场时，都还未嫁。尤二姐虽然曾经指腹为婚，但婆家已经破落根本无力聘娶，后来拿去十两银子退婚，对方也就画押认可。按说，她们也该是如水之纯，是两颗宝珠。但曹雪芹写她们，一出场就轻浮浪荡，还跟读者交底，说她们跟贾珍、贾蓉“素有聚麀之诮”，这可不是一般的不洁净。麀这种动物据说是乱伦交配的，“聚麀”就是指父子两辈与同样的女子鬼混，而且珍、蓉父子这方面的秽行声播于外，被人私下里讥议嘲笑。二尤这样的女子，尽管未嫁，早已破身，虽可能有被胁迫的一面，却也是自己半推半就，她们算不得是“水作的骨肉”“无价的宝珠”，勉强喻水，也只能是雨后泥洼中的脏水；勉强喻珠，也只能算半死的混浊之珠。

但曹雪芹下笔写她们，虽然冷静地写出了她们的浮浪，却又透露出无限的惋惜与怜惜。他在这六回书里，实际上写的是两个尘世不洁净的女子，努力救赎，却终于还是不能修成正果，一个壮烈自刎，一个凄惨吞金，成为封建社会漫漫长夜里的两个牺牲品。

曹雪芹在第五十九回，通过春燕转述宝玉的话，实际上是说出了他自己的话，那段话的中心意思是，那个社会的婚姻会使本来纯洁的女子变质。闺中女儿一出家（走出家门嫁人），就被组织到了那个社会的权力结构中，成为利益集团维护既得利益、争夺更多利益的工具之一，丧失了原有的自然状态——而青春少女的原生态，是最纯净最美丽的。当然，他在使用这个论断时是具有变通性的。比如对凤姐，对李纨，对尤氏，这些女性已经出嫁，也确实各自都受到男权社会一定的污染——凤姐恋权贪财，尤氏顺从独夫，李纨在关键时刻自私而不能积阴骘——但他依然没把她们当成“死珠”“鱼眼”，而是准确而细腻地刻画出她们尚存的天然善美——凤姐理家中的人情面，尤氏处世中的宽厚面，李纨对待弟妹的温馨面。

也许是曹雪芹刻意要把自己的女性观补充得更完整而避免片面，他写尤二姐和尤三姐的故事时，把这两个女性的救赎之途，恰恰定位于嫁人。他仿佛在扩展第五十九回中的那个论述，在“分明一个人，怎么变成三样来”之后，接着再这样说：也有另样情况，那就是，女儿在家时失了身，好比珠子被玷污，只要认认真真嫁人，痛改前非，好好过日子，那么，也还可以洗去污垢，返璞归真。这样，他就写出了生命状态的多样性，为受玷污的年轻女性指出了自我救赎的可能性。

尤二姐被贾琏私娶后，一直为自己早先的失足忏悔，一心一意地想回归贞静贤淑。尤三姐跟贾珍、贾琏破脸厮闹后，也终于决心自主择婿，从此一心一意地安分生活。在任何一种社会里，通过自主恋爱、自主择偶，使以往的荒唐成为深藏的记忆，在新的社会关系里救赎出一个新我，都不失为一种构建和谐稳定人生的良策。现在的社会环境中，这样的努力是有可能营造出喜剧效果的。但是，在《红楼梦》所描写的那个时代那样的社会环境里，大家都看到了，二尤全都没有达到预期的目的，她们成为全书中新一轮悲惨殒命的如花美眷。

尤二姐之死，其中最关键的因素当然是凤姐的借刀杀人。但读过这几回的故事后，我所接触到的红迷朋友里，很有些是并不痛恨凤姐的，因为是贾琏偷娶先损害了凤姐的利益，她是被迫进行“自卫反击”。有一位朋友更对我说，她觉得凤姐对贾琏的性控制，前提是她自己并非性冷感、性无能和性变态，书里有多次描写，说明她是能够满足贾琏的性需求的。因此，除了平儿以外，跟平儿陪嫁过来的三个，以及她过门前贾琏身边的两个，都被她一一排除，直到她计除尤二姐，又终于弄灰了秋桐，都属于无形中在推进一夫一妻的现代婚姻制度。所以，她的泼醋也好，“拔刺”也好，客观上都是具有进步意义的！不知大家对这位红迷朋友的观点，能够认同否？

尤三姐之死，关键因素竟是宝玉对柳湘莲说的那几句话。有红迷朋友喟叹：曹雪芹写得未免太冷酷了！他这样归纳：“王夫人一掌死金钏，贾宝玉一语死三姐，傻大姐一笑死晴雯。”这里只说贾宝玉一语死三姐。柳湘莲向宝玉询问情况，宝玉怎么会用那样的口吻来回答呢？特别是最后那句：“真真一对尤物，他又姓尤。”他但凡不那么说话，换个别的句子，也许就不至于立马惹出柳湘莲那么强烈的反感，而柳湘莲就算心存疑忌，熬到与尤三姐见面，也许就会冰释恶感，那么，事情也就不至于发展到“揉碎桃花红满地”的惨烈程度。曹雪芹为什么要这样写？我想，他大概是想写出人生与命运的诡谲。有的人，有的事，固然有其可寻绎的因果，却也往往更有诸多说不清道不明的玄机在里面。我们实在应该懂得，正因如此，任何人不可自称能解释一切、把握一切。

这六回书，其中两回，被诸多研究者指出并非曹雪芹原笔。周汝昌先生认为，第六十四回，可能还是根据曹雪芹残稿补缀的，多少还保留着些曹雪芹的文风；第六十七回，从行文风格上说，完全不及格，应该整个是别人后补的，但整理、补写这两回文字的，也并非曹雪芹去世二十几年后续书的高鹗，应该是跟曹雪芹比较接近的人，有可能是脂砚斋，或别的类似的人物。

第六十四回里，黛玉有《五美吟》，五首诗诗意淡薄，大不如前面的诸诗，但有条脂砚斋批语说：“《五美吟》与后《十独吟》对照。”这就告诉我们，八十回后，也许仍是黛玉，也许是别的人——宝钗？湘云？——有写《十独吟》的情节。“十独”估计也是十个历史人物，但何谓“独”？指孤独者？是十位女性，还是男、女混合的十个被吟诵的对象？值得探究。

第六十七回，前半回的情节非常牵强，后半回的写法与第四十四回前半回太雷同，文字则完全没有了曹雪芹笔下的生猛灵动，尤其其中袭人去凤姐处，关于给巧姐儿做小兜肚的一段文字，敷衍成文，板涩不堪。曹雪芹的文字，特别是写人物说话，常常是一个人一种声口，也就是能铺排性格语言，即使是配角的语言，也如闻其声，连说话者的抑扬顿挫，都仿佛录了音般从纸上飞出。比如第六十五回和第六十六回，贾琏的小厮兴儿在二尤面前痛陈荣府各位主子的情况，就被他写得异常生动，完全符合兴儿那一层次人物的心理状态和语言习惯，读来令人忍俊不禁。现在我把兴儿说及府里各人情况的话语抄在下面，其中的空白，请读者按周汇本正文补足，希望读者诸君能在这样的重温中，对曹雪芹的语言艺术再作深入体味：

——关于王熙凤：

提起我们奶奶来，告诉不得，奶奶____，____……恨不得把银子钱省下来，堆成山，好叫老太太、太太说他会过日子，殊不知苦了下人，他讨好儿。估着有好事，他就不等别人去说，他____，或有了不好事，或他自己错了，他便____，他还____。如今连他正紧婆婆大太太都嫌了他，说他____，____，自家的事不管，倒替人家去瞎张罗……（针对尤二姐说“我还要找了你奶奶去呢”）奶奶千万不要去。我告诉奶奶，一辈子别见他才好，____，____，____，____，____，____，都占全了……他看见奶奶比她标致，又比他得人心，他怎肯干休善罢？人家是____，他是____。凡丫头们二爷多看一眼，他有本事当着爷____……

——关于李纨和众小姐：

我们家的这位寡妇奶奶，他的浑名叫作____，第一个善德人……

二姑娘的浑名是____，____。

三姑娘的浑名是____……____，无人不爱的，____。也是一位神道，可惜不是太太养的，____。

另外有两个姑娘，真是____，____。一个是我们姑太太的女儿……一肚子文章，只是一身多病，这样的天，还穿夹的出来。我们这起没王法的嘴，都悄悄的叫他____。还有一位姨太太的女儿……竟是____……我们……见了他们两个，不敢出气儿……是生怕这气大了，____，____。

这段话一直继续到第六十六回开头。值得注意的是，连兴儿这样的荣府下层人物，也认定老太太给宝玉定的亲就是黛玉，再过三二年，老太太一开言，就办喜事了。可见宝、黛的爱情悲剧，贾母在世还不至于发生；贾母去世后，没了靠山，王夫人、薛姨妈那方面的家族势力，才能达到排除黛玉安排宝钗，进而将贾家财产更牢靠地掌握到王家手中的目的。

第六十六回写贾赦派贾琏去平安州——这个地名有反讽意味，因为恰恰在这个州的管辖范围里，薛蟠的商队遭到强盗打劫——固然是为了从情节发展上，为凤姐设计把尤二姐赚进大观园留下足够的时间，同时，也是一个重要的伏笔：贾赦如此私自交结平安州节度使，行一些诡秘的勾当，是有违王法的，贾府事败，贾赦的这种罪行构成了“第一张多米诺骨牌”。

有人说，曹雪芹写女性，不是从头写到脚，总是头上、身上写得精细，而对脚却含混其词。他这样写，也是“烟云模糊”的手法。目的呢，是为了回避一个敏感的问题：那些女性的脚究竟是天足，还是“三寸金莲”。现在有的年轻人可能不理解：这有什么敏感的呢？要知道，清代的满族妇女，是不缠足的，当时所谓妇女的旗装，一般的形式是梳“两把头”，穿宽袖高领旗袍，脚蹬花盆底鞋。但清代的汉族妇女，则仍和明朝一样，普遍缠足。曹雪芹祖上被清军俘虏，编入正白旗，虽是汉族，却又不得不依照满族的生活方式来过日子，因此，后来家族里的小姐，就都保持天足，并不缠足。可以推想，《红楼梦》里女性原型的脚部情况，就比较复杂，尤其是丫头们，有的家生家养，依照满族妇女习俗不缠足，有的却是从社会上买来的汉族女子，那就是缠足的。如果写小说的时候把这种天足和“金莲”并存的情况明确描绘出来，就会把故事的时代背景写得过分凿实，这不仅不符合他那将“真事”隐藏在“假语”里保存的写作宗旨，也可能会仅仅因为对一些妇女足部的描写而被指斥为“干涉时世”，坠入“文字狱”的网罗中。不过曹雪芹虽然竭力回避这方面的描写，终究也还是免不了偶有逗漏。第六十五回描写到尤三姐为反抗贾珍、贾琏的调戏而佯狂的肢体语言，其中一句就是“一对金莲或敲或并，没半刻斯文”。第六十九回凤姐带尤二姐去见贾母，贾母看完肉皮和手，鸳鸯又揭起裙子来——就是让贾母看她的“金莲”缠得怎么样，如果是天足就用不着这么审查——贾母评价说“竟是个齐全孩子”，可见尤二姐和尤三姐，还有她们的生母尤老娘，都是汉族妇女。第七十八回宝玉祭晴雯的诔文里有“捉迷屏后，莲瓣无声”的句子，晴雯本是赖嬷嬷买来敬献给贾母的，可见她也是个汉族女子。书里丫头、婆子骂“小蹄子”，被骂的当然就是缠足的；又有用“那里就走大了脚”来责怪偷懒的话，当然针对的也是缠足的丫头。书里四大家族的小姐们，包括凤姐，应该全是天足，她们之间笑骂时也会说些粗话，但没有用“小蹄子”这个词语的。此外，李纨、尤氏是天足还是“金莲”，就很难猜测。林黛玉也难说，她母亲贾敏应该是天足，嫁给林如海，林家可能是汉族，那么，究竟她是根据林家的风俗缠足，还是跟随母亲保持天足，就不得而知了。第七十三回写到傻大姐，特别点明她是“两只大脚”，可见荣国府仆妇中天足者也大有人在。

书里的人物多有原型，那么，书里的院宇园林、街道坊巷，是不是也会有原型呢？回答是肯定的。周汝昌先生就考证出现在仍大体保持着规模的晚清的恭王府及其花园，是荣国府和大观园的原型。当然，曹雪芹在书里将其夸张、渲染了，又从别的真实素材里挪移、拆借了若干成分，再加以艺术想象，构成了小说里那些人物活动其中的故事空间。我曾在北京恭王府墙外生活了十几年，对那一带的地理环境十分熟悉，因此，当我读到《红楼梦》第六十四回这样的交代："贾琏……于宁荣街后二里远近小花枝巷内买定一所房子……"就备感亲切，因为在恭王府西北二里远近的地方，现在也还有条小胡同，一直叫花枝胡同。这不会是巧合。这再次说明曹雪芹书写的这个文本，不是纯虚构的，而是"真事隐"后以"假语存"。

或打、或杀、或卖
——为什么把“或杀”搁在“或卖”前面

秦可卿留下可怕的偈语：“三春去后诸芳尽，各自须寻各自门。”我们掐指一算，从她道出那偈语，第十八回后半回到第五十四回，一春去；第五十五回到第六十九回，二春匆匆；那么，到第七十回，把二春简单结束后，就开始了三春，悲剧的阴影真是越逼越近，越来越浓酽，“诸芳”们在离散前，还有多少宝贵的光阴可以消磨？读者的心情，随着曹雪芹的行文，不免要沉重起来。

第七十回非常重要，又是一个关键的转捩点。

这一回的内容也非常丰富。

首先，把二尤的故事作一个彻底的了结。贾母不许将尤二姐灵柩送往家庙铁槛寺，贾琏只好将她与尤三姐埋在一处。

然后，有很重要的一段文字，说林之孝开了一个人名单子来，共有八个二十五岁的单身小厮，应该娶妻成房的，等里面有该放的丫头们好求指配。前面几次讲过，那个时代那样的家庭，那样的一批单身小厮，是贵族主子的男奴隶，他们到了二十五岁，给他们指配也到了发落年龄的女奴隶为婚，并不是如今婚姻介绍所那样的人道行为，而是为了让这种婚配产生出新的小奴隶来，以扩大贵族家庭的“动产”。接着就写凤姐操办此事，她去请示贾母和王夫人，一起商议，结果发现那一年到岁数的女奴隶状况不佳，数量不到八个，质量也有问题。“第一个鸳鸯发誓不去”，鸳鸯是贾母时刻离不开的，因此可以例外。读者要注意这一笔交代。作者没像交代单身小厮那样，把主子发落她们的年龄明确，读者可以估计出来，应该是在十八到二十岁的那个年龄段上。第七十一回写“鸳鸯女无意遇鸳鸯”，鸳鸯有那样的反应，跟她已到结婚的年龄，是有关系的。“第二个琥珀，又有病，这次不能了。彩云因近日和贾环分崩，也染了无医之症。”琥珀、彩云都因病暂缓。这似乎很人道，但其实奴隶主所考虑的，还是自身的利益——把有病的丫头拿去婚配，或者根本达不到生产小奴隶的目的，或者会生育出不良品种，那怎么行？最后，“只有凤姐和李纨房中粗使的几个大丫头配出去了。其余年龄未足，令他们外头自娶去了”。这是对前面李嬷嬷说的“好不好拉出去配一个小子”的具体展现。

说到这里还不免要多解释几句。一位年轻的红迷朋友来跟我讨论，他说，中国那时候不是已经处在封建社会了吗？封建社会不是已经有别于奴隶社会了吗？封建社会里的被压迫者，固然跟封建主子有一定的人身依附关系，也存在卖儿卖女的事情，但是，应该不会有奴隶主完全控制奴隶生命的现象了呀？怎么会在封建社会里，还会有奴隶社会的景象呢？显然，他考虑问题，完全是从概念出发，是一种教条主义的思路。不错，从大的方面来说，清朝定鼎北京以后，承袭了明朝的社会结构，确实还是地主阶级和人身不完全受控的佃农，以及自耕农等属于大多数众生的存在状态；但是，满族自己，进关前和进关后，都有奴隶存在。曹雪芹家族，就是满族正白旗的包衣。包衣就是奴隶，尽管皇帝主子喜欢你的时候，可以让你做官享福，可是一旦治起罪来，那就比汉族犯官的命运更惨。汉族官员被治罪无非杀头或入狱，包衣被治罪，那就还可能被发配到边陲去给“披甲人”（守护边境的士兵）为奴。在康熙朝煊赫一时的苏州织造李煦（就是《红楼梦》书中贾母原型的亲哥哥）——光他留下的给康熙的奏折和康熙在那些奏折上的批示就构成颇厚的一本书，现在有铅印本，大家如有兴趣不妨找来看看——在康熙薨逝雍正继位后，立刻被抄家治罪，他的下场，就比杀头还惨。因为李家是世代包衣，这种生命主子是轻易不杀的，总要当作非人的奴隶耗尽其生命才觉得“合算”。雍正就把差不多已经七十岁的李煦发配到边陲去给“披甲人”（最基层的士兵，虽然地位卑贱，但毕竟是“人”）为奴，具体地点是打牲乌拉（现黑龙江布特拉旗），当时是极寒苦的地方。到了那里，脖子上还要拴上绳索，“狗蓄之”。曾在锦绣江南享受了几十年雅致生活，并曾几次接驾康熙，风光到不堪地步的李煦，老年竟是这样的下场！当然，他在那地方没多久也就一命呜呼了。因为李煦本身就是皇家的奴隶，因此他的所有家眷和奴仆也就都是奴隶。雍正把他抄家治罪后，将他的大部分家人奴仆赏给了去奉旨抄他家的官员，其余的押解到北京，在崇文门公开变卖。这就是在清朝那样一个大体是封建社会的政权下，依然保留着奴隶制度的复杂的社会景观。那么，在李煦，当然也包括曹寅，以及“真事隐”后，以“假语存”呈现在书中的四大家族那样的家庭的内部结构里，存在着奴隶主和人身完全没有自由的奴隶之间的阶级关系，我们也就可以理解了。第六十三回曾写道：“贾府二宅皆有先人当年所获之囚赐为奴隶，只不过令其饲养马匹，皆不堪大用。”奴隶二字明写。后面第七十四回，写抄拣大观园后，惜春不能容忍入画，让尤氏赶紧带出去“或打、或杀、或卖”，她为什么把“或卖”说在“或杀”后头？因为“或杀”可能还是非奴隶的“罪人”的待遇，但“或卖”，那就惨痛无比，属于非人的待遇了！再引用一次第四十五回赖嬷嬷的那句话：“你那里知道奴才两字是怎么写的！”这是具有清朝包衣世家身世的作者，才写得出的极沉痛极惨烈的喟叹。读《红楼梦》，一定要读懂这些地方，方解其中苦涩之味。

这一回很快把季节转到第三春的仲春时节，“争奈宝玉因冷遁了柳湘莲，剑刎了尤小妹，金逝了尤二姐，气病了柳五儿，连连接接，闲愁胡恨，一重不了一重添，弄的情色若痴，言语常乱，似染怔忡之疾。”怔忡之疾就是受惊后心脏跳动不正常，心理上抑郁，造成思维和语言障碍，这病可不那么容易治愈。袭人想出的办法很对，就是拼命让宝玉开心。于是就写到怡红院早起，晴雯、麝月、芳官抓痒玩闹，袭人故意叫宝玉去看，宝玉就去解救被抓的芳官，四个人闹作一处。这个地方有一句写晴雯穿着“红睡鞋”，满族的天足女子睡觉是不穿睡鞋的，只有“三寸金莲”的汉族缠足女子才睡觉时穿“睡鞋”，这很细微的笔触，再次证明晴雯是个汉族缠足的姑娘。接着写李纨处的丫头碧月来找东西，看见怡红院的热闹情景大表羡慕。

接下去才是这一回的正题。林黛玉的《桃花行》和她的《葬花词》一样，既是自我命运的喟叹，也是“群芳”共同的哀歌。最后两句：“一声杜宇春归尽，寂寞簾栊空月痕。”1957 年以后的通行本“簾栊”全印成“帘栊”，这又派生出关于汉字简化的问题。现代汉语把“簾”和“帘”合并为一个字，但是中国传统的遮窗物有的是细竹丝编的，叫作“簾”或“簾栊”，可以卷起和放落，晚上月光可以透过那簾栊的缝隙射进来，站得离那簾栊远点，还可能大体上望见月亮的形态，所以中国古诗词里有“一簾明月”的措辞，把我们引入非常幽静非常美丽的意境。而“帘”则是纺织品制作的，放下或闭拢后是不可能有簾栊那样的月光渗透效果的，当然，软帘可以取 K 形状态，构成优美曲线，也可以营造出诗情画意。但“帘”与“栊”却构不成一个概念，“帘栊”是说不通的。周汇本在这点上则非常注意，虽然大体上也采用简化字排印，但遇到这种牵扯到传统文化的特殊写法时，则一律避免“不合理简化”，该繁则繁。周汝昌先生有一个重要观点，就是他认为《红楼梦》应该被视为新国学的精髓，年轻人了解国学，了解大中华的传统文化，不妨从《红楼梦》入手，这样切入，既丰富，又有趣。那么了解“簾”与“帘”的区别，其实就是了解传统中国窗文化的一例。周汇本第七十回《桃花行》最后一句不印成“帘栊”而印成“簾栊”，仅此一词，也显示出了其可贵之处。

根据我个人的研究，还认为这最后一句，也是在暗示书中的“月”派势力，已是强弩之末。

在由桃花社过渡到柳絮词那段情节中间，曹雪芹又特意写到王子腾夫人到府、贾政寄来家书将于六七月回京等事情，其中特别提到“王子腾之女许以保宁侯之子为妻”，可见四大家族之间，是尽量去互相婚配的。误读第二十九回贾母回绝张道士提亲时的那几句话，断定贾府在婚配上不论家业根基的看法，更可以打消了。

因为贾政即将回来，回来后免不了要查宝玉的功课，“书是第一件，字是第二件”，但是宝玉平日哪里把这些“正经事”放在心上，于是临时抱佛脚，临帖写字凑数。众姐妹也都帮忙，黛玉最积极，让紫鹃送去足足一卷。正当宝玉手忙脚乱瞎对付时，“可巧近海一带海啸，又糟蹋了几处生民。地方官题本奏闻，奉旨就着贾政顺路查看赈济回来”。这样贾政回家的时间又推到了冬底，宝玉自然喜出望外，“仍是照旧游荡”。于是，大观园里的诗歌活动，才又恢复起来。接下去就引出了众人写柳絮词的主要情节。

前面讲过，曹雪芹写《红楼梦》，不是按顺序一回一回往下写，而是跳着写，北京话叫“花插着”写。但是，他显然又有着极为精密的整体构思。不知道他是先写的第五回还是先写的第七十回，在第五回里，他写到太虚幻境里金陵十二钗正册的头一页上就有关于黛、钗的判词："可叹停机德，堪怜咏絮才，玉带林中挂，金簪雪里埋。"可见写大观园众女儿填柳絮词，是他通盘计划里不可或缺的一个重要环节，绝非即兴而为的文字。

曹雪芹这样安排咏絮的情节：第一首柳絮词《如梦令》是湘云偶成，这首小令词意比较浅显，但如果把秦可卿的偈语放在心上，那么"且住，且住，莫使春光别去"的结句，也就变得相当的沉重。是呀，这些如花美眷如此优游的春光，真是少一寸是一寸了啊！

曹雪芹总不愿写雷同的文字，这次他故意写探春不能完卷，宝玉自己作不成，替探春续完那阕《南柯子》。词意是暗示探春远嫁的命运。探春一去难返，所以她写到"一任东西南北，各分离"戛然而止。下半阕由宝玉续，最后两句是"纵是明春再见，隔年期"，只体现出宝玉等亲人的一种期盼，是并不能实现的，高鹗续书写探春远嫁后很快回来，完全不符合曹雪芹的写作意图。

然后就是黛玉的那阕《唐多令》。这阕词曹雪芹肯定是下功夫写的，实在太好了，浑然天成的程度，可以跟元妃省亲时她替宝玉作的那首《杏帘在望》媲美。"粉堕百花洲"，意味着她自己最后是以沉水的方式结束在尘世的生活，这和第六十四回《五美吟》第一首第一句"一代倾城逐浪花"一样，构成同样的象征。只是第六十四回的那五首诗可能是曹雪芹写过，但后来母稿破损或被浸渍了，字迹已经不全不清，由别人补缀的，因此艺术上不那么成功。

宝琴的《西江月》，被诗社认定为落第之作，其实很好："汉苑零星有限，隋堤点缀无穷。三春事业付东风，明月梅花一梦。几处落红庭院？谁家香雪帘栊？江南江北一般同，偏是离人恨重！"其中关于八十回后情节的暗示不少。"三春事业付东风"，这句里的"三春"

绝对无法与元、迎、探、惜里的三位挂钩，明白无误地是个时间概念。那么“三春事业”是什么事业呢？就是“月”派想取代“日”派的事业，而这事业在“三春去后”“付东风”，也就是泡了汤，沐浴“明月”光辉成为梦想，宝琴嫁给梅翰林儿子的婚事也一并成为泡影。宝琴本自江南而来，估计八十回后还会再返江南，结果她发现“江南江北一般同”，四大家族南北受挫，往常欢聚的人们，全成了离乱的哀鸿。我们再把第五十一回她写的那首《梅花观怀古》拿来对照，那里面是“别西风”，这里面是“付东风”，看来还是“东风”压倒了“西风”，她嫁给梅家成为一梦，但却还有另一人娶她，“不在梅边在柳边”，她嫁给了柳湘莲。再回过头读第五十回她写的《吟红梅花得花字》——“闲庭曲槛无余雪，流水空山有落霞”，也就好懂了，就是说到后来薛家的人除了她自己全都被灭绝了，但亏得她还有“流水”（湘）和“落霞”（霞色如莲）相依靠，以度残生。

宝钗的《临江仙》，过去论家都强调“好风频借力，送我上青云”的结句，揭示宝钗到头来还是希望能凭借正统的“风力”去“攀升”，但现在我要强调其中“万缕千丝终不改，任他随聚随分”这两句。这是暗示她嫁给宝玉后，聚而不久，宝玉就去当了和尚，与她分离，她爱“正统”（好风），而“正统”并不爱她，她最后也还是难免“随逝水”“委芳尘”，魂归薄命司。

吟柳絮之后就是放风筝的情节。所出现的风筝，以及每个人放风筝的情况，写得生动活泼，也都具有寓意：

落到潇湘馆竹丛上的风筝——大蝴蝶——大老爷那院里嫣红姑娘的

潇湘馆小丫头们忙着拿出的风筝——美人

翠墨取来探春的风筝——软翅子大凤凰

宝玉让去取赖大娘送的风筝——大鱼——已被晴雯放走

宝玉又让再拿一个——大螃蟹——归了贾环

袭人让小丫头拿来林大娘送的——做得十分精致的美人，宝玉放不起这个，又取一个来放——黛玉放的剪线远去后，宝玉说若落在荒郊野地无人烟处替他寂寞，把我这个放去，叫他两个作伴儿罢！于是也剪断自己的风筝线，照先放了

宝琴让人取来自己的——大红蝙蝠

宝钗取了一个来——一连七个大雁的

探春正要剪线放走自己的凤凰——天上也有一个凤凰，渐逼近来，和这凤凰绞在一处

又见一个门扇大的玲珑喜字儿带响鞭的风筝，在半天如钟鸣一般，也逼近来——与两个凤凰绞在一处——三下齐收乱顿，谁知线都断了，飘飘摇摇都去了

其中关于探春放风筝的描写的寓意最值得注意，我在本系列第三部里详细解释过，这预示着探春的远嫁，虽然表面上还算风光，但其实是充当皇帝“和番”的一枚棋子，从此远徙异国他乡，再难返回，悲苦异常。

书中闲适美好的场景，随着这些风筝的远去消逝，也就差不多全写完了。这以后的文字，如阴霾闷雷，渐次向我们展开美人美事如何被撕裂毁灭的悲剧进程。

◇ 第七十一回　嫌隙人有心生嫌隙　鸳鸯女无意遇鸳鸯
◇ 第七十二回　王熙凤恃强羞说病　来旺妇倚势霸成亲

毛刺·臈油冻佛手·玻璃围屏·官中

第七十回说贾政奉旨又去赈灾，要这年冬底才回来，但是第七十一回却写他在八月以前就回家了。又说“今岁八月初二日，乃贾母八旬之庆”，于是底下就在贾母八十华诞连续几天的庆典活动里展开故事。

我说曹雪芹大体上完成了《红楼梦》全书，不仅有脂砚斋的大量批语可以作为见证，也有曹雪芹去世不久后看过《红楼梦》的贵族人士明义（字我斋）写的二十首《题红楼梦》诗（见其《绿烟琐窗集》钞本，现存北京图书馆）等资料可作旁证。我又说曹雪芹还没来得及将全书文稿加以修润，有些“毛刺”尚未剔净，指的是有些地方前后不够一致或互相冲突，其实这类“毛刺”细心的读者都是能够发现的。关于贾母年龄和生辰的交代，就是一例。

第三十九回，刘姥姥二进荣国府，才头一次被贾母接见，书里写贾母问：“老亲家，你今年多大年纪了？”刘姥姥忙立身答道：“我今年七十五了。”贾母向众人道：“这么大年纪了，还这么健朗，比我大好几岁呢……”按这样的交代，贾母那一年才七十出头，可是故事从第三十九回往下发展，时序交代得非常清楚，不像第一回到第十五回那样有含糊之处，到这第七十一回，应该只是从“一春”进入到“三春”，贾母无论如何不可能一下子就从七十岁左右到了八十岁。这就是一个“毛刺”。其实统稿时剔除很容易，只要把刘姥姥自报的七十五岁改成八十五岁就顺溜了。

贾母的生辰，究竟是在什么时候？第六十二回探春有段话，各古本无差别，是这样说的：“到有些意思，一年十二个月，月月有几个生日……大年初一也不白过，大姐姐占了去……又是太祖太爷的生日。过了灯节，就是老太太和宝姐姐，他们娘儿两个遇的巧，三月初一是太太的，初九是琏二哥哥，二月没人。”袭人道：“二月十二是林姑娘，怎么没人？就只不是咱们家的人。”宝玉就指出袭人和黛玉同生日。第七十一回写贾母生日却是八月初二，与六十二回说的“灯节”（正月十五）以后差了半年多。这个前后不统一的“毛刺”，也应该剔除，办法是把第六十二回探春的话改一下。

第四十五回，林黛玉对薛宝钗说“我长了今年十五岁”，显然说多了，如果不是古本在抄录过程里，抄手把“十二”错成了“十五”，那么这也是曹雪芹还没来得及剔除的一个“毛刺”。第二十五回明明交代宝玉衔着通灵宝玉从天界来到人间已十三载，故事从那个地方往下流动，季节转换的时序井然，到第四十五回只不过是从春天到了秋天，宝玉在十三岁与十四岁之间，如果他比黛玉小，那全书从头到尾宝玉称黛玉为妹妹怎么解释？

还有就是第二十九回写贾府女眷们上下出动，去清虚观打醮，六种古本都有一句是“奶子抱着大姐儿带着巧姐儿”，只有戚序本是“奶子抱着大姐儿带着丫头们”，但石印的戚序本比那六个手抄古本都晚，显然是石印前给改的。六种古本里的句子应是曹雪芹尚未剔除“毛刺”前的原笔。大概他原来的设计，就是凤姐生了两个女儿，生不下成活的男婴，这样的设计更有利于解释贾琏为什么偷娶尤二姐，以及贾母等为什么一开始都对此事持宽容态度。但巧姐儿的名字是第四十二回刘姥姥给取下才有的，清虚观打醮时即使有此女出动，也还不能写成巧姐儿。

第三十六回“绣鸳鸯梦兆绛芸轩”，写宝钗到怡红院，看到袭人给宝玉刺绣的一个“白绫红里的兜兜”，赞“好鲜亮的活计”，后来袭人出去，“因又见那活计实在可爱，不由的拿起针来，替他做起来”。早在清代就有评家指出，这个地方写得不对，因为已经上了里子的刺绣品，是不可以再在上面下针去刺绣的，这样写是一个疏忽。第四十八回黛玉教香菱作诗，说“什么难事，也值得去学？不过是起承转合，当中的承转是另副对子，平声的对仄声，虚的对实的，实的对虚的……”其中“虚的对实的，实的对虚的”应该是“虚的对虚的，实的对实的”，是一大笔误，当然更属于统稿时应该剔去的“毛刺”。

曹雪芹遗留文稿里出现这样一些“毛刺”，只不过是白璧微疵，并不影响我们对《红楼梦》的审美愉悦。

不过，第七十二回“来旺妇倚势霸成亲”的情节里，写到的那个来旺妇打算强要去嫁给他们家那不成器的小子的丫头，各古本都是彩霞，而且交代彩霞“与贾环有旧，尚未准”。但第六十一回里，写到跟贾环交好的，分明是彩云，形象活跳。第六十二回更有一段文字写贾环和彩云的感情纠葛，以及赵姨娘将彩云视为亲信的文字。第七十回开头又特别交代，“彩云因近日和贾环分崩，也染了无医之症”，因此暂不将其与已到年龄的小厮婚配。追溯到第三十回，金钏跟宝玉调笑，将宝玉一推道：“凭我告诉你个巧宗儿，你往东小院子拿环哥儿和彩云去。”第二十九回往清虚观打醮，王夫人自己没去，但她的丫头跟着凤姐去的，写明是金钏和彩云。只是在第二十五回里，写宝玉、贾环同在王夫人屋里，出现了两个名字——彩霞和彩云，不过强调跟贾环好的，是彩云。那么，彩云和彩霞，究竟是一个角色被写成了两个名字，还是根本就是两个角色？也许，跟金钏和玉钏一样，也是两姐妹？第二十三回写贾政、王夫人召见宝玉，宝玉去了，“金钏儿、彩云、彩霞、绣鸾、绣凤等众丫鬟，都在廊檐上站着呢”，云、霞并列，却又不见玉钏。第五十九回写为王夫人打点需用物品的丫头是“玉钏、彩云、彩霞”。但第七十二回里，又写那个彩霞有个妹子叫小霞，并没有她另有姊妹叫彩云的交代。到第七十七回，写王夫人命丫头找人参，又出现了彩云，按说第七十回已经交代彩云“染了无医之症”，即使她跟彩霞是两个人，也已经不能正常工作，就算她后来身体状况好转，她跟赵姨娘的亲近关系，王夫人不可能不知道，像医药一类的事情，怎能放心交她去办理？身边明明有比她可靠的玉钏，找人参之类的事情应该交给玉钏去办才是。

关于彩云、彩霞是一是二，红学界多年来探究者不少。我的意见是，即使真实的生活里确有这么两个人，曹雪芹开头也试着把她们全写进来，但从现在所呈现的文本来看，她们所构成的艺术形象，实在只有一个彩云是清晰的，彩霞的名字多余。彩云、彩霞到曹雪芹最后统稿时应该合并，统一为彩云，就像大姐儿和巧姐儿最后一定要合二为一一样。

在第七十一回以前，已经写到贾氏各房之间的矛盾摩擦，但都没有发展到不可开交的地步。那么，到了第七十一回，不仅矛盾渐次白热化，而且，各种矛盾开始交叉扭结，呈现出外头还没打进来，自己窝里先就狠斗起来的衰败之兆。

所谓“嫌隙人有心生嫌隙”，你细算算，有多少组矛盾搅和在一起：宁国府与荣国府的矛盾；奴才跟奴才的冲撞，奴才跟主子的冲撞；

荣国府内部赵姨娘与王夫人的矛盾；贾赦那个院宇里的矛盾；邢夫人与王夫人的矛盾、与凤姐的矛盾；贾赦、邢夫人因讨要鸳鸯失败与贾母的矛盾；南安太妃来了贾母不叫迎春出来见面使邢夫人对贾母更加不满；周瑞家的讨好尤氏的作为也令邢夫人那边的人不满，林之孝家的因此也嫌周瑞家的多事；被周瑞家的传话捆起来等候发落的婆子，其中一位又是邢夫人陪房费大娘的亲家母，这样又惹得费婆子对荣府周瑞家的一党极度不满，隔墙大骂……

第七十一回里有几处看似闲笔的地方，我认为值得注意，恐怕是闲笔不闲，又是曹雪芹他忙中偷闲，在为后面的情节设伏笔。一处是贾母喜欢来客中本族贾瑞之母带来的女儿喜鸾，还有贾琼之母带来的女儿四姐儿，特意把她俩留下多玩几天，还传话命令府里各色人等要把她们和家里的姑娘们一样对待，这两个女孩儿当然高兴非常，后来喜鸾还参与聊天，说了天真话。我估计这一回既然很郑重地写到这样两个姑娘，不会写了就扔，她们在八十回后的故事里，一定还会有戏。另一处是对寿礼一类礼品向来并不在乎的贾母，忽然把已经回到自己住处的凤姐叫回来，亲自过问："前儿这些人家送礼来的，共有几家有围屏？"凤姐汇报，共有十六家有围屏，十二架大的，四架小的炕屏，其中最好的两架，一架江南甄家送来的，十二扇，一面是大红缎子缂丝满床笏，另一面是泥金百寿图，属于头等佳品；另一架是粤海将军邬家的玻璃围屏，也不错。贾母听了，就说这两样别动，好生放着，她要给人的。在写到江南甄家送围屏处，脂砚斋批道："好。一提甄事。盖直（真）事欲显，假事将尽。"这是什么意思呢？整部《红楼梦》，不都是"真事隐""假语存"吗？我的理解是，脂砚斋是在向"看官"提示：从这个地方以后，书里虚构的成分会越来越少，而纪实的因素会越来越多。这样的文本当然也就势必会出现"碍语"，于是非同一般的"借阅者"就会"索书甚急"，终致八十回后"迷失无稿"！

甄家毕竟是早在书里第一回就设定的一个贾府的“老亲”，第五十六回直接写到甄家的人，末尾还写了甄、贾宝玉梦中会合。第七十五回一开头就写到甄家被皇帝抄家治罪，贾家替甄家藏匿罪产。读者对甄家在八十回后的故事不难延伸想象。但是，粤海将军邬家，此处一点，八十回后难道再也不提？想必有戏，但那是什么戏，想象起来就困难了。

贾母说要把那两架围屏留下送人，她要送谁？这两个道具在情节发展中将起到什么样的作用？值得推敲。

第十八回元妃省亲，点了四出戏，第一出《豪宴》，是《一捧雪》当中的一折，脂砚斋点出那是“伏贾家之败”。“一捧雪”是一件古玩玉器的名字，可见贾家后来的败落，所触的霉头，应该与古玩或高级工艺品有关。那么上述两架围屏，可能就是带来霉运的东西。

但第七十二回里，更有好几百字写到一件古玩。周汇本根据蒙古王府本印作“臈油冻的佛手”，1957 年人文社通行本印作“腊油冻的佛手”。1982 年红学所校注本则印作“蜡油冻的佛手”，依据是什么？回后校记（三）说：“蜡油冻”，原作“腊油冻”，径改。就是说，他们没有依据，也不需要依据，明明他们所推崇的庚辰本写的是“腊油冻”，他们还是武断地认为错了，就“径改”为“蜡油冻”。这是多么粗暴的做法！能这样轻率地对待曹雪芹的文本吗？以这样的态度来改动古本里的文字，能使读者看到曹雪芹的原笔原意吗？

1944 年 5 月 2 日重庆《新民报晚刊》刊登了署名“绪”的文章《红楼梦发微·蜡油佛手》，称“七十一回记贾府有一蜡油冻的佛手，系一外路和尚孝敬贾母者。现在看来，不过一蜡制模型，不算一回事。然在当时，却非同小可，价款既在古董账下开支，当作古董看待，贾琏又特地向鸳鸯追问下落……何等郑重其事！给现代人看了是不禁要发笑的。”其实，令人发笑的不是曹雪芹的文字，而是这位“绪”先生本人，因为他的见识太浅！

腊油冻的佛手，不能写成蜡油冻的佛手，更绝非“一蜡制模型”。腊油冻是一种罕见的名贵石料，它的成色就仿佛腊肉的肥肉部分，用它雕成的佛手当然是难得珍贵的古董。第七十二回曹雪芹用几百字写到它，显然是一大伏笔，是与第十八回写元妃省亲，点戏时点到《一捧雪》当中的一折《豪宴》，遥相呼应的。把腊油冻的佛手解释为“用黄色蜜蜡冻石雕刻成的佛手”也是不对头的。因为把“腊油冻”理解成了“黄色蜜蜡冻石”，转而把曹雪芹明白写下的“腊”字判定为错，“径改”为“蜡”，这就更加荒唐。周汇本选择了“腊”字的异体“臈”，既有古本上的根据，又避免了误“腊”为“蜡”，确是煞费苦心。

两架围屏，一个腊油冻佛手，在第七十一、第七十二回里接连出现，绝非赘文废笔，伏的都是贾家之败的致祸物。

第七十二回以很大篇幅写到贾琏和凤姐关于金钱财富的言谈，以及他们的经济活动。贾琏因为总账房已经亏空，府里几处房租、地租一时又收不上来，就向鸳鸯借当，“暂且把老太太用不着的金银家伙偷着运出一箱子来，暂押千数两银子，支腾过去”。鸳鸯去后，贾琏让凤姐晚上再找鸳鸯落实，凤姐就问他要回扣，贾琏不满，凤姐就发了一大篇议论，其中甚至有“把我王家的地缝子扫一扫，就够你们过一辈子了……现有对证，把太太和我的嫁妆细细看看，比一比你们的，那一样是配不上的？”那样的丑话。接着又写到宫里夏太监派小太监来“暂借”银子，凤姐出面应付，总算敷衍走后，贾琏感叹：“这会子再发个三二万两银子财就好了。”有的古本“三二万”写成“三二百万”。那么，贾琏之前什么时候发过这样一笔大财呢？应该是在林如海死后，他侵吞了本应属于林黛玉的那笔遗产，我在本系列第二部里有详细分析，这里不多说。

荣国府的经济管理模式，从前面看过来，到这一回，读者应该了然于心了。它有一个总账房，负责府里的银钱收入与开支，贾琏应该是参与这总账房的管理的。总账房每个月按定例向府里的人发放月钱，这些月钱是供领取者自己零花的。发放给老太太、太太、李纨、凤姐自己，以及赵姨娘、周姨娘，还有宝玉和众小姐，包括以上主子的丫头们的月钱，都是由凤姐总领，然后再往下分发。第四十五回凤姐一番话透露，贾母、王夫人每月是二十两银子，李纨待遇特殊，也是二十两（含贾兰的），凤姐是五两，宝玉以及黛玉、迎、探、惜等是二两。第三十六回透露出金钏那样的一号大丫头的月银是一两，晴雯那类的大丫头则是一吊钱。小丫头们则是五百钱。又写到王夫人问凤姐赵姨娘、周姨娘月钱是几两，凤姐回答是每人二两，赵姨娘又替贾环收二两，另外四串钱，王夫人说恍惚听见有人抱怨，说短了一吊钱，凤姐就解释，那是外头账房商议定下的，姨娘们每位丫头分例减半，所以加起来短了一吊。对于赵姨娘的抱怨，凤姐在离开王夫人屋子后，来到廊檐上，把袖子挽了几挽，跐着那角门的门槛子，恨恨地说了好些话。

书里多次出现“官中”这个词语，府里人把总账房的钱视为“官中”（或“公中”）的钱，那是不能随便挪用，更不能贪污的。第三十五回写宝玉挨打后养伤，王夫人问他想吃什么，他说想吃元妃省亲时做过的那种小荷叶儿、小莲蓬汤，贾母便一叠连声地叫作去。凤姐就吩咐厨房里立刻拿几只鸡，另外再添了东西，做出十来碗来。王夫人问要这些做什么，她就说不如借势儿弄些大家吃，连她也“上个俊”（意思是尝个新鲜），贾母听了就笑道：“猴儿，把你乖的，拿着官中的钱你作人。”大家笑了，凤姐忙说：“这不相干，这个小东道我还孝敬得起。”这就说明，那个时代，那样的贵族府第，在经济管理上也有一套严格的“游戏规则”，也有“官中”和“私房”的明确界限。第七十二回贾琏向鸳鸯询问腊油冻的佛手的下落，也说明“官中”对每样古董都有账目和档案，一旦有档无物，就会盘查到底。

但是，书里有一条贯穿始终的情节线索，就是凤姐每回从“官中”

一打趸领来月例银子后，并不马上往下发放，而是拿到社会上去放贷取利，总要等到把前次的本利收回，才往下发放，也许对老太太、太太她还能大体按时，其他人的月例就都被她缓发。她这样做，开头连贾琏都瞒着，只有给她去具体操作的旺儿夫妇和心腹平儿知道。

第十六回写贾琏从江南参与料理林如海丧事回来，凤姐正在里屋给贾琏接风，忽听外间有人说话，凤姐就问是谁，平儿就进屋说是薛姨妈打发香菱来问她一句话。后来贾琏被贾政叫走，凤姐问平儿薛姨妈巴巴地打发香菱来作什么，平儿才如实相告："那里来的香菱，是我借他暂撒了个谎。奶奶说说，旺儿嫂子越发连个承算也没了……奶奶那利钱银子，迟不送来，早不送来，这会子二爷在家，他且送这个来了……"曹雪芹不是刻板地向读者交代凤姐用月例银子放贷取利的行为，而是在非常生活化的精彩细节里，一石数鸟地传递信息。这样的描写，不仅交代了凤姐放贷取利的行为，也把几个人物之间的关系勾勒出来，同时也就刻画出各人的性格。

第三十九回的主要内容是写刘姥姥二进荣国府，但曹雪芹非常自然地插进一段，写袭人问平儿："这个月的月钱，连老太太、太太的还没放呢，是为什么？"平儿悄悄告诉袭人："你快别问，横竖再迟两天就放了……这个月的月钱，我们奶奶早已支了，放给人使呢，等利钱收齐了才放呢。你可不许告诉一个人去。"袭人笑道："他难道还缺钱使？何苦还操这心！"平儿道："何曾不是呢！他这几年拿这一项银子，翻出有几百来了。他的公费月例又使不着，十两八两零碎攒了，又放出去，只他这梯己利钱，一年不到，上千的银子呢。"袭人笑道："拿着我们的钱，你们主子奴才赚利钱，哄的我们等。"连最不愿意得罪人的袭人，也忍不住脱口而出，发出了抱怨。

第三十九回接下去还写到，小厮们缠着平儿告假，平儿准许了一个，说："你这一去，带个信儿给旺儿，就说奶奶的话，问着他那剩的利钱，明儿若不交了来，奶奶也不要了，就越性送他使罢。”把凤姐放贷取利一事描补得更加清晰。

第五十五回写凤姐和平儿说私房话，凤姐为自己的行为这样辩护：“你知道我这几年生了多少省俭的法子，一家子大约也没有不背地里恨我的。我如今也是骑上老虎了，虽然看破些，无奈一时也难宽放，二则家里出去的多，进来的少，凡百大小事，仍是照着老祖宗手里的规矩，却一年进的产业又不及先时多，省俭了，外人又笑话，老太太、太太又受委屈，家下人也抱怨刻薄，若不趁早料理省俭之计，再几年就都赔尽了。”那么，她把一打趸领来的月例银子拿去放贷，造成各处月银总不能按时领到，那些赚来的利银，究竟是不是都用在了贴补府里用项上了呢？是否属于“省俭之计”中的一招呢？

到第七十二回，凤姐放贷秘事所依赖的旺儿媳妇来要求把彩霞（应为彩云）配给她的儿子，凤姐那放贷的事，也就爽性公开化了。凤姐当着贾琏命令旺儿媳妇：“说给你男人，外头所有的账，一概都赶今年年底下收了进来，少一个钱，我也不依！我的名声不好，再放一年，都要生吃了我呢！”接着又说：“我也是一场痴心白使了。我真个的还等钱作什么，不过为的是日用，出的多，进的少。这屋里有的没的，我合你姑爷一月的钱，再连上四个丫头的月钱，通共一二十两银子，还不勾三五天的使用呢。若不是我千凑万挪的，早不知过到什么破窑里去了。如今到落了一个放账破落户的名儿……”凤姐把自己用月银放贷取利一事，解释为一片利他的好心、苦心。她也可能会把一部分获利用来支应家庭开支的缺口，但她用以增肥私房的部分，所占比例应该最大。

问题是，在当时那个社会里，那样的贵族家庭，“老祖宗手里的规矩”毕竟是“官中”的“王法”，凤姐的行为，就属于违法取利。一个社会，一个家族，其成员把违法当作了“家常便饭”，既不是改革更不是革命，是在一方面维持“老祖宗手里的规矩”的虚面子，一方面掏空那"规矩"的权威性与约束性，那么，就只能说是十足的腐败。曹雪芹通过贯穿全书的凤姐违法取利的情节，既刻画了凤姐复杂的人格构成，更揭示了那样的宗族、社会必将烂掉的深层原因。

八十回后，将写到凤姐违法放贷取利，以及多次背着贾琏以贾琏的名义去威吓、贿赂官府以谋私利或"摆平"官司（其中包括为周瑞家的女婿冷子兴平息事端），终于引发贾琏对她的休弃，将她和平儿的地位"换一个过儿"（第四十五回李纨语）；到皇帝抄拣贾家的时候，凤姐"弄权铁槛寺"酿成两条人命等更严重的违法行为暴露，她就被拘押入狱了，最后"机关算尽太聪明，反误了卿卿性命"。曹雪芹对这个角色，是爱恨交织、臧否交融的，他使我们相信，在那个时空中，曾经有过这样一个泼辣的生命，她的生与死，可以引出我们很多的思索，能够使我们更深刻地意识到人性的复杂与命运的诡谲。

第七十一回后半部分和第七十二回开头，写了"鸳鸯女无意遇鸳鸯"的故事。鸳鸯在月色中，"见准一个穿红裙子梳鬅头高大丰壮身材的，是迎春房里的司棋"，这一句关于司棋剪影的描写，和关于鸳鸯、秦显家的二位的肖像描写一样，令人过目难忘。我现在要问，司棋会在大观园山石下有浪漫行为，前面有没有伏笔？答案是：有的。第二十七回，在大观园里一处山坡，小红攀上凤姐的高枝，替凤姐出园取东西传话，办完事回来，凤姐已经离开那个山坡，"因见司棋从小洞里出来，站着系裙子，便赶上去问道：'姐姐，不知道二奶奶往那里去了？'司棋道：'没理论。'"司棋是到"小洞"——小山洞——里面方便去了？她有自己的心思，很可能就是在寻觅一处日后可以把表兄潘又安偷约进来，趁夜幕掩盖能够行欢的地方，因此小红问她，她答"没理论"。显然，在写第二十七回这一笔时，不管曹雪芹那时是已经写了第七十一回，还是仅只是构思好尚未落笔，他自己都很清楚，为什么要在小红办事的过程里嵌入这一笔。每当我揭示曹雪芹写作的这一奥秘时，总有人讥讽：“曹雪芹能是那么样写吗？那样写多累呀！犯得上吗？”人类各语种都有小说创作，各种写法都有，中外古今都有不去那么精密地设伏笔的粗犷写法的小说，也有作者本人就宣布他写得很轻松的小说，但中外古今也都有精设伏笔，充满奥秘、玄机，具有多重象征，作者宣布是呕心沥血、燃烧生命的小说。比如爱尔兰的乔伊斯的《尤利西斯》就属于这类作品，曹雪芹的《红楼梦》更是这样的作品，但曹雪芹的《红楼梦》比《尤利西斯》早出一百多年。倘若你认为人类应该尊重乔伊斯的《尤利西斯》，那么，作为一个中国人，我想不出你怎么能轻蔑地说出“什么曹雪芹的《红楼梦》啊，那不就是一本小说吗？”那样的话。

是的，《红楼梦》是一本小说，但它凝聚着它以前直到它那个时代几乎全部中华传统文化中的精华，而且，它在承继传统精华的同时，还有突破，还有超越。我确实非常赞同毛泽东那将我们中华民族最值得自豪的因素概括为四的说法：一是我们地大物博，二是我们人口众多，三是我们历史悠久，四是在文学上有部《红楼梦》。

◇ 第七十三回　痴丫头误拾绣春囊　懦小姐不问累金凤

◇ 第七十四回　惑奸谗抄拣大观园　矢孤介杜绝宁国府

风起于青萍之末
——小鹊报信

如果说前两回是“山雨欲来风满楼”，那么，这两回倾盆大雨就扑身而来了。

曹雪芹他就是要写悲剧，要破终究还是大团圆的陈腐旧套，要开创中国传统“说部”“传奇”新的悲剧格局。他的书以九回为一个单元，到第七十二回恰是第八个单元的结束，底下还剩四个单元，也就是还剩三分之一的篇幅，他要在那剩下的三分之一的篇幅里写什么？仅仅是写爱情悲剧？写贾府虽经打击仍然“沐皇恩”“延世泽”的喜剧？会安排一个贾宝玉先去参加科举考试，给家族争下“脸面”，然后披着华丽的大红猩猩毡斗篷去出家，并且不忘跑去给他父亲一个跪拜的甜腻结局？回答都应该是否定的。高鹗的续书有人喜欢，他们有喜欢那种文本的自由，但我要在这里再一次强调：

—— 曹雪芹是把《红楼梦》写完了的，不是只写了八十回，等着别人去续完；

—— 曹雪芹的《红楼梦》是一百零八回，而不是一百二十回；

—— 爱情故事只是《红楼梦》内容的一部分，《红楼梦》的丰富内容不能以“宝黛争取恋爱婚姻自由不得的悲剧”来概括；

——《红楼梦》的悲剧性绝不仅仅体现在爱情故事里，《红楼梦》写的是包括爱情在内的政治悲剧、家族悲剧、性格悲剧、有辜者与无辜者共同毁灭的人类悲剧；

——《红楼梦》的主题不能仅仅定位于“反封建”，《红楼梦》对人性和人类命运进行了开创性探索，不但在中国是空前的，置之世界文化之林，其所达到的哲学高度，在同一时代里也是领先的；

——《红楼梦》八十回后迷失无稿的那部分内容，是可以探佚的，百年来红学探佚的成果颇丰，是可以推广开来，并吸引更多人士来参与探佚的；

—— 必须将曹雪芹的《红楼梦》，与一个跟他了无关系的高鹗在他死后二十多年写下的四十回续书，切割开来；

—— 还必须把被高鹗（以及书商程伟元）篡改的前八十回文字，恢复到曹雪芹的原笔原意。

脑海里巩固了这样一些基本概念，以此为前提，再来品读第七十三回和第七十四回，就能比较深入地咀嚼出曹雪芹文本里的丰富内涵。

第七十二回末尾和第七十三回开头，关于赵姨娘的一段文字，可以使我们知道，尽管在荣国府里除了一些“蠢婆子”以外，几乎是人见人嫌的赵姨娘，却是贾政的爱妾，贾政在家，晚上是跟她一起睡觉的。这种似乎漫不经心的描写，实际上把那个时代许多贵族家庭的男主人将政治、伦常、性事区分开的生活方式，勾勒了出来，具有典型性。我曾写有《话说赵姨娘》一文，进行了详尽分析，此文收入我《红楼三钗之谜》一书，可参考。

第七十三回和第七十四回越演越烈的大观园摧花悲剧，近半个世纪许多论家用了大量笔墨，分析出事件的本质是封建家庭主子内部矛盾的激化导致奴隶主对女奴的压迫表面化、严酷化，而这种家族乱象，也就导致了外部打击力量的乘虚而入。这应该确实是曹雪芹想表达的意蕴。但是，细读文本，我们就会发现，曹雪芹绝不从概念出发，也就是不以“本质”去带动情节，他向我们展现的是“非本质”的毛刺丛生的原生态的生活流动。也就是说，他想让我们去琢磨的，绝不仅仅是那些社会性的“本质”，他超越那个层面，让我们意识到人的性格和人的命运之间的诡谲关系，使我们不由得往人性深处去探究。

到第七十三回，使无数读者着迷的活泼生命晴雯，已经被死神逼近。从“本质”上论，王夫人除掉晴雯只在早晚之间，但将自己的死期提前的，却偏偏是晴雯本人。这是曹雪芹构思和着笔的最惊心动魄之处，不是大文豪大手笔，绝对写不到这个程度！

我们来看看第七十三回、第七十四回这两回的情节链：

赵姨娘打发贾政安歇之前跟贾政说了不少话。——怡红院里大家正在玩笑（天下本无事），赵姨娘的丫头小鹊（实际上哪里是喜鹊分明是乌鸦，应该叫小鸦才是，小鹊之名具反讽意味）跑来报告坏消息：“方才我们奶奶这般如此，在老爷前说了，你仔细明儿老爷问你话。”——宝玉听了小鹊报信，“便如孙大圣听见了紧箍咒一般”（这让我们对前面“绛洞花王”“遮天大王”等符码的来源有了更明确的了解），临时抱佛脚，披衣夜读，带累得一房丫头们皆不能睡。——晴雯完全不知道事态发展将加速她自己的灭亡，骂小丫头，还扬言谁打瞌睡“我拿针戳你们两下子”！——金星玻璃从后房门跑进来，喊道：“不好了，一个人从墙上跳下来了。”（金星玻璃即芳官，这一笔一点不勉强，读者应该知道她是出屋方便去了，第五十一回写麝月出屋“走走回来”，也是去方便，那是夜里丫头们常有的行为。）—— 晴雯借机让宝玉装病，“只说唬着了”。—— 传起上夜人打着灯笼各处搜寻，并无踪影。—— 晴雯偏执意把事闹大，“如今宝玉唬的颜色都变了，满身发热，我如今还要上房里取安魂药去，太太问起来是要回明的，难道依你们说就罢了不成”？—— 果然惊动了王夫人，“园内灯笼火把，直闹了一夜”，并且导致第二天贾母亲自过问。（读者回思，前面什么时候贾母亲自过问府内管理事务了？晴雯这回可是“惊动最高层”了。）—— 贾母援引自己积累的家族政治经验后，亲自命令：“即刻拿赌家来，有人出首者赏，隐情不告者治罪。”林之孝家的等见贾母动怒，谁敢徇私。（贾母原来只是府中精神领袖，事态发展到“精神领袖”要充当“实践领袖”，这对家族来说绝非福音，而是衰败之象。）—— 虽不免大家赖一回，终不免水落石出，查得大头家三人，小头家八人，聚赌者通共二十多人，都带来见贾母，跪在院内磕响头求饶。贾母下了“政治猛药”：为首的每人四十大板，撵出，总不许再入。从者每人二十大板，革去三月月钱，拨入圊厕行内。（真是“一石激起千层浪”，牵扯到这么大一群人，他们又各自有其家族成员，这些人岂甘就此倒霉，荣国府、大观园从此陷入各个利益集团的大激荡，再无表面宁静矣！）—— 晴雯以“有人跳墙宝玉被唬”闹出大事，有其突发性，接下去写傻大姐捡到绣春囊“笑嘻嘻”撞见邢夫人，更具偶然性，但偶然是必然的呈现方式。曹雪芹没有马上写邢夫人就绣春囊采取具体措施，而是写她“且不形于声色，且来至迎春室中”。—— 贾母震怒查赌，查出的三个大头家，一个是大管家林之孝两姨亲家，一个是内厨房主管柳家媳妇之妹，一个便是迎春乳母。第七十三回下半回完全用来写迎春，可谓“迎春正传”，把她的懦弱写到入木三分的地步。——到第七十四回，穿插了邢夫人向贾琏要银，平儿说鸳鸯把贾母的金银家伙拿给贾琏当去换银，其实是回过贾母，贾母只装不知道等等，然后就写王夫人突然亲临凤姐住处。——底下，读者都记忆犹新，我就不环环开列了。我只是要问：抛开“实质”不论，这生活原生态的琐细事项的丛生流动，是不是完全出乎书中晴雯的意料，也出乎读者的意料，竟然以很快的速度，把死神调动到了晴雯这任性而脆弱的小生命跟前！

第七十四回，有几处值得注意：

王夫人命令凤姐把管事的几家陪房叫来，“一时周瑞家的与吴兴家的，郑华家的，来旺家的，来喜家的现在五家陪房进来，余者皆在南方各有执事”，这个地方脂砚斋批了四个字：“又伏一笔。”她已经看到八十回后的文字，所以这样指出。我们可以想见，以后的文字会进一步地按“真事欲显，假事将尽”的原则处理，“江南江北一般同”（第七十回宝琴填词中句），甄、贾二府相继毁灭，王熙凤最后“哭向金陵事更哀”。这些内容曹雪芹都已经写成，在脂砚斋写批语的时候，本用不着别人去续。

勾起王夫人对晴雯恶劣印象的，是王善保家的下的谗言。王夫人猛然触动往事，便问凤姐道：“上次我们跟了老太太进园逛去，有一个水蛇腰，削肩膀，眉眼又有些像你林妹妹的，正在那里骂小丫头。我的心里狠看不上那个轻狂样子，因同老太太走，我不曾说得，后来要问是谁，又偏忘了，今日对了槛儿，这丫头想就是他了。”凤姐却不愿痛快证实。脂砚斋在王夫人话语间有双行批语：“妙，妙，好腰。”“妙，妙，好肩。”“凡写美人，偏用俗笔反笔，与他书不同也。”针对“眉眼又有些像你林妹妹”，则批道：“更好，刑（形）容尽矣。”这样的文字，又是一石数鸟，更说明曹雪芹绝不从概念出发进行写作。如从概念出发，贾母、王夫人同为封建家庭主子，她们应具有完全相同的封建礼教意识，对晴雯这样的丫头会是同一眼光同样观感，可是，在这个地方，以及后面第七十八回开头，曹雪芹就写出了贾母和王夫人具有不同的眼光和心思。晴雯是赖嬷嬷送给贾母的玩物，贾母具有“破陈腐旧套”的审美趣味，因此对晴雯的聪明灵巧乃至尖嘴利舌，都能当作活泼的生命力呈现加以包容，晴雯的任性确实与黛玉的袒露个性相似，贾母对她们都不反感。王夫人那天看见晴雯那副“轻狂样子”，贾母当然也看见了，贾母如果厌恶，马上可以表露，更可以立即采取措施以达到“眼不见为净”，但贾母却并无所谓，王夫人在贾母面前也只好隐忍。这样，曹雪芹就再一次让读者意识到，即使贾母、王夫人有其作为主子的共性，然而她们之间的个性差异更大。这段文字也再次表露出王夫人对贾母认定宝玉、黛玉“不是冤家不聚头”，甚至对元春对二宝的指婚意向也置若罔闻，心中积存的大愤懑，特别是对黛玉，王夫人实际上已经是当作“狐媚子”视之。凤姐虽然是王家的人，但在贾母依然是贾府最高决策者的现实面前，她犯不上完全站在王夫人一边，因此，王夫人要她坐实晴雯的“轻狂”，她采取了暧昧的态度。在整个抄拣大观园的过程里，凤姐都只是消极配合，直到从司棋那里抄出硬赃，而司棋恰是王善保家的外孙女，凤姐亲自展读潘又安那封情书时，她才来了精神。不过，那只是对邢夫人借绣春囊发动对王夫人和她的进攻，闹到最后“搬起石头砸了自己脚”所迸发出来的一股子幸灾乐祸的邪劲儿。

探春对抄拣大观园的反应，其实也正是作者内心对这一事件的评定。探春说：“你们今日早起不曾议论甄家，自己家里好好的抄家，果然真抄了！”——其实在这之前，并没有早起贾府的人议论甄家事情的交代，这是一种巧妙的“不写之写”，或者叫“巧妙的补笔”。最怪的是，这种大家族会自己先在窝里搞抄家，谁料“螳螂捕蝉，黄雀在后”，到头来皇帝派人来抄这种“世代簪缨之族”的家，“忽喇喇如大厦倾”，“家亡人散各奔腾”。脂砚斋在这个地方有条批语：“奇极，此曰甄家事。”值得推敲。我在本系列第一部里分析过，所谓“甄家事”，其事件原型，就是乾隆三年发生的曹家的姻亲傅鼐家、福彭家被皇帝处置的事。是“真的家族事故”，而小说中，被安到了虚拟的甄家头上，脂砚斋看到书上这一笔，不禁感慨系之。

探春痛掴王善保家的耳光，王善保家的被凤姐喝退到窗外后，居然还唠叨：“罢了，罢了！这也是头一遭挨打，我明儿回了太太，仍回老娘家去罢。”有的年轻读者可能一时不大懂得这话，“老娘家”是谁家呢？须知王善保家的是邢夫人嫁给贾赦时，从娘家带过来的活嫁妆——陪房，当然是一家子人，所谓“仍回老娘家去罢”，意思是再回到邢夫人娘家去伺候邢夫人的母亲（老娘）。探春喝命待书等去斥责她，待书就说：“你果然到老娘家去，到是我们的造化了，只怕你舍不得去。”此话正刺王善保家的私心，作为邢夫人的陪房，她作威作福的空间很大，真回到已经衰落的邢夫人娘家，哪里还会有好果子吃？

司棋被抄出罪证后，“凤姐见司棋低头不语，也并无畏惧之心，到觉可异”。在曹雪芹笔下，司棋也是一个复杂的生命存在。她那自主恋爱、大胆求欢的叛逆性表现，被许多论者以新时代的标准大加肯定，但这其实是一个在各方面都想充分膨胀自己欲望的强悍生命。她曾在争夺大观园内厨房主导权的事件里亲自出马，大闹厨房，并且一举取得成果，让跟她一派的秦显家的取代了柳家的，只是由于平儿实行了对她不利的政策，才功亏一篑。

第七十四回后半部分是“惜春正传”。通过第七十三回后半部分的“迎春正传”和第七十四回的“惜春正传”，我们应该更加熟悉曹雪芹的章法——除了一组贯穿始终的角色外，对其余的角色，他会经常使其只处于陪衬地位，甚至仅只是提到一下，但在某一回里，他却会把聚光灯射到这个角色身上，使其在那一回里成为主角，而宝玉、凤姐、黛、钗、湘、探等却都一时化为了配角甚至“大龙套”。

写惜春“矢孤介杜绝宁国府”，也真是写得冰冷入骨。哀莫大于心冷，惜春“将那三春看破”，决心踽踽独行于险恶的人生途程，令读者遍体清凉。入画被查出问题，惜春敦促尤氏“快带了他去，或打，或杀，或卖”。为什么把“杀”放在“卖”前面来说，我在前面有所分析，在本系列第三部里更引用了较多史料，希望读者们能穿越历史的遮蔽物，去领会曹雪芹下笔时的沉痛。

此前所有的通行本，第七十四回回目中都印的是“抄检大观园”，周汇本却印作“抄拣大观园”，这是为什么？因为大多数古本都写的是“抄拣”而非“抄检”，只有梦觉主人序本和程乙本是“抄检”，梦觉本和程乙本有一点最接近，就是喜欢去“规范”所过录的母本上的词语，结果往往把曹雪芹原笔的意趣都消弭了。曹雪芹那个时代，写白话小说，往往不能从文言文里取现成的字来用，只好借音，甚至造字，来生动地还原生活中“白话”的原声原音、原汁原味。适当地保留曹雪芹行文的这些痕迹，可以使我们知道他那时候为开创一种新的文本，筚路蓝缕，别开生面，有过什么样的尝试。

◇ 第七十五回　开夜宴异兆发悲音　赏中秋新词得佳谶

◇ 第七十六回　凸碧堂品笛感凄清　凹晶馆联诗悲寂寞

缺中秋诗俟雪芹·玉田胭脂米

晴雯、司棋她们究竟怎么样了？记得我少年时代读完第七十三回和第七十四回以后，忍不住匆匆往后翻，对这第七十五回和第七十六回，很难产生兴趣。后来，自己在人生途程中经历得多些了，才懂得一个人也好，一个家族也好，甚至一个种族也好，其命运，是一个过程。只关注那最后的结局，不能忍耐那通往终点站的过程，是缺乏对生命的尊重的表现。

在狂风暴雨般地抄拣大观园后，曹雪芹刻意嵌入了这阴灵长叹、笛音凄苦的两回慢节奏文字，来营造出“更大的风暴还在后面”的悲剧氛围，这是文本的又一跌宕，并且埋下了更多的伏线。

第七十五回和第二十二回一样，脂砚斋明确指出，曹雪芹未能最后完成。第二十二回最后部分文字错乱不全，缺几首灯谜诗；第七十五回则“缺中秋诗俟雪芹”——缺少的内容需要等待曹雪芹抽工夫来补上——这不是评点的口吻，而是编辑记录工作进程的语气。事实上脂砚斋首先是曹雪芹撰写《红楼梦》的编辑，她在第七十五回前面的那句“俟雪芹”前头，有更确凿的编辑手记：“乾隆二十一年五月初七日对清。”

乾隆二十一年是丙子年，公历1756年，那一年曹雪芹大约三十二三岁。他写完了第七十五回，脂砚斋根据原稿进行誊抄——曹雪芹的原稿可能勾改得很乱，而且是用行草书写，一般不熟悉他字迹的人难以辨认——誊抄后再跟原稿核对，那么她就在那一年五月初七日，把这一回的文字核对完了，叙述性部分已经非常完整，只缺其中宝玉、贾兰、贾环的三首中秋诗。脂砚斋习惯于边誊抄边写批语，多数情况下，由于她已经编辑过后面的章回，因此会把眼下的情节跟后面的故事联系起来发议论，她当时并没有故意向“看官”透露什么的心理，只不过是想到什么就说点什么；但有时候，她也会因为还没有编辑到曹雪芹往下所写的文字，对眼前的人物表现和情节发展产生误会，写下一些并不符合曹雪芹意图的错误评语。不过，她几年里面不断编辑着曹雪芹的新稿，也就不断更新着自己的评语，她勇于把原先不恰当的批语保留下来，然后再以新的批语纠正，比如对林红玉（小红）的几条批语就是这样，一直流传到今天，进入我们眼中。

现在我们能看到的最早的脂砚斋抄阅批评《红楼梦》的本子，是乾隆十九年（1754年）的“甲戌本”。当然脂砚斋她更喜欢《石头记》这个书名，曹雪芹也尊重她的意见，并在书里以正文形式记录下这一事实。“甲戌本”题作“脂砚斋重评《石头记》”，可见在那之前还应该有“初评”，可惜直到现在我们仍未找到那个本子。

我们现在还能看到的“己卯本”“庚辰本”，分别是乾隆二十四年、二十五年（1760年、1761年）的本子（注意，跟“甲戌本”一样，是“过录本”），“庚辰本”上有脂砚斋“四评秋月定本”字样，可见她从己卯冬到庚辰秋是第四次编辑评点《石头记》。

那么，很显然，介于甲戌和己卯、庚辰之间的丙子年间，脂砚斋有过一次三评，只是没有流传下来，仅仅剩下现在我们所看到的，第七十五回前的这样一点痕迹。

虽然只是一点痕迹，但是对我们了解曹雪芹的写作习惯很有好处。我们从中不难发现，曹雪芹写作时，常常先把叙述性文字写出来，其中如某角色写诗，那诗就先空着—— 当然，那角色该写什么样的诗，那诗会具有怎样的寓意，他是胸中有数的—— 等有了兴致，再回过头来把那诗补上。想必脂砚斋就经常提醒他：你该把这诗写出来啦！他写出来了，脂砚斋就补抄上，然后把“俟雪芹”一类的编辑记录抹去。

曹雪芹又往往先写后面的章回，前面的反而是后写补进。那么，第七十五回，我个人认为，应该是在前面很多回根本没写时，就提前写出来的，只是他始终来不及将缺诗补上。

这一回开头就写到甄家出事了，而且还派人到荣国府寄顿财物。其实甄家不仅找了荣国府，也找了宁国府，只是写得比较含蓄—— 写到中秋前一天吃早饭时，尤氏问贾珍的妾佩凤：“今日外头有谁？”佩凤道：“听见说，外头有两个南京来的，到不知是谁。”—— 荣、宁二府如此接纳罪家来人并代为藏匿罪产，也加速了自己被皇帝治罪的进程，但甄、贾本是手心手背，剥离不开的，他们只能按那样的规律去做事。

王夫人不得不硬着头皮向贾母汇报甄家被抄家治罪的事情，贾母听不进去，说别管人家的事，且商量自家中秋赏月是正经。贾母并不昏聩，她是一个思想具有深刻性的角色。这一回里有一段一百四十多字的描写，被程伟元、高鹗删去了。那段文字写的是贾母留尤氏吃饭，尤氏告坐，然后“探春、宝琴二人也起来了，笑道：‘失陪，失陪！’尤氏笑道：‘剩我一个人，大排桌不惯。’贾母笑道：‘鸳鸯、琥珀来，趁势也吃些，又作了陪客。’尤氏笑道：‘好，好，好，我正要说呢。’

贾母笑道：‘多多的人吃饭，最有趣的。’又指银蝶道：‘这孩子也好，也来同你主子一块来吃，等你们离了我，再立规矩去。’尤氏道：‘快过来，不必假。’贾母负手看着取乐。因见伺候添饭的手内捧着一碗下人的米饭”，接下去程高本才是：“尤氏吃的仍是白米饭”，贾母问为什么不给尤氏盛前面提到的红稻米粥，仆人回答说是因为把探春留下吃饭，红稻米粥没有了，鸳鸯进一步解释说：“如今都是可着头做帽子了，要一点富余也不能的。”王夫人又汇报：“这二年旱潦不定，田上的米都不能按数交的。这几样细米就更艰难了。”贾母只好以“这正是巧媳妇做不出无米的粥来”解嘲。程高本删去的那段文字里，最核心的一句是贾母说“多多的人吃饭，最有趣的”——有两种古本这句话写作“看着多多的人吃饭，最有趣的”，我认为加上“看着”更传神——这是写贾母在听到甄家被抄家治罪以后，内心里最微妙的情愫。对于她那样的封建贵族家庭的老祖宗来说，家族人丁的兴旺，上下都有饭吃，是最吉祥的景象。其实在前面的描写中，有多少贾府大摆宴筵的华丽场面呀，贾母难道还没看够吗？但是故事发展到这里，江南甄家已经倾覆，荣国府里难再欢乐，就像落水的人想抓住一根稻草似的，贾母在那一天喝“最后的红稻米粥”时，忽然有一种迫切的心理需求，就是立刻组织起一道“多多的人吃饭”的风景，来欣赏，来自慰。平时，探春、尤氏是并不跟贾母一起吃饭的，贾母不但留下了她们，还让按规矩不能与主子同桌吃饭的丫头们，也破例地到大排桌边坐下陪吃，以达到入眼多多的效果。这是非常精妙的一笔。程伟元、高鹗炮制一百二十回本子时，偏将其删去，也许，他们是敏感了，因为这样一笔描写，有反讽那时世道不能令“多多的人吃饭”之嫌。

红稻米粥，是用胭脂米熬的粥。第五十三回写黑山村庄头来给宁国府送年租，里面就包括“玉田胭脂米二石”。周汝昌先生《红楼梦新证》1953年第一版里，有关于玉田胭脂米的考证。毛泽东在世时喜欢翻阅《红楼梦新证》，晚年还让专给他印了大字本来看。据说 1972 年他会见美国总统尼克松时，还曾提到胭脂米，并且后来周恩来总理安排招待尼克松夫妇的国宴，果然找到胭脂米煮成粥招待他们。（另一种说法则是用胭脂米招待了日本首相田中角荣。）这种胭脂米只出产在河北玉田，现在的河北丰润县古时与玉田同属一县，曹雪芹的《红楼梦》文本里不止一处明提暗写玉田。如第三十七回史湘云咏白海棠诗有“神仙昨日降都门，种得蓝田玉一盆”的句子，用的是古时候阳伯雍用仙人给的石头种到地下，收获玉石的故事，据说玉田这个地名就跟这个传说有关。周汝昌先生研究曹雪芹的祖籍，认为是在今天的丰润。曹雪芹这样来写玉田，或许有其怀祖的心理动机。这个思路，可供读者参考。

第七十五回里，还有好几个地方值得注意。

写贾珍，在这一回书里，就写到他好几个侧面，进一步使这个艺术形象立体化而不是卡通化。贾珍在宁国府天香楼箭道下立了鹄子，组织一群公子哥儿习射，这是为了散闷，也未必不是为了搞具有政治意味的串联—— 请注意是在“画梁春尽落香尘”的天香楼下，那正是他所挚爱的秦可卿“不得不死”的地方—— 前面讲到过，八十回后会有卫若兰参与“射圃”的情节，那段情节应该与这段情节有某种连带关系。贾珍渐渐把这一习射活动发展成聚饮的赌局，当然很荒唐，但后面又写到由他的爱妾佩凤出面，表达他诚心诚意要请尤氏一起宴饮赏月的要求，而那又未必是一种敷衍（在府内他还需要敷衍谁呢？他就是把宁国府翻过来，谁又制止得了他呢？），表现出他对尤氏还是有一定的感情的，赏月时佩凤吹箫、文化唱曲，倒也呈现出一种府内的和谐景象。可是，墙根下忽然发出怪异的长叹，贾珍厉声叱咤，连问：“谁在那里？”后来一阵风过，隔壁宗祠里发出槅扇开合之声，众妇女都觉毛发倒竖，贾珍酒醒一半，倒还撑持得住些—— 怪叹异响当然都是对他那样的不肖子孙必将败掉祖宗家业的报警，但这寥寥几笔，也写出贾珍在贾氏家族里，总还算是有些阳刚之气的男子。

贾珍带领妻子姬妾中秋赏月的地点，是在会芳园中丛绿堂上。可是第十六回交代了，为建造大观园，已经把会芳园拆了。这前后两回稍有矛盾。

这一回里还写了尤氏回到宁国府，去偷听偷看贾珍和一群狐朋狗友聚赌胡闹的情节，其中写到邢夫人胞弟邢大舅的丑态丑话。尤氏听得十分真切，乃悄向银蝶笑道："你听见了？这是北院里大太太的兄弟抱怨他呢。"北院？各古本在这里都这样写。可是根据第三回以及后来许多回里的交代，贾赦、邢夫人是住在荣国府东边用界墙隔断的一个黑油大门的院宇里，宁国府则在它的更东边，尤氏提及邢夫人，应该说"西院里大太太"才对榫，为什么要说"北院大太太"？也许，真实的生活里，贾赦、邢夫人的原型的住处，就是在宁国府原型的北边？或者宁国府虽在荣国府和黑油大门院宇的东边，但其大门连同整个府第的位置却要偏东南一些？

最耐人寻味的是，这一回写到贾赦、贾政听见贾珍带头演习箭术，认为"这才是正理，文既误矣，武事当亦该习，况在武荫之属。两处遂也命贾环、贾琮、宝玉、贾兰等四人饭后过来，跟着贾珍习射一回，方许回去"。各古本写法基本上没有差别。按"两处"下命令的文字逻辑，贾环和贾琮应该属于贾赦处，宝玉和贾兰则属于贾政处。贾环属于贾赦处？是一时笔误吗？往下看，似乎又并非笔误。因为底下写贾母领着族人在凸碧堂中秋团聚，贾环继宝玉、贾兰之后也赋诗一首，贾赦看了大加褒奖，一般的夸奖话倒也罢了，说到最后，竟然拍着贾环的头笑道："已后就这样做去，方是咱们的口气，将来这世袭的前程，定跑不了你袭呢。"按当时贵族袭爵的"游戏规则"，父辈的爵位在其死后，应由其长子来袭（贾代善死后，贾赦作为长子袭了一等将军，贾政无爵位，只被赐了个官儿当），就算长子死去或有过失不能袭，也不可以让侄子来袭，唯一合理的解释，就是在这一回里，贾环被设定为了贾赦的儿子。

更奇怪的是，这一回里写到，一家人围着大圆桌团聚，上面居中贾母坐下，左垂手贾赦、贾珍、贾琏、贾蓉，右垂手贾政、宝玉、贾环、贾兰，团团围坐。只坐了桌的半壁，下面还有半壁余空。贾母就感叹人少，于是就去把迎、探、惜叫过来坐到一处。不是还有一个贾琮吗？习射有他的份儿，怎么中秋团聚吃月饼就没他的份儿了呢？贾琮在第二十四回就正式出场，还被邢夫人斥责："那里找活猴儿去，你那奶妈子死绝了！也不收拾收拾你，弄的黑眉乌嘴，那里像大家子念书的孩子！"贾琮分明是贾赦的一个亲儿子，当然也就是贾母的一个亲孙子，中秋大团聚，怎么会被排除在外呢？

从上面这些迹象看，第七十五回应该是写得比较早的一回文字，但是因为就整个故事而言，它又处在相当靠后的位置，因此，曹雪芹一直没有腾出手来让它的叙述文字跟前面各回一一对榫，更没来得及把其中的三首诗补上。回目说"新词得佳谶"，"佳谶"就是好的预言，那当然是反讽。甄家大厦已倒，贾家已经风雨飘摇，围坐在大圆桌旁的这些人，无论善恶贤愚，都将不免进入"白骨如山忘姓氏"的范畴。

第七十五回的三首诗曹雪芹未及填入，固然是我们阅读上的一大损失，但我们要感谢他把第七十六回写完全了。第七十六回整体上是一首诗。关于这一回，我在本系列第一部、第二部里都有详尽的分析，这里不再重复。只是还要强调一下，林黛玉所写出的，与史湘云"寒塘渡鹤影"相呼应的，应该是"冷月葬花魂"，而非红学所校订本所主张的"冷月葬诗魂"。"花魂"是《红楼梦》文本里一个多次出现的词语。"鹤影"句预示着八十回后史湘云历尽艰难困苦终于与飘零的宝玉遇合，"花魂"句则预示黛玉自沉于湖心月影已为时不远矣。

揭秘古本

◇ 第七十七回　俏丫嬛抱屈夭风流　美优伶斩情归水月

◇ 第七十八回　老学士闲征姽婳词　痴公子杜撰芙蓉诔

不稀罕那功名，不为世人观阅称赞

青年时期读红，我最不忍读的是第七十七回，最不爱读的是第七十八回。

不忍读第七十七回，是因为内心的情感太与书中的宝玉共鸣了。其实，那是曹雪芹高超文笔的胜利。他经过反复的精雕细刻，从第八回宝玉酒醉回到绛芸轩，晴雯迎上去埋怨他，他把晴雯冰冷的小手渥在自己温暖的手里那个细节开始，迤迤逦逦，以撕扇、补裘等重场戏，以及摔帘取钱偷听宝玉麝月私语、爆炭般发作用一丈青乱戳坠儿的手等琐细的穿插，把一个由着自己性子生活的率真而诚挚的生命，鲜活地塑造了出来，使我们觉得恍惚跟这个人生活过一段。这样一个生命的抱屈陨灭，怎能不令人肠断心碎？

晴雯的生存态度，是有违封建礼教的。王夫人剿灭晴雯，是一次给宝玉"扫荡外围"，促其归顺礼教的"严肃整顿"。这确实是事件的本质。但往深里探究，就会发现，那其实也是一个惊天动地的性格悲剧。性格即命运。从贾母屋里的绛芸轩，到怡红院里的绛芸轩，在没有家长、大管家等外部势力进入监管时，里面的生态环境，读者都是非常熟悉的。由于宝玉的纵容，或者说是带头，那里面充溢着自由浪漫的气息，以第六十三回群芳开夜宴为例，哪里是只有晴雯、芳官恣意狂欢，就连袭人，不也喝酒唱曲，礼数出位了吗？

晴雯被撵后，宝玉哭道："我究竟不知晴雯犯了何等滔天大罪！"袭人道："太太只嫌他生的太好了，未免轻佻些。在太太是深知这样美人似的人必不安静，所以很嫌他，像我们这粗粗笨笨的到好。"袭人的话不完全是敷衍，她在一定程度上说出了真相——晴雯毁在美丽与聪明皆外露，构成了那个时代那种社会环境中的性格劣势，而袭人却具有所谓温柔和顺的性格优势，更何况她相貌上平平，也不会让封建主子一眼看去就惹上"狐媚子"的嫌疑。

我曾写过一篇随笔，题曰《性格何时无悲剧？》，现在引在下面：

"性格悲剧"曾是文学评论家笔下常见的话语，更有"性格即命运"一说。

最近读到一些文章，发现"性格悲剧"的慨叹不是用在了虚构的艺术形象上，而是针对了真实的人物。比如一篇文章大意是说，胡风对曾拜在他门下，后来主动揭发批判他，却又跑到他家希图板凳两边坐的某人，一点面子也不给，当场下了逐客令，这就促使某人更"及时"地把胡风等人的私信上交构罪，促成一场"肃清胡风反革命集团"乃至全面的"肃反"运动在全国迅即烈火熊熊……这些涉及不同悲剧人物的文章，又几乎都用"书生气"来概括他们的性格弱点。"书生气"严格来说还不能算是一种性格，因为性格是指个体生命与生俱来的独特秉性，这种秉性在后天通过社会影响、学校教育、家庭熏陶与个人努力，可能会有所萎缩、抑制、掩饰、修正，可是却很难说能够彻底改变。

就性格而言，无论是总结中外古今文学艺术中的人物形象，还是分析历史与现实中活生生的个案，有一些类型的性格，显然是属于易生悲剧的。如过于内向或过于外露，心太软，多愁善感，优柔寡断，刚愎自用，或意气用事，易于冲动，喜欢即兴发挥，能伸不能屈，不在沉默中爆发便在沉默中死亡等等。如果世界上只是自己一个人活着，那么无论是什么性格，也都无所谓性格悲剧；但无论在什么时代，什么社会体制下，个体生命总不能不遇到一个与他人，与群体，发生交往、碰撞、摩擦乃至冲突的问题，在这个体与他人与群体的复杂关系中，性格冲突是一大因素。这也是个体生命烦恼和痛苦的一大根源，我们读伟人的著述与传记，也能从中发现出自性格深处的东西，并且会深感震撼。

在过去以阶级斗争为纲的日子里，因性格而纠葛为政治悲剧的例子不少。现在社会转轨到市场经济，市场使每一个个体生命有了更活泛的人际选择，不会在性格完全不合的情况下，也硬是挪不出某个社会组织板块，从而使性格冲突激化所派生的悲剧得以减少。但市场的选择也有其冰冷、犬儒的一面，在激烈的效益、收益竞争中，某些类型的性格也会感到更多的压力，面临更尴尬的性格困境，因此性格悲剧仍会源源不断地显现。这对文学艺术或许是福（可取材者多多），对世道而言，却依然令人不能满意，因之对理想境界的追求，也便会伴随着对现实缺憾的批判而渐强渐进。

如果说人是生而平等的，那么，不同的性格也应是平等的，和不能有种族、肤色、性别、长幼、相貌、体态等方面的歧视一样，人与人相处时也不该有性格歧视。即使是与一般大多数人性格相差甚多，以致可称为有性格缺陷的生命个体，我们也应该像对待生理上有缺陷的残障人、智障人一样，平等待之。人类社会真达到了这一境界，所谓性格悲剧，也就不复存在了吧？

这篇文章虽然没提《红楼梦》，没举晴雯为例，但促使我写成它的因素，当然有《红楼梦》的熏陶，有《红楼梦》里黛玉、妙玉、晴雯等形象的启迪储存于胸臆。

我自己经历过很多世事后，回思所遭遇到的人生坎坷，多与自己的个性相关。我现在深切地意识到，无论在什么时代、什么社会、什么体制、什么具体的小环境里，个体生命的悲苦都在于：他（或她）一方面必须维护自己的人格尊严，而人格尊严的很大一部分就是其独特的性格；另一方面又有必要与他人、与群体、去协调，去磨合，这协调与磨合，在很大程度上，其实也就是抑制，甚至是打磨掉自己个性棱角的痛苦历程。人应该就是自己，人却又不能不因将就他人和社会而丧失掉一部分自我。这里面有超政治的、哲学性的思考。曹雪芹，他以《红楼梦》，引领我们进入了这个哲思的层面。站在这个层面上，我们就应该更加理解，曹雪芹为什么通过贾宝玉宣布女儿是水作的骨肉，为什么又说未出嫁的女儿是颗宝珠。他这是从社会群体中先把受污染最轻，较易保持本真性格的闺中一族，择出来加以评价。

我们也就更加可以理解，为什么脂砚斋不止一次说黛、钗其实是一个人，最后合二为一了。曹雪芹确实有那样的用意，就是通过这两个角色，去反映人生的两面——黛玉体现着凸显个性维护个体生命尊严的一面，宝钗体现着以吞吃“冷香丸”压抑浪漫天性以求符合社会主流意识形态的“贞静”规范的一面，但她们同属“红颜薄命”，因为无论是率性还是归顺，那个时代、那个社会、那种主流意识形态，都不会给予她们一个能够幸福的生活空间。

我们也就更加可以理解，曹雪芹为什么要塑造出一个把个性尊严推至极端的妙玉，并对她极为珍爱，要把她安排进金陵十二钗正册，让她排名第六。又通过对太虚幻境四仙姑的命名，告诉读者，她是宝玉生命历程中最重要的四个女性之一，并在八十回后写她如何以舍弃自己的清白解救宝、湘，在自我人格挥洒上达到惊天地泣鬼神的程度。

我们也就更加可以理解，曹雪芹为什么在行文上并不将王夫人和晴雯的矛盾完全归结为礼教冲突。第七十四回他是这样写的："王夫人原是天真烂漫之人，喜怒出于心臆，不比那些饰词掩意之人……"他写出了王夫人与晴雯之间的性格冲突，说到头，晴雯在王夫人眼里，是犯了"讨厌罪"。在人与人相处时，其实最厉害的排拒因素未必是政治上的"反动"、道德上的"败坏"、能力上的"愚笨"、行为上的"糟糕"，而是不需要很多理性在内发酵的天然的"讨厌"。单向或双向的"讨厌"如果发生在社会地位平等的人士之间，那还不至于直接酿成人生悲剧，但王夫人是封建主子，晴雯是女奴（她既不是府里家生家养的，也不是府里买来的，是府里老仆妇赖嬷嬷家买来后，带进荣国府，贾母见了喜欢，赖嬷嬷就把她当作一件小玩意儿白送给贾母的，属于荣国府女奴中出身最最卑贱的一类），社会地位如此不对等，双方又都"天真烂漫，喜怒出于心臆"，因此，一旦双方都觉得对方"讨厌"，那弱势的一方当然就只能遭罪。晴雯带着勾引宝玉和得了"女儿痨"的冤名，被粗暴撵出，正如宝玉的形容："就如同一盆才抽出嫩箭来的兰花，送到猪窝里去一般。"

《红楼梦》的深刻，就在于写出了"讨厌罪"对无辜生命的摧残。王夫人亲自处置了晴雯后，又接连撵逐了几个令她"讨厌"的。一个是四儿，四儿还算被她逮住一句"同日生日就是夫妻"的"戏言"，但王夫人主要还是觉得她"讨厌"："细看了一看，虽比不上晴雯一半，却也有几分水色，视其行止，聪明皆露于外面，且也打扮得不同。"就算没那句"戏言"，光是"讨厌罪"，也该撵出。

芳官在王夫人眼里当然更具有“讨厌罪”。关于王夫人撵芳官的那段文字，有一点值得注意：王夫人怒斥她“调唆着宝玉无所不为”，她辩道：“并不敢调唆什么来。”有的古本写的是“芳官笑辩道”，有的则写的是“哭辩道”，周汇本取“哭”不取“笑”。在这一点上，我的想法跟周先生有所不同。我觉得“笑辩道”也许更接近曹雪芹的原笔原意。因为芳官毕竟是个戏子，她有其“游戏人生”的一面，面对王夫人的指斥，她敢于还嘴，就说明那一刻她“豁出去”的劲头大于畏惧，如果她哭哭啼啼，先就软了，哪里还敢自辩——现在的年轻人一定要懂得，在那个时代那个社会那种贵族府第里，王夫人作为居住在府第中轴线主建筑群中的第一夫人，不要说小丫头绝不可以在她训斥时跟她顶撞抗辩，就是宝玉、探春等公子小姐，无论心里如何反感，也只有垂手侍立低头听喝的份儿。在那个场合那样抗辩，是一种了不得的叛逆举动，既敢抗辩，何妨冷笑？所以我觉得写成“芳官笑辩道”是对的。这里提出来，供广大红迷朋友参考、讨论。

王夫人后来又亲自查看撵逐了贾兰的一个新来的奶子，理由是“也十分妖乔，我也不喜欢他”，又是一个“讨厌罪”。在专制体制下，许多生命就这样以“讨厌罪”被撵逐到社会边缘，甚至因此身陷囹圄，以致命丧黄泉。

有意思的是，恰恰是被搜出了“真赃”的司棋，王夫人并没有亲自过目，似往日也无甚印象，听了凤姐汇报，“虽惊且怒，却又作难”。她来不及去“讨厌”司棋，所思所想，只是司棋乃邢夫人那边的人，该如何处置才能达到“这边”和“那边”的利益平衡。

晴雯的被撵，书里写明是王善保家的先下谗言，触动王夫人的回忆，使其讨厌晴雯的心理发酵生怒。四儿的被撵呢，则是被人告了密，揭发了她私下的“戏言”。那么，历代的读者就都有所讨论：那告密者，是不是袭人？认为肯定是袭人的，可以引王夫人的话为证：“打量我隔的远，都不知道呢！可知我身子虽不大来，我的心耳神意，时时都在这里。难道我一个宝玉，就白放心凭你们勾引坏了不成！”那“心耳神意”不是袭人是谁呢？“西洋花点子哈巴狗”每月领二两银子一吊钱的“特殊津贴”谁不知道？那“特殊津贴”岂是可以白领的？所以历来都有读者想及此就对袭人咬牙切齿，不能原谅。特别是袭人自己老早就跟宝玉发生了“不才之事”，根据封建社会的礼教规范，最应被撵逐的应该是她，可是她却在王夫人面前成了个最干净的“耳报神”，她连对黛玉都敢点名表达其“忧虑”，那么，不要说四儿，那宝玉在怡红院“心上第一等人”的晴雯，她有什么不能下谗言的？有的读者、评者，甚至用“贱人”“蛇蝎”来指斥袭人。但历来为袭人辩解的也很不少，认为上述评议让袭人“蒙冤”，他们也可以从《红楼梦》的文本里找到依据。第七十七回里有这样的明文：“原来王夫人自那日着恼之后，王善保家的去趁势告倒了晴雯，本处有人和园中不睦的，随也就随机趁便，下了些话，王夫人皆记在心。”四儿的“戏言”，显然就是那些话里的一句。后来又明写宝玉质问袭人：“咱们私自顽话怎么也知道了？又没有外人走风，这可奇怪！”袭人道：“你有甚忌讳的？一时高兴了，你就不管有人无人了。我也曾使过眼色，也曾递过暗号，被那人已知道了，你反不觉。”前面写到，连王熙凤居住的那个相对要严肃也严谨百倍的空间里，鸳鸯悄将贾母的一箱金银家伙交给贾琏去抵押当银的最机密的事情，到头来也还是让邢夫人知道了。平儿等想来想去，那天也只不过来过一位傻大姐她妈（此妇人是管浆洗的，来取送衣服），并无其他闲杂人等，而小丫头们被盘查时，又一个个吓得跪下发誓，凤姐究竟还是查不出泄密的原因。可见在荣国府里，任何事情都是难以保密到底的，四儿的“戏言”确实不见得是袭人去跟王夫人告的密。宝玉说到院子里的海棠花死了半边，是晴雯遭难的预兆，还引了许多典故，袭人听了做出强烈反应：“真真的这话越发说上我的气来了。那晴雯是个什么东西，就费这样心思，比出这些正经人来！还有一说，他总好，也越不过我的次序去。便是这海棠，也该先来比我，也还轮不到他……”曹雪芹写得真好，他写出了人性深处的东西。后面有交代，自袭人领取“特殊津贴”之后，她就自我尊重，每晚不再睡在宝玉外床，而让晴雯睡在那里，操夜晚服侍诸事。在袭人内心深处，晴雯已不成为她坐头把姨娘交椅的威胁，四儿应该更不值得她去“一般见识”。袭人在王夫人跟前，说的应该都是些站得高、看得远的“战略性”话语——她所关心的是宝玉将来所娶的究竟是黛还是钗，她会以种种柔性的言辞，来增进娶钗弃黛的可能。

袭人在曹雪芹笔下，也是个血肉丰满的艺术形象。她是自私的，从她的自我利益出发，宝玉若娶黛玉为正妻，她与黛玉的性格是难免要发生龃龉的，她将生活得不痛快；若是宝玉娶宝钗为正妻，那么，她就不会有不痛快之处。替她想想，也确实如此。她又是无私的，这体现在她对宝玉无微不至的照顾上，而且她对宝玉有真感情，宝玉的全部物质生活和中、低级的精神生活，全对她存在依赖性。脂砚斋批语透露出，对于宝玉，她“有始有终”，她甘愿为宝玉牺牲——甚至牺牲掉在那个时代那种社会被一般人最为看重的“名节”。高鹗续书，就以嘲讽的笔调把她嫁给蒋玉菡，写成“抱琵琶另上别船”式的虚伪与背弃，令后来一些评家一再加以讥刺抨击，但曹雪芹八十回后写她，却着眼在她的利他精神。

第七十七回的叙述语调，基本上是沉郁的。但曹雪芹着笔时，还是尽量保持着一份冷静，拉开和笔下人物、事件的距离。芳官等三个戏子最后不甘由干娘摆布嫁人，闹着要出家，正巧水月庵的智通与地藏庵的圆信在王夫人处，就“爬不得又拐两个女孩子去作活使唤”，便花言巧语一番，曹雪芹这样来写王夫人的反应：“今听了这两个拐子的话，大近情理……”于是让她们带走了芳官等女孩。这是一种软幽默的文笔。

在第七十七回里，王夫人斥责芳官时还说：“我且问你，前年我们往皇陵上去，是谁调唆宝玉要柳家的丫头五儿了？幸而那丫头短命死了，不然进来了，你们又连伙聚党，遭害这园子呢……”周汇本保留了“幸而那丫头短命死了”这句，但也注意到，在杨藏本里，这个地方的这句话先写上，后来又抹去。柳五儿究竟死了没有？曹雪芹的构思究竟如何？在八十回后会不会再写到她？（那时会交代关于她短命是王夫人误听了传言。）都值得探究。

第七十七回写宝玉探视晴雯，二人生离死别的一段文字，是最令人心生不忍的。如果你原来读的是程高本系统的通行本，那么你应该知道，那些文字多有靠不住之处。现在请你细读周汇本，文字简洁清爽多了，而悲剧的气氛，却更加浓酽。

我年轻时读红，之所以不耐烦读第七十八回，一是实在不理解为什么会来一段关于将军的情节，二是虽然理解《芙蓉女儿诔》的出现，但那诔文实在太古奥，好多字不会发音，好多词语不知何解，读起来发闷，自然就常常草草翻过，不去咀嚼。现在再读第七十八回，就意识到，那是全书中的又一个转折点。

所谓将军林四娘，尽管贾政所言含糊其辞，似乎是一个对抗农民起义的为封建统治者卖命的女流，但细一考量，清代皇帝对儿子（阿哥）分封后，都留在京城安排府第居住，并没有派往外省封一片食邑让其在那里称王的做法，倒是明朝，一直有那样的政治传统，因此，所谓青州恒王帐下的将军林四娘捐躯疆场，就并不是清朝的事情而是明朝的故事。这样写就相当犯忌了。明朝的覆灭，李自成、张献忠等农民起义军的冲击固然是一个方面，但更重要的是清军后来的长驱直入，林四娘所抵挡的，就说不清究竟是哪一方，青州的陷落，也就道不明是落于谁之手。那么，曹雪芹借贾宝玉之名写成的长篇歌行，也就不能说是歌颂了镇压农民起义的反动女流。

我的看法是，曹雪芹在这一回里写出了贾政的另一面，那就是他非正统、非规范的一面。在这一回里，贾政也难得地肯定了宝玉的非正道的一面。前面已经写到，与贾家血肉相连的江南甄家已经被皇帝抄家治罪，贾家不但接待了甄家的人，还接收了甄家运来的罪产加以藏匿。虽然在前面相关的文字里没有提到贾政，但那不可能是王夫人等背着他做的事。在笼罩全书的“双悬日月照乾坤”的政治格局中，贾政终于不得不做出鲜明的政治抉择——站到以“义忠亲王老千岁”为精神领袖的“月”派政治力量一边。贾政之所以对将军林四娘一唱三叹，就是看重林四娘的“义忠”，也就是“士为知己者死”的牺牲精神。贾政的这个政治抉择，当然也就决定了此后贾府的命运。所以我说这一回又是一个转折。

就宝玉而言，吟诗赞颂林四娘，是被动的，而写《芙蓉女儿诔》，是调动出生命中的全部激情，以血泪写成的。这篇古奥的诔文，借助字典、词典、注释，其实一般读者都能达到朗朗上口地诵读和默默品味而心领神会的程度。这不仅是宝玉对晴雯一个人的悼念与怀思，也是宝玉对群芳和包括他自己在内的青春生命所处的生存环境的沉痛概括，以及对挣脱桎梏追求个性解放的高亢呼喊。这是宝玉生活和思想的一个大转折。从此以后，他将面对更多也更沉重的挫折，他的终于“悬崖撒手”，也就埋下了精神种子。宝玉撰《芙蓉女儿诔》之前，从空落落的蘅芜苑出来，“又见门外的一条翠樾埭上，也半日无人来往，不是当日各处房中丫鬟，不约而来者络绎不绝。又俯身看那埭下之水，仍是溶溶脉脉的流将过去，心下因想：天地间竟有这样无情的事情！”这是“春梦随云散，飞花逐水流”的再一次变奏。又写到宝玉在构思诔文时立下这样的出发点——“我又不稀罕那功名，我又不为世人观阅称赞”，他发誓用血泪来写出心语。其实，这不也就是曹雪芹的美学宣言吗？

现在再读第七十八回，我不仅有了耐心，更常读常新。尤其要感谢曹雪芹，“不稀罕那功名，不为世人观阅称赞”，这是他给我立下的写作圭臬，成为我写作的座右铭。所谓“不为世人观阅称赞”，意思是能够忍耐一般世人的长期误解，不追求轰动效应，更没有商业上的追求。也就是说，能有越来越多的世人接受自己的文字，能有一些赞扬和肯定，能够流布，名随利至，固然也是可能发生的情况，但那绝不是为文的目的，目的只能是“我为的是我的心”。

◇ 第七十九回　薛文龙悔娶河东狮　贾迎春误嫁中山狼

◇ 第 八 十 回　懦弱迎春肠回九曲　姣怯香菱病入膏肓

这两回是否是曹雪芹原笔？如系补作，作者当非高鹗

按周汝昌先生的观点，古本《红楼梦》（《石头记》）可信的只有七十六回，第六十四回勉强还接近曹雪芹的原意，如果对它“从宽”，则不可信的是第六十七回、第七十九回、第八十回。周汇本的汇校、精择工作，也就没有涉及第六十七回、第七十九回和第八十回。

对于一般的《红楼梦》读者来说，如此深入细致地从版本上讨论其文字是否符合曹雪芹的原笔原意，未免吃力了一点。我的想法是，当务之急，还是首先要从版本上，把高鹗的四十回续书与大体上是曹雪芹的八十回《红楼梦》切割开来。

我说“大体上是曹雪芹的八十回”，含有两层意思。一层是：我基本上认同周汝昌先生的观点，就是现在我们所看到的古本中的第六十四回、第六十七回、第七十九回和第八十回，并非曹雪芹的原笔，以严格的标准来衡量，我们今天能看到的曹雪芹的《红楼梦》，只有

七十六回；另一层是：我们现在所看到的第六十四回、第六十七回、第七十九回和第八十回，它们虽然不是曹雪芹的原笔，是由别的人补成的，但那补写的人士，从身份到动机，都跟高鹗有重大的区别。从身份上说，高鹗跟曹雪芹了无关系，两个人不仅不认识、无交往，人生轨迹无交叉，生活阅历也大不相同；但是补上面提到的四回书的人，却应该是很接近曹雪芹的人士，在一定程度上是了解曹雪芹对整部书的基本构想的，其中一位补写者，很可能就是脂砚斋。从动机上说，补写这四回书的人，是努力去接近曹雪芹的原意，而高鹗却是想"匡正"曹雪芹前面所写的"走向"，把他自己那跟曹雪芹不相同，甚至背道而驰的意图，贯穿在了续书之中，还对前八十回进行了相应的篡改。因此，我认为高鹗的四十回续书，不应该再跟曹雪芹的文字合在一起印行，他的续书可以单独出版，谁愿意看，可以拿去看，却不能再让那些文字跟曹雪芹挂钩，所谓"《红楼梦》曹雪芹、高鹗著"的印法，必须改变。《红楼梦》出版史上的这场革命，必须进行！

尽管我们现在看到的古本《红楼梦》八十回里，有三至四回不像曹雪芹的原笔，但意思大体上还是对头的，为了说起话来方便，把这大体上是曹雪芹写的八十回文字，统称为"曹雪芹的八十回《红楼梦》"，还是恰宜的。

周先生因为不满意我们现在所看到的这第七十九回和第八十回，他自己另起炉灶，另写了这两回，作为对曹雪芹迷失无稿部分的一种探佚成果的展示。他给第七十九回拟的回目是"清虚观灵玉消冤疾，水仙庵双冢报芳情"，安排了贾母责备王夫人撵逐晴雯致死、宝玉往清虚观去为晴雯申冤等情节。还写到赖尚荣家又来请贾府的人到他家赴宴：

赖家酒席丰富，戏文新鲜，自不必细表；只说男宾女客，分设外内两处院子，到撤了酒席将次看戏时，方将内眷女客请到戏台前，拦上帏，一处看戏。这男宾中，有荣府交契，也有赖尚荣在官场应酬，结识了忠顺王府的哥儿，这日也来赏光助庆。偏巧戏文中间停锣止乐时，宝玉正在好友冯紫英、卫若兰、陈也俊等公子一起讲论戏文的音韵，贾母惦记他要服一丸药了，便令袭人出座找亲随小厮与宝玉送去。这时恰好忠顺王公子起座与随侍人说话，却不防一回头与袭人打个照面。袭人见有生客，即回避回座去。谁知道那王子便问小厮：你们是谁家的，那日内眷来的是何人。用钱赏了小厮，小厮便说了出来——方才那是我们宝二爷的丫鬟，名叫袭人。

那王子记在心。

第七十九回就结束在这里。第八十回，回目则是“赖尚荣官园重设宴，贾雨村王府再求荣”。写贾雨村为了讨好炙手可热的忠顺王及其王子，不惜对给予过他多方帮助的贾府施加压力，助纣为虐：

话说那王子，本是忠顺王之幼子，因此宠爱娇纵，是京师闻名的花花公子，声色犬马，无所不为。这日忽一眼瞥见了袭人，便觉自己府里二三百名的丫鬟侍女，一概不中用了。见了母妃，硬逼着叫想法子去把这个袭人讨来……母妃无奈，只得和王爷说了此事……那王爷虽也知此事名声攸关，不敢轻动……正在无聊之际，人报兵部贾雨村大人来拜。王爷心中一动，忙说快请。

原来，雨村自升了大司马，越发权威日盛，渐次向各王府里走动，心知忠顺府是当朝天潢首贵，可以左右内廷大势，便时常来献勤讨宠。这日又来……入座寒暄后，王爷装作无意闲谈，问道：近日可还常到荣府去？他家那哥儿怎么样了？

雨村尚不明就里，随口答道：学生与那贾宝玉，倒也不时常会的，因他文采过人，诗词作得好，京城里识文赏字之人无不赞美。近日又作了一首奇诗，题作《姽婳词》，正抄来一份在此。……那忠顺王原想借雨村口才，去向贾政说话，讨了丫头，可免动文动事，闹事担名。此时雨村去后，就打开诗从头细读。忽然惊叫道：这是“反诗”！……话说这一清客军然厉色向众人说道：这诗的要害，并不在那一两句可以为解的诗人讽语，却在这林四娘其人原本就是逆党下流之人，她是山东违抗圣朝的天兵。你看：“明年流寇走山东”，这是什么话！还待愚者道破，方能醒悟吗？

王爷与众客一闻此言，一齐又惊又喜——喜的是，这可抓住了问罪兴师的真由头。那忠顺王也不是浅薄粗鲁之辈，他便吩咐长史官，明日专唤贾大人。到府议事。

于是贾雨村就去荣国府，对贾政晓以利害，逼迫贾府献出袭人，以避“文字狱”。贾政无奈，只好去跟王夫人先说。

话犹未了，只听外面人报：王府长史官来拜。贾政一闻此言，目瞪口呆，连说罢了罢了，长叹一声，慌忙迎接出去。究竟袭人如何离开荣府，辞别宝玉，且看下回。

冤疾才消祸便随，名园金谷是耶非。
坠楼自是忠贞绝，难保石郎更可悲。

周汝昌先生这样写，想来是对我们现在看到的第七十九回和第八十回深为不满，估计他对第八十回尤其不满。第八十回以往的通行本都以“美香菱屈受贪夫棒，王道士胡诌妒妇方”为回目，周汇本坚决不取，估计周先生特别不相信关于王道士的那段情节。确实也是，前面有一位现成的张道士，提供了极其丰富的情节发展的线索，有什么必要再出现这么一个王道士？“妒妇汤”只不过供读者一笑，缺乏曹雪芹文笔一贯的内涵力度。他从第七十八回往下续，那样铺排情节，是因为根据他的理解，贾府的内外危机，应该是一步紧逼一步，前面的伏线，到这两回应该“收线”，有所照应了。

周汝昌先生对第七十九回和第八十回的改写，可供参考。

我个人的看法是，第七十九回和第八十回，写迎春误嫁中山狼和薛蟠娶来个河东狮，写夏金桂的家庭背景、性格特点，写因此对香菱命运的影响，应该大体上都还符合曹雪芹的基本构思，对于一般读者来说，是无妨当作曹雪芹的文字接受下来的。

八十回后探佚

你一定要知道：曹雪芹是写完了《红楼梦》的

虽然我在本书前面已经一再讲到这一点，在讲完古本《红楼梦》的八十回后，仍然觉得应该辟专节再次强调。一百二十回的《红楼梦》，影响确实很大，以至到了今天，很多读者还以为那就是曹雪芹的《红楼梦》。“调包计”“黛玉焚稿”“宝玉哭灵”等与曹雪芹了无关系的情节，借助戏曲、电影、曲艺等的改编流传，使许多人深信那就是曹雪芹的原意。有的红学研究者还断言，一百二十回的《红楼梦》是必须尊重的“经典”，似乎谁离开了高鹗的四十回续书，谁就犯了错误似的。

2006 年底，人民出版社推出了八十回的周汇本《红楼梦》，这个汇聚现存的十一个古本，一句句加以比较，选出其中肯定是或最接近曹雪芹原笔原意的字句，再连缀起来精校求真的本子，使我们大开眼界。相信会有越来越多的读者，特别是入迷已久的红迷朋友，能够认同这个真本、善本、美本，从审美意识里，把曹雪芹的《红楼梦》和高鹗的四十回续书严格地区分、切割开来。

曹雪芹的《红楼梦》，流传到今天，却不完整，这当然是天大的遗憾。

但是，有一个误会，一定要破除，那就是不少人以为，曹雪芹没有把《红楼梦》写完，他只写了大约八十回，没来得及往下写，就搁笔了，就去世了。这个误会我得再花大力气，来加以破除。曹雪芹是把整部《红楼梦》写完了的，不过全书不是一百二十回，根据周汝昌先生的研究，概而言之，《红楼梦》通部的结构，是以九回为一个单元，又以十二为总揽人物和情节的组合数，因此，全书应该是 9×12=108 回。

这一百零八回的《红楼梦》，曹雪芹已经大体完成了，有完整的回目，每回的叙述文字基本上都已写好，只剩一些诗词等“部件”有待嵌入，当然，也还需要再统稿，打磨掉一些前后矛盾或笔误性的“毛刺”。总之，剩下的工作已经不是很多，应该说全书已经呈白璧微瑕、大放光彩的状态。那么，他既然已经把全书大体完成，怎么会后面大约三十回书，我们现在就看不到了呢？

曹雪芹是在极为艰苦的写作条件下，来写这部书的。后面三十回左右文稿的散佚，大体有这样一些原因：

一、物理性损失。比如房屋漏雨造成的浸泡，长期翻阅造成的磨损，鼠灾、虫蛀等，都会使宝贵的原稿或抄阅评点稿蒙难。

二、非恶性动机的人为损失。比如亲朋好友迫不及待地把刚写成的文稿借走阅读，或许是因为喜欢就留下未还，或许是欣赏不来就未加珍惜，或许是因为遇到困难想还也没有办法。

三、多余的善意造成的流失。有的借阅者借去后，阅读中觉得多有“碍语”，觉得自己保留那样的文稿会惹来麻烦，而且觉得曹雪芹再那样写下去不安全，所以看过就将其销毁了。

四、恶意干预，形同查抄。这当然是“有来头”的人士，“索书甚急”，你不给他文稿不行，拿走后，即使不再来追究，也实行“检扣”，满纸璀璨明珠，就此投入黑暗深井。

五、有预谋地加以扼杀。周汝昌先生撰有一篇题目为《〈红楼梦〉

全璧的背后》的长文，可资参考。

周老首先全文引用了乾隆三十七年（1772年，距曹雪芹辞世约八年）正月初四皇帝的一道谕旨，谕旨的大意是下令采购群书，意图是加以检查，然后将其中一批禁毁，这当然是非常严酷的文化专制措施。据资料显示，当时被禁毁的书达三千多种，六七万部以上。但是，乾隆皇帝毕竟是个大政治家，他深知不能只是一味地禁毁，与其将有“碍语”的书籍一律斩尽杀绝，莫若将其中的一部分加以“改造”，使其从“有害”变成“无害”。于是，乾隆三十八年（1773年），就降旨开始了编修《四库全书》的浩大工程，这是从“正面”来实施文化专制。在整理、保存现有书籍的前提下，既形成文化积累，又能显示他这皇帝不仅武功赫赫，文治也煌煌。这项工程持续多年，乾隆四十五年，和珅当上了编修《四库全书》的正总裁。乾隆四十七年（1782年），《四库全书》宣告完工。

周老的论文，还引用了一位叫吴云的人士的一段话。吴某写那段话的时候已经是嘉庆二十四年了，他是这样说的：“《红楼梦》一书，稗史之妖也，不知所自起，当《四库全书》告成时，稍稍流布；率皆抄写，无完帙。已而高兰墅偕陈（程）某足成之，间多点窜原文，不免续貂之诮……本事出曹使军家……”后来又引了一位署名“讷山人”的一段话：“《红楼梦》一书，不知作自何人，或曰曹雪芹之手笔也……久而久之，直曰情书而已。夫情书，何书也？有大人先生许其流传至今耶……”

周老的论文考证得非常详尽，引了很多史料，形成了严密的逻辑链，这里不能全引。简言之，结论是：曹雪芹的《红楼梦》没有被全部禁毁，而是经过和珅这位“大人先生”安排的“改造”——找写手对前八十回“点窜原文”，对八十回后全盘重写，把它变成一部单纯的“情书”，也就是一部“无碍”的“爱情小说”——然后，允许活字排印，广为流传。

据清人赵烈文《能静斋笔记》引宋翔凤的话："曹雪芹《红楼梦》，高庙末年，和珅以呈上，然不知所指。高庙阅而然之，曰：此盖为明珠家作也。后遂以此书为珠遗事。"说明被"改造"过的《红楼梦》得到了乾隆皇帝（高庙是对他的尊称）的首肯，乾隆皇帝开红学"索隐"之先河，说它写的是康熙朝大臣明珠家的故事，这样，就彻底把人们对其文本中隐含的关于废太子及其子弘皙的内容的关注，引开到对"当朝"毫无关系的想象空间里去了。

和珅出重金、延文士"改造"曹雪芹的《红楼梦》，找到高鹗（兰墅是他的字）的直接证据，目前尚未发现，但并非没有蛛丝马迹可寻。周先生把最可能将他引荐到和珅处的人士，搜寻了出来。高鹗于乾隆五十三年（1788 年）虽然考中举人，但以后连续几年去考进士都落第，而在他"改造"完《红楼梦》，并于乾隆五十六年（1791 年）排印出来以后，于乾隆六十年（1795 年）顺利地被录取为进士，而那一年和珅恰恰是读卷官，这也确实耐人寻味。

"改造"过的《红楼梦》，不仅由书商程伟元活字排印出版，还由皇家的出版机构"武英殿"正式印刷流布。因此，程高本的《红楼梦》，其实也就是"御制《红楼梦》"。1794 年，俄罗斯传教团团长卡缅斯基（他也是位汉学家）来北京，购置了一部这样的《红楼梦》，后来带回莫斯科，现在还保存在当地。他在书上写道："此刊本是由宫廷印制的。"这部《红楼梦》和保存在圣彼得堡的那部八十回的古本《石头记》的版本价值，相差何止十万八千里。

周老当面跟我说过，他对《红楼梦》的研究，一生所追求的，就是反伪归真。他把高鹗的续书称为"伪续"。人民出版社出版的周汇本《红楼梦》，最后将周汝昌先生《红楼梦新证》一书中有关八十回后探佚成果的文字收入，就是为了强化读者应有的这一认知：曹雪芹是写完了《红楼梦》的，不幸的是，前八十回文字遭到篡改，八十回后的原文被禁毁，而高鹗的续书不仅伪劣，更是当时官方推行文化专制政策的一项措施。周老还另有专著《红楼梦的真故事》，以很大的篇幅，将他自己对曹雪芹《红楼梦》全貌的探佚成果，生动、通俗地集中展示出来。

我希望广大读者不要因为将曹雪芹的《红楼梦》与高鹗的伪续切割开而感到失落。假的就是假的，伪装应当剥去。抛开高鹗的四十回，再把被他和程伟元在“大人先生”指使下所篡改的前八十回拨乱反正，我们所得到的是满斛珍珠，失去的则是沙砾鱼眼。

既然曹雪芹已经写完了《红楼梦》，那么对八十回后的探佚就是必要的，而且根据遗留下来的种种线索，这种探佚也是完全可行的。在本书接下来的章节里，我将把自己的探佚心得呈现出来，供红迷朋友们参考、讨论。我的呈现方式，首先是把设想的回目公布出来，然后在回目下简要地说明我认为曹雪芹会写到什么。

要说明的是：我以前曾写过一些探佚文章，并曾将探佚心得以三部中篇小说《秦可卿之死》《贾元春之死》《妙玉之死》体现出来。现在写下的是最新的探佚结果，在原有基础上有所调整，凡与以前所写有出入的地方，都表示我已以新的思路替代了以前的构想。

探佚《红楼梦》第八十一回至一百零八回

第八十一回　中山狼吞噬薄命女　河东狮吼断无运魂

迎春“金闺花柳质，一载赴黄梁”（第五回判词）。古本中有“黄梁”“黄粱”两种写法。如是“黄粱”则是用唐朝沈既济《枕中记》“黄粱一梦”的典故，如是“黄梁”则指悬梁自尽。周汇本取“黄梁”。迎春不堪中山狼蹂躏，曹雪芹写她最后悬梁自尽是可能的。香菱这个“有命无运”（第一回癞头和尚语）的女子，“自从两地生孤木（隐含一个夏金桂的“桂”字），致使香魂返故乡”（第五回判词）。金桂到，香菱亡，是曹雪芹非常清楚的构思，高鹗写金桂死香菱扶正是绝大的歪曲。这些事都发生在从第十八回后半部分那年算起第三个年头的夏末。

第八十二回　谣诼四起官中大乱　封园闭户胆战心惊

“官中”，又作“公中”，前八十回里多次出现这个说法，指的是荣国府的一个集中管理财务及其他府第事务的机构。第八回写宝玉去梨香院，在府内夹道上遇见了七八个管事的头目，其中有：库房总领吴新登（过去称量银子的器物叫戥子，称量时须拨准戥星，此人名字谐“无星戥”的音，可知其“理财水平”）、仓上的头目戴良（谐音寓意是“大斗往外量”）、买办钱华（谐音寓意是“花钱如开花”）。这是一群狗仗人势，并且随势变化的宵小。这一回写到，江南甄家被皇帝抄家治罪，往荣国府藏匿罪产一事，使府内谣诼四起，官中先大乱起来。有怕牵连卷逃的，有借势加大贪污力度的，凤姐已支不出府内女眷、小爷们和丫头仆妇们的月钱，整个府第内各种矛盾更加激化，赵姨娘、贾环也给王夫人、宝玉制造了更多麻烦。王夫人命令宝玉、黛玉、探春、惜春搬出大观园居住，园里只有稻香村和拢翠庵两处，还分别由李纨（带着贾兰）、妙玉住着。史湘云也从李纨处撤出，准备回到叔叔家去。薛宝琴早被薛姨妈接去住了。大观园基本上是一片封园闭户的萧索景象。忽然又传来贾母娘家——史家——惹怒龙颜的消息，保龄侯史鼐、忠靖侯史鼎全被削爵，贾母闻之中风，生命垂危。

第八十三回　史太君无奈大厦倾　金鸳鸯有志宁玉碎

贾母没撑到八十一岁生日，就溘然而逝。因为贾母突然中风后就不能说话了，因此没有留下明确的遗嘱，这就使得府内几拨利益集团之间对家族权力，特别是对财产的争夺战白热化。而外部更频频传来不利消息，贾家已是风雨飘摇，大厦将倾，贾母死时不能瞑目，还是由宝玉将祖母眼帘闭合的。贾赦已被人参劾，越加醉生梦死，贾母既死，便威逼鸳鸯，鸳鸯怀揣利剪，刚烈刺喉，为捍卫自身尊严玉碎。

第八十四回　平安州事发不平安　洒泪亭鹤唳难洒泪

贾赦有违王法私自交结京外官员——第六十八回特别点明，他派贾琏去平安州与平安节度使勾结——终被参倒，龙颜震怒，将其削爵治罪。贾琏暂时蒙混过关。由于元春的乞求，皇帝没有将贾赦的罪名连坐到贾政头上。贾政护送贾母灵柩回南京，宝玉等送至运河边洒泪亭，偏又传来于元妃不利的消息，一时也无法求证，众人皆惶惶不安。

第八十五回　暖画破碎藕榭削发　冷月荡漾绛珠归天

宁国府贾珍与冯唐、冯紫英父子，以及韩奇、卫若兰、陈也俊等“月”派人物混在一起，天香楼下的习射发展为赌局后，又渐次成为政治密谋活动。惜春迁出大观园，本应回宁府，但她“矢孤介杜绝宁国府”的意志毫无改变；贾母死后，她在荣国府更显尴尬，尤氏再次来动员她回宁国府，她将完成一半的大观园行乐图用刀划破，又剪发立誓，决计出家，甚至拒绝了家庭对她出家庵院的安排，“缁衣顿改昔年”，冲出府第，沿街乞食，后终于觅到一处荒废的庵院，每晚“独卧青灯古佛旁”（第五回判词）。惜春临行前已“将那三春看破”（第五回《虚花悟》曲），还像秦可卿那样留下可怕的谶语：“勘破三春景不长”（第五回判词）——她离府是在从第十八回后半部分算起的第三个年头的秋日，离那家族彻底毁灭的“四春”已经很近了。

贾母死后，黛玉没了靠山。虽然宝玉对她一如既往，他们之间的爱情也不再因误会而烦恼，但黛玉寄人篱下的悲戚感更加强烈。一次凤姐让小红送茶叶来，她道谢后随便问了几句，小红对她表现出冷淡和戒备，令敏感的她更加痛苦（第二十七回埋下小红误会她的伏线）。

府里负责管理药房司配药诸事的贾菖、贾菱，早被赵姨娘买通，给她配制药剂时，下了对她不利的成分，为的是促成她的死亡而又不留痕迹（参考第三回一条脂批）。黛玉泪尽，又到中秋，她为自己设计了诗意的告别人世的方式：从塘边慢慢走向水中央，消失在冷月的倒影之中。花魂沉落，复归天界。

第八十六回　勉为其难二宝成婚　似曾相识枕霞出阁

黛玉在沉湖的最后阶段，被寻找她的紫鹃和雪雁发现。她们惊呼起来，守夜的婆子也看到些迹象，王夫人、宝玉、宝钗、湘云等赶到水边，尚有月影晃动的余波，赶忙找人来捞救，但直到清晨，只捞取到黛玉的衣裳，并无尸体，大家甚为惊讶。宝玉、宝钗先悟，告诉大家黛玉乃仙遁而去。湘云想起头年与黛玉一起联诗二人念出的最后两句，不禁悲从中来。黛玉去后，宝玉精神恍惚，宝钗激他大哭，以得宣泄，但直到多日以后，宝玉重读黛玉留下的诗篇，才终于大哭一场。

过了一阵，王夫人和薛姨妈安排了宝玉、宝钗的婚事。说是虽在祖母孝期，但家族已有流散征兆，简朴完成“金玉姻缘”，应是对贾母亡灵的最大安慰云云。但对宝玉来说，“纵然是举案齐眉，到底意难平”（第五回《终身误》曲）。对宝钗来说，又何尝是实现了“好风频借力，送我上青云”（第七十回《临江仙》词）的鸿鹄之志呢？两个人并无幸福可言。湘云的两个叔叔家都被削爵，虽未完全垮掉，也已丧了元气。她本已定了人家（第三十一回王夫人、第三十二回袭人都提及），在王夫人帮助下，叔婶把她嫁了过去，原来夫君是卫若兰，见了面，倒颇投契。宝玉将从张道士那里得来，并一度丢失被翠缕、湘云拾到归还的那只金麒麟，作为贺礼之一，给了卫若兰。

第八十七回　椿灵抗旨远走高飞　司棋殉情殃及池鱼

元妃本已怀孕，“榴花开处照宫闱”（第五回判词），但皇帝对贾家亲戚的打击，使她非常惶恐。祖母死讯传来，她悲痛过度，形成流产，渐渐失宠。为挽回皇帝的宠爱，她用尽心思。皇帝当时喜欢在宫廷里观戏，太监夏守忠提醒她，当年省亲时戏班子里最好的戏子龄官演出的《相约》《相骂》实在精彩，何不宣进宫来，供整日不开心的皇帝一笑解忧？于是元妃下旨，调取龄官入宫唱戏。谁知王夫人回禀，所有戏班里的女孩均已打发，龄官更早被贾蔷接出。元妃再下旨寻找贾蔷、龄官。贾珍、贾蓉及时透信，贾蔷和已经改名椿灵的龄官连夜远遁（有四种古本第三十回回目后半句是“椿灵画蔷痴及局外”）。

司棋被撵出大观园，先押往邢夫人处，后被邢夫人撵回其父母家。司棋恨潘又安胆小无男子汉气概，逃走后竟杳无音信。其父母逼她嫁给不良男子钱槐。这钱槐是荣国府买办的儿子，又是赵姨娘的内侄，派跟贾环上学。他原来是看上了柳五儿，为柳家的和柳五儿所不齿（见第六十回末尾的交代），柳五儿病死后，又求娶司棋。司棋坚决不从，父母一再威逼，司棋愤而仰药自尽。钱槐指使秦显家的来参与丧事，诬指司棋所服毒药系柳家的当作茯苓霜所给，称司棋吞药是为治病，司棋之死乃柳家的预谋陷害，怂恿其父母告到官府。王夫人、凤姐任官府来拘查柳家的，贾府内仆人间的利益冲突进一步激化。

王善保家的跟邢夫人说，应给司棋家发丧银以免其阴魂报复，那时贾赦已被枷号，邢夫人哪来闲银？不得已只好找到邢岫烟，邢岫烟因丫头篆儿恰在那时被宝玉小厮扫红勾引潜逃（参考我在本书中对第五十一回薛宝琴灯谜诗《蒲东寺怀古》的分析），心烦意乱；因薛蝌正忙于为薛蟠新惹的官司——薛蟠在一次夏金桂撒泼时与其冲突，失手将其打死，夏家到官府告薛蟠故意杀妻——跑动贿赂，也无法帮助，邢夫人只得悻悻而返。夜深人静时，生怕司棋等鬼魂来袭，方对彼时那样处置绣春囊导致的一连串变故有所懊悔。

第八十八回　薛宝钗借词含讽谏　王熙凤知命强英雄

这个回目是曹雪芹的原笔原意，只是不知道究竟是给哪一回定下的。在第二十一回前面，有条脂砚斋批语明明白白地告诉我们："按此回之文固妙，然未见后之三十回犹不见此之妙，此回'娇嗔箴宝玉，软语救贾琏'，后回'薛宝钗借词含讽谏，王熙凤知命强英雄'，今只从二婢说起，后则直指其主。"

黛玉仙去后，宝玉"空对着，山中高士晶莹雪；终不忘，世外仙姝寂寞林"。深秋，他潜入大观园潇湘馆，只见"落叶萧萧，寒烟漠漠"。（第二十六回写到宝玉进入潇湘馆"只见凤尾森森，龙吟细细"时，脂砚斋批道："与后文'落叶萧萧，寒烟漠漠'一对，可伤可叹。"）回家后，宝钗深知他所思所感，就"借词含讽谏"，最后仍归结到劝他"读书上进"，苦口婆心，确有"停机之德"，但宝玉不为所动。

荣国府官中大乱后，王熙凤违法贷银取利的事大败露，邢、王二夫人都很生气，外界又来追究她假借贾琏名义摆平官司等违法行为。公公已然成了罪犯，丈夫也正被查勘，她的劣迹的暴露，更加重了贾府的危机。贾琏一来确实对她失却了恩爱，二来也觉得必须采取措施让各方知道责任全在凤姐一人身上，并且从家族角度来说也算对凤姐作了处理，就让族长贾珍出面，当众写下休书，取消了凤姐的正妻资格，更把她和平儿"换一个过儿"（第四十五回李纨语），平儿成了琏二奶奶，她成了通房大丫头。凤姐在如此尴尬狼狈的处境下，一方面只好认命，一方面仍无法改变往昔的性格，"知命强英雄"。贾琏由此完成了与凤姐的关系"一从二令三人木"（第五回凤姐判词）的三个阶段。那时候秋桐早被驱赶，丰儿也离去配了小子，小红自赎后嫁给了贾芸，凤姐倒成了丫头，好在平儿尚能善待她。周瑞家的因为曾求凤姐摆平官司，使其女婿冷子兴不被遣送原籍（见第七回），现在凤姐事发，也被撵出，冷子兴夫妇对贾府反生怨怼。旺儿夫妇亦因凤姐事败被撵。原在凤姐手下办事的小童彩明则与赵姨娘处的丫头小鹊私奔。

第八十九回　贪高位雨村昧良知　顾大局袭人舍声名

赖尚荣官运亨通，又升了，在赖家花园大摆宴席庆贺。贾府王夫人等应邀赴席——彼时贾府对赖家已呈巴结之态。宝玉、宝钗也由袭人、莺儿陪着去了。贾雨村亦在座。赖尚荣邀到忠顺王之子赴宴。忠顺王之子在花园巧遇袭人，即欲霸占。当时贾雨村因强夺石呆子古扇事，正被贾赦案牵连，苦思如何得以解脱，忽有此事，宴后即向忠顺王之子献下毒计。

那时已入冬，贾政从南京甫归来，即有忠顺王府来人点名索要袭人，并施以威胁。众人皆以为袭人必以死抗争，没想到袭人深知贾府根基已朽，再经不住此一打击，她若不去，贾府危在旦夕，竟挺身而出，愿去忠顺王府。袭人此举，府内大哗，多有讥讽斥责者。贾政、王夫人对袭人感激不尽。

袭人临行前对二宝说：此后日子恐怕更加难过，伺候他们的人不得不一再减少，但“好歹留着麝月”。（第二十回正文里有宝玉发现麝月“公然又是一个袭人”的句子；同回脂砚斋批语说：“上一段儿女口舌，却写麝月一人，有袭人出嫁之后，宝玉、宝钗身边还有一人，虽不及袭人周到，亦可免微嫌小弊等患，方不负宝玉之为人也，故袭人出嫁后云‘好歹留着麝月’一语，宝玉便依从此话，可见袭人虽去，实未去也……”）

第九十回　蒋玉菡偏虎头蛇尾　花袭人确有始有终

蒋玉菡自从被忠顺王从东郊紫檀堡搜寻回来后，就再也无法私自出府活动。那时“双悬日月照乾坤”的形势更加明显也更加严峻。“义忠亲王老千岁”一派和忠顺王一派的明争暗斗也愈加激烈，双方都想摸对方的底。一日，忠顺王生辰大摆宴筵，“月”派（也就是“义”派）人物自然他不会请，请也不会来，但光请“日”派（也就是“忠”派）也达不到政治侦察的目的，因此不惜把北静王请来。北静王貌似“中立”，其实内心是倾向“月”（“义”）的，因此可以通过他摸一摸“月”（“义”）的动向，好向“当今”密报。忠顺王请他来的表面理由，也有“再不必为一区区戏子伤和气”这一条。北静王大度赴宴，忠顺王命蒋玉菡献演。蒋玉菡见北静王在座，演出格外认真，光彩四射。但北静王中途以身体不支告退后，蒋玉菡却敷衍潦草将戏唱完。忠顺王大为不快，蒋玉菡却推托是中间后台休息时，世子（忠顺王之子，就是霸占袭人的那一个）赏他一份茶点，食后造成倒仓（嗓音失亮）所致。

忠顺王那个儿子将袭人霸占来后，还没来得及享受，就被忠顺王本人垂涎，因一时不好与儿子争夺这样一个女子，就强令其子将袭人献出去伺候他的母亲（其子祖母）。

不久那老妇人瘫痪，一次忠顺王想对袭人不轨被其子撞见，冲突一场，忠顺王一怒之下将袭人赏给了蒋玉菡，因又觉得蒋玉菡色艺渐衰，遂准其离府生活。

蒋、袭正式结婚，婚后发现当年蒋的那条大红血点子汗巾，正在袭人一只箱子最底下。（第二十八回正文有伏笔，同回脂砚斋批语指出：“茜香罗暗系于袭人腰中，系伏线之文。”）他们从此坚持接济经济上越来越困窘的宝玉和宝钗。那时秋纹、碧痕（或作碧浪）、佳蕙等大小丫头都先后离去，二宝身边只剩麝月一人。（“花袭人有始有终”见于第二十回一条脂砚斋批注的引用。第二十八回回前总批里说：“盖琪官虽系优人，后回与袭人供奉玉兄宝卿得同终始者，非泛泛之文也。”）

第九十一回　霰宝玉晨往五台山　雪宝钗夜成十独吟

二宝虽然有夫妻的名分，可是并没有性生活。这既是因为贾政和王夫人坚持要他们在贾母孝期满后再“圆房”，也是因为宝玉念念不忘黛玉，以及宝钗本身的矜持。（生于乾隆初年的富察明义在其《绿烟琐窗集》里收录了他写的《题红楼梦》诗共二十首。他在序里说“曹子雪芹，出所撰《红楼梦》一部，备记风月繁华之盛”，明确了曹雪芹对《红楼梦》的著作权。从他二十首诗的内容来看，他看到的应该是一个大体完全的本子。其中第十七首有两句是：“锦衣公子拙兰芽，红粉佳人未破瓜。”可见二宝婚后并未享受性爱。）

没有性爱的夫妻，也很难维系精神上的沟通。宝玉在一次双方的“冷战”后，尝试“悬崖撒手”，也就是第一次出家。（宝玉在书中两次出家，第三十一回，黛玉将两个指头一伸，对发誓的宝玉抿嘴笑道：“做了两个和尚了。我从今已后，都记着你做和尚的遭数儿。”这就是曹雪芹又一“草蛇灰线”的伏笔。）他在一个初冬下霰的早晨，留下一首告别诗，往五台山而去。（第二十一回脂砚斋有这样的批语：“宝玉看（有）此世人莫忍为之毒，故后文方能‘悬崖撒手’一回，若他人得宝钗之妻，麝月之婢，岂能弃而成僧哉。玉一生偏僻处。”）

那晚，极度痛苦的薛宝钗，在寒夜里以十首《十独吟》来排解内心的烦忧，镇定自已的心臆。十首诗应该都是吟的古代鳏寡孤独的人物。

（第六十四回有黛玉写的五首《五美吟》，脂砚斋批道：“《五美吟》与后《十独吟》对照。”）

第九十二回　甄宝玉送回贾宝玉　甄士隐默退贾雨村

五台山那时已是大雪封山，宝玉走不进去。在途中遇到一个和自己相貌完全相同的人，若对镜，似梦中。原来是甄宝玉。甄家被皇帝抄家治罪后，甄宝玉因还差一年才算成年，没有判罪，一个人上了五台山。甄宝玉觉得自己的遭遇正所谓“黄粱一梦”。甄宝玉告诉贾宝玉，真正的超脱并不在形式上的皈依佛门，他在五台山依然能看到人们之间的明争暗斗。他启发贾宝玉，还要从内心深处去寻求真正的顿悟。甄宝玉遂送贾宝玉回家。（第十七、十八回写元妃省亲时点了四出戏，其中第三出是《仙缘》，是根据唐代沈既济的《枕中记》改编的戏曲《邯郸记》中的一折。脂砚斋批道：“伏甄宝玉送玉。”）

贾雨村攀附上忠顺王后，因贾赦案的牵连大事化小、小事化了，并被皇帝派了外差。贾雨村在赴任途中为避风雪投一破败道观而去。下属告诉他，附近俗众传言，此道观虽废，但其庭院中的古柏能测人之祸福，极灵。贾雨村进道观后见古柏下一苍老道士闭目独坐，仔细打量，竟是多年前的恩人甄士隐。贾雨村一再招呼，并垂询古柏测祸福之法，甄士隐始终闭目不睬不答。天已昏暗，贾雨村只得悻悻然离去。

第九十三回　卫若兰射圃惜麒麟　柳湘莲拭剑赏梅瓶

“月”派一党已有秘密山寨，作为举事基地。聚义此处的，有冯紫英、卫若兰、陈也俊、柳湘莲等人。他们在京城与上、中、下三种阶层的人均建立了秘密联系。上层里除冯的父亲神武将军冯唐、锦乡伯公子韩奇外，还有临安伯父子、梅翰林父子、杨侍郎等；中层人物则包括贾珍、贾蓉父子等；底层的，像戏子蒋玉菡、市井泼皮倪二，也都是他们物色到的“有用之人”。而代表“义忠亲王老千岁”那“月”派最高权力中心来跟他们联络的，则是其另立宫廷中的“太医”张友士。

卫若兰离京入住山寨，并未告知史湘云真相，只说和朋友一起赴远方云游。他一直佩戴着宝玉赠他的那只个头较大的金麒麟，就连在山寨中演练箭术的“射圃”活动中也不摘下。（第二十六回回后批语说：“前回写倪二、紫英、湘莲、玉菡四样侠文，皆得传真写照之笔，惜卫若兰射圃文字迷失无稿，叹叹！”）

皇帝得到一些密报，对“月”派政治势力进行侦察。梅翰林家首先败露，梅翰林之子拒捕时身亡。王子腾又出了事。原来王夫人和薛姨妈借着娘家势力还能支撑一时，王子腾败落使她们的处境更是雪上加霜。薛蝌送宝琴回南京，在香雪海遇到柳湘莲。柳是下山搜集情报的，宝琴令柳动心。那时宝琴母亲也已过世，薛蝌作为宝琴家长，为湘莲、宝琴订婚。湘莲不好再以鸳鸯剑为定物，就拿一条玉带为定。薛蝌则把宝琴随身所带的一个常常用来插梅的瓷瓶交给柳湘莲，意思是你必须像对待细瓷瓶那样维系这桩婚事，绝不可使其破碎。柳将梅瓶带回山寨，拭剑时对瓶发誓：待到圆月腾升时，定当与绝色才女宝琴完婚。（此段情节想象，根据是第五十回薛宝琴的梅花诗、第五十一回灯谜诗《梅花观怀古》和第七十回《西江月》的词意。）

第九十四回　蘅芜君化蝶遗冷香　枕霞友望川留余憾

薛宝钗在家族败落和婚姻失败的双重焦虑中，染病而亡。（明义《题红楼梦》组诗第十九首有句：“莫问金姻与玉缘，聚如春梦散如烟。”）宝玉以庄子风格写成悼亡文。

“月”派人物与“日”派人物有一次短兵相接，冯紫英打死了仇都尉的儿子，卫若兰在搏斗中身负重伤，被救回山寨后不幸身亡。临终前他将金麒麟托付给冯紫英，请他得便时还给贾宝玉，那时他已知宝玉成了鳏夫，希望宝玉和湘云能够因麒麟结为夫妇并白头偕老。

史湘云婚后对卫若兰已经产生了感情。噩耗传来，夕阳斜晖中，她到以前送别卫若兰的运河码头大哭一场。（第五回关于她的判词和《乐中悲》曲含有此意。）

第九十五回　玻璃大围屏酿和番　腊油冻佛手埋奇祸

皇帝派粤海邬将军平定海患，处理边务。那时茜香国女国王已立其子为皇储，皇储向女王献言：与其不断劫掠大国海疆，不如与其修好，以本国特产换取固定的大宗年赏。女王于是通过粤海邬将军向中国皇帝为其王储求婚，皇帝也愿以“和番”方式求得海疆平安。但对方求配的是公主，皇帝自己舍不得将公主嫁到此等小国，便令忠顺王安排一王府级郡主以充公主。忠顺王建言：似此等小国，就以邬将军家女儿充公主去“和番”也就罢了。皇帝召见邬将军，邬将军以实相告：微臣儿子倒成人了，但女儿尚小，恐难充数。皇帝命其寻觅一合适女子担纲，限期完成任务。邬将军回到家中，告之夫人。夫人想起，曾与他一起去荣国府贺史太君八十寿辰，当时送去一架玻璃大围屏作为寿礼，是由她亲自带领仆妇，面交王熙凤和探春的，当时对探春印象极其深刻，觉得不仅美丽，而且大方爽利；在史太君过世前，也曾通过官媒婆去向探春求过亲，只是官媒婆来告之探春乃庶出，就放弃了她。邬夫人建言：现在贾家大势将尽，何不将此女推荐出去，既满足了茜香国要求，又效忠皇帝为国家做了件好事，同时也让贾家借此缓颓败之势？邬将军于是秉奏皇帝，皇帝闻知探春系元春之妹，也就应允。茜香国王储亲来进贡相亲，被探春的美貌风度打动，当即表示愿附庸为王，纳探春为王妃。探春由此远嫁茜香国，出发那天正是清明节，祭奠完祖母，就匆匆从运河登舟，将由河入江，穿江赴海，去往茜香岛国。贾政、王夫人及宝玉、贾环等送至江边洒泪亭。赵姨娘本来大喜过望，谁知探春依然不理睬她，只命贾环随贾政、王夫人前往码头送别，不免又恨恨有声。（根据是，第十六回凤姐说："那时老爷爷单管各国进贡朝贺的事，凡有外国人来，都是我们家养活，粤、闽、滇、浙所有的洋船货物，都是我们家的。"可见四大家族与海事、外事关系密切，与粤海将军邬家应是世交。第七十一回邬将军送来贵重的玻璃大围屏，实非偶然—— 那个时代玻璃是极其昂贵的东西，贾母丫头以珍珠、琥珀、翡翠、玻璃命名，可见玻璃在人们心中与珍珠、琥珀、翡翠等价——第七十一回特写贾母问到围屏，凤姐提及邬家所送玻璃大围屏，是伏笔；官媒婆来求说探春事见第七十七回末尾；第六十三回探春抽到的花签、第七十回末尾写探春放风筝的情况，都是伏笔；更有第五回的判词和《分骨肉》曲早已暗示了探春的命运结局。）

第十七、十八回写元妃省亲时点戏，第一出《豪宴》，是清初李玉的传奇《一捧雪》中的一折，脂砚斋指出："《一捧雪》中伏贾家之败。""一捧雪"是一件名贵的玉器的名字，可见贾家之败与一件古玩有重要联系，这件古玩，应该就是第七十二回里写到的腊油冻佛手。王夫人在一次进宫时，将这件古玩带去给了元春，意在求神佛之手保佑娘娘。此古玩被夏太监看到，原也无事，但后来元妃流产，渐失宠爱，夏太监以语试探，希望元妃将腊油冻佛手赐他，好拿去换银挥霍。元妃明知其意，实难割舍，佯作不解。夏太监生怨，就寻隙向皇帝密告，说贾家私带东西进宫，元妃明知私相授受有违王法，竟大胆昧下。皇帝听了龙颜不悦，但因贾家刚献出元春之妹探春和番，皇帝暂且不究，但从此更增加了对贾家的恶感。

第九十六回　潢海铁网山虎兕搏　樯林智通寺香魂断

清明过后——那已是从元妃省亲算起来的第四个春天了——皇帝进行“春搜”（春季狩猎），浩荡人马往潢海铁网山而去。那时“月”派已在彼处埋伏，打算趁机将皇帝刺死，夺取皇位。元妃随皇帝而行。那时皇帝在苦闷中，喜怒无常，忽念及旧情，对元妃又有所宠幸。元妃随身带有臈油冻佛手，时时摩挲，以求福佑，皇帝问及，元妃实告来历。皇帝驻跸时，将臈油冻佛手挂在弓上（第五回元春判词旁的图画是“只见画着一张弓，弓上挂一香橼”，弓谐“宫”音，说明元春居宫中——皇帝外出打猎所暂住的“帐殿”也是“宫”；而佛手正是香橼的一个变种），也有祈“佛手保佑”的意思。元妃在驻跸处还有月夜“乞巧”（将针放入水中占卜）之举。（第十七、十八回省亲时，点的第二出戏就是《乞巧》，乃清初洪所撰传奇（戏曲）《长生殿》中的一折，脂砚斋指出“《长生殿》中伏元妃死”。）

皇帝此来，表面上是循例的常规狩猎，实际上是对“月”派山寨已经侦察清楚，准备调重兵围剿，一举歼灭。因天气状况十分恶劣，未能按计划到达预定地点，临时决定驻跸在樯木林中的智通寺（第二回写贾雨村进入此寺，见到“身后有余忘缩手，眼前无路想回头”的对联）。因护驾的粤海邬将军等有所大意，反被冯紫英、张友士等偷袭，虎兕相搏，惊心动魄。“月”派军事力量毕竟单薄，不能速战速决，皇帝（“日”）为待大批援军到达，也只能施缓兵之计。双方谈判的结果，是“月”派要求皇帝献出元妃，以解他们的心头之恨——因“月”派总领袖是“义忠亲王老千岁”之长子，而秦可卿正是其亲妹，秦可卿藏匿宁国府达二十年之久都没有暴露，却被元春在皇帝登基后告密，“画梁春尽落香尘”。皇帝让太监夏守忠将元春拉出去交“月”派处置，元妃哭问自己何罪，夏太监竟代答说，她随时带着那臈油冻佛手，是打算寻找机会用那东西将熟睡的皇帝砸死。元妃被推出后，张友士等立即将她缢死在“望家乡，路远山高”的樯木林中。

第九十七回　宁国府旧账成首罪　荣国府新咎遭抄拣

苦心经营的“月”派虽然缢死了元春解了心头之恨，但皇帝的援兵赶到，终究还是寡不敌众。山寨被攻破，冯紫英、张友士及大批义士阵亡，只柳湘莲、陈也俊等少数人逃脱。

皇帝回到京城，表面上若无其事，并不公开“逆案”，对一贯忠于自己的一派，如忠顺王等，并不褒奖，倒是对似乎一贯中立的北静王，大表亲切，多有赍赏。但皇帝心中，对贾家格外痛恨。本来在他登基后，实行怀柔政策，像藏匿“坏了事”的“义忠亲王老千岁”未在宗人府登记的女儿一事，他采取大事化小、维护皇家和贾家双重体面的方式，大施洪恩，没想到现在彻底查明，宁国府贾珍、贾蓉父子，均是逆党骨干，忘恩负义到此等地步，实在令他气愤，立即新账旧账一起算，彻底查抄宁国府，将贾珍、贾蓉审问后，分别流放到打牲乌拉和宁古塔边陲之地，给披甲人为奴。宁府女眷如尤氏、蓉妻许氏及偕鸳、佩凤、文化等，还有所有的丫头仆妇、管家男仆小厮等计二百余口，一部分赏给负责抄家的忠顺王，其余均公开发卖。宁国府则暂加封锁，以待重新分配给赐爵之人。

对于荣国府一支，虽然早已将贾赦治罪，但也只是枷号收监，并没有斩尽杀绝；现在再加严究，发现罪行更多，着实可恶，便也和对待宁国府一样，将贾赦、贾琏流往边陲，只不过尚允许邢夫人、平儿分别随赦、琏赴边，其余人等亦一部分赏给负责查抄其居所的仇都尉，一部分公开发卖，居所亦封存备用。

对贾政，皇帝原来一方面对元妃旧情未泯，一方面也看在贾政本人一贯清廉勤谨，有可用之处，虽有参劾其为甄家藏匿罪产的奏折上达，他也留中不复，当然也还有念其祖上参与开国战事，功勋卓著的因素—— 太上皇时时会提起，他不能不考虑到这一点，宁国公一支已灭，再灭荣国公一支是否得宜—— 但现在元妃已死，吸取原来实施怀柔政策过分宽厚的教训，他决定毫不手软，亦将贾政治罪，不但藏匿甄家罪产是一大罪名，将螣油冻佛手作为“凶器”私递宫中更成新咎，于是查抄荣国府。查抄仍由忠顺王执行。北静王出面为贾政说话，意思是政较赦罪轻，可否稍为宽宥。皇帝下旨暂将贾政收监，王夫人、宝玉等则且就地拘押，其余人等亦集中看管待彻查后发落。大观园中，李纨因北静王奏报其青年守寡，不理家事，与贾政罪行无关，获准与其子贾兰仍暂居稻香村；另拢翠庵查出当年贾府聘帖一张，妙玉究竟与荣府罪行有否牵扯待查，也可暂留庵中居住。

宁、荣两府皆大厦轰塌，贾氏宗族成员有的如贾芹、贾萍等因在贾珍麾下任事被连坐；贾芸因早在贾母去世前就已不在荣国府任事，且将小红赎出独立生活，幸免连坐；严查中又牵出贾雨村、赖尚荣等，亦连坐收监。（第一回《好了歌注》“因嫌纱帽小，致使枷锁扛”一句旁有脂砚斋批语：“贾赦、雨村一干人。”）

第九十八回　月落乌啼寒霜满天　食尽鸟泣奔腾流散

“月”派彻底失败，继“义忠亲王老千岁”坏了事后，其长子——欲向皇帝争夺皇位的“月”也终于坠落。但皇帝并没有将其公开处治，只是把他和与其有牵连的一些王公贵族分别秘密囚禁起来。“义忠亲王老千岁”之长子被囚禁在清虚观偏院中。清虚观成了一座铁桶般的高级监狱。张道士仍准许在观内居住，但不允许他和其徒子徒孙与被囚者接触，亦不允许社会上的人士再来观中打醮。一日，正是五月初三，北静王经皇帝特许，到观中打平安醮。打醮的声响传进偏院囚室，惹得被囚者痛哭失声，因为那日正是“义忠亲王老千岁”的冥寿。

故事发展到这里，四大家族已经全部陨灭。贾家不消说了。史家史湘云的两个叔叔也都被进一步查究，发往边陲寒苦之地，史湘云竟被官府发卖，流落为花船歌女。薛家薛蟠被定了死罪，等待秋天被处决；宝钗已死；薛姨妈投到薛蝌、邢岫烟处，惨淡苟活；宝琴在南方与柳湘莲遇合，她最后确实是“不在梅边在柳边”，但柳是被通缉的逆案要犯，他们只能隐姓埋名，浪迹危山险水之间。王家王子腾罢官后亦被进一步查究，案未结就死去，其余族人各顾自己，鸟兽般散尽。

三个春天过去后，第四个春天也已结束。金陵十二钗正册中各钗，黛玉沉湖；宝钗抑郁而亡；湘云沦为歌女后，被妙玉救赎，妙玉又解救了贾宝玉，使二人得以相依为命，而妙玉自己则做出牺牲，与忠顺王同归于尽；元春惨死他乡；迎春被搓揉而死；秦可卿早被勒令自裁；剩下的七钗，探春远嫁茜香国，听到家族被治罪的噩耗，只能望洋哀叹，再无回国省亲的可能，就此在那遥远的异域终老；惜春缁衣乞食，为避牵连，离京远走，遇破庵则暂且藏身，越走越远，竟不知所终；凤姐因已非贾琏之妻，只算是荣府一丫头，被暂时与其他丫头仆妇们拘禁在荣府下房，等待着她的将是更沉重的打击；巧姐儿算是贾赦那院的“罪属”，因年龄尚小，准由近亲领去，凤姐之兄王仁以亲舅名义将其领出，正准备将其卖到妓馆锦香院去；李纨和妙玉暂时平稳，但以后的命运虽然大不相同，却同样令人嗟叹……

贾府的毁灭，使曾在府中居留过的喜鸾和四姐儿受到追查；李纨的寡婶及两个堂妹李纹和李绮虽然早已离去，也惹来是非口舌。

第九十九回　良儿误窃真相大白　凤姐扫雪痛心疾首

邢岫烟被准许在邢夫人随贾赦流边前见上一面，她将那年平儿以凤姐名义给她的大红羽纱半旧的褂子（见第五十一回）拿到当铺，换些银子，正要给邢夫人送去，邢大舅跑来，说是邢夫人一贯把持着邢家的钱财（邢大舅之怨见七十五回），现在被抄家，连邢家的财产亦连带被抄走，应该去仇都尉处告求，将邢家的那一份发还给邢家，他是来约薛蝌代邢岫烟一起去争还这部分财产的。当时薛蝌不在家（薛姨妈已死去），邢岫烟劝阻不成，只好把当衣的银子给了他些，邢大舅得了银子且去嫖赌。

邢岫烟去送别邢夫人，遇到坠儿和柳家媳妇，她们是特来送别平儿的——原来坠儿被撵后，配给了柳家媳妇的外甥（此外甥在第六十回末尾正式出过场）；柳家媳妇的哥哥一家在荣府事败前已离开，柳家媳妇继女儿柳五儿病死后，又死了丈夫，因被秦显家的等陷害，还被收监，后因证据不足放出，只好依附哥哥度日，因此与坠儿同去送别平儿。柳家媳妇去是因为平儿判冤决狱，解救过她和女儿；坠儿去则因为对偷过平儿的虾须镯深感愧疚。邢夫人见到邢岫烟，平儿见到坠儿和柳家媳妇，啼哭难止。看管人员管制严厉，双方也不能多言。

贾赦一家结案流边后，贾政一支仍难结案。皇帝又有许多政务忙于处理，一时顾不得过问贾政一案，忠顺王想获得荣国府和大观园，也想等皇帝情绪好时再奏报处理方案——那时皇帝一句话，就可以把宏大府第和精美园林全赐给他——于是也拖延待机。半年过去，已经入冬飘雪，荣国府里的主仆人等仍被就地拘押，等候发落。

赵姨娘向看管人员告发凤姐，说她原是府里拿事的，藏匿了许多财物。凤姐几次被罚跪在磁瓦子（瓷器碎片）上，被逼交代埋财物的地点（以跪磁瓦子方式刑逼嫌犯本是凤姐的主张，见第六十一回末尾）。

忠顺王派人把府里、大观园里凡认为是埋财之处的地方大加挖掘。

凤姐每日还被罚打扫府里的穿堂甬路。一日，她在扫雪时忽然拾到一块玉。当年宝玉丫头里有个叫良儿的，曾因怀疑她偷了玉，被罚跪磁瓦子逼迫承认，良儿竟不认，终被撵出。当时认为那是一桩泼天大事——怀疑良儿本是要偷通灵宝玉的，误窃了此玉——凤姐拾到此玉，方知当年良儿蒙冤，痛心疾首，无限感慨。（第八回写到袭人用手帕包起通灵宝玉塞到褥下时，脂砚斋批语说："塞玉一段又为'误窃'一回伏线。"第二十三回写宝玉"刚至穿堂门下"，脂砚斋批道："妙。这便是凤姐扫雪拾玉之处。"良儿偷玉事第五十二回提到，但形成一回文字——是倒叙——则在此回。

第一百回　狱神庙茜雪慰宝玉　拢翠庵贾芸感诗仙

这年冬天，贾政一支终于结案。贾政竟以妄图通过私递臈油冻佛手，借元春之手谋逆弑君之罪判处绞刑。王夫人、赵姨娘、周姨娘等均被勒令自尽。凤姐又被查出铁槛寺受贿酿成两条人命，以及谋害张华未遂等重罪，被逮系狱，等候最后宣判。宝玉被认为已成年，亦应对荣府罪行承担责任，亦收监。贾环以未成年得宽免，准由贾氏宗族无罪人士领走，竟无人认领，遂被送往养生堂服侍堂主。

皇帝并未将荣国府和大观园赏给忠顺王，只任忠顺王挑选荣府羁押人员而已，其余交有关衙门公开发售。那时荣府众人中多有在羁押中病饿而死的。大管家赖大被处死。大管家林之孝被查出原叫秦之孝（见第十七、十八回古本《红楼梦》原文），系"义忠亲王老千岁"过去送给荣国公的，已在处治宁国府时归案处死。忠顺王只在男仆小厮中选取了二十个留下己用。成年仆妇一概不要，丫头里凡相貌平平、身体不好的也一律不要。那时宝玉只剩麝月一个丫头，因相貌平平拿去发卖。黛玉仙逝前，已为紫鹃、雪雁、春纤预留嫁资，收拾其遗物时，才得发现。紫鹃后与宝玉小厮锄药结婚，雪雁和春纤也都早已嫁出府去。宝钗死后，莺儿随薛姨妈去了，薛蟠被处死后，薛姨妈带着她投靠薛蝌，家计艰难，就让莺儿嫁人离去。迎春的丫头绣橘等随她嫁到孙绍祖家，虽免于荣府之难，但被孙绍祖强淫，处境凄惨。探春的丫头待书等随她远嫁。惜春的丫头入画等在宁国府被治罪时被收官发卖。元春的丫头抱琴在元春死后被勒令自尽。贾府剩余丫头里被忠顺王掠走的有琥珀、玉钏、彩云、绣鸾、绣凤等。至于当年那些围随贾政的清客相公，如詹光、单聘仁、卜固修等，又都投靠到忠顺王府为忠顺王插科打诨，古董商程日兴、冷子兴（因周瑞家的早被撵出，贾府倾覆时他蒙混过关）等亦去帮助忠顺王清理、登记掠来之古玩。

李纨被皇帝当作施行仁政、旌表守节的象征，不仅免罪，还可以继续在没找到合适居处时，仍带着贾兰暂住稻香村，其丫头素云、碧月等也因此免祸。妙玉没查出什么问题，虽然忠顺王得悉她拥有不少名贵瓷器和古玩，且见其貌美，垂涎三尺，极想占有，但北静王出面做证，说老王爷在世时与妙玉父母有交往，那些东西都系妙玉家传，忠顺王一时也无可奈何，便限妙玉冬后迁出拢翠庵另觅庵寺栖身。（第七十六回妙玉续中秋联诗中有“钟鸣拢翠寺，鸡唱稻香村”两句，正指此种情状。）

凤姐、宝玉被收监后，狱卒王短腿在当马贩子时（关于马贩子王短腿的伏笔见第二十四回）娶了因“枫露茶事件”（见第八回）被撵出的丫头茜雪，正好看管他们。茜雪得知，不念当年宝玉醉怒摔茶的旧恶，到狱神庙（监狱里专设的供奉“狱神”，准许犯人去“狱神”前膜拜乞求的小庙）里去看望、安慰宝玉，使宝玉对人生、人情、人性有了更深刻的领悟。那时宝玉被安排每晚沿监狱高墙击柝（打更）。

小红早在凤姐被休前，早已嫁给了西廊下的贾芸，并从此隐姓埋名，一般人都不知道她原叫林红玉，更不知道她父亲原来姓秦。小红父亲林（秦）之孝被逮处决，其母惊恐而亡，使她对“当今”心存不满。贾芸交好的醉金刚倪二又是“月”派政治力量在市井中的潜伏人物，他们对现状的看法当然相近。倪二在“月”派失败后成为“漏网之鱼”，和王短腿依然是酒友。贾芸和小红不忘当年凤姐提拔之恩，通过王短腿安排在狱神庙中与凤姐见面，给她带去治疗棒疮的药。凤姐非常感动，并请求他们打听巧姐儿的下落，说必要时可以去求李纨帮助。

探监后，贾芸和小红得知巧姐儿已被狠舅王仁卖入妓馆锦香院，多亏那里的妓女云儿（第二十八回正面出场）尚能照顾她，还未受虐待。为筹赎银，贾芸买通荣国府、大观园彼时的守门人，晚上潜入破败荒芜的大观园，找到稻香村里的李纨和贾兰，希望他们能提供解救巧姐儿的银两。万没想到李纨反应非常冷淡，强调贾家已垮，自己多年积蓄还要用来搬出去安家度日、培养贾兰参加科举，实在已经顾不到许多； 贾芸苦苦哀求，贾兰不耐烦，就拿出一张假银票给他。第二天贾芸兑换不成，才知贾兰分明是巧姐儿的一个“奸兄”。

此回交代后事：李纨带贾兰迁出荣府旧家，购房自住，数年后贾菌（第九回中出过场）中了文科状元，贾兰中了武科状元（第一回《好了歌》中“昨怜破袄冷，今嫌紫蟒长”句侧有脂砚斋批：“贾兰、贾菌一干人”），李纨得封诰命夫人，但就在穿戴诰命夫人那珠冠凤袄时，突然倒地，喜极而亡—— 由此惹出人们的讥讽笑谈。那晚因求助李纨、贾兰不顺，贾芸见拢翠庵仍有光亮，就仗义探庵—— 去庵里寻求妙玉帮助，敲门无应，竟越墙而入。妙玉、丫头及嬷嬷都已入睡，但贾芸在禅堂佛像长明灯下，见妙玉留下偈语诗，并有一包银子，方知妙玉能演先天神数（第十八回交代她师傅“极精演先天神数”），乃一诗仙，似已预知会有人急难中到此处求助。贾芸取走银子，第二天方能将巧姐儿赎出。

此回内容的依据很多，除上面提到的以外，重要的如第二十回有署名畸笏叟的批语说“茜雪至狱神庙方呈正文”，第二十六回又有署名畸笏叟的批语：“‘狱神庙’回有茜雪、红玉一大回文字，惜迷失无稿，叹叹！”曾经浮出水面后又迷失的南京靖藏本《石头记》里，第二十四回里有一条其他古本里都没有的批语：“醉金刚一回文字，伏芸哥仗义探庵。”关于李纨，第五回的判词说她到头来“枉与他人作话谈”（过去通行本均印成“作笑谈”，周汇本取“作话谈”），《晚韶华》曲责备她“虽说是，人生莫受老来贫，也须要阴骘积儿孙”，“只这带珠冠，披凤袄，也抵不了无常性命”等。

第一百零一回　巧姐儿遭骗临绝地　刘姥姥报恩如涌泉

王仁从云儿处知道贾芸等正筹银打算赎出巧姐儿，就勾结邢大舅，让邢大舅出面将巧姐儿骗出锦香院，打算再转卖他处捞取银两。

刘姥姥得知贾府事败后，一直关注事态发展，多次设法救助凤姐、巧姐儿，都不得机会。这时听说荣府结案，再次进城，贿赂守门人，三进荣国府，进入大观园，在稻香村外遇到素云，才知凤姐已系狱，而巧姐儿竟被卖给妓馆；本想去见李纨，被素云以李纨有病不能再惹悲伤为由劝阻，于是刘姥姥赶紧往锦香院去救巧姐儿。谁知到达时，邢大舅、王仁刚把巧姐儿带走，刘姥姥和板儿要去追赶寻找，妓院鸨母反诬他们是协同拐走巧姐儿的人，要告官拘捕他们，幸好贾芸赶到，带来赎银，鸨母才准许他们去追寻巧姐儿。

巧姐儿总算被他们解救出来。刘姥姥将巧姐儿带回家中。那年刘姥姥喝了妙玉那只成窑杯里的剩茶，妙玉嫌脏不要那杯，宝玉要来转交给了刘姥姥。刘姥姥带回家去，才知道竟是件稀世珍宝，王狗儿托冷子兴卖出高价，置地盖房已经小康。巧姐儿从此留在刘姥姥家中，后与板儿成婚。（第五回关于巧姐儿的判词、《留余庆》曲，第六回脂砚斋指出："此回……伏二进三进及巧姐儿之归着。"第四十一回写到板儿和巧姐儿互换佛手柚子时脂砚斋批语："以小儿之戏，暗透通部脉络……"）

第一百零二回　傅秋芳妙计赚令牌　红衣女巧言阻金荣

第三十五回写到傅秋芳待字闺中，二十一岁还没有出阁。傅秋芳的哥哥傅试是个趋炎附势之人，原来巴结贾府，后来趋附忠顺王，竟在傅秋芳二十四岁时，将她嫁给了忠顺王之子——就是曾企图霸占袭人的那位。傅秋芳周旋于忠顺王父子之间，非常痛苦。傅秋芳曾从他们家婆子那里，听到过关于贾宝玉的事情（傅家婆子话宝玉见于第三十五回），深为赞叹。宝玉入狱多时，并无具体罪行可追究，最后被判驱回原籍居住。第九回、第十回写到的闹学堂的金荣，以及他的母亲金寡妇，在贾家败落后，自身处境却好了起来。尽管金荣姑妈是贾璜之妻，即璜大奶奶，宁、荣两府事败，贾璜也被连累倒了霉，但金寡妇后来又嫁了仇都尉手下的一个小武官，那家伙偏又参与查抄处置贾赦处事宜，后来又调去担任了宝玉所在监狱的主管。于是金荣觉得报复宝玉的时机已经成熟，宝玉在狱中罚作击柝之役，金荣的谗言就起了作用。现在闻知宝玉只判驱回原籍，就觉得是便宜了宝玉，因此通过其母，再到继父耳边下蛆，告宝玉与逆犯柳湘莲早就过从甚密，宝玉参与谋逆一事应再严查，且宝玉当年的密友——死去的秦钟——就是秦可卿的弟弟云云。此监狱主管将此情报上报忠顺王，忠顺王便扣住驱赶宝玉回原籍的令牌不发。在危急关头，傅秋芳在忠顺王醉后妙计赚出令牌，及时发下，使宝玉得以火速出狱南下。

金荣得知宝玉出狱，追至渡口。那时第十九回宝玉在袭人家看到的红衣女子——袭人的两姨妹子，恰嫁给了管码头的小官，自己则是码头边旅舍饭店的老板，已配合蒋玉菡（他与“月”派的政治关系未被查出）、袭人，以及贾芸、小红，还有茜雪等，将宝玉妥善安排，让其乘航船前往金陵。（那时已到元妃省亲后的“五春”，即第五个年头的春天，运河已开冻）。金荣赶来欲当面报复，红衣女巧语将金荣绊住，使其不得其逞。

第一百零三回　靓儿弃前嫌护灵柩　卍儿释新怨守绝密

薛宝钗死后灵柩一直暂厝馒头庵，后来薛蟠、薛姨妈的灵柩也都归到一处，薛蝌费了很大力气才勉强凑出银两，拖延到这年清明才得以安排运灵柩回金陵原籍安葬，同时把香菱的灵柩一并送回。邢岫烟随薛蝌前往操办此事。那时薛蝌已无男仆，岫烟亦无丫头，两人要运送四副灵柩归南，实难支应。多亏近邻一对开纸扎香扇铺的夫妇，看到他们为难，决意陪他们前往金陵，同时也为的是端午节前从那边带些纸扎香扇过来发售（第四十八回开头写到端午节前从江南贩纸扎、香扇回京，“除去关税花消，亦可以剩得几倍利息”）。细说起来，原来那老板娘就是原来荣国府贾母房里的丫头靓儿（有的古本又写作“靛儿”），早在贾母去世前就被放出，嫁了如今这开店铺的小子。第三十回写到“宝钗借扇机带双敲”，那无辜被宝钗抢白一番的正是靓儿。如今世道大变，宝钗竟已作古，靓儿伤感不止，而薛蝌与岫烟亦为靓儿不记前嫌，自愿帮助他们护送宝钗一家灵柩的行为大为感动。四人租了四只船，两只载灵柩，两只载人，结伴往金陵而去。

宝玉小厮茗烟，早在宝玉婚前就被宝玉放出获得自由身，宝玉又从宁国府贾珍那里给他要出卍儿，帮他们成婚，又帮补了些银子，二人在关厢开茶馆度日。贾府事败前后，茗烟一直对宝玉明保暗护，宝玉入狱后，亦与贾芸等多有慰助。这日卍儿晨起，忽然发现茗烟无踪，问及伙计，均告未见，候至午后亦不见回还，不免讶怪焦躁起来，深怨茗烟荒唐薄幸。正欲四处去寻找，小红忽至，密告她宝玉已速离京归南，茗烟赶去护送他了，要等在金陵安顿妥帖后方返回。之所以事先不使卍儿知道，是怕阻拦。卍儿想起当年宝玉发现她和茗烟幽会，她含羞跑掉，宝玉在她身后叫道“你别怕，我是不告诉人的”（第十九回开头的情节），以及宝玉后来成全她和茗烟婚事等恩典，遂顿释怨怼，并答应严守秘密，决不泄露。

第一百零四回　哭向金陵凤姐命断　疾走江南宝玉神昏

忠顺王奉命到金陵把贾、史、薛、王四大家族及甄家的老根彻底刨尽，于是带着浩荡船队向江南进发。因为凤姐被指对已往四大家族的种种底细最清，遂被从狱中提出押行，以备到金陵后当作活口逼问。凤姐本是四大家族“脂粉队里的英雄”（第十三回秦可卿语），现在却被强迫去做四大家族的掘根人，其状极惨，其心寸碎，“哭向金陵事更哀”，中途船队夜泊，她趁看守疏忽，投江自尽。

忠顺王此行，还为了追回宝玉，因为投奔到他处的、当年贾政的清客幕宾，将当年宝玉写下的《姽婳将军词》呈上，他看出那分明是大逆不道之文字，拟将宝玉逮住后立即奏报皇帝，再邀一功。

茗烟护送宝玉到达长江边的瓜州渡，宝玉身心不支，昏死于江边。茗烟没有办法，只好将他抱至旅舍，请来医生看视，待宝玉养好身体后再往南寻找藏身之地。忠顺王船队亦抵达瓜州，张贴图影通缉宝玉，第三天就有人密告宝玉踪影，按线索搜索，果然将宝玉抓到。

第一百零五回　瓜州渡口妙玉现身　金山寺下悍王殒命

下属将抓到的宝玉带至忠顺王前，那宝玉喊冤，说自己是甄宝玉而不是贾宝玉，众人愕然。忠顺王前些时候也曾提审过贾宝玉，细观，则此宝玉与那宝玉形同孪生，但确实又不像那宝玉般黑瘦憔悴。遂将此宝玉羁押，再搜那宝玉。

甄宝玉被逮的消息不胫而走，茗烟得知后告诉贾宝玉，要给他化装，趁月黑夜再往更偏僻处藏匿（自画影图形在市集出现，他们已经离开旅舍，躲到苇丛中）。贾宝玉心中已有主意，只不对茗烟说出，含混答应了茗烟。茗烟去集市再探消息并购买必要物品，宝玉遂前往忠顺王处自首，并要求忠顺王释放无辜的甄宝玉。忠顺王经辨认后，放了甄宝玉。茗烟到苇丛寻不到贾宝玉，四处寻找，不久就听到贾宝玉自首换出甄宝玉的消息，不禁顿足长叹，只好再思别法以救宝玉。

而就在这关口上，一个尼姑风尘仆仆来到了瓜州渡口，她不是别人，就是妙玉。她已将跟随她多年的丫头、嬷嬷安顿好，违背其师父圆寂前告诉她“不宜还乡”的叮嘱，为的是来解救贾宝玉。

妙玉雇了一只大船，驶到此处。她随身带来了几箱名瓷古玩，包括第四十一回里写到的那几样。在瓜州渡口，妙玉发现了史湘云。史湘云丈夫卫若兰是“逆案”要员，虽在“逮拿归案”前就死去，但她亦属于“逆属”，史家也整个覆灭，她被当作女奴发售，几经辗转，最后被卖入娼门，被带到瓜州充当“花船”上的乐妓。妙玉将她赎出。

忠顺王的船队转移停泊在镇江金山寺山脚下。忽有女尼妙玉求见，忠顺王听下属报告，说乃一绝色尼姑，遂接见。他以前曾见到过妙玉，并知妙玉有珍藏的财宝。妙玉说明来意是要与他进行交换，赎出宝玉。忠顺王开始说宝玉乃“逆诗”要犯，他岂能徇情放走。后来听妙玉说愿将家传的几箱名瓷古玩作为赎金，动了心。但忠顺王更想占有妙玉本身，就提出了最苛刻的条件，要她连人带物一起作为交换条件。妙玉竟然应允。妙玉要求忠顺王当着她的面放走宝玉，并要允许宝玉和史湘云一起远遁，还不许派人追赶。枯骨般的忠顺王终于应允，搂过妙玉，“可怜金玉质，落陷污泥中”，“好一似，无瑕美玉遭泥陷；又何须，王孙公子叹无缘”（第五回判词及《世难容》曲）。但妙玉总算亲眼看到宝玉和湘云遇合离去。忠顺王要抱妙玉上床求欢，妙玉说先把那几箱珍宝打开，忠顺王答应了，当他贴近观看时，妙玉拉动箱外预设的机关，里面早装好的炸药顿时爆炸，二人同归于尽。

这一回里还会交代，妙玉少女时代跟陈也俊产生过恋情。“叹无缘”的王孙公子并非贾宝玉而是陈也俊。陈也俊在“月”派山寨被破逃亡后，一直隐居，妙玉舍身救赎宝玉的情况传到他耳中后，他悲痛中撰《叹无缘》曲表达敬意。

第一百零六回　空茫大地中秋诗否　白首双星能聚几时

这年夏末，忠顺王之子袭爵没多久，喜怒无常的皇帝就抄了他的家，将他流往边陲。傅秋芳在抄家前夕纵火自焚。宝玉和湘云又从南方来到京城，乞讨为生。“金满箱，银满箱，展眼乞丐人皆谤。”宁国府和荣国府，都成了皇帝新封下爵位的暴发户的府第。贾赦居住过的黑油门院宇已合并到原荣国府中。大观园也改了名字，听说里面的轩馆都按新主人的趣味改造过。宝玉、湘云唱着莲花落从两府门前乞讨而过，被看门人轰赶，眼看簇簇轿马来两府造访，真是“乱烘烘，你方唱罢我登场”。

又到中秋，在城门外废墟中，宝玉、湘云苦中作乐，回忆当年诗社盛况。他们虽然才入青年期，却已被惨痛的遭际摧残得头上白发披拂。

他们试着联句，终于在伤感喟叹中不能继续。（第一回贾雨村中秋诗后，有脂砚斋批语说“用中秋诗起，用中秋诗收”，此处的中秋诗应是全书最后一首诗。）

第一百零七回　饥怡红寒冬噎酸齑　病枕霞雪夜围破毡

寒冬来临，宝玉、湘云难以挨过。他们的生活状况是“寒冬噎酸齑，雪夜围破毡”。（第十九回写到宝玉由茗烟带到袭人家，袭人家热情招待，拿出许多果品，但“袭人见总无可食之物”，脂砚斋批道：“补明宝玉自幼何等娇贵。以此一句留与后数十回‘寒冬噎酸齑，雪夜围破毡’等处对看，可为后生过分之戒，叹叹！”）

蒋玉菡、袭人那时感觉在京城住着不踏实，已经迁往东郊紫檀堡常住。茗烟、卍儿躲往外省去开茶馆。贾芸、小红却开创出自己的新生活，并无畏惧之心、萎缩之态。一次宝玉、湘云在街上乞讨，看到贾芸和小红从骡车上下来，要进绸缎庄买绸缎，双方离得很近，宝玉认得出他们，而他们已经完全认不出宝、湘。芸、红舍钱离去，宝玉不禁生“咫尺天涯”之叹。（第二十五回写到宝玉清晨隔着海棠树看不清小红时，脂砚斋批道：“试问观者，此非‘隔花人远天涯近乎’？”）

第一百零八回　神瑛顿悟悬崖撒手　石归山下情榜俨然

宝玉、湘云虽然穷困已极，但他们一直在破衣掩盖下，各自珍藏着一只金麒麟。宝玉的金麒麟是冯紫英最后一次上山寨前，拿去交给他的，并告诉他卫若兰的遗言。宝玉的通灵宝玉，因世人皆知随落生而来，分明天赐，出于迷信，害怕神谴遭祸，也始终没有将其没收。

大雪纷飞，又到年关。他们相依相携，离开不堪回首的都城，支撑着往郊外而去。白茫茫大地真干净。

在一处庄院外，湘云终于不支，倒在雪野。宝玉高声呼救，许久，终于有人听见，循声找到他们，将他们救入一户农家。一对青年农民夫妻，帮宝玉把湘云安置到热炕上，又去熬棒楂粥，端来窝头、咸菜。宝玉环顾四周，看到纺车，再细看那农妇，似曾相识，如在梦中，忽听那丈夫直呼妻子“二丫头”，不禁憬然。（第十四回写宝玉试用纺车遭遇二丫头，有脂砚斋批语：“处处点睛，又伏下一段后文。”）宝玉感激他们搭救，取下金麒麟相予，他们坚决不收，说：“我们难道图的是这个？”宝玉方知世上最纯之人，本在乡野中。

湘云终于不救，在那农户家的炕头溘然而逝。湘云弥留前对宝玉说，就将她葬在这屋外海棠树下——她被抬进屋前，虽在半昏迷中，竟仅凭直觉，认定那屋外是棵海棠树。二丫头和其丈夫，跟宝玉一起，连夜掘开冻土，将湘云掩埋，因为怕天亮后惹来麻烦。宝玉又泣请他们明年春天，一定还要在那海棠树周围，种上芍药花，二丫头和丈夫应允。埋葬湘云时，宝玉将那对金麒麟放在了湘云身边。

二丫头和丈夫让宝玉睡东边屋的热炕，两口子现烧西边屋的炕，去那边休息。宝玉难以入眠，双手摩挲与他共生的通灵宝玉，那通灵玉忽然发出光芒，还发出声音：“宝玉，是你真的悬崖撒手之时了！”又道是：“仙僧来接，我先走一步，回大荒山、无稽崖、青埂峰去也！”声消后，宝玉忽觉已不再有通灵宝玉，于是顿觉大彻大悟充满胸臆。朦胧中，只觉仙僧仙道现身，宝玉随他们而去，这是宝玉第二次出家，也是真的做到了悬崖撒手——升华到太虚幻境，重见警幻仙姑……

第二天，二丫头和丈夫天大亮才醒来，去那边屋请宝玉吃早饭，却不见宝玉踪影，也没留下脚印等痕迹，大为诧异，出门去看，田野皆白，他们家门外丝毫没有埋葬过人的痕迹，可那株海棠树却在严冬里绽出一树粉红的花蕾，沁出阵阵缥缈的香气。他们俩面面相觑，用眼神互问：这是真的，还是假的？

宝玉回到天界，恢复神瑛侍者身份，重住赤瑕宫中。通灵宝玉回到天界青埂峰下，恢复女娲补天剩余石的巨大形状，但与它下凡前不同的是，上面写满了字，即《石头记》，最后则是“情榜”：宝玉作为绛洞花王单列，并有“情不情”的考语，以下是九组“金陵十二钗”，从正册、副册到八副，共列一百零八位女性。

【附记】以上文字写在2016年。2011年我出版了《刘心武续红楼梦》，2014年又加修订，2017年再加修订，因此，我对曹雪芹《红楼梦》后二十八回的探佚的最新成果，是2017年译林出版社出版的《刘心武续红楼梦》，此书还与周汝昌先生的前八十回精校本合并以《一百零八回红楼梦》出版。

读红一得

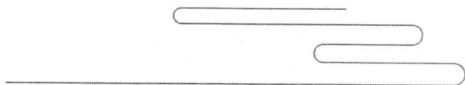

读书的四种方式
——狼、蟒、牛、猫（以读《红楼梦》为例）

很高兴有机会到天津跟这么多的天津朋友一块儿聊一聊读书的事，我今天跟大家聊一聊我个人读书的四种方式，仅供参考。

第一种方式就叫作狼读。有人一听可能就皱眉头了，因为咱们打小大人就跟咱们说，吃东西细嚼慢咽，不能够狼吞虎咽，你要是接触大夫的话，更得这么跟你说了，因为狼吞虎咽你会消化不良，会产生各种不良的后果，但是那是说吃东西，读书跟吃东西有相同之处，也有区别，像咱们天津图书馆有多少藏书呀？你说你爱读书，你要读书，你能把它都读完吗？所以面对着这么多的书，咱们每一个读书人第一你得懂得放弃一部分书，有的书恐怕你一辈子都不必读，也读不了，也没工夫读；还有一部分书可以狼读，狼吞虎咽，浏览，大体知道怎么回事齐了，这是一种读书方式，我在自己的读书记忆当中有一部分书我就是狼读，一般过去是什么情况下呢？一种情况就是说这个书很难得借到，那个时候哪有像天津图书馆这么好的借阅和阅读条件，当时的条件比较困难，比如问一个朋友借，这个书借给你了，人家跟你说好了，借多少天你得还我。在有限的时间之内你要读一部篇幅比较大的书，没有办法只能是狼读，要赖到时候不还，那可不行，叫作有借有还，再借不难，一次你赖掉了的话以后就不能再借了。那么有的书我就是狼读，狼读也有收获，反正读那个书不是我自己从事专业的范畴，我大体知道一下就行了。比如说当时有一本叫作《第三帝国的兴亡》，它是讲希特勒上台，后来纳粹德国崩溃的这样一个历史书。它篇幅挺浩大的，人家借我就借一周，我还有工作，不能光看这本书，我就是狼读，狼读到现在我觉得它对我还是有用的。

底下为了讲起来内容连贯，也比较有趣，我举我读的书就都举《红楼梦》和有关《红楼梦》的书了。

那么狼读我个人有这样的经历，就是我上初中的时候，我发现我父亲的枕头底下压着书。父亲上班了，我放学了，我放学当然比他下班要早，我就从枕头底下拽出书来，我一看是什么呢？叫作《增评补图石头记》，是一本很老的印本，分上下册，每一册都很厚。我就很好奇，其实它就是《红楼梦》，那时候分不清《红楼梦》版本，没有版本学的常识，反正就是觉得挺有趣，为什么有趣？因为它不但增评，而且它补图，它有好多绣像。什么叫绣像？过去中国的线装书前面有插图，或者是当中有插图，它都是木板雕刻的，木工在雕刻之前先用画工在木板上用线条画出这个图像，然后把它雕出来以后再印刷，因为这种图像好像绣花绣出来似的，它构图比较丰满，画得比较细致，所以叫作绣像。

我就先翻这个绣像觉得很有趣，因为我是一个当代的少年，里面的绣像都是一些古代的人物，差距感就产生了好奇心，我就来读。那么我的母亲对我比较溺爱，她可能也知道我从父亲枕头底下翻出这本书来了，但是她不吱声，因为她要操持家务，做很多事情，她对我读书带有一个朴素的心愿，孩子读书总是好事，她就没有阻拦。可是我怕父亲回来以后找我算账，他压在枕头底下可见他不愿意别人掏出来了解他看的什么书，属于他的隐私，所以每到他快下班的时候我就非常紧张，我就狼读，翻得很快，哗哗翻过去。那个时候我只有十几岁，我就通读了《红楼梦》，当然是一个程高本，现在叫通行本，一百二十回的本子，这个一百二十回的本子《红楼梦》这样读了以后，实际上叫我打了一个童子功，虽然有的我也没看明白，有的我也记不住，但是呢，这样一狼读对我来说确确实实还是有好处。

所以问起来说你读没读《红楼梦》？那会儿到高中，后来成年人了，我说我读过，你什么时候开始读？我说我十三岁就开始读了，就是从父亲枕头底下拽出来的，就读了它。所以我跟《红楼梦》结缘应该是很早，那么这一部叫作《增评补图石头记》的一百二十回的本子是我读到的最早的一部《红楼梦》的书。

又过了一段以后，有一天我到我们家住的胡同外头去逛书店，我从小就喜欢逛书店。我一直住在北京嘛，我们家的胡同外头就有一家小书店，规模很小，但是他进书品种还比较丰富。有一天看见一本书，这个书跟咱们天津关系太大了，（作者）是咱们天津出来的学者周汝昌先生，他的书就是《红楼梦新证》。我一看那个书很厚，我就拿起来在那儿翻。这个书店的老板，他是一个私营书店，当时，他就来干涉我，他说这不是小孩书，他觉得我太小，不适合看这本书，可是我一翻我就觉得很好，为什么呢？因为我原来狼读过《石头记》，也就是《红楼梦》，我对这个书有印象，所以一看这个书跟《红楼梦》有关系，跟我看过的那部书有关系，我就特别感兴趣。特别吸引我的就是里面它有一幅图，叫作《红楼梦人物想象图》，这个想象图跟我看到的那个《增评补图石头记》里面的绣像图完全不是一回事，风格不一样，我就说怎么可以这么想象呢？我当年看的书里面人物不这样呀？我就好奇，所以我就跟老板说，我说这个书我买，他说你少年要买书？但是他能卖出一本书也挺高兴，他说你有那么多钱吗？我当时还有点钱，我妈比较宠我，我爱吃北京小吃，因为北京小吃不亚于天津，比如说有一种叫炒肝，知道吗？天津应该也有，其实就是烩肥肠，里面哪里有什么肝呀？第一它不是炒的，第二它里面没有几片肝，它是烩肥肠，到现在这个东西也叫炒肝，我爱吃那个。

北京还有一种叫灌肠的小吃知道吗？当年灌肠北京他们卖得很讲究，包括小摊上，他都是用金属的，说是银叉子，也可能是锡做的，但是给你感觉挺讲究，还有他那个灌肠都是粉红色的，不像现在有的灌肠白颜色的，我好那一口，我妈就惯着我，上学放学让我存点钱吃零食。我就经常攒起来，攒起来以后那天我就恰好能把这本书买下来，我就把这本书拿到了，这本书的读法就是蟒读。

这是本学术著作，周汝昌先生这本《红楼梦新证》你现在如果拿来看的话，就会感觉到它是一部高端学术著作，确实不是少年读物，甚至青年读物都不是，不是一个通俗读物。可是我当时是一个狂妄的少年人，我当时是一个狂妄的文学青年，我开始尝试写作，所以我觉得我能读我就要读，我既然已经看了《红楼梦》，又有一本关于《红楼梦》的书为什么不读呢？而且这本书是我自己买的，不是我父亲枕头里拽出来的，对不对？我大摇大摆在家读，所以这个我没有狼读，我还真是把它从头到尾读了一遍，有的字我不认识就跳过去，有的字不太懂，我就也读过去再说。后来，现在有电视了，看那个蟒吃东西，看它没有四肢，它吃东西应该很困难，结果发现它的口腔一张开以后，它的喉咙特别粗，它能把整只的羊、小一点的牛都吞进去，我读这个《红楼梦新证》就是蟒读，我就愣把它吞下去再说。

那么蟒吞了一个东西以后可以很久不吃这个东西了，他就可以类似冬眠似的歇下来，慢慢消化，通过很长时间消化以后，他把消化不了的东西再排泄出来，最后这个蟒就变粗了、变长了。

所以我在十几岁的时候就读了周先生的《红楼梦新证》，这本书对我后来从事红学研究，是一个重要的启蒙。后来我跟周先生有交往，夸张点说我是他的弟子，我后来搞《红楼梦》研究走的路子就是咱们天津那个周汝昌先生他的那个路子，我就蟒读了《红楼梦新证》。

那么什么叫牛读？牛有四个胃，咱们不从身体解剖学细说，但是都知道牛有反刍的饮食习惯，它吃饲料以后可以在胃里面储存很久。它四个胃可以分别储存，然后时不时把其中一部分拿出来重新消化一遍，甚至有时候还不止重复消化一遍，它还可以消化数遍，这样它就可以把饲料当中所有的营养充分地吸收，然后它再排泄，牛的反刍这种功能启发了我，你真的要进入一个喜欢的阅读的领域就不能狼读，也不能满足于蟒读了，你就要牛读。后来对《红楼梦》我就进行了牛读，在牛读过程当中，我狼读时期的阅读印象和蟒读吞下去的那个《红楼梦新证》那些成果，最后就都充分地进一步消化掉了，对我有特别大的滋养。

比如说牛读再读《红楼梦》，《红楼梦》有很多版本了，后来我也读古本的《红楼梦》。《红楼梦》按我来说的话它是有两个体系，一个是一百二十回的《红楼梦》，一百二十回《红楼梦》现在是最流行的，学界叫通行本，这是一个完全可以终身阅读的一个本子。

虽然我和周先生一样，我们认为后四十回是续作，和前八十回的原作是两回事，但是一百二十回的《红楼梦》流传很久了，它也是一部古书了，它也是一个有头有尾的故事，而且续作也有一些优点和长处，所以它流传到今天不是偶然的，那么一百二十回的《红楼梦》是《红楼梦》当中的一种读本。

但是我和周先生一样，我追随他，就是我们更重视的是另外一个体系的《红楼梦》，就是曹雪芹他创作的《红楼梦》。我们都认为曹雪芹是写完了《红楼梦》的，不是写了八十回他就没有往下写，就没写完，不是这样的，他写完了，只不过曹雪芹的《红楼梦》八十回后的内容遗失了，到现在找不到了，虽然找不到但是可以探佚，通过考据的方法可以研究出来他八十回后还有多少回，都是什么内容。我们认为他八十回后不是四十回，是二十八回，而且他八十回后的很多内容跟高鹗续的是不一样的。高鹗和曹雪芹并不认识，这两个人生命轨迹没有交集，不相干的两个人，高鹗出生也比曹雪芹晚很多，他和一个书商，叫程伟元，他们两个人合作，最后出了一个一百二十回的《红楼梦》。他们做这个事的时候，曹雪芹已经去世差不多二三十年了，就是说它是一个后来产生的读物。曹雪芹的《红楼梦》叫作《古本红楼梦》，《古本红楼梦》最早是手抄的一种方式来流传，所以它里面还有很多的批语，所以是这样一个体系。

那么后来我就读这个《古本红楼梦》，像读一百二十回的《红楼梦》，前面八十回很多内容跟古本是基本一致的，书商程伟元和高鹗他们完成一百二十回的这样一个《红楼梦》的时候，他们不但续了后四十回，前八十回他们也做了很多改动，但是有的回改动不是很大，基本还是原来曹雪芹的原笔的原貌。比如说第三回，我现在说牛读，原来第三回我就是狼读过，很快就读过去了，或者说也蟒读过，我一句一句把它读了，我就存在我肚子里，没有去仔细地反刍，没有消化。

那么后来我牛读，我就翻第三回就很有意思了，现在跟大家共同回忆一下，第三回写的什么？写的林黛玉进贾府，到荣国府去，林黛玉她父亲是在扬州，那么她母亲去世以后，她父亲就说不再娶了，因此就委托这个贾雨村，她的家庭教师：你把她带到京城，送到她的外祖母那儿，就是书里面的贾母，就到那儿去了。

那么这个第三回就写林黛玉进府，很热闹，很多细节大家都记得，我就不重复了，但是呢，有些描写不知道你仔细考虑过没有？这个狼读你读不出来的，你蟒读存在你的胃里面，你也不一定是有收获的，但是牛读味就出来了。

这个林黛玉呀进了贾府以后有点怪，怪在哪儿呢？她先去看她的外祖母这是合理的，因为她的母亲是这个老太太的亲女儿，她去先见她的外祖母，她们在血缘上非常亲，那么这一点《红楼梦》写得很明白了。荣国府的中轴线的主建筑群是府里面最重要的建筑空间，贾母不住在这儿，贾母住在中轴线主建筑群西边的一个豪华的院落里面，这个院落非常的华丽，有垂花门、穿山走廊，有大的正房，后来还盖了花厅，贾母住得还是相当的舒服的，但是她不在府的中轴线当中，她在西边的一个院子。

那么她到了荣国府以后先去见她的外祖母，到了这个院子，这个写得非常合理，然后书里头说了，这贾母有两个儿子，书里这么说的吧？大儿子叫贾赦，二儿子叫贾政，对不对？那么这个荣国府根据书里面的描写，跟宁国府一样，他们祖上对这个书里面所写的皇帝来说，那个王朝来说的话是有功的，他们是开国功臣，因此就封的爵位，宁国公、荣国公，对吧？那么书里故事开始的时候，贾母的这个丈夫已经去世了，贾母是个寡妇，对不对？那么她丈夫是有爵位的，可能荣国公这个头衔一度就是由她的丈夫来继承，那么他死了以后呢？根据那个时代贵族爵位的游戏规则，有两种游戏规则都是同时实行。一种就是说你特别有功，你封一个爵位，因此就永远可以继承下去，比如说你是个王爷，叫铁帽子王，你死了，你的长子仍然是王爷，你的长子死了，如果这个新的皇帝没有认为你有毛病，没有把你废掉的话，那么你的后代世世代代的长子都是世袭同样的爵位，这是一种游戏规则。

还有一个规则，你虽然也有功，也给你一个贵族头衔，但是你死了以后，你的长子也还袭这个贵族头衔，但是就要递减，爵位的规格就往下减，那么宁国府、荣国府属于第二种情况。书里面交代得很清楚，这个贾母的丈夫死了以后，他的大儿子贾赦就袭爵，就递减了，是不是国公级？不是了，叫一等将军，所以这个贾母的大儿子是一个有贵族头衔的一个地位很高的人物，那么书里面你再仔细读的话，牛读就是不断反刍，就是除了这一回以外，还拿别的回来做参考，那么现在问问大家，书里面写的荣国府分家了吗？他明确地写贾政和贾赦分家了吗？没分家，书里面后来还有明确的叙述文字，说他们并没有分家，没分家。没分家的话大家想一想，这个荣国府他是贾母的丈夫袭了这个爵位以后住的一个府第，对不对？他死了，他大儿子又袭了一个爵位，大儿子是应该住在荣国府里面，荣国府主建筑群的中轴线的正房是不是应该贾赦和他的老婆—— 书里写当时的老婆是邢夫人—— 是不是应该由他来住呀？对不对？可是第三回怎么写的？好奇怪哟，你要是狼读你发现不了这个怪，蟒读的话，存在心里的话老不想这个事，你也不觉得怪，你一牛读，太怪了！

书里就写了，说林黛玉虽然当时进府时很小，她很懂事，我见了我的—— 北方叫姥姥，南方叫外婆—— 外祖母以后，我就应该去拜见我的大舅、二舅—— 她的母亲是贾政和贾赦的妹妹，对不对？我得拜见我大舅、二舅呀，那么书里就写了，就是说邢夫人说好，我带你去见你大舅吧，怎么写的？邢夫人带着林黛玉出了贾府的院，这不稀奇，贾母住在荣国府中轴线的西边嘛，那是不是往当中走呀？你大舅应该住在荣国府里面的正房里呀？不是！无论是一百二十回的本子，还是古本的《红楼梦》的本子，在这一点写的都是一致的，就是邢夫人把林黛玉带出了贾府院，又带出了荣国府，还坐了车！车在街上走了一段，停在一个宅院门前，进了这个院子才是贾赦和邢夫人的住宅，有人说小说反正可以虚构，就算曹雪芹虚构，你虚构成这个样子？不要说那个社会一个贵族的家庭，就是农村一个妇女，当时一个妇女的一个农户家庭，父亲死了，老母亲还活着，有大儿子，有二儿子，又没分家，这个大儿子是不是应该跟老母亲住在一起呀？这个大儿媳妇应该就近照顾你的婆婆呀，对不对？哪儿有说另立门户去住的呀？你小说虚构成这样子呀？就按现代小说学的批评术语叫作情节设置不合理，

《红楼梦》第三回就是这么写，各种版本都这么写。你狼读、蟒读都读不出来，你牛读发现这是个问题，一反刍，这个值得推敲，怎么回事？不带这么写的，是不是？写得好怪哟，然后写的到了这个大院里面，才知道这个院子跟那个荣国府虽然挨着，但是当中没有门相通的，是完全隔绝的，而且大舅舅贾赦当时在家，他是一等将军，是一个头衔。你不要误会，有人读了往往说他会打仗，他是将军，它是个头衔，贾赦不要说打仗了，没有任何的技能技巧，也没有任何的能耐，他也不在朝廷做官，不是每个贵族有了头衔都去另外担任实职的。他就是享受贵族待遇的一个老爷，就说了彼此见了伤心，不见也罢，他对林黛玉一点感情也没有，如果是你的亲妹妹的女儿，怎么着你在家也得出来见一面吧？没什么感情，就不见，大舅不见你怎么办？就算了。

那么这个时候林黛玉说我还要去见二舅，她见二舅怎么见的呀？书里写得也很清楚了，邢夫人把她送出这个黑油大门的院子，再回到荣国府，再进入荣国府，她二舅住在哪儿？二舅住在这个荣国府的中轴线主建筑群的最重要的空间，正房是老二住，是贾政住。贾政有没有贵族头衔？书里交代得特别清楚，而且根据过去封建王朝的有关的游戏规则，传这个贵族头衔只能传给老大。老大死了，那当然可以传给老二，老大还在，老二是不可能再有贵族头衔的。书里写得特别清楚，说当时的皇帝听说贾母的丈夫死了，就问有没有儿子？有儿子，有大儿子，就给大儿子了，就给了贾赦一个贵族头衔就是一等将军，说还有一个儿子，皇帝很高兴，因为这是开国功臣的后代嘛，于是就给贾政额外赏一个可以安排官职的这样一个身份，后来给他安排了一个官职在工部，工部员外郎。贾政并没有贵族头衔，没有承袭他父亲的贵族的那个世袭的荣誉，但是他大摇大摆住在荣国府的正房里，王夫人是老二的夫人，王夫人觉得自己应该住在这儿。你看书里描写，对不对，没有任何惭愧感，也没有任何觉得不合适的地方，觉得住那儿名正言顺。

林黛玉一进正房一看不得了，挂着匾，皇帝给题写的匾额，这个在各种版本都写的是一样的。电视连续剧也好，电影也好，都会有这样一幕，林黛玉抬头一块金匾，上面写着荣禧堂三个大字。我当时就觉得我这个牛读太有必要了，我得翻来覆去地琢磨这些是怎么回事。

我在北京没接触过荣国府、宁国府那么豪华府第的那些府主，我是新中国的少年，但是我也接触过一些大宅门里面的人呀，对不对？哪有说没分家，老大跟老大媳妇在外头住，老二跟老二媳妇名正言顺住在正堂？曹雪芹写《红楼梦》写成这个样子？一开始我就有点失望，都说这是世界名著，四大名著，曹雪芹不得了，情节设置不合理呀，让我写，我也写不成这样，不带这么写的，是不是？

这时候周先生的《红楼梦新证》对我来说就起到了关键性的作用，周先生的《红楼梦新证》就告诉我们，《红楼梦》这部书它是有这个家族史这样的成分在里面的，他为什么写成这个样子？他是有道理的！他是把他们曹家的一些情况，通过巧妙的方式记录在了这部书里面，他创造了一种全球绝对是空前，到目前为止应该也是绝后的方法，没有第二个人能够像他这样敢写，叫作“真事隐，假语存”，这是一个不得了的写作方法呀！

“真事隐”咱们都好懂，小说不是报告文学嘛，对不对？小说不是家史嘛，是不是？所以你真实的一些事情要把它隐藏起来，便于虚构，这个咱们好理解，但是曹雪芹这个人太古怪了，他的写作好古怪，他“真事隐”了之后，他还要“假语存”，“假语”就是一个小说文本，虚构的文本，在虚构的文本里面，他故意把他家族里面的真实情况保存下来，这是一种很辛苦的写法，所以他叫作“十年辛苦不寻常”，“字字看来皆是血”，一种很特殊的写作方法。

那么周先生就通过《红楼梦新证》把曹家的家史给捋了一遍，所以那会儿我蟒读以后存在胃里面很多年我都没有消化，应该过了一二十年之后，我再读这个《红楼梦新证》才把吞进去只的整羊消化掉，我就觉得豁然开朗，就全明白了！怎么回事呀？就牵扯清朝——康、雍、乾三朝的情况。

清朝进关以后的第一代皇帝是顺治，顺治死了以后接班的皇帝就是康熙。当然康熙生出来以后有他的名字，我现在说康熙，从小就叫他康熙，是借用他当了皇帝以后的号，这个一定要理解，咱们就把他叫作康熙。

康熙生出来以后他不是由他母亲抚养大，当时清朝那些宫里面的一些皇帝身边的女人，生了孩子以后，这个孩子都不是由这个女子来抚养成人。这个女子的任务是随时准备皇帝再一次临幸她，你的任务是好好待着，等着皇帝下一次来找你，没有说你生了孩子就养孩子的，你没这个任务。孩子拿到宫外去养，康熙也不例外，康熙是搁在哪儿养的？大家去过北京逛过故宫—— 紫禁城，紫禁城西边有一个南长街，南长街有一个庙，叫福佑寺，康熙当时拿到福佑寺去养，内务府派了很多人来伺候他。首先有一个奶妈，他小时候要吃奶。然后再大一点断奶以后就有一个教养嬷嬷，叫作保母。这个保母呀，你看下面年轻人觉得，保姆我知道，家政公司打电话可以约请的，不是那个保姆，这个母没有女字边，是一种代替母亲的角色，因为这个小孩是皇帝的儿子，皇族血统，他的母亲不抚养他的，谁来把他带大，就是有一种叫作保母的角色。可能这个保母不止一个，但是有为首的，康熙为首的保母姓孙，孙氏，从小他被孙氏带大。保母干吗的？从小教育你，你要站如松、坐如钟、卧如弓，你见人要有礼貌，你要作揖，该磕头跪下要磕头，你吃饭掉的饭粒怎么办？粒粒皆辛苦，你要捡起来放在嘴里把它吃掉。保母干这个，就是教养嬷嬷，从小把他教养大。

所以像康熙这种皇帝的后代，他跟他亲生母亲之间见面的机会都很少，谈不到有什么感情，就是在那个大型的祭祀活动的时候，宫廷活动的时候，他会和他的母亲见一下，有时候还远远地见一下。他生命当中的大部分时间，儿童和少年时代是和他的保母在一起，这样度过每一天的，感情深得不得了。

那么到后来他又再大一点，需要读书识字了，当然皇家就派一些大儒，一些学问高的人来教他，那么就得有陪读，对不对？谁来给他做陪读。孙氏的儿子当然是最佳的陪读的人才，孙氏嫁给了曹家，孙氏的儿子曹寅就是曹雪芹的祖父，曹寅就是这个康熙皇帝小时候的陪读，你想两个小孩一块儿读书，一块儿玩耍，而那个时候儿童嘛，模模糊糊知道那个是贵族皇家的后代，可能今后要当皇帝，这是一个奴才，是内务府派来伺候我的，但是这个意识是淡漠的，儿童也叫发小，他们俩一块儿读完一段书以后，在福佑寺院子里跑动，追跑打闹，可能保母还得说几声，蹲在树底下看蚂蚁爬，感情非常好。

后来顺治死了以后康熙继位当皇帝了，他当皇帝以后当然需要有人来保卫他，要近侍，禁卫军，那么曹寅理所当然成为他的最可靠的保卫者，对不对？你想这个搭档多好呀，从小一块儿长大的。

曹寅后来就当了江宁织造，曹寅他们这个曹氏家族是汉人，是汉族，但是在满军八旗兵打进山海关之前，在东北地区他们很早就被八旗军俘虏了。当时一开始俘虏的人数比较少，没有专门把汉人编为汉八旗，汉军八旗是很晚的事情了，那么最早被他们俘虏的这些汉族的人，就直接编入他们的满洲八旗了，曹家就编入了正白旗。后来八旗又形成了所谓上三旗、下五旗，上三旗就是正黄旗、镶黄旗、正白旗，那么曹家正好编在正白旗里面了，虽然他身份是包衣，就是奴才，但是他属于八旗的上三旗之一，地位还是蛮高的。

所以满族后来在进关以后，统治全中国以后，对汉人的使用上，首先信任的就是最早投降他们的这些汉人，派他们去担任重要的职务。但由于是有种族歧视的，对满族的人可以给予很高的官职，给予汉人的官职不会特别高，但是会有一些重要的岗位让信得过的汉人去担当，就像江宁织造这样的岗位。当时江南有三大织造，江宁就是南京了，有江宁织造，有苏州织造，有杭州织造。这个织造听起来觉得好像官不大，你一个织造官管什么呀？管给皇室提供纺织品，江南出丝绸，出蚕丝，当时皇族的那些纺织品使用的主要的原料还不是棉花，是丝，所以织造就设在江南。这个江宁织造是三个织造里面最大的一个织造，曹寅后来被康熙委派为江宁制造。

看起来这个官不大，但是当地住在这个江宁的一些——比如说总督、巡抚都害怕这个曹寅，为什么呀？都知道他从小跟皇上一块儿长大的，这不是秘密，全知道，而且实际上也都知道他表面上为皇室提供纺织品，实际上是康熙的特派员，是一个大特务。

现在故宫档案里面可以找到很多曹寅写给康熙的密折，他向康熙提供各种所需要的情报，比如说当时明朝灭亡没多久，还有属于明朝的遗老遗少，就是明朝的遗民，这些人有没有谋反之心，动向如何？对不对？

还有一些官员从北京朝廷退休了，回到江南原籍，是不是老老实实在那儿颐养天年？有没有什么不轨行为？这些都由曹寅向他密报，包括当年的气候状况、气候变化、天灾人祸、粮食收成都有。曹寅跟他进行秘密的汇报，当然地方官员也给他报，这是官样文章，他要看他发小的秘密情报。

所以曹寅在江宁织造任上是很不得了的这么一个状态，大家知道康熙几次南巡，后来乾隆皇帝学他，他们俩都几次下江南，派生出好多的传说、好多的故事，拍成电视剧，可以编出好多的情节，特别好玩。

那么这个康熙皇帝确实是五次下江南，比如到了南京，当地的地方官会给他准备行宫，老早就要做准备，临时布置来不及，甚至要重新建造，或者改造一个美丽的园林，给他准备的可以说面面俱到。

康熙五次下江南，四次是，你们给我准备行宫吗？不住，告诉我曹寅住哪儿。他四次住在曹家，三次是曹寅亲自接驾。你其他废话别跟我说，我发小在哪儿，我找他去！所以康熙几次是住在江宁织造署的。

有一次他去了以后，那个季节萱花盛开，萱花就是现在咱们吃的那个炒木樨肉的黄花。萱花要彻底晾干，我现在稍微普及一下饮食知识，这个黄花如果没有彻底干，半新鲜就吃了要中毒的，搞不好要死亡的，所以吃黄花要小心。这个黄花开放的时候就是萱花，就是宣传的宣加一个草字头，萱花在中国的古典文化当中有一个特殊的含义，知道吗？代表对母亲的孝顺。种萱花的家庭一般都是母亲还在世，可能父亲没有了，种萱花表示孝敬母亲。

那么那一年康熙下江南看到这个萱花盛开，很高兴，他为什么高兴？因为他知道他发小的母亲孙氏还活着。孙氏也很高兴，皇帝下江南住我们家。孙氏是一个奴才，颤颤巍巍就要来跪下给皇帝磕头，这时候就发生了一幕——这个不是野史，是被正式记录下来的——康熙就赶紧让周围的人给她搀住，而且康熙这时候说了一句很不得体的话，这句很不得体的话就被记录下来了，现在成为一个历史文献。他情不自禁说了句话，对着周围的人，指着孙氏说：此吾家老人也！什么意思呀？这可是我们家的老辈子人，这是咱们家的老人呀！

康熙说这个话，从人性角度完全能够理解，他打小见不着他的母亲，他母亲给他的母爱几乎为零，谁给了他母爱？就是孙氏，情不自禁！当时他下江南还带着他的太子，这个太子很悲催，两立两废，这还有一个故事就不展开，所以他这个话等于说给太子听，你对她也得尊重知道吗？你可态度放尊重些，这是咱们家的老人。康熙当时就很兴奋，说您还活着太好了，现在我要给你们家写匾。于是曹家人铺开纸，康熙就提起笔来御笔写匾，写了三个字叫“萱瑞堂”。

那么大家想想曹雪芹写小说，他“真事隐，假语存”，他假语存没存这个萱瑞堂呀？他存了，刚才我说了他写的林黛玉到了荣国府，到了荣国府的中轴线的主建筑群，进了那个正房，她一抬头就看见了一块皇帝御赐的大匾，写了三个什么字？荣禧堂。这两个匾有没有亲缘关系呀？荣字怎么写？草字头；萱字怎么写？草字头；瑞是吉祥字，祥瑞；禧也是吉祥字，跟祥瑞的意思接近，所以荣国府所挂的荣禧堂这块匾，它的生活原形就是当年康熙在江宁织造府给曹家题写的萱瑞堂的那块匾。

《红楼梦》多有意思呀，你不牛读行吗？还有一副对联，我不展开了，就说他为什么写成这个样子？听我往下说。

曹寅在任上很得康熙信任，他有很多织造以外的任务，像咱们天津图书馆肯定有《全唐诗》，肯定有吧？《全唐诗》谁编纂的？是康熙指令曹寅带着一些文人编纂的，编修官就是曹寅，在扬州完成这个任务。所以曹寅是康熙的一个铁哥们儿，而且是文武全才，又能当殿前侍卫保卫他，又能够帮他编纂《全唐诗》。

但是曹寅很不幸，后来就得病了，得了什么病？疟疾。那个时候世界上有一种治疟疾的药叫金鸡纳霜，外国有，中国有没有？有的，很少，谁有？康熙有，康熙为什么有？康熙这个人不得了，康熙是一个好学的人，当时有一些外国来的传教士，康熙主动结识他们，把他们迎进宫里面，传教士可以在宫里面活动。

康熙跟传教士学过画法几何，现在高中都还学不到这个程度，高中的代数几何到不了这个程度，微积分，康熙对这个感兴趣。传教士送给他，比如天文望远镜、显微镜，他都用了。所以他知道西洋有一种专治疟疾的金鸡纳霜，他有。一听说曹寅得这个病，就立刻派驿马，一站一站地，马都累死了，再换一匹，给我送去。这个曹寅应该说很没有运气，最后一匹驿马，满身都是汗，送药的人也满身都是汗，跳下马的时候，云板四声，他咽气了，他死掉了，这个药没能救他，曹寅就死掉了。

曹寅死掉了对朝廷来说应该不算大事，朝廷多少官员呀？江宁织造算什么呀？他归内务府管，内务府又是一个为皇家服务的服务机构，另外派一个人当江宁织造不就齐了吗？康熙不这么做，其实在顺治的时候，进了北京，定都北京以后就立了好多规矩，像内务府这些官员的职务是不能够世袭的。内务府说老实话就是服务机构，就是奴才机构，派出的人都是奴才，你是给皇家提供纺织品的，是不是？你死了怎么由你们家继承？没这个道理，另外派一个人来。

因为康熙跟曹寅的关系太密切了，他是皇帝，他可以破规矩，他不听这套，你们居然给我下这个谏言？提意见的人都靠边去！他照顾曹寅的儿子，他其实知道曹寅的儿子叫曹颙，他对曹颙有很高的评价，他看着曹颙长大的。曹寅不是有儿子嘛，江宁织造不要派别人当了，就由这个曹颙当。这是很破格的呀！

所以曹寅死了以后，他的亲儿子又当了江宁织造。这个曹颙也很没有运气，当不了几年又病了，又病死了。曹寅死掉了，你不罢休，让他的儿子当江宁织造，曹寅就这么一个亲儿子，又死了，那就算了吧。可康熙是一个长寿皇帝，康熙生育能力也很强，他生下三十多个儿子、二十多个公主，他是一个很健康的、很强势的一个皇帝。康熙说，他儿子死了，我还要曹家当这个织造，他说苏州织造李煦，你给我去调查，儿子没有了，有侄子没有？在侄子里面给我找一个合适的，让这个侄子过继给曹寅——曹寅死掉了就过继给曹寅的妻子李氏——这个李氏就是李煦的妹妹，过继给她，再给我当江宁织造。这样李煦就从曹寅的侄子当中选了一个叫曹頫的，曹頫就又当了江宁织造，这在清朝成为一个很怪异的现象，但是这就是曹家本身的家史。

曹頫当时已经结婚了，就带着他的妻子大摇大摆地到了江宁织造署，李氏就成为他们的母亲，其实就是过继的，不是亲生的母亲，是他过继过来的一个母亲。当然在过去就得认作母亲，他得认曹寅为父亲，虽然这个父亲死了，那也是父亲。

他们两个到了江宁织造署，当然大摇大摆地住进了江宁织造署挂着萱瑞堂大匾的那个空间。

曹雪芹写《红楼梦》第三回，实际上把他们家族里这样一个情况巧妙地“假语存”了。他这个故事的空间已经变化，所以他的小说不是在写家史，因为生活的真实是曹頫进了这个家。江宁织造署在南京，但是书里面写林黛玉是从江宁地区，金陵地区到了京都，就是北京，宁国府、荣国府假设是在北京，小说确实在空间上虚构了，是北京了，而且荣国府这个府第也比现实生活中的那个江宁织造的织造署要大很多，后来修了大观园，很夸张的，但是他把那样一个历史空间和历史事实挪到小说这样的空间里面来。所以你看小说，细读会发现，贾母和贾政的关系是很古怪的，贾政带着王夫人住在挂着荣禧堂的皇帝金匾的这样一个空间里面，但是贾母对贾政和王夫人淡淡的，他只对他们的儿子宝玉视如珍宝，应该就是这样。我有一个亲戚就是，她过继了一个儿子或者一个上门女婿给他生了一个孩子，她就宝贝得要命，但是对过继的那个儿子，她的感情就差一截儿，这是中国伦理上认同的一个规律。

他之所以过继就是为了生孙子嘛，你给我生了我就很高兴，就是亲孙子，但是对那个儿子就很冷淡。你看书里描写过灯节，贾政说我也来凑热闹，贾母跟孙儿孙女们在一块儿娱乐，我也备了礼物也来了，最后等于是贾母把他轰走了，有没有这样的情节？有的，特别是后来他打宝玉，贾母是撕心裂肺地来干预，贾母说了这样的话，意思是说我没有生一个好儿子，说出这样的话来，就说明书里面把他们家族的这层过继关系写进去了。但是呢，他构思一本长篇小说，从生活中取材，觉得这个曹頫的亲哥哥那家的故事也很精彩，特别是亲哥哥有一个媳妇就是王熙凤的原型，家族叫二奶奶，非写不可，于是他就把生活当中的情况合并同类项。曹頫是有亲哥哥的，当然不住在江宁织造署，过继只过继曹頫，没把哥哥一块儿过继过来，没这个必要，过去也没那么过继的。所以他在小说里面“假语存”。怎么存呢？他是这么来存的，他把这个曹颊的哥哥在小说里面写成了贾政的亲哥哥，也是贾母的大儿子，贾母的原形是李氏，是曹寅的那个未亡人，我这样一捋听明白了吗？

所以《红楼梦》的文本是不是很有意思？你不懂这些的话，你就看不懂书里是怎么回事。所以现在就明白了，人家曹雪芹为什么要这么些？他故意要这么写，他为的是“真事隐，假语存”，我又不是写家史，我不是把我祖父曹寅，然后曹颙、曹頫这些事一五一十给你写成一个流水账，我是写小说，但是在我的小说里面呢，跟别的小说又不一样，我还故意把我家族的一些情况巧妙地保存下来。人家就保存下来了，你狼读、蟒读都读不出来，你只有牛读，一下子就发现，哟，可不是嘛！他是这么一种手法，所以我觉得牛读花时间最多，为什么？因为这是一个最好的阅读方法，你可以对你读过的、你喜欢的书，多次反复地来体味，反刍，你会有很大的收获。

什么叫猫读？猫吃东西叫猫儿食，吃得少，但是这一点有人跟我争执过，说我养的猫可贪吃了，买的猫粮一次一盆子给我吃光，现在的猫可能都变化了，过去的猫没有那么好的生活条件，哪有什么猫粮公司生产猫粮，都是家里喂。这个猫吃东西一般叫作吃猫儿食，每次量很小，不贪多。后来我读《红楼梦》也是这样，不贪多。《红楼梦》，我觉得我已经很熟悉了，每次即使反刍，我只读一回，就是吃猫儿食，控制量，吃的少而精，很有收获。

比如说我读的五十七回，五十七回的故事大家也很熟，这个在通行本和古本里差异很小，文字基本是一样的。主要就是写林黛玉的丫头紫鹃骗宝玉，她说林家要来人把林黛玉接走了，宝玉急得要死，痴病发作，就不答应，闹起来了，是这么一回书，等于重点写宝玉和黛玉的爱情故事。

我过去读书即便不狼读，不蟒读，也没能够一段一段地精读，就忽略了其中很重要的一段，就几百个字，这几百个字后来我精读以后，眼泪快出来了。写的既不是林黛玉，也不是贾宝玉，也不是紫鹃——里面有紫鹃，重点不是紫鹃，写谁？写雪雁，雪雁大家知道，林黛玉的丫头，这个雪雁是很悲惨的一个小生命。大家知道荣国府丫头的来源基本是两大类：一类是家生家养的，那种贵族家庭的奴隶是一窝一窝的，生了孩子以后还是给他们家当奴隶。比如像被贾赦看上想占有的鸳鸯就是家生家养的丫头，她们家在小说里面来贾家当奴才的时间非常久了，她的父母还都在南京，书里有交代，都没跟着——这个家族后来从南京迁到北京，他们都没跟着来，在南京看着老房子。鸳鸯就是一种家生家养的丫头，世代的奴隶。还有一种就是拿银子买的，像袭人，袭人她家里穷，穷得没饭吃了就把她卖了，后来袭人自己也说这个话。

那么这个雪雁是哪种来源呢？她两种都不是，她怎么来的呀？她是林黛玉进京的时候跟着来的，跟着来了一个王嬷嬷，老态龙钟，还来了一个小丫头，书里面第三回写了，贾母看她一团孩子气，林黛玉很小，她更小，完全是一个小姑娘，小孩。这样一个小生命就在荣国府里面，默默地度过她的日日夜夜，你想，她是一个无根的浮萍，书里面写鸳鸯，因为贾赦要占有她，鸳鸯抗婚，她有很多同伴支持她，书里面有一回写大观园里面好几个丫头都出现了，都站她的一边，都骂那个贾赦，起码她是横向能获得情感支持、道义支撑的，是不是？这个雪雁是一个浮萍，她跟这些人没有那种关系，就默默地成长。

那么五十七回这段写的一个什么事呢？雪雁从潇湘馆走出大观园，进入荣国府中轴线的主建筑群的正房，到王夫人那儿取人参——因为林黛玉经常需要吃人参，取了人参出来之后，她就看见旁边厢房有人向她招手，谁呀？赵姨娘，贾政的一个妾，一个小老婆，招手叫她干吗呀？过去见到这些文字我都一扫过去，不注意的。猫读就专读这一段，赵姨娘找她干吗？赵姨娘兄弟死了，这一段前面书里有交代，死了以后她要参与丧事，参与丧事就要带丫头，有一个丫头叫小吉祥，北京话儿字的尾音就是小吉祥儿。

参加丧葬活动穿衣服就有讲究，要穿那个白绫袄，穿白衣服。这个赵姨娘就跟雪雁说，把你的白绫袄拿出来，借给这个小吉祥儿穿，这就是柿子捡软的捏。府里面所有的这些仆役包括丫头——因为是一个贵族的大家族嘛，也很讲礼仪的——都配置了这个白绫袄子，但是小吉祥儿跟赵姨娘过去以后，因为参加丧葬活动容易弄脏了，怕把衣服弄脏了，不愿意穿自己的，就要求雪雁拿出她的，你拿出你的给我们穿。一个弱小的生命在这样一个府第里面生存，是很弱势的一个生命存在，赵姨娘就已经很弱势了，但是赵姨娘这个人很不好，她自己其实就是一个被侮辱、被损害的，她还要来损害雪雁。雪雁回来就跟紫鹃说这个事，紫鹃就问她了，她们问你借这个白绫子袄儿，你怎么说的呀？雪雁就是一番话，说明这个很小的生命在这个府里面经过几年以后心智成熟了，从一个一团孩子气的小姑娘，变得懂得处世的艰辛、人际的险恶，懂得保护自己了。她跟紫鹃这么说，她说我知道她们怎么回事，她们就是怕把自己的衣服弄脏了，她们也都有，非要跟我借，我就说了，我的衣服都是紫鹃姐姐给我收着，紫鹃姐姐又不敢专断，还得去回姑娘——这个姑娘就是林姑娘，就是林黛玉——姑娘现在又正病着，所以就怪麻烦的，你们是不是问别人转借？紫鹃就说你还真会说话，你把这个事都推到我跟姑娘身上了。她学会了，她学会保卫自己了。

所以我觉得曹雪芹这支笔真不得了，一个咱们读来读去都容易读丢的人物，在五十七回里面就几百个字，一下子把这个人物立体化了，这让我联想很多，所以吃猫儿食让我收获很大。后来我专门把这段文字又读了几遍，觉得真是写得好，小生命，一团孩子气，人家这么欺负她，她后来想想，想出保卫自己，想出一个辙来，最后对方还真没辙，障碍这么多，特别是越过林姑娘这一层，姑娘现在又正病着，对不对？

所以我觉得读书乐趣无穷，方法也多种多样，那么我个人有狼读，有蟒读，有牛读，有猫读，今天时间有限，就只能说这么多，底下有一点时间稍微互动一下，凡是我能回答的问题我可以回答一下。

主持人：尊敬的各位听众和读者，我们感谢刘心武先生刚才精彩的报告，刘先生结合自己的心得，谈了读书的问题，四种方式，刘先生用了四种动物来做比喻，我想大家听了以后应该至少都有所收获，我也不敢说我都听懂了，但是我以为我懂了。下面还有一点时间，因为刘先生已经买好了回北京的车票，五点之前必须得离开，所以在这段很短的时间，大家如果有什么关于刘先生创作方面的问题，可以提一些问题，然后交给我们的志愿者。

这是第一个接到的问题：刘先生您好，一直很喜欢您的著作，请问您近来有什么新的创作计划？能不能提前给我们透露一下？

刘心武：感谢读者对我的厚爱，关心我的写作，我现在是一个退休的人，现在岁数也一天天大了，没有最新的计划，但是写作方面我自己的收获是种四棵树。一棵是小说树，我写小说，长篇也写，中篇也写，短篇也写，小小说也写，像给《今晚报》专栏的《多味煎饼》就是小小说，写生活故事。小说我还得继续写，我 2014 年出了一本新的长篇小说叫作《飘窗》，我想这个图书馆应该是有的。新的长篇计划目前还没有，因为写一个长篇不是件简单的事，但是继续写一些短篇和小小说没有问题，有了灵感我会写。

第二棵树就是散文随笔树，我写散文随笔，有一篇散文，我发现在网络上有很多声频，很多人把它录成声音，不止一个人，有专业的也有业余的，叫《心里难过》，这样一篇散文，说明有人喜欢它才把它变成声音挂在网上，不但可以读，还可以听。那么这样的一些散文随笔我还在继续写。

另外我还搞建筑评论，我写了一些建筑评论文章，这方面的工作最近写得少，但是这方面的写作热情还有，所以偶尔也还会有。

然后第四块是《红楼梦》研究，《红楼梦》研究我在中央电视台《百家讲坛》有讲座，后来这个讲座整理成书出版了。那么我对曹雪芹的《红楼梦》，八十回后是什么情况，有在周先生的指导下的探佚，而且我用续《红楼梦》的方式，来呈现我的探佚成果，所以我这几个方面的事情还都在做。

最近我在重读《金瓶梅》，我在2012年出版了《刘心武评点〈金瓶梅〉》，漓江出版社出版的。现在我也打算再写一点给一般的人介绍《金瓶梅》的书，就是零起步的，就是对于《金瓶梅》只知道一个名字，其实什么都不知道，或者觉得这不是一本坏书、一本黄书吗，不是不能看的吗，我就写给这种人看的。你不用对《金瓶梅》有什么事先的学术上的或者是知识上的储备，你现在看我的书可能对《金瓶梅》有一个大概的了解，供你参考，但是这个事现在做得很慢，正在做。

主持人：刚才刘先生谈了他下面可能会对《金瓶梅》有所研究，我们特别期待能在我们的《今晚报》上看到刘先生的作品。下面是一个读者的问题：刘先生，您创作的《钟鼓楼》中有许多意识流的表现，请问有没有受到外国作品的影响？

刘心武：这个问题问得也挺好的，咱们国家经历过“文化大革命”十年，后来又进入改革开放时期，改革开放以后门窗大开，这样的话，外来文化大量涌入，文学也是一样。所以在20世纪80年代曾兴起一个外国文化热、外国文学热，作家们以及读者们纷纷阅读一些翻译过来的外国的过去看不到的作品，比如卡夫卡的，后来比如博尔赫斯、马尔克斯、乔伊斯的作品。

翻译的外国文学里面有魔幻，有变形，有时空交错，有意识流，有各种各样的新奇的手法，所以那个时候文学上一个很大的浪潮就是这种新潮文学大行其道，传统的、写实的，有时候会被认为保守，反而成为一种边缘的写作了。

那么我个人是比较喜欢写实的流派的，我是一个始终坚持写实的作家，但是在浪潮的影响下，我也吸取一些非写实的文学流派的营养，不是所有的文学都是写实的。比如我们说文学源自生活，比如我研究《红楼梦》，我说《红楼梦》写作有原型，不是所有的作家和作品都是这样的，有的作家和作品是没有生活的，他也没有原型。比如阿根廷作家博尔赫斯，他跟咱们天津图书馆应该有缘，他是一个图书馆馆长，是同行，他的全部创作灵感来自阅读，不来自他接触的活人活事，这也是一种写作，也可以出现一些很好的文本。

所以那个时候《钟鼓楼》应该是一个坚持写实主义的作品，但是其中吸收了一些比如意识流，其他西方文学的写作技巧，但是吸收并不多，所以《钟鼓楼》出来以后当时并不是非常受欢迎，更受欢迎的是那些受到西方影响的一些先锋文学，它们更受欢迎。但是《钟鼓楼》我觉得它有生命力，到现在我发现一些90后、00后的小孩、年轻人，他们开始阅读《钟鼓楼》，觉得也还好看，所以我觉得挺高兴的。

主持人：谢谢刘先生，又是一位读者：刘老师，有的作家比较擅长转换创作风格来迎合文学热潮，有的作家风格则比较固定，您如何看待这种现象？

刘心武：我觉得都挺好的，写作这个东西应该没有什么国际王法限制你，不断变换自己的写作风格，这个在中外古今文学史上也很多见，固守一种写作风格在文学史上更多，都可以产生不错的作品。

主持人：这个条子其实有点像贺信或者是祝词：我是看刘先生在

央视的《百家讲坛》，《刘心武揭秘〈红楼梦〉》而喜欢上《红楼梦》的，真心感谢刘先生把我带进“红楼”的殿堂。他这个是感谢，有一个问题跟这个就直接相关了，刘先生，今年距您出版《刘心武续〈红楼梦〉》已经有五年的时间了，这五年来，您对《红楼梦》有没有新的见解？您的《续〈红楼梦〉》有没有修改再版的计划？

刘心武：很感谢他对我的鼓励，其实我的讲座也好，书也好，都是一家之言，你可以全盘反对，或者局部反对，或者不搭理我。其实我的初衷不是要让我的观点成为主流观点，或者让大家信服，我的目的是引起大家阅读《红楼梦》原著的兴趣，特别是年轻一代，有人说我死活读不下去，你死活读不下去，那我就娓娓道来，告诉你我自己怎么读的，激发出你的阅读兴趣，你读了以后可能跟我的观点完全不一样，但是你读了我就很高兴。《续〈红楼梦〉》，有人说《续〈红楼梦〉》特别多，好几百种，这个不准确，因为一般的像清末民国《续〈红楼梦〉》，都是从通行本一百二十回之后往下续，他不是从八十回往下续，从八十回往下续的当然也有很多种，但是没有这么多。那么我个人的续书不是为了追求个人的文学价值，我是太喜欢《红楼梦》了，我觉得曹雪芹《红楼梦》八十回以后的遗失是一个很大的文化损失，我们虽然还没有把这个遗失的文稿找出来，但是，我们可以通过探佚的办法了解他后面写的究竟是什么，确实跟我们现在看到的高鹗续的四十回是不一样的，所以我是以续书形式来呈现我个人对曹雪芹的《红楼梦》八十回后的故事的一些见解和成果。刚才这个读者让我很感动，他能够给我算出从最早出版这个续书到现在已经五年了，其实这个书我已经修订了。现在最新的版本是人民文学出版社的，有一个叫作《刘心武长篇系列》的一个套书，红色封皮的，收了我几部长篇，所谓三楼系列，有《钟鼓楼》《四牌楼》《栖凤楼》，还有《风过耳》，然后把《续〈红楼梦〉》也当作一个长篇小说，这五部作为一个系列加以出版。

这个系列里边《续〈红楼梦〉》是修订版，封面上写着修订版，我对原来的五年前那个，有大概一千多处的修订，有的是比较大的修订，有的就是一个字一个词的改动，我是很仔细的，我还要继续修订——只要我还能做这个事。

主持人：下面这个读者的问题，不知道刘先生是不是看现在的电视剧？跟这个有点关系：请问刘先生，您对当下流行的网络文学及其衍生作品如电视剧《芈月传》《琅琊榜》等作品如何看待？

刘心武：我觉得可以友善地跟他们相处，但是确实属于两个不同的领域。这个领域的人对我也很客气，像前些时候百度成立的一个板块叫百度文学，成立大会邀请的基本全是网络写手，他们的网络小说我没怎么看过，试着看了一些以后我也喜欢不了。但是我觉得这个就是文化多元嘛，那么他们形成一个创作和阅读的领域，我作为传统的文学写作者，也有一些传统文学的阅读者的领域，大家友好相处还是挺好的，而且双方能够有一些互动，互相学习呀，吸收一些对方的营养也是可能的。

主持人：这个有意思，这个是跟刘先生叙旧来的。我是北京十三中67届毕业生，虽然您没教过我，但是我当时就知道您是位年轻老师，刘先生这段经历我也不知道，当时的校长、校支部书记是曹立珊，校长是王校长，一晃50年过去了，看到您依然年轻，祝您一切顺心，健康长寿！

刘心武：谢谢这位校友！

主持人：谢谢这位读者，下面一个，这是一个很大的问题：刘先生，请问现代主义风格的作品还能复兴吗？

刘心武：这是一个太专门的学术问题，因为在场有人恐怕听不懂这个问题，现代主义它在西方已经没落了，后来有后现代，后现代的概念就是同一空间中不同时间的并列，很多学术上的术语，讨论起来就提到苏珊·桑塔格，什么法国的米歇尔·福柯，那就太复杂了，咱们这个场合讨论不了。

主持人：这个问题确实太大了。

刘心武：太专业。

主持人：也不是一句话两句话能说清的，这个问题是—— 我觉得我来回答吧！八十回加二十八回的原版《红楼梦》—— 这个我挺奇怪的，因为《红楼梦》一般是八十回本和一百二十回本—— 能买到吗？这个都能买到，这位读者想买哪个版本的？我建议如果是个人欣赏，就买人民文学出版社的就可以。如果做学术研究那就太多了，如果您进入那个领域，我想自己就能鉴别了，就自己选。如果是欣赏，我觉得人民文学的还是比较好的，因为《红楼梦》的版本问题太多了！能写一百部书都不止，谢谢这位读者。

这个问题：请问刘老师，像《易经》和《黄帝内经》这些比较深专的书怎么读？我不知道刘老师能不能够懂。

刘心武：这个我觉得你一开头可以狼读和蟒读，一开始，如果你想读，先把它读了再说，包括《山海经》这些都是可以这么读的。

主持人：古籍经典还是可以多读一些的，至少没有坏处，可能读不懂，我觉得读了比不读要好，可能没有办法去量化，多看书，多看经典没有坏处，还有听众有问题吗？如果没有的话，我们今天的讲座就到这里，感谢各位听众的光临，让我们以热烈的掌声再次感谢刘心武先生！

（根据2016年2月28日在天津图书馆的演讲整理）

《金瓶梅》是《红楼梦》祖宗，没有《金瓶梅》就没有《红楼梦》

从《三国演义》《水浒传》《西游记》那种为帝王将相、英雄豪杰、神佛仙人树碑立传的长篇小说格局中突破了出来，将笔墨浓涂重染地奉献给了“名不见经传”的“史外”人物，《金瓶梅》是具有开创性的。

《金瓶梅》的产生大体在明朝嘉靖末期万历初期，1570 年左右，那么，过了大约180年，1750年左右，是清代乾隆朝了，出现了《红楼梦》。《红楼梦》的作者是谁，也是有争议的，但大多数研究者达成共识，是曹雪芹。《红楼梦》深受《金瓶梅》影响，表现在诸多方面。

从书中所写的故事来说，《红楼梦》可以说是放大的《金瓶梅》。《金瓶梅》所写的西门府，七间门面五进院落，还附带花园，花园中有卷棚，卷棚下有书房翡翠轩，还有假山、山洞、亭子，相当富丽堂皇了，《红楼梦》所写的贾氏家族，宁国府、荣国府占了一条街，后来建造起省亲别墅大观园，亭台楼阁湖泊农庄极其壮观，把后者的故事空间想象成前者的放大，并无不妥。《金瓶梅》里的主子奴才加起来，好几十口，已经相当不少，《红楼梦》第六回则说：“按荣府中一宅人合算起来，人口虽不算多，从上至下也有三四百丁……”也是一种放大。

两部书都写的是家族的由盛而衰。西门家族由破落户起家，最发达的时候是富商和提刑官，《红楼梦》中的贾府被设定祖上曾有开国之功，故事开始时已是诗礼簪缨之族，宁、荣二府都承袭了爵位。经历过一番繁华，盛宴终散。《金瓶梅》里主人公西门庆死去，西门家族后来勉强维持，《红楼梦》里的贾氏家族败落到“白茫茫大地真干净”的地步，主人公贾宝玉悬崖撒手。两部书的情节发展轨迹都是下行线。《金瓶梅》的结局算不上大团圆，至多是个“小团圆”，按曹雪芹的构思，而不是按并非他的合作者的高鹗的续书，则《红楼梦》的结局是个彻底的悲剧，突破了中国文学艺术中延续了几千年的“团圆美学”，而这一突破，应该说是由《金瓶梅》引领。

《金瓶梅》的一号主人公是西门庆，他既是“男一号”，也是凌驾于其他所有男女老少角色之上的一号，虽然他在第七十九回死去，但后来的二十一回，他的阴魂无时无处不在，可称“后西门庆时代”；作者刻画的这位“一号”，有血有肉，善恶相济，性格鲜明，栩栩如生，在我们民族文学经典的人物画廊中，占有重要的地位。

《红楼梦》的一号主人公是贾宝玉，同样，既是“男一号”，也是凌驾于其他所有男女老少角色之上的“一号”。笑笑生在《金瓶梅》中倾注全部功力来写西门庆，曹雪芹呕心沥血地塑造贾宝玉。我们应该注意到，两位“一号”，都具有书中所反映的那个时代的“新人”的特点。把长篇小说的“一号”以“新人”面目奉献读者，这绝非凡庸的作者所能做到的。不过，我个人的阅读心得是，笑笑生写《金瓶梅》，没有一种形而上的东西在驱使他，他很冷静地写人间图像，写丑多于美，很冷静地揭示人性，写恶多于善。他也许并没有意识到，他笔下的西门庆可以被概括为一种“新人”，在他来说，他不过是追求“逼真”罢了，他写出那么一个“逼真”的生命，究竟应该如何评价，他不管，他只写“他这样”，不负责解释“他为什么这样”，至于“应不应该这样”，他就更不管了。但是现在看来，我就觉得，西门庆这个艺术形象的认识价值和审美价值都很高，他令我们认识到什么？认识到在明朝晚期，农耕社会正被解构，那种“十年窗下无人问，一举成名天下知”，靠苦读圣贤书，通过科举考试进入官场的价值观，受到西门庆这样的破落户的尖锐挑战，他不读圣贤书，不参加科举考试，他看重的是经商，是流通，是让钱生钱，积累起财富以后，他无不可买，包括买个官当。西门庆享乐至上，创造出一种新型的生活方式，他那大宅院，不仅三姑六婆佛道僧侣可以出出进进，妓女更可以登堂入室，甚至深入到正房深处，儒道释为他所用，他呼之来挥之去，自己则儒道释哪样都不信，他笃信的是财富实力。如果明朝晚期社会矛盾没有激化到农民起义军攻进紫禁城，没有腐败到皇族只顾搜刮积财，舍不得出银子付兵饷，导致关外满清八旗兵蜂拥入关，那么，西门庆所代表的“新人”汇集起来成为一种资本力量，与皇室达成某种让步契约，是否能使中国成为一个资本主义国家？但历史不容纳“假如”，西门庆那样的“新人”最后随着明朝的覆灭，恐怕也只能是在“留发不留头，留头不留发”的血腥法令面前，剃去额前发，脑后留起长辫子，在更苛酷的环境中，去寻求商品经济的发展空隙。西门庆那样的“新人”，不消说，是毛孔里带着血污的剥削者，说他“新”，只是表明“前所未有”，他们可能无形中在推动历史车轮，但留下来乌黑的足迹。《金瓶梅》把西门庆写得如此活灵活现，给予我们的审美愉悦，是丰盈的：写他坏，坏得那么坦然；写他忽而温情，温情得那么真切；写他爱李瓶儿爱到不嫌其病体丑陋气息不雅，会令多少女读者喟叹；写他临死前留遗嘱时那样井井有条，弥留时像牛那样喘气，令我们感到无比真实，而又诧讶莫名。那么，《红楼梦》里的贾宝玉，作为一种“新人”的呈现，写起来，难度就大太多了。西门庆可能有社会生活原型，对原型体察深入，具有艺术功力，白描出来就是了。贾宝玉呢，原型也许就是曹雪芹自己，但把生活中的曹雪芹白描出来，成不了书里这个样子，他是把自己真实生活中的某些元素，加以夸张、修饰，取用在书中，贾宝玉很大程度上要靠想象，靠升华。西门庆的“新”，是无心插柳；贾宝玉的“新”，则是曹雪芹有意栽花。我总觉得，《金瓶梅》时代的西门庆，有很多个，甚至可以说随处都有，是社会生活中看得见够得着的，但是《红楼梦》里的贾宝玉，社会生活中可能只有些影子，完整丰满的他只存在于书里，换句话说，《金瓶梅》里的西门庆是严格写实的产物，《红楼梦》里的贾宝玉却是理想主义支配下浪漫的艺术想象的产物。西门庆是一个“污秽的新人”，贾宝玉却是一个“出于污泥而不染的新人”。西门庆除了拜金、享乐，没有思想；贾宝玉却有着丰富的形而上思维。西门庆对科举制度不屑一顾，对儒道释采取实用主义态度，但没有主观进攻意识；贾宝玉对科举制度有明确批判，对孔孟之道只取部分容纳，基本上都理性否定，他毁僧谤道，不信鬼神，具有宽阔的人道情怀，看见月亮星星会长吁短叹，见了燕子与河里鱼儿都要与之交流，贾宝玉是“真新人”。这样的“新人”形象出现在创作环境比明朝更加恶化的清朝乾隆时期，真是一个文化奇迹、文学神迹。虽然贾宝玉这个艺术形象的认识价值和审美价值都高于西门庆，但是，在一部长篇小说中把不见经传的人物作为“一号”，并且竭尽全力使这个形象“出新”，《红楼梦》应该是步了《金瓶梅》后尘，而且“青出于蓝胜于蓝”。

《金瓶梅》是角色设置，是在一个男主角下面，开展对一群女子的描写。在中国古典文学中，这种女性角色非常重要而且数量多于男性角色的长篇小说，《金瓶梅》是开先河的。有论家认为《金瓶梅》的作者不尊重女性，有一定道理，因为这些被描写的女性几乎都是被西门庆玩弄的，除了他的一妻五妾，他还和家中丫头、奶妈、仆役之妻发生关系，他的情妇还包括府外的伙计之妻，乃至贵族太太，这还不算他嫖过的妓女。西门庆对这些女性玩弄、蹂躏，甚至搞SM，他就是追求性快乐，谈不到什么爱情。只是李瓶儿死前死后，也不是他忽然有了形而上的爱情意识，而是似乎有一只无形之手，将他人性中潜伏的纯真面拉拽了出来，令他表现出超越了性交性乐的可称为爱情的情感。这种情感一旦爆发，非常强烈，非常震撼。但也正因为没有形而上的可称为思想的深刻的东西支撑，也就非常短暂，仿佛爆竹一般，轰轰烈烈之后，很快化为灰烬。《红楼梦》的人物设置，也是在一个男主角下面，开展对一群女子的描写。这种大的格局，曹雪芹是否受到笑笑生的启发？不好断定。如果是受到启发，那么，应该是一种“我为什么不反其道而为之”的启发，就是，你不尊重女性，倒促使我更加尊重女性，你笔下不被西门庆尊重的女性，往往自己也不尊重自己；我呢，就要写一群特别值得尊重、珍爱的女性，而且，还要在这些女性里，写出特别自尊自爱的女性，你笔下的西门庆是摧花辣手，我笔下的贾宝玉是护花的“绛洞花王”。一个作家受到另一位作家作品的影响，这种情况在文学史上是很多的，但有的往往只是模仿、追随，那么，如果曹雪芹是受到笑笑生的影响，他是化腐朽为神奇，是超越，是在启发下的独创。

在《三国演义》《水浒传》《西游记》里，凸显的只是作者认为重要的那些大角色，小角色一般只在叙述文本中一带而过，很难构成艺术形象，读者对那些“零碎杂角”不可能留下什么印象，更别说深刻的印象了。《金瓶梅》大大地拓展了长篇小说文本的触角，对一些小角色赋予了灵性，令读者对这些卑微的小生命也生发出应有的关切怜悯。比如《水浒传》里写潘金莲、武大、武松、西门庆的那段故事，算是全书里写生活最细致的部分了，但跟《金瓶梅》相比，仍失之于粗线条。《金瓶梅》就写出来，武大前妻留下一个女儿迎儿，这个迎儿经历了父亲惨死、后母虐待、王婆役使、邻居代养、草率嫁人的坎坷人生，最后不知所终，虽然是很小的一个配角，却能令读者鼻酸。

还有比如西门府仆役来昭一丈青夫妇的儿子小铁棍儿，他无辜被西门庆暴打，那是他的重头戏，但是细心的读者会发现，他也是贯穿全书的：在节日里，父母拿来些主人吃剩折到一起的杂合肉菜，他就嘴馋讨吃，被他妈打了两下，他不知不觉就长大到十五岁，拿壶去给家里客人打酒，后来父亲死了，他随母亲改嫁，再后来他会如何呢？如蚁的生命，引人揣想。这种在刻画一系列重要人物，除了主角、副角以外，注重设置小人物，并且将甚至只出场一次的小角色也精心塑造的做法，在《红楼梦》里也得到体现，比如第六十回末尾和第六十一回开头，就写到一个留杩子盖头（头发剃成马桶盖形状）的小厮，把他油嘴滑舌、既自卑又自傲的心理，勾勒得十分生动，令读者过目难忘。

《金瓶梅》有意通过一位道士吴奭到西门府里来，给西门庆和众女性算命，来向读者预示这些人物的命运轨迹和最终归宿，这写在第二十九回，是一次最集中全面的角色命运扫描，在全书里，还有很多处，对部分人物或某个人物，以不同的形式来加强或补充这种暗示和预言。这一手法，在《金瓶梅》中还显得有些突兀生硬，以及表述过于直露，到曹雪芹写《红楼梦》，他也使用了类似的手法，但高明多了，他在第五回中写了太虚幻境，写了警幻仙姑，写了贾宝玉偷看“薄命司”里的册页，聆听了“红楼梦十二支曲”的演唱，把书中“金陵十二钗”正册中所有各钗的命运与归宿，以及副册、又副册中个别人物的命运与归宿，加以暗示和预言，神话的色彩，缥缈的情调，诗意的表达，迷离的氛围，构成中国古典长篇小说中最精彩的篇章，超过《金瓶梅》中吴神仙算命多多。而且，和笑笑生一样，曹雪芹也不是仅仅依靠这总纲式的一回书来完成对角色命运轨迹及最终结局的预言，他以更多的笔墨，更巧妙的方式，如写灯谜诗，咏菊花柳絮，来描补、延伸这些预言。《红楼梦》这方面的艺术手法高过《金瓶梅》，但借鉴于《金瓶梅》，这也确证着“《金瓶梅》是《红楼梦》祖宗”的判断。

《金瓶梅》首创了以日常生活貌似平淡的流程，来展现人物性格、揭示人情世故，这样一种长篇小说叙事方式，不停地写喝茶饮酒穿衣吃饭，写红事白事，写吵架斗嘴，写嬉笑玩闹，情节的演进常常靠一连串琐屑的小事涟漪般荡开，时不时也会一石激起千层浪，但总体而言多半是无事生非，不了了之，《红楼梦》也是这样的写法，以至有的读者总觉得书里怎么吃了这顿又吃下顿，过了这个节又是那个节，死了人办丧事，活着的过生日，所谓“死活读不下去”，就是不会从这样的生活流里品出味道。《金瓶梅》里西门庆本人以及围绕着他的那些角色毕竟大多属于市井人物，语言粗鄙，肢体动作幅度一般都比较大，人际冲突往往形于外，《红楼梦》里的人物大多属于贵族范畴，即使王熙凤那样的“凤辣子”，有时候会爆句粗口，但总体而言，还是中规中矩的时候多，像贾母、王夫人、薛姨妈，她们之间有时候心里在斗法，表面上却行若无事，互相是在进行“微笑战斗”。这样以日常生活那看似平淡的流程，来展现生活刻画人物的文本，要品出味道，秘诀就是要抓住人性这个切入点。《金瓶梅》写人性，特别是冷峻地写出人性恶，力透纸背，能读出文本流动中的人性揭示，那就是读出味道了。《红楼梦》写人性，着力点不在揭示恶，也不在揭示善，而是写出了人性的复杂。王熙凤铁槛寺贪贿毫无良心挣扎，对刘姥姥却又确实有救济之心；林黛玉个性解放超越功利，却又小心眼儿，而且嘲笑刘姥姥是“母蝗虫”；晴雯聪明灵巧心地光明，却又用尖锐的簪子狠扎小丫头坠儿；袭人温柔平和一贯能忍能让，却在贾宝玉借海棠树枯了半边赞美晴雯时，真个翻脸说出难听的话……“金学”家王汝梅教授主张将《金瓶梅》和《红楼梦》合璧阅读，很有道理。细考两个文本，《红楼梦》里写秦可卿丧事，明显有《金瓶梅》李瓶儿丧事的影子，写贾元春省亲的卤簿排场，也明显有《金瓶梅》中写朱勔回府仪仗的影子。

《金瓶梅》中许多角色的命名都采取谐音寓意的方式，前面都列举了，不再重复。这个手法，被《红楼梦》袭用，特别是那些被作者贬讽的角色，如书里写到荣国府的几位管事的，银库房的总领名唤吴新登（谐音“无星戥”，那时候称量银子要用戥子，以准星滑动来确认分量，“无星戥”就是他称量银子极不靠谱），仓上的头目名唤戴良（谐音“大量”，就是大斗往外量，也是极不靠谱），还有一个买办名唤钱华（谐音“钱花”，把主人的钱大把往外花）。《红楼梦》里还有几个在荣国府府主贾政身边凑趣的清客，有叫詹光（谐音“沾光”）的，叫单聘仁（谐音“善骗人”）的，叫程日兴（谐音寓意“成日助兴”）的，叫胡斯来（谐音寓意“胡乱肆意来”）的。《金瓶梅》里有个卜志道（谐音“不知道”），《红楼梦》里有个卜世仁（谐音“不是人”，是贾芸的舅舅）。《金瓶梅》里西门庆有琴、棋、书、画四个小厮，《红楼梦》里则有（抱）琴、（司）棋、（待）书、（入）画四个丫头。《金瓶梅》里西门庆的男仆里有旺儿、兴儿，《红楼梦》里贾琏和王熙凤的男仆里也有旺儿、兴儿。从角色命名技巧方面，也可以看出《红楼梦》与《金瓶梅》的承继关系。

《金瓶梅》文本中有一些色情文字，直接写生殖器，写性交过程。年轻朋友跟我讨论，他说色情有什么不能写的？他熟悉外国文学，他告诉我一些获得了诺贝尔文学奖的作家的作品，里面就有色情文字，而且，他所接触到的一些汉学家跟他说，色情文学在中国明清两朝，其实一度相当繁荣，出现了不少堪称杰出的作品，如清初李渔的《肉蒲团》，西方的一些色情文学，是在《肉蒲团》这样的中国作品翻译过去以后，受到启发，才冒出来的。他的看法，可供参考。我告诉他，我可能比较保守，我认为一味书写色情的文字不会是好的文学，文学可以容纳色情，但须适度。我以为好的文学还是应该写社会人生，探究人性，那种非现实超现实的全以天马行空般的想象构成的文学，也能产生好的作品，但相比较而言，恐怕还是偏于写实或以充沛想象力在虚幻中折射出现实的作品，更具有认识价值和审美价值。年轻的朋友说，现在视听文化如此发达，色情电影色情视频都不难找到，为什么你还主张未成年人不要看全本《金瓶梅》，为什么还对删节本的出版方式表示理解？我告诉他，我是主张视听文化，特别是电影电视节目，要分级分时段的，电影分级，就是有的只让成年人看，有的未成年人需要家长陪同有所指导才能看，电视可以设置成年人频道，或者把适合成年人看的节目放在一般未成年人入睡后的时间段。书本（包括电子书）的阅读，也就是文字，这种被俄罗斯生物学家巴甫洛夫称为“第二信号系统”的符码，对于识字者来说，所能引出的“脑内翻译”，威力不一定逊于“第一信号系统”的视听符码。有的未成年人，包括某些成年人，对色情文字上瘾后，导致生理上的自慰过度、心理上的紊乱失控，例子也不在少数，所以，我还主张阅读《金瓶梅》，不要胶着在那些色情文字上，读一种删去少量色情文字的《金瓶梅》，没有太大的损失，是能够获得认知上和审美上的收益的。年轻朋友就笑我：“老爷子果然保守！”但我们平等交流，交锋后各自保留看法，倒也其乐融融。

上面列举了很多《红楼梦》受《金瓶梅》影响的方面，那么，《金瓶梅》的色情描写，是否影响到了《红楼梦》呢？曹雪芹，还有他的合作者脂砚斋，对《金瓶梅》是非常熟悉的，估计读过很多遍，但是，在色情描写上，《红楼梦》的文本自觉地与《金瓶梅》划清了界限。《红楼梦》里写贾琏和多姑娘、鲍二家的偷情，是书里最“那个”的片断，但也没有写生殖器，没有写性交过程，一共只有几句，点到为止，而且那样写，完全是为刻画人物，完成艺术形象塑造服务。写贾瑞的故事，按说可以铺排大段色情文字，曹雪芹也没那样做，分寸拿捏得当。《红楼梦》超越《金瓶梅》的最了不起的一点，就是写了贾宝玉和林黛玉的精神交流，写了真正的爱情，当然那也不是无性之爱，是灵肉结合的丰盈之爱。

在读到《金瓶梅》以前，我对《红楼梦》中一些生动的语言，非常欣赏，叹为观止，后来读《金瓶梅》，就发现许多那样的语言，在《金瓶梅》里已经出现，比如：“破着一命剐，便把皇帝打”（《红楼梦》里化为“舍得一身剐，敢把皇帝拉下马”）、“千里搭长棚，没个不散的筵（宴）席”、“扬铃打鼓”、“不当家花花的”、“打旋磨儿”、“杀鸡扯（抹）脖”、“噙（含）着骨秃（头）露着肉”、“当家人（是个）恶水缸”、“洒土也眯了后人眼睛儿”（《红楼梦》里化为“也别前人洒土眯了后人的眼睛”）……当然，这些语言也不一定只有《红楼梦》之前的《金瓶梅》一个文本里有，有的也许一直在明清两朝人们口中流传，但是，有更多证据显示，《红楼梦》的写作，就语言这块来说，确实直接受益于《金瓶梅》。我们都知道古本《红楼梦》（多称《石头记》）里，有很多脂砚斋批语。脂砚斋不是一般的评点者，实际上是曹雪芹的合作者，在其批语中，也大量采纳了《金瓶梅》里面的话语，比如《金瓶梅》里有个对子：“雪隐鹭鸶飞始见，柳藏鹦鹉语方知”。脂砚斋在评点《石头记》第七回时，认为曹雪芹写贾琏、王熙凤做爱写得好，不直接写，而让读者去意会，就使用了“柳藏鹦鹉语方知”这句话来形容，非常恰切。《金瓶梅》第五十回里有“十日卖一担针卖不得，一日卖三担甲倒卖了”的话，第九十三回里又有“三日卖不得一担真，一日卖了三担假”的写法，脂砚斋在批语里也使用了类似的谚语：“一日卖了三千假，三日卖不出一个真。”《金瓶梅》第九十六回里有“老年色嫩招辛苦，少年色嫩不坚牢”的话，是书里水月寺里一个叶头陀说的，他在这两句话后面又有一大篇话，概括其大意，就是预言陈经济最后会“非夭即贫”。脂砚斋批语在第三回写到贾宝玉“面若中秋之月，色如春晓之花”的地方加批说：“‘少年色嫩不坚牢’，以及‘非夭即贫’之语，余犹在心，今阅至此，放声一哭！”可见不仅曹雪芹和脂砚斋熟悉《金瓶梅》里的这些话语，他们的长辈，也是熟读《金瓶梅》，经常引用这样的句子说给晚辈听的，脂砚斋评点《石头记》的时候，想起这些话，伤感到放声大哭的地步。当然，整体而言，因为《红楼梦》里写的多是贵族家庭的人物，他们的语言就都比较典雅，引经据典比较多，《金瓶梅》里西门庆一家虽然一度有财有权，过着花天酒地的生活，但毕竟还都属于市井人物，语言就都比较鄙俗。《金瓶梅》的人物对话里，俚语，特别是歇后语，非常之多，读起来麻辣酸烫，生猛鲜活，说实在的，我觉得往往比《红楼梦》更如见其人、如闻其声，更生动，更过瘾。《金瓶梅》里的歇后语有时候似乎使用得过多，如官哥儿死后，潘金莲隔墙借骂丫头说出一大串，略显堆砌。《红楼梦》里也有若干精彩的富于独创性的歇后语，如“黄柏木作磬槌子——外头体面里头苦”。

虽然《红楼梦》深受《金瓶梅》影响，没有《金瓶梅》开创于前，也就没有《红楼梦》的超越，但是，这两部长篇小说的文本差异还是很大的。《金瓶梅》冷，《红楼梦》热；《金瓶梅》有些个无是无非，《红楼梦》爱憎分明；《金瓶梅》没有终极追求，《红楼梦》充溢理想热望；《金瓶梅》就是写实白描，《红楼梦》有浪漫想象……这些，都是值得我们注意的。

余响

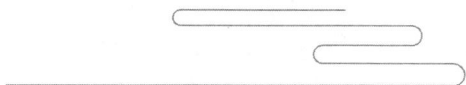

红故事

1

2004年初，我开始写回忆录。一个人应该是在觉得自己一生中的重大事情都过去以后，才有写回忆录的心境。我提笔写下第一句“我开始回忆”时，就是那样的心境。但是没有想到，竟还有“新故事”在接下来的岁月里迎候我，一度弄得我心烦意乱，回忆录的写作不得不停顿下来。

一切都源于一个电话。大约在2004年夏末，案头电话铃响了，顺手拿起话筒，是现代文学馆的傅光明打来。他此前多次给我来过电话，邀我到他们馆里去讲研究《红楼梦》的心得。第一次邀请记得是在2002年，那时我写的《秦可卿之死》《贾元春之死》《妙玉之死》及其他涉红文章早已结集出版且在1999年修订为《红楼三钗之谜》推出，他因此觉得我可以到他们馆里给《红楼梦》爱好者讲讲。我一直拒绝。也没有什么特别的理由，我总是告诉他：“现在懒得去讲。”傅光明好脾气，他每次遭到我拒绝，回应的话音里总听不出丝毫的生气，总是说：“那好，现在就不讲吧。可是我还是希望你能来讲。我过些时候再打电话约你，好吗？”如此的好脾气，纵使我性格再乖僻，也难免被软化。那天我就彻底心软了：“好吧。难为你始终不嫌弃我，这回我去讲讲。”

大约是2004年秋天，我应邀去了现代文学馆，讲我从秦可卿入手揭秘《红楼梦》文本“真事隐、假语存”的研究心得。那天演讲厅爆棚。原有的椅子不够，又从另外的会议室里搬来些椅子。据说有的听众是看到预告后从天津赶过来的。

我没有讲稿，只有一纸提纲，就那么漫谈起来。讲时我发现有人录像，也没在意。我知道现代文学馆设备先进，“武装到牙齿”，想必是录下来作为馆藏资料罢了。后来才知道，那时现代文学馆是在与CCTV-10（科教频道）的《百家讲坛》栏目组合作，绝大多数讲座经过剪辑后，就作为《百家讲坛》的节目安排播出。

过了些时日，忽然发现CCTV-10的《百家讲坛》播出了一组《〈红楼梦〉六人谈》的节目。我讲的编入其中，剪为了上下两集，按照预告时间看了，剪辑得很好，当中的串词也很得当，嵌入的图片、配上的音乐也颇精彩。《百家讲坛》没有就此提前通知我，并不离谱，找出跟现代文学馆签的协议，当时没有仔细看，那上面有一条是，演讲者同意馆里将所录资料用于文化传播（大意）。《百家讲坛》既然跟现代文学馆另有合作协议，将去馆里演讲的录像资料加以利用，顺理成章。

原以为我那两集节目播过也就算了，我可以回过头静心再写回忆录，没想到那不但不是一件事的结束，竟是一场大风波的前奏。

《百家讲坛》那以后不再与现代文学馆合作，却主动来与我联系，说是《〈红楼梦〉六人谈》播出以后，我那两集收视率颇高。电视节

目是制作给手持遥控器的观众看的，观众看了几分钟被吸引住，不拿遥控器将其点开，节目就算没有白做。为继续服务观众，给他们提供喜闻乐见的节目，他们节目组经过研究，决定邀请我将那两集的内容充分展开，制作成一个系列节目。

开始，我照例是拒绝。

我的形象不佳。我羞于抛头露面。我不需要依赖电视增大知名度。我知自己的红学研究心得离主流红学太远。我不想卷入高调的争论。我想做另外的自己喜欢做的事，比如写回忆录。归根结底，我懒得去他们那里录制什么系列节目。

糟糕的是，我的拒绝还不够强硬。我没有拒绝跟他们节目组的编导们见面。我想的是，电话拒绝可能确实显得不够与人为善，当面告诉他们我的性格就是这么放诞诡僻，我不录节目，并不是否定他们的辛勤劳作，实际上《百家讲坛》有的节目我是看的，也觉得不错，希望他们理解我的性格，同时不要误会我对他们的尊重与善意。能不能大家见个面，当面说个明白，“一笑泯误解”之后，便“从今分两地，各自保平安”呢？

见面中，他们的“大道理”也好，“中道理”也好，都没有打动我。最后令我心软也不是“小道理”而是“小事情”。那几个编导大体都是“70后”，他们在中央电视台工作，不再是原来那种享有“铁饭碗”的待遇，他们属于聘任，他们能不能在那个地方站稳，要看他们的工作成绩，而工作成绩的重要指标，就是所录制节目的收视率。台里实施着栏目的“末位淘汰制”，就是倘若你那个栏目连续一段时间在收视率上排在最末位，那么整个栏目就会被取消，“皮之不存，毛将焉附”？栏目取消了，制片人都得另谋出路，遑论一般编导？原来我对他们台里以收视率为圭臬，实行“末位淘汰”并不以为然，以为有的节目虽然收视率低，内容好形式也不错，应该尽量保留。而且听说他们据以判断收视率的“索福瑞”系统，布点量极其有限，未必就能准确体现广大观众的好恶。我曾接受过“收视率是万恶之源”的说法。但是那天我面对的是几个活泼泼的生命。他们需要制作出收视率较高的节目以确保他们的基本利益。我想起来曾到他们频道一个《博物》栏目里，参与录制过一期谈如意的节目，也曾播出，问起来，那栏目就因收视率垫底而撤销，其中的编导也都风来云散，“各自须寻各自门”。剪辑《〈红楼梦〉六人谈》我那两集的编导，我觉得她还是个小姑娘，她跟我闲聊，原来已经从外地来北京打拼好几年了，发狠在四环外买了商品楼的单元，首付不菲，每月更要还不老少的房贷……在我来说，收视率不过是个可以任意褒贬的“话题”，对她来说，收视率竟是安身立命的要素！我心既软，也就违背初衷，竟然冲动中一拍胸脯：“咱们就录！要讲得让观众爱听爱看，把收视率提上去！”

2005年初，我陆续录制了《刘心武揭秘〈红楼梦〉》系列节目23集，《百家讲坛》以每个周末播出一集的方式安排播出。后来有人写书，说《百家讲坛》编导在录制中常常打断我的讲述，要求我重新按他们的要求再来讲述，形容那录制简直是把你放到魔鬼的床上，你若超长便将你锯短，若嫌你短便将你硬抻拉长。这不符合我录制的实际情况，我在录制前只有腹稿，写出来的只是一沓纸片，上面是简单的提纲，和需引用的《红楼梦》原文及相关文献资料摘录，到现场我往往又会漏掉提纲里列出的，灵机一动补入的不少，并且我做不到在规定的时间（45分钟）里完成讲述，期期超时，有时竟超出一倍，但编导（包括现场导播）从来没有打断过我，总是履行他们事先的诺言：“刘老师你随便讲，尽兴就好！”我虽即兴成分很高，又超时成性，但他们对我的录制事后多有褒扬鼓励："流畅自然，没有破碎句子，手势得宜，偶尔走台（如解释"草蛇灰线、伏延千里"时）十分生动，整个讲述内在逻辑严密，如层层剥笋，悬念迭出，让人听来上瘾……"我问超时是否造成他们剪辑时的麻烦，他们的回答是："喜欢剪您的节目，没有什么需要补缀的地方，只是有时候实在舍不得剪掉有的内容，总觉得剪掉可惜，可是由于节目时间的硬性规定，不得不下狠心剪掉，至于您的'大超时'，我们反而喜出望外，因为可以很便当地改变原来计划，原定一集变成两集……"这样下来，我和那个组的编导合作得很好，我每次讲完把那沓纸片交给他们。他们根据录像参照纸片上的提纲引文先形成节目文字版，其中有他们撰写的前言后语和串词，通过电子邮件传给我，我修订后再反馈给他们。后来我出的四部书，其中大部分文字就是以那节目修订稿为基础再加工而成的。

《刘心武揭秘〈红楼梦〉》系列节目播出后，收视率蹿高，据说总体平均的收视率成为那阶段栏目里最高的。那时候阎崇年的清史讲座收视率也蹿高，《百家讲坛》一时间成为观众喜闻乐见的栏目之一，制片人万卫名声大振，编导们也都扬眉吐气，不消说，他们在台里的脚跟，是站得稳稳的了。后来我和万卫有一次交流，形成了几点共识：电视节目属于通俗文化，虽然也要兼顾高级知识分子和文盲这两极，但它所服务的对象还是一般具有中等文化水平的俗众；《百家讲坛》不是把大学文学课堂的讲课搬到荧屏，它固然有传播文化的职责，但必须具有一定的娱乐性，即好懂、易明、有趣、抓人；有人批评《百家讲坛》变成了"书场"，当然要防止栏目里的讲座一味追求趣味而丧失了文化内涵，但汲取传统说书艺术亲近俗众的特点，将其作为"瓶"来装文化的"水"，有利于手持遥控器的观众觉得"解渴"而不将其马上点开，从而拴住观众，甚至培养出一批这个栏目的"粉丝"来。

“揭秘”系列每周播出一集，总的悬念走向是：“《红楼梦》里的秦可卿这个艺术形象的原型究竟是谁？”可是观众听来听去，觉得就要点出谜底了，却又生出新的枝杈，还是没有最后的“大起底”，那期间据说总有热心的观众互相询问：“秦可卿的真实身份究竟是什么？是不是下一集就见分晓了？”有的急得生气，有的越听越疑，但越是气越是疑他们就越接着听。我讲的目的，《百家讲坛》录播这个系列节目的目的，都并不是要观众一定接受我的观点（这从编导的串词和我在讲座中一再宣布“我不一定对，仅供您参考”一类表述可以证明），而是起到刺激观众去翻开《红楼梦》原书阅读。这个目的果然达到了，有资料显示，那一时期书店里各种版本的《红楼梦》销量大增。

《百家讲坛》那时若干题目的讲座都受到欢迎，后来更以易中天的三国讲座和于丹的《论语》讲座形成大高潮，《百家讲坛》成为中央电视台的名牌栏目，万卫后来因此被提升，栏目的编导也大都成为频道的骨干。

然而，我的不愉快，却纷至沓来。

我早成为文坛的边缘存在。我火过，然而那已成悠悠往事。2004年以后我给自己的定位十分清晰，就是一个“退休金领取者”。我习惯，并且乐于过不引人注意的生活。我还写作，年年也还在出书，那是我消费生命的方式。我把自己的写作形容为种“四棵树”：第一棵是“小说树”，第二棵是“散文随笔树”，第三棵是“建筑评论树”，第四棵才是“《红楼梦》研究树”。

然而，《百家讲坛》的“揭秘”系列讲座却陡然让我又火了起来。

即使我拒绝接受采访，都市类报纸的版面上也还是要不吝篇幅地报道、评议我的讲红。网络上也很热闹。当然也有杂志上的文章，如《文艺研究》就刊发了抨击我讲座的专辑。我家的电话机一阵铃声接着一阵铃声，把电话线拔掉，却又错过了至亲好友与此事无关却很重要的来电。我要安静，却难以安静。烦恼与日俱增。

有的年轻人原来并不知道我，他们是因为我上《百家讲坛》才发现我的。有的成为我的“粉丝”，不过他们的拥趸方式有时令我瞠目。23集“揭秘”播完以后，我的书也出版发行了，出版社在王府井新华书店组织签售活动，忽见有小伙子背上贴着心形电光纸的标语——“我爱李宇春，更爱刘心武”，我倒还知道李宇春是“超女”（“超级女生歌咏比赛”）的冠军，却并未因这标语而受宠若惊，竟有些茫然无措。又忽见有小姑娘背上的标语是“刘心武骨灰级粉丝”，着实吓了一大跳。“骨灰”？是诅咒我吗？亏得出版社的编辑及时进行现场指导，告诉我“骨灰级粉丝”意味着最高级别的崇拜，是颂词而非咒语。与这些崇拜者相反，有的网民对我极端反感、坚决抵制，他们在网上穿着“马甲”用最刻薄的语言讥讽甚至辱骂我。一种普遍的说法是，这个叫刘心武的人是在用这种办法谋求出名、谋求金钱。我不免觉得委屈。其实我算是出过名的人了，也早挣到一些稿费、版税，而且就是我的退休金，也足够我过一种体面的生活。我到《百家讲坛》去讲，本是“拉郎配”，非自己所谋求啊。

还有“逃避现实，钻进故纸堆”的指责，“写不出小说了，就跑到红学里去鬼混”，并以我为例，说什么：“《红楼梦》是文化垃圾，一部颓废小说，里头除了谈情说爱还有什么？竟然养活了一群人！有人竟然去靠研究什么红学吃饭，可耻！可鄙！”我当然更加委屈。我在发表涉红文章的同时，写出发表了不少反映民间疾苦、塑造农民工与城市下岗工人的中短篇小说，如《护城河边的灰姑娘》《尘与汗》

《站冰》《泼妇鸡丁》等等，由人民文学出版社出版了书名《站冰》的小说集，这些作品有的在台湾发表，有的翻译成法文在法国出版，我怎么不写关注现实的小说了？只是我种的“小说树”和其他两棵树，在《百家讲坛》引发的事态中，让“《红楼梦》研究树”给生生遮蔽住了啊！

这些不愉快，只能在流逝的日子里慢慢消化。

不过在批评嘲讽乃至辱骂的声浪里，我也形成了一种新的觉悟，那就是《红楼梦》作为我们民族文化经典，远未形成全民共识，因此，不仅我，应该有更多的人士，站出来弘扬《红楼梦》，特别应该让年轻的一代懂得，每个民族都有自己引以为豪的经典文本。在印度，是迦梨陀娑的剧作如《沙恭达罗》；在英国，是莎士比亚的剧作和十四行诗；在阿拉伯世界，是《一千零一夜》；在意大利，是但丁的《神曲》；在西班牙，有《堂吉坷德》；在法国，是雨果的《悲惨世界》，当然还可以举出更多；在俄罗斯，是列夫·托尔斯泰的《战争与和平》，也当然还可以举出更多；在日本，是紫氏部的《源氏物语》；在朝鲜和韩国，《春香传》作为他们民族的文化经典并不因政治的对抗而产生分歧；在美国，可以举出马克·吐温等的小说；在德语文学，歌德、席勒及其作品不消说了，还有卡夫卡的《变形记》等作品……我们中国的《红楼梦》里集中了自先秦文献到唐诗宋词到元明戏曲的文化精华，并且堪称中国传统社会的百科全书，其作者曹雪芹在作品中提出了“人生着甚苦奔忙”的终极追问，更通过贾宝玉等艺术形象回应了这一追问，提出了“世法平等”的社会理想，激励读者去追求充满真情的诗意生存……许多人，特别是一些年轻人，他们对《红楼梦》的片面理解，大多是因为他们并没有阅读，或者说并没有仔细阅读《红楼梦》的文本，他们对《红楼梦》的印象大体上来自戏曲舞台演出、电影、电视连续剧、连环画（“小人书”），甚至是道听途说。《红楼梦》绝对不能概括为一部“爱情小说”，不能称之为“颓废作品”，不能蔑视为“垃圾”，那是一种对民族传统文化所持的虚无主义的态度。一个民族养活一些人专门研究、推广他们民族的文化经典，是再正常不过的事情，怎么能视为可耻、可鄙呢？1977年我写《班主任》的时候，心中有种焦虑，就是觉得“文化大革命”造成了文化断裂，连被公认为品德优秀的团支书，也动辄指斥“文化大革命”前和外国的文学作品是“黄书”。通过那篇作品，我发出了“救救孩子”的呐喊。那么三十多年过去，我仍有焦虑，不少年轻人不认《红楼梦》，不以为是民族的文化瑰宝，甚至蔑视为“一本破书”。和写《班主任》时一样，我依然出于社会责任感，以“退休金领取者”身份，为推广《红楼梦》奔走呼号，其实也还是“救救孩子”。

对于一般人士，包括年轻一代对我研红讲红的误解、嫌厌、抨击、讥讽，固然使我心情郁闷，但还不至于令我气愤。

而令我气愤以至失态的情况，终于出现。

我们国家是有专门的研究《红楼梦》的机构的。那就是文化部所属的艺术研究院里，有个《红楼梦》研究所，以此为依托，又派生出《红楼梦》学会，它们的领导人长期以来是兼任的。本来，向民众推广《红楼梦》，是红学所和红学会的本职工作，但长期以来，他们在这方面的工作乏善可陈。

有人以为我跑到CCTV-10《百家讲坛》里去讲《红楼梦》，是“鸦占鸾巢”。应该由专家教授们去讲呀！怎么轮得到你？你有什么资格？我自己确实觉得不够资格。前面交代了，傅光明请我去文学馆讲研红心得时，我开头根本不知道那演讲要剪辑后上《百家讲坛》。后来去录制那23集“揭秘”系列，也是先拒绝后经感化才勉为其难的。许多人不知道，我也是后来才弄明白，其实在我之前，文学馆和《百家讲坛》栏目已经几乎把所有能请到的研究《红楼梦》的专家学者一网打尽了。举凡长期担任红学所和红学会领导的冯其庸、李希凡以及所里会里的专家们，还有早已退出红学所的周汝昌，一些大学里的教授，还有王蒙等，都录制了节目，也都播出过，并且都由中国国际电视总公司制作为光盘向海内外发行，只是响动不大。据说有的红学所专家录播的节目，收视率极低，个别的收视率竟为零。我其实是在节目组资源殆尽的情况下，通过傅光明协助，找来填补的一位。万没想到，我的讲座引来了蹿高的收视率。

红学所和红学会的专家们，对我的“揭秘”系列的录播极为不满。他们通过传媒，对我进行了后来媒体所称的“群殴”。其中一位专家说，我可以在自己书房里研究“秦学”，也可以发表文章、出书，但是我不能到电视台去讲自己那套观点。这样的说法令我不快。媒体想方设法找到我，问我对此作何回应？我就说自己是中华人民共和国公民，有应邀（我强调是电视台邀请我而非我自己强行要上电视）去电视台录制节目的公民权，至于录制出的节目他们播不播，自有他们的一套审查制度在那里，与我就没有关系了。媒体有了专家的说法和我的回应，就做出整版的报道，标题有时就在那专家和我之间加上大大的“VS”符号。我的“秦学”观点确实值得商榷，那阶段也有一些相关的批评是就具体的观点与我争鸣，但我有没有资格上《百家讲坛》，一时成了最大的话题。

那时万卫他们似乎也感受到了不寻常的压力。本来他们的节目内容是欢迎批评，更乐于引出争鸣的，但问题的症结变成他们是否请错了人、做错了事，这就超出学术范畴了。本来我录制完关于秦可卿、贾元春、妙玉的讲述后，他们还预定邀请我进一步满足热心观众的愿望，继续讲林黛玉、薛宝钗、史湘云等“金陵十二钗”里的女性形象，以及贾宝玉。我自己不愿再陷于舆论旋涡，他们也觉得事到如此地步还是谨慎为上，于是就没有再继续往下录制，这个情况后来被某些媒体称为“刘心武被‘群殴’后遭到‘腰斩’”。人们注意到，《百家讲坛》又专门请来周思源，请他录制了一个批驳我的系列讲座，及时安排播出。有记者紧盯着我问，你对周的批驳作何感想？我说我看了，觉得他很儒雅，他的观点也很可以供观众参考，底下话还没说完，记者已经失却了继续采访的兴趣。他表示，你竟然称赞批驳你的人儒雅，这我们报道出来还有什么意思？我们希望的是你跟他 PK！

事态如果到此为止，也就算了。但是，有人告诉我，红学所的《红楼梦学刊》2005 年第 6 辑，非同寻常地在头题发表了该刊记者对冯其庸和李希凡的长篇访谈录，对我在《百家讲坛》的讲座，从政治角度上纲上线：“你要小心！”

找来那辑《红楼梦学刊》翻开一看，我愤懑已极。

我的讲座当然可以批评，就是严厉批判，若是在学术前提下，我本也应该承受。但冯、李二位对我却进行了政治判决。被“编者按”称为“在红学界德高望重的红学家”的冯、李二位，冯其庸下断语说“中央电视台播放这样的节目是对社会文化的混乱。刘心武的‘秦学’现在之所以能达到这样的状况，成为一种社会问题，跟中央电视台推波助澜有很大关系……希望中央电视台重视这件事，希望他们对社会的文化建设要起积极作用，不要起混乱作用。我提醒中央电视台的领导，要认真考虑注意这个问题，如果都这样乱来，文化界就不成其为文化界了……不能看着他们这样胡闹下去。”按他的逻辑，不仅我的讲座应该禁播、消毒，《百家讲坛》的制片人应该撤职处分，CCTV-10 的频道负责人也应担责，CCTV 至少有一位副台长应该由于放任我的讲座录播形成了“对社会文化的混乱”而被撤职。李希凡则说我“扰乱了文学艺术的研究方向”，这也是一个很大的政治罪名。年轻一代没经历过几十年前那些“文化战线的阶级斗争”，我虽然在“反胡风反革命集团”、“反丁（玲）陈（企霞）反党集团”以及“批判电影《武训传》”、“批判俞平伯《红楼梦研究》”等“火热的斗争”时还是一个少年，但我的青年时期是经历了“文化大革命”全过程的，深知一个写作者如果被宣布“成为一种社会问题”“扰乱了文学艺术的研究方向”，几乎就等同于死罪。

都什么年月了，冯、李二位还保持如此这般的思维，并且不是只在自家客厅里或小范围会议上说说，而是利用“公器”，白纸黑字地刊印出来，向社会宣布。我看到真是怒发冲冠。我可不吃他们这一套！必须抗争！

或许，不理睬他们才上最佳对策。可是，就在那辑《红楼梦学刊》出来以后，海外朋友给我来电话，我接听，对方说：“你还在家里啊！”这话古怪，电话打到我家，我接听，自然在家里，而且他知我一贯深居简出，不在家里会在哪里？他就说，听到我的声音，放心了，他说看到那边有传媒报道，红学界大权威把我上告了，担心我会被划为“扰乱分子”……对他的关心，我领情，但这样的电话弄得我心烦意乱；后来有关心我的人告诉我：那所谓的“访谈录”，其实就是他们上书中共中央政治局的信函的一个变体，他们希望通过最高层，来对我进行“政治解决”！这更让我的愤怒升级。当然，关于他们上书高层政治家，可能只是一个谣言。我无从去证实，但也无从去证伪。事到如今，既然境外媒体有过报道，应该由冯、李二位来澄清，倘是谣言，他们应该至少在《红楼梦学刊》上郑重辟谣。

偏那时候，CCTV-1 频道的《东方之子》又来邀请我录制访谈。我不想录。出版社方面劝我还是去录。录这样一个节目对出版社出我的“揭秘”系列也是一种肯定，当然，也有利于书的销售。更有朋友劝我：

“可见冯、李他们的霸道如今已经吃不开，你录这个节目，也就等于煞煞他们的极左气焰。”于是我答应了。但表示不想去电视台里录，希望他们在我居住地附近临时租个空间录。他们就租了一个茶寮里的空间。录制方式是由主持人张羽跟我问答。开头倒也顺畅。忽然我听张羽问道：“有人指责您的讲座形成了社会文化混乱，扰乱了文学艺术的研究方向，您怎么回应？”我深受刺激，竟然失态，立刻站起来说：“我不录了！我听不得这个话！他们凭什么这么说我？为什么还来‘以阶级斗争为纲’那一套？为什么给我扣上政治罪名？岂有此理！”我拔脚就往茶寮门外走，张羽及摄像等工作人员大吃一惊，有的就赶紧拦住我，劝我回到原来位置上。张羽微笑着说：“刘老师，我是照采访提纲提问啊，我自己没有那样的观点啊。再说，您不愿意回答完全可以跳过这个问题，干吗生那么大的气呢？”我乃性情中人，是真的生了大气，当然气的是冯、李他们，以及由他们引起的，关于极左势力动辄将学术问题上纲为政治问题置人于死地的那个并未湮灭的“传统”的联想。我让助手赶紧给我速效救心丸，药效扩散后，胸闷稍缓，这才略为冷静，跟张羽他们道歉，接着往下录制。几天后那访谈播出了，总体而言，是肯定我在《百家讲坛》的讲红，起到了掀起新一波《红楼梦》阅读热的良性作用。

冯、李通过《红楼梦学刊》上的“访谈录”对我进行政治声讨不久，有一天，我的私人助手鄂力接到外交部办公厅的电话，邀我去外交部讲一次《红楼梦》。鄂力告诉我以后，我颇感诧异。我让鄂力进一步跟邀请方沟通。依我想来，应该是外交部的共青团、妇联系统，或老干部局，在业余时间，组织的一种丰富业余生活的讲座。但是，他们怎么不邀请红学所、红学会的专家们去讲《红楼梦》，却偏偏找我讲呢？鄂力进一步跟邀请方沟通后，传递给我的信息更让我诧异。人家告诉他，不是请去在晚上或双休日讲，是在上班时间讲，凡能暂时停下工作的部员都会去听，演讲地点安排在回答外国记者提问的那个新闻发布厅，而且，届时部长李肇星也要来听。我很为难。曹雪芹说“那宝玉本就懒与士大夫诸男人接谈，又最厌峨冠礼服贺吊往还等事”，我读红深受这一影响，怕见官，怕开会，怕礼仪，怕场面。但想来想去，人家邀请是好意，盛情难却，硬一硬头皮，去吧。

演讲时间定在 11 月 21 日，是个星期一，下午两点半讲，希望我提前半小时到。说要派车来接，我让鄂力坚辞，我们俩自己坐地铁去，真的很方便，出了地铁口，没几步就是外交部。办公厅的人在门口迎候，将我们先带往新闻发布厅旁边的贵宾室。去之前我对鄂力说：“今天中午小布什回美国。李肇星必去送行。好好好，省得我还要跟他寒暄。”那些天李肇星应该是天天陪着国家主席接待美国总统，处于大忙状态。没想到刚在那贵宾室坐定，就只见李肇星穿着规范的夹克衫从门外飘然而进，他是把小布什送上“空军一号”以后，马上赶回来的。他满脸笑容地过来跟我握手，还让早守候一旁的摄影师拍照，握定我的手后，面朝镜头，停顿——这样的肢体造型我在电视新闻里已经看熟，但轮到自己也成为其中一景，却很不习惯。我去，没有带自己的书，但人家早准备了一摞书，让我为李部长及部里签名。李肇星请我坐到沙发上，拍着我的书的封面说：“群众欢迎，就是好的嘛！”一位陪同的部员问我：“我们能不能录像？”我心里正嘀咕，李肇星说：“录下来做成光盘，发往各驻外使领馆，作为我们外交官们的参考资料。现在要开展‘文化外交’嘛，我们组织系列讲座，为的就是让外交人员提高传统文化的素养。”后来就去演讲。座无虚席。李肇星坐第一排，听时似乎还拿笔记点什么。

7

2006 年春天，我应美国华美协进社和哥伦比亚大学邀请，在哥大进行了关于《红楼梦》的演讲。

美国许多华文报纸都予以报道。《星岛日报》的标题用了初号字《刘心武哥大妙语讲红楼》，提要中说："刘心武在哥大的'红楼揭秘'，可谓千呼万唤始出来。他的风趣幽默，妙语连珠，连中国当代文学泰斗人物夏志清也特来捧场，更一边听一边连连点头。讲堂内座无虚席，听众们都随着刘心武的'红楼梦'在荣国府、宁国府中流连忘返。"

我 2006 年在哥大演讲那天上午，夏志清先生来听，坐在头排，正对着讲台。讲完后我趋前感谢他的支持，他说下午还要来听，我劝他不必来了，因为所有来听讲的人士，都可以只选一场来听，一般听众是要购票入场的，一场 20 美元，有的就只选上一场，或只选下一场，两场全听，其实还是很累的。但下午夏先生还是来了，还坐头排，一直是全神贯注。

报道说"夏志清捧场"（用二号字在大标题上方作为导语），我以为并非夸张。这是实际情况。他不但专注地听我这样一个没有教授、研究员、专家、学者身份头衔的行外晚辈演讲，还几次大声地发表感想。一次是我讲到"双悬日月照乾坤"所影射的乾隆和弘晳两派政治力量的对峙，以及"乘槎待帝孙"所表达出的著书人的政治倾向时，他发出"啊，是这样！"的感叹。一次是我讲到太虚幻境四仙姑的命名，隐含着贾宝玉一生中对他影响最大的四位女性，特别是"度恨菩提"是暗指妙玉时，针对我的层层推理，他高声赞扬："精彩！"我最后强调，曹雪芹超越了政治情怀，没有把《红楼梦》写成一部政治小说，而是通过贾宝玉形象的塑造和对“情榜”的设计，把《红楼梦》的文本提升到了人文情怀的高度，这时夏老更高声地呼出了两个字：“伟大！”我觉得他是认可了我的论点，在赞扬曹雪芹从政治层面升华到人类终极关怀层面的写作高度。

后来不止一位在场的人士跟我说，夏志清先生是从来不乱捧人的，甚至于可以说是一贯吝于赞词，他当众如此高声表态，是罕见的。夏先生并对采访的记者表示，听了我的两讲后，他会读我赠他的两册书，并且，我以为那是更加重要的——他说他要“重温旧梦，恶补《红楼梦》”。

到哥大演讲，我本来的目的，只不过是唤起一般美国人对曹雪芹和《红楼梦》的初步兴趣，没想到来听的专家，尤其是夏老这样的硕儒，竟给予我如此坚定的支持，真是喜出望外。

当然，我只是一家之言，夏老的赞扬支持，也仅是他个人的一种反应。国内一般人大体都知道夏老曾用英文写成《中国现代小说史》，被译成中文传到我们这边后，产生出巨大的影响。沈从文和张爱玲这两位被我们这边一度从文学史中剔除的小说家，他们作品的价值，终于得到了普遍的承认；钱锺书一度只被认为是个外文优秀的学者，其写成于20世纪40年代的长篇小说《围城》，从50年代到70年代根本不被重印，在文学史中也只字不提，到90年代后则成为畅销小说。我知道国内现在仍有一些人对夏先生的《中国现代小说史》不以为然，他们可以继续对夏先生，包括沈从文、张爱玲以及《围城》不以为然或采取批判的态度，但有一点那是绝大多数人都承认的，就是谁也不能自以为真理独在自己手中，以霸主心态学阀作风对付别人。

8

2006年春天我在美国的活动结束回国前，纽约老友梅振才先生建议我把《刘心武揭秘〈红楼梦〉》一、二册寄给一位国际著名学者，该学者是学贯中西、著作等身的学术大师，我对他仰慕很久，但并无一面之缘。他的学术主攻方向虽然是历史学、文化学，但也一度深入红学领域，其《〈红楼梦〉的两个世界》论述影响尤大。我说自己一是学术外行，二是这样的写法未免过于通俗，实在难为情，再说并无他的具体地址。振才兄就说，地址他好打听，我把书留下，他会帮我寄去。偏那时我手头只剩两本自用的书了，更加犹豫起来。振才兄说就寄这两本去吧。那是我临上机场归国之前，也没找到像样的信纸，就拆开一个信封，写了几句话，大意是不敢奢望他能翻阅指教，只是借此表达我对他的仰慕，夹到书里，交振才兄付寄。

我五月下旬回国，七月中旬忽然收到这位学者亲笔来信，如下：

心武先生：

两周前收到梅振才先生转寄大作“揭秘”二册，喜出望外。先生近来为“红学”最受欢迎的作家，以周汝昌先生考证为始点，运用文学家的高远想象力，从“红学”“曹学”中开辟新园地，创造了前人所不知的“秦学”。全书思入微茫，处处引人入胜，钦佩之至。所赠两册为先生自用本，改正误字，更为可贵。吾自当珍藏之，时时入目，以重温旧梦也。吾早年亦酷好《红楼梦》，尝妄有论述，其实不值识者一笑。中岁以后，忙于本业，早已成“红学”之落伍逃兵矣。今后惟盼作一普通读者，尤盼先生能时时有新著，一新耳目。先生著述宏丰，今后倘有论著关于中国文化史、文学史者，尚乞见示，以便早日收购。至感至感。专此拜复，并致最深挚之谢忱。谅不一一敬问。

撰安

×××拜上

〇六、六、廿九

这位学者竟然百忙中翻看了我这样一个外行人写的两本书，这让我大喜过望。这边有的专家批判我，其实并没有去读我的书，只是远远一望，就觉得我大逆不道，必欲排除而后快。这位学者耐下心读了我的书，他的肯定语是“全书思入微茫，处处引人入胜”，这不是随便夸奖的客气话，据了解这位学者的人士告诉我，他是从不随意拿便宜话客气话敷衍人的，这说明他看出我使用的研究方法是“文本细读”，并且使用了通俗化的类似推理小说的文本策略。这边有人给我贴标签，说我是“新索隐派”，标签无妨贴，但恳请通读了我的书后再斟酌一个恰切的。这位学者对我的论述一语道破：“以周汝昌先生考证为始点，运用文学家的高远想象力，从‘红学’‘曹学’中开辟新园地，创造了前人所不知的‘秦学’。”读过这位学者的红学著作就能知道，他与周先生的观点不仅不同，相碰撞处还颇多，我“以周汝昌先生考证为始点”，哪能瞒过他的眼睛，而我使用的“原型研究”方法，“文学家的高远想象力”常常占了上风，也是事实，他绝不随便肯定我和否定我，给我准确定位后，他说我“创造了前人所不知的‘秦学’”，其实这是一种中性的判断语气——承认有独创性，但也有待人们的进一步检验——表达出一个学术大师对一个外行爱好者的尝试性研究的尊重、理解与宽容。他未必赞同，却鼓励我“开辟新园地”，这是多么博大的学术襟怀！

我通过在美国的朋友征得这位学者的同意，将他给我的这封信在上海《文汇报》刊出，也转去了报社的稿费，他收到了。有人说，这位学者的信不过是表示客气罢了。坦率地说，就算仅仅是客气，我的心灵需要这种客气的滋润。愿我们所置身的人文环境中，今后能少些直至涤荡掉挟政治构陷的行帮霸气，多些容纳歧见与人为善的真诚客气。

从美国回来，又应邀去香港参加了书展活动。邀请方在西式宴请长桌边安排座位时，把我的座位正好对着金庸先生的座位。互相问好后，金庸先生对我说："刘心武，我同意你对秦可卿的分析。"我一时无语，他以为我没有听清，就提高声量又说了一遍。我心里暖暖的。金庸先生那样对我说应该不是客气吧？书展期间，有天我正往展厅里走，忽然对面一个人跑过来，身量比我矮，胖墩墩的，未开言，一把将我搂住。旁边的人忙给我介绍，原来是倪匡，他在书展上受读者欢迎的程度，那我简直不能相比的，他乐呵呵地说："刘心武，见到你好高兴！《红楼梦》我从小就读，只觉得秦可卿古怪，就没想到你那个思路上去！你的揭秘太好啦！我完全信服！完全信服！"这次邂逅当然也挺给我提气。

从香港回到北京，就又应《百家讲坛》邀请，去续录节目。

到 2010 年，原先《百家讲坛》的制片人聂丛丛女士，又和最早剪辑《〈红楼梦〉六人谈》的那个女编导——她已经结婚并且怀孕——找到我，录制了《〈红楼梦〉的真故事》系列，这样加起来，我总共在《百家讲坛》录制播出了 61 集讲《红楼梦》的节目。2011 年年初，我又推出了《刘心武续〈红楼梦〉》二十八回。虽然就社会反响而言依然是沸沸扬扬，而且弹多赞少，但有人注意到，红学所的官员专家和红学会的领导没有人出来发声，只有个别的红学会会员和大学教授出来批判——我觉得他们的意见里有不少值得我认真考虑的——有人来问我："那二位为什么不继续抨击电视台和你形成社会文化混乱，扰乱了文学艺术的研究方向？"这问题我当然答不出来。

我想，我人生中关于《红楼梦》的风浪，应该是大体穿越过去了吧？2012年，我该可以静下心来，写回忆录了。

2011年9月22日　绿叶居

【附】网上所见：

"思入微茫"一词不是在暗讽刘心武

一位著名学者致刘心武的信在《文汇报》《笔会》刊发后，有人发表文章，认为这位学者在信中说刘心武的书"思入微茫"，是对刘心武的红学歪作进行了冷嘲热讽，无异于斥其"欺诳"，可谓一针见血，而红学门外汉刘心武竟然没看出来，还回信给他并且沾沾自喜，此事已沦为笑谈，属于国际玩笑。

这是真的吗？

该学者所著《方以智晚节考》，钱穆作序，节选如下：

> 《清史稿密之本传》，马其昶《桐城耆旧传》，皆仅记密之之卒，不详其遇祸事。康熙十二年重修《桐城县志》，上距密之卒仅两年，亦不著其罹难死节。此事在当时，殆举世所讳，后人遂少传述。而其独为之搜剔抉发，密之死难在辛亥，其此文适亦在辛亥，前后适三百年，事之难得与巧合有如此。而其又推定密之死在惶恐滩一节，更可谓思入微茫精通玄冥，三百年前人所怀心事，为三百年后人重新发得。所谓浩气之常存精魄之不散，即此亦略可信矣。

钱穆为这位学者的著作写序，认为余“可谓思入微茫”，是进行冷嘲热讽，无异于斥其“欺诳”吗？

有一个叫沈治钧的不知何许人也，在《艺术评论》上发表的歪文《刘项元来不读书——关于刘心武先生所开的国际玩笑语义》又针对这位学者信末说：“先生著述宏丰，今后倘有论著关于中国文化史、文学史者，尚乞见示，以便早日收购。”指出也是该学者在冷嘲热讽，认为最为显豁的是“以便早日收购”一语。“收购”者，从各处大量收集购买也。言外之意，“关于中国文化史、文学史”的“论著”，只要你写得出来，印多少我买多少，不劳赠送，也不怕畅销。可见，这位学者很不耐烦再收到刘先生的赠书，也绝不相信“揭秘”者能够写出“关于中国文化史、文学史”的“论著”。

那么，“收购”是沈歪文所说的那种不堪含义吗？当然不是，请看三联书店2004年出版的该学者《方以智晚节考》第116页——其中论及《古今释疑》之禁毁及变名易主之故，有这样的文句：“尤可笑者，此书正文有无数‘履’字，书估俱未改动（实亦不胜其改），独改卷首《凡例》中一字以欺人。而藏书家亦竟蒙然不觉，足征收购之际，并未尝开卷也。”查《汉典》“征”：动词，证明；验证。足征：足以证明。足征收购之际：足以证明购买收藏的时候。什么人购买收藏呢？“藏书家”。藏书家的藏书行为，是沈歪文所说的“从各处大量收集购买也”吗？当然不是。该学者给刘心武的信，其中“今后倘有论著关于中国文化史、文学史者，尚乞见示，以便早日收购”，无非就是一种把自己作为藏书者的谦辞，如此而已。

刘心武妙品红楼梦（肆）

出版统筹：新华先锋
出版策划：王　铭　木易雨田
选题策划：焦金木　刘　钊
责任编辑：牛炜征　孙志文　徐　樟
特邀编辑：刘　钊
文字编辑：王亚松
封面设计：吴黛君
内文插画：赵成伟
封面绘图：吴黛君
版式设计：徐　倩
责任印制：李　静

天猫旗舰店

京东旗舰店

当当自营

微信公众号

投稿邮箱：tougao@cooldu.com
新浪微博：@先锋读书会（免费精品好书天天送）

刘心武妙品红楼梦
LIU XINWU'S INTERPRETATION OF THE DREAM OF RED MANSIONS
刘心武 著
叁
Beijing United Publishing Co.,Ltd.
北京联合出版公司

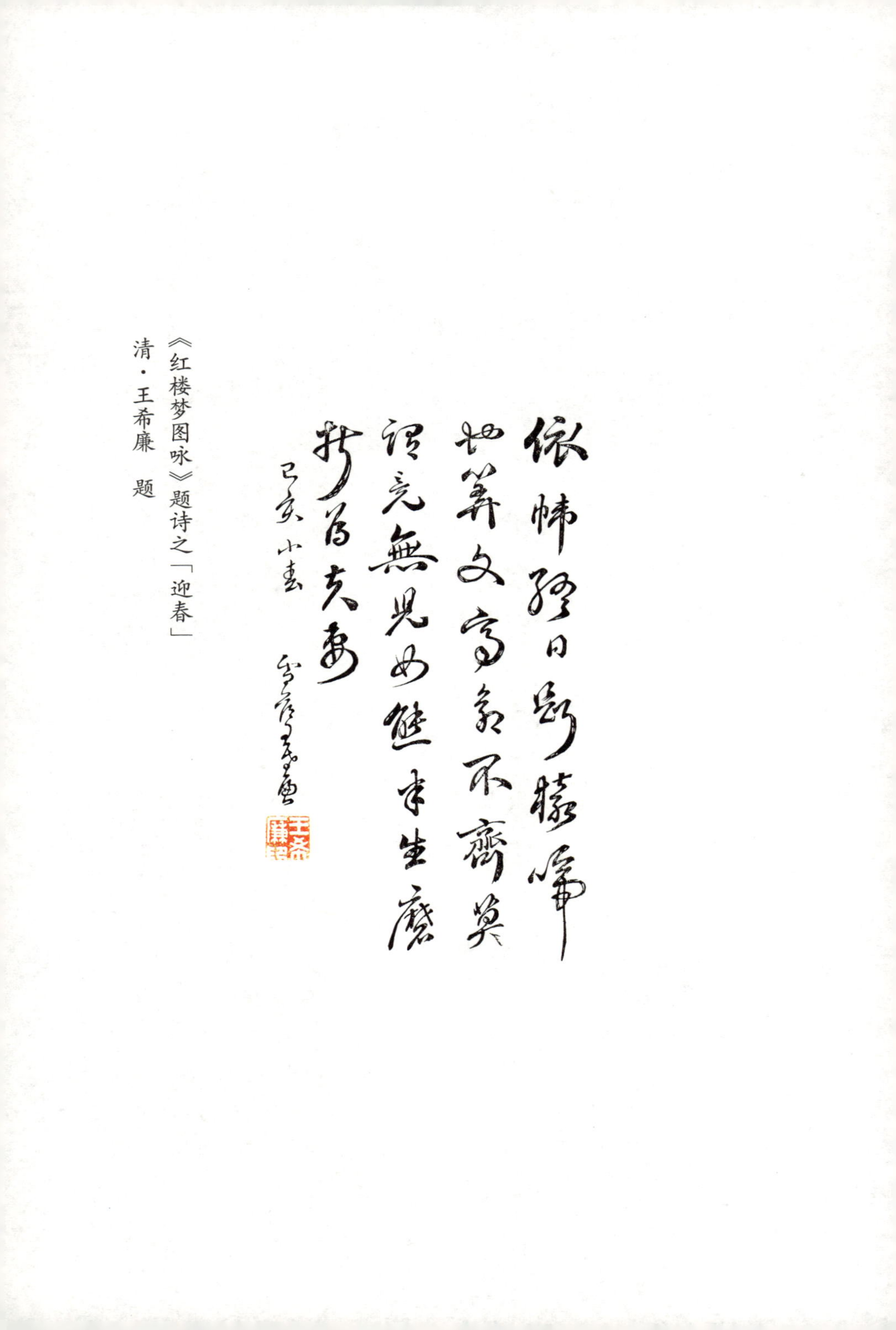

《红楼梦图咏》题诗之「迎春」

清・王希廉　题

《红楼梦图咏》题诗之「探春」

清・刘枢　题

拾得残蕉试墨新桐阴小立

月如银海棠开到秋逾媚合

替群芳作主人　蛾眉远嫁

冢心伤太息三春景不长铁

甲声中银烛艳小乔真个

配周郎　刘枢鸿父

迎春
成偉製

探春
成偉製

惜春
成偉製

目 录

◇ 金陵十二钗全揭秘

◇ 红楼心语

◇ 红楼漫谈

金陵十二钗全揭秘

第一章

贾迎春命运之谜

前面，我已经把《红楼梦》中，“金陵十二钗正册”中的六钗，即秦可卿、贾元春、妙玉、林黛玉、薛宝钗和史湘云，都揭秘一番。现在，要继续把正册中的其他六钗加以揭秘。

首先来揭秘贾迎春。有红迷朋友跟我说，迎春简直是整出戏里的一个大龙套，在八十回里戏份儿很少，估计八十回后也无非是写一下她嫁给“中山狼”孙绍祖以后，被蹂躏至死，不会有更复杂的情节。前八十回里，“懦小姐不问累金凤”一回，为她立了正传，黛玉说她是“虎狼屯于阶陛尚谈因果”，就是来吃人的野兽都蹲在门外台阶上了，却还在屋里慢条斯理地说些个因果报应的空话，她就是那么一个滥好人。这位红迷朋友问我，你以“揭秘”为总题，但是，迎春的命运书里已经写得很清楚，似乎已无秘可揭，你究竟还有什么好说的呢？

的确，笼罩在迎春身上的迷雾较少，我这个讲座，尽量把握一个原则，就是大家都已经熟知的，或者是别的专业、业余的红学研究者已经写到过讲到过的，就尽量从简。有的稍微说得详细点，或者是因为我个人的研究是在其基础上发展起来的，或者我必须与之有所争鸣驳辩的。我说得最多，展开得比较细的，都是比较独家的，跟别的研究者不同的一些研究心得。

那么，对迎春，我个人比较注意的，首先是第二回，冷子兴演说荣国府，涉及她的时候，为什么会有那么多种不同的文字？

在通行本里，冷子兴说到迎春，是这样交代的：二小姐乃赦老爹姨娘所出。那么，她的出身，就跟探春完全一样，没有丝毫区别了。但是从小说故事里看，她虽然懦弱，却并没有因为是庶出而遭遇歧视麻烦，她自身心理上，也没有因为是姨娘养的而自羞自惭的丝毫阴影。曹雪芹犯不上非写两个庶出闺女的故事，这应该不是曹雪芹原来为这个角色所设计的出身。要弄清曹雪芹的原笔原意，还是得细查古本。那么，几种主要的古本里，都是怎么写的呢？

甲戌本说的是：二小姐乃赦老爹前妻所出。

俄罗斯圣彼得堡藏本是：二小姐乃赦老爹之妻所生。

庚辰本则是：二小姐乃政老爹前妻所出。

己卯本是：二小姐乃赦老爹之女政老爷养为己女。

戚蓼生序本是：二小姐乃赦老爹之妾所出。

除了戚序本，因为妾跟姨娘概念相同，跟后来的通行本意思一样以外，我举出的另四个古抄本，竟使得迎春的身份又出现了四种不同的说法，加起来，总共有五种之多了。俄藏本的写法，我之所以不取，那是因为，如果迎春是贾赦的妻子生的，那么，邢夫人就该是迎春生母，但是在第七十三回中，邢夫人到迎春住的地方数落她——俄藏本也是这么写的——邢夫人跟她说，况且你又不是我养的，倒是我一生无儿无女的，一生干净，这就前后矛盾了。因此前面说她是赦老爹之妻所出一句，显然有误。庚辰本说她是贾政前妻生的，不但跟第七十三回的情节有很大矛盾，而且，还派生出了新问题，那就是，王夫人不是原配，是续弦，这就跟书里的大量描写都严重错位了。己卯本的说法最耐寻味，那意思就是说贾赦把迎春送给贾政去养了，为什么要这样说呢？这些文字不可能都是抄书中的笔误，把“花魂”错写成“死魂”，又听读为“诗魂”写了下来，还有线索可循，关于迎春出身的写法，有的句子里的字数和用词都差别甚大，不可能是看走眼或听错音或一时马虎的结果，那么，这种版本现象怎么解释？

我在前面有一讲里已经说过，我认同甲戌本的写法，就是明确告诉读者，迎春是贾赦前妻生的。因为这样定位以后，八十回里所有关于迎春的情节，包括五十五回凤姐和平儿谈论府里的婚嫁之事，说“二姑娘是大老爷那边的，也不算”等等，就都前后左右、高低上下完全一致，没有矛盾了。

但是，现存的甲戌本是残缺的，没有第七十三回。而第七十三回里，邢夫人对迎春说的话，现存古本文字有差异，大体而言，是把迎春生母的情况，更加复杂化了。以庚辰本为例，邢夫人数落迎春时，出现了多层意思：

第一层，在责备了琏、凤二人“竟通共这一个妹子，全不在意”后，说“但凡是我身上吊下来的，又有一话说，只好凭他们罢了，况且你又不是我养的”，这话很明确地表明了迎春是别人所生。那么，生迎春的是谁呢？

紧接着，邢夫人道出了第二层意思，她以贾琏为本位说，“你虽然不是同他一娘所生，到底是同出一父”，听那口气，似乎迎春出生时，她还没有来到贾家。

第三层，点明“你是大老爷跟前人养的，这里探丫头也是二老爷跟前人养的，出身一样”，那么，这就跟甲戌本第三回所交代的，迎春“乃赦老爹前妻所出”冲突了，但正如我前面所引的那样，庚辰本自己前后矛盾更大，因为这个本子第三回说迎春“乃政老爹前妻所出”。

第四层，“如今你娘死了，从前看来你两个的娘，只有你娘比如今赵姨娘强十倍的，你该比探丫头强才是，怎么反不及他一半！谁知竟不然，这可不是异事！”这第四层意思最耐琢磨。如果是完全虚构的小说，把迎春的出身情况写得这么复杂干什么？邢夫人对迎春生母和探春生母的对比，应该不是从其个人品格上去比，而是从其在家族地位上进行对比。迎春生母怎么就比赵姨娘“强十倍”？

把这四层意思捋一遍，我就觉得，应该是这样的一种情况：贾赦先娶一正妻，生下贾琏，后来死去；邢夫人嫁过来之前，其“跟前人”，也就是一个妾，生下了迎春，为什么这个“跟前人”“比赵姨娘强十倍”，而且邢夫人认为根据这个“强十倍”的因素，判定迎春应该比探春腰杆硬，否则就成了“异事”？唯一合理的解释，就是这个妾后来被扶正了，但是，不久又死去了。在这之后，贾赦才又迎娶了邢夫人为填房，而邢夫人一直没有生育，所以她说“倒是我一生无儿无女的，一生干净”。

形成了这样一个思路以后，我就对第三回曹雪芹在交代迎春的出身时，为什么那么样地思前想后，换了许多个说法，有了理解。因为这个角色是有原型的，这个原型确实是小老婆所生，说“妾出”没有错，但这个妾生她以后被扶了正，又死了，当然也就可以说是“前妻”，因此，迎春原型虽然出身跟探春原型类似，但她的生母又确实比纯粹的小老婆“强十倍”，她虽然懦弱，却也就不一定有探春原型那样的因是庶出而派生的自卑感。

我对《红楼梦》这部著作的总看法，一再地告诉大家，就是它是一部带有自叙性、自传性、家族史特点的小说。有红迷朋友问，你说的这三项，似乎概念重叠，能说说它们之间的区别吗？所谓自叙性，就是从小说叙事学的角度分析它，它虽然总体上是第三人称的叙述方式，但是又具有第一人称的味道。第一回的写法尤其明显，设定一块女娲补天剩余石，让它化为通灵宝玉，随神瑛侍者一起下凡，经历一番人间的暖冷浮沉，作为可以随时以第一人称说话的见证者。这个文本策略非常高明，其中有些叙述语言，比如第十五回写馒头庵里的故事，有这样的句子："宝玉不知与秦钟算何账目，未见真切，未曾记得，此系疑案，不敢纂创。"这就是把第三人称和第一人称糅合在一起的句法，极具特色，不是任何一部以第三人称写成的具有自传性的作品，都有这样的叙述策略，这是很难得的，值得特别强调一下。而自传和家族史，概念上也有区别：有的自传只在涉及自己的经历时顺便写到家族；而《红楼梦》呢，如果说曹雪芹以自己为原型来写贾宝玉，这个角色的戏份儿非常大，但是也并非每回每段都写他的事情，有些情节，有些人与事，和他已经没有直接关系，但却是他所属的那个大家族里不能不叙述到的，于是加以了展开描写，比如贾珍负暄收租，尤二姐和尤三姐的故事等等。

我之所以说《红楼梦》这部书里的人物差不多都是有原型的，就是基于它的这三个特点。当然，小说里有的艺术形象，比如警幻仙姑、一僧一道、空空道人，是否也有原型？我的看法是，当然不能把话说死，这些角色，就很可能是纯粹虚构的了。但也有红学家就考证出，像跛足道人，暗指八仙里的铁拐李，因此和李煦，就是贾母原型他们家，有关系，依然值得深究。有人一听自己觉得不入耳的见解，就斥为胡说八道、奇谈怪论。不爱听，可以不听，听几句，不中听，发出些批评的声音，也是合理的，但是气急败坏，必欲封其嘴堵其说，那就不对头了。让人说话，天塌不下来，对不对？何况我们所涉及的，不过是红学研究，学术领域里的一些分歧，大家心平气和地平等讨论，好吗？还是牢记蔡元培，蔡先贤他那句话吧：多歧为贵，不取苟同。

好，我现在就要告诉你，我研究迎春原型真实出身的心得。迎春肯定是有原型的，是曹雪芹的一位堂姐，是他一位伯父的女儿。既然生活里有那么一个真实的存在，你曹雪芹把她照直写出来，不就结了吗？干吗犹豫来犹豫去，一会儿这么写，一会儿那么写，弄得几种原稿上的写法，因为传抄的途径不同，都流传到了今天，让我们还得讨论一番？这就涉及从生活到艺术的创作方法问题。我前面说了，当生活的真实跟艺术虚构的总框架之间发生难以协调的大困难时，曹雪芹往往是牺牲虚构的合理性，来忠于生活的原生态。像贾赦这个角色的写法就是如此，前面讲得很清楚了，这里不再重复。有的写法，比如像对朝代背景，他一是故意模糊，二是不惜略有错乱，这就不仅是一种艺术处理，也是一种非艺术性的避惹文字狱的做法了。像秦可卿原型之死，应该是在乾隆登基之后，由于贾元春原型告密，秦可卿原型不得不死，但乾隆大施洪恩，此事内部解决，对外遮掩，就算结案，因为元春原型举罪不避亲，精神、行为都堪嘉奖，因此对她在宫中的地位进行了提升，小说里夸张为才选凤藻宫、加封贤德妃。这个内在的逻辑虽然存在，但是具体到分章回，曹雪芹先用第十三回到第十五回写秦可卿之死，到第十六回才暗写皇帝登基和贾元春提升。有的红迷朋友问我，应该是把十六回劈成两半，把十三回到十五回内容镶嵌进去，写秦可卿之死什么的，才符合生活中真实事件的顺序呀，小说里怎么写成这个样子呢？我想，这就是因为曹雪芹处在非常困难的写作环境里，他既得有艺术性方面的考虑，也得有非艺术方面的考虑。我们今天来研究《红楼梦》文本，也就不得不既有纯文本的研究，又得有关于他的写作环境，也就是康、雍、乾这三朝的政治局面的研究。我想这是《红楼梦》的特殊性所在，也是红学特殊性的所在，希望大家能理解我这样的一种思路。

具体到迎春身份的确定，我觉得，因素倒可能比较单纯，与政治应该没有牵扯。我觉得己卯本里那个说法，说她是赦老爹之女政老爷养为己女，应该是生活真实的记录，迎春原型，就是曹頫把她打小从哥哥家里接到自己家养大的那么一个女儿。生活的真实里，可能曹頫并没有元春那么样的一个大女儿，元春的原型，是曹氏家族里曹雪芹的一位大堂姐，并非他的亲姐姐，因为曹頫在探春原型出现前，并没有亲女儿，又喜欢有个女儿，而哥哥那时因为原配亡故，一时尚未续弦，有个女儿，难以照顾，他就从哥哥那里，把迎春原型抱来代养，但是曹頫后来在有了曹雪芹之后，又有了个女儿，而哥哥也续娶了，这样，迎春原型虽然还在他和他夫人身边住，但也算是归还他哥哥了。最初曹雪芹写这个姐姐，打算把这些情况都如实地写出来，己卯本上的那个句子，就是留下的痕迹。但是，后来可能考虑到把这样一个过程写出来，意义不大，而且还会搅乱对元春这个角色的定位设计，于是就改来改去，最后，还是写她是贾赦前妻所生，既符合生活的真实，也满足小说的故事需求。

大家一定注意到了，曹雪芹关于迎春的命运，总强调她的不能自主，也放弃自主，她任偶然因素左右自己，无可奈何。第二十二回，她写的灯谜诗，谜底是算盘，但诗里所表达的意蕴并不是精于计算或有条有理，还记得吗？她写的四句是：天运人功理不穷，有功无运也难逢；因何镇日乱纷纷？只因阴阳数不同。贾政虽然猜出来是算盘，但心内沉思道，娘娘所作爆竹，此乃一响而散之物；迎春所作算盘，是打动乱如麻；探春所作风筝，乃飘飘浮动之物；惜春所作海灯，一发清净孤独；今乃上元佳节，如何皆作如此不祥之物为戏耶？贾政是越想越闷。我们现在只说迎春，她的命运，就像打动乱如麻的算盘，全是别人算计她，她自己绝不想算计别人，只求能过点清净日子，但是，没想到最后所面临的，竟是最残酷的被“中山狼”所踩躏、吞噬的结局。

第三十七回，探春发起组织海棠诗社，迎春担任副社长，负责限韵，这时候她说了一句话，非常重要，不知你注意到没有？她说："依我说，也不必随一人出题限韵，竟是拈阄公道。"后来她果然采取了拈阄方式，走到书架前，抽出一本诗来，随手一揭，是一首七言律，这就定下来大家都要写七律，她掩了书，向一个小丫头道，你随口说一个字来，那丫头正倚门立着，就说了个"门"字，迎春就宣布，大家的七律都必须用门字韵，十三元，跟着又要了韵牌匣子来，抽出十三元那一个小抽屉，让那小丫头随手拿四块，结果拿出的是"盆""魂""痕""昏"，于是，就规定大家写诗都得用这四个字押韵。这段文字，表面上看起来，不过是写大观园女儿们结社写诗的一些具体过程，其实，曹雪芹是刻画迎春的性格，像迎春这样的懦小姐，这种同一社会阶层里的弱势存在，他们的唯一向往，只能是在抓阄的过程里抓到个好阄——把自己的命运交给偶然，这是很危险也是很无奈的。

除了算盘诗谜，在前八十回里，迎春还有一首诗，就是元妃省亲时，不得不写的一首"颂圣诗"，她写的那首叫《旷性怡情》："园成景备特精奇，奉命羞题额旷怡；谁信世间有此境，游来宁不畅神思？"她的生活理想，非常单纯，就是希望能在安静中，舒畅一下自己的神思，别无所求；她绝不犯人，只求人莫犯她，能够稍微待她好点，她就心旷神怡了。但是，连这样低的一个要求，命运的大算盘也终于还是没有赐予她。

想到迎春，我就总忘记不了第三十八回，曹雪芹写她的那一个句子：迎春又独在花阴下拿着花针穿茉莉花。历来的《红楼梦》仕女画，似乎都没有来画迎春这个行为的，如今画家们画迎春，多是画一只恶狼扑她。但是，曹雪芹那样认真地写了这一句，你闭眼想想，该是怎样的一个娇弱的生命，在那个时空的那个瞬间，显现出了她全部的尊严，而宇宙因她的这个瞬间行为，不也显现出其存在的深刻理由了吗？最好的文学作品，总是饱含哲思，并且总是把读者的精神境界朝宗教的高度提升。迎春在《红楼梦》里，绝不是一个大龙套。曹雪芹通过她的悲剧，依然是重重地叩击着我们的心扉，他让我们深思，该怎样一点一滴地，从尊重弱势生命做起，来使大地上人们的生活更合理，更具有诗意。那些喜爱《红楼梦》的现代年轻女性啊，你们当中有谁，会为悼怀那些像迎春一样的，历代的美丽而脆弱的生命，像执行宗教仪式那样，虔诚地，在柔曼的音乐声中，用花针，穿起一串茉莉花来呢？

贾惜春命运之谜

说完迎春，我先说惜春。书里说惜春是宁国府贾珍的胞妹，他们的父亲贾敬，故事一开始的时候，就已经住到城外道观，基本上不再回家了，连家里人给他过生日，都坚决不回城，只在除夕祭宗祠的时候，短暂地回来一下。书里没有出现贾敬的夫人，估计是已经过世了，也没有贾敬的姨娘出现，或许有，但略去不写。惜春大概是贾敬原配所生，说是贾珍胞妹，应该是他们既同父也同母的意思。书里说贾母爱女孩，把惜春也接到荣国府，放在眼皮下来养，应该是真实生活中，曹寅夫人李氏实有的一种情况。书里前面说惜春身未长足，形容尚小，到八十回结束，她应该也还不大，但是，第七十四回为她立正传，“矢孤介杜绝宁国府”，我们却发现，她思想早熟，出语犀利，看破一切，义无反顾。

惜春的结局是出家为尼，第五回关于她的册页，画上是一座古庙，判词里最后一句是“独卧青灯古佛旁”；高鹗续书，说贾家后来一切恢复如初，她就在拢翠庵（古本中对庵名有“拢翠”“栊翠”两种写法，“拢翠”的“拢”与“沁芳”的“沁”相对应，同为动词，似更符合曹雪芹原笔）里取代妙玉——要是真那么消停，她也不必入太虚幻境的薄命司册页了。我前面已经分析过，拢翠庵是元春省亲时才盖起来的，非古庙，无古佛。八十回后，应该是在贾家第一次被皇帝抄家前夕，惜春先知先觉，出家为尼。后来虽然可以到古尼庵里去投宿，但每天过的是缁衣乞食的生活，缁衣就是黑颜色的衣服，她穿一身黑色尼姑服，沿街化缘乞食，孤独而悲惨。

惜春确实先知先觉。第五回关于她的判词，第一句就是“勘破三春景不长”；《红楼梦》十二支曲里，关于她的那一首《虚花悟》，头一句是：“将那三春看破，桃红柳绿待如何？”这跟第十三回秦可卿托梦中的偈语“三春去后诸芳尽，各自须寻各自门”的意思是完全一样的。“三春”就是指三个美好的年头。如果非把“三春”作为人来理解，那么，既然是以惜春为本位，“三春”就该指元、迎、探。元、迎八十回后会相继惨死，可以说是“景不长”，探春是远嫁，虽然别有一种痛苦，却不能说是“景不长”。“将那三春看破”后紧接一句，“桃红柳绿待如何？”更意味着“三春”就是季节时间方面的指称，“桃红柳绿”就是“好景”，“待如何”的答案也就该是“景不长”。

惜春在荣国府自己窝里斗，抄拣大观园后，就彻底地心冷如铁。她的丫头入画，被抄出些男人用的物品，其实后来尤氏过目，无非是些入画哥哥从贾珍那里得到的一些可怜的小赏赐，私下托人带到妹妹这里来寄存。尽管私自传送东西有违府规，却也算不得什么严重的罪过，尤氏的意思是责骂一番也就罢了，惜春却决意不要入画，大家要特别注意她的这句话：嫂子来的恰好，快带了她去，或打，或杀，或卖，我一概不管！我初读《红楼梦》时，读到这里就一愣，入画那点错误，说或打，或骂，或罚，我一概不管，也够狠心的了，怎么一个擅长画写意花鸟的美女，撵起丫头来，居然说或打，或杀，或卖，我一概不管！为这么点事情，卖了杀了，你竟然也不管，这是何等冷酷的心肠啊！曹雪芹为什么要这样来刻画惜春？是不是他写这句时，一时随意，未加推敲，下笔过重？

现在的人们，一般都不知道封建社会皇帝抄家的厉害了，我也是看了一些资料以后，才有了一个大概的认识。据乾隆时萧奭写的《永宪录续编》里记载，雍正朝有个学政叫俞鸿图的被抄家，他妻子听说抄家的来了，就立即自尽。这倒也罢了，他有一个孩子，还不懂事，抄家的进来并没有马上对付他，可是，那孩子见到那景象，就当场活活地给吓死了。那时被抄家的官员，自己被逮走，家里的成员，如果皇帝没有特别的恩准，就一律不被当作人，而是当作“动产”看待。打骂不算回事儿，皇帝或将其赏给他喜欢的官员，一般是就便赏给负责去查抄的官员，或者就“充官”，拿到人市上去当商品卖掉，不仅仆人绝对是这样的命运，就是原来的太太姨娘、公子小姐，也会一样地如此处理。那么，比《永宪录》更可靠的史料，就是雍正朝的内务府档案，里面明确记载，贾母原型李氏，她的亲哥哥李煦，在雍正元年就被抄家治罪，他的家属仆人，男女老幼一共二百余口，先在苏州变卖。有的人因为李煦在当地原来官声不错，不忍心买，有的虽然对他无所谓甚至恨他，但是想想也不知以后还会怎么样，就无人愿买，无人敢买。那么，雍正就下令让把这些人像运货一样运到北京来，在路上，死掉一名男子、一名妇人、一名幼女，最后押到北京的一共二百二十七人，其中李煦的妻妾子女十名、仆人一共二百十七名。押解他们的官员，是江南理事同知，叫和升额。这些人员被押送到北京后，先变卖其中二百零九人，那八个人呢，因为李煦当时在狱中，他的案子还没审完，这八个人是活口，需要先过堂，挨打自不消说，然后根据具体情况，或杀，或卖。负责卖这些人的官员，是崇文门监督，也有名有姓，叫五十一—— 不要对这样的名字感到惊讶，那时候满人里用数字做名字的并不罕见。那时候卖这些朝廷治罪的官员家里的所谓犯男犯妇的地方，就在北京崇文门外。现在人们到了那个地方，会看到很漂亮的商厦，很美丽的花坛绿地，但是在曹雪芹所生活的那个时代，就有五十一那样的官员，在那里负责把皇帝抄家抄来的活人，作价变卖。这里讲的不是小说，是雍正朝甲辰年，也就是雍正二年（1724 年）十月十六日——当然是阴历的十月十六日——那一天的内务府档案上所记载的内容。

知道了曹雪芹所生活的那个时代是怎么个情况，再来读《红楼梦》第五十七回里惜春说的那些话，我们就懂得了，那不仅是刻画一个角色的性格，而且是非常写实的笔墨。因为我们都知道，真实的生活里，李煦在雍正一上台的时候，就被抄家治罪了，但是，对曹頫，雍正是在四年以后才查抄了曹頫家，雍正六年将曹頫逮京问罪，当中是有个时间差的。所以，惜春原型作为贾母原型李煦妹妹的一个堂孙女儿，她是完全可以比其他族中的人感觉更加敏锐，对抄家这类事更感到恐怖的。书里写到那几回，已经写到江南甄家被抄，写到外头还没抄进来，贾家自己就抄拣起大观园来了。别的人听见甄家被抄，也许仅仅是不愉快，却还在糊里糊涂地寻欢作乐，惜春却更有悲观的预见性，她说把入画带出去，或打，或杀，或卖，脱口而出，并非夸张矫情，而是这个角色的原型，这位曹家的姑娘，虽然年纪小，却耳闻了李家，也就是她堂祖母家，如上面我所引的那些历史事实。一家老幼奴仆，抄家后被打，被杀，被卖——被杀，之所以可以说在被卖前头，再回想一下，我上面所引的内务府档案，李家不就有三个人在押解赴京的路上死掉了吗？那也是变相的死刑啊，对不对？还有那八个必须过堂的人，他们有的可能就被判死罪杀掉，如果不是死罪，也不收监，那就再拿去卖掉，因此，或打、或杀、或卖的排列顺序，是有道理的。我原来觉得应该按对生命的严重性来排列，被杀应该搁最后，就是因为不懂曹雪芹下笔的历史背景，不知道李煦被抄家治罪后的这些具体情况。当然，惜春的原型不可能看到当时的官方档案，但是，崇文门变卖罪家人口是公开的，皇家不但不予保密，还会用贴出告示一类方式来晓谕天下，让人们感受到皇帝的威严，更小心地来当一个皇权下的顺民。

把这样一个大背景弄明白了，第七十四回里惜春的那些话就更好懂了。惜春说，善恶生死，父子不能有所勖助；又说，我只知道保得住我就够了，不管你们！她公开地断绝了与宁国府的关系，估计八十回后，她应该是在贾府第一次因为藏匿甄家罪产，导致被查抄的前夕，就离开荣国府出家当尼姑了。小说前面就一再地点出，惜春很早就有当尼姑的念头，甚至在贾府局面不错，并无危机的情况下，她就公开说了要剃发为尼的玩笑话，所以，当事态发展到必须选择一种逃避方式的时候，“歧熟焉忘路”，出家当然是首选。她既然在贾府被皇帝抄家前，已经毅然出家，抄家后，官方查不出她有具体参与家长犯罪的事实，那么，就有可能不予追究，不再被逮捕，被打，被杀，被卖。在贾家所经历的三个春天将尽的时候，她将三春勘破，注意，是“勘察”的“勘”，不是“看见”的“看”，她有预见性，她判定到下一年就会出现恐怖局面，她就实行了自救，尽管那以后她青灯古殿独处，缁衣乞食苟活，比被打，被杀，被卖略好，但也非常凄惨。估计惜春的原型，就是那么个情况。曹雪芹写她，又给我们显示出另一种人生悲剧，一种在政治大恐怖下，卑微地唯求自保，以冷漠和隔绝来延续自己生命的艺术典型。

第三章

贾探春命运之谜

再来说探春。

探春，曹雪芹在第五回设计金陵十二钗册页时，把她安排在第四位，这真是很高的规格待遇。有红迷朋友在听了我前面关于妙玉排序之谜那一讲以后，来问：你既然说曹雪芹他还是有等级观念的，那么，按你的考证，秦可卿是皇家的骨血，比所有其他各钗等级都高，应该排第一位哇，就是不排第一，也不能排在最末位呀！我认为，曹雪芹在排册子名单的时候，他虽然定下了主子身份的入正册或副册，不考虑比如说晴雯那样的他激赏和怜惜的丫头进入正副册，确实有等级观念在里头，但是，这只是一个粗线条的框框，并不是说，他只从血统地位上来排序。比如探春，虽然是主子小姐，但她分明是庶出的，按封建社会的等级观念，庶出的地位比嫡出的低。上面已经跟你说清楚了，迎春算是嫡出的，而且，长幼有序，也是那个时代必须遵循的一条等级原则。如果曹雪芹只是死认血统出身的等级，那探春绝对应该排在比她大的迎春姐姐后头。但是，他考虑来考虑去，不仅把她排在了迎春前头，还排在了史湘云和妙玉的前头。这就说明，在主子小姐媳妇这个大的等级框架范围内，他排序就比较灵活，是一种综合性评估，除了世俗价值观所确定的那个地位，还要考虑这个角色本身的素质，在书里戏份儿的多少。当然，还有他对这个角色的珍爱程度，以及如何达到一种大体的平衡，等等。应该说，能进入他设计的正册，哪怕排在最后，都说明是他心中所珍爱、所首先不能割舍的角色。想想薛宝琴那么一个美丽聪慧，几乎没有缺点的女性，到头来没排进正册，就应该懂得，排在正册后面，甚至排在末一名，应该也是很不错的。秦可卿排在最后一位，我想，一个最主要的因素，是她在第十三回就死掉了，是前八十回里唯一死掉而且死得那么早的一个角色。我的研究，是从秦可卿这个角色入手，通过原型研究，来揭示隐藏在《红楼梦》显文本后面的潜文本，去理解曹雪芹创作的苦衷与追求，之所以称秦学，本是一句玩笑话，弄假成真，也只是当作一个符码，以突出我这研究的独创性。那些认为我只研究秦可卿，只对书中的清史背景感兴趣，只重视皇家血统等的误会，听到这里，读到这里，应该可以基本消除了。

第十三回末尾，古本上有两句话：金紫万千能治国，裙钗一二可齐家。通行本删去了，是不应该的。这两句很重要，当然是具体针对王熙凤协理宁国府而说的。秦可卿给王熙凤托梦，一开头就说，你是个脂粉队里的英雄，连那些束带顶冠的男子也不能过你！曹雪芹写金陵十二钗，绝不是只想写出一些不同的沉溺于个人情感的女性，关于这些女子的故事也绝不能简单地概括为爱情和婚姻悲剧，他其中有一个很重要的动机，就是要写这些女子的才能，而且绝不局限在文才诗才画才等方面，她刻意要塑造出具有管理才能的杰出女性，也就是赛过男人的脂粉英雄。除王熙凤之外，他还花大力气写了探春，探春理家，遇到的情况那比秦可卿丧事要复杂多了，面对各个利益集团各种积蓄已久的矛盾冲突的一次次大爆发，探春克服了自己因是庶出而遇到的特殊困难，其管理才干得到了充分发挥，也取得了相当好的效果。历来的论家已经做过很详尽的分析，我不再重复大家都很熟悉的那些例子和结论。

大家都知道，探春最后是远嫁，不是嫁给了一般的男人，去过一种平庸的生活，而是有其一番独特的作为。第五十五回，赵姨娘为兄弟赵国基死后的丧葬赏银一事来跟探春聒噪，探春急切中有这样的话："我但凡是个男人，可以出得去，我必早走了，立一番事业，那时自有我一番道理！"这当然是很重要的伏笔，她在八十回后，果真就像男人那样地出去了，但那是不一般地出去，那是一去难返的流放式的远嫁。但是，这个美丽、睿智而有管理才干的女性，会在极其困难的情况下，以释放自己的才能来抗衡内心的痛苦。

第五回里关于探春的册页诗画和《分骨肉》曲，大家都熟悉，从"清明涕泣江边送"和"一帆风雨路三千"等词句可知，她出嫁的时间，是在清明节，一个鬼节，一个按说最不适合办喜事的日子里；所嫁往的地方呢，是要坐船，从江边出发；路程呢，在三千里以外。那么，她究竟嫁到了什么地方，嫁给了谁呢？不知道你注意到那册页上所画的内容没有，说是画两个人放风筝，一片大海，一只大船，船中有一女子掩面泣涕之状。关于图画的说明既然说是一片大海，船又是大船，就可见虽然出发的地方不是海边而是江边，但驶出江后，还要漂洋过海，那三千里基本上都是水路，要经过一番起伏颠簸，很长时间才能到达目的地。曹雪芹对太虚幻境薄命司橱柜里册页画面的设计都极简洁，没什么废笔，但是，关于探春的画上，是两个人在放风筝，为什么要画两个人？

曹雪芹在书里提到过一些外国，第十七、十八回，贾政说怡红院的西府海棠又叫"女儿棠"，是从女儿国传过来的种。中国古代一直有关于女儿国的传说，说那国家全是女的，没男人，生育的方式是入水洗浴时受孕，也能生出男孩，但养不到三岁一定死掉；第二十八回提到一个茜香国，国王是女的，她给中国皇帝进贡，有种贡品很奇怪，是系内衣的汗巾子；第五十二回写到真真国，地理位置在西海沿子上，这个国家的女孩子披着黄头发，打着联垂，而且其中一位还能写中国诗；第六十三回提到福朗思牙，专家们有说指法兰西的，有说指西班牙的；此外还提到过爪哇国、波斯国、暹罗等等。

那么，探春远嫁，远到漂洋过海，究竟是到了什么地方呢？八十回里既然出现了以上一些外国的名字，那么八十回后，探春所去的地方会不会就是这当中的一个呢？还是曹雪芹另外再设计出一个地方，一个外国，或者不说外国，说番邦，给取另外一个名字呢？我认为，根据曹雪芹惯用无意随手、伏延千里的手法，他后来写探春远嫁，所去往的地方，就应该在八十回里设下伏笔，那么，在上面所列举的名称里，我觉得最可能的，就是茜香国。

茜香国不清楚是以哪国为原型再加以虚化的国家。它当时的国王是女的，但跟出产"女儿棠"的女儿国应该不一样，不会也是一个没有男人的国家。那么这个国家跟中国的关系，就可能很微妙。女国王居然把系内衣的带子，其实就是内裤的腰带，作为给中国皇帝的贡品，这或者说明那国家还没有像中国那样，出现比较高级的文明，显得有些野蛮愚昧，或者说明两国之间有些纠纷，这样进贡具有某种故意不恭的挑衅性。总之，我觉得曹雪芹设计出这样的国家这样的贡品，不会只是仅仅为了用那腰带——到了中国当时叫汗巾子——来作为蒋玉菡和袭人后来结合的伏笔，可能还有一石数鸟的用意。

我们都注意到，第六十三回，寿怡红群芳开夜宴时，探春抽到的是写着"瑶池仙品"的杏花签，上面的诗句是"日边红杏倚云栽"，签上说得此签者必得贵婿，大家于是就说：我们家已有了个王妃，难道你也是王妃不成？这些情节所传递的信息是很清楚的：探春今后的婚姻是“日”指配的，她嫁出去以后，地位是王妃，而出嫁的季节，就是杏花盛开的清明时节。

如果是茜香国和中国发生纠纷，中国皇帝为了缓和矛盾，答应把中国的公主或郡主远嫁给茜香国的女国王的一个儿子为妻，那是完全可能的，八十回后如有那样的情节，是不足为奇的。而中国皇帝又哪舍得把真正的公主和郡主嫁到那种相对而言还很不开化的蛮荒之地呢？就完全可以用冒牌货，声称是公主或郡主，嫁到那边去，起到像历史上王昭君一样的“和番”的作用。那么，在书里的贾家，首先是荣国府，因为藏匿江南甄家的逆产被严厉追究的关口，贾政献出探春，以供皇帝当作公主或郡主去“和番”，是有可能的。探春的美貌、风度、修养、能力，恐怕是皇家的公主郡主们都难匹敌的。茜香国使臣一看，肯定满意，就是茜香国女王或王子亲自来过目面试，也绝对不会失望。这样，探春远嫁过去，身份当然也就可以说是王妃。

当一个王妃，那还能算薄命吗？一位年轻的红迷朋友跟我讨论，我就对他说，如果是在中国，在北京，那时候的一位贵族家庭的小姐当了一个王妃，那当然不仅对她个人来说算得幸福，她的整个家族，也会为她而骄傲。曹雪芹的姑妈，就嫁给了平郡王，是一位王妃，《红楼梦》里应该是没把她作为原型，塑造成一个艺术形象，但是上面引的那句“我们家已有了个王妃，难道你也是王妃不成”，应该是曹家女儿们开玩笑时说过的一句真话，被曹雪芹很自然地挪用到了书中。探春的原型，未必真是像王昭君那样，以那样高的身份规格送去和番，也许生活中的真实情况，只不过是皇家赏给了某个远域部族的中等首领，当然目的还是政治性的考虑，所谓恩威并施，你那部族叛乱我就坚决镇压，你如果表示投降归顺，那么所赏赐的就不仅有物品，还有活人，探春的原型就应该是那样的一种活人赏赐。因此，这种远嫁，即使真达到王妃的名分，说穿了也还是充当人质，纵使像探春原型那样“才自精明志自高”，去了以后发挥出一些管理方面的才能，也还是要哀叹“生于末世运偏消”，不是什么幸福快乐的事情，依然得算是红颜薄命。

第七十回末尾，写宝玉和众女儿们放风筝，探春放的是一只凤凰，这本来很吉祥，但是，忽然又飘来一个凤凰风筝，似乎更吉祥，更怪的是又来了个门扇那么大的喜字风筝，还发出钟鸣一般的声音，这不更锦上添花了吗？两只凤凰一大喜，多好的象征啊，可是，那三只风筝最后竟是绞在一起，三下齐收乱顿，结果呢，线全断了，三个风筝全都飘飘摇摇远去了，竟是很糟糕的一个局面。我认为，这就喻示着，探春的远嫁，表面上体面，其实，是双方政治较量当中的一个互相妥协的产物，借用第五十三回贾珍说的那个歇后语，叫作“黄柏木作磬槌子——外头体面里头苦”。于是，再想想，第五回册页里关于探春那幅画，为什么一定要画两个人而不是一个人放风筝，船上那个女子为什么掩面泣涕？就是象征着，休战可能是短暂的，两只风筝随时又可能绞成麻花，齐收乱顿，线断无常。第二十三回，探春的灯谜诗，有一句就是“游丝一断浑无力”，她远嫁后，其实也可以说是命若游丝。

第七十一回里，南安太妃的出现值得注意。这位地位比贾母高的贵妇，抱病来给贾母祝寿，她是有备而来，她提出来要见贾府的小姐。贾母不糊涂，知道南安太妃之所以来，“醉翁之意不在酒”，实际上是来挑媳妇的，于是吩咐，让凤姐把史湘云、薛宝钗、林黛玉和贾探春带出来，让南安太妃过目，史、薛、林都是外姓亲戚，更何况史湘云那时候已经定亲，这三位的婚事都不归贾府管，所以，实际上贾母就是把贾探春推荐给南安太妃，南安太妃看后很满意。贾母没有推荐贾迎春，对此邢夫人后来有所抱怨。八十回后，应该贾探春先是被南安太妃家接了过去，准备给南安太妃的某个孙子婚配，也就是第七十回放风筝那个场面里，贾探春放的凤凰风筝和另一迎上来的凤凰风筝相交汇所象征的，但很快就有门板大的喜字风筝，还带响，冲了过来，把两只凤凰风筝都裹挟走了，这象征什么呢？就是皇帝要南安太妃家献出一个郡主，去茜香国和番，南安太妃家哪舍得把自己亲生的郡主献出，就让探春从准媳妇的身份，改换为郡主的身份，献了出去。所以贾宝玉在太虚幻境薄命司看到的册页上，探春出嫁时，岸边有两个人放风筝，就是去告别送行的，会有两家人，一家是贾家，一家就是南安太妃家。

高鹗续书，倒是写了探春远嫁，但是嫁出去没多久，就回家探亲来了。这是不符合曹雪芹的悲剧性构思的。她是断线风筝，有去无回。脂砚斋在她的灯谜诗后有条批语说："使此人不远去，将来事败，诸子孙不至流散也，悲哉伤哉！"可见，第一，她的远嫁，不是在贾家遭遇灭顶之灾，彻底败落之后，应该是在荣国府为甄家藏匿罪产的事情刚刚爆发，第一波打击初来的时候；第二，她远嫁没多久，皇帝就把宁荣二府参与"月派"谋反跟当年藏匿秦可卿的罪行新老账一齐算，那时候应该是几乎没有什么再可以回旋的余地了，但是，对她的处世应变能力的激赏，竟使批书人认为在那样一种近乎绝境的情况下，如果她还没远去，竟仍然可以做到使诸子孙不至离散；第三，这条批语的口气，让我们感觉到，"此人"，也就是探春这个角色，在真实生活里是确实存在的，而书里的故事，也是大体都存在的，否则，对一部完全虚构，人物全凭想象捏合的故事书，犯不上去做这样的设想，去哀哉伤哉地悲叹。

我还特别注意到，第七十一回写贾母庆八十大寿，特别写到，有一位粤海将军邬家，送了一件重礼，是一架玻璃围屏。那个时代，玻璃是比较难得、非常贵重的材料，贾母的丫头，有好几个就用贵重的东西命名，琥珀、珍珠、翡翠之外，就还有玻璃。我前面已经举过很多例子，告诉你曹雪芹他常常在似乎无意之间，写到一个人物的名字或一件道具，似乎是可有可无的废话，其实，那都打着埋伏呢。那么，我就隐隐约约感觉到，这位送玻璃围屏的粤海邬将军，从名称上能看出是负责海防的武官，他在八十回后，也许就是负责安排探春远嫁事宜的人物之一。书里说贾母特意叮嘱凤姐，说好生收着那围屏，她要留着送人的，那么，八十回后就应该有这架玻璃围屏出现，在故事发展中，这架玻璃围屏应该在探春远嫁的过程中起到了一定作用。

那么，讲到这里，我把金陵十二钗正册里的九钗，都分析到了。下一讲我会跟你一起讨论王熙凤母女和李纨这三钗。关于王熙凤判词里的“一从二令三人木”究竟是什么意思？巧姐为什么要列在正册里？书里还有一个大姐，跟她是一个人吗？我要跟你说，李纨不但不是一个道德上完美的人，而且在贾府事败后，她人性的阴暗面暴露得相当充分，令人寒心，你会相信吗？希望我下面讲的内容，仍然能引起你的兴趣。

第四章 王熙凤、巧姐命运之谜

荣国府的建筑布局，在曹雪芹笔下是清清楚楚的，历代都有红学家根据书里描写来画出其平面图，没什么太大差别，争论比较少。大观园盖在荣国府东北边，描写也很细腻，但是复原起来，就没荣国府那么容易，究竟那些具体的建筑景点是怎么个布局，研究者之间一直争论不休。

王熙凤呢，她本不是荣国府的人，她是贾赦儿子贾琏的媳妇，他们两口子本该跟贾赦、邢夫人住在一起，在那里就近侍奉父母公婆，以尽孝道，这是那个时代那个社会最普遍的，一般也不应该违反的伦理定位和行为模式。就是搁到今天，父母在，屋宇又宽大，儿子儿媳妇尽赡养责任，也应该是尽量跟他们住在一起，如果父母那边住房宽敞却不住，反而跑到叔叔婶婶家里去住，也会让人觉得怪怪的。

但是，曹雪芹笔下，贾琏、王熙凤夫妇却住在荣国府里，具体位置是在府里中轴线的西北，贾母住的那个院落后面。贾母那个院落最北边，是坐南朝北的抱厦厅，再北边呢，立着一个粉油大影壁，影壁后面是一个小院落，那就是贾琏、王熙凤的住处，里面的具体情况，第六回作者通过刘姥姥的眼光感受，描写得非常精细，我不重复。

荣国府里住着贾氏老祖宗贾母，前面已经讲过了，其实最古怪的，还不是贾琏、王熙凤夫妇住进来，而是贾赦作为长子，为什么不带着媳妇住进去，他又袭了爵，应该由他和媳妇住进荣国府中轴线上的正房大院，就近侍奉自己母亲才是。但是，书里不是写得含糊，而是交代得清清楚楚，贾赦夫妇另住在一个黑油大门的院落里头。更古怪的是，那个黑油门的院子紧挨着荣国府，只不过是拿墙隔开。袭爵的大儿子住的院子要跟亲母亲住的地方完全隔开，两边的人互相来往，都必须先出自己院子，另进一个大门，进了大门，还要再进仪门才能相见，何必如此麻烦呢？在那隔墙上开扇门，岂不是两下里都方便了吗？越细加推敲，越让人费解。

有的读者容易把贾赦住的院子跟宁国府闹混，宁国府虽然也在荣国府东边，但应该是更在贾赦院的东边，贾赦院比较小，北边围墙外面应该还是荣国府的范围，而宁国府可能比荣国府还要大些。在大观园出现以前，就有园林之盛，书里屡有描写：第十一回通过王熙凤的眼睛，以《园中秋景令》形式，表现得最充分。后来为迎接元春省亲，就把贾赦院北墙外荣国府的一些空间，跟宁国府北边一些原有园林，打通连接，盖了个周边三里半大的大观园。书里说，荣、宁二府原来不是一墙之隔，而是一巷之隔，但是那条巷子不是公共使用的官道，而是贾氏自家的私产，所以可以放心地使用。

读《红楼梦》，应该把故事里的这三个基本空间搞清楚。最容易弄错的，就是以为贾赦跟贾珍住在一起。不是的，宁国府在荣国府东边，所以称作“东府”，贾赦那个比较小的院子跟荣国府挨在一起，跟宁国府有一巷之隔，它往北的长度比两个府都短，是那么一个独特的空间，荣国府的人提起时，一般称作“那边”。因为宁国府比较大，它的大门虽然跟荣国府在一条大街上，但未必取齐，可能还要往南一些，所以，像第七十五回，尤氏从荣国府回到宁国府，隔窗听见邢夫人兄弟邢大舅酒后发牢骚，就跟丫头银蝶说：这是北院里大太太的兄弟抱怨她呢！“北院”，指的就是贾赦住的那个黑油大门的院落。

我的研究方法，说了好多次，主要是作原型研究，原型也不仅是人物原型，还涉及事件原型、细节原型、话语原型等方面，那么空间原型、场景原型、物件原型也都在我的研究范围之内。通过这样的研究，我的基本看法就是，曹雪芹他写这部书不是凭空虚构，这部书具有自叙性、自传性、家族史的性质。那么他这样来设定、描写荣、宁二府和贾赦居处，也是有生活依据的。当然，他又并不是直接地去写自传、家族史，不是写我们现在叫作报告文学那样的作品，因此，他笔下的故事空间布局，也就在原有的真实空间存在的基础上，进行了很多的艺术加工，像大观园就相当地夸张，从生活素材出发，经过他的想象描写，已经升华为一座人间难有的准仙境。

曹雪芹为什么要这样在书里安排贾赦和贾政的住法？前面已经讲过，不再重复。那么，他为什么非要把王熙凤安排到荣国府贾母院子后面的一所小院里住呢？按说，即便贾赦就那么住在隔壁的黑油大门里，她帮荣国府王夫人理家，每天坐车过来不就行了吗？书里一再写到，邢夫人就天天从那边来荣国府这边给婆婆贾母请安，从未间断过，邢夫人都不怕麻烦，王熙凤怎么就不能也天天辛苦点，来来去去呢？尤氏住得比邢夫人远一些，不也常常地来荣国府办事吗？

我想，这是因为王熙凤这个人物的原型当年或许就那么出格，偏来叔婶家住，而且，婶子也就是她姑妈，说是帮她婶子姑妈管家，其实，她先以讨好老祖宗站住脚，然后就逐步达到独揽大权，反宾为主，成了实质上的当家人。这位当家人给曹雪芹留下了非常深刻的印象，成为一个能引起他旺盛创作冲动的人物，因此，虽然生活实际里，贾赦原型既非贾母原型所生，也并没有跟他弟弟贾政原型一起过继过去，但为了把王熙凤原型淋漓尽致地写进书里，他就合并同类项，把贾赦原型也说成贾母儿子，而且是长子，他为此甚至不惜悖理。有趣的是，他的这种处理方式，并没有引起历代众多读者的质疑，他是成功的，人们都为王熙凤这个血肉丰满的艺术形象折服，这个角色在中国已经成为家喻户晓的不朽典型。

关于王熙凤，历来红学研究者的分析评论可谓汗牛充栋，一般读者对她在茶余饭后的议论也非常之多。美学家王朝闻在20世纪后期出版过厚厚的一册《论凤姐》。在前八十回里，王熙凤这个形象已经被曹雪芹写足，可谓光彩照人，活灵活现。曹雪芹写出她独特的人格，她心灵、行为的复杂性，超过了书中其他任何一个角色。她有的想法令人毛骨悚然，比如第六十一回，因为大观园里出了盗窃官司，那时候她病了，由探春等代理府务，平儿来跟她汇报情况，针对破案，她说："依我的主意，把太太屋里的丫头都拿来，虽不便擅加拷打，只叫他们垫着磁瓦子跪在太阳地下，茶饭也别给吃，一日不说跪一日……"可是，仍然是她，在王夫人发狠抄拣大观园的时候，她却扮演了一个跟王善保家的完全不一样的角色——晴雯挽着头发闯进来，豁一声将箱子掀开，两手捉着底子，朝天往地下尽情一倒，将所有之物尽都倒出——这是非同小可的抗拒行为，而且，应该说首先是针对她的，但是她竟一点也没生气，反倒大有维护之意。就算她知道晴雯曾是老太太身边的，而且老太太对其印象也一贯不错，但是王夫人已经当着她的面斥责晴雯为"妖精"，肯定是要被撵出去的了，她还偏能容忍晴雯的放肆，这就说明，她心灵里又有王夫人等绝无的独特的情愫，她对晴雯的纵性率为，竟有欣赏之意。

曹雪芹笔下的王熙凤，简直把人性中所有尖锐对立的因素，全都熔为一炉，融会进这个生命里去了，而且，毫不牵强，随时显现。善与恶，正与邪，好与歹，贤与愚，刚与柔，温与猛，苛刻与宽容，贪婪与施舍，狂傲与谦和，胆大与心细，收敛与放肆，诙谐与庄重……她真是全挂子的本事，要哪样有哪样。读者当然都记得，弄权铁槛寺，她果然不信什么阴司报应，恣意妄为，导致两条人命尽失。后来为了逼死尤二姐，又故意打起官司，官司打完，又让仆人旺儿去害死原来跟尤二姐订过婚的张华，以达到灭口的目的，尽管最后旺儿没有下手，也说明她狠毒起来，那是不管不顾的。但是，不知道你注意到没有，总体而言，曹雪芹是欣赏她、肯定她的，所特别欣赏与肯定的，就是她的管理才能。“凡鸟偏从末世来，都知爱慕此生才”，曹雪芹希望我们能对她的罪过一面有所体谅，她这样一个人，如果不是生于“末世”，如果不是在那样的社会环境中生活，固然她人性中还是免不了有阴暗面，但是她性恶的外化，所做的坏事，就可能会少一些；曹雪芹希望读者们都能跟他一样，一起赞叹这位女性出众的组织能力与指挥气魄，他是把王熙凤当作一位脂粉英雄来塑造的。

上面我讲到，荣国府的建筑格局，书里写得非常清楚，不知道你注意到没有，就是在府内那些建筑群之间，是有过道，或者叫夹道，这种过渡性空间的。曹雪芹不仅写了很多发生在华屋美榭的主建筑里的故事，而且也绝不忽略这些过渡性的小空间，他设计的很多情节，都有意识利用了穿堂过道，比如王熙凤对付贾瑞，苦设相思局，第一次利用了两边都有门的穿堂，第二次利用了屋后的小过道。书里多次写到角色如何经过这些过道。第七回周瑞家的送宫花，她从梨香院出发，先过王夫人正房后头，在三间小抱厦中逗留后，就穿夹道从李纨后窗过，越西花墙，出西角门，去往凤姐住的小院。第八回写宝玉要去梨香院，怕遇见父亲，绕路而行，路过穿堂，于是碰见了府里的清客相公詹光、单聘仁，后来在过道里又遇见库房总领吴新登、仓上头目戴良等七八个管事的头目，外加一个买办钱华，跟他纠缠了一阵。这样的描写多余吗？一点也不多余，曹雪芹是得空便入，稍带脚就向读者传递了很多的信息，把荣国府这座宏大的贵族府第，那日常生活的运转，以及除了主子和一般丫头男仆外，还有众多种复杂的人员存在点染了出来。而且，他利用谐音，使我们知道府里管库房过秤的，竟是“无星戥”——那个时代的称重量的衡器，依靠戥子和准星来确定具体数额，那么竟由“无星戥”来负责这方面的事务，可见荒唐；而管仓库往外发东西的头目呢，叫“大量”，这里的“大”要读成“戴”，你看贾府用的是些什么管事的人！买办的名字则是“钱花”，花钱如流水，给你去采买东西，贪污了多少且不论，拿着府里的钱绝不心疼，“哗啦啦”一顿猛花；至于所谓清客相公，就是府里贾政养来供他下班后陪着聊天、吟诗、写字、画画的一些无聊的存在，一个是只知道一味地“沾光”，另一个更可怕，是“善骗人”，特别善于骗人，而贾政那样的迂腐老爷也就由他去骗。作者让这样一些角色在宝玉路过府里穿堂过道出现，一来符合那种人物所被限定的府内活动区域，二来也是有意点明，这是些墙缝里的寄生虫一般的存在。

前面讲宝玉的时候，我提到过第五十二回，宝玉要去舅舅王子腾家，在厅外上马，李、王、张、赵、周、钱六个大男仆，还有四个小厮，簇拥着骑马的宝玉往外走。为避免过贾政书房，从角门就出去了，在过道里，顶头看见府里的大管家赖大，宝玉笼住马，表示要下去，以表尊敬。赖大就忙过去抱住他的腿，不让他下马，他就在马蹬上站起来，用这样的肢体语言表示了敬意。书里写这些细节，就是为了让读者领略大家族里的那些礼仪。然后，又写到一个小厮带着二三十个拿扫帚簸箕的人进来，他们见了宝玉，就都顺墙垂手立住，为首的小厮趋前给宝玉打千儿请安。曹雪芹笔触就这样精细地扫描到府里的最底层，比小厮还低微的扫地的杂役。那么再出一个角门，门外还有六个大仆人的六个小厮和几个马夫，最后是一支十来匹马的马队，浩荡而去。

我说了这么多关于荣国府过道、穿堂、角门之类犄角旮旯的事情，你一定要问我了，不是在探究王熙凤的命运吗？这些过道穿堂、扫过道的小厮，这些扫帚簸箕什么的，跟她有什么关系呢？大有关系啊！

第二十三回，贾政王夫人把众子女找去传达元妃旨意，让府里众小姐和宝玉入住大观园。传达完，让宝玉退出，宝玉慢慢退出，向金钏儿笑着伸伸舌头，然后带着两个嬷嬷一溜烟儿跑了，往哪儿跑？往所住的地方，贾母的那个院子跑，这就要过夹道，经穿堂。这本是淡淡的一笔，但是，就在这个地方，脂砚斋有一条批语，说：妙！这便是凤姐扫雪拾玉之处，一丝不乱。

脂砚斋读过八十回后曹雪芹写成的文稿。她就告诉我们，荣国府的这么个夹道边的穿堂门前，这么个不起眼的旮旯，会在后面发生一件重要的与凤姐有关的事情，就是她竟沦落到了最底层，成为一个严冬在那里扫雪的杂役，而就在那时，有一次，她竟从雪里拾到了玉！

凤姐扫雪时拾到的玉，是件什么玉器？有专家认为，就是通灵宝玉。但是通灵宝玉怎么会掉在了那个地方呢？很难想象出来。

关于王熙凤的判词和《聪明累》曲，基本上都好懂，难懂的一句就是“一从二令三人木”，我在讲座一开始就说了，这句是概括王熙凤和贾琏双方关系的三个阶段：第一阶段，贾琏是顺从她的，她气势压人，总占上风，贾琏往往不得不忍气吞声，前八十回里的情况，基本上都属于这个阶段。第二阶段，应该是八十回后，故事进展不久，荣国府为江南甄家藏匿罪产，第一次被查抄追究，贾母在这之前或之后死去。贾母不仅是黛玉的靠山，也是凤姐的靠山，凤姐在外违例发放高利贷的事情率先败露，无人再为她辩解对她宽容，再加上贾琏早为尤二姐的事对她厌恶怨恨，结果，就出现了李纨无意中预言的那种情况，你还记得吗？第四十五回，李纨和凤姐少见地拌起嘴来，第四回一开始，被形容为“槁木死灰”，似乎是一贯寡言少语、温柔敦厚的李纨，到这一回被凤姐的话刺激，于是忽然一口气说了一大篇反击凤姐的十分尖酸刻薄的话，最后一句是：“给平儿拾鞋也不要，你们两个只该换一个过子才是！”那么“二令”，就说的是这种情况，贾琏虽然还没有彻底地休掉凤姐，但实际上已经宠爱平儿了，事事依靠平儿；对她呢，那就着实地不客气，吆三喝四，她只有听从命令勉强支撑的分儿。脂砚斋批语所透露的，八十回后有“王熙凤知命强英雄”的情节，应该就是在这个阶段。到第三阶段，“人木”，这是拆字法的暗示，就是凤姐彻底地被贾琏休掉了。这时候应该是皇帝追究贾家的第二轮更猛烈的风暴来临了，皇帝新账老账、大账小账一起算。宁国府当年藏匿秦可卿的罪固然最大，但凤姐弄权铁槛寺、追杀张华等事也一并被追究——铁槛寺一案，凤姐是让仆人假借贾琏名义写信去捣的鬼，张华一案，更没贾琏责任，贾琏自然气急败坏，也为脱掉干系，立刻休掉了凤姐。但是，后来贾琏也依然逃不脱皇家追究，因为到头来贾家最大的罪名是参与“月派”的阴谋活动，那就跟我上一讲所引的，历史上李煦家被皇帝惩治的那个情况，内务府档案所记录的那种惨象，完全一样了。凤姐沦为贱役，严冬里被罚扫雪，应该是在贾家彻底败落以后。皇帝第一次派人查抄贾府，那时可能元妃还在，可能主要还是以查抄所藏匿的甄家罪产为主，贾政罢官甚至被逮，大观园被封，荣国府也会被查封一大部分，但还能留下些空间，包括留下一些奴仆，供贾政的家属居住使用。但是，第二次查抄，那就不一样了，元妃应该已经在“月派”逼宫时被缢死，皇帝发现贾家居然参与“月派”

谋反——其实贾家那时可能主观上并不想谋反，而是被裹胁进去又无法摆脱——再想起当年秦可卿的事，都那么宽免善待他们了，却一点不知感恩戴德，还如此大胆忤逆，因此，第二次就一定是连锅端了，所有动产不动产一律查没，所有府里的人一律先都就地监管起来，可能就先都集中到原来贾母住的那个院落，白天轮流罚做苦工，晚上打地铺挤着睡，等待下一步的发落，也就是惜春说过的那个话，或打，或杀，或卖，逼近到了“家亡人散各奔腾”的前夜。通过脂砚斋另外的批语，前面引过，也讲到过，这里不多重复，我们可以知道，凤姐和宝玉后来都被移送监狱，在狱神庙里，有关于茜雪、小红等去救助他们的情节出现。

那么凤姐扫雪拾玉，就应该是在那段文字里写到的事情：故事发展到贾府第二次被查抄，主子奴才一起被当作犯人，原来贾母住过的那所院落被当作临时监狱，集中在一起等候下一步发落。某日雪后，凤姐被罚出角门，到夹道扫雪，然后拾玉。

凤姐拾到的，会是通灵宝玉吗？我觉得，不会是。宝玉被拘，他那通灵宝玉只能是三种情况，一是被抄走，而且会作为一个重要的待审查分辨的罪证，那么抄家的人员一定将其慎重保存，不会将其遗落到夹道中；二是官府觉得那既然是他落草时嘴里衔来的，尽人皆知，不是罪产，而且那玉就俗世的标准而言，是块近乎石头的病玉，也不值得贪占，因此，也就还让他戴在脖子上，在那种情况下，宝玉肯定珍爱它，也不会让它遗失在夹道中；三是以神话式的想象，来处理这块玉，比如让一僧一道再度出现，或远施魔法，暂且收回这块玉，那么，通灵宝玉就更不可能出现在凤姐扫雪的那个穿堂门前的夹道里。

那么，凤姐拾到的，究竟是块什么玉呢？细读前八十回，也不是完全没有线索。

我们都熟悉坠儿偷拾平儿虾须镯的情节。第五十二回前半回，就是

“俏平儿情掩虾须镯”，平儿把麝月叫到屋外，去说悄悄话，晴雯以为是说对她不利的话，就让宝玉去听窗根，就听见，是坠儿偷了平儿的镯子。平儿的意思是，别把这事声张出去，以后用别的由头，把坠儿打发出去就完了。当然，晴雯知道后就沉不住气，把坠儿连骂带扎，当天就撵了出去。不知道你注意到没有，平儿跟麝月说悄悄话的时候，还特别有这么几句：“宝玉是偏在你们身上留心用意，争胜要强的，那一年有一个良儿偷玉，刚冷了一二年间，还有人提起来趁愿，这会子又跑出一个偷金子的来了，而且更偷到街坊家了……”那么，这里就提到了良儿这么一个丫头，如果说坠儿偷金是罪证确凿，所以给她取了个含有“坠落”也就是“堕落”含意的名字，那么，偷玉的丫头，为什么要特意取一个良儿的名字？

有的人可能又要责备我了，哎呀，你成福尔摩斯了，人家是小说，随便那么一写嘛，怎么你总是惊惊怪怪的？人家就管那偷玉的丫头叫良儿，怎么着？

实在不是我这人特多心，曹雪芹给角色取名字，他一再地或用谐音，或以字义来影射人物的品质、命运什么的，除了前面我给你举出来的詹光、单聘仁什么的，你自己也还可以举出一串：卜固修（不顾羞）、卜世仁（不是人）、胡斯来（胡乱厮混来去）、程日兴（成日地兴风作浪）……丫头里，像靛儿（宝钗拿她“垫背”）、柳五儿（姿色如五月之柳）、碧痕（有的古本写作碧浪，专门负责给宝玉提水洗澡）等，总之，他取名大都有所指。当然，有时候他会用反讽的办法命名，比如凤姐派给尤二姐的丫头叫善姐，这善姐不善，读者都有印象；还有第七十三回一开头，跑到怡红院去报信，那个赵姨娘的丫头，她报的是个凶信，明明等于乌鸦叫，却故意给她取名叫小鹊。

那么，良儿，是不是也是反讽的叫法呢？所谓良儿偷玉、坠儿偷金，我认为，作为对称的写法，这不一定是反讽，很可能，一个就是被冤枉了，另一个呢，确实有偷窃行为。

特别引起我注意的，上面其实也讲给你听了，就是曹雪芹把笔触一直延伸到府里夹道，一直写到那些拿着扫帚簸箕的最底层的杂役，那个细节，也在第五十二回，在提到良儿之后。而且，那个宝玉要出门，一群仆人簇拥着他的场景，也就在凤姐扫雪拾玉的那条夹道，只不过凤姐拾玉的位置，是在通向贾母院落的那个穿堂门外。

难道这些笔墨的安排，你又认为是毫无深意，又只不过是那么随便一写，小说嘛！似乎小说里就应该有许多的废话，有许多可有可无的文字。其实不仅是中国的《红楼梦》，外国，比如像爱尔兰的乔依斯写的《尤利西斯》，也是一段话会有好几层意思，一个词语里埋伏几个所指。当然，《尤利西斯》出现得比《红楼梦》晚，但我举它为例，就是想告诉你，世界上不止一个作家有这种精细的写法，就是所写下的文字，绝对没有废文赘墨。《红楼梦》第五十二回先出现良儿偷玉的信息，后面又出现夹道里扫帚簸箕等细节，我认为是又一次在使用草蛇灰线、伏延千里的手法。

因此，八十回后凤姐扫雪拾玉所拾到的玉，应该就是原来被认为是良儿偷的那个玉。良儿偷玉一案，应该是在大观园建成之前，那时候宝玉还跟着贾母住，因此，这件事的性质，会被看得异常严重。当时凤姐处理此案，一定也颇费周折，估计良儿不认，就采取了非常手段，如让她在大太阳地里，跪在磁瓦子上，不给茶饭吃。良儿终于招认，当然也就撵了出去，一时非常轰动，人们留有记忆，久难忘怀。但是，当凤姐沦落后，她在那穿堂门外扫雪时，却忽然发现了那件玉器，她会细想，不可能是当年良儿丢弃在那里的，夹道天天有人打扫，岂有一直没被扫出的道理，但是，府里被查抄，虽说是一切物品均需登记入册，但像这样小件的东西，就难免被参与查抄的人员攫为己有，后来或因慌乱，或因其他原因，失落在夹道里，竟被她无意中拾到，于是她就意识到，这件玉器既然还在府里，可见当年对良儿是屈打成招！当年自己威风凛凛，审问处治别人绝不手软，现在自己却成了人家审问的对象，处于百口难辩、百罪难卸的状态，思想起来，岂不悚然惨然！

“机关算尽太聪明，反误了卿卿性命；生前心已碎，死后性空灵。”第五回里把她的结局预告得很清楚：她扫雪拾玉，痛心疾首，但愧悔无益，后来被投进监狱，虽然有贾芸、小红两口子到监狱中的狱神庙去看望她，多少得些慰藉，但负责抄家的，很可能是忠顺王，还要押她到南京老宅去指认罪产，她“哭向金陵事更哀”，应该是在用船沿大运河押送的过程中，趁看守不备，投水自尽，非常悲惨。

下面来说巧姐。巧姐凭什么进入金陵十二钗正册？不少读者觉得她前八十回戏份儿特别少，印象很模糊，不理解为什么她跟她母亲两个人都被排进正册里。依我想，曹雪芹的用意，是加入一位辈分明确比其他各钗低的女子，可以使对贾氏家族青春女性的命运展现更有立体化的效果。当然，从表面上看，正十二钗里的秦可卿跟巧姐一辈，巧姐是贾母重孙女，秦可卿是重孙媳妇，但是，前面我已经讲了那么多，秦可卿的表面身份后面，有太多的疑点，太多的秘密，而巧姐是贾琏凤姐的亲女儿，这是没有疑问的。

巧姐最后的命运，第五回的判词和《留余庆》曲交代得很清楚，大家基本上都能看懂，就是因为当年她母亲善待了刘姥姥，种下善缘，因此家族败落后，刘姥姥一家救了她。她最后的归宿，应该是嫁给了刘姥姥的外孙板儿，虽然住在荒村野店，每天还得纺绩谋生，过去那富贵奢华的小姐生活一去不返，也属红颜薄命，但跟惨死的姑妈、母亲等相比，那算幸运多了。她和板儿的姻缘，在第四十一回有非常容易明晓的伏笔，大姐儿——巧姐是后来刘姥姥给她取的名字——原来抱着一个大柚子玩，忽然看见板儿抱着一个佛手，就要那佛手，于是后来大人们就让两个孩子互换了柚子和佛手。脂砚斋有几条批语，说："小儿常情，遂成千里伏线。"又说："柚子，即今香圆之属也，应与缘通；佛手者，正指迷津者也。以小儿之戏，暗透前后通部脉络。"所谓佛手指迷津，也就是《留余庆》里所说的那些意思："劝人生，济困扶穷，休似俺那爱银钱忘骨肉的狠舅奸兄！正是乘除加减，上有苍穹。"

巧姐这个角色，许多读者都觉得把她写得太小，那么八十回后，故事的时间跨度不可能很大，她到贾家败落时，往多了说也不过六七岁，她能经历那些遭遇，比如被卖入娼门，以及被解救后嫁给板儿等等吗？而且板儿在那时候也应该没有多大，往多了说不过十多岁，曹雪芹这样写，是否属于情节设计不合理？我觉得还是合理的。第一回香菱被拐子拐走，也还只是个四五岁的女孩，那个时代，那种社会，拐子把男孩子拐去，也许很快就能出手卖掉；女孩子呢，他会先养起来，养得稍大，再卖给人家当童养媳或丫头。有的妓院，也会买尚年幼的女孩，先当小丫头使唤，大了再逼着接客。巧姐年纪虽小，被骗被拐被卖的可能性却非常之大，特别是在家族败落的过程里，而刘姥姥及其他人将她解救出来，尽管她和板儿都不大，把她先作为童养媳收养，在那个时代和那种社会里，是一点也不出格，非常普通的做法。

巧姐命运之谜，在于究竟谁是"狠舅奸兄"，狠舅是凤姐兄弟王仁，谐音就是"忘仁"，这应该没有什么疑问，奸兄呢？高鹗续书，把贾芸当作奸兄，这是天大的错误。第二十四回，写到贾芸时，脂砚斋有多条批语，赞他"有志气""有果断""有知识"，说他"孝子可敬，此人后来荣府事败，必有一番作为"——当然是指好的、正面的作为。我在关于妙玉的最后一讲里提到的那个靖藏本，这一回前更有一条独家批语，说“醉金刚一回文字，伏芸哥仗义探庵”。前面已经引过脂砚斋关于小红到狱神庙安慰宝玉的批语。贾芸、小红后来是一对夫妻，他们是大胆自由恋爱而结合的，凤姐对他们两个都有恩，八十回后，作者会写到他们去安慰、救助凤姐、宝玉。至于贾芸探庵，探的哪个庵？拢翠庵？馒头庵？目的何在？效果如何？不得而知，但那是一种仗义的行为，不会是奸诈的行径。

那么，奸兄会是谁呢？有人去猜贾蔷，也无道理。贾蔷和龄官的爱情，不说可歌可泣，说可圈可点吧，那也足能和贾芸、小红的爱情媲美；贾蔷跟凤姐的关系一贯很好，替凤姐教训贾瑞，他是一员战将，而且他后来经济自立，荣国府解散戏班子以后，龄官没有留下，应该是被他接去，两人共同生活了。他不可能在八十回后，成为坑害巧姐的奸兄。那么，奸兄究竟是谁？奸在哪里？你别着急，我将在下一讲里，从从容容地告诉你。

巧姐的原型，就是贾琏、王熙凤两个原型的独生女儿，这本来没什么好讨论的，但是，在多达六种的古本《石头记》里，第二十九回写荣国府浩浩荡荡地去清虚观打醮，却有一句分明是“奶子抱着大姐儿带着巧姐儿”，这不大可能是抄书人抄错了，应该是曹雪芹某一时期原稿上的句子。这么说，贾琏王熙凤实际上并不是只有一个女儿，而是有两个，大的那个，自己能走路的，是巧姐儿。但是巧姐这个名字，根据书里的情节流动，是直到第四十二回刘姥姥才给她取的，按说去清虚观打醮时，即使有那么个大点的女儿，也应该还没有巧姐儿这个称呼。我的看法是，生活真实里的贾琏、王熙凤原型夫妇就是有两个女儿，因此，王熙凤原型不生男孩的家庭危机才会深重，贾琏原型偷娶二房的决心，才会那么坚定。第二十九回写得早，曹雪芹就按生活的真实写出了他们有两个女儿，后来，他调整文稿，觉得写两个女儿很麻烦，就合并为了一个，就是四十二回里请求刘姥姥给取名字的那个巧姐儿。

我坚持认为，曹雪芹基本上把《红楼梦》完成了，但是，却没能将全稿通盘修改好，不但还剩一些“零件”没来得及装上，更有许多“毛刺”没有剔尽。这里顺便再举出一些例子：

第七十一回大写贾母八旬大庆，明写正日子是八月初三，季节背景描写跟前后情节流动吻合，但是，第六十二回，探春有段话却是这么说的：“倒有些意思，一年十二个月，月月有几个生日。人多了，便这等巧……大年初一也不白过，大姐姐占了去……过了灯节，就是老太太和宝姐姐，他们娘儿两个赶得巧。三月初一是太太……”贾母生日究竟是什么时候？我感觉，探春的话，倒说的是生活真实里李氏的那个真实的生日，被曹雪芹很自然地写了下来。但是，从生活到小说，他又故意把贾母生日安排在秋天，就在那个秋日的八旬庆典之时，爆发出宁、荣两府和黑油大门里邢夫人那家之间的连锁冲突，又导致贾母发狠查赌，滚雪球般地酿成抄拣大观园，秋风萧瑟，寒冬逼近……他写得很精彩，但是，没来得及把前面探春的话改得一致起来。

第七十五回，贾母强打精神过中秋节，在凸碧山庄大家围大圆桌坐下，贾母居中，左边是贾赦、贾珍、贾琏、贾蓉，右边是贾政、宝玉、贾环、贾兰，结果还有半桌空着，贾母就叹息人少，后来就把围屏后边的迎、探、惜叫过来一桌坐。大家注意到没有，在座的没有贾琮，贾琮是贾赦的儿子，贾琏的弟弟，也就是贾母的一个长房孙子呀。在第二十四回，他正式登场，邢夫人还责备他黑眉污嘴，后来他还出现过几次，五十三回祭宗祠时，他和贾琏一起献帛，这样一个嫡亲的孙儿，怎么会在中秋团聚时缺席？贾母叹人少，多他一个不就略有安慰吗？难道仅仅因为其形象不雅，就连月饼也不允许来一起分吃？这写得很怪。也在这一回，贾赦夸贾环的诗写得好，说出很蹊跷的话，他说：“以后就这么做去，方是咱们的口气，将来这世袭的前程定跑不了你袭呢！”书里前面写得很清楚，他本人袭着一等将军，贾政因为是弟弟就都没资格袭爵，他如果死了，应该是贾琏来袭，可能再降一等，贾琏死了，可以轮到贾琮，再怎么也轮不到贾政的儿子来袭呀，何况，就是由贾政儿子袭，前头还有个宝玉呢，贾赦怎么能说出这样的话来呢？

也在这一回，更前面一点，写贾珍在宁国府搞射鹄子活动，贾赦、贾政听说了，下面就有一句，请注意是怎么写的——两处遂也命贾环、贾琮、宝玉、贾兰等四人于饭后过来，跟着贾珍习射一回，方许回去。你不觉得奇怪吗？这四个人里宝玉最大，却排在第三位。再推敲“两处遂也命”的含义，则贾环、贾琮是贾赦那边命令过来的，宝玉和贾兰是贾政命令过来的，甚为明白。贾环算是贾赦那边的，怪吗？但是，如果他真是贾赦那边的，那么，前面引的，贾赦那个说他有资格袭爵的话，却又好懂了。贾琮射鹄子的文字在同一回里，中秋大团圆又无踪影，更让人纳闷。前面讲到过，这一回里本应该有三首中秋诗，但一直没有填上，脂砚斋在回前注明“缺中秋诗，俟雪芹”，估计这一回写得比较早，跟第二十二回缺灯谜诗一样，曹雪芹没来得及补上，就去世了。跟这回连续的第七十六回，贾母对尤氏说：“可怜你公公已是二年多了。”贾母省去“去世”二字是很符合她说话方式的，但从写贾敬吞丹死去的第六十三回看过来，情节在季节中的流动是连续的，贾敬死了并不到二年，类似这样的前后矛盾的“毛刺”还可以挑出很多，我就不一一罗列了。这也说明，曹雪芹写这部书，不是定稿一回再去写下一回，他是跳着写，跳着定稿的，而全部书稿还没来得及将其前后矛盾的地方完全调整修订妥帖。

虽然曹雪芹没能完成修订《红楼梦》的工作，后来又遗失了八十回后的文稿，但是，这部书却跟现在保存在法国巴黎卢浮宫的古希腊雕塑——米罗的维纳斯一样，具有惊人的残缺之美。

那么，现在我的原型探究，就金陵十二钗正册而言，只剩下一钗，就是李纨了。有人说，李纨是正册十二位女子里唯一没有缺点，作者下笔时也只有褒笔没有贬笔的一位女性，真是这样的吗？我的看法与此大相径庭，而且，我还要告诉你，上面涉及的那个问题，就是谁是巧姐的那个“奸兄”，也得通过对李纨的探究揭开谜底，对此你感到莫名惊诧吗？那么，好，请您继续听我讲。

李纨命运之谜

金陵十二钗正册里的女性，秦可卿在第十三回就死掉了，其余十一位，可以肯定会在八十回后故事里死去的，计有贾元春、贾迎春、王熙凤三位，故事结束时肯定暂时还活着的，则有贾探春、贾惜春、巧姐、李纨四位。其余四位，林黛玉泪尽而返归天界，薛宝钗婚后死去，虽然从判词和涉及她们的曲文里还看不到非常明确的信息，但是通过对前八十回文本的仔细分析，判定她们在全书故事结束前都已离开人世，从一般读者到红学专家争论不大。只有史湘云和妙玉的结局颇费猜测，意见最难统一。妙玉的结局，我有自己的推断，前面已经讲过，到目前为止，我觉得自己的结论是有道理的，坚持不变。史湘云的结局是最大谜团，我前面讲座里多次提到，我同意脂砚斋就是史湘云原型的观点，对“因麒麟伏白首双星”的解释，也同意最后落实到她和贾宝玉身上，他们两个历尽劫波，终于遇合，得以白头相伴，共度残生。但是，全书的结局应该是贾宝玉悬崖撒手，通灵宝玉也还原为巨石，复归青埂峰下，那么，曹雪芹一定会想出一种逻辑上完满的写法，来处理史湘云的结局。如果她一直活着，宝玉就不应该抛弃她，自己撒手人间，独归天界；如果是她贫病中死去了，宝玉痛感人生无常，大彻大悟，悬崖撒手，那当然说得通，但“白首”两个字又如何解释？我在关于湘云命运的那讲最后，猜测“白首”的含义，是因为颠沛流离、贫困潦倒，导致他们两个“白了少年头”，而不是说他们尽其天年，鹤发童颜。如果那样，宝玉谈不到撒手，全书也就不是个大悲剧的结局。但这样解释，显然不无牵强之处，我之不揣冒昧，大胆说出，意在与红迷朋友们进一步讨论，对湘云结局的判断，我就不像对妙玉结局的判断那么自信。当然，对妙玉结局的观点，我也只是说，对《红楼梦》文本作了精读，动了脑筋，比较自信，也完全没有“唯我正确”的意思，仍愿与大家作深入的讨论。

讨论，是做学问当中最大的乐趣。现在我们讨论到金陵十二钗正册中的李纨。有人说，李纨透明度最高，是一位近乎完美的妇人，曹雪芹对她下笔，也是只有褒没有贬，她的全部不幸，也就是青春丧夫守寡，之所以也收入薄命司册页，就是哀叹她尽管后来儿子当了大官，自己封了诰命夫人，但终究还是无趣。通过她，作者控诉了封建礼教不许寡妇改嫁的罪恶。说作者通过这个形象展现了礼教压抑下青年寡妇的不幸，我是同意的；但说作者对李纨只有褒没有贬，则不取苟同。

关于李纨的判词，头两句，“桃李春风结子完，到头谁似一盆兰”好懂。贾珠死后，李纨把全副精力都投入到对贾兰的培养上，这是可以理解的。她对贾兰的培养是全方位的，不仅督促他读圣贤书，为科举考试做案头准备，还安排他习武。书里有一笔描写，你不应该忽略，就是在第二十六回，宝玉在大观园里闲逛，顺着沁芳溪看了一回金鱼，应该是跟金鱼说了一回话。前面分析过宝玉，他脑子里绝无什么读书上进、谋取功名一类的杂质，他沉浸在诗意里面，他把生活当成一首纯净的诗在那里吟那里赏。这时候，忽然那边山坡上两只小鹿箭也似的跑了过来，打破了诗意，可爱的小鹿为什么惊慌失措？宝玉不解其意，正自纳闷，只见贾兰在后面拿着一张小弓追了下来，一见宝玉在面前，就站住了，跟宝玉打招呼。宝玉就责备他淘气，问好好的小鹿，射它干什么？贾兰怎么回答的，记得吗？说是这会子不念书，闲着做什么呀？所以演习演习骑射。前面我讲过了，清朝皇帝，特别是康、雍、乾三朝，非常重视保持满族的骑射文化，对阿哥们的培养，就是既要他们读好圣贤书，又要能骑会射，所以贵族家庭也就按这文武双全的标准来培养自己的子弟。李纨望子成龙心切，对贾兰也是进行全方位的培养，要他能文能武。那时候，科举考试也有武科，八十回后贾兰中举，有可能就是中的武举，后来建了武功，“气昂昂头戴簪缨，光灿灿胸悬金印，威赫赫爵禄高登”，母因子贵，李纨也终于扬眉吐气，封了诰命夫人。贾兰放下书笔就来射箭习武，宝玉看了是怎么个反应呢？他非常反感，非常厌恶，讽刺贾兰说：“把牙栽了，那时才不演呢！”

第五回里关于李纨判词的后两句，“如冰水好空相妒，枉与他人作笑谈”就不那么好懂了。特别是第一句，有的古本这句写作“为冰为水空相妒”。这句话的大概意思，应该是指水跟冰本来是一种东西，一家子，但是有些水结成了冰，就嫉妒那没结成冰的水，本是一家子，寒流中两种结果，当然互相有看法，甚至有冲突，但是那没结成冰的水呢，到头来也没得到什么真正的好处，白白地让人把他那事情当作笑话来议论。从这判词就可以感觉到，曹雪芹对李纨这个人物哪里是全盘褒奖，她最后虽然表面上比其他十一钗命运都好，但她一生的遭遇，旁人议论起来闲话还是很多的，遭人嘲笑也难以避免。

前面我讲惜春的时候，引用生活真实里李煦被雍正抄家治罪，内务府档案的那些记载，你应该还记得，从那些记载你就可以知道，那个时代，那种皇权统治下，不管你原来是多么威风的贵族官吏，一旦皇帝震怒，对你满门抄拣，那么不仅你家的仆人全成了皇帝抄来的“动产”，你的妻妾子女也一样全成了由皇家或打、或杀、或卖的活物件，情形是非常恐怖的。《红楼梦》八十回后，会写到贾家被皇帝抄家治罪，其事件原型，应该就是“弘皙逆案”后曹頫一家的遭遇。

雍正朝时期，李煦、曹頫的被惩治，现在还可以查到不少档案，但是，乾隆四年平息“弘皙逆案”后，涉及此案的弘皙等重要案犯的档案材料保留下来的很少，现在能查到的也大都十分简略，或语焉不详，甚至轻描淡写，给人一种小风波一桩的感觉。这显然是乾隆从政治上考虑，所采取的一种措施，就是尽量销毁档案，不留痕迹，以维持自己的尊严，并防止引发出另外的麻烦。也就在那以后，原来清清楚楚的曹氏家谱，忽然混乱、中断。曹雪芹究竟是曹颙的遗腹子，还是曹頫的亲生子？甚至究竟有没有这么个人，这个人后来究竟是怎么个生活轨迹，全都失去了凿凿有据的档案，后世的研究者不得不从别的角度寻觅资料，艰苦探索，以求真相。有些不知道那个时代这种情况的读者，特别是年轻人不理解，比如说为什么我的这番揭秘不直截了当地公布档案，比如说某某角色的原型已经查出清朝户籍，或者宗人府档案，或者某族古传家谱，那人就在其中第几页，第几行到第几行……如果真能查到，还会等到我来查来公布吗？红学起码有一百年历史了，最有成就的红学专家，从曹寅、曹颙和曹頫以后，也都只能是从非直接的档案材料，甚至拐了几个弯的资料里，去探究曹雪芹其人其事，去探究书里所反映的历史内涵与社会内涵，去探究书里角色背后的名堂。乾隆朝“弘皙逆案”后的相关信史与过硬的直接性资料真可谓凤毛麟角，进行艰苦推测，是不得已而为之。

就在我的讲座还在中央电视台《百家讲坛》播出期间，就有一位热心的青先生来信告诉我，他查到两条资料，一条据民国王次通先生在《岱臆》里说，胤礽为太子时，曾为岱庙道院题字，赐给道士黄恒录，后来石刻题的是“纯修”两个字；另据清任弘远《趵突泉志》，胤礽曾为趵突泉题碑，四个字是“涤虑清襟”，他被废后就给清除了。胤礽当太子的时间很长，而且被认为书法出色，跟着康熙南巡，以及自己游玩，到处题字，被刻石以为久远留存，数目一定非常之多，但是，一个政治人物随着他的垮台，他在各处留下的题字，也就会被一一清除。历史既是胜利者所写的，也由胜利者删除修改，发生过的事情，可以让它从记载上基本消失，使事实沉默在悠长的时间里。曹家到了曹𫖯以后，就是这样的遭遇，还有这么一家人吗？后来都哪里去了？曹𫖯本人在乾隆四年以后是否还活着？以什么身份活着？如果死了，又是怎么死的？曹雪芹究竟是不是他亲儿子？究竟何时生？何时死？甚至究竟写没写《红楼梦》？也许今后能查到过硬的档案，被公布出来，但是在目前，不是我一个人，所有的研究者，都不得不采取使用旁证进行推测的办法。

我们探讨李纨也只能是这样。至少到目前为止，没有任何人得到了一本可信的曹雪芹创作笔记，上面明确地写着，我是以生活里的谁谁谁，来写成书里的谁谁谁。有的人一直不明白我为什么要做原型研究，误以为我要做的事情，就是来一番历史性的索隐，把书里的这个角色跟历史上的哪个真人画等号，又把哪个历史上的真人跟书里的某个角色画等号。这样的等号是万万不能画的。我说秦可卿的原型是废太子的女儿，我的意思是曹雪芹以这个真人的情况为素材，将其通过艺术想象，塑造成了这样一个艺术形象。我说贾宝玉的原型就是曹雪芹自己，也并不意味着他是在给自己写自传。我说自传性，意思是《红楼梦》是一部具有自传因素的小说，贾宝玉这个小说人物，是曹雪芹根据自己的人生经历和生命体验，加上虚构成分，进行了艺术升华，而形成的一个艺术典型。我对书中所有人物、情节、细节乃至物件的探究，都是这样的意思。自传和具有自传性的小说，是两个不同的概念，我使用时一直将其严格地区分开来。

大家应该都知道，世界上的小说，有的是基本写实的，作者所使用的素材是生活中实际存在的；而有的小说呢，则是非写实的，甚至完全是离开生活真实，凭空去架构出来的。写实的小说很多，不必举例了，完全不写实的小说，比如阿根廷有个小说家博尔赫斯，他是个图书馆管理员，他写的许多小说就不是从他自己的生活经历出发，甚至也根本不是他在现实里的所见所闻，他完全根据看到的书本上的东西，加以想象、升华，最后形成他那种风格独特的小说。例如他的名篇《小径分岔的花园》，就是脱离实际生活的凭空设想。他那样的小说也有人喜欢，也具有其独到的美学价值，但是，研究他那样的小说，显然就没必要搞原型研究。

而我为什么热衷于搞原型研究呢？我写小说，基本上全是走写实的路子。但是小说毕竟不是档案材料，不是新闻报道，不是报告文学，即使以自己为素材，把自己当主角，也不能写成自传，写成回忆录，也必须要从素材出发，有一个升华的过程。写实性的小说，自传性、自叙性、家族史的小说，尤其要重视这个升华的过程。1990 年，我开始构思我的第三部长篇小说《四牌楼》，我想把它写成具有自叙性、自传性、家族史特点的小说，构思过程中，我就来回来去地想怎么升华呢？怎么完成从原型到艺术形象的创造过程呢？很自然地，我就想到了《红楼梦》，对曹雪芹的文本进行一番探究，他那些艺术形象，是怎么从原型演变升华而来的？我要好好借鉴。所以至少对我来说，这种原型研究是非常有意义的，可以学以致用。1992 年我写成了《四牌楼》，后来得了一个上海优秀长篇小说大奖，2005 年法国翻译了里面的一章《蓝夜叉》，为之出了单行本。当然，我的写作不能跟大师们相比，但是，对前辈文学大师的经典文本的探究，应该是我能够做，也可以去做的事情。曹雪芹的《红楼梦》，我笃信鲁迅先生的八字断语："正因写实，转成新鲜。"我就是要钻进去，探究曹雪芹他怎么把生活里的人物，演变升华为小说里的艺术形象。首先，我对他设计的金陵十二钗正册中的十二位女性和贾宝玉进行原型研究，突破口选择了秦可卿，就这样一步步地，现在进行到了李纨。

我说了这么多解释自己研究动机和目的的话，应该不是多余的。我相信跟大家坦露了心迹以后，我下面的探索就更能赢得理解。

我的研究方法，一是探讨原型，一是文本细读。我的细读，已经体现在前面各讲里。大家应该还记得，讲妙玉的时候，我讲到她续诗，在她续出的十三韵里，有两句是"钟鸣拢翠寺，鸡唱稻香村"，这意味着什么？我认为，这是预示在贾府被查抄以后，大观园里其他地方都被勒令腾空，加上封条了，但还剩两处允许暂住，成为例外。

为什么拢翠庵（寺）还可以鸣钟礼佛？因为贾府有罪，所有的主子奴仆一律连坐，但是妙玉和她身边的嬷嬷丫头，并不是贾府的人，她们可以例外。当然，拢翠庵产权不属于妙玉，属于贾府，被抄拣一番是难免的，当年王夫人做主，下的那个请妙玉入府的帖子，一定是被查出来了。在妙玉方面，她坦然无畏，人家下帖子请我，我来了，算个什么问题？当时的理由很堂皇嘛，是元春要省亲，必须准备佛事。但在王夫人方面，麻烦就很大，因为那时侯元春已经惨死，皇帝厌恶贾家，一经查抄，诸罪并举，甚至还要顺一切线索追究，再加上负责查抄的官员，总要借势施威；那么，对下那个帖子的事情，肯定要穷追不舍，加上别的种种，一时也难结案。在这种情况下，妙玉就是自己要搬出拢翠庵，恐怕也暂不放行，只是不把她算成罪犯罪产，日常生活仍可照旧罢了。

妙玉不是贾府的人，李纨母子却是呀，那为什么稻香村还可以雄鸡唱晨，里头住的人尚能如以往一般迎来新的一天呢？可以推测出，八十回后，写到贾府满门被抄，因为负责查抄的官员报上去，李纨守寡多年，又不理家，贾家各罪，也暂无她参与的证据，而皇帝最提倡所谓贞节妇道，所以就将她们母子除外，不加拘禁，仍住稻香村里。如经查实，他们确实与贾府诸罪无关，结案后就可以允许他们搬出，自去谋生。那么他们母子获得彻底解脱后，就与原来亲友断绝来往，李氏就更加严格地督促儿子苦读，贾兰也不负母亲一片苦心，中举得官，建立功勋，而李纨也就终于成为诰命夫人。

书里这样写李纨，情节设计是大体合理的。但是，细加推敲，问题又来了。

贾府那样的大家庭，荣国府里，贾政当官，主外，王夫人呢，主内。书里说，她觉得自己精神不济，所以要请下一辈的媳妇来做帮手。那么，她眼前就有一位大儿媳妇——虽然大儿子贾珠死了，其寡妻李氏还好好地活着。而且故事开始的时候，李纨的儿子，也就是贾政王夫人的孙子贾兰已经比较大，可以读书射箭了，李纨完全可以腾出手来帮助王夫人理家主内啊。其实就算是孩子小，那种贵族家庭，有的是丫头仆妇，也用不着母亲自己花许多的时间精力来照顾。书里写王熙凤的女儿巧姐，比贾兰小很多，王熙凤不是仍然可以理家管事吗？那么，王夫人怎么可以公然不让李纨来管家呢？从书里描写可以知道，王熙凤几乎不认字，凡遇到记账写字查书一类的事情，都依靠一个叫彩明的，未弱冠，也就是还没成年的小男孩。有一回还临时抓差，让宝玉给她写了个账单不像账单、礼单不像礼单的东西。可是，李纨是书香门第出身，会作诗，元妃省亲时她也赋诗一首，才华当然平平，但如果由她管家，起码可以减除很多因为自己不识字不能写字的麻烦。而且，从封建社会的伦理秩序角度来说，李纨她作为荣国府的大儿媳妇，也没有放弃理家责任的道理，王夫人即使没有委托她帮忙，她也应该主动上前帮忙。书里第四回介绍她说：“这李纨虽青春丧偶，居家处膏粱锦绣之中，竟如槁木死灰一般，一概无见无闻，惟知侍奉亲子，外则陪侍小姑针黹诵读而已。”这段话原来糊里糊涂地也就那么读过去了，后来一细推敲，蹊跷，以李纨的身份，她竟放弃在荣国府协助王夫人主内，承担管家的责任，并且达到“一概无见无闻”的程度，这在那个社会，是非常严重的不孝行为。第七回有句交代，也值得推敲：“原来近日贾母说孙女儿们太多了，一处挤着倒不方便，只留宝玉黛玉二人这边解闷，却将迎、探、惜三人移到王夫人这边房后三间小抱厦内居住，令李纨陪伴照管。”贾母好像也不以李纨放弃府内总管责任为奇，就有如她绝不以贾赦不跟她住在荣国府里为奇一样。贾母只是觉得李纨闲着也是闲着，就只给她派了一个闲差，但这差事按说也应该是王夫人来安排，怎么会由贾母亲自下令？难道，在贾母眼里，李纨和王夫人是一样的身份？

书里就这样写李纨，她是荣国府里的正牌大儿媳，却不由她来管家，而是把贾赦那边的王熙凤请过来管家，而对这一点，她本人以及书里其他人都不以为奇。后来王熙凤病了，才由李纨、探春代理其职，王夫人又请来宝钗帮忙，府里仆人们暗地里抱怨，说“刚刚的倒了一个‘巡海夜叉’，又添了三个‘镇山太岁’”。但后来的形势，是三位“镇山太岁”里，探春唱主角，是朵大玫瑰，李纨甘愿跟宝钗一样充当绿叶——宝钗毕竟只是个亲戚，是外人，李纨怎么能那样？

这样，我就琢磨，李纨的原型，可能跟贾赦的原型一样，虽然书里写的是某种身份，其实真实的生活里却是另一种身份。

书里把李纨设计成宝玉一辈的人，贾政和王夫人的大儿媳妇，贾母的孙子媳妇，那么，李纨的儿子贾兰，当然就是贾政王夫人嫡亲的孙子，也就是贾母嫡亲的重孙子。按这样一个伦常排序，我问你，贾政一家人团聚，特别是元宵节，那也是一个特别看重团圆意义的节日，几代人欢聚，猜灯谜，得彩头，贾兰该不该在场？他该不该自己主动到场？但是，你细看第二十二回，有一笔很怪，就是全家赏灯取乐，济济一堂，忽然贾政发现不见贾兰，便问："怎么不见兰哥？"地下婆娘忙进里间问李纨，李纨起身笑着回道："他说方才老爷并没有去叫他，他不肯来。"婆娘回复贾政以后，大家都笑了，说贾兰"天生的牛心古怪"，在这种情况下，贾政才派贾环和两个婆娘去把贾兰叫来。这是怎么回事？贾兰是一个认真读圣贤书的人，他家元宵灯节团聚，他竟不主动去孝敬祖父祖母，非得等人去请才到场，怎么如此离奇？在那个时代，那种家庭，不要说这样的场合，作为晚辈应该主动到长辈跟前去承欢，就是平日也要主动去对长辈晨省、晚省，哪有让长辈派人去请的道理？而且，李纨那么回答贾政也很古怪，她还在笑，按说她把儿子教育成那个样子，爷爷不叫他他就不来团聚，简直成了家族反叛，她自责还来不及呢，流泪忏悔都未必能过关呢，她却心态很轻松，还笑，而且从她那口气上你能感觉到，她也就是觉得，需要专门去叫一下贾兰到场，才更合适。这究竟是怎么回事？曹雪芹他虚构，怎么会虚构成了这个样子？

我认为，第二十二回里的这一笔，恰恰并非虚构，而是生活的真实里确实发生过的事情，这一笔是与全书的总体设计，也就是虚构的框架不协调的。这回后面有署畸笏叟的一条批语——畸笏叟跟脂砚斋究竟是一个人还是两个人，红学界看法很不一样，这里不枝蔓——这样写的："此回未成而芹逝矣，叹叹！"原来我就知道，这回后面还缺灯谜诗，没来得及补上，所以叫"未成"，就是未完成、未定稿。再经过仔细探究，我就发现了关于贾兰原型真实身份的逗漏，这一笔，曹雪芹他还没能抹去，没能达到跟全书总体设计完全符合。这当然也是这一回未定稿的一个例证。

那么，李纨和贾兰的原型，究竟是什么人呢？

我认为，李纨的原型，是曹颙的遗孀马氏；贾兰的原型，如果不是曹颙的遗腹子，则是过继子。只不过，曹雪芹把他们都降了一辈来写。

前面讲到过很多关于曹家的事情，大家应该还能记得：康熙朝，曹寅是康熙的亲信。他死后，康熙让他的儿子曹颙接替他当江宁织造，但是，没过几年，曹颙又病死了。他一死，曹家这一支就成了两代孤孀：第一代，就是曹寅的夫人李氏——康熙另一个亲信，苏州织造李煦的妹妹；第二代，就是曹颙的夫人马氏。这婆媳两个寡妇，可怎么办呢？李氏再没有亲儿子了，马氏尽管怀了孕，一时还生不下来，临盆能否顺利，生的是儿子还是女儿，都是未知数。就在这个关键的时刻，康熙发话了，康熙让李煦从曹寅的侄子里挑出一个好的过继到李氏这边，作为曹寅的继子，并且接着当江宁织造。最后挑选的就是曹頫。曹頫来当李氏的继子时，已经比较大了，有家室了，他和他的夫人过来以后，马氏的地位就非常尴尬了。当然，她是李氏的媳妇，她对李氏必须继续尽媳妇的孝道，但是，她再也不是织造夫人了，在那个家庭里，她的第一夫人的地位就自动丧失了，她不能再主持家政。曹頫过继来了以后，当然就和他自己的夫人住进了本来是曹颙马氏住的那个正院正房里面，马氏当然只得搬到另外的屋子去住，而曹頫的夫人，也就理所当然地成了那大宅门里的管家奶奶。马氏呢，当然也就只好槁木死灰一般，一概无见无闻，她如果生下了曹颙的遗腹子，那么当然也就把全部的人生意义都锁定在把儿子培养出来，让他长大后能中举当官，自己再通过儿子去封个诰命夫人。我们可以想见，在那样一种微妙的家庭人际关系里，如果曹頫在某年灯节举办家庭聚会，因为李氏在座，马氏作为李氏的媳妇必须到场，但她的儿子却可以认为，我不是你曹頫的后代，叔叔家的私宴，你没请我去，我为什么要主动去？于是他就没去。而他的不去，你可以说他“牛心古怪”，也就是死心眼，却不能说他违反了封建礼教；马氏解释他为什么不到场，也可以面带微笑，不用自责。当然，可能曹頫对这个侄子还是喜欢的，发觉他没到，就马上派自己一个儿子去请他，在那种情况下，他也就来了。第二十二回透露出的，就是这样的一种情况。当然，再细抠，如果贾兰的原型是曹顒的遗腹子，那么，虽然叔叔曹頫的家庭私宴没请你，但你亲高祖母在场，你也该自觉地去尽孝呀，但他却连贾母的原型也不看重，这就让人觉得，贾兰的原型，可能连曹顒的遗腹子都不是，他和贾母、曹頫的原型都并无血缘关系，他是李纨原型抱养来的一个孩子，比如是李纨原型的哥哥或弟弟的一个儿子，因她膝下无子，便过继给她。在真实的历史记载里，曹頫过继给李氏以后，陆续给康熙写去奏折，除了感恩戴德，也汇报许多事情，其中就汇报到他亡兄的嫂子马氏有身孕，如果生下一子，他哥哥曹顒就有后了，汇报到这个情况的奏折，现在保存在故宫档案馆里，紧跟着呈上的奏折，也可查到，但曹頫就没有跟康熙皇帝再汇报，说嫂子马氏果然生下一子，如果生下，他焉能不报？估计是马氏生育失败，或者生下的是女孩，那么马氏后来抱养一个孩子来相依为命，也就顺理成章了。

关于康熙朝曹寅、曹顒、曹頫的档案资料很丰富，到雍正和乾隆时期，对康熙朝的这些资料也都没销毁，一直保存了下来。

康熙五十一年七月，曹寅得了疟疾，李煦及时向康熙汇报。康熙立即批复，那朱批现在还在，一口气写了很多话：“你奏得很好，今欲赐治疟疾的药，恐迟延，所以赐驿马星夜赶去。但疟疾若未转泄痢，还无妨，若转了病，此药用不得。南方庸医每用补济而伤人者不计其数，须要小心。曹寅元肯吃人参，今得此病，亦是人参中来的。”（“补剂”的“剂”康熙写错了，但是皇帝是可以写错别字，也可以文句不通顺的，他可以不受规范限制。类似的地方还有，我不都加说明了）下面，康熙还写了满文，是金鸡纳霜的满文译音，然后非常仔细地加以说明："专治疟疾，用二钱末，酒调服。若轻了些再吃一服，必要住的。住后或一钱或八分，连吃二服，可以出根。若不是疟疾，此药用不得。需要认真，万嘱万嘱万嘱！"但是曹寅没有好运气，药送到时，他已经死掉了。要知道这时候康熙跟二立的太子胤礽之间的矛盾白热化，康熙面临许多重大的政治问题，但是他对曹寅这么个江宁织造却关怀备至到了如此程度，可见他们绝不是一般的君臣关系。这年九月，康熙二废太子。

康熙五十四年，继承父亲职位的曹颙病死，死时才二十六岁。在现存的内务府奏折里，引用了康熙对曹颙的评价："曹颙自幼朕看其成长，此子甚可惜！朕在差使内务府包衣之子内，无一人及得他，查其可以办事，亦能执笔编撰，是有文武才的人，在织造上极细心紧慎，朕甚期望。其祖其父，亦曾诚勤。今其业设迁移，则立致分毁。现李煦在此，著内务府大臣等询问李煦，以曹荃之子内必须能养曹颙之母如生母者，才好。"康熙对曹颙的这个评价，到了雍正、乾隆朝当然还有效。虽然后来曹颙的未亡人马氏还跟着李氏，跟曹頫夫妇在一起生活，但曹頫后来获罪，却也不能去株连她，她和她的儿子，当然应予善待，也就逃脱了被打、被杀、被卖的厄运。这情况反映到小说里，就是不但"钟鸣拢翠寺"，而且"鸡唱稻香村"，当贾府"家亡人散各奔腾"的时候，李纨和贾兰却可以没事儿，别的水都冻成冰了，他们还是水，可以自由流动，最后还能爵禄高登。

康熙朝曹家的事，可以查到不少这样过硬的正史材料，请注意，我在这个地方所引的，都是官方正式档案，绝非野史，其中有的还是康熙本人所写的奏折朱批或官方正式记录的他的话语。

关于马氏在曹颙死前已怀孕，康熙五十四年三月初七曹頫在奏折里是这样汇报的："奴才之嫂马氏，因现怀妊孕，已及七月……将来倘幸而生男，则奴才之兄嗣有在矣。"根据这个奏折，如果马氏生下一个男孩，那实际年龄，就可能比曹雪芹还大。

说到这里，当然，你立刻也就明白了，曹雪芹他把马氏和曹颙的遗腹子这两个生活原型在艺术升华的过程里，各自矮了一辈来写。马氏化为李纨，年龄大体没变，但曹颙的遗腹子化为贾兰后，年龄就降到了宝玉之下，与贾环差不多了。而贾珠，全书故事一开始就说他死掉了，徒然只是一个空名，是写小说的一种变通设计，不能胶柱鼓瑟，把他的原型说成就是曹颙。

曹雪芹为什么要这样处理？我觉得，从创作心理上说，他不愿意照生活真实情况来写，那样写，书里就得说明贾政是过继给贾母的，宝玉也就不是贾母嫡亲的孙子，他不想把自己家族那层微妙甚至尴尬的人际关系如实挪移到小说里去；从小说文本的需要来说，合并某些同类项，避免某些真实生活里过分特殊的个案，可以使艺术形象之间的关系优化，避免许多烦琐而又派生不出意蕴的交代，有利于情节的自然流动，也有利于集中精力刻画好人物性格。

曹雪芹对李纨从原型到艺术形象的升华，基本上是成功的，他在绝大多数情节和细节里，都按照书里所设定的人物关系，来吻合李纨的场景反映，比如第三十三回写宝玉挨打，王夫人先抱着宝玉哭，"苦命的儿吓！"后来想起贾珠来，又哭道，"若有你活着，便死一百个我也不管了！"接着他就写，听见王夫人哭叫贾珠，别人犹可，唯有李纨禁不住放声大哭起来。这就写得非常准确。原型人物升华为艺术形象以后，就要按艺术想象所设定的身份来表现。

但是，在《红楼梦》前八十回文本里，还是留下了不止一处的痕迹，漏出李纨身上的马氏影子。第四十五回中，李纨带着小姐们找王熙凤去，让她出任诗社监察。王熙凤是个聪明人，立即道破她们的意图："那里是请我作监察御使，分明是叫我作个进钱的铜商！"李纨说她一句"真真你是个水晶心肝玻璃人"，她就不依不饶，且听听她是怎么说的："亏你是个大嫂子呢！……这会子他们起诗社，能用几个钱，你就不管了？老太太、太太罢了，原是老封君，你一个月十两银子的月钱，比我们多两倍银子，老太太、太太还说你寡妇失业的，可怜不彀用，又有个小子，足的又添了十两，和老太太、太太平等……"王熙凤的话还没完，咱们先分析这几句。在那样的封建大家庭里，总账房给每个人发放的月银，是严格按照其在家族中的地位来规定数额的。按书里李纨的地位，无非是荣国府里的一个大儿媳妇，就算她守寡，优待一点，怎么就会到头来跟贾母、王夫人一个等级，月银竟比同辈的王熙凤多出了四倍呢！显然，写到这里时，曹雪芹他是按真实生活里的马氏的待遇来写的，马氏本是家庭第一夫人，后来情况变化，让位于王夫人原型，她的月银数量当然不能降低。好，再听王熙凤接下来怎么说："又给你园子地，各人取租子，年终分年例，你又是上上分儿。你娘儿们，主子奴才总没十个人，吃的穿的仍旧是官中的，一年通共算起来，也有四五百两银子……"这种在封建大家族里，经济上占据"上上分儿"的分配位置，一个儿媳妇再怎么说也是说不通的，但是，如果这写的是马氏在曹家，她守寡后享受上上分儿待遇，那就顺理成章。

马氏一生的悲惨处，还不仅是守寡，因为李氏还在，她得对李氏尽媳妇孝道，留在李氏身边，但是自己失去了夫人地位，眼睁睁看着曹頫的妻子过继来后取代了她女主人的位置，那该是多么难受的滋味！雍正六年曹頫被治罪，抄家时也许能将她除外，没抄走她的私房银子，但是李氏还没死，她也还是不能离开。雍正没有对曹家斩尽杀绝，很可能是顾忌到他父亲对曹寅、曹颙都有非常明确的赞语，对二位的遗孀也就不便因曹颙而不略予善待。康熙对曹頫没留下什么赞语，惩治曹頫雍正不必手软，但鉴于曹頫的家属中有李氏和马氏，他在将曹頫抄家逮京问罪后，还指示在北京少留房屋，以资养赡。后来有人考证出，位于北京蒜市口附近的一所十九间半的小院，就是容纳曹頫一家，包括李氏和马氏在内一度居住的地方。到了乾隆元年，曹頫得到宽免重回内务府任职，他家境况又有好转，应该是又从那里搬到了比较高级的住宅中。

那么真实生活里的马氏，一定积谷防饥，也就是拼命地积攒银钱，以防将来自己老了没有收入。而既然曹頫有赡养她这个寡嫂的义务，她的待遇不变，那么她就尽量不动自己的积蓄，一起过日子时，是只进不出。

关于曹家的史料，康熙朝相当丰富，雍正朝随时间递减，但也还有。到乾隆朝，特别是“弘皙逆案”以后，竟几乎化为了零。有人说，根本查不到档案记载，你说曹家被这个政治事件株连有什么依据？那么，我也要问，他家如果没有那个时候的一次灾难性巨变，怎么连族谱家谱都没有了？哪一个家族会好端端地自己毁掉家族的记载呢？从曹寅到曹雪芹，不过三代而已！

从上面的分析可以做出这样的判断，真实生活里的马氏和她的儿子，对曹頫夫妇及其子女，以及所连带的那些亲戚，比如曹頫妻子的内侄女，内侄女的女儿什么的，肯定没有什么真感情可言。曹頫一再地惹事，虽说雍、乾两朝皇帝对马氏母子还能区别对待，没让他们落到一起被打、被杀、被卖的地步，事过之后，他们对那些曹頫家的人避之不及，又哪里有心去救助？

马氏如果想救助曹頫家的人，她的救助能力，就体现在她还有私房银子这一点上。假若曹頫夫人的内侄女的女儿家破后被其狠毒的亲戚卖到娼门，其他救助的人虽可出力，却缺少银钱去将其赎出，于是求到被赦免的马氏母子跟前，他们母子二人呢，就可能非常地冷漠，一毛不拔。

马氏会推托说自己并没什么积蓄，爱莫能助，而她的儿子呢，就很可能是使奸耍滑，用谎言骗局将求助人摆脱。

我估计，这类生活素材，会被曹雪芹运用到《红楼梦》八十回后。他哪里是对李纨一概赞扬，请看《晚韶华》里的这句："虽说是，人生莫受老来贫，也须要阴骘积儿孙。"什么意思？这就是一句相当严厉的批评，翻译过来，就是这样的意思：虽然说，你李纨怕老了以后没有钱用，总是在那里积蓄，尽量地只进不出，有一定的道理，但是到了节骨眼儿上，用你的一部分钱就可以救人一命，你却吝啬到一毛不拔，死活由人家去，你也太不积德了吧？人在活着的时候，应该为儿孙积点阴德啊！正因为李纨忍心不救巧姐，而且贾兰耍奸使滑摆脱了板儿等来借钱救助的人，李纨虽然后来成了诰命夫人，"也只是空名儿与人钦敬""枉与他人作笑谈"，贾兰也就成了与狠舅王仁并列的奸兄。

李纨的命运，看似结果不错，其实，从守寡起就一直形同槁木死灰，一生无真乐趣可言。后来又因吝啬，不去救助亲戚，留下话把儿，被人耻笑，把她也归入红颜薄命的系列，是合理的。

那么，到这里，我对金陵十二钗正册各钗的探究心得，就全部讲完了。在《红楼梦》第五回里，写到贾宝玉翻看册页，还分别看了又副册和副册，但是，又副册他看了两页，副册却只看了一页。那么他看到的，是关于谁的呢？那没直接写出来的，究竟又该有哪些人呢？这一直是《红楼梦》读者和研究者关切的问题。在下一讲里，我将跟大家一起探究金陵十二钗副册，这副册第一页究竟说的是谁？另外十一钗又是谁？希望你仍能保持旺盛的兴趣，跟我继续这趟揭秘之旅。

第六章 金陵十二钗副册之谜

贾宝玉神游太虚境，随警幻仙姑过牌坊、进宫门、入二门、见配殿。那些配殿的匾额很奇怪，他记得的有痴情司、结怨司、朝啼司、夜怨司、春感司、秋悲司等。请注意，他不记得有诸如幸福司、快乐司、欢笑司一类的名目，而警幻仙姑告诉他，那些司里，贮藏的是普天之下所有女子过去未来的簿册，这当然是曹雪芹的艺术想象，是为体现全书主旨的精心设计。在那样一个由神权、皇权支撑的男权社会里，天下所有的女子，从皇后妃嫔、诰命夫人到平民妇女、丫头娼妓，尽管她们之间还有阶级差异，每一个具体的生命更有善恶美丑贤愚的差别，但是生为女人，就注定了她们的不幸。西方的“女权主义”，是20世纪后期才出现的思潮，妇女解放，是伴随着新时代曙光才出现的社会进步。但是，早在二百多年前，曹雪芹就通过《红楼梦》提出了妇女问题：他首先强调了普天下女子都属于悲剧性的生命存在。文中写道，贾宝玉来到薄命司前，看到一副对联，写的是：春恨秋悲皆自惹，花容月貌为谁妍。这副对联的情调，是伤感的、无奈的。底下有一句话，我以为非常重要，他写道："宝玉看了，便知感叹。"前面讲过，宝玉是"些微有知识的人"，那么，他果然一点就通，还没走进薄命司，先就感叹了。曹雪芹当然是希望读者也能解味，能在读他的文字后，"便知感叹"。

《红楼梦》里出现的妇女形象非常之多，书里通过怡红院小丫头春燕之口，介绍了宝玉的一个观点，那其实也就是曹雪芹自己的观点，就是认为女孩子本是颗珍珠，无价之宝，出了嫁就会变质，渐渐失去光彩，成为一颗死珠子，再老了，就变成鱼眼睛，令人憎恶了。你可能都能背出原文来，那的确是非常精彩的论点。把"女儿是水作的骨肉"的命题，在现实社会的格局中加以了细化，告诉我们男权社会是怎样通过婚姻、家庭和社会熏染，败坏着女性的身心。我年轻的时候读《红楼梦》，总有个谁是坏人、谁是好人的框框，比如对王夫人驱逐金钏，导致金钏含羞投井而死，已经让我反感，到后来抄拣大观园，她对晴雯那样予以残酷打击，死了以后还催着赶紧送到外头烧掉，真让我气得发抖，恨得牙痒。读到宝玉在《芙蓉诔》里说，"剖悍妇之心，忿犹未释！"我更是非常有共鸣，觉得王夫人很坏，理所当然是个反面形象。那时候读得不细，有的文字跳过去读，有些地方读是读了，但没去细想。后来细读，就发现曹雪芹他在第七十四回里，对王夫人有这样的说法："王夫人原是天真烂漫之人，喜怒出于胸臆，不比那些饰词掩意之人。"读到这里，我就停下来琢磨，曹雪芹他为什么要这样写？是反讽吗？再读一遍，不像反讽，而是非常认真地在交代王夫人的性格。这是怎么回事？后来，读的遍数多了，我就有所悟。当然，上述我点出的王夫人的作为，其性质确实是阶级压迫，是摧残活泼美丽的青春花朵，这个看法我仍然不变；但是，她也曾有过青春，也曾是颗纯净的珠子，她婚后成为贵族夫人，是那个社会，特别是男权坐标下的虚伪道德价值观，把她浸泡成了腐臭的死鱼眼睛，她所做的坏事，并非是她天性里带来的邪恶造成的。王夫人辱骂驱逐晴雯，是一种超出她们两个生命之间的性格冲突，那么样的一种社会性悲剧，就王夫人本身的性格而言，她确实可以说是“原是天真烂漫之人”。第七十七回写芳官、藕官、蕊官三个姑娘在走投无路的情况下决定削发为尼，水月庵和地藏庵的两个主持姑子趁机花言巧语，说三个姑娘想出家是高尚的意愿，太太倒不要限制了她们的善念，接下去，曹雪芹使用了这样的叙述语言：“王夫人原是个好善的……今听这两个拐子的话大近情理……心绪正烦，那里着意在这些小事上……他三人已是立定主意，遂与两个姑子叩了头，又拜辞了王夫人，王夫人见他们意皆决断，知不可强了，反倒伤心可怜，忙命人取些东西来赍赏了他们……”我后来悟出了曹雪芹这个文本的高明，他不是先验地设定谁是坏人，然后去写他如何做坏事，而是非常真实地写出了具体的人在具体情境里，如何被社会主流价值体系那只无形的手，支配着其行为。个人的性格在这个过程里虽然也起作用，但如果要追究坏事的责任，那么主要的责任是不合理的社会制度，是那个制度赖以支撑的，不正确的价值观。他对王夫人就是这样着笔的，写得非常准确，真实可信，而他想肯定和否定、叹息与讽刺的内涵，全在里头了。

我为什么要在这里说一段关于王夫人的话呢？大家知道，曹雪芹他设计金陵十二钗的册子，从第五回直接写到的十四页图画和判词——就是正册十一页，副册一页，又副册两页——可以推知他的方案，应该是不收“鱼眼睛”的，王夫人这样的妇人，以及年龄在她上下的已经出嫁的中老年妇女，一概不入册。册子里收的基本上都是青春女性。当然，也有例外，比如李纨，儿子已经不小了，自己年龄应该已在三十上下；还有王熙凤，也已结婚生了女儿，作为珠子，开始变颜色了，但毕竟还能闪光，他也安排入册。这样处理，跟警幻仙姑说各司里放的是“普天之下所有女子过去未来的簿册”那个话并不自我矛盾，他写这整部书，是献给青春女性的，书里当然也写到“死珠”“鱼眼睛”，但是那些女性都是陪衬，因为“死珠”和“鱼眼睛”已经被男权同化，成为泥作骨肉的，被污染的生命了。虽然他也为这些曾经有过青春的女性叹息，但是，他不安排她们入册，因为她们已经丧失了作为女子的代表性。“死珠”和“鱼眼睛”并不是天生的坏女人，他写王夫人就把握了这个分寸，这是我们读《红楼梦》时应该搞清楚的。

那么，贾宝玉看了薄命司门外的对联，便知感叹。下面就写他迈进门里了。他看见十数个大橱，其中一个封条上头标明“金陵十二钗正册”，他很惊讶，他说：“常听人说，金陵极大，怎么只十二个女子？”这句话非常要紧，除了字面的意思，还让我们知道，小说里的荣国府、宁国府，还有后来建造的大观园，也就是全书第三回以后，除去第四回前面大半回，故事的背景是在北京而不是在南京，不在金陵那个空间里；而且，宝玉他并没有关于金陵的记忆，关于金陵的信息，他全是从大人那里听来的。警幻仙姑听宝玉这样问，就跟他解释说，贵省女子固然很多，但这橱里的册页只选择要紧的录入，庸常之辈是没资格被录入的。于是宝玉就看见了三个大橱的另外两个上面，写着“金陵十二钗副册”和“金陵十二钗又副册”字样，他就去开橱，拿出册子来翻了。

曹雪芹写得非常高妙。他不是写宝玉先看正册，再看副册、又副册。他写宝玉先看的又副册，而且，只看了两页，觉得不理解，就掷下不再看，去另拿副册看，副册他只看了一页就也掷下了，最后才看正册，总算一口气把十一页全看完了。

金陵十二钗正册的十二位女性，我已经全都探究完了。现在要探究的，是副册。

首先一个问题，就是副册里都是谁？是哪十二位女性？

副册，宝玉只看了一页，这页上画着一株桂花，下面有一池沼，其中水涸泥干、莲枯藕败，后面的判词是：“根并荷花一茎香，平生遭际实堪伤；自从两地生孤木，致使香魂返故乡。”大家都知道，这说的是甄英莲，也就是香菱。薛蟠娶来夏金桂，“两地生孤木”当然是拆字法，就是“桂”字，金桂一来，香菱就被她折磨死了。高鹗写后来夏金桂死了，香菱被升格为正妻，显然完全违背了这幅画和这个判词显示的预言。

副册里收入了香菱，那么，也就立了一个标杆，身份跟她类似的女子，应该被收在这个副册里。香菱有双重身份，作为甄英莲，她是乡宦甄士隐的女儿，甄士隐在当地，也算得望族，英莲虽然比不了簪缨侯门里面的贵族小姐，毕竟也算是小康之家的正经闺秀，比丫头仆妇的身份高多了；但是她很小就被人偷走，长大后，被薛蟠买去做妾，身份就不如一般小康之家的待嫁小姐了。但是，比起丫头仆妇，却又地位略高，她平时也有小丫头服侍，书里写了，你记得那名字吗？叫作臻儿。以香菱的这两种身份做标杆，我就推想，跟她在一个册子里的女子，应该要么是正经的小姐，要么是给人做妾而又优点突出的女性。那么，副册里除了她，还应该有哪十一位呢？

在探究其他十一位是谁之前，还有一个问题需要先讨论一下，那就是，在副册里，香菱肯定是排在第一位吗？如果你实行文本细读，你就会发现，曹雪芹写宝玉看册页，只在写到他看正册时，非常明确地写道，“只见头一页上”画着什么写着什么，然后一页页地往后看，因此，正册的排序是非常清楚的；但是他写宝玉看又副册和副册，都没明确写出他看到的是第几页，只说他“拿出一本册来，揭开一看”，“揭开看时”，于是看见点什么。宝玉看又副册和副册时，尤其漫不经心，随手揭开，看两眼就扔掉，那么，他所揭开的那一页，肯定就是第一页吗？像他看副册，居然揭开只看了一页就懒得再看了，虽然曹雪芹写出来他看到的是什么，读者也都猜到是香菱，但是，能肯定香菱就在第一页上吗？

香菱出场，脂砚斋有多条批语，说她日后会和她母亲一样，表现出“情性贤淑、深明礼义”的品质，她“根源不凡”，也就是“根并荷花一茎香”，是一个超越一般水平的美女。前面讲过，荣国府里的人们见了她，觉得她的模样儿品格儿跟秦可卿相像，那时候她还只是个小丫头，人们不清楚她的来历，她自己也完全失去记忆，但是她浑身上下却散发出高贵的气质。第一回里，写到甄士隐抱着她在街上看热闹，来了一僧一道，那疯和尚就跟他说：“你把这有命无运、累及爹娘之物，抱在怀内作甚？”我前面讲过了，“有命无运、累及爹娘”这八个字，也是香菱和秦可卿的共同之处。针对第一回的有这八个字的句子，脂砚斋就写下了一条非常重要的眉批，她是这样写的：“八个字屈死多少英雄？屈死多少忠臣孝子？屈死多少仁人志士？屈死多少词客骚人？今又被作者将此一把眼泪洒与闺阁之中，见得裙钗尚遭此数，况天下之男子乎？”所以，“有命无运、累及爹娘”这八个字，尤其前四个字，不仅是对香菱和秦可卿，也是对书中所有女子，乃至作者本人的一种概括，表达出个体生命与所遭逢的时代、地域、社会、人际之间的复杂关系。那就是，你虽然有了一条命，但是你却很可能没有好的机遇、好的运气，自己难以把握自己的生命走向。“有命无运”四个字，是一种悲观的沉痛的叹息，但我认为曹雪芹这不是在宣扬迷信，不是在宣扬宿命论，他在沉痛之余，通过全书的文本，特别是通过贾宝玉的形象，也在弘扬与命运抗争的精神。他呕心沥血地写这部书，本身就是一种向不幸命运挑战的积极行为。

香菱可以说是全书头一个出场的，又是照应全书女性命运的很重要的一个象征性角色。贾家四位小姐的名字合起来才构成了“原应叹息”的意思，她一个人的名字就表达出了“真应该怜惜”的感叹。八十回后她的惨死，应该也同样具有象征意义。她被夏金桂害死，正当夏天，本来是最适合莲花菱角生长的季节，却有金桂来克她，来对她进行摧毁。“金桂”谐音“金贵”，金殿里的权贵，也就是来自皇帝方面的威力——当然，这只是一种象征，不是说夏金桂就是皇宫里的人，她的出身和身份书里交代得很清楚——因此，香菱之死不仅是她一个人的悲剧，也是全书众女儿总悲剧的一个预兆。出于这样的考虑，我觉得，在金陵十二钗副册里，香菱应该排在第一，宝玉揭开副册时，看到的就是这一页。可惜宝玉没有继续往下看，这当然是作者曹雪芹的一种艺术技巧，到了小说里，那艺术形象即使有生活原型，也只能是由作者来驱使，曹雪芹他就故意这么写，留给我们一个巨大的悬念，那就是，这金陵十二钗副册里，如果香菱排第一，那么谁排第二？依次下去又该是谁？

下面，我讲讲自己的看法。当然只是一家之言，谁能从天界把曹雪芹找回来，问个清楚呢？除非有人真的发现了一部历经劫波仍侥幸存世的曹雪芹原笔原意的包括八十回后内容的手抄本，然后公之于世。但到目前为止，这样的事情毕竟还没有出现，因此不是我一个人，所有想探究金陵十二钗副册、又副册的人，都只能是从前八十回的本子里去寻找根据，做出自己的推测。

我的推测是，副册里会有平儿，而且很可能排在第二位。

平儿的正式身份，在前八十回里并不高。她只是一个通房大丫头，还没有达到妾，也就是小老婆那样一种地位。所谓通房大丫头，就是主子夫妇行房事的时候，她不但可以贴身伺候，还可以在主子招呼下，一起行房。第七回周瑞家的送宫花，到了王熙凤他们的那个小院里，大中午的，贾琏、王熙凤和平儿就在屋子里行房事，当然，曹雪芹写得很含蓄，只有寥寥几句：“只听那边一阵笑声，却有贾琏的声音，接着房门响处，平儿拿着大铜盆出来，叫丰儿舀水进去。”贾琏为什么笑？为什么是平儿从房里出来？为什么叫丰儿舀水进去？读者都能意会到，他就不必多写了。脂砚斋说这种笔法，叫“柳藏鹦鹉语方知”。平儿这样的身份，比一般丫头高，却又还不是正式的妾，处境是很悲苦的。大家都知道，王熙凤是一个醋汁子拧出来的人，即使平儿可以“通房”，但若是平儿单独跟贾琏在一起，她也还是难以容忍，第二十一回有具体描写，大家肯定都记得，我不再细说。

书里交代，平儿和袭人出身相似，不同于鸳鸯等人。贾府丫头的来历，大体有三种：一种是家生家养的，就是父母乃至更上一辈，老早就是府里的仆人，仆人生下儿女，世代为奴，鸳鸯就是这种出身，她父母在南京给贾家看守旧宅，兄嫂在贾母房中一个当买办一个是浆洗方面的头儿，她则很早就被挑选到贾母身边伺候贾母。另一种就是平、袭这样的，本是良家女子，但是因为家里穷，就把她们卖到贵族人家当丫头。袭人被荣国府买来后，先在贾母房里当丫头，那时候叫珍珠，后来服侍宝玉，宝玉才给她改了袭人的名字；平儿原是王家买来的丫头，随王熙凤来到贾琏身边，等于是个活嫁妆。第三种就是别人赠予的，比如晴雯就是赖嬷嬷献给贾母的。当然，书里还写到，为了元春来省亲，还买了十二个女孩子，让她们学会唱戏，来应付省亲活动里的演戏环节。后来朝廷里死了老太妃，禁止民间唱戏娱乐，省亲活动也暂停。她们里头死了一个走了三个，剩下的就都分给不同的主子当了丫头，但那段时间很短，后来又全被遣散了，不是府里丫头来历的常规现象。

平儿虽然跟袭人类似，但是袭人的父母、哥哥就在同一城市里，离得不远，还有回去团聚探视的机会，平儿却已经跟父母等亲人失却联系。跟她一起陪嫁过来的大丫头，在王熙凤淫威下死的死，走的走，到书里故事开始的时候，就剩她一个了。前面讲到宝玉对平儿的体贴，说她面对贾琏之俗、凤姐之威，竟能周旋下来，真不容易。曹雪芹通过宝玉对平儿做出的评价是：极聪明极清俊的上等女孩儿。当然，光靠品质，平儿也未必能排入金陵十二钗副册。但是，通过我前面对王熙凤命运的探究，你可以知道，在八十回后，在贾府遭到毁灭性打击之前，很可能有那样的情节安排，就是贾琏把王熙凤休掉了。李纨在第五十五回里的那个预言，就是王熙凤跟平儿“两个只该换一个过子才是”，竟化为了现实，因此，平儿的身份一度提升到了贾琏正妻的地位。这样，平儿入副册就符合条件了。当然，后来贾家彻底被毁灭，贾琏应该是被发配到打牲乌拉、宁古塔一类边远严寒之地，她或者是跟着过去受苦，或者是连跟过去也不许，被官府当作活商品，像我前面讲到的李煦家那些成员的遭遇一样，被卖给了别的人家。

书里关于平儿的描写极多，从各个角度展现了她的人格光彩。我觉得大家应该特别注意到，第六十一回“判冤决狱平儿行权”，曹雪芹通过平儿的作为，以及延伸到第六十二回开头的话语，表达了一种即使拿到今天，仍具有借鉴性的政治智慧，那就是：“大事化为小事，小事化为没事，方是兴旺之家，若得不了一点子小事，便扬铃打鼓地乱折腾起来，不成道理。”平儿这个名字的深刻含义，也尽在其中了。世界难得一平啊！

排在副册第三位的，我认为应该是薛宝琴。在讲妙玉的时候我已经说到，有人认为薛宝琴一切方面都圆满，所以，她不会被收入薄命司的册子里，那种看法，我是不认同的。第五十回贾母细问薛宝琴的情况，薛姨妈开口第一句话就是“可惜这孩子没福”，说她父亲前年就没了，母亲又得了痰症，就是说她已经无法依靠父母了，告别了父母之爱，处境跟史湘云接近了。光这一条，不说以后，在那个社会，也算得上红颜薄命了。她被许配给了梅翰林家，之所以到京城来，就是她哥哥薛蝌带着她，准备落实嫁过去的种种事宜。那么，她顺利地嫁到梅翰林家，过上幸福美满的生活了吗？

虽然八十回后，关于薛宝琴的文字我们一无所知，但是，前八十回里，还是可以找到一些暗示的。第七十回大家写柳絮词，薛宝琴写的是一阕《西江月》，里面有一句是“三春事业付东风，明月梅花一梦”。“三春”究竟是什么概念？是指三个人还是三个春天？前面我已经讲得很多，我还是坚持自己的看法，就是“三春”是个时间概念，意思是三个美好的年头，这一句尤其明显。如果非把“三春”认定为元、迎、探、惜里的三位，那么，挑出哪三位来，也难跟“事业”构成一个词组，贾府的这四位女子哪有什么共同的“事业”？“三春事业”显然是指贾府在三个年头里，被卷入得越来越深的那个“事业”，也就是“月派”所苦心经营的那个“事业”，结果怎么样呢？“付东风”，也就是随风而散，失败了，破产了。那么，在这种大的格局下，我在前面讲惜春命运的时候已经讲得很清楚了，作为四大家族的成员，一损俱损，全都面临被打、被杀、被卖的悲惨命运，薛宝琴也在劫难逃，她嫁给梅翰林之子了吗？“明月梅花一梦”，“明月”和“梅花”都成为怅惘一梦，可见她没嫁成，那个婚姻成为泡影。她怎么会是个幸福圆满的结局呢？她自己填词，就填成了这个样子。全词的最后一句是“江南江北一般同，偏是离人恨重”，意思就更清楚了，从江南的甄家到江北的贾家，哪一家也难逃厄运。甄家被皇帝抄家治罪，八十回里已经写到，山雨欲来风满楼，暴风雨正式席卷时，那就一定会“接二连三、牵五挂四”——这是第一回里写火灾的话——株连到史、王、薛家，乃至更多的府第和人员。薛宝琴实际上已经通过这阕《西江月》告诉我们，她后来也是颠沛流离，“偏是离人恨重”啊！她这阕词，薛宝钗评价说，“终不免过于丧败”，曹雪芹会特意让一位不薄命的幸福女性，来发出这种丧败之音吗？

第五十一回，“薛小妹新编怀古诗”，怀古诗一共十首，是灯谜诗，很难猜，历来都有读者和研究者费尽心力来猜，也不断公布出自己猜出的谜底，但能让绝大多数人认同服气的答案，至今还没有出现，有待于大家共同努力。如果诗是十二首，大家倒比较容易形成思路了，可以往暗示十二钗的路子上去琢磨，但曹雪芹他却只设计出了十首，这大大增加了猜出谜底的难度。我的基本看法是：这十首诗肯定有灯谜谜底以外的含义，绝不是随便写出来充塞篇幅的可有可无的文字。不要嘲笑有的读者和有的研究者去猜这些诗的谜底；认为读《红楼梦》只能去认识反封建的主题，除此以外的读法通通不对，尤其是猜谜式的读法，粗暴地将其斥责为钻死胡同，必欲将其禁绝而后快，那样的教条主义和武断态度，是我反对的。各人选择自己喜欢的方法去读《红楼梦》，不是很好吗？为什么非要按照你一家的指挥棒去读它呢？你不愿意猜你可以不猜，但你没有阻止别人去猜的权力，是不是？

对薛宝琴写的这十首怀古为题的灯谜诗，我一直在猜，但还没有形成贯通性的解读。现在只挑出一首，就是最后那首，来讨论一下。这首诗题目是《梅花观怀古》，四句是："不在梅边在柳边，个中谁识画婵娟？团圆莫忆春香到，一别西风又一年。"我认为这首诗是薛宝琴在预告自己八十回后的命运。诗的取材是《牡丹亭》，但她是把《牡丹亭》的素材活用。在《牡丹亭》里，"不在梅边在柳边"的意思是，少女杜丽娘她最后的归宿，不在梅边也还在柳边，就是到头来一定跟书生柳梦梅结合。但薛小妹引用这句诗，却是表达她以后"不在姓梅的身边却在姓柳的身边"这样一个意思。在八十回后，她没能嫁到梅翰林家，经历过一番极富戏剧性的波折后，她嫁给了书里的哪一位男子呢？柳湘莲！而她和柳湘莲的结合，跟杜丽娘与柳梦梅的故事有相同之处，就是都跟画儿有关系。第五十回，不是一再地写到有关画儿的事情吗？薛宝琴和抱着梅花瓶子的丫头小螺，不是活生生的画中人吗？贾母屋里有幅《双艳图》，是明代大画家仇十洲的作品，那画上的美人很美了吧？可是贾母就说了，宝琴雪下折梅比画儿上还好；那么又写到惜春作画，贾母命令她一定要把宝琴、小螺和梅花“照模照样，一笔别错，快快添上”。很显然，这些关于薛宝琴和画儿的关系的情节和细节，都是伏笔。在八十回后，贾府被抄，《双艳图》肯定抄走，惜春那没能画完的画，说不定早被她自己毁掉，但《双艳图》后来可能流散到社会上，不知怎么又被柳湘莲得到，琴、柳因此遇合，但又经历了离别。而在这个过程里，“春香”，《牡丹亭》里的丫头，后来已经成为“丫头”的普适性的通称，对宝琴和湘莲的团圆起到了关键作用，这个丫头也许是小螺，也许是贾府里别的幸存者。而琴、柳的聚而离，离而合，大约经历了一年的时间。我注意到，在《西江月》词里，薛宝琴说“三春事业付东风”，在这首怀古诗里，说“一别西风又一年”，俗话说“不是东风压倒西风，就是西风压倒东风”，“东风”在薛宝琴的词里是一种摧毁“三春事业”的力量，在怀古诗里呢，与“东风”对立的“西风”，显然就是柳湘莲所参与的一方的代称。当然，薛宝琴就算最后得以跟柳湘莲结合，也只能是以政治失败者的身份低调地艰难生存，以这样的命运入薄命司里的册子，也就不让人奇怪了。

副册的第四、第五位，我认为应该是尤三姐和尤二姐。“红楼二尤”的故事，在前八十回里，六十四回到六十九回，大体贯穿了六回，篇幅很集中、故事完整，多少给人镶嵌进去的感觉。不止一位研究者指出，六十四回和六十七回，可能还不是曹雪芹的原笔。那么，是由谁完成的呢？当然不是高鹗补上的，因为在高鹗续书之前，有的手抄本里已经有这两回了。有研究者认为，这两回可能是曹雪芹去世没多久，由跟他关系很密切的人补写的，脂砚斋就可能是那个补写的人。

我认为，尤三姐要排在尤二姐的前面。这是一个想发挥主观能动性，改变自己的命运轨迹，追求新生活的刚烈女性。她本来和尤二姐一样，有些个水性杨花，说白了，就是比较放荡，是一个自身有缺点，而像贾珍、贾琏、贾蓉等男性，就趁机占她便宜，甚至想霸占她的那样一个女性。

曹雪芹把她刻画得活灵活现，特别是六十五回，她一个人应付珍、琏两个，“自己高谈阔论，任意挥霍洒落一阵，拿他兄弟二人嘲笑取乐，竟真是他嫖了男人，并非男人淫了他。一时他的酒足兴尽，也不容他弟兄多坐，撵了出去，自己关门睡去了。”这就表明，她的放荡，其实也是一种反抗，是她那样一个女子，在那种特殊的情况下，非常无奈的很悲壮的一种反抗。

值得注意的是，《红楼梦》全书只对两个女子具体地写到了她们的脚，一个就是尤三姐，一个是后面出现的傻大姐，傻大姐是两只大脚。贾府的女性应该是满汉杂处的，有的是天足，有的裹小脚，但曹雪芹他写的时候下笔很谨慎，尽量不去直接描写，直接写出裹小脚的，就是尤三姐一位。第五十五回写到她的穿着做派，说她“底下绿裤红鞋，一对金莲或翘或并，没半刻斯文”。写尤二姐的脚，那就相当含蓄，以致一些今天的读者读不懂了。第六十九回，凤姐假装贤惠，把尤二姐骗进荣国府，带去见贾母。贾母戴了眼镜，像验货那样地查看她，瞧了肉皮儿，看了手，接下去，曹雪芹写，“鸳鸯又揭起裙子来”——那是干什么？就是让贾母看她的小脚裹得好不好。贾母从头到脚检验完了，才做出“更是个齐全孩子”的评价，甚至说比凤姐还俊些。这就说明，二尤是汉族妇女。她们亲父亲死了，母亲带着她们改嫁，去给尤氏的父亲续弦，她们跟过去，在旧社会被叫作“拖油瓶”，是非常让人看不起的，那么到了她们名义上的姐姐家，就遭到那边两代男主子的调戏欺凌。

尤三姐在险恶的生活环境里，决心痛改前非，自主择人出嫁，她要委身柳湘莲，没想到最后却是一个急促而惨烈的大悲剧。但是，造成她那大悲剧的一个关键因素，却是贾宝玉的两句话。大家记得吧？第六十六回，柳湘莲向他最信任的好友贾宝玉问起尤三姐，宝玉实话实说：“他是珍大嫂子的继母带来的两位小姨，我在他们那里和他们混了一个月，怎么不知？真真一对尤物，他又姓尤。”柳湘莲一听，顿着脚说：“这事不好，断乎做不得了！你们东府里除了那两个石头狮子干净，只怕连猫儿狗儿都不干净！我不做这剩王八！”这反应是出乎意料地强烈，宝玉听了，脸立刻就红了。接下去的情节大家都熟悉，我不说了。老早就有人指出：宝玉一语死三姐。那么，曹雪芹为什么要这样写？为什么要把柳湘莲悔掉婚约，尤三姐用鸳鸯剑自刎的导火索，写成是由贾宝玉来点燃？他不是“绛洞花王”吗？不是最能体贴女儿的吗？而且第六十六回，通过尤三姐的话，更具体写出了他对二位小姨也是非常体贴的。贾敬的丧事里，和尚来绕着棺材念经，宝玉就故意挡在她们前头，为的是不让和尚们身上的肮脏气味熏了她们；还有，就是当时人多，老婆子顺手拿个茶杯给尤二姐倒茶，宝玉连忙阻止，说那茶杯我用脏了，你去另洗了再拿来。他在这样一些细小的事情上都能体贴二尤，那他为什么在尤三姐自主择嫁这样的大节骨眼儿的事情上，却去起那样的可以说是毁灭性的作用？这可比酒醉后对茜雪发怒，导致茜雪被撵，以及雨中怒踢袭人导致吐血要严重多了，这次可是造成了人命案啊！曹雪芹他为什么要这样设计情节？这样来写宝玉这个角色？按照我们后来所熟悉的那些文艺理论，比如典型论，就得说他这样写不对头，你好不容易刻画出了这么一个维护女性的，向封建社会男权挑战的，体现着新兴社会力量正在萌芽的典型形象，你怎么又这么随便地写下一笔，竟使他成为一桩惨剧、一条人命的责任人？

很显然，曹雪芹有他自己的美学原则，他从真人真事取材，“追踪蹑迹，不敢稍加穿凿”，他对素材当然有筛选，有在其基础上的虚构，有夸张渲染，有合并挪移，使用了许多种技巧，伏笔多多，花样翻新，但是，有一条他是坚持到底绝不改变的，那就是写出复杂的人性和诡谲的命运。他为贾宝玉这个形象定了基调，肯定他是个护花王子，但是他也能冷峻下笔，写出他人格中的弱点和缺点，写出他偶然的暴虐、放纵和出言轻率。如果宝玉没那么跟柳湘莲说话，柳湘莲是不是就娶了尤三姐呢？这真是个难以回答的问题。其实讨论这个问题已经没有多大意义，事情的结果就是那样，尤三姐因此迅速地香消玉殒，而宝玉也因此会在心灵深处永远地悔恨不已、忏悔不已。我觉得，曹雪芹真了不起。他这样写，可以使我们对人性的复杂、人的命运的神秘性，产生悠远而深刻的思绪。

在副册里，第五位是尤二姐。这个形象人们已经分析得很多，我也没有什么独特的看法要说，这里就从略了。

第六位，我觉得可能是尤氏。尤氏的年龄应该是三十出头，比李纨略大。第七十六回，贾母带领大家中秋团聚，夜深了，尤氏说："我今日不回去了，定要和老祖宗吃一夜。"贾母就笑道："使不得，使不得，你们小夫妻家，今夜不要团圆团圆，如何为我耽搁了。"尤氏红了脸，笑道："老祖宗说的我们太不堪了，我们虽然年轻，已是十来年的夫妻，也奔四十的人了……"在那个时代，像傅秋芳已经二十四岁还没有出嫁，是很出格的现象，就算尤氏是那么大年龄才成为贾珍填房，到故事发展到这一回，也不过三十三岁左右。贾母说贾珍和她是"小夫妻"，有故意往小了说的意思，尤氏说自己"奔四十"，当然又有故意往大了说之意。总之，我觉得把她收入副册，虽然可能是所有各册里年龄最大的一位女性，而且也嫁了人，早已不是颗"无价的珍珠"，但是，从书里关于她的种种情节来看，她跟李纨、王熙凤可以说是三足鼎立，既然前二位可以入册，那么她当然也有资格入册，她也还不是颗"死珠"，更没有成为"鱼眼睛"。

要论人格，尤氏没有李纨的自私，更没有王熙凤的歹毒，她的平和、善良、宽容、忍让都能给读者留下印象。第四十三回，写贾母牵头"凑分资”给王熙凤过生日，派她操办，她发现王熙凤并没有像在贾母跟前承诺的那样，替李纨出一分，就爽性把一些人交来的分子退还给了本人，其中包括周姨娘和赵姨娘。周姨娘在书里只是一个影子，赵姨娘戏比较多，是一个蝎蝎螫螫、人人讨厌的角色，但是尤氏也还能善待她，这一笔很要紧。曹雪芹还特意写道，周姨娘和赵姨娘开头还不敢收，尤氏就说："你们可怜见的，那里有这些闲钱？凤丫头便知道了，有我呢！"两位姨娘才千恩万谢地收了。当然，尤氏是宁国府那边的人，在财产继承权上，跟赵姨娘了无关系，而王熙凤是王夫人的内侄女，又来到荣国府管家，赵姨娘跟王夫人、王熙凤之间的矛盾，具有难以调和的性质；周姨娘没有生育，没有什么竞争资本，赵姨娘却为贾政生了儿子，而且，从书里多处描写可以看出来，贾政晚上睡觉，是赵姨娘来服侍他，她依然拥有贾政对她的宠爱，因此，王、赵之间的冲突经常白热化，这是荣、宁两府众人皆知的。那么，尤氏如果明哲保身，她实在犯不上找上门把"分子钱"退还给赵姨娘，从这一个细节就可以看出，尤氏的人品，确实在纨、凤之上。尤氏的办事才干也很出色，为凤姐张罗生日，她退了若干分子，剩下的银子全部投进去，"园中人都打听得尤氏办得十分热闹，不但有戏，连耍百戏并说书的女先儿全有，都打点取乐玩耍"，把活动搞得有声有色。当然，本应是皆大欢喜，却没想到"变生不测凤姐泼醋"，但那是琏、凤夫妇自己的问题，与尤氏无关。

贾府后来倾覆，"造衅开端首罪宁"，贾珍一定被惩治得最惨，尤氏作为首名"犯妇"，其下场可想而知。

然后，排在副册第七位的，我认为应该是邢岫烟。在前面，我已经讲到过她。她后来嫁给了薛蝌，成为四大家族中的一位媳妇，但她嫁过去没多久，贾家就不行了，一损俱损。薛蝌和她夫妇两人即使命运不算最惨，也一定非常艰辛。书里她那首《咏红梅花》诗，最后一句是"浓淡由他冰雪中”，可知后来她也只能是在社会的冰雪中，去寻求心理的平衡和生存的缝隙。

排在副册第八、九位的，我认为应该是李纨寡婶的两个女儿，姐姐李纹第八位，妹妹李绮第九位。李纹在第五十回也有一首《咏红梅花》诗，里头有两句是“冻脸有痕皆是血，酸心无恨亦成灰”。可见后来她们也是悲剧性结局。李绮在前八十回里戏更少一些，高鹗安排她后来嫁给了甄宝玉，那真是匪夷所思，曹雪芹绝不会有那样的设计。

排在副册第十位的，我认为是傅秋芳。讲贾宝玉的时候，我就已经讲到了她，猜测在八十回后，她会正式亮相，并在救助宝玉的事情上，会起到作用。很可能是她后来嫁给了达官贵人，并具有一定经济实力，是她用高价赎出了牢狱中的宝玉。她为什么也入薄命司？她哥哥一直想把她嫁给权贵，可是她到二十四岁还没有出嫁，在那个社会里，耗到那么个岁数，莫说嫁给权贵，就是嫁给一般家庭的男子也困难了，最后很可能是去给丧妻的男子填房，她的青春年华都白白流逝了。她自己一定是总想嫁一个如意郎君，但到头来，他哥哥攀附权贵的目的可能是达到了，她自己却绝无幸福可言，因此也属于红颜薄命一例。

排在第十一位的是喜鸾。第十二位的是四姐儿。这两位女子大家还记得吗？前面讲到过，在第七十一回中，贾母八十大寿，族中来了几房孙女儿，大小共有二十来个，其中有贾瑞的母亲带了女儿喜鸾，还有贾琼之母带了女儿四姐儿。贾母觉得这两个女孩出众，模样和说话行事都好，就把她们两个叫到自己榻前来坐，后来又把她们留下来住，嘱咐府里的人不能嫌她们家里穷，要精心照看。其中喜鸾还说了很天真的话，讲宝玉的时候我提到过，这里不重复。她们是贾氏家族的旁支亲戚，出场时虽然穷，后来的命运可能还会有起伏波折，结局呢，你想想，她们在贾府走向衰败的前夕，才被贾母看上，并很可能从此关系密切，这不是福，是祸啊！就在她们出场不久，贾府就窝里斗，荣国府就抄拣大观园了，紧跟着，江南甄家被皇帝查抄治罪，派人到荣国府藏匿罪产来了。那么，曹雪芹安排这两位小姐在第七十一回出场，不会是废墨赘笔，在八十回后，一定还会写到她们，也许就是通过她们无辜地被株连，来加重全书的悲剧气氛。

那么，对金陵十二钗副册的十二位女子的猜测，我的想法就是这样。下一讲，我将奉献出自己对金陵十二钗又副册的猜测，我所进行的探究，真是难度越来越大了，但我对此还是兴趣盎然。我希望您仍然愿意听我讲下去。

第七章 金陵十二钗又副册之谜

大家应该都记得，在鸳鸯抗婚那一段情节里，就是第四十六回，鸳鸯气闷中跑到大观园里，先碰见了平儿，就跟平儿说："这是咱们好，比如袭人、琥珀、素云、紫鹃、彩霞、玉钏儿、麝月、翠墨，跟了史姑娘去的翠缕，死了的可人和金钏，去了的茜雪，连上你我，这十来个人，从小儿什么话儿不说？什么事儿不作？这如今因都大了，各自干各自的去了，然我心里仍是照旧，有话有事，并不瞒你们。这话我且放在你心里，且别和二奶奶说：别说大老爷要我做小老婆，就是太太这会子死了，他三媒六聘的娶我去作大老婆，我也不能去！"

鸳鸯在这段话里，包括她和平儿在内，提到了十四个贾府老资格的大丫头，其中贾母把翠缕给了湘云，湘云回叔叔婶婶家把她带过去，算那边的人了；另外死了的金钏、去了的茜雪不用多说了，引人注意的是还有一个死了的可人。有位红迷朋友就跟我讨论，说那说的是不是秦可卿啊？我回答她，不是，秦可卿小名是可儿，不是可人，这个可人和也只在书里出现过一次的那个媚人，应该是名字互相配对的。另外像麝月、檀云，素月、碧云，玻璃、翡翠，同喜、同贵……都是配对的。鸳鸯拉的这个名单，应该是最早都在贾母身边的一群丫头。在这段话旁边，脂砚斋有条比较长的批语，是这么写的："余按此一算，亦是十二钗，真镜中花、水中月、云中豹、林中之鸟、穴中之鼠，无数可考，无人可指，有迹可寻，有形可据，九曲八折，远响近影，迷离烟灼，纵横隐现，千奇百怪，眩目移神，现千手千眼大游戏法也。"她的意思，就是曹雪芹关于金陵十二钗的总体设计，是既具体，又抽象，既难以准确指认，又分明排列有序，有时候可以从这个角度列出十二位，有时候又可以从那种角度排出十二位，这是一种非常高妙的写法。

在太虚幻境，宝玉翻看的金陵十二钗又副册里，排在第一位的是晴雯。鸳鸯列举了那么多丫头名字，里面却并没有晴雯。前面讲过，荣国府丫头的来源主要是两个，一是家生家养的，奴才生出来的孩子还当奴才，鸳鸯属于这一类；二是从外面拿银子买进来的，袭人属于这一类；晴雯呢，按那个时代那种社会的价值标准衡量，出身来历比她们都贱，她是赖嬷嬷送给贾母的。

赖嬷嬷是什么人？绝对不是什么贵妇人，是服侍过贾母那一辈小姐太太的女仆，而且是家生家养一类的，她生的儿子赖大就继续给贾家当仆人。当然，因为世代为仆，受到主子信任，所以赖大在故事开始的时候，就已经成了荣国府的一个大管家，他的媳妇，赖大家的，也成了挺拿事的女管家。这样的仆人，逐渐积累起财富，就自己在外头也盖起很华丽的、带花园的住宅，过起很奢侈的生活来了，赖大就提出来，拿钱赎出自己的孩子，不让他们再给荣国府当奴才了，荣国府也就开恩答应了。赖大的儿子赖尚荣，从小就跟贾宝玉类似，捧凤凰般地养大，二十岁上拿钱捐了个前程，那时候可以不去参加科举考试，拿钱取得候补当官的资格，叫捐前程。赖尚荣到了三十岁，就被朝廷选为了州县官，为了庆贺这件事，连摆几天宴席，有一天专门请贾府的人去。第四十七回，柳湘莲出场，就是在赖尚荣家的宴席上，后来就发生了呆霸王薛蟠调情不成遭痛打的事，大家都记得，我不多说了。后来探春理家，还提到为了管理好大观园，曾在那次赴宴的时候，跟赖大的女儿取过经，那个女儿按说本来应该是到荣国府来，给探春她们当丫头的，但是因为父亲发了财，主子又开恩，自己也成了小姐了。曹雪芹写出这么一个姓赖的老仆家里的事情，意义当然是多方面的，大家可以体会出来，这里不多说。

那么晴雯，她最初就是赖家买的小丫头，是奴才买来的奴才，赖嬷嬷那个大奴才到贾府给贾母请安，常带着晴雯这个小奴才来，贾母见晴雯长得伶俐标致，十分喜爱。老主子一流露出喜欢的意思，赖嬷嬷就把晴雯当作一件小礼品孝敬给贾母了。鸳鸯在掰着手指头计算跟她地位相当的姐妹时，就没把晴雯算上，因为晴雯的出身来历实在是太下贱了，还不能跟鸳鸯她们相提并论。晴雯到了贾府以后，因为根本不知道家乡何处父母是谁，只知道有个姑舅哥哥——所谓姑舅哥哥，是一种含混模糊的说法，姑姑生的表哥和舅舅生的表哥在中国旧习俗里本是应该严格区分的，姑表哥就是姑表哥，舅表哥就是舅表哥，但是晴雯光知道他是一位表哥，会宰牲口做饭，就去求了赖大，赖大就让那表哥到荣国府来打一份工，“吃工食”——“吃工食”是书里的原文，在第七十七回——不知道为什么，读到这三个字的时候，我心里有种说不出来的滋味。晴雯那时候还很小，十岁的样子，游丝一般的生命，还企图从人间寻觅出一点亲情，去为这么一个其实血缘上说不太清的表哥求情，让他离自己比较近，有份相对稳定的工作。我觉得这一笔很重要，可以知道在晴雯爆炭般性格的深处，还有着多么柔软的温情。但是她后来的遭遇我们都很清楚，被王夫人粗暴撵逐后，她被扔在那姑舅哥哥家的冷炕上，宝玉形容："就如同一盆才抽出嫩箭的兰花送到猪窝里去一般。"那因为她的关怀才到荣国府安身的表哥，还有那位对宝玉实行性骚扰的表嫂，竟对她连丝毫的亲情照顾都没有，人一死，赶忙去领烧埋银子，把晴雯匆匆火化了。

曹雪芹钟爱晴雯，把她刻画得从纸上活跳出来，历代不知道有多少读者欣赏晴雯，为她的独特性格鼓掌叫好，为她的不幸夭亡叹息落泪。金陵十二钗又副册收入的应该全是大丫头，但这些大丫头里，晴雯出身是最下贱的，曹雪芹却偏把她列为第一。"心比天高，身为下贱，风流灵巧招人怨。"曹雪芹还专门为她写了一大篇洋洋洒洒的《芙蓉诔》，历来的红学研究者为这个角色写下了许多文字，今后，她仍会是红学研究中的一大题目。

但是，晴雯其实也是一个有争议的人物。最近就有一位年轻的红迷朋友跟我说，他对晴雯很反感，特别是她那样对待坠儿，坠儿不过是偷了平儿的一个虾须镯。这位红迷朋友认为，像平儿那样有权势的大丫头，她那个虾须镯，跟荣国府里其他主子的贵重首饰一样，其实都是底层劳动人民血汗的结晶。坠儿作为一个地位低下的小丫头，拿了那虾须镯，性质不过是把含有自己一份血汗的东西，收归过来罢了，当然，方式方法不对，任何时代也不能肯定偷窃。不过，这么件事情，那晴雯知道以后是怎么个表现啊？连平儿也主张悄悄地找个借口，把坠儿打发出去就行了嘛，嗬，看曹雪芹写的，那晴雯简直是凶神恶煞，自己病着，却把坠儿叫过去，骂还不算，竟然还拿一丈青——那是一种细长的金属簪子，一头是耳挖勺，一头是很尖锐的锥子——晴雯就用那尖锐的一头猛扎坠儿的手，痛得坠儿又哭又喊。晴雯这样做，真是太可恶了！这位年轻的红迷朋友跟我说，每次读到这一段，他都同情坠儿，反感晴雯。曹雪芹那么写，他还能理解，可能生活里晴雯的原型就是那么个德行，但是，让他不理解的是为什么有那么多论红的人，把晴雯说成一个反抗的女奴隶，别的不说，就她那么样对待坠儿这一件事，她不是比奴隶主还凶恶吗？紧接着，书里就写晴雯补裘，写得当然很生动，写出了宝玉跟她之间有一种超出主奴关系的友情，但是，那么卖命地替主子干活，从性质上说，不就是一种奴隶对奴隶主的忠诚吗？

这位年轻的红迷朋友的看法，现在我介绍给大家，不知道您有何高见？

我个人是不同意给晴雯贴上诸如“具有反抗性的女奴”一类的标签的。晴雯的悲剧，是一个性格悲剧。她个性锋芒太露，太率性而为了。林黛玉身为小姐，性格太露，说话锋芒太厉害，尚且被人侧目，王夫人就对她很不以为然；你一个下贱丫头，竟然也由着自己的性子生活，这还得了！王夫人老早注意到，晴雯骂小丫头，那模样很像林妹妹，其实恐怕更像的，是那种开放式的性格。当然，林黛玉有文化修养，她使性子，全用的文雅的方式，也不跟丫头们冲突，她是在小姐公子的圈子里使性子；晴雯就比较粗俗，显得轻狂，骂起小丫头来，那派头比主子还主子，你注意到了吗？晴雯动不动就说把哪个丫头仆妇撵出去，打发出去，那简直成了她的口头禅了。

晴雯之所以能那么由着性子生活，一是她很得贾母喜爱，直到王夫人都把晴雯撵出去了，贾母还说，“晴雯那丫头我看他甚好”，还不是一般的好，是“甚好”，贾母对她的评价可说是非常之高。我觉得贾母和王夫人虽然是同一个阶级里的人，但是她们的差异很大，贾母是一个能够“破陈腐旧套”，有些新思维，能接受某些新事物，并且比较欣赏开放性的性格的人。她对凤姐和黛玉乃至晴雯的开放式性格都能欣赏，至少是能够容忍，她把晴雯派去服侍宝玉，是觉得“这些丫头的模样爽利言谈针线都不及他，将来只他还可以给宝玉使唤得”。而王夫人却绝对不能容忍晴雯这样的“狐媚子”“妖精”。当然，到了宝玉身边以后，晴雯深得宝玉宠爱，这就更让她误以为自己可以就那么样地长长久久地生存下去，觉得别的丫头婆子是可以撵出去的，而自己是绝对不存在那种危机的。直到被王夫人叫去当面斥骂之前，她是一点被撵的忧患意识也没有。

对晴雯是贴不得“反抗女奴”的标签的。如果她觉得自己是奴隶，要反抗，那么她就应该把荣国府、把大观园、把怡红院视为牢笼，就应该想方设法逃出去，或者为一旦被驱逐出去早做打算。但是她一贯以留在那个“牢笼”里为荣，为福。“撕扇子作千金一笑”那回，她因为慵懒任性，把宝玉惹急了，就说要去回王夫人，把她打发出去，那么，她是怎么反抗的呢？她说：“为什么我出去？要嫌我，变着法儿打发我出去，也不能够！”还说：“我一头碰死了也不出这门儿！”她虽然没有跟宝玉发生关系，并且对袭人那种她认为是鬼鬼祟祟的行为不以为然，常常予以讥刺，但她在意识里，显然认定自己早晚是宝玉的人。别人或者会被撵出去，她自己就往外撵坠儿，但就她自己而言，她是不会被撵出去的，就是宝玉生气说要撵她，她就不出去，宝玉也无可奈何。

贾府的这些丫头，吃的是青春饭，年纪大了，就像李嬷嬷在第二十回说的那样：“好不好拉出去配一个小子。”第七十回一开头，就说大管家开了一个人名单子来，共有八个二十五岁的单身小厮应该娶妻成房，也就是应该为奴隶主生产新奴隶，他们正等着从主子各房里拉出到了年纪的丫头，分配给他们去进行那样的生产。鸳鸯、琥珀、彩云本来都应该“拉出去配一个小子”，因为各有具体原因，暂不出去，只有凤姐和李纨房中的粗使丫头拉出去配了小子，得不着府里分配的丫头的小厮，才允许他们外头去自娶媳妇。

晴雯对拉出去配小子这样的前景，浑然不觉，以为自己既是老太太派到宝玉身边来的，宝玉对她又宠如珍宝，便只把大观园怡红院当成个蜜罐子，似乎自己就可以那么舒舒服服地过一辈子。她的浑浑噩噩，跟另外一些丫头，成了鲜明的对比。

其实，要说反抗性，坠儿比晴雯强多了。坠儿为什么偷平儿的虾须镯？当然不会是偷来自己戴。别忘了谁跟坠儿最好，最知心，能说私房话？在滴翠亭里，跟坠儿说最隐秘的事情的是谁？是林红玉，也就是小红。小红是大观园丫头里觉悟得最早的一个，前面我分析过为什么她能那么早就把世道看破，她说，“千里搭长棚，没有个不散的筵席，谁守谁一辈子呢？不过三年五载，各人干各人的去了，那时谁还管谁呢？”那是第二十六回，她跟比她地位更低的小丫头佳蕙说的。坠儿是小红最可信赖的朋友，这样的意思她也一定跟坠儿说过。因此，坠儿偷镯子，那动机不消说，就是为以后被撵出去也好，被拉出去配小子也好，积攒一点自救的资金。坠儿的偷窃行为不可取，但她的动机里，实在是有合理的成分，她比晴雯清醒，晴雯是一个自以为当稳了奴隶而去欺负小奴隶的丫头，坠儿却是一个打算从奴隶地位上挣扎出去的小丫头。

大观园里的丫头们，基本上分成三类。一类以小红为代表，知道自己并不能在那里头过一辈子，因此早做打算。当然，小红采取的手段比坠儿积极，她后来以自己超常的记忆能力与口才，赢得了凤姐的欣赏、信赖，成为凤姐身边一个得力的丫头，攀上了高枝。但她的目的，只是从凤姐那里学一些眉眼高低，扩大自己的见识面。她早就大胆地爱上了府外西廊下的贾芸，不是把自己的前途锁定在荣国府里，而是选准时机就要冲出樊笼，去建造自己所选择的较为自由的生活。司棋也是这样一种人。鸳鸯在抗婚以后，意识到贾母的死亡也就是自己一贯生活状态的结束，甚至是生命的大限，对未来绝对没有玫瑰色的期望。尽管每个人的情况还有区别，但这是一类，就是知道这样的奴隶生活即使待遇还不错，却是不可能当稳了丫头而没有变化的，因此暗暗地早拿好了主意。第二种就是晴雯、袭人一类——当然晴、袭二人的想法和做法并不相同甚至相反。袭人的路数很像薛宝钗，就是以收敛的方式、温柔的方式、顺应的方式，来应付各方面的人际。对宝玉，她以情切切、娇嗔的方式，伴随以肉体的魅惑，牢牢地把握住，时不时地给些真诚的，确实可以说是为宝玉好的讽谏规劝。她把自己的前途，锁定在了宝玉稳定的二房的位置上。晴雯呢，上面讲了，她觉得自己地位很稳固，当然，她没有去细想，而她那种开放式的、奔放的性格，也不习惯于今天去想明天的事。第五十一回，袭人回家探视母亲，她和麝月代替袭人照顾宝玉，袭人刚走，她就卸了妆，脱了裙袄，往熏笼上一坐——熏笼是当年放在屋里取暖的炭火箱子，铺上褥子，围着被子，坐上去非常舒服——她就懒得再动了。麝月笑她："你今儿别当小姐了，我劝你也动一动儿。"她怎么说呢？她说："等你们都去尽了，我再动不迟。有你们一日，我且受用一日。"她以为她就可以那么天真烂漫、无忧无虑地在宝玉身边过下去。第三种，就是既没有小红、司棋、坠儿那样的早为以后打算的想法和做法，也没有永久留在主子身边的竞争优势和自信心，得过且过，随波逐流，像秋纹，就属于这一类。这样的人既然没什么争强好胜之心，也就不会去管闲事，不会立起眉毛说要把比自己地位低的小丫头和仆妇撵出去，这一类的丫头，应该居大多数。

因此，晴雯的被撵和夭折，确实可以说是奴隶主施威所造成的一个女奴的悲剧，但晴雯这个女奴，却难以说是一个具有对奴隶主自觉反抗的意识，追求自身解放的人物。

如果你仔细读《红楼梦》第七十三回以后的故事，你就会发现，形成抄拣大观园大悲剧的起因，不去说那深刻的必然性，只说那表面的偶然性，那么，引发起事端的，不是别人，就是晴雯和芳官，而其中起更重要的主导作用的，就是晴雯。赵姨娘房内的小丫头小鹊，忽然跑到怡红院，说听见赵姨娘在老爷跟前说了什么，让宝玉小心老爷第二天问他话，这就让宝玉紧张起来，连夜温习功课，好对付第二天的盘问。整个怡红院的丫头都陪着宝玉熬夜，芳官从后房门进来，说是有人从墙上跳下来了，晴雯借此大做文章，说宝玉被吓着了，故意闹得王夫人都知道，并且进一步闹到了贾母那里。那么，好吧，你晴雯坚持说夜里有人跳墙，那就严查吧。其实哪有什么人跳墙，但贾母一怒，严查的结果，就查出了夜里聚赌的仆妇，结果她们被严厉处罚。府里辈分最高的主子发怒，那是好玩的吗？各路人马，借势扩大矛盾，都想浑水摸鱼，结果就出了“痴丫头误拾绣春囊”的巧事。如果没有前面的风波，邢夫人也许就不至于立刻给王夫人出难题，王夫人如果不是因为“跳墙事件”、宝玉受惊、贾母震怒、查赌获赃等连锁反应，也不至于那么气急败坏，立刻去找凤姐，喝令“平儿出去”，含泪审问凤姐。因为邢夫人把那绣春囊封起来交给她，无疑等于是一纸问责书：看看你们是怎么管理荣国府的？看看你们荣国府乱成了什么样？你们还有什么脸去面对老祖宗？晴雯为解除宝玉读书之苦而无中生有的“跳墙事件”，在很短的时间里就发生了急剧的化学性反应，连锁式的反应中，那来自奴隶主方面的愤怒以几何级数暴增。结果怎么样呢？在决定抄拣大观园之先，那火就率先烧到了晴雯自己身上！不是有人跳墙吗？府里不是乱套了吗？本来王夫人也未必会想到以往一些堵心的事，现在，好，王善保家的几句谗言，立刻点燃起王夫人心中熊熊怒火，猛然触动往事，立刻生出灭晴雯之心。大家还记得吗，故事发展到芳官说有人跳墙以后，上夜的人们打着灯笼各处搜寻，并无踪迹，都说一定是看花眼了，晴雯就站出来，振振有词地说：“别放诌屁！……才刚并不是一个人见的，宝玉和我们出去有事，大家亲见的。如今宝玉唬的颜色都变了，满身发热，我如今还要到上房里取安魂药去，太太问起来，是要回明白的，难道依你说就罢了不成！”你看，她多厉害，就觉得自己跟太太是一头的，吓得众人都不敢吱声。其实，她要是真依了那些人的主张，不那么扬铃打鼓地乱折腾，也许，就还不至于那么快地把打击招惹到自己身上吧？你说曹雪芹他这样铺排，难道又是随便那么一写吗？我认为，他构思得非常精密，环环相扣，节奏越来越快，就是为了“一石三鸟”，让读者体味出不止一个层次的内涵。他写出了晴雯悲剧的深刻性，这既是奴隶被奴隶主摧残的悲剧，也是一个完全没有忧患意识的奴隶的性格悲剧。同时，他也让我们想到更多，起码，你就会想到，人的命运竟会是那么诡谲，“搬起石头砸自己的脚”，不但会应验在很糟糕的人身上，有时，也会应验在像晴雯这样的美丽聪慧而又烂漫任性的好姑娘身上。对人性，对人生，对世道，对天道，我们掩卷沉思，实在可以悟出很多很多。

排在又副册第二位的，是袭人。对袭人，历来的读者和评论者，都有对她不以为然，撇嘴批判的。她被指出的问题主要是三个：第一，宝玉被贾政笞挞后，她去跟王夫人说那些话，大意就是老爷也该管教管教宝玉，否则，宝玉可能跟小姐丫头们出事情，这多虚伪啊！书里第六回就写了，不是别人，恰恰是她，跟宝玉发生了肉体关系，她却去跟王夫人那么说，似乎宝玉身边别的女性都是需要防范的危险人物，唯独她顶顶圣洁，能够维护住宝玉婚前的童贞。结果呢，王夫人大感动、大赞赏，从那以后，就进一步确定了她准姨娘的地位，获得破例的津贴。第二，获得王夫人特别拨给的特殊津贴以后，她就常常去告密。像抄拣大观园以后，王夫人撵了晴雯还不算，又逐一亲自审问怡红院的丫头们，见了四儿，立刻点出来，这四儿说过，同日生日就是夫妻——四儿原来叫蕙香，生日跟宝玉相同，是宝玉给她改叫四儿的——这种怡红院里的玩笑话，王夫人居然知道。王夫人说：“打谅我隔得远，都不知道呢，可知我身子虽不大来，我的心耳神意时时都在这里，难道我通共一个宝玉，就白放心凭你们勾引坏了不成！”那么，谁是王夫人在怡红院的心耳神意呢？当然是袭人了。为此，历来都有不少读者和论家鄙视、痛恨袭人。第三，袭人多次表示，她跟定了宝玉，在王夫人面前也是以宝玉一生的守护神自居。第十九回，袭人说宝玉只要依着她，“刀搁在脖子上，我也是不出去的了！”宝玉一贯依着她，可是她怎么样呢？宝玉还活着，她就去嫁蒋玉菡了，高鹗续书，也就把她写得很不堪，用“千古艰难惟一死”的诗句讥讽她。

究竟应该怎么看待袭人？我觉得，曹雪芹他写出了这么一个生命存在，在他来说，从叙述的文笔里，看不出作者主观上的批判意味。曹雪芹对有的角色，最明显的是赵姨娘，其次是邢夫人，那是把厌恶、贬讽，都直接流露在文本里的。对袭人不是这样，甚至恰恰相反，比如“情切切良宵花解语”这样的回目，是把袭人当作宝玉生命中最切近的花朵来描写的。像对待凤姐，曹雪芹写她的胆大妄为、泼辣狠毒，毫不手软，但总体而言，却还是赞赏爱惜居多。对袭人也是一样，曹雪芹客观地写出了她的人性弱点，但总体却还是肯定她的。对袭人，历来读者评家提出过三方面问题。第一个，袭人是否虚伪？你可以形成你觉得她虚伪的判断，但是就曹雪芹写她而言，我觉得恰恰是写她的真诚——她真诚地觉得自己跟宝玉的性关系是合情合理的，真诚地认为宝玉也该由家长严格地管一管，真诚地觉得应该常常向王夫人汇报并有一说一有二说二，她真诚地认为她所做的一切，都是为了宝玉好。那么，她在生活上对宝玉无微不至的照顾，已达到天衣无缝、滴水不漏的程度，是换成任何一个别的人想尽忠都难以达标的，她已经成了宝玉除精神生活以外的，全部俗世生活里的依靠，她就是这样一个人物。从我们读者方面来说，我读了书里关于袭人的描写，就懂得了有时候有的人的那份真诚甚至比虚伪还要可怕。第二个问题，就是袭人是否算个告密者？其实回答第一个问题的时候就等于把这个问题回答了，她很真诚，她觉得那是汇报，不是告密，她只是报告事实，没有陷害谁的意思，既没造谣，也没夸大渲染，而且仅供王夫人参考，她心安理得。她也确实没有想到，后来，会出现那样的事态，撵晴雯，逐四儿、芳官，宝玉受大刺激，等等，但那要她负责任吗？后来宝玉在百般无奈的情况下，就把思路转向了宿命，转向了天人感应，引经据典，说怪不得院子里的海棠树死了半边，原来是晴雯不幸的预兆啊！一贯温柔和顺、似桂如兰的袭人一下子火了，她说："真真的这话越发说上我的气来了，那晴雯是个什么东西，就费这样心思，比出这些正经人来！还有一说，他纵好，也灭不过我的次序去，便是这海棠，也该先来比我，也还轮不到他！想是我要死了！"袭人理直气壮，她没有告密人的自我意识，当然也就没有相关的愧疚与忏悔。

第三个问题则是，袭人既然发过誓，刀搁在脖子上，她也不会离开宝玉，那怎么她后来却去嫁了蒋玉菡呢？袭人嫁蒋玉菡，是八十回后的情节，高鹗写的，只是他的一种思路，我的探佚心得跟他不同，我的思路是这样的情节：八十回后，很快会写到皇帝追究荣国府为江南甄家藏匿罪产的事，贾府被第一次查抄，贾母在忧患惊吓中死去，荣国府被迫遣散大部分丫头仆人，负责查抄荣国府的就是忠顺王，袭人被忠顺王点名索要，就不得不去，当然，这有点刀搁在脖子上的味道了，但袭人人性中那软弱苟且的一面占了上风，她就没有以死抗拒，而是含泪而去了。根据脂砚斋一条批语，那时候宝钗已经嫁给宝玉，那一波抄家后还允许他们留下一个丫头——袭人临走时候就说，好歹留着麝月。麝月在照顾宝玉生活方面是一个颇有袭人精细谨慎作风的丫头，书里有多次那样的描写，而且麝月一贯低调，跟各方面都无矛盾，不引人注意，因此被点名索要走的可能性不大。袭人就让宝玉宝钗尽可能留下麝月，这样她走了也放心一点，心里头好过一点。我的思路就是这样，袭人她是在荣国府遭受突然打击的情况下，被迫离去的，你要她怎么办呢？以死对抗？那样会把事情弄糟，会连累到宝玉和整个荣国府。因此，你可以说她软弱，却不好说她是自私、虚伪与忘恩负义。被索要到忠顺王府后，忠顺王和他的儿子都想占有袭人，便暂且安排她在忠顺府老太太跟前服侍，那时忠顺王早从东郊紫檀堡逮回了蒋玉菡，留在身边当玩物，后来忠顺王为了拴住蒋玉菡，让他死心塌地为自己效劳，就把袭人赏给了蒋玉菡。

根据脂砚斋批语还可以知道，袭人嫁给蒋玉菡以后，还曾为陷于困境的宝玉宝钗夫妇提供物质资助，也就是供养他们夫妇。即使袭人后来能长久地跟蒋玉菡在一起，在那个时代，戏子是低常人一等的，一个戏子的老婆，是得不到一般世人尊重的。袭人的人生理想，是陪伴宝玉一辈子，这个理想当然是破灭了，她也只能是在回忆里，通过咀嚼往日的甜蜜，来度过以后的岁月。第五回关于她的册页上，画的是一簇鲜花、一床破席，“席”固然谐音“袭”，但所象征的，应该是她后来虽然表面上有光鲜的物质生活，实际上她的人生价值已经破产，总体而言，她也属红颜薄命，是悲剧人生。

排在又副册第三位的，我认为应该是鸳鸯。鸳鸯我不多说了。只想特别指出来，鸳鸯无意中撞见了司棋和潘又安。在那个时代那种社会，那样的贵族府邸里，司棋竟然把外面的小伙子约到大观园里，做那样的事，是既违法又悖德，可以用骇人听闻和胆大包天来形容。而鸳鸯呢，她不是一般的丫头，她是贾母身边最信赖的人。书里后来写贾母查赌，好厉害啊，可以知道贾母的价值标准和行为准则。鸳鸯似乎是天然应该跟贾母一个立场，绝不允许府里出现这种乱象，不允许既定的秩序被搅动破坏的，因此面对司棋的行为，她能隐忍不报，就已经算非常出格了。这一讲一开头，我就引了鸳鸯的话，跟她从小一起长大的丫头里，并没有司棋，司棋应该是贾赦邢夫人那个院子里的丫头，跟着迎春到这边来的，跟鸳鸯没有老交情。可是，书里写到，第七十二回一开头，鸳鸯听说司棋病得很重，要被挪出去，就主动去司棋那里，支出人去，反立身发誓："我告诉一个人，立刻现死现报！你只管放心养病，别白糟蹋了小命儿！"我认为，鸳鸯的人格光辉在这一笔里，放射出了最强的光。在那样一个时代、那样一种社会、那样一种主流价值观的威严下，鸳鸯这么一个家生家养的奴隶，她就懂得任何一个生命，哪怕是比她自己地位还低一些的奴隶，都有追求自己的快乐与幸福的天赋人权，这种意识，是非常了不起的。当然，这其实就是作家曹雪芹的意识，这种意识在二百多年前的中国，是超前的，在现在的中国，也是先进的。鸳鸯的结局，应该是在贾母死亡后，贾赦向她下毒手时，自杀身亡。

那么，又副册再往下排，应该都是谁呢？

我个人的看法，排第四位的应该是小红。前八十回里，小红上了两次回目，八十回后，她还会去救助凤姐和宝玉，应该还会至少上一次回目。这说明在曹雪芹对全书的构思里，小红是一个非常重要的角色，前面讲别的角色的时候，也已经多次涉及小红，这里不再重复。那么，小红、贾芸他们有情人终成眷属，最后还有去救助别人的能力，说明他们在社会上也算站住了脚，难道这也算薄命吗？别忘了小红的父亲是林之孝，这种贵族府邸的大管家，主子得势的时候，即使不仗势欺人，也八面威风，可是一旦大厦倾倒，靠山崩溃，那就非常之惨，皇帝所指派的来抄家的官员，一定会首先将这样的大管家严加拷问。真实的生活里，像李煦家和曹家的管家，都被拘押很久，反复提审，下场很惨。小红既然能去救助凤姐宝玉，当然更会去救助自己的父母，但是，那是好解救的吗？自己被株连上的风险也是很大的。我们只能设想，贾芸和小红因为早有预感，早做准备，因此，在贾府倾倒之前他们就结为了夫妻。当皇帝将贾家抄家治罪时，贾芸只是贾府的一个远亲，小红嫁给他后已经不算贾府的人，一时不会被追究，他们还有勉强维生的社会缝隙可以安身。但是，那一定是在惊恐与担忧中过日子，小红就算躲过了被打、被杀、被卖的大劫，依然是一个悲情女子。

排在第五位的，我认为是金钏。第六位是紫鹃。第七位的是莺儿。

第八位，估计是麝月。第二十回中涉及麝月的那条脂砚斋批语，可以再引得更详细一点，批语是针对一段会给你留下很深印象的情节的：袭人病了，宝玉房里的丫头们全出去玩耍了，麝月却自觉地留在屋里照看，让宝玉觉得她“公然又是一个袭人”。后来宝玉就给她篦头，被晴雯撞见，遭到讥讽。脂砚斋批语说：“闲上一段女儿口舌，却写麝月一人，在袭人出嫁之后，宝玉宝钗身边还有一人，虽不及袭人周到，亦可免微嫌小弊等患，方不负宝钗之为人也，故袭人出嫁后云‘好歹留着麝月’一语，宝玉便依从此话，可见袭人出嫁，虽去实未去也。”这条批语透露了八十回后的情节，很珍贵。更有意思的是，也是在这一段稍前头一点，还有一条署名畸笏的批语，不但有这么个署名，还写下了落笔的时间，是丁亥夏。畸笏，应该是畸笏叟的减笔，这个人和脂砚斋究竟是一个人还是两个人，红学界一直有争论。有的认为是一个人，前后用不同的署名写批语，有的则认为是两个人，这个话题讨论起来很麻烦，这里不枝蔓。但是我要告诉你，就是这个丁亥年，据专家考证，应该是乾隆三十二年，也就是一七六七年。曹雪芹去世，是在一七六三年或一七六四年，这位畸笏写批语的时候，曹雪芹肯定已经不在了。那这条批语的内容是什么呢？写的是：“麝月闲闲无语，令余酸鼻，正所谓对景伤情。”你去看书里的具体描写，麝月说了不少话，并不是“闲闲无语”，那么这条批语是什么意思？它就给人这样的感觉——是书外的麝月，跟批书的人待在一起，批书的人批到这个地方的时候，把书里写的念给她听，而麝月坐在旁边，静静的，什么也没做，什么也没说，可能只是在回忆，在沉思，于是批书的人鼻子就酸了，“对景伤情”，就是把书里的描写，和眼前的景况加以对比、联想，就很伤感，情绪难以控制。那么，这条重要的批语起码传递了三个信息：一个就是麝月实有其人，书里关于她的事情，基本上都是实际有过的；第二个信息，就是在生活的真实里，这个麝月，她最后经过一番离乱，到头来还是跟写书人、批书人又遇上了，就在一起生活了；第三个信息，就是书里第二十回所写的那一段，麝月看守屋子，宝玉跟她说话，她打开头发让宝玉给她篦头，遭遇晴雯讥讽等等，是有场景原型、细节原型的。当然，也许生活的真实里，这个女性并不叫麝月，但麝月写的就是她，性格就很一致。书里的麝月基本上是安静的，喜怒不形于色的，那么，书外的她，经历了大的劫波以后，虽然又遇到了写书的和批书的，但写书的已经死了，她和批书的相依为命，前途茫茫，她欲哭无泪，闲闲无一语。

排第九位的，是司棋。关于她，我只强调一个细节。第二十七回，大观园的女儿们饯花神，满园热闹，小红，那时候还叫红玉，她为凤姐办完事取来小荷包，回到园子里，在凤姐支使她的那个山坡上去找凤姐好复命，可是凤姐已经不在那里了。这时候，就看见司棋从山坡上的山洞里出来，站着系裙子，她就赶上去问：“姐姐，不知道琏二奶奶往那里去了？”司棋回答：“没理论。”这当然也不是废墨赘文。从这个细节里可以知道，第一，大观园的建筑和园林虽然美丽，但是，卫生设施还相当落后，第五十四回就明确写到宝玉晚上走过山石后头撩起衣服小解，那么这个细节，就意味着司棋她刚在那山洞里方便完；第二，由这个细节，读者也就可以知道司棋在作风上是比较随便的，初步透露出她这个爱把头发蓬松地梳得很高的身材高大丰壮的丫头，有着独特的性格；第三，这也是个伏笔，司棋后来约潘又安进园子里来偷情，她是准备得很充分的，她对园子里的山洞和僻静角落，勘探得非常仔细，本来应该是万无一失的，但是正像我刚才说的，大观园的卫生设施还是很欠缺的，第七十一回末尾，为什么“鸳鸯女无意遇鸳鸯”？并不是鸳鸯她想盘查什么，只不过是因为内急，不得不寻个僻静的角落去方便一下罢了。当然，对司棋，曹雪芹他也是写人性的复杂。第六十一回，她派小丫头小莲花儿，去问管厨房的柳家的要碗炖得嫩嫩的鸡蛋，柳家的抱怨了一番，嗬，听了小莲花儿的学舌，她伺候完迎春吃饭，就带领一群小丫头跑来，对厨房实行了彻底的打砸。司棋如此蛮横，还不只是因为嘴馋，实际上她是要夺取厨房的控制权，把柳家的换成能充分地为她的利益效劳的秦显家的。这场争夺战似乎都已经尘埃落定，秦显家的都进驻厨房半天了，却没想到又风云突变，厨房到头来还让柳家的掌管，司棋气了个仰翻，却也无计挽回，只得罢休。司棋确实也不是个善茬子。她被撵出去以后的结局，高鹗续书的写法，是她和潘又安双双殉情而死，平心而论，还是比较合理的。

排第十位的，我认为是玉钏。她是金钏的妹妹。她和她姐姐，以及前面提到的紫鹃、莺儿一样，在前八十回里都是上了回目的，各有自己的重头戏。关于她们的情节都比较单纯，好懂，我就不多说了。紫鹃、莺儿和玉钏等丫头，在贾府被查抄治罪、四大家族一损俱损后，都会被当作抄来的“动产”处理，或由皇帝赏给负责查抄的官员，或者被公开拍卖，想起来真令人不寒而栗。

排在又副册第十一位的，我觉得可以是茜雪。前面讲别人的时候，我多次讲到她，已经讲过的，就不重复了。我的设想，是她无辜被撵以后，坠落到生活的最底层，嫁给马贩子王短腿了。记得王短腿吗？第二十四回，“醉金刚轻财尚义侠”，醉金刚把银子给了贾芸以后，怎么说的？他说还有点事，不回家了，让贾芸给他家带个信儿，叫家里人早点关门睡觉，倘或有重要的事情，叫他女儿明天一早到马贩子王短腿家去找他。尚义侠的人的朋友，当然也是讲义气的人。王短腿这个角色，我估计不会是随便那么大笔一挥，写了就跟扔了一样，这也应该是八十回后要出场的一个起作用的人物。估计茜雪就嫁给了他，而后来，王短腿不再贩马，就当了狱卒。茜雪之所以能不念旧恶，到狱神庙去安慰宝玉，应该就是因为她的丈夫是看守监狱的，有便利条件。

排在又副册第十二位的，我觉得可以是柳五儿。她是管内厨房的柳嫂子的女儿。书里说她“虽是厨役之女，却生的人物与平、袭、紫、鸳皆类”。她十六岁了，一直想到怡红院里去当丫头，经芳官推动，宝玉也很愿意，这件事几乎就要成功，但是在大观园几个利益集团的争斗中，柳五儿受了许多委屈，最终还是好梦成空。抄拣大观园后，王夫人训斥芳官，说她调唆宝玉，芳官敢于辩解，说“并不敢调唆什么”，王夫人恨她犟嘴，就举出她调唆宝玉要柳五儿的例子，说“幸而那丫头短命死了，不然进来了，你们又连伙聚党遭害这园子呢”。可是，在高鹗的续书里，柳五儿竟然还活着，并且成为宝玉的丫头，还被宝玉当作晴雯“承错爱”，这当然是胡写了。

曹雪芹写柳五儿，最出彩的一笔，我个人认为，是她跟芳官说，自己病好了些，有些精神，就偷着到大观园里去逛逛，结果呢，因为害怕被盘查，不敢往里头走，“这后边一带，也没什么意思，不过见些大石头大树和房子后墙，正经好景致也没看见。”这就把咫尺天涯的人生处境，写出来了。大观园啊大观园，在里面的丫头们怕被撵出来，在外头的女孩们想钻营进去，难道那真是个人间乐园吗？曹雪芹用他那支生花妙笔，写出了园里园外这些女子的悲剧人生，令我们扼腕叹息，令我们深思时代、社会、人生、人性、命运，《红楼梦》是多好的一部书啊！

那么，讲到这里，有红迷朋友会问了，第五回里，就点明了金陵十二钗正册、副册、又副册这三个册子，是不是一共也就只有这三个册子？有的研究者认为，就这三册，再没有了。也有的研究者认为，还有两组，也就是还有两个册子，还容纳了二十四位女子，一共是六十钗。那么，周汝昌先生就考证出来，册子一共有九册，收入女子的数量达到一百零八位。在下一讲里，我会告诉你我的看法，和你一起探究这个既重要又有趣的问题。

第八章 情榜之谜

古本《石头记》第十七、十八回讲到妙玉的时候，出现了一条署名“畸笏”的很长的批语，内容是这样的：“妙卿出现。至此细数十二钗，以贾家四艳再加薛、林二冠有六，添秦可卿有七，再凤有八，李纨有九，今又加妙玉，仅得十人矣。后有史湘云与熙凤之女巧姐儿者共十二人。雪芹题曰金陵十二钗，盖本宗红楼梦十二曲之义。后宝琴、岫烟、李纹、李绮皆陪客也，红楼梦中所谓副十二钗是也。又有又副册三断词，乃晴雯、袭人、香菱三人而已，余未多及。想为金钏、玉钏、鸳鸯、素云、平儿等人无疑矣，观者不待言可知，故不必多费笔墨。”这条批语把副册、又副册混说为又副册，但整体意思很清楚。隔了一条专评妙玉的话，又有一条批语说：“前处引十二钗，总未的确，皆系漫拟也。至末回《情榜》，方知正副再副及三四副芳讳。壬午季春。”这个壬午年，应该是乾隆二十七年，即一七六二年，那一年春天，曹雪芹可能还在世，并且完成了最后一回的《情榜》。前面我讲到过，曹雪芹因为在设计金陵十二钗册子的名单上殚精竭虑，来回来去地调整，他甚至一度主张把所写的书就叫作《金陵十二钗》。畸笏虽然跟他关系很密切，但是直到看见他写出的《情榜》，才终于知道他究竟是怎么把书中众多的女子分成几组排列起来的。那么，已经看到了《情榜》的批书人，就说曹雪芹所排出的金陵十二钗除了正册、副册、又副册以外，还有三副、四副。这不是批书人的猜测，是看到了《情榜》以后的一个说法，因此是可信的。

虽然对于脂砚斋和畸笏叟究竟是一个人前后使用了不同的署名，还是根本就是两个人，红学界一直有争议，但古本《石头记》里的批语，有一个约定俗成的称呼，就是都叫“脂批”。红学的分支“脂学”，就是专门来研究这些古本上的批语的。那么，我们现在就知道，根据脂批，《红楼梦》全书的最后有一个《情榜》，入榜的都是“金钗”，就是女子，她们十二人一组，每一组构成一个册子。除了上面我们已经探究过的金陵十二钗正册、副册、又副册以外，很明确还有第四个册子，就是三副，以及第五个册子，叫作四副。

我们现在就先来探究一下，三副册和四副册里，究竟会收入哪些女子？

先说三副册。

贾府的四位小姐，即畸笏所说的“贾家四艳”，她们跟前的首席大丫头，名字里各有“琴棋书画”四个字，这当然也是一种象征，意味着贾府的小姐们都很有文化修养。探春是书法家，前面讲到了；惜春会画画儿，构成书里重要的情节；第七回写周瑞家的送宫花，就写到迎春跟探春下棋；元春可能会弹古琴，那可能也是她能获得皇帝宠爱的一个因素，抱琴跟她入了宫，可能就专门从事伺候她弹琴方面的事宜。贾府四艳的四个首席大丫头——抱琴、司棋、待书、入画，司棋因为八十回里作者就着墨颇多，我猜测她已被又副册收入了，那么，在三副册里，抱琴、待书、入画应该是都有的。待书，通行本里印成侍书，查古本，还是应该写作待书。

那么，王夫人跟前的一个丫头，跟贾环要好，贾环却对她三心二意的，到第七十二回，“来旺妇倚势霸成亲”，凤姐的亲信仆人来旺让老婆出面来讨这个丫头，要强娶为儿子的媳妇。来旺的这个儿子酗酒赌博，而且容貌丑陋，但是凤姐发了话，没办法，只好嫁过去。赵姨娘在紧急关头，求了贾政，希望留下这个丫头，日后自己也得个臂膀，但是贾政对此十分冷淡，赵姨娘回天无力。那么这个丫头是谁呢？书里出现了两个名字，一个是彩云，一个是彩霞，这两个名字有时候还出现在同一段故事情节里，但如果细读，就会发现跟贾环好的这个丫头，虽然一会儿写成彩云，一会儿写成彩霞，实际上，应该是一个角色。之所以名字不稳定，应该是曹雪芹还来不及对全书进行最后统稿，就像写奶子抱着大姐儿带着巧姐儿一样，属于没有剔尽的毛刺。根据书里交代，这个丫头还有个妹妹叫小霞，那么，应该把她定名为彩霞。彩霞在三副册里，应该占据一席地位。

素云和碧月，是李纨的丫头，素云地位高于碧月。第七十五回，尤氏到了稻香村那里，要洗个脸补补妆，李纨就命令素云去把自己的妆奁取来。李纨是寡妇，不施脂粉的，素云就拿来自己的请尤氏将就着用，李纨就训斥她，说我没有，你就应该到小姐们那里去取些来，怎么公然拿出你的来？但是尤氏说她并不嫌脏，就用了。素云如果不是首席大丫头不会有这样的举动。素云如果在又副册里，那么我上一讲里排出的就需要去掉一个，比如把柳五儿移到三副中来，换上她；但是畸笏的那条批语也还只是猜测，“总未的确”，究竟某人在何册，畸笏也是壬午季春看了《情榜》才终于明了的，因此，如果到头来素云既然入不了又副册，那么三副册里是该有她的了。

翠缕，湘云的丫头，和湘云一起论过阴阳，仆主二人一问一答，非常有趣。论到最后，就拣到一只金麒麟，这是给大家印象很深的一个情节。翠缕本来是贾母的丫头，后来贾母把翠缕给了湘云，湘云回叔叔婶婶家，就把她带过去，算那里的人了，湘云到祖姑家这边来做客，她就再跟过来伺候。翠缕应该在三副册里。

还有就是雪雁，她跟着黛玉从扬州北上，到贾府时，贾母看她年龄太小，一团孩气，才把自己的一个比较成熟的丫头鹦哥给了黛玉。虽然书里没有明文交代，但读者都能意会到，鹦哥后来改了名字，叫紫鹃，成为黛玉的首席大丫头，后来更成为黛玉的知心朋友。不过雪雁毕竟是跟随黛玉一起到贾府里寄人篱下的，她一天天长大，也一天天走向随贾府陨灭的悲剧结局，她应该是在三副册里。

宝玉身边的丫头最多。第六十三回“寿怡红群芳开夜宴”，本来只是宝玉房里的丫头们凑分子给他单另外搞一次庆寿活动。丫头们出分子钱的数额，是按地位来定的，袭人、晴雯、麝月、秋纹四个，算一等大丫头，每人分子是五钱银子；芳官、碧痕、小燕、四儿四个，算二等丫头，每人分子是三钱银子。前面写宝玉的丫头，还有叫媚人的，叫檀云的，檀云这个名字跟麝月是配对的，还有叫绮霰的，绮霰和晴雯的名字又配对——通行本是把绮霰写成绮霞，那是不对的。但媚人、檀云、绮霰有的只出了一次名字，有的虽然出现不止一次，但在八十回里都没什么戏，脂批也没透露出她们在八十回后会有什么故事。在又副册里已经收入了晴雯、袭人和麝月，那么，秋纹、碧痕和小燕、四儿应该收到三副册里，她们在前八十回里都有一些戏。上一讲我提到过秋纹，她虽然也常常以是宝玉房里的丫头而流露出优越感，对比她地位低下的丫头婆子出言不逊，但总体来说，她的性格还是比较平和的，不像晴雯那么桀骜不驯，人生追求也比较肤浅，在与地位差不多的人相处时比较能退让。最体现她这种随遇而安、满足于主子小恩小惠的文字，集中在第三十七回，作者把她的性格与晴雯、麝月、袭人做了鲜明对比，最后导致了晴、麝把袭人那“西洋花点子哈巴狗”的绰号说了出来，袭人当然生气，而秋纹就立即道歉。秋纹作为一个有其独特性格的角色，在三副册中应该榜上有名。碧痕是丫头里分工负责伺候给宝玉洗澡的，有的古本里把她的名字写成碧浪，有的红学专家认为就应该把她的名字定为碧浪。书里通过别的丫头的嘴说出，她伺候宝玉洗澡，有一次竟洗了三个时辰，洗完后水淹了床腿，席子上都汪着水，也不知道是怎么洗的。这个碧痕也应该入三副册。小燕，也就是春燕，第五十九、六十回有她不少戏，宝玉那女孩子从无价宝珠因为出嫁变成死珠再变成鱼眼睛的名言，作者安排为由她口中转述，她应该也入三副册。四儿，原来叫蕙香，第二十一回她趁宝玉跟袭人等赌气的机会得以接近宝玉，宝玉嫌她名字俗气，改叫她四儿；因为她跟宝玉生日相同，说了生日相同就是夫妻的戏言，被告密给王夫人，后来被王夫人斥责撵出，她应该也在三副册。那么，芳官在不在三副册呢？我认为不在，下面再讲理由。

这样算起来，入三副册的，还只有十一钗。那么，还有一钗是哪位呢？我认为是小螺，薛宝琴的丫头，她抱着一瓶梅花，站在雪坡上的情景，是书中最美丽的画面之一。

三副满员了，那么，四副，我个人认为，应该是收入了“红楼十二官”，就是为了准备元春省亲，贾蔷到江南去买来的十二个女孩子。她们里头戏最多的是龄官和芳官。前面讲宝玉的时候讲到过龄官画蔷，她和贾蔷之间是有真正的爱情的，她们之间的爱情超越了主奴关系。宝玉到梨香院去耳闻目睹，大为感动，也因此憬悟，那就是人与人之间的感情特别是爱情，有其神秘性，有命中注定的一面。龄官很了不起，元妃省亲，在那么重要的、具有政治性的活动里，主子命令她唱

《游园》《惊梦》两出，她自以为这两出戏非本角之戏，执意不演，而且还自己选定了剧目，是风格完全相反的《相约》《相骂》，这样的作为，不知道您是怎么个看法，反正我读到那一段，就对龄官肃然起敬，那真是大艺术家才有的忠于艺术、不畏权贵的气派。后来皇帝因为死了老太妃，禁止娱乐，省亲也暂停，贾府遣散这些唱戏的女孩，除了死了的药官，有八位留下了，龄官和宝官、玉官三位自愿离开。龄官应该是被贾蔷接走了，但八十回里没有明写，八十回后应有一个对他们结合和结局的交代。

芳官是书里戏份儿集中，而且塑造得极为生动的一个角色。她后来被分配到怡红院当丫头，她的干娘拿着她的银子，却不使在她的身上，不仅不好好给她洗头，还打骂了她，“那芳官只穿着海棠红的小棉袄，底下丝绸撒花袷裤，敞着裤腿，一头乌油似的头发披在脑后，哭的泪人一般。”她跟内厨房的柳嫂子交好，竭力要帮助柳五儿进到怡红院，她跑到厨房去传话，书里是这样写的，“忽见芳官走来，扒着院门”——肢体语言很生动——笑着跟柳家的说话。群芳开夜宴，书里又有专为她的一段白描：“当时芳官满口嚷热，只穿着一件玉色红青酡色绒三色缎子斗的水田小夹袄，束着一条柳绿汗巾，底下是水红撒花夹裤，也散着裤腿。头上眉额编着一圈小辫，总归至顶心，结一根鹅卵粗细的总辫，拖在脑后。右耳眼内只塞着米粒大小的一个玉塞子，左耳上单带着一个白果大小的硬红镶金大坠子，越显得面如满月犹白，眼如秋水还清。”真是从纸上活跳了出来。后来宝玉还把她打扮成小土番的模样，而且，芳官还说“咱家现有几家土番”，可见那时候皇帝出征平息了番邦叛乱后，还会把其中的一些俘虏的土番分配到各个贵族家庭当粗使仆役，宝玉因此给她取了一个番名耶律雄奴，后来因为被人错叫成“野驴子”，就又改叫温都里纳，据说是“海西弗朗思牙”的“金星玻璃宝石”的译音。总之，芳官给读者留下的印象是鲜明生动的，这个艺术形象的外延性是很强的，关于她，可以做专题研究，并且能够得出丰富的成果。前面说到了，抄拣大观园后，王夫人斥责芳官调唆宝玉，芳官敢于当面笑辩。她后来入了尼庵，但是读者们可以想象出来，她那样一种浪漫不羁的性格，肯定早晚会跟庵主发生冲突。她最终是怎样的一个结局，除了具有悲剧性以外，具体的情况就不得而知了。

其余的七官，文官后来分到贾母处，藕官分给了黛玉，蕊官分给了宝钗，葵官分给了湘云，艾官分给了探春，荳官分给了宝琴，茄官分给了尤氏。这些女孩子相当团结，她们一人有难，群体相帮，而且敢于为群体利益向主子进言，艾官就在探春面前告对手的状。她们作为丫头在大观园内外存在的时间虽然短暂，却显示出了不同于那些“常规丫头”的特殊风采，她们整体作为四副册的“金钗”，是说得过去的。

那么，是不是《情榜》中的女子只有这五组六十名呢？一些专家，如周汝昌先生就提出来，不只这五组，还有四组，一共是九组，共有一百零八个女性。有的人会觉得，一百零八，这不落套了吗？《水浒传》最后梁山泊英雄排座次，不就排出了一百单八将吗？这不是落套。从《红楼梦》的文本里，可以鲜明地看出来，曹雪芹他刻意创新，但是他没有割断和在他之前的文化源流之间的关系，他写宝玉和黛玉如何从《西厢记》《牡丹亭》里获取思想滋养，用很多古典戏曲来暗示人物命运和故事走向以及全书的结局，至于对他以前的杰出的文章诗词的融会贯通，那就更渗透在了整个文本当中。他虽然借鉴《水浒传》排座次的外在形式，但是，《水浒传》的一百零八个英雄豪杰中只有寥寥几个点缀性的女子，基本上是个被男性垄断的群体，而他在全书最后排出的《情榜》，除了册外的贾宝玉，全是女子世界。这在那个时代、那种社会、那样的主流意识形态下，他的做法绝对是惊世骇俗的，是对男权社会的挑战，是别开生面的艺术构思。而他将每组女子的数目定为十二，光这一点就跟《水浒传》英雄榜的结构完全不同，具有鲜明的独创性。

从我们读完《红楼梦》前八十回的印象来说，光是五组六十名女子，也容纳不下书里诸多的女儿形象。我对有九组一百零八位“金钗”的看法是认同的。那么，如果我继续往下推测，下面那四个册子里，还会收入书里的哪些女子呢？

五副，实际也就是第六个册子里，我觉得应该有以下这些女子：

二丫头。这是第十五回，写凤姐带着宝玉、秦钟，一起到一处村庄里去略事休息，宝玉见了那里的种种事物都觉得异常新鲜，后来见有一个纺车，就过去搬转作耍，没想到就来了个十七八岁的村庄丫头，跑了来乱嚷：“别动坏了！”宝玉就赔笑说，因为从没见过，试他一试。那丫头就说：“你们那里会弄这个，站开了，我纺与你瞧！”但是一听那边老婆子叫：“二丫头，快来！”二丫头也就去了。按说，这二丫头对宝玉并不礼貌，但是，当凤姐休息完了，带他们离开时，曹雪芹却写下了这样的文字：“一时上了车，出来走不多远，只见迎面那二丫头怀里抱着他小兄弟，同着几个小女孩说笑而来。宝玉恨不得下车跟了他去，料是众人不依的，少不得以目相送。”这真是惊心动魄的文字。宝玉怎么会“恨不得下车跟了他去”？按说，写宝玉恋恋不舍，也该算把宝玉的心情写足了，但曹雪芹他偏写成宝玉恨不得抛弃他全部的既有生活，而跟二丫头那样的庄户姑娘去进入另一个世界，这是值得我们认真思考的。在写到二丫头的时候有一条脂批说：“处处点情。又伏下一段后文。”估计八十回后，会有宝玉跟二丫头在某种情况下再次相遇的情节，那应该是特别有意味的一种安排，可惜我们现在看不到了。

卍儿。这是第九回里，和宝玉的首席小厮茗烟做爱的一个宁国府的丫头——茗烟在有的回里又写作焙茗。宝玉因为记得宁国府一所小书房里挂着一轴美人，忽生奇想，说府里这么热闹，那画上美人却很寂寞，应该去看望安慰她一下。这当然是曹雪芹写宝玉的特殊人格，就是他对本是不懂感情的事物，也会充满感情。结果他去了那里，就撞见了茗烟和卍儿，宝玉虽然责备茗烟，却跺脚催促发蒙的卍儿“还不快跑”，还赶出去说：“你别怕，我是不告诉人的。”这个卍儿后来应该是嫁给茗烟了。

瑞珠和宝珠，这两个在秦可卿淫丧天香楼后相继有怪异表现的丫头。前面讲过她们的事，这里不重复了。

智能儿。这是一个能大胆追求爱情的尼姑，她和秦钟在馒头庵发生关系后，又勇敢地偷跑进城去找秦钟，说明她并不是满足露水姻缘的轻浮女子，对爱情有一份真诚的执着，但是她被秦钟父亲赶了出去，不知所终。

云儿。她在第二十八回出现在冯紫英家的宴会上，还唱了曲。这是前八十回里出场的唯一一位妓女。

青儿。这是刘姥姥的外孙女儿，板儿的妹妹。她在八十回后应该还要出现。

几位荣国府里的丫头应该也在这一册里。她们是：宝玉房中的小丫头佳蕙，在第二十六回她和小红之间有非常重要的对话。绣橘，她在第七十三回“懦小姐不问累金凤”里有出色表现，小姐迎春虽懦弱，她还算是比较厉害的一个丫头。翠墨，探春的丫头。彩屏，惜春的丫头。还有就是坠儿，前面讲晴雯、小红的时候已经讲到过她，不再重复。

以上是五副的十二钗。那么，六副，也就是第七个册子里，或许收入的是这些女子：琥珀，贾母的丫头。春纤，黛玉的丫头。碧月，李纨的丫头。佩凤、偕鸳、文花，她们是贾珍的妾，偕鸳在通行本上被写成偕鸾。第六十三回中，只不过有几句写她们两个一起打秋千玩耍的细节，后来便引出很多的题咏，被画成“绣像”，很有意思。还有一位靛儿，她应该是贾母房中的丫头，“宝钗借扇机带双敲”那段故事发生在贾母住处，她只不过问了一句藏没藏她的扇子，宝钗就声色俱厉地说了她一顿。此外，还有宝玉的丫头媚人、檀云、绮霰、可人、良儿。

七副，也就是第八个册子里，或许会收入的女子是：张金哥，她是“王熙凤弄权铁槛寺”的直接受害者。红衣女子，袭人的姨表妹，第十九回里引出宝玉和袭人的一段重要对话，脂砚斋也有大段批语，估计八十回后，这位红衣女郎或许还会出现，并在宝玉的生活中起到某种救助的作用。周瑞的女儿，冷子兴的媳妇。娇杏，贾雨村的填房夫人，第一回将她的遭遇与甄英莲做对比，说她“命运两济”，但是，贾雨村最后的结局并不妙，在第一回末尾甄士隐的《好了歌注》里，“因嫌纱帽小，致使枷锁扛”一句旁，有脂批明白点出：“贾赦、雨村一干人。”可见她开始的“命运两济”只不过是“侥幸”中的假象，到头来她也还是个“犯官之妻”。丰儿，凤姐的丫头。银蝶，尤氏的丫头。莲花儿，迎春处的小丫头，为司棋去向内厨房的柳嫂子要炖鸡蛋，引出一场风波。蝉姐儿，探春处小丫头。炒豆儿，尤氏的小丫头。小鹊，赵姨娘的丫头。臻儿，香菱的丫头。嫣红，贾赦逼娶鸳鸯不成，用八百两银子买来的一个十七岁的姑娘。

八副，也就是第九个、最后一个册子，我觉得其中会有几位令读者厌恶的女子出现。夏金桂和她的陪嫁丫头宝蟾，这是折磨香菱至死的人。秋桐和善姐，这是凤姐迫害尤二姐的不自觉与自觉的帮凶。以上四位女子人性中的邪恶太多，暴露得也很充分，但她们也都没有什么好下场。她们的薄命或许不能引出读者的同情，但是如果仔细想想，也就能够悟出，把她们人性中的邪恶挑动起来，并且纵容其膨胀的，还是那个时代、那个社会的主流势力，论罪恶，是不能只算在她们个人身上的。鲍二家的，多姑娘，两位淫荡的女子，多姑娘又写作灯姑娘，是晴雯的姑舅表嫂。她们的堕落也不仅是她们个人的品质使然，在那个男权社会里，不但男主人，就是男奴仆，也把她们视为玩物，她们也是那个时代的牺牲品。小霞，彩霞的妹妹。小吉祥儿，赵姨娘处的小丫头，为参加丧葬活动向雪雁借衣服被拒绝。小鸠儿，春燕的妹妹。小舍儿，金桂的丫头。倪二的女儿，从醉金刚倪二上回目，可知曹雪芹对这个“跳色”的市井泼皮相当重视，他的女儿，他提到的王短腿，都保不齐会在八十回后亮相。傻大姐是最后一钗，她是贾母处的粗使丫头，她拾到绣春囊，惹出一场急风暴雨，清代晚期的评家更有“傻大姐一笑死晴雯”之说，其实她那只是一个傻笑。

当然，如果你仔细梳篦八十回的文字，还有一些小丫头、小姑娘似乎也应该收入册子，比如贾母的丫头还有叫玻璃、翡翠、玛瑙的，如果给了宝玉的珍珠后来改叫了袭人，那么，似乎后来又补了一个叫珍珠的丫头。还有叫鹦鹉的，如果不是后来改叫紫鹃的鹦哥，那么，应该是另一个丫头。此外，宝玉的丫头有叫紫绡的；宝钗的丫头有叫文杏的；王夫人有叫绣鸾、绣凤的丫头；薛姨妈有叫同喜、同贵的丫头；贾赦有个妾叫翠云；邢岫烟的丫头篆儿；第六十二回来给宝玉拜寿的还有个丫头叫彩鸾，也不知是哪一处的；卜世仁的女儿，贾芸的表妹银姐，等等。也许，我上面所列出的某些女子，就应该分别由这里面的某几位置换下来。

曹雪芹在第五回里，给这些女子一系列的悲剧性概括，警幻仙姑唱的歌是：“春梦随云散，飞花逐水流；寄言众儿女，何必觅闲愁！”金陵十二钗的册子全存放在薄命司中，给梦游的宝玉喝的茶名叫“千红一窟”（千红一哭），饮的酒名叫“万艳同杯”（万艳同悲）……他为那个时代那种社会那种主流价值观念下，青春女性的被压抑被埋没被吞噬被污染被扭曲而深深叹息，无限悼怀。

在揣摩曹雪芹所设计的《情榜》的过程里，我不由得想起鲁迅先生在《我之节烈观》那篇文章结尾所写下的那些话：

> 他们是可怜人；不幸上了历史和数目的无意识的圈套，做了无主名的牺牲。可以开一个追悼大会。
>
> 我们追悼了过去的人，还要发愿：要自己和别人，都纯洁聪明勇猛向上。要除去虚伪的脸谱。要除去世上害人害己的昏迷与强暴。
>
> 我们追悼了过去的人，还要发愿：要除去于人生毫无意义的苦痛。要除去制造并赏玩别人苦痛的昏迷和强暴。
>
> 我们还要发愿：要人类都受正当的幸福。

鲁迅先生是在 1918 年 7 月写下这些话的。那是 20 世纪刚刚出现的白话文之一，他写这篇文章的时候，“五四”运动还没有爆发。建议你现在找到《鲁迅全集》里的这篇文章看一下，他写这篇文章的时候还没有女字边的“她”字，他写女性时的第三人称仍然用的“人”字边。我说这个细节干什么？就是想到中国妇女的命运，从曹雪芹写《红楼梦》，到鲁迅先生写《我之节烈观》，基本上没有什么改变。而他们的心是相通的，把鲁迅先生的这段话拿来诠释曹雪芹《红楼梦》最后的《情榜》，我觉得真是严丝合缝。想想金陵十二钗系列里的女子，反复诵读鲁迅先生这些文章，真不禁悲从中来，心潮难平。

时代发展到今天，社会状况当然有了很大的变化，本来，“五四”运动时期，发明出女字边的“她”字，是为了体现对女性的尊重，但是到了 20 世纪后期，西方出现了“女权主义运动”，为体现性别上的平等，从语言文字上，女权主义者们反对将女性特殊处理。在中国，随着社会进步，妇女的地位和处境总体而言应该说有了很大的提升和改善。近些年，虽然没有成形的西方式的“女权主义运动”在中国出现，但是新一代女性也开始在反对性别歧视、争取自身权益方面有了勇敢的话语与行为，这都是令人欣慰，足可告慰《红楼梦》里众多的金陵薄命女，告慰曹雪芹的。

但是，曹雪芹通过《红楼梦》所表达出来的，不仅是社会学方面的深刻思考，他还有更高层面的哲学上的终极思考。甲戌本开篇不久就有一首诗：

浮生着甚苦奔忙？盛席华筵终散场。
悲喜千般同幻渺，古今一梦尽荒唐。
漫言红袖啼痕重，更有情痴抱恨长。
字字看来皆是血，十年辛苦不寻常！

第一句，“浮生着甚苦奔忙？”这就是终极追问，是最高层次的哲学思考，就是问生命的意义是什么？生活的目的是什么？作为一个生命，每天跑东奔西，忙忙碌碌，意义究竟是什么？就算你不用奔跑忙碌，你每天安静地继续存活，那意义又是什么？第二、三、四句，你读了可能觉得，哎呀，太悲观了，太虚无了。但是，最后四句就告诉你，在那最深沉的漫漫长夜里，有两个人，一个是“红袖”，另一个是“情痴”——“红袖”这个符码不可能不是在象征一位女性，而“情痴”，看了后面的文字我们就知道，应该是指宝玉的原型，其实也就是指作者，指曹雪芹本人——他们在那样一种近乎绝望的处境下，努力地去超越，去升华，他们合作著书，通过这部书来使自己的残余生命在暗夜里发出光来。他们用心血写书，已经长达十年之久，他们仍在努力，在行动，这就说明到头来他们并不彻底地悲观，并没有在虚无的思绪中沉沦。于是，尽管他们的心血在那个时候就遭到遮蔽，遭到摧残，但是，毕竟还是大体上留下了八十回文字，以及与文本水乳交融的许多批语，而他们那人生的意义、生命的尊严，就都长存在其中，获得了不朽，滋养着我们，使我们也能觉悟到，生命的尊严在于精神的独立、思想的自由，而生活的意义在于创造，在于有益于他人。

讲到这里，我想那些对于我的“秦学”的误会、歪曲应该得到彻底澄清了。我是只研究秦可卿一个角色吗？是仅仅对《红楼梦》文本里康、雍、乾三朝的政治内涵进行探究吗？是把对《红楼梦》的研究变成把书里角色和历史人物去对号入座吗？我的两个基本方法——一个是原型研究，一个是文本细读——现在你应该可以明白，原型研究不是查户口，实际上任何人恐怕都查不到那样的户口，原型研究的目的是为了搞清楚从生活真实升华为艺术形象的过程。对我个人来说，这对我从事写实性小说的创作，有着特别重要的作用。文本细读，我细致到这样的程度，可以说我多余，或者烦琐，但是说我是离开了《红楼梦》，那我就听不懂他的话了。

我从第一讲就一再申明，我从来不认为自己的研究心得，就都是对的，更没有让我的听众和读者都来认同我的观点的目的，我只是很乐于把自己的这些心得，公布出来与红迷朋友们分享，并欢迎批评指正。我的目的只是借此来引发出人们对《红楼梦》的更浓厚的兴趣，为民间红学拓展出更宽松更舒畅的挥洒空间。那么，在这一讲的最后，我把自己所排列出来的《情榜》再以明快的分列方式，公布于下。除了曹雪芹在第五回里已经写出的，其余的当然都仅是我的猜测，欢迎红迷朋友们按照自己的判断，对我排出的名单加以调整。

前面已经讲到过多次，根据脂批可以知道，曹雪芹不但在全书结束时排出了《情榜》，而且给上榜的角色加了考语，宝玉是“情不情”，黛玉是“情情”。那么，曹雪芹究竟是只给正册的女子加了考语，还是给副册、又副册的女子全加了带一个“情”字的考语？甚至给六十位或者一百零八位女子全加了？这是一个值得再加探讨的问题，但我就暂不在这里跟大家讨论了。我目前还只能是给正册和副册、又副册里的女子，试拟了考语。那么，下面就请看我排出的《情榜》，也算是我的一个探佚成果吧。

情　　榜

绛洞花王

贾宝玉　　情不情

金陵十二钗正册

林黛玉　　情情

薛宝钗　　冷情

贾元春　　宫情

贾探春　　敏情

史湘云　　憨情

妙　玉　　度情

贾迎春　　懦情

贾惜春　　绝情

王熙凤　　英情

巧　姐　　恩情

李　纨　　槁情

秦可卿　　情可轻

金陵十二钗副册

甄英莲　　情伤

平　儿　　情和

薛宝琴　　情壮

尤三姐　　情豪

尤二姐　　情悔

尤　氏　　情外

邢岫烟　　情妥

李　纹　　情美

李　绮　　情怡

傅秋芳　　情隐

喜　鸾　　情喜

四姐儿　　情稚

金陵十二钗又副册

晴　雯　　情灵

袭　人　　情切

鸳　鸯　　情拒

小　红　　情醒

金　钏　　情烈

紫　鹃　　情慧

莺　儿　　情络

麝　月　　情守

司　棋　　情勇

玉　钏　　情怨

茜　雪　　情谅
柳五儿　　情失

金陵十二钗三副册

抱　琴
待　书
入　画
彩　霞
素　云
翠　缕
雪　雁
秋　纹
碧　痕
春　燕
四　儿
小　螺

金陵十二钗四副册

龄　官
芳　官
藕　官
葵　官
蕊　官
荳　官
艾　官

茄　官

文　官

宝　官

玉　官

药　官

金陵十二钗五副册

二丫头

卍　儿

瑞　珠

宝　珠

智能儿

云　儿

青　儿

佳　蕙

绣　橘

翠　墨

彩　屏

坠　儿

金陵十二钗六副册

琥　珀

春　纤

碧　月

佩　凤

偕　鸳

文　花

靛　儿

媚　人

檀　云

绮　霞

可　人

良　儿

金陵十二钗七副册

张金哥

红衣女

周瑞女

娇　杏

丰　儿

银　蝶

莲花儿

蝉姐儿

炒豆儿

小　鹊

臻　儿

嫣　红

金陵十二钗八副册

夏金桂

秋　桐

宝　蟾

善　姐

鲍二家的

多姑娘

小　霞

小吉祥儿

小鸠儿

小舍儿

倪二女

傻大姐

红楼心语

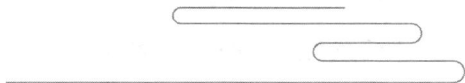

观花修竹能几时

1

观花修竹，后面还有四个字：酌酒吟诗。这是《红楼梦》第一回，写到甄士隐这个人物，介绍他的生存状态时，出现的词语。

书里说甄士隐的身份是“乡宦”。查《现代汉语词典》，没有“乡宦”的词条，查《辞海》，连增补本也查了，也没有这个词条，到百度网上去查电子词典，也没有这个词语，但是点击网页，却有一系列涉及“乡宦”两个字的信息出现，多半是古典小说或者相关评论里的内容，也包括《红楼梦》里关于甄士隐的文字。那么，乡宦是一种什么身份呢？

从书里描写看来，甄士隐住在姑苏阊门外十里街仁清巷葫芦庙隔壁，从空间位置上说，不在城里，但也还不是乡野，用今天的词来说，是居住在“城乡接合部”，城里人认为那里已经是“郊区”，真正的农村里的农夫可能又会认为那里是“街市”。从社会族群的归属来说，甄士隐一定是当过官，但书里看不到他还在继续当官的迹象，显然他已经用不着上班理事了，过的是闲居的生活，但是他的年龄呢，说是“如今年纪半百，膝下无儿，只有一女，乳名英莲，年方三岁”，也不能算很老，脂砚斋说曹雪芹的写法是“不出荣国大族，先写乡宦小家”，后来写到荣国府，贾政出场，那员外郎贾政的形象，似乎比第一回的甄士隐还要略老些，每天去上班，案牍劳烦，有时还要出长差，虽然住在豪华的大宅院里，但真正能够跟亲属一起享受闲适的机会很少，在大观园建成后去验收时，看到稻香村的景象，说了句“未免勾起我归农之意”，过去有的论家就说他是虚伪，我倒觉得贾政那样说，起码是“一时的真诚”。

甄士隐年纪不过是刚及半百，何以就可以有官宦的身份而又不必去打理官宦的事务？他“每日只以观花修竹、酌酒吟诗为乐”，成为“神仙一流人品”，“家中虽无甚富贵，然本地便也推他为望族了”，书里没有更多的交代，我们无法知道他没到退休的年龄，怎么就挂冠而居，看来不大像是被贬斥的，即使是被罢了官，用今天官场的行话来说，也是“软着陆”，权力是没有了，尊严还在，自己“禀性恬淡，不以功名为念”，主动取边缘生存的姿态，倒也悠哉游哉，自得其乐。

甄士隐在整部《红楼梦》里，只是个起引子作用的人物，他和贾雨村，具有象征意义，即“真事隐，贾语存”，实际上也就是作者告诉读者，他是从生活原型出发，来写这部书，“至若离合悲欢，兴衰际遇，则又追踪摄迹，不敢稍加穿凿，徒为供人之目而反失其真传也。”

在故事正式开始前的“楔子”里，曹雪芹还有这样的说法：“今之人，贫者，日为衣食所累；富者，又怀不足之心。”那时的社会，呈葫芦形态，两头大，中间小，所谓两头大，不是两头一边大，富者那一头，好比接近葫芦嘴的那个小鼓肚，四大家族，宁、荣二府，都属于其中的一部分，这个社会族群的基本心态，就是贪得无厌，第七十二回贾琏对王熙凤说："这会子再发个三二百万的财就好了！"听听这口气，胃口有多大！贫者那一头呢，好比葫芦底部的那个大鼓肚，书里写到的王狗儿家，算是较穷的了，其实比起那些社会最底层的更大量的生命存在，还是强许多。王狗儿的岳母刘姥姥毕竟还能挖掘出跟葫芦那头的富贵鼓肚里的人际关系来，破着脸跑到荣国府里去"打秋风"，凭借装傻充愣、插科打诨竟然满载而归，这是葫芦底下那个大鼓肚里的更多人家不可能有的幸运。曹雪芹写《红楼梦》，他主要是写葫芦嘴下边那个小鼓肚里的故事，葫芦底部大鼓肚的事情写得很少，但是，他的了不起之处，就在于通过写贵族家庭的荣辱兴衰，让读者对那个时代的整个"葫芦"的形态，通过阅读中的想象和补充，都能了然于心。

甄士隐出场的时候，既不在葫芦的小鼓肚里，也不在葫芦的大鼓肚里，而是在两个鼓肚之间的那个细颈当中，具体而言，也就是非贫非富，今天把这种人叫作中产阶级，这个社会族群在漫长的中国历史进程中，始终似有若无，是"两头大中间小"的那个"小中间"。直到20世纪后二十年以后，这个"葫芦颈"才开始拉长、变粗，但也只是跟过去比，长了一点、粗了一点，跟两头比，还是显得势单力薄、幼稚脆弱。

中产阶级最可自慰处是衣食无忧。说甄士隐是乡宦，他有没有定期发放的宦银？看来是没有，如果有，他后来也就不一定非去依靠岳丈。但他有带夹道的住宅，书房外有小花园，至少有两个使唤丫头和一个男仆、一个小童，生活可谓小康。他的经济来源，应该是当官宦时积攒了一些俸禄，后来置了点田庄，从中取租。

在那样一个时代，中产阶级尤其是一个变动最大的社会族群。葫芦上头小鼓肚里的一些人，会因为种种原因，从那个小鼓肚里坠落到葫芦颈里来，比如书里的柳湘莲，就是破落世家的飘零子弟，从生存状态上看，比甄士隐更暧昧，具有游动、冒险的浪漫特征，但从经济生活小康和政治上的边缘化上看，可以与甄士隐划归到中产阶级一类中。葫芦底下的大鼓肚里，也会有一些人通过这样那样的办法，使自己从大鼓肚上升到葫芦颈中。刘姥姥的努力使王狗儿家达到小康是一个例子，像醉金刚倪二，虽说是市井无赖泼皮之流，但是经济上逐渐增加着积累，可以在一定程度上不受主流政治约束自由生活，其实也是补充入中产阶级的一员。

中产阶级的成员，有安分不安分之别。甄士隐属于安分者。他满足已达到的经济状态和生活格局，过着享受琐屑生活乐趣的雅致而悠闲的生活。书里写到他抱着爱女到街门前看那过会的热闹。过会，曹雪芹没有展开描写，但那种乡俗直到20世纪仍活跃在中国民间，鲁迅先生写过一篇《五猖会》，记录他目击的景况：“开首是一个孩子骑马先来，称为‘塘报’，过了许久，‘高照’到了，长竹竿揭起一条很长的旗，一个汗流浃背的胖大汉用两手托着；他高兴的时候，就肯将竿头放在头顶或牙齿上，甚至于用鼻尖。其次是所谓‘高跷’，‘抬阁’，‘马头’了……”“却只见十几个人抬着一个金脸或蓝脸红脸的神像匆匆地跑过去……”过会，虽然多半有迷信的成分，比如祈雨，但那华丽的游行方式，却构成了俗世的共享欢乐。

据周汝昌先生考证，曹雪芹出生于雍正二年闰四月二十六日芒种节，《红楼梦》第一回写一僧一道要把幻化为通灵宝玉的女娲补天剩余石拿到太虚幻境警幻仙姑那里，让警幻仙姑将它夹带到“一干风流孽鬼”当中，让它下凡历劫，实际上就是让贾宝玉落草时，嘴里衔上它，因此贾宝玉和通灵宝玉在人世间的“凡龄”，总是一致的。书里写到甄士隐梦中见到一僧一道，还与通灵宝玉有一面之缘，还跟到了太虚幻境的大牌坊下，但就在这时，“忽听得一声霹雳，有若山崩地陷”，从梦中惊醒，他大叫一声“定睛一看，只见烈日炎炎，芭蕉冉冉”，可见是久旱景象，接下去写他抱着英莲看过会的热闹，那过会的内容，应该就是祈雨，而曹雪芹诞生时，恰逢久旱后降下倾盆大雨，金陵一带旱情得到缓解，这也是他父亲给他取名为“霑”的缘由。细读《红楼梦》里第一回的文字，就觉得周先生的论述很有道理，这一回暗写了贾宝玉的降生，元妃省亲那年贾宝玉十三岁，往回推十三年，就是甄士隐抱着女儿在门前看过会的这一年。

甄士隐的中产阶级生活，被曹雪芹写得很生动，也很透彻。

中产阶级的居住条件，比贫者要好，但跟宁、荣两府那样的贵族阶级比起来，就不仅是寒酸，而且，有一个最鲜明的差别，那就是无法享受“隔离带”的保护。

《红楼梦》里的宁、荣二府，之间是有小巷隔开的，但那小巷也属于他们的私产，外人不得擅入，他们也可以根据生活需求加以改造利用。府第有高大的围墙，门禁森严。书里写刘姥姥一闯荣国府，“来至荣府大门石狮子前，只见簇簇轿马……蹭到角门前，只见几个挺胸叠肚指手画脚的人，坐在大板凳上，说东谈西呢。”刘姥姥上前低声下气地去求他们往里通报，那些人连撵逐她的兴致都没有，“都不瞅睬”，诓她到一边去傻等，要不是内中一位老年人发了点善心，支使她绕到后门去寻机会，那刘姥姥就是等到太阳落山，也难迈进府门。把贵族阶级跟贫民阻隔开的不仅有建筑格局上的空间距离，更有由下属仆人所形成的人际距离和心理距离。

中产阶级就难以那么居住了。甄士隐虽然有还比较宽敞的居住空间，但隔壁就是葫芦庙，以及其他邻居。甄士隐本人对这样的居住条件非常适应。他会抱着女儿到门外看过会。贾赦、贾政乃至贾珍，会出现在府第门外，抱着或牵着自己的孩子，看街上的热闹吗？贾母在大观园探春住的秋爽斋里，忽然听到鼓乐声，以为那是街上传来的哪家娶媳妇的热闹，围随她身边的人们就都笑着跟她解释，平头百姓住的那些街巷离得很远，就是有人娶媳妇，哪里听得见？那鼓乐声，是从府里梨香院那边传过来的，是他们家的小戏班子的女孩子们，在演练呢。社会上的富人，其富贵程度越高，住宅越高级，那么跟社会贫民的空间距离就越大，情感和心理距离也越远，这是一种规律性现象。

不仅是进入自己的官衙和住宅，会有一个隔离带，就是出行时，贵族人物也有保护性屏障。贾雨村发达后，以新太爷身份重回故地，甄家在门前买线的丫头早被喝道声吓回家门，“隐在门内看时，只见军牢快手，一对一对的过去，俄而大轿抬着一个乌帽猩袍的官府过去。”

有些中产阶级的人士，为自己还不能富贵羞愧，主要就羞愧在财不够巨大、宅不能独立、行不能气粗上。

甄士隐却属于深谙“小康胜大富”的中产阶级成员。他不但会抱着女儿出门去看过会的热闹，而且，还会踏着月光，去隔壁葫芦庙，邀淹蹇寄居在那里的穷儒贾雨村到自己书房里共酌节酒，欢度中秋。

麦当劳快餐店的“巨无霸”汉堡包，两个面包片当中的内容，相当丰富，这里不去讨论其究竟有无营养价值，只是作为一个比喻，可以形象地知道，当今一些发达国家，社会的构成，已经很像那个模样，就是

中产阶级已经壮大，成为社会中最主要，也最丰富多彩、多滋多味的一种构成。但是，《红楼梦》所描写的那个社会，像甄士隐那样的中产阶级存在，就很难拿肉末火烧里的肉末来比喻。实际上拿任何一种带夹馅儿的食物比拟都不恰当。甄士隐那样的人物在那个社会里，即便他主观上再想超脱，也还是逃不出“受夹板气”的总体处境。

书里写了甄士隐两次约请贾雨村到书房小酌。中秋节已经是第二次。第一次就在抱女儿看过会之后，那还是白天很长的夏日里。“来至书房中，小童献茶，方谈得三五句话，忽家人飞报：严老爷来拜！”这位严老爷是不速之客。按说甄士隐已无官职，无涉公务，可以不必接待这种未预先约定的客人，但是，“家人飞报”，一个“飞”字，打破了平日甄宅的宁静，要么是那来客身份非同小可，家人早已知晓，要么是虽然以前没来过，但未入宅门便排场来头吓坏了家人，显然，这是来自社会葫芦那上鼓肚的一员，尽管甄士隐已经无职赋闲，也依然不能不立即接待。甄士隐不得不把贾雨村晾在一边，且去应付，谁知那严老爷哪里是那么好打发的，甄士隐竟不得不留饭招待，连过书房来招呼一下贾雨村的工夫也抽不出来，贾雨村只好从夹道中出门，自回葫芦庙去了。

原来我读“严老爷来拜”这一细节，只觉得是为了展开甄家丫头娇杏隔窗望见贾雨村，与贾雨村缔结出一段姻缘的情节，后来看到带脂砚斋批语的本子，发现在“严老爷来拜”旁边批着：“炎也。炎既来，火将至矣！”才知道曹雪芹下笔更有深远的寓意。原来这位“严老爷”是不祥之兆，先是甄英莲被人拐走，后来葫芦庙炸供，导致火灾，“接二连三、牵五挂四，将一条街烧得如火焰山一般”，甄家被烧成了一片瓦砾场。曹雪芹在谐音字上，没选择“言老爷”“阎老爷”而偏选了“风刀霜剑严相逼”的“严”字构成“严老爷”的称谓，从创作心理上说，我以为，他是想凸显甄士隐欲隐难隐的严峻处境——他主观上要疏离上层，而上层却会在必要时挟目的“来拜”，并令他难以脱身。这也是许多中产阶级的共同处境，上层对他们的“惠顾”往往并非什么幸事，而是不祥的阴影。

但是，对于中产阶级来说，最易给予他们致命打击的，是来自下层的刑事犯罪。

贾府里的巧姐儿，在家败之前，是不会被人拐走的。巧姐是生活在一个被严密封闭的贵族大宅院里，社会上的刑事犯罪分子很难混进那个门禁森严的空间里去。第二十九回写贾府女眷几乎是倾巢而出，随贾母去清虚观打醮，巧姐也被带去，你看那描写，有多少奴仆围随，到了道观，族长贾珍亲去坐镇指挥，一群族中子弟到场各司其职，哪有闲杂人等混入的缝隙。一个剪灯花的小道士回避得晚了点，不慎撞到了凤姐身上，被凤姐一巴掌打翻在地，吓得浑身乱战，而仆人们的“拿！拿！拿！打！打！打！”的喊声响成一片。

不是说上层社会绝对不会遭到刑事犯罪袭击，皇帝偶尔也会遭到那种袭击，清朝的嘉庆皇帝就在神武门外遭到过城市贫民的行刺，但跟社会的中产阶级比较起来，贵族阶级由于居住和行动都有足够的屏蔽与保卫，遭逢民间刑事犯罪袭击的概率当然很低，而贫袭贫的概率也不高，社会刑事犯罪的主要目标，是中产阶级，因为中产阶级从空间上来说离他们最近，从被屏蔽和被保护的程度上来说，比贵族阶级差很多，而油水呢，却很值得一掠。像甄士隐，元宵佳节，女儿要看社火灯花，他和夫人都麻痹了，没有细想，就轻率地让仆人霍启抱出去看，哪想到半路上霍启要去小解，便将英莲放在一家门槛上坐着，就在那么一小会儿工夫里，拐子就把甄英莲偷抱走了。

社会的刑事犯罪，有的是偶然性、随机性的，“人穷志短”，“迫于无奈”，一般小偷小摸、小窃小盗多属这类；有的则是职业性的，拐走甄英莲的，即属此类。后来葫芦庙还俗当了官衙门子的前和尚，跟贾雨村汇报说：“这一种拐子单管拐偷五六岁的儿女，养在一个僻静之处，到十一二岁，度其容貌，带至他乡转卖。”甄英莲五岁被拐，到冯渊和薛蟠争买时，已经被圈养了七八年，十二三岁了。人口贩卖，在当今世界还是颇为盛行的刑事犯罪活动，我们国家也不例外。像元宵灯会这类的俗世共享性社会狂欢，现在有称为“嘉年华会”的，一般贵族阶级是很少参与的，《红楼梦》里详细描写了贾府的年节活动，他们是在自己的府第里开宴筵看表演放烟火猜灯谜的，属于封闭性活动，非常安全，而贵族府第门外街市上的年节活动，属于开放式，则是以中产阶级为主体，许多底层百姓也积极投入的，而刑事犯罪分子就很容易混迹其中，霍启那样的单身仆人抱持小女孩游逛，早成他们锁定的目标之一，在有预谋有技巧而且往往是有组织有网络的刑事犯罪分子的威胁下生存，中产阶级真的是安全系数很差，非常脆弱。

曹雪芹所生活、写作的时代，大体是清朝的雍、乾时期。康熙朝曹家的荣华富贵，对于曹雪芹来说，主要是听家里大人“说古”，第五回写贾宝玉在太虚幻境进入薄命司，看到存有金陵十二钗簿册的橱柜，不禁脱口道：“常听人说，金陵极大，怎么才十二个女子？”“常听人说”，口气可思。第十六回写凤姐说：“可恨我小几岁年纪，若早生二三十年，如今这些老人家也不薄我没见世面了。说起当年太祖皇帝仿舜巡的故事，比一部书还热闹！”可见小说里年轻一辈的人物原型，凤姐原型也好，宝玉原型也好，都没赶上康熙朝的盛世。

康、雍、乾三朝，因为雍正在位只有十三年，而他前后两位皇帝在位达一百二十年，因此被后人简称为“康乾盛世”。

这三朝，特别是从康熙朝后期，直到乾隆朝初期，统治集团内部的权力斗争十分激烈，先是康熙和自己选立的皇储之间发生越来越明显的摩擦冲突，有两立两废太子的大风大浪；然后是康熙的八阿哥、九阿哥、十四阿哥、四阿哥等为继承皇位而进行的暗中较量，结果是四阿哥取胜，成为雍正皇帝；雍正当政以后，不得不花大力气来继续扑灭皇族内部的反叛力量，但他仍是一个暴死的下场；乾隆继位后，努力去抚平皇族内部的政治伤痕，仍然在乾隆四年出现了弘皙逆案。皇族内部的权力斗争会波及依附于各派政治力量的贵族官僚，包括内务府的包衣世家，曹雪芹家就是因为接连被牵扯进去，而终于“树倒猢狲散”，“家亡人散各奔腾”的。但是，统治集团内部的这些权力斗争，对世俗生活，对社会上一般的小康人家，也就是对中产阶级的直接影响，并不那么大。

尽管这三朝大兴文字狱，实施非常严厉的思想管制和文化专制，但是也并没有堵住所有的宣泄渠道，俗世的文化消费依然相当丰富多彩，戏曲和曲艺都在走向繁荣，《红楼梦》《儒林外史》《聊斋志异》都被创作出来，并且终于流传到了今天。

这是中国国力大提升的时期。康熙元年，人丁户口为一千九百二十万余，地五百三十一万余顷，征银二千五百七十六万余两。到康熙六十一年，人丁户口达到二千五百三十余万，外加享受“永不加赋”政策的滋生人丁四十五万，可耕地增加到八百五十一万余顷，征银达二千九百四十七万余两。雍正暴死前一年，即雍正十二年的统计数字显示，人丁户口达到了二千六百四十一万余，“永不加赋”的滋生人丁则有九十三万余，耕地面积达到八百九十万余顷，征银数是二千九百九十万余两。到乾隆二十年，那是乙亥年，在那一年之前，甲戌本的脂砚斋重评《石头记》已经整理出来，其中有不连贯的十六回一直保存到了今天，在乾隆二十年，我们可以查到这样的统计数据：人口（不是户口）达到了一亿八千五百六十一万余，各省仓储米谷总数三千二百九十六万余石。可以说，那一百来年里，中国的GDP在飞速增长。那期间，国家版图也得到拓展和稳定。

历史的宏阔脚步，对家族、个人命运往往是忽略不计的。曹家的兴衰荣辱，以及那个历史时期里青春花朵的陨落，理想的破灭，道德的沦丧，主流文化的空洞，自由心灵的窒息，都成为一些需要另外讨论的问题，总体而言，不止一位历史学家会正襟危坐地告诉我们，就国力的提升而言，那是中华盛世。

《红楼梦》，有的论家认为是一部阶级斗争的教科书。作为证据之一，第一回里写到火灾后的甄士隐只好和妻子商议，且到田庄上去安生，以下的这些句子曾被反复地引用："偏值近年水旱不收，鼠盗蜂起，无非抢田夺地、鼠窃狗偷、民不安生，因此官兵剿捕，难以安身。"似乎曹雪芹是在写农民起义对统治集团的冲击。其实，康、雍、乾三朝，特别是曹雪芹生活和写作的那几十年里，是农民起义相对比较少的时期，当然阶级矛盾是一种恒久的存在，贫苦民众的小规模的反抗是持续不断的，但大规模成气候的农民起义，那阶段里就是很少，甚至可以说基本上没有，也是历史的真实。

那是一个诡谲的时代。在那样的社会状况下，像甄士隐那样的中产阶级人物，毁灭他和他家庭的因素，既不一定是卷入上层权力斗争，也不一定是受到农民起义军的冲击或胁迫，最主要的生存威胁，是"鼠盗蜂起"，那主要是尚无明确政治目的，只为谋取一己利益的零星反抗行为，说白了，其中一大部分就是刑事犯罪活动，当然，天灾往往也会掺和到人祸里，甄士隐先是爱女被窃，紧接着就遭遇回禄，人财两空，而更可怕的，是遭遇到人性的黑暗，他投奔到岳丈家，不但没有获得人间的温暖与慰藉，他把自己所存积蓄完全交给了岳丈，岳丈却对他“半哄半赚，些须与他些薄田朽屋……每见面时，便说些现成话”，导致甄士隐“贫病交加，竟渐渐的露出那下世的光景来”，最后在听到疯癫道人的《好了歌》后，大彻大悟，当即说出一大串《好了歌注》，说完竟将道人肩上褡裢抢过去背着，随那道人飘飘而去，不知所终。

曹雪芹把甄士隐岳丈命名为封肃，谐“风俗”的音。甄士隐原来居住的地方十里街仁清巷，谐的“势利”“人情”的音。这谐音里有作者很沉痛的心曲。那个时代国力的增强，只体现在版图的拓展与经济的提升上，而没有相应的文化进步，用今天的话来说就是没有精神文明的建设，人心都往坏处发展，势利眼，暴富心，嫌贫爱富，妒才嫉能，逆向淘汰，宵小猖獗。

曹雪芹没有去写农民起义。整部《红楼梦》里也许只有第十五回里写到的二丫头算得上是个贫下中农。他开篇写了位甄士隐，从中产阶级人物的脆弱入手，去展开温柔富贵乡里的生死歌哭。

中产阶级人物，多有慈善助人之心。甄士隐知道贾雨村淹蹇小庙，未能北上求取功名，是因为没有凑够路费，就主动提及：“愚虽不才，义利二字却还识得，且喜明岁正当大比，兄宜作速入都，春闱一战，方不负兄之所学也。其盘费余事，弟自代为处置，亦不枉兄之谬识矣。”说完当即命令小童进去，速封五十两白银并两套冬衣。“小童进去”，当然不会是自己取银取衣，银子和衣服应该都是甄夫人封氏取出来的，书中特别点明甄士隐“嫡妻封氏，情性贤淑，深明礼义”，丈夫慷慨助人，她不仅绝无嗔怨，还积极配合。

荣国府的王熙凤也帮助过刘姥姥，后来由于刘姥姥讨得了贾母的欢心，第二次离开荣国府时不仅得到赠银，还带回了满车的东西，刘姥姥是个感恩知报的人，根据前八十回里的一再暗示，我们可以知道八十回以后，当贾府遭难倾塌，巧姐被狠舅奸兄欺凌，几乎就要永堕娼门的关口，得到刘姥姥一家援救，后来得以和板儿成亲，虽然丧失了贵族小姐的身份与荣华富贵的生活，比起惨死的母亲和贾府诸多人物那或打、或杀、或卖的下场，到底还能喘息苟活，度其余生。

甄士隐帮助贾雨村，并不希求回报。他为贾雨村选择了一个吉日，并且还打算为贾雨村写两封推荐信，带去京城有利其发展，但是贾雨村接受帮助时只略谢一语，得到银子冬衣后，号称“读书人不在黄道黑道，总以事理为要”，三更从甄家告辞，五鼓就上路奔其仕途前程去了。

第四回写贾雨村补授了金陵应天府，审理的第一桩案子就涉及被拐子拐走的甄英莲。这一回的文字在似乎平静的叙述中，格外地令读者惊心动魄。门子告诉他当官必须知道“护官符”，他因此“乱判葫芦案”，任由薛蟠占有甄英莲，并给贾政和王子腾写信，告知“令甥之事已完，不必过虑”，以为进一步攀附的资本。这一回里有一句写薛蟠内心见识的话，会像鼓槌敲击甚至锥子扎下般令读者心悸血流：“自为花上几个臭钱，没有不了的。”有权就有钱，有钱可买权，权钱结合，腐权臭钱，所向披靡，谁可禁治？

所以革命家会特别重视第四回，会认为这一回是全书的总纲。

读这一回，我不仅感受到那个时代那种制度的本质性黑暗，更感受到人性深处恶的阴鸷。当贾雨村知道那被两家争买闹出人命的女孩子，就是甄士隐的女儿英莲时，我觉得他除了吃惊，应该多少有些知恩图报的念头，就算甄士隐已经失踪了，应该还可以找到甄夫人，找到英莲的外祖父外祖母，尽量让这个恩人的女儿摆脱噩运，他可以在既不得罪薛蟠又让英莲回家二者之间去寻求一个变通的办法，即使到头来他考虑来考虑去，还是不得不照顾薛蟠的利益，他内心里总该有一些，哪怕是几丝愧疚和不安吧？但是，一丝一毫也没有！

贾雨村被曹雪芹刻画成一个“奸雄”，他为满足贾赦的私欲，陷害石呆子，把石呆子收藏的古董折扇抄没献上，连贾琏那样的浪荡公子都看不过去，他的忘恩负义、势利阴险、心狠手辣、毫无操守，是那个时代“弄潮儿”良心泯灭的真实写照。

中产阶级的甄士隐无私地帮助了落魄的贾雨村，使其得以跃入上层社会，成为超中产的政治暴发户，但是，当甄士隐自己从中产阶级堕入贫困窘迫的境地，当他的女儿被拐子养大卖给富人家做侍妾，当他的夫人先失女再失夫绝望孤独，而贾雨村在知道这些并且握有相当权柄，如果想报恩行善不是没有办法的情况下，却选择了冷酷与背叛。这是甄士隐的悲剧，也是整个中产阶级的悲剧。个人的行善无助于社会的改进，更无法剔除阴鸷灵魂中恶的存在。

曹雪芹没有更多地去展现中产阶级的生活，在前八十回的第四回以后，就没有甄士隐的故事了。当然，八十回内有些角色，似乎还勉强可以归入中产阶级范畴，比如秦钟、柳香莲、倪二、贾芸、贾芹、贾璜及其璜大奶奶、冷子兴、已经摆脱了贫困状态的袭人哥哥花自芳一家、得到经济援助后生活大有改善的王狗儿一家等，但无论从经济上的小康程

度和人格上的独立意识来衡量，他们都离现代社会的中产阶级还很远很远，基本上全是夹在贵族与赤贫者之间的一些暧昧的存在。

中产阶级的不能壮大成熟，社会贫富两极的悬殊越来越大，社会的稳定就主要靠皇权的威严和统治者对社会的矛盾的一再调适，也就是所谓的“恩威并施”，来取得效果。称“康乾盛世”，也就说明在那期间效果确实不错。就是雍正，在忙于收拾政敌的时候，也非常认真地出台一系列缓解贫富矛盾以求社会稳定的政令措施：雍正二年，二月，禁里长、甲首招揽代纳钱粮；五月，禁官弁剥削运丁；十一月，免陕西康熙五十七年至六十年地丁钱粮；十二月，免江南水灾区额赋。再看雍正十三年，他八月暴死前的作为：正月，命禁私盐不得株连，并不许禁捕挑负四十斤之老少、男妇；六月，禁松潘各镇私敛番民；七月，命州、县查灾杂费动用公帑，不得摊派于民。这些政令措施很明显有制止官员贪污腐化、鱼肉贫民和予民实惠、休养生息的特点。

但是，人类社会的发展，终于证明靠皇权专制和皇帝及其统治集团的自我调节，是无法使大地上建立起真正公平合理而又人道健康的生活的。

曹雪芹是二百多年前的人，他不可能用我们今天习用的那些观念来思考和诠释问题，何况他撰写的《红楼梦》是一部小说，不是社会学（更不是政治学）著作，但是，我们今天按“接受美学”的原理来读《红楼梦》，却也可以从中获得启发。

曹雪芹通过贾宝玉之口，宣布“世法平等”。《金刚经》里有“是法平等”的说法，曹雪芹是故意把“是法平等”写成“世法平等”的，就像他故意把“好事多磨”写成“好事多魔”一样，有他深刻的用心。

只有让社会的中产阶级壮大起来，使社会上的大富与大贫都成为“一小撮”，才能够大体说是一个平等的社会。经济上的平等会带来政治上的以协商和契约为内涵的社会民主。

面对贫富苦乐不均的社会，激烈的社会革命，以暴力改变现实，一旦出现，天然合理，却多半又会以暴易暴，派生出新的问题和危机。最好的办法还是坚持改良，和平渐进。而改良的第一步，是实现均富。

曹雪芹在《红楼梦》里，表达出了他的均富理念。

9

十几年前，那样的文章颇多，就是从《红楼梦》里探春理家的情节里，揭示出经济承包的做法，早在大观园里就存在了。探春理家，李纨、薛宝钗襄助，她们首先强化管理，比王熙凤的做派更细密，惹得里外仆众抱怨："刚刚的倒了一个'巡海夜叉'，又添了三个'镇山太岁'。"曹雪芹的高明，就在于不是一味站在探春一边看问题，他提示读者，管理者固然有他们的道理，但被管理者的感受，也是决定事态发展的一个重要方面。

薛宝钗协助李纨探春理家，先说了一句"天下没有不可用的东西"，可谓至理名言。她们从赖大家那里获得启发，原来一个破荷叶、一根枯草根子，都是值钱的，赖家的花园子比贾府大观园小许多，但就靠着把一切东西皆转化为金钱的经营方式，除了自家戴花、吃笋等不用外买节约出许多开销，还可将多余东西外卖出二百两银子来。天下东西皆可用，宝钗接着说："既可用，便值钱。"探春算起账来，越算越兴奋，于是三人就计议了一番，在大观园实行兴利剔弊的新政，实施承包责任制，以提升大观园的 GDP 值。

承包的前提，是将个人责任与个人利益紧密联系在一起，说破了，也就是首先承认人皆有私心，人性中皆有恶，因此顺其心性，加以驾驭，

"使之以权，动之以利"，因为所承包的事项关系到自身收益，所以会尽心尽力，一定会努力地降低成本、减少浪费、提升技术、珍惜收益，一个一个的承包者皆是如此，则大局一定繁荣，用宝钗的话说，就是光一年下来的生产总值，就"善哉，三年之内无饥馑矣！"。

但承包的做法，是挥动了一把双刃剑，一边的剑刃用于提高生产积极性很锋利，一边的剑刃却很可能因为没能辖制住人性恶，而使获利者的私心膨胀，伤及他人，形成不和谐的人际龃龉，甚至滚动为一场危机。曹雪芹的厉害，就在于他不仅写出了"敏探春""时宝钗"她们的"新政"之合理一面与繁荣的效果，也用了很多笔墨写出了因为没有真正建立起公平分配机制，所形成的大大小小的风波，仅从看角门的留杩子盖头的小幺儿与柳家的口角，就可以知道承包制使大观园底层仆役的人际关系比以往更紧张了，一个个两眼就像那鸑鸡似的，眼里除了金钱利益，哪里还有半点温情礼让？

薛宝钗是个头脑极清醒的人，所谓"时宝钗"，用今天的话来说就是"摩登宝钗"，就是既能游泳于新潮，又能体谅现实的因循力量，总是设法在发展与传统之间寻求良性的平衡。她一方面肯定岗位责任制，一方面又提出了"均富"的构想，这构想又细化为：一、大观园里的项目承包者，既享受税收方面的优惠，不用往府里的账房交钱，但他们也就不能再从账房那里领取相关的银子或用品，比如原来他们服侍园里的主子及大丫头们，要领的头油、胭粉、香、纸，或者是笤帚、撮簸、掸子，还有喂各处禽鸟、鹿、兔的粮食等等，此后都由他们从承包收益里置办；二、承包者置办供应品外的剩余，归他们"粘补自家"；三、除"粘补自家"外，还须拿出若干贯钱来，大家凑齐，散与那些未承包项目的婆子。薛宝钗在阐释这一构想时，一再强调"虽是兴利节用为纲，然……失了大体统也不像"，"凡有些余利的，一概入了官中，那时里外怨声载道，岂不失了你们这样人家的大体？”她特别展开说明，为什么要分利与那些并没有参与承包的最下层的仆役：“他们虽不料理这些，却日夜也是在园中照看当差之人，关门闭户，起早睡晚，大雨大雪，姑娘们出入，抬轿子，撑船，拉冰床，一应粗糙活计，都是他们的差使，一年在园里辛苦到头，这园内既有出息，也是份内该粘带些的。”

薛宝钗的“大体统”，当然是指贾府的稳定，起码是表面上的繁荣与和谐。过去人们读这回文字，兴趣热点多在“承包”的思路上，对与之配套的“均富”构想重视不够。我们的现实社会，实行“承包”已经颇久了，甚至有人已形成了“改革即承包”的简单思维定式。实际上“承包”不是万能的，有的领域有的项目是不应该承包给私人的，而实行承包也不能只保障直接承包者的利益，而忽略了没能力没兴趣没必要参与承包的一般社会成员，特别是社会弱势族群的利益。薛宝钗的“均富”构想，虽然很不彻底，而且在她所处的那样一种社会里，也不可能真正兑现，但是对我们今人来说，还是很有参考价值的，特别是她能考虑到如何让大观园里抬轿、撑船、拉冰床的做“粗糙活计”的苦瓠子们，也能“粘带些”体制改革的利益，以保持社会不至于因“失了大体统”而“不像个样子”，这一思路，无论如何还是发人深省的。

10

回过头来说甄士隐。他那观花修竹、酌酒吟诗的神仙般的中产阶级生活为什么不能持续，很轻易地就被击打得粉碎？就是因为他生不逢时，没赶上今天中国的大转型、大变革。

写到这里，忽然想起已故前辈吴祖光先生。吴先生生于 1917 年，2003 年驾鹤西去。他穿越了 20 世纪，跨到了 21 世纪。晚年的吴先生，最喜欢挥毫书写的四个字就是“生正逢时”。

以宏阔的历史眼光看待我们所处的时空，个人的荣辱悲欢都卑微渺小。

二百多年前曹雪芹呕心沥血写成的《红楼梦》，尽管有如古希腊那尊米罗的维纳斯般残缺，其凄美的艺术魅力和超前的人文思想穿越时代，将霹雳闪电般的启蒙光亮一直照射到今天。

观花修竹能几时？对于当今中国的中产阶级来说，焦虑虽然依然存在，却已经渐渐不再那么脆弱。

以适合自己个人处境、性格的方式，参与社会变革，以理性驾御感情，争取社会公平、公正、公决的实现，推动建立和完善全民共享的社会保障体系，以和平渐进的步伐使居者有其屋；病者有其医；老者有所养；少者有所学。

在这样的前提下，过好自己的“小日子”，观花修竹、酌酒吟诗，长远地享受心灵净化的如歌生涯，该是可持续性的了吧？

独在花阴下穿茉莉花

我特别喜欢曹雪芹的叙述方式，有的人把小说家如何进行叙述，叫作“文本策略”或“叙述策略”，你读古本《红楼梦》——现在咱们能看到的古抄本，这部书的书名都称《石头记》，但乾隆朝，跟曹雪芹同时代的一些人，说起这本书，却已经称作《红楼梦》——特别是甲戌本的楔子和第一回，那些句子流动得那么自然，但是，细追究，那是第一人称，还是第三人称呀？却不那么好区分。

红迷朋友们都会注意到，第六回开头，把第五回的情节收束住以后，曹雪芹往下写，就有这样一段话：“按荣府中一宅人合算起来，人口虽不多，从上至下也有三四百丁；虽事不多，一天也有一二十件，竟如乱麻一般，并无个头绪可作纲领。正寻思从那一件事自那一人写起方妙，恰好忽从千里之外、芥豆之微，小小一个人家，因与荣府有些瓜葛，这日正往荣府中来，因此便就这一家说来，倒还是头绪……”于是，我们紧跟着就看到了“刘姥姥一进荣国府”的生花妙文。曹雪芹真有意思，他把自己的叙述策略的形成，爽性直接告诉读者。

我自己研究《红楼梦》，动机之一，就是跟他学习用方块字写小说，当然也不是仅仅学技巧，学文本策略，更重要的，是体味他那悲天悯人的博大情怀。

我阅读、研究《红楼梦》，心得真是不少。但这回究竟从哪里说起？学一下曹雪芹写第六回的办法，就是那天忽有一白领女士来访，她是受我一亲戚之托，从外地出差回来，顺便给我带来一盒藏雪莲，说是可以改善我的身体状况。道谢后，留她茶话，她对我的相关讲座很关注，书也读过，就问我，关于迎春，能不能再作些分析？这令我颇为惊诧，因为一般红迷朋友，迷这个，迷那个，很少特别关注迎春这个角色的。我就问她：怎么会对迎春感兴趣？

那女士，让我叫她阿婵，微微低下头，多少有些羞涩地说：“我觉得，自己跟迎春一样地懦弱。像我这样的家庭、学历背景，又从事这份白领职业，可以说，比那些民工，不知强了多少倍，比您在《当代》杂志发表过的《泼妇鸡丁》《站冰》里头那些底层人物，甚至算得是人在福中了，可是，我还是常常心里发慌、发怵……”我说了句：“时代完全不同了哇。”她抬起头，问：“那么，性格即命运，这话，难道不是贯穿于各个时代吗？”当时，我被她问住，一时无语。我们又聊了些别的，她告别，我送出，转身离去前，她还跟我说：“反正，希望能再分析分析迎春。”

阿婵的建议，一直响在我的耳边，关于迎春的思绪，也就在我脑海中旋转不已。是啊，何不多琢磨琢磨迎春这个形象呢？《红楼心语》就话说一下迎春，不也很有意思吗？

2

直到父母包办，被嫁给中山狼以前，迎春应该算是幸福的。

迎春的出身，我在这系列里，提出了自己的判断。在这系列第一部里，我曾指出，邢夫人是贾赦续娶的填房，有读者来信跟我讨论，他说，邢夫人没有生育，并不一定就是填房，因为贾琏和迎春可能都是妾生的。通行本上，说迎春是姨娘所生。但是，在甲戌本上，明确写着她“乃赦老爹前妻所生”。通过对第七十三回里，邢夫人数落迎春的一番话的细致分析，我的判断是：贾赦先有一正妻，生贾琏后死去；贾赦一个“跟前人”，又生下了迎春，但这个“跟前人”后来比贾政的“跟前人”赵姨娘“强十倍”，迎春完全可以比探春腰杆硬，可见，迎春的生母一度被扶正，在那种情况下，说迎春“乃赦老爹前妻所生”当然就说得通了；但是，这个填房夫人竟然又死了，于是才又娶来邢夫人为正妻，而邢夫人没有生育，自称“一生干净”。因为贾母喜欢女孩，迎春打小就被贾政接到荣国府来“养为己女”（至少两个古本上有这样的交代），一直在贾母身边生活，大观园建成以后，宝玉和众小姐奉元春旨意入住园内，书里交代迎春住在紫菱洲的缀锦楼。

第三回写黛玉进府，只带了一个自幼奶娘王嬷嬷，一个一团孩气的小丫头雪雁，贾母疼爱她，就把自己身边一个二等丫头鹦哥给了黛玉，后来这个丫头被唤作紫鹃；书里写道，除此以外，贾母的安排是：“外亦如迎春等例，每人除自幼乳母外，另有四个教引嬷嬷，除贴身掌管钗钏盥沐两个丫鬟外，另有五六个洒扫房屋来往使役的小丫鬟”，可见对迎春的奴婢配备数量，已成了荣国府里小姐待遇的一个标准，这个标准是非常高的。我们从书里的交代又可以知道，迎春这些小姐，每月的零花钱标准，是二两银子，第三十九回，刘姥姥感叹荣国府吃一顿螃蟹就费去二十多两银子，“阿弥陀佛！这一顿的钱够我们庄家人过一年了！”那么，光是迎春等小姐一个人每月的零花钱，就够刘姥姥那样的庄户人家过一个月的丰足日子了。逢年过节，迎春等小姐还会得到宫中赏赐。参加节庆活动的时候，家里还给她们准备好了一些昂贵的饰物，比如头上要戴攒珠累丝金凤。

迎春没有探春那样的因是庶出而形成的心理阴影，这当然是因为她的生母后来比探春的生母强了十倍，冷子兴演说荣国府，说她“乃赦老爹前妻所出”，人们既然这样看待她，她也就没有遭遇到探春那样的一些尴尬事。

第二十三回，写贾政夫妇召见众公子小姐，宝玉去得最晚，“一见他进来，惟有探春、惜春、贾环站了起来”，为什么迎春仍然坐着？因为她年龄比宝玉大，是堂姐，根据那个时代那种宗法社会的伦常秩序，迎春即使性格懦弱，也无须站起来，并且不能站起来，荣国府的日常生活是按封建礼法组织起来的，在这个前提下，迎春不用自己争取，该享受到的礼遇她全能享受到。

迎春在那个社会里，是侯门小姐，亲父袭着一等将军爵位，养父在朝廷里担任有职有权的官吏，过着衣来伸手、饭来张口的悠闲生活，她没为社会生产出任何价值，却每天消耗着劳动者的血汗。这样一个生命，有什么好为她惋叹的呢？

阿婵又来做客。我们就讨论这个问题。

阿婵说，迎春属于社会强势集团里的弱势人物啊！

在这一点上，我们形成了共识：社会各族群各阶层，固然有强势与弱势之分，但在所谓强势族群和阶层里，也有其边缘人物，他们相对而言，可以说成是强势中的弱势。

阿婵说，她常有那样的联想，就是自己跟迎春有某些类似之处。从她自身的状况而言，在当前的社会里，属于职业不错、收入颇丰的中产阶级，她有时会接触到快递公司的快递员、快餐厅和超市的服务员、开出租车的“的哥”“的姐”，物业公司的保安和绿化工等，想想那些人的状况，她知足。但是，她却不能“常乐”，甚至于，常常陷于忧郁。她说她的心理状态还算好的，她的一位同事，同龄的“白领丽人”，就已经患上了抑郁症，虽然已经投入了治疗，但效果不佳。阿婵说很怕自己也跌入抑郁症的坑穴。

我理解，阿婵他们那一代都市人，之所以忧郁甚至抑郁，主要是社会的竞争机制，给予他们心理上很大的压力。阿婵在和我讨论中，常提及我近年的小说，她说我那发表在2004年《当代》的《站冰》，里面的几个底层人物，或者被历史的记忆所困扰，或者面对现实的阴暗面可以用比较粗糙的方式应对，但是，像她这样的“都市白领一族”，历史于他们而言淡如烟云，现实的刺激呢，却敏感得要命，虽然坐在星巴克咖啡馆品一杯卡布奇诺，翻阅着一份时尚杂志，似乎是在轻松地阅读关于妮可·基德曼私人生活的一篇报道，其实，心里塞满的是苦杏仁，血管里流淌的是黄连汁。为什么往往是扔开那精美的时尚画报，而如痴如醉地翻阅台湾那位画技难以恭维的朱德庸的《关于上班这件事》？个中缘由，不必点破道明。

阿婵向我建议，今后无妨写写“当代迎春”的生活。她说，你写底层，哪位底层的人士能读到你的小说？当然，把底层写给中产阶级看，也有一定意义，但是，中产阶级自己也接触底层，何劳你向其展示其生存状态？要说唤起同情与关注，那么，也不需通过小说来触动良知。那么，你竟是写给上层看？那就更会希望落空，大概看到你写底层人物小说的上层，比看到你那小说的底层人物，还要少，甚至于接近于零。你不如多写写中产阶级，读小说相对还多些的这个社会族群，让他们从亲切的文学场景里，去获得些启迪为好。

阿婵跟我来往不久，就能这样坦诚建言，令我感动。不过她对题材的褒贬，我还不能马上认同，容当思考后细论。我对她说，听了你这些话，我对你为什么对迎春这个角色感兴趣，有了更深一层的理解。咱们就细说迎春。

3

迎春在荣国府里，说她是强势群体（主子）里的弱势个体（懦小姐），当然说得通。曹雪芹实际上也是这样来给她定位的。

荣国府里的主子之间，有明争，有暗斗。邢夫人虽然不住在荣国府里，但是她每天要从自己住处到荣国府来，给贾母请安。邢夫人跟王夫人的暗中较劲，书里写得不少。贾政、王夫人把贾琏夫妇请到荣国府来管家，按说，对贾赦、邢夫人而言，是一桩体现家族和睦、弟兄互助的美事，但实际上出现的事态，却是贾政不问家事，王夫人把大权完全给予了凤姐，贾琏成了个被凤姐辖制的配角甚至傀儡。邢夫人怎能甘心自己作为长房长媳而毫无发言权、控制权的局面，她就常常通过给凤姐出难题，来扫王夫人的脸面。绣春囊事件，由邢夫人把那囊封起来交付王夫人而引发，邢夫人实际上就是对王夫人发难：你不是荣国府正牌诰命夫人吗？看看你当的什么家！看看你那内侄女拿权使势，把大观园弄成了什么样儿？

对迎春，邢夫人何尝有什么感情，本来那也不是她“身上吊下来的”（这是她自己使用的语言），但是，她也还是把迎春当作一张牌，必要的时候，也会算进赌注里。第七十一回，写贾母八旬大寿，来了贵客南安太妃，南安太妃提出来要见宝玉和小姐们，贾母吩咐，让凤姐去叫宝玉、黛玉、宝钗、湘云，“再只叫你三妹妹陪着来吧”，这显然是对迎春和惜春的轻视，两位小姐自己倒无所谓，“邢夫人自为要鸳鸯之后讨了没意思，后来见贾母越发冷淡了他，凤姐的体面反胜自己；且前日南安太妃来了，要见他姊妹，贾母又只令探春出来，迎春竟似有如无，自己心内早已怨忿不乐”，于是抓住荣国府两个值夜班的婆子说了“各家门，另家户”的话后，凤姐决定对其处罚一事，便“嫌隙人有心生嫌隙”，在贾母的寿诞庆典还没落幕的时候，当着众多的人，以所谓替婆子求情的幌子，给凤姐一个大没脸，当然也是“敲山镇虎”，给王夫人一点颜色看。

在贾氏家族中，即使身为千金小姐，生存也有艰难的一面，心气越高，压力感就会越重。探春“才自精明志自高”，但是“生于末世”，又是庶出，她就常常因此不快乐，甚至于气恼、愤慨。探春在心理上，升腾点定得颇高，“我但凡是个男人，可以出得去，我必早走了，立一番事业，那时自有我一番道理”，而承受点又非常之敏感，“我们这样人家人多，外头看着我们不知千金万金小姐，何等快乐，殊不知我们这里说不出来的烦难，更利害！”，“我但凡有气性，早一头碰死了！”“咱们倒是一家子亲骨肉呢，一个个不象乌眼鸡，恨不得你吃了我，我吃了你！”探春的性格，决定了她是抗争型、颖脱型生存。

迎春跟探春恰成鲜明对比。她在心理上，没有为自己设定什么升腾点，元宵节猜灯谜，只有她和贾环没猜对，因此没得到元春赏赐，她“自为顽笑小事，并不介意”；大家打牙牌，她说错牌令被罚，笑饮一口酒，全无心理阴影。她不仅满足于自己的生活现状，就是那应有的生活品质被外部因素所干扰导致降低，她也得过且过。她是知足型、将就型生存。

邢夫人的侄女儿邢岫烟被派住到迎春处后，本来也每月发二两银子，邢夫人却让邢岫烟拿出一两银子给其父母，这样，邢岫烟的零花钱就不够用了，在缀锦楼里闹出许多或明或暗的纠纷，迎春呢，对之不闻不问；这倒也罢了，毕竟那是表妹的事情。可是，后来事态发展到她的乳母把她的攒珠累丝金凤偷拿去当掉，作为赌资，并且在荣国府里成为仆人中的大赌头之一，被查出来以后，乳母的儿媳不仅不去赎出那攒珠累丝金凤，还大摇大摆走进内室，催促迎春去贾母跟前为其婆婆求情宽免，这情景被探春等看到，探春就敏感得不行，首先认为这是违背了封建大家族的基本法规，“还是他原是天外的人，不知道理？还是谁主使他如此，先把二姐姐制伏，然后就要治我和四姑娘了？”“物伤其类”“唇亡齿寒”“我自然有些惊心”，但是迎春依然麻木不仁，她宣布她的处世法则是：“问我，我也没什么法子。他们的不是，自作自受，我也不能讨情，我也不去苛责就是了。至于私自拿去的东西，送来我收下，不送来我也不要了。太太们要问，我可以隐瞒遮饰过去，是他的造化，若瞒不住，我也没法，没有个为他们反欺枉太太们的理，少不得直说。你们若说我好性儿，没个决断，竟有好主意可以八面周全，不使太太们生气，任凭你们处治，我总不知道。”于是，她就继续读《太上感应篇》，真个地心平气和。具有革命性叛逆性的黛玉，就批判她是“虎狼屯于阶陛尚谈因果”。

阿婵听我分析到这里，就问：您认为曹雪芹是在批判迎春吗？她说她自己，真的很像迎春，比如对公司里的一些积弊，对与公司有关系的某些政府职能部门里的某些“公仆”的腐败，以及公司同事之间的一些恩怨纠纷，她就采取了迎春式的态度和应对方式：坏的事我不卷入，但我也无力量无信心去杜绝它；“太阳下面无罕事”，就是辞了这里，到了另一处，甚至国外，“天下乌鸦一般黑”，哪位老板不是为利润而雇用你的？哪家公司能真正跟宁国府门前那两个狮子似的干净？哪里的同事间能没有明争暗斗？哪个政府里全无腐败？联合国还存在“石油换食品”的腐败案哩！而且，现在的她，贷款买了房子，每月必须挣钱供房，目前又正在驾校考本，准备贷款买车，挣钱的压力很大，又哪里经得起折腾变化？眼下所在这家公司，好的一面坏的一面都是常态，自己靠自己的一份能力，可以挣到够用的钱，比上不足，比下有余，也就无妨迎春式地得过且过，当一个善良的懦小姐足矣！

我就对阿婵说，你能看透，目前世界上任何一处地方，无论什么种族、什么文化传统、什么社会制度、哪一个具体的社会细胞，都没有达到理想的状态，都没成为化作了现实的乌托邦，这是好的。这就可以不必焦躁，不必试图以爆破性的、一次性解决的、激进的方式，来改变世界。我们所面对的种种社会阴暗，种种实际问题，实际上，最深处，都是人性的诡谲。我们活着，必须直面人性，不仅要直面人性的光亮与善良，更要直面人性的阴暗与诡谲。

我认为，曹雪芹他写这些人物，写金陵十二钗，很难说他一定是在歌颂谁批判谁，他写出了人生存的艰难，每一个人的性格跟别的人都不一样，像迎春和探春，反差多么大啊，但是，无所谓探春就对迎春就错，也不能说迎春就值得同情探春只值得叹息。

我对阿婵说，我很理解她的具体处境，以及她的处世策略。像她这样的中产阶级人士多起来以后，贷款所形成的社会链条关系，以及物质生活的优化，是社会生活的稳定剂，这样的人士很难再采取激进革命的方式来改变社会，因为那样的话，首先遭到毁灭的，就是他们自己的小康生活。迎春般的性格，以及迎春式的“我自己绝不坏，我也不故意纵容坏，但是坏的偏要坏，我也没有办法”生活哲学，也就在这个中产阶级里获得了存活的空间。

但是，我们今天来读《红楼梦》，来研究迎春这个角色，除了承认这样的生命存在的某种合理性，也确实还需要从其悲剧命运里汲取教训。

4

我对阿婵说，你虽然自比迎春，但是，迎春在出嫁以前，她内心里，没有什么挣扎，而你呢，尽管采取了迎春式的生存方式，内心里却时时泛出苦涩，所以，迎春懦弱而并不忧郁，你呢，却在孤立无援的感觉中，常以自责而痛苦。

阿婵承认，是这样一种情况。

曹雪芹写迎春，以拨动纷乱如麻的算盘象征她的不幸，那就是她始终不能自己掌握自己的命运，任凭命运的巨手，随意拨弄她脆弱的生命。第二十二回，大家作灯谜诗，她那首的谜底就是算盘。第三十七回结海棠诗社，她和惜春诗才逊色，自身也没多大的诗兴，众人明知，也就给她和惜春各戴一顶高帽，算是副社长，迎春负责限韵。当时大家要咏白海棠花——不是木本的海棠树的那个海棠，是栽在花盆里的草本海棠花——大家让迎春限韵，她就说："依我说，也不必随一人出题限韵，竟是拈阄公道。"后来，她果然以拈阄的方式，也就是一切托付给随机性、偶然性，先从书架上随便抽一本书，随手一揭，是一首七律，于是就确定大家写七律；再让一个小丫头随口说一个字，那丫头正倚门而立，说了个"门"，这就选定了"十三元"的韵，再让小丫头从韵牌匣子"十三元"那一屉里，随手抽出四块，是"盆""魂""痕""昏"四块，于是，她的限韵任务，就完成了。

曹雪芹的《红楼梦》，几乎是使用每一个细节、每一次人物的话语，来无休止地象征人物的性格与命运。脂砚斋在批语里多次告诉读者，“草蛇灰线，伏延千里”，是曹雪芹最擅长的技巧。有的当代读者不习惯这一叙述策略，当我指出这一点，并一再举例时，就总是疑惑：是吗？可能吗？那曹雪芹写得累不累啊？您让我这么去读，我累不累啊？您怕累，您可以不这么去读，但是，我越研究，就越相信，那就是曹雪芹呕心沥血所在，也是他慨叹“都云作者痴，谁解其中味”的缘由。他写下的这个文本不是那种直露的文本，或者是仅仅有些个含蓄之处而已，他就是埋伏下了无数的玄机，要我们去一一破解，深入内里，去进入“解味”的境界。

爱尔兰的那位乔伊斯，他的那部《尤利西斯》，据介绍，就是大象征套着小象征，每章一个隐喻，合起来则又是一个大隐喻；句子表面一层意思，内里却又暗含一层甚至数层意思。可惜我不懂英文，只好读中文译本，译本当然大失原味，却也能模模糊糊意会到原作的玄妙，很是佩服。不少的读者都说，看人家乔伊斯，还有美国的那个福克纳，嗬，那文本多了不起啊！读起来费力吗？那才叫高级啊！当然高级。但是，为什么一到读我们自己老祖宗的《红楼梦》，却又总觉得未必有那么玄妙，不相信曹雪芹——他在世可比乔伊斯、福克纳早太多了——能做到文本里有多重寓意呢？

说到这里，不由得再多岔出去说两句。有的国人，一听《红楼梦》就烦，对有一些人研究红学，很反感。他们的意见，一是“《红楼梦》能当饭吃吗？”觉得社会现实中有那么多迫切需要解决的问题存在，如官员腐败、矿难如麻、下岗失业、欠薪赖账、失学失医……读《红楼梦》、研究《红楼梦》，岂非“吃饱了撑的？”另一个说法，就是“一部《红楼梦》养活了这么些人，实在可笑、可悲！”持这种看法的人，他的心情，我是理解的，但是，我不能同意他们的观点和态度。一个社会应该是一种复合式的存在，在任何时候，都不能要求社会上的每一个人，以同样的方式，投入社会的中心课题。比如苏联在卫国战争时期，许多文学艺术家都参军去前线抗敌，但是斯大林那样一位政治家（现在有不少论著对他批评得很厉害），却在那样的时刻，花很大的资金，把莫斯科电影制片厂搬迁到后方的阿拉木图，而且，也并不让迁去的电影艺术家全拍结合现实的抗敌片，他就批准拨出很大的一笔资金，让著名的电影导演爱森斯坦去拍摄古装文艺片《伊凡雷帝》。你可以批评斯大林这样不对那样不好，但是，他就懂得，一个民族除了最切近的事业，还有延续其文化传统的长远事业，即使是敌人已经打进来了，在全民抗敌的形势下，让爱森斯坦那样的电影艺术家仍去沉浸在古典文化传统里，去自由发挥其艺术想象力，去拍摄并没有隐喻抗击外敌内容的俄罗斯古代宫廷故事，甚至是必不可少的一项安排，因为这实际上也就是向人类宣布，俄罗斯的伟大，不仅在于能够战胜来敌，解决切近的问题，而且，更在于它有久远的传统，以及延续那传统的能力！在中国抗日战争时期，也有类似的例子，国民政府一方面以军队抗击日本，一方面花大力气把故宫博物院的主要藏品，许多的国宝，迁运到后方秘藏，不使日本飞机轰炸掉；又组织几所著名大学，迁往云南，在昆明成立西南联合大学，大学里当然有浓烈抗战的气氛，但该研究的古典文化还要研究，还要传授。如果说，那时候的领导人和政府，尚且懂得解决社会切近问题时，不能不特别地保持对非直接致用的古典传统和文化事业的尊重与保护，我们今天的人们，难道认识水平，还能落后于他们吗？

2000 年，我曾应英中文化协会和伦敦大学邀请，到英国伦敦进行了两次关于《红楼梦》的讲座。英国也有它许多的社会问题，社会各阶级各阶层各利益集团之间，也都时时刻刻存在摩擦冲突，在街上会看到示威游行的队伍，在报纸上会看到刚发生的灾难和银行抢劫案，但是，一位英国教授就告诉我，从英国女王到街头流浪汉，从银行总裁到银行劫匪，从流水线上的工人到摇滚明星，在莎士比亚及其戏剧是否伟大这样一个问题上，没有分歧，因为莎士比亚用英语写出的戏剧，是他们所有英国人的骄傲，是他们母语的胜利，对莎士比亚及其戏剧的尊重甚至敬畏，是他们在相互冲突中各方都能达成的共识。在英国，人们对有些剧团没完没了地演莎剧，对层出不穷的研究莎士比亚的论著，对有的人一辈子靠莎士比亚吃饭，不但毫不惊异，绝无讽词，而是觉得那是最自然不过的事情，“如果没有莎士比亚，没有对莎士比亚的研究，英国还成其为英国吗？”这是那位伦敦大学教授的原话，他会汉语，用标准的中国普通话说给我听的。

因此，我要再一次说，世界上每个民族，无论它现在处在什么状况中，它的成员，都不能只是去解决最切近的问题，都还应该对支撑其族群生存的文化根基做加固与弘扬的工作，当然，在社会成员中应该有分工，那么，被分派，或者自愿投入对其民族文化传统的研究、传承工作的人士，理应得到理解、尊重与支持。世界上一个民族，一个国家，以其母语结晶出的文学作品为其民族骄傲，把那作家和那代表作当成民族和国家的“名片”，例子真是太多了。除了上面已举出的莎士比亚，那么，随便再举些例子，如印度的迦梨陀娑及其戏剧、阿拉伯世界的《天方夜谭》、意大利的但丁及其《神曲》、西班牙的塞万提斯及其《堂吉诃德》、法国的巴尔扎克及其《人间喜剧》、德国的歌德及其《浮士德》、俄罗斯的列夫·托尔斯泰及其《战争与和平》、日本的紫式部及其《源氏物语》、朝鲜的《春香传》、丹麦的安徒生及其童话、美国的马克·吐温及其幽默小说、捷克的卡夫卡及其《变形记》……

而我们中国，古典文化里的叙事作品，我以为，能作为民族和国家“名片”的，就是曹雪芹和《红楼梦》。

解决社会的实际问题，是治病；研究《红楼梦》，推广《红楼梦》，则有利于铸造国人的灵魂。

再回到我们原来的话题：《红楼梦》里的迎春。她是一个完全放弃了自主性的懦弱女性。结果，她就被她那昏聩的父亲，等于拿她去抵债，嫁给了孙绍祖，落入了“中山狼”口中。

阿婵注意到，我在谈论迎春的时候，说了很刻薄的话，就是说迎春养尊处优，没为社会创造财富，却终日消耗着劳动人民以血汗创造的事物。阿婵对我说，您太苛责了，难道宝玉和黛玉就为社会创造出财富来了吗？人们对他们俩，不都赞美有加吗？

确实，这样来评说大观园里的儿女们，太苛刻了。金陵十二钗们，即使贵为小姐，在那样一个皇权与神权、夫权结合的社会里，她们的性别，就已经决定了她们的“薄命”。大门不许随便出，二门也不许随意迈，像迎春这样的生命，不是她自己选择了那样的生活方式，是那样的生活方式桎梏了她。探春虽然有自主性，也只能保持一种向往：“我但凡是个男人……”她对外部世界的信息，也少得可怜，她发现外边有一些直而不拙、朴而不俗的民间工艺品，就央求宝玉帮她买些来欣赏；她一度代凤姐管理府务，展示出了自己的裁决能力与组织才干，管理工作也是一种增进社会财富的奉献。宝玉和黛玉虽然没有做任何生产物质财富的事情，但是他们“生产”出了新的思想，并通过自己的诗文加以体现，书里说了，他们的一些诗作被传抄到了府外，向社会上渗透，这也是很有意义的。

对迎春，确实不必那样苛责。她没有为社会生产出东西，物质的精神的都没有，但是，她毕竟也没有直接参与对劳动人民的剥削与压迫，她不能对自己的那样一种生命状态负责，而那样的一种社会制度，具体来说，就是婚姻制度，却应该为她如花美眷的生命陨落负全责。

平心而论，光从外在的条件上看，贾赦为迎春选的夫婿，也并不差。那孙绍祖袭着指挥之职，生得相貌魁梧，体格健壮，弓马娴熟，应酬权变，年未满三十，且又家资饶富，并且还将提升官职，他此前又并未有正室，迎春过去并非填房，怎见得就一定是个悲剧？

“竟是拈阄的好”，迎春把命运被动地交付给了偶然性、随机性，万没想到，命运给她抓的阄，竟是一个下下阄！

第五回金陵十二钗册页里，关于她的那一页画着只恶狼追扑她，判词是“子系中山狼，得志便猖狂；金闺花柳质，一载赴黄粱。”中山狼是忘恩负义的代名词，那么，究竟孙绍祖怎么对贾赦忘恩负义了？从前八十回里，我们看不明白。有学者指出，现存的八十回，最后一回也并非曹雪芹的手笔，从第八十回最后的交代里，我们可以知道孙绍祖家曾放在贾赦那里五千两银子，贾赦一直没还给孙家，所以孙绍祖对迎春说，你等于是那注银子折变来的。但这样的交代，只能说是贾赦欠银不还拿女儿变相抵债可耻，却不能说明孙绍祖忘恩负义呀！从现在我们得到的信息，只能说孙绍祖是一只色狼，此人肯定是性欲亢进，欲壑难填，家里的媳妇丫头几乎淫遍，对迎春没有丝毫的人格尊重，完全是皮肤滥淫，“觑着那，侯门艳质同蒲柳；作践的，公府千金似下流”，迎春的死因，是孙绍祖的性虐待与性放纵。

迎春是值得怜惜的，是那个时代作为女性，在那种婚姻制度下的牺牲品。

有意思的是，曹雪芹偏写了迎春的大丫头，司棋，是一个性格泼辣，富于进攻性的生命存在。她为了争取大观园内厨房的控制权，使尽了心机。柳嫂子掌握厨房，这不符合她的心意，她让小丫头莲花儿去给柳嫂子出难题，要柳嫂子给她炖一碗嫩嫩的鸡蛋，柳嫂子抱怨了一番，莲花儿回去一学舌，司棋大怒，"伺候迎春饭罢，带了小丫头们走来……便命小丫头们动手，'凡箱柜所有的蔬菜，只管丢出来喂狗，大家赚不成！'小丫头子们巴不得一声，七手八脚抢上去，一顿乱翻乱掷的……"这时候迎春在缀锦楼里做什么呢？午睡，还是看《太上感应篇》？她哪里知道，在她这懦小姐身边的一群大小丫头，竟是那么强悍，打砸抢抄，全挂子武艺，把平日心理上行为上的压抑，火山喷发般地宣泄了一番。这就说明，即使在大观园那样的世外桃源般的空间里，作为个体生命，仍可以找到张扬生命力的理由与方式。

司棋率众亲征厨房，大搞打砸抢的行为，不值得恭维。但是，在那样一个禁锢森严的空间里，司棋居然就敢把自己青梅竹马的恋人潘又安，通过贿赂看门的将其招进园来，放胆享受情爱，这一行为，确实令人佩服。抄拣大观园，事情败露，"凤姐见司棋低头不语，也并无畏惧惭愧之意"。司棋当然也曾希望迎春对她死保赦下，但迎春哪有那样的能力和魄力？不知司棋被撵出去之后，迎春是否多少有一些思想活动？恐怕她是永远也理解不了司棋。司棋对其情爱与生命的自主虽然仍以悲剧告终，但总算享尝到了一些自由支配感情和行为的甜蜜，这份自主性的甜蜜，却是迎春终其一生，所没有尝到过的。

我对阿婵说，同情迎春，但要以她为戒，那就是不能丧失自己对生命的自主性。

阿婵点头。她对我说，这正是一方面她觉得自己很像迎春，甚至采取了某些迎春式的生活态度与处世方式，一方面又很痛苦，很忧郁，时时发怵，自责自愧，总想从那状态里自拔的根本原因。

我就对阿婵说，我信奉中庸之道。对社会，一定要有责任心，要竭尽微薄的力量，推进它的公平度，但是，最好采取渐进改良的方式，一步步，一环环地，去通过做实事来往前拱。对自己，也是这样，性格是无法改变的，不要太苛刻地自责自悔自惭自否，自己可能成不了社会改革家，多半还是在随波逐流，但是，在社会的潮流中，自己毕竟还算一票，自己做不到，可以用有形无形的方式，把自己那一票，那体现神圣自主性的一票，投向能够做到改进社会的力量一边。

6

吟菊花诗，这是《红楼梦》第三十八回里的重要情节。在作诗之前，书里有一段描写，非常优美："林黛玉……自令人掇了一个绣墩倚栏杆坐着，拿着钓竿钓鱼。宝钗手里拿着一枝桂花玩了一回，俯在窗槛上掐了桂蕊掷向水面，引的游鱼浮上来唼喋。……探春和李纨惜春立在垂柳阴中看鸥鹭。迎春又独在花阴下拿着花针穿茉莉花。"

我对阿婵说，我每当读到这里，读到关于迎春那一句，特别是沉吟那"独在"两字，心中就会涌出一种莫可名状的感慨……

阿婵说，是呀，迎春在她生命的那一瞬，总算有了自主选择，她不是随李纨、探春、惜春她们去看鸥鹭，她有自己小小的乐趣，她独在花阴下穿茉莉花！这确实是她那个生命最具有尊严和美感的一段时间，给你的书画插图的画家，根据这一句，画出了非常有韵味的新派绣像图……

独在花阴下穿茉莉花，这可以成为一种生命尊严的象征。大地上应该有公平的社会，有容纳弱势族群和懦弱个体的温暖空间，有更多的怜悯与宽容，有更多的供普通生命选择的可能……

讨论《红楼梦》，议论迎春，到了这个份儿上，是我和阿婵都没有想到的。我们忽然都沉默了，各自朝窗外望去。窗外是深秋明净的蓝天，那上面仿佛有无形的字、无形的画、无声的乐音，正缓缓沁入我们的心臆。

夹缝里的人生

1

林黛玉初到荣国府，先去见外祖母。书里交代得很清楚，荣国府中轴线上的主建筑群，正房挂着皇帝赐的金匾，以及一副谦称“同乡世教弟勋袭东安郡王穆莳拜手书”的银联（实际是书中“义忠亲王老千岁”所题），那是贾政和王夫人居住的空间。贾母则住在这组中轴线主建筑的西边的一处院落，林黛玉的轿子是从西角门抬进府里的，走了一射之地，下这轿子后，再换另一乘轿子，又抬了一段以后，才到达贾母院落的垂花门前，林黛玉再下轿，众婆子围随，进垂花门。两边是抄手游廊，当中是穿堂，转过穿堂的大插屏，现出三间厅，厅后方是正房大院，正房五间，皆是雕梁画栋，两边以穿山游廊连接厢房。

贾母的院落相当气派，住房面积很大，房架很高。五间正房里有套间，套间里有暖阁，还有碧纱橱，所以不但她自己住得很舒服，还可以把最喜爱的孙辈宝、黛都留在同一个大空间里居住，史湘云来了也常跟她住在一起。第四十回刘姥姥这样表述她对贾母住房的印象：“人人都说大家子住大房。昨儿见了老太太正房，配上大箱大柜大桌子大床，果然威武。那柜子比我们那一间房子还高。怪道后院子里有个梯子，我想并不上房晒东西，预备个梯子作什么？后来我想起来，定是为开顶柜收放东西……”

贾母的院落与贾政、王夫人的院落之间，是一条南北向的宽夹道，两院各有角门与夹道相通。这夹道的南边，是倒座三间小小的抱厦厅，北边呢，立着一个粉油大影壁，后有一半大门，小小一所房舍，那是贾琏、王熙凤的住所。王熙凤可谓荣国府的CEO，但她辈分低，居住空间当然也就只好小一些，但第六回，曹雪芹透过一进荣国府的刘姥姥的眼光感受，把那空间里的景象描写得很细腻，凸显着豪门贵族的荣华奢靡。

附带说一下，书里对荣国府内部建筑格局的交代，是随着情节的推移，不断将其细化的。比如，林黛玉入府，进西角门走了“一射之地”，“一射”就是武夫用力拉弓射箭，那支箭飞过的距离，怎么说也有五十米以上，那么，在贾母院门以外，那么大的一片空间，难道都是旷地吗？看到后面，我们就知道，在荣国府西南的那个位置，以及相对应的东南一带，还有供下人住的群房，金钏被撵出去以后，就暂时被发落在那里，结果她无法承受羞辱感，就投入那东南角的水井“烈死”。第三十九回写刘姥姥二进荣国府，正“信口开河”讲“若玉小姐抽柴”的故事，结果外面人吵嚷起来，原来是府里南院马棚“走了水”，也就是发生了火灾，贾母扶了人出至廊上来瞧，“只见东南上火光犹亮”，当然那火很快被扑灭，这就进一步证实，贾母院东南边，还有一片级别比较低的建筑群，而贾母正房的房基很高，站在廊上，能望见那边的火光。

到第四十三回，写“闲取乐偶攒金庆寿”，给凤姐过生日，交代说贾母院里新盖了个大花厅，在里面坐席听戏。可见贾母的院落非常宏阔。

估计盖了新花厅，仍有足够栽花种树的露地存在。

书里不少情节，集中发生在贾母、王夫人和王熙凤生活的这三个居住空间里。

值得提醒读者注意的是，设定为贾母长子并袭了一等将军爵位的贾赦，却并不住在荣国府里，不就近侍候自己的生母，这很奇怪。书里很清楚地交代，邢夫人带黛玉去他们那边，是要先出荣国府西角门，坐一辆翠幄青绸车，路过荣国府正门，另入一黑油大门，才能抵达。“黛玉度其房屋院宇，必是荣府中花园隔断过来的，进入三层仪门，果见正房厢庑游廊，悉见小巧别致，不似方才那边轩峻壮丽”，这也很奇怪，书里未说贾母两个儿子分了家，为什么袭爵的大儿子却把荣国府中轴线的正房大院，让给并没有爵位的弟弟去住？既然两兄弟居所挨着，为什么不在隔墙上开门相通，互相来往竟需要先出大门乘轿坐车，再进对方大门？我在前面对此有所分析，这里从略。

书里（指曹雪芹留下的八十回）直接写到发生在贾赦、邢夫人那个院落里的事情，只有两次，除了第三回，还有第二十四回，写宝玉奉贾母之命去探望生病的伯父，在那里见到了黑眉乌嘴的贾琮。

至于宁国府，书里有些篇幅写到那边的事情，在具体的屋宇园林的描写上，或极度夸张（如对秦可卿卧室），或比较含混（如从王熙凤眼中看出的《园中秋景令》），尤其是在各个建筑物的平面关系上，缺乏明确的交代。第七十五回写到贾珍在天香楼下箭道内立了鹄子，早饭后约请一些公子哥儿来“习射”，那箭道的形状应该与夹道类似。

当然，从第十七、十八回以后，书里的大量情节，就都发生在为元春省亲所建造的大观园里了。

曹雪芹写这部书，估计他对发生在荣国府里的故事空间的设计，一是有原型依据，二是他会绘制出一幅从原型出发而加以艺术想象的屋宇园林示意图，怪道他笔下的空间转换基本上流畅自如，前后接榫，滴水不漏。大体而言，他对大观园的描写想象的成分多，显得非常夸张，属于浪漫性质的文笔，而对于荣国府原有建筑群的描写，则非常写实，甚至有些个回忆录的味道。

现在我要特别地研究一下，在曹雪芹笔下，除了发生在荣国府那些大大小小的院落里的故事，他还写了哪些发生在建筑群之间的夹道里的事情？

2

荣国府里不止一个夹道。除了上节写到的那个位于贾母院和王夫人院之间的南北向夹道，第四回就写到，薛姨妈一家来了，被安排住进府里东北角一处叫梨香院的房舍，“原来这梨香院即当日荣公暮年养静之所，小小巧巧，约有十余间房屋，前厅后舍齐全，另有一门通街……西南有一角门，通一夹道，出夹道便是王夫人正房的东边了。”这夹道应该也是南北向的。后来因修建大观园，预备迎驾元妃省亲，梨香院又腾出来给贾蔷管理的十二官戏班子使用，薛姨妈一家就又挪到了府里更东北边的一处院落里居住。

第七回写王夫人陪房周瑞家的欲找王夫人回话，谁知王夫人不在上房，到梨香院找她妹妹说话去了，周瑞家的便转出东角门至荣国府东院，通过夹道，往东北边的梨香院去。所谓陪房，就是一房人，夫妻连带儿女，被当作陪嫁物，随富豪家的小姐，一起嫁到了其夫君家，在那边继续服役。周瑞家的，是周瑞的媳妇，因为得到王夫人信任，王熙凤一辈的，都唤她周姐姐，算是有头有脸有一定权势的仆妇，但不管怎么说，到头来，她的身份，还是一个地道的奴才，是一个夹缝里求生存的卑微生命。

第七回写周瑞家的奉薛姨妈之命，去给众位小姐、媳妇送宫花，把她送花的路线，写得非常细致。她出了梨香院，先携花来到王夫人正房后头，当时迎、探、惜三位小姐分住在王夫人房后三间小抱厦内，贾母命李纨陪伴照管，周瑞家的把花分别送给迎、探、惜后，“便往凤姐儿处来，穿夹道从李纨窗下过，隔着玻璃窗户，见李纨在炕上歪着睡觉呢，遂越过西花墙，出西角门进入凤姐院中。”在凤姐那边完成任务后，才往贾母这边来，过了穿堂，忽然遇见了她女儿，跟女儿说完话，才进入贾母正房，在宝玉住的那间屋子里，见到正跟宝玉解九连环玩的黛玉，周瑞家的把两枝花献给黛玉，黛玉冷笑道：“我就知道，别人不挑剩下的也不给我！”周瑞家的听了，一声儿不言语。

确实，周瑞家的能说什么呢？读者从前面的描写里清楚地看出，她送花的路线，由近而远，循序渐进，并没有什么错失。但黛玉是何等身份，她系何等角色，哪有辩解的余地？只得忍气吞声。

从这样很细腻的文笔里，我们仿佛随着周瑞家的脚步，进一步了然了荣国府里建筑的空间布局：当中是正房大院，正院西边是贾母院，这两个院落的后缘基本上平齐，当中是一条南北向夹道，夹道北是凤姐院，勾连夹道的有角门，有穿堂；正院东边的院落，应该很大，梨香院在东院东北角，它的下缘比王夫人的那个院子还要靠北，从梨香院出来，要通过一条南北向夹道，才能到达王夫人院后面的抱厦，那抱厦外则有一条东西向的夹道，尽头是花墙，花墙上有角门，出那角门可通凤姐院。这样，我们就至少知道三个互相连属的夹道了。

送宫花，为什么不送给李纨？李纨是寡妇，连脂粉都不能涂抹，遑论戴花？第七十五回写尤氏到荣国府来，进大观园，至李纨住的稻香村，想洗个脸补补妆，因为李纨没有脂粉，大丫头素云就把自己的拿出来，请尤氏将就着用，李纨责备她：“我虽没有，你就该往姑娘们那里取去，怎么公然拿出你的来……”尤氏好脾气，也就用了，这个细节再一次让我们知道，李纨只能甘如槁木死灰般生存，戴花的乐趣都被剥夺了，那是非常残酷的封建礼教，有一大套繁缛的规矩，维护着那个社会的伦理秩序。

像王夫人院、贾母院、王熙凤院，一般人未经特许，是决不能擅入的。那是贵族府第里的伦理秩序。曹雪芹把这一点写得非常清晰。府里其实有着多样的生命存在，有大大小小的管家、办事人员、清客相公、小厮仆妇、门房杂役，厨子马夫……第六十三回还透露，荣国府里还有皇帝征戎大胜后，赏给府里的几家土番，那么这些生命，多半就只能在划定的区域里活动，他们如果有幸遇见主子，也多半是在夹道里偶然邂逅。

第八回写宝玉一时兴起，往梨香院看望宝钗，“若从上房后角门过去，又恐遇见别事缠绕，再或可巧遇见他父亲，更为不妥，宁可绕远路罢了”，于是他仍从贾母院往南出二门，跟从的丫鬟嬷嬷以为他是去宁国府，结果他到了穿堂，又折向东边再往北边，绕厅后而去，显然，他是选了一个从南往北的角度，要去通向梨香院的夹道，他倒是躲过了动辄逼他读书上进的父亲，可是，“偏顶头遇见了门下清客相公詹光、单聘仁二人走来，一见了宝玉，便都笑着赶上来，一个抱住腰，一个携着手，都道：‘我的菩萨哥儿，我说作了好梦呢，好容易得遇见了你！’说着，请了安，又问好，劳叨半日，方才走开。”打听得当时贾政正在梦坡斋小书房里歇中觉，宝玉才算松了口气。那梦坡斋，位置应该就在上房院东北后角门附近。

书里在“大观园试才题对额”和“老学士闲征姽婳词”两段情节里，

集中刻画了詹光、单聘仁等清客相公的嘴脸。这是些典型的社会填充物。妓女是以色事人，他们是以才事人，都有很辛酸的一面。这些清客相公一般都通琴棋书画，可以在主子面前陪读、陪吟、陪聊、陪笑、陪奏、陪歌、陪棋、陪卜、陪绘、陪书、陪观、陪游……当然，更重要的是看主子脸色，揣摩主子心思，赔尽小心。曹雪芹把詹、单二清客的首次亮相，特意安排在了荣国府的东夹道一带，既符合生活的真实，更是具有隐喻的空间安排。

宝玉那天真是刚历一劫，再遭一劫。他满心满意要去见的，是宝姐姐，谁知往北去那梨香院所经过的东院里，有府里一片办事房，“可巧银库房的总领名吴新登与仓上的头目名戴良，还有几个管事的头目，共有七个人，从账房里出来，一见了宝玉，赶来都一齐垂手站住。独有一个买办名唤钱华，因他多日未见宝玉，忙上来打千儿请安，宝玉忙含笑携他起来”，那些人就恭维宝玉斗方儿写得好，宝玉并不停步，敷衍他们两句，径往梨香院而去。注意曹雪芹笔下所写的这两拨子在东夹道附近跟宝玉相遇的人，肢体语言大不一样，前二人轻佻，后七人恭肃，都很符合他们在府里扮演的角色，清客相公相当于宫里的“弄臣”，本是供主子取乐的，他们适度轻佻乃职业本色，但办事员们就不一样了，虽然背地里坑坏主子，表面上则争先表现出自己的中规中矩。

第十七、十八回（古本两回未分开）里，写到宝玉在贾政对他“试才题对额”后，不得不跟到贾政书房，贾政把他喝退，忙从那里回贾母院，出贾政院时，被跟贾政的几个小厮拦腰抱住，把他身上挂的荷包等佩戴物尽行解去，那应该也是发生在夹道里的事。

第三十回写宝玉大中午的“从贾母这里出来，往西过了穿堂，便是凤姐院落，只见院门掩着……进去不便，遂进角门，来到王夫人的上房内……”空间转换写得一丝不苟，与前面的交代完全对榫。

第十一回、十二回，贾瑞想占有凤姐反被凤姐耍弄，最后死去的情节，估计是曹雪芹从旧作《风月宝鉴》里取用化入的，里面写凤姐毒设相思局，先利用了凤姐院和贾母院之间的穿堂，后来又利用了她那小院后面的夹道空房，那里有高大的房基形成的台矶，与仆人们的住房区域相通，再往北就是府第的后门了。这样的空间交代与前面的描写是相符的，第六回刘姥姥好不容易摸进后门，找到周瑞家，周瑞家的就是从北边把她带到凤姐院里的。贾瑞也属于一种社会填充物，而且是最无聊的一种，他那夹缝里的卑劣人生，很快由他自己以妄想型的纵欲而结束。

夹道对于荣国府的主子们来说，不过是从一处使用空间转换到另一处使用空间的一片过渡地带，他们经过时，很少特意停留。

但是，对于像贾芸那样的角色——论血统跟荣宁二府同谱，论现实社会地位和经济状态，却与二府有了天壤之别——荣国府里的夹道，却是他们攀附贵亲的可利用空间。

贾芸以同宗亲戚的身份，混进荣国府角门二门不难，但想登堂入室，那就得费尽心机才行了。他一般情况下是总在那夹道里徘徊踯躅，希图逮机会“偶遇”府里的主子，趋前建立起较为亲密的关系，以谋取自己的利益。

第二十四回，写到贾赦偶感风寒，贾琏从那边请安回来，宝玉则正要奉命也去请安，一个下马，一个正待上马，哥俩对面，少不得寒暄几句，那位置，应该是在贾母院外，离夹道很近的地方，他们刚说了两句话，忽然转出一个人来，就是贾芸，贾芸显然老早就埋伏在夹道里听动静，有此良机，焉能错过？就转出来“给宝叔清安”，宝玉根本不认得他，贾琏就告诉说："他是后廊上住的五嫂子的儿子芸儿。"（第二十二回贾琏跟凤姐提起他时，则说是住"西廊下"）宝玉随口应酬几句，更随意说出了一句"你倒比先越发出挑了，倒像我的儿子！"。贾琏笑道："好不害臊！人家比你大四五岁呢，就替你作儿子了？"原来那贾芸已经十八岁了，没等宝玉反应过来，伶俐乖觉的贾芸意识到机会难得，良机绝不可失，便马上笑道："俗话说的，'摇车里的爷爷，拄拐的孙孙'，虽然岁数大，山高高不过太阳，只从我父亲没了，这几年也无人照管教导，如若宝叔不嫌侄儿蠢笨，认作儿子，就是我的造化了！"宝玉听此甜言，就糊里糊涂地认了个干儿。

贾芸家住西廊下，所谓廊下，指的是庙宇正院两侧厢房后边的夹道。我童年时代住在北京钱粮胡同，挨着隆福寺，那时候寺庙建筑还相当完整，两侧的厢房由一些市民杂居，厢房有廊子相连属，所以叫廊下，住在那里也可以说是"住廊上"。那些房屋既有门通庙也有门通街，所谓通街，其实那街就是原来厢房与庙墙之间的夹道，后来两头开通，变成了胡同，隆福寺两侧的胡同，一侧叫东廊下，一侧叫西廊下，我那时从与之垂直的钱粮胡同去隆福寺小学上学，天天都可以穿过东廊下或西廊下来回。当然，北京不止一处庙宇有西廊下和东廊下。据有的红学家考证，荣、宁二府的原型，大体在北京的西北城，则书里贾芸、泼皮倪二等所居住的"西廊下"的原型，很可能是也位于北京西北部的护国寺一侧，这与书里写到的二尤的故事，贾琏偷娶尤二姨安家在花枝巷，都是对应的。花枝巷干脆直接用了真实的地名，现在北京城西北什刹海附近，就还有条一直把名称延续了几百年的花枝胡同。我青年时期任教十多年的那所中学，也就在那儿附近，所教过的学生，有的就居住在花枝胡同里。我读《红楼梦》，确实有特殊的亲切感。

我感觉，北京的小市民，特别是什刹海一带的小市民，至今身上还延续着贾芸的人格基因，那就是特别善于在夹缝里求生存。甚至在“文化大革命”期间，只要那斗争有一隙的松缓，就会有人苦中作乐，重新栽种点玻璃翠那样的花草，养几尾小金鱼，而在前海与后海相交的银锭桥畔，就会在早晨和傍晚出现卖碎马掌片（用做花肥）和鱼虫（用来喂鱼）的身影。这是些顽强的生命，在大时代的缝隙里，他们有自己不以言辞表达的生存哲学，他们算什么样的角色呢？正是在那个时候，我就意识到，那是些不容忽视的社会填充物。那时候，我在银锭桥头，看到过，一辆军用吉普车在一个卖鱼虫市民脏兮兮的钢种盆（钢种是北京市民对铝的代称）前停住。一个军人下车，用二分钢镚儿买下那市民用钢种勺给他舀出的一勺红粟般的鱼虫，装在了一个薄而半透明的塑料袋里。那军人虽然生活在“激情燃烧的岁月”，但家里也还是养了金鱼，或者他本人并不喜欢，但是他妻子却喜欢，于是他也就来做一件让妻子高兴的事。这说明即使社会已经非常单调板结的情况下，社会填充物（无论是鱼虫还是卖鱼虫的市民），仍是延续超政治人情的一种载体。

我就这样来理解《红楼梦》里的贾芸。他与上面提到的清客相公和账房管事等生命存在还有所不同，那些人身上有太明显的势利眼与贪婪心，虚伪是带有损人性的，贾芸却只是朴素地为自己生计着想，他的虚伪只是一种小市民的庸俗客套，即使为了利己，也并不损人。

贾芸在书里，好几次出现在夹道一类地方。他向贾琏求份差事不成，去向亲舅舅卜世人求援更遭排揎，但他并未灰心丧气，巧遇醉金刚倪二，意外地从其义侠之举中，换取了向凤姐献媚的麝香、冰片，于是，在同回书里，他又出现在夹道里，这次是在那条夹道的北端，到了贾琏、王熙凤那个院门前，“只见几个小厮拿着大高笤帚在那里打扫院子呢”，正待时机，天赐良机，一群人簇着凤姐出来了，他忙把手逼着（就是双臂下垂手掌紧贴身体），恭恭敬敬抢上去请安。凤姐哪里用正眼瞅他，只顾往前走，随口几句话打发他，他却进一步发挥小市民那嘴里涂蜜的舌上功夫，把凤姐奉承得浑身舒坦，于是，凤姐不但满脸绽笑，还居然停下了脚步，贾芸赶紧边继续奉承边把装麝香、冰片的锦匣举起献上。尽管机关算尽的凤姐并没有马上派他差事，但他后来终于得到了承包在大观园里补种花草树木的美差，他的人生境遇，由此有了个良性的转折。

贾芸认宝玉作干爹，主要是想借机混进大观园，扩眼界，觅生计。还是第二十四回——这回书的主角是贾芸和小红，曹雪芹非常细腻地描写这两个生命的存在状态与人生追求，那种一提《红楼梦》就只记得宝、黛爱情的读者，现在应该懂得，《红楼梦》是极其丰富的文学画廊，即使完全把十二钗的故事暂搁一边，书里仍有非常丰富的人物刻画与极具深度的人生戏剧——曹雪芹写到贾芸又一次来到荣国府，他开始依然只能在主建筑空间外围一带寻觅机会。书里补写出在贾母院仪门外有处外书房，叫绮霰斋。就在那个地方，他有了一次艳遇。而巧遇他的小红，知道他是本家爷们儿，“便不似先前那等回避，下死眼把贾芸钉了两眼”。在那样的社会里，一对青年男女敢于互相正视，而且你言我语，算是非常大胆，可谓一见钟情。

贾芸和小红的爱情故事，是曹雪芹在《红楼梦》里安排的一个大关目、大过节，读者切不可漠然轻视。八十回后，据脂砚斋批语透露，贾芸和小红有情人终成眷属，贾府被抄家治罪，他们没有被触及，但他们不怕受株连，主动去营救凤姐和宝玉。小红和另一个比她更早离开荣国府的茜雪（因为一杯枫露茶的事情被撵了出去），到监狱的狱神庙去安慰他们，贾芸则“仗义探庵”，可惜因为那些已经写成的文稿都被“借阅者迷失”，我们目前已经很难想象，贾芸探的是哪个庵（拢翠庵？馒头庵？

水仙庵？），探的是庵里的谁？那探望是想达到什么目的？究竟达到了没有？大结局是什么？

曹雪芹所塑造的贾芸这样一个小市民的形象，其丰富的人文内涵，值得我们深入探究。

对《红楼梦》进行文本细读，我们会拾回很多过去匆读草读所忽略的文句情节，从而产生出更浓酽的探秘兴趣。

比如，上一节提到，第二十四回，写到荣国府里有一处外书房叫绮霰斋，而宝玉的丫头里，就有一位叫绮霰，绮霰这个名字跟晴雯分明是对应的，就像麝月跟檀云对应一样，但绮霰作为丫头写得模模糊糊，没什么“戏”（檀云也没“戏”），那么，她的名字怎么会与外书房的斋名相重呢？

也有细读后可以有所领悟的地方。比如，因为曹雪芹笔下避免写清代男子的薙发留辫和长袍马褂，再加上后来改编的戏剧影视多让男角穿戏装，于是有人怀疑书里写的生活景象究竟是不是清代的？那么，上面引用的关于买办钱华在夹道里见到宝玉，“忙上来打千儿请安”，“打千儿”是清代特有的男人向人致敬的肢体语言：左膝前屈，右腿弯曲，上身微俯，左臂后背，右手下垂，口中问好。“打千儿”这种礼节名称和方式，在清代以前直到明朝，都是没有的。因此，尽管作者托言笔下所写的故事“无朝代年纪可考”，其实却是“大有考证”（脂砚斋语）的，就是写的清朝的事。

还有贾芸引的那句俗话：“摇车里的爷爷，拄拐的孙孙。”“摇车”不是汉族的摇篮，是满族特有的一种育儿工具，男婴出生第七天，要举行“上摇车”的仪式，那是很重要的一个日子，“摇车”据说是吊在屋梁上的一种摇篮，为什么偏叫“车”？在满语里有特别吉祥的含义，而那“车”里会搁放若干满族特有的吉祥物。这说明《红楼梦》里所写的，是一种满、汉文化互相交融的社会生活。

不进行文本细读，还会忽略一些其实是非常重要的伏笔。比如第二十八回，这回的主体情节是“蒋玉菡情赠茜香罗，薛宝钗羞笼红麝串”，但其中有一个“过场戏”，用了三百多个字，篇幅不算很小了，那“过场戏”的空间位置，就在凤姐院门外，那条夹道的尽北头。

宝玉从王夫人院出来，往西院贾母那边去，“可巧走到凤姐儿院门前，只见凤姐蹬着门槛子拿耳挖子剔牙，看着十来个小厮们挪花盆呢。”凤姐的肢体做派经常如此，形成她个人的“性格符码”，第三十六回她从王夫人屋里出来，“把袖子挽了几挽，跐着那角门的门槛子，笑道：‘这里过门风倒凉快，吹一吹再走！’”接着就跟众人说了一番狠话。但二十八回在那夹道尽头她的院门前，她对宝玉却全是温言软语，她让宝玉进屋去帮她写个单子，要求写上“大红妆缎四十匹，蟒缎四十匹，上用纱各色一百匹，金项圈四个”。宝玉觉得奇怪，问：“这算什么？又不是账，又不是礼物，怎么个写法？”凤姐道：“你只管写上，横竖我自己明白就罢了。”宝玉在这类事情上照例是“浅思维”，绝不深入探究，写完再应答几句，忙慌慌去贾母那边院里找林妹妹去了。

凤姐为什么要劳宝玉驾写这么个单子？书里前面早就交代，凤姐有个文字秘书，记账写礼单查书念占卜文等事情一律都由这个人承担，这人叫彩明，是个未弱冠的小童，本是随叫随到，言听计从的，凤姐的这个单子却偏不叫彩明写而让宝玉代劳。

曹雪芹写这样一笔，难道是在写一串废话吗？当然不是。我在以往的文章里，分析出，书里实际存在着“日”“月”两派政治势力，一派是以“义忠亲王老千岁”为首的“义”字派，一派是以“忠顺王”为首的“顺”字派，荣、宁二府在这样的大格局里，其实也是“夹缝里求生存”，荣国府当家人凤姐，她应付宫里面，应付“日”边的元妃，当然不必忌讳，文字方面的事情命令彩明书写就是了，但是，她若应付“坏了事”但余党仍在的“义”字派这边呢，她就不得不格外隐秘，让一个完全不懂“仕途经济”的宝玉帮她写下单子，是非常巧妙的办法。我以为，曹雪芹把这个“过场戏”的起首安排在夹道里，也颇值得玩味。估计八十回后的情节里，凤姐和宝玉的双双被逮入狱，跟这张“没头脑”的单子被查抄出来，也有一定的关系。

在第二十三回，写到宝玉从贾政王夫人院里听训出来，如获大赦，往贾母院里跑，这段情节跟凤姐没有关系，但有条脂砚斋批语却指出：“妙！这便是凤姐扫雪拾玉处，一丝不乱。”凤姐扫雪拾玉，显然是八十回后的一个情节，从脂砚斋这条批语的口气，以及另外很多条批语，我们可以知道，曹雪芹并不是只写出了八十回书，八十回后他也写了，他在世时，整部书稿已经大体完成，只待进一步修订，剔毛刺，消瑕疵，但出于我们无法细知的原因，八十回后的书稿竟被“借阅者迷失”！凤姐扫雪拾玉，曹雪芹写成，脂砚斋读到，但今天的读者却不得一睹。凤姐怎么会沦为扫雪的粗工？她拾到的是什么玉？曹雪芹写这一笔用意何在？我在前文有详尽探讨，这里不重复。我只想再强调一下：曹雪芹几次把跟凤姐有关的情节，安排在夹道、穿堂这样的空间里，不管他主观上有没有那样的用意，作为读者，我们会感觉到，那是凤姐在“日月双悬照乾坤”的政治夹缝，以及邢王二夫人对峙的家族夹缝中，“机关算尽太聪明，反误了卿卿性命”，“枉费了，意悬悬半世心”的一种艺术隐喻。

6

从某种意义上说，贾宝玉何尝不是一个“夹缝里的生命”。贾宝玉要由着自己的性子生活。他“懒于与士大夫诸男人接谈，又最厌峨冠礼服贺吊往还等事”，“潦倒不通事务，愚顽怕读文章”，他跟父亲之间发生激烈冲突，因素之一就是父亲“恨铁不成钢”，怎么把他往仕途经济上引也是徒劳枉然。但如果把贾宝玉笼统地定位于“反封建的新人”，则未必符合书里的描写。

第五十二回，又一次写到荣国府夹道，这回呈现出了值得注意的一幕：宝玉穿着贾母给他的雀金裘，出发去他舅舅王子腾家拜寿，他并不想去，却不得不去，老嬷嬷跟至厅上，只见六个大男仆和四个小厮，笼着一匹雕鞍彩辔的白马，已在那里立候多时，宝玉被他们护卫着上了马，说：“咱们打这角门走吧，省得到了老爷的书房门口又下来。”这时男仆周瑞就侧身笑道：“老爷不在家，书房天天锁着的，爷可以不用下来罢。”细心的读者会记得，早在第三十七回，还是秋天的时候，贾政就被皇帝点了学差，到外省去了，直到第七十一回，已是再一年的初秋，才交代贾政回到家里，按说第五十二回过年的时候，父亲不在家，宝玉更可以大肆地“反封建”，讲究什么“过父亲书房必须下马”的“破礼节”！偏要大摇大摆骑马从那书房边过一下，示示威！岂不过瘾？但是，书里怎么写的呢？宝玉对周瑞笑道：“虽锁着，也要下来的。”这就说明，宝玉并不为一个先验的观念去选择生存方式，他只不过是希望父亲也好，宝钗也好，别的什么人也好，不要勉强他去投入仕途经济，至于封建伦常秩序的礼数，他觉得并未怎么伤及他的个性，甚至有时还能从中获得温馨乐趣，他是并不想去破坏、对抗的。

于是，宝玉就骑着那白马，让过书房的位置，出了角门。这时的空间位置应该是在夹道当中了，结果顶头遇见了大管家赖大，宝玉忙笼住马，意欲下马——在清朝满族贵族家庭，服侍过上一辈的老仆，特别是府里的大管家，小辈主子按规定是必须要尽到礼数的——宝玉其实完全可以拒绝这一套，但他并没有丝毫反叛性行为，倒是赖大忙上去抱住了他的腿，宝玉呢，还要施礼，“便在镫上站起来”，这是一个替代下马的姿态，并且还携着赖大的手，说几句客气话。

这就是曹雪芹笔下的宝玉。他企图在摆脱封建礼教桎梏个性的方面进行一些抗争，又在遵守享受封建伦常的温情方面表现出一些乖觉，求得在那样一个社会家庭环境中的生态平衡。这实际上也就是在把自己从封建社会的“砖瓦”中抽出，却又仍然还在“砖瓦缝”里成为一种“填充物”，这种“填充物”并不起到黏合“砖瓦”的作用，从长远的效果来说，由于只是一种寄生状态，是疏松的、随时可能游离的，作为“消极填充物”，它最终可能会起到使“砖瓦”松动的作用。但要达到“忽喇喇大厦倾”，那就还得靠“厦墙”外的真正具有革命性的力量，跟那样的存在相比，宝玉也好，黛玉也好，就还只能算“夹缝中的生命”，显得脆弱、渺小。

值得注意的是，紧接着这个情节，还出现了一个场景：“接着又见一个小厮带着二三十个拿扫帚簸箕的人进来，见了宝玉，都顺墙垂手立住，独那为首的小厮打千儿，请了一个安，宝玉不识名姓，只微笑点了点头儿。马已过去，那人方带人去了。”于是出了角门，门外又有男仆小厮马夫一大群，再出角门，才是府外，前引旁围的一阵风去了。

《红楼梦》里很少出现底层人物，书里的那些大小丫头，从社会阶级属性上可以算作女奴，但跟府外的奴隶们相比，她们的衣食住行就强太多了。书里也还出现了二丫头等农民形象，但惊鸿掠影，一闪而去。夹道里的这二三十个拿扫帚簸箕的小厮，也只偶然露了下脸，且是群像。曹雪芹为什么特意写夹道，写夹道中有这样一些最底层的生命？我想，他是要让读者知道，这诗礼簪缨族、温柔富贵乡，不是凭空存在的。

在“大府戏”里安排“夹道”的场次，说明曹雪芹的确是大手笔，也说明《红楼梦》文本确实是丰厚细密，这“一粒米”，把大千世界呈现得多么精微剔透！

五月之柳梦正酣

1

大观园是怎样的景象？《红楼梦》第十七、十八回对之有细致入微的描写。那些宏大的华丽空间不去说它了，在贾政和一群清客以及贾宝玉初游大观园时，有一笔过场戏性质的描写：转过山坡，穿花度柳，抚石依泉，过了荼蘼架，再入木香棚，越牡丹亭，度芍药圃，入蔷薇院，出芭蕉坞……光这些点缀在正景之间的园林小品，就足令人心醉神迷了。

曹雪芹有意不在前面把大观园的景物写尽，在刘姥姥二进荣国府，薛宝琴、邢岫烟、李纹、李绮“一把子四根水葱”的美人儿来荣府客居，寿怡红摆寿筵，以及第七十六回中秋品笛、黛湘联诗等后面的情节里，他很自然地补充描写了大观园里的许多景物，如秋爽斋、红香圃、芦雪广、凸碧堂、凹晶馆、翠樾埭……

“刘姥姥进大观园”，成为一句流传甚广的民间俗语。已故著名文学理论家，也是红学家的何其芳先生，曾提出过“典型共名说”，认为衡量一个文学形象够不够得上艺术典型，就看这一形象是否被广大读者当成了一种社会生命存在的“共名”，比如贾宝玉，人们读过《红楼梦》以后，往往就会把生活中那种自己特别愿意在少女群中玩耍，而少女们也都特别愿意跟他交往，那样的少男，称作“贾宝玉”，因此判定贾宝玉达到了艺术典型的高度；像王熙凤、林黛玉、刘姥姥……都达到了“共名”的效果，“她可真是个凤辣子！”“你真是个林妹妹！”“我可真成刘姥姥进大观园啦！”这类人们在生活里的随口议论，都是这些文学人物因取得“共名”效应而可以判定为艺术典型的例证。但是，几乎没有人会对生活中的某人指认为“真是一个王夫人！”或感叹“哪里跑来个薛姨妈！”。王夫人和薛姨妈尽管也是写得颇为生动的文学人物，却还够不上是艺术典型。何其芳先生的立论在当时（20 世纪 60 年代初）就受到一些人批评，引起不小的争论。有兴趣的人士可以找出当年那些论辩的文章来读，不管读后是否认同何其芳先生的“典型共名说”，但是对何先生善于独立思考，敢于发表新颖的见解，大概还都是会佩服的。任何学术课题，允许提出新说，容纳“惊世骇俗”的见解，应该是推动学术进步的一个前提，海纳百川，方呈浩瀚。

刘姥姥够得上艺术典型，“刘姥姥进大观园”也够得上是典型的人生处境。所谓“刘姥姥进大观园”，就是指一个大老粗，进入了一个他本没有机会进入的高档空间，意味着侥幸，也往往表示着“猪八戒吃人参果，那么好的东西却品不出味儿来”的意思。顺带说一下，以何其芳先生的“典型共名说”来衡量《西游记》里的角色，那么孙悟空、猪八戒、唐僧、白骨精都能成为“共名”因而够得上是艺术典型，沙和尚难以成为“共名”，因而就够不上。

刘姥姥不仅是侥幸，简直是幸运，贾母把她带进大观园让她逛了个够，问她："这园子好不好？"她念佛说道："我们乡下人到了年下，都上城来买画儿贴，时常闲了，大家都说，怎么得也到画儿上去逛逛。想着那个画儿也不过是假的，那里有这个真地方呢，谁知我今儿进这园里一瞧，竟比那画儿还强十倍……"刘姥姥比猪八戒强一些，对大观园这个"人参果"还算有点"比年画还强"的审美感受，但从粗陋空间闯进精致空间，她出恭后一个人迷路绕到了怡红院，虽然对呈现于眼前的各种事物不断吃惊，却全然没有审美愉悦产生，最后竟仰身倒在宝玉卧榻，一顿臭屁，酣然一觉。一个生命的惯常空间，养成了一个生命的惯常思维、惯常情感和惯常的行为方式，那是很难改变的。除非他还年轻，对于从现有的粗陋的生存空间挣脱出去，进入一个精致的高层次空间，并且能在其中长久立足，还抱有热切的憧憬与付诸行动的勇气。

曹雪芹写大观园，最厉害的一笔，我以为是在第六十回，大观园什么模样？"也没什么意思，不过见些大石头大树和房子后墙……"大观园宜作面面观，在有的人眼里，所看到的景色，竟不过尔尔。

那是谁眼里的大观园？

那样形容大观园的，是柳五儿。

柳五儿是内厨房管事柳嫂子的女儿。

大观园建成以后，在很长一段时间里，没有单设厨房，住在园子里的宝玉、李纨和众姐妹们，到吃饭的时候还得走出大观园，到上房，也就是王夫人那里，或者贾母那里去吃饭，这在书里是有描写的。大观园里的丫头们又到哪里吃饭呢？书里没有明确交代，估计更是要走出园子，去跟园子外的那些丫头一起吃饭。大观园本身不小，出了大观园到王夫人或贾母那边，还要走很多路，到了秋冬和春寒时分，园子里的人吃饭真是很不方便。于是，作为荣国府实际上的总管，王熙凤有一次就提出来，在大观园后身单设一个厨房，也就是区别于府里总厨房的内厨房，专门供应住在园子里的主子和丫头们的饭食。这是在第五十一回末尾交代的。王夫人首先赞同："这也是好主意。刮风下雪倒便宜，吃些东西受了冷气也不好；空心走来，一肚子冷风，压上些东西也不好。不如后园门里头的五间大房子，横竖有女人们上夜的，挑两个厨子女人在那里，单给他们姊妹们弄饭，新鲜菜蔬是有分例的，在总管房里支去，或要钱，或要东西；那些野鸡、獐、狍各样野味，分些给他们就是了。"贾母道："我也正想着呢，就怕又添一个厨房多事些。"王熙凤就更坚定地表态："并不多事。一样的分例，这里添了，那里减了。就便多费些事，小姑娘们冷风朔气的，别人还可，第一林妹妹如何禁得住？就连宝兄弟也禁不住，何况众位姑娘。"于是拍板定夺，大观园内厨房开张。

主子们一项新政的推行，会给下面仆役层里的一部分人带来实际利益。

"挑两个厨子女人在那里"，从后面的描写里我们看到，实际上被挑为内厨房总管的只是一个女人，就是柳嫂子。

柳嫂子原来在梨香院里管点事，可能就是那里的厨子。梨香院原是荣国公用来打坐静养的一个空间，一度闲置，薛姨妈一家从南方进京投奔荣国府后，在里面住过，后来又从那里搬到另一处院落。为筹备元妃省亲，贾府派贾蔷从南方买来十二个女孩子，训练他们唱戏，每个女孩都认一个妇人为干妈，十二个女孩也就是"红楼十二官"，在梨香院集中居住排练时，女孩们和那里的妇人们关系就很复杂，有处得好的，有处得不好的，而其中唱小旦的芳官，和柳嫂子关系非常之好；再后来，由于朝廷里薨了老太妃，元妃不再省亲，贵族家庭不许演戏，贾府就解散了梨香院的戏班子，十二官里死掉了一个，有三个不愿意留在贾府另谋生路去了，还有八个则被分配给贾府的主子当丫头，芳官很幸运地被分配到了怡红院，并且很快得到宝玉宠爱；八个留下的唱戏姑娘的干妈，随干女儿到各房中为仆，而芳官的干妈的亲女儿春燕和小鸠儿，也正是怡红院的丫头，人际关系，交错纠结，写得很有意思。

芳官的干妈何婆，开始对芳官很不好，掌握着芳官的那份月钱，却不往芳官身上使，芳官洗头都洗不痛快，于是爆发了怡红院里有名的“洗头事件”，闹得沸沸扬扬。芳官的干妈对芳官很苛啬，但是，柳嫂却对芳官非常好，投桃报李，芳官因此也对柳嫂格外关照。

曹雪芹写大观园，写大观园里的生命，是立体的写法，他不仅写主子，写丫头，也写相对底层的仆役小厮，写他们不同的生存状态和生命诉求。第六十一回开头，他特意写了一段剃杩子盖头——杩子就是马桶——的小厮，跟柳嫂子在后角门发生口角的情节，这些“过场戏”绝非可有可无的文字，而是使《红楼梦》的文本更丰满更精致，更能揭示世道人心的精彩笔触，建议大家读时不要草草掠过。

那杩子盖发型的小厮，扭着柳嫂子，求她从园子里摘些果子来给他吃，柳嫂子就说他是“仓老鼠和老鸹去借粮——守着的没有，飞着的有”，意思是那小厮的舅母姨娘就是园子里承包管理果树的，不问她们去要，却要到自己跟前来。小厮听了，就反唇相讥，揭出柳家的一桩隐私来，那就是柳家的女儿“有了好地方了”，柳家的不承认，笑道：“你这个小猴精，又捣鬼吊白的，你姐姐有什么好地方了？”那小厮就笑道：“别哄我了，早已知道了。单是你们有内牵，难道我们就没有内牵不成？我虽在这里听哈，里头却也有两个姊妹成个体统的，什么事瞒了我们！”

柳家的女儿柳五儿，正谋求到“好地方”去“成个体统”，此事正进行中，尚未实现，但是，就连看角门的芥豆小厮，也都知悉。柳家的内牵，就是芳官，芳官已经跟宝玉推荐了柳五儿，因为林红玉口角伶俐办事爽快被王熙凤要走，怡红院的丫头编制恰有空缺，柳五儿的补进，正逢机会。本来这事也不复杂，但是，柳五儿自己有个弱症，需调养好才行，而大观园里又正逢“多事之秋”，一波未平，一波又起，乱哄哄的情况下，贾宝玉也顾不上点名要人。于是，虽然前景美妙，柳五儿一时却还只能窝在大观园之外，灰色生存。当然，因为她母亲是大观园内厨房的管事，她能够进入角门，在大观园后身作为厨房的那五间大房子内外活动，那也算是大观园的一部分了，再往里，她是不敢随便去的，但又常常忍不住把脚步往里迈，把身子往里移，一颗心怦怦然，想偷窥一下园中美景，但那山子野设计的园林，把主子活动区与厨子杂役类奴才劳作区，分割得非常清晰，用许多的大山石大树木和高墙屋壁，形成一道屏障，将二者互相遮蔽，于是咫尺天涯、人间两域，柳五儿在“不成体统”的时候，是不能越雷池而触戒律的。

可怜的柳五儿，她胆气壮时，也曾试图多往里走走，但所看到的，当芳官问起来时，也只能感叹：“今儿精神些，进来逛逛。这后边一带，也没什么意思，不过见些大石头大树和房子后墙，正经好景致也没看见。”

一个生命，向往着一个自己暂时去不了的空间，这是人世间最常见的心态。

生命和空间的关系，是一个特别值得探讨的问题。

当然，生命和时间的关系，也需要探讨，但对于一般的人来说，似乎不那么迫切。“我为什么没生在唐朝而生在了现在？”有这种追问的人实在很少。“我为什么没赶上抗日战争？要那时候出生参加打鬼子的战斗多来劲儿！”这类话语虽然会偶尔听到，但完全用不着认真回应，不过说说而已。绝大多数人都能坦然接受自己的出生时间，珍视自己的生日，即使对于所处的时代有诸多不满，也深知自己的生命不可能更易到另外的时段，因此，对于自己生命和时间的关系，也就往往不再去深想细究。

但是，在同一时间段里，生命和空间的关系，就存在着一个转移的可能性。在改革开放以前，拿北京来说，同在一城，都是少年，“大院里的”和“杂院里的”，两种生活空间，生活状态、心理定式、语言特点、情感表达……就会很不一样。那“机关（或部队）大院”的空间，与“杂院”的空间，可能就在同一条胡同里，甚至相互间只有一墙之隔，但墙两边，两种空间里，人生状态却会有明显的不同。还有一种高级四合院的空间，也就是首长住宅，那个空间里的生活状态，跟“大院”里的又有所不同。在那个历史阶段里，一个“杂院”空间里的少男或少女，就往往会羡慕“大院”空间里的“革干”（或“革军”）子弟，有的就可能会像《红楼梦》里的柳五儿一样，憧憬着自己有一天也能转移到那样一个比自己所出身的空间更高级的空间里，去品尝人生的更甜蜜的滋味。

改革开放以后，生命对空间选择的自由度，被空前拓展，农村的剩余劳动力涌进城市，城市的青年人出国留学。近十几年来，更有许多国人涌到世界各地经商，有的人甚至不惜采取非法手段，借高利贷，筹重金交给蛇头，去偷渡到自己心目中的“大观园”，结果酿成悲剧甚至惨剧。

“进入大观园啊！去到怡红院啊！”柳五儿那样的追求，直到今天，仍是许多普通中国人的人生目标。

2000 年春天，我和妻子吕晓歌应法国方面邀请，在巴黎访问。英国的英中文化协会和伦敦大学，顺便发出邀请，请我携夫人往伦敦讲两场《红楼梦》，一场在伦敦大学给东业系汉学专业的研究生讲，一场则面向普通伦敦市民。我接受了邀请，但是，英国没有加入欧盟的申根协议，我和妻子虽然有法国给的签证，持那签证虽然可以免签前往意大利、德国、荷兰、比利时等许多参加了申根协议的国家，却不能前往英国，去英国还需到英国驻巴黎大使馆的领事处再办签证。

我和妻子去了英国在巴黎办理赴英签证的地方，那里的签证官见我们是中国人，眼光似乎有些异样，他找来一位负责的女士，那女士板着个脸，说我们不应该到她这里来申请签证，我们应该在北京申请；她这话是有道理的；我就跟她解释，已经跟他们英国驻巴黎大使馆的文化参赞通过电话，参赞说因为邀请我们的机构是英中文化协会，此协会的背景就是英国外交部，所以可以破例；那位女负责人当即与他们的主管部门通了电话，得到证实，于是决定给我们签证，就在这时，她跟陪同我们的法国朋友用法语说了几句话，法国朋友把大意翻译给我听，我一听就急了，就说我不去了，别给我签证了，把我的中国护照还给我！

我为什么生了大气？原来，那位负责发放签证的女士嘀咕的是：你们中国人，总想到西方……当然，刘先生跟那些多佛的中国人不一样……可是，我们不能不特别谨慎啊！

原来，就在我们去办签证的前一天，正好发生了一件轰动英国的大事：一批中国偷渡客，藏在集装箱里，从法国渡海到了英国多佛口岸；本来，那集装箱上有个通气口，可是开车的司机怕检查时露馅儿，渡海时给堵上了；但英国口岸的海关抽查，偏查到那辆车，打开集装箱，挪开货物，立即发现了若干已经窒息毙命的中国偷渡客。英国报纸在报道这件事情时，特别强调，有几个负责检查的海关工作人员，因为突然目睹了扭曲的死尸，不仅生理上立即发生呕吐眩晕等症状，而且也很快派生出心理问题，已经有心理医生在对他们进行治疗云云。

那些背井离乡的中国偷渡客，不管怎么说，是我的同胞！他们违法，他们糊涂，他们冤枉，他们不幸，但是，他们毕竟是想通过转移自己的生存空间，去谋求更幸福的生活啊！

我跟他们，一样的黄皮肤，一样的黑头发，血管里，流淌着同一祖宗传下来的血液，“你们中国人，总想到西方”，尽管那位英国外交官试图把我和我妻子跟我的这些惨死的同胞区别一下，但乍见到我们时，那冰冷的眼光，那板起的面孔，不也分明表达着一种对中国人的“特别谨慎”，实际上也就是一种潜在的歧视吗？

人家那个签证厅，是不许大声喧哗的，可是在那一刹那，百感交集的我，大声嚷了起来：“还我护照！我不去了！”

法国朋友制止了我，妻子也低声批评我，英国外交官莫名惊诧，但最终还是给了我们签证。我和妻子是在复杂的心情中乘海底隧道火车，从巴黎前往伦敦的。

从那以后到现在，六年过去，在报纸上，仍有中国人以偷渡手段前往国外，被查获遣返，或侥幸抵达，而惨遭变相囚禁、剥削虐待的新闻。

而在这篇文章刊发以后，相信也还会有类似的情况出现，只是，或许会逐步减少些吧。

为什么总有一些中国人，孜孜汲汲地谋求生存空间的大转移？如果所有的这类转移都只是悲剧，那就无法解释其心理依据。我们必须承认另一方面的事实，那就是，有数量很不少的转移者，在那边空间里立了足，融进了那个空间，有了物质和精神上都很不错的生活，请他们的父母去探视、旅游，偶尔也会来探亲访友，令亲人欣慰乃至引为骄傲，被邻里旧识羡慕甚或嫉妒；还有一些转移者，其中不乏开头以非法手段转移，又非法滞留不归，但终究还是从非法转换为合法，又以合法身份发了财，衣锦还乡，光耀乡里，成为来当地投资的“外商”，被当地政府官员高规格接待，甚至被安排为政协委员，那样的更具传奇性、喜剧性的人物存在。

我在伦敦的演讲，没有提到柳五儿，但也就在那期间，我就存下一个念头，探究一番柳五儿的“移民美梦”。

在我少年和青年时代，那时候对我那一代人的教育，就是唯独我们所生活的空间最美好，那以外的地方，开头还有不少好的，后来苏联“变修”，若干本来同属一个阵营的国家也随之成为“小修”，或需要存疑观察（因为他们还跟苏联保持某些合作关系），只有欧洲的“一盏社会主义明灯”，也就是阿尔巴尼亚，那个空间，还算得是个纯洁健康的空间。除了那样的地方以外，世界上绝大部分空间，生活在那里的人民，都处在水深火热之中，需要我们发誓去加以解救。

对世界空间的这种主观狭隘的理解，也同样表现在那前后的历史阶段里，对文艺作品的欣赏理解上。

那时期对《红楼梦》的诠释，主导性的观点，先是由“两个小人物”发表出来，后被伟大领袖充分肯定，大体而言，就是这是一部写封建社会里的新兴力量，反抗封建社会主流政治和思想的书，书中的贾宝玉、林黛玉，代表着反封建的新兴社会力量，是一种“新人”，而薛宝钗那样的角色，本质上则是顺应封建甚至捍卫封建的艺术形象。直到如今，我很尊重这样的观点。用这样的观点分析《红楼梦》，确实能够形成一个体系，也能给人一些启发。但那个时期存在的问题是，把这样的观点一肯定，其他的研究角度，其他的观点，就都被批判、被摒除了。应该允许各种不同的研红观点存在。但学术上的包容，实在是一桩很艰难的事情，往往需要时间的耐心培育，才能在一个不断进步的社会里成为风气。

到了“文化大革命”时期，伟大领袖又对古典名著《水浒传》和《红楼梦》发表了直接性的评论，确实自成一派，棱角分明，独特犀利。领袖只是口头表达，记录下来的言论非常概括，需要再加阐释。那时候各地方各系统都成立了写作组，除了撰写直接进行革命大批判的文章，还有专门将领袖关于《水浒传》和《红楼梦》的观点加以展开阐述的写作班子。经历过那个时代的人们，应该都还记得这些署名：梁效（清华大学和北京大学联合写作组的笔名）、初澜（当时于会咏担任部长的部写作组的笔名，因是专门阐释原来叫过蓝苹的江青的文艺思想，所以谐“青出于蓝胜于蓝”的音）、罗思鼎（上海市写作组笔名，那时候“永做革命的螺丝钉”是一句响亮的口号，这个笔名谐音正是“螺丝钉”）……当时北京市写作组被安排在原来的一座古庙弘光寺里，笔名更别致一些，叫作洪广思，既谐了场所空间的名儿，也有弘扬光大领袖思想的含义。在那个特定的历史时期，能被吸收到那样的写作班子里参加写作，是一桩光荣的事。由于当时关于评《水浒传》的文章被“四人帮”利用，对“宋江投降派”的批判，演变成对周恩来总理的影射攻击，所以“四人帮”倒台之后，那个时间段里评《水浒传》的文章就全站不住脚了，有关的笔杆子后来多数也都很难进入改革开放以后的文化格局中。但是，评《红楼梦》的情况不大一样，“四人帮”没怎么往里头塞进现实“路线斗争”的政治影射，而领袖关于《红楼梦》是中国封建社会的阶级斗争教科书的论断，也确实自成一理，特别是他判定第四回，也就是有“护官符”的那一回，才是《红楼梦》总纲的观点，非常新颖，也相当有据，直到今天，也是极需尊重的一种独到的学术见解。而那时比如说洪广思写出的相关阐释文章，先被康生赞许，后来康生拿去给伟大领袖看，领袖也表示赞赏，这样的情况，当时文章的起草者，现在回想起来仍感到激动与荣耀，也是顺理成章的事。“文化大革命”结束后，评《水浒传》的班子解散了，而北京评《红楼梦》的班子保留了下来，先负责《红楼梦》新普及本的校注工作，后来逐渐演变成专门的研究机构，又产生出相关学会，有了学刊，当年负责洪广思评红文章起草定稿的人士，也就成了红学界的掌门人。大体上是这样的一条沿革轨迹。

任何一个人，都生活在特定的时空之中。“文化大革命”后期参与甚至主持洪广思的写作，特别是评红文章的写作，对于一个普通知识分子来说，应视为一桩平常的事。至今引以为荣，也是可以理解的；但因此觉得自己就成了权威，成了唯一不二的内行，容不下不同的观点，那就不好了。

认为《红楼梦》是一部表现封建社会阶级斗争的书，在具体阐释这一观点时，把书里的丫头们说成女奴，把书里许多情节解释为女奴对奴隶主的抗争，我以为是值得尊重的观点，但是，这不应该是终结性的具有法定裁判性质的观点。如何理解《红楼梦》，是应该允许从多种角度，以多种方法，去加以探讨的一个纯学术问题。正是伟大领袖鲜明地提出，文学艺术，学术问题，要实行“百花齐放，百家争鸣”的方针，这是他思想的精华。

改革开放以后，我逐渐学会用一种摒除了简单化倾向的立体思维，来认知世界。世界上确实存在着剥削与压迫，西方国家自身有很多问题，不公正的现象就是在我们身边也大量存在着。所有这些与我们理想相悖的客观存在都应该通过不懈的努力，去耐心地加以解决。一蹴而就是不可能的。人们应该在和平渐进中提升这个世界。

把自己的思路理顺以后，我就更能理解，为什么直到今天，中国大陆还有相当一部分普通人，把生活空间的大转移，视为能使自己过上好日子的一种契机。自己或者年纪大了，转移不了了，就拼力把孩子转移过去，不能正式移民，就先取得临时居留的签证先过去再说，在那边滞留不归，“黑下来”，再争取某个机会，转为合法居留；实在连临时签证也拿不下来，就不惜东借西凑，交钱给蛇头，冒险进行偷渡。同样是中国地区，香港、澳门、台湾的居民，现在很少有偷渡到外国的案例，一般西方国家，对那些地区的进入者，进海关时放行得就比较痛快，而对持中国大陆护照的一般人士，态度上就严格得多。

我是一个定居北京的中国人。我热爱自己生活的土地。我没有移居国外的想法，但是我理解我的一些同胞的空间选择。

改革开放以后的中国，经济迅猛发展，国力增强的速度令全球瞩目，崛起的巨人，这是许多西方评论家包括政坛要人对当下中国经常使用的形容词。中国的社会生活的进步性变化也表现在更多的方面，包括政治体制的改革，希望的曙光确实在闪烁。平心而论，希图移居到外面以改变自己生活质量的中国人，应该是在逐步减少，但仍然存在着数量不小的、热衷于外移的中国普通人，这也是鲜活的事实。

我想表达的，是这样一个意思，就是既然还有不少普通中国人在采取转移生存空间的方式，去谋求自己的幸福，那就说明，除了对社会空间的政治性评价以外，一般人更多关注的，是那空间的另外属性，比如，所能提供给个体生命的自由发展、公平竞争的可能性，达到了什么样的程度。

这样再来读《红楼梦》，来讨论柳五儿向往进入怡红院，就简便得多了。

贾府是一个封建主子剥削压迫奴隶的地方，这个总体性的、本质性的判断，不应推翻。确实如此。但是，贾府这个生活空间里，除了政治性因素外，还有别的许多因素，主奴间除了剥削被剥削的关系外，也还存在着相互依存的其他方面的关系。

强调《红楼梦》是部主子压迫奴隶的书，可以从计算贾府里死了多少条奴才的命来说明，金钏投井，晴雯夭亡，还有高鹗在续书里写到的鸳鸯之死、司棋之死，当然还可以加上第十三回里交代的瑞珠触柱而亡等等，都是“血淋淋的活例证”。从这种角度来读《红楼梦》，非常值得尊重。

但是，细读《红楼梦》，就会感觉到，曹雪芹他本人，似乎并没有把贾府的丫头们当作女奴来写的明确意识。在他的笔下，凡成为主子近身丫头的青春女性，她们既然同主子处在一个共同的富贵空间里，她们也就不同程度地享受到了与主子没有太大区别的优越生活。

贾府里的小姐们的头等丫头，身份地位，以及生活享受，相当于副小姐。抄拣大观园之后，司棋首罪被撵，周瑞家的押着她出园，正巧遇上宝玉，司棋哭着请求宝玉援助，这时候周瑞家的就发躁向司棋说：“你如今不是副小姐了，若不听话，我就打得你！”这话也反证了，在没有被撵逐时，司棋那样的丫头，是连周瑞家的这样的女仆也惹她不起的。像袭人，她的生活状态更难称作女奴，她母亲病危，主子不仅特许她回家探视，王熙凤还特意让平儿找出自己上好的衣服来，让她穿回家去，这当然一方面是用以显示贾府的体面，一方面你也可以认为这是由于袭人以告密方式取得了王夫人信任，王熙凤也意在优待一个“女奴中的叛徒”。但是，我们还可以翻出一大串关于晴雯的情节描写来，晴雯根据那样的解释框架，可是被定性为富有叛逆反抗精神的女奴的，但是，她的衣食住行何等讲究，又由于她本是贾母看中的丫头，派去服侍宝玉后又深得宝玉宠爱，在抄拣大观园之前，任凭她如何娇嗔任性，主子们也没有怎么去责罚她，反倒是她，动不动就对比她身份低的丫头仆妇横眉立眼，动辄以“撵出去”为威胁。

按说，贾府包括大观园既然是女奴们被剥削压迫的空间，那么，具有反抗性的女奴的首要的反抗意识，就应该是想方设法逃离那个空间，其行动，也应该是越早挣脱那牢笼般的空间越好，但是，书里的大量描写，尤其是关于晴雯的大量描写，却表现的是无论如何不愿被撵出去的意识，以及拼命要保住那女奴位置的大小行动。我之前对于晴雯的这种思维与行为有比较详尽的分析，特别指出第三十一回里，当她因为性格原因跟宝玉发生冲撞，宝玉气急中说要回王夫人把她打发出去，她当然还是反抗，但她是怎么反抗的呢？她哭着宣布："我一头碰死了也不出这门儿！"

晴雯珍惜她所置身的空间。书里的绝大多数丫头都舍不得离开那温柔富贵乡的空间。金钏投井，不是因为主子逼迫她在那个空间里生活，而是因为主子认为她不再够格待在那个空间里而被撵了出去，她因为"失乐园"丢脸面而"烈死"。入画、司棋被撵逐时都还苦苦哀求主子能开恩让她们留下。

已经进入那种空间的女奴，宁愿"一头碰死"也舍不得离开，而没进入那样空间的少女，却希冀能到那样的空间里去为奴。柳五儿就热切地盼望着有那么一天，能成为怡红院的丫头，从而可以名正言顺地越过大石头、大树和房子后墙构成的区域屏障，大摇大摆地在大观园的主景区里优游。

柳五儿作为贾府世仆的女儿，到了能干活的年龄，本该立即被府里的总管部门分派到某主子房中充当丫头，究竟会被分配到何处，自己没有抉择权，命运全凭别人支配。在贾府这个大空间里，各个小空间的区别有时候还是很大的，比如，如果分配到赵姨娘身边当丫头，就跟分配到林黛玉身边当丫头，在生活质量和生活氛围上会有天壤之别。

谁甘心自己的命运完全被别人支配？总要想方设法谋求一个好的生存空间，来容纳自己的身心。

书里交代，柳五儿十六岁了，“虽是厨役之女，却生的人物与平、袭、紫、鸳皆类。”脂砚斋指出，她名柳五儿，除了因为排行第五，还有谐音的含义，“五月之柳，春色可知”。她之所以十六岁了还没有划拨到某房为丫头，是因为素有弱疾，故总处于待分配状态。有弱疾就暂不奴使，并非是主子人道，而是主子的一种卫生保护措施，怕有病会传染给主子，即使没有传染性也怕不健康而降低服务质量。按说十六岁了还可以不被奴役，应该被柳五儿父母和她自己视为幸事，但这状况倒成了他们的心病，他们全家，特别是柳五儿本人，都为此陷于焦虑，都巴望能快些被安排一个“体统”的位置，正巧跟柳家的长期交好的芳官分配到了怡红院，又被宝玉宠爱，两个人有说私房话的亲密关系，那么，利用芳官这一“内牵”，向宝玉倾力推荐，而宝玉处因为走了小红正需补员，柳五儿的进入怡红院，真是只差最后一步罢了。

当了丫头，首先，会有月钱；其次，在衣食住行上，都有福利性享受；尤其是进入了怡红院，那主子贾宝玉是个讲究“世法平等”的人物，不仅极会怜香惜玉，甚至达到能够“情不情”的境界，就是对世上那些无情的事物，他也要付之以一腔真情；更何况，芳官告诉了柳家的和柳五儿，宝玉还放出话来，就是凡他房里的丫头，年龄大了，将来都不让府里的主管部门拿去强行婚配——按府里老规矩，丫头到了婚嫁年龄，是要“拉出去配小子”，以完成为奴隶主孳生新奴隶的生殖任务的——而是一律让她们获得人身解放，出去自主择婿；这就使得宝玉所在那样一个小空间，更成了那个世界里的一个桃源乐土，甚至于到了那里，不过是应个名儿，月钱照拿，活路不做，只等“任届期满”就可“安然回家”，这样的一个空间，难道不应该梦寐以求吗？

五月之柳梦正酣。水往凹处聚，人往沃土移。柳五儿朝思暮想的，就是进入怡红院，去充当一个“成体统”的女奴。

不同的空间，在俗人的眼里，有不同的含权量、含金量、含体统量、含情量、含趣量，以及花尽可能小的付出而获得尽可能大的好处的“应名儿量”。经过综合评估，人们就会做出自我空间抉择，去追求，去落实，去把梦想转换为现实。

当然，不俗的人会是另样的人生态度，他们对空间的抉择甚至会与俗人完全逆向，哪里艰苦哪里去，他们怀有的不是梦想而是理想。在理想光辉的照耀下，他们宁愿牺牲自己，去成全别人，去推进世界的进步、人类的昌明。

但是，世界上俗人最多。做着柳五儿般酣梦的，在我们身边很容易找到。

俗人圆梦，必用俗招。书里第六十二回有这样的情节：主子们和最成体统的丫头们，聚在红香圃大摆寿筵，芳官毕竟不是头等丫头，竟不得与宴，闷闷地待在怡红院里，好生无聊；饿了，自然向柳嫂子发话；按说那柳嫂子伺候主子们的寿筵正大忙中，哪里还顾得上为没资格与宴的丫头准备精致饭食？但要餐的不是别人，而是与柳五儿进入怡红院至关紧要的内牵芳官，结果怎么样呢？书里就详细描写了柳嫂特为芳官供奉上的一盒套餐：一碗虾丸鸡皮汤，一碗酒酿清蒸鸭子，一碟腌的胭脂鹅脯，还有一碟四个奶油松瓤卷酥，并一大碗热腾腾碧荧荧蒸的绿畦香稻粳米饭。闭眼想想，是怎样的色、香、味？咽咽唾液，是否觉得食欲陡提？宝玉趁空回到怡红院，正巧赶上这盒套餐摆出，竟然被吸引，忍不住吃了起来。可见柳嫂子为了柳五儿“成体统”，对芳官供奉到了什么地步！

当然，书里也写出，柳氏母女和芳官之间，除了利益关系，也还有真情交往的一面，“玫瑰露引来茯苓霜”及“判冤决狱平儿行权”两回里，芳官给柳氏母女送玫瑰露，以及柳五儿黄昏冒险进园，花遮柳隐地去以茯苓霜回报芳官，这样的情节，就把人际间的关系写得更立体，把人性也写得更微妙了。

书里的故事大家都很熟悉：柳五儿的冒险行为给她和她母亲带来了几乎灭顶的灾难，多亏最后宝玉出面“顶缸”，平儿推行了“大事化为小事，小事化为没事，方是兴旺之家”的政策，平冤决狱，使柳氏母女化险为夷，躲过一劫。但柳五儿经过一夜的囚禁，身遭摧残，心被羞辱，一病不起，而且，即使她康复了，经历了这样的官司，也难再提进怡红院的事情。五月之柳的酣梦，被惊醒，破灭了。

抄拣大观园后，一批丫头被撵，芳官也被王夫人亲自训斥发落，王夫人先斥责芳官“调唆宝玉无所不为”，芳官毕竟是芳官，她笑辩道：“并不敢调唆什么。”王夫人也就笑道——那应该是冷酷的狠笑——“你还强嘴。我且问你，前年我们往皇陵上去，是谁调唆宝玉要柳家的丫头五儿了？幸而那丫头短命死了，不然进来了，你们又连伙聚党遭害这园子呢……”这确实是奴隶主的语言，王夫人这样的经验老到的贵妇，最惧怕的就是奴仆的“连伙聚党”。

柳五儿夭折了。这应该是曹雪芹的原笔。高鹗续书时把她起死回生，还设计了宝玉对她“承错爱”的情节，当然他有他的创作自由，但在我读来，总觉得那是画蛇添足。柳五儿怀着热切的梦想，要进入怡红院，但是她的一次“偷渡”失败，令她不仅梦碎，最后还短命夭折。天下所有亟欲进行生存空间的转移，而竟事败梦碎的卑微生命，同来一哭！

我也曾一度觉得，柳五儿那样向往去当稳一个女奴，实在是空间认知与抉择上的一个失误。

顺着那样的感觉，可以很顺溜地推导出来一串逻辑：柳五儿的正确抉择，应该是去寻觅农民起义的空间，投奔其中，并将自己的生命火焰，在那样的空间里燃放出夺目的光彩。

把目光投向现实，似乎就应该谴责那些力图将生存空间移往境外，或在国内总是“这山望着那山高”的同胞。

但是，冷静下来，我就觉得，《红楼梦》里所描绘的生存空间，真实可信，其中每个生命的空间追求与存在状态，都包含着一定的天理。

生命都是平等的。寻求幸福是每一个生命的天赋人权。对生存空间的选择，可以用自己觉得是正确的理念加以引导，却不可轻易对他人进行谴责，进行粗暴的禁制。现在世界各个不同空间之间的生命流动，包括我们中国国内不同空间，对进入也都是有游戏规则的。不应该违规。

归根结底，是要通过我们共同的努力，使人世间的不同空间，逐步地减少贫富差距，提升公平度，增加机遇率，奖励而又抑制强者，善待而又激励弱者，容纳异见，提倡协商，和谐共存，相依相助。

愿脚下的这片土地，能够终于具有人家那些空间的优点，而减弱所有空间都还难以消除的那些缺点，愿2000年“多佛惨案”那样的事例，终成远去的噩梦。

静夜里，因《红楼梦》的柳五儿，竟浮想联翩到这样的程度。感谢曹雪芹，你的文字，启迪、滋润着我的心灵。

得了玉的益似的

1

凤姐虽是荣国府的当家人，也难把府里的丫头认全。在大观园里，她偶然发现了小红办事爽利口声简断，就想收归自己麾下，于是问小红岁数名字，小红告诉她自己十七岁了，原名林红玉。凤姐听说将眉一皱，把头一回，说道："讨人嫌的很！得了玉的益似的，你也玉，我也玉。"

实在也是，《红楼梦》一书里，名字里带玉字的角色，真不少。贾宝玉不消说了，跟他同辈的名字带玉字边的不算，单算名字里确实有玉字的，男的，就有甄宝玉、蒋玉菡、玉爱（闹学堂的顽童之一）等；女的，则有林黛玉、妙玉、玉钏、玉官（荣府戏班的小戏子之一）、若玉（刘姥姥随口道出的抽柴小姐）等。

玉，确实是个好字眼儿。

中国人取名字，一个时代有一个时代的风尚。

其实，针对王熙凤这个名字，别人也可以说这样的闲话：你也凤，我也凤，得了凤的益似的！过去中国父母在女儿的名字里用个凤字，从农村到城里，真可谓十分流行，就是时下，给女孩子取名用凤字的，也大有人在。本来对凤凰这种传说中的美禽，是规定它凤为雄凰为雌，男性名字里用凤才恰切，但多有父母给女儿取名用凤字，鲜有用凰字的，那用意，就是把女孩当作男孩一般珍爱。《红楼梦》第五十四回写史太君破陈腐旧套，就写到雇来凑趣的女先儿，也就是说书的人，想给说一段《凤求鸾》，那段子里的贵公子，恰叫王熙凤，凤姐倒开明，说怕什么，重名重姓的多了，贾母听了几句觉得俗不可耐，就进行了一番讥讽。这段情节也说明中国人为求吉利，取名上往往容易用些陈腐字眼，失却新鲜感。

远了不说，20 世纪初，清朝烂透，革命潮流汹涌，于是汉人给子女取名多有用梦醒、醒狮、光汉、天华的。革命成功以后，又有一派文学艺术家，仍觉中华民族那东亚病夫的帽子难摘，于是取些哀婉的名字，有的是艺名笔名，如病梅、独鹤、瘦鸥、瘦鹃之类；那么到了抗日战争时期，像我父亲给我取名字，那是正当最艰难的相持阶段，汪精卫之流鼓吹“和平救国”的汉奸理论，父亲是坚定的爱国者，对其深恶痛绝，因此，我这一辈心字是排行，心什么呢？他就选定了武字，表达他赞成武装抵抗到底的信念。我成为作家以后，常有人调侃我：你该叫刘心文才对啊！其实我哥哥分别叫刘心人、刘心化，从字眼上都比我这名字艺术味儿浓，但父亲给我取名时是那么个时代、那么个心情，也就不奇怪了。

1949 年以后，许多孩子降生后父母给取的名字一直用到现在。一看那名字，我就能准确地判断出他的出生年头，比如解放、分田、抗美、超英、跃进、学锋、四清、文革、立新、爱武、援越、纪周、继东、四化、新征……

随着近三十年来社会的变化，到目前，取名越来越趋向于个性化，重名的情况在减少，使用生僻字眼的个案在增加。最近我去成都签名售书，一位姑娘说她名字是一个单立人一个思字，这字她要不先念出音来，我就不知道怎么发音，不查字典，也不知道这个偲字是什么意思。由于一些家长给孩子取的名字里使用着一些电脑字库里暂时没有的僻字，已经派生出诸如户籍登记时发生困难一类的情况。在网络上更出现了一些怪异的署名，有的是四个字以上，有的把英文字母和汉字混在一起，蔚成大观。

名字有那么要紧吗？现在有很不少替人取名字的商家，有的是公司有的是个人，有的注册过有的没注册，但都有生意，有的收费不菲，有的门庭若市。这样的现象就说明，人们对名字的重视度，总体而言是在提升而不是在淡化。

曹雪芹给《红楼梦》里的人物取名字，大体是三种方式。

一是精心设计。贾、史、王、薛四大家族的成员，特别是贾家，男子，他给排定了代字辈、文字辈、玉字辈和草字头辈的四代系列；其中贾赦字恩侯，贾政字从周，都有特殊含义。文字辈生下的女儿，他把各人名字里中间那个字设计成连读谐“原应叹息”的音，她们的大丫头名字最后一字合起来又构成了“琴棋书画”。又用甄应嘉、甄宝玉等名字，形成与贾家互为“倒影”的扑朔迷离的寓意效果。另外像林黛玉、薛宝钗、史湘云、邢岫烟等名字都与其性格相映照。丫头的名字，像晴雯与绮霰、麝月与檀云对仗，金莺恰巧姓黄，玉钏则刚好姓白，宝玉的小厮通常是茗烟、锄药、扫红、墨雨四个，象征着贵公子日常的四桩雅事等等，显然都是特别下了功夫来拟定的。

二是随事命名。写到与某事相关的人物，就随手拈来一个姓氏或名字。比如甄士隐的岳父叫封肃（对穷女婿很不好，含风俗如此的意思）；大观园的设计者因为重点是处理园林山石野趣，就命名为山子野；贾芸得到在大观园里补种花草树木的差事，去买花木，正当春天，那卖花木的就取名方椿；探春理家时决定在大观园里搞岗位责任制，分派去种稻香村庄稼的就叫老田妈，管竹林的就叫老祝妈等。

以上两种命名方式里，已经多用谐音的手段，那么，大量地使用谐音来表达他对人物的评价和爱憎，则是最重要的命名方式，在书中屡见不鲜。冯渊，意味他遭遇冤枉；大太监戴权，通过谐音说明他权力很大；赖尚荣，谐“赖祖上荣光”的意思；但他用谐音表爱的情况很少，倒是有大量名字通过谐音表达出他的讥讽乃至憎恨，如吴新登（荣国府里银库总领，那时候银子使用有戥子准星的天平来称量，但此人居然“无星戥”）、戴良（荣国府管粮仓的，只会“大斗往外量”）、钱华（荣国府买办，本应为府里省钱，却“使钱如开花”）；一些清客在他笔下更是其名不堪：詹光（沾光）、单聘仁（善骗人）、胡斯来（胡乱厮混来）、卜固修（不顾羞耻）；程日兴（成日里兴风作浪，是个古董商）；贾芸的那个舅舅，他取名为卜世仁，那就简直是宣布他“不是人”了，切齿之声穿透纸背。

我在本套书里，一开始就探讨了秦可卿的原型问题。我注意到，有的古本《红楼梦》里，第十七、十八回里跟王夫人汇报妙玉情况的仆人，写作秦之孝，那显然是曹雪芹的原来的设计，他还设计了另一对夫妻：秦显和秦显家的，虽然后来的书里把秦之孝的名字改成了林之孝，但六十回前后写大观园里司棋等与芳官等争夺内厨房的控制权，当厨头柳家的被扳倒后，林之孝家的自作主张，派去了新的厨头，就是秦显家的，这难道不值得深思吗？显然，在曹雪芹初期的构思里，书中从上到下都有秦氏的踪影，秦之孝夫妇控制住了“肥水”，那就一定不让其流入外姓田，他们必让秦显夫妇得油水。

“大观园试才题对额”那一回，有个细节极其微妙，值得特别注意，就是当大家来到一处水景，一些清客相公认为可取名为“秦人旧舍”，贾宝玉立刻截住说：“这越发过露了。‘秦人旧舍’是避难之意，如何使得？”虽然最后没有用那“避难之意”，取了“蓼汀花溆”四个字（到元妃行幸时元妃又认为“花溆二字便妥，何必蓼汀？”），但贾府是有“秦人”来“避乱”而不能轻易泄露这一点，却是被作者巧妙地影射出来了。

总之，曹雪芹先把荣国府大管家写作秦之孝，后来又改成林之孝，太值得玩味。按说荣国府有一对大管家夫妇也就够了，书里写到，他们本有几代跟从的大管家赖大夫妇，赖大的母亲赖嬷嬷还出场有戏，赖大儿子得官后贾府的人还去赖家的花园里宴游，荣国府不必再设跟赖大权力平行的大管家，但偏偏又写出一对秦（林）之孝夫妇来。这对大管家夫妇据说是一个天聋、一个地哑，很低调地生存，秦（林）之孝家的年纪比凤姐大，却认凤姐为干妈，这真有些奇怪。我们都知道宁国府按家族排序，地位是高过荣国府的，但它的大管家只有一位赖升，又被称作赖二，似乎是赖大的弟弟在那里当权。

《红楼梦》的这些文本现象，都值得探究。

《红楼梦》的文本，总体而言是“真事隐、假语存”，也就是说，它把生活的真实加以艺术虚化，你若把书里的人物跟清代康、雍、乾三朝的真实人物，跟曹雪芹家族里的真实人物去一一画等号，那说明你不懂得这是一部小说，它不是报告文学，更不是一部历史书或家史；但你如果硬把它当作完全没有生活依据的纯虚构作品，则我不取苟同。我赞

同鲁迅先生对它的判断："正因写实，转成新鲜。"这是一部把生活原型升华为艺术形象的，带有家族史、自传性、自叙性特色的小说（注意：我是说有这样的特色，并非说它是家族史、自传）。

书中的秦可卿，我认为其原型是康熙朝废太子胤礽的一个女儿。胤礽在当太子的时候，和曹雪芹祖父、父亲辈过从甚密，政治、经济上有千丝万缕联系，在太子得势时，太子把自己的仆人送给曹家，是完全可能的。秦之孝夫妇的原型，应该就是太子送给曹家的。写到小说里，把来自太子一系的上中下人物，全设计成姓秦，是顺理成章的。

正因为秦之孝夫妇的原型来自太子家，太子彻底被废黜后，这样的人物就很尴尬，他们原来光彩的背景变成了不洁，因此他们只能是装聋作哑，女方去认凤姐为干妈，在别人面前喊凤姐为娘，目的就是希望在时间的流逝里，人们听惯了，就会渐渐忘记了他们的来历，而觉得他们天然就是跟凤姐等贾府主子一体的。但是，当他们回到自己的私密空间里时，他们却难免要窃窃私语，谈起"义忠亲王老千岁""坏了事"的事情，慨叹不已。

按说他们在荣国府里已经攀到了大管家的地位，他们完全可以把女儿红玉安排到头二等丫头的地位上，但他们却没有那么做。红玉出场时，只是怡红院里一个拢茶炉子喂鸟描花样子的三等丫头，这也是他们处事谨慎的一种表现吧。

可是，也正因为出生在这样的家庭，从小听到过父母关于时局白云苍狗与人生多变之叹的话语，红玉也才能说出"千里搭长棚，没有个不散的筵席，谁守谁一辈子呢"那样惊心动魄的话来。

仔细研究各个古本《石头记》，就能感觉到，曹雪芹在写作过程中，不断调整自己的思路，写过秦可卿"画梁春尽落香尘"和元妃省亲以后，他似乎就不再打算加强书里的政治性因素，甚至还做了些减弱政治因素超越政治诉求的努力，其中一项调整，就是把秦之孝改姓了林，那么，本来该叫秦红玉的角色，也就改叫林红玉，更进一步简称为小红。

小红在曹雪芹笔下，成为一个重要的角色。在前八十回里，小红两次上了回目，一次是第二十四回，一次是第二十六回，这是非同小可的待遇。

曹雪芹究竟想通过小红这个角色，表达出什么样的意蕴呢？

“你也玉，我也玉，得了玉的益似的！”凤姐的鄙夷之声里，包含着这样的意思：“幸福只属于某些有特权的人，普通人，特别是奴仆，不配使用幸福的符码！如果使用了，那就特别地令特权享有者不齿。”

玉是一个好看、好听又意味吉祥幸福的符码。据脂砚斋一条批语透露，曹雪芹把秦可卿、秦钟设计成姓秦，跟一首南北朝时候梁朝刘瑗写的诗有关系，那首诗里有两句是“未嫁先名玉，来时本姓秦”，古本《石头记》第七回又有首回前诗：“十二花容色最新，不知谁是惜花人？相逢若问名何氏，家住江南姓本秦。”这么合起来一想，很明显了，秦可卿是十二钗里跟宫花有“相逢”关系的人，她未嫁到贾家来以前，“先名玉”！如果小红父母确是来自秦氏一系，则给她取名为红玉，想沾点玉字的光，也就不奇怪了。

但是，有一位“二十年来辨是非”的人，她可是政治警惕性特别地高，那就是贾元春。她回荣国府进大观园省亲，见到贾宝玉给怡红院题的匾是“红香绿玉”，立刻改成了“怡红快绿”，尽管她弟弟名字里有玉字，但是她那时一定想到了“未嫁先名玉”的秦可卿，就算秦可卿已经死了，她也还是要尽量避免在题咏上使用玉字。曹雪芹这些细微的描写，如果不进行文本细读，进行深入探究，那可真辜负了他的一片苦心。

薛宝钗是一个敏感的人，她虽然弄不明白元春为何见不得玉字，但看到贾宝玉的诗稿上仍写出“绿玉春犹卷”的字样，便立即提醒他应用“蜡”字来取代“玉”字，以免跟元春“争驰”。宝玉听从了，但也一样不明白他姐姐何以那么见不得玉字。

一个字，当它的符码性质引起人特定联想时，会产生出很强烈的心理效应。

林红玉后来虽然不被称呼大名而被称为小红，但她必欲成玉而绝不甘为瓦，她对幸福的追求，始终保持着旺盛的心劲。

贾府里的丫头，吃的是青春饭，像小红出场时已经十七岁，那么，她能继续在那个位置上当丫头的时间，就所剩无多了。

这些丫头，她们的前途，无非以下几种：

一是被公子老爷看中，被纳为姨娘。贾政身边的周姨娘、赵姨娘，以前就是府里的丫头。袭人就把自己的前途，锁定为宝玉的宠妾。如果不是贾家后来忽喇喇似大厦倾、家亡人散各奔腾，她这愿望是笃定实现的。宝玉很喜欢袭人，在生活上对袭人有百分之百的依赖性，袭人做他的首席乃至唯一的姨娘，是他心满意足的人生乐事。鸳鸯抗婚期间，在大观园里遇见平儿和袭人，当鸳鸯嫂子跑来动员鸳鸯接受贾赦纳其为姨娘时，鸳鸯骂了她嫂子一顿，那嫂子抓住鸳鸯的话里有“小老婆”字样，就往平儿、袭人身上引，因为平儿已经是通房大丫头，袭人受宠只待正名，离姨娘也就是小老婆的地位只有一步之遥，但平儿、袭人都坚决否认自己跟小老婆名分有任何关系，站在鸳鸯一边顶回了那嫂子的挑拨。这就说明，府里的一等丫头，她们内心里只愿意被所爱的公子纳为宠妾，而万万不愿意被贾赦那样一把花白胡子的色鬼老爷看中强纳为妾的。针对鸳鸯的遭遇，袭人就说：“这个大老爷也太好色了，略平头正脸的，他就不放手了。”被老爷、公子相中纳为姨娘，如果那老爷、公子并非善类，其命运也是很悲苦的。姨娘在府里的地位是低下的，尤其是丫头出身的姨娘，当赵姨娘跟小戏子出身的芳官冲突时，芳官骂赵姨娘：“梅香拜把子，都是奴几！”也就是说双方都属于奴才身份，谁也别自以为高人一等。姨娘苦熬，最后居然扶正，概率是很小的。通过探佚，我们可以知道，平儿后来是跟凤姐“换一个过子”，扶正为贾琏之妻，但那段时间非常短暂，贾家事发被抄，贾琏获罪流边，她的结局是很悲惨的。

另一种前途，就是小姐的丫头，可以被当作活的陪嫁，跟往小姐夫婿家。书里王夫人的陪房周瑞家的、邢夫人的陪房王善保家的，过去就是王、邢夫人在娘家时的大丫头。陪房因为是从娘家跟过来的，一般都会是成为夫人的亲信，有一定的权势，因此也算不错的人生归宿。但毕竟还是奴才身份，有脆弱的一面。周瑞家的平时那么拿权揽事，在刘姥姥面前把威风抖足，女婿冷子兴跟人发生纠纷要被遣送原籍，女儿来找她设法化解，她嘲笑女儿年轻没经过什么事，后来果然轻松了结。但她儿子在凤姐生日时办事不力，还把一盒馒头撒了满地，凤姐就要把那小子撵出去，周瑞家的只得跪下替儿子求饶，尽管后来经有老脸面的赖嬷嬷求情，留下继续当差，却还是挨了四十板子的责罚。陪房的依附性是很强的，没有人身自主权，主子获罪，一定连坐，官府对她们或打、或杀、或卖，周瑞家的在八十回后一定是这样的下场。

第七十回一开头就写到，林之孝开了一个人名单子来，共有八个二十五岁的单身小厮应该娶妻成房，等里面有该放的丫头们好求指配。凤姐看了，先来问贾母和王夫人，大家商议，虽有几个应该发配的，奈各人皆有原故：第一鸳鸯发誓不去……第二个琥珀，又有病，这次不能了；彩云因近日和贾环分崩，也染了无医之症，只有凤姐和李纨房中粗使的大丫鬟出去了。那些没得到府里分配的丫头的小厮，才准许他们外头自己去娶老婆。鸳鸯是因为贾母在生活上百分之一百依赖她，琥珀和彩云因病暂不配嫁，并非是贾府多么人道，须知这些小厮丫头多是府里家生家养的奴才，说白了就是府里的一种动产，像拿钱生钱一样，到年龄让这些小厮丫头配对生殖，可以为府里增加新的动产，为保证这新生的动产的质量，那有病的小厮丫头当然不能让其婚配。第二十回写宝玉奶妈李嬷嬷跑到他住处，看见袭人躺在炕上，就骂她“忘了本的小娼妇！……一心只想妆狐媚子哄宝玉……你不过是几两臭银子买来的毛丫头……好不好拉出去配一个小子！……”“拉出去配一个小子”，确实是府里丫头们最常规的前途。

还有就是被撵出去。丫头们谁也不愿意被撵出去。被撵出去一定是因为犯了事，如金钏被撵是因为王夫人恨她勾引宝玉，坠儿被撵是因为窃金事发，抄拣大观园后晴雯、司棋、入画、四儿等纷纷被撵，都各有罪状罪名。她们被撵前虽然身为奴才，但生活待遇很不错，特别是首席大丫头，周瑞家的都说，那简直就是副小姐，一旦被撵，于她们来说就是“失乐园”，而且，因为有罪，那就脸面丧尽，任人唾骂，死活无人管，像金钏就想不开，投井“烈死”，晴雯则如同一盆才抽出嫩箭来的兰花，被强送到猪窝里被臭气熏蒸夭亡。

但是，青春短暂，岁月无情，哪个丫头能永葆芳华，永享盛宴？

曹雪芹一支笔好厉害，他不仅写出了一群性格各异的丫头，还写出了她们各自对前途的不同态度。

有的丫头，最典型的是晴雯，对前途毫无忧患意识，整天只在那里任性，慵懒时也真慵懒，补裘时也真玩命，仗着贾母喜欢、宝玉宠爱，就对王夫人麻木不仁，读者多半会喜欢她，因为生命最难得的是无遮拦真性情，但是，书里不止一次写到，晴雯对小丫头和婆子们，动不动就以“撵出去”相詈骂相威胁，她还擅自做主扎骂坠儿实行撵逐，直到噩运袭来前，她就一点也没有去想，自己也是可能被主子撵出去的。曹雪芹对晴雯的聪明灵巧活泼洒脱充满了赞美、怜惜，但也不留情面地刻画出了她那毫无忧患意识的生存状态。因为事前没有丝毫准备，一旦被撵，她只能死亡。

有的丫头，却对前途有所忧患，从而早作打算。坠儿为什么窃走平儿的虾须镯？想必不是为了戴在自己腕上。坠儿在怡红院是地位很低的丫头，她知道自己到头来会“拉出去配一个小子”，总体而言，她无法掌握自己的命运，但是，如果她小有积蓄，有一定的财力，那么，在被“拉出去配小子”前，至少可以通过贿赂参与处理此项事务的人，比如林之孝家的，来避免被强配给丑陋酗酒的小厮。书里写到，贾琏房里的男仆来旺的儿子酗酒赌博、容颜丑陋，可是来旺家的仗恃凤姐的威势，就要强娶王夫人屋里的彩霞，可见“拉出去配小子”往往是会遭遇到很恶劣的情况的，坠儿的窃金，显然是她因忧患前途才铤而走险。

比坠儿高明的是小红，这是曹雪芹重墨刻画的一个具有忧患意识，而又通过正面努力去争取个人幸福的丫头形象。书里特别写出，小红和坠儿是密友，她们之间是可以说悄悄话，并互伸援手的。

第二十三回极其重要，通过宝、黛同读《西厢记》和黛玉聆听《牡丹亭》曲而心动神摇，写出一对贵族青年男女对恋爱自由与婚姻自主的向往，也揭示出他们那进步思想的精神来源。这是给《红楼梦》读者印象最深，

历来论家分析最多，也是将《红楼梦》文字转换为影剧、绘画等其他艺术形式时必然首选的经典场景。

第二十三回是书里写宝玉和众小姐还有李纨等迁入大观园后的第一个篇章，按说，宝、黛的爱情故事刚入佳境，大观园里又有那么多重要的角色，该有多少故事可写啊。到第二十四回，该接着写那些公子小姐的“正传”才是，怎么忽然笔锋一转，却先将场景移到了远离大观园的市井，下半回虽写大观园，却将黛、钗、探、惜等一律靠边，将“舞台追灯”，去圈定了一个三等丫头小红！这回的回目竟是“醉金刚轻财尚侠义，痴女儿遗帕惹相思”。

据书里交代，小红是在宝玉他们搬进来之前，怡红院还是空置状态时，被父母安排到那里去看守空房的。这一笔也很有意思，进一步印证我在前面的分析，就是林之孝本姓秦，与秦可卿来自同一背景，秦可卿“画梁春尽落香尘”后，他虽然不必跟着去死（秦可卿是“义忠亲王老千岁”那边违法藏匿到宁府的，他那一家是“老千岁”未坏事前赠送过来的，性质有些区别，不是“私盐”是“官盐”），但毕竟来历不洁，所以在荣国府里必须低调，那样安排女儿也算既实惠也隐蔽。但后来元妃下旨让宝玉和众姐妹住进大观园，宝玉选了怡红院，带进一群有头有脸的一、二等丫头，小红就只能屈居三等了。小红也曾想在宝玉跟前争个宠，无奈平时根本近不了身，偶然一次恰好别的丫头都不在，去给宝玉倒了杯茶，宝玉却问她是否也是自己屋里的，而且刚好遇到给宝玉提洗澡水回来的秋纹和碧痕。那两个发现她“乘虚而入”，大为愤慨，后来就跑到下房去对她兴师问罪，这样当然就更加深了小红的忧患意识。她就进一步决心抛开宝玉，丢掉幻想，另谋前途，回目里说她“痴”，其实她是非常清醒，是个“醒女儿”（这样的三个字恰可与“醉金刚”相对仗）。她在外书房偶然见到贾芸，就勇敢地下死眼把对方看个清楚，后来又在蜂腰桥上，近距离地用与旁人的对话和眼神儿与贾芸“传心事”；她丢了块手帕，知道是贾芸捡到了，贾芸通过坠儿把自己的手帕转给她。她的故事一直延续到第二十七回，她明知那是贾芸的手帕，却认下为自己的，又把自己一方手帕，再托坠儿交付贾芸。

薛宝钗在扑蝶时来到滴翠亭，隔窗听见了她和坠儿的私房话，听出了她的声音。宝钗知道小红素习眼空心大，是个头等刁钻古怪的东西，于是使用了“金蝉脱壳”法，嫁祸黛玉，使得开窗后被惊的小红和坠儿，都真以为是黛玉听去了她们的绝密隐私。曹雪芹真是写得花团锦簇、七穿八达，尽管黛玉和小红都是有勇气争取恋爱婚姻自由的女性，但八十回后她们之间很可能因宝钗在无奈中使出的计策而发生起码是侧面的冲突，这就写足了人性的复杂和人事的诡谲。

跟小红相比，黛玉对自主恋爱与婚姻的追求，那勇敢度可就差太远了，总有心理障碍，死不愿主动表达。宝玉明白地表达出来，她还往往要佯装生气，到后来宝玉诉肺腑，把对她的情爱表达得淋漓尽致了，她很感动，却也难有很明确的回应。这当然与黛玉的身份有关，她所遭受的礼教禁锢与思想禁锢，比小红要厉害多了。有意思的是，曹雪芹实际是把二玉之爱的故事，跟芸红之爱的故事，交叉着写的，而且里面都有用手帕作为定情物的生动情节。

小红眼空，就是说她有“千里搭长棚，没有个不散的筵席”的眼界，她能看穿，不像晴雯那么懵懂；她心大，就是说她决定自己把握自己的命运，在饯花日偶然被凤姐叫住，让她去办事传话，她不放过这个机遇，大展奇才，这样就从怡红院里一个受压抑的屈才丫头，攀升为凤姐麾下的一员精明干将，但她也仍然清醒，那地方何尝能长久待下去？她的目的，只是为的学些眉眼高低、出入上下，大小的事也得见识见识，由于她和贾芸双双都成了凤姐一系的办事人员，他们成就好事的概率当然也就大为提升。

曹雪芹写出了一个头等刁钻古怪的丫头小红，他这样写，起初连批书的脂砚斋也莫名其妙，甚至产生误解，在批语里称小红为“奸邪婢”。

无论在任何时代、任何社会环境里，幸福都需要个体生命自己去奋力争取。林红玉——很可能原来叫秦红玉——战胜了她生命周围森严的壁垒，有计划、有步骤、抓机会、善应变，去缔造自己想得到的生活。这是可歌可泣的。

“得了玉的益似的，你也玉，我也玉！”——让鄙夷者鄙夷去吧，怎么着，王侯将相，宁有种乎？偏就叫红玉！其实，大家仔细想想，玉字倒也罢了，红字在《红楼梦》一书里，不是一个具有更多意蕴的好字眼儿吗？曹雪芹这样来命名这个他在第二十四回到二十七回里精雕细刻的艺术形象，难道是毫无用心的吗？脂砚斋在批语里有个说法，就是红玉这个名字，玉字明白地与宝玉的玉重叠，而红则是绛，也就是绛珠，也就是影射着黛玉，这个角色似乎一人而兼含宝、黛二人的心灵奥秘。脂砚斋这个说法牵强吗？

高鹗的续书，把小红写丢了，简直够不上个角色，又把贾芸写成家难当头时与“狠舅”王仁合谋拐卖巧姐的“奸兄”，这完全不符合曹雪芹的本意。

脂砚斋批书时，在涉及贾芸的情节流动中，他对贾芸印象都很好，称赞他“有志气，有果断”，“孝子可敬。此人后来荣府事败，必有一番作为。”可见到八十回后，他不可能是“狠舅奸兄”里的那个“奸兄”，那使奸耍滑、见死不救、一毛不拔、不积阴骘的奸兄，应该指的贾兰，我在之前有具体分析，可以参看。值得当代读者注意的是，由于汉字简化，贾蘭的“蘭”字被简化为了“兰”，显示不出其草字头辈的特点，有的读者会忘记他与贾蔷、贾蓉、贾芸、贾芹、贾菖、贾菱等一样的辈分，都是巧姐的堂兄或从堂兄。

脂砚斋头一遍读文稿就觉得贾芸是个正面形象，但头一遍接触关于小红的描写，就实在参不透曹雪芹究竟是怎么给这个人物定位的，以正统封建礼教为圭臬来衡量，就觉得小红很糟糕，写下了“奸邪婢岂是怡红应答者”的批语，但后来就在旁另写一条批语：“此系未见抄后狱神庙诸事，故有是批。”后面这条纠正性的批语署名畸笏叟，从其自我更正的口气，令人觉得脂、畸应为一人。

曹雪芹是把《红楼梦》大体写完了的，八十回后许多文稿脂砚斋是看到过的，前面既然花这么大力气来写小红，让她两次上了回目，那八十回后她不可能没戏，脂砚斋在批语里透露：“狱神庙回有茜雪红玉一大回文字，惜迷失无稿，叹叹！”那么茜雪和小红到狱神庙干什么去了呢？另一条批语就说：“余见有一次誊清时，与狱神庙慰宝玉等五六稿被借阅者迷失，叹叹！”茜雪是一个在第八回里，因为一杯枫露茶无辜被撵的丫头；小红后来应该是与贾芸离府，建立了自己的小家庭。他们在贾府“树倒猢狲散”以后，到狱神庙里，去安慰被逮入狱的宝玉，可见他们不但有自救的能力，还有救人于危难的高尚情怀，曹雪芹通过这样的情节，也是为了告诉读者，你也玉，我也玉，谁也别自以为只有自己配称玉，仿佛别人都只是在拿玉字来沾光得益，世事难料，人生多变，指不定那一天，你这块玉就陷于泥淖了，到头来，你原本看不起的那玉，觉得人家不该称玉的，却来救援你，闪烁出真正的光彩，体现出真正的玉精神来！

贾府被抄后，凤姐下场最惨，锒铛入狱之后，“哭向金陵事更哀”，一命呜呼。那时监狱里都设有狱神庙，在特定的情况下，允许犯人去拜狱神，而同情和救援他们的人，也就多半会通过贿赂狱卒或托付人情，利用那一机会来与犯人相见。茜雪、小红既然到狱神庙慰宝玉，应该也慰凤姐，特别是贾芸、小红两口子，他们都是被凤姐任用提拔的，在贾府倾覆之前，小红就获自由身出去跟贾芸结合，落户西廊下，因此贾府被抄，他们得以幸免。他们不避嫌疑风险，跑到狱神庙去安慰凤姐和宝玉，体现出知恩能报的美德和助人于危难的勇气。虽然他们的安慰和援助可能并不能解决凤姐和宝玉的问题，特别是凤姐，她还是会面临灭顶之灾，但在那样屈辱狼狈的情况下，她忽然看到小红也来探望她，一定大为感动，她或许已经忘记自己说过“讨人嫌的很！得了玉的益似的，你也玉，我也玉！”在狱神庙与小红也就是林红玉邂逅的一瞬间，也许，她从心底里浮出的一句话倒是——“得了玉的益啊！”

秋纹器小究可哀 

1

清末民初，热爱《红楼梦》的人士写下了大量题咏，以诗词的形式，对书中的人物、情节进行概括与评价。拿人物来说，几乎书里所有的角色都咏到了，连傅秋芳、真真国女子那样的仅仅被提到一次的，以及南安太妃、周姨娘那样面目模糊的，全都成为诗词咏叹的对象。与贾宝玉关系密切的小姐、丫头当然更被热咏。有一位姜祺，他写了一本《悼红咏草》，里面不厌其烦地以诗歌形式评价到书中的每一位角色，其中有一首是咏秋纹的：

> 罗衣虽旧主恩新，受宠如惊拜赐频。
> 笑语喃喃情琐琐，拾人余唾转骄人。

诗末还缀有考语："一人有一人身份，秋姐诸事，每觉器小。"

第六十三回，"寿怡红群芳开夜宴"，明文交代出，当时怡红院伺候宝玉的一等丫头共四位，排名顺序是袭人、晴雯、麝月和秋纹；二等丫头也是四位，排名顺序则是芳官、碧痕、小燕和四儿。这里面芳官原是荣国府里养的戏子，因为朝廷里薨了一位老太妃，皇帝规定贵族家庭一年内不能排筵唱戏，元妃也不能省亲，所以遣散了戏班，愿意留下的女孩们全分配到各处当差，芳官被分到怡红院，深得宝玉喜爱，竟成了二等丫头里的头名。在大观园尚未修建前，宝玉身边还有叫茜雪的丫头，该能列入一等，却在第八回的"枫露茶事件"过后，被无辜地撵出去了；还有一位叫媚人的，第五回出现一次，后来不复提及；还有名字与晴雯相对应的绮霰、与麝月名字对应的檀云，以及一个叫紫绡的，影影绰绰，似有若无；还有叫可人的，在故事开始前已经死掉了；另外一些丫头，林红玉（小红）戏份很多，但在怡红院充其量只是三等丫头，攀上凤姐高枝后地位才得提升；佳蕙、坠儿等在怡红院地位比小红更低；还曾经有一个叫良儿的，因为偷玉早被逐出。这样看来，稳定地留在宝玉身边，算是一等而排名第四的秋纹，读者实在不该将其忽略。

秋纹的戏份，不算多，却也不能算少。第三十七回里，有一段文字虽然是"群戏"，却以秋纹为轴心，说那段文字是"秋纹正传"也未为不可。

第三十七回回目是"秋爽斋偶结海棠社，蘅芜苑夜拟菊花题"，主要情节是写贾宝玉和众小姐以及寡嫂李纨结社吟诗，但海棠社初起时，史湘云不在，缺了她怎么行呢？怎么很自然很合理地把她安排进来呢？于是曹雪芹精心地设计了约一千一百字左右的"过场戏"：袭人派宋嬷嬷去史侯家给史湘云送东西，史湘云接到东西偶然问“二爷作什么呢”，宋嬷嬷随口道“和姑娘们起什么诗社作诗呢”，史湘云反应强烈：“说他们作诗也不告诉他去，急的了不得”。这反应反馈到宝玉那里，也就着急起来，立逼叫人去接史湘云，贾母说天晚了。于是第二天一大早就派人去接，史湘云午后到达，大家自然欢喜。史湘云一人独作两首咏白海棠诗，又兴冲冲跟薛宝钗熬夜商讨赏菊食蟹作菊花诗的雅集。

这一回的两段主要情节，如果让俗手来过渡，那么像我上面这么简单地一交代，也就衔接上了。但曹雪芹誓不写平板文字，他把袭人派送东西这么一段“过场戏”，写得花团锦簇、七穿八达，使其具有十分丰富的内涵，特别是把怡红院里四位头等丫头的不同性格，还有她们之间人际心理，描摹得入木三分，而在四个人里，又特别让秋纹成为“主唱”，仅仅通过这一段文字，就使这个角色成了一个典型形象。戚蓼生为石印古本作序，盛赞曹雪芹：“一声也而两歌，一手也而二牍，此万万所不能有之事，不可得之奇，而竟得之《石头记》一书，嘻，异矣！”他的赞叹，并不过火。

这一场戏，实在可以用现代话剧剧本的形式改写如下：

布景：怡红院内室。早在第十七回大观园初建还没有启用，就交代那一处建筑的内室设计十分独特：四面皆是雕空玲珑木板，一槅一槅，或有贮书处，或有设鼎处，或安置笔砚处，或供花设瓶、安放盆景处；且满墙满壁，皆系随依古董玩器之形抠成的槽子，诸如琴、剑、悬瓶、桌屏之类，虽悬于壁，却都是与壁相平的。19 世纪末 20 世纪初俄罗斯作家安东·契诃夫既是小说家也是剧作家，他的剧本对布景的规定非常具体。他曾说，如果布景的屋子墙上挂着一把枪，那么，一定要在剧情发展到某一阶段时，让那个道具枪派上用场！他的《万尼亚舅舅》就是那么设定的，布景上挂的枪，在第三幕被万尼亚舅舅取下来射击了尸位素餐的教授。曹雪芹是比契诃夫早一百多年的，18世纪中期的作家，他的《红楼梦》文本早有这样的特点：他前面写了怡红院室内的“多宝槅”与“嵌壁物”，那么，槅上、壁里的某些道具，到后面就一定会起到作用。

[幕启。场上晴雯、秋纹、麝月三个大丫头分坐各处，或缝纫或刺绣。]

[袭人从外屋进来]

袭人：我让宋嬷嬷给史大姑娘送东西去。要用那嵌在墙上的碟子给她盛东西。咦，怎么墙上是空槽子？这一个缠丝白玛瑙碟子哪儿去了？

[另三人停针，你看我我看你，一时都想不起来。]

晴雯：[想起来，笑]啊，给三姑娘送荔枝时候拿去的，她们那里还没给还回来呢！

袭人：家常送东西的家伙也多，巴巴地拿这碟子去！

晴雯：我何尝不也这么说！偏二爷说，这个碟子配上鲜荔枝才好看。我送去，三姑娘见了也说好看，叫连碟子放着，就没带回来。[稍停顿，望望]你再瞧，那槅子尽上头的一对联珠瓶，也还没收来呢！

秋纹：[笑]提起瓶子，我又想起笑话。我们宝二爷说声孝心一动，也孝敬到二十分。那天见园子里桂花，折了两枝，原是自己要插瓶的，忽然想起来说，这是自己园子里才开的新鲜花，不敢自己先玩，巴巴地把那一对瓶拿下来，亲自灌水插好了，叫个人拿着，亲自送一瓶进老太太，又进一瓶给太太。谁知他孝心一动，连跟的人都得了福了……

[袭人站住听，麝月刺绣听，晴雯心不在焉]

秋纹：[略作停顿后]可巧，那天是我跟着二爷，捧着瓶子把花进上去的。老太太见了那瓶花，高兴得无可无不可的，那时候正有不少人去给她老人家请安，老太太见人就指着那瓶花说：到底是宝玉孝顺我，连一枝花也想得到，别人还只抱怨我疼他……

［袭人走动着取东西，麝月静静地做针线活，晴雯取下头发上的一丈青掏耳朵。］

秋纹：［自我陶醉］你们知道，老太太素日不大同我说话的，有些不入她老人家的眼的……可那天怎么样呢？她竟让鸳鸯姐姐拿几百钱给我，说我可怜见的，生的单柔。这可是再想不到的福气。几百钱是小事，难得这个脸面！

［袭人拿着东西去往外屋，麝月微笑，晴雯掏好耳朵，插回一丈青，拿起绣绷子打算继续刺绣。］

秋纹：［越发沉浸在自我快感里］及至到了太太那里，太太正和二奶奶，赵姨奶奶［晴雯听到她这样尊称那个女人，撇嘴一笑］，周姨奶奶，好些个人，翻箱子呢，在找太太当日年轻时候留下的颜色衣裳，也不知为的是要给哪一个。一见我捧着花瓶去了，连衣裳也不找了，且看花儿。二奶奶就在旁凑趣儿，一个劲夸宝玉又是怎么孝敬，又是怎样知好歹，有的没的说了两车话。当着众人，太太自为又争了光，堵了众人的嘴，太太是越发地喜欢了！［提高声音］你们猜怎么着？太太一高兴，现成的衣裳就赏了我两件！你们说说看，衣裳也是小事，年年横竖也得，却不像这个彩头！［得意地晃头］

晴雯：［辅之以肢体语言，笑］呸！没见过世面的小蹄子！那是把好的给了人，挑剩下的才给你，你还充有脸呢！［麝月一旁微微点头笑。］

秋纹：［真诚地］凭她给谁剩的，到底是太太的恩典啊！

晴雯：［高声］要是我，我就不要！［稍作停顿后］若是给别人剩下的给我，也罢了。一样这屋里的人，难道谁又比谁高贵些？［掷下绣绷，站起，用手帕给自己扇风］把好的给她，剩下的才给我，我宁可不要，冲撞了太太，我也不受这口软气！

[袭人从外屋进来，碧痕、小燕、四儿随进，麝月站起来接应。]

秋纹：[站起来走近晴雯] 给这屋里谁的？我因前儿病了几天，家去了，不知是给谁的。好姐姐，你告诉我知道知道。

晴雯：[扭开身子] 我告诉了你，难道你这会子去退给太太不成？

秋纹：[笑] 胡说！我白听了喜欢喜欢。哪怕给这屋里的狗剩下的，我只领太太的恩典，也不犯管别的事！

麝月：[笑] 骂得巧！

碧痕：[同时笑道] 可不是给了那西洋——

小燕、四儿：[跟上去，齐声]——花点子哈巴儿了！

[晴雯乐不可支，秋纹愕然]

袭人：[尴尬，强笑] 你们这起烂了嘴的！得了空就拿我取笑打牙儿！一个个不知怎么死呢！

秋纹：[恍然大悟，恢复常态，笑] 啊呀，原来是姐姐得了，我实在不知道啊。[走到袭人跟前福了几福] 我陪个不是吧。

[其余几位围观，笑，互相推搡，晴雯夸张地模仿秋纹向袭人赔礼的神态动作。]

袭人：行啦行啦，都少轻狂些罢。谁去取了碟子来是正经。

麝月：那联珠瓶得空也该收来了。老太太屋里还罢了。太太屋里人多手杂，别人还可以，赵姨奶奶一伙的人见是这屋里的东西，又该使黑心弄坏了才罢。太太也不大管这些，不如早收来是正经。

晴雯：[本已拾起针线，听这话又忙掷下] 这话倒是，我取去！

秋纹：还是我取去吧。你取你送到三姑娘那里的玛瑙碟去，岂不正好？

晴雯：[双手叉腰，笑道] 我偏去太太屋里取一遭！是巧宗儿你们都得了，难道不许我得一遭儿？[脸虽对着秋纹，眼睛却斜睨袭人]

麝月：［一旁微笑］通共秋丫头得了一遭儿衣裳，那里今儿又巧，你也遇见找衣裳不成？

晴雯：［冷笑，环顾众人，却并不特别将眼光扫到袭人］虽然碰不见衣裳，或者太太看见我勤谨，一个月也把太太的公费里分出二两银子来给我，也定不得。

［麝月转身离开，秋纹追上她低声询问，碧痕、小燕和四儿凑拢叽叽咕咕，袭人只当没听见。］

晴雯：［往外走，走到门边忽然扭头对着屋里，并不特别对着袭人，而是对所有的人，大声笑道］你们别和我装神弄鬼的，什么事情我不知道！

［随着晴雯跑出，闭光，幕急落］

20世60年代初，中国作家协会在大连召开了一个农村题材的小说座谈会，当时作协的负责人邵荃麟，在会上提出了写“中间人物”的主张。小说什么人物都能写，这本来是一个根本用不着讨论的问题，中国的古典小说也好，外国的古典小说也好，都有着极其丰富的人物画廊。但在那个历史的结点上，邵荃麟他感觉到受教条主义理论的束缚，小说创作的路子越走越窄，都落入了写“英雄人物”与“反面人物”斗争一番，最后取得胜利的窠臼里，这样的小说不仅违背了社会生活的真实状态，也不可能具有艺术感染力，作家越写越苦恼，读者越读越乏味。不消说，邵荃麟是一片好心、苦心，为的是繁荣社会主义文学创作。但是，会刚开完，阶级斗争的弦就更加紧绷，作家们遭遇到的已经不是一般教条主义的捆绑，而是更加肃杀的极左浪潮的席卷。不久，邵的言论就遭到猛烈批判，“写‘中间人物’是资产阶级修正主义的文学主张”，这场批判跟批判电影《早春二月》《北国江南》《林家铺子》、戏剧《李慧娘》《谢瑶环》等文化批判一样，成为“文化大革命”的前奏。

其实，把生活与小说里的人物按“英雄”（或“先进”）、“中间”（或“落后”）、“反动”（或“反面”）来“三分”，已经是不科学的了。没有比人更复杂的宇宙现象了。无论按照什么样的标准来衡量社会上的活人，都会发现，那些活人构成了一个长长的谱系，在可以用“好”与“坏”界定的社会角色之间，会有非常宽阔并且变化多端的芸芸众生的谱段存在。况且，就是谱系两极的，可以称为“伟人”和“人渣”的那些生命，倘若再从纵向解剖他们的灵魂，那么，也会发现他们的复杂性、暧昧性。“伟人”与“伟人”也“伟”得不一样，且其与“伟”相伴的，还会有不同的“非伟”甚至阴暗的成分；而即使被指认为“人渣”了，也有可能在其心灵深处发现亮点。作家应该本着自己的生命体验，把自己熟悉的人物那生命存在的复杂性描摹出来。曹雪芹在《红楼梦》的创作里，就成功地做到了这一点。

《红楼梦》和《金瓶梅》很不一样。后者没有在书里表达出超过“指奸责佞”“因果报应”的社会理想与人文关怀，对笔下的人物刻画生动却缺乏审美指向。曹雪芹却在他那长长的人物画廊里，赋予了对人物的审美判断。他笔下有贾宝玉、林黛玉那样的洋溢着个性解放光芒，使读者从审美中获得人生启迪的形象，也有像赵姨娘那样“蝎蝎螫螫”狠毒而又愚蠢、王善保家的那样挟势兴风招来耳光等作者不藏其鄙夷，更令读者齿冷的猥琐角色。总的来说，他写的尽是“不好不坏、亦好亦坏、中不溜儿”那样的芸芸众生。在大观园的丫头形象谱系里，他把每一个角色的性格都勾勒得鲜活跳脱，秋纹在上面那场戏里，就一下子与别的丫头区别开来，成为独特的“这一个”。

4

跟怡红院里别的丫头们相比，秋纹确实堪称“中间人物”。

晴雯不消说了，是一块爆炭，由着自己性子生活。她虽然喜欢宝玉，宝玉更喜欢她，却从来没有对宝玉私情引诱或娇嗔辖制，对王夫人她毫无“权威崇拜”，对袭人所谋取到的“半合法姨娘”身份嗤之以鼻，她算得是一个反抗性的人物，秋纹跟她的心灵距离不啻千里之遥。

袭人与晴雯思想境界、性格特征、处事方法全然相异，就思想倾向而言与薛宝钗的封建正统观念强烈共鸣，但不能因此就把她定位于“反面形象”，或简单地责备她“虚伪”“奸诈”。曹雪芹是把她作为一个复杂的艺术形象来塑造的，袭人外表的柔顺掩盖着内心的刚强，她那股刚强劲儿以无微不至地渗透到宝玉生活的每一个毛孔中的“小心伺候，色色精细”，加以“情切切”地“娇嗔”，牢牢地笼络住了宝玉，使宝玉视她为生活中不可或缺的依靠，并且也是很理想的长期性伴侣。她具有很强的主动进取精神，按部就班、耐心韧性地去争取个人幸福——成为宝玉除正室外的第一号侧室。袭人是清醒的。她知道自己该做什么、不该做什么。她该收时能收、该放时能放。秋纹跟她一比，那就太浑噩了。袭人对王夫人与其说是效忠，不如说是主动去参与合谋。她对家族权威“忠”而不“愚”。秋纹呢，对贾母也好，王夫人也好，除了仰望，没有别的视角；不过是得了一点唾余，就感恩戴德到不堪的地步。在晴雯与袭人之间，她的生存状态和言谈做派显得那么颟顸可笑。

或许她的性格与麝月比较相近。麝月是恬淡平和的。左有以天真魅惑宝玉的晴雯，右有以世故控制宝玉的袭人，她能与世无争，左右不犯，实属不易。宝玉曾惊叹麝月“公然又是一个袭人”，并在与她单独相处时替她篦头，但麝月的效袭人“尽责”，只不过一种性格使然的惯性，并没有谋求地位提升，更没有取袭人地位而代之的因素在内；对宝玉给她“上头”的意外恩宠，也并没有仿佛得了彩头似的得意忘形。麝月虽也很“中间”，却比秋纹境界稍高。

秋纹真是不堪比较。小红攀上凤姐那高枝之前，偶然给宝玉倒过一杯茶，恰好被合提一桶洗澡水来的秋纹和碧痕（有的古本“碧痕”写作“碧浪”，想来与她专负责伺候宝玉洗澡相关）撞见。秋纹和碧痕一起醋意大发，后来找到小红将其羞辱一番，当时秋纹的话听来也颇锋利：“没脸的下流东西！正经叫你催水去，你说有事故，倒叫我们去，你可等着做这个巧宗儿，一里一里的，这不上来了！难道我们倒跟不上你了？你也拿镜子照照，配递茶递水不配！”但她真好比燕雀难知鸿鹄之志，小红表面上只是软语辩解，心里呢，秋纹辈做梦也想不到，人家早把怡红院乃至整个贾府的前景看破，“千里搭长棚，没有个不散的筵席”“谁守谁一辈子呢？不过三年五载，各人干各人的去了，那时谁还管谁呢？”就是后来攀凤姐的“高枝”，也绝非希图在那“高枝”上永栖，不过是为的“学些眉眼高低、出入上下，大小的事也得见识见识”。秋纹等凡俗人物怎会知道，就在她们以为小红是要在怡红院里“争巧宗儿”而泼醋詈骂的时候，人家已然大胆“遗帕惹相思”，锁定了府外西廊下的贾芸，为自己出府嫁人的生活前景早做打算，一步步坚实前行了。拿秋纹跟小红相比，她不仅太“中间”，也太庸俗，太卑琐。难怪姜祺说“一人有一人身份，秋姐诸事，每觉器小。”所谓“器小”，就是精神境界卑微低俗，没有什么亮点。

确实如此。芳官的性格锋芒不让晴雯，王夫人对她兴师问罪，她敢于随口顶撞。四儿，原叫蕙香，她跟宝玉生日相同，就敢说出“同日生日就是夫妻”的玩笑话，为这一句话她被撵逐，但也不枉在怡红院一场。春燕，也就是小燕，她够平庸的了，但毕竟她还记得宝玉说过的一段关于女儿从珠宝变成失去宝色，嫁人后竟变成鱼眼睛的一段话，她或许并不懂得那段话的深刻内涵，但她听了记住，并在关键时刻能完整地引用出来，说明她的精神世界里，多少还渗透进了一点新鲜的东西。连坠儿的偷窃虾须镯，我在另文有过分析，指出也是一种对现实的消极反抗，总算做了件不平庸的事情。最接近秋纹状态的是碧痕，第三十一回里晴雯透露，一次碧痕伺候宝玉洗澡，足足两三个时辰，洗完了别人进去收拾，发现水淹着床腿，连席子上都汪着水，可见碧痕起码还享受过一点浪漫，晴雯的话头里并没有提到秋纹，秋纹虽然跟碧痕共提过一桶为宝玉准备的洗澡水，但她似乎到洗澡时就不再参与了，否则“嘴尖性大”的晴雯不会不点她的名。这样看来，秋纹可真是既无大恶也乏小善，既无城府也不浪漫，成为那个时代那个社会、那个具体环境里最庸常鄙俗的一个生命。

安东·契诃夫的全部作品，包括他的小说与戏剧，贯穿着一个主题，就是反庸俗。过去有论者论及这一点，一唱三叹。

契诃夫当然了不起。反庸俗，这确实算得是人类各民族文学作品最相通的一个伟大主题。但有论者提出，契诃夫是世界上头一位着力于反庸俗的作家，则尚可商榷。我以为，曹雪芹的《红楼梦》，其实也自觉地贯穿着反庸俗这一伟大的主题。

什么是庸俗？平庸不是罪过。世人里平庸者属于绝大多数，对这绝大多数“不好不坏，亦好亦坏，中不溜儿”的芸芸众生，总体上说，不应该责备，而应该怜惜，尊重他们的生存，理解他们的心境。说到底，革命者倡导革命也好，改革家推行改革也好，其目的，都应该是造福于这数目最大的社会群体。平庸的生命不要去伤害，不要去反对。不要把反庸俗错误地理解为针对社会芸芸众生，去否定他们的生存权，对他们实行强迫性改造。庸俗，指的是一种流行甚广的精神疾患，这种疾患犹如感冒，一般情况下，虽然具有多发性、反复性，却并不一定致命，但是如果一个社会庸俗泛滥，那就像流行性感冒肆虐一样，会死人，会造成整个社会的损伤，绝不能等闲视之。

庸俗这种社会疾患，不仅“中间人物”大都感染，某些“先进人物”乃至“英雄人物”，有时也未能免俗。恶人那就更不消说了，尽管也真有“高雅的恶人”，但“俗不可耐”是绝大多数“反面人物”的典型特征。

这里只说集中体现在一般庸人精神里的庸俗疾患。秋纹就可以作为个案加以剖析。

惧上欺下。这是庸俗的典型表现。秋纹对上层主子的“权威崇拜”，上面已经揭示过了，她对地位比自己低的小红“兜脸啐了一口”然后破口大骂，上面也已经讲到，而且，在其他丫头都并不觉得以“西洋花点子哈巴儿”影射袭人，以及讽刺一下王夫人赏赐袭人衣服，算是什么罪过的氛围里，秋纹明明“不知者不为罪”，却还要真诚而谦卑地去跟袭人赔不是，这场景想必也已经刻进大家心中了，而这一切又都并非她为了谋求自己的进一步发展，只不过是希望稳住既得利益而已，正所谓“器小”，令人哀其精神世界的浅薄、狭隘。

书里其实还有一些涉及秋纹的细节，表现出她那样的生命的庸俗疾患的另一方面，就是“背景意识”。什么叫“背景意识”？社会上的每一个人，都自动或被动地处于社会网络的一个结点上。每个结点的社会等级是不一样的。社会结点其实是会变化的，个人的“结点背景”随社会的变化也会转换，甚至会发生翻覆性的转换。庸俗疾患的表现，就往往会反映在为人处世时，以自己的优势“背景”自傲，而从比自己“背景”差的人物的谦恭中获得廉价的满足。

第五十四回，浓墨重笔写的是“史太君破陈腐旧套，王熙凤效戏彩斑衣”，曹雪芹却也在两大主情节之外，特意写了字数不菲的若干“过场戏”，其中就有秋纹的“戏份”。他写的是，元宵节荣国府大摆宴席，热闹不堪，宝玉忽然想回怡红院静静，没想到回去还没进屋，发觉鸳鸯正陪处理完母亲丧事的袭人在里边喁喁私语，就没进屋，悄悄地又往回返。在园林里他内急，走过山石撩衣小解，当时随身伺候他的，是麝月和秋纹，正如第三十七回秋纹自己所说，就贾母而言，“有些不入她老人家的眼”，贾母只记得袭人，看宝玉回屋并无袭人在侧，说“他（指袭人）如今也有些拿大，单支使小女孩子出来”，可见虽然贾母因为送桂花赏过秋纹几百钱，却根本记不得她名字，认为是无足轻重的“小女孩子”；当然后来听人解释，知道袭人是因为丧母热孝不便前来，才不再深究。那么，秋纹明明刚听见贾母对袭人看重而轻蔑她和麝月的说法，按说应该心中不快才是，至少，应该不必马上引贾母这个“背景”为荣吧，但曹雪芹很细腻地写到，宝玉小解后自然需要洗手，“来至花厅后廊上，只见那两个小丫头一个捧着个小沐盆，一个搭着手巾，又拿着沤子壶在那里久等。秋纹先忙伸手向盆内试了一试，说道：‘你越大越粗心了，那里弄的这冷水？’小丫头笑道：‘姑娘瞧瞧这个天，我怕水冷，巴巴的倒的是滚水，这还冷了。’正说着，可巧见一个老婆子提着一壶滚水走来，小丫头便说：‘好奶奶，过来给我倒上些。’那婆子道：‘哥哥儿，这是老太太泡茶的，劝你走了舀去吧，那里就走大了脚！’秋纹道：‘凭你是谁的，你不给？我管把老太太茶吊子倒了洗手！’那婆子回头见是秋纹，忙提起壶来就倒。秋纹道：‘够了。你这么大年纪也没个见识，谁不知是老太太的水！要不着的人就敢要了！’婆子笑道：‘我眼花了，没认出这姑娘来。’宝玉洗了手，那小丫头子拿小壶倒了些沤子在他手内，宝玉沤了，秋纹、麝月也趁热洗了一回，沤了”，这才跟宝玉回到贾母跟前，继续与宴看戏。秋纹就是这样以自己依附的“强势背景”，把那老婆子震慑了一回，获得了极大的心理满足。这是非常生动也非常深刻的对庸俗心态的刻画，同时也是对庸俗的一次不动声色的批判。

这里附带指出一点，就是通过上面我引出的这节文字，可以清楚地知道，作者虽然在全书开篇时声言，所写是“亲自经历的一段陈迹故事……然朝代年纪、地舆邦国反失落无考”，其实大量的细节是把朝代和邦国逗漏得很清楚的。你看那老婆子开头拒绝给滚水，是怎么开口说话的？她先讽刺性地叫了声“哥哥儿”，那当然不是叫宝玉，而是叫跟她要滚水的丫头，有的年轻的读者看到这里可能就糊涂了，曹雪芹怎么这样写呢？就算那婆子老眼昏花，认不清叫她的是哪屋里的丫头，总也不至于连男女也分不清呀？这你就应该知道，“哥哥儿”就是“格格儿”，是满语的音译，意思是贵族家庭的小姐，这种语汇是只有清朝才有的，可见作者写的是清朝的故事。那老婆子明知道问她要水的不过是丫头，不愿意给，就故意讽刺地称她为“哥哥儿”，意思是你配吗？你以为你是谁？当然，秋纹挺身而出，抛出“背景”，老婆子才意识到遇见的是比“格格”更尊贵的公子屋里的人，满贾府谁不知道贾母对宝玉的疼爱，捧凤凰似的，别说自己泡茶的水舍得给他用，就是宝玉忽然想要天上的星星，恐怕也会立即派人去取下来！另外，那老婆子还说了句讽刺话：“劝你走了舀去吧，那里就走大了脚！”可见那问她要滚水的丫头是缠足的。《红楼梦》是一部交融着满、汉两种文化的书，书里的女性，有的是天足，因为满族妇女是不缠足的。书里“四大家族”的女性，应该都是天足，有的丫头是满族人，也是天足。但有的女主子，却可能是汉族，缠足的，比如第六十三回写宝玉“忽见邢岫烟颤巍巍的迎面走来”，就是形容小脚女子的步伐；丫头里很多都是汉族，缠足，所以她们互相笑骂，有个词是“小蹄子”，而这一细节里，老婆子说“那里就走大了脚”，就是讽刺这类丫头缠了足不愿意跑路。

再说秋纹的庸俗。她那“背景意识”，在第五十五回又一次发作。当时因为府里头层主子都参与朝廷里老太妃的丧事去了，凤姐又病着，因此王夫人委托探春理家，再由李纨、宝钗襄助。几件事过去，人们就普遍感觉到，探春精细处不让凤姐，加上文化水平高，有杀伐决断，却比凤姐更精明沉着。平儿很快就意识到，在探春面前绝不可有什么“背景仗恃”的特权心理，必须以绕指柔来应付探春的刚毅决断，这就是平儿的不俗、超俗之处。但秋纹怎么样呢？她大摇大摆去往探、纨、钗办公所在的议事厅，厅外尝到探春厉害的众媳妇马上告诉她，里头摆饭呢，劝她等撤下饭桌子再进去回话。秋纹是怎么个反应呢？她嬉笑着说：“我比不得你们，我那里等得！”她觉得自己有“背景”，应该享受“特权”，就不停步地要往厅里闯，这时候也在厅外的平儿立刻叫她：“快回来！”秋纹回头见了平儿，笑道：“你又在这里充什么外围的防护？”直到平儿把已经发生过的情况，以及大家共同面临的形势细细地告诉了她，指出这回探春理家可是“六亲不认”，而且专门要拿几家“背景”硬的来“作法子”，以树权威，秋纹才清醒过来。如果秋纹不俗，她也仍可坚持争一下“特权”，充一条“好汉”，但她是怎么个表现呢？听了，伸舌笑道：“幸而平姐姐在这里，没的碰一鼻子灰。”来时气吼吼，去时灰溜溜。

庸俗者就是这样，他们并不能捍卫“光荣”而只是谋逐“虚荣”，并不能坚持“进取”而随时可以“退避”；他们随波逐流，得空隙就泄，见堤坝就退；他们欺软怕硬，崇拜“权威”，却既不能从低于自己的存在里捞到多少好处，更不能改变不入“权威”眼的卑微地位。

6

庸俗不是一种政治品质问题，甚至也不是一个道德问题。企图通过政治教育、政治批判或者道德说教、“道德法庭”来消除人们心灵中的庸俗，是不可能取得效果的。

庸俗是一种超政治的东西。四十多年前，“文化大革命”快要结束了，一次我同一位年纪比我大两轮的人士骑车路过北京西四南大街，那里有一幢旧房子忽然引出了那位人士的喟叹。后来我们在一家小饭馆喝啤酒闲聊，他说起，1948 年，那幢房子是个邮政局，他去那里面寄东西，因为他说自己是“市党部”的，邮政局里的人就把他奉为上宾，请他坐，给他倒茶，赔他笑脸，向他道乏，完了事，出门还给他“叫车”（当然，不是汽车而是黄包车）。那天那回他得到的“背景礼遇”，竟令他经历过那么多的政治社会风云以后，偶一回忆，仍满心欢喜。这令我十分震惊。1948 年的“市党部”，当然是国民党的机构。1949 年 10 月以后，尤其在“文化大革命”当中，此公因为曾加入过国民党并一度在“市党部”跑腿，不知受了多少审查，遭到多少批判甚至批斗，为此“背景”，他可以说是已经付出了许多惨烈的人生代价，但那天在一起喝啤酒，酒涌上脸，他所引为得意的“人生片段”，竟依然是那回因有强势“背景”而获得的“礼遇”！当然，他能在我面前放言，是因为他信得过我，知道我绝不会把他的“怀旧”上纲上线、加以揭发。但他也绝对想不到，我心里在怎样地腹诽他。1948 年，那时共产党解放军已经围住北平，那些邮局职员那样“善待”他，不过是一种敷衍，但人家以庸俗待他，他也就以庸俗为乐。现在那位对 1948 年的“邮局礼遇”一忆三叹的人士已经作古，不可能再看到我的这篇文章。我现在要对大家说，总体而言，他那样一个“中间人物”实在算得是一个善良的、本分的、怕事的、谦卑的人，但他那天所自我暴露出的一种心态，和《红楼梦》里的秋纹一样，都如同一面镜子，照出了人世间庸俗疾患的“症结”。

秋纹一类的生命确实“器小”，但我们对这些有着庸俗疾患的个体生命应该理解多于批评、怜悯多于嘲讽。秋纹器小究可哀。我们要哀其不幸，感染了庸俗病毒而不自知。

什么办法能够疗治庸俗？其实回答可以非常明确，那就是由一部分文学艺术承担起这个心灵熏陶的任务。曹雪芹的《红楼梦》就具有反庸俗，或者说是疗治庸俗的、潜移默化的作用。细读细品这样的文学艺术精品吧，树立起个体生命的尊严感，将自我与他人、与群体、与天地宇宙，和谐地融为一体。

原是天真烂漫之人

一位来访的年轻朋友看见我在电脑上敲出这个题目，不假思索地说：“啊，你这回是要写晴雯吧？”

我对他说，会提及晴雯，但“原是天真烂漫之人”这句考语，曹雪芹可不是写给晴雯的，他就猜：“黛玉？芳官？……”

这位年轻朋友对《红楼梦》文本不熟悉，产生这样的反应是不稀奇的。

我就告诉他，这个对人物的直接性评价，出现在第七十四回，是曹雪芹对王夫人秉性的一个概括，年轻朋友吃了一惊：“真的吗？怎么会呢？王夫人她‘原是天真烂漫之人’？！”

2

从 1954 年以后，把王夫人定位于迫害女奴的封建女主，已经成为许多论家乃至受其影响的读者的思维定式。这种以角色阶级地位为其定性的观点，应当尊重。曹雪芹的《红楼梦》文本具有浪漫色彩，不是严格地写实，他还特别爱使用“烟云模糊”的艺术手法，一开篇就宣称他所讲述的故事朝代年纪、地舆邦国“失落无考”，但是，通过文本细读，我们还是不难认定，他写的朝代年纪就是清代康、雍、乾三朝，而主要情节背景是在乾隆朝初期。我认为从第十六回到八十回，大体是写了乾隆朝一春、二春、三春里发生的事情，到八十回后，则“三春去后诸芳尽，各自须寻各自门”；邦国呢，就是中国，地舆呢，从第三回以后至八十回，基本上都写的是北京。因此，总体而言，《红楼梦》的文本特性，还是写实的。它的人物、事件、物件乃至细节和某些具体的人物话语，多半是有原型的。鲁迅先生对它的评价是“正因写实，转成新鲜”，抓住了它本质的一面。请注意，我说到原型时，说“多半是有”，并没有绝对化。我对某些书中角色进行原型研究时，并不是把生活原型去跟艺术形象画等号，我的目的，只在于揭示这类写实性作品从生活真实升华为艺术真实的奥秘。

书中有一大事件和一大空间，显然是艺术想象大大地超越了生活真实。一大事件就是元妃省亲。一大空间就是因元妃省亲而派生出的大观园。余英时先生早在三十多年前就有《〈红楼梦〉的两个世界》的论述，对《红楼梦》文本的写实世界和虚构世界有严格区分也论及其相互交融。

我现在要强调的是《红楼梦》文本的写实成分。曹雪芹生活在 18

世纪中叶，马克思创立历史唯物主义学说，以及恩格斯关于写实性质的小说应该塑造出“典型环境中的典型人物”的论断，都是19世纪下半叶的事情了。但一些论家仍能根据《红楼梦》的文本，论出书中人物的阶级特性，并将主要的一些艺术形象纳入“文学典型”的范式，当然不能据此去判定曹雪芹早于马、恩就具有了唯物史观的阶级分析能力，以及刻意要塑造“典型环境中的典型人物”的艺术自觉。曹雪芹不可能有那样的历史观和艺术观，但他写下的文本能让20世纪的一些论者并不特别困难地使用阶级分析和艺术典型的方法，来诠释这部作品，却也证明着曹雪芹的伟大——正因为他从自身生命体验出发，以真实为目的，因此，他就提供了后世论家对这样一部基本写实的长篇小说的开放式阅读欣赏的可能。这是写实的胜利，可谓“真实就是力量”或“真实就是魅力”。

小说中王夫人的原型，应该就是康熙朝后期至雍正朝初期江宁织造曹頫的正妻。当然，从原型到艺术形象，曹雪芹他有许多的变通之处。曹頫和其正妻本是过继给康熙宠臣曹寅未亡人李氏的，李氏哥哥苏州职造李煦也是康熙的宠臣。李氏这个原型到了小说里，化为了贾母，小说里回避了原型人物间的过继关系，甚至把本没有一起过继到李氏这边的曹頫的一位哥哥，也虚构为贾母的儿子，而且是大房长子，袭了爵位——但在具体的情境描写上，曹雪芹还是忠于生活的真实，他宁愿有悖那个宗法社会的伦理常规，把贾赦安排到与荣国府隔开的另房别院里住，让贾母那并未袭爵（只当了个员外郎）的二儿子贾政和王夫人住在荣国府中轴线的主建筑群里，溪流汇江再奔腾入海般展开着小说里的生活流程。

曹雪芹笔下的王夫人，和其他许多艺术形象一样，显得非常真实。这真实的魅力源于什么？我以为，他是进入了人物的内心，把握住了人性的真实。这是小说艺术中最重要的一种功力。说王夫人是一个封建礼教的推行者，戕害了若干丫头，有人命案，最后更扼杀了儿子宝玉的爱情，使他活得无趣，终于悬崖撒手，那是近半个世纪一些论者的论说，这样的论说当然有一定道理，但曹雪芹绝对不是心存这样的道理来刻画王夫人这个角色的。从道理出发，即从概念出发，是绝对写不好小说，塑造不了生动的艺术形象的。

《红楼梦》前八十回里除了某些片段有比较激烈的冲突呈现，在大多数篇章里，其实是一派平静，无非是晚辈对长辈的晨昏定省，吃了这顿吃下顿，或者再在饭前饭后饮茶吃点心，要么就是红白喜事，过节摆宴唱戏，老一辈的多半在那里客气来客气去，小一辈的吟诗填词，人们互相说一些话，而且多半是“因笑说”“遂笑道”。王夫人除了在一次午睡时突然起身打骂金钏，以及后来抄拣大观园前后怒斥晴雯、芳官、四儿等人，算是偶尔露峥嵘，在更多的情节流动中，她基本上是安静的，甚至还显得有些木讷。一般论家、读者因此也就多从撵金钏、逐晴雯等“大动作”来认知她。

其实，曹雪芹是着力来写荣国府的家族政治的。所谓政治，就是权力与财富的配置。在荣国府里，最重要的家族政治，就是宝玉的婚姻。从王夫人的立场来考虑这个问题，不消说，最理想的方案就是把薛宝钗嫁给宝玉，这不仅是因为宝钗符合封建道德的规范，更重要的是，宝钗的母亲薛姨妈是她妹妹，这桩婚事成功，也就意味着她们王氏姐妹牢牢地控制住了荣国府的内部权力。第八回第一次写到“金玉姻缘”之说，还只是借莺儿发端，表达得比较含蓄，但是到第二十八回，就通过宝钗自己的心理活动，挑明了写：“因往日母亲同王夫人等曾提过金锁是个和尚给的，等日后有玉的方可结为婚姻……”可见王氏姐妹联手大造“金玉姻缘”的舆论，对她们来说，那是势在必得的。

按说，宝玉的婚事，决定权在贾政手上。但书里写得很清楚，贾政中年以后几乎完全不理家务，凡事都交给王夫人去处理，对于处理结果，往往以一句“知道了”打住。曹雪芹笔下的贾政，从典型论的角度分析，确实也很典型。这是一个那个时代常见的，把政务、家务、性事截然分开的官僚。他是宁、荣二府——把贾赦那个黑油门院落也算上——里面，唯一一个每天需要去朝廷官府上班理事的男子。他上班竭诚为皇帝服务，回到家里多半只在外书房里跟清客们一起消遣，晚上呢，书里交代得很清楚，他和王夫人之间早已互相没了“性趣”，周姨娘也很少近身，他是由赵姨娘服侍睡觉的。因此，娶宝钗为宝玉正妻，只要王夫人择时提出，贾政绝对不会阻挠。

宝玉虽然跟所有的青春女性都愿意亲近，非常友好，但是，他爱的是黛玉而不是宝钗，这一点王氏姐妹是看在眼里、痛在心中的。但那个时代，青年公子和千金小姐的婚事，都得听凭父母之命、媒妁之言，宝玉笃信“木石姻缘”而排拒“金玉姻缘”固然是个麻烦，但对于王氏姐妹来说，也还不是什么难以解决的麻烦。

那么，王氏姐妹所遇到的难以逾越和排除的障碍是什么呢？是贾母。

不少读者因为读的《红楼梦》都是包括高鹗续写的四十回在内的一百二十回通行本，因此，深受高续中“调包计”情节的影响，高鹗笔下的贾母不仅成全“金玉姻缘”，甚至还非常冷酷地对待黛玉，使黛玉彻底绝望，焚稿断痴情，魂归离恨天。在这种影响下，也就读不懂曹雪芹前八十回里许多重要的篇章。

其实，在第二十九回清虚观打醮那段情节前后，曹雪芹的生花妙笔，着力写到在宝玉婚事问题上，贾母与王氏姐妹的短兵相接。不过，那是一场没有硝烟，甚至连吵闹也没有的战斗，是家族政治中的“微笑战斗”。

4

薛姨妈守寡以后，她把全部的生活希望，几乎都集中到了女儿薛宝钗身上。她有儿子薛蟠，这儿子也算子承父业，依然充当皇家的买办，支撑着她家的经济，但这个儿子能不给她惹事就阿弥陀佛了，家庭的进一步发展，绝对指望不上。

书里在第四回交代得很清楚，薛姨妈一家从金陵跑到京城，原由并不是薛蟠为抢香菱打死冯渊要“畏罪潜逃”，抢夺香菱对薛蟠来说不过是生活中一个偶然插曲，“人命官司一事，他却视为儿戏，自为花上几个臭铜，没有不了的”。（此句中“臭铜”通行本作“臭钱”。）薛蟠带着母亲、妹妹及一大群家人往京城去，是按早就拟订的计划行事。而他家上京的首要目的，是送宝钗参加选秀女。因此，薛姨妈最开始所向往的，未必是把女儿嫁给带通灵宝玉的贾宝玉。如果宝钗选秀女选上了，那么，无论是像元春那样被皇帝宠幸，还是到王爷身边，也就是“充为才人、赞善之职”，都比嫁给宝玉风光，那些皇族的男人，都拥有象征权力的玺印啊！

那么，宝钗究竟参加了选秀没有呢？曹雪芹他是写了的，不过，不是明写，而是暗写。他实际上写到了宝钗选秀失利。具体而言，就是第二十九回前后的端午节前，清虚观打醮前。通过文本细读，你会发现前面定位于“品格端方，容貌丰美……行为豁达，随分从时……便是那些小丫头，亦多喜与宝钗去顽笑”（第五回）、“罕言寡语，人谓藏愚；安分随时，自云守拙”（第八回）的贤淑贞静的女子，忽然变得非常烦躁，而且公然在大庭广众中频频失态失语。宝玉没话找话，不过随口说了她一句“怪不得他们拿姐姐当杨妃，原也体丰怯热”，她就不由大怒，完全不能隐忍，脸红起来，冷笑了两声，说出绝对失范的怪话来：“我倒像杨妃，只是没有个好哥哥好兄弟作得杨国忠的！”这就是暗写宝钗选秀失利，虽然她容貌素质绝对超群，但是那时候四大家族都已走下坡路，不复是元妃参选时的那种态势，由于“朝中无人”，宝钗竟黯然出局，是可忍，孰不可忍？她平时最能接纳小丫头的玩笑举动，那天靛儿（有的古本作“靓儿”）不过是去问了她一句藏没藏自己的扇子，啊呀，她竟勃然大怒，口吐恶语，还“借扇机带双敲”，连宝玉、黛玉一起敲打。

宝钗参加选秀，元春当然关注。元春虽然才选凤藻宫，加封贤德妃，但选秀女是户部和宫中主管太监等拿事，她不能干预，宝钗最后被淘汰出局，她应该知道得最早，那么，她就通过颁赐端午节的节礼，表明了她的一个态度，这是在第二十八回末尾，通过袭人向宝玉汇报，巧妙地写出来的。

端午节颁赐节礼，是每年都有的例行公事，但这年却有所不同：在对平辈人的颁赐上，元春这回特意让宝钗和宝玉所得份额一样，黛玉却只和迎、探、惜取齐，无论是数量上还是质量上，都无法相比。元妃这样做，一是对宝钗选秀出局进行抚慰，另一层意思——这是更主要的——就是表达了对二宝指婚的意向。元妃的这个想法是可以理解的，她很欣赏她的这位姨表妹，既然进不了皇家圈子了，那么嫁给她的爱弟也很不错。

对于元妃对二宝指婚，贾母和王夫人、薛姨妈的反应如何呢？不进行文本细读，囫囵吞枣地读，会浑然不觉，其实曹雪芹虽然没有明写，却是刻意进行了暗写的，要把《红楼梦》读出味道来，做一个“知味者”，就绝对不能忽略这些暗写之妙笔。

5

去清虚观打醮，本是元妃的安排。第二十八回末尾通过袭人向刚回家的宝玉汇报，元妃派夏太监送来了一百二十两银子，作为打醮的资金，打醮的时间限定在五月初一至初三，主题则是打平安醮——对某个亡灵祝祷其在阴间能够安息，并且不会对阳间的人士构成骚扰，使阳间的人士能安享太平；元妃自己不能去，那么她命令谁去呢？“叫珍大爷领着众位爷们跪香拜佛”。根据我的揭秘，元春原型曾是康熙朝废太子跟前的人，是她向皇帝告发了秦可卿原型的真实出身——废太子（书中以“坏了事”的“义忠亲王老千岁”影射）的一个未在宗人府登记，而藏匿到她宗族家里的女儿，导致了皇帝虽然赦免了贾家藏匿收养之罪，却让秦可卿自裁的局面。康熙皇帝儿子虽多，诞生在五月初三的只有废太子一个，曹雪芹把元春指定的打醮日期规定在五月初一至初三，有深意存焉。（过去时代，无论阳寿还是冥寿，办事时都要至少连续三日，而最后一日是“正日子”。）

第二十九回，曹雪芹正面写了清虚观打醮。有趣的是，细心的读者可以发现，这项宗教活动的主角成了贾母，元妃所指定的主角贾珍，则只是一个出面保障女眷安全和后勤供应的配角——元妃指定贾珍“领着众位爷们跪香拜佛”，是因为“心中有鬼”，那“鬼”就是秦可卿，秦可卿是宁国府收养，并在宁国府悬梁自尽的，因此，乞求“鬼”不要骚扰活人，使大家平安，应由宁国府贾珍领衔烧香拜佛。

贾母完全改变了元妃对清虚观打醮一事的宗旨，把一场“平安醮”变成了“享福人福深还祷福”的“祈福醮”，让贾珍和众位爷们全靠边站，带领荣国府的几乎是全体女眷，浩荡而去，使打醮活动成为荣国女眷——不仅是众位女主子，还包括许多丫头、婆子——的一次罕见的嘉年华会。

贾母接过了元妃清虚观打醮这个球，并且完全扭曲了其原来的主旨。但对于元妃通过颁赐节礼特殊安排所表达出的对二宝指婚的意向，这个球，她置若罔闻。贾母装傻，当然是因为她对二宝的“金玉姻缘”不以为然，你元春如果正式下谕旨，贾母也许无可奈何，但你既然只是一个含蓄的意向，那么，对不起，贾母她就可以装作没感觉。

对于元妃给二宝指婚，王夫人和薛姨妈不消说是喜在心头的，但是，贾母的装傻充愣，却让她们难以喜上眉梢。一场家族政治的大较量，势不可免。

曹雪芹写得很巧妙。他在第二十九回开头这样写：贾母发动荣国府女眷们一起去参与打醮，还特别点了薛姨妈的名，她是这样对宝钗说的：“你也去旷旷，连你母亲也去，长天老日的，在家里也是睡觉。”宝钗只得答应着。

那么，贾母既然要去打醮，王夫人按理是必须陪同去伺候的。《红楼梦》里一再写到封建家庭里媳妇对婆婆的礼数，每天必须去晨昏定省，媳妇在婆婆面前毕恭毕敬，婆婆坐着，媳妇一般情况下只能站着，第三十五回写贾母偶然到王夫人上房歇息，王夫人站立一旁侍奉，贾母开恩，向王夫人道：“让他们小妯娌们伏侍，你在那边坐下，好说话儿。”王夫人方向一张小杌子上坐了——虽然她是一府女主，又在自己房中，但婆婆出现在眼前，身为媳妇那就连椅子都不敢坐的。第四十一回，贾母带着刘姥姥逛大观园，王夫人自然陪同到底，当中有一小段时间，贾母因困乏到稻香村小憩，王夫人这才乘空歇着，但也不忘嘱咐人道：“老太太那边醒了，你们就来叫我。”即便老太太又行动起来，而她还十分疲惫，也只能是挣扎着再去陪同侍奉婆婆。

在前八十回里，除去清虚观打醮这一回，王夫人作为贾母的儿媳妇，大面上的表现应该算是优秀的，尤其是和邢夫人相比，成绩应该在八十分以上。

但是，清虚观打醮，因为贾母完全改变了元妃的初衷，又对元妃指婚意向蔑视排拒，王夫人实在是吃不消了。书里是这样写的："贾母又打发人去请了薛姨妈，顺路告诉了王夫人，要带了他们姊妹去逛。王夫人一则身上不好，二则预备着元春有人出来，早已回了不去的。听贾母如此说，遂笑道：'还是这么高兴。'因打发人去到园子里告诉：'有要去逛的，只管初一跟了老太太去。'"

虽然王夫人提前跟贾母告了病假——这在前八十回书里是唯一的一次——贾母还是让人"顺路告诉了王夫人"，实际上就是再给王夫人一次机会，但王夫人这回是铁心要给贾母一个"不奉陪"，这其实也就是对贾母蔑视元春给二宝指婚的一个严重的抗议，她"遂笑道"，道出的话是含有讥讽意味的："还是这么高兴。"但究竟谁能高兴在最后呢？这些乍读淡淡的文字里，实际蕴含着浓浓的火药味。

王夫人执意不去清虚观打醮，所谓"预备着元妃有人出来"的理由，是站不住脚的，百行孝为先，贾母去清虚观打醮，她就该跟随去侍奉，何况这打醮本是元妃出资安排的，即使那天"元妃有人出来"，也完全可以到清虚观一并给贾母和王夫人请安。

那么，王夫人不去，贾母就一定要薛姨妈去。所谓"在家里也是睡觉"，也是话里有话，在元妃表达了指婚意向之后，面临贾母的不表态——其实就是一种表态——王氏姐妹寝食无安，焉能白日睡大觉，贾母前脚率众前往清虚观，她们姊妹二人如果都不去，必定后脚聚集，商量对策。贾母棋高一招，那就是王夫人你托病不去，那么，薛姨妈必须去。

王氏姐妹去了一个，等于两个都去了。贾母有话要说。薛姨妈听见了，等于王夫人也听到了。

在清虚观，借张道士给宝玉提亲的话头，贾母大发了一番议论，那其实就是说给王氏姊妹听的。薛姨妈在场，不中听也得听，她回去后，肯定要跟王夫人一字不落地汇报。贾母的言论，对她们来说，是一次沉重打击。

贾母首先说："上次有个和尚说了，这孩子命里不该早娶，等再大一大儿再定吧。"你王氏姊妹不是一天到晚大造"金玉姻缘"的舆论吗？动辄就说金锁是和尚给的，今后必得嫁给有玉的，那么，现在我也宣布，也有同等法力的"和尚谶语"，宝玉的婚事现在谁也别提，你元妃也定不了，"等大一大儿再定"，实际上就是郑重宣告，只要她贾母在世，宝玉的婚事就只能由她来定，谁插手都不行。

贾母接着说："你可如今打听着，不管他根基富贵，只要模样儿配得上，就好来告诉我。便是那家子穷，不过给他几两银子也罢了。只是模样儿性格难得好的。"

历来许多读者读不懂这几句话。有的就说，啊，贾母论婚，"不管他根基富贵"，可见贾府的婚姻观是不讲究经济条件的呀。其实，这是贾母在特定的情况下针对特定的人所说出的一句"黑话"。除了关于秦可卿出身的可疑交代和这个地方，你看八十回的文本里，有多少地方在一再地告诉你，四大家族是多么重视婚配上的根基富贵、门当户对的呀，他们"皆连络有亲"，贾母后来想给薛宝琴做媒，"细问他年庚八字并家内的景况"，"家内的景况"当然首先就是根基究竟富贵到什么程度上；第七十回更有一句点眼的交代："偏近日王子腾之女许与保龄侯之子为妻，凤姐又忙着张罗。"四大家族在婚配上是多么讲究根基富贵、门当户对啊！

贾母的"黑话"，宝玉、黛玉听不懂，在场的许多人都听不懂，但至少有一个人是绝对能听懂的，那就是薛姨妈。薛姨妈很清楚，能跟她女儿抗衡，争取成为宝玉正妻的，只有一个林黛玉。黛玉父母相继亡故后，没能得到什么遗产，成为一个没有了富贵根基的人，在荣国府是寄人篱下的角色，这是黛玉最大的劣势，但是，贾母却在这段“黑话”里，让王氏听清楚，她心目中的宝玉正妻，就是黛玉，“模样儿配得上”，贾母一开头都没有提到性格，因为众人皆知黛玉小性儿，爱生气爱哭，出语尖刻，但贾母却并不以为黛玉性格有什么大差池，因此最后她又补充一句“模样儿性格难得好”。你们不是嫌厌黛玉无遗产，穷吗？那么就爽性把话说清楚：“便是那家子穷，不过给他几两银子也罢了”，贾母对黛玉的嫁妆，是包下来的。第五十五回凤姐和平儿私下议论，凤姐明白点破：“宝玉和林姑娘他两个，一娶一嫁，可以使不着官中的钱，老太太自有梯己拿出来……”

清虚观打醮第一天回来，宝玉、黛玉两个不解事的少男少女，竟因为金麒麟的事闹气，闹得可谓沸反盈天，贾母则说他们“不是冤家不聚头”，又宣布：“几时我闭了这眼，断了这口气，凭你两个闹上天去，我眼不见心不烦，也就罢了……”也就是表示只要她一息尚存，就要为二玉的婚姻保驾护航到底。高鹗续书荼毒了贾母的这个宏愿，难道不是对曹雪芹原意的大违背、大歪曲吗？根据我的探佚，八十回后，迷失掉的后二十八回里，曹雪芹写的是贾母先去世，黛玉沉湖归天，王氏姐妹才得以强行包办了二宝的婚事。

在表面无事的温柔面纱遮蔽下，王夫人在跟贾母的家族政治博弈中败下阵来。贾母这个角色，曹雪芹写得真绝。许多读者读得不仔细，形成一个模糊印象，似乎贾母只是个一味享乐的贵族老太太，其实这是一个在家族政治中纵横捭阖而游刃有余的优胜者。

王夫人在家族政治上，还有另一条重要战线，那就是必须时刻防备、排除赵姨娘的威胁。赵姨娘的优势在于她也为贾政生了一个儿子——贾环。王夫人的大儿子贾珠故事开始前就死掉了，如果剩下的二儿子宝玉再死去，那他在家族中就徒有个大老婆的头衔而已，荣国府今后的继承人就是贾环，那么赵姨娘也就至少是部分地获得了府第的控制权。赵姨娘和贾环黑了心要整死宝玉，贾环推蜡台要烫瞎宝玉的眼，赵姨娘通过马道婆几乎魇杀宝玉和凤姐，这是第二十五回里明写的，根据我对曹雪芹后二十八回的探佚，他们还通过府里专管配药的贾菖、贾菱，故意给黛玉"配错药"。促使黛玉沉湖离世，目的也还是想让宝玉灭亡，因为他们深知宝玉爱黛玉极深，黛玉一走，宝玉不立刻死掉也丢魂一半。

把握王夫人这个人物，要把她在家族政治中的这些明争暗斗放在首位。

至于王夫人对丫头的迫害，曹雪芹则解释为她"原是天真烂漫之人，喜怒出于胸臆，不比那些饰词掩意之人"，无论她撵逐金钏，还是怒斥晴雯，都并非理性思考支配下与预定计划中的作为。

第三十回写她午睡时，宝玉来到她卧着的凉榻跟前，与一旁乜斜着眼乱晃的金钏调笑。有红迷朋友跟我讨论，说金钏怎么敢于那样？我就告诉他我的阅读心得：金钏本是最了解王夫人的生活规律和生理状态的，平日那时候王夫人肯定已入梦乡，她低声与宝玉调笑应该是听不见、发觉不了的，因此是无碍的。但她哪里知道，那几天里接连发生的几件事，使得王夫人心烦意乱——宝钗选秀失利；元妃指婚竟被贾母漠视；清虚观打醮回来，薛姨妈把贾母的"黑话"学舌给她；贾母竟毫无顾忌地宣布二玉"不是冤家不聚头"，并公开表示只要活一天就要为二玉护航一天……王夫人心里藏着这些败兴之事，在丫头面前当然尽量不去流露。因此，金钏万没有想到，王夫人那天中午只是假寐，根本没有入睡，她和宝玉的那些出格的调笑话语，竟句句入耳，结果，当王夫人听到最恶劣的几句后，就“翻身起来，照金钏儿脸上就打了一个嘴巴子，指着骂道：‘下作小娼妇，好好的爷们，都叫你们教坏了！’”。王夫人那“你们”里，除了金钏，还包括谁？值得深思。但王夫人打骂金钏只是一场遭遇战，跟与贾母、与赵姨娘之间的明争暗斗，往往是有目标、有计划、有策略、有步骤的，那种格局，全然不同。

王夫人对晴雯的呵斥撵逐，确实是一时兴起，偶然发作。

对于晴雯这样的生命存在，王夫人贵为一府女主，本是根本不放在眼里心上的。书里写得很明白，王夫人把侄儿媳妇王熙凤——也是她的亲侄女——请到荣国府里来管家，她是“抓大放小”，只注重家族政治中的大关节，对于诸如丫头婆子配置这类琐细的人事安排，一般是懒于过问的。

王夫人甚至在很长时间里，根本就不知道晴雯的名字和来历。

晴雯的被撵逐，从故事流程来看，出于一连串的偶然。

第七十三回一开头，忽然有个叫小鹊的丫头，大老晚跑到怡红院来报信。小鹊是赵姨娘的丫头。按说“喜鹊”应该报喜，但这位丫头却分明起着乌鸦的作用——她听到赵姨娘在贾政耳边说了宝玉坏话，让宝玉留神“明儿老爷问你话”，宝玉一听慌了神，临时抱佛脚，连夜温书，闹得一屋子丫头陪着熬夜。晴雯对宝玉的关爱，首先表现在斥骂小丫头打瞌睡上，后来，芳官出屋（应该是方便去了），偶然地，被一个黑影吓了一跳，回屋就说有人跳墙，晴雯就借机把事情闹大，宣称宝玉被吓病了，上夜的人只好灯笼火把找寻一夜，何尝有什么踪影？本来，事情到了这一步，别再闹大，也许就能躲过老爷的召唤考问了，却偏偏是晴雯，故意跑到王夫人那边要安魂丸药，非要让事态滚雪球般无限放大。晴雯那时得理不让人，跟上夜看门的人说起话来，口气刚硬，她觉得自己跟王夫人是一头的。那时王夫人似乎也没有特别注意她，王夫人觉得兹事体大，不敢瞒过贾母，结果贾母从息政离休状态，变为亲自临朝，“贾母动怒，谁敢循私”，于是严厉查办夜间赌局，犯案者跪了一院子，给贾母磕响头，贾母亲下命令，严惩不贷。

查出的三个聚赌的大头家里，有迎春的乳母。迎春是“大老爷那边的”，邢夫人虽然不是她的生母，但名义上是她的监护人，别的姊妹屋里都没人犯事，偏迎春乳母涉案，迎春没脸，邢夫人扫兴。王夫人在家族政治里，跟邢夫人之间的矛盾，也是一个方面。邢夫人身为长房长媳，在贾母面前却毫无分量，虽然她儿子儿媳在荣国府里管事，却完全不顾及她的利益，现在荣国府里查赌，偏又查到她女儿乳母头上，邢夫人不仅不快，而且，更觉得你二房夫人把好端端的一个府第治理得如此混乱，你狂什么狂？偏偏就在这种心理状态下，又是一个偶然——傻大姐拣到了绣春囊，迎面撞见了邢夫人。邢夫人得到后，吃惊之余，也就觉得天假人愿——得到了一个给王夫人大没脸的现成武器。她就把那囊封起来，交给了王夫人，那意思就是说：您看看吧，这就是您当家当出来的！王夫人觉得脸面丢尽，所以急匆匆去往凤姐屋里，翻脸轰出平儿，流泪责备凤姐荒唐——倘若那囊真是凤姐的，事态到此也可能就暗中止息了，谁知又确实并非凤姐所有。

在雪球滚得这么大的时候，晴雯在怡红院里还一直懵然无知。

晴雯作为女奴，她由着自己性子生活，当然，思想行为很不规范，但她绝对没有反抗王夫人的主观战斗精神，她也绝没有想摆脱“牢笼”，争取自由身的意识，她本以为，她就可以那么样自自然然地在宝玉身边逍遥下去。

王夫人呢，在家族政治中，她要对付婆婆贾母，要敷衍大房太太邢夫人，要防范赵姨娘……晴雯这样一个小生命本不在她算计之中。

曹雪芹接着写偶然。到了第七十四回，如何查出绣春囊的来历，凤姐提出“平心静气，暗暗访查”的方针，王夫人本来也是同意的，如果事态定格于此，晴雯也无妨再在怡红院里撕扇补裘、嬉笑怒骂，但偏偏在王夫人、凤姐召唤自己这边的五家陪房来听命时，“忽见邢夫人陪房王善保家走来”，王夫人出于客气（为的是缓和与邢夫人的紧张关系），就顺口留下她来帮忙。这一偶然事态，就酿成了晴雯的迅疾夭折。

“风起于青萍之末”。偶然是必然的呈现方式。一场惊天动地的抄拣大观园风暴，那起始的“青萍之末”，就是那一晚晴雯执意要把子虚乌有的“夜贼跳墙”闹大。说“搬起石头砸了自己的脚”，于晴雯毕竟不忍，但细读《红楼梦》的文本，曹雪芹又确实是那么一路写下来的。

他写出了世事的荒唐、命运的诡谲。

王善保家的喧宾夺主，大肆攻击大观园里的“副小姐”，是她，明确提出了公开大抄拣的丑恶方案，而且，是她点了晴雯的名。

王夫人本来心中乱麻一团，并不存在晴雯这么个小角色。可是听了王善保家的谗言，“猛然触动往事，便向凤姐道：‘上次我们跟了老太太进园旷去，有一个水蛇腰，削肩膀，眉眼又有些像你林妹妹的，正在那里骂小丫头，我心里狠看不上那个轻狂样子，因同老太太走，我不曾说得，后来要问是谁，偏又忘了。今日对了槛儿，这丫头想就是她了。’”

底下的情节我不再复述了，几乎所有读《红楼梦》的人士都会铭心刻骨，永难忘却。晴雯死矣！

王夫人趁怒叫来晴雯，当面痛斥，正是在这个地方，曹雪芹写下了对王夫人的考语：“王夫人原是天真烂漫之人，喜怒出于胸臆，不比那些饰词掩意之人，今因真怒攻心，又勾起往事”，所以顿生掐灭一个嫩芽般生命之意。

8

把王夫人怒斥撵逐晴雯，依照阶级分析的模式，解释成封建女主对女奴的一场镇压，我是基本赞同的。

虽然事发偶然，但其中的必然因素不难槅橥——尤其是王夫人觉得晴雯眉眼有些像林黛玉，逗漏出依据她的封建道德意识，林黛玉、晴雯都属于不符合封建规范的生命存在，理应被排除、被剿灭。

但曹雪芹所写，却分明用一连串偶然来推导王夫人对晴雯的扼杀。他说王夫人“原是天真烂漫之人”，我以为并无讥讽之意。

黛玉、晴雯的性格，固然可以用不符合封建礼教规范来解释，但凤姐的性格表现，难道就处处符合封建礼教规范吗？王夫人不是可以容纳吗？

对于晴雯的任性，凤姐就不像王夫人那么反感，当王善保家的下了谗言，勾起王夫人对晴雯的坏印象，王夫人向凤姐求证，凤姐出言谨慎：“若论这些丫头们，共总比起来，都没晴雯生的好，论举止言语，他原轻薄些。方才太太说到的到狠像他，我也忘了那日的事，不敢乱说。”

至于贾母，她对黛玉、晴雯的性格只有好感。第七十八回当王夫人向贾母汇报了撵逐晴雯的事，贾母的反应是：“……晴雯那丫头，我看他甚好……我的意思，这些丫头的模样、爽利、言谈、针线，多不及他，将来只他还可以给宝玉使唤得……”晴雯原是贾府老仆妇赖嬷嬷买来的一个小生命，带到荣国府来玩，贾母一眼看中，十分喜欢，赖嬷嬷就把她当作一件小玩意儿，孝敬给了贾母。

贾母是比王夫人级别更高的封建女主，按说对丫头更应有封建礼教方面的要求，但是她全面肯定晴雯，不但认为模样好，言谈也好。那天王夫人看见晴雯骂小丫头，她是陪同贾母进大观园的，贾母当然也看见了，那时候王夫人还根本不知道骂人的是谁，贾母却一定认出是晴雯，贾母却并不产生恶感。这就说明，曹雪芹的描写固然给阶级分析的评论角度提供了可能，但就他自己而言，他只在写真实的生活，刻画活生生的生命存在。他明点“王夫人原是天真烂漫之人”，依我看来，王夫人对晴雯的生命不能相容，还是出于人性深处的东西使然。政治、社会、道德的理念与情感，对人与人的冲突固然起着作用，但人际间的生死悲剧，往往还有说不清道不明的因素使然。天真，就是无须后天训练，生命中固有的本能；烂漫，就是不加掩饰径直呈现。

王夫人体现于晴雯身上的天真烂漫，就是本能地觉得晴雯讨厌。

晴雯好比一盆才抽出嫩箭的兰花被送往猪窝一般，宝玉对她的被撵逐，大惑不解，哭道：“我究竟不知晴雯犯了何等滔天大罪！”

晴雯犯的是讨厌罪。

无须其他理由。王夫人觉得她讨厌。

如果是在一个阶层里，一个人觉得另一个人讨厌，一般情况下，也不能直接地把那被讨厌者怎么样。但如果是一个社会地位高、权力大的人，对一个社会地位低又无权势可倚仗的人感到讨厌，那么，甚至无须调动政治、社会、道德的“道理”，只要宣布“你讨厌”，就足以置被讨厌者于窘境，于困苦，甚至于死地。

权势者越“天真烂漫”，越不加掩饰，被讨厌的弱势生命就越接近灭顶之灾。

好一个“本是天真烂漫之人”啊！

我读《红楼梦》，读到这个地方，总不由放下书，痴痴地冥想一阵。

个体生命的苦楚处，是不能单独生存。他必须参与社会，与其他生命一起共处。俄罗斯19世纪末的小说家陀思妥耶夫斯基，他那部长篇小说《被侮辱与被损害的》，我也是常在阅读中不由停下来，痴痴地冥想。曹雪芹写《红楼梦》比陀氏早，二者在民族、文化、时代方面的差异非常巨大，但他们在表现、探究人性这一点上，却惊人地相通。人类中现在仍然存在着侮辱与损害他人的强者和被侮辱被损害的弱者。什么时候强者能收敛他们在表达对弱者讨厌时的那份“天真烂漫”和“不加掩饰”？靠什么来抑制强者以“讨厌罪”侮辱和损害弱者？革命？法制？道德诉求？宗教威严？

我会继续痴痴地冥想。

惜春懒画大观图

1

惜春作画，常被认为是《红楼梦》中可以与黛玉葬花、宝钗扑蝶、湘云醉卧相媲美的一个场景，在由《红楼梦》文本衍生出的绘画、雕塑等造型艺术里，惜春作画被一再表现，例如天津民间艺术大师泥人张，就有惜春作画的情景泥塑。那作品大约创作于 20 世纪 50 年代，原作据说被中国美术馆收藏，它被一再地复制，当作高档工艺美术品出售，流传到海外，其照片也被当时许多报刊杂志广泛刊登，给我个人留下的印象极其深刻，现在一闭眼，恍若就在眼前。

记忆里，那作品的妙处，就是不仅塑造出了画案前捏笔凝神构思的惜春，还环绕着那画案，塑造出了一旁观赏的宝玉、黛玉、宝钗、湘云、探春等诸多形象，个个独具与性格吻合的神态，而且布局疏密得宜，整体上氤氲出一种诗情画意。

但是后来对《红楼梦》作文本细读，就发现其实在前八十回文本里，并没有一段文字具体地描摹出惜春作画的情况，更没有众人围观欣赏的那么一个场景。只在第四十五回里，有淡淡的这么几句："一日外面矾了绢，起了稿子拿进来，宝玉每日便在惜春这里帮忙。探春、李纨、迎春、宝钗等也都往那里来闲坐，一则观画，二则便于会面。"再有就是第四十八回，李纨领着众人到了惜春那里，"惜春正乏倦，在床上歪着睡午觉。画缯立在壁间，用纱罩着。众人唤醒了惜春，揭纱看时，十停方有了三停。"有观画的交代，并无作画的描写，而且惜春显得惫懒不堪。那么，曹雪芹会在八十回后去描写惜春作画吗？书至七十四回，没等外头抄进来，贾府窝里斗，自己已经抄拣大观园了，而惜春就"矢孤介杜绝宁国府"了，她的大丫头入画，在她坚持下被尤氏带走，这当然是一个喻意——"入画"已去，还能有作画的心情和举动吗？曹雪芹在后二十八回里，肯定更不会有惜春精心作画、众人围赏的描写。

但是，惜春作画，历来的读者都有一种"作者未写我自写"的阅读想象。一位红迷朋友乍听我说书里并没有泥人张塑出的那样一个场景，颇为疑惑："真的吗？"后来他回去细检全书，证实果然如此。那位红迷朋友感叹："曹雪芹真大手笔！其不写之写，也能令读者获得丰富的审美感受啊！"

惜春这个角色，曹雪芹从其大丫头的命名上，就预设出她有一定的绘画才能。贾氏四姝——元、迎、探、惜，名字谐"原应叹息"；大丫头呢，分别是抱琴、司棋、待书、入画，这意味着她们出生在诗礼之家，都有一定的文化修养。元春可能会操琴，迎春在书里有下棋的表现，探春所居住的秋爽斋（又叫秋掩书屋）里的布置，显示出她绝非一般的书法爱好者，而惜春呢，明说她会画画儿。附带说一下，诸多古本里面，探春的大丫头有“侍书”“待书”两种写法，都说得通，但比较而言，更接近曹雪芹原笔原意的，应该是“待书”。“待书”与“入画”形成巧妙的对应：一个是“等待书写出来”，一个却是“已经画了出来”。

惜春平时作画，不过是随兴消遣。探春平时挥毫，却是大家风范——屋里的花梨大理石大案上，“磊着各种名人法帖并十数方宝砚，笔海内插的笔如树林一般”，好生了得！书里没怎么具体描写惜春屋里的景象，据惜春自己说，她并没有什么正经的画具，“不过写字的笔画画罢了，就是颜色，只有赭石、广花、滕黄、胭脂这四样，再有不过是两枝着色笔就完了”，用如此简单的工具和材料，只能是画些写意的小品，气象比探春挥洒书法，相去很远。

惜春本来不过是来了情绪，随便画上几笔。没想到，却突然被府里老祖宗贾母，派定了一桩浩大的绘画工程。

刘姥姥二进荣国府，贾母带她到大观园里足逛。在园中最关键的一个景点沁芳亭——那里能够观览到园中最精华的部分——贾母坐在丫鬟铺在栏杆榻板的大锦褥子上，命刘姥姥也坐在旁边，问她：“这园子好不好？”刘姥姥念佛说道：“我们乡下人到了年下，都上城来买画儿贴，时常闲了，大家都说怎么得到那画儿上去逛逛，想着那个画儿，也不过是假的，那里真有那么个地方。谁知我今儿进了这园子一瞧，竟比那画儿上还强十倍。怎么得有人也照着这个园子画一张，我带了家去，给他们见见，死了也得好处。”听刘姥姥这么说，贾母就指着惜春笑道：“你瞧我这个小孙女儿，他就会画，等明儿叫他画一张如何？”刘姥姥偏又反应过度，跑过去拉着惜春的手说道：“我的姑娘，你这么大年纪儿，又这么个好模样，还有这个能干，别是个神仙脱生的罢。”这么一来，惜春就等于被规定了一项任务——画大观园全景图。

贾母派惜春画大观园全景图，当然并非真要把画成的巨作送给刘姥姥，刘姥姥即使一直记得这件事，也肯定不会主动来讨要这样一幅长卷。看去似乎只是因戏言而起，实际上贾母命惜春画这个作品，有她内心的一种需求，这位自称以重孙媳妇身份嫁进贾家，历经五十四年，眼见贾家又有了重孙媳妇的老祖宗（她说这话在第四十七回，那时贾家的重孙子媳妇应该是贾蓉续娶的妻子——通行本写作“胡氏”，不对，曹雪芹笔下，是许氏），深知整个家族实际上已经进入了黄昏期，但她仍执拗地要精细地享受眼下的每一时刻，要把“夕阳无限好”通过孙女儿惜春的画笔，永驻自己和家族心中。

贾母对这幅（应该是画成一个至少几米长的卷轴）画儿，非常重视。本来，似乎把大观园的园林胜景画下来，也就行了，但贾母有明确的指示，惜春听了这样诉苦：“原说只画这园子的，昨儿老太太又说，单画园子成了个房样子了，叫连人都画上，就像行乐图似的才好。我又不会这上细画楼台，又不会画人物，又不好驳回，正为这个为难呢！”“上细画楼台”是什么意思？“上细画”就是工笔细绘，惜春原来画写意小品，可能也偶尔画几笔亭台楼阁，不过是笔到意到，点到为止，现在按贾母的指示必须“上细画”那些园子里的楼台，这已经不对惜春的专长，何况贾母定下的主题是“园中行乐”，此图完成如果题款，还不能题为《大观园全景图》，必得题为《大观园行乐图》才行。行乐，就必须画上不少的动态人物，中国画凡写意的这一派，画人物都比较弱，甚至根本不涉及人物题材，像我们所熟知的近代国画大师齐白石，他的写意画，精彩的还是虾米小鸡蝌蚪，或菜蔬花卉，人物画数量少，精彩的更少。

贾母的命令，在贾府就是圣旨，理解的要执行，不理解的也要执行，能做到的固然马上就去做，做不到的，创造条件也一定要将其完成。惜春向大观园的诗歌团体海棠社请一年的假，来争取完成这桩艰难的创作任务（后来是先给她半年的“创作假”）。薛宝钗大展通才，本着“工欲善其事必先利其器”的圣训，不仅发挥了一番关于绘画的高论，还在具体的画具、原料、辅助器材方面开列出了长长的单子。凤姐作为管家，也腾出工夫先到府里仓库寻出许多工具原料，欠缺的又安排人拿着银子到外面去购买齐全，并且宝玉又宣称将代为去向两位会画画的清客相公——一位詹光字子亮的擅画工细楼台，一位程日兴画仕女美人是绝技——咨询，后来更找出了当年建造省亲别墅的图纸，让人先矾了绢，在上头起了稿子，拿来作为艺术创作的基础，真是诸事具备，只欠东风——东风就是惜春本人，但这东风却懒懒迟迟，总未见其劲吹。

贾母算得是一位有相当学识和艺术鉴赏力的贵族妇女，她的“文艺思想”也并不保守，她在正经的“表演艺术家”（说书的“女先儿”）面前，能够“破陈腐旧套”，按说她布置惜春绘制《大观园行乐图》，即使算不上是“内行领导内行”，起码不能算是“外行领导内行”的“瞎指挥”。

贾母的审美情趣确实属于上乘。雪天在大观园里优游，“一看四面，粉粧银砌。忽见宝琴披着凫靥裘站在山坡上遥等，身后一个丫鬟抱着一瓶红梅。”她就问身边的人：“你们瞧这雪坡上配上他这人品，又是这件衣裳，后头又是这样梅花，像个什么？”众人都笑道：“就像老太太屋里挂的仇十洲画的《艳雪图》。”贾母摇头笑道：“那画的哪有这件衣裳，人也不能够这样好。”在这之前，她已经视察过惜春的住处，“进入房中，贾母并不归坐，只问画儿画的在那里。惜春因笑道：‘天气寒冷了，胶性皆凝涩不润，画了恐不好看，故此收起来。’贾母笑道：‘我年下就要的，你别托懒儿，快拿出来给我快画。’”惜春提出的客观困难，在越来越冷的严冬是无法克服的，贾母作为其“创作任务”的命令者，却丝毫不考虑创作者的难处，只嫌惜春“托懒”，宣布“年下就要”，而且，在看到宝琴、小螺雪坡抱梅的“镜头”后，更再命令惜春：“不管冷暖，你只画去，赶到年下，十分不能便罢了。第一要紧把昨日琴儿和丫头、梅花，照样一笔别错，快快添上！”惜春听了，虽是为难，只得应了。

惜春毕竟还缺乏“艺术家的脾气”。我们都应该记得，贾府里是有真正的艺术家的，那就是龄官。龄官是贾府为准备元妃省亲，专门派贾蔷往姑苏买来的十二个小戏子之一。元妃省亲，她们“红楼十二官”果然派上了用场：“贾蔷忙张罗扮演起来。一个个歌欺裂石之音，舞有天魔之态，虽是粧演的形容，却作尽悲欢的情状……太监又道：‘贵妃有谕，说龄官极好，再作两出戏，不拘那两出就是了。’贾蔷忙答应了，因命龄官作《游园》《惊梦》二出。龄官自为此二出非本角之戏，执意不作，定要作《相约》《相骂》二出，贾蔷扭他不过，只得依他作了。”那时候京剧还没有产生，演员的行当究竟怎么划分，我们很难搞清楚，一位红迷朋友跟我讨论时说，反正龄官唱的是旦角，按说《游园》《惊梦》和《相约》《相骂》都是旦角戏，又没让她反串，她怎么能以“非本角之戏”拒演呢？而且元妃省亲是何等严肃庄重的场合，她非唱《相骂》，从戏名上也犯忌讳啊！但曹雪芹就写出了这么一位优伶，她以全部的人格尊严，捍卫自己艺术创作的绝对自由，当然，她的目的，也并不是要“抗上”，她没有丝毫政治上的诉求，她就是“为艺术而艺术”，她执意不按“行政命令”而作，到头来“命令者”也“只得依他”，而她也就在“本角之戏”中大放光彩，结果呢，“元妃甚喜，命不可难为了这女孩子，好生教习”，额外又给了许多赏赐。

“上细画楼台”，还要画许多行乐的人物，更要把指定的雪中折梅美人“照样一笔别错”地“快快添上”，这是惜春的“本角之戏”吗？当然不是，但惜春却无法“拒演”，这是惜春的悲苦之处。她唯一的对策，也就是“托懒”。

有可靠的资料证明，曹雪芹本人就善画。他的好友敦敏有《题芹圃画石》的诗，芹圃是曹雪芹的号，这首诗是这样的：“傲骨如君世已奇，嶙峋更见此支离。醉余奋扫如椽笔，写出胸中块垒时。”可见曹雪芹画得非常好，而且通过画幅显示出桀骜不驯的性格，人如其画，画如其人，可惜现在我们只能看到这首题画诗，而寻觅不到曹雪芹的原画。从诗里形容推测，曹雪芹也是以写意风格来作画。

曹雪芹后来贫居京郊西山脚下，他虽作为正白旗包衣世家的子弟，会领到一定数额的钱粮，但嗜酒如狂的他，少不得还要“卖画钱来付酒家”——这也是敦敏诗里的句子，他们交往如至亲，这样的诗句绝不会是凭空想象，而是曹雪芹生活状态的白描。

曹雪芹在西郊还有一位密友张宜泉，他也留下了若干首与曹雪芹有关的诗，至为宝贵。其中一首《题芹溪居士》，题目后有小注：“姓曹，名霑，字梦阮，号芹溪居士，其人工诗善画。”诗曰：“爱将笔墨逞风流，结庐西郊别样幽。门外山川供绘画，堂前花鸟入吟讴。羹调未羡青莲宠，苑招未忘立本羞。借问古来谁得似？野心应被白云留。”其中“青莲”“立本”两句，是引用唐代典故，青莲指诗人李白，立本就是大画家阎立本，当时唐玄宗把他们召进宫苑写御用诗画御用画，被许多人艳羡，但张宜泉却通过这两句诗，点明曹雪芹在艺术创作上绝不甘心御用的野心傲骨。据周汝昌先生考证，曹雪芹一度在内务府的“如意馆”参与流水线式的“画作”。他本是正白旗包衣的后代，家里世代在内务府当差，康熙朝他家三代四人任江宁织造几十年，炙手可热一时，雍正朝初年即被抄家治罪，乾隆朝初期因乾隆皇帝实行怀柔政策，原来被罪的人员几乎都被宽免，曹雪芹父辈也重回内务府当差。那时曹雪芹已经长大成人，被安排到“如意馆”画应制画，是很自然的事情，如果他肯钻营，愿意把自己的绘画才能奉献给皇家，他可以争取从“如意馆”的“画工”，晋级为比“如意馆”高一档的“画院处”的“画师”，但他却“苑招未忘立本羞”——当年阎立本奉唐玄宗之命画宫廷“行乐图”，为了当场“照样一笔别错”，只得匍匐在地上挥笔写生，人格上蒙受奇耻大辱——曹雪芹最后终于脱离内务府，结庐西郊，著书黄叶村，呕心沥血地写出了《红楼梦》。

很显然，《红楼梦》里面关于惜春奉严命作画，她内心的那份苦楚，不得不以“托懒”的方式消极怠工的情节，里面都融会进了曹雪芹自己的生命体验。

惜春是宁国府贾敬的女儿、贾珍的胞妹——她和贾珍是否同母所生，书中未明确交代——从很小起，她就和贾赦的女儿迎春一样，被贾母接到荣国府里去居住。书里说贾母爱女孩，不仅嫡亲的外孙女儿黛玉，娘家的血脉湘云，也不仅是贾家自己的女孩，亲戚家的女孩，宝钗、宝琴不消说了，就是远房的穷亲戚的女孩如喜鸾、四姐儿，她都喜欢。有位红迷朋友对此不大理解，他跟我讨论说：封建社会不是重男轻女吗？怎么贾母除了喜欢宝玉，其他男孩子，如对重孙子贾兰，感情就一般，对贾环则分明不喜欢——若说是因为庶出，那么探春同样是赵姨娘生的，她却非常看重——见到贾蓉、贾蔷等，哪有半点看到喜鸾、四姐儿的欢喜。

这是为什么？当然，曹雪芹这样写，是为了刻画出贾母性格中的一种独到之处。同是贵族妇女，邢夫人就未见喜欢女孩，连迎春——虽非她亲生，毕竟算是其母亲——她都只知数落不懂体恤。但这种人际现象，在清代也有其特殊的社会来由。在八旗人家，因为女孩子们到了十三四岁，都有机会参加宫廷选秀，选进宫去就有可能接近皇帝，存在着辉煌的前景；即使不能伺候皇帝，服侍妃嫔也很不错；再不济，分配到王府、公主府里，当陪读、女官，到头来其社会地位和生活状态可能都会比父母家高许多；当然，到清朝晚期，能具有参与选秀资格的在旗女子衍生得太多，而宫廷的需求量反在减少，旗人家庭里的女孩子通过选秀跃升的概率大大降低，女孩也就不那么金贵了。但在康、雍、乾三朝，在旗人家的女孩总数还不那么大，而宫廷以及诸王子、公主的需求量又极大，因此，家族里的女孩“好风频借力，送我上青云”的可能性很高，家族因之“一人得道，鸡犬升天”的前景，也就分外诱人，远比家族的男子通过科举成功而带动全家升腾简便易行，这就形成了旗人家不怕生女孩，甚至更加喜欢女孩的风气。在旗人家，女孩不缠足，性格泼洒些也没事儿，在家族活动中，女孩和男孩平起平坐。《红楼梦》虽然一开头就宣布“朝代年纪、地舆邦国失落无考”，却忠实地把清代康、雍、乾时期旗人家庭那并不重男轻女，甚或更重视女孩的“真事隐”去后，又以“假语存”放到了小说里。

惜春在第三回正式出场，与迎春、探春同时呈现在刚进府的黛玉的眼前，对迎、探，曹雪芹都有具体的肖像描写，但对惜春，只说她“身未长足，形容尚小”，她的形象一直比较模糊。第七回写周瑞家的奉薛姨妈之命给众小姐及凤姐送宫花，有一笔对惜春的描写，算是给了她一个“特写镜头”，读者都会留下印象：她和到府里来的小尼姑智能儿一处顽笑，对于宫花，她的反应是：“我这里正和能儿说我明儿也剃了头同他作姑子去呢，可巧又送了花儿来。若剃了头，把这花可带在那里？”

这当然是一个重要的伏笔。故事才开始不久，还要经历许多烈火烹油、鲜花着锦的美事，离盛极而衰还有好几十回文字呢，但在这个地方，曹雪芹就伏下了惜春命运的归宿。无意随手之间，乍看不过是“过场戏”或“闲言碎语”，实际全是“草蛇灰线，伏延千里”，这是曹雪芹贯穿全书的艺术手法，不懂这一条，莫读《红楼梦》。

6

按说大观园里有拢翠庵，庵里有带发修行的妙玉，惜春既然从小就有剃度出家的想头，她怎么不找机会去亲近妙玉，只是跟贾氏宗族家庙水月庵的尼姑们一起玩？这当然可能是妙玉拒人于千里之外，但更重要的原因，是虽然妙玉和后来的惜春都遁入空门，但她们二人所“了悟”的并不一样。

妙玉自称“槛外人”，有病态的洁癖，她的精神境界很高，喜欢庄子的文章，对世界和人生有一种俯瞰的宏大气度，现实的政治功利并没有主动来袭击她，她也并不主动与现实功利发生关系，她在适当的距离之外，冷眼旁观，透视判断。根据我的探佚分析，她在八十回后，牺牲自己，解救了湘云和宝玉，被玷污而玉未碎，她与卑污的忠顺王同归于尽，完成了自己的人生使命。她的“了悟”层次，不仅在政治功利之上，更在凡俗道德之上，具有崇高的内涵，她不仅是在才华上，在生命本体的价值追求上，都“阜比仙”。

惜春也是一个“了悟”者。但她的“了悟”，却只是在狰狞的现实政治社会面前的一种坚定的“杜绝”，也就是逃避，或者说是提前了断尘缘以求自保脆弱的生命。

第五回是关于金陵十二钗命运的一个总纲，对于惜春，曹雪芹在“金陵十二钗正册”里将她排在第八位，给她的那个册页设计的画面是“一座古庙，里面有一美人在内看经独坐”，判词则是：“勘破三春景不长，缁衣顿改昔年粧；可怜绣户侯门女，独卧青灯古佛旁。”画上和判词都强调是“古佛”“古寺”，可见不会是拢翠庵——拢翠庵是为元妃省亲新盖的，而从那以后到贾府“家破人亡各奔腾”才不过三个春天，绝非“古寺”也绝无“古佛”——高鹗续书写成惜春后来“就地出家”入住拢翠庵，随着贾家的“沐皇恩”“延世泽”“兰桂齐芳”，她也得以在庵中富足生活，显然不符合曹雪芹原来的构思。曹雪芹在八十回后，会写惜春寄身破败的古庙，苟延余生，每天是要托钵“缁衣乞食”的。

第十三回写秦可卿天香楼自尽前给凤姐托梦，最后留下两句恐怖的偈语：“三春去后诸芳尽，各自须寻各自门。”我多次表述自己的研究心得：“三春”不是指元、迎、探、惜里的三个人，而是指“三个美好的年头”。把岁月说成“几春”或“几秋”，这种语言习惯在如今年纪大些的人士口中，仍然时不时迸出。

如果对第五回里，曹雪芹为惜春设计的判词和《虚花悟》曲加以推敲，那就更加清楚了。判词第一句是“勘破三春景不长”，不少人理解为“惜春看破预感到三个姐姐的好光景都长不了”，因此接着有第二句“缁衣顿改昔年粧”，其实这是说不通的，她既然能先知先觉，应该把自己的不幸也预知进去，应该说“勘破四春景不长”或“勘破诸春景不长”，而且，按后面的命运轨迹，元、迎两个姐姐惨死固然属于“景不长”，探春远嫁总比她缁衣乞食好一点吧？

细读《红楼梦十二支曲》里面关于惜春的那一阕《虚花悟》，劈头两句“将那三春看破，桃红柳绿待如何？”问题就更清楚了，“三春”就是一个时间概念，或者说是一个时空概念，就是说尽管能经历三个美好的春天，但要把事情看破，这三个春天里的那些“桃红柳绿”又能够怎么样呢？永远保持吗？不会的！接下去一句逼一句地把对现实的绝望和出家逃避的决心淋漓尽致地表述出来：“把这韶华打灭，觅那清淡天和。说什么，天上夭桃盛，云中香蕊多！到头来，谁见把秋挨过？则看那，白杨村里人呜咽，青枫林下鬼吟哦。更兼着，连天衰草遮坟墓。这的是，昨贫今富人劳碌，春荣秋谢花折磨。似这般，生关死劫谁能躲？闻说道，西方宝树唤婆娑，上结着长生果。”其中“谁见把秋挨过？”“春荣秋谢”等字样，更说明“春”是与“秋”匹配的时间概念。

正如第四十一回“拢翠庵品茶梅花雪”是“妙玉正传”，第七十三回“懦小姐不问累金凤”是“迎春正传”一样，第七十四回后半回“矢孤介杜绝宁国府”则是曹雪芹重笔写下的“惜春正传”。

曹雪芹一支笔真不得了。他笔下的晴雯、芳官，不仅身份、年龄相近，性格也属于热辣任性一类，但他却能在具体的描写中，使我们将这两个人物严格地区分开来。那么，他写妙玉、惜春这两个小姐级的人物，一个早入空门，一个向往空门。妙玉的性格被定位于“放诞诡僻”，惜春则被说成“天生成一种百折不回的廉介孤独僻性”，妙玉万人不理，惜春不喜扎堆，就性格而言，她们是很“靠色”的，但曹雪芹偏使用“间色法”“特犯不犯”——这都是脂砚斋批语里的词语——来写，“何不畏难若此”——这也是脂砚斋的赞叹。曹雪芹笔下的这两个先后因“了悟”遁入空门的闺秀，性格虽有相通处，却又完全是两个味道绝不重叠的艺术形象，尤其值得赞叹的是，第四十一回的“妙玉正传”与第七十四回的“惜春正传”，那把人物性格活跳出来的文字，都仅仅只有一千三百字左右！

“惜春正传”这段情节，起于在抄拣大观园后，惜春主动把嫂子尤氏请到她的住处——《红楼梦》里对惜春在大观园的住处前面说是藕香榭，后来具体写到贾母到她房里视察作画进度，则点明是藕香榭旁边的暖香坞，有的古本更写作“暖春坞”或“暖香岛”——要尤氏将入画带走，“或打，或杀，或卖，我一概不管。”曹雪芹把惜春那种冷面冷心冷情冷意唯求自保得一个冷生存的内心世界和人际表现，刻画得入木三分。在头晚上凤姐领着一群人到她屋里抄拣时，从入画箱子里搜出了宁国府那边她哥哥私自传递到她那里保存的一些赏赐物——确实是贾珍赏的并不是偷的——事情原委还没有搞清楚，惜春就说：“二嫂子，你要打他，好歹带他出去打罢，我听不惯的。”这表面上跟妙玉那让抬水来庵里洗地的小厮“抬了水，只搁在山门外头墙根下，别进门来”异曲同工，但妙玉的洁癖并不意味着她那冰冷的外部形态所包裹的内心里，并没有与人为善甚至舍己为人的热情，惜春却是将生命萎缩于自保的层次，是彻里彻外的冷狠。

尤氏按说算得是一个宽厚随和通情达理的妇人——脂砚斋在第七十五回批语里指出，她的缺点只是“过于从夫”，其实她“心术慈厚宽顺，竟可出于阿凤之上”——她一方面责备入画不该私下传送，使得“如今官盐竟成了私盐了”，一方面希望惜春能够大事化小、小事化了，留下入画照常过日子，没想到惜春竟然决定以抄拣大观园为契机，宣布与宁国府一刀两断：“不但不要入画，如今我也大了，连我也不便往你们那边去了。况且近日我每每风闻得有人背地议论，多少不堪的闲话！我若再去，连我也编派上了！”尤氏先还竭力劝解，没想到她说出更惊心动魄的话来："……古人说的好，'善恶生死，父子不能有所勖助'……我只知道保得住我就好了，不管你们去。从此以后，你们有事别累我。"两人越说越麻花满拧，尤氏说惜春："可知你是个心冷口冷，心狠意狠的。"惜春就干脆把话说到最绝处："古人曾也说的，'不作狠心人，难得自了汉，'我清清白白一个人，为什么叫你们带累坏了我？"尤氏"心内原有病，怕说这些话，听见有人议论，已是心中羞恼激射"，于是在忍无可忍中，也就带着入画拔腿走掉。

以往绝大多数读者，对惜春所说的"近日我每每风闻得有人背地里议论"，以及尤氏"怕说这些话"的心病，理解成类似柳湘莲在宝玉面前发的议论："你们东府里除了那两个石头狮子干净，恐怕连猫儿、狗儿都不干净。"这样的理解当然并没有错，宁国府的秽闻糗事确实很多，惜春听了难为情，尤氏知道恶声播于外更觉得堵心，但我个人的看法是，惜春所焦虑和尤氏所避忌的，其实是更隐蔽也更险恶的风声。请注意惜春所强调的是"近日我每每风闻"，倘若单是那些男男女女的秽闻糗事，早在元妃省亲前，惜春还很小的时候，焦大醉骂"爬灰的爬灰，养小叔子的养小叔子"，多少人听见了，还等得到"近日"才传进惜春的耳朵吗？惜春决意杜绝宁国府，说到底，还是她早就预感到秦可卿的事情并没有真正结束。曹雪芹把她设计成和秦可卿一样，对贾家经过烈火烹油、鲜花着锦的瞬息繁华，将在从元妃省亲算起的三个春天过去后，在四春里陨灭，具有先知先觉的意识。秦可卿在给凤姐的托梦里公开了"三春去后诸芳尽，各自须寻各自门"的可怕预言，那么，惜春在与嫂子尤氏的这番对话里，实际上也表述出了她"勘破三春景不长"的"了悟"，只不过她表达得比较含蓄罢了。在场的其他人可能始终没听懂，尤氏最后是听懂了。惜春说："你们有事别累我""我清清白白一个人，为什么叫你们带累坏了我？"这话究竟是什么意思？如果说贾珍有秽行，声播于外，尤氏并无这方面的恶名声，怎么叫“你们有事别累我”？而且，惜春那时虽然已经略大，谁会去在男女关系一类事情上污她清白呢？惜春究竟怕什么事情连累到她呢？尤氏怎么会听到最后“心中羞恼激射”呢？倘若只是秽行丑态的风言风语，尤氏不当如此，第七十五回，那已经是尤氏跟惜春分崩离析之后，尤氏从荣国府回到宁国府，还悄悄地隔窗窥听了贾珍、邢大舅等一群狐朋狗友的秽言丑语，对此她的反应是也只能随他们去，并没有“羞恼激射”。

因此，惜春既然说“近日我每每风闻得有人背地议论”，就必须到“近日”里去找依据，那么，“近日”究竟发生了一些什么特别的事情，招致府里上下议论纷纷呢？在紧接着的下一回即第七十五回开头，曹雪芹就交代出，政局发生了变化，江南甄家被皇帝治罪查抄，这件事已经上了“邸报”——“邸报”是一种在贵族官员中普遍散发的皇家公告，就是说这已经不是多大的秘密，这事情已经公开了——而甄家是贾家的“老亲”，属于“一荣俱荣，一枯即枯”的社会关系，宁荣两府里难免就会出现惊惊咋咋的风言风语。惜春本是一个“勘破三春景不长”的先知先觉者，她当然也就预感到“谩言不肖皆荣出，造衅开端实在宁”，也就是宁国府收养“义忠亲王老千岁”女儿秦可卿的事，别以为几年前那个“体面了结”是真了结，很快皇帝就要新账旧账一起算，藏匿“坏了事”的政治力量的遗血这件事，会成为贾氏宗族“造衅”的“首罪”，率先被皇帝重新追究。因此，听了政治性的风言风语以后，第一步，惜春就“杜绝宁国府”，荣国府虽然也风雨飘摇，绝不能久住，但尚可暂住一时，宁国府是绝对不能回去的了，“如今我也大了，连我也不便往你们那边去了。况且近日我每每风闻得有人背地议论，多少不堪的闲话！我若再去，连我也编派上了！”惜春怕编派她什么呢？仅仅是怕编派她在男女之事上“不干净”吗？荣国府难道就干净吗？杜绝宁国府留在荣国府就能避免道德方面的流言蜚语吗？我认为，她是觉得自己已经“大了”，属于要担法律责任的了，如果她回宁国府，会有人编派她对藏匿秦可秦的事“知情不报”，甚至编派她的真实身份也和秦可卿一样可疑，因此，她第一步就是跟宁国府彻底划清界限，脱离干系，第二步，当然就是毅然剃发出家，在贾氏宗族被皇帝打击前就遁入空门，当皇帝的重拳打击来到时，她一来提早跟宁国府一刀两断，二来荣国府的种种“罪行”更与她了无关系，因此，就可能被皇帝放过一马，由她去“缁衣乞食”，她也就不管什么“父子兄弟”，更不管姊妹姑嫂，唯求保住自己，不被连累，不至于被“或打，或杀，被卖”——她为什么把“被杀”排在“被卖”前面，我在别的文章里有详尽解释，这里不再重复。

惜春杜绝宁国府没多久，“三春”就渐行渐去，进入到“昏惨惨灯将尽”的“四春”，“家亡人散各奔腾”，“各自须寻各自门”。惜春寻到的就是“空门”，她的“奔腾”方式就是“顿改昔年粧”，白日“缁衣乞食”，晚上“独卧青灯古佛旁”，她的肉身苟活于世，她的心却已经死如冰块。曹雪芹通过惜春这样一个形象，提供了一个在威权政治和炎凉世道中以杜绝人际唯求自保的生命个案。其惨痛的内涵，值得我们在体味中旋转出无尽的喟叹与警觉。

惜春的那幅《大观园行乐图》，贾母后来再无心思过问，大观园的众儿女们也再无心去观她作画，她自己更一定从懒画发展到罢画，乃至毁画弃画。

曹雪芹的后二十八回里，会怎样具体交代乃至描写到惜春那幅画的下落呢？二百多年后，留给我们的想象空间仍是那么阔大、缥缈。

红楼漫谈

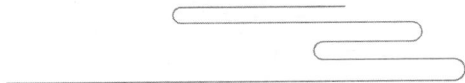

《红楼梦》的真相与假象

看到这个题目，有人会疑惑：《红楼梦》不就是一本古典小说吗，有什么真相、假象之分？是有的。

有人说，一百二十回的《红楼梦》还有什么真假？你家里的《红楼梦》、你所看到的《红楼梦》的封皮上，很可能是署的两个合作者的名字，一个是曹雪芹，一个是高鹗。这就是一个巨大的假象。曹雪芹和高鹗虽然都是乾隆朝人，但是这两人根本不认识，素无来往，这两个人的生命轨迹没有过交叉，因此这两个人不可能在一起合作著书。所以，你所看到的《红楼梦》实际上是一个什么样的文本呢？它的前八十回大体上是曹雪芹的著作，八十回之后是高鹗这个人续写的，他的续写和曹雪芹无关。这是《红楼梦》的真相。但是一百二十回的本子流传非常广。所以红学界把一百二十回的《红楼梦》叫通行本。你阅读通行本的《红楼梦》也是一件很好的事情。但是你必须知道真相，一百二十回的《红楼梦》是在曹雪芹写的《红楼梦》八十回后，一个叫高鹗的人续写了四十回，是一个拼合的文本。

那么，问题就来了。有人就有可能会问，曹雪芹他写的《红楼梦》怎么只有八十回呢？他没写完《红楼梦》吧？真相是这样的：曹雪芹是写完了《红楼梦》的。现在有一个巨大的误会，有些说法都是假象。比如，有人说曹雪芹的《红楼梦》只写了八十回，写了八十回就没往下写了。或者是他想往下写，可是他力不从心，他就病死了。还有种更离奇的说法，八十回以后他写了，但是后来他自己把八十回以后的内容销毁了。所有的这些说法都是不正确的，都是一些假象。真相是，曹雪芹他是写完了《红楼梦》的，曹雪芹的《红楼梦》一共是一百零八回，在八十回后有二十八回，他是写了这样一个《红楼梦》。他对自己这个有头有尾的文本，是很珍视的，他自己绝对不会去销毁自己呕心沥血的作品。八十回后的二十八回是遗失了，到目前为止，我们还没能找到。这当然是一件很遗憾的事情。可是，真相是曹雪芹他是写完了《红楼梦》的，他的文本是一百零八回的规模，是一个有头有尾的作品。

那么，当然就有人要跟我讨论，你抛出这么一套说法，你有什么根据？我是有凭据的。曹雪芹有头有尾的《红楼梦》在乾隆朝是有人读到过的，读了以后还留下文字，在历史上留下了痕迹的。当然，曹雪芹当时是在一个非常艰难困苦的情况下写的这本著作，他写得很艰苦，保存他的文稿也很艰苦。在这过程当中，他的有头有尾的文稿就不断有人去借阅，那么其中就有一部分，就是八十回以后的部分，就被借阅者遗失了，到现在我们没有找到。可是，有人当时是看到了后面的二十八回的，看到过有头有尾的《红楼梦》，而且是做了记录的，不止一个人。曹雪芹的《红楼梦》最早是以手抄本的形式在小范围内流传。手抄本就是当时他用纸和墨笔写作，写完了以后，有人誊抄。可能有人借去以后说真好看，送还之前再把它誊一遍留下。那么，这样辗转就产生了很多的手抄本。

乾隆朝有一个贵族，他叫富察明义。这个人就读过曹雪芹的《红楼梦》。他读的《红楼梦》是不是一百二十回的《红楼梦》，是不是现在许多人读过的那个通行本？现在我告诉你，富察明义他读到《红楼梦》的时候，高鹗还没有续书，还不存在一百二十回的《红楼梦》。他所看到的有头有尾的《红楼梦》肯定不是高鹗续的《红楼梦》，是一个真本的《红楼梦》，也就是曹雪芹写的那个全本《红楼梦》。富察明义接触到真相。富察明义他喜欢写诗，他把他自己写的诗精心誊抄编辑，编成了一部诗集叫《绿烟琐窗集》。因为他的诗不是写得特别好，欣赏的人不是特别多，所以没有付印，始终是一个手稿本。这个手稿本流传到今天，在北京的一个图书馆里面你可以找到，还被当作一个珍本完整地保存着。后来出了影印本。《绿烟琐窗集》里面就有叫《题红楼梦》的诗。还不是一首，是一组诗，有二十首之多。诗前还有小序，第一句是“曹子雪芹出所撰《红楼梦》一部”。你去研读这些诗，就可以知道，他所读到的是一个从曹雪芹那里借来的本子，他是从第一回到曹雪芹写下的最后一回全读了。读了以后，他就通过诗的形式记录他对这本书的印象，发出感慨。富察明义的这二十首诗包括小序，是每一个红学研究者必备的资料。

何以见得富察明义读过一部曹雪芹撰著的有头有尾的《红楼梦》呢？

咱们仅举两例。

先听一首：“莫问金姻与玉缘，聚如春梦散如烟。石归山下无灵气，总使能言亦枉然。”什么意思呢？第一句，大家都知道，曹雪芹的《红楼梦》里面，它包含一个金玉姻缘的故事。就是书里面写到，当时金陵地区有贾、史、王、薛四大家族。薛家后来有个姑娘叫薛宝钗，薛宝钗从小戴一个金锁。她的家长老往外散舆论，说我们家姑娘戴金锁，有一个神奇的和尚说了，说我们这个戴金锁的姑娘一定要嫁一个戴玉的公子。戴玉的公子是谁呢？就是贾宝玉。这是大家很熟悉的内容。但是，书里面构成了一个三角关系，贾宝玉是不是爱这个薛宝钗，想娶薛宝钗为正妻呢？不是的。贾宝玉爱的是他另一个表亲林黛玉。薛宝钗是他母亲的妹妹的女儿，是他的姨表姐。薛宝钗比他大一点，所以他在书里面叫她宝姐姐。林黛玉是他父亲的妹妹的女儿，比他小一点，所以他叫林妹妹，是他的姑表妹。这三个贵族青年的生命，在同一个空间里面就发生了感情纠葛。这大家很熟悉，我就不重复了。所以，书里面确实有一个金玉姻缘的故事。

因为现在人们读到的前八十回是曹雪芹写的，曹雪芹没有在前八十回里写出宝、黛、钗三个角色的大结局。那么高鹗他有一个续书四十回。高鹗就告诉你，最后是贾母同意了王熙凤的一个调包计。最后，贾宝玉果然就娶了薛宝钗，林黛玉知道以后就活活气死了。但是，富察明义所看到的情节显然不是高鹗所续写的内容。他有这样一句诗，他感慨：不要去问金玉姻缘最后的结果。不要问，恰恰是他知道情况以后，他的一个口气。我们在生活当中也是这样，你们家最近怎样呀？哎，别问了。那就是说，你们家可能经济上遇到了危机、情感上遇到了危机、人际上遇到了危机，总之你头都大了。所以人一问，你就说不要问了。那么，这个富察明义看到了这个全书大悲剧的结局。所以他写这样的诗就说，金玉姻缘最后结果这样呢，不要问了。很不好，结局很不好。

怎么个不好呢，他第二句就告诉你，他看到内容就是“聚如春梦散如烟”。“聚如春梦”就是八十回的内容，这些青年的公子小姐他们在荣国府、大观园里面度过他们的青春，有他们的喜怒哀乐、感情纠葛，虽然他们之间也闹别扭，像林黛玉老是使性子，薛宝钗有时候也很不愉快，宝玉在当中受夹板气，虽然他们聚的时候有很多烦恼，但是总体来说，你看前八十回，他们还算是生活得美满的，总的来说，还过着锦衣玉食的生活，他们等于是生活在温柔富贵乡里面。所以叫“聚如春梦”。

这个他看到了。最宝贵的是，富察明义告诉你，他不但看到聚的内容，还看到了散的内容。那么，他所看到的是一个悲剧的结局，所有的一切最后都像烟云一样随风而逝，“散如烟”。他看到的是一个完整的、有聚有散、有头有尾的故事。

那么第三句他就说了，他看到了全书的结局，是“石归山下”。《红楼梦》的第一回他就告诉你，在天界、在神话世界，有一块大石头。这个石头怎么回事呢，女娲补天的时候，其他石头都派上用场了，剩下这一块她没有用，是一块剩余石，一块废弃的石头。这块大石头在第一回里面，写书者就告诉你，通过一僧一道就把它带到了人间，它就幻化为通灵宝玉，在人间游历一番以后，在全书的最后一回，这块大石头又回到了神仙世界，回到了山下。回到天界以后，它有变化了。原来它是一个空空的石头，回去以后就写满了字。这些字连起来，就是我们看到的《红楼梦》。所以《红楼梦》实际上应该叫《石头记》。那么富察明义看到了全书的最后一回，是石归山下无灵气，也没给阅读者带来喜剧性的、让你一下子很高兴的阅读效果。这个富察明义就很感叹，他觉得读到最后应该让他懂得现实世界是这样令人绝望，有没有什么出路呢？好像也没有通过阅读获得灵气。所以他说，虽然你这个石头能说话，虽然你从没有字变成有字，最后也枉然。他表达了一种无奈的、悲观的、消极的情绪。这是富察明义他的一个局限性。作为一个读者，他对曹雪芹文本内涵的了解不够透，这是另外一个问题。但是，他通读了《红楼梦》，他读全了。

有人可能还要和我争论，说你引这首诗来说明当年有人读过曹雪芹的跟高鹗续的不一样的《红楼梦》，还是不太能说服我。为什么呢？因为第一回里面就说了那个石头会回到山下。确实，第一回里面预先写到了那块石头会回到山下。有一个空空道人看到这个石头上好多字，抄录下来，把这个文本带到人间。空空道人还把抄下来的文本取了个名字，叫《情僧录》。富察明义可能是看了第一回就写下了这首诗。

那么好，我们再引一首。这首诗可以确凿证明富察明义所看到的《红楼梦》，第一，是完整的、有头有尾的《红楼梦》；第二，不是高鹗续写的《红楼梦》。我再强调一遍，根据红学专家的考证，富察明义的《绿烟琐窗集》编辑的年代，最晚的一首诗也早于高鹗续《红楼梦》的时间。他写这些诗的时候，高鹗还没有续写《红楼梦》，他怎么可能去看到一个你现在看到的，有调包计、林黛玉焚稿断痴情之类故事的书，不可能的。可是，他看到的也不是只是八十回的《红楼梦》，他看到的可是有头有尾的《红楼梦》。

你听这首诗，就更能说明问题："馔玉炊金未几春，王孙瘦损骨嶙峋。青蛾红粉归何处？惭愧当年石季伦。"

第一句，他是写读书的印象，就是《红楼梦》里面的贾家，过的是荣华富贵的生活。打一个比喻，是一种馔玉炊金的生活。馔，就是菜肴，他们家吃的东西都像美玉一样具有昂贵的价值。做饭本应烧柴火，他们就是直接烧的金子。可是这样的好生活是不是就一直持续下去呢？不是的，没有几个春天就破灭了，就结束了。所以叫作"馔玉炊金未几春"。实际上，你读前八十回你就可以看到，曹雪芹他在一再预言，比如说，"三春去后诸芳尽，各自须寻各自门"。又比如说，"勘破三春景不长"。他所写的贾府的荣华富贵的生活也就是三个春天的时间段。三春一过以后，这个贾氏宗族就要崩溃，就要毁灭。富察明义他看到的文本就不但展现了前面富贵的生活，也展现了后面毁灭的状况。

第二句最明显，"王孙瘦损骨嶙峋"。"王孙"就是指贾宝玉，贾宝玉他是荣国公的后代，当然算得上是王孙公子。那么王孙公子贾宝玉在前八十回，有这个"瘦骨嶙峋"的形象出现吗，是没有的。什么叫"瘦骨嶙峋”，这个人都瘦得皮包骨头了，“嶙峋”本来是指山上带棱带角的石头，这种石头上已经没有土了，更没有植被，带棱带角。就是说这个人瘦得不但脂肪都没有了，连肌肉都消耗殆尽了。整个是一个带棱带角很恐怖的一个形象。那么在你所读到的曹雪芹的前八十回里面，贾宝玉以这个形象呈现过吗？是没有的。可见富察明义如果只读了前八十回是写不出这首诗的。前八十回你去检索一下，我最主张你去精读一下前八十回，前八十回是曹雪芹的原著。前八十回写到第七十八回，那个时候宝玉已经很痛苦了，因为已经抄拣大观园了，他最心爱的丫头晴雯已经被迫害致死了，他写出《芙蓉女儿诔》去哀悼他最喜欢的丫头晴雯，他精神上受到很大的打击，但是他“瘦骨嶙峋”了吗，是没有的。那么在高鹗笔下，直到最后一幕，贾宝玉雪地里披个大红猩猩毡斗篷，跪到船前跟父亲贾政致礼，也没有“瘦骨嶙峋”的描写。可见富察明义看到的这个贾宝玉的形象，是出现在曹雪芹写下的后二十八回里的。实际上在前八十回书里，脂砚斋就在批语里告诉我们，贾宝玉在家族败落后，沦落到“寒冬噎酸齑，雪夜围破毡”的地步，那当然脂肪耗尽，“瘦骨嶙峋”了。这首诗后面两句的大意，是他所看到的后二十八回里，青蛾红粉，全都死的死散的散，当年晋朝的那个富豪石季伦也就是石崇败落时，还有他的一个侍妾绿珠为他跳楼殉葬，贾府到头来却连这么个情况都没有，因此石崇倘若地下有知，会感到惭愧——他比贾府那些主子更糟糕，还有人为之殉情，贾府却没有。这两句所概括的，现在一百二十回通行本里全然没有，可见富察明义概括的是他所看到的，曹雪芹借给他的全本《红楼梦》里的内容。

那么您现在所看到的一百二十回的《红楼梦》，是怎么回事呢？那是在乾隆五十六年（1791 年），北京有个书商叫程伟元，他开了一家书铺。这个人不得了，在出版历史上，这个人要大书特书一笔，他是书商，书商要赚钱，赚钱就要策划，你出什么书卖钱啊，当时有人卖一些手抄本，他就买，其中就有《红楼梦》，他看了以后就觉得非常有意思，非常值得印出来去卖。但程伟元又是一个会保护自己的人，他可能买到了一个曹雪芹完整的《红楼梦》抄本，就是跟富察明义看到的没什么大的区别，前面八十回写的贵族家庭荣华富贵的生活，那不要紧，可八十回以后写的却是这个家族的毁灭，主人公入狱了，王孙公子瘦骨嶙峋了，这怎么行啊，这太危险，所以他就没能把整个曹雪芹的《红楼梦》印出来，他保留了前八十回。可是书商有生意经，中国人的习惯是必须看一个有头有尾的故事，看戏也是，你必须有一个最后的大结局，所以他就考虑到我这个书印出来必须有头有尾，是一个完整的故事。他就找了一个合作者，找到的这个人就是高鹗，高鹗当时考中举人了，到京城来考进士，老考不上，“闲且惫矣”，年年考考不上是什么滋味，情绪低落，精神不太好，但有闲工夫，想要挣点钱，所以高鹗就愿意与他合作，他们最后就弄出了一个一百二十回的本子，这个本子在1791年，用木活字版印刷，上市了，成本低，销得好。所以程伟元在出版界是一个人物，这个人在当时用最先进的一种印刷方式木活字版，第一次印刷了一百二十回的《红楼梦》，他和高鹗分别写了序言，现在很多一百二十回的《红楼梦》，前面都附有他们当时写的序。他们怎么跟读者说呢，他们说找到的这本书啊很有意思，但是一开始只找到八十回，后来又陆续地再找，最后从打鼓挑担收废品的人那里，陆陆续续买了一些残稿，他们觉得有点衔接不上，就加以整理，奉献给大家。所以这个一百二十回的《红楼梦》当时他印出来是没有署名的，就是前面有出版者的说明，说他是这么一个过程。一百二十回的《红楼梦》是有功的，功在哪里呢，没有一百二十回的印行，曹雪芹的前八十回就很难说能不能流传到今天来供我们阅读，所以说程伟元和高鹗在中国出版史上，在《红楼梦》的出版史上，在《红楼梦》流布的历史上，他们是有功劳的，这个要肯定，不能抹杀。

但是程、高二位也有很大的过错，过错在哪里？过错在高鹗本人的思想境界，比曹雪芹不知道低到哪里去。这个人的思想境界很差，这个人本身是一个官迷，也是一个科举迷，后来他帮程伟元张罗这个事，一百二十回的《红楼梦》，木活字版印流布之后，第二年又印一次，印得更多。第一次印以后，生意格外红火，程伟元高兴得不得了，银子哗啦哗啦地进，所以第二年重新再印一次，再印一次之后，就把前面一版加以改动，现在大家看到的一百二十回还不是1791年的版本，多是1792年的版本。红学界在红学的分支——红学版本学上，称呼1791年的版本叫程甲本，1792年的版本叫程乙本，现在看到的一百二十回《红楼梦》多数是根据程乙本重新改编的。这两个版本也可以合称为程高本，因为它是程伟元和高鹗合作的，它的过错在哪里：第一，高鹗的后四十回续书违背了曹雪芹的原意，不是一般的违背，是极其严重的违背，不符合曹雪芹的原意；还有一个过错在哪里呢，他们当时也没有什么版权意识，也不懂得尊重曹雪芹，他们在出版时前八十回也有一些改动，有的改动可能不大，有的改动非常粗暴，随心所欲。所以，现在大家看到的一百二十回《红楼梦》，与曹雪芹原著的《红楼梦》是有距离的。目前市面上印行的最多的《红楼梦》就是由人民文学出版社出版的中国艺术研究院红楼梦研究所汇校注解的，那个版本是目前市面上最流行的。这个版本的前八十回不是用的程高本，既没有用程甲本，也没有用程乙本，他用的是一个古本，叫庚辰本，我在这里不再多说了，这属于版本学方面的学问，专业性太强，说多了你可能头就大了。简单地说吧，他是把到目前为止保存相对最完整的一个古本，一个手抄本，作为底本，构成他们这个本子的前八十回，后四十回他们用的是程乙本，1792年程伟元重新印的一本的后四十回，拼成的一个版次。到了去年（2010年），红学所他们有一个新态度，后四十回是不是高鹗续的呢？他们也拿不准，因为这个在红学界也是有争议的。包括他的原作者是不是曹雪芹，也是有争议的。现在你买一个新的人民出版社出版的红学所的本子呢，你会发现封面上印的是曹雪芹著，无名氏续，这个印法我是比较同意的。因为原来你拿一本《红楼梦》，封面书脊版权页上两个作者名字并列：曹雪芹、高鹗，好多人就以为《红楼梦》就是两个人合作，共同创作的一个作品。这是不合理的，他们不写曹雪芹著，高鹗续，就是曹雪芹、高鹗并列，这是不对的，这是一种假象，假象必须戳破，真相也必须知道。《红楼梦》是曹雪芹的作品，高鹗续的四十回严重违背了雪芹的原意。

说到这里需要讨论一下，有人说你的说法是不是太武断了，我觉得高鹗续的书挺好的，我看着挺过瘾的，林黛玉在潇湘馆里说："宝玉，你好……"好什么啊，是好狠心，还是什么，就不说了，写的多生动啊，是不是啊？说我哭，哭湿了好多手帕，今天听了您的讲座，合着我的手帕都白哭了。你的手帕没有白哭，您的手帕湿了可以理解，高鹗的文笔不是一无是处，高鹗在表达宝黛的爱情婚姻悲剧方面，他还是完成了，而且他这部分文字的水平也是很高的，但是为什么说他违背了曹雪芹的原意呢？首先是把《红楼梦》当成一个单纯的爱情故事，这都是被高鹗误导，这都是些假象。现在咱们再看红楼梦前八十回的脉络，宝玉和黛玉的爱情描写是充斥着全部文本吗？不是的啊，到小说第四十九回，对他们爱情的展开描写就已经基本上结束了，第五十七回又写了段紫鹃试宝玉的故事，那么，从第五十八回到八十回还有二十多回呢，占前八十回的四分之一，除了偶尔几句宝玉关怀黛玉的简短交代，讲的全是跟宝黛爱情无关的事情，是不是啊，怎么能说《红楼梦》就是部爱情小说呢？这是一种假象，我们现在必须跳出这种假象，获得真相。获得真相的唯一办法就是你要认真去阅读曹雪芹的前八十回文本，记得要细读。首先我建议从五十八回读起，五十八回到八十回这里面没写宝玉和黛玉的爱情故事，难道都是废话？不用读啦？不是曹雪芹的著作？不是《红楼梦》？

五十八回到六十一回写的什么啊？写到荣国府、大观园里底层生命的生死歌哭，写到姨娘和小戏子变成的小丫头之间的激烈冲突，特别写到争夺大观园厨房支配权的故事。整个贾府怎么做饭吃饭的，你读《红楼梦》，你注意到了吗？整个荣国府有一个大厨房，做好饭以后呢，给主子们送去，府里的公子小姐，一般都是要么跟着贾母吃，要么就跟着王夫人吃，后来王熙凤她是府里的大管家，她对这些兄弟姊妹很爱惜，就说每天走起来吃太远，干脆在大观园里设置厨房，这样就近地供应伙食，曹雪芹写得很细的啊，这是《红楼梦》呀，你不要以为这就不是《红楼梦》了，因为有的人他就是根据看电影电视剧或戏曲演出来认定《红楼梦》，而这些曹雪芹用很多笔墨来写的故事，在改编的过程中都被删去了，他读《红楼梦》的时候对这些篇幅一翻而过，因此我现在讲起这些情节，他就恍惚觉得不是讲《红楼梦》，这就是离开了《红楼梦》真相，被假象瞒蔽住了。曹雪芹他用四回书来写这些与宝、黛、钗爱情婚姻无关的人和事啊，他铆足了劲写，抡圆了胳膊写，写得七穿八达、花团锦簇，你能忽视吗？他写到，大观园设立厨房以后，主管是柳嫂子，他用了很多笔墨来写，是很重要的一个人物，她在大观园后门进去的几间空房布置成的厨房，专门为公子小姐——当然包括李纨的儿子贾兰和丫鬟们供应伙食，这是很重要的职位啊，关系到大观园里面主子和丫鬟们的生活质量，当然像黛玉、宝玉等有身份的无所谓，反正不至于亏待他们，有一些丫鬟脾气比较好，那也就无所谓，但是另有一些丫鬟就很在意，有一个丫鬟叫司棋，记得吗？她是贾迎春的首席大丫鬟，司棋她有别的故事，王夫人派人搜检大观园，从司棋那搜出来一个香囊、一封情书，这就犯事了，轰出去了，当然这是后面的情节。你要注意司棋是一个很立体化的人物，她在追求爱情婚姻自主方面可歌可泣，但是她在争取对厨房的掌管权方面，就很刁蛮，很霸道。她觉得柳嫂子管理厨房，只对怡红院的晴雯、芳官她们好，对自己不利，她就寻衅滋事，派小丫头小莲花儿去厨房刁难柳嫂子。小莲花儿找到柳嫂子说你给司棋姐姐炖一碗鸡蛋羹，本来炖鸡蛋羹是件很简单的事情，但是柳家的不愿意伺候司棋，意思说头层主子一天到晚加餐，光伺候她们还不够呢，哪里还有伺候二层人物的富余，就说鸡蛋没有，小莲花儿可不是省油的灯，小莲花儿说没有鸡蛋我才不信呢，就在厨房里开柜子搜，一搜说这不都是鸡蛋吗，又不是你下的蛋，你凭什么不让吃？这种粗鄙的口吻很适合小莲花儿这个角色，那柳嫂子也不是好惹的人啊，说你妈才下蛋哩，两人就斗嘴，最终司棋听了小莲花儿的汇报，就大怒，尽管最后柳家的还是把蛋蒸好送去了，司棋却把蛋羹泼了，带着小莲花等到了厨房，实施打砸抢。《红楼梦》还有很多这类情节，写到府里下层人之间的利益冲突，写复杂的人性。因此，千万不要认为《红楼梦》只是一部爱情小说，《红楼梦》的内容是非常丰富的，是展现康熙、雍正、乾隆三朝清代社会生活的广阔的故事，是满汉文化的一部百科全书，这是一个非常要紧的真相。

还有一个真相，就是贾宝玉的真相。我们看高鹗笔下的贾宝玉就变形了，前八十回曹雪芹笔下的贾宝玉是很重要的一个角色，男主人公，他与当时社会的主流价值观念分道扬镳，当时社会的主流价值观要求男子必须立身扬名，要通过科举考试进入仕途经济，要当官，要发财，要在这个圈子里混，冠带揖送。宝玉对这一套烦都烦死了，因为薛宝钗劝他读书上进，他竟骂薛宝钗为国贼禄蠹。可是在高鹗的笔下，他就拼命扭转这个局面，他的笔下，贾宝玉变成个顺从社会主流价值观的乖孩子，就乖乖地学八股文去了，写他跟从塾师贾代儒学作八股文，怎么点题、破题，怎么往下做，而且高鹗笔下，林黛玉也喜欢八股文，跟贾宝玉说读一读做一做也有好处，你安身立名也有必要，大意是这样的。那前八十回里面贾宝玉说得很清楚呀，独有林黛玉从来不劝他立身扬名，林黛玉跟他之间的情感基础不是功名利禄，可是到了高鹗笔下写成什么了呀，林黛玉变成一个利欲熏心的人，鼓动宝玉去科举考试，完全歪曲了宝、黛两个形象。而更不像样子的是，高鹗还大写宝玉不但自己皈依了封建的主流价值观，还向其他人宣扬这个封建道德。他对他的侄女巧姐儿讲什么呀，讲《列女传》，《列女传》是一部从头到尾充满封建糟粕的书。在高鹗笔下，宝玉把《列女传》里面的一些楷模讲给巧姐听，其中讲了一种楷模，你们在高鹗续书中读到没有？记得吗？叫作“曹妇割鼻”。《列女传》里面有这样一个故事，我都不愿意讲出来，太可怕了！说是古代有一个妇女嫁给了一个姓曹的人，她当然可以叫作曹妇。她丈夫死了，她就要守节，她说我誓不嫁人，这本来倒无所谓，你守节就守节吧，不成，我长得那么漂亮，所以就老有男子会看我，他看着我的话就对我的守节就是干扰。我得抗干扰，就先把头发剪了，她觉得不行，还是有人看我，她就把耳朵剪了，这就很可怕了，她觉得还不放心，另外她还觉得光是剪了头发剪了耳朵还不足以表达我的贞节的这种力度，她就拿出刀把自己鼻子割掉了。大家想想看，大血窟窿，是没人看你了，可你这守节守到这种地步恐怖不恐怖？贾宝玉竟然就跟他侄女儿宣扬“曹妇割鼻”。这还是贾宝玉吗？这还是曹雪芹笔下的那个贾宝玉吗？所以呢，曹雪芹笔下的贾宝玉连续八十回不变，定下的人物性格基调他就是反当时主流价值观的，是一个具有一定的叛逆性的一个贵族公子。这是真相。

而你现在所看到的这个后四十回里面的贾宝玉是假象，严重歪曲、扭曲了曹雪芹笔下的那个贾宝玉。

另外高鹗他这四十回进行一个大逆转，本来曹雪芹的《红楼梦》是一个彻头彻尾的大悲剧，最后是家亡人散各奔腾，是落了片白茫茫大地真干净。可是高鹗怎么写的啊，他也写到贾府被抄家，皇帝也发过怒，但是跟挠痒痒一样，很快这风就刮过去了，最后贾家就沐皇恩、复世职、延世泽了，最后是个大喜剧的结尾。虽然他根据前八十回的伏笔，也只好写宝玉最后出家了，当和尚了，可是，当和尚了他不忘大雪天跪到父亲旅行的航船前，一跪泯恩仇。他本来是跟他父亲产生激烈冲突的，价值观上的激烈冲突啊，咱们在看八十回的时候都看过，而且电影也好，电视也好，舞台剧也好，万万不会放过这一场戏啊，贾政往死里打他，是不是啊，打他他悔改不悔改啊？他跟林黛玉怎么说的啊？他一点也不后悔，他不悔改。高鹗笔下的宝玉虽然出家了，出家以前不忘两件事，一个是为家族谋取一个功名，还要进考场，去参加科举考试，还要给家里考中。还要给家里留下一个种，让薛宝钗生下一个遗腹子，叫贾桂。就是给家族完成了两个任务，一个是为家族延续为官为宰的仕途；一个是给家族延续血缘上的后代，然后再去出家，出家还觉得对不起自己的父亲，还披着大红猩猩毡斗篷跪在父亲的船前，意思是请求父亲原谅。这绝不是曹雪芹前八十回延续下去应该有的情形，这是一个巨大的假象，完全违背了曹雪芹的原笔原意。高鹗续书不符合曹雪芹的地方很多，今天由于时间限制不可能向大家一一汇报，我再简单总结一下：

第一，把红楼梦变成一部单纯写爱情婚姻悲剧的小说；

第二，把贾宝玉歪曲成一个最后皈依封建主流价值观念的人；

第三，去扭转原来曹雪芹笔下《红楼梦》大悲剧的结局，而把它想尽办法转变为一个喜剧。

最近我做了一件事，引起了很大的响动，就是我把我对曹雪芹写下又迷失的后二十八回内容的探佚，以续书的形式，尽可能地勾勒出来供大家参考，有的人气得要死，说你算老几，你竟然敢续《红楼梦》！我不是要去创造我个人的价值，我不是狂妄，我是实在欣赏《红楼梦》，崇拜曹雪芹，我希望通过自己续书的形式，提醒人们要追求《红楼梦》的真相。

曹雪芹的《红楼梦》是人类文明史上的奇葩。我曾经见到一个年轻人，这个年轻人看了很多书，说中国的小说都不行。我说怎么不行，他说你看人家爱尔兰作家乔伊斯，人家所写的那本《尤利西斯》，不得了啊！尤利西斯是古希腊神话中一个英雄的名字，乔伊斯把他作为整部书的书名，是一个大的隐喻，然后每一章是一个中等隐喻，每一节是一个小的隐喻，每一句则又有丰富的隐喻，瞧瞧人家这本书！……《尤利西斯》前些年中国已经出现了两个汉语译本，爱尔兰作家乔伊斯确实为人类的共享文明做出了不朽的贡献，但是乔伊斯是19世纪末、20世纪初的作家，离我们的曹雪芹已经很久远了。我说很惭愧，我只读过《尤利西斯》的中文译本，相比你读的是英文原本，体会就没那么深刻，他说他读的也是译本，没有读过原著，我说你没有读过原著，怎么就狂热到这个地步了，说起曹雪芹的《红楼梦》摇头像拨浪鼓一样，一说起乔伊斯的《尤利西斯》，则磕头如捣蒜，我说不反对你崇拜乔伊斯、喜欢《尤利西斯》，闹半天你也并没有读过外文原著……我说我现在告诉你，你对曹雪芹的《红楼梦》撇嘴，是因为你没有认真地读过，尤其是没有进行文本细读，没有仔细地品味曹雪芹的前八十回，没有把《红楼梦》的真相与假象区分开。曹雪芹的《红楼梦》这个文本，采用了“真事隐、假语存”的文本策略，在世界上独一份。他的文本伏笔极多极佳，叫作“草蛇灰线，伏延千里”，好比在草丛里面，有很长的蛇在游走，一会儿露出这一段，一会儿露出那一段，因为草有时候遮住它，所以叫草蛇，全貌一下看不清楚，但是它是一个整体，仔细地去看，就了然于心了；什么叫灰线，就是手里捏一把灰，倒退着在平整的地面上画线，虽然断断续续，当中有间断的时候，但是到头来，它也是一个整体，能让人把握发展的逻辑。比如第七回、第八回出现了一个叫茜雪的丫鬟，她因一杯枫露茶的事情被撵出去了，然后在前八十回里再没有她的故事，许多读者都以为她就永远消失了，仿佛曹雪芹是随写随丢。其实不然，脂砚斋就在批语里告诉我们，她的被撵是一个伏笔，伏延千里之后，在后二十八回里，有一回是写发生在狱神庙的故事，那一回里，她再次登场，是去监狱安慰贾宝玉，而且那一回是“茜雪正传”，可见茜雪是一个非同小可的人物，只可惜包括茜雪狱神庙慰宝玉等情节在内的真本《红楼梦》后二十八回被借阅者迷失了，高鹗的续书里根本没有相关的内容。这个年轻人听了以后，就懂得原来中国也有像曹雪芹这样伟大的作家写出过这么伟大的文本，就伏笔而言，有大伏笔、小伏笔、主伏笔、分伏笔、单伏笔、双伏笔、一石三鸟、一石四鸟等等。他表示，今后要好好去读《红楼梦》前八十回。这正是我所期望的。我希望大家听过我的讲座以后，去精读曹雪芹留下的《红楼梦》，去把握《红楼梦》的真相，而再不要为假像所迷惑、所瞒蔽。

（此文根据2011年8月23日在宁夏的讲座整理而成）

《红楼梦》为什么写女不写脚、写男不写头

《红楼梦》的作者，到现在为止尚有争议，不过多数研究者还是认同是曹雪芹。我个人也认为它就是曹雪芹的作品。此文不就《红楼梦》作者问题做探讨。此次要跟大家探讨《红楼梦》的文本。我认为曹雪芹通过《红楼梦》化解了他心灵深处的三个焦虑。

第一个焦虑，是身份认同的焦虑。即我是谁？怎么界定我自己。《红楼梦》的文本里，如果仔细读的话，渗透着身份认同的紧张，其叙述中不断地在化解这种焦虑。

第二个焦虑，是时空焦虑，时空认同焦虑。我生活在一个怎样的空间里？怎样的一个历史阶段里？当然这是我用今天的话语来表达。曹雪芹在开篇就宣称他所写的故事朝代纪年、地舆邦国皆失落无考，脂砚斋随即就写下批语：据余说，则大有考证。时空桎梏人生，怎么办？《红楼梦》文本解决了这个问题，化解了作者内心的焦虑。有研究者认为，《红楼梦》作者认同明朝反对清朝，又有研究者认为作者肯定康熙痛恨雍正怨怪乾隆，更有研究者认为作者整个儿反封建社会。这些研究成果都足资参考。但是，我认为到头来，作者超越了对明、清的褒贬，超越了对康、雍、乾三个皇帝的爱恨，表达出个体生命超越时空桎梏，达到心灵自主的一种宝贵的追求。

第三个焦虑，是文化认同的焦虑。曹雪芹生活的那个历史时期，满族虽然统一了中国，但是满族统治者拿不出自己的意识形态，结果等于全盘接收了原先汉族统治者的意识形态，尊孔崇儒，以读书上进、科举选拔，来驯化治下的年轻学子。在《红楼梦》里，作者通过贾宝玉这个艺术形象，对这一套痛加挞伐，骂那些迷恋科举以求官职的人是“国贼禄蠹”。但是这并不等于说曹雪芹就全盘抵制儒家学说，对于儒教中的某些维系家族亲情的伦理，他不但不反对，还享受其中，比如第二十五回写他从私塾回来，卸下装束，就滚到母亲王夫人怀中，享受母亲的爱抚。第五十四回宗族欢聚，族长也是堂兄贾珍带领众兄弟跪下给老祖宗贾母敬酒，他本来可以不跪，却自愿而且愉快地参加到下跪的群体中。当然，书中的贾宝玉面对汉文化中的不同品类，他是有所选择的，对老庄，《西厢记》《牡丹亭》那样的，他就特别欣赏。这其实也就是曹雪芹自己化解文化认同焦虑的路径。《红楼梦》的文本里，最能体现作者文化认同的一段文字就是《芙蓉诔》。

现在我只集中谈谈《红楼梦》文本中，曹雪芹如何化解他那身份认同焦虑，如何升华的？而我从中又学到些什么。

阅读《红楼梦》文本后，会发现两个非常尖锐的问题。有一位从台湾到美国定居的历史学家，他是一位著名的学者，也是一位著名的作家，而且研究《红楼梦》，他就是唐德刚先生。他曾经写过一篇文章，探讨《红楼梦》里一个很有趣的问题：《红楼梦》写女性，为什么不写脚？《红楼梦》里描写女性的文字非常详细，发型怎么样，发簪怎么样，衣服的样式、花边的镶嵌，面面俱到，但是里面就是不怎么写女人的脚，这是为什么？而且不仅是女子脚的问题，“写女不写脚，写男不写头”，还有对男子头部描写的问题。《红楼梦》中的男性主要写了贾宝玉，写贾宝玉梳辫子，但是贾宝玉留的不是清代官方规定的那种成年男子必须具备的辫子，第三回贾宝玉出场，就写到他“头上周围一转的短发都结成了小辫，红丝结束，共攒至顶中胎发，总编一根大辫，黑亮如漆。从顶至梢，一串四颗大珠，用金八宝坠角。”这是曹雪芹为贾宝玉这个角色量身定制的一种发型，在清代社会那绝对是非常孤立的情况。清代满族成年男子要把前面头发剃光，后面留头发编成个辫子。满族八旗兵打下山海关，定鼎全国后，有个重大的措施，就是要求所有男子（尤其汉族的）要把头发留成满洲男子的样式。当时有一句话叫作：“留发不留头，留头不留发。”那么后来全国汉族男子都要把前面头发剃光，后面梳辫子，是这样的一个发型。贾宝玉虽然梳辫子却“周围一转短发”前面有刘海，按说是绝不允许的。《红楼梦》文本里写了很多成年男子，除了贾宝玉，却一律回避写男子的发型。以至于后来随着社会发展，《红楼梦》被搬上舞台，拍成电影和电视连续剧，总是会遇到一个如何处理宝玉以外的男性角色的发型和服饰的问题。最后往往是如何呈现呢？除了贾宝玉的特殊发型以外，里面男性角色的发型就采取明代汉族男子的形态，不呈现满族男子的形态。当然后来也有导演开始采用满族男子形态，而有些观众反倒觉得不那么顺眼。这是很有趣的现象。

回过头来说说《红楼梦》中关于女性的描写。我们现在对女性的审美趣味有一个大改变。20 世纪“五四运动”当中，男性审美观念有一个很大的变革，就是对女性脚的态度。在明朝——且不说更早以前——几乎所有男子的审美趣味，都是要求女子的脚必须缠得很小，越小越美。《金瓶梅》里，西门庆把玩女性，小脚是他重要的兴奋点，而女性要取悦于他，三寸金莲必须具备。到清朝，汉族男子对女性，基本上仍是这样的审美观。在蒲松龄的《聊斋志异》里，有许多男子把玩女性金莲的文字，但是《红楼梦》里却鲜有关于女性脚部的描写。

“五四运动”以后，新文化运动提倡“天足”。人们审美观点发生很大的变化，新式的知识分子男性坚决不接受裹脚的女子，家里父母包办婚姻的女子裹脚，即使娶来，也坚决不与其同床，最后多半离婚，他们要去爱“天足”的女子。但《红楼梦》表现的那个时代，三寸金莲本是到处常见的，许多男子还是以把玩三寸金莲为乐事的，曹雪芹为什么却偏要回避呢？

《红楼梦》的文本实在很特殊。这就是因为，曹雪芹在构思这个文本时，心中充满着焦虑，身份认同的焦虑。书中所写的贾府，包括四大家族中另外的史、王、薛三家，这些家族到底是满族的还是汉族的？贾宝玉等人究竟是满族人还是汉族人？你能够明快地回答我吗？书里的写法，真个是烟云模糊。在种族认同上，作者，也就是叙述者，充满了焦虑，不是他没能力写清楚，而是他不愿意写得很清楚。一个是种族方面的认同，他有心理障碍。另一个，请问，他所写的贾府，比如荣国府这些老爷太太，在当时社会里，是属于主子阶层，还是奴才阶层？一开始我们看到，写的是一个百年富贵之家，贾家当然属于主子阶层，但是往下细读，就发现在《红楼梦》的文本里，表达出一种作为奴才的凄惨、凄厉的申诉，这是怎么回事？你就会感觉到，曹雪芹下笔时有焦虑。他为自己家族和他自己的定位问题而焦虑。研究《红楼梦》一定要懂得这个文本特点。

《红楼梦》的文本特点在全世界全人类的文学史上都是独一无二的。“真事隐”“假语存”，可见是虚构的文本。全人类的小说都是以虚构为特色的，不虚构不成为小说，不虚构的文学作品现在有个叫法，就是报告文学。但是曹雪芹虚构的《红楼梦》文本很古怪，作者脾气很犟。“假语”就“假语”吧，大家写小说都是“假语”，但他偏要把自己家族的一些真实的情况编织在文本里。“真事隐”，还要“假语存”，把真事存放在虚构的情节、场景和对话里，这是独一份的做法。

最明显的一个例子就是第三回的写法。如果你是个稍许了解封建社会伦常秩序的人，粗看也许无所谓，冷静一想，细推敲，就会觉得曹雪芹写得好古怪，往严重了说，这叫作情节设置不合理。曹雪芹写贵族大家庭荣国府，写林黛玉因为母亲去世，就送到外祖母那里抚养，送到荣国府。林黛玉是贾母亲女儿的亲女儿，很亲，所以林黛玉到了荣国府，首先去见贾母。只要读过《红楼梦》，我们都知道，贾母是住在一个单独的院落中，在整个荣国府里的西边。在第二回，“冷子兴演说荣国府”，交代了贾母有两个亲儿子，大儿子叫贾赦，正妻邢夫人；二儿子叫贾政，正妻王夫人。林黛玉到了荣国府要去见大舅二舅，小说里描写了，但是写得太古怪。邢夫人带着林黛玉去见她的大舅。大舅身份很高，小说里的荣国府，老一辈荣国公是开国功臣——故事里的王朝的开国功臣。当然没有达到最高的贵族级别——最高级别是亲王，而且世袭罔替，就是第一代是什么爵位，第二代不降，除非后来皇帝把你家抄了杀了，否则就是世代承袭那个爵位。荣国府当时没有这么高贵。荣国公死了后，皇帝问有没有儿子？有两个儿子。根据当时封建王朝的规则，大儿子可以承袭贵族头衔，当然要降级。原来是国公，到了贾赦，就降为一等将军，当然也很不错了。贾赦是长房长子，但是林黛玉跟着邢夫人去见贾赦时，是怎么写的？曹雪芹会写小说吗？小说虚构，要虚构得合理嘛。荣国公死了，他的遗孀贾母还健在，书里交代贾赦和贾政没有分家，那么，就应该写成邢夫人把林黛玉带到荣国府最重要的那个空间，也就是挂着皇帝御赐匾额的那个荣禧堂去，对不对？贾赦和邢夫人就应该住在那个地方。但是书里怎么写的？邢夫人带着林黛玉不但出了贾母那个院落，更出了整个荣国府的大门，到门外还要坐车，车停在了一个黑油大门前，进那院子，才是贾赦和邢夫人的住处。怪不怪呀？林黛玉的大舅贾赦袭了爵，是一等将军，贾赦的母亲还活着，他不跟他母亲住，而是另外住一个院子，为什么啊？封建社会有这样的情况吗？不要说贵族人家，即使是农村富足人家，一位寡妇有两个儿子，又没有分家，那么大儿子不管母亲，另外到一个院子里住，也是很反常的。书里写到，邢夫人带林黛玉到了大舅家，贾赦在家，却说什么见面彼此伤心，所以干脆就不要见了。之后林黛玉回到荣国府，再去拜见二舅。二舅是皇帝念及贾家上辈是开国功臣，所以额外赐了一个可以当官的身份，后来就当了个工部员外郎，也不是什么不得了的官职，和他哥哥封袭一等将军没得比。书里写贾政斋戒去了不在家，王夫人接待她，于是读者发现是没有爵位的二舅和二舅母，他们住在荣国府中轴线上最显赫的空间里，不仅挂着皇帝御书的金匾，还挂着一副堂皇的楹联。贾政和王夫人怎么成了荣国府的府主呢？从书里后来的描写看，贾母固然不喜欢贾赦和邢夫人，但是对贾政也没有什么感情，对王夫人往往不以为然。曹雪芹写小说，为什么虚构成了这个样子？

这就是因为，曹雪芹在“真事隐”，即虚构小说情节的时候，他又偏要把他家族历史中的某些真实情况，记录到文本里，也就是他还要“假语存”。即使在某些篇幅里细心的读者会觉得情节设计不合理，他也在所不惜。

《红楼梦》是一部众多角色都有人物原型的作品，我研究《红楼梦》就是作原型研究。我当然知道，不是所有小说中都有原型人物。南美阿根廷有个作家叫博尔赫斯，他长期在图书馆工作，他的小说灵感很多都出自他的阅读体验，比如《交叉小径的花园》，是没有生活原型的，这也是一种写作路数。但是，《红楼梦》是有原型的，它取材于曹氏及相关家族的浮沉兴衰。简而言之，曹氏宗族在早期，在明代晚期，有一支从关内迁到了关外去谋生，关外满洲八旗兵膨胀起来想夺取全国政权，一开始并不顺利，打来打去的。在这个过程里，曹家的祖上被满洲八旗兵俘虏了，当时这样的汉人不多，后来他们随满族八旗兵一起打进关内，最后满洲八旗兵定鼎中原，建都北京，统治中国，清军入关后的第一个皇帝就是顺治皇帝。

那么，曹家的祖上很早就编在八旗兵里面，有一些人说曹雪芹是汉人，后来他们家编入了汉军旗。不对，曹雪芹他们家是汉人，但被编进了正白旗，而满洲八旗后来又分等级，分所谓上三旗、下五旗，上三旗就是正黄旗、镶黄旗、正白旗。曹家祖上幸运，编入的是正白旗，属于上三旗。进京以后，这些满族人对早期一起战斗过的汉族人很信任，所以曹家祖上得到了顺治、康熙的重用。

康熙小时候（康熙是他登基以后的庙号，这里借用）不能跟着亲生母亲过，是跟着另外一群妇女长大的。当时清廷有一条规则，皇帝的孩子不留在母亲身边，要另外去养。怎么回事呢？道理很简单，宫中女性是供皇帝享乐的工具，任务是供皇帝消遣，给皇帝生孩子，做母亲抚养孩子不是她的任务，得交给内务府，派其他女人去养。这些孩子的母亲一年之中，只有在皇宫庆典大礼时，才能看到亲生的孩子。孩子通常都搁在另一个地方抚养。

康熙小时候就被放在紫禁城西边的南长街的福佑寺抚养，一群奶妈伺候着，还有一种角色叫保母（不能写成保姆），这种保母跟我们今天所说的保姆不一样，是代替母亲的角色。康熙小时候，保母就等于是他的母亲，保母不止一个，但有为首的，那为首的保母使他尝到母爱。保母从小教他，要站如松、坐如钟、卧如弓，见人应该怎么有礼貌，懂得爱惜粮食，从小应该有慈悲心，等等。保母是个很重要的角色。保母在清代会被称为“教养嬷嬷”，“嬷嬷”发音就是“妈妈”。《红楼梦》里写到的李嬷嬷、赵嬷嬷、王嬷嬷，都应该这么叫。但这发音到今天会有变化，一般人会发“磨磨”的音。根据琼瑶的小说《还珠格格》改编的电视剧里有个角色，荧屏上打出的字幕是“容嬷嬷”，发出的声音是“容磨磨”。这是怎么回事？这牵扯现代汉语使用当中的很多变故。“嬷嬷”原来只有一种规范的发音，就是“妈妈”，但是20世纪一些人翻译西方文学作品，里面写到修女，便使用这两个字来表达，而且读作“磨磨”。于是反过来，影响到对清代嬷嬷们的称谓。同样的，“茜”这个字，原来只有一个规范的读音，就是读作“欠”，《红楼梦》里有个人物叫“茜雪”，里面有一个虚拟的国家，叫作“茜香国”，但也是由于翻译中的借用，这个字不读“欠”了，读成“西”，从西方翻译过来的小说里会有读作“丽西”的女子丽茜，电影《茜茜公主》，不读作“欠欠公主”而读作“西西公主”。“嬷”和“茜”现在成了多音字，这是近代以后才出现的文字现象。

那么曹雪芹的祖上，具体说是他的祖父曹寅，有个母亲是孙氏。孙氏就是康熙皇帝小时候的保母当中最主要的一位。《红楼梦》第五十三回写贾氏宗祠，有副对联是“肝脑涂地，兆姓赖保育之恩；功名贯天，百代仰烝尝之盛”，这就是“真事隐”中的“假语存”，把曹家当年起家是因为老辈子妇女“保育”过皇帝的真相记录下来了。康熙小时候很难见到生母，偶尔见到也难以从那里得到母爱。在他生长期给予他母爱的就是这个孙氏，可以想见他们之间感情有多深。康熙长大以后要找个陪读，谁来陪读？就是孙氏的儿子曹寅。曹寅陪着康熙一起玩，就是玩伴，北京话叫发小，你说是什么关系？所以后来曹寅成为正白旗里的汉族成员，立身清朝的一个皇家的服务机构内务府。曹寅作为伴读，后来做了康熙的近身侍卫，再后来康熙就委派他官职，他被外派到南京，就是江宁，当江宁织造，负责在南京为皇家制造纺织品。江南养蚕，出上好的蚕丝，皇后的龙袍，皇后妃嫔的服装，乃至床上用品、窗帘布幔，这些皇家的需求，都由织造府供应。表面上看来，织造官儿不大，实际上康熙对他信任得不得了。当地的最高官员对他都要畏惧三分，他从小可是陪着康熙长大的呀。他经常向康熙递送密折，汇报一些官员的动向，也报告其他一些事情。

曹寅后来还兼管盐政，而且现在我们图书馆有《全唐诗》。《全唐诗》是什么时候编制的啊？康熙朝，康熙让谁编制的啊？就是曹寅。他在扬州召集一些文士，搜集这些诗编制而成。据可靠的史料记载，曹寅在南京街上出现的时候，所有人看见他，都下跪的下跪，弯腰的弯腰，弄得他很不好意思，因为凭织造的官职不该享受这种待遇，于是，他在肩舆上，就总拿着线装书挡住脸，表示自己在阅读。

康熙是个精力旺盛的皇帝，生育能力极强。他亲自排出顺序的儿子有三十五个，公主有二十个，没有来得及排序的夭折的还有一批。后来清朝皇帝的生育能力越来越萎缩，到了咸丰，就是慈禧生了一个儿子。到光绪帝，是性无能。到末代皇帝溥仪，就完全丧失生育能力。康熙精力极其充沛，他六次南巡，皇帝下江南，当地的最高官员如总督或巡抚什么的，都会为他造行宫。有意思的是，康熙到江南六次有四次过行宫而不入，“曹寅住哪里？”他直接住到江宁织造府里去，也就是直接住在发小家里，这是很出格的，但皇帝有任性出格的权力。当时的官员看到这个情况，能不看重曹寅吗？不仅是看重，一定还很敬畏。有一年康熙到织造府以后，孙氏还健在，颤颤巍巍地出来要跪拜，她当然应该跪拜，皇帝来了呀，她是一个老奴才嘛。据可靠史料记载，康熙看到孙氏“色喜”，很高兴，并且对围随在身边的重臣们说：“这可是我们家的老人啊！”当时他立有太子，太子随他下江南，他那样说更是让太子尊重这位老嬷嬷。按理康熙不该这么说，抚养他的保母是内务府派来的，孙氏的丈夫是正白旗所俘获的汉人的后代，属于包衣身份，包衣就是满语“奴才”的译音。孙氏嫁给包衣，自己当然也是包衣，身份是卑贱的，怎么能跟太子和重臣们说孙氏是“我们家的老人”呢？但是康熙确实对孙氏有感情，他情不自禁就那么说了，也被在场的人士记录下来了。当时织造府里萱花盛开，萱花在中国传统文化里，有“孝敬母亲”的含义。康熙触景生情，就当场挥毫，写下“萱瑞堂”的牌匾，赐给曹家。于是《红楼梦》第三回写黛玉进荣国府，她在贾政和王夫人居住的那个府第中最核心的空间里，见到皇帝为贾家题写的“荣禧堂”金匾，就属于“真事隐去假语存留”的笔墨。

历史上的真实情况，是曹寅得了疟疾，治这个病需要一种药——金鸡纳霜，当时中国有没有这种药呢？有的。谁有？康熙皇帝有，全中国就他有一点。康熙是从外国传教士那里得来的。得知曹寅得了疟疾，他心急如焚，对曹寅爱护得不得了，让驿马马不停蹄地跑往南京送药给曹寅。那时候没有飞机、火车、汽车，不断换马，马不停蹄地往南京跑，还是需要很多时间，结果，药送到时，没有福气的曹寅已经咽气死掉了。按说曹寅死了，就让内务府再找另外的人充当江宁织造不就结了，顺治皇帝时候就立下规矩，内务府派出的官职是不能世袭的，但是康熙对曹寅一家的感情太深了，他就偏让曹家世袭。曹寅死了，还有个儿子叫曹颙，康熙就让曹颙继续当江宁织造。康熙对曹颙很看好，夸赞他文武双全，但是这个人很不争气，没几年，他又死掉了。曹颙死后，曹寅就再没有亲儿子可以世袭这个织造官职了。事情到了这种地步，按说康熙也就该叹息一声罢休了，但是康熙对曹家好到什么程度呢？他居然还要曹家来当江宁织造。当时江南有三大织造，除了江宁织造，还有苏州织造和杭州织造。苏州织造当时是李煦，他的妹妹嫁给了曹寅，曹寅死了，家里只剩两代孤孀，就是曹寅和曹颙的寡妇。康熙肯定就想起了孙氏——曹寅的母亲、他的保母，孙氏当时已经去世了，但康熙还是要报答孙氏的抚养之恩，更肯定想起发小曹寅，他们真是亲如手足啊！于是，康熙就把李煦找来问：你能不能从曹寅的侄子中选一个人，过继给曹寅，来接管江宁织造？李煦就从曹寅的侄子里选中了曹𫖯，于是，这个人就算是曹寅和李氏的过继子，他就带着他的夫人，进驻江宁织造府，住进有“萱瑞堂”御笔题匾的正堂，继任了江宁织造。

李煦的妹妹、曹寅的遗孀李氏，在小说里化为贾母，而曹𫖯和他的夫人，在小说里化为了贾政和王夫人。当然故事设置贾府的空间，不是在南京而是挪移到了北京。在小说里，读者可以发现，贾母对贾政的感情很淡薄，灯节贾政准备了许多礼物到贾母跟前凑趣，贾母没多大会儿竟然就让他离开。第三十三回写贾政痛打宝玉，贾母闻讯赶到，大怒，说出“只是可怜我一生没养个好儿子”的话来。这种母子关系，就是按照生活真实中，曹𫖯乃李氏的过继子的情况来“假语存”的。儿子不是李氏亲生的，是过继的，但过继的儿子生下的孙子，祖母会非常珍爱，这是中国传统伦常的既定心态。包括现在也是一样，儿子虽然是过继，但孙子就认为是嫡传，丝毫不影响祖孙感情，甚至还会更加浓酽。小说里贾母对宝玉的溺爱，显然也是把真事用假语存之。

在真实生活中，曹𫖯有自己的亲哥哥，但这个亲哥哥并没有跟他一起过继到李氏门下。但是曹雪芹写这部小说，不能舍弃曹𫖯的亲哥哥这一支，因为这一支里有一个很重要的原型人物二奶奶，将其假语存于故事里，就是王熙凤，所以他在进行小说文本虚构的时候，合并同类项，把曹𫖯和他哥哥写成贾母的大儿子贾赦。在真实生活里，这个人和他的夫人并不跟李氏住在一起，那么在小说里，曹雪芹也就写成林黛玉去拜见贾赦，需要另去一处独立的院落。

关于曹雪芹写《红楼梦》的时候，在身份认同上的焦虑问题。曹雪芹家从根上说，是汉人，但是这家人很早就成了满族正白旗的成员，跟满族人一起战斗。清朝建立后，一起分享胜利的果实。那么他根据家族的历史写《红楼梦》，怎么来处理故事里贾家，以及其余三大家族成员的身份，写成满洲八旗成员的故事？可是四大家族的成员却又流淌着汉族的血液。最后，曹雪芹决定在写的时候，尽量避免鲜明的种族符码。因此，他在写女性角色的时候，尽量不去描写脚部。满族一统中国以后，在女性的服装上，对汉族不是那么苛刻，清朝汉族妇女大体上还允许按照明朝的方式穿戴。《红楼梦》里对荣宁二府中女性装扮的描写，除了脚部，其他部位往往不厌其烦，写得很细，写成类似明朝妇女的装扮，这也合乎清朝时许多汉族妇女的真实面目。曹雪芹自己家族及相关亲戚中的妇女，既然出身汉族，保持明式装束，是可能的。但是，其家族很早就投降了满族，并且被编制到满洲八旗里，那么，作为旗人妇女，若采取旗装，也是顺理成章的。旗人妇女是不缠足的，而且会穿一种独有的花盆底鞋，身上穿旗袍，头上梳“两把头”。在近代排演的京剧《红楼二尤》里，尤二姐、尤三姐是类似明代妇女的装扮，而王熙凤就是“两把头”、旗袍、花盆底鞋的旗装，汉满混搭，看上去很有意思。曹雪芹为了超越“我们这些人究竟是汉族还是满族”的身份认同焦虑，他笔下的妇女，就尽量不含鲜明的种族符码，写汉族女子不写三寸金莲，写满族妇女不强调是大脚，王熙凤也不写成旗装妇女。

但是如果读得很细心，就会发现，曹雪芹虽然总体刻意回避写女性的脚，但是也偶尔会出现一点关于脚的文字。他写尤三姐为了对抗贾珍、贾琏对她的玩弄，就故意放荡不羁，“这尤三姐……底下绿裤红鞋，一对金莲或敲或并，没半刻斯文……自己高谈阔论，任意挥霍洒落一阵，拿他弟兄二人嘲笑取乐，竟真是他嫖了男人，并非男人淫了他。”这是曹雪芹笔下唯一写到“金莲”的地方。书里的尤二姐和尤三姐显然都是汉族妇女，尤二姐被王熙凤骗到荣国府，带她去见贾母，贾母看完她的手，又让丫头把裙子撩起来，干吗呀？看足。过去汉族对女性的评价，美不美，要从头看到脚，尤其要看“三寸金莲”。这一处没有出现“金莲”字样，但是也暗写到金莲。有一次写晴雯，她在床上跟别的丫头打闹，“穿着红睡鞋”，这红睡鞋是裹小脚用的东西，汉族妇女才有，满族妇女是“天足”，睡觉时不穿鞋。书里还常用“小蹄子”来蔑称丫头，仆妇讽刺丫头不愿跑腿，有“那里就走大了脚”这样的语句，就说明贾府里的丫头，有一部分是汉族妇女，缠足。当然还有些丫头是满族的，像贾母那边的粗使丫头傻大姐，“生得体肥面阔，两只大脚，作粗活简捷爽利”。不过这种涉及女性脚部的句子，在《红楼梦》整部书里真是凤毛麟角，不进行文本细读都会被忽略掉。

一定会有人问：书里的金陵十二钗，她们是“天足”还是小脚啊？书里有个女子邢岫烟，有次贾宝玉要到拢翠庵找妙玉，半路碰到邢岫烟，“颤巍巍的迎面走来”，邢岫烟走路为什么颤巍巍啊？就因为她和尤二姐、尤三姐一样，不属于四大家族，是汉族妇女，要缠足的。贾氏四姐妹，薛宝钗、薛宝琴姐妹，王熙凤、史湘云，她们都是四大家族的女性，四大家族的原型都是入了满洲旗的，这些女性应该都是“天足”。曹雪芹写史湘云，她不仅爱女扮男装，更能在雪地上扑雪人玩，若是缠足难以想象。那么，林黛玉呢？她的母亲贾敏的原型是入了旗的，大约是大脚，但是书里写贾敏嫁给了林如海，林如海似乎是汉族官吏，那么林家是可能给黛玉缠足的，不过书里完全不写她脚的形态。读《红楼梦》要注意到，薛家进京，摆在第一位的目的，是要让薛宝钗参加宫廷选秀。书里没有使用“选秀”这个词语，实际上就是告诉读者，薛宝钗即便有汉族的血脉，但她家很早编入八旗，是在旗女子。她到了十四岁，就有参加选秀的资格，林黛玉则未必。这也是薛、林两钗的重大差别。

《红楼梦》写女性尽量不写脚，写成年男性则基本上不写发型，除了贾宝玉的特殊辫子，不写别的成年男子的辫子。装束上，不写清代常见的长袍、马褂、瓜皮帽等。有时就会造成错觉，让人以为写的是明代的生活。有人认为《红楼梦》是排满扬汉的文本，我认为根据不足。曹雪芹在写法上尽量避免满汉的种族符码。他的家族根子在汉，却在改朝换代中成为满洲正白旗的成员。我家究竟是汉族还是满族？我究竟属于八旗后裔还是华汉子孙？他内心有身份认同焦虑，他通过巧妙的文本策略，化解了这个焦虑。他笔下所写就是第一回《好了歌》及其解析里所概括的人间悲喜剧，他笔下的贾宝玉就是第二回所说的那种秉正邪二气的生命，超越了种族认同，达到最高层面的生命关怀。

在《红楼梦》文本里，还能看出曹雪芹在身份认同上，除了种族认同的焦虑，还有一个焦虑，就是主奴身份辨识的焦虑。书里故事一开始就交代，宁荣二府是世代簪缨的钟鸣鼎食之家，开国功臣的后代，有着不得了的社会地位。接着故事往下流动，有些文字又透露出来，人物内心里总有与人为奴的自卑。书里写了一个现象，就是荣国府有个大管家赖大，赖大的媳妇叫赖大家的，那时候媳妇一般都没有名字，嫁给谁就叫成谁家的。赖大早上到府里上班，下班以后回家，回到一个什么样的家里呢？巨大的宅院，宅院附带着花园。赖大有个儿子叫赖尚荣，成长的过程跟贾宝玉不相上下，本来赖尚荣作为奴才的后代，长大后也应该到荣国府服役当差，但是被免除了这项义务，于是赖大就给赖尚荣捐了官，当上了县太爷。为了庆祝儿子当官，赖大还专门在家里大宴宾客，贾府里的老爷少爷，以及社会上一些有头有脸的人士，都去他家做客。进到荣国府，赖大是高级奴才；出了荣国府，他就是社会上的富豪。而且书里写得很有趣，赖大他妈还活着，赖嬷嬷带着仆人来到贾府请安，见了贾母、王夫人，又去见王熙凤。这个赖嬷嬷跟王熙凤和贾琏转述她对赖尚荣说的话："你那里知道那奴才两字是怎么写！只知道享福，也不知你爷爷和你老子受的那苦恼。熬了三辈子，好容易挣出你这么个东西来……你一个奴才秧子，仔细折了福！"这是带血带泪的话语。《红楼梦》里赖大家的这种情况，其实是贾家相对于皇家地位的一个缩影。曹雪芹家，正是那样的情况：在被征服的汉人面前是统治者正白旗里的成员，在满族皇帝和正白旗旗主眼里，他们只不过是被征服掳获的下贱的包衣奴才。正因为如此，《红楼梦》里才会有关于赖大家的这种描写。在关于宁国府焦大醉骂的那段情节里，也透露出贾家上一辈是如何浴血战斗，千辛万苦挣来家业的，而焦大在艰难岁月里，自己喝马尿，把找来的水奉献给主子喝，也恰是往昔曹雪芹祖辈作为忠仆效力满洲主子的缩影。"你那里知道那奴才两字是怎么写！"其实所传达的正是书中贾家，即生活真实中曹家的心声。就真实身份而言，曹家几辈都不过是"奴才秧子"，作为主子的皇帝，可以如康熙那样对曹寅信任溺爱，也可以像雍正那样对曹頫严厉打击。到乾隆朝，曹家卷进弘皙逆案，乾隆如以沸水浇灌蚁穴，曹家的毁灭竟连档案也无留存！"奴才秧子"罢了，主子的喜爱憎恶信用毁弃只在一念间。曹雪芹写《红楼梦》时，会有这种身份认同上的焦虑：主子还是奴才？富贵还是卑贱？但是通过他设定的文本策略，特别是通过他塑造的贾宝玉这个形象，把这份焦虑终于化解掉了。

我读《红楼梦》，当然特别注意曹雪芹对贾宝玉这个形象的塑造。贾宝玉对世上众人的看法，是惊世骇俗的。曹雪芹写书的时代，是一个神权社会，但贾宝玉却毁僧谤道，深知他脾性的袭人就此劝诫他，他表面上答应，其实何曾改正。那时代当然更是一个皇权社会，贾宝玉却毫无通过读书科举跻身权力中心的意愿，不仅骂那些往权力中心攀爬的人是“国贼禄蠹”，更身体力行的主动亲近远离权力的社会边缘人，如秦钟、蒋玉菡、柳湘莲等。那时代是父权社会，贾宝玉却和他父亲贾政在科举、结交等方面发生激烈冲突。那时代是男权社会，贾宝玉却宣布：女儿是水作的骨肉，男人是泥作的骨肉。我见了女儿，我便清爽；见了男人，便觉浊臭逼人。对那个时代似乎是天经地义的男尊女卑来了个彻底的颠覆。贾宝玉对女性的崇拜又并非盲目的，他有三段论：女孩儿未出嫁，是颗无价的宝珠。出了嫁，不知就怎么变出许多的毛病来，虽是颗珠子，却没有光彩宝色，是颗死的了。再老了，更变的不是珠子，竟是鱼眼睛了。他深切感受到，闺中的青春女性，无论小姐还是丫头，没有深受社会主流价值的污染时，天真烂漫，显示出生命的本真之美，但是一旦嫁了人，就开始参与社会主流价值体系的运作，灵魂就开始锈蚀，再往后，则生命的本真之美尽失，如死鱼眼睛迅速腐烂。贾宝玉对自己的身份定位，完全超脱于那个时代的一般规范。他的装束包括发型是独特的，他的话语具有强烈的个人特色，他和丫头们好，小厮们见到他没礼貌，他无所谓，他的弟弟贾环设毒计要烫瞎他的眼睛，他却从来没有考虑过以后如何与兄弟分割家产一类的问题。他自我身份的认定超越种族、主奴、贫富、贵贱的框架，他的此类表现传扬到贾府以外：“时常没人在跟前，就自己自哭自笑的，看见燕子，就和燕子说话，河里看见鱼，就和鱼说话，见了星星月亮，不是长吁短叹的，就是咕咕哝哝的。”可见贾宝玉的自我身份认定升华到了“自然之子”的高度，他是独一份的生命存在，不受世俗身份定位框架的摆布，他要与天地宇宙融为一体。

我阅读、研究《红楼梦》，不仅是要学习曹雪芹写小说的心思技巧，更要学他那化解身份认同焦虑、时空认同焦虑、文化认同焦虑的深邃思想与途径。首先是自我身份定位必须超越俗见，我越来越清楚地认定，我就是我自己，首先要做好我自己。现在这个社会中，难，人的生存是很艰难的，最艰难的还不是在于挣钱难、出名难，获得真爱和真朋友难，最难的是真正做成你自己，这是很难的。人们在种种因素的影响下，一直戴着假面生存。谁的生存是容易的啊？我曾经写过一篇散文《心里难过》，清夜扪心，独自难过。但不管如何艰难，如何难过，我立誓一定要成为有尊严的人。

（此文根据2014年4月16日在上海复旦大学的演讲整理而成）

《红楼梦》教会我们如何用感情来滋润一生

我是文学马拉松长跑者，从 16 岁开始发表文章，我现在还在跑，还没有出局，因为我喜欢写作。

我为什么研究《红楼梦》和《金瓶梅》？我首先把自己定位是写小说的人，研究《红楼梦》《金瓶梅》都是为了向它们取经，因为它们是经典作品。《四牌楼》就是我当时仔细研究《红楼梦》和它的人文情怀之后写出来的。

大家很喜欢听我聊《红楼梦》，我今天就聊一个特别经典的话题——《红楼梦》中的爱情故事。

大家特别熟悉的是宝黛钗的爱情故事，但遗憾的是有些人只记得这一个爱情故事，其实《红楼梦》里有很多爱情故事。有些人怀疑说有很多吗？他们对《红楼梦》的了解不是来自文本，而是电视剧、电影、舞台演出等。曾经有个小伙子跑来跟我说，他特别喜欢《红楼梦》，说像“天上掉下个林妹妹”这样的文笔很优美。可是大家想一想，这是《红楼梦》

文本里的吗？这不是曹雪芹写的。“天上掉下个林妹妹”是越剧《红楼梦》当中的唱词，产生在20世纪50年代。虽然唱词很好，但这不是《红楼梦》本身。所以，大家还是要读《红楼梦》文本，细读的话，会发现《红楼梦》里的爱情故事太多了。

有人和我讨论说贾宝玉和林黛玉的爱情故事多勇敢，在那样的年代里面，不求功名富贵，可歌可泣。但是现在我告诉你们，《红楼梦》里还有比他们俩的相爱更坚决、更勇敢的——就是林红玉（小红）和贾芸。林红玉（小红）是贾府大管林之孝家的女儿，是有背景的。但是书里写得很古怪，按说林之孝夫妇可以把女儿安排在最好的地方，可是他们俩低调生存，装聋作哑，把女儿派去看守园子里的空房，就是后来贾宝玉他们住进去的怡红院。在怡红院里，晴雯、袭人都是近身服侍的头等丫头，而小红只是三等丫头，做的是喂鸟、扫地一类的活。有一次其他丫头不是出去干事就是出去玩了，宝玉身边没有人，想喝茶，就出现了一个空当儿，这时候林红玉借着给宝玉倒茶的机会近了前。贾宝玉可是人见人爱的，不但小姐们要争取他，丫头们也要争取他。但是小红明白去参与那种无聊的竞争也没有用，可嫁一个奴才她也不甘心，于是后来她把目光放在了贾芸身上。贾芸是贾家的旁支，并不受重视，但他很有志气，想办法改变自己的命运，后来就从凤姐那儿得到了一个在大观园里面种植花草树木的差事。这是个很不错的活儿，他可以从账房支取银子，买花种草花费以外剩下的就是自己的。既然他们都在大观园里，就有机会相遇了。有一次小红去传话，和贾宝玉的小厮对话，就发现有一个爷们儿在旁边，这时候小厮顺口一说这也是贾家的本家，小红听了就下死眼看了。这在那个时候是不得了的，不要说丫头、小姐是不能看男人的，尤其是当着别人更不能看，别说是下死眼看了。下死眼是怎么个看法？就是一定要看明白，什么眉眼，什么气质。小红看着中意，把贾宝玉 pass（排除）掉了，咱们就追求贾芸。小红的故事很多，曹雪芹写得很丰满，有一回的回目是“痴女儿遗帕惹相思”，“痴女儿”是林黛玉吗？不是，是小红，她很有心机。她假装扔了一块手帕，贾芸果然就捡过来了，去找怡红院的丫头坠儿说捡到手帕了，后来一问说是小红的，那你就把手帕还给他吧，可贾芸并没有真把手帕还给小红，而是把自己的手帕交给了坠儿。你想这在当时严酷的封建社会环境里，如此大胆地传递爱情信物，是不得了的。贾芸本来是曹雪芹刻意塑造的正面人物，可高鹗续的后四十回把他写成了坏蛋，这完全不符合曹雪芹的原意。因为宝玉曾经把住的屋子叫“绛芸轩”，绛是红色，所以指的是小红，芸自然指的是贾芸。“绛芸轩”的名字能是作者胡乱写的吗？所以你看贾芸和林红玉多重要。

还有一个人物也很重要，他在当时那个社会里是很出格的，就是贾蔷。这个人很奇怪，他家里所有的人都死光了就剩下他一个，所以宁国府就把他收养了，他和贾芸是一辈的。书里讲，当时为了元春省亲排戏，让他去买了十二个小姑娘。在清代，学艺的戏曲演员多称为“官”，十二个女孩就有十二官。这里面有一个叫龄官的，有艺术家的品质，还爱耍大牌。当时给元妃娘娘唱戏，说她唱得好，让她再唱两出《游园》《惊梦》，她不愿意。贾蔷气得要命，说你要唱什么？她说，要唱《相约》《相骂》。这是贵妃回家探亲，唱这种戏是要干吗？她说，这是我最喜欢唱的戏。最后贾蔷扭不过她，让她唱了，没想到元妃觉得还不错，赏赐了她。最后龄官爱上了她的老板——贾蔷。她是阶级底层人物，贾蔷是主子。贾蔷爱她也爱到了忘情的地步，他们俩是突破了阶级的隔阂，真诚相爱。有一次，宝玉下雨看到有个小姑娘拿着头上的簪子在地上抠泥，他就看到这个女孩子来来回回写一个“蔷”，当时贾宝玉还不明白她在干吗。后来有一天宝玉见到龄官，想让她给他唱一曲听，因为他是家族第一继承人，心想对方一定会唱，万没想到遭到了人生的一次大冷淡，她连理都不理他。按说小丫头遇见这种机会应该下死眼，她不但不死眼，连活眼也不看。后来贾蔷过来了，宝玉才突然发现原来是贾蔷在和龄官忘情地相恋。这时候宝玉有一个感悟，人世间的情爱是老天爷划分好的，天注定的，不归你的感情你是得不到的。但可惜后四十回把贾蔷也写得很坏。

第三对是二小姐迎春的丫鬟司棋和她的表弟潘又安。可惜后来事发了，还被抄出了赃物，但司棋并无悔改之意，这也很不得了！而且书里写作为旁观者的鸳鸯，她在发现了司棋和潘又安之间的私情之后，不但没有告发，后来司棋病倒了，她还去看望，并没有看不起司棋，还安慰她好好保重自己。

书里面还有很多爱情，比如秦钟和智能儿的低俗爱情。当时他们发生了关系，这只要是双方自愿的都不算什么。智能儿当时就说你要和我好，你就帮我跳出这个火坑，所谓当小尼姑就是被住持尼姑驱使，很悲惨的。所以智能儿一再想跳出这个牢笼，后来秦钟病了，她就从尼姑庵里面逃出来去他家看望他，但最后秦钟还是死掉了。这个爱情故事虽然没有结果，但在小尼姑的那个世界里，不但是一个皇权社会、家长社会、男权社会，也是一个神权社会。尼姑追求自己的爱情是大逆不道的，书里正面地写了智能儿追求爱情的勇敢作为，也是很不得了的。

尤三姐和柳湘莲这一对，是有单相思的。尤三姐谁都不爱，而是爱上了破落世家的飘零子弟——柳湘莲。柳湘莲答应成亲，给了一把鸳鸯剑作为信物，但是后来听说她不是处女，就不愿意娶她了，想索回定亲信物。结果尤三姐听到后非常痛心就自尽了。其他单相思的还有贾瑞，喜欢王熙凤，这个谈不到爱情。

书里还有一段很暧昧的描写。贾府家眷到清虚观里面打醮，这个观里面的道士是张道士，年龄和贾母相仿。当时提到国公爷的时候，贾母就泪流满面，这个张道士也泪流满面。贾母是贾家唯一一个幸存的老祖宗，张道士是国公爷的出家替身，虽然道士可以结婚，但是他也没娶，而且两人见了以后，就说宝玉和国公爷像一样似的，很有意思。

书里面还有很多爱情故事，张金哥与守备之子。他们俩的爱情被王熙凤破坏了，后来两个人都殉情自杀了，这两人算不算爱情，虽然没有仔细地展开描写，但是我们注意到《红楼梦》里面有很多形形色色的男女关系和情爱关系，这是一个很丰富的文本，而不是单点的，不是只有宝黛钗的。总之，细读《红楼梦》的文本非常重要。

《红楼梦》就是一部曹雪芹创造“情教”的“圣经”，实际上《红楼梦》教会我们如何用感情来滋润自己的一生，用真善美来滋润自己的一生。研究《红楼梦》的各派都有道理，作为研究者有责任向大家推广这部书。

（此文根据2016年4月15日在北京华贸中心的演讲整理而成）

刘心武妙品红楼梦（叁）

出版统筹：新华先锋
出版策划：王　铭　木易雨田
选题策划：焦金木　刘　钊
责任编辑：牛炜征　孙志文　徐　樟
特邀编辑：刘　钊
文字编辑：王亚松
封面设计：吴黛君
内文插画：赵成伟
封面绘图：吴黛君
版式设计：徐　倩
责任印制：李　静

天猫旗舰店

京东旗舰店

当当自营

微信公众号

投稿邮箱：tougao@cooldu.com
新浪微博：@先锋读书会（免费精品好书天天送）

刘心武妙品红楼梦
LIU XINWU'S INTERPRETATION OF THE DREAM OF RED MANSIONS
刘心武 著
贰
北京联合出版公司
Beijing United Publishing Co.,Ltd.

豔冠羣芳擁絳紗風流嫵媚暈朝霞瑤宮仙蕊知
多少此種端推第一花泥人風韻本天然秀色明明若
可餐解識芳蘭真竟體阿儂剛服冷香丸宮麝、新
須一串金濃香染袖貯深深一隻玉腕白於雪忍俊有人
情不禁一種溫柔備蘊藉十分渾厚恰聰明檀奴何福
能消受空賺紅顏誤此生

癸未長至羅鳳藻柳山氏題
於梨雲館

《红楼梦图咏》题诗之「宝钗」

清·罗凤藻　题

《红楼梦图咏》题诗之「湘云」

清·周绮 题

席翻脂粉醉飛觴酒力難支近夕陽無
限春風困春睡不勝紅雨覆紅妝倘非
玉骨還宜暖幸是冰肌未碍涼一種凝
憨又嬌怯畫工要畫費平章

史湘雲

紫蘭主人綺

黛玉
成偉製

寶釵
成偉製

湘雲
成偉製

目录

◇ 薛宝钗篇

◇ 史湘云篇

贾宝玉篇

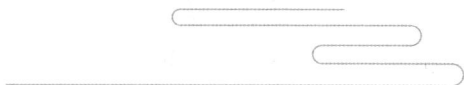

第一章

玉石之谜

贾宝玉无疑是《红楼梦》的第一号角色，探讨《红楼梦》不能不涉及他。我的秦学，并不是只研究秦可卿，我只是从秦可卿入手，先弄清楚曹雪芹写作这部书的时代背景，他的家族和他的个人命运，他的创作心理，他提笔时所面临的巨大的外部压力和内心痛苦。我已经在上面几讲告诉大家，我认为曹雪芹他心里是有政治的，不可能没有，他是有政治倾向的，具体来说，他和他的家族都对康熙皇帝充满感情，但对雍正就不一样了。他们家本来以为接替康熙当皇帝的应该是康熙两次立起来的太子胤礽，他们家跟这位差一点儿就成为清朝历史上的第五位皇帝的太子关系密切得不得了，但是后来的事态，却是雍正当了皇帝。雍正对他家很不好，给治了罪，他对雍正皇帝心怀不满，是很自然的事。后来雍正暴亡，乾隆继位，乾隆努力平复雍正时期留下的政治伤痕，曹家从这种怀柔政策里获益，所以曹雪芹他对乾隆应该又是比较能接受的。他不想干涉时世，也就是说他并不想在乾隆朝充当一个持不同政见者，写一部表达反乾隆统治的书。他不想搞政治，但政治这东西，它却轻易饶不过曹家。废太子的残余势力，特别是胤礽（雍正时这个名字已经改成了允礽）的嫡长子弘皙，自以为是康熙的嫡长孙，想谋夺皇位，为此当然也要广搜可以利用的社会资源，曹家不消说是首选之一。于是曹雪芹的父辈又卷进了弘皙逆案，由此他家遭到毁灭性打击。乾隆处理完弘皙逆案后，销毁了相关档案，以致曹雪芹他家到了他那一代，简直就没留下什么官方的正式文字记载了。但我们根据同时代的一些非官方资料，可以知道曹雪芹确实是曹寅的孙子，而且他撰写了《红楼梦》这部巨著。

《红楼梦》里有政治，有政治倾向，甚至有“赖藩郡余祯”那样的政治黑话，还通过书中林黛玉这个角色，骂皇帝是“臭男人”，这些我前面已经讲过了。但是我也一再地告诉大家，曹雪芹写这部书，他最终的目的是要超越政治，达到更高的精神境界。上面几讲我分析妙玉，就指出妙玉形象的塑造，已经体现出作者的思想超越了一般的政治情绪，他告诉我们，有比关注权力属于谁更重要的人生关怀，那就是不管在怎样的政治社会情势下，都要保持个体生命的尊严，要自主决定自己的感情、生活方式与生命归宿。

但是更能体现曹雪芹对政治的超越，体现他那超前的，甚至可以说具有永恒性的，在全人类中都普遍适用的人文情怀的艺术形象，那还是贾宝玉。

贾宝玉这个艺术形象，曹雪芹真是呕心沥血地来塑造他。他给他设计了一种来自天界的身份。

不过，有位红迷朋友跟我讨论，他说他读《红楼梦》，读得有点糊涂。《红楼梦》第一回开头，就写到女娲炼出了三万五千六百零一块石头，三万五千六百块都用去补天了，单留下一块没用，这块石头便被弃掷在大荒山无稽崖青埂峰下。它因为自己无材补天，自怨自叹，日夜悲号惭愧。后来来了一僧一道，在它面前谈起人间的情况，它就乞求他们把它携入红尘，去经历一番人间的悲欢离合、生死歌哭。于是那仙僧就大施魔法，让它可大可小，最后变成扇坠般大小，还给镌上了字，就把它带到人间，让它下凡到昌明隆盛之邦、诗礼簪缨之族、花柳繁华地、温柔富贵乡了。那么，这块下凡的石头，是不是就是书里的贾宝玉呢？

我告诉那位红迷朋友，石头不是贾宝玉。他不服气，他说，第五回《终身误》曲，头一句就以贾宝玉的口气说："都道是金玉良姻，俺只念木石前盟。""木石前盟"不就指的是贾宝玉跟林黛玉的自由恋爱并发愿要结为夫妇的誓言吗？第三十六回，贾宝玉午睡，薛宝钗就坐在他的卧榻边绣鸳鸯，他忽然梦中喊骂："和尚道士的话如何信得？什么是金玉姻缘，我偏说是木石姻缘！"贾宝玉自比为"石"，那不就说明，他是那块女娲补天剩余石，下凡到了人间吗？

我提醒那位红迷朋友，贾宝玉在天界是谁，书里可是有明确交代的。也是在第一回，你往下看，就写到甄士隐这个人，他做梦，梦见一僧一道，说要去找警幻仙姑，把一些有待下凡的"风流冤家"交给她做具体的安排，并且说要把一件"蠢物"夹带其中，让它一起下凡经历经历，记得吧？后来甄士隐上前搭话，还请求把那"蠢物"拿给他看看，人家也就让他看了，但并没有暗示那"蠢物"就是以后的贾宝玉。反倒是在看"蠢物"之前，甄士隐听见仙僧讲到一个天界故事，就是在西方灵河岸三生石畔，注意啊，那可是一处跟大荒山无稽崖青埂峰完全不同的空间，在那里，有一座赤瑕宫，里面住着个神瑛侍者，他现在也要下凡去。因为他每天用雨露浇灌一株绛珠仙草，那仙草修成女身，也要下凡，所以说到了人间，那女子就要把一生的眼泪，用来报答这位神瑛侍者的灌溉之恩。而这才是贾宝玉和林黛玉的天界身份啊。

红迷朋友就掰上手指头了，说这下子有了多少个概念，出现了多少个问题啊：

大荒山无稽崖青埂峰的那块女娲补天剩余石，从仙界到人间，究竟化为了什么啊？

贾宝玉既然是天界赤瑕宫的神瑛侍者下凡，赤瑕、神瑛都指的是玉，他在凡间的名字本身也说明他如宝似玉，他怎么又自称是石，笃信“木石前盟”“木石姻缘”呢？

甄士隐在梦里和第八回薛宝钗在梨香院所看到的那块通灵宝玉，应该是女娲补天剩余石变化成的吧？那么，作为“侍者”的贾宝玉，他所侍奉的“神瑛”又是什么名堂呢？

这位红迷朋友注意到，通行本的《红楼梦》可能为了省事，修改简化了古本《石头记》的有关文字，把女娲补天剩余石跟通灵宝玉跟神瑛侍者全画了等号，意思是它们三位一体，到头来都是贾宝玉。这样一来，一些古本里头用女娲补天剩余石口气写下的叙述文字，当然也就被通通删掉了。比如古本里写元妃省亲，有段文字就是用石头的口气写的，说只见园中说不尽的太平气象，富贵风流，此时回想当初在大荒山青埂峰下，那等凄凉寂寞，若不亏癞僧、跛道二人携来到此，又安能得见这般世面……还说本欲作《灯月赋》《省亲颂》，以志今日之事，但又恐入了别书的俗套什么的。这位红迷朋友说，他读到古本里这样一些文字，一度认为曹雪芹是把贾元春的来历，设计成女娲补天剩下的那块石头，因为想写《灯月赋》《省亲颂》的，应该是贾元春啊。

我觉得，这些概念之间的关系，仔细阅读古本《石头记》，是完全可以捋清楚的。

大荒山无稽崖青埂峰下的那块女娲补天剩余石，缩成扇坠般大小，镌上了字，本是没有修成人身的一件东西，所以仙僧称它为“蠢物”。它单独是无法下凡到人间的，只能是在警幻仙姑将一干风流冤家布散人间，安排投胎入世的时候，顺便夹带于中，因此它其实就是贾宝玉落生时，嘴里所衔的那块通灵宝玉。第八回薛宝钗托在掌上细看，它大如雀卵，虽然用了一个“大”字，其实是说它很小，因为雀儿下的蛋，体积是很小的，一个胖大的婴儿落生时衔在嘴里——不是完全包含在闭合的口腔里——是完全说得通的。所以说，贾宝玉是贾宝玉，通灵宝玉是通灵宝玉，只不过他们同时来到人间，而且贾宝玉后来天天佩戴着它，共生存，他们之间有一种神秘的关系，贾宝玉一旦丢失了它，生理上精神上就会出现严重危机，曹雪芹是这样来设计的。

按曹雪芹的构思，青埂峰的石头被夹带着下凡，后来被贾宝玉时时佩戴在脖子上，成为一个见证者；它有灵性，在王熙凤和贾宝玉双双被赵姨娘暗算——通过马道婆把他们魇了——几乎死去的情况下，由于仙僧到来，把它拿在手中持诵，结果像它上面镌刻的文字所宣称的那样，除邪祟，疗冤疾，叔嫂二人康复如初。由于它有灵性，不是一般的佩戴物、吉祥物，因此，贾宝玉到了何处它固然也就见闻到了何处，但是，贾宝玉没把它带到的地方，它也能全知全晓。作为人间悲欢离合的见证者，它最后回到了青埂峰，空空道人发现了它，那时候它已经恢复了巨石的形态，并且上面写满了字，什么字？就是《石头记》，就应该是我们现在看到的这些文字，它们正是空空道人抄录下来，传布到人间的。

因为书里空空道人称呼那块女娲补天剩余石“石兄”，二者讨论了石头上的文字，因此有的论者认为，《石头记》，也就是《红楼梦》，它的作者也就应该是“石兄”，这个“石兄”在生活里真实地存在着。那么曹雪芹是什么人呢？他于悼红轩中披阅十载、增删五次、纂成目录、分出章回，虽然做了这么多工作，但他只是一个编辑，他整理编辑了“石兄”的原始文稿；也有的人只承认《红楼梦》里的诗词歌赋是曹雪芹的手笔，是他填入别人的文稿里的；更有人说曹雪芹是“抄写勤”的谐音，此人的工作主要是抄写人家已经写出的文稿。有的人因为以前没接触过红学，看到我这样介绍一些人的观点，可能会大吃一惊，并且仅仅因为立论新奇，就很乐于认同，甚至去跟亲朋好友频频道及。其实，《石头记》也就是《红楼梦》的作者究竟是谁，红学界从过去到现在，是一直存在歧见的，除了认为原作者是“石兄”的，还有认为是曹頫，或者认为是曹顺，或者认为是曹寅另外的侄子的，更有人仅仅因为第一回正文和批语里先后连续出现过“吴玉峰”“孔梅溪”“棠村”的名字，就认为其作者是吴梅村（因为三个名字里各有这个人姓名里的一个字）……我觉得，关于《红楼梦》的作者究竟是谁，以上这些观点，以及另外提出的见解，都是应该允许存在的，都可以作为读者的一种参考。但是，经过红学界多年的研究讨论，《红楼梦》是曹雪芹的独创作品，这个论断是被绝大多数人肯定、认同的。我个人也坚信《红楼梦》的作者是曹雪芹，提出作者是其他人的论者，完全是猜测与推想。比如关于作者是吴梅村的猜测，吴梅村（1609—1672）是明末清初的一位文人，死在康熙十一年，他所生活的时间段和他个人的经历以及他印行的诗文，跟《红楼梦》并不对榫，因此《红楼梦》不可能是他写的。

曹雪芹拥有《红楼梦》的独家著作权，有不少文献都可以证明。比如富察明义写了二十首《题〈红楼梦〉》组诗，他在前面小序里就直截了当地说：曹子雪芹，出所撰《红楼梦》一部，备记风月繁华之胜。

“撰”就是著述的意思，没有编辑整理的意思在里头，某某人撰就是指某某人著。富察明义生于乾隆初年，曹雪芹大约在他二十七八岁的时候才去世，他们是同时代人。尽管曹雪芹在世时他们不认识，但富察明义得到的信息应该是准确的。曹雪芹去世五六年后，另一位贵族，永忠——他是谁的孙子，或者说他爷爷是谁呢？就是前面我多次提到的康熙的第十四阿哥胤祯（“赖藩郡余祯”的那个“祯”就是他名字里的一个字，雍正当皇帝以后把他名字的两个字全改了，胤字改为允，祯字改成很怪的一个字，禵，读作“提”）。这当然是血统很高贵的一个皇家后代——他从一个叫墨香的人那里，得到了一部《红楼梦》，读完后非常激动，一口气写了三首诗，第一首是这么写的：“传神文笔足千秋，不是情人不泪流。可恨同时不相识，几回掩卷哭曹侯！”第二首里又赞：“三村柔毫能写尽，欲呼才鬼一中之。”他是曹雪芹的同代人，他知道《红楼梦》是曹雪芹写的，如果他认为曹雪芹只是一个编辑者、抄写者，他会这么写诗，称曹雪芹为“曹侯”，赞扬他的文笔吗？好，不多罗列材料了，其他各种关于《红楼梦》是这个那个写的主张，都拿不出一条如此过硬的佐证来。

其实关于出现在楔子（这部分文字在甲戌本《红楼梦》里才有）里的“石兄”，他不可能是《石头记》的作者，而且曹雪芹也不可能只是披阅增删的编辑者，脂砚斋在批语里有非常明确的申述：“若云雪芹披阅增删，然（则）开卷至此一篇楔子又系谁撰？足见作者之笔，狡猾已甚。后文如此妙处不少，这正是作者用画家烟云模糊处，观者万不可被作者瞒（蔽）了去，方是巨眼。”（括弧里的字是原抄形误，经红学专家校正的，为避免琐碎，以后不再加这样的说明。）

我说《红楼梦》具有自叙性、自传性，但是它的文本并不是用一个人讲述自己的经历那样的口气来写的。我们现在写白话文，讲究叙述人称，一般用第一人称和第三人称，用第二人称的比较少，也有两种或三种人称混用的。曹雪芹写《红楼梦》的时候，还没有关于叙述人称的这些个文学理论，但他的叙述文本却非常高妙。我认为，他设定一个天界的石头，说它到人间经历一番以后，又回到天界，回去后石头上出现了洋洋大文，这样一来，既避免了一般以“我”的口气讲述的主观局限性，又避免了一般以“他”的口气讲述的客观局限性，使得整个文本呈现出梦境般的诗意。

那么，既然贾宝玉并非石头下凡，他怎么又自称跟林黛玉的缘分是“木石前盟”呢？贾宝玉在天界——跟大荒山无稽崖青埂峰不同的一处空间，西方灵河岸三生石畔——住在赤瑕宫里。赤瑕，我在讲妙玉的时候其实已经顺便讲到了，你还记得吗？就是有红色疵斑的玉石。脂砚斋批注指出，这是病玉。贾宝玉在天上就不是什么无瑕美玉，曹雪芹这样设计，是有深刻意蕴的，跟后来贾雨村说贾宝玉也属于正邪二气搏击掀发后形成的那种秉性是相通的。贾宝玉在天界是神瑛侍者——瑛，你去查词典吧，什么意思呢？不是无瑕美玉的意思，瑛是“似玉的美石”，本质是石头，只不过像玉罢了。所以，虽然家长们认为贾宝玉他如宝似玉，他自己却知道自己更接近石头，就算是玉也是块病玉，所以他把自己跟绛珠仙草的姻缘，说成“木石姻缘”，这是非常合理的。当然，女娲补天剩余石是夹带在贾宝玉嘴里一起来到人间的，这说明早在天界，他就注定要侍奉“神瑛”，也就是这块特别的石头。神瑛侍者的名称应该也可以做这样的理解。

周汝昌先生晚年写出一系列文章，提出他的独特见解，认为“木石前盟”“木石姻缘”里面的“木”都是指史湘云，连“金玉姻缘”里的“金”也是指史湘云，因为史湘云佩戴着金麒麟。他认为贾宝玉对林黛玉是怜多于爱，林黛玉向贾宝玉还泪，是认错了人，其实神瑛侍者是甄宝玉，贾宝玉才是青埂峰下的那块大石头……周先生是我秦学研究始终如一的最强有力的支持者，我是他的私淑弟子，我对他的钦佩感激难用语言表达。而且不少听我讲座看我红学论著的人指出，我的总体思路，许多观点，是追随周先生之后的。当然，有的是不谋而合，有的是我先提出来得到他肯定的，比如对太虚幻境四仙姑的诠释，月喻太子，认为贾珍是贾氏家族最具阳刚气的男子，为他说“好话”，等等。因为与周先生观点重合处甚多，以致有的听众读者怀疑我是否剽窃了周先生的学术成果。在这里我顺便说明一下，凡我讲述行文中与周先生观点重合处，其使用宣扬，都是得到周先生允许的。说实在的，我的这个揭秘系列，从自我动机上说，就有替周先生弘扬他的观点，使之更加普及流布的意思，只是我不便一再点明，这样的观点是周汝昌前辈最早提出，并曾予以强有力论证的罢了。但是，毕竟我的研究心得，也有与周先生不同甚至抵牾之处——吾爱吾师，吾更爱真理——那么说到这里，我就要跟大家说明，我是不同意周老关于石头、神瑛侍者、木石前盟、金玉姻缘（他认为薛宝钗的金锁是“假金”，史湘云的金麒麟才是“真金”）、贾宝玉对林黛玉并不存在爱情、林黛玉错把贾宝玉当甄宝玉爱了，以及史湘云才是《红楼梦》第一女主角等观点的。我的观点，上面已经讲了不少，下面我接着来阐述。

我进行的是原型研究，前面已经指出过，我认为贾宝玉的原型就是曹雪芹本人，所以我认为《红楼梦》具有自叙性、自传性、家族史的特点。但说书里艺术形象有原型，并不是说二者就画了等号，也不是说作为艺术形象的原型一定是一对一的，有的就是两个人合并成的。比如我前面就给你很详尽地分析过，北静王的原型就是生活里的祖孙两辈，是两个人，曹雪芹经过综合想象，把他们合并为了一个青年郡王的飘逸形象。

曹雪芹究竟生于哪一年？红学界有很多种说法，我个人是膺服周汝昌先生的考证。他指出，《红楼梦》文本里写贾宝玉生日，没有明点是几月几日，但曹雪芹第二十七回写四月二十六日交芒种节，大观园女儿们饯花神，探春还特别跟宝玉讲到为他做鞋的事，那其实就是为哥哥准备的生日礼物；紧接着又写冯紫英请宝玉赴宴，跟去的小厮里忽然出现双瑞双寿，这两个名字之前没有之后也再没出现；又写清虚观张道士在四月二十六日为“遮天大王”的圣诞做法事，宝玉本是应该去的；他还在宝玉住进大观园后，点出外面人们都知道荣国府里这位十二三岁的公子诗写得好书法也不错；又写在宝玉和凤姐被魇得生命垂危时，仙僧忽然出现，拿着通灵宝玉持诵，对那通灵宝玉说：青埂峰一别，展眼已过十三载矣！通灵宝玉并不是贾宝玉，但那“蠢物”却是夹带在贾宝玉嘴里，跟他一起来到人间的，他们在人间的岁数当然相同，可见书里所写的那一年，主人公贾宝玉十三岁。查万年历，雍正三年，即公元一七二五年，这一年四月二十六日曹雪芹过第一次生日，恰是芒种，从他出生算到书里所写的乾隆元年（1736 年）——我在前面已经详细论证了上面那些情节的真实历史背景是乾隆元年，这里不再重复——恰是十三年（按阳历说法，1736 年曹雪芹十二岁，但过去中国人都按阴历算，要虚一岁，所以说那年曹雪芹十三岁），生活真实与艺术描写是对榫的。

有人可能要问了，那曹雪芹为什么不在书里明说贾宝玉的生日呢？他写别的很多人物的生日，都很明确地写出日期，比如贾元春是正月初一，薛宝钗是正月二十一，林黛玉是二月十二，探春是三月初三，巧姐是七月七，贾母是八月初三，王熙凤是九月初二，等等。既然笔下都写出四月二十六了，怎么就不肯明说那天就是宝玉的生日呢？我认为，第一，他以自己为原型来塑造贾宝玉的形象，但他的生日是在一个闰月里，闰月不是每年都有的，如实交代很麻烦，另去虚构一个日子又不愿意，而这样含蓄地写，也很有味道。第二，这是最主要的原因，他实际把贾宝玉从外貌到精神都理想化了，已经很难说是他自己的自画像；他固然是原型，但贾宝玉这个艺术形象里，也吸收了真实生活中一些他所熟悉的人物的因素，他笔下的贾宝玉，最后已经成为一个谁也无法取代的独立的生命，这也正是他艺术上的绝大成功。

裕瑞，这个人我一开讲就提到过，他大约出生在曹雪芹去世八年以后，不是一个时代上离曹雪芹很远的人。他的长辈，跟曹雪芹同时代，有的是认识曹雪芹，与之有过交往的。他在《枣窗闲笔》里有这样的记载："闻前辈姻戚有与之交好者。其人身胖头广而色黑。善谈吐，风雅游戏，触景生春。闻其奇谈，娓娓然令人终日不倦，是以其书绝妙尽致。又闻其尝作戏语云：若有人欲快睹我书不难，惟日以南酒烧鸭享我，我即为之作书云。"这记载应该是可靠的。

有的红迷朋友见我引出这么一条资料，对其中所说的关于曹雪芹的性格、才能、生活与创作状况的说法，可能会全盘接受，但是对其中有关曹雪芹外貌的描述——虽然裕瑞是根据亲身与曹雪芹交往过的前辈姻戚对曹雪芹外貌的形容所写的——就可能难以接受。大家可能会问，怎么会是这样的呀？生活原型居然是这么一种模样，跟书里贾宝玉的面貌，简直是完全相反啊！

我却觉得，事实可能恰恰就是这样的。曹雪芹著书时，本人就是"身胖头广而色黑"，他撰《石头记》，对与之交往的一些朋友也是不保密的。他的好友敦诚寄怀他的诗里有"残杯冷炙有德色，不如著书黄叶村"的句子，他去世后另一好友张宜泉伤悼他的诗里也有"北风图冷魂难返，白雪歌残梦正长"的说法，可见他们都知道曹雪芹是在村居写书，而写的就是《红楼梦》；八十回后虽然也写了，但还来不及修理毛刺，统理全稿，后面的就迷失了，可惜不完整，本应是一个长梦，却残了。

从生活的真实到艺术的创造，作者有非常宏阔的想象空间。曹雪芹少年时代可能不胖，头也不显得过大，皮肤也不是黝黑的，但也未必有书里贾宝玉的那种容貌风度。第三回里通过写林黛玉初见贾宝玉，形容他是面若中秋之月，色如春晓之花，鬓若刀裁，眉如墨画，面如桃瓣，目若秋波；第二十三回写贾政一举目，看见宝玉神采飘逸，秀色夺人，再看贾环呢，人物委琐，举止荒疏；特别有意思的是，曹雪芹他还让赵姨娘说出这样的话，她说贾宝玉长得得人意儿，贾母、王夫人等偏疼他些也还罢了——连赵姨娘也承认他形象好；到了第七十八回，那时候已经抄拣过大观园，晴雯已经夭亡了，宝玉身心都遭受了重大打击，但是曹雪芹还写了那么一笔，你有印象吗？秋纹拉了麝月一把，指着宝玉赞美，说那血红点般大红裤子，配着松花色袄儿，石青靴子，越显出这靛青的头、雪白的脸来了。曹雪芹就是这样来描写贾宝玉的外貌风度的，这应该是一种对原型生命的二度创作，结果塑造出了一个独特的艺术形象，比生活本身的那个存在更真实，更鲜明，更富诗意，具有了不朽的生命力。

正像我上面一再强调的，曹雪芹写《红楼梦》，目的并不是要写一部政治书。他有政治倾向，他把大的政治格局作为全书的背景，但他写作的终极目的，是要超越政治，写出更高层次的东西，表达出比政见更具永恒性的思想。他塑造贾宝玉这么一个形象，就是奔这个更高的层次去的。

书里面的贾宝玉，跟书里那些“双悬日月照乾坤”的政治，也就是最高权力之争，是有纠葛的。他跟冯紫英这些政治性很强的人物过从甚密，甚至由于跟蒋玉菡交好，还被卷入了忠顺王和北静王之间的蒋玉菡争夺战，为此被父亲贾政打了个皮开肉绽，而且之后他也并没有悔改。他也经常表达一些政治性的观点——凡读书上进的人，他就给人家起个名字叫“禄蠹”；又毁僧谤道——在那个时代，皇权是和神权结合在一起的，僧道都是皇帝所笃信的，雍正在这方面尤其重视，他登基前，他那个雍王府就已经整个儿是座喇嘛庙的气象了，现在给我们留下了一处北京的名胜雍和宫；贾宝玉还有过对“文死谏，武死战”的讥讽性抨击；他对当时政治的理论基础孔孟之道大放厥词，说除“明明德”外无书；与对现实政治的厌恶相匹配，他在行为方式上则懒与士大夫诸男人接谈，又最厌峨冠礼服贺吊往还等事；甚至于仅仅因为薛宝钗劝了他两句读书上进的话，他就愤愤地说：“好好的一个清净洁白的女儿，也学的沽名钓誉，入了国贼禄鬼之流！”……这些，大家都是熟悉的，过去红学界分析贾宝玉，必定要提到，而且会据之得出他具有反封建的进步思想的结论，说他是那个时代里的新人形象，有的还更具体地论证出，贾宝玉是当时新兴市民阶层的典型形象。从贾宝玉这个艺术形象里提炼出上述因素，加上他跟林黛玉如痴如醉地偷读《西厢记》，大胆相爱，愿结连理，向往婚姻自主，由此做出他具有反封建、争取个性解放的思想的正面评价，我是赞同的。但是，我觉得这样理解贾宝玉，还是比较皮毛的。其实，曹雪芹塑造这个人物，并不是着重去表现他对不好的政治的反对，以及他身上如何具有好的政治思想的苗头。我个人的理解，曹雪芹想通过贾宝玉表现的，是对政治功利的超越。

曹雪芹写《红楼梦》，他的创作心理中是有政治因素的，写这样一部具有自叙性、自传性、家族史性质的小说，他无法绕开他的家族在康、雍、乾三朝里所经历的政治风暴，无法绕开政治风暴中他的家族的浮沉毁灭，他无法不写秦可卿、贾元春那样的与政治直接挂钩的人物，特别是秦可卿，这个角色的所谓神秘之处，就是政治的隐秘面、狰狞面被掩盖上一层美丽的纱绫。但是现在我要告诉你，曹雪芹在写这部书时，他有一个自我控制，这一点从古本《石头记》里可以找到蛛丝马迹。他原来曾经想把关于秦可卿的故事写得更多，“家住江南姓本秦”，究竟他原来设计的，是哪条江的南边——也许是北京昌平潮白河的南边，当年潮白河水量充足河面宽阔，河江概念相通，而为胤礽修造后来由弘晳入住的王府，就在江河之南——现在难以断定。我上几讲讲妙玉，说在第十七、第十八回里，有个仆人向王夫人汇报妙玉的情况，有的红迷朋友听了就来问我，你为什么不说那个仆人是谁呢？不就是荣国府大管家林之孝吗？——我是故意不说“林之孝”这个名字，因为讲妙玉的时候我不能伸出这个枝杈来。现在，终于到了必须枝杈出去的时候了。那么，我告诉你，在几个主要的古本《石头记》里，第十七、第十八回向王夫人汇报情况的那个仆人，写的并不是林之孝，而是秦之孝！

这是怎么一回事呢？几个古本的文字状态完全一样，显然不是抄写者抄错了，而是曹雪芹最初就是那么设计的，他设计荣国府的大管家跟秦可卿一个姓！一般来说，跟女主人汇报，应该是由女管家出面，应该是秦之孝家的，而不是秦之孝，除非这个姓秦的仆人身份十分特殊，而所要汇报的事情又实在机密，但几个古本也写得完全一样，就是秦之孝，而不是秦之孝家的。这部书在流传的过程里，由于后面写到荣国府管家时，都写的是林之孝夫妇，他们还有一个女儿林红玉，也就是小红，因此，后来的抄写印行者就把前面的秦之孝先改成了林之孝，又改成了林之孝家的，当然，这样就前后一致了，由女仆向女主人汇报，也顺理成章了。

我的判断，就是曹雪芹最早写第十七、第十八回（两回还没有分开）的时候，他根据生活原型构思人物和情节时，还想糅进更多的政治内容。

那个时代，在真实的生活里，贵族家庭的仆人是其动产，跟房屋等不动产一样，可以被主人随意支配，比如赠予亲朋好友什么的。曹寅在世时，与两立两废的太子胤礽关系非常密切，双方礼尚往来，互赠仆人是完全可能的。到了小说里，曹雪芹把来自胤礽家的女儿设计为姓秦，也让她养父姓秦，很可能，他还设计了几个属于同一系统的角色，全设计成秦姓。那么，秦之孝，在真实的生活里，可能就是从胤礽家来的，到小说里，他就跟秦可卿同姓。我推敲，秦之孝夫妇这对仆人，也是有生活原型的，本来曹雪芹想通过这样的角色，熔铸进更多一些的政治性色彩，但他后来进行了自我控制，觉得不能让小说文本那么奔泻下去，他要超越政治，写更高层面的东西。于是，后来他就不去让秦之孝夫妇这样的角色承担那样的使命，他把秦之孝的名字改成了林之孝，这样这个角色就和“家住江南姓本秦”的那条政治线索彻底地脱了钩。

尽管如此，小说里关于林之孝夫妇的文字，还是留下了一些曹雪芹早期构思的痕迹，他本来打算把他们写成秦姓一支，把他们和秦可卿勾连起来。也许在真实的生活中，这对来自胤礽家的仆人，在胤礽被彻底废掉后，在曹家采取了低调生存的姿态。这种情形被写入小说里以后，王熙凤说他们一个天聋，一个地哑，也是很低调，尽量不去显山露水。而且，林之孝家的应该已经是个中年妇女了，她却拜年轻的主子王熙凤为干妈，想必那人物的原型也是采取这样的办法，来尽量转移他人视线，隐去自己那“不洁”的来历。小说里林之孝两口子身为荣国府的大管家，却并不仗势把自己女儿小红安排为一、二等丫头，小红在故事开始时，只是怡红院里一个管浇花、喂雀、给茶炉子拢火的杂使丫头。第二十六回，写小丫头佳蕙去找小红，小红却说出了两句惊心动魄的话："千里搭长棚，没有个不散的筵席，谁守谁一辈子呢？不过三年五载，各人干各人的去了，那时谁还管谁呢？"我一度不大理解，这话怎么让小红来说呢？她哪来的超过贾府诸人的见识呢？竟大有秦可卿的口气！后来我琢磨出来，如果林之孝这个人物曹雪芹原来是写作秦之孝的，这个人物的原型就可能是跟秦可卿原型一样，来自同一大背景。那么，他的女儿在家里，听那其实并不天聋地哑的父母私语，听他们感叹原来的主子好景不长，特别是太子一废和二废之间也就是三五年的事儿，听得多了，自然也就比其他的丫头们能够看破。她不寄希望于在府里长期发展，攀个高枝也只为学些眉眼高低，出入上下，大小的事情也得见识见识；自己发现府外的廊下芸二爷还不错，就换帕定情，早为出府嫁人之计。顺这样的思路琢磨下去，曹雪芹尽管下笔十分狡狯，我觉得自己也没有被他瞒蔽了去。又想到第六十一回，大观园里丫头们为争夺内厨房的控制权，一时扳倒了柳家的，于是林之孝家的赶紧安排了秦显家的去取代柳家的——曹雪芹原来是想在书里设计出上、中、下几种秦姓的人物啊，由秦之孝提拔本来在园里南角子上夜的秦显家的，太自然不过，本是同根生嘛！但曹雪芹最后却放弃了将秦可卿带来的政治投影扩大化的计划，他把秦之孝改成了林之孝，尽管留下了我上面钩稽出的这些蛛丝马迹，但林之孝夫妇在小说里终于成为跟政治无关的角色。他一定为自己的这个改动得意，因为写到"慧紫鹃情辞试忙玉"时，写林之孝家的来看望贾宝玉，宝玉一听立刻急了，认为是林黛玉家派人来接她了，叫把林家的人打出去，贾母也就命令打出去——把秦改为林，还可以派上这样的用场，当然还是改了好。

曹雪芹在从生活原型到艺术形象的创造性劳动中，不断调整他的总体设计与局部设计，而且因为他虽然大体写完，却来不及统稿，剔掉毛刺，因此，我们现在看到的文本中，出现了一些明显的笔误和矛盾之处。比如第四十八回写林黛玉教香菱写诗，她跟香菱讲作诗的ABC，说，什么难事，也值得去学，不过是起承转合，当中承转是两副对子，平声对仄声，虚的对实的，实的对虚的……曹雪芹笔下的林黛玉说错了，这是不应该的，也是曹雪芹不该写错的。中国古诗词，对对子，应该是虚的对虚的，实的对实的，说成虚对实、实对虚是一个低级错误。有趣的是所有古本，这个地方全这么错着，高鹗、程伟元也没改，一直到现在的通行本，也没人去改，就那么印。我想，这是因为没什么人会因为曹雪芹这么一个笔误，就去讥笑他，就去否定他的整本书，或者去否定林黛玉这个形象。这种不改动，并不影响我们对《红楼梦》的阅读。

但是，书里的有些交代，形成前后矛盾，让读者纳闷儿，还是应该深究一下的。比如第二回冷子兴演说荣国府，说贾赦有两个儿子，长子叫贾琏。后来书里也写到贾赦另一个儿子贾琮，黑眉乌嘴的，年龄似乎比贾环还小。但奇怪的是，书里人们都称贾琏二爷，他的妻子王熙凤也就连带被称为二奶奶，这是怎么一回事呢？有人说，这是按宁荣二府的大排行叫的，贾珍是大爷，所以比他略小的贾琏是二爷。但是既然讲究大排行，那贾宝玉就应该跟着往下排，他应该被叫作三爷，贾环则是四爷才对，可是，书里宝玉也被叫作二爷，贾环则被称作老三。况且，如果是论大排行，那该把贾珠也排进去，那宝玉应该是四爷，贾环则是五爷了。显然，贾政的儿子是单排的，大爷是贾珠，所以二爷、三爷是玉、环。这究竟是怎么回事？我认为，这是因为在真实的生活里，贾琏的原型是有个哥哥的，只是曹雪芹想来想去，觉得把这个人写进来没多大意思，也太枝蔓，因此，就把他省略掉了。

但是，生活里头，王熙凤的原型，这个二奶奶实在太鲜活生猛了，白描出来就是个脂粉英雄，而且二奶奶这个符码称谓，像嵌入了这个人物的身体一样，若改口去叙述她的故事，倒别扭了。因此，曹雪芹就保留了二奶奶这个家族中的口头语，也就连带保留了对贾琏原型称二爷的口头语，最后便形成了现在这么一个文本。

其实，曹雪芹可能一度也想交代出贾赦有个比贾珍、贾琏年龄都大的儿子，他甚至都设计好了一个名字。第五十三回写贾氏祭宗祠，有一个古本，就是现在还藏于俄罗斯圣彼得堡的那个古本《石头记》，其中写祭祀场面，有一句是“当时凡从文字傍之名者，贾敬为首；下则从玉傍者，贾玫为首”。“贾玫”两个字清清楚楚，应该是曹雪芹一度根据生活真实设计出的名字，以完满贾琏是各房单排的二爷的身份，但他并不想再去写这个老大的故事，所以谐音为“假设没有”的意思。

尽管我们现在看到的《红楼梦》有这么一些没有剔除尽打磨完的毛刺，但曹雪芹对贾宝玉这个艺术形象的刻画，仅就八十回而言，已经是非常完整丰满、光彩照人了。

我们可以算一算，贾宝玉在书里，他自己和别人给他取了一些什么名号？

王夫人初见林黛玉，告诉她说，我有一个孽根祸胎、混世魔王。这两个称谓虽然没有流布开，却也着实说明，以那个时代那个社会那种制度的正统价值标准来衡量，贾宝玉确实具有叛逆性、颠覆性、危险性。再说清虚观的事儿，还记得吗？在四月二十六，张道士做了个什么法事？为谁的圣诞做法事？书里写的，是为遮天大王的圣诞做法事。遮天大王，这是个什么样的符码啊！和尚打伞，无法无天，谁的象征？前面讲的还记得吗？四月二十六，其实也就是生活中的曹雪芹和书里贾宝玉的生日啊，这一笔还不够惊心动魄吗？

大观园里，探春发起诗社，大家都要取别号，薛宝钗对宝玉说，你的号早有了，“无事忙”三字恰当得很。后来又说，天下难得的是富贵，又难得的是闲散，这两样再不能兼有了，就叫你“富贵闲人”也罢了。“无事忙”和“富贵闲人”的符码说明了宝玉的另外一面，就是他并不一定是要去颠覆现在的政治，他是要超越现实政治，去忙活他自己选定的事情，他有另样的追求。什么样的追求？他更小的时候，就给自己取过一个别号：绛洞花王。他还把自己的住处题为“绛芸轩”。他认为自己是红色洞天里的一位护花王子，他觉得他的生存意义，就是要去体贴青春女儿们花朵般的生命，保护她们不被污染，不被摧残。

根据我的理解，第一回里的女娲补天剩余石，下凡后是通灵宝玉，并不是贾宝玉，贾宝玉则是神瑛侍者下凡。但是通灵宝玉后来回到了青埂峰，恢复了巨石的形状，上面写满了字，那些文字里有这样一些脍炙人口的句子：忽念及当日所有之女子，一一细考较去，觉其行止见识，皆出于我之上，何我堂堂须眉，诚不若彼钗裙哉？闺阁中本自历历有人，万不可因我之不肖，自护其短，一并使其泯灭也……其实这都是作者曹雪芹的话语，既不必胶柱鼓瑟地非说是“石兄”写的，更不能说是贾宝玉的独白，这是曹雪芹高妙的艺术想象。正如第一回里写到石头口吐人言时，脂砚斋批语说的，“竟有人问口生何处，其无心肝，可恨可笑之极！”

关于贾宝玉，要进入他的精神世界，了解他的人格构成，我们必须弄清楚两个概念，一个是仙人提出来的，一个是凡人论证的。那么，究竟是哪位仙人与哪位凡人，分别提出、论证了哪两个概念呢？下一讲，我会同大家一起探讨。

第二章 贾宝玉人格之谜（上）

上一讲我已经点明，曹雪芹塑造贾宝玉这个艺术形象，是大体以自身为原型的，那他当然不能挥去他的家族及他自身与那个朝代的政治，也就是权力斗争，或者说权力摆平以后的权力运作相关联的那些可以说是刻骨铭心的记忆，那些生命感受。他在写《红楼梦》时，是把这些生命感受熔铸进去了的。但是，他的了不起之处，就是他在并不否定自己的政治倾向、政治情绪的前提下，意识到了人类精神活动有高于政治关怀的更高境界，那就是生命关怀。他笔下的贾宝玉，有着特殊的人格，而正是在对贾宝玉人格的刻画中，曹雪芹把我们引入了一个比政治更高的层次，一个更具有永恒性的心灵宇宙。

还记得上一讲末尾我提出的问题吧？我说有一个仙人和一个凡人，分别对贾宝玉的人格构成提出和论证了两个概念。他们是谁？是两个什么概念？

先说那个凡人。他就是贾雨村。贾雨村这个人物有点奇怪，在小说一开始，他就和甄士隐一起出现。他们两个的名字，谐音分别是“真的事情隐去了”和“用假语村言来保存”，是这样的一组对应的意思。“假语”好懂，“村言”是什么意思呢？就是村野之谈，在野者的话语，跟主流话语不一样的讲述。读过《红楼梦》的人，对甄士隐的印象都比较好，对贾雨村就难有什么好印象了。“葫芦僧乱判葫芦案”时他已经昧了良心，特别是后头，作者写他为了讨好贾赦，更主动制造冤案，把民间收藏家石呆子所藏的古扇抄来没收后献给贾赦。连浪荡公子贾琏都觉得他这样做太缺德，并因为跟贾赦说出了这类的意思，还遭到贾赦毒打，以致平儿骂他是“半路途中那里来的饿不死的野杂种”。这个角色在曹雪芹的八十回后应该还有戏，高鹗写他在贾家倒霉时不但不救援，还背后狠狠踹了几脚，应该是大体符合曹雪芹的构思的。在第一回甄士隐念出的《好了歌注》“因嫌纱帽小，致使锁枷扛”一句旁，脂砚斋有个批注，说这句指的是“贾赦、雨村一干人”，说明贾雨村这个政治投机分子，最后也没落个好下场。

按说曹雪芹设计出贾雨村这个人物，以他“风尘怀闺秀”开篇，他的名字的谐音又意味着是进入了在野的话语，而且又把他设置成林黛玉的开蒙老师，就算是要塑造出一个性格复杂的人物，又何必越往后越把他写得那么坏，那么不堪？这是我一直在思索的问题。这里也把问题交给大家，希望听到有见地的解释。

不管书里后来把贾雨村写成一个多么槽糕的“奸雄”，在第二回他和冷子兴在乡村野店的一番谈话的情节，在那段描写里，曹雪芹却是通过他，论证了一个很重要的概念。这个概念不仅诠释了贾宝玉的人格，也是一把使我们理解书中诸多人物，包括妙玉、秦钟、柳湘莲、蒋玉菡等的钥匙。其实，就连书外的一些生命存在，比如胤礽，也都可以在这个概念下获得应有的理解。

贾雨村在第二回里那一番关于天地正邪二气搏击掀发赋予一些特殊人物，使他们成为异样存在的论说，我小的时候总也读不下去，看到那里一定会跳过去，觉得既深奥，又沉闷，简直不理解作者写那么多“废话”干什么。现在一些读者也是读那一段的时候没耐心。但现在我懂得了，那段文字很重要，与其说是书里的贾雨村想说那段话，不如说是作者曹雪芹想宣泄自己积郁已久的观点心音。我劝真正想读懂《红楼梦》的朋友们，还是把那段话细读几遍的好。当然，我还是前面一再申明的那种立场，就是我从来不觉得自己的理解就一定对，从来不认为读《红楼梦》都得照我建议的那么读，我只不过是自己有了领悟，想竭诚地报告出来，与红迷朋友们分享罢了。

贾雨村在乡村酒店告诉冷子兴，其实也就是曹雪芹想告诉读者，不要把喜欢在女儿群里厮混的贾宝玉错判为淫魔色鬼。他指出，清明灵秀，是天地之正气；残忍乖僻，是天地之邪气。世上有的人，一身正气，有的则一身邪气，但是还有另一种人，是正邪二气搏击掀发后，注入其灵魂，结果就一身秉正邪二气。这种秉正邪二气而生的人，在上则不能成仁人君子，下亦不能成大凶大恶；置于万万人之中，其聪俊灵秀之气，则在万万人之上，其乖僻邪谬不近人情之态，又在万万人之下；若生于公侯富贵之家，则为情痴情种；若生于诗书清贫之族，则为逸士高人；纵再偶生于薄祚寒门，断不能为走卒健仆，甘遭人驱制驾驭，必为奇优名倡。贾雨村还列举出一个长长的名单，绝大多数是历史人物，来作为这番话的例证。这份名单的人数有人统计过，但数目难以确定，因为其中一个例子是“王谢二族”，这是东晋的两个家族，王导是一家，谢安是一家，王家最有名的是书法家王羲之，谢家我想出一位女诗人谢道韫，但这两家里一共有几位是秉正邪二气的呢？算不清。

这里我不细说贾雨村所举出的例子。我读他拉的名单，最惊讶的是里面有几位皇帝：陈后主、唐明皇、宋徽宗。这些皇帝在政治上全是失败的，从政治学的角度上看，全是反面教员。唐明皇我前面讲“双悬日月照乾坤”的时候讲到了，这个人给人印象最深的不是他政治上的作为，而是他跟杨贵妃的爱情故事。本来他作为皇帝，拥有三宫六院，大群美女供他享受，似乎犯不上对宫里女子动真感情，可是他却对杨贵妃动了真情。他和杨贵妃的爱情故事成了后来文学艺术的一大资源——洪昇创作的传奇《长生殿》，一直演出到今天，还有无数的诗歌、小说、戏剧、舞蹈、绘画、雕塑……到了现代，又加上电影、电视连续剧……相信以后还会产生出更多的文学艺术作品。而且这个故事还渗透进工艺美术，进入中国普通人的生活。现在人们旅游，到了西安，很多人绝不会放过华清池，这传说是唐明皇和杨贵妃洗浴的地方。这个皇帝在政治上一塌糊涂，但是他却通过感情生活，成为情痴情种的典型，创造出了比政绩更吸引人、更流传久远、更普及，以致闹得家喻户晓的，在人类中具有普适性的另一种价值，想想也真令人惊异。一个平头百姓，他不清楚唐太宗——那是一个政治上很有成绩的皇帝——周围的人未必嘲笑他，但是如果他不知道梅兰芳那出《贵妃醉酒》里的女主角是杨贵妃，不知道戏里那天杨贵妃是因为哪个皇帝没来找她而郁闷，而醉酒，那就太可能被周围的人嘲笑了。细想想，这种事挺奇怪的，而曹雪芹就是通过贾雨村解释了这个现象，论证出，有一种人就算当了皇帝，他也可以超越政治，不去创造皇帝本来应该去创造的那个价值，却去创造出另外的价值。

陈后主，陈叔宝，这是一个时代上比唐明皇大约早一百年的皇帝，南北朝时期南陈的最后一个皇帝，一个亡国之君，一个非常荒唐——所谓又向荒唐演大荒——的一个皇帝。说他荒淫无度，绝不冤枉他。

他喜欢歌舞，整天听歌观舞，饮酒作乐。这本来没什么好说的，这样的家伙，应该是个彻头彻尾的反面角色吧，但是曹雪芹却通过贾雨村的话，也把他列为了秉正邪二气的异人。也就是说，此人政治上只有负面价值，但在其他方面却有可取之处。他的爱歌舞，并不是光让别人给他创作歌曲舞蹈，他只是白白地欣赏，不是的；他本人不但欣赏歌舞，而且参与创作，甚至可以说是热衷于创作。我们都熟悉唐朝杜牧的两句诗，“商女不知亡国恨，隔江犹唱后庭花”。诗里所说的那首《玉树后庭花》，就是陈后主自己作词，并参与编曲、演唱的，歌唱时还配以舞蹈，他简直就是一个醉心于这种歌舞的总策划、总导演，他亡了国，却创造出了精美的艺术作品，因此曹雪芹通过贾雨村，就肯定了他这方面的价值，认为他也算是一个情痴情种。另外，唐明皇也热衷艺术创造，陈后主的那个《玉树后庭花》失传了，唐明皇编导的《霓裳羽衣》大歌舞，现在还有人在努力地复原。

宋徽宗，是个更著名的亡国之君，但他的艺术才能、艺术成就，那陈后主和唐明皇就没法子比了。你到文艺类词典里去查，陈后主和唐明皇是查不到的，但一定能查到赵佶，就是宋徽宗的名字。他是中华民族历史上最杰出的书法家之一，他创造了一种独特的书法体，被称为“瘦金体”，一直流传到现在；他的工笔花鸟画达到了超级水平，甚至拿到全世界的绘画宝库里去，跟其他民族的顶尖级画家的画作相比，也毫不逊色。《红楼梦》里写鸳鸯抗婚，她嫂子跑到大观园里，想说服鸳鸯当贾赦的小老婆，招呼鸳鸯说有好话要说，鸳鸯就大骂她嫂子，用了一个歇后语：“宋徽宗的鹰，赵子昂的马——都是好画（话）儿！”你看，宋徽宗的鹰画得那么好，都成民间歇后语里的话头了。这样的人真奇怪，不好好地去当皇帝，不在政治上、在统治术上去下功夫，却全身心扑向了艺术。曹雪芹竟也通过贾雨村之口，指出他也是个情痴情种，这种人身秉正邪二气，关心的不是权力，却是审美。

我不知道其他红迷朋友怎么想，反正，我把贾雨村的论证细读了以后，开始，我真有点难以接受，特别是他对这三位皇帝的一定程度上的肯定，这算什么样的价值观啊？去认同这样的价值观，那我们在当下的社会生活里，岂不就会变成了脱离政治，失却社会关怀，放弃社会责任，为艺术而艺术，或者为学术而学术，钻进象牙塔里成一统，管他民间疾苦民族振兴，那么样的一种人了吗？

我们读《红楼梦》，目的不能是“活学活用”，我们不必到《红楼梦》里去找可以直接用于现实的思想观点、行为模式，《红楼梦》主要是给我们提供了很高的认识价值和审美价值。但是，这也不等于说《红楼梦》对于我们今天的人没有思想上的启迪，没有可借鉴于我们现实生活的因素。

三个政治上糟糕的皇帝，只是在曹雪芹通过贾雨村就秉正邪二气的异人的论点举出的历史人物里，占有很少的比例。我觉得，那是极而言之，极端的例子，我们没有必要胶着在上面，钻牛角尖。

曹雪芹主要是想通过贾雨村的论证来说明贾宝玉，指出贾宝玉的人格价值所在。因为按封建正统的标准，贾宝玉完全是个反面形象。大家都很熟悉第三回里直接概括贾宝玉“反面价值”的两阕《西江月》，历来人们引用滥了，我不再引。当然，那些词句表面上是在否定，其实却是赞扬。贾宝玉没有按封建正统创造出价值，但他却从另外的方面，创造出了正面价值，其中最突出的一点，就是他对社会边缘人的喜爱与关怀。

一些论者分析贾宝玉，强调的只是两点：一是通过他和林黛玉偷读《西厢记》以及其他的行为，认为这些表现了他们在共同的思想基础上自由恋爱，争取婚姻自主；一是他痛恨仕途经济，反孔孟之道，因此给他一个反封建的总概括。恋爱自由，婚姻自主，这是贾宝玉所追求的，对此我没有怀疑。但是笼统地说贾宝玉反封建，我就有所怀疑。我读《红楼梦》的心得是，贾宝玉厌恶、对抗的只是那个社会的政治。他最怕逼他读书，去准备科举考试，去为官做宰，去官场揖让，去成为一个“国贼”“禄蠹”。但是，对非政治的封建社会的价值观，比如伦理方面的观念，他是不但不厌恶、不反抗，反倒是膺服，身体力行，甚至乐在其中的。

比如他对母亲王夫人，第二十五回写到，他从外面回来，进门见了王夫人，不过规规矩矩说了几句，便命人除去抹额，脱了袍服，拉了靴子，便一头滚在了王夫人怀里，王夫人也就用手满身满脸摩挲抚弄他，宝玉也搬着王夫人的脖子说长道短的……这是一幅多么温馨的母子依偎图。当然紧接着就写到贾环故意推倒油灯，想烫瞎宝玉眼睛的情节。贾环下这个毒手，除了别的远因近由，其中一个因素就是贾环患有皮肤饥渴症，王夫人是不会去爱抚他的，他的生母赵姨娘虽然把他当作争夺家产的一大本钱，对他把得很紧，却并不懂得对他进行爱抚。书里写到贾环在薛宝钗那边跟香菱、莺儿等赶围棋作耍，输了，哭了，回到赵姨娘那里——那是赵姨娘第一回出场——她见了贾环，是怎么个表现，记得吗？她不但没有去爱抚、摩挲自己的儿子，反而劈头劈脸就是一句：“又是哪里垫了踹窝来了？”所以，从未得到过父母爱抚的孩子，就会患一种皮肤饥渴症，羡慕、嫉妒那些被父母爱抚的孩子，贾环品行很差，他就把那嫉妒化为了下毒手的行为。书里写贾宝玉即使在那种情况下，也还是为贾环掩盖恶行，说如果贾母问起，就告诉是他自己不小心烫着的。在第二十回，书里还干脆直接写出，说贾宝玉心里有个准则：父亲叔伯兄弟中，因孔子是亘古第一人说下的，不可忤慢，只得要听他这句话。可见宝玉反对的只是读书科举、当官搞政治，至于构成封建思想体系里非常重要的一个组成部分的伦理观念，他是认同的，照办的。

贾宝玉怕他的父亲，特别害怕贾政逼他读书，逼他见贾雨村那样的政治官僚，不愿意走贾政逼他去履行的科举当官的“正道”，但是，这并不是说他就恨他父亲，就全面地反对父亲。他遭父亲毒打，并不是一次反抗行为造成的，前面已经分析过，那件事有很具体的触发因素，有某种偶然性在里头；要说必然性，也不是宝玉反封建的那个必然性，而是“双悬日月照乾坤”的那个必然性。第五十二回，写宝玉出门，去他舅舅王子腾家。他骑上马，有大小十个仆人围随护送。当时出府有两条路径，一条要经过贾政书房，那时候贾政出差外地并不在家，但宝玉却坚持认为路过贾政书房必须下马。仆人周瑞说，老爷不在家，书房天天锁着的，爷可以不用下来吧，但宝玉却说，虽然锁着，也要下来的。后来他们走了另一条路径，不经过贾政书房，宝玉才没下马。这样的过场戏说明什么？曹雪芹写它干吗？我认为，他就是要很准确地刻画贾宝玉这个形象，宝玉并不像今天一些论者所概括的那样，可以简单笼统地贴上一个反封建的标签。

第五十四回，写荣国府元宵开宴，贾珍、贾琏联袂给贾母敬酒，屈膝跪在贾母榻前，在场的众兄弟一见他们跪下，都赶忙一溜儿跪下，这时曹雪芹就写宝玉也忙跪下了，你记得这样的细节吗？曹雪芹还写到，史湘云当时就嘲笑他，意思是你凑个什么热闹？因为我们都知道，宝玉成天在贾母面前，最受宠爱，在礼数上，他是可以例外的。但是曹雪芹就很清楚地写出来，宝玉不反封建大家庭的这种礼仪，不但不反，还主动严格要求自己，哥哥们既然跪下了，自己作为弟弟一定要跟着跪下。

不举更多的例子了。我想根据这些例子说明什么？说明要把握贾宝玉的人格，贴个反封建的标签是说不通的。他最突出的人格特点，其实需要从另外的角度加以说明。

他确实是贾雨村所论证的那样一种秉正邪二气的怪人。他对当时社会主流价值观念的反叛，不是体现在反家长、反封建伦常秩序上，而是体现在他对非主流的社会边缘人的兴趣和关爱上。

秦钟这个人物，我总觉得，他的生活原型，可能与秦可卿、秦业的原型并没多大关系。在真实的生活里，这个人或许只是一个别家的穷亲戚，一度到曹家私塾借读，到了小说里，曹雪芹把他设计成秦业的亲儿子，秦可卿名分上的弟弟。无论在生活里还是小说里，这都是一个社会边缘人，以那个社会的正统价值标准去判断，应该说是一个无聊的人，一个荒唐的人。但是宝玉第一次接触秦钟，你看曹雪芹怎么写的？他写宝玉痴了半日，心里想，天下竟有这等人物！如今看来，我竟成了泥猪癞狗了，可恨我为什么生在这侯门公府之家，若也生在寒门薄宦之家，早得和他交结，也不枉生一世；我虽如此比他尊贵，可知锦绣纱罗，也不过裹了我这根死木头，美酒羊羔，也不过填了我这粪窟泥沟，“富贵”二字，不料遭我荼毒了！——千万不要把这些话草草地读过去，我以为很重要，这才是真正揭示贾宝玉人格的内心独白。在社会边缘人面前，他，一个位居社会中心地位的侯门公子，居然产生了这样的思想，这不但在那个时代是惊人的，就是挪移到今天，又有几个高官富豪的子女，面对着底层平民的子弟，能够这么想，涌动出这样的情绪来呢？这不是什么政见，但这样的思想情绪，不是比某些政见更具有正面价值吗？如果更多的人能具有这种向下看，然后自我批判，主动亲和下层的情怀，社会还怕不能趋于和谐吗？不用为这种思想行为贴标签，也很难找到一个现成的标签，曹雪芹通过贾宝玉所宣示的这种思想情愫，实在是很伟大，具有穿透时代的力量，放射出永恒的光辉。

秦钟在第十六回——我觉得是相当草率地——被曹雪芹写死了。秦钟临死前，还说了后悔以往看不起一般俗人，劝宝玉回到求功名的路上去那样的让我们败兴的话。但整体来说，秦钟在世时是个率性而为的人，他为情而生，为情而死，他与智能儿那股子争取恋爱自由的勇气，是宝玉和黛玉望尘莫及的；临终前的悔语，可以理解成被社会压抑、摧残而扭曲了的心音。这个人物的名字，谐的就是“情种”的音，这个多情种子，应该是有原型的。但十六回以后，这个人似乎也就被作者，被贾宝玉，被看小说的读者，逐渐地遗忘了。但是，到第四十七回，书中出现了一个更加属于社会边缘人的柳湘莲，贾宝玉跟他的关系，也和跟蒋玉菡一样。蒋玉菡虽然被忠顺王和北静王都视为香饽饽，双方死磕，谁也不放弃，互相争夺这个人，但蒋玉菡是个戏子，实际上也是社会边缘人，王爷们是把他当作一个心爱的物件争夺；贾宝玉却是跟他平等交往。而柳湘莲更是一个异数，更加奇怪，他会串戏，又非戏子，世家出身，却已破落，耍枪舞剑，赌博吃酒，眠花卧柳，吹笛弹筝，无所不为，宝玉跟他竟又投缘。忽然，这一回写到宝玉跟柳湘莲在赖大家见了面，一见面，头一句话是什么？你记得吗？注意了吗？宝玉问柳湘莲这几日可到秦钟的坟上去了？柳湘莲就告诉他，去过，发现有点走形，还花钱给修好了。作者没有忘记秦钟，宝玉没有忘记秦钟，我们能随便就把秦钟忘了吗？作者写这些是在传递什么样的信息？我认为，我们一定要懂得，宝玉的人格构成，其中很重要的一个因素，就是他喜欢一些这样的社会边缘人，而这些社会边缘人也喜欢他。他觉得像秦钟、蒋玉菡、柳湘莲这些人，灵魂没被现实政治污染，跟这些性情中人交往，可谓这里有泉水，这里有真金。这些人看重他的，也正在于此，惺惺惜惺惺，边缘共乐。宝玉身在社会中心，一个侯门里面，身为贵公子，他却从心里头把自己边缘化了，这真是乖僻之至！

宝玉为蒋玉菡的事挨了父亲痛打。贾政打他，只是恨他给家里惹祸，是从政治上考虑，贾政是一个政治动物。当然贾政打宝玉也是因为贾环“手足眈眈小动唇舌”，密告他淫逼母婢未遂——那当然是夸大了事实，是贾政把宝玉往死里打的火上浇油的因素——但是贾政就是把宝玉打死了，他也还是并不懂得贾宝玉。宝玉挨打后，薛宝钗托着治疗棒疮的丸药来看望宝玉，第一回忍不住流露出无限的爱意，说了句“早听人一句话，也不至今日”。她还是不大理解宝玉，宝玉挨打，其实跟她平日劝说宝玉读书上进什么的并无直接关系。林黛玉毕竟最知宝玉之心，她对宝玉抽抽噎噎地说道，你从此可都改了罢！她知道宝玉喜欢跟那些社会边缘人交往，这时宝玉就长叹一声，说你放心，别说这样的话，就便为这些人死了，也是愿意的！这句话我以为非常非常重要。

在说到贾宝玉关爱青春女性之前，我花了这么多力气来分析他对男性中的社会边缘人的特殊感情，我以为是必要的。这也是许多读者往往忽略掉的一部分内容。有些读者对这样的问题感兴趣，就是贾宝玉跟秦钟、蒋玉菡、柳湘莲这些人，有没有同性恋关系？从同性恋角度来分析贾宝玉跟这些人，特别是跟秦钟的密切关系，也不失为一种可采用的学术角度，我不反对，而且，我的阅读感受是他们之间确实有一些同性恋的味道。但我主要是从社会边缘人这样的角度来理解他们的，他们都属于正邪二气搏击掀发后赋予禀性的那一类人。曹雪芹通过对贾宝玉和这些人物的描写，提醒我们注意人类中的这一批异类，他号召我们理解、谅解、容纳甚至肯定他们的独特存在价值，这是非常高层次的思想。这种思想在二百多年前就如此鲜明地被提出来，构成了我们中华文化、中华文明当中的一个耀眼的光斑。

当然，贾宝玉给读者最深刻的印象，还是他对待青春女性的那种特殊情怀，他所发表的那个宣言：女儿是水作的骨肉，男人是泥作的骨肉，我见了女儿，我便清爽，见了男子，便觉浊臭逼人！这种情怀，跟上面所分析出的他对社会边缘人的看重，是相通的。因为当时那样的封建社会，是一个男权社会，妇女整个儿是被压抑，处在男权社会边缘的。但是，贾宝玉的“女儿水为骨肉”的观念，是把那个社会里的女性，又加以细致划分的。例如第五十九回，怡红院的二等丫头春燕跟莺儿说，宝玉说过那样的话，他说女孩儿未出嫁，是颗无价之珠宝，出了嫁，不知怎么就变出许多不好的毛病来，虽是颗珠子，却没有光彩宝色，是颗老珠子了，再老了，更变得不是珠子，竟是鱼眼睛了。分明一个人，怎么变出三样来？有的读者很皮毛地理解，说宝玉是嫌女人越老越没有姿色。也许有这样的因素在里头，但宝玉的这一观点的核心，是他痛恨那个男权社会的主流观念。青春女性在那个时代，处在社会最边缘，她们被禁锢在深闺里，轻易不许迈出二门、大门，但也正因为如此，她们相对来说较少受到政治污染，灵魂也就如水清爽。曹雪芹在全书楔子里更是直接写出了他的观点，他说，忽念及当日所有之女子，一一细考较去，觉其行止见识，皆出于我之上，又说，闺阁中历历有人，万不可因我之不肖，自护其短，一并使其泯灭也。他刻画出一个贾宝玉，通过宝玉对闺阁中青春女性的欣赏、呵护，来体现他这样一种情怀。

闺中女儿，青春易逝，而且到了一定年龄，父母就要包办婚姻，安排她们出嫁。一嫁了人，就难免被热衷仕途经济的丈夫同化，即使是那些丫头出身的嫁了人的仆妇，参与了贵族府第的管理，也就开始变质。在第七十七回，宝玉目睹周瑞家的往外带司棋，凶神恶煞，说如今可以动手打司棋了，宝玉恨得只瞪着她们，看已远去，才指着周瑞家的背影愤恨地说："奇怪，奇怪，怎么这些人只一嫁了汉子，染了男人的气味，就这样混帐起来，比男人更可杀了！"他说奇怪，其实他心里还是明白的，并不奇怪。这时书里又紧接着写，守园门的婆子听了好笑，就问他，这样说，凡女儿个个是好的了，女人个个是坏的了？宝玉点头道，不错！不错！婆子们就想再问他，说还有一句话我们糊涂不解，倒要请问请问——有意思的是，写到这里，曹雪芹并没有接着写她们究竟问的是什么，以及宝玉怎么回答，反而是用另一个更具紧张气氛的情节，将之截断了。不知道红迷朋友们琢磨过没有，婆子们是觉得还有一句宝玉说的什么话糊涂不解，想再问个明白？

其实，守园门的婆子想问的话，可以从第七十一回里得到消息。在那一回里，贾母过生日，亲戚里来了四姐儿和喜鸾，这是两个小姑娘，她们听见尤氏说宝玉：谁都像你，真是一心无挂碍，只知道和姊妹们玩笑，饿了吃，困了睡，再过几年，不过还是这样，一点后事也不虑。宝玉怎么回答的呢？他说，我能够和姊妹们过一日是一日，死了就完了，什么后事不后事！于是大家就笑宝玉呆傻，李纨笑说，就算你是个没出息的，终老在这里，难道姊妹们都不出门的？这里"出门"就是出嫁的意思。喜鸾后来就很天真地搭话，说二哥哥，等这里的姐姐们都出了阁，我来跟你做伴。李纨她们又笑她，说难道你将来就不出门？而上面说的那些守园的婆子想问宝玉的，应该就是这样的问题：难道闺中女儿永不出嫁？

闺中的女儿，到头来要出门，出阁，出嫁，嫁了男人，就会沾染男人浊气。怎么个浊气？官场上争权夺利，商场上争钱夺利，名利场上争名夺利。于是这些女儿就变质了，变成死珠子、鱼眼睛了。贾宝玉希望女儿们青春永驻，永不嫁人，永不被污染，永远清爽，这实际上是办不到的，但他就那么固执地追求，追求永开不败的花朵，永远新鲜芬芳的花朵。

这种追求，最后的结果肯定是破灭。但是在破灭之前，宝玉就抓紧一切机会，来欣赏、呵护青春花朵，来为她们服务、效劳，甘愿为她们牺牲，化灰、化烟也在所不惜。贾宝玉对青春女性的膜拜，其实也就是曹雪芹对青春女性的膜拜，在那个时代、那种社会里，这实在是惊世骇俗的。就是搁到今天，放在全球视野，从整个人类的角度来说，这种特别看重青春女性生命价值的观点，也是很新颖的，对不对？

有红迷朋友跟我讨论，说王熙凤和李纨也都是嫁了人的，宝玉不是也跟她们很好吗？不是把她们和黛、钗、湘、迎、探、惜一视同仁吗？——她们在宝玉眼里，跟别的“嫁了汉子”的妇人相比，可能确属例外。但是，你仔细读，就会发现，他是写出了王熙凤嫁了人当了家，手中有了权力，就失去纯洁变得污浊的一面的，他赞赏她的才能，却揭露、批判了她的恃才胡为。李纨，有红学家认为是曹雪芹笔下一个没有缺点的人物，其实大不然，关于她的缺点问题，我将在后面揭示。

其实，贾宝玉跟黛、钗、湘等主子姊妹们那么好，即使从最世俗的角度去看，也不难解释，而他的令人纳闷儿之处，在第七十八回里，被贾母点出来了。记得贾母怎么说的吗？她说，我深知宝玉，将来也是个不听妻妾劝的，我也解不过来，也从未见过这样的孩子，别的淘气都是应该的，只他这种和丫头们好却是难懂！我为此也担心，每每地冷眼查看他，只和丫头们闹，必是人大心大，知道男女的事情了，所以爱亲近她们，既细细查试，究竟不是为此，岂不奇怪？想必是个丫头错投了胎不成？

宝玉跟丫头们好，贾母难懂，你懂不懂？

曹雪芹通过一个仙人，解释了贾宝玉的这种情怀。那仙人是谁？

就是太虚幻境的警幻仙姑，她提出了一个概念，解释了宝玉的特殊人格心性。

这个概念，就是“意淫”。

“意淫”这个曹雪芹创造的语汇，因为里面有一个“淫”字，历来被人误读误解。现在有的人写文章，把它当成一个绝对贬义的词汇，理解成“在意识里猥亵”，甚至“在意识里跟看中的人性交”那样的含义，说谁“意淫”，就是批评谁心思不正，下流堕落。这样理解“意淫”，绝对歪曲了曹雪芹的原意。这个概念是曹雪芹通过警幻仙姑，在第五回快结束时，很郑重地提出来的。建议大家再细读相关的那些文字。

警幻仙姑跟贾宝玉说：“吾所爱汝者，乃天下古今第一淫人也。”这当然把贾宝玉吓一大跳，宝玉就忙道饶，说自己因为不爱读书，已经被家长责备，岂敢再冒“淫”字，自己年纪小，不知道“淫”字为何物。这时警幻仙姑就给“意淫”下了定义，她说，淫虽一理，意则有别，如世之好淫者，不过悦容貌，喜歌舞，调笑无厌，云雨无时，恨不能尽天下之美女供我片时之趣兴，此皆皮肤滥淫之蠢物耳；那么贾宝玉呢，她认为他不是这样的，而是脱俗的，是超越皮肤滥淫的，她说，如尔则天分中生成一段痴情，吾辈——也就是仙界众仙姑们——把这种痴情，推之为意淫。“推之”就是推崇为，充分地肯定为，可见“意淫”在这里被确定为一个正面的概念，一个不是一般俗人所能具有的品质，是贾宝玉天分里、人格里，一个非常值得推崇的优点。那么，对青春女性不存皮肤滥淫之想，没有轻薄猥亵的心理，究竟是个什么样的态度呢？警幻仙姑进一步说，意淫二字，惟心会而不可口传，可神通而不可语达，汝今独得此二字，在闺阁中，固可为良友，然于世道中未免迂阔怪诡，百口嘲谤，万目睚眦。确实，这两个字眼儿，我在这里引用，都有心理障碍，毕竟有些听我讲座，读我文章的，还是些少男少女啊，现在我却告诉大家，这个字眼儿，竟然是个正面的概念，在曹雪芹笔下，它是个褒义词，我也担心会有人认为我心术不正，误人子弟，嘲谤睚眦。但是，毕竟曹雪芹就是这么个意思。你看他后面写贾瑞，癞蛤蟆想吃天鹅肉，两次被王熙凤耍弄，还不死心，后来得到风月宝鉴，人家跟他说一定要反照，他非要正照，跑到镜子里去皮肤滥淫，最后死掉——他那个正照风月宝鉴的意识行为，曹雪芹使用了“意淫”的字眼儿吗？你去细翻翻，细查查，各种版本都查查，没有。曹雪芹的“意淫”不是那样的意思，你怎么能误读误引，非用这两个字来表达类似贾瑞那样的意识行为呢？

尽管“意淫”这两个字有一定的敏感性，但是要把曹雪芹塑造的贾宝玉这个艺术形象读懂读通，这个字眼儿是绕不过去的。

第五回最后，就在警幻仙姑提出了“意淫”这个概念后，她就把乳名兼美字可卿的妹妹介绍给了贾宝玉，使他初尝男欢女爱的滋味。有的年轻读者对这一笔很不理解，说这不是流氓教唆吗？我个人认为，曹雪芹安排这样一笔，是有其用意的，他通过这样的梦中经历，传达给读者一个明确的信息，就是贾宝玉这个男子，在故事发展到那个阶段的时候，他的心性都成熟了。这一笔非常重要。否则，会有人对以后他在女儿群里厮混产生另样的理解，比如贾母因为参不透他为什么跟丫头们那样好，就一度怀疑他是不是男儿身、女儿性，用今天的术语来说，就是他是否是个双性人？有位红迷朋友就跟我说，因为是私下里讨论，他很坦率，不避讳，他就说，也许是被某些绘画、戏曲、影视里头的贾宝玉造型影响，特别是不少戏剧影视，总让女演员来扮演贾宝玉，这就让他总觉得贾宝玉不像个男人，有些女里女气。或者说他也许是个中性人，要么是双性人，他跟那些小姐、丫头们在一起，似乎没有什么性别意识。因此，说贾宝玉对待女性的观念态度如何具有进步性、超前性，他不大赞同。他认为，可能贾宝玉自己在性别认同上有偏差，所以跟青春女性混在一起时，误以为大家是一回事儿。

曹雪芹可能是生怕读者误会，他还特意写了宝玉梦遗，紧跟着又写他和袭人偷试云雨情，就是要告诉读者，尽管宝玉还小，但他是个正牌男人，生理上健康，发育正常。这个前提是非常要紧的。否则，意淫可能要被误解为他性无能，因此只能在意识里去淫乱。

脂砚斋在批语里把警幻仙姑提出的概念进一步简化，她说，按宝玉一生心性，只不过“体贴”二字，故为“意淫”。也就是说，宝玉的这个人格特点，其实就是对青春女性格外体贴，全身心地体贴。

小说里写宝玉对青春女性的全身心体贴，例子太多，最突出的，是第四十四回中的“喜出望外平儿理妆”和第六十二回的“呆香菱情解石榴裙”。这两段故事大家很熟悉，我不必再讲述一遍。我只是提醒大家，要注意曹雪芹除了写贾宝玉亲自为平儿拈取玉簪花棒等化妆品，剪鲜花为她簪在鬓上，又为她熨衣、洗帕等行为，还特别写到他的心理活动，说他因自来从未在平儿前尽过心，而平儿是个极聪明极清俊的上等女孩儿，比不得那些俗蠢拙物，深为恨怨，没想到一场风波以后，竟能在平儿前稍尽片心，这让他心内怡然自得，歪在床上，越想越欣慰。这些想法，也许还比较肤浅，下面他接着想，就想到贾琏唯知以淫乐悦己，并不知作养脂粉——作养在这里是像培养花儿般那么去呵护的意思；又想到平儿并无父母兄弟，独自一人，供应贾琏夫妇二人，贾琏之俗，凤姐之威，她竟能周全妥帖，也真不容易，想到这里，不觉洒然泪下，趁别人不注意，他索性尽力落了几点痛泪。这就是宝玉的“意淫”，也就是脂砚斋换的那个我们更能接受的说法，“体贴”。这种情怀的具体呈现，里面哪有丝毫皮肤滥淫的邪意，哪有正照风月宝鉴的下流心思，这是一个生命对另一个生命的极度尊重与关怀。尤其是，贾宝玉是一个正常的男人，他不是不懂得性，不是性无能，可是面对平儿这样一个聪明清俊的美丽姑娘，他所思所想所叹所伤，却是这样一些内容，这样的人格品质，难道不是纯洁高尚的吗？

香菱换裙那段情节，你也应该特别注意曹雪芹对宝玉的心理描写。他写宝玉低头心下暗想，可惜这么一个人，没父母，连自己本姓都忘了，被人拐出来，偏又卖了这个霸王。又想，上日平儿的事也是意外想不到的，今日更是意外之意外的事了。所谓意外，就是他平日一直存有对这两位青春女性的爱惜之心，只是没有机会充分表达出来罢了，而两个偶然的情况，竟然使他能像完成行为艺术的创作一样，使他的这种心情在两位女儿面前，有了一次充分而圆满的宣泄。

当然，曹雪芹笔下的贾宝玉，是一个具有复杂性的、血肉丰满鲜活的艺术形象。书中有一回集中展现了贾宝玉人格的五个层面，而且写得那么自然流畅而又跌宕起伏，我个人对此佩服得五体投地。那么，你无妨猜猜，我说的是哪一回？

但愿我们不谋而合。

贾宝玉人格之谜（下）

上一讲最后我问，如果从《红楼梦》八十回书里，找出最集中地展现贾宝玉人格复杂性的一回，选哪一回最合适呢？这其实是一个可以有很多种答案的问题，因为仁者见仁，智者见智，每个读者的感受不尽一样，选择也就不尽相同。我现在就要告诉大家我的感受，我认为第三十回是最集中地展现了贾宝玉人格的各个层面的一回，下面请听我给你讲讲我的阅读心得。

这一回的回目是“宝钗借扇机带双敲，龄官划蔷痴及局外”，当然有的古本这回的回目跟这个不太一样，但差别不是很大。其中值得一提的，是有的古本不说龄官，而写作椿龄。为什么是椿龄？书里没交代她的名字是椿龄，只说她跟别的买来唱戏的小姑娘一样，都给取了个带官字的艺名。但我认为，这个回目里的“椿龄”二字，不会是写错了，不会是偶然的，而应该是一个伏笔。后面写因为朝廷里薨了老太妃，贵族家里不让唱戏了，元妃也不再省亲，因此贾家就把所养的梨香院的小戏子们遣散了。其中有一个死掉，不去算了，剩下的有八个愿意留下来当丫头，就分到各房去了。书里也开列了那八官的名单和去向，里头没有龄官、宝官和玉官。龄官哪里去了？是否嫁给了贾蔷，或是又有别的什么命运？八十回里就没写了，但估计八十回后，曹雪芹笔下还会有她，她为什么又可以叫作椿龄，那时一定能让我们明白。

附带说一下，《红楼梦》的回目都是八个字两句话，但各回八个字的诵读节奏是不一样的。比如“甄士隐—梦幻—识通灵，贾雨村—风尘—怀闺秀”，是AAA—BB—CCC的节奏。这种节奏的回目最多，但也有别样节奏的。比如“村姥姥—是—信口开河，情哥哥—偏—寻根究底”，则是AAA—B—CCCC的节奏；“手足耽耽—小动唇舌，不肖种种—大承笞挞”则又是“AAAA—BBBB”的节奏；“宝钗借扇机带双敲，龄官划蔷痴及局外”呢？我认为这两句的读法，节奏并不是对称的，前一句是AA—BBB—CCC的节奏，读做“宝钗—借扇机—带双敲”，后一句则读作“龄官—划蔷—痴及局外”，是AA—BB—CCCC的节奏了。这样过细地读《红楼梦》，也许有的人不以为然，但是我个人认为，这也是很有意义的，可以从中体会到我们母语，方块字，它的声韵美，节奏美。例如像“情切切良宵花解语，意绵绵静日玉生香”这样的回目，实际上就是优美的诗句。诵读并体会回目的意境，对理解《红楼梦》各回的内容，是非常重要的。我的一位朋友，就常跟我讨论《红楼梦》的回目，比如“不肖种种大承笞挞”，他认为应该读作“不肖种—种大承笞挞”。“不肖种”当然是指贾宝玉，“种大承笞挞”，就是一打趸地，被算总账地痛打了一顿。您认为他的见解如何？可能您觉得这么去读是钻牛角尖，那您就还按自己的读法去欣赏《红楼梦》吧。

不管怎么个读法，第三十回总是不会跳过去不读的吧？这一回，从时间上来说，是一个夏日的午前到午后，总的时间流程大约也就三个钟头左右，地点场景呢，虽然有几次转换，但也无非是荣国府大观园那么个空间里头，故事情节是不间断的。我觉得，这回所描写的，基本上可以分为五幕。

第一幕，时间是午前，众人去贾母那边吃午饭前。故事发展到这一回的时候，虽然有了大观园，但大观园里还没设厨房，住在里面的宝玉和黛、钗等要吃饭的话，还是要出园子去上房。地点呢，是在潇湘馆。

这一幕的故事，紧接上一回。上一回中因为到清虚观打醮，张道士给贾宝玉提亲，宝玉又从那里得到了一个金麒麟。本来薛宝钗的金锁所带来的“金玉姻缘”的阴影，已经让林黛玉堵心，一金未除，又出一金，于是黛玉就跟宝玉闹别扭，而且这回可闹大发了，应该说是八十回里闹得最凶的一回，最后更惊动了贾母，贾母说他们是“不是冤家不聚头”，急得流眼泪。这一幕里，宝、黛就是在那样一个前提下见面的，是宝玉主动找上门来，想跟黛玉讲和。黛玉那个性格，心里明明活动了，感受到了宝玉对她的一片真情，嘴里却还偏要说些刺激宝玉的话，先说要回家去，宝玉说跟了去，又说要死，宝玉就说你死了，我做和尚——这当然既是表现宝玉情急之下口不择言，同时也是一个伏笔。因为按曹雪芹的构思，八十回后宝玉应该是两度出家，而第一回出家，就是因为黛玉之死。这回里还有一些两个人的对话，以及对他们肢体语言的细腻描写，其中就写到，黛玉见宝玉用簇新的纱衫的袖子擦眼泪，就把自己搭在枕上的一方绡帕子，拿起来摔到宝玉怀里。宝玉擦过眼泪，就挨近前些，于是，应该说就出现了八十回书里，一个惊心动魄的镜头——宝玉就伸手拉了黛玉一只手，两个人就各有一句话。那说的话你可能记得，不记得可以去查书，这里我主要是想跟你强调，这是宝玉在八十回书里，主动地跟黛玉亲热所出现的唯一的一次身体接触。而且，从后面的情节可以知道，黛玉对他这次主动的身体接触，嘴里怎么说是另一回事，实际上并没有拒绝，并没有马上甩开宝玉或抽出自己的手来。

有人可能会说，那个时代，那个社会，男女授受不亲，公子小姐讲恋爱，眉目可以传情，肢体怎敢接触，这是一种常规，没什么可分析的。但贵族公子，也如俗话所说，龙生九子，子子有别，做事风格并不完全一样的。比如我在前面已经讲到的贾蓉，他辈分比宝玉小，年龄却比宝玉大，是宁国府里三世单传的贵公子。第六回刘姥姥一进荣国府，曹雪芹通过刘姥姥的眼光，描述他是面目清秀，身材俊俏，轻裘宝带，美服华冠。这位公子恪守男女授受不亲的行为规范吗？在第六十三回写他爷爷去世，他回家奔丧，见了两位姨妈，打情骂俏，甚至滚到尤二姐怀里去，丫头们看不过，提醒他热孝在身，那两位又毕竟是姨娘家，他竟撇下两个姨娘就抱着丫头亲嘴，说我的心肝，你说的是，咱们馋她两个，情形不堪入目。当然，这不是讲恋爱，但就是讲恋爱——如果贾蓉也真能有点像样的爱情的话，估计他也不会斯斯文文，他一定也是会有大幅度的肢体语言的。贾宝玉享有更多的贵公子特权，他如果真想怎么样，也未必不能一试。他跟袭人，早就试过嘛，而且后来这也不是什么秘密。晴雯早在住进大观园前就说过，你们那瞒神弄鬼的，我都知道。这话虽然不是冲着袭人说的，但宝玉听见，只有无言以对的分儿。后来在怡红院，晴雯更干脆对袭人说，别教我替你们害臊了，便是你们鬼鬼祟祟干的那事儿，也瞒不过我去，顿时气得袭人满脸紫胀起来，但也无可奈何。

我说这个干什么呢？我其实是想强调，曹雪芹写宝玉和黛玉的恋情，他写出了一种圣洁之爱。“意绵绵静日玉生香”那一回，两个人在同一张床上，你看他们相处的情形，既亲密，又纯洁。当然，读者们都知道，作者有一个神话式的预设，就是他们是两个从天上下凡的生命。但是，神瑛侍者和绛珠仙草一旦下凡，除偶尔的梦游，生魂回到天上那样的情况不算外，他们在荣国府里，在大观园，在人间，自己是并不知道自己来历的。因此，他们的相爱，主要还是因为精神上的共鸣和异性间的一种相互吸引。他们两个的精神共鸣，已经有许多人指出，读者们自己也可以做出判断，我不再在这里细说。我现在是要破除一些误解和理解偏差，比如有人认为二玉之间只有精神共鸣，没有肉体吸引，那样的话，与其说他们是恋人，不如说是战友了。宝玉爱林妹妹，当然是灵肉一起爱。前一讲讲过，贾宝玉是一个生理上和心理上都成熟了的男子，不是没有“性趣”，不是性懵懂、性无能，也不是在性取向上拒女求男的同性恋者，他对女性的身体美是有感受有冲动的。例如第二十八回中，他请求薛宝钗把腕上戴的红麝串褪下来给他细看看，宝钗少不得褪下，这时曹雪芹就写到，宝玉见宝钗生得肌肤丰泽，看着她那雪白一段酥臂，不觉动了羡慕之心，暗暗想道，这个膀子要长在林妹妹身上，或者还得摸一摸，偏生长在了宝姐姐身上。这是写宝玉的性心理，写得非常准确。

贾宝玉爱林黛玉，爱到铭心刻骨的地步。“诉肺腑心迷活宝玉”那一回，宝玉说，好妹妹，我的这个心事，从来也不敢说，今儿我大胆说出来，死也甘心！什么心事呢？他说，我为你也弄了一身的病在这里，又不敢告诉人，只好掩着！我睡里梦里也忘不了你！——这是多么惊心动魄的话！这说明他对林妹妹绝不仅仅是思想上的志同道合，曹雪芹写宝玉爱黛玉是灵肉一起爱，都写到了这个分儿上了，我们要是再不理解，可真辜负了作者的一片苦心了！当然，宝玉说出这几句电闪雷鸣般的话时，黛玉已经走开了，他是在发呆的情况下，也就是说这个时候，他这个情种已经达到情痴的程度，他都没搞清楚对面站的已经不是黛玉而是袭人了，就把心底里最深处的隐私公布了出来。结果当然把袭人吓得魄消魂散。袭人不由得叫出了什么话来？记得吗？也如电光急火般啊，袭人叫道，神天菩萨，坑死我了！所以，曹雪芹他写宝哥哥爱林妹妹，是全方位的，是有性心理描写的。袭人后来忍不住跟王夫人说那些话，不少论家都说她是告密，有的还特别分析出，她是宝钗的影子，她们都是在思想意识上站在维护封建礼教一边的。这样分析我不反对，但是，我个人的感受是曹雪芹其实是在写人性的复杂。袭人听到了宝玉那本来绝对不想让她听到的话语，感到可惊可畏，十分不安——原来宝玉跟她做爱，其中有拿她当替代品的因素，这真是坑死她了啊！所以袭人的所谓告密，除了思想观念上的原因，恐怕也有另外的、容不得宝玉再那么发展下去的更隐秘的原因。

把宝玉对黛玉的爱情中精神以外的因素发掘到这个地步，我想说明什么呢？我想说的是，纵观八十回大文，宝玉对黛玉的爱，那么深刻，那么浓酽，但是对黛玉，在未正式结为夫妻前，他对她绝无苟合之想，他自我控制，甚至可以说是抑制，连肢体接触，都非常谨慎。这种爱，那么圣洁，那么高尚，令人感动，令人钦佩。宝玉对黛玉的爱，有一个非常明确的目标，就是娶她为妻，为正妻。他对黛玉、紫鹃引用《西厢记》里的话，“我就是个多愁多病身，你就是那倾国倾城貌”，“若共多情小姐共鸳帐，怎舍得你叠被铺床”，把他的态度宣示得非常明白。后来紫鹃还非要“情辞试忙玉”，他除了发一些措辞非常古怪的誓言，还对紫鹃说，我只告诉你一句趸话，活着，咱们一处活着，不活着，咱们一处化灰化烟，如何？

在第三十回的第一幕里，曹雪芹再次描写了二玉之间爱得死去活来，出现了宝玉对黛玉的一次主动的肢体接触，而黛玉心里头其实是对之容忍、接受，甚至享受的。这个肢体接触滞留的时间应该是比较久的，因为底下就跳出了一个人物，又是人未到声先到，先听到一声喊，好了！原来是王熙凤来了。她奉贾母之命而来，把两个聚头的冤家带出潇湘馆去，带出大观园，带到贾母那边的上房。她向贾母汇报说，她在潇湘馆看见二玉互相赔不是，倒像黄鹰抓住了鹞子的脚，两个都扣了环了！

这一幕，写宝、黛之恋，突出写了宝玉对黛玉的爱是灵肉俱爱，却又圣洁高尚，比后来对理妆的平儿、换裙的香菱的那种体贴，更高一个甚至几个层次，突出写了他的这个人格特征。若认为宝玉对黛玉的感情是怜惜多于爱情，是与书中大量的描写不符的。认为林黛玉够不上《红楼梦》的第一号女主角，也是不能服人的。脂砚斋，被认为是史湘云的原型，她有条批语怎么写的呢？她说，余不及一人者，盖全部之主惟二玉二人者。脂砚斋的这个话，我完全膺服。

接下来的第二幕，时间跟上一幕紧接着，地点是在贾母的屋里。这个时间应该一起吃饭，但曹雪芹省略了吃饭的过程，直接写了宝、黛、钗的又一次心理冲突，内容就是回目前一句所概括的，大家都熟悉，我不必再复述那些情节。我只是要提醒大家，注意这里所出现的那个小丫头靛儿，有的版本又写成靓儿，我个人比较倾向于曹雪芹的原笔是靛儿，是谐“垫背”的那个“垫”的音。这个丫头在前八十回里只出现一次，但我估计八十回后她是要再出现的。就像小红怀疑黛玉偷听了她的机密，会疑忌黛玉，并会因此派生出一点情节一样，这个靛儿不过是问了句扇子的事，宝钗就对她那样声色俱厉，她哪知道宝钗是借她问扇的这个机会，用话敲打二玉呢？她人微身贱，当时也只好忍气吞声，但以后她的情况有了变化，再遇到宝钗，她会怎么说怎么做呢？大家可以揣想。我认为，曹雪芹他特别善于写人性的复杂，命运的诡谲，他并不是从概念出发来写人物的，他笔下的宝钗给我们的总体印象是温柔蕴藉，但偶尔也会金刚怒目，甚至伤及靛儿那样的无辜。

这一幕里，因为环境的转换，宝玉也只好尽快调整自己的情绪，以适应那样的人际应对。有人认为贾宝玉既爱黛玉也爱宝钗，这个说法是不准确的。如果说他作为绛洞花王，一个护花的王子，对所有的青春女性都有一种爱意，那么，宝钗是最华贵的牡丹花，他焉有不爱之理？他爱得只会更多。书里多次写到他对宝钗的美貌、风度、博学、诗才的激赏，甚至在上面我所引的那个例子中，他对她的身体也产生过“摸一摸该多惬意”的想法。但是，那不是严格意义上的爱情，他娶妻，娶正妻，还是要娶林黛玉。哪怕有所谓“金玉姻缘”的说法，娶宝钗困难少甚至无困难，而娶黛玉困难大甚至有难以逾越的困难，他也坚决要娶黛玉，笃信“木石姻缘”。为什么？就是因为从严格意义上的男女情爱角度来说，他对黛玉灵肉俱爱，连缺点也爱，连病态也爱，虽然他对宝钗那丰满的美臂有一种欲望，但那既然是宝钗的，他就从心理上放弃。对林妹妹的身体，他也绝不轻亵，必须是在婚后，在林妹妹心甘情愿并且觉得舒服的情况下，他才会去享受那热望中的东西。这种情怀，在那个时代，在他那种身份的贵族公子里，是非常难能可贵的；就是在今天，他的这种爱情观和婚姻观，也是可取的。

但第二幕所写的，不再是二玉的爱情，而是宝玉的人生困境。他希望在爱黛玉的前提下，也跟宝钗保持一种亲密的闺友闺情关系。但宝钗那冰雪般的身体里，其实也有努力压抑的青春火焰，那是吞进多少冷香丸也扑不灭的，看到二玉公开地因情而闹，又因情而和，她心里能好受吗？宝玉一句把她喻为杨贵妃的失言，她竟那般支撑不住，甚至说出“我倒像杨妃，只是没一个好哥哥好兄弟可以作得杨国忠的”这样古怪的话来。这句话，有人认为是骂宝玉不中用，不能在仕途经济上发达，其实，其中另有重大原因，我将在下面的讲座里加以揭秘，这里且按下不表。

这一幕里的宝玉是悲苦的。他生活在一个温柔富贵乡里，除了赵姨娘、贾环，几乎人人都对他好，捧凤凰似的，但即使如此，他和黛玉的爱情不仅仍然具有非法性、危险性，而且，他不能只是跟黛玉讲恋爱，他还要应付各方面的人际，不能让家长发现他那越轨的心思，也不能让宝钗对他看得太透因而心里头太难过。他希望有一种人际间的平衡，希望家长们能容忍甚至接受他和黛玉的爱情，并顺势导出一个遂心如意的婚姻，又希望自己能继续和其他姊妹，特别是宝钗和湘云，保持最亲密的闺友闺情关系。用今天的话语来说，就是希望“双赢”，他高兴，大家都高兴。这种情怀，也是宝玉人格组成里的重要因素，但生活、人性，都终于不能给予他这样一种平衡。而这一幕所表现的，就是他在失衡后产生出的大苦闷。

于是就有了第三幕。稍微写了点过场，和前面对荣国府的空间布局的描写吻合，可见是有庭院原型，并且很可能在提笔前画出了平面图的，所以写得一丝不乱。第三幕应该是在第一幕结束两小时左右之后，紧接第二幕，场景最后定格在王夫人的上房。

一个苦闷的、暂时陷于抑郁状态的男子，他解除苦闷摆脱抑郁的方法，就是不怎么高明的情感发泄。当然，解决这个问题有上策，比如去读优美的诗歌，听优美的音乐，或者去思考形而上的哲学问题。但往往在急切里，在混沌中，人就会不由自主地采取了中下策，那就是放任自己形而下的情感宣泄，不是以高尚的东西而是以粗鄙的东西来慰藉自己，麻醉自己。曹雪芹就这样来写贾宝玉，他没有把贾宝玉的人格内涵一味地拔高，他生动地写出，贾宝玉的情愫里，也有形而下的东西。其实早在前面的一些章回里，他已经写出了宝玉的“下流痴病”，他爱红，爱吃丫头嘴上的胭脂——这其实是一种含蓄的说法，谁是傻子？当然知道那其实是在干吗。在今天看来，这也是一种不文明的行为，起码是不雅的。

第二十四回里，鸳鸯奉贾母之命来怡红院传话，说贾赦病了，宝玉应该去看望、问候，并且要他代表贾母去表示关切。这时趁袭人进里面去收拾出门的衣服，宝玉就把脸凑在鸳鸯脖颈上，闻那香油气，还不住用手摩挲，觉得鸳鸯皮肤的白腻不在袭人之下，便爽性猴上身去涎皮笑道，好姐姐，把你嘴上的胭脂赏我吃了吧，一面说，一面扭股糖似的粘在了鸳鸯身上。你想想这是什么样的情景儿。按现在的说法，这就是对鸳鸯进行性骚扰，而且鸳鸯还不是父母辈的丫头，是祖母的丫头，你说宝玉像不像话。

曹雪芹刻画宝玉的形象，不是树立一个榜样，让读者去学习。后人有的肯定宝玉，说他反封建，但反封建有这么反的吗？他的这种行为，搁在什么时代什么制度下，都不可取。曹雪芹他就是要写出一个活人，他使我们相信，那个时候那个空间里，就有那样一个生命存在，他挟带着其人性中的全部复杂因素，就那样地度过了他的人生。他笔下的贾宝玉，给我们提供了丰富的认识价值，让我们见识到真实的人性。他在第二回已经通过贾雨村告诉了我们，宝玉属于那种秉正邪二气的人，他的人格因素里，有圣洁的形而上，也有粗鄙的形而下。

在第二十四回，鸳鸯是坚决地拒绝了宝玉的性骚扰，她高声唤出了袭人，宝玉不得不中止了他的下流行为。当然，袭人虽然责备了他，鸳鸯虽然拒绝了他，但也都并没有全盘否定他，因为她们也都感受到过宝玉那像护花般的对青春女儿的细心体贴。

丫头里面，也有比较轻佻，不但不拒绝宝玉的骚扰，而且还主动招惹他的，王夫人身边的大丫头金钏就是一个。在第二十三回，宝玉等人住进大观园前，贾政夫妇召见众子女，宝玉自然也赶到。在门外，金钏就上前赶着跟宝玉说，我这嘴上是才擦的香浸胭脂，你这会子可吃不吃？这一笔，是三十回这幕的伏笔。曹雪芹的这种几乎每一笔，甚至每一个字眼都草蛇灰线、伏延千里的写法，有的人他就总觉得，不可能吧？这么写累不累啊，这么读累不累啊？当然可以不这么去读，读时不去推敲这些细节里的名堂，但是我认为，曹雪芹他就是这么写的，这是他独有的写法，是把方块字的叙述技巧发挥到极致的表现。这是我们本民族，我们的母语里所产生出来的高妙文本，即使我们今天写小说不再这么写，至少我们欣赏《红楼梦》的时候，还可以这么来欣赏，对吧？

三十回第三幕，是风云乍变的一幕，那非常戏剧化的场景，那些细节，我也不在这里细重复了，大家一定记得。金钏乜斜着眼乱恍，在宝玉说要把她讨到怡红院去后，说，你忙什么，金簪子掉在井里头，有你的只是有你的。那么这一句作为伏笔，所伏的情节并不在千里以外，只隔一回，就是“含耻辱情烈死金钏”了。这再次说明，曹雪芹他就是那样的笔法，细节描写，人物说话，往往既符合当时的情景，又是一个伏笔，所伏的结局只在早晚之间。

宝玉对金钏的调笑，后来被贾环夸张地描述为“淫逼母婢未遂”，这固然属于别有用心，但宝玉在这幕里所展现的人格缺陷，也很难用什么理由来加以遮掩。一两个小时前，在黛玉面前还是那样心中充溢着圣洁的情怀，连挨近拉个手都仿佛是在做一件冒昧已极的事，却仅仅在大约两个小时以后，就非常自然地转换了一副形而下的粗鄙心态，无论是口中言辞还是肢体语言都令人齿冷，你相信这是同一个人吗？

我跟不止一位红迷朋友讨论过，他们对宝玉和金钏的评议各不相同，甚至互相抵牾，可是，没有一个人觉得曹雪芹写得牵强，都说情节的流动非常自然，宝玉这个人物显得真实可信。

第三幕的高潮，是原来似乎是僵尸形态的王夫人忽然翻身起来，照金钏脸上狠打嘴巴子，指着她大骂，宝玉则一溜烟儿逃走。宝玉逃跑以后，这一幕还继续了一段，就是王夫人叫人来，把金钏撵了出去。

宝玉这个生命，挟带着他人格中的全部因素，一溜烟儿从王夫人的正房跑出，回到了大观园里，之后又怎么样了呢？于是，出现了第四幕。

在前面，大观园盖好了以后，贾政领着一群清客，带着宝玉，各处浏览题匾额的时候，书里就写到，他们过了荼蘼架，再入木香棚，越牡丹亭，度芍药圃，入蔷薇院，出芭蕉坞……没想到这个似乎只是点染性的过渡句里，也有伏笔。到了第三十回，蔷薇院的花架，就成了第四幕的布景。

按说在第三幕里，宝玉惹了祸，他应该心里头很乱，不可能再把注意力转移到别处去。但是，一来他还不知道王夫人不仅是打骂了金钏，还在一怒之下，立刻唤人来把金钏撵了出去；二来，为了使下面的情节发展合理，曹雪芹特别写到当时的大观园里，赤日当空，树阴合地，满耳蝉声，静无人语，这样的客观环境，能够使人慌乱的主观意识平静下来。结果，他就写宝玉听到哽咽之声，被那声音吸引到蔷薇花架的这边，朝花架那边寻声觅人，于是就发现了龄官画蔷。当然，到这一幕完结时，宝玉只模模糊糊觉得那画蔷的女孩是十二官之一，并不能确定究竟是哪一官，而且也没参透她画蔷究竟何意，只是这一幕把他人格中的那个体贴青春女性的情怀又高扬了起来。他心里想，这个女孩，外面的情形已经到了这么个忘我痴迷的地步，心里正不知怎么受熬煎呢，她又那么单薄，心里哪里还搁得住这么熬煎，可恨自己不能替她分些过来……龄官画蔷的谜底，是到三十六回才揭开的，宝玉亦从中悟出人生情缘，各有分定，那是后话。在这一幕，曹雪芹再次去写宝玉对青春女性的泛爱泛怜，一扫大约顶多半小时前，他在金钏面前的那种形而下的轻薄姿态。那也是贾宝玉？这才是贾宝玉？究竟哪个是真，哪个是假？让读者看得眼花缭乱，吃惊不小。但我也相信，绝大多数读者读这回文字，不会因为作者写他在那么短的时间里，其表现是那么样地跌宕起伏，转换多样，就觉得宝玉人格分裂，或者觉得作者文笔牵强。

曹雪芹就那么厉害，他写这一回，也好比作诗，起承转合，竟是那么天衣无缝，写到第四幕，已算写绝了，没想到，他还有让读者心里更难平静的第五幕。

第五幕的时间，紧接第四幕。实际上这一回的叙事，在时间上最为紧凑，没有丝毫间断。而这最后一幕的地点，是怡红院。舞台效果呢，应该是雨渐来、渐大。

第四幕末尾，已经开始下起阵雨。龄官发现花架外有人提醒她避雨，以为是个丫头，道了谢后就问，姐姐在外头，难道有什么遮雨的？后来龄官一定是弄清楚了那是宝玉，她便跟贾蔷说了，贾蔷眼皮儿杂，见人多，就把这事当笑话说了出去。到得第三十五回，就出现了两个婆子跑来看望宝玉。宝玉素习最厌愚男蠢女，死鱼眼珠般的蠢婆子本来应该是决计不见的，但是那天他却破例接待了那两个婆子。为什么？那两个婆子来自通判傅试家，从这名字就可知道，这个通判是个趋炎附势之徒。但是傅试虽然不怎样，宝玉却听说——注意，仅仅是听说——傅试的妹妹，叫傅秋芳，已经二十四岁了，仍待字闺中，据说也是个琼闺秀玉，才貌双全。宝玉居然就对这位几乎比他大十岁的女子——书里是怎么说的？叫作——遐思遥爱之心，十分诚敬！这又是怎么回事？贾雨村说不能把宝玉看成淫魔色鬼，那么，宝玉这是什么心理？

好在曹雪芹在那一段情节里，很快就安排那两个婆子有一段对谈。她们见过宝玉后，非常惊讶，一个说——那是她们亲眼看见的——玉钏，金钏的妹妹，因为给宝玉递汤的时候，不小心把汤打翻在宝玉手上，宝玉挨了烫，不顾自己，反倒急着问玉钏烫了哪里，疼不疼。那婆子对此评论说，怪道有人说他是外像好里头糊涂，这可不是个呆子？另一个婆子就跟上去说，说宝玉自己被大雨淋得水鸡似的，反告诉别人下雨了，快避雨去。她怎么知道的？想必是龄官告诉贾蔷，贾蔷告诉傅试，傅试学舌给妹子，经过那么个途径，她们知道的。她们当然都觉得这很可笑，但曹雪芹一定有信心，就是他相信读者们会自己对宝玉的这种行为表现做出自己的，并不觉得可笑，而是觉得可羡可敬、可喜可佩、可歌可泣、可赞可叹的反应。而这个婆子底下的话，我觉得就是曹雪芹本人，爽性借她的口，来对宝玉做深度描绘了。我希望现在的读者们，一定不要忽略这些句子。那么曹雪芹写下的是些怎样的句子？他是这样写的，说贾宝玉时常没人在眼前，就自哭自笑的，看见燕子，就和燕子说话，河里看见了鱼，就和鱼说话，见了星星月亮，不是长吁短叹，就是咕咕哝哝的，且是连一点刚性也没有，连那些毛丫头的气都受的……这位傅家婆子的话，真是比贾雨村那长篇大套的议论，听起来还深刻，通俗地勾勒出了宝玉的人格。

宝玉当然不是淫魔色鬼，他对傅秋芳遐思遥爱，我觉得，也许还有另外一个因素，就是在那个时代，傅秋芳那样的一个姑娘，从十四岁起家里就可能开始给她找婆家，她哥哥可能更妄图以她为本钱，跟豪门贵族攀亲。总未有那样的人家接受，固然是一个原因，傅秋芳自己坚决不肯轻易嫁人，肯定是更重要的原因。这应该也是一个秉正邪二气的乖僻之人，竟到了二十四岁还没有出阁，还在等待一个符合自己心愿的姻缘，想起来，怎不令人肃然起敬？这个傅秋芳，八十回后肯定有戏，未必遂了她自己心愿，但她与宝玉，应该有些纠葛，也许她也是宝玉落难时，伸出援手的角色之一。

宝玉的泛爱，也不仅是爱青春女性，他爱天上的燕子，爱水里的鱼儿，他跟星星月亮对话，他能把自己跟宇宙融为一体。脂砚斋在批语里透露，全书最后的《情榜》，宝玉的考语是“情不情”，就是他对天地间一切无情的事物，也能赋予真挚的感情。这是多么了不起的情怀啊，他的人格的最高层次，真是达到了“侔于天”。按说，我们给他一句赞颂：“大哉，宝玉！”似乎也不过分。

但是在第三十回第五幕，曹雪芹竟写出了更出于我们意表的戏剧性场面，对那一幕大家印象一定很深刻。那就是，大雨中他敲怡红院的门，里面没人料到是他回去，迟迟没有人理他，最后是袭人去开门，宝玉一肚子没好气，门刚开，就一边骂一边伸脚猛踢，把袭人踢得晚上吐血，不觉将素日想着后来争荣夸耀之心，皆尽灰了。这是宝玉第二遭对丫头发威，第一遭是在第八回，大家还记得吧？我曾经讲得很多，就是枫露茶事件，他酒醉后跟茜雪发火，导致茜雪被撵了出去。

大约半个小时前，在第四幕里，宝玉还是个护花天使，但回到怡红院，这第五幕中，他却陡然又成了摧花纨绔。

这一回，大约也就六千多字，每一幕，也就用了一千多字，而宝玉人格的五个层面，就都写到了，而且写得那么流畅，那么自然，天衣无缝，真实可信。

什么叫大手笔？不知您对此怎么个感想，我是服了。多好看的《红楼梦》，多了不起的曹雪芹，多耐人琢磨的贾宝玉。

我这样总结了贾宝玉人格的五个层次，从低到高：

第一个层次：纨绔公子本色，以我为主，有发怒施威的特权。

第二个层次：戒不掉形而下，爱吃胭脂，以轻薄调笑解郁闷。

第三个层次：享受闺友闺情，渴望平衡，在细微体贴中快乐。

第四个层次：笃信木石姻缘，圣洁之爱，绝对尊重绝对专一。

第五个层次：追求诗意生活，融进宇宙，能以真情对待无情。

当然，关于贾宝玉，可以讨论的问题还很多，但是下面我必须要快点讲讲林黛玉了。

林黛玉篇

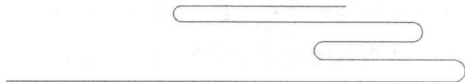

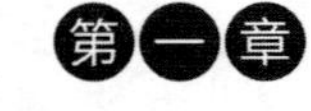

第一章 林黛玉家产之谜

林黛玉，《红楼梦》里的“女一号”，曹雪芹用精湛独到的笔触为我们展现的一个美丽柔弱、多愁善感、才华横溢、心高气傲的艺术形象。她和《红楼梦》“男一号”贾宝玉由青梅竹马发展到相知相爱、最终却以悲剧收场的爱情故事，更具有丰富的思想内涵，也赚取了无数读者的伤心之泪。

而在关于林黛玉的文字背后，却隐藏着大量鲜为人知且又难以解释的一系列谜团。《红楼梦》第十二回写到，林黛玉因为父亲林如海身染重病，便在贾琏的护送下去扬州探望。不承想，大半年之后，林如海竟然不治身亡，林黛玉就彻底成为孤儿，从此只能寄居在外祖母（也就是贾母）的家里。那么，林黛玉的父亲林如海死了以后，会不会留有巨额遗产？而如果有遗产的话，作为女儿的林黛玉，在那样一个封建专制时代，又能否继承这笔遗产呢？

现在，我们就一块儿来探讨这个问题。

这个问题猛一听觉得好像不太重要，实际上很重要。因为人都有社会属性，人的社会属性中最重要的那部分就是他的经济状况，就是他的经济地位——用《红楼梦》里面的话来说，就是他的家业根基。所以，这个问题是很重要的。

我们可以一层一层地来探究这个问题。

首先，大家想一想，林如海这样一个官吏，他死了以后，会不会有大笔的遗产？

书里面对林如海的情况交代得很清楚。这个人祖上三代都是皇帝给封了贵族头衔的，到他这一代，虽然不再享有贵族头衔，只能通过科举谋出身，但是他很争气，故事开始的时候，他已经当官了。他因为什么当的官？因为他是前科的探花，他科举考试获得了很高的名次。他当了什么官呢？巡盐御史，衙门在扬州。巡盐御史，这是个肥缺啊！盐多重要啊！人们的生活离不开盐，盐不光是日常生活中必需的一种食物，还有很多其他的用途。一个管理盐的开采、配置、运送及相关税收的官员，得有多少人奉承他呀！他在多少个环节上可以获得财富啊！他死了以后，一定会留下大笔的遗产。

《红楼梦》里的官职，并不是清朝官职的照搬，而是按照现实中存在的官职，参考更古的时候的一些官名，再加以变化来设定的。但大体上我们可以根据官职的名称、性质来判断出这个官职的大小。

过去有所谓“三年清知府，十万雪花银”的说法，就是说官场的贪污腐败与昏庸无道已经成为一种常态。知府尚且如此，官位比知府大同时又绝对是美差、肥差的巡盐御史就更不用说了。根据这样的分析，林黛玉的父亲林如海确实应该留有大笔的遗产。

可是，我们不禁要问，就算林如海留下了一大笔遗产，在那样一个封建专制时代，作为女儿的林黛玉，是否就有资格来继承这笔遗产呢？

在那个时代，家中的女儿怎么继承家庭财产呢？一般是以嫁妆的形式来分割这个财产。父母在世，把她嫁出去了，就从自己的财产里面切割出一部分作为她的嫁妆，给她带到她的婆家去。嫁出去的姑娘泼出去的水，有了嫁妆，她就和她的丈夫，和她婆家的人，构成了另外一个经济单位，成为另外一个社会细胞了。所以，如果林黛玉是一个已经出嫁的女儿，林如海死了，她就没有继承权了，只能分得一点纪念品。但是书里写得很清楚，林黛玉的母亲死了以后，她父亲就把她送到她的外祖母家了。那时候她还很小，没有出嫁。我们所看到的曹雪芹留下来的前八十回文字中林黛玉都没有出嫁。所以，林黛玉当然有继承父亲遗产的资格。在那个社会，就算你没有出嫁，如果你定了亲，许了人家，嫁妆给你了，也算是把家族的财产分给你了。从书里的描写来看，林黛玉没有这种情况。她不但没有结婚，也没有订婚，前八十回里面没有这些迹象，也没有说林如海留下一个遗嘱，很明确地把一部分财产作为她的嫁妆给她留下来。

由此可见，林黛玉虽然是一个女儿身，但她仍然具有不可侵犯和剥夺的继承权。问题的关键是，林黛玉所拥有的继承权，在所有可以继承林如海遗产的亲属之中，究竟能够排在第几位？

林如海死了以后，继承他财产的，首先应该是他的正妻。书里面交代得很清楚，林如海的正妻是贾母的女儿贾敏，也就是林黛玉的母亲。这个贾敏在故事一开始的时候就已经死掉了。贾敏死后，林如海才把林黛玉托付给贾雨村，送到京城，到了荣国府，寄居在她外祖母的家里。所以说，很明显，林黛玉的母亲早已去世，她父亲去世以后，不存在由她母亲来继承遗产的可能。

当然，林如海可以续弦，可以填房，这在那个时代是很普遍的事情。

可书里面交代得很清楚，林如海没有续弦，没有填房。他跟贾雨村表明了自己的明确态度，就是他不想再娶一个正妻。所以，没有一个继母可以排在林黛玉前面继承林如海的遗产。

那林黛玉有没有兄弟姐妹呢？特别是有没有哥哥或弟弟呢？在那样一个男权社会，他们是最具有继承权的人。书里面也写得很清楚，贾敏生过一个儿子，可是这个男孩没养大，三岁就夭折了。

此后，林如海虽然也有几房姬妾，但是这些姬妾都没有生育，林黛玉是一个独生女儿。因此，在继承权的排序上，林黛玉应该是很靠前的。几房姬妾当然要分到一些遗产，但在那样的社会中，姬妾的地位是很低的。你看，《红楼梦》里写得很清楚，都是贾政的老婆，但是正妻王夫人那是什么地位啊？作为妾的周姨娘、赵姨娘是什么地位啊？没法比。

所以，我们可以得出这样一个结论：就是林如海死了以后有大笔遗产，这个遗产的继承权，林黛玉是有的，而且没有人能和她竞争。那些姬妾就算是当时在扬州把着遗产，不想分给林黛玉，也不能做得太过分。因为林家会有族长来管理这个事情，就像贾家有族长一样。贾家的族长是谁呀？是贾珍。各个宗族都有自己的族长来管理类似的事情。所以林黛玉是应该能分到遗产的。

可是，我们在阅读《红楼梦》时会发现，林黛玉在荣国府里无依无靠，没有任何的经济外援，其表现根本不像是一个继承了大笔财产的人。她在《葬花吟》中，一句“一年三百六十日，风刀霜剑严相逼”，十分贴切地道出了她寄人篱下的真实感受。我们仔细读《红楼梦》的文本就会发现，林黛玉一点遗产都没得到，愣是没得到。她的母亲去世以后，父亲就让贾雨村把她送到了京城的外祖母家。故事发展到秦可卿之死那一段的时候，突然又插进一笔，说林如海得了重病。于是，贾府就派贾琏护送林黛玉回到扬州，去探视她父亲。结果，她父亲不久就死掉了，“捐馆扬州城”了。就这样，探视变成了参与丧事。林如海的丧事结束之后，贾琏就把林黛玉又带回了荣国府——这次林黛玉就长住荣国府，没有别的依靠了。书里面交代得很清楚，有一句话说林如海这家人“没甚亲枝嫡派”，就是说林如海连亲哥哥、亲弟弟也没有，跟他同宗的人血缘上都离得比较远。

林黛玉在贾府里面是一个什么经济状况呢？从经济地位来说，她是整个荣国府的小姐里面最悲苦的一个人。

第四十五回写到林黛玉和薛宝钗经过了许多心理上的相互猜忌、排拒、冲突之后，终于和好。和好的时候，两个人说了很多知心话，这些知心话就牵扯两个人的经济状况。林黛玉就说：“我是一无所有，吃穿用度，一草一纸，皆是和他们家姑娘一样。”什么意思啊？“一草一纸”，这个话把她生活当中的所需全概括了。这个“草”，说明她很谦虚，说自己是吃草的，也就是说她平时的吃喝全靠荣国府供应。说“纸”，因为林黛玉是一个才女，她要读书，她要写诗，她有文化需求，她这方面的需用也都要靠荣国府供应，而标准无非就是跟荣国府那几个姑娘一样。

可是，那几个姑娘，你比如说迎春，人家有父有母，贾赦还有爵位，家里人有财产，她住在荣国府，所领的月例银子无非是一份额外收入。探春更不消说，她的父母根本就是荣国府的主人。惜春本是宁国府的，被接到荣国府来住。她的父亲虽然是到道观里面去了，但是第六十三回以前毕竟还在。她还有一个当族长的哥哥，还有嫂子什么的。宁国府，你看书里面写的乌进孝来给他们送年货等情节，经济状况是非常不错的。也就是说，惜春的经济背景很强大。可是林黛玉呢？她什么都没有了。她靠着什么呢？靠着跟其他姑娘一样每个月能领到二两银子的月份钱（又叫月例钱）。这个钱由凤姐从荣国府的总账房领出来之后，再分发给荣国府里面的这些女眷，包括丫头什么的。除此之外，林黛玉没有获得林家的任何经济支撑。所以，林黛玉真是非常悲苦。

这一回如果我们对比着看的话，情况就更清楚了。林黛玉是怎么到荣国府，怎么在荣国府生存的呢？原是“无依无靠投奔了来的”，“一无所有，吃穿用度，一草一纸，皆是和他们家姑娘一样”。

而薛宝钗是怎么住到荣国府来的呀？是因为自己经济上无依无靠投奔来的吗？不是。她不过是靠着亲戚的情分，白住在这里。薛家虽然跟他们家过去相比也不行了，也衰微了，薛姨妈的丈夫（就是薛宝钗的父亲）已经不在了，可是，薛蟠子承父业，还是一个皇家买办，还可以从皇家领到银子去给皇家买东西。在这一过程中，自己当然可以获得很多的收益，合法的、不合法的都会有。而且，小说里面交代得很清楚，薛家来了京城以后，一开始不一定非得住在荣国府，人家自己在京城有房子，只是由于薛姨妈和王夫人是亲姐妹，姐俩好，不愿意分开住，再加上薛蟠后来一看，贾珍、贾琏这些贾府的人跟他臭味相投，合得来，就近一块儿玩着方便，就这么着住在荣国府了。

有一笔写得很清楚，就是薛姨妈说她住在这儿可以，但是所有费用还都由他们自己承担。意思就是说荣国府里面的月份钱（一个人每月几两）他们都不要。王夫人一想，他们家在这种事情上也不难，还计较这个干吗呢，双方就达成了默契，薛家白住在这儿。

而且，林黛玉也指出来了：“你们这里又有买卖地土，家里又仍旧有房有地。”“家”指的是江南。薛家从江南来到京城，不是因为穷投靠亲戚，主要是为了让薛宝钗参加选秀。所以到了京城以后，虽然住在荣国府这儿，但他们经济上很强大，在城里有自己的房子，随时可以搬过去住。他们在京郊还有土地。在江南，他们也依然有房有地。

而且，薛家还有很多买卖，还开了当铺。书里有这样一个情节，就是邢夫人的侄女邢岫烟，后来也投奔到荣国府来了，跟迎春住在一块儿。凤姐也像对别的小姐一样，每月拨她二两银子做零用钱。但是邢夫人是一个很刻啬的妇人，她就逼着邢岫烟拿出一两银子，说是孝敬父母。对邢岫烟来说，本来二两银子就不是很充裕，分出一两以后就不够用了，不够怎么办呢？就只好去当衣服。薛宝钗发现了，就问她当在哪儿了。她说是鼓楼西大街的恒舒典。薛宝钗当时就开了一个很柔和的玩笑，说敢情人没到，衣裳先到了呀！为什么这么说？因为由家长做主，把邢岫烟许配给了薛宝钗的堂弟薛蝌，邢家和薛家又结成了一门亲戚。那个时候，邢岫烟没有过门，可是她把衣服拿到一个当铺去当，不知道那个当铺正是人家薛家的买卖。所以，你要懂得，那时候，薛宝钗的经济地位跟林黛玉比，一个是天上，一个是地下，很不对等的。

在这种情况下，薛宝钗就决定在经济上帮助林黛玉，而林黛玉也接受了她的帮助。林黛玉的身体很弱，需要吃燕窝。燕窝是很贵的东西，虽然贾母对她很好，林黛玉开口问王夫人要也没有问题，但是林黛玉因为自己没有了富贵根基，经济上处于弱势，自尊心又很强，怎么能够老开口要燕窝呢？即便贾母、王夫人不嫌她，荣国府那些底下的人不也得说她的闲话吗？她很为难。这个时候，薛宝钗就跟她说，这个燕窝她们家供得起。说完以后，当晚就让人送来了一大包燕窝。此外，还送了一大包什么东西呢？这个很体现薛家的状况，是一大包糖，因为熬燕窝是要放糖的。什么糖呢？洁粉梅片雪花洋糖。你看曹雪芹取的这个名字：首先，它很洁净，粉状的；像梅花一样，一片一片的；并且是雪白的，很容易溶化的；而且，特别给你点明，是洋糖。那个时代很不开放，不像现在进出口贸易这么发达，但是薛家就能够有洋糖，上好的洋糖就可以一大包包来，薛宝钗就可以做主送给林黛玉。

这两个人的经济状况真是太不一样了。

从《红楼梦》的文本来看，林黛玉在贾府确实是一种寄人篱下、无依无靠的经济状况。那么，经济状况如此之糟的她，在贾府又如何立足呢？身为老祖宗的贾母对待自己的这个外孙女又会是一种怎样的态度？她在贾宝玉的婚事上，究竟是更中意林黛玉，还是更中意薛宝钗呢？

看到这儿，可能有人就叹气了，说林黛玉也真是太悲苦了。父亲一定有大笔遗产，可她居然一两银子没得着，落了个经济上没有根基，寄人篱下、无依无靠。好在有贾母维护她，这也是她在荣国府能够站住脚的一个重要原因。有贾母，林黛玉就有一定的依靠；没有贾母，她的结局将不堪设想。后文我还会再揭示这其中的奥秘。

先从经济上说，贾母对林黛玉，在经济上是保驾护航的。这就要讨论第二十九回中的那个情节。我之前曾讲到，贾府的婚配，四大家族的婚配，是特别讲究经济根基的。我收到了很多封读者来信，也从别的途径听到了很多质疑，说你这么说不对呀，因为第二十九回贾母有一段话，可不是这么说的呀！他指的就是贾母在清虚观打醮的时候，张道士给贾宝玉提亲贾母讲的那番话。

我们现在再回忆一下这一段情节。贾母到清虚观打醮之前，发生了一件什么事呢？是一件很重要的事：端午节快到了，贾元春就从宫里给荣国府的亲属颁赐节礼。曹雪芹写下很重要的一笔，就是贾元春赐给这些人的节下的礼物，贾宝玉和薛宝钗得的最多，均等；林黛玉、贾迎春、贾探春、贾惜春等人比他们少，这些人低一级，一样。这意味着什么呀？在那个时代，这是一个很明显的意向，就是指婚的意向。就等于说贾元春有一个态度，她认为她的弟弟贾宝玉应该娶薛宝钗为妻。她没有明说，却通过颁赐节礼把她的这一意向表达得很清楚了。

这是很利于实现“金玉姻缘”的一个举措呀！因此，王夫人和薛姨妈肯定非常高兴，关键看贾母的态度。你仔细读它这个文本，非常有意思。

这个贾母并不是一个傻老太太，她聪明过人哪！贾母在这件事上装傻，你看懂没有？你贾元春不是颁赐节礼这么颁了吗？你不是要指婚又没明说吗？你没明说，我就不懂，我不知道，我没感觉。这是贾母的一个重要态度。而且，在这个情节的流动当中有一些非常重要的细节。本来清虚观打醮是元春的主意，这个“球”贾母接下了，让去就去，而且打醮的银子元春都从宫里面发出来了。这个你可以仔细看第二十八回，里面有交代的。贾元春让夏太监拿来一百二十两银子，明确指定要在五月初一到五月初三到清虚观打平安醮——一种为亡灵举行的宗教仪式，而且点名要贾珍带着府里的爷们去烧香跪佛。贾母很愿意到清虚观去打醮，她什么目的呀？她的目的跟元春不相干，她是“享福人福深还祷福”——她已经很享福了，但觉得福还不够，还要再去打醮，为自己祈求更多的幸福。贾母就是这么一个老太太。

贾母这一次有一个独特的做法，她让荣国府的女眷全去，而且有很具体的交代。首先她点名要薛姨妈必须去，然后让人顺路告诉王夫人让她也必须去。薛姨妈后来去了。但是请你注意，书里面有一个大场面描写，是《红楼梦》中少见的大场面，荣国府的那些女眷倾巢而出，整条街上都排满了车马、轿子，几乎所有能争取到机会的人全去了，包括好多大丫头和小丫头、婆子。但是有一位没有去。谁啊？王夫人。你没注意到吗？王夫人偏不去。

王夫人不去，这在当时那个社会里是一个很骇人听闻的现象！你要知道，在那种封建贵族大家庭里面，婆婆到哪儿，媳妇就要跟到哪儿伺候。在书里的其他场合，王夫人全是这么做的。你注意到没有，她每天要到贾母面前去伺候，自己不亲自动手也要在旁边侍立，指挥其他人来伺候，很多时候还要自己亲自斟茶献上去。王夫人在这方面一直表现得很好，是一个模范媳妇。可是这一次，贾母说一起都到清虚观去，她却不去。她说她有事。有什么事？她说宫里面元妃那儿会派人出来，她要接待。这是为什么？就是因为王夫人和薛姨妈看到贾元春颁赐节礼，把贾宝玉那份和薛宝钗那份完全划一，而且东西特别多，还有好东西，心里特别高兴。元妃虽然在家族辈分上低，是贾母的一个孙女，但是她在整个社会上的地位高啊！她已经“才选凤藻宫，加封贤德妃”了呀！她在皇帝身边了呀！她的态度得重视啊！贾母一点反应都没有，不表态，王夫人觉得受到了很沉重的打击，心理上难以承受，实在不愿意在这个场合再跟着贾母去，所以居然就没有去。

以后的情况，曹雪芹写得很巧妙。王夫人没去，但是那个张道士却在贾母面前给贾宝玉提亲了。提亲以后，贾母就当着大家表态了。在场的最重要的一个人物是谁呢？薛姨妈。前面写了，贾母点名说薛姨妈得去，薛姨妈去了，在那儿乖乖听着。虽然她是个亲戚，但是人家是贾府宝塔尖上的人物，老祖宗，她讲话得注意听。贾母的话都是“黑话”，话里有话。读《红楼梦》，读不懂贾母这些话，那真是白读了。

贾母怎么说的呀？

前面她说：“上回有个和尚说了，这孩子命里不该早娶，等再大一大再定吧！”这个话很厉害，等于当众宣布元妃的指婚无效：你不是借着端午节颁赐节礼，在那儿拿主意了吗？你觉得你这个弟弟跟那个表妹是天作之合，一个戴金锁，一个戴玉，所以颁给他们的节礼也完全一样，就像他们是未婚夫、未婚妻那样，可我偏要说，现在宝玉还小，等再大一大再定吧，就是要让你的指婚不算数。贾母还故意搬出一个和尚——因为王夫人、薛姨妈总在造舆论，说有个和尚如何预言了“金玉姻缘”，贾母的意思就是：你们有和尚预言，我这儿也有和尚预言，在这一点上，咱们起码是打个平手。

贾母接着说："你可如今打听着，不管他根基富贵，只要模样儿配的上，就好来告诉我。"有的读者就糊涂了，说闹了半天，贾母不主张在子女的婚配问题上讲究家业根基，不富贵也行？但贾母的这句话，是在特定的场合，当着特定的人，表达一个特定的意思。她就知道薛姨妈、王夫人一天到晚在"金玉姻缘"上打着主意：你们不就是嫌林黛玉穷吗？嫌林黛玉没有根基吗？你们不就是怕成就"木石姻缘"吗？现在我就把话说清楚了。她表面上是跟张道士说，实际上是敲山震虎，说给薛姨妈这些人听。"不管她根基富贵"，"模样配的上就好"。那林黛玉的模样，根据书里面的描绘（我专门有一讲要讲她的模样），那是没得挑的。而且这句话也很厉害，叫作"你来告诉我"——跟张道士说，来告诉她，意思就是说：关于宝玉的婚事，谁都别插嘴，你们有了消息，就来告诉我，由我来决定。在宝玉的婚事问题上，贾母绝不放权，她要独裁，这是她的一个坚定的态度。

然后，贾母又说："便是那家子穷，不过给他几两银子也罢了。"这是什么意思？林黛玉虽然没有得到她父亲的遗产，但是贾母有梯己钱（就是私房钱），她要拿出来，她是林黛玉的经济上的后盾，是靠山。她有钱，给林黛玉几两银子，对她来说很容易，她不能允许王夫人、薛姨妈在那儿唧唧喳喳，表面上跟她微笑，其实是微笑战斗。封建家族经常是这样，在温情脉脉的面纱下面，其实都是几颗狰狞的心在那儿互相恶斗，就是为了争夺家族中的权势。贾母是个聪明人，所以这句话说得挺厉害。

曹雪芹笔下的四大家族，互通有无，互结姻缘。身为贾家"金字塔尖"的贾母不是不知道这个道理，只是由于自己最疼爱、喜欢林黛玉这个外孙女，因此衷心希望贾宝玉与林黛玉能够最终走到一起。尽管林黛玉没有继承父亲的遗产，也就是没有了所谓的富贵根基，但是贾母却心甘情愿地成为她最大的后盾。如果要讲富贵根基，林黛玉的靠山贾母就是最大的富贵根基。

那么，在《红楼梦》的文本之中，会有贾母要把她的梯己钱给林黛玉的具体描写吗？林黛玉没能继承的那笔遗产，又究竟到哪里去了呢？

贾母要把她的梯己钱给林黛玉，这个书里面有很明确的交代。在第五十五回，写王熙凤和平儿私下里议论府里面的事，这个时候，王熙凤和平儿就“沙场秋点兵”，掰着手指头数府里面这些公子、小姐还有哪些事没完，需要怎么花钱。凤姐就说：“宝玉和林姑娘他两个，一娶一嫁，可以使不着官中的钱，老太太自有梯己拿出来。”王熙凤她是很明白这一点的。我们通过书里的描写应该能感觉到，虽然荣国府的主人是贾政和王夫人，住在以荣禧堂为主的这样一个中轴线上的主建筑群里面，贾母住在中轴线主建筑群西边的一个大院子里面，但是贾母在经济上有相对的独立性。贾母非常富有，有很多的梯己钱。以至于书中后来描写到官中缺钱——所谓“官中”，在《红楼梦》里多次出现，指的是荣国府的总账房。一个府里的事务管理机构，特别是它的财务中心，叫官中，很多花销要从官中支领，或者是事先垫付再到官中去报销——王熙凤就很清楚，她对平儿说，宝玉和黛玉结婚的时候（按说这是非常重要的两个人物，尤其是宝玉，居然用不着官中，居然用不着荣国府的那个财务中心出钱），贾母自己就会包揽下来，自有梯己钱给他们办事，贾母很有钱。所以，林黛玉虽然在贾府里确实没有自己的经济根基，但是贾母对她在经济上是要包揽到底的。这一点也是我们读《红楼梦》时必须读懂的。

贾母在清虚观对大家所说的那一番话，表面上是回答张道士的提亲，实际上是说给薛姨妈等人听，让该懂的人懂得她对贾宝玉和林黛玉的爱情和婚姻是一个什么样的态度，是一个什么样的基本立场。所以说，贾母说不管她根基富贵，这句话是虚晃一枪，她是针对“金玉姻缘”来说的，针对薛家特别富有而林黛玉没能得到她父亲的遗产来说的，并不意味着四大家族（特别是贾府）在婚配问题上居然可以不管对方的根基，不是这样的。

在第七十回，有一句话曹雪芹写得很明白，绝不是赘文闲笔：“偏生近日王子腾之女许与保龄侯之子为妻……凤姐又忙着张罗……”这就是四大家族婚配的普遍状态，王家和史家又结了一门亲。

那么，有的人一定会问了：贾母既然那么关爱林黛玉，她怎么不去为林黛玉争得林如海的大笔遗产呢？

以《红楼梦》那个时代的道德与行为规范而言，贾母尽管是整个贾家的老祖宗，辈分最高，但林氏是他姓别族，况且贾敏已经死去，对于林如海家族的内部事务，她不便过问，也无权过问。另外，有着相当殷实的经济基础的贾母也可能并不在乎林黛玉是否继承了多少遗产，她是甘愿为自己的外孙女的婚事买单的。

但我们不能不“打破砂锅璺到底”，探究一个悬而未决的问题，那就是，林如海应该分给林黛玉的遗产究竟跑到哪里去了？在《红楼梦》的文本之中能找到什么线索吗？

我要提醒大家，注意书中的一些有关贾琏的文字。为什么？因为林如海病重以后，是贾琏带着林黛玉去扬州探视的，后来林如海去世了，又是贾琏带着林黛玉把林如海的灵柩护送回原籍苏州。第十六回写道：“林如海已葬入祖坟了，诸事停妥，贾琏方进京的。”所谓“诸事停妥”，当然包括贾琏以监护人身份争到了林黛玉的遗产这件事。

贾琏是荣国府的总管，财务方面的事他当然把得很紧。林如海的遗产中林黛玉应得的那一份，应该全部折合成了银子，按当时的规矩，带回以后他应该交给荣国府的总账房保存，等到林黛玉出嫁的时候，作为她的嫁妆提取出来。而且，林黛玉大一些以后，如果自己知道有这笔遗产，即使自己没出嫁，有需要时应该也可以提取。但是，从书中后来的描写来看，林黛玉应得的这笔遗产竟化为了乌有。不仅林黛玉觉得自己一无所有，贾母也知道她的这个外孙女没有了富贵根基。这又是为什么呢？

我们从第十六回往下看，就会发现贾琏带着林黛玉从苏州回来以后，很快遇到了一桩大事，就是贾府为了迎接贾元春省亲，斥巨资兴建了大观园。元春省亲的时候一再地叹息“奢华过费”，“以后不可太奢，此皆过分之极”。第五十三回，还通过贾蓉之口交代：“头一年省亲，连盖花园子，你算算那一注花了多少，就知道了。再两年再省一回亲，只怕就净穷了。”历来都有一些读者感觉到，林黛玉应得的那份遗产肯定是在兴建大观园的时候被贾府挪用了。林黛玉自己对此混沌无知，贾母应该是知道的。但因为元妃省亲一事关乎整个家族的根本利益，贾母对此也就予以了容忍。好在贾母自己有很多梯己钱，黛玉出嫁的嫁妆，她是能包下来并且能保证高标准的。

那么，林黛玉应得的遗产全部都挪用于兴建大观园了吗？当然不是。贾琏既然经手此事，必然从中贪污。

第十六回写贾琏从苏州回来，平儿私下里有一句话说他：“我们二爷那脾气，油锅里钱还要找回来呢！”又写到贾琏听说贾珍派贾蔷去姑苏采买戏子，公然笑道：“这个事虽不算甚大，里头大有藏掖的。”“藏掖”就是暗中贪污的意思。这些笔墨其实都在向读者暗示，从苏州携林如海的大笔遗产到贾府的贾琏是一定要从中侵吞的。

那么，在《红楼梦》前八十回的文本里，有没有一处地方，由贾琏自己把他侵吞林黛玉应得的遗产的事情逗漏出来呢？我认为是有的。

在第七十二回里面，贾琏和王熙凤就说了好多有关银钱的话，两个人有很多金钱上的讨论，而且剑拔弩张，都说了一些难听的话，特别是王熙凤。王熙凤在气势上一贯压过贾琏，甚至于说了一些丑话，什么“把太太跟我的嫁妆细细看看，比一比你们的，那一样是配不上的”“把我王家的地缝子扫一扫，就彀你们过一辈子了”之类的话。这一回重点写了很多经济上的事情，也写到官中的流动资金不够了，因为贾琏是财务中心的一个主管，他管整个荣国府的事务，财务中心是他重点要管的一个部门，就向鸳鸯去借当，说把贾母的金银大家伙偷运出一箱子来先拿去当掉。又写到了宫里面的太监跑到他们家来敲诈勒索。这个时候，贾琏说不过王熙凤，于是就用一句话收场，一句什么话呢？这句话很重要，他说：“这会子再发个三二百万财就好了。”这句话可不是随便写上的！从七十回往前一捯，贾琏在什么情况下有可能获得二百万两银子？有的古本，可能抄手觉得三二百万这个数字太大了，所以就把这句话写成三二万，觉得三二万也不少呀。请注意贾琏的口气，“这会子”是相对于“那会子”而言的，“那会子”是哪会子？就应该是他陪林黛玉到扬州，先是探视林如海的病，后来林如海就死掉了那会儿。那个时候，林黛玉还是个小姑娘，有可能去为自己争遗产吗？不可能。贾琏可是个成年人，一定会据理力争，对方也没有道理不给。贾琏把这些银子拿回来之后，有可能形式上往官中交了一点，其他的就和王熙凤私吞了。

所以，林黛玉是一个很悲苦的人，她的遗产，她应得的遗产，是被人侵吞的。

讨论到这儿，可能有红迷朋友要问我一个问题了，说你说这个贾母，她特别主张贾宝玉娶林黛玉，可是他们俩是亲姑表兄妹呀！这血缘太近了呀！血缘这么近，要生傻孩子的呀！即使在旧时代，人们通过世代的婚配，也得出了优生的原则和理念，曹雪芹那么一个伟大的作家，那么聪明的一个人，他怎么在血缘上把林黛玉写得跟贾宝玉这么近呢？这就是我下一节需要跟大家共同研究的，就是林黛玉的血缘之谜。

第二章 林黛玉血缘之谜

上一节中提到，林如海因病离开了人世，留下巨额家产，林黛玉虽身为独女，却未得半点遗产，她来到贾家，成为荣国府里一个没有经济根基的寄食者。在荣国府里，她唯一的知己就是贾宝玉。她对贾宝玉爱得真诚，爱得执着，贾宝玉也对她爱入肺腑。可是，面对宝、黛之间的爱情，我们不能理解的是，曹雪芹这样一位天才作家，为什么要写一对血缘如此接近的人物彼此相爱？曹雪芹的“真事隐”究竟隐藏了什么？这一讲我们就来探究这个问题。

根据书里对人物关系的设计，贾宝玉和林黛玉是姑表兄妹，也就是说一家人中，哥哥的儿子和妹妹的女儿相恋。而且我在上一讲还分析出，贾母是主张他们两个结婚的。这有点奇怪。不要说现代社会姑表兄妹不能结婚，就是在过去，虽然有所谓“亲上加亲”一说，姑表兄妹结婚的情况是有的，但越到后来，就越成为一种避忌，因为人们经常看到，姑表亲的后代，会生出傻子来，从现代优生学的角度来讲，这种近亲繁殖的婚姻，会产生很糟糕的遗传后果。但是曹雪芹写贾母毫无心理障碍地主张二玉结合，这是为什么？要解答这一问题，就必须把握《红楼梦》这部小说在写作上的一个基本原则。

我曾反复强调我个人的一个基本看法，就是《红楼梦》这部小说带有自传性、自叙性、家族史的特色，它的许多人物都是有生活原型的；它在艺术上的基本宗旨，是“真事隐”“假语存”，就是把真事隐藏起来，隐藏到假设的小说的叙述当中，但是它的目的还是要保存它不得不倾诉的真事儿。这是曹雪芹写作《红楼梦》的一个基本的出发点，把这一点搞通，我提出的这个问题就比较容易得到一个清楚的答案。

宝玉和黛玉这两个艺术形象虽然被设定为姑表兄妹，但是在真实的生活里，这两个角色的生活原型真的是血缘那么亲近的姑表兄妹吗？要弄清楚这个问题，我们首先必须了解贾母这个人物的原型。在《红楼梦》一书的人物当中，曹雪芹把贾母设定为贾府的老祖宗。那么，在真实生活中贾母的原型会是谁呢？

贾母的生活原型是康熙朝苏州织造李煦的一个妹妹。她嫁给了康熙朝江宁织造曹寅，是曹寅的正妻，因此贾母这个角色就是根据生活当中的这样一个真实人物来加以发挥的。当然，写到小说里面，因为它是“假语存”，所以曹雪芹对这个人物进行了艺术加工，进行了艺术升华，构成了一个独特的艺术形象。

这个真实生活当中嫁给曹寅的李氏，遭遇是非常奇怪的。一开始呢，她应该很幸福，因为她的哥哥是苏州织造，她的丈夫是江宁（南京）织造。这两个织造，还有一个杭州织造，是康熙皇帝在江南的耳目，很受皇帝的宠爱、重用和信任。但是李氏很不幸，就在享受这样荣华富贵的生活的时候，她的丈夫曹寅得了疟疾。治疟疾需要一种进口的药叫金鸡纳霜。有人要问，那个时代有这个东西吗？是有的。皇宫里有，这是在清宫档案里有明确记载的。康熙皇帝听到奏报以后非常着急，立刻把宫里的金鸡纳霜由飞马一站不停地送往南京。但是曹寅没有等到金鸡纳霜来救命就一命呜呼了，李氏成了一个寡妇，很不幸。

康熙皇帝对曹家好得不能再好了，讲出来好多人都不信，但是他对曹家就那么好。为什么？曹寅的母亲孙氏曾经是康熙皇帝的保母。康熙皇帝小的时候不是在他自己的母亲身边长大的，而是在孙氏的身边长大的。孙氏自己的儿子，就是曹寅，打小就陪着康熙皇帝一起读书，康熙登基之后他又是康熙的近身侍卫。后来康熙就给他安排了一个肥缺——到南京担任江宁织造。用现在的北京话来说，康熙和曹寅就是“发小”，感情特别深厚。那么曹寅死了以后，这江宁织造由谁来当呢？根据康熙帝以前清朝的皇家游戏规则，像织造这样的内务府官吏，是不能够世袭的——不能说你老爸是一个织造，他死了，你这个儿子就当织造，没这个道理，一定要换人。但是皇帝可以不遵守之前的游戏规则。康熙皇帝对曹寅太好了，他就做主，曹寅死了，有没有儿子？有儿子，就让他儿子接着当这个江宁织造，这个儿子就是曹颙。

曹颙又当了江宁制造，这不挺好吗？可是呢，天公不作美，不几年，曹颙又得病了，又治不好，也死了。李氏还有没有儿子呢？没有了。她先死了丈夫，又死了亲儿子，变得孤苦伶仃了。

康熙皇帝由于和曹寅感情很深，所以对李氏这样一个未亡人关怀备至，又由于李氏是苏州织造李煦的妹妹，康熙对李煦也是宠爱有加。康熙就命令李煦：曹寅的儿子不是也死了吗？但我还是要让曹寅他们家当江宁织造，你去到曹寅的侄子里面去给我选一个奏报上来，过继给李氏，接着当江宁织造。后来李煦就给康熙上了奏折，推荐了曹寅的一个侄子，即曹頫。因此我们应该知道，曹頫是过继给李氏的，不是一个血缘上的亲儿子，是一个有着过继关系的儿子。曹頫转化到小说里面构成的艺术形象，就是贾政。周汝昌先生对此有很深入的考证。

曹雪芹把贾政设计成贾母的亲儿子出现在《红楼梦》的文本当中，他的生活原型其实是曹頫，在真实的生活里，这母子二人并无直接的血缘关系。我们阅读《红楼梦》文本时会发现，贾母是有两个儿子的，如果书中贾母的二儿子贾政的生活原型是曹頫的话，那么，书中大儿子贾赦的生活原型又是谁呢？探究贾赦的生活原型，对于我们理解林黛玉的血缘能有什么帮助吗？

小说里面说贾母有两个儿子，大儿子是贾赦，可是贾赦跟贾母住在一起吗？不住在一起。这不但是贵族家庭的一个怪现象，就是在封建社会的普通家庭里也是很离谱的。小说里面贾母的丈夫是贾代善，他在故事开始的时候已经死去多年了，贾代善死了以后，爵位是由贾赦来袭的。可是袭爵的他却不住在荣国府的荣禧堂，不住在荣国府中轴线上的主建筑群，却跑到荣国府隔壁另外一个黑油大门的院子里去住。这个荣禧堂——荣国府最重要的一个空间——被谁占据了呢？贾政和王夫人。他们住在荣国府中轴线主建筑群，占据荣禧堂这样一个非常重要、挂着皇帝的赐匾的空间。从小说的人物设计来说，这是说不通的——贾政只是因为皇帝对他也比较看重，额外给了他一个官职，这个官职也不是很高，是个员外郎，却大摇大摆地跟他的正妻王夫人占据荣国府主要的居住空间，由他和王夫人来作为贾母跟前的儿子、儿媳妇来侍奉贾母。这是为什么？就是因为曹雪芹在写作当中遵守这样一个原则：当他的小说里的人物设计和生活当中的实际情况难以协调的时候，是牺牲生活的真实去照顾小说本身逻辑的圆满呢，还是牺牲小说本身逻辑的圆满去照顾生活的真实？曹雪芹选择了后者。这是他“真事隐”“假语存”文本的一个最大的特点。因为在生活的真实当中，李氏的丈夫死了，亲儿子又死了，她过继来一个儿子，这个儿子带着儿媳妇过来了，作为她的合法的儿子、儿媳妇来侍奉她，与她住在一起。而贾赦呢，在生活真实当中是贾政原型的一个亲哥哥，并没有与之一起过继到李氏的门下。在小说里，为了写作上的方便，曹雪芹就合并同类项，把生活当中贾赦的原型，一个本来并没有跟贾政的原型一起过继到李氏门下的人，也设计成了贾母的儿子。虽然小说是如此"真事隐"了，但曹雪芹又不愿意按照虚构应有的逻辑来写——按那个逻辑，他应该写贾赦和邢夫人住进荣禧堂，他还是要"假语存"，就是虽然把生活当中的曹頫化为了贾政这样一个艺术形象，却又在描写上保存生活中的真实情况，那就是过继过来的曹頫和他的媳妇跟李氏住在一起。这是《红楼梦》文本的一个很重要的特点。

《红楼梦》文本之中设定的贾母的亲儿子贾政，其生活原型是贾母的原型李氏过继的儿子，把这一点弄明白了，就会得出这样的结论：从生活原型的角度来说，贾宝玉的原型并不是贾母的原型血缘上的亲孙子。但是，我们阅读《红楼梦》时会经常发现，贾母视宝玉为心肝宝贝、命根子，如果没有血缘关系，贾母能这样对待他吗？关于这一点，该如何解释呢？再有，《红楼梦》第三回写到，林黛玉初入荣国府见到贾母，贾母为什么那样激动呢？宝、黛的生活原型又到底是谁呢？

以生活原型而言，曹雪芹如果是曹頫的儿子，那么他跟李氏就并没有直接的血缘关系，他只是一个过继来的儿子生下的孩子。但是在封建社会，无论是富贵家庭，还是普通人家，都认同一个道理：过继的儿子如果是成年过继过来的，和他过继后的父母关系不融洽的话，这个儿子所生的那个儿子却会被上面的祖父、祖母视为自己的亲孙子，这是在那个时代为了延续一个家族的血脉约定俗成的一种心理认知和伦常定位。这种伦理定位，直到今天仍被绝大部分有过继关系乃至"入赘女婿"的中国家庭所认同。所以书里多次写到，贾母对贾政没有什么感情，但她确实是把宝玉当作心肝宝贝，这是非常合理的。

把这个问题捋清楚以后，你再想一想，在曹雪芹执笔写作的时候，他心目当中的贾宝玉和林黛玉血缘很近吗？在生活的真实当中，这两个人物的原型的血缘离得比较远。生活当中的李氏有一个亲女儿，在小说里面化为了贾敏，生了一个女儿，这个女儿到小说里面就被设计成叫林黛玉。这是她的亲骨肉，是她的亲女儿生下的亲女儿，非常亲啊，所以他写第三回林黛玉到了荣国府以后，贾母那样激动——否则不好理解：贾母眼前的姑娘很多嘛，大儿子贾赦就有大女儿贾迎春，那不就是贾母的宝贝疙瘩吗？对不对？贾母有血缘上嫡亲的孙女儿啊。可是小说里面贾母对贾迎春什么态度啊？有一次府里面开宴请客，南安太妃来了，要见他们家的姑娘，贾母让林黛玉、薛宝钗、史湘云出来跟人家见，说贾家的姑娘就把探春叫来吧。邢夫人对此耿耿于怀，认为贾母对贾迎春的存在视有如无，非常怨忿。相比之下，贾母初次见到林黛玉时是怎么个情景呢？而且大家知道，王熙凤是最会讨贾母欢心的，王熙凤出场以后怎么说的啊？她就知道贾母心里在想什么，她说，哪里是一个外孙女儿啊，分明是一个嫡亲的孙女啊！她就知道，在血缘上，林黛玉是跟贾母最近的一个生命，所以贾母珍爱她。作为一个封建老太婆，在血缘认同上有这样的意识，应该是可以理解的。

书里说贾母的二儿子是贾政，但从描写上看，像亲的吗？第二十二回写大家一块儿猜灯谜，因为贾政的生活原型是一个过继儿子，小说里面其实也是根据生活当中的真实情况来写，就写到：有贾政在场，贾母就觉得不自在；贾政在她面前承欢也显得很勉强，最后贾母就等于是把贾政给撵走了。真是亲儿子能这样吗？在贾政痛打贾宝玉之后，贾母颤颤巍巍去说了一些话，那是母亲在和亲生儿子说话吗？那就是一个发怒的非生身母亲面对一个过继来的儿子，一来二去所说的话。所以在生活的真实当中，林黛玉是和贾母血缘上最亲的一个人。

贾母为什么愿意让林黛玉嫁给贾宝玉？现在这个问题就更加清楚了。第一，她不会有那个血缘相近不宜结婚的心理障碍。因为从原型角度来说，实际上黛玉、宝玉这两个人血缘根本就不近，相对来说，宝钗和宝玉的血缘关系倒要近得多——一个是姐姐的儿子，一个是妹妹的女儿，如果他们俩结婚，是两个姨表兄妹结婚。过去对姨表亲婚配可以容忍，但我们今天从遗传学的观点来看，也是应该有所避忌的，现在的婚姻法也是不允许的。所以生活的真实折射到小说里面，人物虽然在艺术设计上变成了另一个样子，但是人物的心理状态还是生活当中的真实状态。贾宝玉是和薛宝钗结婚还是和林黛玉结婚，如果仅仅从血缘角度来说的话，贾母选择林黛玉而放弃薛宝钗是顺理成章的。

曹雪芹借助“真事隐”“假语存”的写作方式，把生活中的真实映射在小说当中，以构成一个个独特的艺术形象。还有一个人物，曹雪芹把生活真实中的她加以变化写到了小说里，她就是金陵十二钗正册里的李纨。《红楼梦》八十回后会写到，贾府满门被抄，独有李纨母子幸免，没有被拘禁，后来还很发达。这是为什么？生活中的李纨究竟是什么人？探究李纨的生活原型，对于理解林黛玉的原型又有什么关系呢？

李纨这个角色身上有生活的真实当中李氏的亲儿子曹颙的媳妇马氏的影子。马氏是谁？就是在曹寅死去以后接任江宁织造的曹颙的正妻。马氏呢，很不幸，她的丈夫曹颙当江宁织造当得好好的，突然就一病不起，死掉了。于是曹家就剩下了两代孤孀，李氏是一个寡妇，马氏又是一个寡妇。李氏的问题皇帝给解决了，她有了一个过继的儿子，这个儿子继续当江宁织造，她继续享受荣华富贵。

但是马氏，你想，惨不惨啊，来了一个曹頫，带着一个妻子，两人大模大样地就成了李氏的儿子、儿媳妇了；曹頫就顶替了她丈夫的位置当了江宁织造了，二人就住进了江宁织造府的主建筑群了，她本人就得靠边了。曹頫对康熙皇帝感恩戴德，同时向康熙汇报了一个消息，说他的嫂子马氏已经有身孕了（就是说曹颙虽然死了，但是生前已经让马氏受孕了），倘若他的嫂子能够生一个儿子的话，那他的哥哥就等于有后代了。但是没有后续的档案来说明，究竟马氏生没生下孩子来？生下的孩子究竟是一个男孩儿还是一个女孩儿？生下的这个孩子养大了没有？因此关于曹雪芹究竟是谁的儿子，在曹雪芹家族史的研究者当中就有分歧：有的认为曹雪芹就是曹頫的儿子，有的认为曹雪芹是曹颙的儿子，也就是马氏生下来的遗腹子。我个人认为，曹雪芹在“真事隐”以后，在“假语存”的过程当中，就把马氏降了一辈，设计成了李纨这个艺术形象。

为什么说李纨身上有马氏的影子呢？在第四十五回开头，因为王熙凤泼醋以后打了平儿，李纨看不过去，所以两个人话语之间就发生了一些冲撞，这个时候王熙凤说了一些揭李纨隐私的话。王熙凤怎么说的？她说：“老太太、太太罢了，原是老封君。你一个月十两银子的月钱，比我们多两倍子，老太太、太太还是说你寡妇失业的，可怜，不彀用，又有个小子，足的又添了十两，和老太太、太太平等。”也就是说在小说里面，李纨享有的月银数量是和王夫人平等的，是二十两银子。小说里为什么这么写？可见在生活当中有一个马氏。你想，马氏虽然失去了女主人的地位，但是江宁织造府供应她月银的时候，那个份额不可能给她降低，也没有道理降低，她的月银的数额应该是和曹頫的夫人均等的。这一点在小说第四十五回就有所逗漏，所以这个地方你要看得很细。我的研究方法一是原型研究；二是文本细读。这些地方有人拿眼睛一晃就过去了，细读就读出味儿来了，这些描写里面都有很多真实生活的投影。

按照上面的分析，如果李纨的身上有马氏的影子，那么，李纨的儿子贾兰的原型会不会是贾母原型的亲孙子呢？如果真是那样，贾母身边岂不是有比宝玉、黛玉血缘上都更亲的骨肉了吗？这是一个必须解答的问题。

有的红迷朋友跟我讨论得很细，说如果你认为马氏到了小说里面就是李纨的话，贾兰就应该是贾母的亲孙子，对不对？小说里面是把她降了一级，李纨成了贾母的孙子媳妇，她生了一个儿子，就是贾母的一个重孙子贾兰。在第二十二回里面有一笔写得是很有趣的，就是荣国府众人聚在一起过灯节，这是一个传统的节日，要讲究团圆的，在这种情况下，大家都很高兴，可忽然贾政发现贾兰不在座，有这个情节吧？贾政就问，怎么不见兰哥儿啊？贾政问这个话，当然需要由李纨来回答，因为李纨是他妈。李纨在隔壁里面一个房间，因为那个时代那种家庭，李纨不可以跟公公坐在一个房间里，婆娘传去贾政问话，那是公公提问，所以她必须站起来回答，按说她应该紧张，因为公公的提问等于是责备，全家团聚，你怎么不带儿子过来？这是失礼、失职啊，但是书里写的是，李纨并不紧张，笑着回答："方才老爷并没去叫他，他不肯来。"根据小说里面的人物设计，贾兰是贾母的重孙子，是贾政的亲孙子，全家团聚还用人叫吗？小说开始的时候贾兰虽然年龄比贾宝玉小，也读书认字了呀，他怎么能不去呢？在封建社会里有一个非常严格的规定，就是晚辈对长辈不但逢年过节必须到跟前去承欢，就是平日里，每天早上也必须到长辈跟前去晨省，晚上必须再去一次。可是小说里面把贾兰设计成了贾政的亲孙子、贾母的亲重孙子，在灯节的时候他却不去承欢，这是什么态度啊？没叫就不去？可见"真事隐"所隐去的真事是：在真实生活当中，这个人物和贾母、贾政的原型都没有直系血缘关系，只能这么解释。

有的红迷朋友可能要问，李纨为什么一定要来？因为李纨的身份是非常明确的，她是贾政、王夫人的一个亡故的儿子的媳妇，在小说里面，她始终是要到贾母、王夫人跟前来伺候的，两层长辈她都得伺候，所以她是必须要到的。但是贾兰很显然就可以不到。当然贾兰被请到了以后，贾政也表示很喜欢他，贾母就让他坐在旁边，抓果子给他吃，书里面有这样的描写。

从书里的描写来推敲，贾兰这个角色的原型，有可能是因为马氏到头来还是没有生下孩子或生下没能养大，在没有办法的情况下过继来的儿子，这个孩子只认他的妈为至亲。曹頫一家子团聚，他妈因为是李氏的儿媳妇，不能不去，他却可以认为那是叔叔家的聚会，没叫他去，他就不去。曹雪芹把她们母子二人降低了一辈来写，而对贾宝玉和林黛玉这两个人物，在从原型升华为艺术形象的过程中却基本上保持了原来的辈分，而且放手去写他们的爱情，写贾母对“木石姻缘”的支持。可是在高鹗续写的《红楼梦》后四十回当中出现了“调包计”的情节，写贾母喜钗厌黛。高鹗的这种写法，符合曹雪芹的原笔原意吗？

绕到李纨和贾兰的问题，还是为了回到林黛玉的问题上来。在生活的真实当中，当时的李氏一抬眼，满眼都是儿女，都在奉承她，但是哪一个真正是亲的？从血缘上，你替她想想，曹頫是亲的吗？曹頫的夫人是亲媳妇吗？当然宝玉的原型从小捧凤凰似的长大，可以认作亲孙子，但是这个亲，那个亲，都不如林黛玉的原型亲，你想是不是这样的？高鹗却写贾母活着的时候就容忍“金玉姻缘”成功，就同意王熙凤的“调包计”，甚至于在“调包计”的实施过程当中对林黛玉非常绝情，听凭林黛玉悲惨地死去。

高鹗有续书的自由，他那样写也自有他的逻辑，但是我现在要很鲜明地表达我的个人观点，就是高鹗这样写是违背曹雪芹的原笔原意的，既违背曹雪芹所隐蔽的“真事”，也违背曹雪芹选择的“假语”，他这样写是不对的。

说到这儿，也可能有红迷朋友要这么来提醒我了：您说了半天，一个说了遗产问题，一个说了血缘问题，但是林黛玉是个艺术形象，您能不能加重对林黛玉这一艺术形象的艺术分析啊？我很愉快地接受您这个建议。对于一个人物的刻画，其中很重要的一点就是肖像描写，写她的外貌。林黛玉一出场曹雪芹就写到了她的眉毛和眼睛，那么林黛玉的眉、眼究竟是什么样子呢？下面就来讨论这一问题。

第三章 林黛玉眉眼之谜

在上一节中，我通过文本细读，从原型研究入手，分别为大家解读了《红楼梦》中，可能与贾母、贾政、贾赦、李纨和贾兰这五个人物相对应的生活原型，从而揭示了林黛玉与贾宝玉在生活中的原型之间的非近亲关系。但林黛玉毕竟是一个文学艺术形象，她是一位与贾宝玉发生爱情故事的贵族小姐，一位沉鱼落雁的绝代佳人。在流传至今的众多版本的《红楼梦》中，关于林黛玉的肖像描写有着很大的差别，那么，究竟哪一种描写才最符合曹雪芹的本意呢？

在《红楼梦》里，曹雪芹对很多人物都有肖像描写。比如说林黛玉初进荣国府，首先就把府里面的三位小姐介绍给她，然后曹雪芹就通过林黛玉的眼光看过去，这实际上就是肖像描写。

首先是迎春，说她：肌肤微丰，合中身材，腮凝新荔，鼻腻鹅脂，温柔沉默，观之可亲。

然后写贾探春：削肩细腰，长挑身材，鸭蛋脸面，俊眼修眉，顾盼神飞，文彩精华，见之忘俗。这跟贾迎春就有很鲜明的区别。

那么，对贾惜春呢，写得比较简单，说她：身未长足，形容尚小。

王熙凤出场也有肖像描写，说她：一双丹凤三角眼，两湾柳叶掉梢眉，身材窈窕，体格风骚，粉面含春威不露，丹唇未启笑先闻。

贾宝玉出场也有肖像描写，说他：面若中秋之月，色如春晓之花，鬓若刀裁，眉如墨画，脸如桃瓣，睛若秋波。虽怒时而若笑，即嗔视而有情。

对这些人物的肖像描写都是比较明确的，在各种古本上个别字眼儿可能略有出入，但是没有什么很大的分歧。

到了林黛玉，麻烦就来了。我的两位红迷朋友曾在我的书房就林黛玉的眉眼问题吵得不可开交，就是因为不同的古本对林黛玉眉眼的描写不一样，甚至很不一样。

比如说有一种通行本叫作《增评补图石头记》，现在有的出版社所出的《红楼梦》用的还是这样一个底本，它在第三回写到林黛玉的眉眼的时候就说她是“两弯似蹙非蹙笼烟眉，一双似喜非喜含情目”。这段文字之所以让人不太满意，就是因为那个时候林黛玉年龄还很小，怎么就会有一双含情目？再比如说“庚辰本”，这是一个保存的回目比较多的一个古本，这个本子有很多优点，可是在这一回写到林黛玉的眉眼的时候，文字是这样的：“两弯半蹙鹅眉，一对多情杏眼。”也强调多情，杏眼则是一个没有创新的形容。这是一种很平庸的写法，甚至可以说有点恶俗。通行本里面的描写也不能让人满意。所以他们两个就争起来了。

因此，我们读《红楼梦》，还是要读曹雪芹的《红楼梦》，读古本《红楼梦》。我个人认为，周汝昌先生用十一个古本，一句一句加以对比以后，选出其中最符合曹雪芹的原笔原意的一句，然后加以连缀形成的“周汇本”，实是一个值得推荐的本子。当然还可以争论，但是总体而言，它是一个家族两代三人用了五十六年精校出来的一个本子，所以关于林黛玉的眉眼问题，我也建议大家看看这个本子，它应该是比较符合曹雪芹的原笔原意的。那么曹雪芹笔下的林黛玉的眉眼究竟是什么样子呢？

周汝昌先生认为，在俄罗斯圣彼得堡的那个藏本的文字应该是最接近曹雪芹的原笔原意的，我认同这个判断。它对林黛玉眉眼的描写是这样的：

> 两湾似蹙非蹙罥烟眉，一双似泣非泣含露目。

这样就把林黛玉在当时那个情况下的眉眼形容得入木三分了。罥烟眉，就是好像要皱起来，又没有彻底皱起来，眉毛在微微地颤动，似蹙非蹙。什么叫“罥烟”？就是挂在空中的烟缕。这个“烟”是有典故的。曹雪芹有两位皇室的朋友，是两兄弟，一个叫敦敏，一个叫敦诚。敦敏写诗，有一首诗叫《晓雨即事》，里面有一句是“遥看丝丝罥烟柳”，就是形容柳叶在春天的薄雾当中似有非有，好像挂在空中的烟雾一样。用“罥烟”，就把林黛玉那样一个没有完全发育成熟的小姑娘的那一对还可能继续生长的眉毛形容得非常到位。似蹙非蹙的罥烟眉，像飘在空中挂在空中的两弯柳叶。眼睛呢，是一双似泣非泣含露目，好像含着露水似的。这是符合曹雪芹的总体设计的。因为在第一回就讲了，林黛玉是天界的西方灵河岸三生石畔的绛珠仙草，修成女体以后，追随神瑛侍者下凡，要把一生的泪水还给下凡的神瑛侍者——贾宝玉。刚见到贾宝玉的时候她还不可能立刻对之产生感情，所以她不可能立刻就有一双多情的眼睛。“含情目”“多情杏眼”，都是后人妄改妄填的词句。曹雪芹第三回写她的时候，她当时已经有一双水灵灵的眼睛，里面泪水的储存量应该是相当丰富的，所以说是一双含露目——那时候露水还没有变成泪水，她的眼泪是逐步流淌，最后干枯的。这一点后来在小说里面有很多描写，而且在某一回还有很具体的交代，我在下面会讲到，她对宝玉的感情和还泪都是有一个渐进的过程的。

有关林黛玉的肖像描写，我认为，“罥烟眉，含露目”的笔法暗含着绛珠仙草向神瑛侍者还泪的艺术设计，比较符合曹雪芹的本意。在《红楼梦》中出场的人物不仅众多而且区别很大，肖像描写成为曹雪芹刻画人物的重要笔法。那么在对众多人物的描写中，是否对林黛玉的肖像描写就是最佳的呢？也不尽然。

曹雪芹写人物的肖像是非常下功夫的，给我们带来了很大的审美享受。前面提到的我的那两位红迷朋友，因为所看的版本不一样，在对林黛玉眉眼的写法这一问题上各持己见，虽然我跟他们介绍说“周汇本”从“俄藏本”里面所提炼出来的这样两句是最合适的，但是他们两个一时也很难认同，但是不要紧，我们彼此尊重，合而不同。

什么叫和谐社会？就是大家有不同的意见，但是还能够很愉快地相处。所以我们就各抒己见，回忆《红楼梦》里那些最打动自己的肖像描写。

我们三个人各有一个最深刻的印象。一位红迷朋友说，他对小说里面对鸳鸯的肖像描写印象最深，超过关于林黛玉的眉眼的描写，超过刚才我举的那些例子。在第四十六回，邢夫人要完成她那昏聩的丈夫交付的一个任务，就是去动员鸳鸯离开贾母去给贾赦当小老婆，当姨娘。这个时候，小说就通过邢夫人的眼睛来看鸳鸯，有一个关于鸳鸯的肖像描写。说她蜂腰削背，鸭蛋脸面，乌油头发——这个还无所谓，那位红迷朋友说给他留下最深印象的是下面两句——高高的鼻子，两边腮上微微几点雀斑。

他说，读了这几句，一下子就觉得眼前出现了这么一个特殊的女性，多生动啊！我们俩一听，说也是啊。所以进行文本细读的不止我一个人，人家读得也很细，在那么多的肖像描写里面，选出了关于鸳鸯的肖像描写。

我的另一位红迷朋友也有他的独特见解，他对关于司棋的一笔描写印象特别深刻。司棋是迎春房里的大丫头，这个人呢还有点浪漫的行为，小说里面有具体的描写，那么是被谁发现的呢？恰恰是被鸳鸯发现的。鸳鸯怎么会发现，怎么就知道是她呢？小说里面写到，鸳鸯到大观园里去传完话，天已经黑了，她在离开大观园回到贾母的院子时发现了司棋。

《红楼梦》里所描写的空间关系相当复杂，拿荣国府来说，荣国府的中轴线是好几层大园子，最后是荣禧堂，荣禧堂是中轴线上最重要的一个建筑物，是贾政、王夫人他们住的地方，当然荣禧堂后面还有其他的配房；在中轴线主建筑群的西边有一个大院子是贾母的院子；后来在府的东边、东北部又把宁国府原来的花园连起来，拆了一些下人的房屋，盖了一个大观园。当时在府里面走来走去也是很累的，因为通常距离不会很近，鸳鸯当时就遇到了一个很具体的问题，就是内急。小说里写这个情况写得很生动：要方便，回到贾母的院子又来不及，所以她就开始从花园的那个甬路往草里面走。这当然让我们有这样一个感慨：虽然荣国府那么富贵，大观园那么豪华，但是当时的卫生设施跟今天完全没法比。

且说鸳鸯当时要去方便一下，结果发现树底下山石边有身影晃动，这时候就通过鸳鸯的眼睛写了一笔司棋的形象。这个红迷朋友说这一形象给他的印象深刻极了，什么形象呢——穿红裙子，梳鬅头，高大丰壮身材。

这就是司棋。第一，她的身材跟别的丫头不一样，她特别高大、丰壮；另外她的发型很独特，梳鬅头。虽然我们对清朝妇女的头饰发型不是很熟悉，但是头两个字还是能激发我们的很多想象。我这个红迷朋友就比画起来，我问他真见过鬅头吗，他说反正他觉得特生动：一个身材高大丰壮的丫头，她的头发自然是要蓬起来，梳得很高，才和她的身材相称，这说明司棋很会打扮，选择了很适合自己的身材比例的一个发型。所以你看，仁者见仁，智者见智，人家写了那么多贾宝玉的形象，虽然他觉得也不错，但是印象最深的，是司棋的形象。

他们两个当时就问我印象最深的肖像描写是关于谁的，没想到我突出奇兵——我不举其中主要人物的例子，而是只提到了一个很小的角色，只出现过短短的一小段的角色，而且还不是叙述文字里面的形象描写，而是别人的话语里对她的形容。这个角色是谁呢？就是秦显家的——荣国府里面有一个仆人叫秦显，他的媳妇就叫秦显家的。这个人物是怎么出现的啊？就是因为小说后来写到了大观园里面的内厨房，那里发生了权力斗争。

你别看那只是一个厨房，对有的人来说这个厨房也是一个“肥水衙门”，也需要去争夺对它的控制权。司棋不是一盏省油的灯，她就想把当时那个厨房头子柳家的给轰走，以掌控厨房——当然不是自己去做厨房头，而是找一个跟她好的人去掌控厨房，那以后她一切就都方便了。

经过一场恶斗之后，柳家媳妇（她本来是厨房的头儿）就因被认为和她的女儿一起偷东西遭到罢免。当时府里面的管家林之孝和林之孝家的管这件事，他们罢免了柳家的，派了一个秦显家的。林之孝家的在权力的更迭上这样安排以后，平儿有所质疑，说，这个秦显家的是谁啊？她怎么不认识啊？平儿是很拿事的，是作为凤姐的助手在荣国府里掌大权的，所有的男女仆人她应该都是比较熟悉的，让秦显家的这个她不了解的人去顶替柳家的，平儿就觉得不放心，于是林之孝家的就来介绍秦显家的，话中就有对秦显家的的肖像的一个描绘：高高孤拐，大大眼睛，最干净爽利的。孤拐，就是颧骨。

她这样介绍秦显家的，是希望唤起平儿对这个生命存在的一个印象，当然，平儿没有答应她，最后还是让柳家的主掌内厨房。我读《红楼梦》，没想到读到这儿以后，忽然觉得秦显家的的形象活跳于眼前。我跟两位红迷朋友说，我欣赏这几句：高高颧骨，大大眼睛，干净爽利——一个妇人的形象就出来了。所以你看，讨论曹雪芹的肖像描写真是乐趣横生，非常愉快。

鸳鸯、司棋和秦显家的这三个人物都不是《红楼梦》的主要角色，但是曹雪芹着墨不多的肖像描写却顿时让她们鲜活生动、跃然纸上，让读者过目难忘。在曹雪芹的笔下，“病如西子胜三分”的林黛玉具有堪比西施的病态之美，那么这种美是否只是贾宝玉的情人眼里出西施，并不被常人所赞赏呢？

曹雪芹写人物不是只有肖像描写，比如写林黛玉，他不但多次写到林黛玉的外在形象，还写到林黛玉的肢体语言。他善于通过人物的肢体语言来传达人物的感情，向读者展示人物的内心世界。

所以读《红楼梦》不能总是从一个概念出发，从框框出发。说林黛玉是反封建的，就翻着看哪点反封建，这点反封建，就看，这点没反封建，就一晃而过。林黛玉的思想境界里面确实有反封建的因素，值得我们在欣赏这个艺术形象的时候加以重视，但是读《红楼梦》我个人认为不能那样来读，要欣赏曹雪芹整个文笔的流动——他写林黛玉不仅有肖像描写，写了她的眉眼，还写了她的肢体语言。

第二十六回写贾宝玉信步进入潇湘馆，对潇湘馆的环境描写是最生动、最成功的。他写到，“凤尾森森，龙吟细细”，“湘帘垂地，悄无人声”。走到窗前只觉一缕幽香从碧纱窗内暗暗地透出，宝玉这个时候就把脸贴到纱窗上往里面看，不但看到了林黛玉，还听到了林黛玉的声音，耳内忽听得细细地长叹了一声道：“每日家情思睡昏昏！”这是《西厢记》里面的一句词，因为他们两个在大观园的桃树底下偷读过《会真记》，《会真记》就是《西厢记》，所以林黛玉就背熟了，情不自禁地睡完午觉后哼出了其中的一句。宝玉听后不觉得心内痒将起来，再看时，以下就有很多肢体语言。只见黛玉在床上伸懒腰——一个美女在闺房伸懒腰，这个肢体语言非常优美，当然宝玉就进去了。黛玉知道被宝玉在窗户外头偷看了，也偷听了，就难为情，就红了脸，于是又有肢体语言：拿袖子遮了脸，翻身向里装作睡着了。曹雪芹就这样刻画了一个贵族小姐当时的状态，很生动。那么黛玉表示自己睡着了，宝玉走了进去，伺候黛玉的那些仆人，那些奶娘、婆子什么的，就跟进来，说您是不是过一会儿再来，林姑娘睡觉了。这个时候黛玉就翻身坐了起来——她不愿意让宝玉走，笑道：“谁睡觉呢？”于是坐在床上，一面抬手整理鬓发，一面笑向宝玉道，人家睡觉，你进来做什么啊？这都是对肢体语言的描写，再结合在特定情况下对她的肖像描写：宝玉见她星眼微饧，香腮带赤，不觉得神魂早荡，一歪身就坐在椅子上……多生动啊！所谓星眼微饧，“饧”这个字现在很少用，就是半张开的样子，好像有点让蜜糖给黏住了，是一个让人看了以后确实会神驰魂荡的一种状态。

那两位红迷朋友也跟我讨论了这个问题，其中一个就说了，说这个林黛玉不管怎么说她有病，用今天的检测手段来检测，可能她就是有肺结核，所以呢，小说里面描写的她的美都是病态美，因此可以得出一个结论：贾宝玉爱她是情人眼里出西施。这就引出一个问题，就是林黛玉客观上美不美？这是一个值得探讨的问题。他们两个就此你一言我一语地争论起来了，一方说林黛玉就是病态美，也就是贾宝玉喜欢她，别人看见她就烦——她不光性格尖刻，那病病歪歪的身子，颤颤巍巍的走路姿势，怎么会吸引其他的男性呢？怎么会让他们觉得她是个美人呢？另外一位朋友就读得比较细，而且他往往都是读古本《红楼梦》，有一些在通行本中被删去的描写他能看见，所以他马上就正儿八经地提出了不同的意见。他说，在第二十五回，赵姨娘通过马道婆把王熙凤和宝玉都给魇了，王熙凤就跟疯了似的，拿着刀冲进院子，见鸡杀鸡、见狗杀狗，见人就要杀人，宝玉也变成接近死亡状态了，因此惊动了所有的亲友，像王子腾啊，王子腾的夫人啊，都来探视，薛家的人也来探视，当然也包括薛蟠，于是就有这样一段描写：别人慌张自不必讲，独有薛蟠更比诸人忙到十分去，又恐薛姨妈被人挤倒——他还有孝心，怕他妈给挤倒了；又恐薛宝钗被人瞧见——对他妹妹还算关心，当时闺中的女子不应该让外面进来的男子看见，可是在那种情况下已经很难免了，已经整个乱了；又恐香菱被人臊皮——怕香菱在这个情况下被有的色迷吃了豆腐，占了便宜。对他来说，有这样的想法都很自然，我们读来也不至于眼热，但是，随后就有一句：忽一眼瞥见了林黛玉风流婉转，早已酥倒在那里。

薛蟠虽然是林黛玉的亲戚，但是他没有什么机会见到林黛玉。男女有别，授受不亲嘛。但在那种情况下，因为一片混乱了，整个宅子乱了，亲友们也都乱了，这个时候就男女混杂了，他就一眼瞥见了林黛玉。薛蟠是一个非常俗气的人，他的审美观念是非常俗的，但是他也觉得林黛玉风流婉转，美死了，所以他就已经酥倒在那里。咱们吃过一种点心叫核桃酥，他的身子就变成核桃酥了。这一段描写在通行本里被删掉了，可能制作通行本的人觉得：哎呀，这段描写太过分了，写这干吗啊？其实，古本里面保留的这样的一些曹雪芹的文笔是很珍贵的，这能说明一个什么问题？说明林黛玉的外在美是雅俗共赏的，是连薛蟠这样的俗人也觉得好的。这反映了整个社会的一种审美共识。比如我们现在都知道的白毛女的故事，地主恶霸为什么要抢喜儿啊，因为喜儿漂亮，喜儿漂亮不漂亮在贫农看来和地主看来，结论是一样的。人们在审美的问题上是可以超越阶级的界限而达成共识的。当然达成共识以后，坏人可能要起坏心做坏事，好人就是另外一个情况，这得另说。因此这一笔我认为曹雪芹是有他的用意的，他是要通过这样一些文字平衡人们阅读《红楼梦》时产生的一些不平衡的心理。比如说那个朋友没读过那个本子，可能就觉得，林黛玉也就是贾宝玉看着美，别人看着就不行。不是这样的。薛蟠看见她后早已酥倒在那里，本来结实的身子，结果一段一段地膨化了，写得很有意思。

我认为，曹雪芹的这一笔描写，意在表示林黛玉不仅在知她、爱她的贾宝玉眼中是美的，她的美同样征服了薛蟠这样的凡夫俗子。在《红楼梦》中，贾宝玉和林黛玉的爱情是一种刻骨铭心的真正的爱情，但令人不解的是，曹雪芹在书中却安排贾宝玉与其他女性发生了或朦胧或暧昧的关系，曹雪芹为什么这样设计？对于这种看似矛盾的写法，应该怎么去分析呢？

曹雪芹的写作是非常下功夫的。比如说，他写贾宝玉在神游太虚幻境以后就开始有了性觉醒，然后就和袭人发生了那样的关系，对此我在之前的书中有所涉及，于是有些人就不理解了，说你讨论这么一个反封建斗士的形象，可是又说他有这种事情，偏把这件事拿出来讲，这不是流氓教唆吗？不是这样的，不能这样看问题。曹雪芹那样写贾宝玉，是生怕读者误会，因为有的读者确实产生了两个误会。

一个误会是认为贾宝玉在生理上还远没有成熟，因此他对青春女性的那种兴趣是非常混沌的，他与林黛玉之间的感情也谈不上是爱情。这个误会延伸下去还产生更严重的误会，就是有人过分强调贾宝玉和林黛玉的思想共鸣，好像他们纯粹是精神恋爱；贾宝玉究竟爱不爱林黛玉的身体，他的爱是不是从灵到肉的全方位的爱就成为一个问题。曹雪芹生怕你误会，所以很多地方他就写得很细，他就是要告诉你，这两个人的相爱是身心发育都达到了成熟阶段的这样一种从精神到肉体的全方位的爱。这对我们理解《红楼梦》里的这两个主要角色是非常重要的。

还有一个误会呢，就是因为书里面又写到贾宝玉跟秦钟好，跟柳湘莲很好，跟蒋玉菡也很好，就认为贾宝玉是一个同性恋者。宝玉把青春女性都当作玩伴，一块儿做游戏，一块儿作诗，一块儿逗趣，他在性别上似乎没有一个清醒的认知，如果说他有性别认知的话，就只能是一个同性恋者，他喜欢男性，喜欢聪明俊美的男性。曹雪芹通过贾宝玉初试云雨情，就很明确地指出贾宝玉不是这样的。第一，贾宝玉的身心发育已到了成熟阶段。当然那个时代人的寿命比较短，这本书一开始就有“半生潦倒”的字样，过去认为三十岁就是半生，六十岁就是全寿，七十岁就“古来稀”了，所以过去一个男的十四五岁结婚娶媳妇不稀奇，男性的身心发育到了十三四岁就已经开辟鸿蒙，有了性觉醒，成为一个在性别认知上有自我定位的成熟男人。你当然可以说贾宝玉有点早熟，但不能认为贾宝玉是一个身心发育滞后、不懂男女之事的人。曹雪芹很具体地写给你看，同时也告诉你，贾宝玉虽然和一些男性有着非常深厚的感情，但在性取向上，他不是同性恋者。有人说他是不是双性恋，双性恋的证据也不足。就算是双性恋，他主要的性的自我认知还是定位在自己是一个男人，要和一个自己爱的女人来结婚，这个女人不是别人，就是林黛玉。书里面把这一点写得很清楚。

还有一个细节大家记得吧，也是我以前提过的：贾元春颁赐端午节的节礼，他得到的那份和薛宝钗那份是完全一样的，里面有什么呢？有红麝串。林黛玉虽然也得到了数珠儿，却并不是红麝串。薛宝钗得到以后就立刻戴到腕上了，一次贾宝玉想请薛宝钗把它褪下来近看，这时他就看到了薛宝钗雪白的膀子，立刻就有心理上的反应，书里是怎么写的——这个膀子要是长在林妹妹身上，或者还得摸一摸——意思就是可惜现在是长在宝姐姐的身上了。这是很重要的一笔，说明贾宝玉不是一个滥情的人，虽然他是有点泛爱，对所有的青春女性他都情不自禁地喜欢，但是他真正想和谁过夫妻生活，想娶谁为正妻？除了林黛玉，没有第二人选。通过这些细节，我们应该能够领会曹雪芹的苦心。我个人认为，书里面写贾宝玉和秦钟、柳湘莲、蒋玉菡这些人那么好，主要是想表现贾宝玉对社会边缘人有一种特殊的情怀。而社会边缘人在那个时代是为主流社会和主流价值观所坚决排斥的，曹雪芹通过他的一支笔写出这样一些人物和故事，对这些边缘人物予以了赞美和肯定。他所写的贾宝玉这个贵族公子，一方面深爱林黛玉，要娶林黛玉为正妻，一方面对所有的青春女性都尊重，都呵护，都关爱，同时，他特别愿意和男性社会中的非主流的、和权力无关的边缘人交往，特别地喜欢他们。这就是曹雪芹笔下的贾宝玉和林黛玉。

人们一般认为《红楼梦》的主题就是反封建，贾宝玉和林黛玉这两个形象就代表了当时社会中的一种新人的形象，具有反封建的思想内涵。我的两个红迷朋友就是认同这一点的，我也认同这一点，《红楼梦》这部书确实有那样的主题，这两个人物形象也确实具备那样的特点。但是，《红楼梦》的内容是极其丰富的，它的主题不仅限于此，它的思考直达人生与社会的深层。

说到这儿呢，两位红迷朋友就跟我提出来，他们看的版本虽然不一样，而且经常发生争执，但是在有一点上他们俩得出的结论是一样的，那就是林黛玉和薛宝钗两个人在书里面很早就和好了，就黛钗合一了，他们就问我对曹雪芹这样的艺术处理怎么看。这个书就拿八十回来说，怎么会只到四十几回就出现了主要矛盾的消弭？我下面就要和大家一起讨论这样一个问题，即如何看待曹雪芹笔下的黛钗合一的问题。

第四章 黛钗合一之谜

在《红楼梦》中，薛宝钗与林黛玉对于贾宝玉来说，一个是“金玉良缘”的宝姐姐，一个是“木石前盟”的林妹妹，她们本是天生的情敌，最后却冰释前嫌、握手言欢了，这究竟是怎么回事？

现在，我就根据自己对这部书的理解，跟大家一起来捋一捋宝、黛、钗三人的感情纠葛，看书里面是怎么写的。

三人第一次展示各自不同的性格特征应该是在第八回。曹雪芹写得很聪明，就把他们三个搁在一个空间里来写。那时薛姨妈她们已经住到荣国府的一个叫梨香院的院落里。一个下雪天，贾宝玉到那儿去看他的姨妈，就跟薛宝钗在一起，后来就喝酒、吃东西，在这个过程当中林黛玉也去了，这样呢，作者就在梨香院吃饭的那个地方，充分展开了对三个人不同性格特征的描写。应该说，在那一回里面，还很难说谁对谁产生了一种可称为爱情的情感，基本上还是小姑娘、小男孩儿之间那种天真活泼的、无拘无束的自然交往。但是曹雪芹写得非常好，通过这一回，我们就能对林黛玉性格中的优点和弱点都了如指掌了。

林黛玉在这一回里显示出对封建礼教的规范完全无所谓的态度，她由着自己的性子生活，把她的个性展现得非常充分，这在那个时代的闺中女子当中是非常少见的。曹雪芹的描写，使不少读者读了以后就很喜欢她，也使得有的读者读了以后就很不喜欢她——他只是塑造出一个活生生的人物，让读者自己去琢磨，自己去判断。当然他也展现出林黛玉性格当中明显的弱点和缺点：尖酸刻薄，无所顾忌，令人难堪。

那么薛宝钗呢，就显示出她性格上的一个优势：她虽然年纪上只稍微大一点点，基本上还是一个小姑娘，可是沉稳、含蓄、温柔、典雅，善于为人处世。在这一回里，薛宝钗是很可爱的。至于希望贾宝玉读书上进、走仕途经济的路子什么的，在这一回里面她没有展示，所以在这一回里薛宝钗基本上就把林黛玉给比下去了。这一回里作者展示这两个女性，是有意识地形成一种不平衡的局面，希望读者继续往下读。因为人是活人，艺术形象是根据生活当中的活人塑造的，加上作者高妙的艺术手法，就使得这两个人物留下了一些性格悬念，让读者去琢磨。读者会想：林黛玉这么尖酸刻薄，她在荣国府里能生活得很好吗？或者是，薛宝钗虽然温柔敦厚，很平和，但是贾宝玉究竟是喜欢林黛玉还是喜欢她呢？这样一想，就很有意思。

情节往下流动，到第十九回的时候，已经有了大观园。十七回、十八回就讲到了荣国府盖造大观园，元妃省亲，省亲以后就让荣国府的公子和小姐们住进了大观园，林黛玉住进了潇湘馆。但第十九回的故事空间还不是在潇湘馆，这一回涉及林黛玉的情节是“意绵绵静日玉生香”。这一回就展示了贾宝玉和林黛玉两个人亲密无间、两小无猜、美好相处的情节，但是你很难说两个人之间这时就已经产生了爱情。

两个人的爱情的苗头是在第二十三回展示出来的。二十三回写两个人在大观园的花园里面，在桃树下，共读《西厢记》，这个情节大家太熟悉了。那么通过这一回作者就展示了两个人之间的感情有了一个联系的渠道，就是在他们之前的中国传统文化当中的那些美好的、正面的东西，那些对封建的伦理道德、主流价值观念进行挑战的东西，他们两个都是接受的。

当然他们之间也有一些小矛盾、小冲突，但是实质上是两个人在这样一个过程中心心相印了，这一点书中写得很美，大家印象都很深。

那么到了第二十六回就有了“潇湘馆春困发幽情”的情节。在上一讲里面，我曾经讲到那个过程当中曹雪芹使用高妙的肖像描写和对人物肢体语言的描写来展示两个人物之间的深情厚谊。在那种情况下，他们两个的情谊就开始朝爱情的方向发展了。因为他们读了《西厢记》，受到了启发，一个自比张生，一个不同意对方把她比成崔莺莺，但是心里头实际上是接受这样一个定位的，于是他们就开始了美好的初恋。这种青春期的初恋，在那样一个时代，那样一个贵族的大宅院里面，它的发展是非常困难的，有很多的障碍。最大的一个障碍就是王夫人和薛姨妈她们散布了一个舆论——“金玉姻缘”。根据她们的说法，有个神秘的和尚老早就做了一个预言：薛宝钗这样一个美丽、聪慧的女子，因为戴着一个金锁，所以一定要嫁给一个戴玉的公子。好像这是一个上天已经定下来的、不可更改的玉律。这个舆论在大观园里，在荣国府，是很多人都知道的，这给了林黛玉很大的压力。再加上前面已经讲过的，林黛玉由于没有得到父亲死后属于她的那份遗产，所以无依无靠，成为一个经济上没有根基的、寄人篱下的女子。

而薛宝钗呢，虽然她们家的境况比她父亲健在的时候要差很多，可是她哥哥还领着宫里的银子，当皇家的买办，家里面有房有地，还有当铺，经济上就很强势。再加上薛宝钗本人虽然“人谓装愚，自云守拙”——就是她从来都不愿意把自己内心里的真实的东西直接流露出来，总是以一种掩饰的、含蓄的办法来应付和别人之间的关系。可是她对贾宝玉的爱意也还是不时地、以这样那样的方式流露出来，别人可能不太注意，但林黛玉会注意。因此，究竟薛宝钗和贾宝玉之间是一种什么样的情感关系，林黛玉就时时地有所猜忌。而贾宝玉本身呢，虽然很爱林黛玉，却对所有的青春女性都很感兴趣，愿意和每一个青春女性保持愉快的交往，不仅是对小姐们，就是对丫头们他也是这样一种态度，这也给林黛玉带来了一定的心理障碍。对别人她大体上无所谓，对薛宝钗，她总是在琢磨她和贾宝玉之间的关系。所以林黛玉在爱情自主方面面临着很多困难，不仅是封建礼教的禁锢，她觉得自己有情敌，怀疑薛宝钗藏奸，小说里在这方面有很多细腻的描写。

然后，情节发展到二十六回的时候，林黛玉和贾宝玉之间的感情，双方都比较明朗了，都向对方表达出了可以称为爱情的那种暗示或明示了。

情节再往下流动，到了二十七回，也是写大观园里面的情况，就是四月二十六日，芒种节，要饯别花神。这个时候呢，薛宝钗有一个非常著名的举动，就是扑蝶；林黛玉也有一个非常著名的举动，就是葬花。她一边葬花，一边吟诵葬花词，葬花词里反映出她对自己命运的悲剧性的预知和感叹。

再往下，到了第三十二回，宝、黛就共诉肺腑了，这个时候他们两个之间的情爱达到了一个顶峰，贾宝玉就把话说破了，林黛玉也就心里彻底明白了，他们之间的感情就不再是少男和少女之间的友情和朦胧的爱情，而完全是成熟的爱情了。贾宝玉就明确地表示，用今天的语言来说就是，我只爱你一个，而且我要和你结婚。在当时那种一夫一妻多妾制的体系下，就是我要娶你为正妻；现在虽然我没有得到你，但是我白天黑夜想的都是你，为了想你我都得了病。表达的就是这样一种意思。林黛玉也就心中有数了。所以曹雪芹是一环一环地来写宝玉、黛玉两个人感情的发展的，从比较低级的阶段逐步地向高级阶段发展。

但是，爱情的道路毕竟是不平坦的。两个人的爱情在第二十九回前后，就是到清虚观打醮前后，就发生了大紊乱，产生了严重的冲突。为什么呢？

曹雪芹确实很会写。在清虚观打醮的情节流动中，他写了这样一个细节：清虚观的张道士把贾宝玉的通灵宝玉请出去，拿去给他的徒子徒孙看，这些徒子徒孙拜见了贾宝玉的通灵宝玉，很激动，很崇敬，就纷纷献出自己的宝贝，搁在托盘里面，所以张道士把托盘托回来的时候，里面不光有这个通灵宝玉，还有很多其他的、道士们献上的佩戴物，其中就有一只金麒麟。这只金麒麟，别人不感兴趣，贾宝玉一看就很喜欢，就把它抓起来，留下了。

书中后来交代，史湘云平时就戴着一个金麒麟。本来薛宝钗那个“金玉姻缘”就已经搞得林黛玉心烦意乱了，现在一“金”未除，又平添一“金”，使得林黛玉的思绪完全紊乱了。为此，林黛玉就和贾宝玉大闹，闹得沸反盈天，搞得最后贾母都被惊动了，贾母为这个事后来甚至都哭了。

曹雪芹这样写有多重含义，他并不是要告诉读者：贾宝玉那个时候已不爱林黛玉了，留下金麒麟是因为他把爱情转移到了史湘云身上了。

贾宝玉和史湘云确实非常亲密，他认为史湘云是他非常好的一个闺中朋友，他们两个在一起非常愉快。但是，他和史湘云之间在大的问题上是有分歧的。比如说在读书上进啊，他是否应该参与那个社会的男人的权力结构中那些交际啊之类的问题上，他们就发生了严重的冲突。史湘云劝他，说你别老在我们这些人里混，你也应该去见见那些为官做宰的人，学学仕途经济。那么贾宝玉就很生气，就当面让她下不来台。史湘云在社会价值的认知上是和薛宝钗接近的，贾宝玉在这点上是跟她划清界限的。所以从整体上来说，贾宝玉跟她相处得非常愉快，史湘云的性格、史湘云的才能，都让他觉得有审美的愉悦，可是他们的思想不能完全共鸣，他心中真正爱的，达到心心相印的程度的人，确实还是林黛玉。

可是宝玉为什么要把金麒麟留下来呢？如果我们是从探佚学的角度，探佚《红楼梦》八十回后的故事，就会知道，这个金麒麟是一个非常重要的伏线，是非常重要的一个道具。

脂砚斋的批语告诉我们，它至少将出现在八十回之后的某一回，那一回的内容是射圃。射圃就是在一个园地里面射箭，这应该是男子活动的场合。射圃的人中就有一个贵族公子，叫卫若兰。卫若兰这个名字在前八十回只出现过一次，就是在为秦可卿办丧事时，说有什么什么人来参与这个丧事的时候开了名单，名单里面提到有一个王孙公子是卫若兰。但是前八十回里并没有写他的故事。大家可能没想到，出现这样的名字是“草蛇灰线，伏延千里”，到八十回后，卫若兰将是一个重要的角色。脂砚斋看到过曹雪芹写出的八十回后的一些文稿，就告诉我们，宝玉从清虚观得到的这个金麒麟将出现在射圃的那场戏里，卫若兰当时所佩戴的金麒麟就是从清虚观得到的这个金麒麟。那么，这究竟是怎么回事？我将在跟大家探讨史湘云的命运的时候再来揭秘，现在我们还是回过头来讲林黛玉、贾宝玉之间的情感。

贾宝玉当时留下这个金麒麟，主要就是觉得史湘云有一个，再送给她一个，岂不是很有趣吗？我想他主要就是出于这样一种顽皮心理。可林黛玉就不干了，心里就紊乱了。当然，在这一回前后，也就是清虚观打醮的前后，薛宝钗的状态也非常不佳，我在以后讲薛宝钗的时候会详细地剖析，为什么薛宝钗在清虚观打醮前后会那样烦躁不安？那样易于发怒？说起话来比林黛玉还要尖刻，甚至于不惜向一个叫靛儿的小丫头发火？

黛玉、宝钗两头都乱了，宝玉在这种情况下呢，就左右为难，陷于了他个人在情感和人际关系上的最大的危机之中。所以二十九回前后，曹雪芹写得花团锦簇，把三个人之间的感情纠葛和性格摩擦，再加上别的人物、别的故事，搁在一起，构成了非常生动的一个文本。

到了小说的第三十六回，我个人认为，关于宝、黛、钗的爱情纠葛，曹雪芹就基本作了一个收束，就基本不在以后的章回里面过多地写他们三个人之间的感情摩擦和冲撞了。

第三十六回的前半回叫“绣鸳鸯梦兆绛芸轩”，写宝玉挨过父亲的狠打之后，伤已养好，在疗养期间过着很悠游的生活。有一天薛宝钗就去了。袭人本来坐在宝玉的那个卧榻边绣鸳鸯，后来临时出去了，薛宝钗就情不自禁地坐到了贾宝玉的卧榻边，一看袭人没绣完的鸳鸯戏水很漂亮，就忍不住自己拿针接着绣下去。那么在这个过程当中呢，贾宝玉是睡着了的，睡着了以后就说梦话，这个梦话惊心动魄，大家一想就都能想起来，说的是：“和尚道士的话，如何信得！什么金玉姻缘，我偏说是木石姻缘！”

对这段情节，历来的读者分作两派。一派说贾宝玉其实没睡着，起码是没有彻底睡着，属于浅睡眠状态，周围的动静他都听得到。因为袭人说要出去一下，她是说给宝钗听的，宝钗坐在睡榻旁边，贾宝玉从各种角度，包括从嗅觉上，是能感觉到宝钗的。他那样说，是故意要让宝钗听到。我前面提到的两个红迷朋友中的其中一位就坚持这个观点。这是他个人读这一段情节的心得，我们也不好驳他，因为曹雪芹写的那个文字也没说死。另外一个红迷朋友则认为，贾宝玉不会那么荒唐，他何必要这样刺伤宝钗呢？因此那些话应该完全是梦话，他并不知道宝钗当时就在他身边。但是仔细一想，宝玉在梦里面都在琢磨这个问题，这就更恐怖了，是不是啊？所以从薛宝钗的角度看，如果宝玉是清醒的，说出这样的话固然令她难堪，但是宝玉如果真是在睡梦里这么喊，就更让她难以承受了。多亏宝钗是一个能自持的人，换作别的人，也许当时就会晕过去。

所以，实际上曹雪芹写到这个地方的时候，就已经告诉读者，贾宝玉的主意是不可能更改的了，不可能有变易的了。林黛玉通过后面跟他的一些接触，心里也明白了：贾宝玉确实爱的就是她，就要娶她做正妻，正妻只有一个。所以曹雪芹写到这个份儿上，就等于对宝、黛、钗三人的情爱关系做了一个收束，这是我的看法。

我们再往下看，在这之后，曹雪芹就公然写到了黛、钗二人的和解、和好，这时，曹雪芹的亲密合作者脂砚斋就在批语里面清楚地告诉我们：黛、钗合一。

对这种文本现象，我们没有办法否认，我们得承认确实是这样的。到了第四十二回，我记得我当年看这回的时候挺紧张，为什么呢？因为薛宝钗约林黛玉到她那儿去谈话，说要审她。

我当时想，一个是反封建的女斗士，一个是顺封建的遵守封建规范的负面人物，她们现在短兵相接，负面人物还先挑战，说要审对方，这还得了！一定有好戏。我就等着看这两个人怎么唇枪舌剑、怎样就是否应该遵守封建规范进行一番大辩论，那场面一定非常的火爆！结果却大出我的意料，我仔细一读，咦，不是这么回事，两个人和好了！当时由于头脑里面有一个僵化的主观概念，用那个套小说里面的情节和人物，结果就和小说文本传达的信息之间产生了不协调，不共振了。我们应该先抛去主观的、先验的条条框框，仔细来读《红楼梦》，读这个文本本身，然后再细细体会。后来我这样来读，就懂得了其中的道理，当然，我个人的体会不一定能准确地反映曹雪芹的写作用意，但是我愿意竭诚把自己的心得奉献给大家，咱们共同讨论。我觉得曹雪芹就是要写黛、钗两个人最后和好，为什么？因为他写出了薛宝钗人品当中非常美好的一面。

薛宝钗为什么要审林黛玉？因为在此之前，刘姥姥第二次到了荣国府，痛玩一番以后走掉了，但是在走之前和大家一起斗牙牌，那是第四十回，叫“金鸳鸯三宣牙牌令”，这里只说林黛玉参与斗牙牌的情况。她是一个争强好胜的人，一直不愿意输，在斗牌的过程当中需要说一些押韵的句子，还必须符合当时牙牌上的状况，林黛玉就又把《西厢记》里面的词拿出来说了。别人听了可能无所谓，但是薛宝钗呢，她读过那些东西，她耳朵尖，记了下来，于是事后就约林黛玉到她那儿去，跟林黛玉谈这个事儿。

有一点现在的年轻人可能很难理解，我虽然年纪大一些，可是离那个时代也很遥远，我一度也很难理解——你看这个小说里面的描写有一点很古怪，就是他们过生日啊，过节啊，举办什么大的活动的时候，都要安排戏子演戏，有时候让自己家里的戏子演，有时候从外面请人来演，《西厢记》的故事、《牡丹亭》的故事，都可以在舞台上演出来，这些小姐都坐在底下听，这不算问题。可如果找来《西厢记》《牡丹亭》的书来读，就是天大的问题，就是读了淫词艳曲，就是罪过！为什么当时会形成这样一个不成条文的文化禁忌，希望大家共同去探讨，这里不枝蔓，但是我想我对它的概括还是准确的，从书里看也是这样的。

薛宝钗认为，林黛玉说出这样的牙牌令，就说明她不仅是看了戏，而且一定是看了《西厢记》《牡丹亭》的书，看了这些淫词艳曲，记了下来，脱口而出了。薛宝钗很有把握，就审问林黛玉。一番情节流动之后，我们就发现，薛宝钗审问黛玉并不是挤对黛玉，而是为了保护她。因为在当时那样一个封建家庭，薛宝钗如果要对林黛玉不好，想搞垮林黛玉，她会有很多的办法，也不一定非得直接去告状，她可以在和贾母、王夫人等人相处的时候，通过嘻嘻哈哈地说笑话很自然地透露出来：这个林丫头，那天牙牌令你看她伶牙俐齿的一直没输，为什么啊？哎呀，真没想到，她读了《会真记》，还读了《牡丹亭》，她记性可真好，出口就能引用啊……以非告状的口气，她就可以把林黛玉私下里读这些淫词艳曲的情况透露给长辈。即便贾母对林黛玉非常地钟爱，肯定也会不愉快。王夫人本来就希望林黛玉出点问题，以便让贾宝玉娶她妹妹的女儿，结成“金玉姻缘”，使王家的势力得以在贾府里扩张，控制贾府里的财政和人事大权，所以肯定会如获至宝。薛宝钗没有这样做，而是当面跟林黛玉指出来：这很危险。薛宝钗非常坦诚，坦诚到这种地步——她跟林黛玉说，她小时候也读过这些书，而且读得比她还多、还早。那么，她解决得了林黛玉的价值取向问题吗？她没有解决，也解决不了，林黛玉也不容她去解决这个问题，但是林黛玉对她保护自己这一点非常明白，非常感激。于是她们和好了。当然，和好以后，两个人的价值取向还是不一样的。

第七十回吟柳絮词的时候，你看，两个人就各写了一首词，通过词意可以看出她们的价值取向完全不同，而且互相抵触。

黛、钗的和好，我后来细读时，还是有点惊讶，心想曹雪芹怎么这么写啊，但是我读到四十九回的时候，就发现曹雪芹他也表示惊讶，他通过贾宝玉表示惊讶，你注意到第四十九回里的一些描写了吗？

这一回中，大观园里面又增加了很多新人，薛宝钗的堂妹薛宝琴也到了荣国府，还有李纨寡婶的两个女儿李纹和李绮，还有邢夫人的一个侄女儿邢岫烟，大观园里一时非常热闹。人一多，就派生出了一个谁最受宠的问题，结果在当时的情况下出现了一个令读者吃惊的局面，就是最受宠的是薛宝琴，一个刚出场的人物。

贾母对薛宝琴一见就爱得不得了，逼着王夫人认她做干女儿，还把自己很久都不拿出来给别人穿的凫靥裘——一件华贵的披风，拿来给她穿了（她对林黛玉那么好，都没有拿出来给林黛玉穿）。而且当时其他刚来的人都被分别安排在大观园里别的人的住处来住，薛宝琴却享受最高待遇，留在贾母身边住了。

你如果仔细读这段文本就会发现，贾母如此宠爱薛宝琴，薛宝钗都扛不住，她吃醋了。原来大家以为林黛玉这个人是最容易吃醋的，最容易嫉妒人的，最容易说刻薄话的，是不是？但曹雪芹这次却以生花妙笔写一贯豁达的薛宝钗竟大吃起醋来——他写人性写得非常透彻，非常深刻——人是活的，复杂的，会反常的。

后来贾母派人到大观园通知大家，说了些宝琴还小呢，你们都得让着她之类的话。薛宝钗当时就说了很不满意的话："你也不知是那里来的这段福气，你到去罢，仔细我们委曲着你。我就不信，我那些儿不如你。"虽然是笑嘻嘻地来说的，但是其醋意不亚于在这一回之前的很多回里面的林黛玉。

可是书里却没有写林黛玉对此有吃醋的反应。和薛宝钗完全不一样，林黛玉见贾母那么喜欢薛宝琴，却十分地心平气和。她自己一见薛宝琴，也觉得挺好的，就当自己的妹妹对待，亲热得不得了，一点醋意都没有。不管贾母怎么喜欢薛宝琴，林黛玉都觉得很正常，她不在乎。这种情况被贾宝玉看在眼里，于是就有了一段很有趣的描写：宝玉看见她们三个人好作一团，就开始闷闷不乐，这是写出深邃人性的极高明的一笔——按说他不是应该高兴吗？原来就是因为有一个薛宝钗，有一个金锁，闹得他很烦恼，梦里都要喊出话来，林黛玉还是老不放心；现在呢，林黛玉跟薛宝钗和好了，甚至连薛宝钗的堂妹来了以后那么受贾母的宠爱她也不嫉妒，这不天下太平了吗？但是，恋爱中的青年男女就是这样，对方要是吃醋、猜忌、耍小脾气，他固然很着急；但要是忽然有一天对方心平气和，全无所谓了，你以为他就认为是好事啊？他偏会闷闷不乐！曹雪芹这样写道：宝玉“便心中闷闷不解，因想：‘他两个素日不是这样的，如今看来竟更比他人好似十倍’……宝玉看着，只是暗暗的纳罕。”他觉得很奇怪，后来就逮了一个机会去问黛玉，用了一句《西厢记》的词儿：“是几时孟光接了梁鸿案？”

梁鸿、孟光是汉朝的两个人，梁鸿是男的，孟光是一个女子，两人是夫妻。孟光嫁给梁鸿以后，有一个非常著名的肢体语言，就是每次做好饭以后把饭送到丈夫面前时都不敢平视丈夫，而是把饭高高地举起，与眉毛齐平，叫举案齐眉。

那么这个“案”呢，据有的学者考证，它就是“椀”，也就等同于饭碗的“碗”。本来在生活当中，是孟光举案、梁鸿来接，但是《西厢记》里面的这句话很俏皮，偏要反过来说。贾宝玉为什么引用这一句？就是因为情况很反常啊。是几时孟光接了梁鸿案呢？就是说太奇怪了，让人纳闷儿：你原来那么猜忌她，我怎么解释都不行，好嘛，现在你倒跟她和好了。贾宝玉有一句话说得特别生动："先时你只疑我，如今你也没得说了，我反落了单。"

恋爱中的青年男女最怕落单儿，有个人在旁边耍点小别扭，生点小气，使点小手段，特高兴，或者自己也生个气赌个气，互相之间斗斗小气，是一大乐子。忽然，所有的都没有了，一切变得非常的平淡无奇，这个时候就感觉落单了。贾宝玉觉得林黛玉没有了情敌，自己也就格外地寂寞，生活当中就少了很多的复杂滋味，特别是品尝麻辣烫的乐趣。他这一问，黛玉就很认真地回答道："谁知他竟真是个好人，我素日只当他藏奸。"

林黛玉对薛宝钗的基本品质有了这样一个认知：咱俩的价值取向不一样，只能各走各的路，但是呢，我觉得你是一个好人，因为你不害人。你不但不害人，你还保护人，你在为人上不藏奸，我就跟你好。她们两个人就这样和好了。

黛、钗合一，是曹雪芹对全书的一个总体设计，稍微对文本熟悉一点就能体会得到。比如书里的第五回，在太虚幻境的金陵十二钗正册中，黛、钗合为一幅画、一首诗；在警幻仙姑请贾宝玉听曲的时候，黛、钗合为一曲；警幻仙姑后来在贾宝玉的梦里面对他进行性启蒙，介绍给他一个美女，然后就说这是她妹妹，那么这个美女呢，文本中的形容是这样的："鲜艳妩媚，有似乎宝钗；风流袅娜，则又如黛玉。""乳名兼美、字可卿者。"脂砚斋在另外的批语里面也一再地向读者指出："钗、玉名虽二个，人却一身，此幻笔也。请看黛玉逝后宝钗之文字，可知余言不谬也。"

她这样说是有根据的，她看了八十回以后的书稿，知道黛玉去世以后，宝钗对黛玉还有一个态度，通过这个态度，脂砚斋认为这两个人"名虽二个，人却一身，此幻笔也"。这句话很难理解，因为我们没有看到八十回以后的文字，而且脂砚斋在思想上和艺术追求上和曹雪芹还不能完全画等号，有些地方也可能看走眼，但她不可能故意去说一些怪话、错话，所以很值得参考。

我个人认为，其实问题很简单。首先，曹雪芹之所以这样来写黛、钗和好，乃至于脂砚斋提出了两个人实际上是一个人的看法，就是因为曹雪芹在第五回就已告诉我们，所有这些女子都是薄命司里面的，尽管林黛玉追求个性解放，由着自己的性子生活的结果是个悲剧，薛宝钗拼命地内敛自己，努力地去遵守封建的规范，但是到头来也逃脱不了悲剧命运。那个社会是罪恶的，它并不会因为这些闺中的女儿个人价值取向上的不同而分别给予她们不同的命运，它最后都给她们的人生以沉重的打击，她们的结局都很悲惨。曹雪芹不愿意让读者产生一个误解，以为这些闺中女儿由于情感价值取向、性格不同，有的人就会有好的命运。他要控诉那个社会残害年轻的闺中女子，这是他的一个基本立场。所以，他写来写去最后告诉我们，这两个人最后都没有逃过命运的恶掌，最后都是悲剧的结局。

这也说明，曹雪芹并不只是在写一部爱情小说，在收束了黛玉、宝钗、宝玉之间的感情纠葛的情节以后，他放手去写更广阔的人生。后面他连续用了好几回去写大观园里面复杂的人际冲突，写为了争夺那个内厨房所发生的种种事情，上场的人物非常之多，故事盘根错节；又腾出手去写“红楼二尤”的故事，等等。这就充分说明，把《红楼梦》简单地概括成一部青年男女争取恋爱婚姻自由的小说是不准确的。我在此前曾经比较多地讲了《红楼梦》的政治投影，有人就以为我的观点就是《红楼梦》是一部完全政治化的小说，其实我并不这样看。总而言之，我认为《红楼梦》是一部描绘许多不同的人物的不同命运、展示广阔的人生图景、探究人性深处奥秘的社会性的小说。

脂砚斋批语透露最后林黛玉是要死去的，那么林黛玉最后的结局究竟是什么样的？如果说林黛玉自己说她的命运是“风刀霜剑严相逼”，或者说她的处境险恶到了“螳螂捕蝉，黄雀在后”的程度——这当然是一个比喻——那么如果把她比作“蝉”，谁是“螳螂”？谁是“黄雀”？下面将解答这个问题。

第五章 林黛玉险境之谜

林黛玉在荣国府的生存状况，她自己形容是“风刀霜剑严相逼”。她当然有她的欢乐，有她甜蜜的时候，但是总体处境她觉得很不妙。她的生存险境，用一句俗谚来说，叫作“螳螂捕蝉，黄雀在后”。如果说我们把林黛玉比喻成一只蝉的话，一定有螳螂要捕她。什么叫捕她？就是要排除她。率先想把她排除的人是谁？就是王夫人和薛姨妈。她们要成就“金玉姻缘”，就必须排除林黛玉。当然她们对林黛玉不会狠毒到要把她害死，应该不到那个程度，但是一定要把她不适合嫁给贾宝玉的理由充分地挖掘出来，展示在贾母的眼前。大家还记得王夫人在抄拣大观园之前的态度吗？她回忆起有一次到大观园里面去，看见宝玉房里的一个大丫头在那里骂小丫头，她就说眉眼有些像林妹妹，然后就说那丫头非常轻狂，那种轻狂样子她看不上——她说的是晴雯，实际上也反映出她内心里对黛玉一万个看不上。王夫人看不上林黛玉，是由衷地看不上。不是说她心里觉得林黛玉好，只是由于要促成一个“金玉姻缘”，就压抑自己对林黛玉的好感，她就是看不上。

而通过清虚观打醮前后发生的事情，王夫人发现，贾母健在一天，就要维护林黛玉一天，所以心里就很不痛快，随时要找机会排除林黛玉。宝玉挨打之后，袭人去向她汇报，就说到自己老在担心，担心什么呢？大意就是说担心宝玉现在已经长大了，有两个姐妹老在他眼前，一个就是林妹妹，一个就是宝姐姐。按说应该把姐姐说在前头妹妹说在后头，才符合话语顺序，但是袭人深知王夫人心中喜欢谁，不喜欢谁——她不得不提到薛宝钗，但是她先说林黛玉。王夫人一听，觉得袭人怎么这么懂事啊，所以就立刻收为心腹，给她一个准姨娘的地位，从自己月银里面拨出二两银子一吊钱作为特殊津贴赏给袭人。

王夫人出生于贾、史、薛、王四大家族中的王家，从曹雪芹的描写中可以看出，王夫人喜欢清心寡欲、极爱素淡的宝钗式性格，而黛玉风流灵巧、锋芒毕露，与她的喜好格格不入。在王夫人看来，黛玉体弱多病，脾气也不好；她还多疑爱哭，而且喜欢招惹宝玉，三天刚好，两天又恼了，让宝玉为她神魂颠倒，这是王夫人最不能容忍的。

由此看来，王夫人排斥黛玉，尚有可理解之处；而对于宝、黛关系，王夫人的妹妹薛姨妈又究竟是什么心理呢？

有红迷朋友跟我讨论，说薛姨妈不是有一次还主动说最好把林妹妹配给宝玉吗？书里确实有这样一段描写，第五十七回，在林黛玉面前，当时还有薛宝钗，薛姨妈就说了这样的话：“你宝兄弟，老太太那样疼他，他又生的那样，若要外头说去，老太太断不中意，不如竟把你林妹妹定与他，岂不四角俱全？”说“不如竟把你林妹妹定与他”的时候，她的脸显然是朝着她的女儿薛宝钗的。这是很冒险的一个话语情境啊！她心中一直是揣着“金玉姻缘”的念头的，在场的有她的女儿——“金玉姻缘”应有的享受者，同时又有“金玉姻缘”最大的障碍林黛玉。可是薛姨妈这个时候突然就走出一招险棋，当着她的女儿和林黛玉说了这样的话。她究竟在干什么？她真的主张让贾宝玉娶林黛玉吗？当时曹雪芹立刻就写了一笔，你注意到没有——紫鹃听见了，就忙跑过来笑道："姨太太既有这个主意，为什么不和太太说去啊？"有的古本这个地方写成"为什么不和老太太说去啊"，我个人认为，在不同的写法当中符合曹雪芹原笔原意的应该是"为什么不和太太说去啊"。紫鹃是聪明人应该会这么说。因为老太太的态度不用讨论，薛姨妈的话里就已经把"老太太"重复了好几遍："你宝兄弟，老太太那样疼他，他又生的那样，若要外头说去，老太太断不中意……"你要注意，小说里面的人物关系设计得很准确，毕竟荣国府的女主人应该是王夫人。贾母在宗族当中地位很崇高，但是她的丈夫已经去世了，她现在住在中轴线建筑群西边的一个大院落里面，虽然人人尊重，但贾宝玉毕竟是贾政和王夫人的儿子，对贾宝玉娶谁做妻子最有发言权的应该是贾政。从小说中的描写来看，贾政对这些事情不怎么管，这件事基本上是由王夫人做主。所以说紫鹃聪明，她知道这件婚事的障碍绝不在老太太那儿，而是在王夫人那儿。薛姨妈是王夫人的亲妹妹，她说别的话紫鹃不搭茬儿，在一旁做她的事，听到这句话立刻跑过来，点到穴位上："姨太太既有这个主意，为什么不和太太说去啊？"你说去啊！你跟太太一说，太太一表态，老太太一高兴，事儿不就了了吗？结果，从后面的描写大家可以看到，薛姨妈是高高举起、轻轻放下，意思说那是句玩笑话，说紫鹃你这个丫头可能是自己想找婆家了，你急什么啊？就把这个话给岔开了。紫鹃很扫兴，只好走掉了。薛姨妈她想干什么？是进行火力侦察！按道理薛姨妈这样做是很残酷的，因为林黛玉爱贾宝玉、贾宝玉爱林黛玉是人人皆知的，清虚观打醮那一回他们闹得沸反盈天，府里的所有人都知道，而且贾母说他们

“不是冤家不聚头”，这句话传遍了全府，薛姨妈到了这个时候公然在黛玉面前故意这样说，是要看看黛玉的反应。

整部《红楼梦》，除了爱情故事以外，还写了一个贵族大家庭里面各种不同的利益集团为了争夺这个府邸的控制权（首先是财产的占有权和分割权）都在使劲儿的情况。王夫人和薛姨妈她们整天盼着缔就“金玉姻缘”。对王夫人来说，那是娶了一个好的儿媳妇，对薛姨妈来说，她女儿嫁了一个最满意的郎君。贾母一去世，天下就彻底是她们的了。所以她们一直做着这样的美梦，也就是黛玉背后的“螳螂”，一心一意在做排除她的事。

情节继续往下发展，因为朝廷里面薨了一个老太妃，贾母和王夫人她们都需要到朝中参与有关的祭奠活动，府里面需要加强安全保障，借着这个茬儿，薛姨妈就住进了潇湘馆。早在清代，就有一些评家做出了评议，说这个薛姨妈真是够厉害的，老奸巨猾——她住进了潇湘馆，就彻底控制了黛玉的一切活动，使得宝玉和黛玉的交往变得格外不方便。黛玉这个人，你可以说她小心眼儿、尖酸刻薄，但她的内心是非常单纯、善良的，就没有意识到这一点。她觉得自己孤苦伶仃的，有薛姨妈照顾很好，还干脆认薛姨妈做干妈。薛姨妈假惺惺地接受了，形成了一个很古怪的局面。这是黛玉生存险境的一个方面。

大家不要忘记，府里头的利益集团有好几个，对王夫人来说，有一个利益集团是一天到晚针对她的，其主帅不是别人，就是赵姨娘。

赵姨娘是贾政的妾，是探春和贾环的生身母亲。按理说，封建社会很讲究母以子贵，可是对于赵姨娘来说，贾府中所有的好事都没有她的份。在很多重要活动中，连稍微体面一点的丫头都上了台盘，可就是没有赵姨娘的份。

赵姨娘是有王牌的，她给贾政生了一个女儿、一个儿子。在当时那样的社会，那样的家庭，一个做妾的（一个姨娘），如果她有生育，她的发言权就提升了；如果她能生男孩，她的发言权就会进一步提升；如果那个男主人还喜欢她，不要别人伺候，专要她伺候，那她的发言权甚至会凌驾于女主人之上。赵姨娘是个很有心计的人，对她来说，最大的障碍就是贾宝玉。因为贾政统共有两个儿子（我们不算贾珠，因为故事一开始那个大儿子就死掉了，只剩下一个寡妇李纨），一个是贾宝玉，一个就是贾环。有贾宝玉在，贾环的地位就高不了。一是因为庶出，不是大老婆生的；二是因为年龄比贾宝玉小，论资排辈、长幼有序，哪点对他都不利。所以，赵姨娘、贾环这母子两个人一天到晚想害贾宝玉。有一回，王夫人让贾环抄经，就在王夫人的屋子里头，抄经的过程中，贾宝玉从私塾放学回来，滚在王夫人怀里，王夫人就跟他展现出深厚的母子之情：王夫人不断地摩挲宝玉，宝玉就扳着王夫人的脖子说长道短。贾环看在眼中恨在心里，就趁机下了毒手——宝玉躺在炕上，跟丫头说笑，离贾环抄经的炕桌不远，贾环就把油汪汪的一个蜡台一推，推到宝玉的脸上，想烫瞎宝玉的眼睛，幸亏没烫中，但烫得宝玉的脸上起了一溜儿燎泡。你看，贾环对他的哥哥就这么狠。

赵姨娘就更狠了，她利用马道婆把王熙凤和宝玉给魇了，使王熙凤和宝玉都濒临死亡的边缘，亏得后来从天界到人间活动的一僧一道进来想了个办法把他俩救活了，否则那次宝玉就死掉了。当时宝玉已经到了弥留状态，赵姨娘说了一些很难听的话，甚至于说，你们不要哭了，平常那么疼他，现在这种情况还不如让他早走了好，也许让他走了，他倒轻松了。当时贾母听了就气坏了，啐她，骂她。王夫人听了当然也非常生气。赵姨娘害宝玉、凤姐，为的就是争夺对荣国府的控制权。王夫人和赵姨娘构成两个对立的利益集团，所以叫作“螳螂捕蝉，黄雀在后”。如果把王夫人比喻为“螳螂”，“黄雀”就是赵姨娘。赵姨娘这个利益集团（通过第五十八回前后的情节，我们可以看出，荣国府里有一些婆子还是支持赵姨娘的，是她的“社会基础”）争夺利益的手段是非常粗鄙，非常毒辣的。如果说王夫人和薛姨妈对林黛玉只是不喜欢、讨厌、要排斥的话，我想她们还不至于要把她害死，从书里面的描写看不出她们有这个心思，但是从书里对赵姨娘的描写来看，她绝对是会对她认为是自己的障碍的事物采取果断措施的。黛玉的生存环境真是险恶之至。

那么，赵姨娘会对林黛玉施以什么手段呢？首先是紧盯。别以为只有薛姨妈在那儿进行火力侦察，赵姨娘也没闲着。她是一定要害林黛玉的，为什么？她和林黛玉之间虽然没有直接的利害冲突，但是她也绝对不能容忍贾宝玉去娶林黛玉，过上美满幸福的生活。而且她深知，贾宝玉爱林黛玉爱到那样的程度，如果林黛玉不在了，贾宝玉要么就死，要么就出家——贾宝玉自己也口无遮拦，经常当着人就对林黛玉说：你死了我当和尚去。赵姨娘利用马道婆没有把宝玉魇死，她不会罢休，她是巴不得让贾宝玉死掉或走掉的。怎么让贾宝玉死掉或走掉呢？其中有一招儿，就是让林黛玉死掉。

从小说里我们不难看出，赵姨娘这半个主子当得实在是窝囊：女儿探春对她不屑一顾，儿子贾环又常常不听她指挥，就连小丫头都敢对她推推搡搡……也许正是这种巨大的失落，使她更加疯狂地为夺取荣国府的控制权铤而走险。

那么，这个只有野心却缺少智慧的赵姨娘，究竟会怎样在宝、黛的情路上设置障碍呢？又是什么原因让她在贾府中有恃无恐？《红楼梦》的文本中有没有这方面的蛛丝马迹呢？

如果你进行文本细读的话，请不要放过第五十二回的一个细节。在五十二回，宝、黛之间已经没有爱情上的猜忌和摩擦了，他们两人的关系应该说是复归于平静，互相关怀。有这样一个细节：其他的人都不在了，只剩宝玉和黛玉两个人在潇湘馆里面，宝玉就笑着对黛玉说有句紧要的话，这会子才想起来——而且他跟黛玉已经非常融洽了，所以一面说一面便挨过身子来——悄悄地道："我想宝姐姐送你的燕窝……"一语未了，只见赵姨娘走了进来，表示来瞧黛玉，问她这两天可好。这里曹雪芹下笔非常细腻，描写非常精确。走进潇湘馆，进入黛玉活动的那个内室空间，应该是要越过一些灰空间或是一些次要空间的，其中会有丫头和婆子，赵姨娘显然步伐非常急促，非常无礼，她没等这些丫头、婆子通报，自己就走进去了。走进去之前，她可能会刹住脚步往里看，等到宝玉把身子挨近黛玉的时候，突然就进去了。然后她就表示来问候黛玉。这是不怀好心的，其实就是在进行侦察，要获取林黛玉和贾宝玉之间有不轨行为的证据，要做见证人。她会把情况告诉谁？她不会去跟王夫人说，也不会跟贾母说，因为她知道贾母和王夫人两个人是讨厌她的，听不得她的话，即便她抓住了所谓的事实把柄，人家也不买她的账。但是，她实际上也用不着跟她们说，她有王牌，她可以直接跟贾政说。贾政可是这个宏大府邸的一把手，真正的、正经的府主。有红迷朋友会问，她一个姨娘，有那么大的话语权吗？其实，她的话语权在贾政面前非常大，书里面是写得很清楚的。比如说，第七十三回就写道："赵姨娘正和贾政说话，忽听外面一声响，不知何物，忙问时，原来是外间窗屉不曾扣好，塌了屈戌了，吊下来。赵姨娘骂了丫头两句，自己带领丫鬟上好，方进来打发贾政安歇，不在话下。"不要把这些过渡性的语言轻易放过，贾政作为荣国府的老爷，每天晚上谁伺候他睡觉？并不是王夫人，也没有关于周姨娘的描写，就是赵姨娘。这种描写在书里面出现了不止一次。一次，赵姨娘还在贾政面前请求贾政批准把王夫人身边的一个丫头要来给贾环。这些都说明在贾政面前她是有话语权的，因为贾政喜欢她。尽管别人讨厌她，但府主喜欢她，一把手喜欢她，所以她有的时候就有恃无恐，很可怕。

接着往下看，你就会发现，这个赵姨娘的话语权甚至会引发大地震。你注意到七十三回里面的那些情节流动了吗？怡红院里本来没事，大家都准备睡觉了，忽然跑进来一个小丫头，叫小鹊，说刚才赵姨奶奶不知道在老爷面前说了什么，要贾宝玉小心，仔细明天老爷问！这个小鹊是赵姨娘的一个小丫头。赵姨娘打发贾政安歇时发生的什么窗户掉了需要去把它重新复原之类的事，可能都是小鹊这些人参与的。小鹊一定是听到了很严重的话，小说里写得很清楚，怡红院的人问她这么晚你跑到这儿干什么，很反常，小鹊就说她知道一些情况必须告诉他们，都没有坐下喝茶，说完立刻就走人了。这就引起了一系列的连锁反应：宝玉就没法睡了——这还怎么睡，明天他爸问他，问什么，想必是问功课，所谓功课就是四书五经，学着写八股文章，一想这些天根本离这些个东西就很远，只好立刻开始恶补，这就闹得整个怡红院都没法睡觉——他不睡觉，大丫头当然就带头不睡觉，小丫头有的在那儿坐着坐着就困了，头撞了墙，还被晴雯臭骂了一顿，搞得很紧张。然后呢，情节又往下流动，就在这个时候，芳官（芳官本来是唱戏的，后来戏班子解散了，就被分到怡红院当丫头）出去了一趟（书里多次写丫头出去了一趟，说白了就是方便去了），回来以后就说看到一个黑影从墙上跳下来。哎呀，晴雯如获至宝：本来找不着理由来阻挠第二天贾政问宝玉功课，这不就是理由吗？于是就说有贼啊，有人跳墙啊，然后就让那些守夜的都别睡了，灯笼火把地搜。哪儿有啊，搜了一夜也没结果。曹雪芹写晴雯这个人物写得真是非常生动，也让我们心里非常难过，因为晴雯万没想到是她把事情闹大的。晴雯当时就说了，不要以为这个事就完了，宝玉受惊了，她是要去告诉太太的，要问太太要安魂药的，难道就罢了不成？晴雯理直气壮，觉得自己跟王夫人是一头的，向那些守夜的发威。可那些人就是找不到贼啊，怎么办？没法交代啊。这个事滚雪球般越闹越大，最后就闹到贾母面前，贾母就发怒了，说她知道府里面的这些弊病，一定是晚上有人聚赌，于是就查赌。情节是这么流动的吧？雪球越滚越大。一查赌呢，不得了，迎春的奶妈都是带头赌博的庄家，牵扯到很多人，最后是黑压压跪了一院子人给贾母磕头——因为老祖宗平常不理事，她突然亲自来管这个事，大家当然都害怕了。再往下，又偏偏有一个傻大姐捡到一个绣春囊，交给了邢夫人，邢夫人和王夫人有矛盾，就封起来交给王夫人，意思是说你是荣国府的女主人，你管这一摊，您管得怎么样啊？您看看呀，连这种东西都出现在大观园里了！因为根据书里面的设计，贾赦是贾母的大儿子，邢夫人是大儿媳妇，可是呢，邢夫人却没有荣国府的管理权。邢夫人她也代表着一个利益集团，跟王夫人之间的矛盾激化了。王夫人觉得没脸，就气冲冲地去找凤姐——开头她认为那是凤姐的绣春囊，凤姐辩解说不是，而且确实不是。那么，绣春囊究竟是谁的呢？本来打算暗察，没想到邢夫人的陪房王善保家的又掺和进来，对晴雯下了谗言，事态就发展到了公开抄拣大观园。抄拣大观园的首个受害者是谁啊？就是那个非要强调有人跳了墙，别人说别查了，算了，她认为不能罢休，要报告太太，非要把事闹大的那个人——晴雯。所以曹雪芹铺排出的情节，流动得非常自然，也实在是惊心动魄。读了这些文字，能让我们想到人性的复杂、人的命运的诡谲、事物的必然性和偶然性的关系等许多很深刻的东西。讲了这么多，追根溯源，风起于青萍之末，抄拣大观园就是由小鹊报信引发的，就是因为赵姨娘在贾政面前告了宝玉的状。可见赵姨娘的能量很大，是一种很具破坏性的邪恶力量。

细读《红楼梦》我们不难发现，曹雪芹基本不对书中的人物形象作简单化、脸谱化的处理。这是曹雪芹塑造人物形象时的重要美学原则。但对赵姨娘却是一个例外，在曹雪芹的笔下，赵姨娘生性糊涂、心术不正、行为猥琐，是一个比较平面的人物。

心狠手辣的赵姨娘想通过害死林黛玉来达到使贾宝玉崩溃的目的，那么，她究竟会如何对林黛玉下手呢？

这一点，在前八十回里面没有明文描写，但是也有线索可寻。什么线索？第三回写林黛玉进府，贾母他们一见林黛玉，就发现林黛玉"身体面庞虽怯弱不胜，却有一段自然风流体度，便知他有不足之症"——就是发育上有些先天不足，因问："常服何药，如何不急为疗治？"林黛玉就如实地跟她的外祖母汇报："我自来是如此，从会吃饭食时便吃药……如今还是吃人参养荣丸。"贾母就吩咐道："这正好，我这里正配丸药呢，叫他们多配一料就是了。"人参养荣丸对于贾府来说不算回事，这种药虽然很昂贵，但也无非是用人参这样的东西制作，原料并不难找。本来这似乎是闲闲的一笔，好像没多大意思，但是，脂砚斋在这个地方有两条批语值得注意，一条是"文字细如牛毛"，可见脂砚斋就主张要进行文本细读，不要放过一些细微处；然后就在贾母说"叫他们多配一料就是了"的地方，非常明确地写下一条批语："为后菖、菱伏脉。"就是说，这几句关于配药的对话是在为后面贾菖和贾菱两个人的故事埋下一个伏笔。曹雪芹经常是草蛇灰线、伏延千里，在第三回他就有这样一个草蛇，这样一条灰线，但八十回之内他都不呼应，八十回后他会讲到。贾菖、贾菱这两个人在后面的情节中是会出现的。

大家知道，贾氏这个宗族是很庞大的，宁国府、荣国府是两个封了贵族头衔的大府邸，是贾氏当中最光荣的两门，但是他们还有一些穷亲戚，有一些经济状况中等甚至低等的亲戚，有些这样的亲戚就会找到他们这儿来，让他们在经济上给予援助。有一些男性亲戚还希望在府里面揽一个事，挣一些钱。因为你在府里揽了事，府里就会拨给你银子，你拿银子做事的过程中就可以留下一部分，作为自己的收益。在小说里面，给大家印象最深的就是贾芸。这个贾芸，是宁、荣二府近支的一个后代，是个血缘亲。贾芸几次求职都没有成功，最后终于获得了一件差事，就是在大观园里面补种花草树木。那么，书里还有没有写到另外一些贾氏宗族的子弟参与府内的事务呢？有的。比如大观园在元妃省亲以后，就要正式做匾（原来元妃省亲时的匾额都是做的灯匾，因为元妃没有认可，你不能把它固定下来，元妃认可以后，有的经过了改动，你就要把它正式地固定下来，像石头上的就要刻，刻完弄成红颜色），参与这件事的，书里面交代得很清楚，除了贾蓉还有贾萍，也是草字头辈的。然后还很明确地交代，由于人手不够，贾珍又将贾菖、贾菱唤来监工。这一笔就告诉你两个信息，一个信息就是贾菖、贾菱他们本来在府里面有他们管的事务，现在由于这件事情很急，需要很多人手，因此就进行了人力资源的重新布局，贾珍就临时把他们两个也叫来帮忙。既然贾菖、贾菱这次是临时帮忙的话，那么平时他们在府里面负责什么呢？应该就是负责配药。第三回脂批已经讲了嘛，“为后菖、菱伏脉”嘛，所以曹雪芹下笔的确是细如牛毛，手法真是高妙无比。既然贾菖、贾菱手里有配药权，可想而知，赵姨娘就可以和他们拉关系——赵姨娘就曾经和马道婆拉过关系，而且通过拉关系她也得手了，只是最后功亏一篑。八十回后估计有这样的情节：赵姨娘，或者是贾环，说动了贾菖、贾菱，让他们在给林黛玉配药的时候，不一定直接下猛毒，但是可以让林黛玉慢性中毒，最后造成一个查不出来原因的死亡状态，这样贾宝玉就非得急死不可。第五十七回就写到“慧紫鹃情辞试忙玉”，大家记得吧？仅仅风闻黛玉要被林家的人接走，贾宝玉就急得要死，大病一场，几乎崩溃。如果林黛玉病死了又查不出原因，贾宝玉肯定要么死掉，要么出家。这就是赵姨娘所要达到的目的。她要去做的事，她将怎样做这件事，根据我的推测，和贾菖、贾菱有关。从世俗角度来说，林黛玉的具体死亡原因就是王夫人和薛姨妈为了争夺荣国府的控制权对她的排挤，和赵姨娘为了争夺荣国府的控制权所下的毒手。

那么林黛玉究竟是怎么死的呢？是不是像高鹗所写的那样，由于一个“调包计”，生贾宝玉的气，然后自己就焚稿断痴情，死掉了呢？我个人认为，曹雪芹的构思不是这样的，曹雪芹对林黛玉的死亡的描写应该是写她沉湖。我为什么得出这样一个结论，下面揭晓答案。

第六章 林黛玉沉湖之谜

红学界曾普遍认为，曹雪芹的《红楼梦》在完成之后，由于种种原因，除前八十回大体保存下来以外，后面的内容全部迷失，而我们现在所看到的后四十回，是在曹雪芹去世近三十年以后，程伟元操持，高鹗续写的。

高鹗对《红楼梦》的第一女主角林黛玉的最终死亡做了如下的安排：在贾家不断败落之后，为了给处于疯癫状态的贾宝玉冲喜，贾母弃林黛玉于不顾，采用王熙凤出的“调包计”，安排贾宝玉与薛宝钗成婚。林黛玉眼睁睁看着自己心爱的人迎娶了薛宝钗，于是“焚稿断痴情”，悲愤而死。

关于林黛玉的这样一个结局，由于通行本的广泛流传而深入人心。但是，我个人认为，尽管“焚稿断痴情”堪称高鹗续书中最成功的部分，但并不符合曹雪芹的原笔原意。

小说里面对宝玉和黛玉的身份是有一个特殊设定的。宝玉和黛玉原来都在天界。宝玉是天界赤瑕宫的神瑛侍者，黛玉原来是天上的一棵绛珠仙草，后来修炼成了一个女身。宝玉下凡以后，黛玉也跟着下凡。更准确地表述，就是神瑛侍者下凡以后，修成女身的绛珠仙草也随即下凡。书里面说得很清楚，天上的绛珠仙草下凡有一个很明确的目的：在天界时，赤瑕宫里面的神瑛侍者每天都出来给它灌溉甘露，才使得它能够健康地生长，后来修成了一个女体（可以叫作绛珠仙子）。所以，她下凡以后，成为林黛玉，就要把一生的眼泪还给神瑛侍者。因为这个神瑛侍者下凡以后是贾宝玉，林黛玉的眼泪就是还给贾宝玉的。这是作者在第一回里面就跟读者交代的一个带有神话色彩的人物关系的设计，是非常美丽的一个描述。

在书中后来的情节流动当中我们就有一个感觉，就是从天上下凡到人间的这二位，本身并不知道自己是从天界下凡的，只有做梦时才可能会隐隐约约地恢复在天界的感觉。总之，在人间，他们就和其他的俗人一样生活。

林黛玉每次和贾宝玉闹别扭都要流泪，根据第一回的假设，这都是在还灌溉之恩。书里面有没有一回写到林黛玉的眼泪还得差不多了呀？有的，这就是第四十九回。那个时候，林黛玉和薛宝钗之间的猜忌已经消除了，林黛玉对贾宝玉也放心了。在这种情况下，贾宝玉也表达了他对林黛玉和薛宝钗和好的不解，在林黛玉回答之后他也表示了理解。这个时候，黛玉就说了："近来我只觉心酸，眼泪却像比旧年少了些的。心里只管酸痛，眼泪却不多。"作为人间的一个女性存在，她本来爱哭，老有那么多的眼泪，现在她自己就意识到她的眼泪少了；但她没有意识到的是，她是天上的一个绛珠仙子，正在人间还泪。可是，读者读到这儿心里就明白，她的总泪量应该基本等于在天上时神瑛侍者灌溉她的那个总量。这个量不断减少，最后就接近于零，实际上也就预示了林黛玉的还泪之旅是有终点的。

宝玉也是仙人下凡，但他也并不清楚自己的真实身份，他所有的思维都是人间化的。听了黛玉这句话以后，宝玉怎么说啊？宝玉说："这是你哭惯了，心里疑的，岂有眼泪会少的？"他就不知道他们两个还有一种特殊关系，人家的眼泪就是会递减——把当年那个灌溉量偿还得差不多了之后，人家就没泪了。

在《红楼梦》中，作者曹雪芹对男一号贾宝玉与女一号林黛玉的前世今生的设计确实极为精妙，让这两个人物那跌宕起伏的悲剧故事充满了神秘色彩。而对有着仙界身份的林黛玉，如何安排她的最终结局，一定会是曹雪芹精心设计的内容。在前八十回《红楼梦》中，最能够体现林黛玉生活状态与精神气质的黛玉葬花，就给我们提供了一个深入分析曹雪芹创作意图的最好文本。那么，黛玉葬花，这个《红楼梦》里面最美丽的画面之一，究竟体现出了林黛玉怎样的生命特点？而这与她最终的死亡又有什么关系呢？

书里面描写的林黛玉，有一个突出的特点，就是诗意生存——她的生活是诗化的生活，是充分地艺术化的，黛玉葬花就是一次完整的行为艺术。

行为艺术这个概念，是近一百年来，乃至于近五十年来才在西方出现和热闹起来的，但是我们的老祖宗曹雪芹在二百多年前就在他的小说里面写了林黛玉的行为艺术。这绝不是夸张，你想，她葬花是不是行为艺术啊？

首先，她有道具。什么道具呀？有花锄。因为葬花要刨坑，所以要有花锄。林黛玉是一个弱不禁风的人，她扛的会是什么样的花锄？这个花锄如果不是一个艺术化的花锄，而是一个市卖的花锄，甭说扛了，她举都举不起来。这就说明她为自己制作了一个能够扛在肩上的花锄，这个花锄必须要特殊制作，可能锄杆是细竹的，终端镶一个薄薄的金属片，而且这个花锄上还挂着一个花囊，这个花囊显然是精心地缝制和刺绣的。还不算完，另一只手还要拿一个花帚，因为花瓣需要扫在一起。这个花帚，你想一想，能是傻大姐用的那个大笤帚吗？肯定不是。它肯定是非常精致的，它的帚杆可能是细竹竿做的，帚头可能是用一些鸟禽的羽毛扎制的，它的功能性和花锄一样，只具有象征意味，它们是完全艺术化的。服装更不消说了，她在那天肯定是自己精心设计自己的服饰。

她葬花有路线，在大观园里她早已事先踏勘好了的：从她的潇湘馆出来，沿着什么什么样的地方走，比如过了沁芳闸再怎么怎么样，最后到达一个角落——花冢。她有路线，有终点。

在这整个过程当中，她吟唱自己事先准备好的葬花词，她这个行为艺术是有声的行为艺术，还不是无声的。这就是林黛玉。你想，曹雪芹在那个时代能想象出这样一个场景，塑造这样一个人物，让她有这样的一个完整的艺术化的行为，这很了不起。

还有一次，写林黛玉离开潇湘馆，那个时候还跟宝玉生着气呢，但作为一个诗化的存在，她还是充满诗人气质，她的生活是完全艺术化的。

她一边走，一边嘱咐紫鹃，说："你把屋子收拾了，撂下一扇纱屉，看那大燕子回来，把帘子放下来，拿狮子倚住，烧了香，就把炉罩上。"什么生活呀？现在咱们讲和谐社会，讲人与自然的和谐，林黛玉老早就与自然和谐了，她的屋子是允许燕子来做窝的。她说"你把屋子收拾了，撂下一扇纱屉"，干吗呀？大燕子飞出去给它的小燕子觅食，就要飞回来喂食，要让大燕子觉得方便，所以潇湘馆那个纱窗里面会有一个灰空间，灰空间里面会有燕子窝，大燕子是会飞回来飞出去的。

这就是林黛玉的生活。然后是把帘子放下来，拿狮子倚住，什么叫拿狮子倚住？狮子是一个工艺品，可能是玉石雕的或金属铸造的，用来镇住帘子的底边，让它在空气流动当中不至于紊乱——她非常精致地安排自己的生活。然后，当然还要享受鼻息的快感，还要烧香。这个香不是搞封建迷信烧的那个香，是增加室内芳香程度的一种高级香料。这种香不能让它很猛地散发出来，因此，在香炉里面放了香以后你还要把炉罩上，放一个带花漏的炉盖。贵族小姐的生活都是很享受的，但是对林黛玉而言，这已经不是物质上的享受了，她把它变成了一种诗化的生活态度，这样生存。

还有一回，她命令丫头把鹦鹉站的那个架子摘下来。她养鹦鹉，不是笼养，是架养。她让丫头把架子摘下来以后，另挂在月洞窗外的钩子上。潇湘馆有月洞窗，窗子的形状是非常生动活泼的，不都是一个模式。然后，她就坐在屋内，隔着这个纱窗挑逗鹦鹉做戏，还教自己的鹦鹉念诗。这就是林黛玉。

所以，林黛玉的生存是诗意的生存，她一旦泪尽，要离开这个世界时，一定也会诗意地消逝。

我想，我的逻辑肯定成立。她是这样的一个生命，又是天上的仙女下凡，她离开人间时一定是充满诗意的。当然，那将是一首凄美哀艳的诗。

按理说，一部文学作品中的主人公的人生命运、情感纠葛，无非就是一种艺术创作，读者会由此产生出不同的阅读感受。尽管高鹗给林黛玉安排了“焚稿断痴情”这样一个悲剧性的结局，在最基本的思路上符合曹雪芹的构思，但在林黛玉的死亡时间、死亡原因、死亡方式等方面的处理上，都不符合曹雪芹的原有意图，从而使读者在理解《红楼梦》的创作意图和审美享受方面都产生了严重的偏差。既然如此，我会如何破解林黛玉的真实结局？我的依据又是什么呢？

大家现在看的《红楼梦》一般都是通行本。一百二十回通行本的后四十回是高鹗续的。高鹗的续书，有人很喜欢，特别是关于林黛玉结局的那段故事。

我也承认，这是高鹗的续书里面文笔最好的一段。问题是，我之前一再跟大家说过，高鹗和曹雪芹不是合作者，两个人不认识，无来往，生命轨迹没有重叠和交叉。高鹗续写八十回后的《红楼梦》，大体是在曹雪芹已经去世二十多年以后；而他的续写和被篡改过的前八十回合起来印刷成一百二十回的通行本的时候，曹雪芹去世已经将近三十年了。所以，你可以认为有一个人续书续得不错，但你却不可以认为这就是曹雪芹的《红楼梦》，这只是高鹗的后四十回《红楼梦》。曹雪芹的《红楼梦》是写完了的，而且也不是一百二十回，而是一百零八回。脂砚斋不是说了吗，全书到了三十八回，就已经三分之一有余了。他是写完了，只是八十回后的文稿迷失了。所以，我们可以做一些探佚工作，来探索后二十八回究竟是些什么样的内容，其中黛玉之死应该是怎么样的。我想这种探佚应该还是有意义的。

我个人认为，黛玉之死首先应该是在贾母死亡之后。

我前面已经费了老大力气来分析的一个观点，就是只要贾母活一天就要为林黛玉护航一天，而且贾母从一开始就愿意让宝玉和黛玉婚配，不可能突然来个一百八十度大转弯，同意“调包计”，甚至于不顾林黛玉的悲苦生死，拉下脸来绝情——这不符合曹雪芹前面对贾母和林黛玉关系的描写。所以，林黛玉离开人世首先应该是在贾母去世之后。在这个情况下，王夫人和薛姨妈她们促成“金玉姻缘”的最大的障碍就没有了，形势就明朗了。

而在上一讲，我又讲到，荣国府里面不仅只有一个利益集团，另一个利益集团，赵姨娘、贾环，他们也下了毒手，很可能就是通过贾菖和贾菱配药，使林黛玉作为一个世俗的生命存在死于慢性中毒。还有一点，我上一讲也跟大家说了，赵姨娘在谁面前最有发言权啊？贾政，荣国府这个府第法定的主人。

贾母死后，林黛玉没有了靠山，“金玉姻缘”又在紧锣密鼓地筹备；她自己又吃了赵姨娘通过贾菖、贾菱所配的药，慢性中毒；而赵姨娘又向贾政告发了她和宝玉之间所谓的不轨行为，所以说林黛玉的处境非常糟糕。你不能说赵姨娘是在完全造谣，我上一讲提过，第五十二回，她小步子进潇湘馆内室，腾就冲进去了，一下子就看见贾宝玉正挨近林黛玉的身子说话呢，因此，当她向贾政告这个状的时候，她甚至还心安理得——我是亲眼所见嘛！然后，她可以满世界夸张渲染，甚至于造谣诬蔑。

而最关键的问题还在于，林黛玉到人间来是为了还泪，而她的眼泪基本上已经哭干了。所以，到了她该回到天上的时候了。人间的黛玉在这种情况下会主动地结束自己的生命。

我认为，林黛玉的生活方式是一种诗意的存在，加上她兼具绛珠仙草这一仙界身份，因此，林黛玉的死亡方式一定是一种诗意的死亡方式。根据我的研究来判断，在曹雪芹笔下，八十回后林黛玉的死亡形式，应该是一次甚至比葬花更优美的行为艺术。

她所采取的方式，我个人认为，就是沉湖。

有一个红迷朋友听我说到这儿，他就开始急躁。他说他知道了，我的意思是说黛玉自杀了，跳湖了。这是对我的意思的误解。

第一，我没有说黛玉自杀。

黛玉是天上的仙女下凡，你说她自杀，我不能完全反对，因为你表述的意思大体正确。但是，我宁愿选择另外的语汇，因为林黛玉的死是很诗意地安排自己向人间告别的过程。她是诗意而来，诗意而去。所以我觉得，与其说她是自杀，不如说是仙去——她来自仙界，又复归仙界。

跳湖这个说法，我是坚决不赞成，因为这说明你对跳湖和沉湖之间艺术上的重大区别麻木不仁。跳湖，是从高处往下，一个抛物线，“咕咚”一声——当然，可能死得很痛快，但是毫无诗意。沉湖，是自己穿戴好了以后，从水域的浅处慢慢走向深处，很不一样啊！

不要觉得我说的这个话好像是怪话，在中国近代史上，有人就采取过这种艺术化的死亡方式以激励民众。

辛亥革命前有一个烈士叫陈天华，他怎么死的呀？有人就非要说是跳海而死。陈天华没有跳海，而是蹈海，这两者有很重大的区别。陈天华当时觉得非常苦闷，为唤起中国民众结束清朝的统治，他写了《猛回头》等激昂的文字，首先剪掉了清朝规定男人必须留的那条辫子，所以现在留下的陈天华的照片上他是披肩发，然后就在日本蹈海。这个事件有相关文献可以证明。他留下遗言，在蹈海前一天写下了《绝命书》，使自己的行为具有一定的艺术性和震撼力。1905 年 12 月 8 日，他从海边的浅处一步一步向大海深处走去，海水冲击到他的胸部，然后是颈部，最后淹过了他的头部。他觉得他完成了他的人生使命——告诉大家，应该改变清王朝统治中国的腐朽现实。陈天华作为一个激昂的革命者，他这样的行为你怎么评价是一回事，但是他没有跳海，他是蹈海。

现在我再强调一次，我所说的林黛玉的死亡方式，你不要概括成跳湖，她是沉湖。

一定会有红迷朋友来问我：关于林黛玉是沉湖而死的，你的依据究竟是什么？

还是要从曹雪芹的前八十回文本进行考察。因为曹雪芹的艺术手法就是总是有伏笔，在很多地方设下伏笔，在很久以后再去呼应、照应。上一讲我也说了，脂砚斋就说他“文笔细如牛毛”。《红楼梦》就是这样一个文本。有人说，这么读《红楼梦》累不累啊？不愿意累，是您的自由；我这样读，不仅不感到累，还感到很快活，获得了很大的审美乐趣。当然不是说所有的小说都得这么写，天下很大，人各有志，小说的写法和读法也有很多种，这是其中一种。

为什么我说林黛玉会沉湖？

在前八十回里有很多伏笔。现在，我不按顺序说，而是按我心目当中所认为的重要程度来排列——开头先说最重要的，最后再说一个最重要的，当中说一些其次的。

有一个根据，就在七十六回。

这一回就写到，在中秋之夜，黛玉和湘云两个人很寂寞地在湖畔联诗。联来联去，联到最后，联出两句，这两句惊心动魄，湘云那句是“寒塘渡鹤影”，林黛玉那句是“冷月葬花魂”。

有人会问了，不是“葬花魂”，是“葬诗魂”吧？“冷月葬诗魂”确实是很多通行本的写法，但在考察了各种古本之后，我认为，曹雪芹的原笔应该是“花魂”，而不是“诗魂”。为什么？“花魂”在《红楼梦》里面不是一个陡然出现的语汇，早在这一回之前就曾多次出现。比如说，第二十六回就有两句，叫作：“花魂默默无情绪，鸟梦痴痴何处惊？”就有“花魂”这个字眼儿。在林黛玉的葬花词里面，“花魂”出现的次数也很多，比如“昨宵庭外悲歌发，知是花魂与鸟魂”，“花魂鸟魂总难留，鸟自无言花自羞”。你看，“花魂”是一个《红楼梦》里面固有的概念、固有的语汇。在七十六回这个地方，它就是林黛玉的象征，就和上一句的那个“鹤影”是史湘云的象征一样。

“冷月葬花魂”，就是说在一个凄清的中秋之夜，湖面上倒映着中秋的满月，湖波荡漾，花魂就默默地、一步一步地沉进去了，就埋葬在里面了。所以，这一句联诗就是对林黛玉沉湖的一个暗示，就是一个伏笔。

还有，早在第二十三回，林黛玉初进大观园住进潇湘馆，和贾宝玉偷读了《西厢记》，分手以后她一个人慢慢地走回潇湘馆，听见远远传来了学戏的那些小姑娘唱曲的声音，唱的就是《牡丹亭》里面的句子，这又勾她想起了很多古人的诗句。曹雪芹下笔的时候就反复地写了这样一些句子，比如“花落水流红”“水流花落两无情”“流水落花春去也”。它们构成一个密集的意向，就是美如花朵的青春少女最后会在水中结束她的生命。我想，描写她听曲，曹雪芹可以摘引很多不同的句子，为什么她所听到的和所想到的来来回回都有这样的内容呢？根据曹雪芹的写作习惯，他不可能是随便一写，这就是一个伏笔。

书里写到，大观园里面成立了诗社，第三十七回就出现了海棠社。组织了海棠社以后，大家说以后写诗就别用哥哥妹妹这样的称呼了，咱们得想一个署名，大家当诗翁嘛，就都要有一个别号。林黛玉的别号就是“潇湘妃子”。

潇湘妃子是什么意思？远古传说时代的尧、舜、禹当中的那个舜，有两个妃子，一位叫作娥皇，一位叫作女英。舜是一个非常好的部族领袖，他经常外出巡查，后来不幸死于苍梧，没有回来。娥皇、女英就去寻找他，就很悲痛，她们的泪水洒到竹子上，使得竹子上面出现了斑痕，这就是所谓的斑竹、潇湘竹，“潇湘妃子”这个别号就来源于此。娥皇、女英最后怎么死的呀？“泪尽入水”。这是古书上有记载的。娥皇、女英找不到舜，她们的眼泪哭干了，最后死在了江湖之间。

因此，潇湘妃子这个别号，实际上也在暗示林黛玉最后是沉湖而死。

到后来，诗社又由海棠社变化为桃花社——因林黛玉作了《桃花诗》，后来她们就把诗社的名字改成了桃花社。后来，由于史湘云偶然在春天拈了一片柳絮，就带头作柳絮词。我前面也讲到了，林黛玉和薛宝钗所作的柳絮词鲜明地体现出了两个人的不同的理念、不同的价值取向、不同的人生感受。林黛玉的那一首柳絮词的词牌是《唐多令》，第一句叫作“粉堕百花洲”。粉，表面说的是花粉，实际上也是在暗示一个女性。她的生命结束在哪儿了呢？百花洲。百花洲是水域的名称。这一句也是一个伏笔。

第四十四回凤姐过生日演戏，有一出戏是《荆钗记》，里面有一折叫《男祭》。这出戏的主人公叫王十朋，这折戏就表现王十朋跑到江边去祭奠一个人。

写这一笔干什么呢？因为这一回写得很巧妙，凤姐过生日是很重要的一件事，但是贾宝玉却不通知家里的人自己跑到外面去了，穿了一身素白的衣服，骑着马，只有一个小厮焙茗跟着他。他干吗去了呀？简而言之，读者都已忘记了金钏跳井的事了，因为这场风波到故事情节发展到此的时候，已经很远了。但是曹雪芹下笔很厉害，他通过这一笔告诉你，贾宝玉对金钏始终不忘，他知道是自己的行为不当造成了金钏的死亡，所以他去祭奠金钏去了，因为这一天也是金钏的生日。贾宝玉去了以后还是赶回来了，他毕竟还得在凤姐的生日宴席、唱戏这种场合出现。

这个时候，曹雪芹就写得很厉害了：别人都不在意了，唯有林黛玉看到王十朋在江边祭奠的时候就发话了：“这王十朋也不通的很，你不管在那里祭一祭罢了，必定跑到江边子上来作什么？俗语说，睹物思人，天下水总归一源，不拘那里的水，舀一碗看着哭去，也就尽情了。”

曹雪芹这一笔，可以说是一石三鸟：

第一，所有的人都猜不出来贾宝玉去哪儿了，只有林黛玉跟贾宝玉心心相印，最理解贾宝玉的行为，所以猜出他是去祭奠金钏去了。林黛玉这个话就是说，金钏不是投井死的吗，天下的水终归是一源，其实你要祭奠金钏从咱们荣国府、大观园都可以舀一碗水，对着那碗水去表达你的哀悼不就齐了吗？你非要跑出去干吗？她就知道，宝玉一定是跑到外面的某一处水边去了——宝玉确实是跑到一个庵里的水井边上去完成了祭奠——这就说明林黛玉和贾宝玉之间有心灵感应，林黛玉这个话就是说给贾宝玉听的。

第二，它也借此点明了林黛玉的结局。林黛玉的这样的话——一个人死于水域，另一个人要来祭奠她——叫谶语，或偈语。“谶语”“偈语”这两个词在《红楼梦》里面多次出现，就是对今后命运的一种事先的暗示。这也就说明林黛玉最后的死亡和水域有关系。

第三层意思是，林黛玉死于水域之后，贾宝玉将祭奠她，很可能那次贾宝玉就是舀了一碗水（“天下水总归一源”），对着碗中水来祭奠她，很可能在后面会有这样的情节。

所以，像这些都是伏笔。

我们知道，《红楼梦》区别于其他小说的一个显著特点就是“草蛇灰线，伏延千里”的特殊写法。无论是黛玉、湘云的中秋联诗，还是林黛玉“潇湘妃子”别号的特殊寓意，以及宝玉祭奠金钏一石三鸟的暗示，都是这种伏笔写法的表现。

实际上，还有一个更重要的伏笔在第十八回，就是元妃省亲的时候点戏，点了四出戏。

哪四出戏呀？第一出是《一捧雪》中的《豪宴》，脂砚斋指出，《一捧雪》中"伏贾家之败"。贾府最后的败落，除了很多具体的原因之外，将纠缠在一件类似一捧雪的古玩上。

第二出叫《乞巧》，这是《长生殿》当中的一折，脂批说这是"伏元妃之死"。

第三出就是《仙缘》，《仙缘》是《邯郸记》当中的一折，脂砚斋指出是"伏甄宝玉送玉"。

现在我们关键是要分析第四出——《离魂》，这是《牡丹亭》当中的一折。脂砚斋在这个地方明明白白地有一个批语，说这是"伏黛玉之死"。

你现在去看《牡丹亭》里面的《离魂》，这一折在原始的剧本里面叫作《闹殇》，我不多说，把《闹殇》当中的一些唱词念一念，你就明白了。当中是怎么说的啊？说"人到中秋不自由"，你看，和中秋节有关系。"奴命不中孤月照"，和冷月有关系。"残生今夜雨中休"，和夜有关系。"恨匆匆，萍踪浪影，风剪了玉芙蓉"，含义就更丰富了。芙蓉花有两种，一种是木本的，长在旱地，一种是水生的，就是荷花。这里所说的"玉芙蓉"就是荷花，是水里面的花朵，就是在影射林黛玉最后会沉湖，死于水域。

书里面对林黛玉是芙蓉花这一点，不仅是暗示，也是明写呀！贾宝玉过生日时，"寿怡红群芳开夜宴"，抽那个花签，林黛玉抽的签就是芙蓉花，上面写着"风露清愁"，有一句诗叫"莫怨东风当自嗟"。怎么证明这个芙蓉花就是水芙蓉呢？贾宝玉痛心于他最心爱的身边人晴雯被撵出去之后死去，就写了《芙蓉女儿诔》，他这个《芙蓉女儿诔》的芙蓉指的是荷花。书里面有非常明确的描写：他问小丫头晴雯死的时候怎么说，小丫头当时不知怎么说好，就随口一编，说她上天当了花神了；宝玉就问她当的是总花神还是具体某种花的花神，当时荷花盛开，小丫头就说她当的是这个花的花神，是芙蓉花的花神。所以，这个芙蓉不是木芙蓉，而是水芙蓉，这一点是无可争议的。当然，水边的木芙蓉，也可以视为林黛玉的一种象征。

脂砚斋说了，“所点之戏剧伏四事，乃通部之大过节大关键”。黛玉之死，当然是小说里面的一个大关键。

所以，黛玉应是沉湖而亡。而且，她一定会像葬花一样，精心地设计她的服装、她的道具、她的行动路线。她会不会有一首告别人世的诗呢？也可以去想象。当然，因为黛玉是一个天上的神仙下凡，她在人间的所谓的死亡，实际上是复归天界。

所以，我估计，曹雪芹关于这一段的描写会非常优美。而且最后她会跟普通人的死亡很不相同。黛玉沉湖后，不会有尸体的，只会有她的衣服和她的钗环存在，只会留下她的腰带或者她的披纱，她是仙遁。这是书里面说得很清楚的，她本来不是人间的一个凡人，她是一个绛珠仙子。

薛宝钗篇

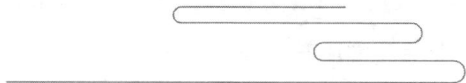

第一章

薛宝钗选秀之谜

不知道大家注意到没有，在《红楼梦》第二十九回前后，薛宝钗的表现很反常。二十九回讲的是清虚观打醮的事。这段故事之前，薛宝钗这个人物的性格早就定型了。作者在第五回对她的性格就有很明确的交代，说她行为豁达、随分从时，不比黛玉孤高自许、目下无尘，说她大得下人之心，便是那些小丫头们，也多喜欢与她去玩笑。用今天的话说，就是她有性格优势，人际关系特别好。最难得的是，不仅从贾母到王夫人，府里面的主子们喜欢她，同一辈的也都喜欢她，甚至于小丫头们也都喜欢她。她是全方位地有人缘。在第五回开头，用评语式的语言给薛宝钗性格定位以后，作者又通过后面许多的情节流动，大量的细节，把她的这种性格生动地展现出来。

但是到了二十九回前后，在清虚观打醮这段情节前后，曹雪芹却刻意写出了薛宝钗的反常。她表现得很烦躁，很郁闷，很不高兴，觉得很没有意思，而且动不动就发火，出语伤人，恶语相向，尖刻度之令人难堪，比黛玉更胜一筹。这怎么回事啊？你琢磨过没有呢？

她为什么这样，这还得从根儿上掰起。请问：薛宝钗她从南京到北京，她有什么目的？有人会说，嗨，那不她哥哥惹事了吗？她哥哥薛蟠，是一个很糟糕的人，在金陵地面上为了争夺一个拐子拐来的女孩子——后来我们知道这个女孩子就是甄士隐的女儿——把对方冯渊给活活打死了，就惹上人命官司了，所以有人就觉得，她就是因为哥哥惹了人命官司，当地不好混了，因此等于是哥哥带着她跟她母亲畏罪潜逃了。是这么回事吗？不是的。读《红楼梦》要读得仔细，不能够大概一翻，只留一个模糊印象，那样不利于理解曹雪芹的苦心。

其实作者在第四回交代得很清楚，确实是薛蟠为了争夺这样一个小姑娘，让底下的人把冯渊打死，确实惹了官司，当时审这官司的人就是贾雨村嘛，是有这么回事，但是薛蟠他在乎吗？他对人命官司视为儿戏，认为花上几个臭钱，没有了不了的事儿。他带着他的母亲和他的妹妹到京城，是既定的计划，并不是畏罪潜逃，他留下几个家人应付官司，自己大摇大摆带着他的母亲和妹妹往京城而去。

薛蟠带着他的母亲和他妹妹到京城，都有什么目的呢？书里面也是有交代的。他有三个目的。第一个目的是什么呀？有人说，第一个目的应该是，作为皇商——就是从宫里面领出银子，然后去替宫里面采买的人——把采买的货物交给宫里面以后，报销，报销完了以后，领新的银子，然后再继续采买。薛蟠的父亲就是干这个的，父亲死了以后他子承父业，也干这个，他们薛家世代干这个事儿。这似乎应该是他从南京到京城去的第一目的。但书里面把这个目的排第一了吗？你仔细看，不是。书里把他这样一个目的排在第三位。第二位的目的是到京城探望亲友，薛蟠和薛宝钗的母亲的哥哥王子腾在京城当着很大的官，姐姐嫁给了荣国府的贾政，都有权有势，他们要进京望亲。

那么排第一位的目的是什么啊？是送他妹妹进京待选。

待选，就是准备参加宫廷的选秀。

虽然《红楼梦》在第一回里说，整个故事地舆邦国、朝代年纪失落无考，但是这是一种烟云模糊的艺术手法，你细读了以后就感觉到，实际上曹雪芹他很写实，他写的基本就是清朝的康熙、雍正、乾隆三朝背景下的故事，故事的发生地点当然转换了很多，开始是在南方，在苏州啊，在维扬啊，在南京啊，后来呢，故事的空间基本上集中在京城，就是北京。

在清朝，有一个选秀女的制度。选秀女什么意思啊？就是皇帝他需要有后宫，过去古代动不动就是后宫三千，皇帝要进行这方面的享受，要从民间采集女子。清朝呢，它和明朝不太一样，因为清朝统治者是满族，他们的人数比较少。满族最早是以八旗兵的方式，在军事组织里面来共同生活，后来他们打进山海关，统一全中国，还保留了八旗制度。顺治是清朝打进北京以后第一个皇帝，坐镇北京以后，从顺治到晚清有十个皇帝，都要选秀女，选秀女的游戏规则在这过程中有一些变化，但是有一个恒定不变的原则，就是必须主要在满洲八旗的范畴之内来采集，为什么要这样？就是因为考虑到满族自己是一个少数民族，满族皇帝固然可以跟他喜欢的任何女子发生关系，发生关系后就可能要衍生后代，但后代在血统上不能太乱，要保持血统的纯正。虽然后来清朝的皇帝有的也挺喜欢汉族的女子，或者喜欢回族女子，把她们采集到皇宫里，跟她们发生关系，但即使这些女子有所生育，生了儿子，分封到的地位都比较低，甚至不予分封；这样的女子的人数，在比例上也严格控制，一定要使满族的最多，其次是蒙古族的——满族和蒙古族关系比较密切，过去有所谓“满蒙不分家”一说。清朝采集秀女，设定范围就是在八旗里面来选，首先是满洲八旗，然后是蒙古八旗。那么在早期，满族在关外进行军事活动和政治夺权的过程当中，俘虏了一些汉人，也有一些汉人主动投靠他们，这些人，最早的，就被编入满洲八旗，称作包衣，包衣在满语里就是奴隶的意思，他们虽然是奴隶，因为跟满族主子一起为夺取政权冲锋陷阵，立有一定的战功，当满族入主中原以后，他们大都被划归到内务府，就是一个专门为皇帝及其皇族提供服务的机构，有的在内务府里就得到犒赏提拔，安排一些官职，比如当织造、盐政，曹雪芹的曾祖父、祖父、伯伯、父亲作为内务府包衣，就都当过江宁织造，还时常兼管盐政，表面上官并不大，却绝对是肥缺，虽然在皇帝面前是奴才，在普通老百姓和一般官吏眼里却是“通天”的权贵。后来被俘虏和收编的汉人越来越多，满族就组织了汉军旗，但是曹雪芹祖上却不是汉军旗的，他们被编进满洲八旗里的正白旗，属于地位尊贵的“上三旗”之一，虽然在正白旗里他们是汉人，是包衣奴才，但政治地位比汉军旗里的汉人高，其标志之一，就是他们的女儿有参加选秀的资格。

《红楼梦》是一部具有家族史内涵的小说，尽管曹雪芹他“真事隐”，却并不是一隐到底，他偏还要“假语存”，在小说文本里留存下家族的秘密。书里的四大家族，贾家的原型就是曹家，史家的原型就是曾担任过苏州织造的李煦家，其余两家的原型，应该也都是包衣性质。弄明白了这一点，书里写薛蟠带着他的妹妹到京城来，第一个目的是让他妹妹待选，也就是准备参加选秀女，就一点也不会觉得突兀了。

清朝选秀女，一个是限定在满洲八旗的范畴，另外，家庭需要在一定的级别以上，那家的女孩儿到了 14 岁，就要把名字和生辰八字等基本资料上报到户部，报上去以后，在 16 岁以前，随时等候通知。后来因为八旗衍生的女子很多，所以不是每一个报上去的都通知你到北京来候选。如果得到通知，就要集中，集中以后，由户部的官员领着她们排着队，从哪儿走进紫禁城呢？从故宫的后门，神武门，从那儿进宫，宫里面就有管事的大太监以及其他的人员接应，然后就开始面试，一般要经过两轮，来决定去留，选上的就留下来，淘汰的就回家去，被淘汰的，和那些 16 岁以后也没被通知集中的，就可以另外去嫁人了。但是选上的，也不是都能留在紫禁城里，能马上见到皇帝。皇帝活动空间很大，他后宫很大，东宫、西宫都是后宫，他要养很多女子，另外皇帝有时候会游幸到一些地方，紫禁城外他有很多行宫，这些地方也要安排一些女子，以便他到了随时可以享受。比如说圆明园、承德避暑山庄，等等。一个皇帝可以享受很多的女性。但是选进去的女子却并不是都能得到皇帝的取用，机会是很难得的。如果皇帝一眼看见了某个女子觉得还可以，叫过来，给我倒杯茶，这就可能得到一个封号，叫答应。答应在那时是一个正式的封号啊，一个家族如果听说自己那个女儿选进秀女成为答应了，全家会高兴得不得了。成为答应，机会就多了，皇帝再一喜欢，觉得你别走了，这就又升一级，叫常在，常在皇帝身边了。皇帝再喜欢，可能就会发生关系了，封成贵人，再进一步封成嫔，封成妃。在《红楼梦》里，写到一个女子进宫后步步高升，就是贾元春，在第二回，通过冷子兴演说荣国府，交代她选入宫中做女史，女史在宫里是一种低级女官，但是到第十六回，贾元春就升腾了，她才选凤藻宫，加封贤德妃。后来写元春回家省亲，那部分描写是书里虚构成分最浓的，非常夸张。

贾元春是薛宝钗的榜样。你看元妃省亲的时候，她对那穿黄袍的大表姐是那么露骨地艳羡。薛宝钗当然也愿意到皇帝身边去。薛姨妈鼓吹“金玉姻缘”，其实那“玉”的首选是皇帝的玉玺，还有王爷的佩玉，实在得不到，才去瞄准通灵宝玉。但是以生活的真实而言，四大家族的原型都并非正经的满洲贵族，是包衣出身，因此，这样家族的女孩儿即使选进去，在位置的竞争力上，就会弱一些，她们很可能并不能马上去到皇帝活动的空间里，她们更大的可能性是被分配到皇帝的儿子身边去，在他们的活动空间里去伺候他们，还有一些会被分配到皇帝的公主身边，去伺候公主。她们陪公主读书，陪王子读书。我在前面几讲里面曾经提到清朝皇帝的儿子可以称为王子，有人就跟我争论，说皇帝的儿子是皇子啊，怎么能称王子呢？清朝皇帝的儿子，比如在康熙朝，一般叫阿哥，但是平时说话，俗称也可以叫作王子，我在本系列第三部里面，引用雍正在曹頫的奏章上的大段批语，雍正警告他不要乱说乱动，一定要只听怡亲王的话。怡亲王是康熙的第十三个儿子，十三阿哥，雍正在批奏折的时候一再地把怡亲王称为王子。这说明在当时俗语当中，可以把皇帝的儿子叫作王子。那有人会问：王爷的儿子怎么叫呢？王爷的儿子有专称，叫世子；王爷的女儿，则叫郡主。薛宝钗那样出身的女子如果不能选到皇帝身边，能分配到王子、世子乃至公主、郡主身边也很不错。第四回交代薛家送薛宝钗进京待选那段文字，你仔细推敲就可以发现，薛家知道自己的根基还不够硬，因此把选为郡主的陪侍作为底线。

《红楼梦》第二十五回，写贾宝玉和王熙凤被魇了，几乎死掉，亏得一僧一道及时跑来解救，和尚拿着通灵宝玉持诵，说了一句话，意思是跟通灵宝玉一别十三载了，通灵宝玉是由贾宝玉衔在嘴里，一起落生到人间的，于是我们就可以知道在那一年，贾宝玉是 13 岁，宝玉管薛宝钗叫宝姐姐，可见薛宝钗那时已经差不多 14 岁了，达到选秀女的年龄了，按说，在以后的故事里，应该写到薛宝钗参加选秀的情况。

有的红迷朋友会问，林黛玉有没有资格参加选秀？当然在故事的那个阶段，林黛玉还小，13岁的宝玉叫她林妹妹嘛，但讨论一下这个问题也还是有必要的。林黛玉的母亲贾敏是四大家族的成员，有入选的资格，但贾敏情况不明，或者是没有选上，或者是根本没让她去参选，所以嫁人了，嫁给林如海。这个林如海，从小说文字上推敲，我倾向于他是一个汉族官员，刚才说了，清朝为了保持满族血统的纯正，在选秀的时候，汉族人做再大的官，你的女儿也不在被选之列。所以，林黛玉大概是没有参选资格的。

在康熙朝，因为康熙是一个性欲旺盛的皇帝，他又喜欢汉族的美女，选秀的体制不能满足他的这一欲望，他就通过李煦、曹寅那样的既有汉族血统又有满洲八旗身份的包衣，在江南披着织造的官位外衣，给他当特务，其中一项秘密任务，就是为他采集汉族美女。有的这样的美女来到他身边后，很得他的宠幸，为他生儿育女，但康熙有政治头脑，宠幸归宠幸，他却坚持不给这些汉族女子高的封位。康熙的这种获取汉族美女的渠道，是一条秘密通道，与公开选秀女是两回事。

薛宝钗有资格参加选秀女，年龄也到了。她进京的目的就是为了待选。于是曹雪芹前面郑重其事地交代了薛宝钗进京待选。可是，有的人就疑惑了：不说后面的续书，前八十回里，哪儿有选秀女的情节呢？是不是曹雪芹他写到后面，就忘了他在第四回里的那一笔交代了？

我通过文本细读，形成了自己的心得。我认为曹雪芹没有忘记他在第四回写下的交代，那是他设定的非常重要的人物命运的线索，他都不把薛家进京的其他目的写在前头，他强调薛宝钗进京待选是第一目的，他在后面能不加以呼应吗？

但是，宫廷选秀，在他那个时代，实在是极其敏感的内容，在小说里直接铺排写出，实在危险，于是，我认为，他就没有采取明写的方法，而使用了暗写的方法。

薛宝钗参加选秀这件事情，曹雪芹是如何暗写的呢？在二十九回前后，端午节前，清虚观打醮那段故事前后，他写到了薛宝钗的反常。这种反常，就是暗写薛宝钗去参加了选秀，却意外失利，因为落选，以及落选以后的一连串事态，使她终于严重失控。

我们来捋一捋那一连串的情节流动。

清虚观打醮，本来应该是从五月初一到初三连续进行三天，后来因为出现一个金麒麟，林黛玉和贾宝玉闹起来了，闹得贾母心情也很不好，去了一天就再没去了。

书里交代，恰巧五月初三薛蟠过生日。过生日，当然在家里面大摆宴席，请戏子演戏。哥哥过生日，家里演戏，薛宝钗不在那儿待着，却跑到荣国府来，跑到贾母的住处，在场的当然有贾宝玉，有林黛玉，还有其他一些人。这个本来也很正常，这是她常来的地方。贾宝玉跟林黛玉大闹一场，刚刚和好，有点无所适从，所以见了她就没话找话。宝玉、黛玉闹别扭，她见得多了，往常她都采取一种装愚守拙的态度，任凭那二位怎么闹，她只当没看见，尽量回避，避不开，就柔和地化解。宝玉跟她没话找话也好，黛玉对她旁敲侧击也好，她都应付裕如，或温婉回答，或一笑了之。可是，曹雪芹就特意写出，这回她一反常态。

宝玉问了她一句，说你哥哥过生日，那边唱戏，你怎么不看戏呀？她说太热，没意思，我看两出就过来了。贾宝玉一听她说热，随口就说了一句："怪不得他们拿姐姐当杨妃，原也体丰怯热。"——杨妃就是杨玉环，杨贵妃，唐朝唐玄宗唐明皇所宠爱的妃子；唐朝的审美趣味和我们今天可完全不同，唐朝认为女子以丰满为美，甚至以胖为美。胖女人在唐朝是有福的，什么骨感美人，要是生在唐朝就很难办了，唐朝不吃那一套，要求丰满，杨贵妃就是以胖美而闻名于世的——书里明文写到宝钗脸若银盆，肌肤丰泽，跟杨贵妃确实属于同一美女谱系，这样说她，并没有讽刺的意味，就算不甚得体，以薛宝钗一贯的修养和应变能力，笑一笑也就撂过去了。没想到，薛宝钗听了这几句话不由大怒，而且她就按捺不住这个怒火，就出语伤人，就说了很怪的话。有的红迷朋友就读不懂了，说她是怎么回事呀？薛宝钗说："我到像杨妃，只没有一个好哥哥好兄弟可以作得杨国忠的！"这话太怪了，就算贾宝玉说你胖，你怎么就气成这样呢？怎么就扯到什么杨国忠了呢？

我认为，这就是暗写薛宝钗选秀失利。她去参加了选秀，给刷下来了。以她那样的容貌，那样的修养，更别说她的文化造诣，本该入选，却竟然落选。宝玉的话，无意中戳到了她的痛处。关键倒并不在体胖怯热的话头，关键是提到了贵妃。选秀失利，当然也就无缘成为贵妃，甚至连去当郡主的陪侍都泡了汤。那几天薛宝钗正陷于选秀失利的大苦闷之中，怎么经受得了这样的话语刺激？当时的选秀女，表面上有一些标准，但实际上多半是暗箱操作，谁朝中有人，谁就能入选，谁后台不硬，那么任凭你美貌聪慧，也还是会被淘汰。薛宝钗对此心知肚明，满腹怨忿，因此受到"贵妃"字样的刺激后，终于按捺不住，就冷笑着把心里的怨忿发泄了出来——她如果有一个好哥哥好兄弟做得了杨国忠，朝中有人，她不至于选不上！杨国忠是谁？就是杨玉环的兄弟，那个时候唐玄宗喜欢杨玉环到了爱屋及乌的地步，杨玉环的姐妹他也一块儿宠爱，杨玉环的堂兄弟杨国忠成了宰相，当时杨家炙手可热，可以翻手为云、覆手为雨，可是薛宝钗的哥哥薛蟠很不争气，光有财而无权，交的要么是些酒肉朋友，要么就是冯紫英那样的政治上的危险人物，至于像当时权势最旺的忠顺王，不仅攀附不上，薛蟠跟人家还根本属于两个对立的利益集团，其他比如宫里面的大太监戴权，还有夏守忠，薛蟠跟他们可能有些来往，关系却不铁，因此虽然薛蟠把宝钗带到京城来参加选秀，却活动能力有限，不能给她铺路，弄得她铩羽而归！

薛宝钗的怪话，这么仔细一想，其实不怪。曹雪芹这么写，是有用意的。

曹雪芹似乎估计到，一些读者会忽略他这样写的苦心，因此，他写了薛宝钗的这个失态后，紧接着，再重笔粗描，意在提醒我们，应该琢磨薛宝钗为什么频频失态。她直接针对宝玉动怒，倒还多少可以理解。他们毕竟是地位平等的主子。根据前面第五回曹雪芹给她定下的性格基调，她是最行为豁达、安分随时的，就是小丫头们，也都喜欢找她玩。她怎么会跟小丫头一般见识呢？那似乎是绝不会出现的情况。但曹雪芹在第三十回，紧接着她因“杨贵妃”的话茬儿动怒，就写了她跟小丫头过不去，大为光火的一个情节。

这天有个小丫头找她来玩儿来了，这个小丫头在古本里面有两种写法，一种写法是靛儿，靛是蓝紫色的意思；还有一种写法是靓儿，靓是漂亮的意思。红学专家们对究竟哪一个写法更符合曹雪芹的原笔原意是有争议的，有的人认为靓儿合理，因为取名儿哪有用一种很难看的颜色来取名字的，靛那个颜色是寿衣的颜色啊（过去把给死人穿的衣服叫寿衣，现在还有一些专售花圈寿衣的商店），所以应该说靓儿。但是我个人看法，我就觉得曹雪芹的原笔可能就是靛儿，为什么？他使用谐音借义的手法，这是《红楼梦》文本里一再出现的手法，“靛”谐“垫”的音，这个靛儿成了垫背的了。

这个靛儿实在很无辜。当时天气很热，她的扇子忽然找不着了，她知道薛宝钗一贯行为豁达，对任何人都很温柔，特别能体贴人，帮助人，所以她就跑过去问宝钗，就说，必是宝姑娘藏了我的，好姑娘，赏我吧！——注意，在《红楼梦》文本里，“姑娘”有不同的意思，像王夫人说宝姑娘、林姑娘，是长辈称呼晚辈女儿的意思，有时候仆人、丫头向王夫人等主子汇报，提到薛宝钗和林黛玉，比如说“林姑娘来啦”，这话语里的“姑娘”是小姐的意思，但是像靛儿面对薛宝钗称她为“好姑娘”，这个“姑娘”却是“姑妈”“孃孃”（姨妈）的意思，书里的小丫头都是把自己设定为低于小姐们和大丫头们的侄女儿一辈——靛儿这话实在算不上冒犯，这应该是小事一桩，淡话一句，如果在以往，薛宝钗一定和颜悦色，告诉靛儿她没藏扇子，说不定还把自己用的扇子赏给靛儿。但是，请你注意曹雪芹是怎么往下写的——薛宝钗的回应竟是金刚怒目、口吐霹雳！薛宝钗太反常了！她厉声厉色来了一句：“你要仔细！”读到这一句，我心里蹦蹦乱跳。都说林黛玉小心眼儿，说她尖酸刻薄，出语伤人，我们仔细想想，林黛玉在前八十回书里，何尝有过如此这般的恶声恶语？人家靛儿不过是去问宝钗要个扇子，她突然一声“你要仔细”，在那个时代，在那样一个贵族家庭里，在贾母居住的上房那样一个空间，一个主子对一个小丫头发出如此的斥责，是非同小可的。这不是愠怒是大怒，勃然大怒。紧接着，薛宝钗就说：“我和你顽过？你在意我！和你素日嬉皮笑脸的那些姑娘们，你该问她们去！”这就不仅是在向靛儿发作，是针对宝玉和黛玉了。这可不是随便一写的文字，这个情节是上回目的，叫作“宝钗借扇机带双敲”。

宝钗反常。失态，失控。这就是暗写她选秀失利。否则不好解释。宝玉对青春女性被选入宫是不以为然的，他的价值观和那个社会的主流价值观分道扬镳。第十六回写到他姐姐才选凤藻宫、加封贤德妃，举家欢欣，唯独他“皆视有若无，毫不曾介意”，因此他对宝钗参与选秀也一定是麻木不仁，当时他满脑子心思只是如何能跟因金麒麟惹出冲突的林黛玉和好如初，他绝对没有故意去触动薛宝钗心灵创伤的意图，薛宝钗先是怀疑他以“杨贵妃”来影射选秀，后来又以斥退靛儿为由说他“我和你顽过？你在意我！”又把黛玉和他闹别扭与和好说成“嬉皮笑脸”，后来更与黛玉、宝玉围绕“负荆请罪”，把烦躁与怨忿的火气发泄得淋漓尽致，这些文笔，我以为曹雪芹都在暗写薛宝钗参与选秀却被意外淘汰。

薛宝钗是很有志向的一个人。要知道，开初薛宝钗并不认为和尚所预言的“金玉姻缘”就一定是嫁给贾宝玉，有玉的男人不止一个啊，皇帝有玉玺，王子、世子都有玉，对不对？元妃省亲的时候，她对宝玉说，那上面穿黄袍子的才是你姐姐呢。言为心声，她就想穿黄袍，到第七十回，她咏柳絮词，还发出“好风频借力，送我上青云”的誓愿。在那个时代，一个待选、参选的女子，她有这样的想法是很正常的，属于在当时的游戏规则下，一种正常的竞争心理。所以要知道，她的第一志愿是进宫，至少是进入王子、世子、公主、郡主的空间，嫁给贾宝玉决不是她原来的第一目标，更不是最高目标。这点我们要读懂。

薛宝钗选秀失利，贾元春应该最先得到消息。于是在第二十八回末尾，我们看到一个意味深长的情节，就是贾元春给贾府的人颁赐端午节的节礼，她做出了一个特殊的安排，她把宝玉和宝钗的那两份，安排得一模一样，规格高，品种多，有上等宫扇两柄，红麝香珠二串，凤尾罗二端，还有芙蓉簟一领。而林黛玉呢，却只和迎春、探春、惜春一样，待遇低许多。袭人把这样一种节礼安排汇报给宝玉，宝玉非常惊诧，按那个社会的伦理逻辑，黛玉是姑表妹，宝钗是姨表妹，如无特殊前提，要么给她们的节礼一样，要么，只能是姑表亲的多于高于姨表亲的。宝玉倒没往别处去想。但是家长们都清楚，贾元春那样给宝玉、宝钗颁赐节礼，明显有指婚的意思。就是她主张她的弟弟宝玉娶宝钗为妻。她为什么早不指婚晚不指婚，偏偏这个时候指婚？这是因为她最先得到表妹宝钗选秀失利的消息。元春作为贵妃，她不能干预朝政，宫里选秀，她无法插手，宝钗落选，她一方面以这样的方式加以安慰，另一方面，则表示既然进不了宫，嫁给我弟弟也很不错。

王夫人和薛姨妈对元春的指婚表示当然是高兴的。薛宝钗自己呢，书里是这样写的："薛宝钗因往日母亲同王夫人等曾提过金锁是个和尚给的，等日后有玉的方可结为婚姻等语，所以总远着宝玉。昨日见了元春所赐的东西独他与宝玉一样，心里越发没意思起来。"这段话非常值得玩味。选秀入宫固然是家长对宝钗的最高期望，但身为包衣世家的金陵四大家族的女子，在皇族中发展的竞争力毕竟有限，所以王夫人薛姨妈把安排她嫁给宝玉视为最切实可行的方案。不过薛宝钗自己对选秀入宫心气一度是高昂的，刚刚落选，元春就来指婚，在那个特定情境下，她却不能像母亲和姨妈那样兴奋，她"心里越发没意思起来"，这是非常准确的揭示。

元春的指婚没有能够实现，是由于贾母的阻拦。贾母装糊涂。你元春既然没有直接下谕旨，只是一种暗示，那么，对不起，我就没感觉，就只当没这回事。贾母还宣称宝玉和黛玉"不是冤家不聚头"，在那个时代，"冤家"就含有夫妻的意思。在究竟宝玉应该娶黛玉还是宝钗这个问题上，贾母内心里是倾向黛玉的。这是前八十回里一个非常重要的内容，是荣国府家庭政治中的一个大关键。

如果你仔细阅读，你就会发现，在这些情节以前，书里写了黛玉对宝玉的爱情，却几乎看不出宝钗对宝玉的爱意。但是这些事情过去以后，选秀失利的心灵伤痕平复以后，宝钗就渐渐流露出了对宝玉的爱恋，虽然那以后还有宝玉、黛玉、宝钗之间三角关系的若干情感冲撞戏，但是那以后任凭宝玉、黛玉的话语、行为如何富于刺激性，宝钗都能隐忍，再没有端午节前后那样的失态表现。到第四十二回，宝钗甚至主动向黛玉示好，使黛玉彻底消弭了对她藏奸的疑虑，她们竟“合二为一”了。

这样再来反观清虚观打醮前后宝钗的严重失常、失衡、失控，我就越发坚信，那是在暗写她选秀失利，是对第四回关于她进京待选的伏笔的一个呼应和收束。

薛宝钗挟带着自己人性中的全部因素，在命运的浪涛中浮沉。曹雪芹通过性格反常的高明笔法，写出了个体生命的悲苦，人生命运的诡谲，以及人性的复杂，无论是从阅读欣赏的角度，还是创作借鉴的角度，《红楼梦》中有关薛宝钗反常的这些笔墨，都值得我们一再品味、反复揣摩。

为什么说薛宝钗选秀失利后，贾元春颁赐端午节节礼，就是在表达对宝玉、宝钗指婚的意向？贾元春让宝玉、宝钗得到均等的四样东西，那些东西里，有一种是红香麝串，红香麝串是种什么东西？难道在这红香麝串里，隐藏着什么奥秘吗？请听我往下讲。

第二章 薛宝钗红麝串之谜

贾元春颁赐端午节的节礼，她有意识让贾宝玉和薛宝钗所得的完全一样，林黛玉呢，就放在和迎春、探春、惜春的一个水平线上，少很多。颁赐的东西，袭人向贾宝玉汇报了，四样：第一样，上等宫扇两柄。第二样，叫作红麝香串二串。第三样，凤尾罗二端：罗是一种非常薄，但是又非常高级的纺织品。然后是芙蓉簟——有人听到后脱口而出说：二领。不对，是一领。簟是用竹丝编的一种凉席，高级凉席，上面有芙蓉花的图案，为什么是一领？因为是双人所用，这里面有没有含义呢？是有含义的。而这几种节礼中最富有含义的就是红麝香串，又可以称为红麝串，这是作者特设的一个很重要的道具。

麝是一种鹿科动物，但是无论是雄麝还是雌麝，头上都不长犄角，有的地方又把这种动物叫作香獐子，为什么呢？雄麝它的后腹部有一个腺体，分泌一种东西，这种东西叫麝香。

麝这种动物越来越珍贵，因为它越来越稀少，它主要生活在西藏以及和西藏临界的云、贵、川等藏族人的聚居区。后来像甘肃乃至内蒙古等一些地方也有这种动物存在。过去对麝香的取用是很残酷的，先是要猎杀雄麝，杀了以后从它腹部把这个香囊挖出来，从中取得麝香。你想，一个麝长到成年，它只有一个香囊，只有一份麝香，所以这个麝香最后的价值就比金子还贵。后来试着对麝进行人工饲养，并且改进了取麝香的方法，让雄麝能够在第一次取完以后，继续分泌，再产生麝香，再去取，比过去那个方法就好一点，但后来取出的麝香，质量一般都比不了第一次取出来的。现在科学研究已经完全搞清楚了麝香的化学成分，所以就有人造麝香出现，用人工合成方法制造出跟它化学成分相同或者相似的那种东西。麝香很稀罕，同时它还有两个特点，一个是非常之香，它有浓香、奇香；第二，它有药用价值。香气可以开窍，用麝香入药可以治很多种病。所以麝香是一种非常珍贵的东西。

用麝香再混合一些其他的材料，特别是配上红颜色的染料，做成红麝串，就成为非常昂贵、非常奇特的一种数珠。什么叫数珠？它是一种珠串，一般用十八颗珠子构成。信佛的人平时把它戴在腕上，念佛时把它拿在手上，念一声佛——阿弥陀佛，捻一个珠子，循环捻，捻也就等于数数，积累出一个很大的数目，以此表示对神佛的虔诚，所以叫作数珠。数珠这个词在《红楼梦》里是正式出现过的，在第二十八回末尾，袭人向贾宝玉汇报，她就说："你同宝姑娘的一样的。林姑娘同二姑娘、三姑娘、四姑娘只单有扇子同数珠儿，别人都没了。"

也有红迷朋友跟我讨论，说林黛玉她们少两样，没有那个凤尾罗，没有芙蓉簟，但是不是林黛玉也得到了红麝串呢？因为她不是有数珠吗？但是从书里面的描写来看不像，因为袭人跟贾宝玉汇报，就说黛玉和迎、探、惜三位得到数珠，而且数珠贾母也得了，王夫人、贾政、薛姨妈全得了。数珠是对腕上佩戴物的一种统称，制作数珠的材料很多，玉、翡翠、玛瑙、珍珠以及檀香木等都可以做成数珠，但红麝香串是非常特殊的数珠，一位搞古董收藏的朋友跟我说，他看到过很多清代的数珠，但从未见到过红麝香串的数珠，他认为，这可能是仅存在于曹雪芹艺术想象中的虚拟之物。

从书里面的描写来看，红麝串应该是只有薛宝钗和贾宝玉有。因为第二十八回后半回的回目就叫作“薛宝钗羞笼红麝串”，如果人人都有红麝串就不稀奇了，所以它突出是薛宝钗有。她有了以后呢，没有把它搁在一边不去戴——贾宝玉就没戴，贾宝玉有，但贾宝玉不戴，贾宝玉甚至在拥有以后，都没拿起来仔细地看看——薛宝钗把它戴上了，戴上，心里又不是很舒服，她“羞笼”。作为文本细读，这些地方都耐人寻味，值得琢磨。

过去对青年男女婚配有一个说法，就是说有月下老人给两个人拴红丝线，于是这一对就成夫妇了，红麝香串近似红丝线，有相同的寓意，有以此为媒、成全好事的意思，所以贾元春她通过颁赐端午节礼，表达了一个既鲜明也含蓄的意思，就是为贾宝玉和薛宝钗指婚。说鲜明，红麝串明摆着有上面指出的寓意；说含蓄，因为她毕竟没有明确地下谕旨，她是想“点到为止”，让家族里的长辈去完成她的意愿。

贾元春当时在宫里面，显然是没有能参与选秀这个事务，皇帝没有指定你去参与选秀，你就不能够擅自插手，去干预朝政，所以对薛宝钗是否能够入选，她只能在一边干着急。但是有关选秀结果的消息她应该得到得很快，比如说从夏守忠太监那里，就能得到准确的消息，说你这个表妹落选了，没门了，既然没门了，也就算了——何况她在回荣国府省亲的时候，跟祖母、母亲等哭着说过，皇宫是个“不得见人的去处”，又对父亲说“田舍之家，虽齑盐布帛，终能叙天伦之乐；今虽富贵已极，骨肉各方，然终无意趣！”——所以她就觉得通过这次的颁赐端午节节礼，要给薛宝钗一个安慰，同时她向薛宝钗本人和整个家族传递一个信息，就是这个表妹这么好，既然选秀没有选上，那不要紧，她还可以嫁给我的爱弟宝玉做妻子，而且，这样的结果，也许比选进宫里，更能获得“意趣”。所以在她的颁赐里面，就特别安排了红麝串，以强化她指婚的意向。

在荣国府里，家族政治当中最核心的问题，就是贾宝玉的婚姻。尽管贾元春的用意不言而喻，王夫人、薛姨妈对“金玉姻缘”也欣然接受，但是贾母是什么态度呢？贾母究竟是支持“金玉姻缘”，还是维持“木石姻缘”呢？这是贾府面临的一个非常尖锐的问题。《红楼梦》第二十九回前半回，曹雪芹写的是“享福人福深还祷福”，但是如果我们细读《红楼梦》时，就会发现，清虚观打醮的发起人其实并不是贾母，其目的也不是为享福人进一步祈祷幸福。那么，“享福人福深还祷福”究竟说明了什么呢？

贾元春关于清虚观打醮的指示是很明确的，贾元春颁赐节礼这个意向也很明确，可是府里面有一个人就装傻充愣，谁啊？就是贾母。你可别小看贾母这个人，她年纪虽大，却能耐很强，十个王熙凤绑在一起也顶不过她一个，在搞家族政治方面，贾母的水平绝对一流。有人会说，政治里头还有家族政治呀？政治，说到头，就是权力和利益的分配，国家、社会有这个问题，家族里面也有这个问题。荣国府的权力、财富将来属于谁？宝玉是贾政的第一继承人，这不消说，如果宝玉娶宝钗作正妻，那么，王氏姐妹就比较容易控制住荣国府，她们姐妹乃至王氏家族在荣国府里就能获得利益的最大值，但是如果宝玉娶黛玉为正妻，那局面就会大不一样。那么，贾母打的是什么主意呢？你看贾母在第二十九回有很奇怪的表现，首先对贾元春的到清虚观打醮的指示，她就进行了一次彻底的颠覆。贾元春为打醮一事特别提供了资金，她让夏太监送来一百二十两银子，专款专用，用于清虚观打醮。请注意，钱是人家元妃娘娘出的，不是荣国府更不是贾母出的。打醮的主题是什么啊？元妃有很明确的指定，是打平安醮，平安醮是一种以祈求死去的人、亡灵在阴间能够太平，不要跑到阳间来妨碍活人为目的的一种宗教仪式。而贾母呢，虽然她接过了打醮这件事务，却改变了它的主题，把为死人亡灵祈求太平，改为了针对活人的“享福人福深还祷福”。元春对参与打醮的人士也有专门的指示，是要贾珍带着两府里的爷们儿去烧香跪佛，可贾母她不管那一套，她号召荣国府女眷倾巢而出，把这件事变成了以她自己为中心的一个嘉年华会，本来这次打醮应该以贾珍为主体，是众爷们儿的一次大型活动，结果呢，贾珍成了一个外围搞后勤保障的人物，除了宝玉，爷们儿全靠边了。你说这个贾母厉害不厉害？

而且我在前面已经讲过，打醮的重点是哪天啊？是五月初三，初三那天贾母去没去啊？她不在乎那个日子，贾母五月初一去了一天，后来就不去了。因为宝玉、黛玉闹别扭，她关心这档子事儿，她关心这二位的情绪，她说这叫“不是冤家不聚头”，除非她咽了这口气，她看不见，没法管，否则只要她活着，她就要管到底。她忙着处理这件事。贾母她懂得，只有让贾宝玉娶了林黛玉，在她有生之年，贾府的控制权才在她和她信得过的人手里，因为我在前面的讲述里面已经告诉了你，从原型角度看，林黛玉的血缘和贾母是最亲近的，而宝玉呢，从理论上不消说是她心肝宝贝的亲孙子，但实际上，贾政是过继过来的，所以宝玉和黛玉结婚，连近亲结婚可能生傻孩子的弊病都没有，这样一结合，她眼前全是自己最信得过的人，是一桩完美婚姻；而且她早就看出王家两姐妹在表面对她的奉承和温顺下隐藏着祸心，总想得到贾府更长远的控制权。所以她们之间，你看，在那儿吃吃喝喝，说闲话，书里经常写谁谁“因笑道”——《红楼梦》里这三个连起来的字出现得太多太多——那个笑，你细琢磨，往往都不是好笑，是贵族家庭里，那温情脉脉的面纱下头，互相钩心斗角的一种表现。

书里写清虚观打醮，有一笔写得特别重要，你千万注意，就是在清虚观打醮前夕，王夫人告假，说身上不舒服，不去。曹雪芹从小说一开始就写王夫人在贾母面前是百依百顺，在当时那样一个社会，媳妇伺候婆婆是绝对不能推卸的一个责任，有病也得强撑着，书里有很多这种描写，包括写秦可卿，病得那么重了，她每天还要去到贾珍、尤氏那儿晨昏定省，虽然后来尤氏说了，你有病，你可以别来了，她还是尽量挣扎着去遵守履行那种媳妇对婆婆的礼数。小说里面也写到，王夫人只有等贾母歇下了，自己才敢抽空歇歇，还不忘嘱咐让丫头随时打听贾母睡午觉醒没醒，一听说醒了，赶紧过去尽礼数。但是，这次这么重要的一个清虚观打醮的活动，王夫人却告假，不去。说什么一来身上不舒服，二来还等着宫里面元妃那儿可能要派人来，得接待。这是很出格的，跟薛宝钗的失态一样反常。

可是贾母不放过她，请注意贾母是怎么吩咐的。你王夫人不是告假了吗？第二十九回有这样一句交代：贾母跟薛宝钗说，薛姨妈一定得去，又打发人去专门请了薛姨妈，“顺路告诉王夫人，要带了他们姊妹去逛”。这是什么意思？就是再给王夫人一个最后的机会。当然王夫人还是不去。你不去？好，你妹妹去了就好。

在关于林黛玉的讲座里面，我跟大家已经分析了，到了清虚观，贾母给张道士的一番话，其实就是说给薛姨妈听的，就是让薛姨妈回到荣国府以后去告诉王夫人的。这番话表明，在贾宝玉婚姻这件事情上，谁也别插手，贾元春也不例外，而在她内心里，虽然她并不是不喜欢薛宝钗，但在贾宝玉娶谁为正妻这件事情上，她却不支持“金玉姻缘”，她的天平是绝对朝“木石姻缘”倾斜的，对“木石姻缘”，她只要还剩一口气，就要保驾护航到底。

所以，现在你应该就更懂得薛宝钗为什么心情郁闷了吧。按说穿黄袍的这位宫里面的妃子，已经这么明确地表达了一个意向，就是促成“金玉姻缘”，她妈妈和王夫人肯定心花怒放，但是老祖宗贾母还活着，她却不动声色。你元妃毕竟只是意向，你只是通过颁赐节礼，以份额一样，又特别用红麝香串，来表达一个意愿，但你没有明说，你要是真下一个谕旨，那我贾母也没办法，但你既然没下谕旨，我就只当你没这个含义。这写得多有意思啊，所以读《红楼梦》，你读不出这些味道来可不行。

对于薛宝钗那样一个聪明的女子来说，元妃颁赐的红麝串里的特殊含义，她当然心知肚明，那是“金玉姻缘”的绾合物，也是在选秀失利后她最大的安慰与未来幸福的最大保证，但是，她虽然把那红麝串戴到了手腕上，却是一种“羞笼”的意态，她为什么“羞”？

书里面就写到，薛宝钗心里闷闷的——选秀落榜使她非常失落，虽有元春的安慰与指婚，她情绪也不可能立刻转换过来。但是薛宝钗呢，咱们都知道，她是一个崇拜元妃的人，一个按封建礼教的基本规范来指导自己行为的人，贾元春颁赐节礼既然赐给了红麝串，红麝串是用来戴在腕上的，所以她想来想去，不戴不敬，就还是戴上了，虽然戴上，她心里头又并不愉快，所以她是“羞笼”。什么叫“羞笼”？就是戴在腕上以后，手里又捏着一部分，半遮半掩这么个戴法。这时候她看见贾宝玉跟林黛玉在一起，心里很不是滋味，书里有一笔写道：

“薛宝钗因往日母亲同王夫人等曾提过金锁是个和尚给的，等日后有玉的方可结为婚姻等语，所以总远着宝玉。”

原来她心很高，是要进宫进府，到皇族人士身边，她觉得没必要追求宝玉，由着黛玉去跟宝玉缠绵好了。但现在进宫无望，连公主、郡主的陪侍也当不成，在这个节骨眼儿上，元妃表达了把她指配给宝玉的意愿，这应该是除了选秀中榜以外最好的一个人生落点，按说她应该非常欣慰。可是宝钗毕竟是一个端庄矜持的人，选秀失利，对她自尊心是非常大的挫伤，所以书里有一句话，叫作她就“心里越发没意思起来”。什么叫“越发”？就是说原本已经觉得没意思，再来一个没意思，叫越发没意思。第一个没意思就是说，她本来觉得戴玉的也可能是皇帝，至少是王爷，自己条件这么好，参加选秀往那儿一站，应该是光彩照人，艳冠群芳，结果偏偏落选，有意思没意思啊？没意思！那么这个时候元春来表达指婚意向，虽然的确是给予安慰，对她来说却成了被人怜悯，等于说是元春在给她找补，就是说既然这样，你就嫁给我弟弟吧。其实她妈也早有这个意思，当年宝玉到梨香院去看望她，两个人交换着看佩戴物——宝玉是通灵宝玉，她是金锁，对比了玉上和锁上錾的字，一旁的莺儿就忍不住说，他们是“一对儿”，又说有癞头和尚的预言，当时她就截断莺儿话茬，让她别说了。她那时并不是害羞，她表面温柔谦和，其实骨子里还是心高气傲的，她那时候还完全没有“不得已求其次”的想法，更没有爱上宝玉，只是后来跟宝玉亲密接触多了，感情当然也就不一般了，但她看出来宝玉爱恋黛玉，也就并没有夺人之爱的想法和做法。没想到，她选秀刚一失利，元春马上就来指婚，她妈和她姨妈，等于就把她推到了风口浪尖上，不仅使她有夺黛玉之爱的嫌疑，更使她必须逾越老祖宗贾母这个庞大的障碍，所以这种情况下，她就觉得越发地没意思起来。这也就是她羞笼红麝串时复杂的心理状态。

薛宝钗虽然“羞笼”，贾宝玉却眼尖，碰上她，一眼就看见，于是构成了第二十八回后半回那一段重要的情节。

其实，贾宝玉他自己是得到了红麝串的啊，按说得到红麝串以后，他应该很高兴，就算不想戴，总可以拿起来仔细看一看、闻一闻吧？他却连这样的事儿都没做，听到袭人跟他汇报，说从贾母屋里拿回了给他的那份包括红麝串的颁赐礼，他当时满腹什么心思啊？他急着问袭人，林妹妹得的是什么啊？听说林妹妹得到的节礼比他少，他立刻就让丫头把所有他得的东西，包括红麝串，都抱到潇湘馆去，让林妹妹挑。林妹妹那性格，你可想而知，全给退回来，说我也得了，不要。大家就可以回忆起来，在林妹妹从苏州办完父亲丧事，回到京城以后见到他，他把一个珠串献给了林黛玉，就是鹡鸰珠串，这鹡鸰珠串和红麝香串一样，在关于古董的资料中很难查到，很可能都是曹雪芹的艺术想象，是为了刻画人物、深化作品内含的巧妙杜撰——那一次林黛玉就根本不以为然，他说：这可是从皇帝那儿来的！林黛玉却轻蔑地表示：“什么臭男人戴过的！”掷而不取。她真是视皇家为粪土，“臭男人”戴过的她都不要，“臭女人”戴过的，她能要吗？这就是林黛玉。丫头只好把所有拿去的东西再拿回怡红院，拿回来以后，宝玉恐怕瞥都不瞥一眼，当时他满腹心思就为这个事儿，他不高兴——怎么林妹妹得的跟我不一样，倒是宝姐姐得的跟我一样呢？

正因为这样，宝玉明明他有这个红麝串，他就没拿起来看，偶然看见薛宝钗戴了以后，毕竟他还是一个从少年向青年过渡的男子，面对青春丽姝手笼红麝串，他难以抑制爱美之心，他就想看，特别是宝钗当时采取的“羞笼”姿势，半遮半掩，更让他好奇，他就让宝姐姐从手腕上褪下来给他看。薛宝钗这时候倒是要勉强褪下来给他看，但是薛宝钗呢，身材比较丰满，不是骨感美人，红麝串用十八颗珠子做成，又是初戴，一定比较紧，所以不容易褪下来。

这时候呢，曹雪芹就写贾宝玉的性心理，宝玉觉得薛宝钗雪白的酥臂非常诱人，就动了心思："这个膀子若长在林妹妹身上，或者还得摸一摸，偏生长在他身上。"

这个写得非常合理，既表明贾宝玉他是一个健康的男性，他有正常的性心理，有形而下的这种性爱需求，但是他对自己又有道德控制，说明他确实只爱林黛玉，他有自我约束的一个东西存在。薛宝钗一看，我已经褪下来，你怎么不接，你发什么愣啊？就把珠串也丢了。所以在小说里面，林黛玉和薛宝钗各扔过一次珠串，林黛玉掷的是鹡鸰珠串，薛宝钗丢的是红香麝串，两个珠串写活了两个人物，真是很有意思。

接下来，就写到正好林黛玉过来了，三个人之间有很多心理上的冲撞和摩擦，我就不细说了。总之，薛宝钗在端午节前那一段时间里面，真是很受煎熬。林黛玉说"风刀霜剑严相逼"，其实薛宝钗这样的女子，她也并不能够真正自己左右自己的命运，她也有很悲苦的一面，你替她想一想，在当时那个情况下，多少种不愉快汇聚在她的眼前、心头啊？

薛宝钗在这样一个情况下，她必须得梳理自己的思绪，她怎么办？大家也应该替她想一想，她怎么办？选秀失利了，元妃表达指婚意向了，但贾母不接元妃指婚这个球，她的母亲肯定很着急，王夫人也暗中着急，事态发展到这个分儿上，她怎么办？

曹雪芹他写得很聪明，他在大的波澜发生之后，又让这个波澜逐步逐步平静，因为一张一弛，文武之道，写小说也是一样，一个高潮之后，你要有所跌宕，你有异峰突起，然后你又要有一个波谷，再去推向另外一组情节，形成新的高潮。曹雪芹非常娴熟地驾驭着他笔下的情节流动，他明写着一些东西，同时又暗写了不少东西。

在这个地方必须要跟大家点出，他写宝玉、黛玉、宝钗三个的感情纠葛，用了很多笔墨，但是不能够简单地认为《红楼梦》就是一部爱情小说，更不能简单地认为《红楼梦》就是写宝、黛、钗三个人的爱情故事。因为你要说爱情的话，它里面在第二十几回就写到了小红和贾芸的爱情，而且都上了回目。贾宝玉和林黛玉在桃花树下共读《西厢记》固然是非常动人的，也是非常大胆的爱情行为，至于“痴女儿遗帕惹相思”，那就水平更高了。他写小红在接近贾芸时，下死眼把贾芸盯了两眼，你想想，什么叫“下死眼”？那是黛玉不可能有的看人的方式，更何况是看一个异性！所以说，《红楼梦》里写了很多爱情故事，不止一种爱情故事。更何况呢，它不仅是写爱情，它里面写了家族政治，写了众多的人生景象，甚至写了“双悬日月照乾坤”的政治上的故事，所以要全面理解《红楼梦》。我说这些什么意思呢？我是希望你把薛宝钗她和贾宝玉、林黛玉之间这样的感情纠葛，放在一个宏大的背景下面来观察，这样观察你就比较到位，就比较得趣，就比较得体。

根据脂砚斋一条批语，我们可以判断出，到了第三十六回，正好是全书的三分之一，到了第三十八回就过了三分之一还有余了。如果你仔细翻一下就会发现，其中写宝、黛、钗三人的感情纠葛，其实主要是集中在十九回到第四十回左右，曹雪芹在这前后写了很多其他的事情，写法是错综的、复杂的，刺绣出的图案不是简单的，而是花团锦簇的。

所以我们读的时候，就要懂得读出它的显文本下面的潜文本，或者叫作读懂它明写后面的暗写。他写了薛宝钗的失态以后，又逐步逐步地暗写薛宝钗的自我调适，对这样一些文字我们应该加以注意。

首先，薛宝钗更深切地意识到，在贾府里面，家族内部事务，说到底，是贾母说了算，所以必须继续笼络贾母。她很早就懂得讨贾母喜欢，小说开始不久就写了她第一次在荣国府过生日，贾母出资二十两说要给她过生日——有的读者就误会了，说贾母一定是看上薛宝钗了，没听说林黛玉过生日，贾母出资啊！但曹雪芹生怕你误会，他就写了王熙凤逗趣的话，王熙凤怎么说的？“巴巴的找出这霉烂的二十两银子来作东道，……这个彀酒的，是彀戏的？”其实贾母无非是客气，因为那个时候薛姨妈带着薛宝钗她们住到荣国府来，时间不久，是关系很密切的亲戚，宝钗这个闺女呢，长得好，性格也好，她第一次在姨妈家过生日，老祖宗捐资二十两银子意思意思。曹雪芹就通过王熙凤打趣告诉我们，二十两是一个很小的意思，是够酒？还是够戏？明白了吧？所以不能认为书中有这样一些情节，就证明贾母好像对薛宝钗有高于林黛玉的一种估价和看法，不足以说明，不能说明。

薛宝钗本人她很乖巧，贾母就问她想吃什么啊？想听什么戏？她就知道像贾母这样的老年人吃东西，爱吃甜烂之物，看戏喜欢听热闹戏文，所以她就依着贾母所喜欢的说了一遍。贾母一听，太懂事了，很喜欢，很高兴。但是通过后来清虚观打醮这件事情，薛宝钗就懂得了，贾母不好对付，姜是老的辣，就觉得光是一般的讨好不行，必须采取更多而且更巧妙的手段。

第三十七和第三十八回，书里就暗写了薛宝钗的一个换取贾母好感的办法。什么办法？就是大观园成立诗社了，开头是海棠社，吟完海棠花以后，正好是秋天，就要赏菊了，这个时候正好史湘云又回到荣国府来了，住进蘅芜苑，和薛宝钗住在一起，史湘云就想做东搞一次活动，赏菊花，作菊花诗。但是史湘云的经济状况怎么样呢？书里面有没有描写？书里面有一些既不是明写，也不能算暗写的文字，应该叫作侧写，点出史湘云的处境，她其实有很困难的一面。

虽然史家当时还是比较有势力的，史家的两兄弟都封了爵位，一个是忠靖侯，一个是保龄侯，但是这两个侯爷都不是她父亲，她自己父母双亡了，这俩都是她叔叔，这两家她轮流住，这两家也不能说对她不好，自己的亲侄女儿嘛，但毕竟不是亲生女儿，她的婶婶们对她就比较苛刻，这两处的婶婶过日子都非常地苛啬，为了省钱，家里的刺绣活全由家里女孩子来做，给她定了很高份额的针线活，她经常一做做到很晚，觉也睡不好，脖子也酸，这是史湘云很悲苦的一面。

当然，在那样的府邸里面生活，她有小姐的身份，府里也会给她一些零花钱。大家看《红楼梦》里面的描写，荣国府里的小姐，一直到小丫头，每个月都有份钱的，有的份钱还比较高，比如小姐们是二两银子，贾母的大丫头是一两银子，少的也有五百钱。史湘云当然也会有一些零花钱，可是你想想她的处境，她能有很多的钱吗？她没有的。

但她兴致一起，就说起赏菊花作菊花诗什么的，要当东道主。这时候曹雪芹就写薛宝钗绝顶聪明，他没有明写薛宝钗想怎么笼络贾母，但是暗写了，薛宝钗给史湘云出主意，说“还是由你做东，还是算你请客，然后咱们吃螃蟹，赏菊花”，说府里头她知道，“从老太太起一直到底下，多一半人喜欢吃螃蟹”。而对于薛宝钗来说，螃蟹不用拿钱去买，她的父亲虽然去世了，哥哥又是一个质量很差的那么一个存在，但是薛家还有庄田，还开着当铺，还有伙计，还是相当富有的。他们当铺有个伙计，家就在农庄里面，稻田里就养了很多的螃蟹，又大又肥，她通过哥哥，就可以拉几篓来，又可以准备一些果碟什么的来下酒，这样不就齐了吗？等于也不要史湘云出银子，而对薛宝钗来说，跟她哥哥说句话，她哥哥把这些东西备齐了，事情就办成了；她只怕她哥哥忘了，因为她哥哥是一个浑球，容易忘事儿，只要没忘，这都是现成的，不用专门再去花钱。这样一请，从贾母到整个府里面其他人，都会非常高兴，后面就有许多大家非常高兴的描写。你看薛宝钗她真是很有心计，表面上，这是史湘云做东道，大家应该感谢史湘云，但是史湘云手头拮据在荣国府里面不是什么“经济秘密”，上下都知道，连袭人都说过嘛，她在家里如何如何；她从家里到了荣国府，给丫头们都带一些戒指，那都是比较便宜的绛纹石戒指，礼物虽轻，情意很重，丫头们都知道这一点。所以到头来，贾母一定会知道，其实是薛宝钗组织了这次秋日的食蟹赏菊盛会，在心里，对她就一定加分。贾母那天确实也非常高兴。所以，薛宝钗首先来巧妙地调整自己和贾母的关系。

薛宝钗既然懂得，最后决定她婚姻的，并不是牵扯这个婚恋当中的平辈角色，决定权既不在宝玉手里，也不在黛玉手里，只取决于家长。所以在小说情节往下流动的过程中，她就很快地克服了失常、失态，复归到她固有的性格当中，展示出她的温柔、婉雅、谦和。“你要仔细！”这种声色俱厉的表现当然也就完全没有了。她确定了在荣国府实现“金玉姻缘”的目标以后，通过积极而巧妙地调节人际关系，重点讨好贾母，就坐等收获了。这就是薛宝钗。曹雪芹就这样写出了一个活生生的，封建社会里面的一个既想遵守礼教规范，但本性当中也有一些难以完全压抑的人性元素，比如失落感、自尊心、争强好胜之心等的那样一个大家闺秀。

这就是我们可以从红麝串辐射出去，悟出来的一些内容。

有人就会问这样一个问题了：你说了半天，还是从理性方面分析薛宝钗比较多，就是说，这是一个很有心计的、通过智慧、通过自我修养和通过调节人际关系，去争取个人幸福的一个女子，但是，她对贾宝玉，究竟有没有出自人性深处的、纯粹属于情感、属于超越理性层面的灵魂颤动呢？说白了，抛开功利不说，她爱不爱贾宝玉？如果说她爱贾宝玉，请问在曹雪芹的八十回书里面有几次突出的表现？我个人认为有两次，你认为有几次？至于是哪两次呢？咱们一块儿讨论。

第三章 薛宝钗情爱之谜

我通过文本细读，发现第二十九回清虚观打醮那段情节前后，曹雪芹写到薛宝钗情绪低落、表现失常，是暗写她参加宫廷选秀失利，也正是因为获悉她选秀失利，贾元春才在颁赐端午节节礼的时候，特意将给她的那份礼物安排得跟贾宝玉一模一样，那其实就是表达出指婚的意向。那么，在经历选秀失败、元春指婚之后，薛宝钗也就逐渐接受了由薛姨妈、王夫人和元春为她指明的道路，就是去争取赢得贾宝玉的爱情，获得自己的个人幸福，也保障家族的利益。

但是，薛宝钗和贾宝玉，他们两个之间首先存在着思想意识、价值取向方面的分歧，这是薛宝钗要获得贾宝玉爱情的最大障碍。对于这一点，曹雪芹在书里是写到的。

我们读《红楼梦》要会读，要懂得作者的笔法。曹雪芹他写一个事情或者是表达一个意思，经常运用多种多样的笔法，比如说有正写，有侧写，有明写，有暗写。

我们先考察一下，关于薛宝钗和贾宝玉的思想冲突，他有没有正写？

什么叫正写？正写就是说设置一个场景，让人物出场，然后展开一段情节，当中还会有一些细节，然后来表现人物之间的矛盾冲突。那在第一回到第八十回有没有这样一个场景，贾宝玉、薛宝钗都在，然后薛宝钗劝他读书上进，贾宝玉不接受，两个人发生冲突？有没有啊？应该是没有的。曹雪芹在前八十回里避免这样去正写。八十回后呢，脂砚斋有一条批语，透露出其中有一回的回目是“薛宝钗借词含讽谏，王熙凤知命强英雄”，可见在八十回后的某一回，他是要正写薛宝钗和贾宝玉之间的思想观念冲突的。在这里我要再顺便强调一下，曹雪芹他是大体完成了《红楼梦》全书的写作的，不是只写了八十回，后面没有写，因为脂砚斋在批语里有许多次提到八十回后的内容，包括上面所引用的完整的回目，而且脂砚斋还有一条批语明确地告诉我们：“书至三十八回，已过三分之一有余。”可见曹雪芹的《红楼梦》全书不是一百二十回，应该是到三十六回即达三分之一，总回数是一百零八回，只可惜八十回后的文稿都迷失了，现在仍未浮出水面。根据曹雪芹的总体构思，他把薛宝钗和贾宝玉在人生追求、价值观念上冲突的正写，安排在了八十回后，那时贾母已经去世，黛玉也已仙逝，二人在家长包办下成婚，之后，薛宝钗她逮住一个机会——可能是贾宝玉说了个什么词语，她就“借词含讽谏”，规劝贾宝玉“走正路”。

在前八十回里，曹雪芹没有对薛宝钗、贾宝玉思想冲突的正写，那么，有没有侧写呢？侧写是有的。什么叫侧写？就是设置一个场景，也出现一些人物，人物之间有对话，也发生一些冲突，但是，侧面地写出来了不在场的另外一个人物，和在场当中一个人物之间的矛盾冲突。前八十回里，他写薛宝钗和贾宝玉之间的冲突，使用了侧写。一个很重要的侧写，是在第三十二回。

这段情节的场景是怡红院，大热天的，忽然家人来传话，贾雨村又到荣国府做客来了。贾雨村是一个十分虚伪、野心很重的人，他无非就是姓贾，他自己说往祖上溯源，跟宁国府、荣国府的贾氏同宗，实际上血缘上离得非常之远，不着边的；他又由于乱判了葫芦案，包庇了薛蟠，而薛蟠的母亲和王夫人是亲姐妹，贾政是薛蟠姨父，这样，他就很轻易地获得了贾政他们的好感。所以，他进京以后，就经常到宁国府、荣国府和贾赦家里这几个地方鬼混，拉关系。他每次到了荣国府，除了见贾政以外，他还觉得不满足，他老提出来要见贾宝玉。他什么心思啊？他是放长线，钓大鱼。因为荣国府目前的主人、府主是贾政，以后呢，实际上只有一个像样的继承人，就是贾宝玉。贾政虽然还有另外一个儿子，但是呢，第一，那个儿子是庶出，不是嫡出；第二，都知道贾环那个儿子质量太差。所以，作为一个很有心机的封建官僚，贾雨村每次到了荣国府，他除了见贾政以外，总要提出来见贾宝玉。贾宝玉对这一点是烦死了。所以，那一天，在怡红院，传信说贾雨村又来拜访了，要见他，袭人就开始给他打扮。因为在那个时代，在那种家庭，在当时那种礼仪规范下，虽然很热的天，见客也得穿戴得很整齐，要穿靴子什么的。贾宝玉就很不耐烦，一边穿衣服，一边拉那个靴子，一边在那儿不高兴。

这个时候，在场的并没有薛宝钗，这时候在场的有史湘云。史湘云是一个心地非常单纯、豁朗，口无遮拦那样的一个女性。因为平常史湘云跟薛宝钗的关系很密切，薛宝钗那一套价值观念她耳濡目染，也知道了一些，她就在那儿学舌。其实，你通读全书就会发现，史湘云这个人她没有什么政治观点，没有什么意识形态的东西，她是凭借自己生命的本能来过她的日子的。但是，她学舌，她看见贾宝玉不耐烦，她就劝贾宝玉。大意就是说，你就是不愿意读书，不愿意去学八股文，不愿意去考举人、进士，你也应该接触一些这种人物，有点正经朋友，今后你到社会上去，你也有一个根基，你成天在我们队里混算怎么回事？她其实只是随便一说，没想到贾宝玉竟然会失态。

贾宝玉跟史湘云感情非常深厚，从小说里面的一些细节，我们可以知道，在故事开始之前，史湘云还很小的时候，就父母双亡了，因此，除了有两个叔叔轮流来抚养她以外，还经常到荣国府来。因为她是史家的后代，跟贾母有着血缘关系，是她的侄孙女儿，所以，贾母经常就把她接来，接来以后，就住在贾母的主建筑群的正房里面。贾宝玉在搬进大观园以前，一直跟贾母住，他们就等于是经常在同一空间——贾母住的那个院落的那个大北房的正房里面——亲密地生活。所以，史湘云和贾宝玉从小就感情很深厚。贾宝玉见到林黛玉之前，应该很早就和史湘云作为一对儿时的玩伴，非常之熟悉，所以他们俩关系一直是很和谐的，没想到这时因为触及了一个根本性的问题，就是理念的问题，价值取向的问题，贾宝玉就一下很反常，很烦躁，于是，就居然说出了很难听的话："姑娘请别的姐妹屋里坐坐去，我这里仔细脏了你知经济学问的！"这当然就让史湘云非常难堪。

但是，史湘云的性格决定了她的反应。她是个没心没肺的人，她不像薛宝钗，薛宝钗是真有一套观念，有一套想法在那儿搁着，和贾宝玉之间的冲突是正儿八经的，史湘云其实是有口无心地那么一说，她本身，你想想，哪儿是像薛宝钗那样遵守封建规范哪？书里面有一些交代，说她经常女扮男妆，冬天下雪的时候，她还玩儿一种什么游戏啊？扑雪人。对《红楼梦》原文不特别熟悉的人，可能会疑惑：是堆雪人吧？不对，你去仔细看书上的写法。什么叫扑雪人？雪积得很厚以后，裹上大红猩猩毡子，用汗巾扎住腰，整个身子"啪"地往上一扑，再一起来，留下一个完整的人形。这种游戏说老实话，就是小男孩玩儿，都够悬乎的，都是性格比较开放、比较淘气的男孩儿才玩儿的，贾宝玉都不一定那么玩过。哎，史湘云是扑过雪人的，她就是这么一个女孩子。所以她的性格决定了，虽然贾宝玉很反常，说了那么难听的话，就等于对她下了逐客令，就是说你走人，她却并没有走，她还在那儿。

这个时候，袭人就赶紧来打圆场，袭人就说了，大意是哎呀你别见怪，我们这爷就这样，上次宝姑娘来也是说了一些这样的话，结果他咳了一声，拿起脚就走了——那次贾宝玉倒没有轰薛宝钗，他是自己转身就走了——给了薛宝钗一个大败兴，大难堪。结果，薛宝钗怎么样呢？虽然薛宝钗很堵心，当时也没有马上走，就不知道该怎么办了，当时就羞得脸通红，再往下说吧不能够，不说也不是。袭人，以她那个水平，她就是琢磨着怎么让贾宝玉能娶一个对她有利的正妻，她怎么能够稳稳地当贾宝玉除了正妻以外的第一号小老婆，真提高到意识形态方面、价值取向方面，她的见识就很肤浅，她闹不太清薛宝钗、林黛玉、贾宝玉他们之间在高层次问题上是一些什么分歧，所以，就根据她自己的心理逻辑，她就说，亏得当时是宝姑娘，要是林姑娘遇见贾宝玉这么着对待她，早不知道闹成什么样了。这个时候，是由贾宝玉来提醒袭人，宝玉道："林姑娘从来说过这些混帐话不曾？若他也说这些混帐话，我早和他生分了。"生分了就是疏远了，本来很亲密，但是因为某一个事态出现以后就疏远了。当然，史湘云和袭人她们都不理解贾宝玉的那种厌恶、抵制仕途经济的思想，就都说，难道这是混帐话吗？

这一段描写，表面上看起来是写在怡红院这样一个空间里面，贾宝玉他和史湘云、袭人之间的一些心理的、言语的冲突。但是，我认为是写薛宝钗，是巧妙地侧写。实际上，这段故事主要想传递给读者的，是关于贾宝玉和薛宝钗之间存在着严重的思想分歧，并难以调合这样一个信息。

写小说，特别是长篇小说，除了正写、侧写以外，还有明写、暗写。

什么叫明写？明写就是作为作者，我甚至不安排一段故事，不设置一个场景，不出现一组人物，不是通过场景中的人物冲撞，构成一段故事，我干脆不这样，我直截了当地把话挑明了说，我明明白白写出来。关于贾宝玉和薛宝钗之间的思想分歧，价值取向的严重冲突，曹雪芹他有一段明写，这就是在第三十六回。

第三十六回那时候，贾宝玉不但挨完他父亲的暴打，而且已经养好了棒创。贾母疼爱他到了一个很荒唐的地步，就派人去跟贾政说，以后不要再让贾宝玉去见你了，不要再让他到你跟前去汇报功课了，也别让他见客人了，上次打重了，他受惊了，现在要静养。这样，贾宝玉就非常高兴，就完全解脱了，完全自由了，不受他父亲那一套的束缚了。但是，这个时候就有一段明写，这段文字还不短，说“或如宝钗辈，有时见机导劝，反生起气来，只说好好的一个清净洁白的女儿，也学的钓名沽誉，入了国贼禄鬼之流，这总是前人无故生事，立言谏词，原为导后世的须眉浊物，不想闺阁中亦有此风也，真真有负天地毓秀钟灵之德。因此祸延古人，除四书外，竟将别的书焚了。”

大家想一想，这段明写为什么出现在这个地方？可以回忆一下我上两讲给你说的，薛宝钗当然原来就是这样一种思想，可是她和宝玉之间的矛盾冲突原来没有这么严重，为什么？她跟着哥哥和母亲，从南京到北京，目的很明确，她是候选来了，她希望通过参与宫廷选秀，能到皇帝的身边；即使到不了皇帝身边，还可以到王爷府，王子身边；再不济，起码可以到公主、郡主身边。总之，要进入一个更高的社会层次，在那儿去发展。虽然有和尚说了，她戴金锁，今后她会嫁给一个有玉的男子，但是这个有玉的，最早她的内心目标还不一定是贾宝玉。因为从皇帝起到那些王爷都有玉，不一定是通灵宝玉，也不一定成天戴在脖子上头，但是，从某种角度来说这些人都是玉之拥有者，她心是很高的。

在上两讲，我就跟你分析出来了，得出我个人的一个结论，就是她参加选秀失利了，她被淘汰了，她没选上。没选上的情况下，贾元春就采取了一个补救的措施，就在颁赐端午节节礼的时候，有一个特殊的安排，让她和贾宝玉所得的份额完全一样，而且其中还有有着明显的指婚意向的红麝串。当时因为她参加选秀刚刚被淘汰，挺心灰意懒的，面对这样带有指婚含义的颁赐，她越发觉得没意思起来。可是冷静之后，她一想，她今后的指望就是贾宝玉，就是这个戴玉的公子。何况她的母亲、姨妈一再营造一个舆论，那就是命定的“金玉姻缘”。

但是，薛宝钗她又是一个很有思想的人，贾宝玉作为一个贵族公子，模样不消说了，家庭根基不消说了，但是贾宝玉很荒唐，在她看来贾宝玉不知读书上进，不懂仕途经济，薛宝钗觉得我今后既然是指着贾宝玉了，贾宝玉别的方面都很好，就是这方面不行，所以，在贾宝玉养好棒创之后，甚至于都用不着再去见贾政了，贾政都没有教训他的机会了，她却要站出来劝导贾宝玉。所以，曹雪芹就在这儿干脆就明写，他都不营造一个场面，就直截了当告诉你，这俩人在生活目标的价值取向上，严重冲突，没有调和的余地。

那么，关于这一点，曹雪芹他除了明写以外，有没有暗写呢？当然有。第三十四回，贾宝玉被父亲暴打之后，在怡红院养伤，薛宝钗来看望贾宝玉。她当时怎么说的呀？叹道：“早听人一句话，也不至今日……”

这个“人”就指的她自己，就是说你看我老劝你，你早听我一句话，你何至于有这么个下场呢？究竟薛宝钗她那“一句话”是什么话，作者点到为止，没有接着写薛宝钗说出什么话，或者回顾她原来说过什么什么话，而是让你自己去展开你的想象，他就是一个暗写，使读者意识到，薛宝钗跟贾宝玉之间存在一种劝导和反劝导的很麻烦的关系。

薛宝钗对贾宝玉是这样一个态度，她希望贾宝玉读书上进，重视仕途经济，日后在社会上也能够为官做宰，能够富贵发达，这样，她的生存当然就有保证了。但是，贾宝玉非常直白地反驳她，抗议、顶撞乃至于干脆无声地抗议，咳一声扭身就走。这些我们都看清楚了。那么，有一个问题我们必须也把它弄明白，就是薛宝钗她和贾宝玉之间，有没有一种相互的吸引力？特别是从薛宝钗角度，说白了，抛开这一切，她爱不爱贾宝玉？就是说即便贾宝玉这些都改不了，她爱不爱这个人？对于这一点，作者也是很用心地来写的。

我读《红楼梦》，我的心得是，薛宝钗她是真爱贾宝玉的。她爱，即便贾宝玉有这些她认为很荒唐的表现，即便她的劝导无效——她自己认为是种瓜种豆，收获的却是蒺藜——她还是爱贾宝玉。在前八十回里，起码有两个情节，突出地表现她对贾宝玉这种超出意识形态，超出思想分歧，超出价值取向，男女之间的真实的情爱。

第一次，她流露出她对贾宝玉的爱，就是在贾宝玉挨打以后，她去探视贾宝玉。这个地方写得非常好。你要注意曹雪芹如何描写她的肢体语言。她到怡红院看望贾宝玉，当时是一个什么样的姿态呢？她手里托着一丸药。见了贾宝玉以后，薛宝钗一共只说了短短的几句话，这几句话曹雪芹写得非常好，是第一个层次、第二个层次、第三个层次，发展着来写的。

第一个层次，还是一个意识形态的、观念的层次，就是刚才我引用的："你早听一句话，也不至今日……"就在说这半句话的几秒钟里，占据她思维主导的，还是一个思想上的分歧，就是你看你，去结交戏子蒋玉菡，你去做这些荒唐的事情，结果，因为你自己不务正业，所以导致这样一个不好的结果。

但是，很快地，她的心理和她的情感就转化到另外一个层次，这个层次就超出了意识形态，超出了道德批判，超出了价值取向。她就说："别说老太太、太太心疼，便是我们看着心里也……"

她又说不下去了。这是一个什么层次啊？这就是到了人与人之间，抛开了政治、经济、意识形态那些东西，人与人作为朴素的生命存在之间的一种情感层次。她先引用了老太太、太太她们的心疼，然后意思就是说我们看着也心疼，当然这个话说得太急了，因为以她那样一个遵守封建道德规范的女子，她不应该把自己和老太太、太太并列，从封建伦常秩序来说她算老几啊？一个是人家的祖母，一个是人家的母亲，您呢？您是媳妇？您是姐姐？虽然叫你姐姐，其实只是一个表姐。所以，这样的话她说得一半，就说不下去了，她觉得就有点害臊了。

然后，就到了第三个层次，完全是爱情层次。情感层次当中最重要的一个层次，就是爱情，就是一个青年女子对一个青年公子的百分之百的情爱，这个时候就尽在不言中，她没有用语言来表达，而是用她的肢体动作来表达。她是一个什么动作呢？书里写得很明确，她自己觉得自己说话太急，有点后悔，就红了脸低了头，就咽着没有继续往下说，于是她就低头只管弄裙带。那个社会的那种小姐，她那个裙子是有很长的裙带，系上以后还会飘拂下很长的一截儿，薛宝钗在那个时候就低下头红了脸就弄裙带，弄裙带这个肢体语言所表达的就是爱情。

贾宝玉当时就意识到了，贾宝玉虽然在思想上跟她有分歧，虽然在封建伦常秩序上也没有把她看作一个重要的角色，没有娶她为正妻的想法——贾宝玉心目中未来的正妻非林黛玉莫属——但是，“宝玉听得这话如此亲切稠密，竟大有深意，忽见他又咽住，不往下说，红了脸，低头只管弄裙带，那一种娇羞怯怯，非可形容得出者，不觉心中大畅，将疼痛早已丢在九霄云外。”

书中通过这样一个场景，写了薛宝钗对贾宝玉的情爱，在那一刹那，她忘记了跟贾宝玉的思想分歧，她也不顾只是一个表姐这种身份了，她就在他的卧榻边，站住，低了头，红了脸，就默默地去弄那个裙带，曹雪芹写得非常生动，非常优美，这是非常美丽的一个情爱画面。

在前八十回里，还有没有正写薛宝钗爱贾宝玉的场面呢？有的，写得比这一场要更细腻。

那是在三十六回。这个时候，贾宝玉棒创也养得差不多了，基本上已经康复了。那天中午，本来是在王夫人的屋子里头大家聚会，薛宝钗在，林黛玉在，王熙凤在，一些主要人物都在，大家吃西瓜。接近中午吃完西瓜，大家就应该歇午觉了。可是，薛宝钗就觉得她有一种生命的原始推动力在驱使她，本来这是一个生活起居最规矩的女子，可是那天中午她就不想睡午觉。于是，出了王夫人的院子以后，她就约着林黛玉说咱们干脆到藕香榭去，藕香榭是谁住的地方啊？是惜春住的地方，惜春这个人有什么特长啊？会画画。到藕香榭可以去看看惜春的画。宝钗就试探地问黛玉，要不咱们到藕香榭啊？结果林黛玉怎么着？林黛玉她很娇气，她说要洗澡，薛宝钗就请林黛玉自便，她就单独活动，往哪儿走呢？她没有回蘅芜苑，她就往怡红院去，到怡红院去干吗呀？她说想找贾宝玉聊一聊，以消午倦，双方都可以不必午睡了，在欢声笑语当中度过一个非常美好的中午。她就这么样去了怡红院。

有人可能不太赞同我的叙述，说这个跟爱情有什么关系？她不老到怡红院去吗？她去的次数还少吗？但是你想一想，大中午的，午睡时间，她去了。去了以后怎么样呢？整个怡红院都是一幅午睡的场景，曹雪芹写得很妙，怡红院有海棠树，还有芭蕉，芭蕉下面的仙鹤都在那儿睡觉，仙鹤睡觉什么姿势啊？仙鹤会把它长长的喙弯过来插在翅膀里面。怡红院的主建筑群，它的那个正房也是很大的，薛宝钗走进去以后，很多丫头在外屋那儿横七竖八地歇午睡，她越过这个空间，直逼最里面的最私密的那个卧室，她就走进去了。一看，贾宝玉在卧榻上午睡，睡着了，脸朝里。旁边坐着谁呢？坐着袭人。袭人当时因为讨好了王夫人，身份已经得到了一定的提升，成了准姨娘了，成了候补的姨太太了。王夫人已经从自己的月银里拨出二两银子一吊钱，作为犒赏她的特殊津贴，从此她对宝玉也就伺候得更加周到，正所谓“小心伺候，色色精细”。

当时，袭人在那儿就做两件事：一件什么事啊？她给宝玉绣一个肚兜儿，已经基本上完成了，可能只要稍微再加几针，整个就大功告成了。这个肚兜儿是白绫子底，上面绣的是鸳鸯戏水的图案，红莲绿叶，五色鸳鸯，绣得非常精致，非常华美。

还有一件事，她拿了一个拂尘，又叫蝇帚，就是轰苍蝇蚊子的，拿这么一个东西来保护宝玉不受叮咬。

这个时候，薛宝钗就走进去了。你想想薛宝钗是一个非常遵守封建的伦理道德规范的女子，这可是公子的一个私密的卧室，这个时候，他在午睡，她也看明白了，她却并不转身离开，她还往前去，什么东西在推动她？她爱这个人啊。哪怕多一分钟，多一秒钟，能和这个人亲近，对她来说，都是生命当中最大的快乐。

当然，袭人就发现她了，袭人吓一跳。袭人吓一跳有两个原因：

一个原因，因为薛宝钗她是蹑手蹑脚走进去的，她的行动向来都不是粗放的，她是一个很娴雅的人，缓缓走进去，袭人没有听见；另外一个，就是一看进来的是她，说句老实话，如果是林黛玉，袭人都不会惊讶，因为她知道林黛玉这个人性格异常，举动经常出格，但是，宝钗这个人是一个非常遵守封建伦理道德规范的人，居然是她！当然，她们两个无形中有一些思想共鸣，所以双方见到以后就都很亲热。这个时候，薛宝钗就问了一句话，说你在绣什么呢？袭人就说是肚兜儿。

大家知道，当时贾宝玉已经比较大了，从十三岁奔十四岁去了。在当时那个社会，人的寿命是有限的，当时有怎样的说法呀？三十岁就是半生了，六十岁就是满寿，七十就是人生七十古来稀了，所以十三四岁就是一个成年男子了，成年男子哪儿还有戴肚兜儿的呀？现在读初一的学生吃饭有戴围嘴的吗？没有。一个年龄段有与一个年龄段配套的用品。这个地方，曹雪芹他写得很巧妙，他就生怕读者误会，以为薛宝钗和贾宝玉之间还是两小无猜，青梅竹马，还是儿童状态，不是，薛宝钗她当然知道贾宝玉已经是一个成熟的男子了，她也是把他当成成熟的男子来爱，所以一看肚兜她觉得奇怪。袭人就解释了，说原来他也不戴，因为贾宝玉他当然不愿意戴，我多大了，你给我戴这个？但是，袭人就说——袭人她的法术就是一条：温柔和顺地哄，最后哄得你没有办法——她的办法是把那个肚兜绣得非常之精美，让宝玉看了爱不释手，最后就戴上了。所以，袭人就说，你觉得这个绣得特别好，其实他身上那个更好，开头他不愿意戴，后来因为觉得特别好，一劝就戴上了；这样，晚上睡觉，掀了被子就不着凉了。这也表现出袭人对宝玉确实是忠心耿耿，服侍得细致周到。

两人说了说话以后，袭人就说，哎呀，我绣了半天，脖子也酸了，身体也倦怠了，说宝姑娘我去去就回来。这个地方有的读者不太懂，有年轻的红迷朋友跟我来讨论，说袭人好好的，干吗非得出去？说这不就是作者故意要让薛宝钗一个人留下来吗？你就是设置情节流动，你想让薛宝钗单独留下来，你也犯不上用这样一个办法呀！我就跟他说，我说你回忆一下《红楼梦》里面，不止一次写丫头什么的出屋子去——比如麝月、芳官夜里都从屋子里出去过——它是很含蓄的写法。人除了情感需求以外，还有生理需求，袭人她是方便去了。这在那段情节的规定情境下，一点也不牵强。

这个时候，作者就有一个很细腻的描写。袭人走了，按说你薛宝钗也就够了，你也该走，人家在睡觉啊！可是薛宝钗她爱这个人，哪怕是看着脸朝里一个背影，一个卧着的背影，她也舍不得走。她不经意地一歪身，她坐哪儿了啊？就坐在袭人刚才坐的那个地方。

也许有人会皱眉头，说这算什么呀？她坐哪儿不行啊？可是你得想想，当时是什么社会啊？那个社会的那个礼教是怎么规定的呀？一个青年公子的卧房，卧榻旁边那是丫头，或者不是丫头，也是姨娘、小老婆坐的地方，那是一个伺候人的位置。在那个位置上，伺候人的人刚才在做两件事，一件事就是绣肚兜，给男主人绣肚兜；一件事是给他轰虫子。你薛宝钗，你是一个大家闺秀，大中午的，你跑到这卧榻旁边，你不经意就一屁股坐在了伺候他的这个仆人的位置上，你是不是太忘情了呀？是的，薛宝钗她就完全忘情了。而且，她就把袭人的那两件事都代办了，她就绣那个肚兜了，而且她还居然就拿起那个拂尘来轰虫子。

前面有一段对话，宝钗说这么好的屋子难道会有苍蝇蚊子吗？——曹雪芹写得这样细，我想他也是怕读者误会，就通过袭人之口说，并不是苍蝇蚊子，而是有一种很小很小的虫子，能够穿过纱窗的纱眼飞到里面来。薛宝钗是一个非常博学的人，她立刻就解释，说外头有水，而且好多花，这种虫子是长在花心里面的，见香就扑，见你们这屋子里头比外头还香，所以就往里扑，这种小虫子叮了人以后跟蚂蚁咬了一样，也挺疼的，确实需要拿一个蝇帚不断地在那儿驱赶——按说以宝钗的身份，无论如何她不该替代袭人，但袭人离去以后，她就情不自禁地也做了这件事。

宝钗做这件事的时候，就被人看见了，被谁看见了呀？林黛玉这天中午洗澡洗得也比较快，洗完了她也不午睡。你说你爱贾宝玉，还有更爱的呢。林黛玉就跟史湘云也到怡红院来了，当然她们有一个题目，就是因为她们都知道袭人获得了特殊津贴，被暗定为贾宝玉的姨娘了，所以，她们有一个冠冕堂皇的到怡红院来的理由，就是给袭人道喜。结果，到了以后，史湘云就到厢房去找袭人，林黛玉就隔了窗户往里一看——薛宝钗平常是一个眼观鼻、鼻观心，处处好像都符合礼教规范的模范姐姐，此刻居然忘情失态到了这种地步，坐在仆人坐的位置上去给贾宝玉轰虫子。所以，林黛玉心里什么滋味啊？作者没有细写，我想读者可以自己根据前面的内容去衍生自己的想象。

当然，史湘云没找着袭人，就折回来了。于是，林黛玉就招手让她看，史湘云一看，也很吃惊，因为这确实很不得体。但是，史湘云一想，宝姐姐平常对她特别好，不应该因为这样一个场景就去奚落人家，林黛玉当然也懂得史湘云的心情。所以，史湘云一劝，俩人就走了。

这一段情节，实际上是以非常细腻的笔触，来正面描写薛宝钗作为一个青春女性，她如何爱恋一个青年公子。在这段情节里面的爱情，没有什么意识形态的成分，没有什么价值取向的东西，没有道德说教，没有什么有关的劝诫，薛宝钗她就是爱那个背对她睡觉的人。这一段无论从阅读审美的角度，还是写作借鉴的角度，都值得细品。

那么，薛宝钗如此地爱贾宝玉，她最后能不能够嫁给贾宝玉，成为贾宝玉的正妻呢？薛宝钗她很清楚，那个社会就是一切要听从家长的，所以她当然就把她的希望寄托在了家长的安排上。而通过前面一些情节，特别是清虚观打醮前后的一些遭遇，她就知道，在贾母健在的情况下，在所有的家长里面，关键人物是贾母，而贾母对元春通过颁赐端午节礼所传递的指婚意向，竟然佯装不懂，贾元春虽然贵为皇妃，辈分却低，只能以颁赐节礼的方式暗示，那你既然是暗示，不是直接下谕旨，那么对不起，贾母她就置若罔闻，仿佛没那么一回事儿。所以，薛宝钗很清楚，她今后生活的一个很重要的任务，就是能够使贾母最后在选择谁做贾宝玉的正妻这个问题上，天平朝她倾斜。贾母跟她之间，究竟有没有矛盾冲突？贾母在选择贾宝玉正妻这个问题上，就算她心里的天平开头是朝林黛玉倾斜，难道通过薛宝钗的一再努力，她就不能有所改变吗？在讨论薛宝钗的时候，需要再从这个角度，进行一番细细梳理。

第四章 薛宝钗雪洞之谜

什么是雪洞？这一讲，我要跟大家讨论的，是薛宝钗跟贾母的关系，最后会集中在雪洞上。但是，恳请您随我曲径通幽，一环环地往下推演。

在上一讲里，我指出薛宝钗虽然与贾宝玉在价值观念和人生追求上存在着严重的分歧，但是她对贾宝玉有着一种发自内心的真爱。在《红楼梦》第三十六回之中，她探望正在午睡的贾宝玉，就充分证明了这一点。

肯定有些人会问了，说你讲得很细啊，但是怎么有一个最重要的细节，你略而不讲呢？当然我是有意的，现在就要再把这个细节找补上。

薛宝钗坐在贾宝玉的睡榻旁边，坐在袭人坐过的位置上，她就绣鸳鸯了，她补针。过去有一些论家就认为这是曹雪芹写作上的一个瑕疵，说已经上了里子的绣品不能够再去刺图案，但实际上曹雪芹也可能是故意要这样写，因为当时薛宝钗忘情了，她为什么要在鸳鸯的图案上补针呢？你想一想她什么心理啊？她是想嫁给这个人，她觉得“金玉姻缘”早晚还是要圆满实现的。她戴金，这位公子戴玉，她又这么爱他，虽然这个公子有毛病，但她相信自己能够把他调理好，她沉浸在这样一种感觉当中。可是这个时候，就是我上一讲故意留下来到这一讲开头要告诉你的，也是你立刻能够回忆起来的，她在那儿坐得好好的，忽然贾宝玉说梦话了。

贾宝玉这个梦话可不得了，怎么说的？——“和尚道士的话，如何信得？什么金玉姻缘，我偏说是木石姻缘！”

哎哟！你想，薛宝钗一步一步一步发展到坐在那个位置上，都去补针绣鸳鸯了，“哗”一下突然从宝玉嘴里出现这种声音，可想而知，薛宝钗受到多么大的打击、多么大的刺激！当然在这一个细节上，有些红迷朋友跟我之间是有争论的，有一个年轻的红迷朋友就坚持认为，贾宝玉不是说梦话，贾宝玉那时候已经醒了，而且他意识到他旁边坐着薛宝钗。我说怎么意识到？他说你忘了贾宝玉的床榻旁边是有大玻璃镜的，对此书里在别处有明确描写，所以，他说宝玉从镜子里看到了薛宝钗，而且坐下不走，所以他故意地喊出这个话来，给她一个警告，就是说你不要痴心妄想，就是您呐，没门儿！

我不赞同这个红迷朋友的分析，但是觉得也挺有意思。读《红楼梦》，针对同一段情节，不同读者有不同理解，这正说明《红楼梦》的文本有特殊的魅力。而持有不同看法的读者，大家平等交流，“多歧为贵，不取苟同”，也是一种进入现代文明的精神享受。我觉得，贾宝玉确实是在说梦话，他梦里头也忘不了林黛玉；他也会梦到家族里一些长辈强调什么和尚预言了“金玉姻缘”，所以他出自内心，表达了拒绝与抗议。不管他是真梦话还是假梦话，终归他喊出来了，对薛宝钗来说，这是一个非同小可的打击。

但是，请你注意，情节往前后流动的时候，薛宝钗始终不改变她对贾宝玉的爱心。在这段情节之前也好，受到打击以后也好，她还是爱贾宝玉。薛宝钗她比林黛玉明智，她知己知彼，能够沉着地应对，以稳扎稳打的方式，去争取个人幸福。林黛玉完全是一个天然、率真的状态，随心所欲，由着自己性格生活，想怎么说怎么说，想怎么来怎么来，今后怎么样，不去多想，虽然她爱贾宝玉，也愿意以后成为他的正妻，但她没有任何谋略，到哪步算哪步。薛宝钗呢，下棋提前看三步五步。所以，她就觉得，虽然你贾宝玉这么样地不爱我，给我一个这么大的刺激，但是，决定我们婚姻的，并不是我们本人。在这点上她比林黛玉清醒。在那个时代，那个社会，那样的家庭，决定他们婚配的，到头来一定是家长。

如果就事论事，贾宝玉的家长是贾政，贾宝玉娶什么媳妇，应该由贾政来定盘子。但是，书里面写贾政也写得很具体，使我们意识到，这是一个把政治、家务和个人的性生活严格区分开来的一个官僚，在那个时代，在那个社会阶层，这样的“须眉浊物”是最常见的。

你看贾政，他是每天要上班的一个人。整个贾氏宗族，当时的男主子除了贾政，要么游手好闲，要么忙自己的私事：贾赦袭了一等将军的爵位，那是一个空头的名称，并不需要去上班办事，更不需要领兵打仗。贾敬不着家，跑到城外道观里去跟道士们胡羼，醉心于炼丹。贾敬本来可以袭爵，但他把那爵位让给了儿子贾珍，袭了个三等威烈将军，也是一个空头名称，贾珍当着贾氏宗族的族长，我们看到他只是有时忙些族务，大量时间都在寻欢作乐，他比贾赦晚一辈，年轻许多，也并不需要去率领军队冲锋陷阵。贾琏、贾蓉等就更没有朝廷的公务了。当然，这些没有具体官职公务的男主子，他们有时候也会按规定去参加一些朝廷里面的活动，但是他们没有具体的工作任务。整个贾氏宗族在当时要去上班、要去履行工作职责的就是贾政一个人。贾政是忠心耿耿地为皇帝去服务，皇帝还经常派他去处理一些本职以外的临时事务，有时候派他学差，就是去主持地方一级的科举考试，去阅卷什么的；有时候海边发生海啸，或者有些地方发生一些其他自然灾害，就让他去赈灾。贾政做这些事很认真，很尽力，但是回到家里边，他不谈这些事情。他把自己参与的朝廷的政治活动，和这个家庭的事务严格地区别开来。

那么对家庭事务他采取一个什么态度呢？他不闻不问，全交给他妻子、第一夫人王夫人。王夫人呢？也省事，王夫人又找来了她的内侄女王熙凤——名义上当然是找来了贾琏，但是最后这个权柄更多地落在王熙凤手里。整个府邸的事务，实际上是由王熙凤、贾琏这两口子控制，一般情况下，王夫人也不怎么太过问。但是，这并不等于说王夫人在荣国府的实际地位高过了贾政。贾政放权，并不是弃权。一旦他觉得必须亲自过问，他的任何一个决定都相当于圣旨，就如同王夫人对王熙凤的放权不等于弃权一样，你看绣春囊事件发作后，她怒气冲冲亲到王熙凤住处问责问罪，使得王熙凤不得不挨着炕沿双膝跪下，你就应该懂得，封建社会的伦理秩序，到头来还是森严而坚硬的。

在讲薛宝钗的时候，为什么要旁及贾政呢？因为贾宝玉娶哪个女子做正妻，贾政是有全权来决定的。只不过在前八十回故事情节流动的那段时间里，他一直觉得宝玉还小，不仅还不到娶正妻的时候，就是先纳一妾，也为时尚早。另外，他对家务事权力下放，起码是暂时放权，他“主外”，让王夫人去“主内”。了解一下贾政这样一个官僚的生存状态，对于我们理解宝玉在婚姻问题上的处境，理解薛宝钗如何理性地去争取成为宝玉的正妻，是必要的。

在曹雪芹笔下，贾政不是一个概念化的形象，他身上有那个时代那类官僚的某些共性，但他又是具体的“这一个”，是个性鲜明的。他把公事和私事区分得很清楚，把家庭伦理秩序和个人性生活也区分得很清楚。在整部书故事开始以后，看不出他和王夫人之间还有性生活，他的性生活的首选是赵姨娘。书里几次写到是赵姨娘伺候他睡觉。王夫人当年应该也是一个美丽的小姐，而且出身名门，他们四大家族互相婚配嘛，王家的小姐嫁给贾家的公子这是很正常的。但是，在故事开始以后你会感觉到，王夫人年纪已经比较大了，她的女儿元春都已经成了皇帝的妃子了嘛，她给贾政生儿育女已经好几个了，而且有的已经都去世了。所以，王夫人应该已经是一个中年妇女了。但是在那个一夫多妻制的社会，作为这种家庭的男主人，他可以维持这个正妻崇高的地位，但是他自己的性满足，则要寻找另外的女性，贾政找的是赵姨娘——历来有不少读者觉得纳闷儿，那么一个蝎蝎螫螫，言语、举止不雅的女子，怎么会得到他的宠幸？贾政是否有“嗜痂之癖”？但这也许恰恰说明，贾政是一个很特别的生命存在，他在性取向上可能有某种深深的隐私。

细心的读者会发现，书里多次写到赵姨娘和贾环的丑态，有时候他们出丑时薛宝钗就在现场，但她总是采取善待的姿态，事后也绝无闲言碎语。林黛玉当然也没有恶待赵姨娘和贾环，但起码是背后向贾宝玉说过一次闲话——说赵姨娘到潇湘馆来问声好，其实是从探春那里出来以后的一个顺路人情。这就说明薛宝钗比黛玉有心眼儿，她心里还是明白的，得罪赵姨娘，那就可能导致赵姨娘在伺候贾政睡觉的时候，在贾政耳边“下蛆”，而到头来贾政是荣国府无可争议的法定主人，纵使王夫人一心一意要缔结“金玉姻缘”，一般情况下贾政也不会成为障碍，但倘若因为得罪赵姨娘而导致贾政的不快，那就“小不忍乱大谋”了。

薛宝钗在荣国府待久了以后，她看得很清楚，在贾宝玉的婚姻问题上，如无意外，姨父贾政会放权给姨妈王夫人，王夫人向贾政汇报，贾政听了以后觉得没有什么不妥，会说“知道了，可以”，等于给奏事折子盖上了表示批准的大红印章。姨父贾政不是实现“金玉姻缘”的阻力，姨妈王夫人是动力，更不用她再做什么工作，她所面临的障碍，就是贾母。她必须在贾母身上下功夫。前面讲过，她在背后支撑史湘云搞起食蟹、赏菊的盛会，就是暗写她要在贾母心目中增加得分。

荣国府的情况很特别。我在前面一再指出，这部书它是“真事隐，假语存”，曹雪芹笔下出现的这个文本，具有家族史的因素。通过原型研究，我们可以知道，在真实的生活里，贾政的原型曹頫并不是贾母原型李氏的亲儿子，王夫人原型也并不是贾母原型李氏的亲儿媳妇，他们两个是成年以后才过继来的。《红楼梦》虽然是“假语”，是小说，但曹雪芹却有意地把一组角色之间的关系，按照“真事”中的过继状态来加以描绘。

一般来说，在当时那样的社会，那样的家庭，如果儿子是亲生的，儿媳妇是自己挑选娶过来的，作为一个寡母，儿子、儿媳妇虽然一定必须按照宗法道德约束来孝顺她，但也不必对她敬畏到言听计从的地步。但是，在真实的生活中曹家的情况很特别，曹寅和他的亲儿子曹顒在江宁织造任上相继亡故后，康熙皇帝就问苏州织造李煦：曹寅的哪一个侄子可以过继到曹寅未亡人跟前，继续担任江宁织造？在回复皇帝以前，李煦肯定问过曹寅未亡人——那其实不是别人，就是他的亲妹妹——因此，最后李煦跟康熙报告，曹頫这个侄子最合适。于是康熙批准以后，曹頫和他妻子就到了李氏跟前，他们当然懂得，这个继母非同小可，他们能过上锦衣玉食的生活，与其说是皇帝通过李煦恩赐的，不如说是李氏挑选的，因此，折射到小说里，以这一组生活原型演变的艺术形象，就具有许多微妙的地方。我们从许多情节和细节里可以感觉到，贾母和贾政夫妇之间，只有礼数，没多少感情，但贾母的威严超过常态，虽然平时贾母似乎只是吃喝玩乐、颐养天年，但家庭里的一些重大事务，尤其是宝玉何时娶谁为正妻这件事，贾母如果不宣布放权，他们是绝对不敢擅作主张的，纵使王夫人满心满意要落实“金玉姻缘”，她首先不可逾越贾政，纵使贾政平时不问家事，王夫人跟他提出娶宝钗为宝玉正妻，贾政自己没什么意见，乐得同意，但贾政必须得自己或者通过王夫人再去请示贾母，而只要贾母不同意，甚至不表态，贾政就一定不敢忤逆，王夫人也就只能偃旗息鼓。

对于我所分析出的这个形势，薛宝钗她是吃透了的。

薛宝钗她心里透亮，尽管她受了宝玉梦话的强刺激，但是薛宝钗她有一个性格优势，就是她温婉而并不脆弱，她是一个拿定主意以后就不轻易退让的人。在选秀失利、元妃表达指婚意向无效、清虚观打醮贾母“敲山震虎”这些事情过去之后，她情绪稳定下来，她就打定主意，要争取实现跟贾宝玉的“金玉姻缘”，这关系到她一生的幸福，她爱宝玉，也有信心在嫁给宝玉后通过讽谏劝诫使宝玉“改邪归正”，但要使好事成真，关键不在别处，就是贾母，她必须要多多争取贾母的好感。

如果说背后组织食蟹赏菊盛会，是暗写薛宝钗笼络人心、讨好贾母，那么，在第三十五回，就有一个很具体的明写，写得特别巧妙。当时大家在怡红院那儿聊天，说着说着，薛宝钗就蹦出一句话，说“我来了这几年，留神看起来，凤姐姐凭这么巧，巧不过老太太去”。

这个讨巧就高一个层次了。她最早来到荣国府的时候，她的讨巧还是比较低的层次，贾母说你爱吃什么呀？她就想贾母老年人爱吃甜烂之物，她就说些那种吃的让贾母听；贾母说你爱听什么戏文啊？她想贾母喜欢热闹戏文，所以她就捡一些《大闹天宫》这一类的剧目，来讨贾母欢心，这是低层次。她现在知道这么讨好贾母不行了，就是讨好也得提高档次，所以她就说凤姐姐这么巧，我在旁边看着巧不过咱们老太太。她来这一套。

没想到，这话一出来以后，老太太并没有马上表示高兴，而是说了些别的，贾宝玉又把贾母的话接过来，结果整个话语的内容就紊乱了。

贾宝玉的意思大意就是说凤姐姐嘴巧，所以老太太喜欢，但是有的人比如像大嫂子李纨，木头似的，嘴不巧，不是老太太也喜欢吗？后来，又绕来绕去，说要是论会说话，那不光是凤姐姐嘴巧啊，林妹妹嘴也巧啊！贾宝玉在当时根本就没在意薛宝钗在干什么，他当时满心思要干吗呀？他要引诱贾母去当众夸林妹妹。作者写得真是很有意思。

你想，贾母在那个场合能直接去夸林妹妹吗？贾母可不傻，再喜欢林妹妹，也不能够掉这个坑里。贾母先含混地应了几句，比如说到不大说话的，有的也招人喜欢什么的，又对着宝钗说，“你姨娘可怜见的，不大说话，和木头似的，在公婆跟前就不大显好儿。”这个地方，她指的是王夫人，尽管王夫人当时也在场，她不怕明点出来，她对王夫人不太欣赏。这话很厉害，就是家族政治、微笑战斗。宝玉绕来绕去绕到林妹妹身上，希望贾母接茬儿，没想到贾母一看周围，这边是王夫人，那边是薛姨妈，二位等着听什么呢？等着听夸薛宝钗呢！贾母就夸了。贾母这个人可真不得了，微笑战斗当中那是绝对冠军。她怎么说的？她说：“提起姊妹来，不是我当着姨太太的面奉承，千真万真，”——怎么个千真万真呢？——“从我们家四个女孩儿算起，都不如宝丫头。”

有的人可能会说，这一夸，算是夸到头了，贾母对宝钗的印象怎么这么好啊？但是，听话听声，锣鼓听音，你细琢磨，就会觉得她很恶毒。贾母心里想，你们不是非得让我夸宝钗吗？行啊，咱们夸。提起姊妹来啊，还不是我当着你姨太太奉承，千真万真。怎么算呢？从我们家四个女孩算起——贾家四个女孩是哪四位啊？元、迎、探、惜。贾母她很聪明，她想我这时候要回避林黛玉。当然，从四个女孩算起，笼统地也可以把林黛玉、史湘云全算上。但是咱们现在不说那个，我虽然姓史，嫁到贾家来了，在贾家已经多年了，我们贾家现在这一辈有四个女孩，咱们比，四个女孩都比不了你这个薛宝钗啊！她故意把贾元春包括在内。你说她恶毒不恶毒？她是真夸还是假夸呀？她是让人高兴还是让人堵心啊？这就是贾母，她智商很高。

你听明白了吗？当时薛姨妈听了以后，就知道不是味。您就说我们这姑娘比黛玉，比迎、探、惜好，不得了吗？“从我们家四个女孩儿算起”，要从元春算起，这个话说了跟没说一样，能跟元春去比吗？你选秀你都失利了嘛，贾母这不是揭人疮疤吗？贾母很厉害。所以，薛姨妈只好讪讪地说，老太太这话说偏了。王夫人也只好打圆场，说老太太时常背地里和我说宝丫头好，这倒不是假话。王夫人这个话本身你听着就很酸，她其实已经意识到贾母的话是假话，但是她希望她妹妹别在意，这次可以不算，背地还跟我说过——但这证明是没有用的。所以，大家一定要读懂这些地方。

有些读者糊涂，看到这儿，就去得出一个错误的结论，说到头来贾宝玉他让贾母去夸林黛玉，贾母就不夸，贾母夸的是薛宝钗，可见贾母觉得薛宝钗符合封建道德规范，因此贾母给贾宝玉选择正妻就会选择薛宝钗，不会选择林黛玉。我的结论跟这完全相反，当然我这个看法也是仅供参考，不是说我的看法就一定是对的。可是我觉得我这么读它，能读出味来，而且我觉得这个味应该还是曹雪芹的正味。

如果说这一段情节还不足以说明，贾母看不上薛宝钗，那么底下一个很重要的情节，我觉得就没有做别的解释的可能了，这就是至关重要的第四十回。这一回就写到刘姥姥二进荣国府。

刘姥姥一进荣国府的时候，还没有元妃省亲的事，当时还没有大观园。等她第二次来的时候，省亲活动已经举行完了，大观园封闭一段以后开放了，让贾宝玉和一些小姐，包括李纨带着贾兰都住进去了。因此，贾母留下刘姥姥以后，就带着刘姥姥逛大观园。逛大观园里面就有很多情节了，当中还有吃饭什么的。这过程中，贾母带着她参观了几处小姐的居室。

第一处是潇湘馆。进去后，贾母就发现潇湘馆糊的那个窗纱不对头，为什么呀？潇湘馆的庭院里面是什么啊？是凤尾森森，龙吟细细，“凤尾”形容的是茂密的竹丛，“龙吟”形容的是竹丛底下蜿蜒的小溪。竹子是翠绿的，你糊的这个纱也是碧绿的，这个在审美上来说就是失败了，颜色太靠了。所以，在这个场合，贾母就有一大段话，说咱们家还有一种叫软烟罗的纺织品，选一种银红色的给林姑娘换上。

因为前面对潇湘馆的描写很多，所以在这一回里面描写得比较概括，贾母跟刘姥姥说，你看，这是我外孙女的房子。刘姥姥一看，又有笔砚又有书籍，就觉得是个公子的书房呢。这说明林黛玉她的生活环境布置得非常雅致，有书香气息，很符合林黛玉的性格，也让贾母感到满意。窗纱靠色的问题，不是林黛玉自己造成的，凤姐有给予置换的责任，后来当然全部换掉。

第二处，是秋爽斋，探春住的地方。探春的屋子里布置得很华美，今后讲探春咱们再细说，这里从略。贾母这个时候就有一个评论，说都好，只是这个梧桐树细了一点。贾母为什么这么说？梧桐树难道粗了就好看吗？就是因为她在秋爽斋，她观察窗户的时候，把它当作了一幅画，根据窗户的长宽尺寸比例，外面那个梧桐树显得细了，作为一幅画构图不太好，这就是贾母的眼光。所以，贾母这个人，看你怎么说她了，你厌恶她——封建大家庭宝塔尖上享乐至上的老妖精；你客观一点——封建社会里审美趣味很高的一个老太太。贾母还说，怎么听见有鼓乐声音？是不是街上有人结婚呐？王夫人她们就笑了，因为大观园很大，荣国府也很大，离街很远，怎么可能有街上结婚的鼓乐声传进来呢？就跟她解释说，是他们家戏班子，芳官她们那些小戏子在那儿演练呢！这个也说明，贾母她认为窗户除了当画框看，还有一个功能，就是要透音。西方人一般是怕窗户透音的，窗户要弄得严严实实的，而中国人就希望窗户外面的声音能传进来，比如“虫声新透绿窗纱”，构成优美的诗境，这跟中国传统文化中天人合一的哲思都有关系，要求一个生命和他生存的外部事物之间要有一定的联系，一定的沟通，一定的感应，达到和谐。曹雪芹在书里这些地方，是把贾母作为当时社会中，超出她所置身的那个阶层的一般见识，既能把传统文化中的精华加以弘扬，又能“破陈腐旧套”的一个形象来塑造的。

我说了这么多，可能有人有意见了，说你不是在讨论薛宝钗吗？你现在把潇湘馆、秋爽斋说这么多干什么？我认为曹雪芹他在这一段情节这样来写，他是有意识先进行铺垫，以便下面一下子出现一个情况以后，形成一个鲜明的对比，同时也就给贾母会有那样强烈的反应，提供了充足的心理背景。

然后，贾母带着刘姥姥，就到了蘅芜苑，就是薛宝钗住的地方。这个时候，就写了蘅芜苑里面的室内状况。贾母是第一次进入蘅芜苑，进入其内室。结果一看，“雪洞一般”，四白落地，没有装饰，“一色玩器全无”。

林黛玉住的潇湘馆，她是摆了很多东西的，在这一回没写，前面怎么写的你记得吗？她嘱咐紫鹃，你把窗屉子卸下来，让大燕子回来，把帘子拿狮子倚住，烧了香你就罩上……林黛玉又隔着月洞窗逗架养的鹦鹉。林黛玉内室有装饰品，充满了生活乐趣，说明她和贾母有共同点，就是都很会享受生活；探春那儿也是一样，它有很多具体描写。但是薛宝钗这儿，“一色玩器全无”。

贾母细看，“案上只一个土定瓶”，土定瓶属于瓷器当中低档次的东西，比较粗糙，瓶里面供着数枝菊花，还有两部书，然后就是她的茶奁、茶杯而已。再一看床，“床上只吊着青纱帐幔”，这个帐子上一点图案都没有，就是青纱的，非常素净。“衾褥也十分朴素”。

前面写秋爽斋，写到探春她的拔步床的床帐，当时刘姥姥不是带着板儿去的吗？板儿跑进去指点说这是蝈蝈，那是蚂蚱，上面绣着很多精致的草虫图案。可见探春她虽是一个庶出的贵族家庭小姐，她那个帐子却非常讲究。薛宝钗呢？她是薛姨妈的嫡出独女，她父亲虽然没了，可哥哥还做着皇商，家里非常富有。虽然是借住在荣国府，借住在大观园，借住在蘅芜苑，那也不至于说你这个床帐子就是什么图案、什么装饰都没有的一个青纱帐幔啊！

读到这个地方的时候，我的年轻的红迷朋友也跟我进行了讨论。他说蘅芜苑之所以布置成这个样子，是薛宝钗成心的。他说薛宝钗原来可能也比较朴素，但是应该没达到这个地步。但是，她预计贾母可能会来，因为前面见刘姥姥时候她就发现贾母兴致非常之高，而且贾母说进园子去看，也是预定的计划。所以，她就临时费了一番心思，怎么讨贾母喜欢，她心想我得把林黛玉比下去。林黛玉由着性子生活，不伦不类，小姐就是小姐，公子就是公子，你一个小姐的屋子怎么能像公子的书房呢？探春跟她并非竞争者，姑且不论。宝钗心想，我现在就一定要博一个大彩，让贾母强烈地感受到，我是一个崇尚俭朴的女子，绝不追求奢华，屋里素淡到极点，我最符合封建礼教的规范，难道老太太您还不欣赏、不赞叹吗？哪儿找这么一个孙子媳妇去啊！今后一块儿过日子，这勤俭持家、遵守妇道，还会有问题吗？结果，她万没想到，这次和贾母短兵相接，竟发生了激烈冲突，这是始料未及的。

对青年红迷朋友这个分析，我基本同意，只是不同意一点——我说薛宝钗不是在这一天故意再撤掉一些东西，比如说本来这帐子上还有点简单的花纹，就把那个也撤了。我认为薛宝钗不至于做作到这个地步，因为薛宝钗本身她一贯是这样的。前面不就写了嘛，周瑞家的问她，吃什么药？她就说吃一种冷香丸。那冷香丸所需要的原料，你可以去翻书去，没法背，非常复杂，要求非常苛刻。这个冷香丸是什么含义啊？就是说薛宝钗她本身也是青春勃发的女子，她内心里时时会有对情爱的热望旋转生发，上一讲我讲到绣鸳鸯，就透露出了她那青春女性内心的秘密，她也可以暂时抛开意识形态、礼教规范，来爱一个活生生的青年男子。但是，她拼命压抑自己这种本原的青春热情，她要吞冷香丸，一年三百六十五日，她不断地要吞食，把自己内心的本来是正常的青春热情冷却下去。因此，她在自己房间的布置上，就追求这样一种风格，就是我压抑自己的欲望，我要一冷再冷，我要超标地达到你们那些封建道德的规定，纵使内心里的情爱欲望会涟漪难平，起码从外部形态上，让任何人都会觉得屋如其人、人如其屋——分明是一个心如古井水的“冷美人”。

薛宝钗本来应该是很自信的，估计贾母进了她屋子以后，会表扬她的俭朴素淡，所有人都在等待贾母的反应，薛宝钗当然更有特别的期待。但结果怎么样呢？万万没想到的是，贾母一看以后，竟然非常不高兴，贾母先说：“这孩子太老实了，你没有陈设，何妨和你姨娘要些，我也不理论。也没想到，你们的东西自然在家里没带了来。”贾母表示：我可以给你一些啊！贾母是一个非常有审美品位的贵族老太太，当时她就命令鸳鸯去取一些古玩来。你不是喜欢那个素雅风格的嘛，我给你取素雅风格的呀！在审美上是有不同流派的，有华贵派，比如说秦可卿的那个卧室，这个人虽然已经死了很久，在故事里已经消失了，但是我们回忆以前的描写，她的卧室布置得很夸张，那是一种风格；林黛玉又是一种风格；每个人可以有不同风格。你可以钟情另一种——我就是要素淡，我爱白、灰、青的色调，可以，但那你也得讲究啊！所以，贾母让鸳鸯取些什么来呢？“你把那石头盆景儿和那架纱桌屏，还有个墨烟冻石鼎，这三样摆在这案上……再把那水墨字画、白绫帐子拿来，把这帐子也换了。”贾母一开头嗔怪凤姐，说你也不送一些摆设给你的妹妹。凤姐解释，说给过，她退回来了。薛姨妈当时就没摸清贾母究竟是一个什么想法，就在旁边赔笑，就说她在家里不大弄这个东西——娘儿俩以为雪洞般的屋子绝对能胜出，这不就把其他小姐比下去了嘛，尤其把林黛玉就比下去了，这多勤俭，多朴素，多贞静，多老实啊！没有想到，贾母这个时候会发这么大的火。

你看小说，它几回都写到人物的反常。薛宝钗反常过；宝玉也曾经反常——打小跟史湘云那么好，结果拉靴子准备去见贾雨村时，史湘云说了几句话，他就翻脸。

贾母在这个情境中也按捺不住心里面的那个怒火，这个一贯蔼然慈祥，一贯在家族政治当中以微笑战斗取胜的人，这个时候不微笑了——贾母这个时候肯定没有微笑，你听她的话，她摆头，这个肢体语言可不得了——说："使不得，虽然省事，倘或来一个亲戚看着不像。"什么叫"看着不像"？就是你这个做派，根据礼教规范，也都太过头了，贵族家庭之间来往时，倘若有人来了看到这个雪洞，会觉得不伦不类，不成体统。这话还其次。底下，贾母越说心里怒火就越往上蹿——这个时候，贾母的表情你可以想象一下，你可以自己对着镜子模仿贾母这时候的表情，她说："二则年轻的姑娘屋里这样素净，也忌讳。我们这老婆子，越发该住马圈去了。"哎呀，这是真心话，但这也很反常，如果不是觉得受到了强刺激，贾母按说不至于把心底里的看法当众说出来，还这么声色俱厉。

贾母当时真动了怒。你年轻姑娘，你就立这么一个标准，说女人应该这样生活，这样生活才符合道德，才高尚，才正常，这太忌讳，你让我来看你这雪洞是什么意思啊？"样板间"吗？"我们这老婆子"，她其实主要说她本人，"越发该住马圈去了"。这话很厉害啊！你琢磨琢磨。比薛宝钗对着靛儿说"你要仔细"还要厉害。薛宝钗弄巧成拙，她以为她吞冷香丸，她压抑，她超标达到了一个最俭朴的状态，贾母必得夸赞，万没想到却恰恰迎头撞到了贾母的忌讳上，触怒了贾母。

贾母不是一般的封建老太太，像王夫人跟薛姨妈，审美趣味充其量也就达到当时贵族妇女的平均水平，没有什么自己独特的东西，贾母这个人她是破陈腐旧套的，她要过精致生活，过极乐生活，她"福深还祷福"，是这么一个人。所以，她见不得宝钗居然是给她这么一个雪洞般的屋子来看。你看，宝钗这个雪洞，最后就成了把她自己埋葬的一个雪窟窿了。

说句老实话，贾母如果没有去蘅芜苑还好，去了蘅芜苑以后，贾母就更不可能再给宝玉选择正妻的时候去选薛宝钗了。你想啊，贾母她是一个希望自己长寿，也相信自己能够长寿的人，她会眼看着她的孙子娶孙子媳妇。结果，娶来一个孙子媳妇，住雪洞一样的屋子，这不就等于给她一大哄嘛！对贾母的院子屋子，第三回林黛玉进府就有细致描写，书里后来有一笔，说又加盖了一个花厅，专用来摆宴演戏，这说明贾母的屋子与薛宝钗的“雪洞”有着天壤之别。由此可见，贾母跟薛宝钗的冲突不可调和。这看起来是一个审美趣味的冲突，实际上是一个关系到人生态度的根本性的冲突。贾母从此以后，不可能再产生把薛宝钗娶来作为爱孙宝玉的正妻的打算，除非她忽然想自动搬到马圈里去住。

因此，我们再想一想高鹗所续写的那些内容，他写王熙凤设置调包计，让贾宝玉娶薛宝钗，贾母居然支持，而那个时候，林黛玉苦苦哀求贾母给她一点怜悯，贾母竟然毫不留情地让人把林黛玉轰走，致使林黛玉悲惨死去。高鹗笔下的贾母，还是曹雪芹笔下的这个贾母吗？当然，高鹗他有续书的自由，可是，我要告诉你我的个人看法：他这样去续，太不符合曹雪芹的原笔原意了。曹雪芹原来明明是这么写的，写得清清楚楚的，贾母是不可能在宝玉的婚配上去选择宝钗的，她内定的就是黛玉。经过这次带刘姥姥逛大观园进入了蘅芜苑，看到一个雪洞般的屋子受刺激之后，她就更坚定了弃宝钗而娶黛玉的信心和决心。

当然，如果我们要是全面来理解薛宝钗的话，还有一个问题就浮出来了，就是薛宝钗她住在一个雪洞般的屋子里，她床上的纱帐连一点装饰的花纹都没有，但是怎么好多宝玉和黛玉都不知道、按她那个年龄身份也应该不知道的杂七杂八的事情，她偏知道呢？下面，咱们一起来讨论。

第五章 薛宝钗审黛之谜

根据我前面几讲的分析，薛宝钗爱贾宝玉，她想嫁给贾宝玉做正妻，特别是在她选秀失利以后，她唯一的希望就是实现自己这样一个人生目标。但是她面临的障碍很多，第一个障碍就是贾宝玉本身跟她的思想不合拍。两个人的价值观念不一样，这确实让她也感到很烦恼。但是薛宝钗经过一番自我调理以后，她形成这样一个想法，就是时不时可以劝导一下贾宝玉，即便贾宝玉对她的劝导非常反感，甚至于跟她冲突，她想，这个问题也可以留待她嫁给贾宝玉以后再去彻底解决。

薛宝钗懂得，要实现跟贾宝玉的“金玉姻缘”，关键是要讨好贾母，让贾母意识到她是宝玉正妻最理想的人选。尽管她在这方面的努力遭遇到挫折，但是，她并不灰心。何况贾母毕竟年事已高，总有失去思维能力甚至仙去的一天，那时，“金玉姻缘”也就水到渠成了。

当然，她还有另外一个障碍，那就是林黛玉。黛玉跟贾宝玉缠缠绵绵，两人相爱露于行迹，荣国府里上下皆知，根本不是什么秘密。

黛玉是明爱宝玉，她是暗恋宝玉，她们两个人的关系里，有情敌的因素。固然实现“金玉姻缘”关键在家长，但如果她跟黛玉的关系紧张起来，酿成事端，那也可能坏事。所以怎么去对待黛玉，她也有一番琢磨，她得想出妥善的办法。

一种办法就是正面冲突，跟黛玉公开去争夺宝玉，但这既不符合她本人的性格，也会对黛玉造成伤害，毕竟她还是一个心地温良的人。我不直接说她和黛玉是情敌，而只说她们关系里有情敌的因素，就是通过文本细读，你会感觉到钗、黛都是复杂的生命存在，她们的内心和她们的关系都绝不是单一的，而是糅合了很多种复杂的情感，她们之间也有情同手足的一面，宝钗有时真的是欣赏黛玉的才华横溢，黛玉有时也真的是钦佩宝钗的博学多识，她们在诗社的活动中有许多亲密相处的愉快时光。

正面去冲突的方法，宝钗断然不取。侧面冲突呢？在她参加选秀刚刚失利后，她失态了，“借扇机带双敲”，有过一点侧面冲突，但她没多久也就复归原态。黛玉倒总是时不时对她侧面刺激一下，她发挥固有的性格优势，装愚守拙，使得“一个巴掌拍不响”，黛玉也奈何她不得。

最后，她想出了一个绝大多数——我避免把话说绝，不说所有读者——都意想不到的方法，解决了问题。这是书中非常精彩的一笔。

这就是第四十二回“蘅芜君兰言解疑语”那一段情节。（这一回回目古本上有“解疑语”“解疑癖”两种写法，这里采取周汝昌汇校本的选择。凡我引用的《红楼梦》中令一些读者“眼生”的字眼，都采用自周汇本，以后不再说明。）

在上一讲最后，我提出的问题是：怎么宝玉、黛玉都不知道，以宝钗那样的年龄身份按说也不该知道的杂七杂八的事情，她偏知道呢？这一段情节里，就由她自己给予了回答。

细读完这段情节，掩卷默思，我就感觉到，其实在这段情节之前，宝钗她就应该一直在寻找机会，跟黛玉就“我是谁”这个问题摊牌，并以这种超常的坦诚与善意，来卸除黛玉对她的猜忌与防范，从而排除掉她眼前最大的情障。

这个机会她终于逮着了。

刘姥姥二进荣国府，贾母带着刘姥姥在荣国府里面足逛足玩，其中一个娱乐项目是斗牙牌，由鸳鸯当宣读牙牌令的人。在“金鸳鸯三宣牙牌令”的过程中，轮到了林黛玉。牙牌令说错了，或者说慢了，就要罚酒，林黛玉不愿意输掉。鸳鸯宣出了上半句，你得立刻接上下半句，林黛玉情急之中，就脱口而出说了两句，按说是不该在那个场合说的。一句是“良辰美景奈何天”，她话一出口，书里就写薛宝钗看着她。因为这一句是汤显祖《牡丹亭》本子里面的词，《牡丹亭》在那个时代，那个社会，那种贵族家庭，被认为是“淫词艳曲”，闺中女子不能够去读的，你脱口而出，可见你就偷读了。别人都没在意，因为当时大家都各有心思，但是薛宝钗她心很细，她就看着林黛玉，林黛玉顾不得与她理论。

说这一句还不够，底下鸳鸯又让黛玉说，她又说了一句就更糟糕了，叫作“纱窗也没有红娘报”，这是王实甫《西厢记》本子里面的，这句词仅从字面来看的话，也就是更不符合封建道德规范。什么叫作“纱窗也没有红娘报”啊？就是《西厢记》里面写崔莺莺和张生，他们违反封建家长的意志去偷情，当中帮助他们撮合的就是红娘，红娘会隔着纱窗给两位瞒着家长的恋人报告消息。这样的一句词黛玉在那样的场合就脱口而出了。当时也就混过去了，因为后来别人就又说了其他一些话，最后刘姥姥更说出了“花儿落了结个大倭瓜”，逗得大伙儿哄堂大笑，大家就把这事儿忘了。别人忘了，宝钗没忘，宝钗觉得这是一个机会，这是一个协调和林黛玉关系的一个很好的机会。所以刘姥姥走了之后，有一天吃过早饭，又往贾母处问过安——晚辈每天早、晚必须都要去向家长请安，叫晨省、晚省，有时中午也要去——之后，公子小姐们就散了，钗、黛等散了之后就回大观园，因为蘅芜苑、潇湘馆并不在一个方向，所以钗、黛就要分路，这个时候，黛玉正要回自己的潇湘馆，那么宝钗便叫黛玉道："颦儿跟我来，有一句话问你。"

黛玉也没觉得有什么，因为她们俩关系还是挺密切的，就跟着她去了。去了蘅芜苑以后，没想到宝钗就来了一个下马威，笑道："你跪下，我要审你！"黛玉不解何故，因笑道："你们瞧这宝丫头疯了，你审我什么？"宝钗冷笑道："好个不出闺门的女孩儿，好个千金小姐，满嘴里说的都是些什么！"就把"三宣牙牌令"的时候，黛玉说走嘴的事情，点出来了。一点出来，黛玉很慌，因为在当时封建礼教的束缚下，一个封建大家庭的闺秀，是不可以在那样的场合张口说出那种词语的，她这个把柄，就被薛宝钗捏住了。

薛宝钗这样做，大家想一想，她的目的是什么？她第一个目的还是要震慑住黛玉。就是说咱们俩还是有区别的，我呢，是比较符合封建规范的，我是比较守规矩的。你呢，是很危险的，你当着家长说出这种"淫词艳曲"当中的句子，你是有毛病的。你的毛病我现在看得是一清二楚，你跑不了。她还是有这一面。

黛玉表面上看起来是一个尖酸刻薄的女子，实际上这个人心地还是很纯洁、很善良的，她那个尖酸刻薄都是随机而发，一般并没有什么预定的目的。很有心计去算计一个人，她没有过；很细心地去保护自己，她也还不能做到。宝钗这回可谓突出奇兵，确实一下子把她震慑住了。黛玉当时就搂着她恳求："好姐姐，原是我不知道，随口说的。你教给我，我再不说了。"

这个时候薛宝钗就厉害在哪儿呢？按一般人的想法，既然这是一个情敌，你又抓住她的"把柄"了，因此你应该板着脸跟她提条件了，就是说你跟她的关系不可能是朝和解、友好的方向发展，应该朝着一个你拿捏着她，以后你控制她，这个方向发展。但曹雪芹笔下的薛宝钗是一个很睿智、很高明的女子，她采取了一般读者意料不到的办法，什么办法呢？就是在拿住你把柄，你也害怕的情况下，我跟你将心比心，我跟你交底，我把我的把柄也交到你手中，咱们俩从此以后就做好朋友。这招真厉害。曹雪芹真不是一般的作家，这样来写，绝对大手笔。

薛宝钗说什么呢？她说："你当我是谁？"这话乍听好奇怪，从书里头贾府从上到下，一直到书外头众多的读者，开头都觉得薛宝钗是一个从根儿上就遵守封建道德规范的模范闺秀，谁会怀疑她的纯洁性、正统性呢？黛玉也并不曾往那方面去质疑过。没想到薛宝钗把自己底儿一抖落，咱们吓一跳。她说："我也是个淘气的，从小七八岁上也勾个人缠的。"她就说起自己家里以往的情况了。她祖父没了以后，留下了丰富的藏书，除了四书五经这种正统书籍以外，各种闲书，乃至于所谓"淫词艳曲"的书都有。除了《牡丹亭》《西厢记》，薛宝钗提到了《琵琶记》，以至《元人百种》——这是一部将元代杂剧"一网打尽"的类书，其中也包括少量明初的戏曲剧本，啊呀，不得了，整整一百部"邪书"呀！当时薛家人丁也比较旺盛，她还有一些兄弟，当然她说的这个兄弟可能包括堂兄弟，都偷着读这些家长不让读的书，男孩子背着女孩子读，她也背着男孩子读，所以要真论读《西厢记》，读《牡丹亭》这些东西，薛宝钗读得比林黛玉早得多，哪里要等到住进大观园才通过贾宝玉开辟鸿蒙、大惊小怪。

其实书里面有些地方老早就透露出来，薛宝钗知道这类书上的东西，还加以引用。在第二十二回，贾母捐资二十两，带头给她过生日，过生日当中演戏，演戏时候贾母就让她也点一出，她就点了一个“鲁智深大闹五台山”。当时最怕热闹的贾宝玉还说她，你点这个戏干吗？她说这是好戏。其实她之所以点热闹戏，是为了讨好贾母。“鲁智深醉打山门”这出情节既热闹又有趣，贾母看着也许会呵呵发笑。但她自己也确实喜欢这出戏，她说，这出戏里有一段唱词特别好，有一套《北点绛唇》，里面有一支曲“寄生草”填得特别好，她就把那个戏词完整地背诵给贾宝玉、林黛玉他们听。

你想，如果她没有读过那个脚本，她怎么能够那么熟练地把那个唱词说出来呢？可见实际上在读杂书方面，她不仅比贾宝玉、林黛玉读得早，而且读得多，还不是一般的多，她知道很多按说她那个年龄那个身份不该知道的杂七杂八的东西。所以我们一定要懂得，曹雪芹笔下的薛宝钗是一个复杂的女性，表面上中规中矩，骨子里却是很古怪的。

说到这儿，有的红迷朋友可能会皱眉头了，说他们府里面经常演戏，什么《西厢记》《牡丹亭》都在演嘛，她们作为小姐不是坐在底下看吗？怎么看这个戏没事儿，读那剧本就成了问题呢？这就需要懂得当时社会的一个“游戏规则”。怪了，当时就有那么一个不成律文的规矩，就是这封建家庭的女眷，包括小姐丫头，跟着男人一起看戏，或者单是女眷们看戏，什么戏你都可以看，但是跟这个戏有关的那些文字，你却绝对不能读，青年公子都不允许读，闺中女儿更绝对不能沾。

作为一个当代人，我原来也不懂当时社会的这个规矩，仔细读《红楼梦》，发现书里第五十一回，“薛小妹新编怀古诗”，它解释了这个现象。当然，这是在“蘅芜君兰言解疑语”后面的情节了。那个时候大观园又增添了一些美丽的女性，其中有薛宝琴，薛宝琴这个人很厉害，她一口气作出十首怀古诗，都是灯谜诗，每首诗既有一个谜底，同时，作者又通过这首诗隐喻书里面某一个或两个人的命运。最后两首，一首是《蒲东寺怀古》，一首是《梅花观怀古》，蒲东寺就是《西厢记》写到的那个庙宇，梅花观就是《牡丹亭》里面写到的一个道观。所以薛宝琴把她的诗拿出来以后呢，她的堂姐薛宝钗就装傻充愣，说前面八首都是史籍上可考的，我都明白，这后两首史籍上无考，意思这就恐怕是杂书上说的东西，因此，咱们作这种诗、听这种诗不合适，是不是把它删了重作啊？薛宝钗她说这样的话，是因为那次不是她跟黛玉在私室里两个人密谈，而是处在“公众场合”，她必须表明自己清白而且规矩，同时委婉地对薛宝琴提出批评——你薛宝琴拿这两出戏的素材作了两首诗，可见你一个贵族小姐，居然读过这两出戏的本子，这就等于跟林黛玉“三宣牙牌令”时说走嘴一样，穿帮了，露出马脚了。

这时候林黛玉出来打圆场，她这时候懂得自我保护，也意在保护薛宝琴，她说咱们虽然没读过这些东西，难道没看过这两出戏吗？探春表示支持，说戏上都有，咱们都熟悉这个故事。结果李纨出来作结论——李纨青春守寡，她的妇道德行是无可挑剔的，这个人具有立贞节牌坊的资格，所以她出来一作结论，大家就没话说了。李纨的意思是，咱们又没有读那些邪书，这些都是戏上有的，不但戏上有，说书的也讲这些故事，连求签的时候那签上的批注，有时候都说这些东西，所以这个没关系，不是问题，保留了不要再重新作了。

这段情节的安排，就是为了告诉读者，在当时社会里面有一个我们现代人看起来很奇怪的一个规矩，就是闺中的女子看这类戏不算问题，但是你读那个书，你就大错特错了。

回到第四十二回，薛宝钗审黛玉那个情节，大家想想，林黛玉听到薛宝钗跟她交底，七八岁的时候就背着家长兄弟读《元人百种》，她会有多么震惊。书里写得明明白白，直到第二十三回，林黛玉住进了大观园潇湘馆，由于贾宝玉拿着一本《西厢记》在读，被她发现要来，坐在桃花树下阅读，她才知道世界上有这么一本书，里面有那么多令她心醉的文句。那一回末尾，贾宝玉跟她分手了，她自己慢慢地走回潇湘馆，忽然听到梨香院小戏子练唱的声音，才头一次听清楚了《牡丹亭》里面的词句，心动神驰。而那时候，她都已经是一个十多岁的闺中小姐了。

薛宝钗居然就跟林黛玉交底，“你当我是谁？”——我读“邪书”不但比你早，而且比你多，所以在你说牙牌令说走嘴的时候，我一听一个准儿，全知道。林黛玉在震惊之余，应该开始产生感动。不要说在那样的社会，那样的家庭，那样的人际关系中，如此坦诚地公布自己“不洁的前科”是罕见的，就是在今天，人与人之间能如此敞开心扉，自曝隐私，也非同小可。这说明对方确实对你解除了一切武装，把自己并未露出痕迹的把柄，主动交到你的手中，只求今后跟你做一个知心密友，这时候纵使你原来心眼儿再小、猜忌再多，心理上的防线也必定自动倒塌，两颗原来离得远并且有隔阂的心，就会仿佛产生磁力般地贴近在一起了。

取得了初步效果以后，薛宝钗才开始讲所谓的道理。大意就是说在那个社会里面，男人应该读正经书求上进，不要读这些杂书，男人读书明理以后才能对社会做出贡献，有的男人读了书也不明理，还不如不读书。作为咱们女子就应该以针黹为主，就是做针线，这个做针线是一个象征，意思是女子无才便是德，今后嫁人做一个好妻子，贤妻良母，现在就应该杜绝接触外界那些乱七八糟的杂书，否则如果被这些杂书移了性情，那就不可救了。因为宝钗她先把自己底儿揭开，然后再讲这番话，所以林黛玉听了以后就无话可说。

这个时候林黛玉心里是什么反应呢？在古本里面有两种写法，一种写法是“心中暗服”，这个“服”就是服气的服；另一种写法是“心中暗伏”，就是让别人占上风，自己占下风，我伏了。“服”与“伏”在含义上是有重大区别的。如果黛玉是“暗服”，就是宝姐姐你说的这一套我完全接受，你那是真理，我承认我自己是谬误，嘴里不肯认错，心里头缴械投降。如果是“暗伏”，则是我没办法，我也是个明白人，咱们生活在这么一个环境里面，你告诫我那有多么危险，我甘拜下风，我以后会注意。不管是“服”还是“伏”，她都是只存在心里。黛玉她毕竟是一个倔强的人，她当时嘴里没有直接说出听了一番教诲以后，究竟接受不接受。

我个人认为，在两种写法里面，“暗伏”应该是更符合曹雪芹的原笔原意。因为从书里面后面描写来看，黛玉她和宝钗的关系达到了融洽、和谐，她再也不跟宝钗闹别扭了，甚至她和贾宝玉也不再闹别扭了，也再没有在公众场合说走嘴，但是她本身性格的棱角，并没有磨掉，她并没有因此改变自己，她没有失去自我。尤其是在根本的人生理念上，她丝毫没有动摇。

“审黛”这场戏，以短兵相接的紧张气氛开场，最后却化兵戈为玉帛，钗、黛两个人最后成为知心姐妹了。

贾宝玉后来发现她们俩尽弃前嫌，亲密无间，都觉得奇怪，甚至于偷偷地问黛玉：“是几时孟光接了梁鸿案？”这是引用《西厢记》里面一句词，意思就是说什么时候你们俩的关系变得如此和谐？林黛玉就把那天薛宝钗把她找到蘅芜院去审她的情况讲了。贾宝玉说，哦，原来是从“小孩儿家口没遮拦”引起的——“小孩儿家口没遮拦”也是《西厢记》里的词，说明《西厢记》对宝、黛的影响确实太深了。

薛宝钗就这样在她的人生道路上跋涉。我希望大家一定要跳出过去那种“以阶级斗争为纲”的僵硬分析模式，不要把薛宝钗定位为一个自觉遵守封建道德规范，迎合封建家长腐朽意识的负面形象，把“审黛”看成是她以封建道德规范去打击黛玉。她也并不是一个在恋爱婚姻上只听凭父母之命、媒妁之言的闺秀，更不是一个损人利己夺人之爱的阴谋家。过去不少论家多乐于把“主动争取恋爱婚姻自由”的赞词献给黛玉，其实，宝钗又何尝没有在追求自己恋爱婚姻幸福前景方面，暗暗做出努力呢？你看她绣鸳鸯的时候，默默地坐在袭人坐过的位置上去伺候宝玉，她也有一颗少女的芳心，有她涌动于心臆的青春情爱啊。而且她追求自己个人婚姻的幸福也是无可厚非的，选秀失利以后，静下心来，你替她想一想，在她周围的环境里面，抛开什么和尚预言，抛开金锁和通灵宝玉，贾宝玉是一个多么理想的丈夫啊，以今天的标准衡量，她有权利去追求贾宝玉。

但是她这个追求的过程真是一波三折，也备极辛苦，她遇到的障碍太多，她万没想到，她跟林黛玉和好以后，又出现了一个障碍，这个障碍就比较可怕了。是什么啊？

就是这一年冬天，大观园里面又来了一些青春女性，其中都有谁啊？有李纨寡婶的两个女儿，就是李纨的两个堂妹，李纹、李绮，这还无所谓。还有邢夫人那边一个侄女邢岫烟，这也无所谓。还有一位是谁啊？薛宝琴，薛宝钗的堂妹。薛宝琴一来以后不得了，贾母就喜欢得要命，喜欢到令人目瞪口呆的地步。贾母有一个用野鸭子头上的毛做的、雪天穿的大披风，一直收在箱子里，连贾宝玉都没给，林黛玉来了在贾母身边住，也没给，书里交代史湘云从很小起就经常到贾母这儿来住，更没给，可是一见薛宝琴，嘿，传家宝拿出来了，给了薛宝琴，就喜欢到这个地步。

当时不消说已经有大观园了，居住的空间非常富余，按说把薛宝琴安排进大观园住不就行了吗？但是薛宝琴是什么待遇？贾母说，薛宝琴哪儿都别去住，跟我住，跟当年宝玉、黛玉、湘云的那个待遇一样！甚至逼着王夫人收她为干女儿。薛宝钗她们在大观园里面玩儿的时候，突然丫头就来传话了："老太太说了，叫宝姑娘别管紧了琴姑娘，说他还小呢，让他爱怎么着就由他怎么着……"

这个时候大家注意到了吗？书里写得很巧妙，吃醋的，说尖酸刻薄的那种弯弯绕的话的，并不是林黛玉，而是薛宝钗。薛宝钗听丫头琥珀传老太太的话以后，"忙站起身来答应了，又推宝琴笑道：'你也不知道是那里来的这段福气，你到去罢，仔细我们委曲着你。我就不信，我那些儿不如你。'"

而且更有一个情节值得玩味，很多读者没有读懂，我个人也是一读再读，变换过几次理解，今天我把我最新心得告诉大家。就是贾母喜欢薛宝琴发展到什么地步呢？有一天下大雪以后，薛宝琴从拢翠庵（古本中对庵名有"拢翠""栊翠"两种写法，"拢翠"的"拢"与"沁芳"的"沁"相对应，同为动词，似更符合曹雪芹原笔）讨来了梅花，出现在山坡上，身后她的丫头小螺抱着一个瓶子，里面插着红梅，贾母一看就觉得太美了，问旁边的人：你们说说，这比画上人怎么样？贾母屋子里挂了一幅很大的明代画家仇十洲的《艳雪图》，贾母就说，眼前这个情景比画上还漂亮。所以后来逮着一个机会，贾母就开始问薛姨妈：薛宝琴的生辰八字是什么？家内景况如何？贾母是一个你必须要佩服的人，过去有种简单的理解说，她是封建社会宝塔尖上的一个昏聩的老太太，每天就知道吃喝玩乐。不是这样的，我在前几讲里面，已经一再地告诉你，贾母在家庭政治的较量当中总是占上风的。

书里写是这么写的：薛姨妈一听，就觉得贾母的用意，是想把薛宝琴要来嫁给贾宝玉。薛姨妈当然还是高兴的啊，我亲女儿宝钗实在嫁不了宝玉，宝琴能嫁也不错啊。当时宝琴的父亲已经过世，母亲得了痰症——在那个时代痰症就是不治之症，随时就能背过去。你想，薛宝琴如果父母双亡之后，谁是她的监护人呢？就是薛姨妈，而薛姨妈之所以要把女儿也好，她自己的侄女儿也好，嫁给贾宝玉，她更多的不是从这个女孩子本身的爱情、幸福上去着想，她更多的是从怎么使薛家振兴上考虑，因为贾家当时状况比薛家要强，从书里描写大家也看到了，就拿不动产来说，单是荣国府，多大的一个府邸啊，就从王熙凤、贾琏两个人管这个府里的事务过手的银子来说，多大的数目啊，所以如果要是薛家的女儿嫁给了贾宝玉，贾宝玉是荣国府的几乎无可争议的继承人，更何况亲家母便是自己的亲姐姐，你想，这是多么大的一个胜利果实啊！虽然心里愿意，可是薛姨妈又不得不跟贾母说实话，就是说薛宝琴已经有了人家了，订了婚了。在过去那个时代，已经订了婚了，双方履行了比如说互相交换庚帖什么的，这个就在法律上、道德上就都站住了，如果你去把他拆散，或者破坏的话，既有违法律规定，更有违道德规范。所以薛姨妈就只好半吞半吐跟贾母说，宝琴已经许给梅翰林家了。

说到这儿以后，书里写得很巧妙，贾母并没有接着说什么，王熙凤却突然插一嘴："偏不巧，我正要作个媒呢，又已经许了人家。"贾母笑道："你给谁说媒？"王熙凤就说："老祖宗别管，我心里看准了，他们两个却是一对。如今已许了人家，说也无益，不如不说罢了。"而贾母已知凤姐之意，也就不提了。

话说到这儿不说了，曹雪芹他就让读者去猜。所以为什么说《红楼梦》需要揭秘呢？不是我自己突然来了兴致，想揭秘就揭秘，而是曹雪芹他在文本里就使用了这种笔法，烟云模糊，话里有话，一波三折，一石数鸟，他经常故意不说透，点到为止，留下余地，让你去琢磨。

于是这段情节就流过去了。历代的读者多数都认为，贾母就是打算把薛宝琴说给贾宝玉。但是你看我自己讲了那么多，我的逻辑链发展到今天，我个人就认为贾母不可能改变她原来对贾宝玉婚事的基本态度，仅仅因为来了一个薛宝琴很可爱，在山坡上站着，后面小螺抱着一个梅瓶十分地美丽，她就决定既不要黛玉，也不要宝钗了，而把这样一个宝琴去嫁给贾宝玉？我觉得不是这样的。

那么，究竟贾母当时是一个什么心思呢？王熙凤当时所说的“他们两个却是一对”，那个可以成为薛宝琴丈夫的男子究竟是谁呢？为什么贾母能听出王熙凤所指呢？我个人认为，这一笔也绝不是曹雪芹随便那么一写，在八十回后，他应该有所交代。我估计，贾母和王熙凤她们当时心中想到的，是甄宝玉。甄宝玉这个角色虽然没有在前八十回正面出场，但是在贾宝玉的梦境当中是出过场的。大家记得吗？第五十六回，甄夫人带着她家的三姑娘到京城来的时候，是派了四个女人先到贾府来请安的，女人们转达甄家对贾家照看他们在京的大姑娘、二姑娘的谢意，贾母当时就说：“什么照看，原是世交，又是老亲，原应当的。你们二姑娘又更好，竟不自尊自贵，所以我们才走的亲密。”而且贾母也老早知道，甄家有一个青年公子年龄和宝玉相仿，所以从四大家族历来联络有亲的角度来看的话，虽然甄家没有列在四大家族之内，但它是贾氏的一个影子，所以我个人认为，贾母和王熙凤当时想到的是，把薛宝琴许给甄宝玉多好啊。当然这也仅是我的一己之见，仅供参考。

现在我要回到薛宝钗的问题上。你想，当时大家都以为贾母要把才到没几天的薛宝琴要来配给贾宝玉，在这个情况下，薛宝钗的心情是不是就更复杂了？你想想，为了实现“金玉姻缘”，求取她的个人幸福，她要逾越的障碍真是太多了，万没想到把林黛玉算是给稳住了，林黛玉不闹了，突然又来了一个堂妹，这个堂妹就越过她去了。你看后来在大观园里面坐席，你注意到曹雪芹他那个写法吗？宝琴就跟贾母、宝玉一桌了，宝钗呢，就跟迎春、探春、惜春一桌了。我就觉得，贾母是故意的。

贾母通过去问薛宝琴的年庚八字和家内景况，她是在传递一个信息，传递一个模糊信息。什么信息最可怕？准确的信息未必可怕，模糊信息最具有杀伤力。好比接到一个电话，说某亲人在医院，问怎么了？你来吧，来了就知道了——这样的信息太恐怖了！然而，模糊信息有时候却又极具诱惑性，可以让人顿生奇想。比如也是大老晚的接到一个熟人电话，说你怎么那么大的喜事还瞒着大家啊？说完就断线，怎么也打不过去了，于是你可能一夜难眠，等着天亮后去坐实那个喜事。贾母她就搞这个。她问薛姨妈，好像要给薛宝琴定一个丈夫，许一个人家，凤姐说了话以后，她又反问凤姐，你给谁说媒？她这样搞，有扰乱薛姨妈思绪的一面，也有能够稳住薛姨妈的一面。因为薛姨妈和王夫人在清虚观打醮前后，就不断在那儿跟她明争暗斗，此时她就用一个模糊信息震住薛姨妈，使薛姨妈一会儿觉得贾母对“金玉姻缘”更加蔑视，一会儿又觉得贾母未必是要把黛玉配给宝玉，对他们薛家的女孩儿，还是很有兴趣的。所以贾母真是一个很会智斗的贵族老太太。

因此说，薛宝钗她真的是要越过千山万水，才能够达到嫁给贾宝玉的目的，从这个角度来说，她的命运也是很令人嗟叹的，所以你的同情心完全给予林黛玉，我也不反对，但是我现在希望，你跟我一起讨论薛宝钗以后，也能够把你的同情心分一部分给这个美丽的女子。生活在那个时代，主流意识形态是那样，主流的价值取向是那样，她去受那个东西影响，行为举止要符合这个东西，这个责任不在她，而在当时的主流政治和主流意识形态本身。她只是一个十几岁的女孩子，更何况她的灵魂当中，善美的人性并没有泯灭，她对宝玉的爱，有超越意识形态，超越主流政治，超越价值取向的一面。她针对自己的前途采取的各种手段，也都谈不到卑鄙无耻。比如她讨好贾母时说，哎呀，都说凤姐姐嘴巧，我看来嘴巧巧不过我们老太太啊，这当然是一个奉承，但这样的奉承有多么恶劣呢？也谈不到。

更何况她"审黛"这一招，她握着黛玉的把柄了，但是她高高举起，轻轻放下，她采取跟黛玉交底、交心、和好的办法，脂砚斋说钗、黛由此合一了，这些都说明，确实不能够简单地把她加以否定，认为她是一个顺从封建规范的负面形象。薛宝钗她是一个复杂的形象，她身上有正面东西，有负面东西，也有说不清道不明的东西，是这样一个活生生的存在。

那么，这样一个女性，最后她嫁给贾宝玉了吗，她跟贾宝玉生儿子了吗？她后来一直活着，还是死去了呢？如果她死了，是怎么死去的呢？这些都应该是在八十回后，在曹雪芹的生花妙笔下一一展现。在下一讲里面，我就会把我自己对八十回后，关于薛宝钗命运的探佚的心得向大家作一个汇报。

第六章 薛宝钗结局大揭秘

薛宝钗的结局，和《红楼梦》中其他角色的结局一样，是可以通过探佚的方式明白个七八分的。

当然，我讲述这个问题的前提，是先否定掉程伟元、高鹗他们弄出的那个一百二十回的本子。一百二十回通行本，前八十回，经过程、高的改篡，已经有若干不符合甚至背离曹雪芹原笔原意的地方，后四十回呢，则整个儿违背了曹雪芹的原笔原意。

一百二十回的通行本，后四十回究竟是不是高鹗续写的，红学界有争论，这两年红学会的人士出来表态，说续书者不是高鹗，是无名氏。这里不去进行枝蔓性讨论。周汝昌先生坚持认为，后四十回绝不是曹雪芹的文笔，也不是根据一些曹雪芹的残稿，补缀起来的东西。我认同周老的这一重要判断。

附带在这里说明，我的这个系列，在《百家讲坛》录制的节目也好，整理成书也好，都引用、引申、发挥了周汝昌先生研红成果中的一些基本观点，我有弘扬周老研红成果的用意，我对周老研红观点的引用，都是取得他的同意的。实际上，我这些年来的研红，是在周老的鼎力支持和耐心指导下进行的。当然，我有自己独家的东西，比如关于秦可卿原型的诠释，对太虚幻境四仙姑命名用意的揭示，对李纨形象中有真实生活中曹颙遗孀马氏影子的判断，认为林黛玉的葬花和沉湖实际上都具有行为艺术色彩……在一些问题上，我跟周老的见解不同，较大的，如我们对林黛玉、史湘云与贾宝玉的情感关系上的看法；次大的，如关于妙玉“无瑕美玉遭泥陷”这一结局的具体推测；较小的，如问薛宝钗是否藏了扇子的那个丫头，古本上有“靓儿”“靛儿”两种写法，周老取前而我择后……等等。

通行本里，薛宝钗的结局是：贾母支持王熙凤搞“调包计”，实现了“金玉姻缘”，贾家虽被抄家，但不久就沐皇恩、延世泽，宝钗在宝玉出家后生下了儿子贾桂，贾兰与贾桂先后中举，贾氏“兰桂齐芳”。我认为这样一些内容，是违背曹雪芹原笔原意的。

要知道曹雪芹的原笔原意，我们应该而且必须进行探佚。

什么叫探佚？佚就是丢掉的东西，探佚就是把那个丢掉的东西尽可能地找回来。这就牵扯一个根本性的问题，就是曹雪芹究竟写没写完《红楼梦》？那么我再一次告诉你，曹雪芹是把《红楼梦》写完了的，不是写到八十回，曹雪芹就去世了，就停笔了，后面就没有了。曹雪芹对《红楼梦》不但有一个完整的构思，也大体上完成了全书的书稿，只是还来不及进行最后的统稿，一些前后矛盾的地方还没有加以统一、一些毛刺还有待剔除而已。可惜曹雪芹写成的八十回后的文稿，很蹊跷地全部被“借阅者迷失”，至今未能浮出水面。

我们进行探佚，起码有三方面的资源可以利用。首先是古本《红楼梦》前八十回（严格来说，不足八十回，大概是七十六回或七十八回的样子）中的伏笔。其次，是数量不少的脂砚斋批语。批书的人最初并没有意识到，八十回后会“迷失无稿”，所以，只是在前八十回的批语里，兴之所至，提及一些八十回后的人物命运、情节发展、场景细节，指出是“草蛇灰线，伏延千里”，偶尔还引用回目、文句，发出一些感慨。尽管这些批语没有系统地透露八十回后的内容，有时涉及的话语也过分简约，却是相当可靠的探佚线索。此外，《红楼梦》文本、批语以外的一些文献，特别是与曹雪芹生活时空有所重叠的某些人士留下的诗文，也成为我们探佚的珍贵资源。

在乾隆时期，有一位满族人富察明义，也算得是贵族血统，但他一生职务不高，就是在上驷院——皇帝的御马苑——做一个给御马执鞭的小官。这个人他喜欢读书，也喜欢作诗，他留下一部诗集《绿烟琐窗集》，手稿现在还保存在北京图书馆里。《绿烟琐窗集》里面有二十首《题红楼梦》，很珍贵。这二十首就诗论诗，艺术水平不高。但是，它却是研究曹雪芹和《红楼梦》的宝贵资料。

这二十首《题红楼梦》诗前面，有一个小序，太重要了！因为它一开头就说，“曹子雪芹出所撰红楼梦一部，备记风月繁华之盛。”面对这个句子，关于曹雪芹究竟是不是《红楼梦》的作者，我觉得争议可以止息了。明义大约生活在乾隆初年到乾隆中期，他年龄虽然比曹雪芹小一些，但生命存在的时间，和曹雪芹有相当一段是重叠的。他们也都长期生活在北京这个空间里。他这二十首《题红楼梦》写在曹雪芹去世几年之后。他这个话是可信的。“曹子雪芹”，说明曹雪芹是一个男子，明义对他非常尊重。“出所撰《红楼梦》一部”，这个“撰”没有别的解释，就是著，就是独创，也就是著作权属于曹雪芹。那么，“出所撰《红楼梦》一部”，“出”是“拿出”的意思，是谁拿出那书稿给明义看的呢？如果不是曹雪芹本人，也应该是跟曹雪芹很亲近的人。因为明义接下去说，“惜其书未传，世鲜知者。”“未传”，就是还没有流行于世，没有被广泛地抄写、印刷，只在很小的圈子里被人看到，“世鲜知者”，一般社会上的人士简直就不知道有这么一部书。明义说，“余见其钞本焉”，他看到的虽然不是曹雪芹的原稿，是一个抄本，但应该不是隔了好几道手的、抄出来打算拿到庙会里去售卖的那种有商业意图的抄本，很可能是脂砚斋的抄阅加评本。我们现在都知道曹雪芹最好的朋友敦敏、敦诚兄弟，也是满洲贵胄的后代，在乾隆时地位也不高，跟明仁、明义兄弟一样，相对于炙手可热的权贵圈子，属于较为边缘的一种社会存在。敦敏的《懋斋诗抄》里有一首诗题目非常之长：《芹圃曹君霑别来已一载余矣，偶过明君琳养石轩，隔院闻高谈声，疑是曹君，急就相访，惊喜意外，因呼酒话旧事，感成长句》，这里不引他的诗，只提醒大家注意：曹雪芹和明琳交往很深，而这位明琳，是明义的堂兄弟，既然曹雪芹可以在明琳家高谈阔论到声播墙外的程度，那么，曹雪芹跟明义有直接交往的可能性很大，明义看到的那部《红楼梦》如非曹雪芹亲予，也该来自明琳养石轩，其珍贵性，也就不言而喻。特别值得注意的是，现在传世的古本，书名多叫《石头记》，而明义却把他看到的那部书稿叫作《红楼梦》。

通过细读明义的二十首《题红楼梦》诗，我感觉到，他所看到的抄本，应该是一个不止八十回的本子。

比如第十九首，是这样写的：“莫问金姻与玉缘，聚如春梦散如烟。石归山下无灵气，总使能言也枉然。”这就说明他看到全书的结尾了。“莫问金姻与玉缘”，就说明“金玉姻缘”即便已经完成了，最后也是个悲剧，不堪回首。“聚如春梦”，就是贾宝玉和薛宝钗后来果然聚在一起成为夫妻了，但也不过是一场春梦，“散如烟”，最后像烟一样湮灭消散。更何况他写到“石归山下无灵气”，这分明是全书的结尾。因为书的一开头就告诉你了，一僧一道在天界看见一块大石头是女娲补天剩余石，后来，就由仙僧大施幻术，把这个大石头变成了一个通灵宝玉，最后在贾宝玉——贾宝玉原来在天界是神瑛侍者——降落到人间的时候，就把通灵宝玉衔在他嘴里，夹带到了人间。第一回中交代，“不知又过了几世几劫”——故意用了一个模糊的时间概念——最后这个石头又出现在天界，又出现在大荒山无稽崖青埂峰下，就来了一个空空道人，空空道人就发现这个石头上写满了字，跟石头还有一番对话，最后抄录下来，就是《石头记》，空空道人把它改名为《情僧录》。可见，到了全书结尾时候，就要写到通灵宝玉又怎么回到天界。明义的诗就已经写到这个地步了——“石归山下无灵气”。女娲补天剩余石到了人间，它是一个通灵宝玉；回到了仙界，就成为一块不再挪窝的大石头，没有灵气了。虽然它上面写满了《石头记》的文字，但是富察明义他发出咏叹，“总使能言也枉然”。就是你把这些事情历历叙述下来，但是，最后让人觉得还是很无奈。富察明义他对《红楼梦》的理解水平、欣赏水平不是很高，《红楼梦》当中的那种深邃的意蕴他可能还不是完全理解，但是他所看到就是一个有最后大收束的全本。这第十九首，你说能有别的解释吗？

第二十首也使你感觉到他看到的是全本。他说：“馔玉炊金未几春，王孙瘦损骨嶙峋。青娥红粉归何处？惭愧当年石季伦。”石季伦，就是石崇，这是一个西晋人，他名崇，字季伦。关于他的记载里，最有名的就是那一段——他是个大富豪，在洛阳建造了一个很大的园林叫金谷园。他经常跟别人斗富。在当时的权力斗争当中，他被赵王司马伦杀了。他的爱妾叫绿珠，听说他被杀，不堪被他的政治对手掠去，就跳楼自杀了。“绿珠坠楼”成为一个感恩报主的典故。很显然，富察明义所看到的是一个全本的《红楼梦》，他看到了“馔玉炊金未几春”，这个“馔玉炊金”指的“风月繁华之盛”，当然它也隐含“金玉姻缘”的意蕴在里边，如果他看到的只有八十回，只有“馔玉炊金”的情节，他不会有“未几春”的感叹，可见他已经看到了八十回后“三春去后诸芳尽，各自须寻各自门”的败象。“王孙瘦损骨嶙峋”，八十回里还没写到这个程度嘛，虽然抄拣大观园已经使贾宝玉精神上受到重创，但从生理上他还并没有“瘦损骨嶙峋”，第七十八回还特别有一笔写到宝玉的形象，是借丫头秋纹之口道出的：“这裤子配着松花色袄儿、石青靴子，越显出这靛青的头、雪白的脸来了。”这里所说的裤子是红色的，是晴雯的针线，而晴雯那时已经夭亡，宝玉痛不欲生，外貌却依然还丰满秀丽。富察明义一定是看到了八十回以后，看见贾宝玉沦落到“寒冬噎酸齑，雪夜围破毡”的描写，那时候冻饿成皮包骨头，自然要用“骨嶙峋”来形容了。而“青娥红粉归何处”，这和书里第八回那首诗里所说的“白骨累累忘姓氏，无非公子与红妆”是相呼应的，是一个绝大的悲剧结局。这些诗句都不可能是看了一百二十回那个本子得出的结论。更何况你一查时间，在程、高印制一百二十回本通行本之前，这些诗早就存在了。所以明义看到的就是曹雪芹的那个全本，一直看到大结局。至于什么叫作“惭愧当年石季伦”？红学界对这一句诗的理解是有争议的。我个人看法是这样的，意思就是说，《红楼梦》的结局太悲惨了，比历史上那个石崇被杀、绿珠坠楼那件事情还要悲惨。当时，石崇被杀，还总归有绿珠通过坠楼进行了一次抗议，表达了一种另外的声音。但是，《红楼梦》里面呢，贾府“忽喇喇如大厦倾”、“家亡人散各奔腾”，却连绿珠坠楼式的抗议也没出现，最后“落了片白茫茫大地真干净”。所以，倘若石崇阴灵知道，他会感到惭愧——我算老几啊！我一贯炫富争霸，德行有限，临到被政敌扳倒、死于非命，倒有一个绿珠替我跳楼，再一看《红楼梦》里的这些人物，比我好的太多，“树倒猢狲散”以后，却没有一个感恩的奴仆以刚烈赴死来表达忠诚和抗议。富察明义写出这样一句诗，内心应该是非常悲凉的。

值得注意的是，《红楼梦》第六十四回黛玉“悲题五美吟”，所吟的第四个历史上的美人，就是绿珠。

曹雪芹在八十回后，还写了二十八回。在后二十八回里，薛宝钗是一个什么样的结局呢？她嫁给贾宝玉了吗？答案是肯定的。虽然高鹗也写成薛宝钗嫁给了贾宝玉，但他是把这件事写成在贾母和林黛玉都还活着的情况下发生的，他写贾母同意王熙凤设计的“调包计”，对黛玉拉下脸绝情，而黛玉在绝望中就“焚稿断痴情，魂归离恨天”。虽然那是高鹗续书中文笔最好的部分，但是我还是要郑重指出：高鹗所写完全不符合曹雪芹的原笔原意。

对曹雪芹的前八十回进行文本细读，我已经跟大家分析过，在宝玉婚配问题上，贾母持有的基本立场是为二玉这一对“冤家”的“木石姻缘”保驾护航。在前面我还告诉大家，经过在蘅芜苑发生的“雪洞事件”后，贾母就更不可能改变一贯的主意，去让二宝结成“金玉姻缘”了。

根据我的探佚，在后二十八回里面，会首先写到贾母的去世。贾母的去世，才为薛宝钗嫁给贾宝玉，解除了一个最大的障碍。

贾母死后，黛玉没了靠山，她不仅一直被王夫人暗中嫌厌排斥，更一直被赵姨娘算计——通过贿赂，唆使贾菖、贾菱配制慢性毒药，使得她病情加重难以支撑——而最关键的是，绛珠仙草为神瑛侍者的还泪之旅抵达终点，黛玉泪尽，就沉湖仙遁了。黛玉自动消失，也就为家长包办“金玉姻缘”除去了一个麻烦。

贾母死了，贾政、王夫人上面就没有另外的家长了，贾政又不太管事儿，王夫人和薛姨妈的话语权就放大了。黛玉也去了，薛宝钗心理上的情障也消除了。“金玉姻缘”可谓水到渠成。当然，因为是在祖母的丧期，这桩婚事也不能办得太急。王夫人会择时向贾政进言，提出一些冠冕堂皇的理由，比如家事日衰，夜长梦多，早些给宝玉完婚，也可告慰老太太在天之灵什么的，贾政点头，宣示一切从俭，一桩包办婚姻也便告成。

那么，二宝成婚以后，曹雪芹笔下，会有些什么情节呢？脂砚斋在前八十回的批语里——那条批语，具体来说，在第二十一回前面——明确地告诉我们，八十回后有一回的回目是“薛宝钗借词含讽谏，王熙凤知命强英雄”，前半回将写到宝钗嫁给宝玉以后，对宝玉实行讽谏。这个回目为程伟元、高鹗所不取，他们弄出的那个本子里也没有相关的情节。究竟是他们没见到过脂评本还是见到过故意背离呢？值得探究。

我在前面几讲时说了，关于薛宝钗劝贾宝玉读书上进，在前八十回里，曹雪芹他有侧写，有明写，有暗写，但是并没有什么正写。讲座结束以后，就有一个听众朋友来找我问，说怎么可能呢？曹雪芹他写这部大书，宝玉和宝钗在人生观上的这一重大冲突，非常重要啊，他怎么能不正写呢？我劝她把前八十回再细读一下，不管是哪种版本，确实没有那么一段正写的文字。曹雪芹他很聪明，他什么时候正写啊？他搁在后二十八回里面去写。薛宝钗已经嫁给贾宝玉了，她具有正妻身份了，她把自己和家族的一切希望都寄托在这个丈夫身上了，她就要毫无顾忌地正面来规劝贾宝玉了，曹雪芹也就把她规劝贾宝玉，作为一个很重要的情节、场面，给写出来了。

前面，在第二十一回，他写了“贤袭人娇嗔箴宝玉”，他还写了平儿，贾琏与多姑娘儿乱搞之后留下了一缕青丝，被平儿发现，平儿对他进行掩护，躲过了凤姐的盘查，叫作“俏平儿软语救贾琏”。针对这一回的回目，脂砚斋就有一个批语，她说，“此回‘娇嗔箴宝玉，软语救贾琏’”，“后回‘薛宝钗借词含讽谏，王熙凤知命强英雄’”，“今从二婢说起，后则直指其主。”可见，她把全书都看了。从第一回到第八十回，有一个回目叫作“薛宝钗借词含讽谏，王熙凤知命强英雄”吗？是没有的。可见，“后直指其主”的那个“后”，是指八十回之后。脂砚斋当时没有估计到曹雪芹所写的后面的文稿会“迷失无稿”，所以她可以说是很轻松地进行了这么一个透露，意思就是说你看这一回是写两个仆人，她们跟主子的关系；到了后面，就直接地写相关的主子跟主子之间的矛盾了。她是在赞叹曹雪芹全书布局之巧妙，认为在结构安排上，前后照应，冲突递进，真是大手笔。如果脂砚斋能预知曹雪芹书稿的命运是前八十回能始终传布、后二十八回会神秘“迷失”，她可能会在前八十回批语里有更多关于后二十八回的透露、引用，那该多好啊！

虽然“薛宝钗借词含讽谏，王熙凤知命强英雄”这一回的具体文字迷失了，但对于那前半回的内容，我们今天还不难想象。一定是宝玉说了句什么话，话里有个什么敏感的词，被宝钗逮住不放，就“借词”敲打他，而且采取的是讽刺的口吻，目的呢，当然是劝谏他“毋荒唐、走正路”。那么，宝玉究竟说的什么话，哪个词让宝钗敏感难忍呢？我以为，应该是一句关于黛玉的话。第二十回有条批语说，“凡宝玉、宝钗正闲相遇时，非黛玉来，即湘云来……若不如此，则宝玉久坐忘情，必被宝钗见弃，杜绝后文成其夫妇时无可谈旧之情，有何趣味哉？”宝玉婚后“空对着，山中高士晶莹雪；终不忘，世外仙姝寂寞林”，尽管他会尊重宝钗，除了人生价值取向方面无法对话以外，也还不是毫无共同语言，特别是“谈旧”，应该构成他们的一个话题，昔日大观园内外，诗社雅集也好，长辈跟前的团聚也好，有多少值得咀嚼回味的赏心乐事呀！宝玉可能是在“谈旧”正处于“得趣”状态时，忽然就被宝钗抓住了他的“走嘴”，于是语含讥讽，对他痛下针砭。那时贾家风雨飘摇，凭借“祖德”享受“皇恩”的机会已经丧失殆尽，唯一的出路，就是通过科举考试去获取功名，宝钗为此一定焦虑不堪，为保障整个家族其中也包括她本人的利益，她一定会跟宝玉正面冲突，尽管宝玉冥顽不化，她还是要做最后的努力。

可想而知，宝钗“借词”也好，不“借词”也好，“含讽谏”也好，“含慰勉”也好，不管她好说歹说，宝玉一概听不进去，并且会进行反抗。那么，宝玉会反抗到什么程度呢？这也是可以探佚出来的。

第二十一回的一条脂砚斋批语，又透露了后二十八回里面的一些重要情节。这条批语说，“宝玉有此世人莫忍为之毒，故后文方能‘悬崖撒手’一回，若他人得宝钗之妻，麝月之婢，岂能弃而成僧哉？玉一生偏僻处。”这什么意思呢？就是说后来贾家越来越败落，在那个情况下，最后，贾宝玉身边的丫头纷纷流散，其中袭人的命运就更奇特——忠顺王府来点名强索，袭人为了保全贾府，就牺牲自己，去了；去了以后，经过一番曲折，成为忠顺王府的戏子蒋玉菡的妻子。蒋玉菡、袭人两口子后来在贾家经济拮据的情况下，救济了贾宝玉和薛宝钗。袭人临走的时候留下一句话，这也是脂砚斋批语透露的，叫作“好歹留着麝月”。当时贾府全面衰败，贾宝玉这一房，到最后只能留一个丫头，留哪一个？当时虽然晴雯死了，还有一些别的丫头在，袭人就预嘱“好歹留着麝月”。所以，最后贾宝玉身边是一妻一婢。

脂砚斋批语告诉我们说，要是一般的男人，妻子是薛宝钗，大美人，又那么有道德，而身边的唯一的丫头，甚至可以成为自己的妾的，又是一个麝月，麝月虽然长相可能平平，但是，麝月的表现怎么样呢？书里前面有一段描写，宝玉屋里别的丫头都出去玩了，贾宝玉发现麝月独自在屋，就问他怎么不出去玩儿啊？麝月就说这么多灯火，不能都去，得有人照看着啊！这个时候，宝玉就有一个心理反应——公然又是一个袭人，因为袭人对宝玉的照顾叫作小心伺候、色色精细，其他那些丫头就难说了，好比晴雯，平常她是横针不拿，竖线不取，很任性，很懒惰，只是在宝玉雀金裘烧了一个洞以后，才出于对贾宝玉的一种爱，带病挣扎着勇补雀金裘，其他一些丫头也都有这样那样的毛病，都不周到，唯独麝月，等于是袭人的替身。所以，袭人走的时候才对宝玉说，别人都可以不留，如果留一个的话，你好歹留着麝月。在八十回以后，果然是把麝月留下来了。在那一段情节里，虽然贾府的政治地位摇摇欲坠，经济状况濒于崩溃，但是宝玉身边毕竟有宝钗这样一个妻子，有麝月这样一个侍妾，应该很满足。可是，宝玉却悬崖撒手。什么叫悬崖撒手？说俗了，就是离家出走，当和尚去。所以，脂砚斋就说，宝玉有所谓世人莫为之的一种“情极之毒”，宝玉的行为实在太偏僻——就是太罕见，性格真是太古怪了。

贾宝玉一共出过几次家呢？在前八十回里面是有伏线的，曹雪芹的笔法就是这样。有人老不信，说那样写小说多累得慌啊？曹雪芹这部小说他就是写得很累，他自己说了，“十年辛苦不寻常”，“字字看来皆是血”，他呕心沥血地写。有些作者写作很轻松，有不呕心沥血的作品，天下之大，各种各样东西都有。不是所有小说都得这么去分析，但是曹雪芹的《红楼梦》，他就是这么写的，它大量、细密地使用伏线。

第三十一回，林黛玉到了贾宝玉他们那儿，宝玉、袭人、晴雯，他们在那儿斗嘴，话来话去，袭人赌气说死了倒也罢了，黛玉顺口说你死了我会哭死，宝玉跟着说，你死了我当和尚去。这个时候，黛玉就把两个指头一伸，抿嘴笑道，“作了两个和尚了。我从今已后，都记着你作和尚的遭数儿”，这就是伏笔，就说明后来宝玉两次出家。第一次就应该是在薛宝钗“借词含讽谏”之后，因为这个冲突太大了，你虽然是我的妻子，你也挺贤惠的，举案齐眉，但是到底“意难平”——要说爱，宝玉心里仍是只爱黛玉一个，宝玉所向往的婚姻，就是娶黛玉为正妻，他对黛玉的永恒之爱和对其他女性作为妻子的排拒，达到“毒”的地步。你宝钗虽然有所谓“停机之德”，我除了叹息，还是排拒——什么叫“停机之德”啊？古代有个乐羊子，他跟妻子情爱甚笃，他出外求学，因为想念妻子，就半途回家了。一进门，妻子正在那儿织布，妻子看他忽然回来，非常生气。妻子认为他应该坚持去读书上进，争取为官作宰——你怎么可以半途而废，回到家里来呢？这个乐羊子妻当时就拿出刀，做出把布彻底划开的样子，仿佛断帛。什么意思？就是我跟你一刀两断。据古籍记载，乐羊子当时就很感动，赶紧接着外出读书，后来，果然当了官。薛宝钗就具有乐羊子妻的“停机之德”，可是，宝玉最厌恶的就是这种封建正统的东西，就跟她冲突，就离家出走，应该就是往五台山那边走，这是宝玉第一次“悬崖撒手”。

宝玉这次悬崖撒手以后，没多久又回到荣国府了。这样说有没有根据呢？是有的。在前八十回里面，十八回写到了元妃省亲。元妃省亲时点了四出戏，其中有一出就是《仙缘》，针对《仙缘》这出戏，脂砚斋有一个批语，说“伏甄宝玉送玉”，她说得非常简约。后代的研究者对这一句话就有不同的解释。有的说可能是贾宝玉把通灵宝玉丢了，甄宝玉发现了通灵宝玉，就把通灵宝玉给贾宝玉送回来了，这也不失为一种合理的猜测。我个人的看法是：贾宝玉第一次悬崖撒手去当和尚，在这过程当中，他碰到了甄宝玉。甄宝玉此时已经历过了一番风雨飘摇、命运打击。甄家受打击比贾家早，第七十五回一开头就写到，尤氏在荣国府帮着办事，说要到王夫人上房去，跟从的人就说你别去，为什么别去？说甄家来了几个女人，气色不成气色，说还带了一些东西来。尤氏说贾珍看到邸报，甄家被皇帝查抄的事已经公布出来了，甄家显然是派人到荣国府来寄顿财物，这是有违王法的，荣国府也已经卷进是非里去了。甄家被查抄书里是直截了当写出来的，王夫人她再不好张口也得跟贾母汇报，贾母不爱听，最后贾母意思就是说咱不管别人事，咱们该怎么乐怎么乐。甄宝玉家庭破落在前，颠沛流离也应该是在贾宝玉之前。结果，宝玉在去往五台山出家的路上，就碰见了甄宝玉。甄宝玉告诉他，真正的大彻大悟不在形式上，不在离家出走去当一个形式上的和尚，因此“甄宝玉送玉”，送的“玉”就是贾宝玉，就是把宝玉又送回了京城，送回到了荣国府。

在前八十回里，甄宝玉只是在第二回贾雨村跟冷子兴乡村酒店聊天儿时，被提到过，还有就是在第五十六回被提到，并且在贾宝玉梦境里出现，有的人就觉得那不过是作者设置的一个贾宝玉的影子，并不是一个具体的艺术形象。但是脂砚斋她看到了八十回后，她清楚一切，在第二回她就告诉我们“甄家之宝玉乃上半部不写者”。可见下半部里写了。甄、贾宝玉的人物设置固然有互为表里影像的用意，但是判定甄宝玉始终只是一个“影子”，却并不符合曹雪芹的构思，甄宝玉在八十回后肯定正式登场，而关于他的核心情节，就是“送玉”。

贾宝玉心里只有“木石姻缘”排拒“金玉姻缘”，但毕竟黛玉已然沉湖仙遁，宝钗已经成为他的妻子，那么，一个很重要的问题就出现了，他们两个生孩子了吗？高鹗的续书说，宝玉虽然出家不归，但宝钗在他失踪前已经怀孕，后来生了一个儿子叫贾桂，这个贾桂长大后参加科举，像贾兰一样考中了，尽管贾兰、贾桂年龄差很多，但他们都是荣国府贾政的孙子，贾家荣国府这一支就“兰桂齐芳”了。高鹗这个写法显然是荒唐的，因为从《红楼梦》的总体设计来说，它是非常有条理的，那就是贾家的老一辈宁、荣国公之后是代字辈，贾代化、贾代善；他们衍生的儿子是文字辈，荣国府是贾赦、贾政，宁国府是贾敬，还有一个死去的贾敷；甚至他们的女儿也按文字辈取名，黛玉的母亲就叫贾敏；文字辈再生儿子是玉字辈，贾宝玉因为他直接用了玉，就无所谓玉字边了，其他都是一个玉字边——现在有人习惯把它说成王字边，因为那一点省略了，也说得通——贾珍、贾琏、贾环、贾琮和死去的贾珠是直系的，旁系的如贾瑞、贾璜、贾琼等等；再往下一辈就是草字头辈，那就很多了，首先是贾蓉和贾兰（注意：“兰”是繁体字“蘭”的简化），其次贾蔷、贾菖、贾菱、贾萍……可以列出一大串来。因此，按贾氏宗族立下的规矩，如果宝玉和宝钗生出一个儿子的话，也应该是取一个草字头的名字。就算宝玉出家割断俗缘不闻不问，那么，你想想，薛宝钗她可是一个最遵守封建道德规范的人，她怎么能够嫁给贾家以后，去把贾家这个族谱上的规定破坏掉，不给儿子取草字头名字，而去取个木字边名字呢？高鹗写得真是太荒唐了，他为了去符合“兰桂齐芳”这个意味着家族后代俱得富贵的典故，就公然置曹雪芹前面一直贯穿着的贾氏宗族排行规则而不顾。

其实，宝玉、宝钗由家长包办成婚后，他们两个人究竟有没有正常的性生活？是更加值得探佚的一个问题。如果曹雪芹的后二十八回里，根本就写的是他们属于无性婚姻，那高鹗捏造出一个“遗腹子”贾桂，就更属无稽了。

我前面提到的富察明义，他那二十首《题红楼梦》诗里，其中第十七首是这样写的：“锦衣公子茁兰芽，红粉佳人未破瓜。少小不妨同室榻，梦魂多个帐儿纱。”对这首诗的内容的解释，历来争议很大。一种解释是，“兰芽”形容青年男子身材外貌美好，“茁兰芽”就是那样一个公子在茁壮成长；“破瓜”呢，是指女孩子越过了十六岁，“未破瓜”就是还没有到十六岁（这样解释的前提，是“瓜”字由“十”、“六”两个字组成）；跟后两句合起来呢，是在形容第十九回里，宝玉到黛玉屋里去，两个人躺在卧榻上说话，“意绵绵静日玉生香”。但是，十九回那段情节发生时，黛玉还很小，应该连十二岁都未到，何必用“未破瓜”来形容她呢？像那样一个还很稚幼的小姑娘，根本没有“开脸”（过去时代女子出嫁前要用细线绞去脸上汗毛），又怎么能说成“红粉佳人”呢？“红粉佳人”应该是对新娘子的一种变称。这样的解释，我不认同。现在我提出个人的看法供大家参考。“锦衣公子茁兰芽”，我认为“兰芽”就是男性生殖器的雅称，“茁兰芽”就表示性器官已经成熟了，“锦衣公子”说的当然就是贾宝玉，宝玉他结婚了，他的性能力不存在问题，可是，他们夫妻之间怎么样呢？他们没有过正常的夫妻生活，使得“红粉佳人未破瓜”，“红粉佳人”是指当了新娘子、新媳妇的薛宝钗，“未破瓜”就是她还是个处女。“破瓜”在过去有这样的含义。“兰芽”“破瓜”用在性事上是一种婉词，当然有些人还是可能觉得粗鄙，认为写诗怎么能取这种词汇入句呢？但过去文人写诗，以这样的词语入诗的例子并不鲜见。那么后两句的意思跟着也就清楚了，就是说这对小夫妻他们达成默契，虽然无性，却也无妨同床共枕，他们还是相敬如宾的，当然，他们又难免同床异梦，他们以前也往往做梦，但是如今却关在同一个帐子里，梦魂也被帐子网住了。我认为富察明义他是看了后二十八回以后，在这首诗里概括出二宝婚后的状况。他等于在告诉你，宝玉最后虽然娶了如此美貌的佳人，但是他却没有那方面的欲望；宝钗虽然实现了自己的愿望，嫁给自己所爱的男人，但是也只能忍受活寡般的处境。当然，你也可以理解成当时还处在贾母的丧期，根据封建道德规范，他们可成就婚事，但是暂不圆房。二宝之间既然并无性生活，哪里会生出孩子来呢？

再往细里琢磨，“梦魂多个帐儿纱”，也可能是形容宝玉虽然跟宝钗睡在一个帐子里，但他梦牵魂绕的还是潇湘馆里的林妹妹，他在梦中经常回到潇湘馆，多出一个里面有林妹妹合目安睡的“帐儿纱”来。

在后二十八回里，宝玉不仅梦萦潇湘馆，他也身体力行地回到潇湘馆去缅怀黛玉，这也是可以找到根据的。第二十六回，曹雪芹通过宝玉的眼光，用了八个字来形容潇湘馆：“凤尾森森，龙吟细细”。在这个地方，脂砚斋就有一个批语，她说“与后文‘落叶萧萧，寒烟漠漠’一对”——前后各八个字，构成一个对子——“可伤可叹”。“落叶萧萧，寒烟漠漠”应该就是后二十八回里，贾宝玉再到荒废的潇湘馆时，目击到的惨状。那应该构成一段凄楚的情节。

薛宝钗嫁给了贾宝玉，却没有正常的夫妻生活，更不要说宝玉心里总怀念着黛玉。宝钗在许多方面都算得一个达观的人，没有性生活，也罢，今后可以过继一个儿子好好抚养；宝玉思念黛玉，理解——其实她对黛玉何尝没有思念之情呢？她可以舍弃很多，但有一条万万不可舍弃，那就是效法乐羊子妻，发扬“停机之德”，劝贾宝玉读书上进，为家族，为她，去通过科举考试谋求到功名——但是，她“借词含讽谏”，宝玉竟一跺脚，出家去了。虽然被甄宝玉劝解，送回来了，两个人依然貌合神离。那么，薛宝钗最后究竟怎么样了呢？她应该是在绝望中，抑郁中，悲惨地死去。她死去后贾府彻底崩溃，宝玉被逮入狱，又经过许多曲折的经历，终于第二次悬崖撒手，真正在心灵里达到了出世的顿悟。

对于宝钗的这个结局，我不知道你是什么样的心情，我想起来心里还是很难过的。你不要去责备她，说她一生忠于封建规范。大家知道贾宝玉有一次过生日，那是第六十三回，“寿怡红群芳开夜宴”，大家玩抽签的游戏，薛宝钗抽了一支什么签呢？“任是无情也动人”，说她艳冠群芳，是一朵牡丹花，她确实称得上是牡丹花啊，华美、富丽；她无情，是被那个社会压抑成的，因为那个社会的主流意识形态、主流价值观念，要求闺中女子只能够去做针线活，不能读“邪书”，要听家长的指示，不能够感情外露；她吞食冷香丸，拼命熄灭灵魂深处本原的爱欲热情。她那牡丹之美，宝玉并不是无动于衷，看到她面若银盘、眼如水杏，是动过心的；看到她娇羞怯怯摆弄衣带，也是动过心的；见到她雪白的酥臂，更是动过心的。这样一个美艳的女子，她努力追求幸福，她克服了很多的障碍，终于嫁给了宝玉这个公子，完成了“金玉姻缘”，但是她最后什么都没有得到，没有得到宝玉的心，更丧失了宝玉的身。

在贾府大崩溃前，薛宝钗抑郁而亡，这在第五回的判词里面是有明确交代的。金陵十二钗正册的那个册页第一页上，林黛玉怎么画的我们不去说了，现在咱们讲的是薛宝钗，“金簪雪里埋”。有的红迷朋友跟我讨论过，说为什么不写“金钗雪里埋”呢？干吗说“金簪雪里埋”呢？簪跟钗有什么区别呢？簪跟钗是同一种东西，都是过去古代妇女用来别头发的。当然，它同时也是一个装饰品。单股的叫簪，双股称钗。金簪就是用一根金子做成的针状或者条状的簪子；把两根金子，两根金针或者两根金条或者并列在一起，或者把它们麻花一般地拧在一起，作为头上的插饰，叫作钗。所以，这个地方曹雪芹他是故意要这样写的。什么叫作“金簪雪里埋”？多悲惨啊！她一生希望自己能够成就“金玉姻缘”，可是她最后是孤零零死去的。钗还是两股，簪却只是一根，她应该是死在一个大雪纷飞的日子。贾宝玉显然并不在她身边。请记住，在册页里面，曹雪芹故意要写成“金簪雪里埋”。这朵牡丹花就如此凄惨地告别了人世。

我曾在前面亮明一个观点，就是贾宝玉一生当中有四个女子对他是最重要的。我已经讲过了其中的妙玉，讲过了林黛玉，又讲完了薛宝钗，还剩一位是谁呢？就是史湘云。下面，我会给大家讲到史湘云。我将从哪里讲起呢？我现在就提出一个问题：《红楼梦》里面对林黛玉的出场，它是有很多铺垫，很多交代的；对薛宝钗的出场，也是这样做的；妙玉的出场，虽然是暗出，是通过一个仆人向王夫人介绍她的情况说出来的，但是交代得也很详细；那么，史湘云的出场是怎么写的呢？关于她，有些什么交代呢？下面，咱们就从这个问题开始讨论。

史湘云篇

第一章

史湘云出场之谜

《红楼梦》里金陵十二钗正册第五钗史湘云，是一个给所有读者留下鲜明印象的角色，但是细读《红楼梦》文本，你会有一个发现，就是金陵十二钗正册其他十一钗，出场前后都有对这一钗的家庭背景、来龙去脉乃至于性格特征的一段具体交代，但是，你想一想，书里写史湘云，是不是也有这样的交代呢？

应该也有吧！——一位跟我讨论的朋友表示，他一时想不起来，急着让我告诉他是在哪一回哪一段，我就说，别急，咱们先回顾一下，书里对其他十一钗，有过哪些具体的交代。

林黛玉，读者在第二回就得到了她的信息，那个时候虽然没有出现她的名字，但是贾雨村跟冷子兴在乡村酒店里喝酒聊天儿，贾雨村就提到，他在丢官赋闲的时候，到扬州盐政林如海家里去当了西宾——就是家庭教师，他的任务很轻松，学生就是一个女孩儿，林如海的独女，后来我们知道那就是林黛玉。林黛玉在第二回里就被提到，而且贾雨村还用一个例子来说明黛玉的早慧——他说这女学生把“敏”字故意读成“密”，写“敏”时又故意少一两笔，这是怎么回事啊？因为在那个时代，要避讳，就是人们在读书写字的时候碰到皇帝名字或者自己父母的名字，祖先的名字，不能直接读出那个音，写的时候一定要省去一两笔，特别是最后一笔，一定不能写。这个例子就说明林如海这个女儿年龄虽小，却非常懂事，对她的母亲非常尊重，因为她母亲叫贾敏。那么贾敏是谁的女儿呢？就是荣国府贾母的亲生女儿，这样就全面地交代出了林黛玉的血缘。到第三回林黛玉正式登场，就有更多交代，她的长相啊，她的性格啊，都涉及了。薛宝钗出场前后，相关的交代也很多，第四回就交代了她的家庭背景，以及跟着哥哥薛蟠进京准备参加选秀；第五回一开头，就概括她的性格与人际关系，还拿她跟黛玉作了比照；第七回她正式亮相，有很大一段文字交代这个女孩子天生胎里带来一股热毒，因此每天要吃一种特殊的药叫冷香丸；薛宝钗在第八回更是光彩照人地呈现，通过她和贾宝玉交换佩戴物仔细观看，又透露出有个和尚预言了“金玉姻缘”。林、薛是金陵十二钗正册中并列于卷首的两位，对她们有这些交代当然是十分必要的。

贾府的四位小姐元、迎、探、惜，第二回冷子兴演说荣国府的时候，就都有所交代，元春已经选到宫中做女史了，迎春是贾赦前妻所生，探春是贾政的妾所生，惜春是宁国府贾珍的胞妹。第二回冷子兴演说时，还特别介绍了王熙凤，明确其出身地位，说她“模样又极标致，言谈又爽利，心机又极深细，竟是男人万不及一的”，到第三回王熙凤人未到声先到风风火火登场，果然应验了冷子兴的评价。交代了王熙凤，等于也交代了巧姐。李纨呢，在林黛玉进府的时候就已经有所交代，第四回开头又特别写了一段文字，对她的出身背景、现实处境和性格特点一一道明。秦可卿，关于她我前面讲得很多，她第五回绚丽登场，然后在第八回末尾有关于她出身的一个打补丁式的说明。妙玉正式出场要等到第四十一回，但是在第十七回，通过一个仆人向王夫人汇报，对她有一个非常详尽的介绍，除了她的真实姓名没有提及，她各个方面的情况可以说都给读者留下了清晰的印象。

这样算来，金陵十二钗正册中上面提到的十一钗，无一例外，都是在其出场前后，有一段甚至数段文字，来交代她们的家庭身世、外貌性格。

那么史湘云她出场是在哪一回？在那前后，是不是也像其他各钗一样，有一段文字集中交代：她是谁的女儿？她和贾府究竟是一个什么样的关系？她究竟是怎么样一个生存状态？她的性格特点是什么？有没有这样的交代啊？你仔细回忆一下，有没有？那位跟我讨论的朋友，他就说想必是有的，因为曹雪芹写别的十一钗都是那么一个方法嘛，怎么能把史湘云例外呢？

但是，“想必”是不行的，必须面对《红楼梦》的文本实况，你去细读，你就会发现，确实奇怪，对史湘云这么一个重要的人物，书里就是竟然并没有一段文字，来交代上面那些最基本的问题。

难道，在曹雪芹最初的构思里，他那金陵十二钗正册的人物设置，会没有史湘云吗？

为探究这个问题，我们来讨论一下第七回。

曹雪芹写《红楼梦》这部书，并不是一气呵成，他的构思不断在进行调整，回目来回变动，列在前面的某些回，可能较晚才写，而列在后面的某些回，却可能先期完成。第七回就可能是写在第五回前头。

第七回很重要。第七回前半回写的是周瑞家的送宫花。早在清代就有论家指出，这一回写送宫花，实际是对金陵十二钗正册中诸钗的一次大扫描。

薛家是皇家的买办，宫里面用的花都是由他们家来给采买。那么这种买办呢，往往是买来给宫里送去时，留下一部分自己享受，所以薛姨妈就拿出一匣子宫花，送给贾府的小姐们以及王熙凤去佩戴。当时王夫人正跟薛姨妈在一起，王夫人客气，说好好的花留给宝姑娘戴吧，薛姨妈就说我们这宝姑娘不爱这些花儿粉儿的。虽然薛宝钗不要自己家的宫花，但这一笔，就扫描到她了。

然后周瑞家的就拿着个花匣子在荣国府里面走动，这段描写非常重要，把荣国府的建筑结构、房屋布局有一个非常自然而详尽的交代。周瑞家的从哪儿出发呢？从整个荣国府的东北角的梨香院，薛姨妈他们来了以后一开始所居住的那个空间出发，走出来以后呢，就路过了荣国府的中轴线的主建筑群的正房后面，当时迎春、探春、惜春她们都被安排在王夫人正房后面的三间抱厦里居住，薛姨妈说给她们一人两枝花，周瑞家的到了那儿，先碰见了迎春和探春在下棋，各给了两枝，后来又找到了惜春，给了惜春两枝。这样，就把三个贾府的小姐扫描到了。

然后呢，请注意，曹雪芹的文笔真是非常细腻，叫作细如牛毛——他写周瑞家的捧着花匣子继续往西走，就路过了李纨住那间屋子的窗户底下。薛姨妈为什么没嘱咐给李纨送花？因为李纨是一个寡妇，在那个时代，寡妇是不能够戴花的。但是曹雪芹他写周瑞家的送宫花，有意识地点到李纨，有一种古本上写着，周瑞家的捧着花匣子路过李纨住的房时，隔着窗户看见李纨歪在炕上睡觉。李纨住在那儿，是为了就近照顾迎、探、惜三姐妹。

周瑞家的捧着花匣子继续往西走，过了穿堂过了过道，见着一个粉油的影壁，后面是一个院子，这个小院子谁住呢？王熙凤住。这段描写很精彩，他使用了一种特殊的笔法，叫作“柳藏鹦鹉语方知”——

猛看是一株大柳树，就是翠绿的柳枝柳叶，忽然听见有声音，哦，原来树冠深处藏了一只鹦鹉——周瑞家的拿着花匣子进院以后，直奔王熙凤的正房，因为她要给王熙凤送花，而且薛姨妈当时还有一个特别的嘱咐，给王熙凤的花特别多，要给她四枝，所以她就往正房走，结果看正房门槛上坐着谁呢？坐着王熙凤的丫头丰儿，朝她摆手，周瑞家的是王夫人的陪房，在荣国府混久了特别懂事，立刻蹑手蹑脚改往东房去——注意这一笔非常要紧——东房里奶妈子哄着一个小姑娘在睡觉呢，叫大姐，就是巧姐，那个时候还没起名字呢，巧姐这个名字是刘姥姥第二次到荣国府快离开的时候，王熙凤求她给起的，巧姐可是金陵十二钗正册当中的一钗啊，所以在送宫花的过程中，特别要扫描到她。看见大姐在午睡，周瑞家的又出来了，这时候看见平儿从正房里拿了一个大盆出来，让丰儿去舀水，在这过程当中听到屋子里面有笑的声音，还不是一个人笑，其中还有贾琏的声音，就说明这两口子干吗呢？大中午的，我就不点破了——柳藏鹦鹉语方知——而且他们还很讲究这方面的卫生，所以事儿完以后要拿大盆来舀水以备清洗。这个时候周瑞家的就跟平儿汇报了，说姨奶奶让我把四枝花给二奶奶。平儿把花送进去，过一会儿出来了，传达王熙凤的命令，匀出两枝，让给东府的小蓉大奶奶送去。小蓉大奶奶是谁啊？就是秦可卿。这一笔也不是很无所谓地写上去的，曹雪芹他就是在对金陵十二钗正册当中各钗进行扫描。平儿使唤谁给送过去啊？是让彩明给送去。有的读者一直以为彩明是凤姐的一个小丫头，不对，彩明是一个未成年的男孩，他读书认字，会算账、记账，是王熙凤手下的一个秘书，王熙凤身边不能用成年的男仆，但是用这种未弱冠的小童是可以的。平儿让彩明把两枝花给东府的小蓉大奶奶送去，为什么要加个“小”字？因为贾蓉的媳妇秦可卿辈分比王熙凤低，所以要称之为“小”，可是在宁国府呢，贾蓉是贾珍的大儿子，有人说贾珍不就这么一个儿子吗？但是贾珍还很强壮啊，当时年纪也不是很大，而且除了尤氏以外他还有好几个小老婆，所以如果贾珍再有儿子的话，一定是老二，老大就是这个贾蓉，所以贾蓉媳妇就是大奶奶。这些写法都是很符合当时社会风俗的，也很符合小说里面人物关系的设计。

周瑞家的出了凤姐住的院子，继续往西走，就到了贾母那个院落，贾母所居住的院落在整个荣国府的最西边，这一点请大家一定要记清楚，所以周瑞家的不是故意要怠慢跟贾母一起住的林黛玉，她不敢有这个心，也没有必要那样做，但是从梨香院要把花送给林黛玉，必须先路过其他那些人的住处，最后才能到达贾母这个院子。当时宝玉和黛玉跟着贾母一块儿住，俩人在那儿一块儿玩儿，周瑞家的就把最后两枝花给了林黛玉，林黛玉很不高兴。那么你再算一算，扫描到多少钗了？从薛宝钗他们家开始，宝钗、迎春、探春、惜春、李纨、大姐（就是巧姐），王熙凤，那么又提到秦可卿，然后又有林黛玉，九钗了。早在清代就有人指出，实际上呢，他通过宫花这个“宫”字，也就影射到了元春；又通过送宫花遇到惜春的时候，惜春跟水月庵的智能儿在一块儿玩儿呢，出现了小尼姑，因此认为也影射到了妙玉，这种说法不算太牵强。那么你看，这就把金陵十二钗正册当中的十一钗，要么正式扫描到，要么影射到了。唯独没有谁啊？唯独没有史湘云！哎，这算怎么回事啊？这就是一种文本现象。

你听我的讲座看我的书多了，就知道我的论证其实都分为三个阶段，第一阶段我先进行文本细读，读得很仔细，然后我把一个文本的现象给你描述一遍，说书里是这样写的；第二阶段我就提出问题了——怎么会写成这个样子呢？第三阶段我进行分析，提出我个人的看法供你参考，进行揭秘、解谜。现在讨论史湘云，我也是分三个阶段。

第七回通过送宫花对金陵十二钗正册中的各钗进行扫描和影射，唯独没有涉及史湘云，那会不会是因为曹雪芹写第七回的时候，他还没拿定主意，究竟把哪十二个女子确定为金陵十二钗正册里的人物呢？

还有一个文本现象更值得注意，就是元妃省亲那么大的一桩家族盛事，却没有史湘云出现。如果曹雪芹安心要安排史湘云出场，应该很容易找出理由，史湘云打小就经常住到荣国府贾母屋里，她和林黛玉、薛宝钗一样，也是贾元春的表妹，或者写成她在省亲以前就住进了荣国府，或者写成贾母特为此家族盛事将她接来，都绝不牵强，何况，元妃省亲当中的一个重要情节，就是赋诗记盛，连李纨、迎春、惜春都写了诗，湘云诗才横溢，把她写进去不仅可以使场面增彩，更可以让她的形象更加活跳。在第十七回至十八回中，当写到仆人向王熙凤汇报妙玉的情况时，脂砚斋先写下了一条颇长的批语，细算十二钗究竟都包括谁，后来又补充说："前处引十二钗总未的确，皆系漫拟也。至末回警幻《情榜》，方知正、副、再副及三、四副芳讳。"补充的这一条虽然署名为"畸笏叟"，但我认同周汝昌先生的考证判断，畸笏叟就是脂砚斋后来换用的署名，从补充的口气上，也看得出是同一个人在调整自己的表述。这两条相连的批语，告诉我们曹雪芹关于金陵十二钗的设计有一个从"总未的确"到列榜明示的发展过程。那么，是不是曹雪芹原来并没有把史湘云的原型写进书里的计划，经过一番考虑，最后才不仅将其写出，还使她成为一个能和黛、钗争奇斗艳的艺术形象？

史湘云直到第二十回才正式出场。她出场得很突然。"且说宝玉正和宝钗顽笑，忽见人说：'史大姑娘来了。'"——这史大姑娘是谁啊？你往这前头看，没有一段话集中地介绍一下史大姑娘，你再往后看，看到第八十回，也没有一段话找补告诉你史大姑娘是谁。但是听说史大姑娘来了以后，宝玉、宝钗反应怎么样呢？宝玉听了抬身就走。宝钗呢？笑道：等着，咱们两个一起走，瞧瞧她去。可见宝玉跟史大姑娘关系很不一般，而宝钗对她也很熟悉。“说着下了炕，同宝玉一同来至贾母这边。只见史湘云大说大笑的，见他两个来了，忙问好厮见”。史湘云在第二十回就这么样很突兀地出场了。那么想一想其他十一钗，出场前后都有交代的呀！这实在让人纳闷儿——怎么写到史湘云出场，会写成这个样子？怎么这之前这之后，都没有一段文字来把她究竟是谁家的姑娘、跟荣国府是怎么个关系，向读者交代一下呀？

有的红迷朋友可能会说：书里没有一段文字来概括地介绍史湘云，可是我们对她非常清楚呀！仿佛我们在读这本书以前，就认识她了，既是熟人，不用再介绍也罢！

许多人之所以对史湘云“自来熟”，往往并不是因为精读了《红楼梦》的文本，而是比如看过电视连续剧，看过电影，看过舞台演出，看过小人书，听别人讲述过她的故事，看过一些单幅的图画，比如史湘云醉卧芍药裀什么的，所以呢，就觉得不用再有什么介绍。但是一个人完全没有过那样的熏陶，他直接来读《红楼梦》，读到第二十回，他就可能纳闷儿——这史大姑娘是谁啊？2000年，我曾经应邀到英国，讲过两次《红楼梦》，其中一次是在伦敦大学小范围里讲，我不能用英语讲《红楼梦》，用中文讲，不设口译，听的人必须得懂中文，是在伦敦大学东亚语言文学系，跟那些汉学家，教汉语的教授、副教授、讲师还有研究生、博士生，跟他们讲我自己研究《红楼梦》的心得，讲完又有个别交谈，就有一位洋教授告诉我，他最早读的《红楼梦》是大卫·霍克斯英译的八十回的本子，英文名字取的是《石头记》，他先通过这个译本来熟悉《红楼梦》，后来因为他汉语学得很好，会说中国话，能读中国书，后来就读中文的《红楼梦》。他说无论是读译本还是读中文本，读到第二十回“史大姑娘来了”这儿，心里就很纳闷儿，因为前面那些人物出场前后都有个“他（或她）是谁”的交代，怎么“史大姑娘”这么重要一个人物来了，惊动了宝玉跟宝钗，都急着要去看，而且她在贾母面前居然就无拘无束，大说大笑，她是谁呀？连刘姥姥那么个人物，都有很具体的交代，让他知道为什么会出现在荣国府里，这个“史大姑娘”却让他“丈二和尚摸不着头脑”，他问我：会不会是原本上，在这前后，脱漏了一段文字呢？当时我来不及深思，无法回答他。回国以后，我就对这个问题进行了专门的研究，现在向大家汇报的就是我研究的心得。

可能有人要跟我叫阵了，他会说：“我看的本子上，史湘云二十回之前就出过场的呀！在第十三回啊！”有的通行本上，确实是那么印的——第十三回写秦可卿死了，很多人来奔丧，其中有这样的描写：“接着又听喝道之声，原来是忠靖侯史鼎的夫人来了。”来了一个侯爵夫人，很有气派，写其他人来，都没有喝道的描写——什么叫喝道？就是轿子或者车马没过来之前，先有前导，大声吆喝，或者是大声宣布谁谁谁谁驾到，或者高声命令闲散人等回避——那么底下一句呢，就说史湘云、王夫人、邢夫人、凤姐等迎了上去。现在我要告诉大家，这个地方史湘云的名字，是通行本愣给添上去的，在所有的古本里，迎接忠靖侯史鼎夫人的几个人里，都没有史湘云的名字，也不可能有。你想，是谁家办丧事啊？贾家办丧事，宁国府办丧事，贾珍的夫人尤氏声称胃疼旧疾发作，卧床不起，撂挑子不管了，那么荣国府一房的夫人们，王夫人、邢夫人、王熙凤，她们理应来帮着照应，听到喝道之声，侯爵夫人来了，当然会迎上去尽到礼数。按那个时代的礼数，荣国府因为是王夫人住着，邢夫人虽然是贾母的大儿媳妇，但她不是荣国府的第一夫人，所以，当需要荣国府的夫人们代替宁国府出面迎接女客时，邢夫人就谦让一步，王夫人就打了头，王熙凤即便年轻能干、步履矫捷，她辈分低，绝不能越过王、邢二夫人的秩序，跑到最前面去，因此我们退一万步想，就算当时史湘云也在宁国府里，她也去迎接史鼎夫人，在叙述上，怎么能把她排第一位呢？她再天真活泼，又怎么能不懂规矩到那样荒唐的地步，跑在王夫人前头去呢？显然，通行本里硬加上她，是因为史鼎夫人是史湘云的婶婶——但这一层关系，需要通过前后许多分散的文字推敲出来，实际上尽管有的通行本在第十三回这里硬添上一个“史湘云”的名字，对于事先不熟悉《红楼梦》内容的读者来说，还是莫名其妙。

那么还有细心的红迷朋友，他跟我说，史湘云在第二十回之前没有出现，但是提到过她。这个说法对不对啊？这个说法非常准确，我非常佩服这位红迷朋友。第十九回写到袭人和宝玉两个人说私房话，袭人有一段话就涉及了史湘云，她说，其实我也不过是个最平常的人，比我强的有而且多。先服侍了史大姑娘几年，服侍得好是分内应当的。所有古本里面都有这句话，出现了“史大姑娘”，只不过因为这个人物没有正式出现，好多人忽略了。这个文本现象就更奇怪了。作者写这么一个人物，好像所有人天生知道她，不必像其他人物一样加以说明。袭人在第十九回突然提到这么回事，读者要读到后面，而且要读得很仔细，才能弄明白——袭人原来是贾母身边的丫头，贾母曾经把史湘云接到荣国府来住，就住在她身边的一处空间里，贾母拨出一个丫头来伺候史湘云，就是袭人，但当时被叫作珍珠，袭人这个名字是又被分派去服侍宝玉的时候，宝玉给她取的。

曹雪芹在八十回里对史湘云并没有一次集中的、明晰的交代，这么重要一个人物，他不设那样一段文字，却又零零星星地布下一些或明或晦的信息，这确实令人怪讶。清代有的读者就很苦闷，从一些晚清评点本里就能看到，有的人他非常喜欢史湘云这个角色，他最不理解的是为什么元妃省亲居然把史湘云排除在外。元妃省亲是《红楼梦》当中最夸张的一段，离真实生活距离最远的一段，也就是说虚构成分最多的一段，在清代真实的生活当中并不曾有过，只是一个妃子就可以如此这般地回到父母家去。当然，早有红学家指出，曹雪芹写元妃省亲，实际上是对康熙朝曹家在江南四次接驾南巡的康熙皇帝那一段盛事加以了艺术升华。不管怎么样，那是一段虚构成分最浓的情节，既然是抡圆了胳膊虚构，史湘云又是你那么钟爱的一个角色，你把她写进去不就完了吗？元妃省亲当中很重要一个环节是作诗，史湘云思维敏捷，才华横溢，怎么不写她参与作诗呢？省亲盛事，此人缺席，怎么解释？

当然，有一种很粗糙的解释，他会说，哎，曹雪芹写的是小说嘛，他就是随手那么一写，你跟这儿讲文本细读，老觉得他有人物原型，有一个完整的计划，情节上有一系列预设，有许许多多的伏线，写成这样或那样都能探究出一个道理，其实人家就是兴之所至，写到二十回，忽然觉得，哎哟，何不添个角色呢？于是大笔一挥，突然有人宣布史大姑娘来了，立刻贾宝玉、薛宝钗就往贾母那儿去，出现一个大说大笑的人……这有什么好研究的？人家就这么写！这种解释我也很尊重，对各种不同意见我都很尊重，因为阅读一个文学作品属于审美范畴的事情，这跟研究自然科学很不一样，审美感受上的分歧很难说谁对谁错，就是各自表述，互相参考，激发出对民族经典文本的欣赏热情，带动更多的人来阅读它们，能产生这样的效应就挺好。

我一再表明了自己的看法，曹雪芹写《红楼梦》可不是随便那么一写，他笔下的人物大多有原型，对全书的结构有严密的设计，对人物的设置更有通盘的考虑，对情节的推进、细节的安排非常精心，他特别善于设置伏笔，看似无意随手，到头来都有勾连照应。

如果说他先写了第七回，在那时候还没有完全排定金陵十二钗正册中的全部金钗，等到第五回写成，他的整体构思显然就已然非常成熟。我说他对史湘云没有设一段文字来对她的来历、身世进行具体交代，指的是叙述文字，如果不算叙述文字的话，那么，在第五回里面他已经通过册页判词和曲词对史湘云的身世、性格、品质、命运有所交代，很明确地给她定了位。贾宝玉在太虚幻境薄命司中偷看了金陵十二钗的册页，副册、又副册没看全，正册可是翻遍了，其中第五钗说的就是史湘云，又有画又有诗，那个诗又叫判词。后来又听《红楼梦》套曲，说十二支曲，其实加上头尾是十四支。我个人有一个独特的观点，认为《枉凝眉》曲里面有一部分是说史湘云的，引出很大争议，有些红迷朋友坚决不同意，他坚决不同意，我坚决支持他不同意，因为各人理解不同，不必统一见解。这里抛开《枉凝眉》不去说它，那么，《乐中悲》曲说的是史湘云，这个咱们没争议吧？而且，我早就指出，第五回写到太虚幻境四仙姑，她们的名字痴梦仙姑、种情大士、引愁金女、度恨菩提，分别影射着贾宝玉一生中最重要的四个女性——林黛玉、史湘云、薛宝钗和妙玉。（古本中“种情大士”又有写成“钟情大士”的，我认同周汝昌先生的判断：“种情”更符合曹雪芹原笔原意。）第五回可能写在第七回之后，并且可能经过一再调整、润色，才形成定稿。脂砚斋说曹雪芹没把第二十二回写完就溘然而逝，他为什么到最后才去写第二十二回？这个问题我们以后再讨论。现在我要说的是，第五回他不可能写得很晚，因为第五回给金陵十二钗正册各钗定了盘子，不仅确定了究竟是哪十二个女子，也给她们排定了座次，史湘云排在第五位，通过第二十回以后对她的大量描写，仔细想想，她的位置排在第五都有点委屈，实在不能再往后挪了。

按说，通过第五回的定稿，史湘云已经稳在金陵十二钗第五位了，那么，在以后的写作中，无论在哪一回，给史湘云补上一段如同介绍其他十一钗以及介绍其余许多人物一样的文字，不是轻而易举的事情吗？那为什么通读八十回，还是没有呢？这究竟应该如何解释呢？

我认为，最大的可能，就是这个人物从原型到艺术形象，其间几乎没有什么距离，也就是这个人物的真实性超过了其他所有人物，作者对她非常之熟悉，非常之珍爱，因此在写她的时候不愿意为她虚构任何情节，就是秉笔直书，写出自己最熟悉的这样一个女性形象。如果说林黛玉、薛宝钗，从原型升华为艺术形象的过程里，都有所夸张渲染，有不少虚构成分的话，那么史湘云这个角色，他就根据原型白描。除了姓氏名字有所变通，这个人物简直就是摄像般地嵌入到了书里。既然是这样来写一个生活中的真实人物，那么，凡是纯虚构的情节里面，我就都不让她出现，比如说元春省亲，生活中本来并无其事，其他生活中有的人，作为原型，我都可以把他们彻底地艺术化，想象他们如果真的遇上贵妃省亲这样的事，会是怎么样，去虚拟出他们在那种场合里的心理反应和行为状态，但史湘云这个角色，我写她就只写生活里真有的，生活里的她天然浑成就是一个艺术形象，我无须再去舍真虚拟。曹雪芹写第七回周瑞家的送宫花，肯定有生活依据，但是那样地铺排，显然是将生活的原生态，根据他要扫描金陵十二钗的主观用意，加以重组了。写送宫花和元妃省亲那两段故事时，因为虚拟的内容较多，他就不想把真实的史湘云掺和进去。为了保持关于史湘云的一切情节全是原生态的描摹，凡会派生出使得史湘云也必须加以虚构性处理的段落，他就宁愿让史湘云缺席。而伴随着这样一种写作心理，他也就觉得无须再去专门设置一段文字，来交代这个人物来历，因为任何一种这类的交代，其实都含有将生活原型加以转化、掩饰、虚拟的因素。这是我对关于史湘云的特殊文本现象的一个解释。

当然，这样一个解释，还不足以来说明这个蹊跷的文本现象。那么可能就有第二个原因，就是他试着交代过，他不满意，他没定稿；或者呢，就像第七十五回缺中秋诗一样，他先空着，待补，后来始终没能补上；甚至于是写了，而被他的合作者脂砚斋删去了，脂砚斋怎么会要删这个东西呢？这个问题我们要放在下几讲里面来探究。一位红迷朋友说，其实，通过前后很多人物对话以及零碎透露、逗漏，我们都能大体上替曹雪芹写出一个关于史湘云的叙述性的交代。我们都可以写出来，他为什么偏不写？我认为，曹雪芹他可能有某种心理上的障碍。有时候，对你最亲近的人、最挚爱的人，反而觉得不好下笔，尤其概括性地来叙述，点明她的背景，公开她的隐痛，实在不忍、不愿。这又是一个解释。

还有一个解释，就是因为我们现在所看到的古本《红楼梦》只有八十回，八十回以后没有了，八十回后还有多少回？有人说有三十回，有人说是二十八回，其实说三十回和二十八回没有多大差别，因为有些人认为现存的《红楼梦》的前八十回的后两回（七十九回和八十回）也不是曹雪芹写的，那么从第七十八回往后算，说“后三十回”不也很对吗？我们现在看见的是一个不完整的文本，前面没有关于史湘云的概括性交代，并不等于说后面也一定没有。曹雪芹他写人物，有时候他会在很晚的时候再交代这个人究竟是怎么回事，比如说晴雯，晴雯出场很早啊，第八回一亮相就活跳出来，性格鲜明，娇憨可爱，后面她戏份极多，但是她究竟是怎么个来历，直到第七十七回她已经被撵逐夭亡后，曹雪芹才补充交代——她原是贾府大管家赖大的母亲赖嬷嬷，花钱买来的小丫头，这个赖嬷嬷因为她服侍过贾府老一辈的主子，所以很有脸面，经常带着小丫头进府来请安、游玩，一次来玩儿的时候，贾母一看见她带来的那个小丫头标致伶俐，就很喜欢，赖嬷嬷为了讨好贾母，当即就把这个小生命当作一个小玩物，奉送给贾母了。前面曹雪芹交代了不少丫头的来历，有的如鸳鸯，是所谓家生家养的，上一辈乃至好几辈都是贾家的奴仆；有的是花钱买来的，如袭人就是当年家里穷，把她卖给了贾府。晴雯的出身比她们更卑贱。不读到第七十七回，我们不会知道晴雯原来是这样的一种来历。这使得我们对晴雯这样一个刚烈而又脆弱的生命所遭受的摧残戕害，产生出更强烈的悲悯与义愤。

附带我要澄清一个问题。讲到这里我提到了赖嬷嬷，我把“嬷嬷”读成“妈妈”，我在前面还讲到李嬷嬷、赵嬷嬷，也都是把嬷嬷读成“妈妈”，有的人提出批评，认为读得不对，他们认为嬷嬷应该读成“摸摸”，根据是看了一些翻译成中文的西方小说，特别是一些外国电影电视剧，修道院里的资深修女，不都写成嬷嬷而叫作“摸摸”吗？借用“嬷嬷”两个字，发“摸摸”的音，以称呼修女，那是20世纪五四运动前后，新文化运动带来的一种新的表达方式。在过去汉语里，嬷嬷这两个字是老年妇女的意思，读音只有一个，就读成“妈妈”，现在我们使用的字典、词典里，也都还这样规定。但是这种复杂的文字现象确实值得注意，在白话文发展过程当中，翻译西方一些作品时，会借用一些字形成一些新的音，还有一个最明显的例子就是“茜”这个字，《红楼梦》里面有个丫头叫茜雪，发音一定要读作“欠雪”。但是有一部许多人都很熟悉的外国电影《茜茜公主》，人们都约定俗成地读成“西西公主”，一些翻译过来的西方小说里，女性名称印成“丽茜”却也读作“丽西”，不过你去查字典词典，它只承认

"茜"读作"欠"。也许把"嬷嬷"读成"摸摸"、把"茜"读成"西"经过长久的约定俗成，会终于被字典、词典承认，但现在我还是必须要根据《现代汉语词典》的规范来发音。

那么，虽然我们现在还无法确切地知道，究竟曹雪芹他为什么在金陵十二钗正册的各钗的描写当中，起码在前八十回里，唯独对史湘云不留下一段明确的叙述性介绍，可是，我们通过书里有关史湘云的文字，还是可以对史湘云形成一个非常清晰的印象，首先我们知道史湘云是一个父母双亡的孤女，她由两个叔叔家轮流来抚养，一个叔叔是忠靖侯史鼎，另一个叔叔是保龄侯史鼐，于是我就提出一个问题：这两个叔叔，哪个是哥哥？哪个是弟弟？这可是一个关系到史湘云原型究竟是谁的问题，下面我们就将从这个问题讨论起。

第二章 史湘云寄养之谜

我们已经知道，史湘云是由她的两个叔叔轮流来抚养。书里面出现了她两个叔叔，一个是忠靖侯史鼎，在第十三回，这位侯爵本人没有出现，他的夫人出现了，排场很大，先有喝道之声，然后驾到。到第四十九回又有一笔——关于史湘云，在前八十回里始终没有整段的明确交代，就是顺手给出一些十分零碎的信息——“谁知保龄侯史鼐又迁委了外任大员，不日要带了家眷去上任。贾母因舍不得湘云，便留下他了，接到家中。”那么可见，史湘云那一段时间里，主要住在她另外一个叔叔保龄侯史鼐家里。那个时代，封了爵位不一定有具体的官位，但是有时候皇帝也会给他一个具体的官职，让他到外地比较长久地驻扎下来，去管理某个方面的事务，叫作外迁。外迁一般要带着自己全部家眷去走马上任。史湘云既然寄养在保龄侯家，保龄侯待她应当跟亲生的女儿一样，一块儿把她带到任上，可是呢，书里说贾母舍不得史湘云，放话把她留下。按当时家族伦理规范，贾母只是保龄侯史鼐的一位姑妈、史湘云的祖姑，嫁到贾家已经属于外姓，应该称她为贾史氏，她留下史湘云，史鼐是轻易不能答应的，因为作为叔叔，他有抚养史湘云的责任，用今天的概念来说，就是史鼐是史湘云的监护人，既然举家外迁，就应该把史湘云一起带走，或者至少跟忠靖侯史鼎商量一下，再把史湘云转移到史鼎家去，但是这个史鼐居然一听贾母来挽留史湘云，他就算了，就同意让史湘云暂留在贾母身边去过了。

那么史湘云的这两位叔叔，一位忠靖侯史鼎——他的名字在书中出现于前，一位保龄侯史鼐，哪位是哥哥，哪位是弟弟呢？是不是先提到的就是哥哥，后说起的就是弟弟呢？不是的。在第四回，写到“护官符”的时候，在古本《石头记》里面，对四大家族的每一个家族，除了用一句俗谚概括，还分别附有一个小注，这小注不应该视为批语，它是曹雪芹写下来的，属于正文的一部分，但是后来的大多通行本里，都把每句俗谚旁关于所涉及的那个家族的小注，给删去了。“护官符”里涉及史家的那句俗谚是：“阿房宫，三百里，住不下金陵一个史。”所附小注是：“保龄侯尚书令史公之后，房分共十八。都中现住者十房。原籍现居八房。”如果你看到这个小注并且稍一琢磨，史鼎、史鼐谁是哥哥、谁是弟弟的问题，应该迎刃而解。为什么呢？在封建社会，特别是在清朝，皇帝如果给一个人封了一个爵位，而且允许他这个爵位世袭，往下传递，那么第一代既然封的是保龄侯，往下传一定要传给长房长子，既然是史鼐得袭了保龄侯，他一定是史家长房长子，是哥哥，忠靖侯史鼎一定是他的弟弟。当然这个史鼎弟弟也很神气，一定是为皇帝立了新功，所以皇帝给史家锦上添花，又另外给史鼎封了一个忠靖侯。

说到这里，可能又有人不耐烦了，会说：讨论这个问题有什么必要呀？史鼎、史鼐，在书里只不过偶尔提到一下，根本没有构成一个具体的艺术形象，难道他们也有原型？难道这对理解史湘云也有帮助？鼎呀，鼐呀，曹雪芹不过随便那么一写罢了，您文本细读，连名字叫鼎、鼐的两个人谁大谁小都去细抠，是不是太烦琐、太无聊了呀？

我一再强调，《红楼梦》虽然是小说，但其文本里含有家族史的因素，曹雪芹采取的是“真事隐”而又“假语存”的非常特殊的写法。我多次讲到，书中的贾母（史太君）这个形象，其原型，就是康熙朝苏州织造李煦的一个妹妹，她嫁给了曹寅，曹寅是当时的江宁织造，是曹雪芹的祖父，嫁给曹寅的李氏，就是曹雪芹的祖母。那么从生活真实升华为艺术形象，曹雪芹就给他的祖母这家的姓氏，由李变成了史，于是以他祖母家族为原型的小说里的四大家族之一，他就写成保龄侯尚书令史公之后的金陵史家，这个家族系统中的所有角色他都虚构为姓史，书里除了贾母（史太君）以外，更重要的史家形象就是史湘云，可见史湘云的原型应该姓李。现在我要郑重地告诉你，在真实的历史档案当中，你可以查到，康熙朝苏州织造李煦的儿子，老大就叫李鼐，老二就叫李鼎。书里把史鼐设定为哥哥、史鼎设定为弟弟，完全是依照真实生活中的伦常秩序。这说明曹雪芹虽然在写小说，但真实的生活一直横亘在他的胸臆，即使是这么两个背景人物，改了姓氏却坚决不改名字并尊重原有的排序。

一位红迷朋友跟我讨论，他说，既然说史鼐、史鼎都是史湘云的叔叔，可见史湘云的父亲比鼐、鼎都大，那袭保龄侯的，不就应该是她的父亲吗？第四回“护官符”里关于史家的小注说得很清楚，这个家族一共有十八房之多，光在京城的就有十房，史湘云的父亲，应该只是鼐、鼎的堂兄，而且史湘云还在襁褓中的时候，她父母就双双死掉了。其实《红楼梦》里另外一个角色在这一点上跟她类似，就是贾蔷，贾蔷辈分当然比她低了一级，书里交代，贾蔷从血缘上说，“亦系宁府中之正派玄孙，父母亡之后，从小儿跟着贾珍过活”，这种情形在那个时代那种社会里，是常有的，就是家族鼎盛时期分支很多，却未必每一房人丁都一直旺盛，有的房最后可能就只剩下孤身一男或一女，只能由其他房来抚养照顾，而且首先负有责任的是长房，如书里的保龄侯史鼐对史湘云、威烈将军贾珍对贾蔷，就必须承担起抚养、监护的责任来。

通过对史鼎、史鼐谁是哥哥谁是弟弟的探讨，进一步证明了我在上一讲里得出的结论：史湘云这个角色从原型到艺术形象，之间的距离最小，她的逼真性，可能超过了金陵十二钗正册中的其他各钗。作者就是如实地写出，他生活当中这样一位表妹的种种情况。

在现存的曹雪芹古本《红楼梦》里，尽管没有一段集中的叙述性文字来交代史湘云的来龙去脉，但是经过我上面的一番探究，其实完全可以做出一个明确的概括，从原型角度来说，就是康熙朝苏州织造李煦，他一个妹妹嫁给了江宁织造曹寅；李煦有两个儿子都很成材，大儿子叫李鼐，二儿子叫李鼎；李家有很多房，李煦一辈的兄弟也不止一个，其中一个兄弟生下一个儿子，娶了妻子，生下了一个女儿，但女孩还在襁褓中的时候，李煦的这个侄子和他的妻子就双双亡故了，于是那个女孩就由李鼐、李鼎两家轮流抚养，而李鼐负主要的责任。李煦在世时，当然也会亲自过问这个女孩的事情，曹寅、李煦相继故去后，曹寅的遗孀，也就是李鼐、李鼎的姑妈、那个襁褓中父母双亡的女孩的祖姑，对这个女孩很疼爱，经常把她接到曹家来住上一段。这一组人物关系，转化到小说里，就是金陵四大家族里的史家，祖上被皇帝封为了保龄侯，保龄侯这个封号，有“保护孩子年龄增长”的含义，当然是曹雪芹的杜撰，清代并无这样一个爵位名称，但之所以这样虚构，也并非没有生活依据，那依据就是：真实生活中的李家和曹家，李煦的母亲和曹寅的母亲，都在康熙皇帝小时候当过他的保母（不是现代意义上的保姆，是一种“代替母亲”的重要角色，又称“教养嬷嬷”），在《红楼梦》第五十三回写到贾府宗祠里的对联：“肝脑涂地，兆姓赖保育之恩；功名贯天，百代仰烝尝之盛”其中上联的写法，就比“保龄侯”更明确地点出了小说中贾家的原型，就是出过“保育”皇帝的“教养嬷嬷”的曹家。当然曹雪芹将真事隐于假语中时，使用了夸张的艺术手法，小说里的贾家封了公爵——宁国公和荣国公，史家封了侯爵，虽然侯爵比公爵低一级，但是贾家第一代的那个公爵头衔并不能世袭，后辈的贵族头衔在不断降级，宁国公一支传到贾敬，贾敬让给儿子贾珍去袭，只是一个三等威烈将军的头衔，荣国公传到贾赦，也只不过是一等将军——而史家的那个侯爵封号，却是可以“世袭罔替”的，传到史鼐那一辈，没有降格，仍是保龄侯。更有趣的是，曹雪芹还把史鼎也写成一个侯爵，杜撰出一个“忠靖侯”的封号，“忠”不用多说了，“靖”有平定动乱的意思，清代皇帝不断地去平定各处的反叛反抗，于是就有奴才去为他们忠心耿耿地平靖叛乱，小说里的史鼎因为有那样的战功，皇帝就又给他们史家封了一个忠靖侯。“吃老本”的保龄侯史鼐和“立新功”的忠靖侯史鼎，轮流抚养他们的一个孤堂侄女，而他们的姑妈史太君，也就是这个孤女的祖姑，还常把这个叫史湘云的女孩接到荣国府去居住。史湘云身体里，流淌着史家的血脉，贾母对这个娘家的孤女非常爱怜。不过跟林黛玉比较起来，林黛玉是贾母亲生女儿的亲生女儿，而史湘云只是贾母堂兄弟的儿子的一个女儿，血缘上要远几层。

史湘云一出场，就被称为“史大姑娘”，林黛玉没被称为“林大姑娘”，薛宝钗没被称为“薛大姑娘”，这应该也是由于史湘云的原型，她在其家族中被习惯地称为“李大姑娘”，那可能是由于她的父亲虽然并非李家那一代的长房长子，但结婚、生育比李鼐早，这位李家小姐是那一辈里年龄最大的一个。曹雪芹写《红楼梦》，尽管他以“假语”来写，人物的身份往往与生活中的身份有了某些变化，但他却不愿意放弃家族中对那个人物的习惯性称呼，最明显的例子是他把王熙凤设定为荣国府长房长子的媳妇，却又让书里其他人物称她为“二奶奶”，可见这个人物的原型是家族里的“二奶奶”，他是按照真实生活里的实际称呼来写这个人物。上一讲我分析过“小蓉大奶奶”的叫法，现在再告诉你“史大姑娘”的叫法，也有文本背后的依据。

小说里的史家，发展到故事的那个阶段，社会地位比贾家还高，拥有两个侯爷，他们都是史湘云的叔叔，史湘云从小寄养在侯爷府里，按说应该是很幸福的。小说里尽管没有对她的寄养状况作总体性的交代，但有若干零碎的笔触，透露、逗漏出了史湘云处境中很不如意的一面。

史湘云在这两个侯爷府里，不可能经常见到她的叔叔，就像林黛玉在荣国府里一样。大家回想一下，书里林黛玉和贾政直接见面的时候多不多？即使在同一个家族聚会中能够见到，彼此也极少甚至没有话语交流，互相是否有目光的对视，都很难说。林黛玉一天到晚，除了外祖母，见到最多的长辈，是舅母王夫人。史湘云也是一样，所谓寄养在她叔叔家里面，说穿了，其实就是寄养在她婶婶家里面，她一天到晚接触最多的，是婶婶。那么，两位婶婶对她怎么样呢？竟是非常苛刻。在第三十二回，通过薛宝钗跟袭人对话，从薛宝钗嘴里透露——实际上也就是曹雪芹通过薛宝钗这个人物向读者透露——“我近来看着云丫头的神情，再风里言风里语的听起来，那云丫头在家里竟是一点儿作不得主。他们家嫌费用大，竟不用那些针线上的，差不多的东西，都是他们娘儿们动手。为什么这几次他来了，他和我说话儿，见没人在跟前，他就说家里累的狠。我再问他两句家常过日子的话，他就连眼圈都红了，口里含含糊糊，待说不说的。想其形景来，自然从小儿没爹娘的苦。我看着他，也不觉伤起心来。”有的红迷朋友可能有些纳闷儿，那可是侯爵府里啊，想想史鼎夫人到宁国府参与秦可卿丧事的气派，人未到，先有喝道之声，这样的婶婶，难道还会嫌家里费用大，供不起做针线活计的丫头婆子以及裁缝，竟都是“娘儿们动手”，吝啬到那样的地步吗？那是完全可能的，有的富贵人家就是那样，财富越多越抠门儿。另外，你要看懂这个话，所谓“娘儿们动手”，并不是侯爵夫人自己也做针线活计，贾府里的王夫人就没见她自己做针线活计，但赵姨娘是要做针线活计的，书里有相关描写，赵姨娘就属于“娘儿们”，可想而知，史湘云的婶婶，是把史湘云跟她丈夫的那些姨娘放到一起，派定针线活计，而且是有定额，并且限时完成的，而婶婶却未必也让自己的亲生女儿那么样地做针线活计，所以薛宝钗说起来，感叹史湘云“从小儿没爹娘的苦”。

书里写薛宝钗在家里做针线活儿，也写到林黛玉做香袋、裁衣服什么的，还写到探春做了一双鞋，送给哥哥宝玉，但她们并没有被规定数额，需要牺牲休息去赶工。史湘云在两个侯爵夫人的婶婶家里，却是超负荷地忙于针线活计，这连最主张女子以针黹为正业的薛宝钗，知道了也于心不忍。所以史湘云总是盼望贾母接她到荣国府去住，起码在贾母身边用不着熬夜做针线活计了。书里写她一出场，就在贾母面前大说大笑，那真有脱出樊笼获得解放的味道。有位年轻的朋友问我：既然贾母那么疼爱她，就干脆借史鼐外迁的机会，把对她的抚养权明确地接收过来，让她永远留在自己身边，过上舒心的日子，问题不就解决了吗？贾母就算有那个心，也不能那样做，当时社会的伦理规范横亘在那里，史湘云是史家的姑娘，父母双亡后只能在史家寄养，除非她跟林黛玉一样，父亲一死就没有亲支嫡派的本家伯父叔叔了，可以由外祖母收养，史湘云偏有两个有权有势的富贵叔叔，他们纵使满心觉得这个大侄女是个累赘，也只能是收来抚养，没有把她完全丢给姑妈去抚养的道理。就是保龄侯委了外迁阖家赴任，贾母将史湘云留在身边一段，也只意味着史湘云到亲戚家暂住一时而已，史鼐夫妇仍是她的监护人。

史湘云的婶婶对她骨子里很克啬，但表面却维系着富贵家族的排场风光，书里面有不少这方面的描写，比如第三十一回，写她又来到荣国府，说有人回："史大姑娘来了！"一时果然见到史湘云带领众多丫头、媳妇走进院来。她的婶婶就是要给亲戚们留下一个深刻印象：谁说史大姑娘寄养在我们家受委屈啊？你看我们待她怎么样？丫头、媳妇围随着来串亲戚，不俨然是一位侯门小姐吗？接着有一个细节，说天气热起来了，史湘云还穿着好几层衣服，看上去当然体面，实际上很不舒服，贾母让她赶紧把外头大衣服脱了，连王夫人都说："也没见你穿上这些作什么！"史湘云就说是二婶婶要求她那样穿的，她自己可不愿意穿那么些，可见她二婶婶所关心的并不是史湘云自身舒服与否，而是亲戚们的"观瞻"——二婶婶是希望人们通过史湘云去作客的排场与行头，来显示她对大侄女的照顾是多么周到细致。来时要求表面堂皇，回去的时候呢？第三十六回末尾写到，宝玉、黛玉等"忽见史湘云穿的齐齐整整走来辞说，家里打发人来接他"，那"齐齐整整"显然是奉婶婶严命，必须得有的面貌，其实她会感觉很不畅快。"那史湘云只是眼泪汪汪的，见有他家人在眼前，又不敢十分委曲。少时宝钗赶来，愈觉缱绻难舍。还是宝钗心内明白，他家人若回去告诉了他婶娘们，待他家去，又恐他受气，因此到催他走了。众人送至二门前，宝玉还往外送，到是史湘云拦住了，一时回身又叫宝玉到跟前，悄悄嘱咐道：‘老太太想不起我来，你时常提着些，打发人接我去。’”一些读者读《红楼梦》读得比较粗，往往只记得史湘云醉卧芍药裀、脂粉香娃割腥啖膻、偶填柳絮词，只觉得她是个无忧无虑的活泼女郎，其实她还有非常悲苦的一面，她寄养在叔叔婶婶家的生活，借用贾珍说过的一句话，叫作“黄柏木作磬槌子——外头体面里头苦。”只是她命运中的这一面，曹雪芹点到为止，写得相对含蓄些罢了。

史湘云在叔叔家里，每月应该领到一定数额的零用钱，究竟是多少，书里没有很明确的交代，但通过她和薛宝钗讨论怎么在大观园的诗社做东，读者就知道她手头其实十分拮据，薛宝钗就对她说，你家里你又作不得主，一个月统共那几吊钱，你还不够盘缠，你要在这儿的诗社做东，你哪来钱啊？难道去问叔叔家要吗？你婶娘们听见了，越发抱怨你了。书里交代，荣国府的小姐们，包括林黛玉，一个月的月例是二两银子，连鸳鸯那样的大丫头一个月也能领一两银子，而史湘云在叔叔家一个月却只有几吊钱。清代到了道光时期，一两银子略等于一吊钱，但是在曹雪芹所处的乾隆时代，你看他笔下的写法，他说王夫人给袭人的特殊津贴，是二两银子一吊钱，可见那时候一两银子比一吊钱大许多，否则就写成三两银子不是更明快吗？那时候，一两银子约等于两吊钱，钱是指中间方孔、外缘浑圆的铜板，又叫制钱，调侃的说法是“孔方兄”，一千个铜板用绳子穿过中间方孔扎好叫作一吊，史湘云每月的零花钱估计是三吊，比起林黛玉等贾府的小姐，少了约四分之一。

史湘云，那么一个纯真、聪慧、娇憨的姑娘，喷溢着生命中最美好的原创力，呈现出生命奇葩的光艳芬芳，但是，她寄养到叔婶家的生活，却非常暗淡。正如《乐中悲》曲所说：“襁褓中，父母叹双亡。

纵居那绮罗丛，谁知娇养？”

在叔婶家的拘束、艰辛与无味，与被祖姑贾母接去后的放松、享受、任性，形成鲜明的对比。在荣国府、大观园，在贾母身边，在宝玉和众姐妹，加上凤姐、李纨这些人组成的亲族圈里，史湘云身心获得大解放，她得到了很多温暖，也充分地把自己天性当中最美好的一面呈现出来，温暖别人。她跟荣国府的大丫头们相处得也很好，视为自己的朋友，第三十一回写她又来作客，她特地带来一些绛纹石的戒指，分赠给熟悉的大丫头。

书里面有许多斑点式的文笔，写到她的过去，读者应该注意。她很小的时候，就被贾母接到荣国府来住着玩过，贾母当时派丫头珍珠来服侍她，这个珍珠就是后来的袭人，她跟珍珠相处得很好，珍珠年龄应该比她略大一点，两个小女孩有时会在一起说悄悄话，这些隐秘构成她们美好的回忆，在第三十二回就透露出来，那时候史湘云又到了荣国府，袭人问起她定亲的事，她红了脸，吃茶不答，袭人就提起往事，说你还记得十年前咱们在西边暖阁住着，晚上你同我说的话吗？那会子不害臊，这会子怎么又害臊呢？书里没有接着写袭人把那晚上史湘云说过的话明挑出来，留下一个空间，让读者自己去想象。你能想象出来吗？依我想来，那时候她们说的悄悄话，跟结婚有关。十年前，史湘云大概只有四岁多，四岁多的小姑娘怎么会说起结婚的事？那样小的孩子当然不会懂得什么叫结婚，但看到了结婚的场面，会觉得非常有意思，于是年幼的小姑娘，也可能生出一个想法，想当穿戴得很漂亮的新娘子，而且悄悄地跟另一个小姑娘说出来。我坦率承认，我在小的时候，就跟胡同里面的小男孩、小女孩玩儿过结婚游戏，我扮过新郎，邻居家小姑娘扮新娘，一群孩子围着我们起哄，非常高兴，那种儿童游戏里完全没有色情因素，参与的孩子都绝没有邪念，是对成人生活里那些美好表象的一种羡慕与模仿，一派天籁，无限欢悦，那时候当然不懂得害臊，长大一提这事，哟，你不能提，我已娶妻生子，当年扮新娘的也早已名花有主，但小时候玩过的那种游戏，或者仅仅是说过想当新郎或新娘的悄悄话，回想起来，还是甜蜜而有趣的。书里这类斑点式透露角色“前史”的文字，细心的读者应该不要忽略，值得慢品。

在叔婶家里，史湘云必须按刻板的规范生活，包括穿衣打扮。到了荣国府，她可以非常随便，由着性子去塑造自己，她经常女扮男装，这在她叔婶家是绝对不可能的，但是祖姑贾母是一个很开通的人，又很溺爱她，就由着她玩闹。有一回她女扮男装，离贾母比较远，贾母老眼昏花看不清，以为是宝玉——因为她穿的正是宝玉的衣服——就说“宝玉你过来，仔细头上挂的那灯穗子，招下灰来迷了眼”。这句话非常生动，如果是一部纯虚构的小说，我认为不太可能出现这样的句子，就是因为作者在那样的家庭生活过，所以他写富贵家庭的景象，写得很真实，如果光凭想象，会把富贵家庭写成四面光、亮堂堂，灯穗子一律洁净鲜丽，怎么会不经意地就写出灯穗子上有灰呢？这和曹雪芹他写王夫人屋里面椅子上的靠垫是半旧的一样，肯定都源于真实的生活素材，这样的生活状态并不是不富贵，再富贵的家庭，东西也得用，用到一定程度以后才能够更新，都会在一段时间里呈现出一种半新不旧的状态，那么灯穗子上也可能积灰，这灰可能会在某个节庆之前进行打扫，可是没打扫时候上面就有灰，而且灯穗子很长，女扮男装之后呢，头上还有冠，不慎碰到灯穗子，就可能招下灰来迷了眼——别小看这些文句，这些细微处也证明着曹雪芹写实的功力。当然后来贾母知道是认错了，灯穗子下不是宝玉而是史大姑娘，贾母绝无责备，大家都很开心。

第四十九回，史湘云又有一个出格的打扮，这个时候林黛玉就笑对大家说：“你们瞧瞧，孙行者来了。他一般的也拿着雪褂子，故意粧出一个小骚达子来。”“达子”又写作“韃子”，是过去汉人对满人的一种戏称，当然含有不尊重的意味，上世纪初一些主张把《红楼梦》主旨诠释为“反清复明”的人士，会把这个地方黛玉的这句话，也当成一个证据，黛玉不光使用了“韃子”这个语汇，还说成“骚韃子”，似乎更具侮辱性，但我认为这里写黛玉这个话，“小骚韃子”并不具有否定性，更没有污蔑性，只是私下调侃，甚至还含有赞叹的意思。有些满族人士不太愿意听到外族人使用“韃子”这个语汇，可是满族人互相之间说说没事儿，我们非满族人在生活里使用这个语汇时应该特别小心。总之，史湘云在荣国府不仅是一般性地女扮男装，她有时候是扮成儒雅的汉族男子，有时候是扮成剽悍的满族男子，真是尽性撒欢。下雪天，她还把贾母又长又大的大红猩猩的斗篷裹在身上，腰里系一条汗巾子，和丫头们到后院里面扑雪人，注意一定是在雪下得很厚的时候才能扑，薄的时候可别扑。

我讲到的这些，在书里往往都是一带而过的文字，曹雪芹对这些内容仿佛完全用不着刻意去想象去虚构，他随手拈来，皆成趣文，想必都是湘云原型李大姑娘的实有之事，他记忆里库藏极其丰富，写来比刻画其他角色更得心应手。

史湘云在贾母身边享受到了那么多温暖和乐趣，但是，前八十回正文里，并没有一句话明点贾母是她祖姑。但是在第三十八回，曹雪芹暗写了贾母跟她之间有不寻常的血缘关系。当时贾母也到大观园里面去玩儿，到了藕香榭，藕香榭有竹桥，榭中有竹案，贾母看见榭内柱子上挂着黑漆嵌蚌的对子，让人念给她听，可以给她念对子的人很多，但曹雪芹特意写出是湘云来念：“芙蓉影破归兰桨，菱藕香深写竹桥。”（有的古本里“写”又写作“泻”）有的人可能会问，由湘云来念对子，难道也有什么深意吗？曹雪芹他也许是随便那么一写吧，这跟写由黛玉、宝钗来念，又有什么区别呢？是有区别的。贾母看到眼前景象，有所回忆，大意说我们史家当年的老宅子里，也有这么一个类似的园林景点，叫枕霞阁，当年她跟眼前这些小姐们差不多大的时候，在枕霞阁玩耍，一不小心掉到水里面，被救上来的时候碰到了木钉子，结果鬓角这儿碰出一个窝，现在还留下指头大这么一个凹槽。曹雪芹这样写，他也是有真实生活依据的，史家的原型是李家，李家在康熙朝在苏州有园林，园林里就有竹桥，贾母原型的哥哥李煦受父辈影响，特别爱竹，他取了个别号就叫竹村，因此，转化到小说里，贾母到了以竹为材的藕香榭，过了竹桥，就特别兴奋，就怀旧，就感叹，而跟她有血缘关系的史湘云，就来念藕香榭的对联。我觉得，枕霞阁这个名称，可能跟第五十四回，贾母提到的《续琵琶》的戏名一样，是生活里真有的，《续琵琶》的作者就是曹寅，而枕霞阁就存在于李家的老宅之中。

书里有不少史湘云的重头戏，仿佛大幅工笔细绘的中国画，或西方写实派的油画，历来的论家多有涉及，我这里反而从略，我强调的，是那些分散在各处的斑点式笔触，也借用一个绘画方面的比喻，就如同西方绘画史里，早期印象派中的点彩派，那样一种手法。点彩派的画，你近看觉得一片模糊，离远一点，斑斑点点使你产生很多联想，于是在你心中，就可能产生出一种超越真实的特殊美感。对史湘云这个角色，曹雪芹就使用了“点彩”技法，对于她的身份来历，乃至性格外貌，没有一个完整的叙述性交代，但是他通过斑斑点点分散笔触，最后使我们整合出一个异常鲜明的人物形象，有不少《红楼梦》的读者表示，如要他们选出书里一个最喜爱的角色，那非史湘云莫属。这是曹雪芹对她采取“点彩派”描绘手法的伟大胜利。

曹雪芹在书里并没有直接写到过史湘云的相貌。他很具体地写到过林黛玉的眉毛和眼睛，多次描写薛宝钗的容貌，但是对史湘云，他始终没有肖像描写，对史湘云的身材，在第四十九回有过一笔很抽象的形容，说她经过一番特殊的打扮后，“越显得蜂腰猿背，鹤势螂形”。他倒是写到过史湘云的睡像，在第二十一回，他是对比着写的，说林黛玉是严严密密裹着一幅杏子红绫被，安稳合目而睡，史湘云呢，“却一把青丝拖于枕畔，被只半胸，一湾雪白的膀子掠于被外”，写到了头发，还是没有写出面容。但他对史湘云这种点到为止、语不及脸的写法，并没有使读者觉得她的形象比黛、钗逊色。一位红迷朋友跟我说，他读过《红楼梦》总感觉把握不住黛玉的面容身形，但是对湘云，就觉得仿佛邻家姑娘，“闭着眼也能把她画出来”。

恶俗的写家写美人，总是尽量地完美化，一丝缺点不能有，曹雪芹却精确地把握分寸，当然他有艺术升华，但首先是尊重生活的真实，写史湘云，尤其如此。正如我前面所说，史湘云这个艺术形象，和生活当中的原型之间的距离，是最小的，几乎就是生活当中的真实人物的白描。他写到史湘云大舌头，咬字不清，黛玉就讥笑过湘云，说连个二哥哥也叫不来，只是“爱哥哥”“爱哥哥”的，回来赶围棋，又该你闹着幺爱三四五了。他写史湘云话多，多到有时候让人腻烦，贾迎春沉默寡言，尤其不喜欢褒贬人，可是在第三十一回，迎春就忍不住说湘云：“淘气也罢了，我就嫌他爱说话，也没见睡在被里还咭咭呱呱，笑一阵，说一阵，也不知道那里来的那些谎话。”这里的“谎话”不是说她故意撒谎，是指她说些天真烂漫、没边没沿的憨话，对贾迎春那样一个安静守矩的小姐来说，史湘云的那些话都是一些没必要的瞎说。

曹雪芹写的是真美人、活美人，而不是概念美人、灯笼美人，于是在第五十九回，就有更出人意表的妙笔，说早上起来，下过点微雨，这个时候史湘云怎么样啊？她两腮做痒，“恐又犯了杏癍癣”。《红楼梦》里的美女是生癣的！一般的俗手敢这么写吗？但是曹雪芹他就这么写，读来非常真实。当时即使是贵族家庭的小姐，也长杏癍癣，首先史湘云觉得两腮犯痒，发作了，然后她就问宝钗要蔷薇硝——一种具有治癣功能的高级化妆品——宝钗就说，她配的给了宝琴她们，听说黛玉那儿配了很多，让湘云到黛玉那儿拿去，可见这些美女脸上全有癣。曹雪芹写得很有意思。尽管他明写这些姑娘脸上会长杏癍癣，可是我们想起她们来，一个个还是觉得很美。真实是美的本质，你写得越真实，读者就越觉得美，曹雪芹他深谙这个美学原则。

史湘云是一个寄养在叔婶家的孤女，那种寄养生活对她来说是一种囚禁，令她窒息。唯有来到荣国府祖姑家作客，才使她如获大赦，神采飞扬、才华四溢。但这种任性快乐的日子，终究有限。我们需要总结一下，在前八十回书里面，她究竟到过荣国府几次？第一次是第二十回，忽然有人报告说史大姑娘来了，她就在贾母跟前大说大笑的。那她什么时候离开的呢？没有明确交代，但是你如果进行文本细读，会发现第二十二回她还在荣国府，但到第二十三回就没她的事了。到第三十一回，她又突然出现，第三十六回末尾说叔婶家来人把她接走了，这是故事里她第二次到荣国府。第三十七回，大观园里成立了海棠诗社，恰巧袭人派了一个宋嬷嬷，去送一些鲜荔枝给史湘云，史湘云顺便一问，他们干吗呢？宋嬷嬷也不懂，说他们好像起什么诗社，作诗呢，史湘云一听就急了，作诗怎么把她忘了呢？宋嬷嬷回来这么一说，贾宝玉立刻催着贾母，说把她再接来，贾母说天太晚了，因为两个侯爵府邸可能离荣国府都比较远，书里没交代当时史湘云是住在忠靖侯家还是住在保龄侯家，总之一定都比较远，所以等到第二天才把她接来，这就是她第三次来到荣国府，一直到第四十二回都有她的身影出现，但是她什么时候又离开了没有再说。到了第四十九回，则有一个很明确的交代，就是保龄侯史鼐外迁了，应该把全家都带到外地去，贾母舍不得史湘云，就把她留下来了，这是故事里她第四次到荣国府，一直到第八十回她都在荣国府，当然也只是作为一个长客，早晚还是要送回到她叔婶家的，因为所谓寄养，对于她那样一个女孩子来说，长大了，叔婶把她嫁出去，才算完成了任务。

那么通过上一讲和这一讲，我得出这样一个结论供大家参考：就是如果史湘云是一个纯虚构人物，是不可能采取这种写法，也写不成这个样子的。因为我自己写过长篇小说，我写一个人物，必须设计他的家庭、他的来龙、他的去脉，如果那是一个生活依据比较少、接近完全虚构的角色，我就得特别提起精神，小心翼翼地下笔，以使前后照应不留漏洞，尽量去让这个角色活起来。只有把我最熟悉的真实生命写进去时，才可以放松，因为大量的场景、细节、语言都是现成的，随手拈来，皆成文章，反而不必去殚精竭虑、细针密缝。当然我自知绝不能跟大师相比，但写实性质的长篇小说，其写作规律大体相通，就像苔花和牡丹的开放，都有相同的过程，最后把花冠张圆一样。根据我自己的写作经验和我的阅读经验，我坚持认为：史湘云这个角色，相对于书里其他角色，艺术形象和原型之间的距离最短，所以曹雪芹不给她设置一些偏于理性的、叙述性的文字，而采用了一种斑点式的和摄像实录般的写法，如元妃省亲这场大虚构的戏里，曹雪芹对她不愿有任何假设性想象，就不写她，一有她出现，必是真有其人、真有其事、真有其景、真有其语。

史湘云的寄养生活，会结束在出嫁之时。第五回里的《乐中悲》

曲透露，她“厮配得才貌仙郎，博得个地久天长，准折得幼年时坎坷形状。”就是说她后来嫁了一个很不错的丈夫，是一个“才貌仙郎”，而且她和这个丈夫关系非常好，他们要争取白头偕老，博得个地久天长，这样就能把她早年的坎坷就全给抵消了，也就是把她襁褓中父母双亡以后寄养在两个叔叔家里面的不快乐、不幸福全都弥补了。当然现在我们能看到的曹雪芹的八十回书里，还没有相关的情节出现，但八十回后肯定会写到。于是新的问题就逼近到我们面前：史湘云嫁给的这个“才貌仙郎”是谁呢？有的人可能会笑：这还有什么可讨论的，不就是贾宝玉吗？您别急，下面咱们一块儿细讨论。

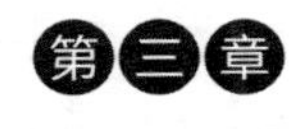

第三章 史湘云定亲之谜

书里第五回的《乐中悲》曲预言，史湘云她“厮配得才貌仙郎”，这个才貌仙郎究竟是谁呢？是贾宝玉吗？需要探讨。

第三十一回，史湘云第二次到荣国府，王夫人见了她，有这样的话：“只怕如今好了。前日有人家来相看，眼见就有婆婆家了。”这句话里“有人家来”，“人家”不构成一个词，是“有人——到家里——来”的意思，就是说王夫人她们都知道，有人到了史湘云叔叔家，来为她相亲，而且相亲有了结果，她“眼见就有婆婆家了”，第三十二回袭人见了她，更明确地说：“大姑娘，我听见前儿你大喜了。”她红了脸，吃茶不答。可见史湘云真是定亲了。袭人小时候服侍过她，跟她无话不说，但也不能乱开玩笑，只有小姐真的定亲了，丫头才可以公开道喜。

有位红迷朋友曾经跟我提过这样的问题：史湘云那时候究竟多大？如果拿贾宝玉做一个标准，我们都知道，薛宝钗比他大，“宝姐姐”这个称呼深入人心；林黛玉比贾宝玉小，“林妹妹”成了她的代号。

史湘云叫宝玉叫什么？爱（二）哥哥，宝玉叫她呢，云妹妹，可见宝玉比她大。那么到小说故事发展到三十一回、三十二回的时候，你仔细想想，大观园诗社里的小姐们，别人都没定亲，宝钗比史湘云大，没有定亲，迎春应该更大，也还没有定亲，探春、黛玉跟她差不多大，没定亲，惜春小些，当然更没有定亲，可是一个被宝玉叫作云妹妹的姑娘，她却定亲了，这是不是早点？但是通过上一讲，大家应该明白，史湘云她在襁褓中就父母双亡，虽然寄养在侯门之家，居住在“绮罗丛”中，但叔叔婶婶们“谁知娇养”？她婶婶一天到晚让她做针线活计，仿佛是要从她的劳作中捞回些抚养她的费用。所以叔叔婶婶早点给她定亲，早点把她打发出去，是可以理解的。当然她叔叔婶婶也不能做得太过分，像这样侯门的小姐，十二三岁以前就送给人家去当童养媳，那是说不过去的，但是到了十三四岁，就立刻为其定亲，各方面也没闲话可说。

跟我讨论的那位红迷朋友很困惑，他说“云妹妹”这个称谓没有深入人心，现在一般读者提起这个角色，就是叫史湘云，不像林黛玉，书里书外人都叫她林妹妹。他非要我精确地说出史湘云在故事那个阶段是多少岁。我提醒他，曹雪芹在第四十九回，特别写下了一段话，告诉读者：对书里那些哥哥、弟弟、姐姐、妹妹的称呼你别太较真。第四十九回是最热闹的一回，那时候大观园达到了美女云集的一个状态。除了原有的美女以外，又增加了四个，有薛宝钗的堂妹薛宝琴，邢夫人的一个侄女儿邢岫烟，还有李纨寡婶带来她两个堂妹李纹、李绮，连眼光非常挑剔的晴雯看到了都说“到像一把子四根水葱儿”。曹雪芹的那段话是这样的：“此时大观园中比先更热闹了多少。李纨为首，余者迎春、探春、惜春、宝钗、黛玉、湘云、李纹、李绮、宝琴、岫烟，再添上凤姐合宝玉，一共十二三个。叙起年庚，除李纨年纪最长，这十二个皆不过是十五六七岁，或有这三个同年，或有那五个共岁，或有这两个同月同日，或有那两个同刻同时，所差者大半是时刻月份而已，连他们自己也不能记清谁长谁幼了。一并贾母、王夫人及家中丫鬟也不能细细分别。不过是姊妹弟兄四个字随便乱叫。”第二十九回，癞头和尚说跟通灵宝玉青埂峰一别十三载，也就是说贾宝玉衔着通灵宝玉落生十三年了，按我们现在的算法就是贾宝玉十三周岁了，但以往说人的岁数，习惯说虚岁，通灵宝玉没有虚岁，贾宝玉得论虚岁，他虚岁得说十四了。故事从那个地方往下流动，虽然还在一年里头，可是四十九回已经是冬天了，快过年了，论虚岁宝玉也就差不多十五了，所以这段话概括这群人“皆不过十五六七岁”，当然凤姐应该不止十七岁，大约二十出头了。这段话给我们的启发就是，这些人物即使有的比有的大一点，大得也有限，小的其实也未必真小了多少，而且，过去和现在都有这种现象，就是如果一男一女年龄差不多的话，一般来说，总是女方叫男方哥哥，男方叫女方妹妹，没人硬去查他们的年庚。上一讲已经揭示了，在书里面没有一段叙述性文字，对史湘云作明确的介绍，所以她的年龄尤其模糊，她应该和宝玉相差无几，或者只小一点点，甚至于她不一定比宝玉小，她叫爱（二）哥哥，宝玉叫她云妹妹，不过是像曹雪芹在第四十九回所说的那样，为了亲热，随便那么一叫而已。

那位红迷朋友特别喜欢史湘云，而且他从书里也看到，史湘云和贾母有着血缘关系，贾母也很疼爱史湘云，于是他又提出一个问题：史湘云叔叔婶婶对她不好，贾母不可能完全不知道；她叔叔婶婶急着给她定亲的信息，贾母更应该率先得悉；那贾母为什么不把史湘云要来嫁给宝玉呢？

我的看法是：第一，前面讲林黛玉的时候我已经论证了，贾母是一心一意想让宝玉和黛玉结为夫妻，她公开宣布宝、黛“不是冤家不聚头”，只要她还有一口气，就要为二玉的婚配保驾护航。在这个前提下，贾母虽然疼爱湘云，却不会有将她要来配给宝玉的想法。那个时代那个社会虽然是一夫多妻制，但是像黛、钗、湘这样的贵族小姐，她们定亲出嫁，应该都是成为正妻，而正妻只能有一个，贾母既然为宝玉确定了娶黛玉做正妻，那么钗、湘当然都不会再加考虑。第二，按当时封建伦理的处世规则，贾母是不能去干预湘云婚事的，虽然姓史，但是她已经嫁到贾家了，“嫁出去的姑娘泼出去的水”，史家的事情她就没有决定权了。再加上无论是史鼐也好，史鼎也好，跟她的血缘也不是最贴近的，不是她的儿子，只是侄子，所以对湘云的婚事她可以关注，却不仅不能包办，也不便于插嘴。即便贾母真想让湘云嫁给宝玉，她也难以开口，因为荣国府当时的地位已经不高了，府主贾政并没有爵位，只是一个员外郎，宝玉只不过是员外郎的儿子，人家保龄侯、忠靖侯可都是侯爵，史湘云虽然是寄养的，身份毕竟是侯爵家的小姐，人家叔婶如果考虑门当户对，给湘云选婆家，起码得是有爵位的家庭，你眼前的这个宝玉，你认为是金凤凰，人家可能还觉得不够格。更何况那时候，像湘云叔婶那样的人，尽管平时对她并不好，却会在给她找婆家时，希望能攀附上更有地位财富的家庭，比如说把她嫁给一个公爵的公子，那他们岂不是多了一个往上发展的台阶？所以贾母无论从哪个角度，都不会去跟她那两个位居侯爵的侄子或侄媳妇提出来，让湘云嫁给宝玉。当然这两个理由，第一个是决定性的，贾母就是认定了二玉的结合。贾母疼湘云，但女大当婚，父母没了，她叔婶就相当于父母，两处叔婶做事，大面上一直是过得去的，上一讲我提到，史湘云到荣国府来串亲戚，衣服穿得整整齐齐，一群丫头婆子围随，侯府小姐的气派还是给足了的，那么叔婶给她定亲，大路子也肯定不会错到哪里去，贾母听其自然，是可以理解的。

史湘云定亲，是通过人物对话，让读者知道的。没有一段叙述性交代，告诉读者她究竟是怎么定的亲，定的究竟是哪门子亲。这确实是个谜。

为了把这个谜解开，我们可以先捋一遍，看《红楼梦》里都写到了哪几种贵族家庭的婚配模式，也许，通过比照，我们能够分析出史湘云定亲属于其中哪一种。

《红楼梦》里面写到了很多跟婚姻有关的事情，把那个时代一般富裕家庭直到贵族家庭的小姐，定亲出嫁的方式，通过不同的人物，进行了多种多样的展示。当然书里也写到了丫头的婚配，最常见的情况就是“好不好，拉出去配一个小子”，但丫头的婚配咱们这次不作讨论，咱们讨论的范畴只在有小姐身份的人物之内，当然，有的小姐是富豪千金，有的家境差一些。

贵族家庭的小姐，如果有参与选秀的资格，被选中了，而且被皇帝或者王爷，再或被王子、世子看中，加以接纳，给予封号，即使不能成为正妻，按那个时代那种社会的价值标准，无论是对其本人还是对其家族，当然都是一种幸运与荣耀。荣国府的贾元春就先被选入宫中做女史，后来得到皇帝宠幸，才选凤藻宫，加封贤德妃。这是最高级的一种婚配模式。

还有一种，就是由皇家指婚。书里写到元春通过端午节颁赐节礼，表达了她对宝玉和宝钗的一种指婚的意向，当然，由于意向还不等于正式的谕旨，贾母就装糊涂，进行巧妙的抵制，使这个指婚没有能够化为现实，但这种指婚在当时社会里面，确实是一种婚姻模式，也是很多贵族家庭和贵族小姐自己所企盼的事情。如果是皇帝亲自指婚，那是天大的荣耀，康熙朝江宁织造曹寅的一个女儿，也就是曹雪芹的一个姑妈，就由康熙皇帝指婚，到京城嫁给平郡王儿子为福晋（又可以写成“福金”，满语正妻的意思），她的丈夫后来接袭了平郡王，她也就成了王妃，而且还给小平郡王生下世子，取名福彭，后来成为乾隆皇帝小时候的伴读，乾隆继位后一度得到重用，成为曹家的一大骄傲。那时候即便不是由皇帝本人指婚，比如说由重要的妃嫔给指婚，也是无上光荣的。书里的贾母居然抵制元春的指婚，对于王夫人和薛姨妈来说是沉重的打击，对于薛宝钗来说，也使得她内心波澜迭起，饱受煎熬。

第三种模式，就是贵族家庭之间互相婚配，这应该是最常态的一种模式。第四回讲到“护官符”的时候，就告诉读者贾、史、薛、王四大家族皆联络有亲，从书里人物关系来看，贾母由史家嫁到贾家，王夫人和王熙凤都由王家嫁到贾家，王夫人的妹妹又由王家嫁到了薛家，到了第七十回，似乎不经意，其实却很有意味，曹雪芹写下这样一句话：“偏生近日王子腾之女许与保宁侯之子为妻，择日于五月初十日过门，凤姐又忙着张罗，常三五日不在家。”从“偏生”起句的口气，这个地方“保宁侯”应该就是保龄侯，那么“四大家族”又一次进行婚配。即使“保宁侯”是另外的一个侯爷，也同样说明贵族家庭之间，“门当户对”的婚配是最普遍的。

紧跟着上面“偏生近日”那句话，后面就又写到，这日王子腾夫人又来接凤姐，一并请甥男甥女闲乐一日，于是贾母和王夫人就命宝玉、探春、黛玉、宝钗四人同凤姐去。那么在第七十回，故事的那个阶段，史湘云在不在贾府啊？她在，七十回情节的重点是填柳絮词，柳絮词怎么填起来的？谁填的第一首？史湘云啊。可是这个往王家赴会的名单里没有史湘云。有的读者就很纳闷，为什么不让史湘云一起去呢？如果说史湘云跟王子腾家血缘离得远，可是黛玉离得难道近吗？当然，也可以理解为王家不知道她正好在荣国府，没有特别提出来请她去，可即便王家没请，贾母、王夫人也可以命她一起去啊，按亲戚算她也是甥女辈之一啊。难道又是曹雪芹随便那么一写，忘了把她名字列上？一位红迷朋友跟我说，他觉得史湘云最应该去了，因为王子腾的一个女儿要嫁给谁呢？嫁给保宁（龄）侯的儿子是不是？保宁（龄）侯儿子是谁呢？就是史湘云的堂兄啊！这个王子腾之女，就是史湘云未来的堂嫂啊，她们关系很近呀！我把我的意见告诉他：可见古本里这个地方的“保宁侯”就是保龄侯史鼎，曹雪芹写的时候，他的文笔非常细腻，他为什么这样写呢？道理很简单，就是无论是宝钗还是黛玉，当然包括迎春，探春，都还没有定亲，没有定亲的小姐在这种社交活动当中行为比较自由，可是史湘云却已经定亲了，一个定亲的堂妹和另一个定亲的堂兄之间就不能够再见面了，就不方便了，当然如果她也去，是去王子腾家，王子腾的女儿即将成为她的堂嫂，按当时封建伦理规范，史湘云就不方便去了。可见曹雪芹不仅写得很细，也写得很准确。这里插进来讲这么一段，意在提醒大家，《红楼梦》既是一部小说，也是一部关于中国封建社会的百科全书，从中我们可以对一些封建伦理道德规范有所了解。

第四种模式呢，就是父母包办。当然上面讲的那种模式也往往属于父母包办，不过前提是“护官符”上豪族之间的“门当户对”，公子小姐到了适婚年龄，族长就会首先从一贯联络有亲的家族里进行扫描，如果正好有现成的一对，就可以“偏生”又缔结出一桩姻缘，当年王夫人嫁贾政、贾琏娶王熙凤，应该都是那么一回事。在那种情况下，豪族间既然有默契，父母出面表态只是个形式。这里说的第四种模式指的纯粹由父母意志形成的婚姻，门未必当户未必对，但父母执意要把女儿嫁给某人，女儿只能认命。书里最典型例子就是迎春。所谓父母包办，其实就是父亲包办，邢夫人在贾赦跟前是一个很软弱的存在，贾赦在邢夫人面前是绝对权威，没有什么夫妻共同商量的余地，贾赦做主把迎春许给了孙绍祖，就是第五回提到的“中山狼”，迎春最后就被这匹色狼蹂躏吞噬了。孙家和贾家并不门当户对，虽然当时孙绍祖也比较发达了，但是从根儿上说，没法和贾家相比。那为什么贾赦非要把迎春许给孙绍祖啊？孙绍祖后来打骂迎春，意思就是说你等于是我用五千两银子买来的丫头，怎么回事啊？就是贾赦曾经问他们家挪用过五千两银子，到那时候还没还，等于把闺女给了人家去抵债了。迎春大不幸。但这是当时一种也并不少见的婚姻模式：并非门当户对，而且其中还有某种隐情，父母就把女儿硬给嫁出去了。

那么还有一种情况，就是由世交或者朋友做媒提亲，这在当时社会里面也是一种婚配模式。比如在清虚观打醮的时候，张道士就为贾宝玉提亲，他是世交，更进一步说他是荣国公的替身——这是一个非常重要的身份，所以他有资格在贾母面前为宝玉提亲，不想被贾母拒绝了。书里还写到贾琏作为柳湘莲的朋友，把自己的小姨子尤三姐介绍给柳湘莲，柳湘莲一开始还挺高兴，把珍藏的鸳鸯剑拿来作为信物，让贾琏带给尤三姐，当然最后是一个悲剧，如果成功的话，那就是当时社会当中也很正常的一种婚配。书里写贾母作保，凤姐为媒，撮合成薛蝌与邢岫烟的婚事，有点第三种模式的味道，但邢家不属于“四大家族”，邢夫人虽然是贾赦正妻，娘家却已经衰落，因此，也可以把蝌、岫的这桩婚事，划归亲朋提亲促成这一模式。

还有一种形式你要注意，就是当时有官媒婆，媒婆不都是私家的，官府本身有一个媒婆组织，其中有很多官养媒婆，她们专门为达到一定社会地位的家庭里的公子小姐做媒，到这些家庭里去走动。多数情况下是带着男方的意思——某一个家庭的公子到了年龄需要择偶，但是没有现成的线索，就委托官媒婆到相应的家庭里面去，找年龄相当、八字相合的小姐，来说媒，只要家长同意，通过官媒婆的撮合，也能形成一桩婚姻。这在清代是很流行的一种做法。《红楼梦》里有没有这方面的描写？展开的描写不多，但是有这方面笔墨。比如第七十二回，就说有官媒婆朱大娘，天天弄个帖子来到荣国府，为孙大人家里求亲，这个孙大人家看来不像是孙绍祖家，可能是另外姓孙的，比较有钱有势的家庭。第七十七回，那个时候王夫人抄拣了大观园，又处置了一些丫头，在繁乱当中，有一笔写到，王夫人为官媒婆来为探春说媒，心绪甚繁。孙大人家来求亲，没说盯准了哪位小姐，但第七十七回来的那个官媒婆，就是冲着贾探春来的，可能查阅了有关的户籍，知道这个女孩子到年龄了，而且可能生辰八字也符合男方要求，于是就来活动了。王夫人当然得管这事——现在的年轻人一定要懂得，探春虽然是赵姨娘生的，但按封建伦理，她母亲是王夫人，她的婚事是由父亲贾政和母亲王夫人来决定来操办的，官媒婆来，首先要见的是王夫人，王夫人如果有了主意，再跟贾政汇报、商量，贾政点头通过，就可以进入具体的定婚程序，贾政如果不点头，那王夫人自己愿意也没用，至于赵姨娘，她不仅没有任何决定权，连正式的发言权也没有，书里写探春只认王夫人是母亲，对生母就叫姨娘，认为属于奴仆一类，或者仅比奴仆略高一点，是符合那个时代那种社会的封建伦理秩序的。当然故事发展到第七十七回的时候，王夫人处置丫头，心绪甚繁——注意曹雪芹写的不是“烦”字而是“繁”字，就是说王夫人要处理很多事情，线头很多，忙不过来。她作为府邸的第一夫人，本来很多事情都委托给王熙凤去管，现在她亲自出马，心里头盘算的事情非常繁杂，但是她并不一定感觉烦恼，她反倒觉得经过她亲自出马，一番整顿清理，荣国府、大观园都更“纯净”了。官媒婆偏这个时候跑来为探春说媒，她一时难以应付，所以探春直到第八十回也还没有定亲。曹雪芹这样写，当然也是为八十回后探春的远嫁留下余地。尽管书里没有通过官媒结成婚姻的正面情节，但穿插点染出官媒婆的活动，也就让我们知道，这是当时贵族家庭小姐出嫁的又一种模式。

还有一种，《红楼梦》里也写到了，就是攀附求亲。两家本来门不当户不对，互相之间原来也没关系，但是有一家现在有点发达，就想攀附到一个世代簪缨之族、钟鸣鼎食之家，通过联姻，进一步带动自己的发达。书里写到一个叫傅试的人——这名字不消说谐音寓意，点明是个趋炎附势的小人——他的官职是通判，不大不小，当然他希望能够变得更大。他有一个妹子叫傅秋芳，他把傅秋芳当作自己进一步发达的一个砝码，到处去攀附，看哪家有钱有势，他就挨家去试，看能不能把妹子嫁给那家的公子。但是傅试拿他妹子攀附豪门的计划总未落实，把他妹妹耽误到二十四岁还没有嫁出去，二十四岁呀，即使在今天，二十四岁的女子也该谈婚论嫁了，在那个社会，绝对是一个奇怪的高龄小姐。你想想史湘云，才十三四岁，都已经定亲了。傅秋芳二十四岁还待字闺中，可想而知，她这哥哥“人心不足蛇吞象”，抱定非豪门之家绝不将她嫁出去的主意。傅秋芳应该是父母双亡了，那么“长兄如父”，她的婚姻只能由哥哥做主，自己是完全处于无奈的状态。可能傅试最早都还没考虑到员外郎的公子贾宝玉，现在妹子这么老大了，也就只能退而求其次，何况贾宝玉从他祖父上算，也还称得上是“王孙公子”，于是他就竭力想把他妹妹推销给荣国府，嫁给贾宝玉，哪怕贾宝玉比他妹子小十来岁也无所谓，他就总打发一些婆子到荣国府去请安，每次去了还提出来要见贾宝玉。荣国府里的任何一位家长对傅秋芳都不可能感兴趣，只是不好驳傅家的面子，勉强接待，宝玉呢，本来是最厌恶那些蠢妇的，只因傅秋芳“也是个琼闺秀玉，常闻人传说才貌双全，虽未亲睹，然遐思遥爱之心十分敬诚”，于是破例接见了从傅家来的婆子。贾宝玉的“遥爱之心”里的那个“爱”当然并非爱情，更不是想娶傅秋芳为妻，贾宝玉认为闺中女子都是水做的骨肉，都尊重爱惜，他的这一表现，再次体现出他“情不情”的性格特征。根据我的探佚，傅秋芳这个人物在八十回后会正式出场，那时候她已经嫁了出去，给忠顺王当了填房。她哥哥傅试当然会非常满意，因为终于通过妹子达到了攀附权贵的目的。傅秋芳在贾府崩溃、贾宝玉落难后，对贾宝玉有所救助。攀附求亲构成婚事也是当时社会的一种婚姻现象，当然不是所有期望攀附的人最后都能如愿以偿，但成功的例子也不少，只是攀附式的婚配，女方往往都是去给男子填房，像邢家把邢小姐嫁给贾赦填房、尤家把尤小姐嫁给贾珍填房，都属于这一类婚配模式。

还有一种，就是指腹为婚。一般大富大贵的公侯之家，不会采取这种方式，但是从贫寒百姓到小康之家，有时候都会把指腹为婚作为一种婚姻形式。什么叫指腹为婚？就是两对夫妻，妻子都怀孕了，还没生下来呢，那么双方的父母——其实主要是父亲——就有一个约定，如果都生男孩子，就让他们结拜为兄弟，如果都生女孩子，就让她们结拜为姊妹，如果正好一男一女，就让他们结为夫妻。那时候父母双方会很认真地履行这个诺言。书里面就写到尤二姐跟张华是指腹为婚。尤氏她家看来是越来越走下坡路，她父亲死了妻子，娶来一个寡妇填房，就是书里的尤老娘，这尤老娘把跟前夫生的两个姑娘带到尤家来，就是尤二姐和尤三姐——旧社会把这种随母亲改嫁的孩子叫“拖油瓶”。尤老娘前夫在世的时候，应该是她怀着尤二姐那阵子，她丈夫跟一位姓张的朋友就指腹为婚，后来两家果然生下一男一女，张家的男孩就是张华。那个时代那个社会指腹为婚是具有法律效力的，不可随意改弦更张，退婚需要双方同意，并履行一定的手续。后来张家衰落得更快，张华无力迎娶尤二姐，虽然尤老娘死了丈夫带着两个闺女改嫁到尤家，但从法律上说，尤二姐还要算张华的人，这就在尤二姐后来的命运中埋下了一个“地雷”，成为她悲剧人生中的“爆破点”。

还有一种模式，就是女孩子去给男家当童养媳。一般富贵家庭很少这样做，但也并非完全没有。小说里面的巧姐，她在贾府败落之后被刘姥姥解救，解救出来时年龄还很小，刘姥姥把她带回家，后来成为刘姥姥外孙子板儿的媳妇，那么在她和板儿正式成婚之前，就是一个童养媳。巧姐的命运在第五回金陵十二钗正册中的判词，以及《留余庆》曲里，都有预言，在第四十一回里，曹雪芹还特意埋下一个伏笔：刘姥姥二进大观园，带着外孙子板儿，板儿当时拿着一个佛手，这个佛手是从探春那屋里要来的，结果大姐儿——那时候刘姥姥还没有给她取出巧姐的名字——看见板儿的佛手就想要，板儿开始不愿意给，后来经过大人劝说，佛手就归了大姐儿，大姐儿原来抱着一个香橼，就是大柚子，这个大柚子后来归了板儿，板儿觉得大柚子可以当球踢，很高兴，也就不再去要那个佛手了。在这个地方，脂砚斋有一条批语：“小儿常情，遂成千里伏线。”实际上就是告诉你，佛手和香橼的置换，就说明他们两个最后在一种佛力的保佑下，能够结成一个圆满的姻缘，是一个伏笔。

当然也有另外一种婚姻模式，就是有的富裕家庭、贵族家庭的公子，他自己看中某一个女子，自己回家跟父母说，就娶这个，而父母通过了解和商量，也可能答应他。这种婚配在当时那样一个男权社会里，也是经常出现的。薛蟠娶夏金桂就属于这种模式。

咱们这么捋一遍，书里面小姐定亲、婚配的模式，多少种了？我这儿算了算，已经有十种之多了，可能还有别的情况，您还可以从书里面去翻查。《红楼梦》的文本，确实是封建社会的一个百科全书。那么不管是哪种方式，看起来差别很大，有一点是共同的，就是作为闺中小姐、作为一个春情萌动的女性，即使你贵为侯府的千金，公府的千金，你本身没有择偶的自由，在婚配上，完全处于被动的状态。相对来说，贵族家庭的公子，还多少有那么点选择的自由，当然也只是非常有限的那么一点选择权。

我们梳理这些个婚配模式，目的是什么啊？是为了探讨史湘云的定亲，属于其中哪一种。您觉得是哪一种呢？这好像是个简单的问题，可是回答起来又不那么简单，书里面没有明写。但是书里扇面般地展现了这么多种小姐定亲、婚配的模式，我们可以作为参照系，来破解史湘云的定亲之谜。

从王夫人的口气："只怕如今好了。前日有人家来相看，眼见就有婆婆家了。"我个人认为，这就意味着，是官媒婆到了她叔婶家，这官媒婆之所以到史家去，未必是有男方点名来说亲，多半是她叔婶急着想把湘云打发出去，主动跟官媒通了气，说我们这儿有个小姐，年岁到了准备出嫁，看能不能给找个门当户对的人家，官媒婆于是就摇摇晃晃地来了，来了以后就相看，当然史湘云的面貌体态、举止修养都很中看，官媒婆拿上她的生辰八字，去为她寻一个门第相当的公子，绝非难事，很快就有了反馈，她的叔婶一听，很不错，于是就给她定了亲。史湘云自己完全没有办法掌握自己的婚姻命运，只能听天由命。

有个红迷朋友跟我讨论，他说从史湘云那性格上看，她可未必是个听天由命的人。她应该主动争取嫁给贾宝玉呀！我告诉他，从前八十回书里的描写来分析，湘云、宝玉他们两个相处得非常好，但是所流溢出来的，应该只是一种兄妹之情，或者叫作同龄男女之间的天真烂漫的友情，在他们两个人的接触当中没有出现什么爱情因素，而且曹雪芹还有意识地写到他们两个思想上的差距与抵牾。薛宝钗不断劝贾宝玉读书上进，林黛玉从来不说那样的“混帐话”，史湘云介乎薛宝钗和林黛玉之间，有时候她跟着薛宝钗学舌，有时候她跟林黛玉一样无视封建礼教规范，甚至有过之而无不及。对于宝玉和黛玉之间的特殊情感关系，她是非常清楚的。像二十二回，当时宝、黛、钗、湘他们发生了一些微妙的情况，后来贾宝玉就在湘云面前发誓，说“我要有外心，立刻化成灰，叫外人践踹”——贾宝玉的誓言都是古古怪怪的——这个时候湘云就说：“大正月里少信嘴胡说。这些没要紧的恶誓散话歪话，说给那些小性儿，行动爱恼的人，会辖治你的人听去，别叫我啐你。”真是快人快语，给林黛玉定位定得那个准啊，当然同时也给宝玉定了位，她就知道，在整个府第里，只有一个人能辖治宝玉，谁啊？就是黛玉，她知道他们俩关系不一般，当然宝钗也知道二玉关系不一般，但宝钗装愚守拙，不动声色，湘云却心胸坦荡，不怕大声说出，这就是因为她对宝玉并无情爱需求，也不认为黛玉是个情敌，自己也绝对无意充当“第三者”。湘云和宝玉既然并不构成一对恋人关系，她内心里当然不会有争取嫁给宝玉的自主意识，行为上就更不可能有相关的表现。前八十回里的湘云是个在恋爱、婚姻方面还完全处于无追求状态的天使般纯净的女孩。你要注意到，书里当王夫人和袭人先后跟史湘云点出来：你定亲了，史湘云否认了吗？解释了吗？都没有。这就是史湘云当时的生命状态。

虽然是被动地进入婚姻，史湘云却嫁了个才貌仙郎。有人嫌我絮叨，说你上一讲末尾就提出一个问题，问湘云所嫁的那个才貌仙郎是谁？是不是贾宝玉？您现在说了这么半天，该把答案讲出来了吧？

当然要向大家提供我的答案。但要得出答案实在并非一件简单的事。要讨论清楚这个问题，先得把一个障碍排除，什么障碍啊？就是《红楼梦》第三十一回，故事里边出现了金麒麟，而且回目里有“因麒麟伏白首双星”的预言。可见，史湘云所嫁的那个才貌仙郎，一定跟金麒麟有关。很抱歉，这一回的末尾我还不能告诉你这个才貌仙郎究竟是谁，那么请听我下一回从金麒麟说起，把这个谜彻底揭开。

第四章 史湘云金麒麟之谜

要把史湘云“厮配得才貌仙郎”和她之后的命运搞清楚，绕不过金麒麟这件事情。

金麒麟怎么回事呢？大家都记得在清虚观打醮那回故事里，张道士当时拿着一个托盘出来，说想把贾宝玉的通灵宝玉请下来，托着给他的徒子徒孙见识一下，因为这是一个很稀罕的东西，是生下来就衔在嘴里的，而且上面还镌着吉利词语，值得让道观里的众道士们开开眼，同时也接收些吉祥的气息。贾母同意了，贾宝玉就从脖颈上取下通灵宝玉，张道士就托着拿出去展示了。张道士再回来的时候呢，托盘里不仅有通灵宝玉，还多出好多东西来。原来张道士的那些徒子徒孙看到通灵宝玉以后，为了表示祝贺和尊敬，纷纷把自己的一些珍贵的佩戴物——道士佩戴这些东西不是为了装饰自己，那是些传道的法器，有宗教方面的特殊意义——献出来，放在那个托盘上。贾宝玉把自己的通灵宝玉取回戴上以后，就翻弄那些道士奉献的东西，注意书里是这样写的：那些东西里，有一个赤金点翠的金麒麟，首先是引起了贾母的兴趣，贾母把那金麒麟拿到手里，就产生出一个联想——谁家的孩子也戴着这么一个，谁呢？贾母一时想不起来，于是薛宝钗告诉贾母，史湘云有一个，比这个小一些。贾宝玉就表示惊讶，说她常来住，可是自己从来没有见到过呀。探春在旁边说，宝姐姐心细，什么都记得。这是一句赞扬的话，但是黛玉跟上一句，说她在别的上头心思还有限，唯独对这些人的佩戴物越发留心。这话显然就是讥讽了，宝钗装没听见。事情到这里，本来应该也就一阵风似的过去了，但是，宝玉听说湘云有个金麒麟，一下就增加了对那只金麒麟的兴趣，贾母已经放下了，他却伸手取出揣在了怀里，当然，就被黛玉看见了，于是，引发出黛玉跟他越闹越大的冲突。

曹雪芹为什么要写金麒麟？历来有许多读者、评家，进行过热烈的讨论、分析，但分歧不小，难以形成共识。

我们都知道，有一种通行本，书名就叫《金玉缘》。《金玉缘》这个叫法，跟曹雪芹一点关系都没有。在古本里面，曹雪芹列举了许多此书的异名，有《石头记》《情僧录》《红楼梦》《风月宝鉴》《金陵十二钗》等，并没有《金玉缘》一说，最后大多称其为《石头记》。程伟元、高鹗他们攒出的一百二十回本子，定名《红楼梦》，《金玉缘》的叫法跟他们也没有关系。作为一种通行本，《金玉缘》出现在晚清，尽管一度流行，但从书名上看，就知道它离曹雪芹的原笔原意已经很远。

当然，《红楼梦》一书里，贾宝玉的通灵宝玉和薛宝钗的金锁，是两个非常重要，而且贯穿始终的道具。但是，抛开高鹗所续的四十回不去理它，单看曹雪芹的前八十回，书里已经很明确地写出，尽管有所谓和尚的预言，有王夫人和薛姨妈的努力，乃至有元春表达指婚意向，而且薛宝钗后来压抑不住也明显流露出了对贾宝玉的爱情，贾宝玉却是坚决抵制“金玉姻缘”的，第三十六回他在梦中大声喊出：“和尚道士的话，如何信得！什么金玉姻缘，我偏说是木石姻缘！”——在程、高弄出的一百二十回通行本里，他们虽然篡改了一些曹雪芹前八十回里的文字，但贾宝玉这些旗帜鲜明的“梦话”他们还是保留的，那种把书名叫作《金玉缘》的通行本里也是有的。从书中贾宝玉这位大主角来说，他的一生，从某种程度上说，就是抵制、摆脱“金玉姻缘”的一生，即使在高鹗那“沐皇恩”“延世泽”的续书里，贾宝玉被骗娶薛宝钗后，也还是挣脱“金玉姻缘”的樊笼，出家当了和尚。可见，用“金玉姻缘”来概括这部小说，是不合适的。

书里在第八回，正式写到了通灵宝玉和金锁，有非常细致的描写，还绘出图形。没想到在第二十九回，又出现了一个与通灵宝玉关联的金麒麟。这个金麒麟，到第三十一回更被凸显出来。金锁只是一个，金麒麟却有两个，一个小的，应该是雌的，由史湘云佩戴；一个大的，应该是雄的，由贾宝玉得到。贾宝玉在清虚观将那只金麒麟揣在怀里，为的是拿去送给史湘云，好让一雌一雄的金麒麟凑成一对。

那么，贾宝玉留下金麒麟，并且想把它送给史湘云，是不是意味着贾宝玉想跟史湘云示爱呢？当然不是。书里写得很清楚，这个金麒麟的出现，首先扰乱了黛玉的心，本来宝钗的那个金锁，就时时刺痛着她的心，现在一金未除，又添一金，三角关系似乎变成了四角关系，加上在清虚观里，张道士又当着众人给宝玉提亲，尽管贾母对张道士提亲加以了回绝，而且话里有话，骨子里是向着“木石姻缘”的，但黛玉并没有听懂。偏那金麒麟又来自于张道士那里，使得“金玉姻缘”的阴影，变得更加浓酽。黛玉就觉得，钗、湘都有金，可以拿金跟玉相配，自己却没有可以拿来跟玉相配的物件，就跟宝玉闹，说什么别挡了宝玉的好姻缘，宝玉也就急了，赌咒发誓，闹得沸反盈天。书里有这样一段话："原来那宝玉，自幼生成有一种下流痴病，况从小时和林黛玉耳鬓厮磨，心情相对，既如今稍明时事，又看了那些邪书僻传，凡远亲近友之家所见的那些闺英阁秀，皆未有稍及黛玉者，所以早存留一段心事，只不好说出来……"他不好说出来，我们读者可以替他很明快地说出来，就是他爱黛玉，想娶黛玉为正妻，在这一点上，他是绝不考虑宝钗、湘云的。因此，他留下从清虚观里得到的金麒麟，并且打算送给史湘云以凑成一对，绝对与爱情无关，在那个时候，他只是觉得有趣而已。

黛玉关注金麒麟，是在清虚观打醮之后，而宝钗早就注意到，湘云是有一只小些的金麒麟的。曹雪芹写得很细，也很准确。贾母对湘云的金麒麟只有个模糊的印象，一来她老眼昏花，二来她也不必关注身边女孩子都佩戴些什么。宝玉长期跟贾母住，以往湘云来了也是跟贾母住，他们在一个空间里玩耍，但金麒麟一般情况下是佩戴在外衣里面的，并不显眼，偶尔露出来，宝玉也不会特别注意。书里没写黛玉早已关注湘云佩戴金麒麟，但写到她俩同床睡觉，林黛玉当然看见过，不过在清虚观出现另一只金麒麟之前，黛玉可能觉得那不过是一件一般的佩戴物罢了，没往意识里镶嵌，她心地确实有单纯的一面。宝钗却是个有城府的人，故事的那个阶段，宝钗还并没有跟湘云同住过，但女孩子间亲密接触，她就注意到湘云大衣服里头，佩戴着一只金麒麟，当清虚观里出现另一只金麒麟后，她立刻会有体积上的比较，这当然并不一定意味着她对湘云身上的金麒麟早有戒备，但至少也说明她对任何小姐身上的金饰物都有超常的敏感性。

第二十九回清虚观打醮，是书里仅次于元妃省亲的大场面，而且故事的空间扩展到了宁、荣两府之外，但这两个大场面里，都没有史湘云出现。我在上几讲里分析过了，元妃省亲虚构性极强，作者写史湘云完全从生活的真实出发，凡虚构性太强的情节里，就不安排她出现；但清虚观打醮这段情节，我觉得却没多少纯虚构的成分，应该是非常之写实，没有史湘云出现，是因为在那次真实的打醮活动里，确实并没有这个人物的原型参与。元妃省亲的那些描写里，既没有史湘云出现，也没有关于她的任何信息，但是清虚观打醮的情节里，史湘云本人没有出现，却通过金麒麟，增加了关于她的信息。

关于金麒麟的事情，并没有就此结束，第三十一回，史湘云又来到了荣国府，她和她的丫头翠缕，在大观园里面行走的时候，就有一段论阴阳的对话，翠缕问她什么是阴什么是阳，她就举出很多例子说明这个问题，说着说着，最后呢，在蔷薇花架底下，发现有一个不知道什么人失落的金麒麟，翠缕捡起来给史湘云看，史湘云一看，哟，文彩辉煌，跟自己佩戴那个一模一样，只不过更大更好。那么这个金麒麟是谁掉在那里的呢？看过前面一回的读者，不难猜出，那是贾宝玉不慎掉落的。从张道士那儿得到金麒麟以后，贾宝玉把它揣在怀里，后来可能穿上绦绳，佩戴着玩儿；在上一回，就是第三十回，有一场戏，表现他站在蔷薇花架边上，隔着花架，看见一个女孩子蹲在那边，在地上不断地画出“蔷”字，当时宝玉只觉得奇怪，模模糊糊认出来那女孩子是府里养的小戏子——所谓“红楼十二官”之一——但究竟是哪一“官”，无法确定，她为什么反反复复地用簪子画“蔷”字？真是百思不得一解。后来忽然下起雨来，宝玉先劝那女孩子避雨，那边女孩子反过来提醒他，他才觉得被雨淋了，慌慌张张地跑开。曹雪芹没有明写宝玉慌张中掉落了金麒麟，但是读者读到湘云、翠缕在蔷薇花架下发现金麒麟时，应该能够明白，那就是宝玉从清虚观得到的金麒麟。

为金麒麟的事，黛玉跟宝玉大闹一场，但是通过宝玉“负荆请罪”，两个人有所沟通，基本上和好了。黛玉对金麒麟不那么戒备了，宝玉也不觉得金麒麟构成个什么事端了，就有一搭没一搭地佩戴着它。宝玉为避雨竟将金麒麟失落，说明他是戴着玩儿，并不是特别珍惜它，可能佩戴的绦绳不是特别结实，为躲雨一转身，就挣断了，就掉在那儿了，回到怡红院，他也没发觉。史湘云又来了，他本是准备把那金麒麟送给她的，见到她，也没有马上想起这件事，直到人家已经捡到那金麒麟了，他才想起来，而且还以为在袭人那里收着，袭人说你不是一直带着的吗？宝玉才发觉弄丢了。于是湘云这才知道，捡到的金麒麟，是宝玉打算送给自己的，湘云就亮出那个金麒麟，宝玉一看，果然是在清虚观得到的那个。这个情节一直延续到第三十二回开头，有一个细节大家一定要记清楚，就是湘云把捡到的金麒麟亮出来以后，宝玉就伸手接过来了。他不是留着想送给湘云吗？现在正好在湘云手里，他应该说你别还我了，我本来就是要送给你的呀，但是书里这个地方写得有点怪，宝玉并没有实现赠送湘云的初衷，他还是把那金麒麟留下了。当然在这个过程里，宝、湘两个人一些调侃性的对话，史湘云说，幸而是这个，明儿倘或把印也丢了，难道也就罢了不成？宝玉就说，倒是丢了印平常，若丢了这个，我就该死了。这些话，有些论家就总给上纲上线，说你看宝玉对官印嗤之以鼻，可见是反封建的，湘云呢？却把官印看得那么重要，可见湘云在思想上是落后的。其实大可不必这样看问题，我认为，这不过是少男少女之间在开玩笑。这两句玩笑话过去，前八十回里，就再没有涉及金麒麟的情节了。

关于金麒麟的这些文字，究竟表达着怎样的意思？金麒麟上了回目，第三十一回下半回叫作“因麒麟伏白首双星”——在现存的古本里，除了杨藏本，其余的本子在回目里全强调了金麒麟，可见金麒麟至关重要，跟前面比如说第八回贾母送给秦钟的一个金魁星，那种过场戏里一晃而过的道具，不可同日而语。

什么叫“双星”？过去多指天上的牛郎星和织女星，引申开去就是指一对恋人、一对夫妻。那么“因麒麟伏白首双星”的意思，分解开来，应该就是“因为一对金麒麟，埋伏下一对白发夫妻”。

这就很费琢磨了。

确实，故事发展到第二十九回到三十二回，情节里出现了一对金麒麟，一只是史湘云本来就有的，小一些，雌的；一只是贾宝玉从清虚观得到的，大一些，雄的。那么，最现成的解释，就是后来史湘云嫁给了贾宝玉，他们这对夫妻白头偕老。也就是说，史湘云“厮配得才貌仙郎”，那个“才貌仙郎”就是贾宝玉。

但是，恰恰在第二十九回到第三十回，重点写了宝玉对黛玉稳定不变的爱，以及贾母为他们的“木石姻缘”保驾护航。而第三十回和第三十一回，又写到史湘云叔婶已为她定亲，所定的夫君绝对不是贾宝玉。

本来，曹雪芹已经设计出了与贾宝玉那通灵宝玉相对应的，戴在薛宝钗脖子上的金锁，构成了“金玉姻缘”的阴影。把“金玉姻缘”和“木石姻缘”之间的拔河写好已经很不容易，没想到他又写到一对金麒麟，金上添金，构成了关于史湘云命运——也牵扯到贾宝玉——的大团疑云。这样去写，就更不容易了，所谓“何不畏难若此”？脂砚斋把曹雪芹的这种写法，叫作“间色法”。“间色法”本来是中国古典绘画里的一种技法。什么叫间色？大家知道，其实一种颜色是可以细分的，比如红色，红色从浅到深可以形成一个很长的谱系：淡红、微红、浅红、桃红、银红、胭脂红、芍药红、蓼花红、深红、大红、正红、朱红、猩红、紫红、金红、黑红……作画的时候，敢于在同一种颜色上再叠加同一谱系的颜色，比如我底子已经是红的，但是我上面还用另外一种红颜色来画，这是很难、很险的，非大画家、大手笔，不敢轻易尝试的。写小说也是这样，你已经设置了一个“金玉姻缘”的阴影了，忽然又再出来一对金麒麟，形成一团疑云。一时间人际关系变得格外复杂，三角，四角，乃至五角，来回扯动，这样展开情节，如果显得很费劲，很混乱，那读者可就读不下去了，但曹雪芹他写得很从容，情节流动仿佛溪水蜿蜒，潺潺有声，尽管一时不知底里结局，但读起来很自然，很舒服。这就是使用“间色法”的胜利。

史湘云在第三十一回就写到她定亲了，八十回里没写到她成婚，但是第五回里暗示了她的婚姻状况，《乐中悲》曲里说：“厮配得才貌仙郎，博得个地久天长，准折得幼年时坎坷形状。”——可见八十回后会写到她由定亲到成亲。仅从这三句看，她是很幸运的，尽管她无法掌握自己的命运，任凭叔婶为她包办，但她所嫁的是个“才貌仙郎”，彼此都很满意，打算地久天长地白头偕老，这个婚姻，看来把她早年的坎坷不幸，全都补偿了。但是这个曲子到这里并没有结束，下面几句写的是最终结果——“终久是云散高唐，水涸湘江。这是尘寰中消长数应当，何必枉悲伤？”最后那两句宿命论式的感叹姑且不论，“云散高唐”，“高唐”用的是战国时代楚国宋玉《高唐赋》的典故，指的是夫妻生活，那么，很显然，他们成婚时的美好愿望落了空，终究还是没有了夫妻生活；“水涸湘江”，用的是舜的两个妃子因为舜死于苍梧，最后溺于湘江的典故，那么可见史湘云婚后不仅是与丈夫分离，没有了夫妻生活，而且她丈夫后来根本就死掉了。“云散高唐”“水涸湘江”，里面嵌进了她的名字，这个原本天真烂漫、爽朗豁达的女子，最后也还是入了“薄命司”里的册页。

史湘云与其定亲，并且最后嫁过去的那个丈夫，也就是那位“才貌仙郎”，越细想，越会觉得绝对不是贾宝玉。第三十一回王夫人提到她定亲，用的完全是议论别人家的口气，如果她定的亲是贾宝玉，王夫人怎么会那么跟她说话？王夫人是贾宝玉他妈啊。第三十二回，袭人跟她道喜，用的也是跟贾宝玉无关的口气。

既然“才貌仙郎”不是贾宝玉，那么，会是谁呢？前八十回里，有没有这位公子的踪迹？

我们现在无法看到曹雪芹写出的八十回后文字，但是，幸好脂砚斋给我们留下两条可贵的批语，使我们在迷茫当中看到了远方的霞光。一条批语是三十一回的回后批，说“后数十回，若兰在射圃所配之麒麟，正此麒麟也。提纲伏于此回中，所谓草蛇灰线在千里之外”。这就是说，曹雪芹是把《红楼梦》写完了的，脂砚斋看过全部书稿，那么脂砚斋再回过头来读到这个地方时，就加了这样一条批语，赞赏曹雪芹设置伏笔的技巧，透露出来，在八十回之后，有一个射圃的情节，其中有一个人叫若兰，“若兰”是一个简称，我们进行文本细读就会发现，在前八十回里，在第十四回，写到都有哪些王孙公子来参与秦可卿丧事，所开列的名单里，出现过卫若兰，若兰显然就指的是卫若兰。这个卫若兰在射圃那段情节里，就佩戴了一个麒麟，这个麒麟，就正好是翠缕捡起来给史湘云看的那个麒麟，也正是贾宝玉从清虚观所得到的那个大的公麒麟。史湘云一直佩戴着一只小的雌麒麟，这个大的公麒麟最后不是佩戴在贾宝玉身上，而是佩戴在卫若兰身上，可见史湘云所定亲和嫁过去的那个“才貌仙郎”，不是贾宝玉而是卫若兰。

其实在金麒麟字样出现于正文之前，第二十六回，老早就出现了一条批语，说“惜卫若兰射圃文字迷失无稿，叹叹”。这条批语更短，但没有使用简称而写全了卫若兰的名字，更可见在八十回后，曹雪芹本已经完整地写出了关于卫若兰射圃的故事，但已经写成的文稿却神秘地“迷失”了，脂砚斋不禁发出无奈的叹息。

那么，一定会有人问：什么叫射圃？射圃跟习射、校射、射鹄子是一类意思，在清代，满人因为是通过武装夺取到政权，所以后来历代皇帝，尤其是康熙帝，特别强调文治武功，就是既然已经把全中国统治了，当然要重文治，可是也绝对不能够弃武，所以皇帝带头习武，其中一个重要的项目就是练习射箭，贵族家庭里面也形成一种风气，就是男子经常要练习骑马射箭。当然到清朝后期，文治不行了，武功更是衰退，光绪皇帝弱不禁风，哪里还能骑射？八旗子弟也都只知吃喝玩乐，文不能文，武不能武——这是后话，且不多说。在曹雪芹所生活的时代，皇帝以及满洲八旗的男子，习武之风还是有的。那么这种情况，在《红楼梦》里面有没有反映呢？有的。大家如果回忆一下，在第二十六回里有这样一个细节：宝玉从怡红院出来，“只见那边山坡上两只小鹿箭是的跑了来，宝玉不解是何意，正是纳闷，只见贾兰在后面拿着一张小弓追下来”，宝玉问贾兰：“好好的射他作什么？”贾兰就冠冕堂皇地回答：“演习演习骑射。”当然宝玉对此很不以为然，说：“把牙栽了，那时候才不演习呢。”这就是当时满族习武风气的一种反映。同时也是一个伏笔——后来贾府败落，其他人可谓“全军覆没”，唯独李纨、贾兰得以保全，贾兰参加科举的武举考试，考中武举后当了武官，李纨母以子贵，却喜极而死。另外就是第七十五回，写到贾珍召集一群贵族子弟，在宁国府天香楼下的箭道立了鹄子，在那里习射。鹄子就是箭靶子。当然贾珍他很荒唐，一开头说练臂力，后来就以“歇臂养力”为名开设赌局，闹得乌烟瘴气。贾赦、贾政没看到贾珍的荒唐面，认为自己家族“在武荫之属”，就是祖上所得到的宁国公、荣国公的封号，都是一种为皇帝在战场冲锋陷阵立下汗马功劳而获得的荣耀，往下传，无论是贾赦的一等将军，还是贾珍的三等威烈将军，都是属于“武”的品级，家族的这种以“武”获宠的光荣传统，应该继承，因此都很支持贾珍组织射鹄子，强迫宝玉也去习射，贾兰当然去了，甚至于最懒惰、最不愿意做正经事的贾环也只好去了。所谓射圃，应该就是类似的习射活动，只不过场地是在“圃”里，这个“圃”可能是“花圃”，也可能是“菜圃”“（树）苗圃”，卫若兰和一些人在“圃”里习射，那可能就并非贾珍主持的那种假招子，而是实战前的一种严肃认真的演习，而在那段情节里，卫若兰他身上，就佩戴着那只大的文彩辉煌的赤金点翠的雄麒麟。

卫若兰是一位王孙公子，家庭背景、经济根基应该都很不错，从他名字的谐音来看，“气味如兰草一般”，相貌、气质也很好。可能是卫若兰到了适婚年龄，卫家通过官媒，与也正要给史湘云寻婆家的史家接上了头，双方把若兰、湘云的生辰八字一对照，不犯忌，恰可好，卫家再派妇女去史家相亲，见到湘云本人，印象颇佳，于是双方家长包办，就先定了亲，后来又正式成婚。卫若兰可能是个文武全才，飘飘然有仙气，形容为“才貌仙郎”未为不可。有的人坚持认为，只有贾宝玉才能称为“仙郎”，因为书里写明他是天界的神瑛侍者下凡，其实没有天界身份的凡人，如果实在好，也可以用“仙”来形容，妙玉是地上凡人，书里就称道她“才华阜比仙”，“阜比仙”就是超过了天上仙人。

第十四回，卫若兰的名字是跟冯紫英、陈也俊排列在一起的，陈也俊和卫若兰的名字，前八十回里都只出现了那么一次，但绝非废笔赘文，我在前面的讲座里分析出来，陈也俊可能和妙玉有关系，而卫若兰与史湘云有关系，脂砚斋在批语里明说出来。陈、卫既然与冯紫英并列，可见他们的生存状态相近。冯紫英在前八十回里多次暗出、明出，我在前面讲座里分析出，他是以“义忠亲王老千岁”为旗帜的

“月”派政治势力的中坚分子，是与以忠顺王为代表的“日”派政治势力互相明争暗斗的，因此，八十回后卫若兰所参与的射圃活动，应该就是“月”派在拼力一搏前的军事演习。所谓“双星”，宽泛的意思指恩爱夫妻，严格地说，则指牛郎、织女相爱、相望却难以聚合，八十回后射圃的情节里，卫若兰应该是与史湘云处在生离死别的状态，分别前卫若兰把大的雄麒麟佩戴身上，到进行军事演习时也不摘下。当然最后“月”派是失败了，卫若兰牺牲了，“云散高唐”“水涸湘江”，“博得个地久天长”的美好愿望彻底落空。

说到这里，“才貌仙郎”的问题似乎解决了，“因麒麟伏白首双星”的问题似乎也解决得差不离了。

但是，细想一下，“因麒麟伏白首双星”的问题并没有解决，甚至问题的难度变得更大。上面我讲了那么多，只能说解释了“因麒麟伏双星”，“白首”就没解释到。史湘云和卫若兰结合的时候，双方都还非常年轻，故事往下流动，到“月”“日”两派一决雌雄的时候，往多了说也无非只过了几年时间，他们怎么就会“白首”呢？如果“白首”不是指他们两个人，那又是说的谁呢？

张爱玲是优秀的小说家，也是红学家，她在《红楼梦魇》一书里，提出她的一种解释。她认为曹雪芹在写这部著作的过程里，不断调整乃至改变他的思路，开头，他是想写“因麒麟伏白首双星”的一段故事，这段故事将在八十回后出现，他预先在第三十一回通过回目加以预言，但是，写着写着，他改变主意了，他放弃了这样一个构思。张爱玲立论的根据，是她发现有一种古本——就是杨继振藏本，又称“《红楼梦》稿本”——里面，第三十一回后半回的回目已经改成了“拾麒麟侍儿论阴阳”。既然曹雪芹已经放弃“因麒麟伏白首双星”的构思了，我们再去探究“白首双星”指的是谁，就没有意义，属于胶柱鼓瑟了。

但在传世的诸多古本里，只有这一种的第三十一回回目异样，因此，张爱玲的说法虽然自成一家，却难以成为共识，我就并不认同。

还有一种说法，乍听比较离奇，细想也不无道理。请问金麒麟是在哪儿出现的？是在清虚观里，跟张道士有关，而且金麒麟首先是被贾母看见的。那么在现场，有没有白头老人呢？当然有，一位就是贾母，另一位就是张道士——道士跟和尚不一样，和尚要剃成光秃，道士是要留胎发的，张道士应该已经是满头白发了——因此，“白首双星”，实际上暗伏的就是贾母和张道士，他们在年轻的时候，有所接触，产生过爱情，但是后来有情人未成眷属，贾母——那时候是史家小姐，她被嫁给了贾代善，而与她相恋的张家公子呢，就愤而到道观当了道士。请注意，张道士有一个特别的身份，他是荣国公的替身，也就是贾母丈夫贾代善的替身，这个身份，我们现代人听来相当古怪，其实在过去也并不多见，意味深长啊！书里写到清虚观打醮那段情节的时候，贾代善早就去世了，贾母守寡多年了，她到了清虚观，见到张道士，张道士说贾宝玉“这个形容身段，言语举动，怎么就同当日国公爷一个稿子！”说完先就泪流满面，贾母也由不得满面泪痕。这一对白发老人怎么回事啊？可见他们爱恋过，却如同牵牛星和织女星一样，永怀爱意而不能聚合一起，这种情形，用“因麒麟伏白首双星”来概括，不正严丝合缝吗？这种解读在清代就有评家提出过，历来的红迷也有这么去揣想的，我哥哥刘心化就多次跟我表述过这样的看法。请注意，我在这里只是介绍对“因麒麟伏白首双星”的一种独特理解，这并不是我的观点。

我为什么不认同上述观点呢？就是贾母和张道士见面流泪的情节，是在第二十九回，如果作者真要影射两位白发人的一段悲情前史，那“因麒麟伏白首双星”的回目就应该出现在二十九回，可是这个回目却安在了第三十一回，第三十一回里已经完全没有了张道士的身影，贾母也退为一个背景人物，前半回描写的是晴雯撕扇，后半回写的是翠缕和湘云一问一答论阴阳，最后拾到金麒麟。《红楼梦》的回目总是起到概括本回故事情节的作用，第三十一的回目不可能例外地去概括第二十九回的内容，因此，把“白首双星”理解成贾母和张道士，固然不无道理也很有趣，却无法解释回目何以和内容错位。

那么，我们无妨再回到贾宝玉身上，来思考这个问题。史湘云定亲、完婚的那位“才貌仙郎”，是卫若兰而不是贾宝玉。但是卫若兰后来在射圃的时候，所佩戴的那只金麒麟，就是贾宝玉从清虚观得到的，贾宝玉收起来，本来想送给史湘云，却中途失落了，又恰好被史湘云拾到，史湘云把拾到的金麒麟拿给贾宝玉看，贾宝玉接了过去，没有再送给她。第三十二回开头写到的这个细节，我上面提醒大家注意，注意它干什么呢？就是可以明白，那只大的雄的金麒麟是怎么到了卫若兰那里的。最大的可能，是八十回后交代出来，在卫若兰和史湘云正式完婚的时候，贾宝玉把它当作一个贺礼，送给了卫若兰。那当然是一件非常得体，也非常巧合的礼品：史湘云本来有一只小的雌的，卫若兰这下有了一只大的雄的，雌雄金麒麟合璧，见证他们的婚姻真乃“天作之合”。当然，八十回后还会写到，这桩美满的婚姻终究还是被狰狞的现实政治摧毁。

那么，在卫若兰牺牲后，史湘云又怎么样了呢？卫若兰牺牲了，他佩戴的那只大的雄麒麟又哪里去了呢？

大家应该注意到，第三十一回写到，翠缕捡起金麒麟，史湘云伸手擎在掌上，“只是默默无语，正自出神，忽见宝玉从那边来了”。史湘云是个话多的人，睡在床上还要咭咭呱呱，八十回书里对她抢话有多次描写，写她默然出神，只此一处。这是为什么？我认为，这就说明，史湘云被眼前的巧合震惊了，她可能模模糊糊地意识到，她自己佩戴的雌麒麟和这只雄麒麟的遇合，是对她今后命运的一种预示。那么，史湘云未来命运的发展轨迹，在卫若兰牺牲后，会不会由于雄麒麟的依然存在，又有戏剧性的变化呢？如果说贾宝玉并不是她与之定亲、成婚的那个“才貌仙郎”，却很可能与她在苦难中遇合，那只雄麒麟竟又到了贾宝玉身上，他们两个人“因麒麟伏白首双星”呢？如果八十回后有这样的情节，则这个回目安在第三十一回后半，就非常合适。

于是，我们的讨论，就必须再深入一步：八十回后，史湘云的命运，会不会有与贾宝玉因麒麟遇合的情节？

第五章 史湘云结局之谜

第五回的册页里，关于史湘云的那一页，画的是“几缕飞云，一湾逝水”，判词是“富贵又何为？襁褓之间父母违；展眼吊斜晖，湘江水逝楚云飞。”这和《乐中悲》曲是互相呼应的。但无论是画幅、判词和曲子，对她八十回后的命运发展，都表达得比较含混，只是暗示出来，尽管她定亲、成婚“厮配得才貌仙郎”，最后却未能“博得个地久天长”，云飞水逝，处境悲惨。

“才貌仙郎”卫若兰死掉了。怎么死的呢？应该是非正常死亡。

我在前面一些讲座里面表述我自己的一个观点，就是曹雪芹在整个故事里面，渗透了一个很大的政治背景，就是康熙、雍正、乾隆三朝的权力斗争。当然作为小说，他不能明写，只能曲折隐讳，反映到小说里面，就有“月”派和“日”派之间的明争暗斗。卫若兰属于“月”派阵营，和冯紫英等是一伙，八十回里写了冯紫英跟着他父亲冯唐，到铁网山去打围，“大不幸之中又大幸”，实际上就是为了“举事”“踩点”去了，险些被“日”派察觉，总算有惊无险。八十回后，“月”派进一步“聚义”，曹雪芹写下了射圃的情节，就是“月”派为正式的军事行动进行演习，后来估计会写到“月”派对“日”派的殊死冲击——如果不正面描写，也会通过概括叙述或人物对话做出交代——但是，“月”派失败了，卫若兰在战斗中阵亡。从“月”派的角度看，他是一位烈士，史湘云就成了烈士遗孀。

卫若兰射圃时，佩戴着贾宝玉在他迎娶史湘云时送给他的金麒麟，我们可以想见，他甚至在正式投入战斗的时候，也佩戴着它，在战斗中受到重创，咽气之前，则委托尚有希望生还的战友，比如冯紫英、陈也俊、柳湘莲或其他人——最大的可能是冯紫英——把那只金麒麟再转交给贾宝玉，意思是把史湘云托付给贾宝玉，让他照顾这个不幸的表妹。

卫若兰死了。那么，史湘云是否立即垮掉了呢？从判词里“展眼吊斜晖”一句来看，她当然很悲痛，不得不凭吊来得如此迅速的陨落，但是，她没有完全绝望，没有夫死妇殉，她还足够坚强，继续在人生的道路上跋涉。因此，八十回后，应该还有她更多的故事。

而这以后的故事里，金麒麟仍是一个重要的道具。如果贾宝玉又重新得到了那只大的雄麒麟，那么，他一定会去找寻史湘云，如果找到，大的雄麒麟，就会和小的雌麒麟再次聚集。也就是说，八十回后，应该有贾宝玉和史湘云遇合的重要情节。

有的人会说，史湘云应该很好找啊，他们是亲戚嘛，史湘云嫁到卫家以后，应该一直和贾家保持联系。但是八十回以后，四大家族以及相关的许多家庭，都发生了巨变。我在前面的讲座里，把自己有关探佚结果跟大家详尽地讲述过，就是在“双悬日月照乾坤”这样一种政治格局下面的权力斗争，“月”派彻底地覆灭了。在八十回里，第七十五回，就写到甄家已经被皇帝调取进京治罪，甄家是贾家的影子，书里也明写了贾家违反王法，替甄家寄顿财物，所以，八十回后，应该很快写到皇帝追究贾家。史家的两个侯爵，保龄侯史鼐、忠靖侯史鼎也在劫难逃。第四回写“护官符”的时候已经明确地告诉读者，贾、史、薛、王这四家是一损皆损的。冯紫英可能侥幸逃脱，把卫若兰托付给他的金麒麟，设法交到了贾宝玉手中，自己再隐姓埋名地去过流亡生活，而贾家很快被皇帝抄拣治罪，贾宝玉也被逮捕入狱，在这样的大变故之中，因为卫若兰属于“逆党”，史湘云就是“逆属”，更何况她两家叔叔都倒了台，她就可能被官府作为罚没的“逆产”，给拍卖掉了。在真实生活中，雍正朝苏州织造李煦被治罪后，家属被押到北京崇文门被拍卖——请注意：书里的史家，原型就是李煦他们家——贾宝玉哪里还找得到史湘云呢？一场令人肠断心摧的离乱，使得他们可能连对方的准确信息都得不到了。

曹雪芹的八十回后的文稿虽然迷失了，但是通过脂砚斋在八十回里的一些批语，我们可以知道后面的若干具体情节，比如贾宝玉入狱后，在狱神庙里，当年被他醉酒后误撵的丫头茜雪，还有在贾府覆灭前就及时抽身离开嫁给贾芸的小红，她们去安慰、救助贾宝玉。贾宝年龄毕竟还比较小，而且贾府有关的政治性活动当中，也找不到他什么参与犯罪的证据，又由于有人救助，所以羁押一段以后，可能就把他遣返原籍，这是一种较轻的发落，而他的原籍是金陵，故事往后发展，从空间上说，就应该一度由北京转换到金陵地区。

根据我的探佚，贾宝玉在回金陵原籍的过程当中，又遭到了很多的磨难，因为有人告发贾宝玉新的“罪状”，忠顺王就去追索他。在这样一个情况下，就出现了妙玉。妙玉在最急难的时候，违背她师傅圆寂时的遗言——师傅说她一生不宜还乡，她的原籍也是金陵地区——可是为了救助宝玉，妙玉风尘仆仆，毅然往金陵而去，寻找宝玉的踪迹。在瓜洲渡口，妙玉就和忠顺王达成了一个协议，牺牲自己，救出了宝玉。在这个过程当中，又一个复杂的情节，就是妙玉在见忠顺王之前，又邂逅了史湘云，那时候史湘云经过几次转卖，沦为了瓜州歌船上的乐女。妙玉赎出了史湘云，并且把放走宝玉、湘云一起远遁作为跟忠顺王谈判的条件。因此妙玉不仅是为宝玉牺牲，她更使得宝、湘两个在离乱后遇合，遇合后宝、湘在颠沛流离中相濡以沫。

这样看来，第三十一回“因麒麟伏白首双星”的预言，到头来还是落到了宝、湘两个人身上。黛玉先沉湖，宝钗嫁宝玉后抑郁而死，宝玉万没想到，最后和湘云结成了伴侣，湘云更是始料未及，而他们的遇合，得力于妙玉的成全，也确实是因为一对金麒麟，埋伏下了一段姻缘。颠沛流离中的宝玉和湘云，年龄虽然还不老，却都有了白发。

我的探佚，除了对曹雪芹的前八十回进行文本细读，爬剔出伏笔线索，以及依据古本中的脂砚斋批语，还使用了曹雪芹在世时以及跟他生活时段相近的一些其他人的文献资料，不便一一列举。在这一讲，我只把跟史湘云命运大结局当中的最关键那一点的证据，跟大家陈述一下，以期共同进行讨论。

最关键一点，就是八十回后，贾宝玉和史湘云是不是遇合了？

我个人有一个比较独特的观点，在前面的讲座里面提出来以后，引起很大的争论。看到各种不同的意见特别是批驳我的意见以后，我是很高兴的。我觉得《红楼梦》这一部奇书，它当中有一些需要去破解的文本现象，这不是少数专家就能够把它解决的，需要大家共同地来平等探讨，而且需要长时间探讨，各种不同的观点可以长时间地各自保留。通过不断地探讨，大家可以去加深对这部书的内涵以及曹雪芹写作的艺术手法的认识。

我个人对《红楼梦》十二支曲当中的《枉凝眉》这一支曲，有一个独特解释。我认为这支曲是以贾宝玉的口气来咏叹两个人：一个是史湘云，一个是妙玉。我认为，前面那一曲《终身误》里面，是以贾宝玉的口气咏叹了薛宝钗和林黛玉。为什么这四个人要用两支曲来加以咏叹呢？我又有一个独特的看法，就是在第五回，太虚幻境有四个仙女报了名字，她们的名字，影射着贾宝玉一生中最重要的四个女子，就是林黛玉、薛宝钗、史湘云和妙玉。我提出这个看法，完全不意味着我以为自己真理在手，别人就都是错的，我只是经过反复考虑以后觉得，我这个思路有它一定的道理，无妨讲出来供大家参考。

实际上，对《红楼梦》十二支曲的讨论是很繁难的，因为它会碰到一个均衡性的问题。比如有的人认为《终身误》就是写宝钗一人的，是用宝玉的口气咏叹宝钗；《枉凝眉》呢，则是用宝玉的口气咏叹他和黛玉的关系。可是，如果是这样，它就不均衡了。实际上，在《终身误》这首曲里面不仅是说到宝钗，分明说到黛玉，它就和前面那个薄命司册页一样，金陵十二钗正册的第一幅画、第一首诗，它就是黛、钗合一的，《终身误》明明白白也是黛、钗合一的。如果是这样的话，为什么又单给黛玉来一个《枉凝眉》呢？它就有一个均衡性方面的问题。

我关于《枉凝眉》的说法，也遇到一个均衡性的问题。我认为《终身误》是黛、钗合一的咏诵，《枉凝眉》是湘、妙合一的喟叹，这固然与太虚幻境四仙姑名字的隐喻可以相合，但后面的曲子里，为什么又单有关于湘云的《乐中悲》和关于妙玉的《世难容》两支曲呢？

这种不均衡，可能是曹雪芹故意的。你可以认为在《红楼梦》套曲里黛、钗不必均衡，那么我也可以认为湘、妙在套曲里也不必与其他各钗均衡，在有了关于她们两个合一的《枉凝眉》以后，因为她们的重要性——特别是在八十回后的重要性，可能曹雪芹就是刻意要为她们再各写一曲。

我的思路目前还没有改变，在我个人看来，《枉凝眉》曲里面有一些句子应该指的是史湘云，是从贾宝玉的角度，以他的口气咏叹到史湘云本身，以及史湘云和他的关系。

比如说“一个是阆苑仙葩”。我在前面讲座里一再跟大家说，林黛玉在天界是绛珠仙草，草与花有区别，这里的措辞却是“仙葩“，“葩”只有一个含义，就是花。在大观园的怡红院，种了一株海棠树，第十七回描写到它的时候（虽然那时候那处地方还没有命名为怡红院），曹雪芹特意用了“丝垂翠缕、葩吐丹砂”的字眼儿来形容。后来我们就发现，史湘云的丫头恰恰就叫翠缕。第六十三回“寿怡红群芳开夜宴”，参与者抽花签，史湘云抽到的，就是海棠花。曹雪芹以海棠花来喻史湘云，已经深入读者之心。“阆苑仙葩”指的应该就是史湘云。有人会说，“阆苑”是仙苑，“葩”又是“仙葩”，可是史湘云并没有仙界的身份呀。其实大观园的景象，堪比仙境，第十八回元妃省亲，众才女奉命作诗，迎春有句“谁信人间有此境“，李纨诗里用“蓬莱”“瑶台”形容，林黛玉则明书“仙境别红尘”，可见“阆苑”就是指人间的园林；卫若兰可以称“才貌仙郎”，妙玉可赞其“才华阜比仙”，用“仙葩”形容史湘云这枝美丽的海棠花，有什么不可以呢？

在《枉凝眉》曲里，接着有这样的句子：“若说没奇缘，今生偏又遇着他。”我认为这句话应在了贾宝玉和史湘云身上。贾宝玉在大观园里面嬉游的时候，他和史湘云相处得非常好，兄妹之情，处处流溢。可是，他们两个之间那时候并没有产生爱情，两个人都没觉得，他们之间会有一种奇异的缘分。可是，随着世事白云苍狗般的变迁，在有生之年，他们两个居然在离乱后奇妙地遇合了。

再下面，“一个枉自嗟呀”，“一个是水中月”，发出嗟呀的是贾宝玉，所嗟呀的对象“水中月”，影射的也是史湘云。第七十六回在凹晶馆，史湘云和林黛玉两个人联诗，联到后来，两个人就想不出妙句了，这个时候，史湘云就看见有一个黑影，她就用一个小石片向湖中打去，就只听打得水响，于是，“一个大圆圈将月影荡散复聚者几次”，而一只鹤就惊飞了，史湘云马上吟出“寒塘渡鹤影”的妙句。“一个大圆圈将月影荡散复聚者几次”这句描写，实际上也暗示着史湘云后来更加坎坷的命运，她和贾宝玉的关系，就仿佛月影被石片打破一样，荡散复聚者几次。我觉得这也是一种暗示。

当然会有人说，这支曲最后的词句是：“想眼中有多少泪珠儿，怎禁得秋流到冬尽，春流到夏！”说这更说明唱的是林黛玉了，林黛玉爱流泪嘛。您这个思路我很尊重，有一定道理。但是，贾宝玉他也可以流泪。因为大家知道，在第二十八回，贾宝玉到冯紫英家里面去喝酒聚会，聚会中大家轮流唱曲，贾宝玉就以自我咏叹的口气唱了一支《红豆曲》，《红豆曲》当中有一句就是“滴不尽相思血泪抛红豆”，宝玉他也有一腔痛泪，所以《枉凝眉》这个地方虽然出现了流泪，不一定非得往林黛玉身上去想，它也可能就是宝玉想起与妙玉、史湘云的奇异邂逅、生离死别，就觉得有流不尽的泪水。

如果说，把《枉凝眉》曲拿来证明八十回后会有宝、湘遇合的情节，难以服人，那么，好，我们再看看，从前八十回书里，能不能找到其他的相关的伏笔。

在书里，湘云是一个大诗人，她的诗才不让黛玉、宝钗、宝琴，往往还显得更敏捷，更灵动。那么，我们看看在湘云的诗里面，有没有那样的句子，能够让我们产生出关于她后来命运的联想。当然是有的，先来看她第三十七回的《咏白海棠》。她后来居上，一口气写了两首。

别人都说，我们各写一首，觉得把话说尽了，哪里还写得出来？你怎么一下子就写出两首啊？她创作力就那么旺盛。在她的《咏白海棠》诗里，有这样的句子："自是孀娥偏耐冷，非关倩女亦离魂。"什么意思呢？"孀娥"这个"孀"，它用了一个"女"字边，什么叫"孀"？寡妇嘛，曹雪芹通过她的诗，再次向读者传递出这样的信息：她婚后会守寡。当然第五回通过判词和有关她的曲子——我现在说的还不是《枉凝眉》，是大家没有争议的《乐中悲》——已经就非常清楚地表明，她会成为寡妇，那么《咏白海棠》就跟第五回呼应，透露出她会成为"孀娥"，但诗里增添了新的信息，就是她成为寡妇后，没有丧失在严寒般的环境里继续活下去的勇气，"自是孀蛾偏耐冷"，多么顽强啊！那么继续活下去，会出现一个什么情况呢？叫作"非关倩女亦离魂"。倩女离魂是个有名的故事，最早被唐代的陈玄祐写成传奇《离魂记》，元代又被郑德辉写成杂剧《迷青琐倩女离魂》，清代时舞台上经常演出，它是一个爱情故事，简单来说，就是一个叫倩娘的小姐，与她表兄相爱，她父亲却偏把她许给了别的人家，她就病了，卧床不起，她表兄娶不到她，愤而远行，没想到夜里倩女忽然出现，说是来追赶他的，他们就共同生活，后来他们一起回倩娘家，倩娘父母大吃一惊，说倩娘一直昏睡不醒，没有离开家呀，谁知那个昏睡的倩娘忽然起来了，迎向回家的倩娘，两个倩娘就合为一体了——原来昏睡的倩娘的魂魄离开了肉体，去追赶了她的表哥。那么曹雪芹就通过史湘云的这句诗，告诉我们：她虽然并非倩女，因为她跟表哥贾宝玉以前并没有爱情关系，但是她后来的命运遭遇，也等于是灵魂出了窍，直到与贾宝玉在离乱中遇合，才魂魄归体。这两句是对史湘云八十回后命运的最明显的暗示，当然，像"玉烛滴干风里泪，晶帘隔破月中痕。幽情欲向嫦娥诉，无奈虚廊夜色昏。"这些句子也含有"月"派失败后，宝、湘命运发生逆转的不祥预告。

再比如说，第三十八回，是写菊花诗了。史湘云写的《对菊》里有这样一些句子："数去更无君傲世，看来惟有我知音。秋光荏苒休辜负，相对原宜惜寸阴。"就使人感觉到好像是写一种经过苦难以后、与亲友遇合，相对苦守的那种情形。《供菊》这首诗里面，她又写到，"霜清纸帐来新梦，圃冷斜阳忆旧游。"就是在非常贫困、寒素的一种生活境遇中，她和另外一个人共度怀旧的岁月。当然，这样为人物设计所吟出的诗句，向读者喻示人物今后的命运，是曹雪芹的一种艺术手法，搁到那段故事里的具体情境里，当时写诗的人，并不知道那都是些"谶语"，似乎是无意识地，"为艺术而艺术"地写出了那些句子。

诗的意蕴总是比较朦胧的，《红楼梦》里的诗又是以角色的名义吟出，一般都包含着两层以上的喻义，就更加玄妙，一个诗句，人们可以从不同角度来理解它，因此，我这样来分析，也可能你还是不能信服，希望我再提供一些论据。那么，还能不能找到另外的佐证呢？我觉得还是有的。

大家知道，曹雪芹在创作《红楼梦》的过程当中，他还有一些社交活动，跟他交往的一些朋友留下了一些诗。比如说，他有两个最好的朋友是两兄弟，一个叫敦敏，一个叫敦诚，这敦敏、敦诚在他们流传至今的诗集里面，就都有涉及曹雪芹的诗。敦敏有一本个人诗集《懋斋诗抄》，里面有一首《赠芹圃》，曹雪芹的正名叫曹霑，字芹圃，雪芹是他的号，当然他还有芹溪居士、梦阮等别号，只是我们现在习惯把他叫作曹雪芹。《赠芹圃》也就是赠给曹雪芹的一首诗，诗里面写到了曹雪芹的生活状态，发出了诗作者的感慨。诗里没有明显地涉及《红楼梦》，但后四句是："燕市哭歌悲遇合，秦淮风月忆繁华；新愁旧恨知多少，一醉酕醄白眼斜。"燕市就是北京这座城市，秦淮是金陵的代称，当然金陵在过去是个比较宽泛的概念，把扬州、南京、苏州等一大片地方全包括在内，但秦淮河是在南京，而且至少从宋代起，直到清代，那里一直是所谓的“狎邪之地”，也就是妓馆密集的地方。那么在燕市这个空间里，发生了什么事情呢？发生了一个人与另一个人的“遇合”，其中一个人应该就是曹雪芹，因为这首诗是为他而写的，那么另一个人是谁呢？尽管诗句用了很含蓄的写法，还是不难判断出来，另一位是曾经沦落到秦淮青楼的女子。那个时代男子去妓院或在妓院外与妓女交往，都是常见的现象，《红楼梦》里就写到贾宝玉去冯紫英家赴宴，有锦香院的妓女云儿在座，而且云儿还知道袭人，但这句诗里写到的“秦淮风月”，一点没有寻欢作乐的意思，而是散发出非常悲苦的味道，它所传达出的信息，分解开来就是：曹雪芹跟一位不幸沦落到青楼的故旧女子遇合，二人回想起原来各自家族在金陵的繁华生活，不禁长歌当哭。前面我多次讲过，曹家三代四人担任江宁织造，金陵地区、秦淮河边，是他们家族发迹之地，不说别的，康熙六次南巡，四次住在他们家，经历的繁华景象到了不堪的地步。那么，谁家的女子会在跟他遇合后，就此产生强烈共鸣呢？应该就是多年来担任苏州织造的李煦家。李煦跟曹寅一起在金陵接待南巡的康熙，《红楼梦》第十六回赵嬷嬷说：“只预备接驾一次，把银子都花的淌海水似的！”“别讲银子成了土泥，凭你世上所有的，没有不是堆山塞海的，那罪过可惜四个字竟顾不得了。”那就是当年曹、李两家接驾情况的真实写照。大家更别忘记，李煦的妹妹嫁给曹寅为妻，就是曹雪芹的祖母，那么，曹雪芹在家败离乱后遇合的同辈女子，很可能就是李家的一位小姐，也就是他的一个表妹。

有类似内容的诗，敦敏写了不止一首，他另外一首诗题目很长，在讲薛宝钗的时候引过，现在必须再引：《芹圃曹君霑别来已一载余矣，偶过明君琳养石轩，隔院闻高谈声，疑是曹君，急就相访，惊喜意外，因呼酒话旧事，感成长句》，从诗题可以知道，曹雪芹在写作、修订《红楼梦》的过程里，曾经南下一年，这首诗里又有两句："秦淮旧梦人犹在，燕市悲歌酒易醺。"这两句可以跟上面引的几句比照着理解，表达的是同样的意蕴，但是，强调了"人犹在"。我推敲的结果是：曹雪芹跟这个能一起重温"秦淮旧梦"的"人"，并不是这次他下江南时才遇合的，他们早就遇合了，而且是在"燕市"也就是北京遇合的，那位女子可能是自己从秦淮沦落之地，辗转回到北京，遇到曹雪芹，如同倩女魂归原身，与曹雪芹共同生活。曹雪芹离京到金陵一年，据周汝昌先生考证，是到两江总督尹继善那里暂作幕宾，实际上他是为完成与修订《红楼梦》，体验生活并补充素材去了，他回来后，敦敏与他闻声相聚，兴奋异常，写成此诗，句中的"人犹在"字样，说明那位与曹雪芹遇合的女子，在曹雪芹离京后，一直坚守，而曹雪芹既然回来，也必然会继续"悲歌"——"悲歌"可以理解成写作《红楼梦》，曹雪芹的另一位朋友张宜泉在他病逝后伤悼他的诗里，就有"白雪歌残梦正长"的句子，也是以"歌"代书，而且点出所写的书是个"长梦"，可惜著书人逝去，"歌"成了"残"的了。

前面所引的《红楼梦》里的曲词诗句，毕竟都是曹雪芹代小说角色所拟，而敦敏、张宜泉是生活中实有之人，他们写给曹雪芹的诗不是虚构"代拟"，而是实实在在地写曹雪芹的生活状况，因此，我们可以得出这样的结论：曹雪芹的《红楼梦》八十回后里面，关于贾宝玉和史湘云的遇合的情节，是有真实的生活依据的。当然，他以真实的生活为素材，但在表现八十回后史湘云这个角色的命运时，比起八十回里那种基本排除虚构的写法，他有所变化，显然增加了"真事隐""假语存"的力度。

有人可能要进一步追问了，说你现在说了这么多，我还是不大相信。你怎么就见得在八十回后，必有贾宝玉和史湘云又遇在一起，共同生活的情节？你能不能举出更多的、过硬一点儿的证据呢？我还是可以举出来的。

《红楼梦》成书、流传的时间已经很长了，即使从甲戌本出现的1754年算起，也已经超过了二百五十年。在最早时候，它以手抄本形式流传，现在我们所能看到的古本，只是当年流传的手抄本当中的沧海之一粟，大量的都在社会动荡中湮灭掉了。可是，从乾隆朝中期，一直到清末，再到辛亥革命以后的中华民国初期，都有一些人在他们的著作里，记载了一些他们所看到的古抄本的情况，下面举些例子。

在咸丰年间，有一个叫赵之谦的人，他写了一部著作叫作《章安杂说》，里面就记载了他所知道的《石头记》的八十回后的情节。他说有什么情节呢？有“宝玉作看街兵，史湘云再醮与宝玉。”什么叫再醮？就是寡妇再嫁，这是很重要的线索。

大家知道乾隆时期有个大文人叫纪昀，也就是纪晓岚，他写过一部《阅微草堂笔记》，后来有人用甫塘逸士的署名写了部《续阅微草堂笔记》，作者说他认识一个叫戴诚夫的人，看见过一个《石头记》的“旧时真本”，这个真本八十回后“皆不与今同”，就是和当时社会上已经广泛流传的程伟元、高鹗他们所推行的那种一百二十回本子的那些情节完全不同。怎么个不同呢？他说“旧时真本”里的情节是这样的：“宁、荣籍没后”——“籍没”就是被皇帝抄家了——“皆极萧条，宝钗亦早卒，宝玉无以作家，至沦于击柝之流”——“击柝”就是打更，打更有各种方式，击柝是拿一个盒形的木头，再拿一个木槌子来敲击它，发出“梆梆”的响声——“史湘云则为乞丐，后乃与宝玉仍成夫妇”。而且，这条记载最后还有一个结论，说为什么这个书里面有一个回目叫作“因麒麟伏白首双星”呢？就是因为是这样的结局。“因麒麟伏白首双星”到头来应在了宝玉和史湘云的身上。这位记述者还说，当时吴润生中丞家还有这么一个抄本，他打算抽工夫去拜访，借来一睹为快。

这样的记述虽然宝贵，但是过于简略。我们读了仍然会有疑问，特别是这一点：“白首”怎么理解？如果说是贾宝玉跟史湘云白头偕老，那不到头来还是个喜剧吗？而《红楼梦》它整个是一个彻底的大悲剧的构思，曹雪芹通过第五回，非常明确地告诉我们，最后的大结局是“好一似食尽鸟投林，落了片白茫茫大地真干净”。如果贾宝玉和史湘云后来遇合，虽然是身为乞丐，物质生活非常匮乏，回想往事不堪回首，但是，毕竟他们两个从小一块儿长大，知心合意，这样的一对男女生活在一起，他们内心应该还是有幸福感的，何况他们白头偕老，也就没有了宝玉的悬崖撒手了——而这也是前八十回里一再暗示，脂砚斋在批语里也一再提及的。可见，“白首”应该不是“白头偕老”的意思，而是说他们遇合时，因为经历了太多的惊恐磨难，白了少年头。

实际上关于“旧时真本”的记载还有很多。同治时期，又有一个叫濮青士的，他说在京师看到过《痴人说梦》一书，他转引《痴人说梦》里的记载，说有一个古本里面写的是：“宝玉实娶湘云，晚年极贫。”“拾煤球为活。”所谓拾煤球，其实就是拾煤核，北京过去冬天人们取暖都是用煤炉子，烧煤球。煤球烧完了以后，就变成了灰白色，但是有的没有烧透，煤核里面还有点黑，还可以把它捡拾出来作为燃料，或者自己用来取暖，或者加工以后卖给别人。据他说，宝玉和湘云最后就是靠拾煤核过日子。那个本子里还写到，“宝、湘其后流落饥寒，至栖于街卒木棚中。”街卒，就是看街兵，北京现在前门外还有一条街，它的名称写出来是大栅栏，但是老北京人称呼它发出的声音却是“大市烂儿”。乾隆时期它就是一条商业街道，街里的商家每家出点钱，购置了一批活动栅栏，白天挪开，入夜拿来封街，管理栅栏和夜里巡逻的，就是街卒。街卒往往也兼更夫。当然这样使用街卒的街道不止一条。据濮青士说《石头记》八十回后的情节里，就有宝玉、湘云遇合后贫无所居，宝玉就当了街卒，晚上两个人就在街卒歇脚的木棚里栖息。

到了清末民初，有一个叫陈弢庵的，这个人就口气更大一点，他说他直接看到过“旧时真本”，他说前面那些人只是听说，转述别人的见闻，他说我可是真看见，当然他也可能是吹牛，不过我们现在不好去判断，估计他是真看过，因为在当时，议论《红楼梦》，研究《红楼梦》，说你看到过真正的古本，既得不到名也得不到利，朋友之间讨论可能很热闹，搁到社会的正式台面上，还是吃不开的，主流文化还是排斥《红楼梦》这种“旁门左道”的，所以想必他那么所说，是真有那么回事。

他说他得到一个本子，这个本子他读得很细，他说八十回后写的是：薛宝钗嫁给贾宝玉不久，就病死了。史湘云出嫁不久也守寡了。后来，史湘云跟贾宝玉遇合，就结缡了——结缡就是结婚的意思。宝玉曾落魄为看街人，住堆子中。堆子是什么地方？清代的北京，在城边上，或者在一些胡同边上，有一些破烂的半截墙围成的肮脏空间，连屋顶都没有，跟废墟差不多，叫作堆子，是最没有办法的穷人过夜的地方。这和前面有人说看到宝玉落难后住在街卒木棚里，大同小异。

再往下，陈弢庵提供的“旧时真本”内容就更具体也更独家了，他说书里是这样写的：有一天，北静王从街头经过——八十回里北静王正面出场，暗写、旁及也有好几次，八十回后北静王还存在，并且依然保持着原来的状态，这也合理，这个角色和“月派”比较近乎，跟“日”派忠顺王之间有过对蒋玉菡的争夺，但是他跟皇帝的关系一直比较和谐，是一个能够在权力博弈中取得平衡的人物。“四大家族”覆灭后，他并没有被皇帝整治——他从街头经过，前面有仆从喝道，根据那时候的规矩，听见了喝道，在贵人来到之前，看街兵就都必须从木棚或堆子里出来垂手侍立，可是街边堆子里的看街兵却没有出来，于是仆役就大怒，就冲到里面，把那个街卒薅出来了，并且立即就要痛加挞伐。在这种情况下，那个街卒就高声地喊冤枉。北静王一听，这个声音很熟悉呀，于是，就让仆役且不要打人，让他们把喊冤的人带过来，亲自讯问，结果带过来一看，并不认得；但是询问时听那声音，确实熟悉；再细看、细想，哎呀，是贾宝玉啊。大家一定还记得《红楼梦》第十四、十五回里面关于贾宝玉路谒北静王的那些描写，北静王对他是多么赞赏啊，那么没想到竟在这种情况下邂逅了，北静王就把贾宝玉带回王府，让他痛说前因后果。可惜陈弢庵没有说出更多的内容。但仅就他说出来的而言，已经足以调动起我们寻找、阅读迷失掉的古本的热情。

这些有关“旧时真本”的记载不尽可信，但是，这些不同朝代的人在不同的书里所记载的虽然也有所不同，可是其中相同部分却很多，相同的部分就是贾宝玉和史湘云后来遇合了，结为夫妻了。如果说有的情节是他生发出来，甚至于是空想出来的，可是其中那个合理内核我们应该是可以承认下来的。

曹雪芹将怎么样保持他整部小说的大悲剧结局呢？他会写到史湘云悲惨地死去，他会写到贾宝玉悬崖撒手，彻底地对人间失望，回归天界。就这一点而言，它不符合生活当中曹雪芹和他那个李氏表妹的真实情况，虽然史湘云这个角色，我在上几讲说了，在八十回里面的情节，应该和生活原型距离最近，虚构成分最少，但是为了保持一个全书的大悲剧结局，他可能不得不在八十回后让史湘云这个角色也终于死掉。这样来处理，会在他的创作心理上，形成一些障碍。原型就在身边，角色却还是要写死。我一开始讲史湘云的时候就提出一个问题：为什么史湘云出场前后始终没有一段叙述性的文字来概括她的来龙去脉？就是因为曹雪芹和史湘云原型他们两个斟酌再三，觉得非常为难，你前面都非常真实，可是最后呢，“秦淮旧梦人犹在”，你拿我做原型写成一个艺术形象，到头来却要把角色的生命结束。虽然这样处理原型也能同意，可是怎么来写一段关于这个人物的概括性叙述文字呢？就比较费神思。所以我们现在看到八十回的文本里面，就始终没有一段这样的文字。

当然新的问题就来了：既然史湘云的原型就在曹雪芹身边，那么，她会不会就是脂砚斋呢？下面，我就来说说自己的见解。

第六章 脂砚斋之谜

现在我们要探讨一下，脂砚斋究竟是谁？会不会就是书中史湘云的原型？

脂砚斋是曹雪芹写作《红楼梦》的一个合作者，一个助手，在有一种古本叫甲戌本里面，干脆就把脂砚斋的名字写进了正文：“后因曹雪芹于悼红轩中披阅十载，增删五次，纂成目录，分出章回，则题曰《金陵十二钗》……至脂砚斋甲戌抄阅再评，仍用《石头记》。”

脂砚斋这个人，就在曹雪芹身边生活，曹雪芹写《红楼梦》，脂砚斋整理文稿，进行编辑。甲戌本的那个甲戌，指的是乾隆十九年，也就是公历 1754 年，既然叫作“抄阅再评”，可见这之前就有初评，不是第一次整理出来的本子了。初评的时候，还没有确定这部书究竟怎么定名，因为曹雪芹和他的一些亲友，想出了很多种书名：《石头记》《情僧录》《红楼梦》《风月宝鉴》《金陵十二钗》，到了再评的时候，脂砚斋在这本书的各种不同名字里，选定了一个，“仍用《石头记》”。

现在我们所能看到的古抄本，大约有十四五种，其来源基本上都是脂砚斋阅评本，因此绝大多数都叫《石头记》。当然有的在一种之中又衍生出变异的文本，如戚蓼生作序的本子，把所有的这些本子全算上，那种数就更多了。

脂砚斋留下的抄阅评点本，除了甲戌本以外，现在比较有名的还有一个叫作己卯本，这个己卯指的是乾隆二十四年，即公历 1759 年，叫作四阅评本。初评本我们现在没找到，再评本我们现在有一个甲戌本，但是甲戌本不完整，只留下十六回，不是第一回到第十六回，是断断续续的，加起来一共十六回。己卯本回数多一些。较为完整的是庚辰本，就是乾隆二十五年，公历 1760 年的古本，这个本子有七十八回之多。庚辰本书上有“四评秋月定本”字样，可见脂砚斋第四次抄阅评点，是从己卯年冬天延续到了庚辰年秋天。初评本我们没找到，三评我们现在也没找到，五评我们也没找到。但是有这个再评和四评，我们已经很欣慰了，尽管它们都不是最原始的脂砚斋的自用本，都是经过至少一轮过录——就是照着脂砚斋的自用本再誊抄出来——但它们的文字应该是最接近曹雪芹原笔原意的，可以使我们大饱眼福。

脂砚斋主要的工作是整理文稿，进行编辑。有时候脂砚斋会提醒曹雪芹，你写成的这部分，还缺什么，该补什么。比如在古抄本第七十五回，就有一则校阅记：“乾隆二十一年五月初七日对清。缺中秋诗，俟雪芹。”什么叫对清？就是脂砚斋有一个曹雪芹的手稿本，自己有一个抄阅本，曹雪芹写书可能用行草，笔走龙蛇，一般人读起来困难，脂砚斋熟悉他的笔体，就用清晰的字迹来进行抄录，一边抄一边编辑评点。这一步工作告一段落以后，脂砚斋就会回过头来，再将曹雪芹的原稿和自己的抄录比照校对，完成了就叫对清了。对清以后，有时就会有简短的编校记录。乾隆二十一年五月初七日对清以后，脂砚斋就发现第七十五回“缺中秋诗”，需要提醒曹雪芹补上。七十五回当中应该有三首吟中秋的诗，贾宝玉一首，贾环一首，贾兰一首。这也可见曹雪芹的写作习惯，他往往先把叙述性文字写出，里面需要嵌入的诗词歌赋先空着，等有了兴致的时候再去补入。第七十五回的三首中秋诗，虽然有脂砚斋郑重地以单页校对记提醒，不知道为什么曹雪芹始终未及补入，我们现在看到的所有古本里都仍然空缺。这当然是件无比遗憾的事情。但就这一个例子，已经充分说明，在《红楼梦》成书的过程中，脂砚斋是一个非同小可的人物。

有时候，脂砚斋会提出很重要的建议，比如说要求对已完成的书稿进行删改。最有名的例子就是第十三回，原来叫作“秦可卿淫丧天香楼”，脂砚斋就要求曹雪芹把它改掉，最后就改成了“秦可卿死封龙禁尉”。不仅是改了回目，曹雪芹还听从其建议，删去了很多文字，大约有四五叶之多——线装书一叶相当于现在正反两面两个页码，量非常大。这说明脂砚斋在雪芹面前，很有权威性，不是一般的编辑。

有时候，脂砚斋甚至直接来写，比如说第二十二回，有一条批语说：“凤姐点戏，脂砚执笔事，今知者寥寥矣，不怨夫！”在书里面写到贾母喜欢看戏，大伙儿就给贾母点戏，点她喜欢看的戏，凤姐点了一出什么戏呢？点的是《刘二当衣》。《刘二当衣》是一出插科打诨的滑稽戏，能让贾母一笑忘忧。那么这一笔是谁写的呢？“脂砚执笔”。可能是曹雪芹写到这个地方的时候，停笔琢磨：写凤姐给贾母点出什么戏合适呢？曹雪芹一时没想好，没写出来，脂砚斋就干脆替他来写，《刘二当衣》就是脂砚斋想出来、写进去的。当然对于这条批语，也有不同的理解。一种理解是：书里的凤姐文化水平比较低，点戏时要把戏名拿笔写出来，凤姐自己不会写，就由旁边一个人来代为执笔，那么可见脂砚斋就是书里的一个角色，在那段情节里就在现场，在贾母、凤姐身边，当然那个角色不叫脂砚斋，经过分析可以判断出，替凤姐执笔写《刘二当衣》戏名的，应该是史湘云，那么，这样一种解释，也就常用来证明，脂砚斋就是史湘云的原型。还有一种理解，就是这条批语感叹的是书外的一件事情，就好像第八回写到贾母送给秦钟的表礼有一个金魁星时，脂砚斋写下一条批语："作者今尚记金魁星之事乎？抚今思昔，肠断心摧！"脂砚斋从书里想到书外，想到作者和自己都知道的一件真实生活里的事情，感慨良多，于是写下批语。那么这条条批语，也可以等同于关于金魁星一类的批语，批语里的"凤姐""脂砚"都指的是生活原型，当年有过那么一种情况，可是"今知者寥寥"，令脂砚斋很伤感，"不怨夫！"这样去理解也很好，说明曹雪芹写这部书，是有坚实的生活依据的，不仅人物有原型、事件有原型，细节乃至道具，都有原型。不过这三种解释里，我个人认同第一种。用今天的话语来说，就是脂砚斋在强调这一个细节写作的著作权，凤姐点戏这一笔的著作权不属于曹雪芹，属于脂砚斋。当然在那时候写《红楼梦》这样的书是寂寞的事，不但无名无利，还要担风险，曹雪芹和脂砚斋不存在著作权纠纷，他们亲密合作，互相激励。脂砚斋写下这条批语，应该是比较晚的时候了，多少也有一些调侃的味道。这条批语，也使我们知道《红楼梦》成书有着复杂的过程。写了十年啊！脂砚斋也是反复地抄阅评点，那些批语不是一次写下的，最早的和最晚的之间会差很多年，写这条批语时，脂砚斋觉得作者以及其他能陆续接触到书稿的人，大都把自己执笔写这个细节的情况忘怀了，就特意发出感叹，在伤感中记载下成书的艰辛。

脂砚斋在编辑过程当中，写出的批语数量很大，方式非常多，有总批、回前批、回后批、眉批，侧批，还有双行夹批——在大字写出的正文当中，夹进用双行小字写下的批语——有时候还用红颜色的墨来写批语，叫朱批。在回目前面，有时候还写出诗词。可惜现在的古本上的批语虽然保留得不少，可是丧失的可能更多，原因是在转辗抄录的过程当中，负责誊写的人觉得太麻烦——把那么多形式复杂、分散各处的批语逐一按原样抄下来也确实很费工力——还有就是抄书的人对批语的价值缺乏认识，不懂得这是一部奇异的书，脂砚斋的那些批语与曹雪芹的正文有着血肉相连的关系，于是在抄批语时偷工减料，甚至把批语全部省略，只录正文。所以，现存的各个古本上，有的回里批语很少，有的回几乎一句批语都没有了——当时抄书也往往不是一个人抄，全书篇幅很大，由若干人分抄，不嫌麻烦或者看重批语的抄手，就多留或全抄批语，偷懒的就抄成没有批语的“白文”。还有一个人念几个人听写的产物，那样的抄本往往更轻视批语，呈现的面貌就更差了。

尽管在流传的过程里，脂砚斋批语有很多流失，但现在我们所能看到的还是不少，不算双行夹批，光是各种古本里可以找到的基本不重样的批语，就有一千八百多条，这些批语的内容非常丰富，是我们理解《红楼梦》文本内涵、写作依据以及创作过程的宝贵财富。

脂砚斋对曹雪芹在书中表达的重要的观点，提出权威性的阐释。仅举一例。第五回里，警幻仙姑提出了一个概念，叫作意淫。“意淫”这个词，现在你打开平面传媒也好，特别是你打开电脑，看网络上的语言也好，往往都把它当作是一个贬义词。这是望文生义。认为意淫既然由“意”和“淫”两个字组合而成，一定是“意识里淫荡”的意思。说某某人意淫某某，就是指斥这个人心术不正，在心思头去猥亵别人，甚至想跟别人发生不正当关系，很卑劣，很下流。到目前，“意淫”，多用来表示“实际上达不到，就在意识里以达到了过瘾”。这些理解和用法都不符合《红楼梦》文本中的原意。意淫这个词是曹雪芹发明的，他在《红楼梦》第五回里，通过警幻仙姑之口说出来。请您仔细读读《红楼梦》原文，体会一下，你就会发现，在曹雪芹笔下，它是一个褒义词。脂砚斋对曹雪芹杜撰的这样一个重要语汇，进行了最权威的解释，先说“二字新雅”，然后说：“按宝玉一生心性，只不过体贴二字，故曰‘意淫’。”脂砚斋认为意淫等同于体贴，与“皮肤滥淫”相对立。从这一个例子，就可以看出脂砚斋的批语很厉害，对曹雪芹的思想进行直截了当的权威性阐释。他们生活在一起，共同完成《红楼梦》的创作，脂砚斋的阐释不能不信。不过，现在有些人在造句时把“意淫”当作“行动上达不到，意识里去过瘾”使用，似乎已经有点约定俗成，或许今后词典里会以这种解释收入，但我们还是应该知道，曹雪芹和脂砚斋当年却是将它作为一个正面概念使用的。

另外，脂砚斋对人物进行褒贬。书里面写到各种角色，脂砚斋对某些角色，提出看法。比如说第二十四回写到贾芸，贾芸想到荣国府去谋一个差事，老谋不上，苦闷，还曾经到他舅舅家里面去想借点钱，好作为活动经费，来打通王熙凤的关节获得职位，结果他舅舅对他非常不好，回到家里面，面对母亲，他就隐瞒舅舅对他不好的表现。这个地方，脂砚斋就对贾芸做出评价：“有志气，有果断”，“孝子可敬，此人后来荣府事败，必有一番作为。”——这当然就不仅是评价人物，连贾芸在八十回以后的情节里会起到什么作用，都有所提示了。

有时候，她对人物原型直截了当地进行指认。我现在进行原型研究，有人说你是不是太牵强啊？有人认为小说就是纯虚构，讨论小说不必讨论什么原型。这种看法，起码是片面的。世界上有各种各样的小说，没有原型彻底虚构的小说当然是其中一种，但是有原型的写实性质的小说更是重要的品类。《红楼梦》是一部具有自传性、自叙性、家族史性质的小说，它就是有原型的，首先人物大都有原型。脂砚斋作为曹雪芹身边的一个合作者，他们共享原型资源，在批语里，就常常指出原型。比如说第二十五回里出现了一个马道婆，按说，这个马道婆是一个很次要的角色，只出场那么一回，应该是个纯虚构的人物。有人就说，肯定是作家灵机一动，想出这么一个人物，就把她写进来了，为的是推动情节的发展嘛。马道婆在贾母面前为了骗灯油钱，说了一大篇话，后来又去见赵姨娘，帮赵姨娘去魇王熙凤和贾宝玉。马道婆这个人物有没有原型呢？脂砚斋就告诉我们，不但马道婆这个人是真的，而且马道婆当时骗灯油钱那些话，全是真的："一段无伦无理信口开河的浑语，却句句都是耳闻目睹者，作者与余，实实经过！"你看，书里写的那些马道婆的浑话，根本就是当年脂砚斋和曹雪芹共同在场亲见亲闻的！

上面已经提到，脂砚斋还不时由书里想到书外，比如第八回写秦钟要到贾氏家塾附读，贾母就赠了他一个荷包并一个金魁星。一般读者读到这个地方，往往会忽略不计，好像很无所谓的泛泛一笔。什么是魁星？过去读书是为了能够在科举当中名列前茅，认为有一个魁星神能够保佑参加科举的人夺魁，因此当时社会上有魁星崇拜的风气，除了在魁星阁一类地方供奉魁星，也会用一些材料——包括镀金乃至使用纯金——制作出魁星的形象，作为赠予读书人的礼品。魁星的形象，接近于我们平常看到的佛寺里的罗汉、金刚之类，但是戴着官帽，意味着今后能够官运亨通。魁星这种东西现在已经不流行了，很少见到，如果偶然觅到，你千万好好收藏，是一种很有研究价值的文物——书里写了一笔金魁星，连一句形容都没有，有什么可特别注意的？但是脂砚斋一看到这句，就情不自禁写下声泪俱下的评语。脂砚斋并不是说，自己相当于秦钟，而是提醒作者，在真实的生活中，他也从长辈那里得到过金魁星，而"余"在现场，时过境迁，不堪回思。类似这种见到书里不过是一笔带过的叙述，就大受触动写出批语的例子还有很多，比如第三回写到宝玉“色如春晓之花”，脂砚斋立刻回忆起：“‘少年色嫩不坚牢’以及‘非夭即贫’之语，余犹在心，今阅至此，放声一哭！”第三十八回写到宝玉让丫头把用合欢花酿的酒烫一壶来，脂砚斋就发出感叹：“伤哉！作者犹记矮𬶨舫前以合欢花酿酒乎？屈指二十年矣！”这都进一步说明，脂砚斋评点《红楼梦》，跟清初金圣叹评点《水浒传》、毛宗冈评点《三国演义》、陈士斌评点《西游记》不是一回事，金、毛、陈虽然是大批评家，可是他们和所评点的著作的作者不是同一时代的人，更不是合作者，他们不可能提供关于成书过程及其作者的背景资料。程伟元、高鹗印行一百二十回的通行本以后，历代出现的评点本的那些评家，如护花主人、大某山民等，他们连通行本的后四十回根本不是曹雪芹写的都闹不清，就更不可与脂砚斋同日而语了。

有时候，脂砚斋会发出对世道人心的喟叹，一些批语类似现在的杂文。比如第四回写到薛蟠视人命官司为儿戏，“自为花上几个臭钱，没有不了的”，有的古本“臭钱”又写作“臭铜”，都是一个意思。这个时候，脂砚斋就有这样的批语：“是极！人谓薛蟠为呆，余则谓是大彻悟。”这是很沉痛的语气，正话反说。实际上也是对腐败、黑暗的社会现实的一种批判。

脂砚斋还有大量的批语是对曹雪芹的艺术手法进行分析，使用了很多独特的词汇，有的被我不断重复，如“草蛇灰线，伏延千里”；再比如“一树千枝，一源万派，无意随手，伏脉千里”；还说曹雪芹使用了“倒食甘蔗法”，渐入佳境。会吃甘蔗的人是从梢吃起，越到底下越甜。在第一回的批语里，脂砚斋有一个对曹雪芹艺术手法的总概括：“事则实事，然亦叙得有间架，有曲折，有顺逆，有映照，有隐有见，有正有闰，以至草蛇灰线、空谷传声、一击两鸣、明修栈道、暗度陈仓、云龙雾雨、两山对峙、烘云托月、背面傅粉、千皴万染诸奇……”第二十七回又说：“《石头记》用截法、岔法、突然法、伏线法、由近渐远法、将繁改简法、重作轻抹法、虚稿实应法，种种诸法，总在人意料之外，总不见一丝牵强，所谓‘信手拈来无不是’是也。”请注意，里面有许多其实是中国画技法的专业语汇，可见曹雪芹和脂砚斋本身一定都擅绘画。脂砚斋还善于巧引诗词来借喻曹雪芹写作技法的高妙，前面我引过“柳藏鹦鹉语方知”，类似的还很多，如“五尺墙头遮不得，留将一半与人看”“日暮倚庐仍怅望”“隔花人远天涯近”“一鸟不鸣山更幽”……有时又借用俗谚：“一日卖了三千假，三日卖不出一个真”“人若改常，非病即亡”“不如意事常八九，可与人言无二三”“人在气中忘气，鱼在水中忘水”……脂砚斋有时会把现成的词语和自己独创的形容混合运用，比如第四十六回写到鸳鸯抗婚，鸳鸯在急难中提到一起度过许多岁月的姊妹们，在那个地方，脂砚斋就批道：“余按此一算，亦是十二钗，真镜中花，水中月，云中豹，林中之鸟，穴中之鼠，无数可考，无人可指，有迹可寻，有形可据，九曲八折，远响近影，迷离烟灼，纵横隐现，千奇百怪，眩目移神，现千手千眼大游戏法也！”

当然，对于想知道曹雪芹在八十回后迷失的文稿里究竟写了些什么的人们来说，脂砚斋批语里对八十回后情节内容的不少引用、透露和逗漏，至为宝贵。前面我已经讲到不少，这里再强调一处：第十九回写宝玉在宁国府里“见繁华热闹到如此不堪的田地”，就想摆脱，想出去玩儿，他的小厮焙茗就偷偷带着他去了袭人家。袭人当时回家过年，见他来了以后大出意料，也大为欢喜，就热情招待他。在这过程当中，袭人就想找点东西给宝玉吃，可是，“袭人见总无可吃之物”，可见宝玉平常多么娇贵，当时袭人家已经不穷了，小康了，过年炕桌上摆满了吃的，可是袭人觉得哪样也不能给他吃。这个地方，脂砚斋就有一个批语："以此一句，留与下部后数十回'寒冬噎酸齑，雪夜围破毡'等处对看。"这就透露出来，八十回后宝玉会沦落到那样穷困潦倒的地步。

当然，脂砚斋在批语里面也有一些很异常的文笔。比如说，记载这部书"被借阅者迷失"。还有一次是记下"索书甚急"。这些记载从语气上看，有难言之隐。我们由此可以推测出，这部书稿的命运是非常坎坷的。有人借去一些文稿读了以后就不还了，如果是粗心大意倒也罢了，后来又有人索书甚急，这是干什么呀？这就使我们想到了文字狱，想到了文字狱的阴影。曹雪芹和脂砚斋就是在这种情况下进行写作和编辑。

在批语里面，脂砚斋记载了曹雪芹的去世。在第一回的批语里面有这样的句子："能解者方有辛酸之泪，哭成此书。壬午除夕，书未成，芹为泪尽而逝。余尝哭芹，泪亦待尽……"这就更说明他们俩的关系非常亲密，不是一般的编辑者，不是一般的批书者，他们根本就生活在一起。这里写下的壬午年，是乾隆第二十七年，因为阴历和阳历总要错位，壬午年前面数月按阳历算，是公历 1762 年，但壬午除夕，则已是公历 1763 年。有的专家经过严密考证认为，这条批语因为是很多年后写下的，脂砚斋误记了，曹雪芹应该是癸未年除夕去世的。曹雪芹究竟是乾隆朝代的那个壬午年除夕去世的呢？还是癸未年除夕去世的呢？换句话说，究竟是公历 1763 年去世的呢？还是 1764 年去世的呢？学术界有争议。我们不去讨论这个问题，反正相差只在一年之间。我们要记住的是：曹雪芹去世以后，脂砚斋还继续活着，并且还在翻阅曹雪芹的遗稿——也是自己先前的抄阅评点的定本——在上面，不断增添一些新的批语。

读者们一定注意到了，我用了这么多篇幅介绍脂砚斋，可是一直避免使用“他”或“她”的代称，因为，要确定脂砚斋是谁，特别是要说明其人就是史湘云的原型，首先必须弄清性别。那么，脂砚斋究竟是男是女呢？在《红楼梦》第二十回和第二十一回之间有一首诗，它前面有一句话：“有客题《红楼梦》一律，失其姓氏，惟见其诗意骇警，故录于斯。”脂砚斋不说是自己写的，说是别人写的，自己只是把它记录在那里。其实这首诗很可能就是脂砚斋自己写的，因为诗里提到了“脂砚”，不便于“自我供认”。这首诗是这样的：“自执金戈又执矛，自相戕戮自张罗。茜纱公子情无限，脂砚先生恨几多？是幻是真空历遍，闲风闲月枉吟哦。情机转得情天破，情不情兮奈我何！”这首诗的内容，我曾在前面的讲座里分析过，这里不重复分析了。我这里只是再次提醒大家注意：它模糊了小说文本和小说之外的界限，把“茜纱公子”和“脂砚先生”并举。

我曾经指出来，脂砚斋应该是一个女性，有人跟我争议，说这里面分明写的是“脂砚先生”呀，“先生”就只能是男性。其实在古代，对自己所尊敬的女性称先生，是可以的。唐朝大诗人王维迷恋道教，对有道行的道士特别崇敬，他写有《赠东岳焦炼师》诗，头两句是：“先生千岁（一作载）余，五岳遍曾居。”那么焦炼师是男道士还是女道士呢？她是盛唐时期著名的女道士，当时许多大诗人都崇敬她，为她写诗，大诗人李白也写有赠她的诗，李白的《赠嵩山焦炼师》一诗前面有序，头几句就是“嵩丘有神人焦炼师，不知何许妇人也。又云生于齐、梁时，其年貌可称五六十。”可见古人有称女性为“先生”的先例。虽然在过去有称女士为先生的例子，特别是称有学问的女士，可是毕竟“先生”有两解，你还是可以认为“脂砚先生”就是男的。好在有古本《红楼梦》可查，如果你读的是甲戌本，你就会发现，它有凡例，凡例是全书开始的一段文字，应视为正文，凡例里有一首诗："浮生着甚苦奔忙，盛席华筵终散场。悲喜千般同幻渺，古今一梦尽荒唐。谩言红袖啼痕重，更有情痴抱恨长。字字看来皆是血，十年辛苦不寻常！"二十回和二十一回之间那首"客题诗"和这首"凡例诗"，二者的亲缘关系非常清楚的。那首诗里面出现了两个人物，一个是茜纱公子，一个是脂砚先生；这首诗里面也有两个人物，一个是红袖，一个是情痴。情痴与茜纱公子对应，红袖与脂砚先生对应，而红袖是女性的符码，当无异议。所以说，脂砚斋是一个女性，我们可以初步把她肯定下来。

通读脂砚斋批语，许多批语都明显是女性口吻；有的是中性口吻，男女都可以那么说；少数，分明是男性口吻。

我们现在看一看，有哪些批语可以证明脂砚斋是女性，而且不是一个一般的女性。比如说第二十六回，有这样一条批语："玉兄若见此批，必曰：'老货！他处处不放松，可恨可恨！'回思将余比作钗、颦乃一知己，余何幸也！一笑。"当时他们两个年纪虽然不是很大，但是白了少年头。而且，那个时代，人寿命也比较短，人过了三十，就过了半生了，所以互相之间开玩笑，作者可能就称这个批书者为老货，这个老货是男是女呢？这个老货自己就说清楚了，曹雪芹"将余比作钗、颦乃一知己"，能够和宝钗、颦儿——就是黛玉——相提并论的"知己"，从书里看，只能是史湘云啊！脂砚斋在另一条批语里说："一部大书起是梦……故'红楼梦'也，余今批评，亦在梦中，特为梦中之人，特作此一大梦也。"她坦白自己是"梦中人"，也就是作为一个人物原型，构成了书里的一个角色。第三十八回贾母在藕香榭回想起史家当年有一个枕霞阁，前面讲座里我已经发表了看法，就是小说里贾母和湘云的那个史家，生活原型就是康熙朝苏州织造李煦家，贾母原型是李煦的妹妹，湘云原型是李煦侄女，那么书里这个地方脂砚斋就写下这样的批语：“看他忽用贾母数语，闲闲又补出此书之前，似已有一部《十二钗》一般，令人遥忆不能一见！余则将欲补出《枕霞阁中十二钗》来，岂不又添一部新书？”试想，如果脂砚斋原型跟贾母原型不属于同一家族，她怎么会有补出《枕霞阁十二钗》的念头？怎么会具备那样的素材、拥有那样的能力？

甲戌本上还有这样的“泪笔”，就是在曹雪芹去世以后，脂砚斋继续加批语，含泪执笔说：“今而后惟愿造化主再出一芹一脂，是书何幸，余二人亦大快遂心于九泉矣！”“一芹一脂”，这就是夫妻关系了，“余二人”这种称谓，就说明不但是女性，推进一步就是相当于妻子那样的一种女性。

我在前面几讲说了，史湘云出场安排得很古怪，前面没有一段介绍史湘云是谁的话，之后也没有一段叙述性的来概括史湘云是谁，可是，综合全书八十回的描写，我们仍然可以对史湘云得出一个完整的印象。可是，你要仔细读批语的话就会发现，脂砚斋对史湘云可是很早就注意了。在第十三回，写秦可卿的丧事，忽听喝道之声，忠靖侯史鼎的夫人来了，在曹雪芹的正文里面并没有史湘云出现，有一种通行本上写史湘云领头出迎，那是乱加的，他为什么乱加？因为他可能看到过一条脂砚斋批语，这条批语写在忠靖侯史鼎夫人出现的地方：“史小姐湘云消息也。”就可见批书的人她就知道史湘云和忠靖侯史鼎的夫人之间的关系，那就是她婶婶嘛！由此也可以判断出，批书的脂砚斋就是史湘云的原型，她对书里关于自己的间接信息也很敏感，所以她才加这样的批语。

第二十五回，写王夫人抚爱宝玉，本来这样的描写按说也犯不上你批书人大批特批。结果，这个地方就出现了这样的批语："普天下幼年丧母者齐来一哭！"后面写宝玉被魇后经解救苏醒过来，"王夫人如得了珍宝一般"，又批道："哭煞幼而丧父母者。"书里黛玉幼年丧母、宝钗幼年丧父，只有湘云襁褓中父母双亡，能写出这样批语的，就是史湘云的原型。

有红迷朋友可能会说，行了，不必再罗列更多例子了，你说到这儿，我承认，确实有不少批语能证明脂砚斋是女性，而且不是一般的女性，是跟宝钗、黛玉齐肩的一种女性，而且和生活当中的曹雪芹的关系密切，简直就是夫妻的女性，可能就是史湘云的原型，可是你刚才不是说了吗，书里面还有一些分明男子口吻的批语，这怎么解释？这可不能回避开呀！

书里面搞不清是男是女的批语数量不少，且不论。分明是男子口吻的批语也有，比如第十八回写到元妃省亲，龄官她们十二官演出非常成功，元春看了觉得很好，点名让龄官加演，管理她们的贾蔷就让龄官演《游园》《惊梦》，龄官就说这不是本角之戏，执意不演，非要演《相约》《相骂》，这儿就有一条批语，说"余历梨园弟子广矣"，就是说我见到的梨园弟子太多了，"各各皆然"，都这德行，而且，"亦曾与惯养梨园诸世家兄弟谈议及此"，写这条批语的人当然是男的，那个时代闺中小姐怎么可能养梨园弟子，又怎么可能与"诸世家兄弟"见面聚谈各自养戏子的情况？而且，这个人对小说里面写的这个情节，觉得生活当中是存在过的："余三十年前目睹身亲之人，现形于纸上……"

这是怎么回事呢？我有我自己一个解释，就是在脂砚斋整理文稿、写大量批语的同时，也有一些其他的和曹雪芹关系密切的人，或亲或友，拿到稿本以后，也在上面添加一些批语，这些批语也随着古抄本流传了下来。这类批语的作者有的还署了名，自觉地跟脂砚斋区别开来。比如第十三回，有一个人读到秦可卿托梦那段话，批道："语语见道，字字伤心，读此一段，几不知身为何物矣！松斋"，松斋就是写批者的署名。还有一个人，落下自己的名字叫梅溪。其实在第二回，脂砚斋有一个批语，把这个事儿挑明了。她说："余批重出。余阅此书，偶有所得，即笔录之，非从首至尾阅过复从首加批者。故偶有复处。"她把她批书的情况说得清清楚楚，又说："且诸公之批，自是诸公眼界；脂斋之批，亦有脂砚取乐处……"她就告诉我们，除了她，还有一些人，她统称为"诸公"，说他们的批语，体现他们的眼界；我写我的心得，是我的乐趣。但她是一个主批人，其余的都只不过偶尔（而）批上一点。因此，在古本的批语里出现一些男人口气的批语，是一点也不奇怪的。像谈到三十年前养戏子情况的那条批语，就是一位当时年纪应该在五十岁左右的男子写下的。

当然，在讨论脂砚斋的身份的时候，往往又会碰到另外一个困难，就是如果你熟悉古本，你会发现，什么松斋啊、梅溪啊，还有什么叫作立松轩的，叫玉蓝坡的，这些人的名字出现都是非常偶然、非常少的。但是，另外一个署名后来频频出现，就是畸笏叟。畸笏叟和脂砚斋究竟是一个人，还是两个人呢？而且，畸笏叟这个署名最后一个字是"叟"，"叟"就是老头的意思，那不就是一个男性吗？所以，这个问题也不能回避，不得不加以讨论。

如果你仔细翻阅古本的话，你就会发现，这个问题看起来很难解释，实际上也不是不能够加以辨别的。在早期的抄本里，在庚辰本以前，也就是乾隆二十五年以前的古抄本上，署名最多的就是脂砚斋，畸笏叟为零。到了乾隆二十七年，壬午年之后，批语出现畸笏叟的署名，而一旦有了畸笏叟的署名以后，就没有脂砚斋的署名了。这个文本现象，对我们讨论这个问题，是有利的。可以这样理解：史湘云的原型，她开头一直署名脂砚斋。后来，她改署畸笏叟。

在有些古本当中，比如说第二十七回，先有一条批语，它是脂砚斋的："奸邪婢岂是怡红应答者。"是评小红的。小红这个人物出现的时候，表现得非常诡异，在那样一个时代，她胆敢"遗帕惹相思"，她是真遗帕吗？她就是在和贾芸调情，她很大胆地通过交换手帕来与贾芸定情，打定主意今后去嫁给这个人。看到这样的描写，脂砚斋就有这样一个批语，判定她是一个"奸邪婢"，"岂是怡红应答者"，就是这样一个危险的人物，怎么能留在怡红院里面来供宝玉使唤呢？脂砚斋写下这条批语时，她还没有读到曹雪芹后面的文稿，当时曹雪芹跟她合作可能也很有趣，曹雪芹在有的地方还不先告诉她以后怎么写，您先看着、先编着再说，于是她有这样的批语。这条批语有时间上的落款："己卯冬夜"。这个己卯年应该是乾隆二十四年。就在这个批语旁边，突然又有一条批语，是后补上去的："此系未见抄后狱神庙诸事。丁亥夏，畸笏。"畸笏无疑就是畸笏叟的简称。这个丁亥年应该是乾隆三十二年，写在前一条批语的八年之后。这不就是她自己在纠正吗？当然那时候她已经看过曹雪芹八十回后的文稿，知道了曹雪芹笔下的小红原来是一个被肯定的人物，后面有她到狱神庙救助宝玉的情节，无论如何不能说小红是"奸邪婢"。脂砚斋和畸笏叟是同一人在不同年代的不同署名，显而易见。

周汝昌先生他对史湘云有专门的研究，他的一些观点我不尽认同，但是他有很精彩的论述，比如说他提出来在书里面，有三种禽类是史湘云的象征。

给一般读者印象最深的，当然是鹤。因为她和林黛玉在第七十六回联诗时有"寒塘渡鹤影"的名句。其他两种一般读者就都很可能忽略。第六十二回，大家一起喝酒，湘云赢了宝玉，逼着宝玉说一串话，要求很高："酒面要一句古文，一句古诗，一句骨牌名，一句曲牌名，还要一句时宪书上有的话，总共凑成一句话。"这很难的，宝玉才思没有敏捷到那个程度，最后黛玉说我帮你说，黛玉帮着宝玉说了，是这样："落霞与孤鹜齐飞，风急江天过雁哀，却是一只'折足雁'，叫的人'九回肠'，这是鸿雁来宾。"这一串话都象征着史湘云后来的命运。那一串话里，"孤鹜"和"折足雁"也是史湘云的象征。"鹜"是鸭子的意思。鹜、雁、鹤分别是史湘云一生当中不同阶段的不同的生命状态的象征。周汝昌先生指出，"孤鹜"跟"畸笏"的意思相通，"孤"和"畸"都是孤独失依的意思，史湘云襁褓中父母双亡，以"孤鹜"自比当然贴切。当然，"孤"和"畸"也有特立独行的意思。史湘云婚后痛失夫君，成了"折足雁"。后来与贾宝玉遇合，穷困中相濡以沫，如鹤渡寒塘。周先生指出，"鹜"和"笏"的古音是一样，所以，"畸笏叟"其实就是"孤鹜嫂"的谐音——来自金陵的人"嫂"字发"叟"的音，"叟"是"嫂"的调侃性写法。这样，就把性别的问题也解答了。周汝昌先生的这个解释，可供大家参考。

归根结底，我的结论是什么呢？就是史湘云的原型就是曹雪芹祖母家族的一个李姓表妹，她的家族败落以后，她历经磨难，和曹雪芹遇合，共同生活，并且帮助曹雪芹撰写了《红楼梦》。当然，她个人更主张把这部书叫作《石头记》。她前期化名脂砚斋，后期化名畸笏叟，对这部书不断地进行编辑整理、加批语。古本里标明年代最晚一条批语是"甲午八月"，我们由此可以推算出，那是乾隆三十九年的八月，曹雪芹去世是在乾隆二十七年或二十八年的除夕，则她在曹雪芹去世以后，起码还继续存活了十一二年。

刘心武妙品红楼梦（贰）

出版统筹：新华先锋
出版策划：王　铭　木易雨田
选题策划：焦金木　刘　钊
责任编辑：牛炜征　孙志文　徐　樟
特邀编辑：刘　钊
文字编辑：王亚松
封面设计：吴黛君
内文插画：赵成伟
封面绘图：吴黛君
版式设计：徐　倩
责任印制：李　静

天猫旗舰店

京东旗舰店

当当自营

微信公众号

投稿邮箱：tougao@coolldu.com
新浪微博：@先锋读书会（免费精品好书天天送）

刘心武妙品红楼梦
LIU XINWU'S INTERPRETATION OF THE DREAM OF RED MANSIONS
刘心武 著
壹
Beijing United Publishing Co.,Ltd.
北京联合出版公司

图书在版编目（CIP）数据

刘心武妙品红楼梦 ： 全五册 / 刘心武著 . -- 北京 ：
北京联合出版公司， 2020.9（2023.5 重印）
ISBN 978-7-5596-4287-5

Ⅰ. ①刘… Ⅱ. ①刘… Ⅲ. ①《红楼梦》研究 Ⅳ.
① I207.411

中国版本图书馆 CIP 数据核字（2020）第 093193 号

刘心武妙品红楼梦：全五册

作　　者：刘心武
出 品 人：赵红仕
责任编辑：牛炜征　孙志文　徐　樟
封面设计：吴黛君

北京联合出版公司出版
（北京市西城区德外大街83号楼9层 100088）
北京新华先锋出版科技有限公司发行
大厂回族自治县德诚印务有限公司印刷　新华书店经销
字数1500千字　620毫米×889毫米　1/16　107印张
2020年9月第1版　2023年5月第4次印刷
ISBN 978-7-5596-4287-5
定价：298.00元（全五册）

藏书票

清·改琦　《红楼梦图咏》

通灵宝石　绛珠仙草

可卿
成偉製

元春
成偉製

妙玉
成偉製

·写在前头·

这一套五册《刘心武妙品〈红楼梦〉》，展示的是我这十几年来《红楼梦》研究的主要成果。2011 年我推出过一套四册的《刘心武揭秘〈红楼梦〉》精华本，现在的这套是在其基础上增删修订而成的。增加的部分主要是关于“金陵十二钗”的全揭秘，以及《红楼眼神》《红楼拾珠》《红楼细处》和部分关于《红楼梦》的漫谈，还有专门为少年读者量身定做的《献给少年读者阅读〈红楼梦〉的十个锦囊》（这部分是首次发表）。2011 版精华本里收入的《〈红楼梦〉八十回后真故事》，因为与收入的揭秘古本《红楼梦》的内容多有重复，且我已有《刘心武续〈红楼梦〉》面世，充分体现了我对曹雪芹真本《红楼梦》八十回后的探佚，故此次不再收入。

修订不仅是将个别的漏字补入、错字改正、不恰当的词语替换，更注重纠正原书中的一些疏忽瑕疵。比如原书中论及《红楼梦》中北静王这个角色，认为是把真实生活中的两个人物糅合在一起塑造，一个是康熙的第二十一个儿子，叫允禧，另一个是乾隆的儿子永瑢，永瑢后来过继为允禧的孙子，相关的一些论述，我都坚持，但当时不够细心，在论证书中北静王的原型时，把允禧去世后谥号为“靖”，也当作一条理由，认为北静王这个艺术形象的命名，“静”“靖”同音，可能也来源于允禧的谥号，这是不对的。允禧活到乾隆二十三年（1758年）五月二十一日才去世，去世后才会有谥号，而现存最早的《石头记》甲戌手抄本中，已有北静王出现，这个甲戌是乾隆十九年（1754年），允禧还活着，曹雪芹怎么会因他后来获得“靖”的谥号而据此为角色命名呢？现在的修订本中，当然删去了相关的文字，但这一条理由在论证北静王角色原型中是最不重要的，原属多余，删去后无碍我得出的结论，但这样的疏忽，是应该引以为训，今后力求避免的。总之，修订遵照严谨的原则，应该说是做到了细心。

自我的“秦学”通过电视讲坛及专著推出后，引出争论，多有批评，我对所有善意的批评都抱欢迎的态度，在第四册最后有篇《红故事》，回顾了这些年来我研究《红楼梦》的种种遭际。一位国际著名学者在接到我朋友转寄给他的两册《刘心武揭秘〈红楼梦〉》后，曾给我一信，我征得他同意后，将其在上海《文汇报》的《笔会》副刊刊发，其中他有“全书思入微茫，处处引人入胜，钦佩之至”的评价。就有人在刊物上发表长文，说信中那“思入微茫”是“对刘心武的红学歪作进行了冷嘲热讽，无异于斥其‘欺诳’，可谓一针见血，而红学门外汉刘心武竟然没看出来，还回信给他并且沾沾自喜，此事已沦为笑谈，属于国际玩笑”。此长文对我的冷嘲热讽重度贬斥，在网络上一时转载发酵，我倒淡然对之，自己喜欢《红楼梦》，研究《红楼梦》，发表些见解，本应褒贬皆收，笑骂由人，但也就有人到网络上为我抱不平，引出钱穆为该学者大著《方以智晚节考》

作序，序文中分明这样表扬他的论述：“更可谓思入微茫精通玄冥。”钱穆（1895—1990）是1930年才出生的该学者的长辈，钱穆如此使用“思入微茫”一词，他接受钱穆对自己论著“思入微茫”的评价，难道都是“沦为笑谈”，成了“国际玩笑”吗？我希望今后对我的“秦学”有更多善意的批评，就是看不起我，讨厌我，也至少礼貌些。

《刘心武揭秘〈红楼梦〉》的系列电视讲座也好，相关的书也好，包括我近年在网络平台播出的《刘心武讲一百零八回〈红楼梦〉》音频，以及《刘心武爷爷讲〈红楼梦〉》的书和音频等等，其实主要的用意，并不是想在红学研究领域建立了不起的功业，而主要是为了向广大民众，包括青少年，推广《红楼梦》，首先引起人们对《红楼梦》的兴趣。《红楼梦》确实是我们民族文化的瑰宝，是一部中华传统文化的百科全书，作为一个中国人，不可不知《红楼梦》，在有生之年，至少要通读一遍《红楼梦》。愿这套《刘心武妙品〈红楼梦〉》，能让开卷的人士获益。

我的“秦学”研究，得到周汝昌先生热情鼓励，鼎力支持。我把他二十多年前为我《红楼三钗之谜》所写的序，以及2005年《刘心武揭秘〈红楼梦〉》初版的《说在前头》，作为第一册附录收入，以供读者参考。

刘心武

2020年元旦

于温榆斋中

目　录

◇ 开　篇

◇ 秦可卿篇

◇ 贾元春篇

◇ 妙玉篇

◇ 附　录

开篇

第一章 去掉“一横三折”的“经学”

在晚清，有一个人叫朱昌鼎，是一个书生，他有一天在屋子里坐着看书，来了一个朋友。这朋友一看他在那儿看书呢，一副钻研学问的样子，就问他说，“老兄，你钻研什么学问呢？你是不是在钻研经学呀？”过去人们把所有的图书分成经、史、子、集几个部分，经书是最神圣的，圣贤书，孔夫子的书、孟夫子的书，“四书五经”都是经书，研究经学被认为是最神圣的，所以一般人看一个书生在那儿看书、钻研，就觉得一定是在研究经学。

朱昌鼎这个人挺有意思，他一听这么问，就回答说，对了，我就是在研究经学，不过我研究的这个经学跟你们研究的那个经学有

* 我在文章中所引《红楼梦》原文，大多根据译林出版社 2017 年 9 月第一版的周汝昌汇校本，周先生用 11 种古本逐字逐句比较，从中选出最符合曹雪芹原笔原意的字句，连缀成一个善本，其中选字选句多有与以往一百二十回通行本不同之处。——作者注

点不一样，哪点不一样呢？我这个经学是去掉了一横三个折的，也就是三个弯的那个经。那个朋友一想，他研究的经学怎么这么古怪啊？大家知道，过去的繁体字的“經”字，它的左边是一个绞丝，它的右边上面就是一个横，然后三个弯或者叫三个折，底下一个“工”字，这个繁体字的“經”字，去掉了上面的一横、三个弯，右边不就剩一个“工”字了吗？一个绞丝、一个工字，这个字是什么字呢？是“红”字。哦，这朋友说了，闹了半天，你研究的是“红学”啊？这虽然是一番笑谈，但也说明，在那个时候，《红楼梦》就已经非常深入人心，已经有这样的文人雅士，把阅读《红楼梦》、钻研《红楼梦》当成一件正经事，而且当成一件和钻研其他的经书一样神圣的好事。这就充分说明，研究《红楼梦》，在很早的时候就形成一种特殊的学问了。

清嘉庆年间，有位叫得硕亭的，写了《草珠一串》，又名《京都竹枝词》，其中一首里面有两句：“闲谈不说《红楼梦》，读尽诗书也枉然。”可见很早的时候，谈论《红楼梦》就已是一种社会时尚了。

学秋氏，估计和得硕亭一样，是一位满族人士，学秋氏很可能是一个艺名、笔名，在学秋氏的《续都门竹枝词》里面，我们又发现了非常有趣的一个《竹枝词》，现在我把这四句都念出来，你听听，你琢磨琢磨，很有味道——它这么说的，“《红楼梦》已续完全，条幅齐纨画蔓延，试看热车窗子上，湘云犹是醉憨眠。”它传达了很多信息，“《红楼梦》已续完全”，就说明在那个时候，人们已经懂得他们所看到的活字版印的《红楼梦》包括两个部分：一部分是原来一个人写的，不完全；另一部分是别的人续的，是把它续完全的，这是一个非常重要的信息。在嘉庆的时候，那些人可能还不太清楚《红楼梦》到底原作者是谁，续书者是谁。但是他们已经很清楚、很明白，一百二十回《红楼梦》不是一个人从头写到尾的，是从不完全发展到续完全的一本书，这是一个非常重要的信息。《红楼梦》流传以后，不仅以文字的形式流传，也很快转换为其他的艺术形式，比如说图画。这个《竹枝词》第二句就告诉我们，《红楼梦》已经不光是大家读文字了。“条幅齐纨画蔓延”，条幅就是家里边挂的条幅，就是一些比如四扇屏的那种画，画的都是《红楼梦》了，齐纨就是过去夏天扇的扇子，扇子有很多种了，除了折扇以外，有一种扇叫纨扇，就是用丝绸绷在框子上，上面好来画画的，一边扇的时候一边可以欣赏这个画。就在这个时候，《红楼梦》的图画已经深入到民间了，在家里面挂的条幅上可以看到，在人们扇的扇子上能看见，你想《红楼梦》的影响多大啊！更有趣的是，他说，“试看热车窗子上，湘云犹是醉憨眠”。清朝的车是什么车，大家都很清楚，一般市民坐的车都是骡车，骡车是一个骡子驾着一个辕，后面它有一个车厢，就跟轿子的那个轿厢类似，但是可能上面是拱形的，是圆形的，这个车子在冬天可以叫热车，为什么呢？因为北京的气候大家知道，冬天非常冷，车会有门帘，会有窗帘，里面就比较温暖，构成一个温暖的小空间。而且大家知道，过去一些人乘坐骡车的时候，那个时代的取暖工具可能就是一个铜炉、铜钵，里面有火炭，就是一个取暖的小炉子，《红楼梦》也描写了这个东西。在这种车子上，它的窗帘上画的是什么呢？明明已经冬天了，需要想办法给自己取暖了，可是窗帘上画的还是春天的景象，画的是《红楼梦》里面的那段情节，就是“史湘云醉卧芍药裀”。那是《红楼梦》里面最美丽的画面之一，大家还记得吧？春天，满地的芍药花瓣，史湘云用那个纱巾把芍药花包起来当枕头，她喝醉了，在一个石凳上，她就枕着那个芍药花的枕头，就睡着了，憨态可掬。这个情景画出来，这个车在大街上一跑，史湘云就满大街跑。这就是当时《红楼梦》

深入民间的情况。

当然，后来《红楼梦》又转换为更多样的艺术形式，年画、连环画、泥塑、瓷雕、曲艺演唱、戏曲、话剧、舞剧、电影、电视连续剧……现在的中国人，即使没有读过《红楼梦》原著，总也从其他的艺术形式里，多多少少知道些《红楼梦》的人物和故事情节。

但是，《红楼梦》这部著作在流传中所出现的情况，却可以说是很坎坷、很曲折的。

现在我们看到的通行本《红楼梦》，有的封面上印着曹雪芹和高鹗两个人的名字。中外古今两个人或者两个以上的人合写一本书，这个例子太多了，这个不稀奇，问题是如果两个人联合署名的话，这两个人起码第一得认识吧？互相得认识，这是第一；第二，不仅得认识，还得他们一起商量这书咱们怎么写，然后还得分工，比如说你写第一稿，我写第二稿，或者你写这一部分，我写那一部分，或者咱们说得难听点，有一个人身体不好，或者岁数比较大了，他很快就要死了，他嘱咐另一个人，说我没有弄完的，你接着弄，你应该怎么怎么弄，这样俩人商量。

我的研究就从这儿开始，曹雪芹和高鹗是合作者吗？他们是联合创作了《红楼梦》吗？一查资料不对了，这俩人一点关系都没有，根本不认识，两个人的生命轨迹从来没有交叉过，一点关系没有。曹雪芹究竟生于哪一年，死于哪一年，学术界有争论，特别是他生于哪一年，有的学者认为不太容易搞清楚。死于哪一年，有争论，但是这个争论也只是一两年之间的争论，究竟是1763年还是1764年，按当时纪年的干支来算的话，究竟是壬午年还是癸未年啊，也就是这么点争论。所以说，虽然曹雪芹的生卒年有争论，但是大体上还是可以搞清楚，查资料就能搞清楚，高鹗比曹雪芹差不多要小十几二十岁，甚至要小二十多岁。小一点不要紧，老的和少的也可以一块儿合作出书，但这俩人根本没来往，根本就不认识。而且高鹗是什么时候来续《红楼梦》的呢？这个资料是准确的，那已经是1791年了，就是说离曹雪芹去世已经差不多快三十年了，在曹雪芹去世以后将近三十年，才出现了高鹗续《红楼梦》这么一回事。高鹗是和一个书商，叫程伟元的，这两个人合作，最后出版了一百二十回的《红楼梦》，把大体上曹雪芹原著的八十回，加上了他们攒出来的四十回。这四十回，据很多红学专家的研究，就是高鹗来续的，或者说主要是他操刀来续的。所以说，高鹗和曹雪芹根本不是合作者，而且他续《红楼梦》，也是在《红楼梦》八十回流传了很久以后—— 三十年在当时是一个很长的时间段，现在想来也不是一个很短的时间段。所以从著作权角度来说，一本书的著作权怎么能把这两个人的名字印在一起呢？《红楼梦》，曹雪芹、高鹗，好像他们两个共同合作了一本书，从第一回到第一百二十回都是两人合作的，其实根本不是这么回事，所以我的研究不是没有道理。实际上红学界老早已在研究这个问题，但是不管红学界得出什么结论，令我纳闷儿的是，直到现在，大家经常买到的《红楼梦》还是这样的印法，我对此提出质疑。我建议出版社今后再印的时候，你还可以出一百二十回的本，但是最起码你要在封面上印曹雪芹著、高鹗续，这样还勉强说得通。按道理的话，根本就不要合在一起出，曹雪芹的《红楼梦》，就是曹雪芹的《红楼梦》，谁愿意看续书，续书其实也不止是高鹗一种。你可以出一本高鹗续《红楼梦》四十回。这样就把著作权彻底分清了，分清这一点很重要。当然，现在又有红学界权威出来说，后四十回是续的，但不能确定是高鹗续的，弄不清，因此由他们审定的一百二十回《红楼梦》，就署名为曹雪芹著、无名氏续。

俗话说得好，青菜萝卜，各有所好。现在也有人说后四十回续得非常好，还有极端的意见，说后四十回比前八十回还好；他的个人意见我很尊重，但是我很坦率地说我自己的感受，后四十回很糟，很糟。怎么个糟法？简单地说两条吧！

第一条，就是曹雪芹写的前八十回《红楼梦》已经说得很清楚，暗示得很清楚，跟读者一再地提醒，最后会是一个大悲剧的结局。你看看第五回，第五回在太虚幻境贾宝玉翻那些十二钗的册页上面怎么写的，还有警幻仙姑让那些歌姬唱《红楼梦》十二支曲给贾宝玉听，怎么唱的？那里面说得太清楚了，贾府最后应该是“家亡人散各奔腾”“忽喇喇似大厦倾，昏惨惨似灯将尽”，它的结局应该是“好一似食尽鸟投林，落了片白茫茫大地真干净”！这不是说得很清楚嘛，它是这么一个结局。但你看高鹗的续四十回不对头了，甭等后头，第八十一回他一续，首先回目就非常古怪，叫作“占旺相四美钓游鱼，奉严词两番入家塾”。我们知道在七十多回的时候已经写到山雨欲来风满楼了，你想想，外头没抄进来呢，贾家就自己抄自己了，就抄拣大观园了，就死人了，就开始有人命案了。晴雯，好端端的一个可爱姑娘，不就给撵出去了吗？后来不就给迫害死了吗？是不是啊？在八十回已经写到贾迎春嫁给孙绍祖，也面临着一个死亡的命运，这在前面不是早就暗示了吗？一个恶狼扑一个美女，在警幻仙姑泄露天机，让贾宝玉看的那个册页、那个画已经画出来了。八十回已经写到了，她已经嫁出去了，情势很凶险了，怎么在第八十一回的时候忽然一切又都很平静？“占旺相四美钓游鱼”，优哉游哉，若无其事。而且在前八十回可以看到，曹雪芹对迷信是反对的，像马道婆魇那个凤姐、宝玉，他是深恶痛绝的，怎么会在后面写这些美人，他认为是水做的骨肉的人去钓游鱼占旺相，去占卜呢？

还有什么“中乡魁宝玉却尘缘，沐皇恩贾家延世泽”，更不符合前八十回的暗示。高鹗笔下，贾府虽然也被抄了家，但最后皇帝又对他们很好，一切又都恢复了，贾宝玉就算出了家，也很古怪。这点鲁迅先生就指出来了，你已经出了家了，怎么还忽然跑到河边，去跟自己的父亲贾政道别？贾政本来是他最不喜欢的一个人，父子之间发生过激烈的冲突，大家记得吧？"不肖种种大受笞挞"，谁打谁啊？往死了打，是不是啊？贾宝玉看穿了俗世的虚伪污浊，"悬崖撒手"，与封建家长决裂，但高鹗却写他出了家还跑去给贾政倒头便拜，而且这个出家的和尚很古怪，披着一领大红猩猩毡的斗篷，大红猩猩毡的斗篷是非常华贵的，是贵族家庭的那种遗物，这就写得不对头。曹雪芹他自己在前面已经预告你，最后它会是一个彻底的悲剧，怎么会是以这样一个甚至是喜剧的情景收场呢？这不对头。

另外，写贾宝玉这个主角，越写越不对头。

贾宝玉这个角色我们在前八十回就感受到，那是一个和封建主流社会不相融的人，他骂那些去读经书、去参加科举考试的人是"国贼""禄蠹"，那些官迷，他恨死了。可是在高鹗的笔下，贾宝玉怎么会忽然一下子变成一个乖孩子，听贾政的话，两番入家塾，一心去读圣贤书了？大家还记得后四十回写到，贾宝玉有一天见巧姐，这个贾宝玉写得就太怪了，贾宝玉听说巧姐读了《女孝经》，觉得非常好，于是又跟她讲《列女传》，长篇大套讲封建道德，这是贾宝玉吗？曹雪芹在前面已经写得很清楚了，贾宝玉是"潦倒不通世务，愚顽怕读文章"，是个一听说到学堂，一听说要读书就脑门儿疼的人，一度到学堂是为了和秦钟交朋友，也不是正经读书。他根本不是那么一个人，所以高鹗把这个形象歪曲了。

当然我也承认，高鹗续的这个四十回，它对《红楼梦》整体的流传起到一定的作用，使得曹雪芹的八十回得以以一个完整的故事在世上流传，所以通行本为什么印得比较多，我也能理解。不过理解归理解，但是咱们研究《红楼梦》该发表的意见还要发表，高鹗的续书是不对的。当然，很多人说高鹗写“林黛玉焚稿断痴情”，那应该还是好的吧？那个是高鹗的四十回当中写得最好的部分。底下的话可能让你扫兴了，经过一些红学家的考证，在曹雪芹的构思里面，林黛玉也不是这样死的，这样也并不符合曹雪芹原来的构思，这个咱们在这一讲里就不细讨论了。

总之，就是说，从封皮往里看，发现的就是曹雪芹和高鹗他们不是合作者，后四十回是要不得的。也有人说，你是不是太危言耸听了，你怎么什么意见尖锐你就奔什么意见去啊？你是不是有点想哗众取宠啊？不是这样的，这是我的真切感受。而且我要告诉你，老早就有人对后四十回提出了远比我尖锐得多的意见。在清朝嘉庆年间有一个人写了一本书，这个人叫裕瑞，他是一个贵族的后裔，当然是满族人，他写的这本书叫作《枣窗闲笔》，估计他的书房窗户外面有枣树，这种书的文体类似现在的随笔，等于是一个随笔集。在《枣窗闲笔》里面有大段文字讲到了《红楼梦》，讲到他知道《红楼梦》的作者应该是曹雪芹，当然他对曹雪芹的身份、家世的介绍被后来的红学家考证出来是不准确的，但那是另外一个问题。问题是那个时候，在那么早的时候，他就对后四十回发表了非常尖锐的批评意见，可以说是批判意见。他是这么说的，他那个时候还不知道高鹗，他不知道是高鹗和程伟元他们续的后四十回，他还不知道是谁续的。但是他觉得不对头，他说，“细审后四十回，断非与前一色笔墨者，其为补著无疑。”他又说，“苟且敷衍，若草草看去，颇似一色笔墨，细考其用意不佳，多杀风景之处，故知雪芹万不出此下下也。”他认为那个文字是下下品，万万不会是曹雪芹写的。还有一句话更厉害了，他说，“诚所谓一善俱无，诸恶俱备之物”。他连刚才咱们说的那点优点都不保留，认为是“一善俱无，诸恶俱备”，深恶痛绝。所以说老早就有这个老前辈，很早很早的红学研究者，对后四十回提出了非常尖锐的批判。

刚才说了嘛，从封面开始研究，就发现曹雪芹和高鹗根本不是合作者，高鹗续书不符合曹雪芹原意。高鹗续书续得好不好，怎么评价，咱们可以把它撇在一边，暂且不论，咱们就研究曹雪芹的这八十回。要研究曹雪芹的八十回就要研究曹雪芹本身，这个作家他怎么回事——他是什么人？谁家的孩子啊？怎么就写出这本书啊？前人这方面的研究成果非常之多，鲁迅先生在他的《中国小说史略》里面，他是采取当时红学研究的一个最新成果，认为曹雪芹写《红楼梦》是一种自叙性写作，《红楼梦》是一部带有自传性的作品。鲁迅先生是这么说的，“叙述皆存本真，闻见悉所亲历”。《红楼梦》的特点是八个字，“正因写实，转成新鲜”。他写实写到力透纸背的程度，本来写实好像是最不新鲜的，虚构、想象是最新鲜的，但因为他以最大力度来写实，写得非常之好，“转成新鲜”，反而赛过那些纯虚构的、纯幻想的作品。这是鲁迅先生对《红楼梦》的评价。到今天来看，我觉得我还是很佩服的，我觉得先生说得非常准确。

有人说了，你这么一来的话，是不是你就要把曹雪芹跟贾宝玉画等号了？要把《红楼梦》的贾府和曹家画等号了？你是不是说《红楼梦》就是报告文学啊？里面的每一件事、每一个场面都是百分之百的机械的生活实录？我没那么说，我不是那个意思。我的意思其实说得很明确，就是我理解的鲁迅先生的意思，就是曹雪芹写《红楼梦》，他是根据自身的生命体验，根据自己家族在清朝康熙、雍正、乾隆三个朝代里面的盛衰荣辱，惊心动魄的大变化、大跌宕来写这个作品的。所以它是带有自传性的，是自叙性的，我没说它就是自传。更不是说通通去和生活真实画等号，说他没有艺术想象的过程，他当然是从生活的真实升华为艺术的真实，这个是不消说的。所以要读通《红楼梦》就要了解曹雪芹的家世，最起码要查三代——知道他的祖父是谁，父亲大概是谁，他本人是一个什么样的生活经历，什么遭遇？他的家族怎么在康熙朝鼎盛一时，辉煌得不得了；在雍正朝，雍正很不喜欢，就被抄了家，治了罪；在乾隆初年怎么又被乾隆赦免，一度小康；但是在乾隆四年，一下子又怎么卷进了一个大的政治斗争；乾隆在扑灭政敌的同时，也把其他的有关的那些社会上的人予以整治，曹家被株连彻底毁灭，最后是“好一似食尽鸟投林，落了片白茫茫大地真干净”！所以你要知道曹雪芹的家世，才能够读通《红楼梦》，要读通《红楼梦》，就必须进入曹学领域。现在有很多的有关这方面的著作可以来读。我就是先进入这个领域，觉得非常有意思。

我们来谈曹雪芹的本子的话，现在一般简称古本，就是手抄本，曹雪芹他的原作基本上是以手抄形式流行的，有人说后来高鹗不是给印了吗？续了四十回，但是前八十回不是也给印了吗？但是高鹗和程伟元做了一件很不应该做的事，你续书你往下续就行了嘛，但他把前八十回进行了一番改造，改动了很多地方，有的地方改得不伦不类，有的地方改得不通，有的时候拗着曹雪芹的意思改，所以现在的通行本不但后四十回靠不住，前八十回也靠不住。所以你要真正读《红楼梦》，你要买影印的或校订排印的古本《红楼梦》来读。

进入《红楼梦》版本这个研究的领域叫版本学，红学除了曹学以外的又一个大分支叫版本学，非常有意思。进入这个领域，就知道原来当年的《红楼梦》是手抄形式流传的，手抄大体上是八十回，但实际上严格来说可能还不足八十回，现在多数人认为最古老的本子是甲戌本，就是乾隆十九年的一个本子，甲戌本的《红楼梦》，它的书名叫作《脂砚斋重评〈石头记〉》。大家知道，《红楼梦》

在流传过程中曾经有过很多个名字，在现在甲戌本的文字中，就自己总结了一下，在其他的一些本子里面也有一些记录。其实它最早就应该叫《石头记》，最早的书应该就是《石头记》。后来又被叫作各种名字，比如说《情僧录》，因为其中主人公贾宝玉一度出家，所以叫《情僧录》。后来又被叫作《红楼梦》，又被叫作《风月宝鉴》，又被叫作《金陵十二钗》，但是这个古本《红楼梦》最后它定的名字是《石头记》。所以《石头记》应该是一个最能够体现曹雪芹的原创意图的书名。只是现在咱们叫惯了《红楼梦》，这当然无妨，无非是符号的问题，但是应该知道，古本《红楼梦》应该是《石头记》。

乾隆十九年有一个甲戌本，乾隆二十四年有一个己卯本，乾隆二十五年有一个庚辰本，后来在一个蒙古王府发现了一个抄本，又在——原来是苏联——现在是俄罗斯，原来叫列宁格勒，现在那个地方叫圣彼得堡，在那个图书馆里面又发现了一个古本，是当年俄国的传教士带回俄罗斯去的一个古本。当然，后来又发现了一些晚清时候或者民国初年石印的版本，比如有个人叫戚蓼生，他写序的一个本子叫戚蓼生序本，简称叫戚序本；一个叫舒元炜的人写序言的叫舒序本；一个叫梦觉主人的人写序的叫梦觉本等。还有一些版本，我不细说。总归就是说，一进入这个领域就觉得非常有意思，就知道一部书的流传它有它的故事，曹雪芹说“十年辛苦不寻常”，闹半天真不寻常。寻常不寻常啊？他写出来，再抄出来，再流传，困难重重。现在的这个古本《红楼梦》好多也是不完整的，最完整的或者接近完整的像庚辰本，它有两回也是后面补进去的，一个是六十四回，一个是六十七回。细心读《红楼梦》你会发现，这两回的文笔在前八十回里边跟其他回比——咱们现在讨论都不包括后四十回，跟前八十回其他回比的话——这两回不太相称，好像是另外一个人写的，所以有人认为它不是曹雪芹的手笔，或者曹雪芹有一个没有完成的稿子，别人把他描补完的。书有书的命运，人有人的命运，研究《红楼梦》的版本，我们的心得不仅在版本本身，我们可以了解中国的古典文明的发展是怎样一种艰难曲折的过程，一本书如何成为我们那么热爱的一本著作，家喻户晓的东西。

还有一种意见认为，《红楼梦》研究重点应该放在它的思想性、艺术性的分析上，你不要老是去搞什么曹学，搞什么脂学，搞什么版本学啊，搞什么探佚学啊，现在不是有现成的《红楼梦》的通行本嘛，你分析它的思想性、艺术性，它怎么反封建，它怎么歌颂纯洁的爱情啦，这种意见也是很好的，这些也确实值得研究。但是我建议，你最好还是不要把高鹗的四十回跟曹雪芹的原作混在一起研究，你研究可以分开研究。当然这个谁能强迫谁啊，各有各的看法嘛，是不是啊？也有人认为，红学它是一个很特殊的学问，它是因为《红楼梦》特殊性而决定的，所以红学的研究应该不包括对它的思想性、艺术性的研究；因为那个是所有的书都需要那么研究的，《三国》《水浒》《西游》都值得那么研究，对不对啊，但是没听人说三学、水学或者西学；也有人写很多的论文，它也构成专门的学问，但是它没有约定俗成的、大家都接受的一个符码，像红学这么鲜明的符码它没有，这就说明《红楼梦》它有特殊性。这些不同见解我都提供给大家参考。我个人觉得红学的分支可以包括对它的思想性、艺术性的研究，而且这应该是一个很大的分支，专门研究它的认识价值和审美价值。

还有人物论。有的研究者就《红楼梦》里的人物做专门的研究论述，对其中一个人物，比如王熙凤，凤姐，就写出厚厚的一本专著，这也是红学的一个分支。

还有很多小分支，而且就它本身而言也不一定小，有人就一辈子专门研究《红楼梦》里面的诗词歌赋，因为《红楼梦》本身它也是一个诗词歌赋集大成的作品啊，它里面还有《芙蓉诔》，还有诔文呢，还有很古奥的古文呢，都是和他叙述语言的文本不一样的，都值得研究，研究《红楼梦》的诗词歌赋也是红学的一个分支。

还有人研究大观园，大观园既是这个作者所营造的艺术想象的空间，又是对中国园林有着集中描写的一大篇文字，是不是？所以大观园学很热了，其中包括大观园的象征意义，大观园本身有没有原型，有没有园林原型，或者是几个原型的合并，大观园里面的园林布置，中国古典建筑的审美价值怎么体现出来的，等等，大观园也构成一门学问。

红楼饮食饮馔也构成学问啊，有人说，这个学问太俗了吧？你看，这么高雅的一个学问，结果就变成一种商业行为，到街上看什么红楼菜馆啊，吃什么红楼菜系啊！但是正好那天跟我说那个话的那个人就跟我一块儿吃红楼菜，我就笑他了，我说你这种人真是，自己又吃着这菜，又说不是学问，我说你这个就属于什么呢，自以为是。我认为“世法平等”，这是贾宝玉在《红楼梦》里面说的一句话，“世法平等”就是说这世界上人人都应该是平等的，持有各种不同见解的人士，人格都平等，你可以去研究比如说很高深的东西、很雅的东西，也有人从俗的角度研究，他也可以研究《红楼梦》的饮馔，其实那也非常有意义，是不是啊？可以了解我们的上几辈人他们是怎么吃东西的，怎么喝东西的，贵族和平民之间有什么区别，有什么讲究，这不可轻视，不好那么讥笑人家的。

《红楼梦》里面写到人们穿的服装，比如下雪天怎么御寒，刚才我说了一个大红猩猩毡斗篷，其实那《红楼梦》里面斗篷花样多了，想想晴雯补的裘是什么裘？我这里不展开了，所以也有人专门研究红楼服饰。

《红楼梦》里面用的东西也很多啊，各种器物，我就写过文章，比如腊油冻佛手。这个腊油冻佛手是里面提到的一个古玩，有人把“腊”字看成了“蜡”字，说蜡油冻佛手这个值什么钱啊？一个用蜡油做的模型，是吧？做一个佛手的样子算什么呀？他不懂，腊油冻是一种高级石料，它的样子、质感像南方腊肉的肥肉部分一样，是一种高级玉石，不是蜡烛的蜡做的。还有书里写到明角灯，那是用羊犄角做的，那么羊犄角怎么能做成灯呢？有人写书，说是把羊犄角熬化了，再冷凝成半透明的薄片，然后镶在灯笼框上，那么制作的；可是我三十年前就在北京羊角灯胡同——这条胡同在什刹海附近，现在还存在——向老人讨教过，那条胡同原来有很多制作明角灯也就是羊角灯的作坊，有的老人还记得，制作方法是用萝卜丝跟羊犄角一起煮，羊犄角煮软后用木楦子去撑那羊犄角，木楦子越换越大，羊犄角也就被撑得越来越鼓、越来越薄，最后形成灯笼。你看，这里面都有学问啊，怎么不值得研究啊，是不是啊？所以还有人专门研究《红楼梦》里面的各种器物，也构成学问。

最近还看到，有人把《红楼梦》里写到的植物编成了图谱，详细加以说明，这也构成了红学的一个分支。

我提到的这些分支，是现当代的，其实在更早的时候，在清朝中晚期，红学研究有一个很大的分支，就是题咏，对书中的人物题咏，对书中的故事情节题咏，在题咏中表达自己的审美心得，这种题咏累计起来是非常多的，但是现当代这种题咏不流行了。

当然，红学界的争论很多，一百多年的红学界一直争论不休。有人觉得烦，哎呀，别提红学了，你一提红学我脑仁儿疼，头大，意见太多，争论太多。我觉得，咱们听一听先贤的话，蔡元培，大家知道吧，民国初年的北京大学的校长，这是一个大学问家，也是红学当中一个流派叫索隐派的代表性人物，著有《〈石头记〉索隐》。1927 年有位叫寿鹏飞的写了本《〈红楼梦〉本事辨证》，请他给写序，他并不同意寿鹏飞的很多观点，但他欣然接受邀请，写了非常精彩的序，他的序里有八个字，非常好，他说什么呢？他说“多歧为贵，不取苟同”。歧是分歧的歧，多歧就是出现了很多分歧，出现了争论，出现了不同意见，出现了你觉得是逆耳的、耸人听闻的意见，或者是觉得很刺激性的意见，或者你觉得人家是外行，你觉得人家那个是不该说的话，人家发表那个意见了，在学术领域里面，在学术空间里面，出现了很多的歧异，出现了很多争论，应该怎么看待？蔡元培，蔡先贤告诉我们，“多歧为贵”。求之不得啊，非常宝贵啊，千金难求一个不同的意见啊，你看人家的学术襟怀。他后半句又说得好，多歧为贵也不能这样过分：听这个说有道理有道理，听那个说不错不错，你怎么能这样呢，他说还应该“不取苟同”。在多歧、多分歧的情况下，你应该取一个什么态度呢？不要轻易地去听取别人意见，同意别人意见。不要苟同，苟同就是勉强地去同意别人的意见，不要那样做，你要有学术骨气，要坚持自己的观点。清代袁枚有两句诗：“苔花如米小，也学牡丹开。”说得多好啊，“苔花如米小”，你也可以学牡丹开啊。何况你还不是苔花，可能比牡丹低级一点，你可能是喇叭花，你也可以开放你自己，是不是？正是在我前面所描述的红学百年发展的浪潮当中，积累的成绩当中，我形成了自己的思路，我从一个觉得很卑微，不敢来谈红学的人，变成一个理直气壮进入这样一个公众共享的学术空间，来大谈红学的一个爱好者，就是因为受到了前辈的红学研究的激励，受到了像蔡先生这样的博大学术襟怀的感染，从而进入到这个领域来的。

第二章 “秦学”的产生

我自己对《红楼梦》的兴趣，是从我的童年时代就开始了。我读《红楼梦》比较早，有的家长不让自己的孩子小时候读《红楼梦》，觉得太小读《红楼梦》可能会学坏，其实以我个人的经验来看的话不尽然。我的父母喜欢《红楼梦》，我的哥哥姐姐喜欢《红楼梦》，我是我们家最小的，我就经常听到他们讨论《红楼梦》，觉得非常有趣，虽然不懂，但朦朦胧胧地产生一些美感，耳濡目染，对我是一种熏陶。

红学除了曹学的分支，版本学的分支，还有一个很大的分支叫脂学，什么叫脂学？你发现古抄本、古本《红楼梦》，它和铅印本都不太一样，和活字版本不一样，它上面都有批语，有的批语在回前回后，有的在书眉上，有的在行间，有的在正文句子下面用小点的字写成双行……有的批语还是用红颜色写上去的，叫“批”。这个批书的人有时候署名，有时候不署名，大多数情况下署一个什么名字呢？署一个很古怪的名字，叫脂砚斋。

我看下面有人在微笑，说哎呀，一个人看一本书，写一些评语，这有什么稀奇啊？我看书我就写评语，过去像金圣叹，这是一个大书评家，他自己不写小说，可是他评别人的小说，比如评《水浒》，大批评家，那不都有过嘛，有什么稀奇的呢？哎呀，你得看脂砚斋的批语本身，咱们才好讨论，脂砚斋批语可不得了，不是咱们所说的一般的批语，也不是金圣叹那种，跟作者原来没关系，现在看了这书觉得有话要说，于是来批评，脂砚斋不是那么回事。这个脂砚斋批语现在留下来非常多，各个古抄本上的批语还不尽相同，有相同，有不同的。这些批语非常有意思，在这个甲戌本的正文里面就有脂砚斋的名字出现，就是说这个人还不光一个批评家，他的名字出现在曹雪芹的正文里面，在甲戌本里面讲到《红楼梦》书名改变的过程中，最后一句是“至脂砚斋甲戌抄阅再评，仍用《石头记》”。书名演变开头是《石头记》，到后来有人说应该叫《情僧录》，又有人说叫《红楼梦》，有人说叫《风月宝鉴》，曹雪芹一度还打算把书名叫作《金陵十二钗》，最后到甲戌时候，是脂砚斋本人，确定这个书名还是用《石头记》；曹雪芹尊重这个决定，脂砚斋的名字就被曹雪芹郑重地写在了书的正文里面。

在古本里面还有一些诗，比如一些甲戌本有一首楔子诗，楔子就是一个书开始之前的开场白，这段文字叫楔子，这段楔子诗里面有两句，叫作“谩言红袖啼痕重，更有情痴抱恨长”。这显然就是说，批书的和写书的关系非常之密切。一个是红袖，红袖当然是符码，大家过去都知道有一句话叫作“红袖添香夜读书”，一个书生有福气，旁边有一个心爱的人，心爱的人即便贫穷，但是也可以称为红袖，表示是一个女的，给他添香，让他能够继续读下去。这个“谩言红袖啼痕重”，就是有一个女士很悲痛，哭泣。“更有情痴抱恨长”，“情痴”这个词在《红楼梦》里也多次出现，情痴、情种，就是贾宝玉的代称，也是作者的自喻。这两句诗就说明红袖和情痴这两个人关系非常之密切。这首诗的最后两句是“字字看来皆是血，十年辛苦不寻常”，就是说十年里面等于他们共同来完成这个著作，字字皆是血，他们共同奋斗十年是不寻常的。光是一首倒也罢了，在另一个古本里面又发现一首，这一首里面有两句，一句叫作：“茜纱公子情无限，脂砚先生恨几多！”茜纱，茜是红颜色的意思，红颜色的纱，“茜纱公子情无限”，这个茜纱在《红楼梦》里，在正文里面是有描写的，就是暗指怡红院的窗户，是不是啊？怡红院窗户糊的就是银红色的纱。有一次贾母不是告诉王熙凤她们说，你们知道这个是什么织品吗？王熙凤那么一个能干的人都不知道，说快教教我们吧。贾母就说，你哪知道啊，这叫软烟罗，其中的洋红的叫霞影纱。这个茜纱公子显然就是指书里面的主人公贾宝玉，同时也等于是，因为他只是带有自叙性、自传性，不能和曹雪芹画等号，但是在一定的情况下又可以作为作者曹雪芹的一个代号，“茜纱公子情无限”。“脂砚先生恨几多”，脂砚斋我们已经知道了，她是一个女性，前面已经说了，“谩言红袖啼痕重”，但是在过去，女性称先生是很正常的，一个是自嘲，一个有时候是为了不暴露自己的性别，更有的时候是为了互相尊重。比如说，有一个很了不起的女作家在世的时候，我经常去拜访她，就是冰心，我称冰心就是称她冰心先生，我不称冰心女士的，这个是很自然的。对一个女士称先生，这不意味着她就是一个男性。可见这两个人关系不寻常，也就是说脂砚斋她不是一个一般的批评者，她参与这本书的创作，她跟曹雪芹的关系密切到难解难分的地步。甚至于在脂砚斋批语里面出现这样的话，说：“今而后惟愿造化主再出一芹一脂，余二人亦大快遂心于九泉矣！”什么意思呢？就是这个时候，她在批这个书的时候，曹雪芹已经去世了，她很悲痛，她就希望今后造化主，造化主就是上帝，主，就是主宰我们的命运，冥冥中的一个主宰者那么一个意思，希望他今后再重造一个曹雪芹、一个脂砚斋，这样的话，最后咱们两个在地底下—— 九泉就是指地下，古人认为地下有九道泉，九泉那是最深处—— 在那儿相会就大快遂心了，就是心里舒服，就踏实了。向造化主许愿，希望造化主表态：你们俩都去世以后，我们让你们俩再复活，重新在世界上再生活一遍；她有这样的批语，你说这两个人什么关系？谁是曹雪芹的合作者，高鹗哪够格啊？高鹗八竿子打不着啊，这个人就在他旁边啊，这个人跟他这么说话，朋友都不是，就是夫妻。有一种意见认为就是夫妻关系，我个人比较倾向于这种意见，总之两人关系再密切不过了。

而且这个脂砚斋很厉害，她的批语里都有什么内容呢？很多曹雪芹用的生活素材她知道，她门儿清—— 北京土话，一切都清楚，叫门儿清。

比如说她经常有这样的话，写到这儿，说："有是事，有是人。真有是事！真有是事！作者与余，实实经过！"她能做这个见证。甚至于"此语犹在耳"，这句话她当时听见过，现在还在耳边响。"实写旧日往事"，等等，她和曹雪芹共享《红楼梦》的生活积累、原始素材，她厉害得很啊！她有的时候批着批着，《红楼梦》里没写到，她想到了，她还要过来提醒曹雪芹。比如说，她有一条，就是当《红楼梦》里写到贾宝玉和秦钟很要好，带秦钟去见贾母，贾母一看秦钟出落得也不错，很喜欢，就给秦钟一个金魁星，送他一个魁星，这个时候脂砚斋就说了，"作者今尚记金魁星之事乎？抚今思昔，肠断心摧！"这哪儿是一般的批语啊？是不是？她就掌握着曹雪芹写作的生活原型、事件原型、物件原型、细节原型。还有一回是写到用合欢花酿的酒，脂砚斋就批了，"伤哉"，她就很伤感了，伤感哦，“作者犹记矮𣴬舫前以合欢花酿酒乎？屈指二十年矣！”你看她，什么人啊？曹雪芹没写这个矮𣴬舫，此舫估计是一个园林建筑，她就知道这个生活素材来源于当年这个舫的，咱们当时在那里用合欢花酿过酒！这件事是二十年前的事，清清楚楚，所以你看她是什么人？再回过头想想高鹗是什么人，越想脂砚斋越冤枉，《红楼梦》的封皮上写上曹雪芹、脂砚斋我觉得都合理，写上高鹗实在是太不合理了。

这个脂砚斋真是太厉害了，看有的批语就发现她不得了，她这个人，不仅知道这些原型，甚至有的地方都自己直接来写，她参与创作，她有这种话，比如说第二十二回，她有一条批语，是这么写的，“凤姐点戏，脂砚执笔事，今知者寥寥矣，不怨夫！”她埋怨连咱们都埋怨上了，咱们就都光注意高鹗了，把脂砚斋这么一个重要的合作者给忘记了。第二十二回凤姐点戏是脂砚执笔，当然这句话有两解，红学界有两解：一种见解就是说里面写到薛宝钗过生日，大家给点戏，其中有一个角色其实就是脂砚斋本人，她就是其中一个角色，当时，她在场，她也参与了点戏，当时凤姐点了出《刘二当衣》，这是出逗趣的戏，凤姐知道贾母喜欢这类的戏，就故意点它，但凤姐文化水平低，自己写不出戏名，就说出戏名来，由脂砚斋执笔，写在戏单子上。那么书中相当于脂砚斋的女子是谁呢？有人说就是史湘云，究竟是不是，这里不讨论，总之，脂砚斋的批语就等于在说，这件事情别人都不记得了，她认为作者应该记得，她认为知道的人太少了，她感到很伤感、很悲哀，这是一种解释。另一种解释，就是其中写到凤姐点戏这个细节的时候，曹雪芹可能打磕巴了，说凤姐点个什么戏呢？脂砚说行了，您一边去，这次红袖不添香，你给我添香得了，我来写，于是脂砚斋就替曹雪芹写出了《刘二当衣》这么个戏名，“凤姐点戏，脂砚执笔”也可能是这个意思；不管是什么意思，你想想脂砚斋厉害不厉害？参与创作，联合写作，这是很厉害的。

研究脂批还有一个非常重要的意义，就是咱们都想知道，这个曹雪芹写的书，传下来就是八十回，曹雪芹是就写了八十回呢，还是写了好多回，比如八十回以后也写了，后来又丢掉了，还是怎么着？他是一回一回往下写呢，还是花插着，也就是交错着写呢？脂砚斋把这些问题都给你解决了。

比如第二十二回，脂砚斋就告诉你了，说这一回曹雪芹没有写完，“此回未成而芹逝矣，叹叹！”这是很重要的信息，我们就知道曹雪芹不是一回一回这么完整地往下写，比如我们看第七十回、七十一回很完整啊，对不对？第二十三回就很完整，怎么会第二十二回没写完，曹雪芹就去世了呢？第二十三回又是谁写的呢？她就告诉我们，就是这一回曹雪芹基本写完以后，最后有灯谜诗，灯谜诗曹雪芹没填完，没能最后完成，就去世了，并不等于说第二十三回以后就不是他写的。同时也说明曹雪芹是兴致来了以后，先列好一个提纲，或者先列好回目，对这一回，现在灵感来了，特别来劲儿，我就先写这一回。那一回没完，我回过头去再把那回补完。她提供了非常重要的线索，使我们知道《红楼梦》的成书经过。

更重要的线索是，脂砚斋整理过八十回以后的书稿，她不但目击过、阅读过曹雪芹八十回以后的写作，她还整理过。但是非常奇怪的是，八十回以后曹雪芹写的稿子不知道为什么都丢失了。脂砚斋她留下很多这样的批语。比如说在《红楼梦》前面第八回有一个丫头叫茜雪，红颜色的雪，茜雪这个丫头出场后很快就消失了，就因为一杯茶的事，在下面我还会讲到，为了一杯茶就被撵出去了。我是写小说的，我懂得。我开头蠢头蠢脑，当时没读古本《红楼梦》，我说曹雪芹这么一个大作家，设置一个人物，给宝玉端一杯茶，啪，宝玉摔了茶杯，溅了她一裙子茶水，得，就撵出去了，没了。前八十回就没这个人的事了，后四十回高鹗续的，更没有这个人的事儿，我说不应该有这种失误啊，是不是？你设置一个人物好端端的有这么一段事，怎么会就没下文呢，长篇小说不应该这么写啊？错的是我，我错把高鹗的四十回当成曹雪芹的原笔了。曹雪芹是写了的，脂砚斋在第二十回就有批语，说“茜雪至狱神庙方呈正文”，脂砚斋看见过。曹雪芹大手笔，叫什么呀？叫“草蛇灰线，伏延千里”。什么意思啊？打草惊蛇这话听说过吧？一条蛇很长，在草里面游动，蛇拐来弯去地那么游走，草很高的时候，这个蛇身子会怎么样呢？一会儿现出这一段，一会儿现出那一段，似有若无，但实际上它有它的运行轨迹，这就是“草蛇”。至于“灰线”，过去没有现在这么多画线的工具，手里捏一把灰，多半是石灰，倒退着这么画一条线，现在偶尔还有一些人这么画线。它有两个特点：一个是这时候它会断断续续，因为毕竟它不是一个非常严密的工具，是吧？另外一个特点就是说它又可以画得很长，捏一把灰可以画很久，是不是？所以“草蛇灰线，伏延千里”，就是曹雪芹的大手笔。对曹雪芹写作的这个特点在脂砚斋批语里面多次出现。茜雪，你不要以为就没有了，实际上我傻帽了，蠢笨了，以为人家就没有了，告诉你，在后面，非常重要，在狱神庙这一回，有大段文字，茜雪成为那一回的主要人物，要出场的。

在另一回批语中，又写道，告诉大家，茜雪的事曹雪芹已经写出来了，就是在狱神庙这一回故事，就是后来贾家彻底败落以后，贾宝玉跟凤姐都锒铛入狱了，关大牢里了。过去的监狱都有一个狱神庙，允许犯人在进监狱和出监狱的时候去拜狱神，求狱神保佑自己，起码少受点苦刑，能减轻判决，这是当时监狱里的一个风俗，设狱神庙。这时茜雪就出现了，而且小红也出现了。小红这个角色也被高鹗写丢了，小红多重要啊！《红楼梦》前面你看看小红的故事，要真说冲破封建道德观念，大胆恋爱，那贾宝玉绝不是冠军，冠军是贾芸跟小红，贾宝玉跟林黛玉恐怕得屈居第二，甚至于得屈居第三了，那多大胆啊！小红“遗帕惹相思”，她为什么把帕子丢了啊？她比现在咱们过情人节那还巧妙，敢在大观园里面向自己所爱的男子丢下信物，这很有种。这个角色怎么写着写着没了，那怎么行呢？脂砚斋告诉你了，在狱神庙这一回里，小红也要出现，茜雪也要出现，她们去干吗？去安慰宝玉，去救出宝玉，关键时候这种人就站出来了，很重要的情节。但是非常可惜，脂砚斋又告诉我们，“余只见有一次誊清时，与狱神庙慰宝玉等五六稿”，还不是一份稿，五六稿，大概有五六回，“被借阅者迷失，叹叹！”我现在跟着她叹，多想看啊！这借阅者是什么借阅者啊？这么缺德啊！是不是啊？不但毁了当时曹雪芹的著作，也使咱们失去了这种眼福。当然也有红学家考证，这不是一般的借阅者，实际上当时曹雪芹写作可能已经被人盯上了，在清乾隆时期的文字狱是非常厉害的。前面写那些繁华生活还可以，到后面你要写这个贵族家庭的败落，这很危险。你写到狱神庙，这更危险。所以就有人以借来看看这个名义，拿走了就没还，非常大的损失。所以你说《红楼梦》的研究，红学的第三个大分支——脂学多有意思啊！多值得研究啊！是不是啊？应该到里面去逛一逛。当然，脂学里也充满了争论，因为各古本脂批的数量不一样，相类的批语又往往出现差异，而且古本里后来又有不少署名畸笏叟的批语，畸笏叟是否是脂砚斋后来另取的一个更怪的名字，还是根本就是另外一个人呢？红学界聚讼纷纭，但绝大多数论家还是有基本共识的，那就是都认为脂批极有研究价值，脂学非常重要。

根据脂砚斋的透露，就证明曹雪芹八十回以后根本就写了，整本书可能就已经写完了，没彻底完成也就是当中差一些部件，比如

第二十二回没完，就是灯谜没填完。像还有一回，是第七十五回，那个时候贾家已经开始衰败了，抄拣大观园之后了，贾母强打精神把子孙召集在一起来赏月，这回大家都知道，里面写到了，贾政让贾宝玉作诗，后来贾环、贾兰也各作一首诗，但那个诗我们就没看到，现在你看本子上没有，脂砚斋评语说得很清楚，她有记录，“缺中秋诗，俟雪芹”，俟就是等待的意思，就是说我做编辑工作，就这地方还缺几首诗，等着曹雪芹有工夫的时候来补上，我在这儿记下来，我得提醒他，哪天你要把这个补上。而且脂砚斋透露的有的信息更惊心动魄，她说《红楼梦》最后一回有一个情榜，就是写到最后一回，就跟那个《水浒传》最后一百单八将排座次，梁山泊英雄排座次一样，有一个情榜，这个情榜怎么排呢？可以推测出来，除了贾宝玉全是女性，贾宝玉单独，贾宝玉可能叫作绛洞花王，这是在书里面正式出现过的一个词，群花的一个护花人。她就说了，她说贾宝玉后面还有考语，就是情榜对每一个人，后面都有几个字的考语，考语就是曹雪芹加的评语，用今天的话说就是一个鉴定了，但是他用非常精练的话，贾宝玉的考语是“情不情”。她写出来了，她在前面的批语透露出来了，说最后一回，贾宝玉的考语是“情不情”，她说这里这样描写，难怪“情不情”。第一个“情”是动词，第二个“情”是名词，就是贾宝玉他能够用自己的感情去赋予那些没有感情的东西，这个人就属于人文情怀深厚到这种地步。她说黛玉的考语是“情情”，第一个字是动词，第二个字是名词，黛玉是把她的感情只献给她爱的那个人，献给她自己的感情。她爱情很专一。薛宝钗很可惜，我们没查到她的考语，没留下这样的痕迹，估计是比如说“无情”或别的什么。很显然，就是说，从第五回册页我们就知道，他是有金陵十二钗正册、副册、又副册的构想，可能到最后，他就决定像《水浒传》一样，出一个总榜，他是每十二个人一组，分九组，一百零八个女性都在榜上，他写完了的。而且脂砚斋干脆就告诉你，其中八十回后有一个回目——《红楼梦》的回目很有趣，都是八个字，不是像中国传统那个，中国人喜欢五个字、七个字，或者六个字，它是八个字—— 她就告诉你后面有什么回目，她说是什么呢？有一回是“薛宝钗借词含讽谏，王熙凤知命强英雄”，她把回目都告诉你了，怎么会八十回以后曹雪芹没写呢？说句老实话，本来怎么轮得到你高鹗去续八十回后的故事呢？人家都写完了的，只是书稿没有定稿，还缺一些部件而已。所以这个《红楼梦》是一部很悲惨的书，曹雪芹真是一个天才的悲剧。研究脂批，我们真的心得可以非常之多。

她透露很多东西，包括八十回以后有些文字，她也透露。比如说前面八十回里面写到贾宝玉在宁国府看戏，觉得热闹到不堪的地步，太烦了，要出去玩，最后是茗烟，他的一个小厮，这个角色的名字有时候又写成焙茗，陪他出去，到袭人家。袭人家就赶快招待他，但是你想他一个贵族公子，袭人家也不是很穷，但是袭人觉得家里人摆上的这些东西啊，叫作“袭人见总无可吃之物”，没一样能给宝玉吃。当然最后袭人想想，到我们家一趟，你不吃也不好，最后就捡了几个松穰，吹了吹细皮，拿手帕托着给贾宝玉吃。这个时候脂砚斋就有批语，她透露后面的文字，她说，“留与下部后数十回‘寒冬噎酸齑，雪夜围破毡’等处对看。”就是说，现在这么好的东西——其实袭人家当时是过元宵节，摆出的茶果都非常好，但是袭人就觉得没有能给贾宝玉吃的，你说贾宝玉在那温柔富贵乡里，过的是什么样的生活啊？后面一些描写，我们就更知道他过的什么样的锦衣玉食的生活。但是，脂砚斋跟我们透露，在八十回后面，会写到贾宝玉是一种什么处境呢？他会披一个大红猩猩的斗篷吗？大红猩猩毡斗篷？见鬼了。脂砚斋说得很清楚，后面要写他是“寒冬噎酸齑”，就是咱们过去有句话叫作“把他碾为齑粉”，齑就是碎末，酸齑就是酸菜的渣子，知道吗？寒冬就只能吃那个。用什么取暖呢？是一个大红猩猩毡的斗篷吗？叫“雪夜围破毡”，不知道在哪儿捡一个破毡子围着。所以高鹗完全违背了曹雪芹的原意，人家脂砚斋看过后面曹雪芹怎么写的，告诉你有这个句子，所以脂学也很要紧。我也是在脂学里面来回游弋，其乐无穷。

除了曹学，刚才我们讲到有版本学，有脂学，还有很重要的一门学问就是探佚学。

什么叫佚？就是丢了，散失了，就叫佚。把丢掉了散失的东西找回来，就叫探佚。根据脂砚斋的批语，我们有很多探佚收获了，根据她的透露去了解八十回后的内容，就是探佚嘛。除了这以外，也还可以探佚，探佚有很大的一个空间，探佚的空间太大了，如果说曹学或者说版本学，或者说脂学它的资源就是那么多，空间还不是最大的话，那么探佚学的空间是非常广阔的，每一个人都可以来参加。我们可以根据自己对前八十回的文本的理解，根据脂砚斋批语，以及根据我们自己的善察能悟，我们自己的聪明智慧，去探索《红楼梦》或者说《石头记》在流传过程当中丢掉的是什么，我们争取把丢掉的找回来，这本身就是阅读当中的乐趣。西方后来有一种审美的观点，叫作接受美学，就是读一本书，不是说被动地去接受作者写的那些东西，而是参与作者的创作，他虽然已经写完了，我阅读当中把自己的看法，把自己的想象参加进去，最后我们共同完成这样一个精神之旅。这个观点我觉得也可以挪到我们的探佚学里面来，我们可以搞探佚。

探佚又分很多层次了，首先就是说我们现在读到的八十回基本上是曹雪芹的。八十回以后，曹雪芹打算怎么写，写过什么，可以探佚出来，是有线索的，虽然资源不是非常丰富，但是绝不是零。

另外就是前八十回要不要探佚？前八十回也可以探佚。首先不是有人就提出来嘛，第六十四、第六十七回不太像曹雪芹本人写的，当然那也不会是高鹗续的，会不会是脂砚斋帮他补完的呢？或者是别的什么人帮他补的？这也可以探。为什么曹雪芹传下来的本子里面，第六十四、第六十七这两回的文笔有一点奇怪？这就可以探，而且有很大的探佚空间。还有就是说，前八十回里面，有的地方他做了改动。我自己写小说，我当然是一个小说的学徒了，不好跟经典著作的大师这些作者来比，但是有两句诗说得好，就是袁枚写的《苔》里的："苔花如米小，也学牡丹开。"青苔，苔藓上的花就像米粒那么大，它也要正正经经地开，它开的时候很有尊严，它说我学牡丹，牡丹怎么开我也怎么开，我觉得我有这股气。中国人不能老是妄自菲薄，老觉得自己不行，别人也觉得你越说不行，你就越谦虚，夸你有谦虚美德，你真好，这就是把人夸死，不能这么夸人的。要怎么夸人呢？你要敢想，敢说，敢做，有大师写的经典著作，你也写一个试试。所以我虽然是苔花，咱也学牡丹开。我就体会曹雪芹的创作，我觉得我虽然是一个苔花，在有些方面和牡丹花是相通的，比如说都是植物，开花都有一个从花蕾到张开，把花朵涨圆的过程，咱们都是一样的。所以说，我就开始琢磨前八十回里面有没有可以探佚的空间了，我就发现了第十三回的问题，第十三回，就是写秦可卿之死这一回。这一回很要紧，他写了金陵十二钗第十二钗秦可卿死亡的故事，这个人物出场很晚，没到第二十回呢，刚到第十三回，连第十五回都没到呢，她就死去了。这个无所谓，一个大的著作，对人物的设置有早死的，有后死的，有老也不死的，有老不死的，都有可能。问题是，这一回有一条脂砚斋的批语，脂砚斋批语说得很清楚，她说，"秦可卿淫丧天香楼，作者用史笔也。"这句话我们以后还会分析，我这儿不展开。然后她说，"老朽"—— 因为这个时间，他们十年辛苦不寻常，年纪也都大了，所以那个时候脂砚斋可能和曹雪芹一起来很辛苦搞这个书，经过十年了，她就说自己“老朽”，也有幽默的意思。她说“老朽因有魂托凤姐贾家后事二件”，就是曹雪芹写到秦可卿的阴魂去向凤姐说话，她说“嫡是安富尊荣坐享人能想得到处”，意思是那很不容易的，不是一个思想比较深刻的人，不会说出这样的话。说“其事虽未漏，其言其意，则令人悲切感服，因赦之”。“赦之”就是赦免的意思，“因命芹溪删去”，“芹溪”是曹雪芹的号，别号，就是说，闹半天，“秦可卿死封龙禁尉”这个回目是后改的，原来这一回叫“秦可卿淫丧天香楼”，而且曹雪芹写了淫丧天香楼的种种事情、种种情节。脂砚斋由于她所说的那些原因，觉得秦可卿这个生活原型、这个人的命运还是很值得人宽恕的，就说别把这个事写出来了，把这个事隐过去算了，她就让曹雪芹把它给删了。删了多少呢？哎呀，删得太多了，也是脂砚斋自己说的，她算了一下，“此回只十叶，因删去天香楼一节，少却四五叶也。”请注意这个“叶”，研究《红楼梦》，有时候你必须得回到繁体字上来，因为过去的繁体字的“葉”，它也代表线装书的一页，线装书大家知道是一张纸窝过来，装订在一起的，它的一页相当于现在的两个页码，删去了“四五叶”，等于删去了现在的八个到十个页码，是不是啊？《红楼梦》的信息传递是非常密集的，你比如说妙玉，妙玉真正正式出场的那个戏就是品茶拢翠庵（古本中对庵名有“拢翠”“栊翠”两种写法，“拢翠”的“拢”与“沁芳”的“沁”相对应，同为动词，似更符合曹雪芹原笔）那一场戏，只用了一千多个字，不到一千五百个字，形象就完成了，性格就出来了，而且她和贾母的关系，她和宝玉的关系，她和林黛玉的关系，她和薛宝钗的关系全活跳出来了，一千多个字，厉害不厉害？那么，这一回删去了“四五叶”之多，删去得多不多？伤筋动骨啊！是不是啊？他为什么要删？我刚才说了，“苔花如米小”，我自己知道我为什么删我的那个小说，我也写小说。两个原因：一个原因是艺术性考虑，我写着写着，觉得这么写不好，不如那个写法，这个多了，我把它删了，改了。那个删了改了就不要了，要也没有意义，我觉得不好我还要它干吗；另一种，就是说我有心理障碍，有心理障碍，非艺术考虑。这不得罪人吗？这不是要惹事儿吗？我别这么写了，我改了得了，咱们忍痛删了得了，这个是非艺术考虑。显然，曹雪芹当时听脂砚斋的意见，是在当时那种严酷的人文环境下，出于非艺术的考虑，删了这一回达“四五叶”之多，那么他删去的是什么，这丢掉的是什么，我们为了研究作者的整体构思，为了研究当时作家所处的人文环境，为了更深入地、更全面地理解这本书，我们就需要探佚。我的探佚就是从这儿切进去的。

我进入这个领域以后，就在 1992 年开始发表关于秦可卿研究的文章，后来陆续形成了四本书：《秦可卿之死》《红楼三钗之谜》《画梁春尽落香尘》《红楼望月》，这四本书是不断更新内容，不断增添内容的，层层推进我自己的研究。这个时候，就跟开头我讲的一样，有一个书生，不过这个书生不叫朱昌鼎了，这个书生叫刘心武，他在那儿看书，看着《红楼梦》，在那儿研究，来了一个人，这个人叫王蒙，大家知道王蒙也是一个作家，同行，王蒙见了我就说，心武啊，你的研究我给你取个名，你那不就是研究秦学吗？他在笑谈当中为我的研究命了名，我很高兴。我相信民间的红学研究从笑谈开始，到最后一点都不可笑。只要我们有志气，苔花也可以像牡丹一样开放，而且我有我的优势，我会写小说，我把我的研究成果以探佚小说形式发表。所以我非常高兴，能够系统地来讲述我自己的红学研究心得。我的研究，最后形成独家思路的就是秦可卿研究，就是秦学研究。我的研究中所碰到的第一个课题就是秦可卿的出身是否寒微。

秦可卿篇

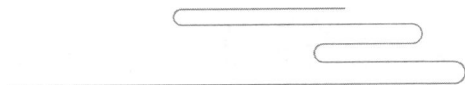

第一章 贾府婚配之谜—— 开启原型研究之旅

《红楼梦》被称为神秘的作品，它的神秘性，体现于书中暗示了康、雍、乾三朝的政治时局，而作者曹雪芹家族的兴衰荣辱又与其紧密相连，他把自己家族经历的事件和他脑海中的人物，一一展现在《红楼梦》里，似若有所指，而又不敢造次，《红楼梦》里主要的人物和事件，都能在康、雍、乾三朝找到影子。在这些错综复杂的人物和事件中，有一位人物是联系它们的关键，那就是贾蓉的媳妇秦可卿，这位神秘人物是破解《红楼梦》秘密的总钥匙，在她身上，隐藏着《红楼梦》的巨大秘密，我对《红楼梦》的揭秘，就从探究秦可卿这个人物开始。

关于秦可卿，我们首先要搞清楚的是：秦可卿在贾氏宗族当中处于什么位置？

在《红楼梦》里，曹雪芹描绘了一个贵为国公的大家族贾府，书中交代，他们是一母同胞的两个兄弟，都为当朝的皇帝所宠，封官加爵，地位显赫，称为国公，老大宁国公，老二荣国公。两个兄弟分别娶妻生子，延续血脉，虽然故事开始时两兄弟都已去世，但其爵位由儿孙继承，贾氏家族依然一副贵族气派。而就在这个家族显赫声名的背后，也潜伏着危机，那么这一危机究竟是什么呢？为什么要从这个危机入手来研究秦可卿呢？

我们知道贾氏宗族的长房是宁国府，次房才是荣国府。可是因为《红楼梦》主要写的是荣国府的故事，虽然也写到宁国府和其他地方，但是故事发生的主要空间是荣国府，所以我们梳理贾家的宗族情况的话，可以先来梳理荣国府。这个荣国府是怎么回事？这个荣国公生了几个儿子，究竟生了几个，书里没有交代，但是他的长子叫作贾代善。大家知道《红楼梦》一个固有的艺术手法就是谐音，开篇第一回的甄士隐、贾雨村就是“真事隐，假语存”谐音，就是他把真事隐去了，用艺术虚构的文本来表达这个真实的存在，但是又做了很多掩饰。那么“贾氏”就是假设有这么一个家庭，这个家庭的荣国公这一支，荣国公死了以后，长子就叫贾代善，贾代善有两个儿子，长子叫贾赦，第二个儿子叫贾政，这两个儿子也都很争气，继续生儿子，所以荣国公这一支的血缘就往下延续了。书上写到贾赦有两个儿子，关于贾赦的两个儿子，我见下面听的人有的在微笑，因为觉得有意思了，书里面说，贾赦的长子叫贾琏（第三声，读作“脸”），底下有人在笑，不是贾琏（第二声，读作“连”）吗？你把他叫作贾琏（读第二声）我也不反对，但是如果你查字典的话，你会发现，一个“玉”字边一个连起来的“连”，这个字只有一个读音，读作琏（第三声），是古代的一种祭器，主要是在祭祀的时候装黏米和小米的。那么书里交代，贾琏是老大，是长子，可是在书里面描写的时候所有的人都叫他琏二爷，贾赦的长子怎么会叫二爷呢？这个问题放在后面我给你破解。那么还有没有儿子呢？还有一个儿子，叫贾琮。现在有人在笑，可能觉得其实琏二爷这个称谓很好解释，贾琮是他哥哥不就完了吗？可是不对，书里面贾琮是有出场的，有一次贾宝玉奉贾母之命，到贾赦和邢夫人住的宅院探视贾赦，探视完以后邢夫人就把他留下来了，然后就描写到贾琮出场了，他出场以后是怎么个情况呢？邢夫人很不喜欢他，一看到他就说，哪跑出个活猴来了，你奶妈都死绝了，把你弄得黑眉乌嘴的，说奶妈子也不好好收拾收拾你，哪像一个大家子念书的孩子。可见贾琮年龄还小，长得也不怎么样，也不爱卫生，是一个很猥琐的形象。他应该和书里面写到的贾环、贾兰年龄差不多，所以他不可能是贾琏的哥哥，他只能是贾琏的弟弟。

贾政生育能力比较强，挺争气的，为荣国公这一支往下传血脉贡献比较大。他首先生了一个大儿子叫贾珠，贾珠在《红楼梦》故事开始以后虽然已经死掉了，在《红楼梦》里看不到他的故事了，但是贾珠不是夭折，他是长大成人了，娶了媳妇了，而且给贾政生了一个孙子贾兰，然后他才死去的。当然大家印象最深刻的是贾政的另外一个儿子贾宝玉，这是我们《红楼梦》一书的大主角。贾宝玉还有一个弟弟就是贾环，是贾政的小老婆赵姨娘生的。所以你看，荣国府的男丁状况比较让人乐观。

现在我们再来说宁国府，其实应该先说宁国府，我再提醒大家，宁国府是高于荣国府的。宁国公他是哥哥，那么这一房这个宁国公死了以后就把他的爵位传给了他的儿子贾代化，宁国公这一支到了这个贾代化以下，情况就不太妙了。怎么不妙呢？贾代化倒是生了两个儿子，但是书里面写得很清楚，第一个儿子贾敷没长大成人，八九岁就死掉了，他跟贾珠的情况不一样，就是在家族血统继承上没起任何作用，所以这个人物就可以忽略不计了。实际上他只有一个儿子就是贾敬，这个贾敬又很古怪，他后来不愿意住在宁国府里面，也不愿意回原籍，他就跑到都城外面道观里面和道士胡羼，在那儿炼丹，这是贾敬。贾敬倒也还生了一个儿子，就是贾珍，但是这个就很孤单了，贾珍也生了一个儿子就是贾蓉，所以在宁国府就形成了一个三世单传的局面。什么叫三世单传呢？年纪大一点的中国人都懂，这在一个宗族的血脉延续上是一个非常危险的信号。三代都只有一个男丁，这往下传就很困难，万一最后这个男丁没有生育能力或者非正常死亡，或者病死了，他的媳妇都没有给他生下一个孩子来，这就叫作绝户，这一支的血脉就终结了。大家知道在封建社会，不但贵族家庭很重视血脉的延续，就是一般的人家，包括穷人家，也很重视自己宗族血脉的延续。那么，宁国公和荣国公他们两兄弟都要把他们的血脉延续下去，这个在封建社会是一件天大的事。宁国公、荣国公，虽然封了国公，他们也要重视他们子孙血脉的延续。他们和一般的家庭还不一样，他们是有爵位的，延续的不光是血统，还有社会地位和财富，所以血脉延续对两府来说是天大的事。因此宁国府面临一个血缘继承的危机，跟荣国府比危机感就更深重。

我说这个干吗呢？有人说你不是要研究秦可卿吗？我就是要说到这儿跟你一块儿讨论，在封建社会那么重视血缘继承的封建大家庭里面，宁国府已经到了三代单传的状况了，那么最后终端的男丁就是贾蓉，娶媳妇能够随随便便吗？能随便娶一个媳妇吗？下面有人在笑，说那怎么不可能呢，人家那是小说，人家曹雪芹就乐意这么写，就写这个贾氏宗族不重视娶媳妇，什么血统都不论，不但穷人的女儿可以娶，不知道父母是谁的弃婴也可以娶。但如果曹雪芹真是要这么写的话，他就不应该只体现在一个媳妇上，所以下面我们就要来看一看书里面所写到的贾氏宗族娶媳妇的情况。在《红楼梦》里，曹雪芹虽然故意说，自己所写的不知是哪朝哪代的事，但根据他写的内容，经不少前辈红学家推断，《红楼梦》所反映的是清朝康、雍、乾三朝的故事。在清朝，皇帝对有功的大臣要颁赐爵位，分为两种情况：第一种封爵，功臣被封后，他的子孙可以世代袭爵，爵位不变；第二种封爵，他的子孙虽然也可以世代袭爵，但是其爵位却会递降。《红楼梦》里的宁荣两府都属于封爵的第二种情况，子孙的爵位递降一格，虽然如此，贾府在当时整个社会上也具有了不起的地位。这么一个开国功臣的大家族，能在娶媳妇的问题上马虎吗？他们所娶的媳妇都是什么样的身份和地位？这与秦可卿这个人物又有什么联系呢？听我细说。

宁国公和荣国公娶的什么媳妇，书里面没有交代，但是对贾代化和贾代善娶媳妇的情况有所交代。荣国府的荣国公，死了以后就把他的贵族爵位传给了他的长子，就是贾代善，贾代善娶的是谁呢？是金陵世勋史侯家的小姐。那么在第四回我们就看到了这样的情节，就是贾雨村他后来补了官，补了一个应天府，他审案子，审人命案，审理当中旁边一个门子递眼色，他觉得很奇怪，就停止审判，把门子叫到密室里面去询问，这个门子就说，你要想把官做得牢靠的话，你得有护官符，所以贾雨村就恍然大悟。护官符怎么写的？后来书上就透露了护官符上的头四户，头四个家族，就是金陵地区的四大家族。居首位的就是贾氏，“贾不假，白玉为堂金做马”，豪富不豪富？这样一个家族给自己的青年公子娶媳妇，毫不含糊，得找门当户对的，找的史家的小姐。史家就是四大家族的第二家族，叫“阿房宫，三百里，住不下金陵一个史”，多大的气派。贾家要娶媳妇，首先考虑的还不是一般的富贵家庭，考虑的是史家，果然贾代善就娶了史家的一位小姐，做了自己的媳妇，这就是书里面出现的贾母。她做小姐的时代，书里面没有写，故事开始的时候，她已经是一个老太太了，她的同辈人基本都死光了，在宁荣两府老辈的只剩下她一个了，因为她姓史，所以有时候书里面叫她史太君。史家的小姐嫁给贾家为妻，重不重视血统啊，非常重视。这个门子跟贾雨村讲这个事的时候跟他说了，说这四大家族皆联络有亲，他们在政治上、经济上结成联盟，是一损皆损，一荣俱荣的关系，互相扶持遮饰，俱有照应。那么他们在婚配上也必然互相作为首选。

我这么说绝不牵强。你再看曹雪芹的描写，贾政娶的是一个什么样的媳妇呢？不讲究血统，街上找一个妇女，育婴堂去要一个？绝对不是，娶的是王夫人，王家的女儿，在四大家族里面王家非同小可，当地的顺口溜说，“东海缺少白玉床，龙王来请金陵王”，龙王爷有事都得求他们家，你说是什么样的家庭？这个王家不得了。王夫人她是王家小姐，嫁给了贾政，她的妹妹嫁给了谁呢？嫁给了薛家，薛家就是四大家族的第四家族。顺口溜怎么说的呢？“丰年好大雪，珍珠如土金如铁。”富有到没道理的地步，富有得不堪，珍珠都成了泥土了，什么样的家庭？就是王家的女儿不往别人家乱嫁的。王家还有一个成员也嫁到贾家了，就是王熙凤，她是王夫人和薛姨妈的内侄女。王熙凤父亲没有说叫什么名字，也是王家的一个成员，也是很富有的。四大家是互相婚配的，娶媳妇绝不能随便，而且首先考虑四大家族里面有没有合适的。当然也可能凑巧四大家族一时都没有合适的，因为可能年龄段上没有那么一个小姐，或者有小姐已经许给别的家了，那么就再考虑别人家，所以我们就在贾府里面发现了另外一个媳妇，她不属于四大家族，但是也非同小可，这就是贾珠的媳妇李纨。李纨什么出身呢？书里面交代非常清楚，父亲叫李守中。什么样的家庭背景呢？李守中曾经当过国子监祭酒，这也是一个不小的官，也是一个诗礼大家，李纨出自这样的家庭背景。所以你看荣国府娶的媳妇，哪一个是孬的呀，都是所谓根基家业非常经得起推敲的。

荣国府里唯一一个弱一点的媳妇可能是邢夫人，有的读者说邢夫人好像差一点，邢夫人是差一点。首先“邢”姓不属于四大家族，书里没有具体介绍邢夫人的家庭背景，不像介绍李纨那样介绍了一下，而且我们从书里面的描写模模糊糊感觉到，邢夫人这个人有点病态人格，这个人心眼褊狭，有毛病，特别吝啬，光知道敛财。不过总的来说，邢夫人很显然也是一个知根知底的富贵人家的女性，也不是非常差的，只是跟我们刚才说的那些媳妇比起来，根基家业稍微差一些，逊色一些，这可能跟邢夫人本身是填房有关系。这点你注意到了吗？邢夫人不是贾赦的原配，贾琏、贾琮，包括迎春都不是她生的，书里面后来是有透露的。有一次贾母发狠心查赌，查出在大观园里聚赌的头子，有一个是迎春的奶妈。这当然令迎春很没脸面，迎春本来并不是荣国府里的，她是因为贾母喜欢女孩子，才跟惜春一样，从荣国府外面给接进来养在一起的。惜春呢，是贾珍的妹妹，来自宁国府；迎春呢，她是贾赦的女儿，书里写得很清楚，贾赦和邢夫人住在跟荣国府隔开的那么一个黑油大门的院落里，她是从那个院落里给接到荣国府来住的，大观园盖好以后，她也住了进去。她的奶妈出事以后，邢夫人去数落她，其中有几句话，你注意到了吗？邢夫人明确地说：“况且你又不是我养的。”还说：“倒是我一生无儿无女的，一生干净，也不能惹人笑话议论为高。”可见她是贾赦的填房，贾府的爷们娶续弦妻子的时候，可能就比较难找到非常有权势的家庭的小姐了。所以邢夫人的家庭背景、经济状况稍微差了一点，但也不是很差。这是荣国府娶媳妇的情况。

那我们回过头来看看长房宁国府，宁国府宁国公娶的谁不清楚，没交代，那么贾代化娶的谁呢？模模糊糊知道，好像也是一个史家的小姐。到了贾敬就不知道娶的是谁了，贾珍我们知道，他的媳妇是尤氏。这是一个很重要的角色，在《红楼梦》里面她的戏挺多的，看得出来，她还是一个懂得大家规范的富家子女，富家的女儿。当然尤氏的家庭，娘家的家庭，从小说后面的描写看，好像不太好了，尤氏的父亲可能是死了老婆了，续弦时不知道怎么就娶了一个寡妇；寡妇带了两个女儿，在过去的社会叫拖油瓶，带来两个跟别的男人生的女孩子嫁到他们家，成为尤氏的继母。小说后面就把她叫作尤老娘，小说写到那儿的时候她的年龄已经大了，她带来的两个女儿都长大了，一个是尤二姐，一个就是尤三姐。尤二姐和尤三姐和尤氏既不同父也不同母，她们只是名分上的妹妹罢了。可见尤氏的家庭背景到后来似乎也不太好，不过这也不妨碍我们去估计，尤氏是一个很不错的家庭的一个小姐，嫁到贾家来。但是之所以她比王熙凤，比这些人家业根基差一点，也因为她是填房，她的情况跟邢夫人类似。下面有的人在摇头，说是吗？不是她有贾蓉吗，贾蓉不是她儿子吗？她是贾蓉的继母，她不是贾蓉的生母，何以见得呢？“酸凤姐大闹宁国府”这一节，不知道你读得仔细不仔细，因为贾琏偷娶了尤二姨，王熙凤就杀到宁国府，撒泼，大哭大闹，先跟尤氏闹，然后又跟贾蓉闹，骂贾蓉，她在骂贾蓉的话里面有一句，就是“你死了的娘的阴灵也不容你”。可见贾蓉的娘已经死掉了，是地狱里的阴灵，可见贾蓉不是尤氏生的，是贾珍的前妻生的，所以尤氏是填房。刚才说过，填房就不能要求太高，尤氏可能是很不错的家庭的小姐，但是就不是四大家族了。

那么根据整个的这些描写，我们可以形成这样一个逻辑，就是贾氏宗族在为贾蓉选择媳妇的时候能够不重视吗？即便四大家族里面找不到合适的，类似李纨这样的家庭背景的能不能找一个，如果这样也找不到的话，起码可以以贾赦的填房和他自己的继母为坐标系，找一个过得去的，血缘很清楚，家境也还过得去，身份也还可以的这样一个女子吧。但是我们却发现，最后对秦可卿出身的交代，满不是这么回事，竟把秦可卿设计成为一个从养生堂抱来的弃婴。

说到这儿，马上又有红迷朋友要跟我讨论了。说哎呀，你说了这么半天干吗呀，人家是小说，是不是啊，小说可以想象，可以虚构，他就愣这么写。是不是？你干吗这么寻根究底，没完没了啊？

我自己也写小说，虽然我是一个远不能跟这些大师相比的写小说的人，但是我写小说，我也读小说。我就知道小说有不同的类别，其中有一种带有自叙性、自传性，就是小说的人物是有生活原型的；当然要虚构，当然要想象，但是都是从已经存在的活泼泼的生命基础之上去发展，去想象，去架构这个人物关系，去铺展情节。

秦可卿的寒微出身，显然与贾府这个百年大族的地位极不匹配，她成了贾府众多媳妇中的一个例外，那么曹雪芹为什么要这么写？鲁迅、胡适等前辈大师，都肯定《红楼梦》是一部带有自叙性和自传性的作品，我是信服这个判断的，我越细读，就越相信书中的主要人物都能找到生活原型，曹雪芹就是把这些原型，塑造为他小说中的人物。当然这里面加入了想象和虚构，或者人物与事件有所合并，有所拆分，有所挪移，有所变形，但总的来说，《红楼梦》里的许多人物，和曹雪芹自己家族的某些人物惊人地相似，这难道不值得我们格外注意吗？我可以拿出很多证据证明，《红楼梦》它是一个写实的作品，是带有自叙色彩的作品，是一个写人物从原型出发的作品。那么我们一步步来讨论。首先我们看曹雪芹自己怎么说的，你看第一回，我只举几个短短的句子，比如他说“忽念及当日所有之女子”，又说“一一细考较去”，他是从他生命体验当中，选取他接触过的相处过的女子来写的。又说，“我半世亲睹亲闻的这几个女子”，他自己说他是亲睹亲闻。他宣称，“至若离合悲欢，兴衰际遇，则又追踪摄迹，不敢稍加穿凿”。也许你还是要跟我讨论，作者故意要这么说，他打马虎眼，明明是完全虚构的，完全没有生活依据的，他偏要这么说，那倒也可能。那我们就再进一步讨论，他的合作者脂砚斋，为什么在批语里面一再地告诉读者，实有其人，实有其事，重要人物都有原型。简单来说贾宝玉的原型就应该是曹雪芹自己，带有自叙性，但是因为我们以后还会涉及这个话题，还会展开来分析，现在在这儿，我就先不展开分析贾宝玉的原型，先分析贾母的原型。

贾母是有原型的，何以见得呢？大家知道，曹雪芹的祖父是曹寅，曹寅的妻子姓李是李氏，是李煦的妹妹。李煦是谁呢？曹寅当江宁织造的时候，李煦当的是苏州织造，两人是江南金陵地区的两大织造。而且康熙皇帝很宠爱他们，还经常让他们两个轮流分管当地的盐政，有时候一块儿管，有时候分开管，轮值管；并且康熙让他们两个当特务，除了他们本职工作以外，还要他们密报很多当地的情况，特别是明代的遗民有什么动向，当地的民间对朝廷有什么议论等。他们关系很密切。曹寅的妻子李氏就是李煦的妹妹，那么在小说里面，我们就发现贾母这个角色，作者把她的真实姓氏李氏，化为姓史了，说明是经过艺术加工了。那么为什么说贾母的原型是李氏？例子很多，我不一一举，我只举几个。

大家知道，在荣国府过春节的时候，闹元宵的时候，贾母这个人是一个享乐主义者，她不但很会吃，很会穿，她也很会看戏，很会欣赏文艺。家里请了说书人来说书，她说你们都根本不行，她就破除陈腐旧套，给他们讲书应该怎么说，又给她们讲起当年她家里怎么演戏。她说当时我们家里唱戏有弹琴的场面，不来虚的。因为中国戏曲是大写意，虚拟的，弹琴比画几下，表示弹琴就行了，她说我们不是，我们家演戏是真琴上台，真的琴师上台，她就举例子，有时候凑起来演几个折子戏，都跟弹琴有关。她说了一个《西厢记》的《听琴》，这个是大家很熟悉的剧本，《西厢记》是元代王实甫的作品，在明清非常流行，不稀奇。她又说了一个《玉簪记》的《琴挑》，《琴挑》是明朝高濂的一个剧作，当时也很流行，到处演，也不稀奇。她又举一个例子，还有一个戏叫《续琵琶》，《续琵琶》是写蔡文姬的故事，里面要一面操琴，一面唱《胡笳十八拍》，她说像这些戏我们都是请会弹琴的演员在台上真的弹琴，那多好看啊！那么《续琵琶》是谁写的呢？你去查中国戏曲史料，你很难查到。这是一个很不流行的剧本，是一个几乎没有公开演出过的剧本，直到近年才有昆剧团排演出来。这个剧本是曹寅写的，就是曹雪芹祖父曹寅写的。而且查资料可以知道，清朝只在曹寅自己家和他的亲戚家，也就是李煦家演过这个戏。这个例子就证明，贾母的原型就是李煦的妹妹，否则曹雪芹写这一笔的时候，不可能写到这样一出很偏僻的，曹寅写的剧，而且是一出只在曹家和李家演过的戏，这是一个例子。另外，书里面交代史湘云是贾母她娘家的人，书里面透露她有两个叔叔，都是封侯的，地位很高的，一个是保龄侯史鼐，一个是忠靖侯史鼎，而且书里面也说得很清楚，史鼐是哥哥，史鼎是弟弟。也就是说，书里面有贾母的两个侄子，书里面设定贾母姓史，所以他们也都姓史，他们一个叫史鼐，一个叫史鼎，那么你去查李煦家的家谱，你就会发现，李煦两个儿子老大就叫李鼐，老二就叫李鼎。这不可能是巧合啊，哪那么巧啊？他一丝不乱地写，可见他是有原型的，贾母的原型就是曹寅的妻子李氏。

那么贾政有没有原型呢？更有原型，说起来就更有意思。现在大家想一想，有一件事情很古怪，很多读者读《红楼梦》很粗心，不细推敲，也有人一推敲就画了很大的一个问号，就是贾赦是贾母的大儿子，而且他还袭了爵，是一等将军，根据封建社会的伦理秩序，他应该侍奉贾母，应该和贾母住在一起。荣国府这个庭院应该他来住，荣国府中轴线的建筑，那个院落庭院，就是后来林黛玉看到挂着皇帝御笔书写的匾的那个庭院，应该是贾赦来住，他是长子啊，他又封了爵位啊，怎么现在住的是贾政啊？请问怪不怪？怎么解释？你虚构，犯得上这么虚构吗？这么虚构的目的是什么呢？怎么回事呢？你怎么不推敲不琢磨呢？读《红楼梦》不能当懒人，要当一个勤快人，要勤于动脑，要善察能悟才好，才能读出味来。

书里写的贾政，交代得很清楚，贾政根本就没有袭爵，因为皇帝规定了，袭爵只能一家传给一个男子，传给你的长子。当然书里面也写了，贾代善死了以后，皇帝立即就让贾赦袭了爵，然后问还有没有儿子啊，说还有，皇帝很高兴。皇帝很顾念贾家在开国时的功勋，立即引见，一看贾政非常喜欢，那也不能给他封爵了啊，就赏了一个主事的头衔，让他入部习学，后来就让他当了一个官，当了一个员外郎。什么叫员外郎，不大不小，不怎么大，我曾开玩笑说这官折合到今天，撑死不过是个副部级，结果有热心的红迷朋友就给我郑重指出，工部的最高官员是尚书和侍郎，那才相当于部长副部长呢，员外郎撑死了也不过是个副厅局级罢咧。我很感谢红迷朋友的指正，其实清代的官吏怎么能拿来跟今天的公务员类比呢？这么打比方，有些不伦不类，但我们之所以这么比方，目的只不过是想跟大家说，无论如何，书里写的贾政，他的政治地位并不怎么高，应该是比贾赦要低。那么，他既非长子，又没袭爵，官儿又不大，他怎么会在荣国府里占据中轴线的正厅正房呢？就算他非要那么住，贾母明明知道自己的大儿子是一等将军，她丈夫的爵位是传给大儿子了，她却不让大儿子跟她住，就说是偏心，能离谱到如此地步吗？而且怎么贾赦对此也心平气和，看那样子，也是觉得贾政和王夫人在荣国府府邸中轴线的正房大院居住生活，是很正常的。这究竟怎么回事？根据封建礼法，你贾赦是老大，就该跟你妈一块儿住，天天伺候你妈，你跑到另一个黑油大门里去住着，算怎么一回事儿啊？

而且我们越看越怪。第七十五回写中秋，又一个中秋，当时贾家已经风雨飘摇了，贾母强打精神组织团圆宴，团圆宴你就发现座次很奇怪了，贾母的右边坐的全是跟她直系的人物，坐的谁呢？是贾政、贾宝玉、贾环、贾兰，怎么会没有贾赦呢？贾赦应该坐在她右边啊，第一个啊，他是老大啊。可是贾赦却坐在她左边，左边除了贾赦是些什么人呢？当然有贾琏，有他儿子，另外就是贾珍、贾蓉，很显然全是些个旁系的人物，是不是？这怎么回事儿？曹雪芹虚构，他艺术想象，他怎么想成这个样子呢？

其实，道理很简单，曹雪芹写成这个样子，就是因为他过分地忠于生活原型，他太写实了。这个谜，老早就被周汝昌先生经过严密考证，揭示出来了。这就是因为，曹寅这个历史原型，在小说里面被淡化了，就是贾代善，只剩一个虚构的名字了；曹寅生了一个儿子，是曹颙，康熙皇帝非常喜欢曹家，曹寅死了以后，康熙还让他的儿子接着来当江宁织造，这是一个肥缺，还让他家当。但是曹颙很不争气，他倒是很有才能，声誉也很好，但是他的健康状况不好，没有干几年就病死了。曹寅的夫人，就是书里贾母的原型，不仅成了寡妇了，而且底下也没有儿子了，再让曹寅家的人当织造的话，就找不到男丁了。但是当时康熙实在是太喜欢曹家了，也特别喜欢李煦，喜欢贾母原型李氏她娘家哥哥，所以康熙就亲自问李煦，说你看一看曹寅的侄子里面，有没有好的，选一个过继给曹寅，虽然这个人死了，但是还可以名义上过继一个儿子，好让他侍奉李氏，来接任这个江宁织造。后来李煦就很认真地帮他挑选，挑选出了曹寅的侄子曹頫，就把曹頫过继给曹寅，也就是过继给李氏，成为她的一个儿子，而且曹頫又生了一个儿子曹霑，就是曹雪芹，贾宝玉的原型——当然，曹雪芹究竟是不是曹頫生的，红学界有争议，也有人认为曹雪芹是曹颙的遗腹子，这里暂不讨论——所以曹雪芹是根据自己家族的情况，他的父亲是过继给他祖母的，这样的一种真实状况，来写书的。弄清了这一点，你再回过头来看《红楼梦》，你就觉得它太写实了，他写贾母和贾政的关系非常淡薄，贾母喜欢她的孙子，因为根据封建社会的观念，儿子如果不是亲生的是过继的话，孙子就一定是亲生的。儿子老大了才过来，双方论骨肉情比较困难，孙子从小带大，而且从小可以瞒着他，是不是？长大你再告诉他或他自己想办法知道，是另外一回事，你就可以很亲地把他当作自己骨肉的延续。所以你看，曹雪芹为什么这么写，就是因为他有生活原型，他的父亲就是贾政的原型，原型人物，并不是李氏的亲儿子，但是又过继给李氏，继承了曹家的家业，所以在小说中，贾政住在荣国府的正堂大院。实际上荣国府只有这么一个过继的儿子，为什么他要写贾赦呢？这点就是他发挥他的艺术想象力，以及他的艺术虚构了，如果太忠实于生活的真实写起来就很麻烦，所以他就合并同类项，因为贾赦确实在小说里面是贾政的哥哥，在生活原型当中也确实是曹頫的哥哥，他和贾政是亲兄弟，但是他没有过继给贾母，明白吗？他没过继给贾母，他怎么能住在荣国府的院子里呢？他当然是在另外一个院落居住，明白这个逻辑了吧。曹雪芹因为太忠于生活原型了，所以写来写去写成这个样子。

曹雪芹之所以要写贾赦这一支，主要的动机，我觉得是他想大写王熙凤，生活真实中的那个原型人物，令他刻骨铭心，难以忘怀，他要给这位脂粉英雄画影立传。生活真实中的这位堂嫂，本是他父亲那位并没有一起过继到他祖母这边来的，他伯伯家的一个媳妇，他在小说里设定那位伯伯跟他父亲一样，都成了小说里贾母的亲儿子，这样写起来比较方便，也可以生发出更多的故事，比如鸳鸯抗婚，等等。曹雪芹一方面使用小说的虚构技巧，一方面又非常忠实地记录了生活原生态里的许多情况，比如他写有一天平儿劝凤姐别那么为荣国府的事情操心，说出了这样的话：“依我说，总是在这里操一百分心，终究咱们是那边屋里去的。”提到府里公子小姐的婚事，需要如何筹划，说“二姑娘是大老爷那边的，也不算”。根据他对小说里人物的设计，王熙凤是贾母长房长孙的媳妇，怎么会“终究”还是要回“那边”？迎春是贾母长房的长孙女，她出嫁的事怎么会与贾母乃至整个荣国府无关？怎么能说是“那边的”竟可以“不算”？现在我们知道他写小说都是有原型的，弄清楚贾赦的原型是曹頫的一位并没有跟他一起过继给李氏的哥哥，那么小说里平儿跟王熙凤的对话，就都不难懂了，其实真实生活里人们就是那么谈论那类事情的。

所以我就跟你讲，《红楼梦》的人物大都是有原型的。说了半天，我想说什么呢？就是说贾蓉也有原型，贾蓉的妻子秦可卿也应该有原型。我把这个逻辑梳理一遍，你现在听懂了吧，我觉得我这个逻辑起码还是自成方圆的。秦可卿这个人物，她应该也有一个原型。因此，问题就逼到这儿来了，这么样一个写书的人，写贾蓉的媳妇秦可卿，这个角色既然也有原型，那么，秦可卿的原型究竟是谁呢？

第二章 秦可卿抱养之谜——开启文本细读之旅

上一讲我们得出两个结论：第一个结论是贾氏宗族在娶媳妇上是不含糊的，第二个结论是《红楼梦》是一个自叙性的小说，它的人物大都是有生活原型的，底下我们就来讨论秦可卿，看她有没有原型。

红迷朋友都很清楚，关于秦可卿的出身，《红楼梦》里面是有明确交代的，就在第八回的末尾，这个交代非常古怪，和曹雪芹写别的人的家业、根基很不一样，每一句都古怪，现在我们就一句一句来分析一下。

在第八回的末尾，宝玉和秦钟要到家塾去读书，于是以这个为由头，顺便就提到了秦钟和他姐姐秦可卿的出身。说秦业系现任工部营缮司，营缮司是一个很小的官，可能是管工程建设的。秦业这是曹雪芹所设定的秦可卿养父的名字。有一点特别值得注意，就是后来高鹗和程伟元续《红楼梦》的时候，他们不但在八十回以后续了四十回，前面他们也有所改动。例如在这一回秦业这两个字他们就改动了，很奇怪，这个有什么值得改的呢？高鹗他们就把秦业的名字改成了秦邦业，可见高鹗和程伟元对这个名字是敏感的，为什么？因为在古本《红楼梦》上，脂砚斋在批语里面对“秦业”这个名字是有非常明确的评论的。脂砚斋怎么评论的呢？她说“妙名，业者孽也”。大家知道在中国繁体字里面，比如“造業”和“造孽”，这个“業”“孽”是相通的，说“业障”和“孽障”是一个意思。秦业，“秦”是谐音“情”，因为曹雪芹是从江南移居北京的，所以《红楼梦》里边有很多南方口音，南方人 zh、ch、sh 和 z、c、s，l 和 n，in 和 ing 往往不分，所以他认为“情”和“秦”是相通的，是谐音的。“秦”就是谐音“感情”的这个“情”，“业”就是谐音“孽”，合起来的意思就是因为有感情而造成罪恶。他这个名字命名是有含义的，在以后我会进一步加以揭示。高鹗、程伟元他们也可能看出这个含义了，他们不想因为这个书稿惹事，甚至还有更坏的想法，所以就把它改了。所以你看曹雪芹的书，命运很坎坷，很曲折的。

根据曹雪芹的话，秦业是一个小官，“年近七十，夫人早亡”。书里面秦可卿出场的时候，大约应该是二十岁的样子，那么就说明秦业是在五十岁左右，得到了她，因为当年无儿无女，便向养生堂抱了一个儿子，并一个女儿，这就是秦可卿的来历，这是很古怪的。

上一讲我们已经提到了，封建社会是非常重视血脉相传的，就是今天的社会，很多人也还是很重视这个的，不但重视别人的血缘，更重视自己的血缘，我是不是自己父母亲生的儿子？现在有一种新的科学技术叫 DNA 检测，可以去检测的。现代人在血缘上尚且有这样的困惑，何况曹雪芹所表现的那样一个时代，这个血缘是一个非常重要的问题。

秦业因为夫人早亡，无儿无女，就决定到养生堂去抱孩子，虽然他是一个小官，宦囊羞涩，但是他怎么这么来延续自己的子嗣呢？还是很古怪。首先我们要搞清楚什么叫养生堂？我个人对“养生堂”这三个字是非常敏感的，为什么？我出生在1942年，出生地是四川成都育婴堂街，当时我家住的那条街上就有一个育婴堂，育婴堂就是养生堂，这两个名字是相通的。成都话说起这几个字，发音是“哟音堂该”，我就出生在叫作育婴堂街的那么一个地方，所以我父母告诉我以后，我再读《红楼梦》对此就很敏感。二十年前我还曾经跑到那条街，去找那条街上的育婴堂的痕迹，但社会发展很快，已经无痕迹可寻了。

什么叫作育婴堂或者养生堂，我们可以看一幅二十世纪著名作家、漫画家丰子恺的漫画，他有一幅漫画，题目叫“最后的吻”，画面上是一个贫穷的妇人，抱着一个孩子，她养不了这个孩子了，她决定把他送给养生堂。在送走之前，她给他最后一吻，画面的一角还有一只狗，那只狗却不抛弃自己的孩子，还让自己的孩子在自己的怀抱里面得到温暖。这是画世相的一幅漫画，整个情调很凄楚。养生堂接受弃婴的游戏规则是很古怪的，今天我们看来的话，会觉得有点匪夷所思：养生堂的人是不见孩子的父母的，养生堂建筑的墙上会有一个大抽屉，这个抽屉可以两面拉开，明白这个意思吧，墙壁外面可以把抽屉拉开，墙里头也可以把这个抽屉拉开。丰子恺这个漫画，画的就是一个妇女抱着一个孩子，她养不下去了，就把婴孩送到养生堂，把那个抽屉拉开——画面上已经把抽屉拉开了——告别的吻之后，就要把婴孩放到抽屉里面了，放进去后就可以把抽屉推上，她就可以转身走掉了。养生堂的人，会随时检查这个抽屉，把这个抽屉打开，空的就说明这个时段没有人来抛弃孩子，若打开一看有孩子，就把这个孩子抱出来养大。实际上养生堂的条件很糟糕，往往也养不大就死掉了，勉强养大的，也多半营养不良，或者形成残疾。养生堂的孩子可以由社会上的人抱养，小时候没人抱走，大了以后就往往会被人领去当苦力，男的充当苦力，女的可能更惨，不少被妓院领走，沦为娼妓。因此，只有最没有办法的人才会把自己的孩子拉开抽屉送给养生堂，或者是实在穷得没有办法，或者是罪家的子女，或者是因为父亲或者母亲血缘有问题，或者有别的什么问题，不想要了，或者是残疾婴儿，才会送给养生堂。

曹雪芹的文字，是很古怪的，他说秦业因为无儿无女就到养生堂去抱养孩子。那我们推敲一下，在秦业所生活的那个社会，按一般家族血缘延续的游戏规则，如果他是一个五十岁上下的男子，没有儿女的话，他要解决子嗣的问题，第一招就是续弦，你夫人死了就再娶一个嘛，娶的夫人还不生育的话，那你就纳妾嘛，当时实行一夫多妻嘛，娶小老婆是社会允许的，是不是？你这样繁衍你的后代不就完了吗？也可能有读者要跟我讨论了，说人家秦业可能没有生育能力了，但根据《红楼梦》后面的文字描写，这个秦业他有生育能力，后来他生了秦钟嘛，所以秦业是有生育能力的，他要延续子嗣的话，没有必要到养生堂去抱养孩子。而且很古怪，一般到养生堂去抱孩子，如果为了延续子嗣的话应该抱男孩，而这个秦业一抱呢，就抱了一对，一男一女。按说你要有能力养两个，抱两个男孩双保险，你不就更可以延续你的秦姓吗？他却又抱了一个女儿，看来这个女儿是非抱不可的，谁让他抱的？恐怕未必是他愿意抱的，但是不管怎么样，他抱了一儿一女。而且更古怪的是，最后儿子又死了，死的还不是女儿，是儿子，只剩一个女儿。只剩一个女儿，要延续子嗣的话，再去抱一个儿子不就完了，养生堂的男孩很好抱啊，随便你选啊，你也不是最穷的啊，你是一个营缮郎，是一个小官，跟贾府没法比，但跟社会上一般人比的话，你还是不错啊，很奇怪，他就只养这个女儿，不再抱儿子了。

另外，在当时那个社会，如果自己实在生不出儿子，还可以从兄弟或堂兄弟那里过继一个儿子。上一讲我就讲到，曹寅死了，没多久他亲儿子曹颙又死了，他夫人李氏还在，可是就再没有别的儿子了，于是康熙皇帝亲自过问这件事，让曹寅的一个侄子曹頫过继给了曹寅，继续当江宁织造，来侍奉曹寅的未亡人李氏。这种延续家族血脉的方式，在那个时代，从上到下都很流行，实行起来非常方便，除非你亲兄弟、堂兄弟全没有，但是在小说里，曹雪芹分明写到，秦钟死后，贾宝玉闻讯去奔丧，“来至秦钟门首，悄无一人，遂蜂拥至内室，唬的秦钟的两个远房婶母并几个兄弟都藏之不迭”，可见秦业若是要从秦氏宗族里过继一个儿子，是很现成的事。可是这个秦业却既不纳妾也不过继，偏要到养生堂里抱孩子，抱来一儿一女以后，却又不认真养那个儿子，倒是把心思全用在了养那个女儿上头。这真是奇事一桩。

从养生堂抱来的这个女儿，秦业很喜欢，小名儿唤可儿；可儿在过去的语言里面，就表示可爱的意思。在曹雪芹写到这句话的时候，下面就有脂砚斋的批语，就是“出名”，意思是秦氏开始出现名字了，可儿便是秦可卿了。“秦氏究竟不知系出何氏，所谓寓褒贬别善恶是也”，这话倒也无所谓；下面又说，是“秉刀斧之笔，具菩萨之心，亦甚难矣”，就好像有什么隐情。如果他跟我们有的读者想法一样，虚构嘛，我就写是养生堂抱的，怎么着啊？那也就不必大惊小怪，但是脂砚斋她说，这么写是“秉刀斧之笔”，怎么会是“秉刀斧之笔”呢？刀斧是用来砍削东西的，这就是说，她指出，作者写这个人物，是用大刀大斧砍去很多真相，是不是啊？刀斧砍的是什么啊？又说“具菩萨之心”，“菩萨之心”就是不忍之心，慈悲之心，那么，显然是不忍心写出真相来，那这又是怎么回事啊？谜团重重。

脂砚斋又说，“如此写来，可见来历亦甚苦矣，又知作者是欲天下人共来哭此情字”，就是他给这家人取姓，姓秦，是有用意的，是谐音为情。这个秦可卿来历甚苦，长大以后呢，生得形容袅娜，性格风流。这个倒不用讨论，因为就是一个养生堂的姑娘，养大后，也可能是这样的，奇怪的是营缮郎秦业因素与贾家有些瓜葛，故结了亲，将秦可卿许与贾蓉为妻。上一讲咱们费了老大力气，得出一个结论，就是贾蓉的妻子千万不能乱娶，宁国府的血脉已经到了三世单传的危机时刻了，娶媳妇一定要娶一个门当户对的，门不当户不对的话也得比贾府的门和户还要高，而且要保证能给贾蓉生儿子，也就是给宁国公这一支传续后代。可是仅仅因为营缮郎跟贾家有点瓜葛，就去把他抱养的养生堂的女儿，许给了贾蓉，还不是小老婆，而是娶为了正室。旧社会一夫多妻，可以先娶小老婆，后娶正妻，那也是可以的，但宁国府不是这样，是正正经经地将秦可卿娶为了贾蓉的妻子。所以这一段话实在是每一句都古怪。

可能有朋友又要跟我讨论了。我老觉得有人和我讨论，实际上也是这样，讨论才能生出乐趣来，所以我们就讨论，说也可能啊，曹雪芹在这儿他想有一个超越，他就想写贾家有一种跟其他贵族家庭不一样的思想感情，就不嫌人家贫穷，虽然是富贵家庭，但是没有富贵眼光。但这个曹雪芹真是行文太奇怪了，他好像生怕咱们误会，好像就防着咱们这个思路了，他立刻在底下说，“贾府上上下下都是一双富贵眼睛”，生怕你忘了这一点。哪里能说他想表现贾府是没有富贵眼光的呢？他提醒你，上上下下都是富贵眼光，所以秦业要送自己的儿子秦钟上贾氏的私塾，等于是附读，因为他并不是贾氏的后代，他只是一个亲戚，经人家允许，到那儿去读书；到那儿读书就得交学费，明着不叫学费，叫作贽见礼，按当时的规矩起码得二十四两银子，二十四两银子对于贾氏家族来说，简直就不是钱，但是对秦业来说，就觉得很吃力，他宦囊羞涩，他很穷，贾家上上下下都看不起穷人的，他会很受歧视。

也可能有人要跟我讨论，说你这个抠得太细，掰开了揉碎了你干吗呢？就不许人家曹雪芹偶然写上这么一句吗？不偶然，贾家是一双富贵眼睛，在第七十一回里面又写到了，那次是贾母的八旬之庆，你还记得吗？很多亲友都来捧场，都来给她祝寿，当时远亲也来了，一个是贾瑞，他的母亲就带了女儿喜鸾，来给贾母祝寿；还有一位是贾琼，这个贾琼的母亲，也带了一个女儿叫四姐的，到贾府来给贾母祝寿。贾母这个人有一个特点，她喜欢女孩子，你看她自己住在荣国府里，但她把宁国府里的惜春，和贾赦的女儿，按说应该和贾赦、邢夫人同住在黑油门大宅院的人，迎春，都收到自己身边一块儿养起来。她喜欢女孩子，特别她觉得喜鸾和四姐长得模样又标致，又会说话，她很喜欢，于是贾母就把两对母女留下来了，说吃完寿筵别走，玩几天。然后曹雪芹就特别写到贾母嘱咐所有的仆人，包括管家，她说到园子里各处女人跟前嘱咐嘱咐，说留下的喜鸾、四姐虽然穷，也要和家里的姑娘们是一样，大家照看精心些。她说，我知道咱们家里男男女女都是一个富贵心，两只体面眼，未必把她们放在眼里，有人小看了她们，我听了可不依。如果说在第八回末尾，说贾府的人都是一双富贵眼睛的话，还只是通过曹雪芹的叙述语言来说，那么到了第七十一回，就通过其中一个重要人物贾母，通过荣国府加上宁国府贾氏宗族辈分最高的人物，让她自己来说，说我们家的情况我了解，是一个富贵心、两只体面眼，连家里这些仆人都是这个样子，那么贾家的那些主子们能例外吗？贾母看来有点例外，但是她也不过是把她们留下来，玩儿几天罢了，而且毕竟从血缘上说又全是亲戚。

有红迷朋友注意到，书中第二十九回，贾母率全府女眷，包括几乎所有的大丫头和众多仆人，到清虚观去打醮祈福。清虚观的张道士，跟贾母很熟，忽然给宝玉提亲，贾母没接他的茬儿，推说宝玉年纪还小，命里不该早娶，而且还说如果要娶的话，“不管他根基富贵”，只要模样配得上，性格好就行。这是否意味着，贾母为儿孙娶媳妇，真的不讲究根基富贵呢？我们先退一万步，假定贾母确实不讲究那媳妇家的社会地位经济状况，但贾母也并没有表示，她对那媳妇可以容忍到连血缘也弄不清的地步，就连长大后的养生堂弃婴，也很乐于接受，贾母绝对不是那样的意思。实际上贾母对宝玉的婚事，一直悬挂在心，第五十回她因为觉得薛宝琴实在太可爱了，比画上的美人还要出色，就动了念，她就跟薛姨妈细问薛宝琴“年庚八字并家内景况”。宝琴是金陵四大家族的成员，血统不消说与宝玉是般配的，贾母真动了念，尚且还要细问宝琴“家内景况”，当然首先是经济状况，哪里会真的让宝玉娶个破落家庭的女子呢？薛姨妈告诉贾母，宝琴已经许配给梅翰林家的儿子了，只是因为梅家有些特殊情况，因此一时还没有完婚，贾母听后，只好作罢。我将在以后的讲座里，告诉大家我的分析，就是贾母为什么用那样的话拒绝张道士的提亲，那并不是贾母的真心话，那是一些托词。贾母虽然常常说点批评别人有富贵心、体面眼的话，其实在本质上，她的心是最具富贵气，眼是最讲体面的，第五十七回她对那个给宝玉看病的王太医怎么说话的？“既如此，请到外面坐，开药方，若吃好了，我另外预备好谢礼……若耽误了，打发人去拆了太医院大堂！”这才是贾母最真实的思想感情。

好了，现在我们来说贾宝玉。贾宝玉在曹雪芹笔下是一个很有超越性的形象，他在那个社会里面，和主流是不相融的。那么我现在要讲他什么呢？就是说贾宝玉也有比较恶劣的一面。他虽然对周围的人很平等，特别是对丫头们，他喜欢丫头们，不光是平等对待，他把她们当作花朵一样对待。他是一个绛洞花王，是一个红颜色的洞窟里面护花的王子，他爱花，爱青春花朵，爱姑娘，不但爱主子姑娘，仆人、丫头……凡年轻的女性他都喜欢。但是他毕竟是一个贵族公子，他有时候也使性子，有一次下雨淋点雨，回去敲打怡红院的门，开门晚了一点，他一脚踹过去，没想到踹的是袭人，那晚上袭人就吐血了，这个情节大家还记得吧。他使性子，他毕竟是主子，是贵族公子，有时难免也要显露出纨绔子弟的任性。其实呢，在《红楼梦》一开始的时候，就写了他使性子，而且构成很大的事件，比踢得人吐血的后果更严重，这个是我今天特别要跟大家讲的，这事件无妨就叫作枫露茶事件。

这个情节就在第八回。第八回太好看了，在梨香院，贾宝玉和薛宝钗互看对方的佩戴物，林黛玉来了，书中第一次展开三角关系，生动地刻画出他们的不同性格，真是花团锦簇、玲珑剔透的文字。因为这些主要的情节太精彩了，以至于有的人对第八回刚才我说的那段文字，关于秦可卿出身的交代，都忽视了，枫露茶的事情，就更是那么一带而过地翻过去了。

曹雪芹写贾宝玉在薛姨妈那儿喝酒喝醉了，期间还穿插着他的奶妈李嬷嬷拦他喝酒，他不乐意，他讨厌他的奶妈，两个人发生冲突。但是李嬷嬷，也就是嘴头管一管，自己后来得便歇着去了，贾宝玉醉醺醺回到绛芸轩——那时候还没有大观园，没有怡红院，他回到的地方应该是跟贾母住的房间连在一起的，那个他住的房间，这个时候就出现一个事情，就是枫露茶事件。

本来我读《红楼梦》的时候，读到这儿，我很轻视，我觉得这有什么啊，这写什么呢？就写贾宝玉回去了以后他要喝茶，有一个丫头叫茜雪，就端了一杯茶给他，他一喝不对头，说怎么给我这个茶，早上我不是沏了一杯枫露茶吗？这个枫露茶是很怪的一种茶，在有关的茶经上可以查到它的资料。大体而言是用枫叶的嫩芽制作的一种茶，这种茶沏一道的时候它不出色儿，而应该沏了一道把水滗了，再沏一道再滗了，三四道出色儿，那时候喝最好。所以贾宝玉认为他走的时候沏的，回来以后应该正好是三道，喝着最好的时候，你应该把这样的茶端给我。这个时候茜雪跟他说，这个茶是给你留着的，但是李奶奶来了，就是他的奶妈，李嬷嬷来了，让她给喝了。李嬷嬷到贾宝玉住的地方专门是喝东西吃东西，这个枫露茶，她说留着给宝玉干什么，我喝了吧，她就把它给喝了。贾宝玉听了就大怒。这时候曹雪芹就写了贵族公子可以随意发怒的特权，宝玉跳起来，大怒。他就把那个茶杯哐啷就扔出去了，茶杯就碎了，溅了茜雪一裙子的茶水，他跳着脚地骂，说，谁是奶奶，不过就是奶过我，我喝过她几口奶吗？有什么了不起，撵出去撵出去—— 他要撵这个李奶奶。当时因为不是住在怡红院，是跟贾母住在一起，你想一个茶杯哐啷打碎了，而且地面肯定是很高级的，当时可能是水磨砖甚至是另外当时有的高级材料的地面，茶杯碎的声音是很大的，贾母就问什么声音？袭人还代为掩饰。这时候写袭人的性格，她在一般情况下总是息事宁人，袭人就跟那边说下雪了，我摔了一跤，把一个茶杯打碎了，没什么事，把这个事掩盖过去了。贾宝玉开始不过微醺，酒劲儿上来以后就大醉，大醉以后就大怒，枫露茶的谐音可能是逢怒茶。就是正好逢到我们绛洞花王大发雷霆，居然不爱花了，摧花到这个地步，对着茜雪大叫大嚷。当时李嬷嬷已经回家了，根本不在场。这是第八回里的事儿。

在这儿我就有一个疑问了，本来我读不懂，我觉得第八回写这个干吗呢？后来我读了古本《红楼梦》，我就发现，脂砚斋有评语，说茜雪这个人物很重要。原来我以为茜雪就是给了一杯茶，触了一个霉头，然后就消失了，根据后来的交代是被撵走了，然后你读到八十回末尾，这个人再也没有了。高鹗续后四十回，更没有茜雪的踪影。所以我曾经怀疑过，曹雪芹写书怎么能这么写，写小说，特别是长篇小说，应该是设置一个人物，就应该有他的作用，对不对？一些重要人物，应该是有贯穿性的，这甚至是中外古今长篇小说的一个常规。怎么写茜雪写到这儿，后面就没有了呢？而且更古怪的是，宝玉虽然发怒，他口口声声要撵的是李奶奶，即李嬷嬷，往后看，怎么被撵的是茜雪呢？在第十九回，这个讨厌的李嬷嬷又出现了，若无其事，还对宝玉房里的丫头们说，“打量上次为茶撵茜雪的事我不知道呢”；到第二十回，又提到“当日吃茶茜雪出去”；甚至到了第四十六回，写鸳鸯抗婚，她跟平儿、袭人说知心话，话里提到“死了的可人和金钏，去了的茜雪”，这都分明传达出同一个不会有误的信息，那就是因为枫露茶的事情，宝玉酒后大怒，竟导致了茜雪被撵。我们读过《红楼梦》全书就都懂得，府里的丫头，尤其是大丫头，被撵出去就意味着颜面扫地，甚至就断绝了生路。例如金钏被撵后羞愧难当，投井身亡；晴雯被撵后，仿佛一盆才抽出嫩箭的兰花被搬到猪圈里一般，很快就被摧残死了。因此，茜雪的被撵，是一桩大事，而且她几乎可以说是书中头一个遭撵的丫头，撵她的起因还并不是王夫人认为她是狐媚子，她其实一点过错也没有，她是完完全全地被冤枉的，但是，贾宝玉酒后大怒摔茶，她就被撵了！

贾宝玉酒后高喊撵出去撵出去，他要撵的是李嬷嬷，但这位李嬷嬷始终存在，贾府盖好大观园以后，她还到大观园里去活动。大家记得后来写的“蜂腰桥设言传心事”，那已经是第二十六回，讲的是小红跟贾芸谈恋爱的故事。小红在大观园里面碰见谁了？碰见李嬷嬷了，说明她没出事，没被撵，而且贾宝玉还让她给贾芸传话去。这个李嬷嬷是那回枫露茶事件的罪魁祸首，但她事后毫发无损，可是茜雪呢，还没等荣国府里建成大观园，就被撵出去，消失了。

我读第八回，开头读得不细，我以为撵出去的是李嬷嬷。这老太婆着实招人厌烦，在喝枫露茶之前，她已经把宝玉特意留给晴雯的一碟豆腐皮包子，私自端回她家去给她孙子吃了；后来又写到她把宝玉留给袭人的酥酪，一边唠叨着一边吃尽了。她倚老卖老，没有给宝玉和宝玉身边的人带来半点快乐，只是不断地在那里扫人兴致，所以囫囵吞枣地读《红楼梦》，往往就会觉得，是李嬷嬷被撵出去了。但一细读，就发现，呀，因为一杯枫露茶，被撵出去的竟是茜雪，这个后面多次点出来了嘛。

那么，问题就来了，茜雪被撵，她是怎么被撵的？为什么她本无辜，却被撵了出去，而枫露茶事件的责任者李嬷嬷，反倒被轻轻放过？这么一推敲，就觉得第八回好像缺一段文字，缺一段交代茜雪是怎么被撵出去的文字，现在各个古本的文字，在这个地方都接不上。你想想，写到这儿以后，忽然就不说了，就写宝玉醒了酒，第二天秦钟来了，他们就约了一起去家塾上学了。然后就交代秦钟家里怎么回事，附带就把他姐姐的出身交代了一下。这样的文本面貌很奇怪。所以第八回是一个很值得推敲，很怪的一回文字。

那么，你也许会这么想，曹雪芹写枫露茶事件，他就是那么随便地写一笔，茜雪这个角色，就仿佛一次性手套，用完就扔一边了。如果真是这样，倒也罢了，但是我后来看了古本《红楼梦》之后，就知道茜雪不简单。脂砚斋说曹雪芹写作《红楼梦》，有一个基本的写作技巧，叫什么呢？叫一树千枝，一源万派，无意随手，伏脉千里。就是你别看他写一件事，他这个事件是有放射性作用的，一树千枝，不是单写一个树干，他写很茂密的一棵大树；一源万派，虽然发源是一个小的源泉，但是最后流成了许多许多河流，一派就是一条支流，一源万派；而且有时候你觉得他好像是无心，无意随手，实际上他是伏脉千里。曹雪芹是很有苦心的，他写茜雪，是打着埋伏呢，别看第八回以后突然就不见了。后来在第二十回的时候，当里面人物提到茜雪的时候，脂砚斋在她的批语里面就有这样的说法，说“茜雪至狱神庙方呈正文”，意思是说，前面这点茜雪是捎带脚写到，正经给茜雪立传，是在八十回以后的狱神庙那一回。《红楼梦》是一个群像小说，你可以说贾宝玉、林黛玉是主角，但绝不是只写他们的故事，它里面有许许多多的角色，这些角色在有的回里面，可能是一个很次要的人物，但到了另外一回，可能一下子上升为那一回的主角。比如说迎春，“懦小姐不问累金凤”，那一回就是迎春正传，就是迎春的正文，作者把那部分文字整个儿献给迎春，塑造她的形象，表现她的懦弱，烂好人，好心眼到了不堪的地步，是任人欺负的那么一个人；“矢孤介杜绝宁国府”则是惜春的正文。那么茜雪的正文在哪一回呢？脂砚斋就告诉我们，在狱神庙那一回，起码有至少半回文字是专门要来写茜雪的。脂砚斋告诉我们，“余只见有一次誊清时，与狱神庙慰宝玉等五六稿，被借阅者迷失，叹叹！”她明明看见了，有一次誊清时她看见了“狱神庙慰宝玉”这样的文字，当然是写茜雪到狱神庙安慰宝玉去了。宝玉为了一杯茶，大发雷霆，造成她被撵出去的后果，但是她不念旧恶，也就是说她能全面看人，她觉得那是贾宝玉缺点的一次暴露，而贾宝玉还有很多优点，贾宝玉落难以后值得去帮助。这个还不是一次粗略的构思，曹雪芹他在八十回后某一回已经写出来了，稿子都有了，誊清了好几次，可惜丢失了。由此可见，第八回写枫露茶事件绝非偶然。

我讲秦可卿又讲到枫露茶事件，是为什么呢？我是怎么一个思路呢？就是说我觉得关于秦可卿来历的这段文字，有后补的迹象，就是说第八回不完整，他去掉了一段文字，他去掉的应该是写茜雪被撵出去的一段文字，这没有什么不可写的，对不对？怎么因为摔了一杯枫露茶，贾宝玉口口声声要撵李嬷嬷，最后撵的不是李嬷嬷，而是茜雪呢？这一回本来应该对此有所交代的，应该有这样的文字，从文气上看应该有的，但是现在我们看，各种古本一直到通行本都没有这段文字了。此外《红楼梦》每一回的字数大体上是均衡的，他有一个基本的控制，可能有点出入，但是出入不是很大。第八回传下来的文字，它的规模跟其他回差不多，虽然少了一段茜雪被撵出去的文字。因此现在所看到的有关秦可卿出身的这段文字，我就猜测他是后补进去的。因为他要保持每一回的均匀程度，又由于我们现在无法探知的原因，他去掉了那一段，补上了这一段。为什么那一段文字很古怪？跟它是后补上的有关系，而且曹雪芹好像生怕咱们看不懂这段文字的古怪，生怕咱们不能理解他的苦心，不明白他是不得已补这一段的，所以他每一句话都是更向荒唐演大荒，每一句话都古怪到底。

刚才我已经捋了一遍，是不是每句话，我们都会有疑问？他在写其他人的时候，不会引起我们这么多的疑问，再联系到第十三回秦可卿之死那一回——原来回目叫作“秦可卿淫丧天香楼”，据说有人看到的一种古本里面，“丧”还写成了“上下”的“上”——在第十三回的脂砚斋批语里面说得更清楚，是她劝曹雪芹删去了关于秦可卿之死的大段文字。实际上，这也就是掩饰了、隐去了秦可卿真实的出身和真实的死因，这又是一种非艺术性的考虑，而不是艺术性的考虑，因为删去了第十三回关于秦可卿的真实身份和真实死因，就必须找一个地方打一个补丁，有一个交代。所以曹雪芹就很痛苦地找到了第八回末尾，在枫露茶事件之后，他就可能是删去了关于枫露茶事件当中，茜雪被撵的一些具体的文字，而接上这个补丁，来一段有关秦可卿、秦钟出身的文字。我这个猜测也可能还缺乏很坚实的论证的逻辑，但是我提供出来供大家参考，希望红迷朋友们跟我一起探讨。

反正我有两个前提，我觉得你应该基本能够接受：一个前提就是说秦可卿的出身根据《红楼梦》整体对贾府的描写，不可能寒微到那种地步，是一个养生堂抱来的弃婴，是被一个宦囊羞涩的小官吏抱养大的；第二，就是曹雪芹在处理秦可卿的形象上，他很痛苦，非常痛苦，他除了艺术性的考虑以外，还有很多非艺术性的考虑，所以他在文字上删删加加，补补贴贴，因此也就形成了我们现在可以从秦可卿入手，去解读《红楼梦》的一个契机。那么我们还要继续往下讨论，继续讨论什么呢？就是我们换一个思路换一个角度看，如果秦可卿真像曹雪芹交代的，是养生堂抱来的一个弃婴，是被一个宦囊羞涩的小官吏养大的，仅仅因为和贾家有一点瓜葛，就嫁到贾家来，而且是嫁给了三世单传的贾蓉为妻，还是正妻，那么根据艺术创作的基本规律，他描写的这个人物在各个方面，应该与他设置的出身是相匹配的，相协调的。换句话说，我们下一讲所要探讨的问题就是，如果秦可卿真的是这样很寒微的出身，她在书中应该是有怎样的表现呢？

第三章 秦可卿生存之谜

我们知道，《红楼梦》的作者曹雪芹，他写人物很厉害，他不但通过这个人物本身的行为、语言、情感、心理来塑造人物，他往往还通过别人看他，通过别人的眼光，别人对他的评价、想法来塑造这个人物，这种例子比比皆是。写秦可卿他也不例外。所以我们首先来看一看，贾府里面这些人怎么看待秦可卿。

我们首先选出贾母，贾母是怎么看待秦可卿的？通过贾母给她定位，可以知道秦可卿在贾府当中的实际生存状态。贾母是个什么人呢？过去有一种贴标签的、简单化的分析方法，说，既然贾家是一个贵族家庭，是一个腐朽、没落的剥削阶级的家庭，贾母又是这个家庭宝塔尖上的一个人物，所以不用动脑筋了，这就是一个最糟糕的人，是封建统治阶级当中的一个腐朽、没落的人物，一个老顽固、老封建。这种简单化的分析不适合于《红楼梦》。曹雪芹他写人物是从生活原型出发，他写出了活生生的生命，他使你相信，这种生命在历史的某一个时空里面实际存在过，他写出了人的复杂性。贾母当然是一个封建贵族家庭的宝塔尖上的人物，这个家庭的一些罪恶、阴暗面，她身上也有，她本人也要对这个家族的这些方面负责任。但是这只是她的一个方面而已，贾母实际上是一个很复杂的人物。

贾母有很慈爱的一面，她对家境贫寒的人、地位低下的人，有时候能够表达出一种真诚的关怀，一种怜恤，而且这不是装出来的。你比如说，《红楼梦》里写了这样一个场面，大家一定记得，就是贾母带着荣国府的女眷到清虚观去打醮。打醮是一种宗教仪式，目的是祈求幸福。贾母当然是一个很享福的人了，所以这一回的回目就叫作“享福人福深还祷福”，她觉得幸福还不够，她还要去祈祷神、佛，给她更多的幸福。那天她兴致很高，她说天气很好，在打醮活动结束以后，还可以在那里让戏班子演戏，大家看戏。她说，咱们所有的太太、小姐们全去。贾母兴致一高，底下人当然就呼应，所以荣国府的女眷几乎是倾巢而出，薛姨妈去了，王熙凤去了，小姐们也都去了，小姐们身边的大丫头也去了，一些管事的妇人也去了，一些嬷嬷、老婆子，服侍她们的，也去了。所以书里面描写的那个场面，是书中的几次大场面之一。贾府的车轿人马前头都快接近清虚观了，后头在荣国府门口还没动窝呢。你想，是多浩荡的一个队伍啊！

因为是一大群女眷去打醮，所以清虚观的道士们就需要先行回避。别的道士都很聪明，一听说贾府女眷快到了，一个个赶快都回避了。有一个小道士，动作比较迟慢，他回避晚了，人家贾府的女眷都进门了，他才往外跑，就一头撞在王熙凤的怀里了。王熙凤受一个大刺激，很生气，伸手就给他一耳刮子，把这个小道士打得翻滚在地，而且王熙凤脱口而出就骂了一句极难听的粗话—— 实在太难听，都不便在这里引出，你如果忘了，可以翻到那段情节，自己去看。这个小道士本是负责剪蜡烛花的，那时候照明多半用蜡烛，蜡烛燃烧久了，蜡心会积存燃过的焦头，需要用一种剪子修剪，把剪下的焦头收集到剪筒里去，剪过的蜡烛火苗就恢复旺盛了。那小道士慌忙躲避的时候，手里还拿着剪筒。他躲晚了，一看全是妇女，不知道往哪儿逃，慌得不得了。所有那些贾府管事的，那些仆人，都要表示维护主人的尊严，一迭声地叫："拿，拿，拿！打，打，打！"这个小道士被吓得魂不守舍，哆哆嗦嗦往外逃。这阵混乱，惊动了贾母，她听见了，底下就有一段描写，贾母就问，怎么回事啊？贾珍就赶忙过去处理这个突发事件。

贾珍为什么要出现呢？贾珍是贾氏宗族的族长，当宗族的老祖宗打醮的时候，他要组织子侄们到那儿做后勤保障工作，他是这次打醮活动的总指挥。书里还描写到，作为族长，贾珍是很有威严的，贾蓉怕热躲到阴凉里偷懒，被他狠狠教训了一顿，其他子侄一个个也就服服帖帖，不敢怠慢。这样的场合，贾珍当然在场，他赶紧到贾母跟前，贾母就说，快把那个小道士给带过来，贾珍就把小道士带过去。小道士浑身乱颤，站都站不住了，贾母就慈爱地问他，多大了？几岁了？你叫什么呀？小道士哪回答得出来啊？贾母就嘱咐贾珍了：珍哥儿，你好好对待他，你把他带出去，哄着他，给他一些钱买果子吃，别叫人难为了他。贾母连说，可怜见的，小家小户的孩子哪见过咱们这种阵仗啊！你把他吓坏了，他老子娘该多心疼呀！贾母这样说这样做绝非虚伪，是很真诚的，她确实有怜贫惜老的一面。书里写贾母的这种表现不止这一次，我就不多举例了。

为什么要把贾母对待小道士的事情说得这么细啊，是为了顺这么一个逻辑往下去推演：如果说秦可卿是养生堂抱来的弃婴，她的养父是一个宦囊羞涩的小官吏，她居然只因为她的养父跟贾家有一点瓜葛，就嫁到了贾家，嫁到了宁国府，而且嫁到了三世单传的宁国府的贾蓉的身边，成为了从贾母往下算，第一个重孙媳妇。如果真是这么回事，我们可以推测，贾母第一，很可能反对这门亲事，说，怎么可以这么娶媳妇呢？你宁国府本身跟荣国府还不一样，我们前几讲已经点明了，你都三世单传了，你贾蓉娶媳妇非常要紧，不仅是贾蓉个人的事，是宁国府的事，也是宁、荣两府共同的事，怎么能这么娶媳妇呢？当然也可能，由于贾母一想，毕竟宁国府跟荣国府还是有点区别，宁国府人家偏要娶这么个媳妇，我也不好深管，我就忍了吧！如果说贾母她持这样一个态度，对秦可卿，她应该怎么想呢？她可能就会像对待后来见到的那个小道士一样，可怜见的，你看，父母是谁她都不知道，娘家又那么样地贫寒，嫁过来了以后，一看表现也还不错，于是她就可能嘱咐上下人等，说你们要好好对待她，别委屈了她，类似于对待小道士那种态度，应该会出现在我们眼前。可是我们一看《红楼梦》的描写呢，不对了，不是这么写的。

秦可卿是第五回正式出场的，她一出场就气象万千。第五回写一个什么故事呢？宁国府梅花盛开，所以尤氏兴致就很高，觉得是一个向亲戚，特别是向老祖宗献媚取宠的好机会，就邀请贾母，邀请王夫人、王熙凤她们到宁国府来赏梅花，于是她们就都来了。贾宝玉照例要凑热闹，也跟着来了。贾宝玉虽然一方面确实是反对仕途经济，具有某种叛逆性，比如他说，那些个读书、参加科举、谋求官职的人是国贼禄蠹，但是另一方面，他又是一个地地道道的贵族公子。他很慵懒，赏完梅花，吃完午饭，他要睡午觉，而且不是一般地瞎凑合睡，他要好好地睡一觉。这个时候，书里就有一个很惊人的描写，就是秦可卿去安排他的午睡。

大家静下心来想一想，在那样一个封建社会里面，一个封建大家庭里面，贾宝玉这样一个身份的人要午睡，应该谁来安排呢？最妥当应该是贾珍来安排，他堂兄来安排，他们同辈，又都是男性。那么贾珍不在，谁出面安排？应该嫂子来安排，尤氏来安排，对不对？尤氏也没来安排。谁来安排呢？秦可卿来安排！你搞清辈分没有啊？贾宝玉辈分比秦可卿高，他是秦可卿的叔叔，秦可卿是贾宝玉的侄媳妇，她辈分低。但是根据书里描写，秦可卿年龄已经很大了，估计有二十岁上下，比宝玉大很多。那么一个年龄很大的侄儿媳妇去安排一个年龄小的叔叔午睡，你动点脑筋就觉得不合理，不妥当，这样的话别人眼里会怎么看她呢？别人怎么看，咱们不管，咱们先看看书里怎么写贾母的眼光。书里怎么写的呢？我们把书先拿手摁上。我们设想一下，我读过好几遍《红楼梦》了，现在从头来重新读第五回，贾母大概会想，可怜见的，家里没人，难为她了……不是的！

——“贾母素知秦氏是个极妥当的人”，她不是一次妥当，两次妥当，素来就妥当！她忽然走出来带宝玉去午睡，极妥当。这是贾母的眼光。贾母她认为，秦可卿“生得袅娜纤巧，行事又温柔和平”——一个是形容她的相貌、身段，一个是形容性格、气质都很不错。这倒也罢了。然后曹雪芹通过叙述性语言，就替贾母做出了一个不可争议的判断。这个判断是这样的，说秦可卿“乃重孙媳中第一个得意之人”！第二都不是，并列都没有，稳占第一份。你不觉得奇怪吗？如果第八回那段文字不是我说的打的补丁，而真是那么回事的话，她怎么会是得意的一个对象呢？让老祖宗觉得很得意，而且“第一得意”。

我看到有听众在下面微笑，说，哎呀，《红楼梦》古本很多，文字有区别，有的这么写，有的那么写，是不是你选择的这一本这一句写错了呀？怪了！现在我们所能看到的《红楼梦》的古本有很多种，这些古本当中的很多文句都不一样，但是偏偏这一句，全都一样！可见是曹雪芹的原笔原意。贾母就是认为秦可卿“乃重孙媳中第一个得意之人”。在一个封建大家庭，以贾母这样的身份，来对她的儿媳妇、孙媳妇、重孙媳妇做出判断，她认为妥当，她认为得意的第一要素应该是什么，就是血统，就是门当户对，就是家庭背景好。你看，这不是和第八回末尾打的那个补丁，满拧了吗？而且再仔细推敲，这话就太怪了，在故事开始到这个阶段的时候，整个宁、荣两府只有一个重孙娶了媳妇，就是贾蓉娶了个秦可卿，本来是没有可对比的，是不是？可是贾母就等于有一个预言，就是以后贾琏你也生了一个儿子，也娶了一个媳妇，我现在都不用动脑筋，肯定比不了秦可卿；或者你贾宝玉今后也有一个儿子，也娶媳妇，或者贾环也有儿子，也娶媳妇，但都比不了秦可卿。当然，这些人都还没有生儿子。但是，贾母眼前也有了一个重孙子就是贾兰（原文繁体字：蘭），草字头，跟贾蓉是一辈的嘛。贾兰当时比较小，但也不是很小，贾母只要身体健康，她老去祈福，她有福气长寿的话，她是能眼看着贾兰娶媳妇的，那么，怎么能够事先就断定，贾兰不管娶什么媳妇，秦可卿都永远是第一得意之人呢？怎么秦可卿就那么不可超越呢？这值不值得我们思索呢？我觉得，很值得我们思索。

下面我们再分析一下，秦可卿的公婆怎么看待秦可卿。马上有人会撇嘴，我就知道你是在嘲笑我，我知道你心里想什么，你说，哎呀，别提她的公公了，是不是？她公公对她好，还用你说吗？是不是？她公公对她好，还非得她出身背景好吗？人家那是另外一回事！你说得也很对，贾珍和秦可卿的暧昧关系，不是什么极端的家族隐秘，在第七回的末尾，我们就可以看到。当时是王熙凤和贾宝玉到宁国府去玩儿，而且在那一次就见到了秦钟，最后秦钟要回家。秦钟跟秦可卿什么关系呢？名分上的姐弟，既不同父也不同母，面子上的事，所以并不让他留宿在宁国府，晚上就要送回去。管家派的谁送秦钟呢？一个老仆人叫焦大。焦大喝醉了酒，一听说派这个活，火冒三丈，而且仗着他原来在上几辈主子面前有脸面，破口大骂。骂的话很多，我现在就只拎出一句，他有一句话，惊心动魄，叫作“爬灰的爬灰”！

“爬灰的爬灰”，这是什么意思呢？是指公公与儿媳妇私通。据说过去庙里的香炉里，总有人烧锡纸叠的银锭，也许是表示向神佛献礼，也许是为亲人的亡灵提供在阴间使用的银子。有时候，因为香炉里塞进去的锡纸叠的银锭太多了，外面一层烧成灰了，里面却还剩下许多锡纸并没有烧透，甚至还颇完好。于是，就有人去扒灰，把灰烬扒开，去偷那里头的锡纸，偷出来可以再利用，再变成大小不一的银锭，卖给人拿去烧。所以，“扒灰”就是“偷锡”，转化为谐音，就是“爬灰”，就意味着“偷媳”，也就是公公偷媳妇，跟媳妇乱来，发生不正当关系。

那么焦大骂的什么意思，就很清楚了，他这个矛头直指贾珍，他这个骂的矛头还不是直接指向秦可卿，他的矛头是直指贾珍。他骂的声音很高，不但已经坐上车的凤姐和贾宝玉听得清清楚楚，贾蓉也听见了，尤氏当然听见了，周围的仆妇们也都听见了。

所以贾珍的这个问题，在宁国府不是什么秘密，就算尤氏是一个，比如说，性格比较懦弱的人，或者是这个人没有什么决断，她不能够最后断定，她的儿媳是不是和她的丈夫有通奸的关系，那么至少她应该不愉快，至少她应该觉得很恶心，很堵心。所以到第十回，写到秦可卿生病的时候，尤氏对秦可卿的反应，按我们这样的思维逻辑，应该是这样一种反应：你本来就不知道你的父母是谁，是一个野种，你又是从一个小官僚家里面，勉勉强强嫁到我们家来的，你居然跟你公公不干不净的，你得病了，得病活该，你死了才好呢！而且秦可卿的病，大家知道，书里面隐隐约约也写到，她是月经不调，几个月没有经期，或者经期特别长。这很可能是怀孕了，邢夫人就以为她是有喜了。如果怀孕的话，尤氏转怒为喜，还是有可能的，因为毕竟娶这个媳妇，目的就是要让贾蓉把宁国府的三世单传传到第四世。但是大夫说得很肯定，不是喜，尤氏好像也认可大夫的判断，不是怀孕，就是病了。那么，《红楼梦》就有大段文字写尤氏对待秦可卿生病的态度和反应，应该细读。

针对秦可卿的病，尤氏说了些什么话呢？她嘱咐秦可卿："你且不必拘礼，你早晚不必照例上来。"什么叫"早晚照例上来"？懂不懂啊？《红楼梦》来来回回写，贾宝玉、林黛玉他们早晨要到长辈面前去晨省，晚上要去晚省，就是晚辈每天一早一晚都要去给长辈请安的，每天要坚持的，除非你病了以后长辈原谅你，允许你不去，否则都得去，例行功课，不得有误。但是尤氏对秦可卿如此宽容，她说，你病了，你就早晚不必照例上来了，你就好生养养吧，就是亲戚一家子来，有我呢；就有长辈们怪你，等我替你告诉。而且尤氏还有的话更古怪，她对她的儿子贾蓉说："你不许累掯她。""累掯"又是一句北方的语言，这句话就是说，不许你难为她，"不许招她生气"。底下的话越说越奇怪，说："倘若她有个好歹，你再要娶这么一个媳妇，这么个模样，这么个性情的人，打着灯笼也没地方找去。"这事太奇怪了！她听见焦大骂"爬灰的爬灰"，在说这些话之前，她应该对她儿媳妇非常反感，她犯不上这么看重她，又不是怀孕，得了这种怪病，居然就关怀备至到如此程度。而且，怎么就会打着灯笼也找不到比养生堂抱来的野种还好的女子呢？这不成逻辑啊，在当今社会这也不成逻辑啊，不用打灯笼，打火把，摸黑摸了一个女子，可能就是能查清父母的。是不是？而尤氏竟然这么说话！

你说，秦可卿在贾府里面是一个什么样的生存状态呢？透过别人的眼光就能看得很清楚了，在那儿从贾母开始，上上下下都尊重她，喜欢她，她没有任何不适应的地方，她好比鱼游春水，非常自如，她是这么一种生存状态。尤氏跟人还说了这样的话，说，哪个亲戚，哪家的长辈不喜欢她呀！这就奇怪了，就算你宁国府容了她，贾母容了她，三亲四戚的不许人说闲话呀，你们家娶媳妇就娶一个养生堂抱来的野种？她娘家就是一个宦囊羞涩的小官僚，不许有人不喜欢她呀？哎呀，怪了！没有一家长辈不喜欢她，所以尤氏就说了啊，这两日好不烦心，焦得我了不得，我想到她这病上，我心里倒像针扎似的。这么一个媳妇得点病，她心就像针扎似的！你说说，这多心疼啊！

我们再看看，贾府里面一个非常重要的、拿事的人物，王熙凤，她怎么对待秦可卿。王熙凤，说老实话，就像贾母点出来的："一个富贵心，两只体面眼。"那可是好厉害的一个人！你看，远房的亲戚贾芸到她那儿求个事，她都不拿正眼瞅贾芸，直到贾芸给她行贿，送给她一些冰片、麝香，那是很值钱的东西，她才收了。因为宗族的子弟一旦被派了个事以后，就可以到总账房去关银子，关了银子以后，一部分办事，一部分，说老实话，就归自个儿了，所以贾氏的旁支，远亲的这些子侄们，都愿意到贾府里面揽一个事。在贾芸之前，贾芹就揽了个管家庙的肥差，好不神气！贾芸看着眼馋，当然也就更努力地去谋求。贾芸他费了老大劲儿，其间还遭到亲舅舅的白眼，偶然遇上了醉金刚倪二，才得到资助，弄了些冰片、麝香来向王熙凤行贿。可是王熙凤呢，东西是收了，却脚步都不停，连正眼都不看他，并不马上派他的活儿，到后来才假惺惺地说，你怎么不早说啊？最后才派他一个在大观园里面，补种树木花草的这么一个活儿。这就是王熙凤！她对自己知根知底的亲友尚且如此，因为贾芸虽然家境贫寒，但他是贾氏宗族的正式成员，父母是谁，再往上是谁，查家谱清清楚楚，她对他尚且如此，那么对秦可卿，按道理她应该是一万个看不上，是不是？你们宁国府瞎了眼了，娶媳妇娶来一个养生堂里抱来的弃婴，什么家庭背景啊？秦业，小官僚，好寒酸！按说，她对秦可卿最好的态度也不过是敷衍，可是，不是！她跟秦可卿形成一种密友关系，虽然她辈分高，她是婶子，秦可卿是侄媳妇，两个人却好得不得了，书里面是明明确确地这么写。像第十一回写到，王熙凤到了宁国府去看望生病的秦可卿，说了那么多的贴心话。举一例，王熙凤说了："你公公婆婆听见治得好，别说一日二钱人参，就是二斤也能够吃得起。"她安慰秦可卿，说整个贾府会竭尽全力来保住秦可卿的性命，一天吃二斤人参都吃得起的，如果宁国府没有了，荣国府要去。她去看望秦可卿的时候，贾宝玉他老跟着，"跟屁虫"，王熙凤嫌他有点多余，就把贾宝玉给支走了。支走了以后有很重要的一笔，就是写王熙凤又和秦氏两个人压低声音，说了许多的衷肠话，你看，她们两个人感情多好？这是对一个从养生堂抱来的弃婴的态度吗？绝对不是。

秦可卿死了以后，书里写道，"彼时合家皆知，无不纳罕，都有些疑心"，有的古本"无不纳罕"又写成"无不赞叹"，怎么她死了会让人"纳罕"，或者引出"赞叹"？"都有些疑心"，疑心什么？这些以后我会再加分析。接着这两句话写的是什么呢？说是，那长一辈的想她素日的孝顺，平一辈的想她平日和睦亲密，下一辈的想她素日慈爱，以及家中仆从老小想她素日怜贫惜贱、慈老爱幼之恩，无不悲号痛哭。就算她人缘好，她毕竟是养生堂里来的，血缘不清，抱养她的秦业又只是个穷窘的小官，按说，无论是府里老的小的、主子奴才，总会有人这么样想啊：她虽然死了，运气还是很不错啊，那么个出身，享了一阵大福，也够本啦……但曹雪芹用客观叙述的语气来写，竟没有举出这种反应来，竟都一致地只是感念她的好处。最奇怪的是还特别说她素日怜贫惜贱，其实就出身而言，她自己才是既贫又贱，她是需要人家来怜惜她的呀，但是，书里的种种描写，只让我们感觉到她非常高贵，上上下下的人们，对她似乎始终都是在仰视，她死了，竟然是无不悲号痛哭。这样的总括性描写，似乎是在进一步地透露，这个人的真实出身，绝非寒微。

除了从他人怎么看待秦可卿的角度，来分析秦可卿在贾府的生存状态，还可以从她本人的心态，来做进一步的考察。

那么我们现在看一看，秦可卿自己是怎么想的。写一个人物，一个是写外面的人，周围的人怎么看待她，一个是写她自己，往她内心写，她自己怎么想。秦可卿如果真是养生堂抱来的弃婴，如果她的养父真的是一个宦囊羞涩的小官僚，她就必然会有自卑心理，她会觉得很难为情。她表面上可以强撑着，但是一到夜深人静，清夜扪心，她就会感到她处在一种凶险的环境当中，人家这么富贵，自己的背景如此不堪，她会自卑的，会痛苦。可是，书里面一笔这样的描写也没有，从她第五回出场到第十三回死去，完全没有这样的内容。就是凤姐去探望她的病情，她跟凤姐说的一番话里面，有愧疚，但也不是自卑感，不是因为自己的血统和家庭的原因而产生出来的自卑感。她是这么跟凤姐说的，她说："这都是我没福，这样人家，公公婆婆当自己的女孩儿似的待。婶娘的侄儿虽说年轻，却也是他敬我，我敬他，从来没有红过脸儿。就是一家子的长辈、同辈之中，除了婶子倒不用说了，别人也无不疼我的，也无不和我好的。"她之所以觉得有些愧疚，不是因为她觉得自己的出身寒微、自卑，而是觉得别人对她这么好，可是她却不争气，病得就要死了。而且她还说了一句惊心动魄的话，叫作"任凭神仙也罢，治得病治不得命"。她这是什么话呀？什么意思啊？所以秦可卿在心理上她有一个阴影，这阴影是一种死亡的阴影，而不是因为出身、血统和家庭财富不够而产生的一种痛苦，一种阴影。

有人又要跟我讨论了，会说，哎呀，就不许人家曹雪芹偏这么写吗？人家是小说，他就要这么写，这个人物的家庭背景比较差，她就不自卑。那么，是不是他每个人物都这么写的呢？我们可以考察一下《红楼梦》的文本，曹雪芹这个书他写作遵守一个原则，就是他写一个人的气质、身份，以及他内心的情感、心理活动，都是紧扣着这个人的血统，这个人的政治、经济地位来写的，毫不例外的。

你比如说，最简单的例子，就是探春和贾环。探春，她是贾政的女儿，她父亲的血统不要讨论了，非常尊贵，她仅仅是因为母亲的血统比较卑微，你看她的存在状态里面就有多么浓重的阴影啊！书里面有很大篇幅来写她内心的痛苦，仅仅是因为她母亲本来是贾府里面的一个奴才，不知道怎么有一天被贾政睡过了，生出了她，又生出了一个弟弟，所以，贾政就把这个人纳为了小老婆，就是赵姨娘。就是因为这么一个原因，她就痛苦得不得了。而且她和她的生母发生了剧烈冲突，她不承认赵姨娘是她的母亲。她说，我只认老爷、太太，谁是我父亲啊？贾政。谁是我妈呀？王夫人。你是什么啊？你是奴才。当赵姨娘的兄弟赵国基死了以后，在赏赐多少两银子给死人家里的这个问题上，她和她的生母就发生了剧烈冲突，她只给了二十两。因为根据贾府的老规矩，家生家养的奴才死了，抚恤金就是二十两。如果是外面进来的奴才死了，可能抚恤金要高一些，她严格地遵照当时的游戏规则来做这件事。赵姨娘就不干了，她哭哭啼啼就跑去了。当时是王熙凤病了，探春、李纨和薛宝钗代理王熙凤来理家，来管事。赵姨娘就说，你是我肠子里爬出来的，别人不拉扯我便罢了，你怎么不拉扯我啊？探春气得不得了，说，一个人要是正常的话，需要人拉扯吗？她虽然去和赵姨娘抗争，但是内心非常痛苦，就因为她血脉里流的血一半是贾政的，另一半居然是赵姨娘的。她其实比那个养生堂抱来的弃婴强多了，但她仍然很痛苦，非常痛苦。

贾环也是一样，贾环跑到薛宝钗那儿去做游戏，和莺儿、香菱她们赶围棋、掷骰子，他耍赖，莺儿就说了他几句，说，你个爷们，你就好像臭讹，贪我们点小钱财，他顿时就哭了。他哭的原因，就是他内心有一个阴影，有一个血统阴影。他说，你们都知道，我不是太太养的，你们就一味地欺负我。贾环的这种因庶出而自卑自贱的例子，书里还有许多。所以你看曹雪芹他笔下写人，是要从这个人物的血统上来写人物内心的呀，是不是？不可能他写探春写贾环，遵照这样一个写人物的原则，写秦可卿，他又是另外一个原则，不可能是这样的。

也有朋友要跟我讨论了，说，这只是一个血统问题，那么《红楼梦》有没有写某个人，因为她自己家境比较贫寒，而内心很痛苦的？有没有这种例子呢？有的。比如说邢岫烟，她是邢夫人兄弟的女儿，当时邢家家境已经走下坡路了，她的父母就带着她投奔了邢夫人，邢夫人就把她安排在大观园迎春的那个住处住下了。书里面写到，虽然她和薛宝琴，还有李纨寡婶带来的两个女儿李纹、李绮，住进贾府以后，王熙凤都按贾府里小姐们的标准，一个月给她们发放二两银子使用，但是邢夫人很克啬，她让邢岫烟只留一两银子，那一两银子让邢岫烟交给她的父母。这样邢岫烟借住在迎春那里，脂粉钱都不够，内心很痛苦，但为了笼络住迎春的那些丫头，有时候还得从本已不多的钱里，再额外拿出些来请那些丫头吃点心，她活得真够尴尬的。书里还有一段，雪后大观园的女儿们，加上贾宝玉聚会的情景，写得如诗如画。我们都应该记得，在这段描写里面，每一位小姐都穿着非常华贵的防雪的斗篷、大衣。贾宝玉不消说了，贾母给了他一袭雀金裘，用金线跟孔雀毛拈成线，用这种线织成的一个大的披风，华贵不华贵啊？贾母很喜欢薛宝琴，给薛宝琴一件披风更不得了，叫作凫靥裘，是用野鸭子头上那点毛，攒起来织就的这样一个斗篷，这得多少野鸭子的头啊！其他人穿的，或者是青哆罗呢对襟大长褂子，或者是所谓鹤氅，头上或者是昭君套，或者是观音兜，争奇斗胜，就是大红猩猩毡的斗篷，都不稀奇了。这时他就写到，邢岫烟她因为家境贫寒，她没有大斗篷，没有大衣服，她的形象在其他的美女面前，就成了拱肩缩背，好不可怜见的。她后来甚至还不得不偷偷把棉衣拿到当铺去换一点钱，而她自己内心也很痛苦。所以你看，曹雪芹笔下，因为家境贫寒而痛苦的例子是有的。可是他写到秦可卿，秦可卿的血统远比探春、贾环糟糕，秦可卿的家庭背景远比邢岫烟糟糕，对不对？但是在关于秦可卿的描写里面，何尝有一丝一毫的自卑心理呢？何尝有一丝一毫因为自己的血统，因为自己的家庭背景，而形成的自卑与痛苦呢？是没有的。这就是曹雪芹他给我们所描绘的，秦可卿在贾府的实际生存状态。

所以，听了我以上的讲述以后，我们就应该提出一个更新的问题，就是如果要是《红楼梦》第八回末尾，关于秦可卿的那个交代是后来他为了掩饰什么、遮盖什么，不得已打的一个补丁的话，那么秦可卿的真实出身究竟是什么呢？这个人物的原型是谁？曹雪芹根据这个原型所描写的秦可卿，在他原来的构思和原来所形成的文本里面，是一个什么样的人呢？我们的问题就逼到了这一步。这就是我们下一讲所要揭开的秘密，就是说，秦可卿的出身不但并不寒微，而且还高于贾府。

第四章 秦可卿出身之谜

秦可卿这个原型，她真实的出身不仅不寒微，而且还高于贾府。

我为什么这么说呢？我不是去胡乱地猜测，而是根据书里面的描写所下的结论。我们要看《红楼梦》的文本，第五回秦可卿正式出场，带贾宝玉去午睡。她先带他到贾珍和尤氏的那个正房，这是正确的，因为贾宝玉是和贾珍、尤氏一辈的，所以要先到一个正房去。结果这个正房挂了一幅《燃藜图》，《燃藜图》是一幅劝人好好读书做学问的图画。贾宝玉一看就不喜欢，说不能在这儿，于是秦可卿就把贾宝玉带到她自己的卧室。这当然相当出格了，因为贾宝玉是她的叔叔，侄媳妇把叔叔带到自己的卧室去午睡，这实在是有点有悖封建礼教的规定。所以书里面写了，有一个嬷嬷说了，说怎么去这样安排啊？但是秦可卿气派很大，满不在乎，说，他能多大，就讲究这个了？就硬把贾宝玉带到她的卧室。

于是，在《红楼梦》文本里面就出现了一段非常奇特的文字，就是对秦可卿卧室的描写。这段文字大家还记得吗？说，秦可卿的卧室，首先它是挂有唐伯虎的《海棠春睡图》，《海棠春睡图》画的是杨贵妃喝醉酒以后，像海棠花一样美丽的情景，贾宝玉喜欢。唐伯虎是明代的著名画家，这段描写说明秦可卿她藏有唐伯虎的一幅大画，这倒也还算不了什么。然后在秦可卿的卧室里面，还有一副秦太虚的对联。秦太虚是宋朝人，对联很符合贾宝玉的审美趣味，写的是："嫩寒锁梦因春冷，芳气袭人是酒香。"贾宝玉说这里好，我就在这儿午睡。然后他环顾这个卧室，不得了！哪里是仅仅有唐伯虎的画和秦太虚的对联呢？是什么样的陈设呢？是这样的陈设："案上设着武则天当日镜室中设的宝镜"，好夸张啊！是不是？"一边还摆着飞燕立着舞过的金盘，盘内还盛着安禄山掷过伤了太真乳的木瓜。"这里说的木瓜应该不是真正植物的木瓜，而是一个用玉石仿制的木瓜，是很贵重的东西。"上面设着寿昌公主于含章殿下卧的榻，悬的是同昌公主制的联珠帐。"你想，这些是什么东西啊？以前的红学界对这一段描写的解释，基本都定这么一个调子，说，这是夸张的描写，这样描写主要是为了表现秦可卿的生活很奢靡，而且她本人很淫荡。这个解释也不能说完全没有道理，但是它不能够让我这样一个《红楼梦》爱好者完全信服。

你说，这些描写表现她生活奢靡，这当然说得通，但说它完全是为了暗示秦可卿生活很淫荡，不太说得通。武则天，或者是赵飞燕，或者是安禄山，或者是杨太真，你说，他们都带有某种淫荡性，作为淫荡的符码出现，这个我认同，但是寿昌公主和同昌公主的故事里面没有什么淫荡的内容。这个寿昌公主应该是寿阳公主，历史上这个人，我不细说。其实关于她的故事很简单，就是一件事，有一天她在含章殿下的卧榻上休息，风吹落了一朵梅花，掉在她两眉之间稍上一点的额头这个地方，这个梅花就拂之不去，在她额头上定格了。她开头很烦恼，但别人一看以后，都赞叹道，怎么那么漂亮啊！于是宫里面就竞相模仿，纷纷用化妆品来画梅花，在当时就形成一种著名的梅花妆。这个故事一点不淫荡，是不是？还有同昌公主的故事也不复杂，其中最重要的一点就是她自己亲手用珍珠串了一个帐幔，就是一个联珠帐，当然很华贵，但是谈不到淫荡。而且请大家特别注意，武则天当过女皇帝，飞燕是一个爱妃，杨太真也是一个爱妃，安禄山是后来篡权，一度当过皇帝的人。但是作者他不仅写到了皇帝那样的人物，他也写到两个公主，那么这些夸张的暗示性的符码究竟在隐喻什么？我想，它绝不仅仅是隐喻秦可卿生活很奢靡，或者是说秦可卿很淫荡。它实际上应该是在影射，秦可卿的血统就高贵到是帝王家的公主的地步。你看，这些全是帝王家的符码，而且还两次出现了公主的符码，对不对？它用这样的手法暗示秦可卿真实的血统。

可能有人又要跟我讨论了，说人家是小说，是艺术创作，使用一种夸张的方式，你有什么大惊小怪的呢？但是我们读《红楼梦》要通盘考虑，曹雪芹多次写到贾府里面的室内装饰，他都是非常写实的，虽稍有夸张，但是严格写实。比如，他写荣国府的正房，写到了皇帝赐的金匾，还写到了一副银子做的对联，很写实。他没有说把前代帝王的东西搬到那儿去摆着，他说是有大紫檀雕案上设着三尺来高青绿古铜鼎，悬着待漏随朝墨龙大画，一边摆的是金蜼彝，是一种很贵重的东西，应该是青铜制品；另一边是玻璃盒，在那个时代玻璃也是一种很贵重的东西，一个很大的玻璃缸；地下是一溜十六张楠木椅。他写荣国府的正房，非常写实，他的确有一些夸张，但是适度。而且，请注意，他写林黛玉进了荣国府东廊三间小正房里，那是贾政和王夫人日常活动的空间，他就特别地写到，靠东壁设着半旧的青缎靠背引枕，西边呢，也是半旧的青缎靠背坐褥，挨炕呢，是一溜三张椅子，上头搭着半旧的弹墨椅袱。他不厌其烦地连用了三次“半旧”这个形容词，不但不去夸张，而且写实写到如此“忠诚老实”的地步。可见，写实是他对场景描绘的一个基本原则。

通读八十回，除了第五回那样写秦可卿卧室，他写其他室内场景，都是近乎白描的写实手法。比如，他写潇湘馆，贾母带着刘姥姥逛大观园，两宴大观园，到了潇湘馆，就看到潇湘馆林黛玉这个屋子，窗下案上设着笔砚，书架上放了满满的书，很写实。他不使用什么极度夸张的手法。又比如说到了探春住的秋爽斋——探春是小说里面一个才女，非常有才能。有的读者粗心，就觉得探春写诗写不过林黛玉，写不过薛宝钗，写不过史湘云，就觉得她好像比较平庸。一般读者记得惜春会画画，现在你应该懂得，探春是一个书法家，她有特殊才能，她书法好。秋爽斋里面什么摆设呢？当地放着一张花梨大理石大案，这就是用来挥洒书法的；案上磊放着各种名人法帖，她揣摩各种前代名人的书法作品；而且桌上有数十方宝砚，而不是一两块砚台，这说明：一个是她收集砚台，一个是她书法的创作量非常之大；各色笔筒，笔海内插的笔如树林一般。这也使用了夸张的手法，但是绝不是极度夸张，是基本上都可以复原的一种景象。她真是一个书法家。如果你细心，你还会注意到，元春省亲之后，因为姊妹们根据她的命令都有所题咏，最后她觉得，为一时盛事，需要做一个总的记录，她便指定探春来誊抄这些诗歌。她为什么指定她？就是因为探春本身是个书法家。

我说这些，什么意思呢？就是说，《红楼梦》的整体风格从头到尾，以写室内的陈设而言，一律采取写实的办法，几乎没有例外——唯一一处例外，就是写秦可卿的卧室陈设，极度夸张，无法复原。怎么复原呢？哪儿找这些东西去啊？这就说明他有他的苦心，他写别的那些陈设也许无非是烘托气氛，展示一下人物的性格而已；他写秦可卿的卧房陈设，耸人听闻，就是故意要让读者大吃一惊。他的目的，就是暗示我们，秦可卿的血统实际上高于贾府，乃帝王家的血肉——是公主级的人物！

当然，曹雪芹的这番苦心，也不是一下子就能让人领悟出来的，脂砚斋早期批语说，这是“设譬调侃耳”，又说“一路设譬之文，迥非石头记大笔所屑，别有他属，余所不知”。脂砚斋刚开始有可能还不清楚曹雪芹的深意，早期她是边读边批，批前头的时候，还没看到后头，就凭直觉发议论，比如她曾认为小红是“奸邪婢”，读到后面的文字，才恍然大悟，知道自己错了，才明白原来曹雪芹是要写一个复杂的角色。小红前面的一些作为，似乎“奸邪”，但其实在曹雪芹总体构思里，她最后会与贾芸一起，冒险去救助落难的贾宝玉，是一个有见识，有胆略，敢作敢为的青年女性。脂砚斋弄明白后就对自己前面的批评做了纠正，那么对秦可卿也是一样，开头她可能确实不明白曹雪芹为什么那样描写她的卧室，后来，读到第十三回，她就不仅弄明白了，而且，出于对人物原型的同情宽赦，更为了避免掉进文字狱中，还建议曹雪芹删去了好几“叶”文字。

说到这儿，可能有人不服气，说你光是举卧室描写这一个证据，不足以说明秦可卿的真实出身高于贾府。好，那么我们就接着再往下看。第五回，贾宝玉在秦可卿卧室入睡了，入睡以后就做梦了，梦中觉得秦可卿在前面，好像导游一样，领他去了一个地方。这个地方是什么地方呢？是“太虚幻境”，是一个仙境。不是别人，而是秦可卿把他引入仙境，这当然也还无所谓，因为是秦可卿安排他入睡的。然后在仙境里面，他认识了一个仙姑，就是警幻仙姑。

有关警幻仙姑的文字我在这儿不细重复，你自己可以回去翻来看，这不但是一个仙界的人物，而且警幻仙姑和宁国府、荣国府还有很深的关系，不是和现在活着的这些人有关系，人家是和两府的老祖宗有关系。警幻仙姑后来就说了一段话，说“今日原欲往荣府去接绛珠”——“绛珠”就是绛珠仙子，就是林黛玉—— 曹雪芹写这个书，一方面他写实，一方面他确实又非常艺术，他有一个艺术想象。关于这一点在这儿不细展开，他大意是说，林黛玉是天界的一株仙草，是“绛珠仙子”，警幻本来是要去荣国府接“绛珠仙子”，“适从宁府所过，偶遇宁荣二公之灵”，宁国公、荣国公就遇见她了，当然是阴灵。两人就跟她说：“吾家自国朝定鼎以来，功名奕世，富贵传流，虽历百年，奈运终数散，不可挽回者。故遗之子孙虽多，竟无可以继业。其中惟嫡孙宝玉一人，禀性乖张，生情怪谲，虽聪明灵慧，略可望成，无奈吾家运数合终，恐无人规引入正。”因此就苦苦哀求警幻仙子，求她起到一个引领贾宝玉走上正途的作用，希望警幻仙姑能够帮他们做这件事。

所以你看，这个警幻仙姑身份很高，她高于宁、荣二公，宁、荣二公见了她，是要苦苦地请求她做好事的。这本来倒也无所谓，但是这个梦境写来写去写到最后，我们就发现，闹半天，秦可卿是警幻仙姑的妹妹。警幻仙姑她怎么引领贾宝玉走正路呢？她就是说，我先把声色之娱让你享受够了，让你懂得这些也无非如此而已，希望你享受够了以后就能够幡然悔悟，觉得我还是去谋取仕途经济罢了，企图让贾宝玉形成这么一个思维逻辑。在这个过程当中，为了让贾宝玉享受性爱，就把自己的妹妹可卿介绍给贾宝玉。所以秦可卿既是警幻仙姑的妹妹，又是贾宝玉的性启蒙者。你说，秦可卿她的这种身份，难道不是高于贾府吗？对不对？如果是一个养生堂抱来的弃婴，是一个宦囊羞涩的小官僚养大的女子，她怎么能够出任这种角色呢？不可能的。但是《红楼梦》文本就是这么来写的。这又是一个证据，证明秦可卿身份非同小可。

现在要探讨的是，她的出身是不是高于贾府？那么来看一看有关她的判词，以及唱到她的曲子是怎么样来写的。大家可以回忆一下，在贾宝玉翻看册页的时候，他就看到，在金陵十二钗正册的最后一页上，画着高楼大厦，大厦里面有一个美人悬梁自尽，然后就有四句判词，这么说的：“情天情海幻情身，情既相逢必主淫。漫言不肖皆荣出，造衅开端实在宁。”这四句在今后我的讲座中会多次谈到。现在我们只说第一句，就是“情天情海幻情身”。秦可卿的背景是天和海，曹雪芹在为交代她的出身打补丁的时候，为她的养父取了一个名字，叫秦业，那么她是情天、情海幻化出来的一个身子，她的来历非同小可。画一个美人悬梁自尽，是在一个高楼上。这个楼叫什么名字啊？记不记得啊？秦可卿死了以后，贾珍给她大办丧事，除了在府里大厅上安排一百单八个和尚给她念经，还另设一坛于天香楼上，让九十九个道士给她打醮。这个醮的名字是什么呢？是“解冤洗业醮”，要连续搞七七四十九天。这都不能说是暗示了，这是明点。秦可卿上吊的那座高楼，就是天香楼。古本《红楼梦》第十三回的回目原本就叫“秦可卿淫丧天香楼”，现在我们看到的却是“秦可卿死封龙禁尉”，这根本不通嘛。龙禁尉是皇帝的卫兵，女的根本不能有那么个封号，何况书里写得很清楚，是贾蓉花钱买了个龙禁尉的封号，怎么能说“秦可卿死封龙禁尉”呢？

那么，天香楼这个楼名，有怎样的含义？有两句诗：“桂子月中落，天香云外飘。”这是唐朝诗人宋之问的句子。你想想，那是非常尊贵的，如果说太阳可以比喻为皇帝的话，月亮就可以比喻为东宫，比喻为太子。月亮里面，中国人的想象，认为有嫦娥，有一棵桂花树，有吴刚，还有一只兔子在那儿捣灵药。总而言之，月亮里面是有桂花树的，“桂子月中落，天香云外飘”。桂子，就是桂花结成了米粒状的东西，“桂子月中落”，这个东西非同寻常，属于国色天香，它带来一种芬芳的气息。“桂子月中落，天香云外飘”，你想想，“情天情海幻情身”，这是一种什么出身？天香楼是一个什么象征？就是来自月亮里面，芬芳从云层飘向人间，可见秦可卿出身非同小可，是高于贾府的。

这些证据如果还不足以说服你的话，那我们就一起再来重新读第七回，第七回常被很多读者所忽略。这一回前面写的是送宫花。怎么回事呢？就是薛姨妈和王夫人在一起聊天儿，周瑞家的去了。周瑞家的是王夫人的一个陪房。陪房，就是随女主人出嫁，作为一种活的嫁妆，跟随女主人来到婚后的府第里的仆人。这仆人已经是一家子人了，男仆如果叫周瑞，他媳妇就叫周瑞家的。《红楼梦》里有不少这样的角色，如林之孝家的，王善保家的，等等。这个周瑞家的，是王夫人很得用的一个管事的女仆。周瑞家的到了薛姨妈面前，薛姨妈就忽然想起一个事。薛姨妈她们家是干吗的呢？是给宫廷当采买的，当采办的。所以宫里面用什么东西，会先过他们家的手，皇帝或者那些妃嫔用的东西，第一道，可能就是先从她们家过；她在往宫里送的同时，会自己留下一部分，自己享用或者转赠他人。薛姨妈就让丫头香菱取出了一匣子十二支宫制的纱堆的插花。然后薛姨妈就交代了，说这十二支花，周姐姐你给我送一下。她说，这十二支宫花你给每位小姐两支，给林黛玉两支，这就八支了，剩下四支，你就给凤丫头吧。

在送宫花这一回，有一种古本里面有回前诗，这回前诗一共四句，非常有意思，是这么说的，“十二花容色最新，不知谁是惜花人？相逢若问名何氏，家住江南姓本秦！”你琢磨琢磨，这不是脂砚斋批语，这是回前诗，是正文的一部分。由于《红楼梦》是一部没有能够最后定稿的小说，所以它的回前诗是不完全的，有的回已经写好了，有的回还缺。但是这一回有这个回前诗，它的大意是说，这十二支宫花是宫里面的最新式样，不知道谁是真正爱惜这个宫花的人。最后会有一个人和这宫花形成一种相逢的关系，邂逅的关系，这个人姓谁名谁呢？这个人是家住江南本姓秦。说得非常清楚。关于“家住江南”，以后有机会我们再讨论，下面我们重点分析一下，姓秦的如何跟宫花喜相逢。

那我们就还来看第七回的有关描写：送宫花。当时还没有大观园，姑娘们，包括李纨，都集中在王夫人正房后面的抱厦里面住；周瑞家的就拿着宫花去了，先见到了迎春和探春，姐俩儿正在下棋，见到宫花以后很客气，接收了，道谢，道完谢以后就继续下棋。你说，她们算是惜花人吗？也有的读者在底下跟我争论过，她们也算惜花人，她们没拒绝接受这个花啊，她们怎么不惜花啊？那么好，就算她们也是惜花人，那她们和这个宫花是相逢的关系吗？不是相逢的关系，这是很明显的。

然后周瑞家的拿着剩下的花，又见到了惜春。惜春在干什么呢？惜春正和到府里面来的尼姑智能在那儿玩儿呢。智能的师父其实是为了到贾府来支领月银，贾府按月给她们尼姑庵月例银子。师父去办事，她没事，她跟惜春特别合得来，俩人一块儿玩儿。惜春见了这花儿，惜春是个什么态度呢？应该说是一个很不严肃的态度。这是你长辈送给你的花，而且这本来是往宫里面送的花，来送给你了，是不是？但是惜春很不严肃。惜春说，哎呀，我将来要跟智能一样，也剃了头当尼姑，我还怎么戴这个花啊？她是这么一个表现。所以惜春，应该说她是不爱惜这个花，她比迎春和探春表现得，应该说要恶劣一点，她很不严肃。

然后周瑞家的就去找林黛玉，要送花给林黛玉。但是在这之前，她先去了王熙凤那儿，是不是啊？这一回的回目，我记得叫作“送宫花贾琏戏熙凤”。贾琏跟王熙凤的夫妻生活写得很有趣，当然它写得很含蓄，脂砚斋说那写法是“柳藏鹦鹉语方知”，他们白昼宣淫，大白天地行房事。所以周瑞家的去了以后，发现院子里鸦雀无声，她蹑手蹑脚走到旁边房子里，看见大姐儿在睡午觉，周瑞家的就说先等一等，接着她听见了贾琏的笑声，然后就看到平儿出来，让丰儿舀大盆的水进去，这是为行房事服务的一些项目。那么就在这个情况下，她趁便就把宫花送给了王熙凤。王熙凤对宫花，你要说完全不爱惜，好像也确实过分，但是她也不是非常稀罕。本来薛姨妈是让她留下四支，她只留下两支，她让平儿对周瑞家的说，把这两支给东府的蓉大奶奶送去。她是这样一个态度。后来周瑞家的就拿着剩下的两支花去了林黛玉那儿。林黛玉小性子，就问，这个花是单给我的，还是别人也有啊？周瑞家的说，都有。林黛玉一看就剩两支了，说："敢情别人不挑剩下，也不给我啊！"周瑞家的一听就不敢做声了，因为林黛玉身份不得了，她是贾母最钟爱的外孙女儿，贾母把她留在身边居住；她跟那几个小姐不住在一块儿，她和贾宝玉跟贾母共同住在贾母院落里一个大的空间里面。这样算来算去的话，这个宫花谁是惜花人？显然前面讲到的这些女性即使勉强算惜花的话，也都不是非常爱惜，而且特别是"相逢若问名何氏"，这有姓林的，有姓贾的，有姓王的，但作者在回前诗里面交代得很明白，惜花的人不是别的姓，是姓秦的。姓秦的是谁？这两支宫花最后是送到了秦可卿手里，就是秦可卿。她和宫花是一种什么关系呢？是一种相逢的关系，说明这个人原来她的家族经常使用这种东西，现在她和宫中的这宫花喜相逢了，是这么一种关系。所以这样的情节也是在暗示，秦可卿她的真实出身高于贾府，她的血缘是来自宫中，她和宫花形成了一种相逢的关系。我想，回前诗的最后一句，应该是我们没有办法去做别的解释的。

但是秦可卿她自己忽然得了病，而且她自己说了，"任凭神仙也罢，治得病治不得命"，到了第十三回，她就一命呜呼了，就死掉了。

那么在临死以前，秦可卿有一个大的行为，就是她死前去给王熙凤托梦，这是小说里面一个极重要的情节，也是引起脂砚斋高度重视，导致脂砚斋建议曹雪芹删去已经写好的第十三回当中的“四五叶”文字的关键。

而且我认为，这也是导致曹雪芹在删去了第十三回的“四五叶”文字以后，又到第八回末尾打了一个补丁的起因。那么秦可卿向王熙凤托梦这段情节，值得我们仔细研究。她这个托梦也是非同小可，托梦的内容很丰富。首先是理论指导，完全是居高临下，她哪里是什么养生堂抱来的弃婴？哪是宦囊羞涩，没见过大世面的小官吏家里养大的一个女儿啊？她说了：“常言：‘月满则亏，水满则溢’；有道是‘登高必跌重’。如今我们家赫赫扬扬，已将百载，一日倘或乐极悲生，若应了那句‘树倒猢狲散’的俗语，岂不虚称了一世的诗书旧族！”她就这样进行理论指导，她告诉王熙凤，我死了以后，你们贾府应该怎么办。你说，她多厉害！

然后她就提供具体的实践方案。她都给你想好了，她托付给王熙凤，她辈分比王熙凤低，但是口气极大。她提供的方案的大意就是说，你们现在还没有垮掉，赶紧在祖坟旁边多置一些地亩，族中人轮流来管理地租。地租用来干吗呢？一是把宗族的祠堂设在那儿，这样就可以世代香火不绝。另外，可以把家塾设在那儿，这样以后不管怎么样，家里的这些子弟还可以通过读书、科举去谋求一个发展。她提出了这样一个具体的实践方案。这如果不是一个有着丰富的政治经验，出身于一个非常高贵的家族的女性，她是不可能想到这些的。她如果是一个养生堂抱来的弃婴，她如果只是从小在秦业家里面长大，她哪儿来的社会政治经验？她不可能有。这就说明秦可卿的出身是高于贾府的。

她不但提供理论，提供实践方案，而且，她还能够预言祸福哩！

你说，她厉害不厉害？这真是很符合警幻仙姑的妹妹这个身份。她知道贾家在她死以后，会发生什么样的事情。首先她预言一件好事，她说：“眼见不日又有一件非常喜事，真是烈火烹油，鲜花着锦之盛。”指的是什么呀？在第十六回，我们就知道了，就是贾元春晋封为皇妃。后来就有了“皇妃省亲”的故事。她预言，贾元春的地位会有所提升。

但是她也很坦率地向王熙凤预言了贾家的祸。她最后念了两句话，她说，你要记清楚。这两句话惊心动魄！哪两句话呢？叫作“三春去后诸芳尽，各自须寻各自门”。它大意就是说，在三个春天过去之后，所有的府里面的这些美好的事物，特别是这些女性就都会悲惨地陨落，贾府的人们就会“家亡人散各奔腾”，各人自己找出路去。这是一个惊心动魄的预言。如果秦可卿的出身非常寒微，她不可能说出这些话来，所以只能解释为，她是一个出身高于贾府的人，只能做这样的解释。

在秦可卿死后的丧事里面，有一些细节更能够印证我这样的一个判断。比如说，她所用的棺木，用的什么棺木呢？用的是薛蟠家里面存下来的木料，这个木料当时还没有做成棺木，乃是潢海铁网山上出产的一种樯木。这个木料原来是谁订的货呀？是义忠亲王老千岁订的货。义忠亲王这个符码倒还罢了，当然级别很高。但是他又是老千岁，什么叫作千岁？我认为，千岁在这里就是指太子，就是指在皇帝驾崩以后，登基当新皇帝的那个人。

有人跟我争论，说千岁是一个很宽泛的称谓，在戏曲舞台上，比如梅兰芳演的《贵妃醉酒》，戏里面的高力士、裴力士就称杨贵妃千岁；在明朝，皇帝把每一个儿子都封为王，让他们到各自属地上去享福，他们都可以被称为千岁；后来擅权的大太监魏忠贤，更让人称他为九千岁，因此，千岁并不一定意味着是当今皇帝没了以后，那个继承他皇位的人。但是我们现在讨论的是《红楼梦》，我的立论前提是，《红楼梦》实际上写的是清代康、雍、乾三朝背景下发生的事情。清朝跟明朝很不一样，清朝皇帝对其儿子的分封，从来都不是均等的。比如康熙分封诸皇子，那时候叫他们阿哥，他就不是一律都封王，就是有的只封为贝子，有的只封为贝勒，有的，像十三阿哥胤祥，都成年了，比他岁数小的十四阿哥都封爵位了，他还没被册封，他是直到康熙死了，雍正当了皇帝，才被封为亲王的。明朝皇帝的儿子受封后，去封地居住为王，清朝皇子分封后，都留在京城里，极个别的让其住在城外，但也不是封到外省为王。在清朝的政治生活里，本来并没有千岁这样一种称呼；但是清朝在康熙那一朝，康熙曾经册立过太子，而且明确地告示天下，在他众多的儿子里，太子就是唯一被指定的皇位继承人，因此，曹雪芹笔下的“义忠亲王老千岁”，就是暗喻康熙立的太子胤礽。这个太子很不幸的是被两立两废，也就是最终坏了事，没能当成皇帝。康熙死了以后，继承他皇位的是他的第四个儿子，就是雍正皇帝。正是在这样的历史背景下，在这样的语境里，我认为，《红楼梦》第十三回提到的这个“义忠亲王老千岁”，就是指在万岁没有了以后，将升格为万岁的那个人。

对这个人物，曹雪芹使用的语言非常精到，他叫作“坏了事”。为什么这个人后来没把这个棺木拿去做棺材呢？这个人后来“坏了事”。“坏了事”这个词语既含混又清晰。含混在哪里呢？就是如果你不懂清朝政治的话，你就会糊里糊涂地觉得，是不是死掉了呀？不是。为什么说它很准确呢？如果他死了，就说他死了，不就结了吗？但是它又很准确地传递出一个信息，他没说这个人死。这个人跟棺木的关系，并不是他死了没有用，按说他死了，不更该用吗，是不是？那个时代，人还在，也是可以先拿木材制成棺材，存放着备用的，但这位义忠亲王死活都不能拿它制作棺材了，为什么呀？因为他“坏了事”，因此他就没有用。他没用，别的人也都不大敢轻易地取用。总而言之，这个樯木是这样的人物才能使用的，所以当时薛蟠一说，家里还存有这样一个东西，贾珍立刻就要用。贾政还劝了一句，贾政他在政治上比较清醒，觉得这不好乱用，说恐非常人可享。但是贾珍一意孤行，很快就把樯木拿来了，就开始把它锯开了，涂漆，就做棺材了。这样秦可卿死了以后，就理直气壮地，甚至可以说是名正言顺地睡进了本来是给义忠亲王老千岁所留的珍贵木料—— 樯木制成的棺材里面。你说，秦可卿她应该是什么样的出身？

到这儿我已举了那么多的例子，如果还是不能说服你的话，那我觉得我也不灰心，我们还可以往下讨论，咱们再讨论。比如说，她的丧事当中还有一些细节。她是宁国府的一个重孙媳妇，贾蓉连爵位都没有，只是一个黉门生，临时捐了一个头衔，这个头衔也很低，叫“龙禁尉”，就是皇宫里面的卫兵—— 当然这对平民来说也是一个很不错的头衔了。但是它和真正的贵族府第里面的那些头衔相比的话，微不足道。这么一个人死了，何至于惊动皇帝，惊动皇宫呢？书里面写得很怪，忽然就有大明宫掌宫内相戴权亲来上祭——大家知道，曹雪芹给一个人物取名字，往往都是随手谐音，有所寓意。很多红学家指出，“戴权”，它的谐音就是大权，是权力很大的一个太监。大明宫，一般来说是太上皇居住的宫殿，书里明白写出，书里的皇帝上面，还有太上皇，而且太上皇太后也健在，书里的皇帝对太上皇和太上皇太后，应该是孝顺的，太上皇让自己的大明宫内相出动，给秦可卿上祭，戴权原来就已经履行过对秦可卿死去的礼仪了，但这一天，他还要乘了大轿，打伞鸣锣，亲来上祭，他都不派小太监来。显然，太上皇对秦可卿丧事的这种态度，皇帝是顺从的，戴权明火执仗地二次到宁国府祭奠，如果没有皇帝的默许，他能来吗？就算是大太监他胆大妄为，皇帝没默许，他也来，但他也不能够乘了大轿打伞鸣锣呀？打伞倒也罢了，你可能比较娇气，遮太阳；你鸣锣干什么呀？不是生怕人不知道吗？一路鸣锣而来，什么气派啊？如果要是贾敬死了他来，好像还不太稀奇；贾珍死了，他来也不算太稀奇，贾珍他毕竟有爵位，他是三品威烈将军，是不是啊？可是不是贾珍死了，甚至也不是贾蓉死了，是贾蓉的媳妇死了。在贾府而言，不过是一个重孙媳妇。可是大明宫的掌宫的大太监戴权要亲来上祭，这怎么回事？如果不是因为秦可卿的出身特别高贵，是不可能出现这种怪现象的。

说到这儿，秦可卿的真实出身，也就是说，这个人物的生活原型已经呼之欲出了，是不是啊？眼看就要水落石出了，但是请你保留一点耐心，事情也不是那么简单，我将进一步去探究，秦可卿的真实出身是什么，她的生活原型究竟是谁。

第五章 帐殿夜警之谜

在上一讲，我得出这样一个结论，就是秦可卿的出身不但未必寒微，甚至还高于贾府。高于贾府，你想一想，贾府已经是国公级的贵族了，高于贾府，也就意味着她可能是皇族的成员，因此我们就应该到康熙、雍正、乾隆三朝的皇族里面去寻觅一下她的踪影，看有没有秦可卿这个角色的生活原型。

这三朝经历的时间很久，皇族的成员也很多，特别是康熙一朝。康熙生殖力特别强，他一生生了三十五个皇子、二十个公主，光是他的子女就这么多；雍正的生殖能力也比较强；乾隆只比康熙生的子女稍微少一点而已，也挺多。所以我们要寻觅的话，说老实话，如果一个一个来说，那就太费时间，而且办法也很笨，那我们怎么办呢？这时我忽然想到，我们也许可以从康熙四十七年的一个著名的历史事件，从那说起，顺着那个往下摸一摸，看能不能有什么线索。

清朝，他们是马上得天下，就是八旗兵他们骑着马，拿着兵器，这样打进山海关，入主中原，统一中国的。所以说，清朝的头几个皇帝都特别重视保持这样一个传统，既然马上得了天下，那就应该马上治天下。当然，统一中国以后，基本平定以后，要重点地实行文治，但是武治、武备也不能松懈。尤其是在康熙朝，康熙皇帝非常重视保持满洲八旗的军事实力，他觉得满族的骑射传统不能丢，他亲自带头，每年都要率领王子、王公大臣以及浩荡的队伍去打猎，通过打猎来进行军事训练。因为一场围猎等于是一次军事行动，在这个过程当中，是特别能够锻炼每个人的骑射能力的。

那个时候，每年打猎的重点季节是秋天，所以有一个说法叫“木兰秋狝”。木兰是一个地名，是一个围场，叫木兰围场，那个地方人们让它的植被自然生长，里面有很多野兽自由活动。每年秋天的时候，皇帝就会率领浩荡的队伍到那儿围猎。我们都很熟悉的承德避暑山庄，既是当年皇帝度夏避暑的地方，也是秋前秋后进退驻跸的一个场所。现在河北省北部还有个县就叫围场县，这个名称就是历史留下的痕迹。当然那时的行政区划跟现在不同，如果按现在的行政区划来说，当年康熙秋狝所到的地方，不仅包括现在河北承德以北的围场县一带，还会更远一些，到达现在内蒙古一带，也会到达现在属于辽宁的地域。据有的研究者考证，《红楼梦》书里面提到的潢海铁网山，潢海其实就是辽海，位于今天辽宁铁岭地区，铁网山就是由铁岭演化出的一个符码。总之，康熙非常重视围猎活动，年年秋天要到那一带去打猎。后来，由于愈加重视打猎，康熙就提出一年要两次去围猎，有时候春天也去。远处一时去不了，就在京城附近打猎，比如在南海子，就是南苑的一些有水洼的湿地那里，甚至有时候就在紫禁城背后的景山里面进行一些小型的打猎活动。康熙晚年，六十六岁的时候，他自己统计了一下，说用鸟枪弓矢，获虎一百三十五只，熊三十五只，豹二十五只，猞猁狲十只，麋鹿十四只，狼九十六只，野猪一百三十二只，一般鹿上百只，野兔之类那就不计其数了，可见他的武功非同小可。他也希望自己的皇子皇孙能继承这个本事，他带他们去围猎，就是有意对他们进行这方面的培养。

在木兰秋狝的过程当中，由于有时候会跑到比较远的地方，在过去那个时代，不可能一天到达，当然途中就要不断地宿营。宿营就要住帐篷，到了木兰围场更要住帐篷，皇上住的帐篷呢，就叫作帐殿，那是很尊贵的。据史料记载，当时去打猎的时候，最多达到一万五六千人，非常浩荡的队伍。驻扎的时候也是很大的一个营盘，当中皇帝以及他最亲近的随从所住的营区就叫作皇城，皇帝住的那个帐篷在最当中，应该是黄颜色的，用皇帝特许的一种颜色制作的布匹做的一个大帐篷，在最当中；外面就是保卫他的一些帐篷，从四面八方包围他，包围他的目的不是去对他不利，而是为了保卫他，从形式上来说是形成一个圆圈，这个叫网城，它们构成一个内营盘，叫内城；内营盘之外还有外城，外城营帐就更多了，整个营盘是内圆外方的形制，非常壮观。一路上，他们可能会宿营几次，到达以后就进一步安营扎寨，那个营盘一定就更加宏伟，设施也更加周备。

在这种情况下，康熙不断去打猎。到了康熙四十七年，你想，康熙四十七年意味着康熙登基已经四十七年了，康熙是一个七八岁登基的少年天子，康熙四十七年的时候他已经五十多岁了。但是，康熙这个人身体很好，上面说了，他打猎的能力也特别强，他的武功非常好。那一年，他又带着太子、皇子，以及其他随行人员去进行木兰秋狝。到达后，他当然住在最当中的帐篷里面，就是帐殿，但是没想到，接着就发生了夜警事件。夜就是夜晚、午夜、深夜，警就是一种危机的情况，一种险情就出现了。怎么回事呢？就是康熙发现晚上的时候有人在帐篷外面偷偷地窥视他的行动。你想这还得了？是不是啊？

发生在康熙四十七年的帐殿夜警事件，令康熙大为恼火，也直接引发了康熙朝的时局动荡。那么，究竟是谁，竟然如此大胆，去偷窥康熙皇帝的行动？他究竟是出于什么目的，胆敢这么去做？

要把这件事弄清楚，就还要再折回来，从头说起。

康熙登基的时候，只是一个少年天子，他当时主要靠他的祖母孝庄太皇太后进行政治方面的指导，指点他怎么来执政。在这个过程当中，在康熙十四年的时候——那个时候他已经早就完成了大婚，生了孩子，而且也取得了一定的做统治者、做皇帝的经验——他就在孝庄太皇太后的指导下，做出了一个非常重大的决策，就是要从儿子当中选一个来立为太子，公开向朝野宣布，清朝的皇位有了正式的接班人，这个接班人就是太子。

清朝在康熙以前的几个皇帝的情况是这样的：努尔哈赤和皇太极虽然已经称帝了，但是他们当时还没有完全打进关内，还没有成为一个统一的中国的皇帝；真正成为统一的中国的皇帝的是打进关内的那个皇帝，就是大家很熟悉的顺治皇帝。在当时的情况下，孝庄太皇太后有一个考虑，这是一个很睿智的妇女，是一个大政治家，她考虑到从清朝皇帝的前几代情况来看，皇太极的皇后没有生下一个儿子，就是说没有嫡子；到了顺治这一朝，皇后也没有生儿子，康熙本身也不是皇后生的，他也是庶出的，不是嫡出的。当时满族入关以后，已更深地接受了汉族宗法思想的影响，就是认为嫡出和庶出区别是很大的，这个在《红楼梦》里面是有反映的。大家记得吧？像探春和贾环就因为不是王夫人生的，不是嫡出而是庶出，就有无数的烦恼。特别是探春，那么一个“才自精明志自高”的女性，那么美丽的一个女性，那么有能力的一个女性，但是就为自己不是嫡出的而深感痛苦。

在康熙朝的时候，出现了一个情况，就是康熙的皇后开始生儿子了，康熙的正宫皇后赫舍里氏，第一胎生了一个男孩儿，虽然出生不久就夭折了，但是她又怀了第二胎，第二胎又是男孩儿，而且生下来了，生下来以后还养大了，这就成为清朝统治阶层的一件大事。因为刚才我已经给你捋了一遍，皇太极，他的皇后没有生儿子，没有嫡出的儿子；顺治，他的皇后也没有生儿子，康熙也不是皇后生的，康熙也是庶出的，当然后来康熙和他的嫡母，和这个皇后的关系非常好，那是另外一回事；到了康熙朝，清朝就终于有了自己皇帝的嫡子了。满族入主中原，要征服所有的中国人，中国人里面汉族占绝大部分，汉族的文化传统是最重视分清嫡庶的，所以，为了笼络、震慑全部的中国人，特别是整个汉族，这个时候来宣布，我们满族也很尊重分清嫡庶的排序，现在我们的皇帝有了嫡子，我们就要把他立为太子，这样就使清朝皇权的合法性，在人们的心灵深处进一步得到巩固。它有这个意义，所以不是简单地立一个太子，它有非常重大的政治意义在里面。

在孝庄太皇太后的指导下，康熙就决定立他的皇后生的孩子为太子。这个太子虽然是老二，但是因为老大夭折了，也等于是老大，他给他取名叫胤礽。皇太子立为太子的时候才多大年纪呢？还不到两岁，一岁半。但是当时康熙皇帝告示天下，举行了隆重的仪式来宣布这件事情。在这个仪式上，一个一岁多不到两岁的孩子，根本就没有办法完成各种仪式当中的项目，于是就由他的奶母抱着，来完成各个大礼当中的环节。这是清朝的一件大事。

这个太子立了以后，康熙对他重视得不得了。康熙这个人爱孩子，是一个慈爱的父亲，简单来说，他的所有的皇子，他全爱；所有的女儿，他也全爱，是这么一个父爱无边的人，而且有许多例子可以证明这一点。对太子他当然就更爱了，爱到什么地步呢？爱到太子的待遇不但跟他一样，比如说皇帝应该用黄颜色，用一种特殊的黄颜色，他就让太子穿的服装、用的轿子这些东西，都跟他用完全一样的颜色；后来他还给太子盖了一个很漂亮的宫殿，就是毓庆宫。据清朝史料记载，太子的毓庆宫里面所摆设的一些古玩，那些豪华的东西，甚至超过了康熙本人所拥有的。后来有一件事情很滑稽，也令康熙很后悔。他觉得那个太子是他看着长大的，那么可爱，又是今后他的王位继承人，他的接班人，所以觉得太子要用什么东西，应该问内务府要——内务府就是供应皇家各种用品的那么一个机构。他说那就干脆让太子的奶妈的丈夫，让他奶父当内务府总管得了，为什么呢？因为太子要东西方便。一撒娇，跟他奶妈一说，一会儿这个东西就来了，省得一层层禀报去。康熙后来对此当然很后悔，但是他一开始就是这么做的。在生活上对胤礽他是无微不至地宠爱，从其他方面来说，就是培养他：一个是从文的方面培养，首先让他研习满文、蒙文和汉文。太子也很争气，最后满文、蒙文、汉文都特别好。因为对他来说最困难的是汉文，对不对啊？康熙的时候，宫廷里面互相说话是说满语的，所以满语就不用教，满文又是拼音文字，会说满语以后，你学满文也就比较容易。满文是借鉴蒙文创制的，满文学好了蒙文自然也就很容易掌握。但是汉文就需要从头学起，汉文不是他们的母语，难度很大。康熙就找来当时中国汉族里的饱学之士、大儒、名师，天天来服侍太子，来精心地教授他。胤礽很努力，也学得非常好，后面我还要举例子，成绩确实非常出色。

我一开头就说到了，康熙特别重视保持满族的骑射传统，在对胤礽的培养上也不例外，从小就让他学打猎。我现在举的这些例子，都不是野史上面的，都是正史上面的记载。当然这些正史记载有时候你也不能完全信，因为历史是由胜利者书写的，档案也是由胜利者掌握的，这些人可能在书写历史和整理档案时有一些主观的东西加进去，但是它基本上还是可信的，因为它基本上要根据事实来陈述。据记载，康熙带着胤礽打猎，那时候胤礽才五岁，五岁去木兰围场，那太远了可能去不了，那么在哪儿打呢？去南苑那个海子也觉得比较远，于是就在景山，紫禁城后面的景山。原来景山里头不像现在这样，它里面原来荒的地方比较多，所以也有一些放养的野生动物。据史书记载，太子跟他的皇父打猎，五岁，连发五箭，就射中了五个野兽，一只鹿、四只兔。有人会质疑，这可能吗？是不是打猎的时候底下有人把动物牵在他眼前，让他射。说老实话，一个五岁的孩子，你就是把动物牵到他眼前让他射，有的也未必能箭箭射中。但太子他就是五箭都没有虚发，就射中了一只鹿、四只兔。太子就这样在父皇的精心培养下，茁壮地成长。

太子胤礽在父皇康熙的精心培养下，长大成人，一个父慈子孝、乐享天伦的故事在红墙黄瓦的皇宫里演绎着，而太子最终继承父业、登基大宝，似乎也是指日可待的事。康熙曾在亲自率军出征平叛的情况下，让太子在紫禁城代理政务，他曾这样夸赞太子，说太子“办理政务，如泰山之固”。然而，事情却远没有我们想象得那样简单。随着时间的推移，康熙父子间开始出现了裂痕。那么，一个是慈爱无边、英武一世的父皇，一个是意气风发、文武全才的太子，两个人为什么会出现矛盾呢？太子胤礽还能如愿以偿地继承皇位吗？这就是下面我要讲的。

开头谁也没有想到，康熙和太子之间，逐渐出现了皇权和皇储之间的矛盾。这个矛盾其实很好解释，从人性角度就能解释。你想想，一个太子十二岁的时候，他觉得我今后当皇帝，他很高兴；二十二岁，他觉得我已经可以当皇帝了，但是我父亲还很健康，我得好好伺候，我等吧；我三十二岁了，我的父亲还很健康，我哪天当皇帝啊？是不是啊？从人性的角度来说，皇储就开始产生这种心理，于是就接连发生了很多事情。

一开头这种事情跟康熙本人无关，比如说皇太子的脾气变得非常暴躁。他的老师都是一些大儒，都是一些饱学之士，年纪当然也很大——教他的时候，就已经是四五十岁了；他长大了，他们都七八十岁了，很高的年事——他经常辱骂他们，一生气，他就不管他们是多大岁数，不管那些人是多高的学问，就辱骂老师。当然不管怎么样，也有人汇报到康熙那儿去，康熙就觉得我这儿子怎么回事？辱骂老师，不应该啊！然后皇太子做下更过分的事，就是鞭笞权臣，地位很高的大臣，在朝廷里面都掌握很大的权柄，康熙都善待他们；康熙有时候发发火，批评一下，也很少说让人把他们的裤子脱了打屁股，当众羞辱或者是鞭笞这些大臣。康熙没做过的事，太子却做了，他一发落那些大臣，他就这么来，底下人当然是你怎么指挥怎么来，因为你就是今后的皇帝啊！还有什么好说的，对不对？你的命令就得听。康熙就开始不愉快，就觉得胤礽怎么可以这样做呢？但是康熙还是隐忍了，因为这是他自己的儿子，是他立为太子的嫡子，而且太子今后确实也要当皇帝，当皇帝有点威风也可以理解。可是后来，逐渐地，他对太子的不满就不是出现在这些事情上面了。

有一次，康熙出征的时候不舒服了，身体有病了，当然不但是太子，其他的皇子——那时康熙的儿子已越来越多了，都要去问候。结果他就发现太子对他生病，不但没有一点很忧戚、很伤心、很着急的样子，反而面有高兴之色。从人性的角度你能明白吗？当然这个事情比较复杂，你要认真地来读清史会发现，这种记载有不真实的一面。因为大家知道，康熙后来的政权没有交给胤礽，这是很清楚的，后来的皇帝是雍正，是胤礽的一个弟弟，是四阿哥。四阿哥当权以后就会整理、修改各种档案。现在如果我们仔细来做历史研究，就会发现在朝鲜也有史官，也有历史记录，例如《李朝实录》。朝鲜很长时间都是李氏王朝，在《李朝实录》里面的记载不是这样的，但是也很可怕。《李朝实录》说那次太子去了，太子对康熙没有什么特别不好的表现，而是跟随太子的那些人，按捺不住内心的高兴。他们心想，你看，老爷子快完了吧，咱们跟着的这个主儿马上就要升为万岁了呀，都额手相庆，是这些人，闹得很不堪，被汇报给康熙了。但是不管怎么样，康熙就开始警觉了。哦，闹半天，我培养了半天，最后成了我的一个威胁了，是不是？想抢班夺权哇？康熙就开始警惕，但是也忍下去了。因为培养这么多年了，三十多年的培养，不能付诸东流啊！而且确实太子的优点也是有的啊！所以康熙就还是采取了隐忍的态度。可是到了康熙四十七年，就是我现在要讲的帐殿夜警事件的时候，康熙就忍无可忍了。

这事有好几个导火线，第一个导火线：当时康熙带着浩荡的队伍去木兰秋狝，途中就扎下营盘了；他带了很多皇子去，当时第十八个皇子——当时他的儿子已经很多了——十八阿哥已经七八岁了，他特别喜欢——康熙每个儿子都喜欢——这十八阿哥路上就得了腮腺炎。

这里插一句，我在讲述里，有时把康熙的儿子说成王子，有的人就可能跟我提出来，皇帝的儿子是不是该说成皇子啊？这个意见很好，说成皇子更精确些。但有的人以为说王子，那就是王爷的儿子了，这是不对的。在清朝，王爷的儿子官方的称呼是世子，不是王子，“王子”这个词儿，是跟国王配套的。20世纪初以来，我们翻译外国文学作品，往往把相当于皇帝的人称为国王，把国王的儿子称作王子，比如莎士比亚的《哈姆雷特》，为了通俗些，就又译成《王子复仇记》。王子就是指国王的儿子，也就是皇帝的儿子，就是本来可以继承帝位的人。其实在清朝，康熙自己也好，朝野上下，一般情况下，都把康熙的儿子叫成阿哥，太子是二阿哥，后来接替康熙当了皇帝的雍正是四阿哥。那么，现在我们讲到了十八阿哥，在康熙四十七年，木兰秋狝的半路上，十八阿哥得病了。

十八阿哥发高烧，得的应该是腮腺炎，根据清朝史书上的记载，我们今天可以做出这个判断。当然当时没有“腮腺炎”这个词，但是咱们可以根据他的症状，从现在的临床医学做出判断，无非就是腮腺炎，并不是个了不得的病。但是在清朝，治这个病就没有什么好办法。这个十八阿哥高烧不退，康熙就很着急，康熙疼爱他，恨不得二十四小时把他搂在怀里头，太医看病的时候都是搂在怀里头这么看的。他特别爱十八阿哥，他让太子随后从北京城赶到营盘这个地方，这个时候据史书记载，确实是太子对十八阿哥——自己亲弟弟——的病情十分地冷淡，这个在《李朝实录》里面没有相反的记载，可能就是事实。说老实话，作为太子，他觉得每一个兄弟都是潜在的威胁，是不是啊？每一个兄弟都可能来夺我这个太子的位子，都想最后来继承皇权。一看父亲这么喜欢十八阿哥，他心里当然不高兴，你什么意思，对不对？你把我搂着还差不多，你搂着十八阿哥，这算怎么回事，你让他自己躺床上歇着不就得了吗？所以他看见就心里不舒服，表现在外面就是很冷淡。康熙看到他这样，痛心疾首，当时没说什么，但是后来康熙就说了，说他对他的亲弟弟一点感情都没有。封建社会是最重所谓“孝悌”的，“孝”是指对待父母，“悌”就是指对待兄弟，当时的人认为这两个态度是做人的最根本的立足点，你毫无孝悌之心，你这样的人怎么能够继承皇业呢？但是康熙当时也忍了，不过那个时候已经是随时会一触即发了。结果，紧跟着就发生了康熙万万不能再容忍的事情，就是帐殿夜警。

可能是康熙自己先有一些感觉，觉得晚上有点不对头，然后康熙得到密报，说父王您知道晚上有这么个情况吗？有人从您的帐殿外面偷偷往里面偷看。这个偷看您的人，不是别人，就是太子啊！这个时候，康熙就一下子，猛地感觉到他和太子之间的矛盾，已经发展到了顶点，这还得了？还用细琢磨吗？那不很简单吗？就是看我怎么样，身体怎么样，嫌我活得太久了，看我什么时候死啊！于是大怒。这就是帐殿夜警事件。

然后，康熙有一天当众大怒，通知所有的人，集合在一起，首先就把太子捆起来，不是用绳子，用铁链，然后一赌气，又把太子其他那些兄弟，那些阿哥们全捆起来，当着朝臣——当时有一个情况，他自己事先没有考虑周到，现场还有传教士，他也没来得及让外国传教士回避，所以这个当时的场景即便清朝自己的史料记载不完整，还有几位传教士后来写回忆录给写上了——他当时大怒，当着朝臣，他就痛数太子的罪恶，说你太不像话了。他就很痛心，痛心到什么地步呢？“仆地”。已经五十多岁了，那时候五十多岁是年龄很大的了，他痛苦地扑到地上，场面很不堪。一个英武一世的帝王，平时是非常威严的一个人，突然失态。在他痛斥太子的话语里面就有这样一段话，这段话特别重要，他说，“更有异者，伊每夜逼近布城裂缝向内窥视……令朕未卜今日被鸩，明日遇害，昼夜戒慎不宁，似此之人，岂可付以祖宗弘业！”其中最关键的一句是什么呢？就是“逼近布城裂缝向内窥视”。“伊”就是这个他，就是说的胤礽，皇太子。说有更奇怪的事情就是，他每天晚上“逼近布城裂缝向内窥视”。

大家知道过去中国的文字是没有标点符号的，要把一篇文章读通需要做什么事情呢？需要断句。您会断句吗？断句是个学问啊，您像这一句，“每夜逼近布城裂缝向内窥视”，就有两种断句的方法：一种就是“逼近布城，裂缝向内窥视”，就是太子走到康熙住的帐篷的外面，“裂缝向内窥视”。裂缝这个“裂”是动词，那就一定要拿出匕首，对不对啊？要不你怎么划一个缝啊？这很恐怖，他把这个帐篷划开，然后把它扒开往里面看，可能还一边想，老不死的，还不死，这多恐怖啊！这是一种断句方式。还有另外一种断句方式，就是“逼近布城裂缝，向内窥视”，这就柔和得多了。大家知道皇帝住的帐篷也是布做的，而且如果圆形的帐篷的话，是很多的布幅叠合在一起构成的，明白这意思吧？咱们拉窗帘，这两片窗帘之间最后是互相被遮盖住的，对不对？那么这个另外一种断句叫“逼近布城裂缝”，这个布城本身就有裂缝，他就可以两个手把它扒开，这个“裂缝”是名词，明白了吧？他把这个扒开往里面看，心想，哦，还在那儿活动呢，我什么时候当皇帝啊？这就柔和一点，稍微柔和一点。现在就不知道康熙当时气成那个样子，他是怎么来断这个句的？估计是刚才我说的第一种。你想那还得了，是不是啊？所以他说他很担心，他说“令朕未卜今日被鸩，明日遇害”，“朕”就是皇帝的自称，“被鸩”就是“饮鸩止渴”的那个“鸩”，明白吗？就是说既然可以拿一个匕首把帐篷划开看我，那么也可能某一天给我敬一杯酒，给我冲一杯茶，让我喝，就可能里面下了毒药啊，对不对？这我还能睡踏实吗？不但我不能睡踏实了，我吃喝都不能踏实了，对不对啊？所以康熙气得要死，他就说，根本就不行，这样的人不能够把祖宗的家业传给他，于是就宣布把胤礽给废掉了。这就是有名的康熙四十七年的帐殿夜警事件，太子就被废掉了。

太子被废掉了以后，又出现很多故事。讲到这儿，有人会皱眉头，会说，哎，你不是在讲秦可卿吗？是不是啊？你这不是离题十万八千里了吗？你别着急，要把秦可卿的真实的生活原型搞清楚，你还就得听我一段一段往下说，就得有“几度柳暗”“几度花明”，最后才能到达“又一村”，就是我所说的秦可卿原型的那个所在地，你别着急。而且我觉得你这么听听也应该挺高兴的，因为不光是要来探索秦可卿的原型，我们的目的还有了解曹雪芹写这部书的整个背景，他家族的背景，他家族的荣辱兴衰，和康熙、雍正、乾隆三朝的政治风波有什么关系，这是咱们需要了解的。另外，我们也需要了解曹雪芹写作《红楼梦》的时候是一个什么样的人文环境，一个什么样的时代背景。所以我觉得，虽然我们现在的探究活动可能你觉得离开我们要达到的那个点比较远，可是我恳求你跟着我一路探究下去，我保证你听着还是很有意思的。

刚才说到太子被废了，被废了不就完了，故事应该就结束了。没有结束。甭等更久，第二天，康熙就开始后悔。因为太子被废的时候，你想想太子已经多大岁数了，太子那时候已经三十四五岁了。他从一岁半培养他，你想想这容易吗？是不是？他就开始心神不宁，就宣布不到猎场去了，回城，回到紫禁城来。回来的路上他觉得有怪风在他的轿子面前，他轿子里面有椅子，他坐的那就是御座，他觉得有怪风在御座前盘旋。他觉得这是“天象示警”，就是老天爷在警告我，不可以这样做，他心里就不踏实。回到紫禁城以后，他晚上就做梦，梦见谁了呢？梦见两个女人，都是在他一生当中起过非常重要作用的女人，两个他永远不能忘怀的女人，都是谁呢？一个是孝庄太皇太后，他的祖母，安排太子作为储君，是他的祖母给他决的策，他就梦见了他的祖母。他发现祖母离他远远地坐着，面露不悦之色，不高兴。祖母一向对他非常慈爱，一向是笑脸相迎，突然在梦里面不高兴。然后就梦见了他的皇后。康熙跟他的皇后赫舍里氏，就是胤礽的母亲，感情非常深厚，那绝不是假的，有很多的记载，我这儿就不列举了。而且皇后生下胤礽以后就死掉了。因为她第一个儿子生出来以后，养了没多大就夭折了，所以怀第二个的时候就很紧张。再加上那个时候清朝面临着三藩叛乱，就是清朝进关的时候有三个汉族的将领表示投降清朝，帮助清朝来占领没有占领的土地，最后都封了藩王，这三个藩王都不老实，后来都开始叛乱。具体地说，在康熙十二年，即1673年，降清后被封为藩王的吴三桂、尚之信、耿精忠等人，因为不满康熙皇帝的撤藩决策，发动了联合叛乱，史称“三藩叛乱”。康熙采取巩固后方、政治分化等措施，历经八年时间，才最终平息了叛乱，维护了清王朝的统治。皇后赫舍里氏生胤礽，恰在这个关键时期，她在临产的时候，就觉得自己的任务非常重大。如果她生下的是一个儿子，而这个儿子可以养大，就意味着清朝的政权可以更有力量地往下延续，因此她非常紧张。非常悲惨的是，她生了胤礽以后，孩子活了，她却死掉了，所以康熙悲痛得不得了，时常怀念她。结果没想到，这天晚上做梦，她出现了，出现了是什么表现呢？很不高兴，她当然更应该不高兴了，因为胤礽是她以全部生命为代价生下的一个儿子，是不是？所以康熙就觉得，这件事，我是不是一气之下做得太鲁莽了呢？

正在这个时候，又出现了一个新的情况，非常富有戏剧性。就是又有阿哥来跟他说，说您知道为什么二阿哥好像疯了一样，辱骂老师，鞭挞大臣，而且经常疯疯癫癫的？他是被人魇了。魇了，都懂吧？记得《红楼梦》第二十五回吧，“魇魔法姊弟逢五鬼”，王熙凤和贾宝玉被谁魇了？被赵姨娘魇了，赵姨娘自己没有这个能力，通过马道婆去魇。过去魇人的办法就是用纸剪成一些人，或者用木头做成一些人，或者用布做成一些人，往其心窝、眼窝子，人的身体要害部分扎针，这叫作魇。这边你在代表这个人的纸人或者是木人、布人身上去做这个事，活的那个人就会形成反应，比如说就会疯狂，会不正常。康熙得到这个报告以后，忧喜参半。忧的是什么呢？闹半天，我立了一个老二做太子，居然就形成了这种局面，就有他的兄弟来魇他，这可真没想到啊！我儿子这么多，这还得了啊！喜在哪儿啊？可见我这个老二是被冤枉了，他被人魇了呀！当时这个胤礽被押回紫禁城以后，就没让他回到他住的那个毓庆宫去，就在上驷院，上驷院就是宫廷里面养马的地方，搭了帐篷，把他在那儿圈了起来。康熙就说，那我得找他谈谈，就把胤礽叫来谈话。忽然发现胤礽神志开始清醒，因为这个时候康熙已经派人去查魇胤礽的根源了，查到的根源是谁呢？在哪儿呢？就是老大，就是康熙的大儿子，叫作胤禔。有人就问，说老大不是应该封为太子吗？为什么康熙不封他呢？就因为老大不是嫡出，是庶出，懂这个意思了吗？老大不是皇后生的，老二胤礽是皇后生的，懂了吧？老大他不服气，他当然不服气了——我是老大啊！所以后来康熙就查抄老大那个住宅，在花园里面挖出来了一些木偶，就是魇人的木偶，是蒙古喇嘛帮他弄来魇人的东西，这就证据确凿了。因此康熙就大怒，说闹半天是老大把老二给魇了，就立刻把老大给拘禁起来了。老大从此以后就一辈子被关起来，这个老大也很悲惨。老大这个镇魇老二的事被证实之后，康熙再找老二谈话，就觉得老二果然神志变得清明，就正常了，康熙说你看这不就证明他是被魇了吗？把魇物一去除，他不果然就好了吗？康熙就开始琢磨，恐怕这个老二就是冤枉的，好容易把他立为太子了，我不能够随便把他废掉。后来康熙就在半年之后，第二年，康熙四十八年，宣布复立胤礽为太子。是不是很戏剧性啊？如果只是一废，这个故事也就不这么曲折了，人家还二立呢，第二次又立为太子，这个胤礽就又成了太子了。

宫廷里面的这样一些变故，这样一些情况，不仅影响宫廷本身，影响到皇族本身，也影响到整个朝野，特别是会影响到官僚集团，影响到上上下下各级官员，也包括曹家。因此恳请你听我下一讲，我将给你讲到当时的统治集团的皇位之争，如何反映到了《红楼梦》的文字里面；而这对我们探究出秦可卿的真实的生活原型，更为关键。

第六章 曹家浮沉之谜

上一讲，说到了康熙四十七年的帐殿夜警事件，这个事件的影响非常之深远。

宫廷里面的这样一些变故，这样一些情况，不仅影响到宫廷本身，影响到皇族本身，也影响到整个朝野，特别是官僚集团，影响到上上下下各级官员，也包括曹家。为什么呢？因为大家知道，曹家跟康熙、跟太子的关系太密切了，而且他们也无法把康熙和太子的关系择开。康熙在那么多年里面都这么信任太子，都培养他，大家已经习惯了；往往是康熙主持朝政的时候，太子就坐在他旁边，康熙问话，太子也问话，康熙发指示，太子表示同意，甚至还补充点什么；当然最后拍板的是康熙，但太子你能不尊重、不服从吗？如果康熙和太子没有在一起，那么往往是官员见了康熙以后，还要再去见太子，起码要去请安。当时所有官员都是这么想的：我要是对康熙好，对他效忠的话，我就得同时效忠太子，是不是啊？我效忠太子，也就意味着我效忠康熙，这俩人应该是不可分割的，没有必要两说的，我不能对他们采取两种态度。曹雪芹祖上，直到他父亲一辈，就是这么对待康熙和太子的。

康熙几次南巡，都带着太子一块儿到南方去。到了南京，到了江宁以后，不住在别的官员安排的行宫，就住在他的发小曹寅他们家。曹寅就是曹雪芹的祖父，是康熙的发小，发小是一句北京话，意思是从小一块儿长大的小伙伴、小朋友，为什么这么说呢？这就跟曹家的历史有关系了。

大家一定要记住，曹寅的母亲是康熙的保母（不是现代意义上的保姆，是一种“代替母亲”的重要角色，又称“教养嬷嬷”）之一，而且是保母当中最重要的一个，这个保母姓孙，孙氏。大家知道，康熙小的时候是没有母爱的。首先没有父爱，因为康熙生出来以后，他的父亲顺治皇帝根本就不在意他。顺治皇帝当时忙什么呢？忙着跟董鄂妃谈恋爱呢，是不是啊？他就盼着董鄂妃给他生儿子，董鄂妃后来真给他生了一个，他当时就当着群臣说，这个是我的第一个儿子。如果这个儿子一天天长大的话，这个皇位就传不到康熙那儿，明白了吧？就一定会传给这个儿子。可是后来这个儿子夭折了，没养大，即使这样，顺治在他得病、身体不行的时候，还曾经想把他的皇位传给他的一个兄弟，都没想传给康熙。这个时候，顺治的母亲孝庄太后起了重要作用，后来她经过一番斡旋，最终落实了由康熙来继承顺治的皇位。所以康熙从小没有父爱，而且也没有母爱。

为什么没有母爱？这倒不是因为他母亲不爱他，而是因为在清朝立下一个规矩，就是皇后也好，其他的妃嫔也好，生了孩子以后，一律把孩子搁在另外的地方，甚至是紫禁城以外去养；一年里面孩子跟母亲见面的机会也就是逢年过节或一些大典的时候，他们平常根本就不在母亲跟前长大，是在保母跟前长大。孙氏就是康熙的保母。

当时由于清朝有一种最可怕的流行病天花，也就是出痘，是当时不可抗拒的一个病魔，一出现痘情，出现痘疹，就一大片许多人都得，然后死一大堆，特别是婴幼儿，死得特别多。皇宫也不例外，皇宫里面死去的那些皇子、公主，很多都是得天花死的，就是顺治皇帝本身以及后来的同治皇帝，据说也都是得天花死的。所以天花病在当时是非常不得了的，让人一听就害怕。《红楼梦》里面对这个情况也有反映，记不记得啊？谁出痘了？正面描写？巧姐。巧姐出痘，你看王熙凤跟贾琏多着急啊！当然贾琏是假着急，后来他利用那个机会干别的去了，咱们不多说了，凤姐是真着急。康熙在身体方面有一个优势，就是他很早就得了痘疹，得了痘疹他没死。天花这种病属于什么病呢？属于你得了没死，你就一辈子不会再得了的那种，就是你获得了终身免疫力了。所以康熙就成为顺治所有的儿子里面，一个生命最有保障的人。这也是后来孝庄太皇太后做主，让康熙成为皇帝的一张王牌，就是他出过痘了。因此现在你看康熙的画像，你得看仔细，看仔细据说也没用，你拿放大镜看脸也没用，因为不敢画。据说康熙脸上是有麻坑的，因为痘退了以后留下疤痕，不是很多，浅麻子，康熙整个的形象还是英俊的，有点浅麻子，可能就更是像水中浮萍一样，不但无损他的英武，还使他的相貌更有特点。康熙是这么一个人，因为他得过了这个天花，而且好了，所以后来就不让他在宫里住，就把他安排在紫禁城外，就是现在的西华门外北长街，现在那个地方叫福佑寺，他就是在那个福佑寺里面长大的。他整天眼前所见到的是他的保母，有人说那就是喂奶的奶妈子是吧？不是。奶妈是喂奶的时候才来，这个保母的“母”没有“女”字边，不是现在的劳务公司、家政服务公司介绍的那个保姆，不是那个字，是“母亲”的“母”，意思就是替代母亲的一种女性。负责什么呢？负责全面培养他，用今天的话说就是进行素质教育，从小教你要站如松、坐如钟、卧如弓，你见人应该怎么样行礼、请安，你社交活动当中要怎么样坐有坐相、站有站相，你和人对话的时候怎么和蔼可亲、言辞得当，怎么懂得善良，懂得爱惜东西……是负责全面培养他这个人的。所以这个康熙打小就跟孙氏关系非常好——懂得他们这个关系了吧？我讲半天康熙，讲半天太子，都是和曹雪芹的家族有关系的。

康熙和曹寅——曹雪芹他爷爷的关系，太不平常了，为什么说他们是发小呢？大家知道读书经常要有读伴，没有读伴的话，一个人太寂寞了，所以就有所谓“陪太子读书”的话；康熙那个时候当然没有被立为太子，那就是陪皇子读书，谁来陪呢？往往就从保母的儿子里面来选合适的少年。当时曹寅就被选来陪着康熙一块儿读书，是一个陪读。康熙当了皇帝以后，曹寅就成为他近身的侍卫，禁卫军当中的小头目。那当然太可靠了，是不是啊？一块儿玩儿大的，这个人来保卫他多合适啊！而且后来康熙除掉鳌拜，这些近身的侍卫也起了很大作用。鳌拜是一个擅权的权臣，康熙想了各种办法都没法除掉他。通过正式的手续逮捕他吧，早有人通风报信了，而且他还可能反抗，可能干脆举兵造反呢。最后康熙想了一个什么办法？他身边的一些侍卫包括曹寅都会摔跤，鳌拜进来见皇帝的时候，康熙是少年天子，就好像闹着玩儿似的，“把他给抓起来”。鳌拜就没怎么太反抗，因为抓他的都是些小孩儿，禁卫兵、侍卫、少年人、摔跤的，他觉得拉拉扯扯，好玩儿，没想到真给抓起来了。鳌拜身边也没有别的人，让谁来救他？没治了，就这么把鳌拜给除掉了。所以你想，曹寅的作用大不大啊？他们关系好不好啊？关系非常铁。

因此，康熙皇帝后来带着太子到南方去南巡的时候，几次都住在曹寅家，住在江宁织造家。说实在话，这有点荒唐，因为江宁那边很多大官按官阶、按地位都比曹寅重要，更何况皇帝住的地方应该不是任何官员的官邸，应该是一个单独的行宫。但康熙他都没兴趣，你哪儿都别跟我说，我就只奔哪儿？我就奔曹寅家，就奔江宁织造那儿，我就住那儿。你看他们关系怎么样啊？住那儿以后，据正式的史料记载，孙氏当时还活着，曹寅的母亲还活着，康熙的保母孙氏还活着，当然，皇帝来了，孙氏就要过去谒见；见了皇帝，就要跪下了，因为那是皇帝嘛。康熙立刻把她搀起来，不让她跪，而且满脸喜色，叫作“见之色喜”，满脸高兴，还说了一句惊心动魄的话，他跟周围大臣说，“此吾家老人也”。厉害不厉害？情不自禁，按说不应该这么说，你再喜欢她，她只是一个保母而已，她是一个高级奴才罢了，但是他感情太深了，他说这是我们家的老人啊！这可是我们家的老辈子啊，他这么跟周围人说，所以被记录下来了。而且他当时兴致非常高，正好萱草开花——萱花，萱草那个花在中国是象征孝顺母亲的，所以他就写了一个大匾，叫“萱瑞堂”。萱草正在开花，非常美丽；“萱瑞堂”，这里面凝结着曹家和康熙关系里最甜蜜的东西。

那么曹家和太子的关系怎么样呢？也非常好。不过太子跟曹家的关系，说起来就没有这么多温馨的色彩了，就比较粗鄙。太子后来是一个很不像样子的人，到处掠取财物，多少钱他也不够用，多少银子在他手里也像流水一样花掉，太子是这么个人。他经常找曹家干什么啊？让他的奶公到曹家去取银子，取多少？摇摇摆摆一去，两万，开口就是两万啊，曹家就立刻想办法给他两万，给两万不就完了吗？过几天又来了，又要两万。就在太子被废之前的短短几年里面，太子的奶公凌普，光是这一个人，就从曹家和李家——李家大家知道吧？就是曹寅的妻子的娘家，她娘家哥哥叫李煦，当时一直当着苏州织造，是康熙的另外一个宠信的人；凌普就到这两家，张口要银子——短短的几年之间，总共就取了八万五六千两银子。

八万五六千两啊，你想想多大一个数目，所以他们的经济关系背后，也就反映出来他们的权力关系。当然曹家希望胤礽，希望皇太子能够顺利接班，对不对啊？甭说别的，你要不接班的话，这银子不就白填了吗？他们是这么一种关系。

有人就说了，你说了半天这跟《红楼梦》有什么关系呢？你不是说清史了吗？你这是痛说清史啊！你不是讲《红楼梦》吗？那么好，我就告诉你，曹家和康熙、和太子胤礽的这种亲密关系，被写进了《红楼梦》。写到哪儿了？不止一处，现在我仅举一处，就是第三回。第三回你读得细不细啊？第三回写林黛玉进府，你可能说，啊，林黛玉进府，我读得很细啊，说王熙凤怎么人没到声音先到，贾宝玉怎么一看林黛玉没有玉，一听这个话，就生气了，就把自己的玉取下来摔掉了，那不是很热闹吗？我都记得啊！可是你记不记得，林黛玉到了荣国府中轴线的那个大宅院的正堂，看见的匾和对联呢？那是很重要的一笔哟，你不能够错过。我们一起回忆，想起来了吧，你应该就在《红楼梦》第三回里面，看到了一个金匾、一副银联，请注意了，一个是金的，一个比它低一等，但是也不得了，是银的。

金匾上面写的是什么呢？写的是皇帝的御笔，三个大字，叫作“荣禧堂”。刚才我讲过什么啊？康熙皇帝在曹寅的家里面写过一个什么匾呢？写过一个“萱瑞堂”，“荣禧堂”的物件原型就是后来一直挂在江宁织造府的“萱瑞堂”。你从这个字的含义上都可以看出它们互相的联系，“萱瑞”跟“荣禧”都有一种吉祥的，预示着这个家族会越来越繁荣的含义在里面。所以，曹雪芹实际上是把他祖父家里面的金匾通过艺术升华，变化为林黛玉到荣国府所看见的这个金匾了。这倒还罢了，这个金匾是赤金九龙青地大匾，盖着皇帝的戳子。

写完金匾，曹雪芹又写林黛玉看见一副银联，而且曹雪芹用笔非常仔细，他不是马上接着写银联，他还隔了一些文字，再接着写银联。这个银联是乌木联牌，镶着錾银的字迹，就是把乌木上抠一些槽，然后把银子压进去。这个对联我们都记得，因为在《红楼梦》上写得清清楚楚，写的是“座上珠玑昭日月，堂前黼黻焕烟霞”，这样一副对联，有印象吧？现在我告诉你，这个胤礽做太子的时候，有一副对联备受他的父皇康熙表扬，而且他到处把它写出来送人。史书上只是没有具体记载他也送给了曹寅而已；他在江宁南巡的时候把它送给别的官员，都被记载在案。他没事就写自己这个名对，这是他很小的时候就对出的一个好对子，这个对子是什么呢？叫作“楼中饮兴因明月，江上诗情为晚霞”。你把这两副对子对比一下，结构相同：“座上”与“楼中”，“堂前”和“江上”都是呼应的；对联最后一个字呢，干脆就一样，上联都是“月”，下联都是“霞”。我现在让你把林黛玉在荣国府所看到的那副银联，和真实生活当中胤礽在做太子的时候写的对联加以对比，你就会发现这两副对联是有血缘关系的，它们之间有一个从生活真实升华到艺术真实的过程。也就是说，它们是从一个生活中的原型物件，演化为一个作品里，一个故事里面的物件，它们之间有这个关系。

胤礽这副对联的事儿，最早记载在康熙朝一个大官王士祯所写的一本书《居易录》里面，我看到起码有两本清史专家的著作里，都引用了王士祯《居易录》里的记载，说明这记载是可信的。但是最近有热心的红迷朋友告诉我，“楼中饮兴因明月，江上诗情为晚霞”是两句唐诗，是唐朝刘禹锡的一首题为“送蕲州李郎中赴任”的诗里的，经查，这确实是刘禹锡老早写下的诗句，那么，王士祯的所谓“太子名对”的记载，该怎么看待呢？王士祯行文比较简约，我想，他所说的情况，可能是当年太子还小，他的老师说了刘禹锡诗里的前半句，作为上联，让他对个下联，他当时并没有读过刘禹锡的这首诗，却敏捷地对出了下联，与刘禹锡的诗句不谋而合。这当然也就足以受到老师夸奖，康熙知道后当然也就非常高兴，一时传为了美谈。当时太子不但学对对子，也学书法，他一再地写这两句，因为书法好，经常写出来赏赐臣属，说这两句是他的“名对”，也就不难理解了。没想到，这“太子名对”，后来又演化为《红楼梦》贾府里与皇帝御笔金匾额相对应的一副银的对联。

书上写这副银对联，落款是“同乡世教弟勋袭东安郡王穆莳拜手书”，这些字眼儿里，其实也都埋伏着意思，都是在暗示太子。真实生活里，曹寅跟康熙是一辈的，他转化到小说里，就是贾代善；而曹颙和曹頫跟太子是一辈的，他们转化到小说里，就是贾政这一辈。因此，写对联的人就称自己跟贾政是同辈的，他们祖上虽然是主奴关系，但是起初都在关外生活，又一起打进关内，因此谦称是“同乡世教弟”。这位“世教弟”勋袭东安郡王是谁？我们都还记得，《红楼梦》里后来写贾府为秦可卿大办丧事，来了四家王爷参与祭奠，他们是东平郡王、南安郡王、西宁郡王和北静郡王，并没有东安郡王，可见曹雪芹在对联落款上写出“东安郡王”，是别有用意，是在影射“东宫”，写对联的时候还安好，但是到后来，可能就坏了事，就消失了；曹雪芹给这个东安郡王取的名字也挺古怪的，叫穆莳，其实他也是有用意的，穆，古语里通默，莳，是将植物移栽的意思，胤礽一生两立两废，失掉了权力，包括发言权，两次从当太子的毓庆宫移往咸安宫被圈禁起来，这么一想，曹雪芹用这些字眼儿来写，确实都是在影射废太子胤礽，否则，哪有这么多的巧合？

我们从帐殿夜警往下捋，果然就发现清朝的康熙朝的皇帝和太子，和曹雪芹家族的祖父一辈、父亲一辈，关系是非常密切的，而到他写《红楼梦》的时候，他就把他从他的祖辈、父辈那儿所得到的一些信息，很巧妙地写进了他自己的书稿里面。我想这个结论应该是成立的。有人可能要问了，你说这些倒也还可以接受，只不过我们都知道后来康熙不就死了吗？结果太子不是也没有能够接班吗？下面我还会讲到，太子后来第二次又被废了。太子第一次被废掉过了半年，不是又复位了吗？但是三年以后，他又被废掉了，再次被废掉了，你想这是多大的波折啊！康熙他把太子第二次废掉之后，就发誓不再公开地立太子，也就是说不再公开地建储，他很显然是采取了一个秘密建储的计划。也就是说他从公开地指定太子建立皇权的储位，改变为用秘密建储的方式来完成权力过渡，就是我看重了某一个阿哥，我重点培养他，但是我不露声色，我不马上告诉他，你就是太子了，因为这样他就容易骄横，容易产生其他的不好的心思。我信任他，但是我又控制他。后来，多数人都认为他所看好的是十四阿哥，就是他的第十四个儿子。这第十四个儿子很有趣，他和四阿哥，就是后来成为雍正皇帝的那个哥哥是同母所生，他们两个是亲兄弟，就是他们既同父又同母，是这样的亲兄弟。康熙信任十四阿哥的最突出的表现，就是让十四阿哥当抚远大将军，去西征，给他以重兵，由他指挥。这个十四阿哥也很争气，在任抚远大将军过程当中收复了西藏，消灭了很多叛变的部族，使得清朝的政权更加巩固。康熙晚年非常喜欢十四阿哥，看起来他也确实想把他的皇位移交给这个儿子。可是他又病了，他没觉得自己这次可能到了生命的终点，他觉得自己可能还能好，所以他就没有及时地把他所看重的十四阿哥从西北调回北京。当然如果真下令调回的话，那也是一个很漫长的过程，大家知道，当时的交通工具哪有现在这么发达啊？当时就是二十四小时不停地拿着马鞭，不断换马，一站站抽着马跑，也要很长时间才能回到京城。他没来得及把他心爱的十四阿哥叫回来，就忽然不行了，这次就病大发了，就弥留了，生命垂危了。在这个状况下，其他的阿哥也都不知道确切消息，就知道父王病了，究竟病得怎么样，是不是很重，不清楚。但是有一个阿哥知晓康熙的病情，这就是他的第四个儿子胤禛，也就是十四阿哥的同父同母的哥哥。

他为什么能知道呢？平时这个四阿哥一副谦和的样子。在太子二废之后，好几个阿哥都想谋求被立为太子，比如说八阿哥胤祀就是一个不安分的人。胤祀就曾经起过坏心，想谋求太子的地位，康熙是提高警惕的，康熙曾经痛斥过八阿哥，没让他得逞。但有的阿哥还是蠢蠢欲动，或者联合起来，或者共同拥戴一个，都希望通过皇权继承谋取好处。四阿哥平常显得很谦和，给人造成错觉，仿佛他从来不管这些事，再说他年纪也大了，他是老四，康熙晚年，他已经四十多岁了。他很早就在他的王府里面养喇嘛，现在北京有一处极有名的名胜，叫什么？叫雍和宫，就是由他的王府改造而成的，为什么改造成为一个喇嘛庙呢？就是因为他信奉喇嘛教，他在他的王府里面养喇嘛，搞佛堂，这样就使大家觉得他是一个不必去计较的人，就放松了对他的警惕。万没想到，在康熙弥留的时候，掌握康熙病情真相的唯一的一个皇子，就是这个四阿哥。他何以能够掌握康熙的情况呢？他把当时的步兵统领叫隆科多的给笼络住了，这个人很重要，这个人就等于是禁卫军的头目，懂了吗？皇帝需要有人保卫啊，保卫皇帝的人得是一些军事人员，军事人员得有他们的首领，这个首领就是隆科多，因此隆科多就掌握了康熙帝的情况。康熙病得不行的时候不在紫禁城里面，而是在西郊的圆明园。隆科多就等于把康熙控制了起来，据说隆科多当时也有所考虑，在这个情况下，我应该投靠哪一个阿哥呢？投靠哪一个对我最有利呢？十四阿哥？十四阿哥远在西北，再说隆科多原来跟他的关系也不好，其他的阿哥里，他想来想去，跟他关系最密切的就是四阿哥，所以他就单独把康熙病得不行了，要死了的消息告诉了四阿哥。因此据史书记载，虽然这个历史记载后来雍正继位之后是进行过一番修理的，即便这样也仍然留下了痕迹，就记载下了四阿哥一天之内好几次进入圆明园，而且能够直接逼近到皇父的病榻前，所谓探视皇父，这比那个帐殿夜警，从帐篷裂缝向内里窥视，不是更可怕吗？康熙弥留的时候，一睁眼，一张大脸就在眼前晃，还不是说挺老远，在帐篷裂缝外头，窗户外头，这真是挺恐怖的。最后康熙就死掉了，死掉以后就有两个权臣：一个是隆科多，还有一个是年羹尧，他们两个做主，宣布康熙帝临死的时候留下的遗嘱是四阿哥特别好，四阿哥特别像我本人，应该把皇位传给他，这样雍正就登上宝座了。

据说雍正登基的时候，还表现出一副非常不情愿的样子，好像还苦苦哀求，说别让我当了，似乎他确实没有权力欲望。但是一旦坐定了宝座，龙袍一旦穿到了身上，脸就往下一垮，那就不客气了，我就是皇帝。他第一件事情就是大封官爵，把兄弟们，把一些功臣全都予以加封，他没有贬任何一个人。当然他同时就通知他的弟弟十四阿哥，让他火速赶回北京，因为父王去世了，我继位了，你要赶快回京城。当时出现这样一个事态，这个事态对曹家打击是非常之大的。因为在当时，在所交往的这些康熙的儿子当中，曹家和许多的阿哥关系都比较密切；当然和太子那一支是最密切的，和其他的有的也很密切，比如像与八阿哥、九阿哥都很密切，和十四阿哥也非常要好，但是偏偏和四阿哥关系比较疏远，没什么大关系。因此在康熙死了之后，曹家就面临一个灭顶之灾。

当然，当时曹家无非是一个江宁织造，在雍正眼里是小菜一碟，因为他要对付的政敌太多了，是吧？他要对付哪些人呢？一个就是对付不服气的兄弟们，首先不服气的就是跟他同母的那个十四阿哥。据说十四阿哥回到京城以后，根本不给他下跪，心说，怎么回事啊？我这好好地回来，你就当了皇帝了，要我给你行君臣之礼，天下哪有这等事，就很桀骜不驯。十四阿哥不服，他的母亲，他们两个的母亲，也喜欢那个小儿子，并不喜欢雍正，所以雍正当了皇帝以后，马上就要给他的母亲移宫，因为她原来无非是康熙的一个侧室，现在就要把她尊为皇太后，就要移到皇太后住的专门的宫殿里面去，他的母亲是坚决不移，等于也是对雍正不满意，向着这个弟弟。所以当时虽然雍正登上了宝座，情况依然很复杂，再加上八阿哥、九阿哥结成联盟，共同对付他，这两个人也是使尽了招数，要颠覆他的皇位。大家知道，后来雍正就把这个八阿哥、九阿哥往死了治，把他们圈禁起来治罪，革掉他们的爵位，甚至把他们革出了皇族，就是从宗族里面予以驱逐，再后来简直就宣布他们不是人了，给他们两个各取了一个怪名字，一个叫阿其那，一个叫塞思黑。民间很多传说，说八阿哥被叫作阿其那，就是狗的意思；九阿哥被叫作塞思黑，就是猪的意思。其实根据清史专家的研究不是这样的，因为在满文里面，“阿其那”的音并不意味着是狗，“塞思黑”这个音也不意味着是猪。经过一些专家的严密考证，认为阿其那其实是八阿哥失败以后，自己给自己取的一个名字，意思是“俎上冻鱼”，俎就是案板，案板上面已经冻坏的鱼，是任人宰割的意思，是一个失败者给自己取的很无可奈何的名字。而塞思黑呢？据专家考证，是“讨厌”的意思，在满语里面是讨人厌的意思。不管是什么意思，当时雍正所要面对的是很多的政敌，像他的八弟、九弟就是他首先要对付的政敌，这两个人都被治得非常惨，后来这两个人相继地吃了东西以后立刻呕吐，很快就死掉了，据说是被他毒死的。这个传说应该是可信的，否则怎么会两个人都死得那么巧，而且死法是一样的。此外，雍正要对付的还有另外几个兄弟，就不细说了。

同时他还要对付谁呢？他要对付隆科多和年羹尧。有人说，是不是说差了？不是这两个人帮他登上皇位的吗？是的，这两个人的问题就在这里，他们知道得太多了。有时候在皇帝面前，你什么都不知道你是死罪；有时候，你知道太多你也是死罪。这两个人就是知道得太多了，大家懂我的话吧？所以他必须把这两个人治掉，封掉这两个人的嘴，后来这两个人果然都被治了罪。雍正上任以后很忙活，顾不到那些更小的官员，但是他还是及时把李煦给惩处了，在雍正眼里，李煦特别讨厌，就马上给收拾了——前面讲到过，李煦就是曹寅的姻亲，就是他妻子的哥哥，他的大舅子，就被整治了。当然那个时候曹寅已经去世了，曹家是曹頫在担任江宁织造。李煦被治了以后，在雍正三年的时候，雍正就把曹頫交给了怡亲王看管。怡亲王是谁呢？很有意思，这个怡亲王就是十三阿哥胤祥。雍正当皇帝以后，他只保留自己名字里的胤字，别的兄弟名字里的胤字一律改成允字，所以下面我说十三阿哥的时候，就叫他允祥。允祥是原来在康熙的所有阿哥当中最不得志的一个，怎么不得志呢？大家知道，康熙等儿子们长大了，就纷纷给他们封爵，这很正常吧？不能只是说老二是个太子，其他的怎么算呢？就分别把他们封为亲王、郡王、贝勒、贝子，等等。很奇怪的是，他两次封爵，第一次允祥年纪还小，没封上，倒还好解释；第二次允祥下面那个弟弟都封上了，允祥就愣没封，在康熙死以前，唯一没有被封爵位的成年的儿子就是允祥一个。这允祥就愣没封，为什么没封他？经过后来一些分析，我们可以得出这样的猜测：上一讲我讲到的帐殿夜警大家还记得吧？帐殿夜警，康熙皇帝觉得有人从他的营帐外面裂缝向内窥视，这是有人告密的，谁告的密呢？实际上是两个人：一个是大阿哥，但是大阿哥后来败露了，上一讲我说到了，大阿哥他用镇物来魇太子，这个事被查出来，大阿哥就被圈禁了；还有一个告密者，很可能就是这个允祥，就是他。但是这个事康熙后来不好对别人说，当然康熙也希望从他那里得到情报，不能说他做错了什么，但是，告密兄长这种行为，又让康熙觉得并不值得褒奖；况且后来康熙又发现太子是被魇了，是冤枉的，所以康熙心里就不喜欢十三阿哥了。康熙的表达方式之一，就是始终不封他爵位，他就成了一个很尴尬的人物，他跟其他那些兄弟一样，都是皇帝的亲儿子，但是别人都封了这样那样的爵位，只有他，始终就是一个阿哥的身份，没有任何爵位。可是，雍正一当权，立即封允祥为亲王，最高的爵位，怡亲王，而且对他非常信任。所以在雍正三年的时候，雍正腾出手来惩罚曹家，惩罚曹頫，就先把他交给怡亲王。他跟曹頫说，你别乱找门路了，你有什么事，你就跟一个人说，你就跟怡亲王说，怡亲王他疼爱你，所有事他能帮你解决。雍正当然不是当面说，而是在曹頫的奏折上加的一些批语，大概就是这么个意思，这个就对曹家很不利了，是不是？因为在康熙朝一个最不受宠的阿哥现在成了亲王，曹家的命运掌握在他手里面，这不是什么好事。据说，怡亲王这个人确实还不是特别凶恶，所以对曹家，他也没有添油加醋地帮着雍正立即加以毁灭性打击。

直到雍正五年，雍正才彻底腾出手，这时他把其他的政敌都处理得差不多了，开始处理他不喜欢的官员。他有一个基本原则，凡是当年他父亲喜欢的，他都不喜欢；凡是他父亲不喜欢的，他就偏要喜欢。雍正在这样一个思维的情感支配下，整治了一大批在他父亲那个朝代受宠的官员，其中包括曹頫。在雍正五年就把曹家给查抄了。曹頫的罪名，一是他的家仆骚扰驿站，应该是真有这样的事。这种事如果发生在康熙活着的时候，根本就算不上多大的事，那时候曹家有康熙护着，谁敢为这样的事情告曹家？告也告不倒的。曹寅死前，康熙听说他得的是疟疾，立刻让驿站马不停蹄地给他的发小曹寅送特效药金鸡纳霜，只是曹寅自己没运气，药没送到，就咽气了。那时候康熙自己事情正多，而且非常烦，曹寅死的那一年，也就是康熙对胤礽彻底失望的时候，那一年里他二废太子；但是就在这样的情势下，康熙依然顾念着曹家。曹寅死了，他让曹寅的儿子曹颙接替曹寅当江宁织造，没多久曹颙又死了，他又亲自过问，为已经绝后的曹寅过继了侄子曹頫，还让他当江宁织造。康熙六次南巡，四次住在江宁织造府里，他深知曹家的任上亏空，其实都是因为接驾造成的；但是康熙死了以后，雍正查亏空，就查出曹頫的大亏空，他装傻，曹頫也无从辩白，不能说这亏空其实是您父皇南巡的时候，接驾造成的。雍正六年，雍正就把曹頫逮京问罪，枷号了。虽然在北京也拨了一个很小的院子，一个有十三间半的小院子，应该在崇文门外，一个叫蒜市口的地方，给他们家住，但是曹頫被“枷号”。“枷号”就是每天得上班，上班干什么？就是戴上大的木枷，甚至上面有的时候还有铁包的边，或者是铁木结合的东西，戴着以后在街上站着，站着干什么呢？你还不能不出声，要不断地喊，我有罪，我有罪；你有什么罪，你得跟过路人说清楚，很惨，就是当街示众。曹頫是这样一种很悲惨的境遇。

但是，在《红楼梦》里面，我们仔细阅读《红楼梦》就发现，雍正朝曹家的某些情况，在《红楼梦》里面是很少被写到的，即便是从生活的原生态上升为艺术的情景也都比较少。曹雪芹他好像不太愿意写这一段，他重点写的是乾隆那一朝发生的故事，那一朝上层的政治权力斗争就更多地折射到了《红楼梦》的文字里面。我自己在探寻秦可卿原型之旅当中得到很多乐趣，我愿意把我的乐趣拿来和大家分享。所以说，我不想简单地马上告诉你这个所谓原型是谁，我恳请大家跟我一起继续我们兴味盎然的探索原型之历史旅行。

第七章 日月双悬之谜

雍正朝曹家的情况，在《红楼梦》里面是很少被写到的，即便是从生活的原生态上升为艺术的情景也都比较少，曹雪芹不太愿意写这一段，可以理解。他重点写的是乾隆那一朝发生的故事，那一朝上层的政治权力斗争就更多地折射到了《红楼梦》的文字里面，这是我这一讲所要重点跟大家报告的。

那么《红楼梦》第四十回，有半回叫作“金鸳鸯三宣牙牌令”，写贾母她们女眷在一起打牙牌，由鸳鸯担任一个报出手中凑出的牙牌牌名的角色。这一段情节有的读者不太喜欢，说我又不会打牙牌，曹雪芹写这些干什么呀？其实，这段文字很重要，我解释给你听。

她们的牙牌游戏开始了，首先由贾母摸牌，先是贾母亮明一张牌，鸳鸯让贾母说一句韵语——她们的玩法就是你亮出牌以后，鸳鸯报牌名，你跟上去说一句押韵的话，于是贾母就说了一句“头上有青天”。贾母为什么说这句话？就是因为雍正突然死亡、乾隆继位，乾隆是一个大政治家，他吸取他祖父和他父亲实施统治的经验教训，觉得他父亲和他祖父这两朝所留下的政治伤痕太深了，首先是皇族内部内斗形成的伤痕太深，所以他就实行了一个叫作“亲亲睦族”的政策。亲亲，第一个亲是动词，第二个亲是名词，意思就是，凡我皇族，大家都要团结起来，过去的恩怨，咱们一笔勾销，咱们重新开始过一种团结的共同支撑我们大清王朝的政治生活。而且他身体力行，他把雍正治过罪的那些皇族的成员，圈禁的，就把他释放出来；如果死掉了，他就善待他们的儿孙，又恢复一些爵位给他的后代。他做了很多这种事情。对于那些因为皇族内部斗争、权力更迭，犯了罪的这些官员，只要你不是真正地反对清朝统治，而是因为什么亏空问题或其他一些问题，我都予以赦免，一风吹。所以在乾隆元年的时候，曹雪芹他们家就碰到了一个“头上有青天”的情况，贾母对当时的那个皇帝是满意的。

当然，《红楼梦》里面所写的皇帝，是个模糊的形象，书里的皇帝上头还有个太上皇。其实在真实的生活里，在曹雪芹去世以前，清朝从努尔哈赤算起，一直都没出现过太上皇；清朝的太上皇的出现，是在曹雪芹去世很久以后，乾隆实行了所谓内禅，把皇位给了嘉庆，自己当了太上皇。曹雪芹不可能，也没必要，去预见或假设有这么种情况。这就说明，曹雪芹写书，虽然从生活真实出发，但又是有艺术虚构的，他不想把书里的故事背景一语道破，但他又处处照顾到真实的社会背景，于是他就使用了许多巧妙的办法，说当今皇帝上面还有太上皇，我觉得他那是把康熙、雍正、乾隆三个皇帝合并在一起写。太上皇有隐喻康熙的意思，而书里元妃省亲以后的皇帝，所谓“当今”，则是指乾隆，至于雍正，他就体现得格外含混。贾母用“头上有青天”颂圣，所称颂的就是乾隆，乾隆的怀柔政策给现实生活中的曹家带来了新的生机；贾母的原型李氏是真心实意地感恩戴德，化为书中的角色贾母，她在这时候就说了这样一句话。

说到这儿，我觉得还要把一个辈分问题给大家再捋一遍，大家头脑就更清楚了。清朝这三个皇帝里，康熙对应曹家哪一辈呢？是曹寅这一辈，投射到《红楼梦》这个书里面是哪一辈呢？就是贾母这一辈；下一辈，雍正这一辈的，就应该是曹寅的儿子，曹颙死了，过继来曹頫，投射到《红楼梦》里面就是贾赦、贾政、贾敬这些人，他们是一辈的；然后就是第三辈，第三辈在王室当中就是乾隆皇帝，与乾隆皇帝相对应的曹家的同辈人，就应该是曹雪芹这一辈，他们是一辈人，投射到《红楼梦》里面，就是那些玉字辈的人，贾珍、贾琏、贾宝玉等。它是这样一个对应关系。

所以贾母说“头上有青天”，就是因为在乾隆这一朝，曹家的情况得到了大大的缓解，这是有档案可查的。当时曹頫的那些所谓欠款、欠银就一风吹了，曹頫又重新回到内务府，投射到《红楼梦》小说里面就是贾政这样的人又当上官了，虽然这个官不是很高，但是也还过得去，当了一个员外郎，是吧？所以贾母说“头上有青天”，其实就是从现实生活中的曹家来说，或者从《红楼梦》中的贾家来说，他们对皇帝是愿意效忠的，是很感激的。这是实事求是的反映、描写。

当然贾母说后几张牌的时候，她说的韵语也都很有意思，她说“六桥梅花香彻骨”，实际上也是讲，我们曹家，在小说里面当然就是讲的四大家族了——首先是史家和贾家，终于熬过了那个最困难的严冬，梅花开放了，是吧，获得了一个比较好的情景。而且她继续颂圣，叫“一轮红日出云霄”，贾母对这个小说里面的当今皇帝，实际上也就是现实生活当中的那个乾隆皇帝，她是愿意一而再、再而三地表达感激之情的。可是呢，整个牌凑成一副以后，这个牌名并不好，这就是曹雪芹精心的艺术构思了。他偏这么构思。鸳鸯就告诉贾母了，说您这副牌——那个牙牌打法是三张牌凑一副——

说您这三张凑一副，“凑成便是个蓬头鬼”；没想到这么三张引出感恩颂圣的牌，凑成了以后竟不是什么好的名称，是一个蓬头鬼。那个贾母也很聪明，她就说了一句，“这鬼抱住钟馗腿”。这是非常高妙的一种艺术构思，这就是曹雪芹把生活提升为艺术的能耐了。钟馗，大家知道钟馗是专门打鬼的，他就写出一个微妙的形势，贾母一方面觉得钟馗会保护自己，是不是啊？可是鬼是不是立即被打掉了？又不是，这鬼没有被立即打掉，鬼又抱住了钟馗的腿。就是说当时贾家的局面是既碰到了困难，又有人保护，但是这个保护又不一定能够进行到底，所以究竟是钟馗把鬼打了，还是鬼抱住钟馗腿，把钟馗拖了一个马趴，还说不清楚呢，是不是？这很巧妙，所以他这些牌令词不是在那儿随便写的，他写的时候是很动脑筋的。作者如此苦心，“十年辛苦不寻常”，咱们读《红楼梦》，千万也辛苦一点、仔细一点，这才能读出味来，是不是？就好像我前几讲的枫露茶，三四道才出色儿，刚沏出来立刻喝，那不好喝，滗了三四道水，再沏出来，您再喝，那味就好了。这是贾母的令词。

但是等到史湘云接着来摸牌的时候，情况就发生了一个变化，这时候就出现了一句惊心动魄的话。请在座的每一位朋友跟我一起来深思这句牌令词意味着什么？史湘云就突然说了一句“双悬日月照乾坤”，什么意思啊？按封建社会当时那样一个统治思想，是不能够有日月双悬的，天无二日嘛！虽然不是一个另外的太阳，但是你是一个月亮，你跟太阳平起平坐地悬在天上，这还得了？这本来是李白的一句诗，李白的那句诗所说的是唐玄宗在安史之乱的时候，匆忙地逃往四川，他当时还是皇帝，很狼狈，半道上三军哗变，他不得不把他心爱的宰相杨国忠杀掉了，杀掉了宰相还不行，人家说宰相的妹妹还在你身边呢，他就只好劝杨贵妃——杨国忠的妹妹自尽，杨贵妃也没有办法，就只好自尽死掉了；而这个时候，他的儿子就在另外一个地方宣布自己当皇帝了。他还没有退位，另一个皇帝又产生了。于是，李白当时有一句诗叫作“双悬日月照乾坤”。史湘云引用这句诗就意味着在乾隆朝的时候，在现实生活当中的曹家的头上出现了日月双悬的情况，这个情况反映到书里面，曹雪芹就通过“金鸳鸯三宣牙牌令”，通过史湘云，把它惊心动魄地宣示出来。书里的贾家别看在那里吃喝玩乐，他们头顶上，有两个司令部呢，他们究竟还能玩多久，取决于那两个司令部到头来谁吞下谁啊。

有朋友就可能会这么问我了，说日月双悬，这时候怎么日月双悬？康熙死了，雍正也死了，乾隆也当皇帝了，当稳了，怎么日月双悬？那个月亮是谁？“日”当然是乾隆了，“月”是谁啊？有没有月？有月啊！好大一个月亮！他是谁？

大家知道，太子胤礽曾经是康熙钟爱的儿子，上一讲讲了半天，大家应该印象还很深刻。康熙很早就为太子完婚，太子后来身边也有很多女人，生育能力也很强。康熙的第一个皇子是他十三岁生的，他超级早婚早育，太子生育也早，生了很多个儿子。太子所生的第一个儿子也夭折了，第二个儿子就等于是第一个儿子，这个儿子叫什么呢？这个儿子叫弘皙，大家知道乾隆的名字叫弘历，他们是“弘”字辈的，是一辈人。弘皙年龄很大，因为康熙生殖能力太强了，康熙的最后一个儿子，比他前面的儿子生的儿子再生的儿子还小，所以单从年龄上看你觉得有点混乱，但是从辈分上是一丝不乱的。这个弘皙年龄很大，在一废太子的时候他已经大约十五岁了，已经是一个很成熟的人了。弘皙是在康熙眼皮下面长大的，他的父亲第二次被废掉的时候，他已经十八岁了，而且他已经结婚了，他也生了儿子了，他又给康熙生了嫡传的重孙子，叫永琛。有名有姓的，到那一辈上就都是“永”字辈，到了嘉庆那辈都是“永”字辈，嘉庆当皇帝以后，才把自己名字里的“永”改成了“颙”。在二废太子之后，当时究竟朝野反应怎么样呢？你现在查康熙、雍正朝的文献，你会发现很少有这方面的记载，它们基本都被删除了，但是好在，我上一讲引用过，我们有一个邻国是朝鲜，他们的历史上仍然有相关记载。在这个朝鲜的《李朝实录》上有什么记载呢？有以下一些记载，比如在二废太子之后，虽然胤礽本人确实让康熙伤心了，觉得不能让他继承皇位了，但是胤礽的儿子弘皙是嫡长孙，康熙非常喜欢，因此康熙仍然在考虑要把皇位传给嫡系的，如果儿子不行，可能就传给孙子，而且这个孙子不是一个幼儿，已经是一个文武全才的青年了。而且《李朝实录》还记载，康熙后来一下子就病死了，雍正继位了，康熙在临死的时候有遗言，两条，一条就是说废太子这个人确实是以后不能够再让他在政治上有所作为，要永远地把他关起来，但是要“丰其衣食”；另外，就是说他自己的嫡长孙弘皙，要立即封为亲王。《李朝实录》里面有这样的记载，即便所记载的跟历史事实有所出入，也仍然说明在当时那个情况下，弘皙是一个举足轻重的人物。虽然他的父亲被废掉了，但是他仍然得到皇祖父的喜爱，他是清皇室真正的嫡传血脉。所以说，在乾隆朝的时候，乾隆万万没有想到，出现了一个强劲的政敌，就是这个弘皙，就是他的堂兄。

乾隆年纪小，一废太子的时候，乾隆还没出生；二废太子的时候，乾隆还是个婴孩，还很小，还不懂事。所以最初他小看了这个堂兄弘皙，他万没想到，在他登基以后，弘皙很快地膨胀了自己的政治势力，成为他的一个强劲对手。如果乾隆是太阳的话，弘皙就被人们认为是月亮，这个你一点也不要觉得奇怪。首先这个情况从清朝的史料上可以得到很多印证，我这个论断是有论据支撑的。因为雍正当时也小看了弘皙，上一讲我讲过，雍正坐上皇位之后，面对的政敌太多了，俗话叫“按下葫芦起了瓢”，是不是啊？他忙不过来，而且也确实好像康熙有过这样的意思，就是一定要善待弘皙，因为他已经是死老虎了。他父亲在雍正二年就死掉了，也就是在雍正登基不久，原来那个太子就死掉了。雍正一想，弘皙又隔了一代了，而且当时弘皙可能表面上也很谦恭老实，也没露出毒牙，所以雍正就放了他一马。既然父亲说了封他为亲王，那就封吧，果然雍正就封了弘皙为理亲王，先是郡王，后来就是亲王。弘皙当然还是个敏感人物，所以说不能够让他在紫禁城里居住，或者给他一个大的王府，在北京城里、市区让他居住，那都不大安全，那么把他安排到什么地方呢？安排到昌平的郑家庄。现在你到昌平去，还有一个地名叫郑各庄，应该就是那儿，雍正把弘皙安排在那儿，在那儿盖了一个很大的王府。有人说，能有多大啊？很大，这个是有确凿史料可查的。

其实康熙生前就开始做这件事，康熙当时主要还不是要把弘皙挪过去，因为当时废太子还活着嘛。废太子在被圈起来以后，开头是软禁在紫禁城里面一个叫咸安宫的地方，康熙觉得这早晚是个事，有这么一个人，被废掉的，在紫禁城里面住，不安全，但是他又是自己的骨肉——康熙这个人也有注重骨肉感情的一面，所以他就说，那就在郊区给他盖一个大的王府，便于把他看管起来。而且又是一种柔情看管，说就干脆盖在我每次木兰秋狝路过的路线上的那么一个地方，把我的行宫也跟他的那个王府盖在一起。康熙有这么一个设想，后来就予以落实。昌平的郑家庄建成的房屋情况是这样的，行宫里面是大院套小院子，大小房屋是二百九十间，游廊是九十六间；给当时的胤礽盖了一个王府，是大小房屋一百八十九间，这个待遇还是比较高的，是吧？为了供应这个行宫和这个王府，在周围又盖了比如饭房、茶房、兵丁住房、铺房等，有多少间呢？有一千九百七十三间。整个规模怎么样？大家想一想，相当大的一个规模。经过岁月的洗刷，这些建筑物如今都很难寻觅了，但有人在现在昌平郑各庄发现了一种很特殊的铜井，非同寻常的水井，那应该就是当年理亲王府的残存痕迹。在雍正朝的时候，雍正二年不是废太子死掉了吗？雍正就把弘皙作为一个亲王，安排到了郑家庄居住。这对弘皙来说，既有坏处又有好处，坏处就是还是有点遭贬斥，虽然我是一个亲王，一般亲王王府都应该在城里面，可是我却被发配到北郊很远的地方；好处呢，就是不管你怎么看管，这比在政治中心里面还是要松弛一些，我就可以另打主意了。而弘皙果然另打主意了。

还是回到“金鸳鸯三宣牙牌令”。你看，这“三宣牙牌令”多有意思啊！光这么一句话，就可以一下子——所谓“一树千枝”——一下子可以长成这么一棵枝叶繁茂的大树，说出这么多有趣的事情来。史湘云就点出来了，小说所反映的时代，它的时代背景、政治背景就是日月双悬照乾坤。当时“日”就是乾隆皇帝，他已经继承了王位，当了皇帝了。但是他的一个堂兄，废太子的这个儿子弘皙，却在郑家庄也做着皇帝梦，而且还有很多很实际的谋取皇权的阴谋活动。在现实生活当中，对曹家他们这种大家族来说，对这种情况一定都门儿清；底层老百姓可能糊涂，曹家不糊涂，也不能糊涂，因为他们必须随时搞清楚政治形势，从积极的角度说是为了获取更多实际利益，从消极角度说是为了避免遭受打击。现实生活中的情况折射到小说里，就是贾母她们心里都明白，史湘云就说出来了：双悬日月照乾坤。

下面有的朋友可能还希望我提供更坚实的论据，怎么见得人家弘皙就要夺权啊？就要谋取皇位啊？乾隆后来说的。我底下不引别人的话，那乾隆说了还有错吗？乾隆怎么说呢？乾隆后来就说，弘皙“擅敢仿照国制，设立会计、掌仪等七司”。就是只有皇帝才能有这样一些机构，掌仪司就是管皇帝出行仪仗，仪仗队怎么来设置，怎么铺地毯，两边怎么挡帷幕；会计司更不消说了，帮皇帝管国库的；另外还有五司，一共有七司。哎，弘皙幸而正好远在郑家庄，不在城里面，在城里头可能还麻烦了。郑家庄，刚才我已经说了房子数目给你听了，很多，足够他设立自己的行政机构，对不对呀？弘皙就在那儿自己当起了皇帝了，给自己设立了七司，已经做起皇帝来了。乾隆比他小，一开头没在意，没有盯牢他，后来乾隆长大掌权了，又成为一个大政治家了，就明白了。在现在的清朝史料里面，明明白白留下乾隆这样的话，乾隆说弘皙“自以为旧日东宫之嫡子，居心甚不可问”。乾隆这才意识到，他自己血脉上甚至还敌不过弘皙。按封建社会宗法思想，伦常排序，嫡庶之分，他是一个庶出的雍正的儿子，而弘皙呢，是康熙的皇后生的儿子的大老婆生下的儿子，而且是成活的一个嫡长子，就是说弘皙是康熙正根正苗的嫡长孙，是不是啊？所以后来乾隆恍然大悟，哎呀，没把这个人防范好，闹半天，他“自以为旧日东宫之嫡子”。而且后来乾隆发现，最让他伤心的是，皇族里面很多人都是这个思想，包括他父亲善待过的那些贵族，那些亲信，都还有这样的思想，就是他们心里头总嘀咕，谁应该当皇帝啊？自然先问康熙皇帝他的嫡子是谁啊，他嫡子坏了事，死了，那么他嫡子还有没有嫡子啊？有，而且又是康熙看着长大的，又并没有坏事，康熙也没说他不好，甚至还常夸他，他还又为康熙生下了嫡重孙，好旺的正宗皇家血脉啊！那么，他不就应该当皇帝吗？很多人都有这种想法，所以乾隆后来就警惕起来。一开头他大意了，结果有一段时间就是“双悬日月照乾坤”。在《红楼梦》第四十回“金鸳鸯三宣牙牌令”中，就惊心动魄地宣示了《红楼梦》这本书整个的政治背景是“日月双悬”，最后鹿死月手还是日手，至少到书中第四十回的时候，还尚未可定。

所以史湘云后来这个牙牌令令词一句比一句恐怖，叫作“闲花落地听无声”。在那个时候，这种斗争还是暗斗，在乾隆元年的时候还是暗斗，到乾隆四年的时候才变成一次大决斗，才变成明争。

所以这个时候暗地较劲，叫作“闲花落地听无声”。据史料记载，弘皙曾给乾隆送寿礼，礼物里有一件明黄色肩舆，就是抬着走的躺椅，那东西的颜色是只有皇帝才能使用的；弘皙这样做就是一种挑衅，因为没有皇帝本人的命令，任何人都是不可以擅自制作这种颜色的用具的，但弘皙他就制作了，拿到你乾隆眼前了，看你怎么办？乾隆确实难办，如果说我就是要用这个东西，也该我自己叫人制作去，你不可以越过我让人去制作，你这是僭越妄为。可是人家又送过来，当作寿礼，表面上是好意，但若是收下，那么就等于开了个头，以后谁都可以随便去制作这种颜色的东西了。这件事情不大，“闲花落地”，当时在朝廷里也没引起什么响动，“听无声”，但其实是弘皙向乾隆发起的一次心理战。乾隆当时不动声色，只是说这肩舆不要，拿回去；但拿回去以后，弘皙就自己拿来用了，他就坐着只有皇帝才能使用的颜色的肩抬躺椅，过来过去的了。乾隆后来说起这件事还非常愤懑，但当时还是暗斗，没有撕破脸决一雌雄。

“日月双悬”的政治形势下，当时官僚阶层呈现的状态比较复杂，史湘云又说了一句牌令词，叫作“日边红杏倚云栽”，意思是也有的人会依靠日这个力量，从而得势。但是你要小心，紧接着，史湘云又说出一句来，和“双悬日月照乾坤”一样让你心跳，叫作“御园却被鸟衔出”，这句话很妙啊！御园，大家去过紫禁城的御花园吧？那么大一个大花园子，你可要小心，你防这个防那个，一只鸟就可能把你衔走啊，厉害不厉害啊？当然，这句话，一般可以理解为鸟儿飞进御园里，衔出了里面樱桃树上的樱桃。书里写史湘云的那副牌，凑成以后是“樱桃九熟”，牌相是三张牌九个红点，满堂红。鸳鸯报出“樱桃九熟”的牌名后，史湘云接着就说“御园却被鸟衔出”，意味着御园里所有的樱桃，所有的精华，实际上也就是御园的全部价值，都会被外来力量夺取走。简单来说，就是有一种潜在的夺权力量正在虎视眈眈，御园有可能被鸟衔出去，别看表面是“闲花落地听无声”。所以史湘云的这个令词也很可怕，预告了很多东西。

在“金鸳鸯三宣牙牌令”这一段文字里，不仅贾母和史湘云的牌令词隐含着这样的寓意，像薛姨妈说“梅花朵朵风前舞”，薛宝钗说“处处风波处处愁”，林黛玉说“双瞻玉座引朝仪”等，也都不是随便那么一写，都有类似的意思在里面。

当然曹雪芹写作从来都不会是写一笔就单纯地表达一个简单的意思，他总是一笔多用。后来有一个叫作戚蓼生的，给前八十回本的一种古本《红楼梦》作序，概括曹雪芹的艺术手法叫作“一声而两歌，一手而二牍”。意思就是说一个嗓子能唱出两首歌来，一只手能写出两封信来，他是在形容曹雪芹文笔的高妙，又叫作“一击两鸣，一石三鸟”。在这个地方实际上是一石三鸟，他写“金鸳鸯三宣牙牌令”，向读者揭示了小说里的贾家所面临的那种复杂的“双悬日月照乾坤”的政治形势；后来又通过林黛玉说了几句牙牌令，结果把《牡丹亭》《西厢记》里面的词说出来了，被薛宝钗逮到了小辫子—— 所以，这一段描写也是为后面的情节，为钗黛之间的矛盾冲突做铺垫的；同时又让刘姥姥说了一些很滑稽的话，特别最后一句，说“花儿落了结个大倭瓜”，结果下一回就表现所有贾府的这些太太小姐们都笑作一团，显示出文化差异所引起的情绪震荡。所以曹雪芹确实很厉害，叫作“一石三鸟”。

通过“金鸳鸯三宣牙牌令”，我们就知道，在《红楼梦》里面，实际上月亮是有特殊的寓意的，喻谁的？就是喻废太子以及他的儿子，更具体地说，是弘皙的一个代号，是隐藏在《红楼梦》文本后面的，构成曹雪芹写作的重大政治背景的一个人物的代号。

月喻太子，例子太多了，不仅仅是“金鸳鸯三宣牙牌令”。再细解释一下，我说月喻太子，完整的意思是，《红楼梦》里许多地方所出现的关于月亮的文字，都是在明喻或暗喻或借喻义忠亲王老千岁及其残余势力。就其生活原型而言，不仅包括胤礽，也包括弘皙，“太子”是一个复合的概念。

好，我们就来看还有哪些月喻太子的例子。我们一翻开《红楼梦》，第一回，就发现有个贾雨村出来了，这个贾雨村在第一回里面就口号一绝，脂砚斋还特别指出来，说《红楼梦》“用中秋诗起，用中秋诗收”。因为她看过曹雪芹写的完整的《红楼梦》的书稿，第一回就是写中秋节，然后就有一首诗出现了，就是贾雨村的口号一绝，就是说月亮的。她告诉我们在《红楼梦》的最后一回，也会有一首诗，也是中秋诗，最后来收尾，来了结《红楼梦》，脂砚斋透露曹雪芹的写法是这样的。贾雨村的口号一绝说什么呢？“时逢三五便团圆，满把晴光护玉栏。天上一轮才捧出，人间万姓仰头看。”后两句这个场景太夸张了，这不就是皇帝出来了吗？是不是啊？“天上一轮才捧出，人间万姓仰头看”，干吗呢？说是写一个中秋的月景，实际上这首诗里面隐伏着一种政治情势，就是在“双悬日月照乾坤”的情况下，月亮已经非常膨胀了。这首诗这样解释你可能觉得还是有点牵强，觉得用这么一首诗你说服不了我。好，咱们再来几首。

咱们知道在第四十八回，写到有一个美丽的姑娘要学着作诗，这个姑娘是谁呢？就是香菱，就是甄士隐的女儿。香菱前后写了三首诗，一首比一首好。第一首，林黛玉看了觉得简直是门外汉，不行，但是在这首里面就有一句，叫作“月挂中天夜色寒”，就是当时月亮的情形不是很妙，当时它虽然挂在中天了，但是夜色还寒，离月亮真正得势看来还要一段距离。第二首，她写了，最后薛宝钗就说你这个不符合题目了，题目让你写月，结果你写月色了，但是这一首里面也有一句值得玩味，叫作“余容犹可隔帘看”。当时弘皙是被安排到昌平郑家庄去居住的，开头他本是被雍正安排去的，雍正死了以后，乾隆后来对他有所觉察了。弘皙虽然被边缘化了，可是很多贵族家庭还是知道他是有势力的，特别是心里都觉得他是康熙皇帝的嫡长子的嫡长子，是康熙皇帝的嫡长孙，所以叫作，虽然只剩下“余容”，但是“犹可隔帘看”，他还存在。到第三首，就是最后所有的人都觉得好，林黛玉、薛宝钗、李纨都说这首写得好，说明香菱终于修炼成一个诗人了。这一首被认为最好的诗里面有一句，就更惊心动魄，叫作“精华欲掩料应难”，就是说月亮这个精华，你想把它掩盖，告诉你，到目前为止也难了。这月亮就要成事了，对月亮充满了期待。恐怕又有人说，香菱这个诗，你是不是还是太牵强了？我原来读《红楼梦》哪觉得有这个含义，你是不是太耸人听闻了呀，是那么回事吗？对此我个人仍然坚持我的观点，就是那么一回事。

还有例子。大家知道，已经到了很后面了，到了第七十六回了，过中秋节，又过中秋节，林黛玉和史湘云在凹晶馆联诗，记得这个情节吧？那些诗你一句一句推敲过吗？又摇头，又不推敲。读《红楼梦》这些诗可千万不能放过，请你跟我一起细加推敲，推敲它乐趣无穷。你的感想、你的看法可能跟我全然不同，但是咱们在共同地读《红楼梦》，探索这些诗句背后的含义的时候，不是会得到很大的乐趣吗？是不是？我觉得这是很重要的。

林黛玉、史湘云联诗了，联诗里面有很多句都是非常值得我们注意的，当然整个这个诗，因为是中秋节作诗，几乎都跟月亮有关，但是其中有些句子还是越想越惊心动魄。比如有这样一些句子，叫作“宝婺情孤洁”“银蟾气吐吞”，这两句还好，意思就是说，宝婺，指的也是天上的星辰，它的处境是孤独的，但是它很纯洁，实际上也是在指月亮；“银蟾气吐吞”，银，月亮是银色的，里面有蟾在那儿吐气。“药经灵兔捣，人向广寒奔”，月亮里面不是有一个兔子在捣药吗？她们两个就联诗说，人在这个时候一看月亮就想往广寒宫奔去，要投奔那个地方，里面那个宫殿，嫦娥住的宫殿叫广寒宫，“人向广寒奔”。有人可能会说，“人向广寒奔”的“人”就是说的“嫦娥”，因此这里面也许并没有你说的那些深意。是的，这四句虽然是说月亮，但是好像还不算厉害，就是一般地形容一下景象罢了。那么我们再往下看。

底下几句叫作“犯斗邀牛女”“乘槎待帝孙”。这两句可就不得了了，斗就是指的天上的北斗，北斗星。犯斗，一个星去侵犯另外一个星叫作犯，“犯斗邀牛女”，这个诗意它在模糊当中表达出很强的一种紧张的气氛。这句倒也罢了，底下还有三句，现在我告诉你，在有的古本《红楼梦》里面，底下我说的三句抄书人可能读出其中的味道了，由于害怕，就给删去了，所以不是每一个古本里面都保留了以下三句，因为以下三句用今天的话说就是太露骨了。底下几句是什么呢？一句叫作“乘槎待帝孙”，“槎”就是那个木筏子；“乘槎”，过去认为天上有天河，所以槎也可以在天河里面运行。坐上这个木筏子在天河里面运行，在等待谁的降临呢？等待帝孙，帝孙虽然指的星辰，过去把织女星叫作帝孙，但是在这里它分明指的就是康熙的孙子。因为在乾隆朝所有人都知道，帝孙这个字眼儿指的就是弘晳，没有别人。他是康熙皇帝的嫡长孙，简称帝孙，别的庶出的都不能这么称呼。在凹晶馆联诗里面居然就出现了这种句子，要“乘槎待帝孙”，一些人就希望他成事，希望他最后是“天上一轮才捧出，人间万姓仰头看”。这是不是很惊心动魄啊？下面可能还有人不服气，说你是不是太敏感了？哎呀不是我敏感，谁敏感啊？是高鹗敏感，高鹗、程伟元敏感。高鹗、程伟元他们得到的那个古本里面是有这一句的，但是他们一看，“乘槎待帝孙”，哎哟，咱别惹祸啊，赶紧把这个“待”字涂掉了，改成了“访”。所以你在通行本里面就可以看到，高鹗他们改成了什么呢？他不但续后四十回，他还改前八十回，他就把“乘槎待帝孙”，改成了“访帝孙”，一待一访，意思就完全不一样了。“待帝孙”就是你对一种力量有所期待，你希望他能解救自己，是盼望救星的意思，等待他成功的意思；“访帝孙”就是去做一趟客，做一次友好访问，就大不一样了。所以你说谁敏感啊？二百多年前那个姓高的他比我敏感，赶紧改了。

还有两句叫作“虚盈轮莫定”“晦朔魄空存”。就是说，有人说了，月有阴晴圆缺嘛，月亮，有的时候它会变成一个月牙，有时候是一个满月，有时候它是虚的，有时候它是盈的、充满的；月亮嘛，可以说是不稳定的，他们也注意到这一点，这个力量确实是时而显得很强大，时而显得很虚弱。但是，下面一句明确地宣示了他们的一个信念，叫作“晦朔魄空存”。在它完全变黑的时候和它完全变亮的时候都只是它的表象，明白吧？不要看表面的变化，无论怎样，它的实体，它的魄，是在天空当中稳定地存在的呀！这个联诗当中就联出了这样的句子，难道是偶然的吗？难道我认为在《红楼梦》的文本里面月喻太子，是完全没有道理的吗？

也有人可能会说了，你光是引诗，你能不能举出点情节的例子让我听听啊，是不是？在《红楼梦》的描写当中有没有暗示现实生活当中的曹家，升华为艺术当中的贾家以后，去支应潜在的政治集团的事情呢？有没有这种情节啊？如果你读得仔细的话，是有的。在第二十八回，突然插进一个很小的情节，很多人都不注意，但是我提醒你注意，就是贾宝玉匆匆忙忙跑过凤姐的院子，凤姐说你来，你给我写几个字，有没有这么个情节啊？是吧？贾宝玉说写什么字啊？凤姐说，你甭管了，你就给我写。写的什么字？叫作“大红妆缎四十匹，蟒缎四十匹。上用纱各色一百匹，金项圈四个”，多不多啊？这东西不少啊，是不是啊？也很贵重啊。贾宝玉就问，“这算什么？又不是账，又不是礼物，怎么个写法？”凤姐说，“你只管写，横竖我自己明白罢了。”大家知道，凤姐平常写字、算账，是有一个可供支使的人的，叫什么呀？叫彩明，记不记得这个人啊？彩明不是一个丫头啊，彩明是一个童子，是一个小男孩儿，但是有文化，会算术，一般的这种事情凤姐都是让彩明来做。但是在做这件事的时候，凤姐就没有叫彩明，而是找她最亲近的人，找贾宝玉来做这件事。她知道贾宝玉是个不问政治的人，贾宝玉根本就不耐烦，正合适，贾宝玉写完就忘了，太好了。凤姐要把这些东西往哪里送？有人说她送给元春，人家这个贾家的大小姐在皇宫里面是贵妃啊，是不是？她送给元春，她要开一个单子，她需要贾宝玉这么秘密地来开吗？她让彩明开不就完了吗？而且她为什么不回答贾宝玉呢？你就跟贾宝玉说不就得了吗？凤姐说，这事横竖我明白就行了，我明白就罢了，怪不怪啊？而且底下，凤姐还有很多蹊跷的事情。到第七十二回，那一回里面凤姐讲她做了一个梦，叫梦中夺锦。她说突然来了一个人，看着很面善，仔细想又想不起是谁，来要一百匹锦，于是凤姐就问他，那个人说娘娘要一百匹锦，凤姐问他，是哪一位娘娘啊？结果那个人说的又不是咱们家的娘娘。有这个情节，是不是啊？当时王熙凤作为一个当家人，她所要支应的，要对付的不仅仅是一个太阳，她还要应付月亮那边呢，应付月亮那边只能采取这种办法，不能太明白地去应付，知道吧？

所以你看这些地方都说明，在康、雍、乾三朝，当时的政治形势影响了曹家，曹雪芹这个作者又把乾隆初期复杂的政治情势，和自己家族的命运，巧妙地投射到了《红楼梦》的文本当中，留下了诸多的蛛丝马迹；而且有的已经不是蛛丝，已经不是马迹，留下的痕迹已经是非常清晰了，这就是这一讲我所要强调的。请你注意“双悬日月照乾坤”！也可能有朋友就着急了，说您看您说了半天还没告诉我们，秦可卿的原型究竟是谁呢？关于这个，请听我往下讲。

第八章 蒋玉菡之谜

有的红迷朋友问我，你为什么总讲些过场戏啊，你讲的那些情节，往往是在看书的时候，我匆匆翻过去的，有的地方简直就直接跳过去，不看那个，看下头，看贾宝玉跟林黛玉又怎么样了，关心的是究竟贾宝玉后来娶了谁，他怎么当的和尚，总之，关心的是《红楼梦》里的主要人物，主要情节，大主干，大脉络。各人有各人的读书角度、读书习惯，您那么读《红楼梦》，我觉得也是一种读法，我也很尊重，说真的我一点也不想干预，更谈不到批评了。我只不过是想告诉您，我有我的读法，您可听可不听，如果您听了两耳朵，觉得我的读法虽然让您吃惊，但也还有趣；您不赞同，但在多元存在的社会里，我们互相容忍，又从互相容忍，进一步，到互相听听，了解了解跟自己不一样的人与事，不一样的读书方式，不一样的读《红楼梦》的角度，增加些见闻，聊备参考，那不也挺好吗？

其实，我也非常重视《红楼梦》里面的主要人物和主要情节，贾宝玉和林黛玉，他们的爱情，能不重视吗？我从秦可卿入手，并不是光研究这一个人物，我不是搞人物论，不是搞秦可卿的人物专论。我从探究秦可卿的生活原型入手，目的是为了找到一扇窗、一扇门，从那个窗口望进去，从那道门槛跨过去，可以把《红楼梦》的时代背景，把曹雪芹的创作处境和创作心理，更好地把握住。把握住以后，融会贯通，我也就会把比如说您所关心的宝、黛、钗的感情纠葛，金陵十二钗正册中其他各钗，副册、又副册中的那些女性，以及贾府最后的陨灭等方面，把我对这些的连续性的探究心得，一一表述出来。但是我必须一环一环地进行。现在我还在探究秦可卿的生活原型，而这方面的探究，就必须要涉及您所说的，书中的若干过场戏。

我的观点是，我们读《红楼梦》，不能够错过它的一些过场戏，《红楼梦》每一回都有主要的情节，那情节基本上在回目上就都点出来了。但在主要情节的发展当中，会有一些过场戏，这些过场戏，早已有红学专家指出，都不是废笔赘文，都是经过精心设计的，都是有着重大意义的。

比如说第二十六回，这一回回目是“蜂腰桥设言传心事，潇湘馆春困发幽情”，很显然，重头戏是表现小红跟贾芸，以及林黛玉跟贾宝玉的爱情纠葛，当然还讲了一些别的事情。但是这里突然出现一个人物，就是冯紫英。大家记得这个人物吧，实际上在这回之前，他的名字已经多次出现了，有关秦可卿得病和丧事的情节里，就多次提到他。我们从脂砚斋批语里可以得知，前面提到过的一些人物名字，虽然只是那么一提，没戏，但在八十回以后，却是要正式出场的，不但有戏，有的可能还有重头戏呢！那么冯紫英这个角色也不仅是被提到，他是会正面出场的，在前八十回里他就正面出场了，第二十六回这个人物就出现了。当时他见到了贾宝玉、薛蟠，然后贾宝玉、薛蟠就问他，说你前一段哪儿去了，冯紫英就说，随着他的父亲打猎去了。这段文字是不是有的朋友还记得？这段文字值得推敲。他说他是三月二十八日去的，前儿回来的，他是在春天时候去的。打猎的事情，我在前面已经讲过了，康熙朝的时候，康熙特别强调要保持满族的骑射文化传统，强调每年都要进行大规模的围猎活动，这些活动主要是在秋天，前几讲我讲到了木兰秋狝，但是春天有时候也会去打猎。

这第二十六回就讲到，神武将军冯唐之子冯紫英来了，为什么提到打猎这个事呢？是薛蟠和贾宝玉发现他脸上有轻伤，脸上挂彩了，一开头他们以为他打架了，这些贵族公子经常挥拳打架，所以薛蟠就问他，这脸上又和谁挥拳，挂了幌子了？薛蟠自己就爱打架，他们都是一伙的，确实他们也经常打架，这个冯紫英就告诉他，说从那一遭把仇都尉的儿子打伤了，我就记得了再不怄气，如何又挥拳？可见他们有一个共同的对头仇都尉，仇都尉的儿子他们也认为不是什么好东西，他们打过架，但是自从那次以后，冯紫英说，他就不再那么随便打架了，不再荒唐了，他要做正经事了。那么做了什么正经事呢？冯紫英说三月二十八去的，前两天回来的，干吗去了，跟他父亲打围去了，就是打猎去了。地点呢？他也说出来了，是在什么地方呢？这个地点如果你囫囵吞枣那么读下去的话，你也就把它放过了，如果你细心的话，一看眼睛就会一亮，他说是在潢海铁网山上。

潢海铁网山，这个地名在第十三回出现过，你想是不是啊？第十三回秦可卿死了，死了就要找木头做棺材，好埋葬，这个棺材当时要好木头，薛蟠就说，他家里存有一副木头，是樯木，这个樯木就是潢海铁网山出产的。第十三回出现了铁网山的地名，第二十六回又出现，这绝不是偶然的。这在曹雪芹的笔下，是很重要的信息；这对冯紫英来说，那是非常重要的地点。他说是在铁网山上叫兔鹘子捎一翅膀，兔鹘子就是一种鹰，逮兔子的那种鹰，过去有一种鹰叫海东青，专门扑兔子，特别勇猛，又可以叫兔鹘子。冯紫英就跟他们解释，说脸上轻伤哪儿来的呢？不是挥拳打架来的，是跟我父亲到铁网山打围去了，在那儿为了抓兔子放鹰，那个鹰翅膀那么一扇乎，把我打了一下，出现了轻伤，他这么解释。他为什么要这么解释呢？想必有很多的原因，曹雪芹笔下也写了，贾宝玉跟薛蟠都急着问他，你为什么要去呢？冯紫英在这儿，没有直截了当地把前因后果说出来，但是冯紫英说了一句让人听了心里发痒的话，冯紫英说这次大不幸之中又大幸。这话多有意思啊！大不幸这是一个大前提，他怎么会大不幸呢？光是让兔鹘子捎了一翅膀，只能说是个小不幸；可是大不幸当中又大幸，怎么会又大幸呢？兔鹘子没把他捎得更惨，算是幸运吧，也够不上是什么大不幸中的大幸啊！这话好怪，说得薛蟠和贾宝玉心里痒痒，急着问他怎么回事，他还不说，他都不坐，只说今儿有一件大大要紧的事，回去还要见家父面回。他还说到，他去那个潢海铁网山，是因为他父亲冯唐要求他跟着去，否则他不会寻那个烦恼去；他父亲把他抓得很紧，不嫌烦，春天里就往那么个地方跑，把他弄得也很忙，这不，又等着他回去。这个冯紫英真是忙得很，他都顾不得坐，站着饮了两大海酒，就匆匆离去了。他那么忙，他父亲跟他，显然还有些其他的人，究竟在忙活些什么呢？

这个冯紫英是一个很神秘的人物，而且贾宝玉在对话当中还掐算了一下，说你是三月二十八日去的，哦，怪道前初三四儿我在沈世兄家赴席不见你。沈世兄看来也是和他们来来往往的一伙人里的，贾宝玉到沈世兄家赴席，那个应该是四月初三初四，那么一算，冯紫英去了多久？他说三月二十八日去的，那么在四月初三初四的时候，还见不到他的影儿，起码得有多少天你算算，起码得有一周以上是不是？就算他初五回来了，说明他也得去了一周，其实很可能不止一周。那么铁网山究竟是在一个什么样的位置呢？可以估算出来，应该就在木兰围场的范畴之中。在当时那个交通条件下，打猎时骑着马，去了以后，兜一圈很快再回来，差不多就是这么个时间段。他干吗去了？这是第二十六回里写的，是个过场戏，但我主张不要放过，要琢磨。那么我说这个干什么呢？就是想告诉大家，在《红楼梦》的文本里面，除了一般读者所感兴趣的爱情描写，以及人与人之间的微妙的心理冲突描写以外，也时时地把他们曹家所经历的重大的政治斗争、权力斗争的事件，投射到他的作品文字当中。那么这段文字其实就是起这个作用，冯紫英干什么去了？他怎么会大不幸当中又大幸？隔了一回以后，我们在第二十八回又发现一个情节，这个情节也很重要，冯紫英跟贾宝玉他们，坐在一块儿饮酒作乐。

在第二十七回里面，我们看到一些美丽的场面，贾宝玉和大观园里的一些女儿们在大观园里面举行一个活动。就是那一年的四月二十六日交芒种节，据书中说，当时闺中有一个风俗，她们把这一天当作饯花节，跟花神告别，就是百花开到这个时候，都要纷纷退场了，“开到荼蘼花事了”，最后一种花就是荼蘼花，荼蘼花都谢掉以后，所有春天的花事就都完结了。在芒种这一天，她们要跟所有的花，跟花神饯行，这一天大观园儿女们就举行了这样的活动。

实际上这一天就应该是贾宝玉的生日。《红楼梦》里面，很多人的生日都是挑明了说，贾母是几月初几，薛宝钗是几月初几，王熙凤又是什么时候过生日，都有一些很明确的交代，但是贾宝玉哪天过生日，在《红楼梦》的前八十回的文本里面，没有一个明确的交代。可是他又大写“寿怡红群芳开夜宴”，这是为什么？这个我们放在以后专门谈贾宝玉时再去揭秘，现在我先点到为止。我先告诉你第二十八回冯紫英请贾宝玉去赴宴，其实就是给他祝寿，为什么这么说呢？因为那一天跟着贾宝玉去冯紫英家的是谁呢？是四个小厮。贾宝玉小厮很多了，在《红楼梦》里面可以看到很多小厮的名字，其中最主要的是叫焙茗的，然后有锄药、扫红、墨雨等，当然还有其他的一些小厮。这些小厮出现往往不止一次，偏偏在第二十八回，写他去赴宴的时候，多了两个小厮，这两个小厮在这之前和之后都永远不再出现；他们一个叫作双瑞，一个叫双寿，这就暗示是请他去赴寿宴去了，瑞寿嘛。所以像这样一些很精心的文笔，作者既然如此精心地写下来了，我们读的时候也无妨非常细心地去读，体会出其中无穷的奥妙。

冯紫英请贾宝玉和薛蟠去了以后，他们发现席上出现了两个新人物，一个是蒋玉菡，一个是云儿——一个妓女，几个人聚在一起饮酒。在这个故事情节当中，作者也照应了一下第二十六回，那一回不是冯紫英说这次大不幸中又大幸吗。当时他不告诉薛蟠和贾宝玉，他说改日再说，现在已经改了日子了，也把这两位请到了，这两位就请他说，结果他又说并没有什么事。他说当时为了把你们请过来，我那是一个设词，就是我故意用一个话头把你们吸引来。作者在第二十六回把这个事情很郑重地提出来，到第二十八回又轻轻抹去，可见作者在写这个情节的过程当中，内心不断地掂掇，我应该怎么写。他没有明白写出，但是又使我们隐隐感觉到话里有话，文章里有文章。这个我在下面还会回过头来跟你解释，为什么是这样的。

且说在这一回里面有一个非常重要的情节，就是贾宝玉和蒋玉菡两个人见面了，认识了，结交了，互换信物了。贾宝玉把自己随身带的扇子上的一个扇坠儿送给了蒋玉菡，蒋玉菡就把他自己腰上围的一条汗巾子，就是系内裤的腰带解下来，送给了贾宝玉。而且他还交代得很清楚，这条腰带是谁送给他的呢？是北静王送给他的，北静王把这条大血红的，非常珍贵的，从外国进贡来的腰带，给了蒋玉菡。那个外国，曹雪芹设计得很奇怪，叫茜香国，而且国王是女的；这个女国王给书里的中国皇帝进贡，贡品很离奇，是腰带，而且是系小衣的，小衣就是内衣，实际上就是内裤，是那样的腰带。皇帝把那腰带给了北静王，北静王又赏给了蒋玉菡。蒋玉菡是个伶人，艺名叫琪官；过去这种唱戏的一般都是俗称什么什么官，《红楼梦》里面就有红楼十二官，龄官、芳官等，记得吧？贾宝玉就和琪官互赠结交的礼品，这些情节都很重要。怎么个重要呢？有人会说，这有什么重要？这个在《红楼梦》里面是很次要的情节啊。哎呀，非常重要，它实际上是把当时雍正、乾隆时期权力斗争的一些情况，折射到了小说文本当中。所以说它实际上非常重要。

因为如果你仔细通读《红楼梦》就会发现，实际上《红楼梦》里面隐约出现了两大政治集团，这两大政治集团是互相对立、互相冲突的，其冲突最后就蔓延到了贾府，激化了贾政和宝玉的矛盾，最后导致宝玉被他父亲暴打。宝玉挨打，其导火线当然有两条，一条是金钏儿的事情，这事又是由贾环添油加醋告到贾政面前的。金钏儿的事情，今天我们暂且把它放在一边，实际上贾政之所以最后把宝玉往死里打，并不是由于这件事，这是一件附加的事，那主要的是一件什么事呢？是贾政在那儿正待着呢，忽然外头仆人跟他说，说忠顺王府派人来要见他。忠顺王府？贾政就想了，忠顺王府和自己一向没有来往，没有关系，怎么忽然忠顺王府派人来，而且派的不是一般的人，叫长史官——那个时代一个王府就是一个小朝廷，它有它的机构班子，里面的总的负责王府事务的官员叫长史官，那就是一个很大的角色了，这样的人物一般是不轻易出动的，可是这天忠顺王府就派这个长史官来了，就要见贾政。

贾政就觉得很奇怪，赶紧把人往里迎，忠顺王府，一听爵位的名号就是很尊贵的，是很重要的一个皇亲国戚，是很重要的统治集团的人物。贾政就把这个长史官迎进来了，问他什么事。这个长史官说这次来不为别的事，就是问贾府要琪官，要蒋玉菡，要这个人。而且长史官的话很刻薄，意思就是说，要是别的东西的话，你们贾府都拿走了也没关系，问题是这个人是我们忠顺王最喜欢的，坚决不能放弃的，而这个琪官，满城里的人都说，跟你们家公子交好。这个时候，贾政就一头雾水，这是怎么回事？他完全不知道这件事情，就让底下仆人赶紧把贾宝玉叫来。贾宝玉来了以后还想撒谎，说不知琪官为何物，没听说过这个名字，结果长史官就冷笑，说你不要再撒谎了，你让我说出来对你也没有好处，琪官的那个红汗巾子，不就后来到了你的腰上了吗？大意就是这样的话。贾宝玉一听，好家伙，这么机密的事情他都知道了，贾宝玉傻眼了。曹雪芹是这么写的，他写道，贾宝玉心想这话他如何得知的呢？他既连这样机密事都知道，大概别的也瞒他不过，不如打发他去了，免得再说出别的事来。贾宝玉就很紧张，在这个情况下他只好认了，不但认了这个事，而且贾宝玉等于还泄露了机密，他说，既然连这样的事你都知道，那你怎么不知道蒋玉菡已经在东郊二十里外，一个叫紫檀堡的地方置了地、买了房，在那儿住下来了呢？就把蒋玉菡的去向告诉长史官了。长史官冷笑说，好，先去找一找，要找不着的话，再到你们这儿来找。这才是贾政发怒，“不肖种种大承笞挞”，贾宝玉被他父亲往死里打的根本原因。金钏儿投井是一个辅助的，一个火上浇油的原因，这把火是从琪官这儿轰地一下子燃起来的。这些地方你要很仔细地读，你要想想这是为什么？

大家想想，忠顺王他在跟谁过不去啊？蒋玉菡被谁勾引走了啊？真正窝藏琪官这个戏子的是贾宝玉吗？并不是，是北静王。就是王府一级之间冲突，最后七冲八撞地折射到了贾府，是不是啊？双方在争夺一个戏子。据很多红学家分析，蒋玉菡读成蒋玉函并不错，因为实际上它的谐音就是一个玉匣子，或者说装玉的匣子，函就是匣子的意思。双方在争夺一个匣子，这是怎么回事？琪官，写出来是琪，这个字是一个“玉”字边一个“尤其”的“其”，当然它的谐音也可以是“棋”，下围棋、下象棋的“棋”，这谐音就意味着，好像在一个棋局当中，双方争夺一个非常重要的东西。那么这个玉函后来藏在哪儿了呢？紫檀堡，一个紫檀做的更大的箱子里面，这是个什么东西呢？在红学的发展史上曾经有一派叫作索隐派，索隐派现在是没落了，被很多人所否定，但是我个人认为，索隐派在红学的发展史上，留下了很重要的痕迹。像我在第一讲里面提到的蔡元培蔡先贤，就是一个索隐派的大师。他们认为《红楼梦》的主题、宗旨，就是悼明之亡、揭清之失，为明朝灭亡抱不平，是对清朝统治汉族表示愤慨的一部书，认为它里面有很多的文字都隐含这样一个意思。他们经常从字音字义上做一些很细微的分析，认为这样就把它隐蔽的内容检索出来了，所以叫索隐派。索隐派对于蒋玉菡这个人物，对他的名字谐音“玉函”所包含的寓意的揭示，还是发人深省的。他们这样的一个思路，我觉得还是可以参考的，就是说忠顺王府和北静王府所争夺的，一方要保、一方要夺的，就是一个最高的政治权力，就是在一个棋局当中最重要的那个东西，其实就是一个玉玺，就是过去皇帝的印章。明白这个意思了吧，皇帝的章是玉做的，搁在一个紫檀木的匣子里面，藏在那里面。

这个仅供大家参考，就是过去的红学研究者曾经有这样的思路。我个人是做原型研究的，我的整个研究都是在探究《红楼梦》当中的艺术形象的生活原型，这是我跟他们不同的地方。但是人家从索隐的角度揭示出来的一些《红楼梦》里面所使用的命名的方法，谐音的含义，我也吸取他们的这些营养，我觉得他们的研究成果足资参考。

我倒不一定认为蒋玉菡就代表的是那么一个东西，就象征一个皇帝的玉玺，但是忠顺王和北静王，双方最后在一个戏子的问题上发生了激烈的冲突，一方是坚决不放弃，一方是坚决要把他藏起来，而且当中就牵扯到贾宝玉，这实在值得玩味。

现在回过头来想，那个冯紫英是什么人呢？他为什么要把蒋玉菡介绍给贾宝玉呢？对不对啊？贾宝玉本来就跟北静王认识，有联系。大家有印象吧，秦可卿死了以后，专门有半回书就叫“贾宝玉路谒北静王”，而且北静王还邀请他到府邸里面去做客。宝玉那以后应该也去过北静王府，但是贾宝玉正式认识北静王所喜爱的戏子琪官，却是在冯紫英家里。冯紫英当时请他去，说所谓大不幸中又大幸，虽然这“大不幸”与“大幸”都没有说出口，而且后来说只是随便一句玩笑话，要不你们哥俩就不会来，但这些实际上都有含义。就是说在《红楼梦》里面，实际上我们可以影影绰绰看见两个互相对立的政治集团，而这两个集团的利益冲突都牵扯到最高的统治权。

那么我们可以清理一下——如果你把《红楼梦》仔细地清理一下就会发现，其中一派是北静王这派。北静王这派实际上又可以说不仅仅是北静王，他其实还并不是这一派的最高代表人物，这一派真正的最高代表人物，在《红楼梦》的文本里面实际上是点出来了的，叫作义忠亲王老千岁。在什么时候点出来的啊？就是秦可卿死了以后，为她找做棺材的木头的时候，薛蟠说我们家存的木头，这个木头是出在潢海铁网山的，叫樯木，当年被人订过，谁呢？就是义忠亲王老千岁。那么这个木头订了以后，怎么就没拿走呢？因为义忠亲王老千岁坏了事，就不曾拿走。什么叫“坏了事”？这可是一句非常重要的话语。如果《红楼梦》是完全虚构的小说，完全没有生活原型，那么他点出来这个木头曾经有人订过，他可以说后来这个人不得好死，所以没拿走，是不是啊？也可以说他破产了，他没钱了，所以没拿走。他不这么说，他用了一个虚构者万万想不出来，很难想出来的词叫作“坏了事”。在上几讲我给大家讲过，在康熙朝有没有千岁啊？在康熙朝，正式册立过太子，告示天下，我康熙百年之后，这皇位就由我的儿子，我的嫡子，我的皇后生的孩子胤礽来继承，他刚一岁半，我就册立他为太子。清朝跟明朝很不一样，清朝对皇子不是均等分封，胤礽被册立为太子的时候，其他皇子都没有分封，后来分封，也没有任何一个人可以与太子平肩。尽管在清朝正式的政治语汇里，并没有千岁这个称谓，但曹雪芹行文里特意用了“千岁”字样，就是暗示万岁之下的太子。

义忠亲王老千岁，后来这个太子是被封为亲王的，甚至太子已经被圈禁起来以后，康熙仍然厚待太子和他的太孙。他一个是说太子的衣食供给一定不能降低标准，要保证他的丰衣足食，过得舒服；另一个对太子的长子，就是弘皙，他也特别强调，那是要封为亲王的，所以义忠亲王这个字眼儿里面不但包含着太子，实际上也包含着弘皙。他是这样的现实生活当中的原型人物，在小说里面的一种折射。当然主要还是指胤礽，主要指这个太子，这个太子在上几讲里面讲过了，很悲惨，两立两废，他的一生是很坎坷很波折的。他都到了快四十岁了，还没有当上皇帝，他的父亲仍然非常健康，本来父亲的健康应该是他的快乐，可是这个人后来等不及了，父亲的健康成为他的痛苦。又据朝鲜的《李朝实录》，当时朝鲜的使臣，曾经去谒见过太子，那时候太子一废以后还没有二废，他就非常放肆地对外国的使臣发牢骚，说你们看看全世界的太子，有没有我这么大岁数还没当皇帝的？这当然不像话，不可以说这样的话，但是这也是他真实的心声。“老千岁”，这三个字眼儿生动不生动啊？十几岁的话不能说老千岁，是不是啊？会有人说，四十岁不算太老，那是今天的观点。在曹雪芹的时代，曹雪芹自己在第一回里面就说了，半生潦倒，就是作者用自己的口气说半生潦倒，什么叫作半生，在那个时候，三十岁就是人的寿数的一半，人到了三十岁就度过了人生的一半了，六十岁就说明你寿数全了，七十岁就人生七十古来稀了。所以快到四十岁，当时已是年纪很大的一个千岁爷了。结果后来果然就坏了事，第二次被废掉，而且彻底地被废掉，他后来的岁月是在圈禁当中度过的。住在一个可能是待遇还比较好，条件还比较舒适的高级监狱里面，但是没有自由，度过他的残生。而且他还眼睁睁地看着他的弟弟四阿哥坐上了本来应该由他来坐的宝座，他就在雍正二年忧郁而死。

这就说明，康、雍、乾三朝的权力斗争的源头，还是跟这个太子的命运起伏有关。所以在《红楼梦》中出现了这样一个符码，叫义忠亲王老千岁，他坏了事，他被废了，而且被废了以后没有马上死，当然这个樯木就运不走，他再要订棺材就不敢用樯木了。从书里描写来看，樯木不仅是非常优质的一种木材，而且正像书里面贾政劝贾珍的那句话一样，非常人可享，不是一般人能够去用的。樯木说明长得直，什么叫樯，就是船上的桅杆木。桅杆木，作者用这个字眼儿也是有含义的。这样，实际上在《红楼梦》里面，我们就找到了一派政治力量的源头，就是义忠亲王老千岁，北静王是向着他的。

我分析《红楼梦》里互相对立的两个政治集团，最终的目的，还是要弄清秦可卿的生活原型。书里的秦可卿，她如果出身高于贾府，那么，她或者属于忠顺王那个政治集团，是皇家在那一个支脉中的一个女性；或者属于北静王，也就是义忠亲王老千岁这一个支脉，是这方面的一个隐秘的成员。

北静王这个角色太有意思了，太值得探索了，因为北静王在秦可卿的丧事后面就正式出场，而且我们发现，曹雪芹把他描写得好像是天上的神仙一样的人物，是不是啊？那个形象光彩四射，把贾宝玉都赛过去了。而且我们过去受那种论调的影响，总觉得贾宝玉是个反封建的人物，他最恨国贼禄蠹，最不愿意和达官贵人交往，但是他见北静王什么表现啊？这里我不细说，你闭着眼睛回忆，只回忆五秒钟就够了。受宠若惊，是不是啊？而且是真实的，不是装出来的，这是为什么？小说中的人物是被作家的笔所驱遣的，作家为什么要这样写，这里面有无数的奥秘。那么，北静王有没有原型呢？把这个原型搞清楚，是不是紧接着就可以揭示出秦可卿的原型了？下一讲我将就此展开探索。

第九章 北静王之谜

《红楼梦》是一部带有自传性、自叙性的小说。它里面的众多人物大都是有生活原型的。注意，我说的是里面众多的人物，不是说所有的人物，其中有的角色，比如一僧一道，就是那个癞头和尚与跛足道人，是不是也有生活原型呢？我觉得那就不一定有，很可能是完全虚构出来的。说小说里的人物有生活原型，当然也不是把生活里的人物跟小说里的人物简单地画个等号，谁就一定是谁。前面已经讲过，比如贾赦和贾政，他们的生活原型是一对亲兄弟，小说里也说他们是亲兄弟，但是生活当中这对亲兄弟里只有一个过继给了贾母的原型李氏，另一位并没有过继给她，小说里写的时候，就变通了一下，把他们俩都说成是贾母的儿子。虽然这么说，但在具体描写上，却又按照生活的真实面貌，写一个跟贾母住在荣国府里，住在府里中轴线上的正房里，另一个呢，并不住在荣国府里，他住在一个跟荣国府不连通的、黑油大门的院子里。林黛玉初到荣国府，拜见了贾母以后，要去给贾赦请安，邢夫人带她去，是要先出荣国府，坐车到那黑油大门外头，再进去，到贾赦、邢夫人他们家。这个例子就说明，从生活原型到小说人物，从生活真实到小说世界，曹雪芹采取了多种多样的、灵活变通的手法。

上一讲最后，我告诉大家，《红楼梦》里北静王这个角色很重要，值得特别注意。那么，北静王这个角色有没有生活原型呢？

北静王是有原型的。首先从北静王的名字我们就可以看出来，北静王叫什么名字呢？他叫水溶，那么在清朝的皇家里面有没有一个人叫水溶呢？没有，但是有一个人叫永瑢。永是“永远”的“永”，永字去掉一点，上面一点去掉是什么啊？就是“水”。第二个字是“玉”字边加一个“容易”的“容”，玉字边的“瑢”把偏旁当中的一竖去掉，变成三点水，是不是就是“溶解”的“溶”啊？对不对啊？那么《红楼梦》写北静王的名字叫水溶，显然就是把“永瑢”两个字各去掉一笔构成小说当中这样一个角色的名字，明摆着，水溶是从永瑢这个名字演化来的。

那么永瑢是谁呢？永瑢是乾隆的一个儿子，乾隆的儿子都是永字辈。那是不是可以得出一个结论，说《红楼梦》里面的北静王水溶就是写的乾隆的一个儿子呢？细考究，又不是这样的，他借用了永瑢这个名字，各去一点，构成小说当中水溶这个名字，但实际上，这个角色的生活原型并不能说就是永瑢。

北静王这个角色，是将生活中的两个人物组合变化而成的。第一个人物，可以说就是永瑢，因为取用他的名字，把他的名字加以变化作为小说角色的名字。第二个是谁呢？是康熙的皇子之一。

康熙有很多个儿子，上几讲我们介绍过了，康熙的生育能力非常之强。他的第二十一个儿子，二十一阿哥叫作允禧——康熙的儿子过去在雍正没有上台的时候名字的第一个字都是胤，第二个字都有一个示字边，字意都是吉祥幸福的意思；雍正上台以后呢，就保留他自己的胤字，把其他兄弟名字里的胤字改成“允许”的“允”了，取一个声音相近的字。二十一阿哥叫允禧，允禧这个人的辈分很高，他是康熙的儿子，跟雍正是一辈的，是乾隆的叔叔。上一讲里面我已经说过，从生活的真实到艺术的真实，基本上是这样的匹配关系：在生活中，康熙跟曹寅同辈，小说里面，是贾代善贾母他们这一辈；再往下，跟雍正一辈的就是曹寅的儿子曹颙、曹頫，折射到小说里就是贾敬、贾赦、贾政；再往下就是乾隆，他在生活当中的同辈是曹雪芹，反映到小说里面，升华成为艺术形象就是贾宝玉，是这样的辈分关系。那么我们再捋一捋，允禧，他是废太子胤礽的小弟弟，也是雍正的小弟弟，是二十一阿哥，他辈分高，但是他生得晚，因此他的年龄，实际上应该和曹雪芹差不多，比曹雪芹略大，是这么一个皇子。

这个人很有意思，考察他的一生，这个人不问政治，表面上不问政治，喜欢文艺。他自号紫琼道人，又有一个号叫春浮居士。他留有著作，现在如果你去找这个书还可能找到，一本叫作《花间堂诗草》，他写诗，还有一本叫《紫琼严诗草》。我说到这儿也可能有人确实有点不耐烦，说你是不是说得太远了，还是说点和《红楼梦》有直接关系的好不好？好！允禧，我只举一个例子，你就知道他和《红楼梦》绝对有关系。这个人除了留下诗集以外，他还留下一个匾，这个匾现在还挂在咱们北京城，你可以去看，在哪儿呢？在什刹海后海，原来叫作中国音乐学院，还有一些其他机构在里面，后来腾清，修复。这里在清末的时候是恭王府，恭王府及其后面的花园现在成为一个公开让大家参观的名胜了，在恭王府的庭院里面，就一直挂着一块匾，甚至在“文化大革命”当中也没有被摧毁，匾上写了四个字，叫作“天香庭院”。这跟《红楼梦》有没有关系啊？有没有一点关系？“天香”两个字我们多熟悉啊，“秦可卿淫丧天香楼”，是不是啊？那么现在你还可以看到这个匾，就叫“天香庭院”，虽然他没写天香楼，但是“天香庭院”也足够我们玩味了，是不是啊？这个匾当然很奇怪，这个匾上没有允禧的签名，但是有他的一枚印章，这个印章和签名具有同样的效力，证明就是他书写的。说这个什么意思，意思就是曹家在雍正朝遭罪以后，在他们的旧关系里面还有一些康熙朝的皇子，对他们家比较好，暗中保护，明里头可能也接纳，允禧就是其中之一。他表面上不问政治，也确实没有夺取皇位的野心，没有权力的欲望，但是这个人在几派的政治博弈当中，采取了一种中立的立场，而这个中立又不是真正的中立，用今天的话说，他具有某种人道主义的情怀，他总是同情被摧毁的一方，被打击的一方，他总对那一方给予一些援助，给予一些温暖，是这么一个人。

这个人物年龄比曹雪芹略大，他的形象、气质应该就和《红楼梦》第十四回、第十五回所写到的北静王是一样的。生活当中这个原型，允禧，他和曹家关系是非常密切的，曹雪芹写《红楼梦》，像天香楼这样一个小说里面的具体的建筑的命名，和这个生活当中的人物，都是有关系的。

说到这儿，我必须把那个撂下的话茬儿再拾起来，因为有的听众朋友可能已经按捺不住了，说你刚才不是说了，还有一个永瑢，你现在又说允禧，允禧是和雍正一辈的人，年龄小，辈分大，而你说的永瑢，他是乾隆的儿子，他不是孙子辈吗？从允禧往下算不是孙子辈了吗？这两个人物之间有什么关系啊？

永瑢是允禧的孙子辈，你折算得非常准确，但他们俩确实有关系，非同寻常的关系。什么关系？当这个允禧死了以后，他们家就绝后了。而当时乾隆上台以后，为了维护皇族的团结，实行了一个政策，“亲亲睦族”，皇族之间在他父亲那一代，甚至他祖父那一代，结下的仇怨太深了，所以他一上台就觉得大家都是亲骨肉，要去亲近自己的亲骨肉，要以亲爱的一种态度和原则来对待自己的亲骨肉，睦族，睦就是“和睦”的“睦”，就是一个宗族里面大家要和和睦睦地过日子。乾隆这样做是对的，那个时候你不抚平前两朝所留下的政治伤痕，怎么能够巩固自己的统治呢？你要巩固你的统治，首先就要把上层团结起来，所以当时乾隆心很细，他发现他的一个叔叔允禧死了以后，家里就没有后代了，于是他就把自己的一个儿子，就是这个永瑢，过继给允禧作为允禧的孙子。明白这个关系了吧，这两个人后来就形成了真正的直系嫡传的祖孙关系，所以这两个人实际上先后在同一个王府里面，承袭着同样的爵位。因此这两个人就都和曹家有关系，这个永瑢虽然比曹雪芹小，但乾隆把他过继给允禧显然也不是偶然的、随便的，很小这个孩子就到他这个叔爷家里面去玩儿过，应该也是一个喜欢吟诗作赋的人。后来永瑢印行过《九思堂诗抄》，把他过继给《花间堂诗草》的作者为孙子，的确再合适不过了。曹雪芹跟随曹頫去允禧府里做客，在永瑢过继到这个府里以前，他们应该就见过面，曹雪芹对此印象很鲜明，所以他后来写书，就把他们祖孙两个人合并成为一个艺术形象，就是北静王。

大家知道北静王这个角色出现以后，有一段话，就是北静王邀请贾宝玉到他的府邸里面做客，他说，“小王虽不才，却多蒙海上众名士凡至都者，未有不另垂青目，是以寒第高人颇聚，令郎常去谈会谈会，则学问可以日进矣。”他没有政治野心，没有夺取最高权力的欲望，但是呢，他在自己家里面搞了一个政治俱乐部，各地来的高人名师可以在他那里聚谈聚谈，这个在那个朝代从皇帝的角度是不允许的，是不能容忍的，不可以这样的。但是，北静王在书里面就公开了自己有这么一个特点，他经常召集各地来的高人到他的府邸里面高谈阔论，而且他还邀请贾宝玉去，而实际在当时的社会生活当中，允禧就是这样一个人物。他经常在他的府邸里面举行诗会，他后来为什么出诗集啊？一个人写诗很寂寞啊，咱们看《红楼梦》就知道了，是不是啊？大观园一共没几个人，探春还要发请柬，给每个人写一封信，把他们邀请来，组织一个诗社，那么生活当中的允禧有这个条件的话，当然要这样做，所以就邀请了很多人去他府里。估计在这个乾隆元年，曹家小康以后，曹頫，还有少年时代的曹雪芹，他们都去过，所以他们对允禧应该是很熟悉的，对他很仰慕的，并且和常到他的府邸来往的小孩永瑢也是很熟的。所以曹雪芹最后就把这个允禧的形象和永瑢的名字结合在一起，构成一个书中的艺术形象北静王。这个北静王显然在小说里面就属于我刚才说的义忠亲王老千岁这一派的庇护伞，他本人可能对夺取皇权没有什么兴致，但是他的情感是朝义忠亲王老千岁的余党这边倾斜的。

《红楼梦》里写贾宝玉路谒北静王，贾赦、贾政、贾珍他们表现得毕恭毕敬，这好理解，但是贾宝玉也表现得受宠若惊——贾宝玉按说是最厌恶国贼禄蠹，最害怕峨冠揖让的，对北静王，他却“每思相会”，听说北静王招呼他，“自是欢喜”，直至见到，举目一看，“面如美玉，目似明星，真好秀丽人物”——这是为什么？这就说明，在真实的生活里，对王爷大官，曹雪芹也是因人而异的，他不是一个搞政治的人，但他有他自己的政治倾向，再加上他的审美趣味，他是会对允禧、永瑢那样派别的皇族人物产生好感，甚至予以肯定、欣赏的。

就在写贾宝玉谒见北静王的那段文字中，在小说里面出现了黑话。曹雪芹很露骨地写出了那样的话，我下面就要给你指出来。贾宝玉路谒北静王的时候，有这样的句子，可谓骇人听闻，千万注意，不要错过。就是北静王当时夸宝玉，说“令郎真乃龙驹凤雏”，这话已经很出格，书里的贾宝玉不过是一个员外郎的儿子，怎么能赞为“龙驹”，“龙”字好这么用吗？北静王又对贾政说，“非小王在世翁前唐突，将来‘雏凤清于老凤声’，未可量也”。这倒不那么扎耳，因为读者心里都有杆秤，宝玉肯定是水平超过贾政，相对于贾政那么个封建老古板，宝玉根本就是另一种人，但是请注意下面曹雪芹是怎么写的，他就写这个贾政忙赔笑，赔笑里面就有一句话，叫作“赖藩郡馀祯”，这可真是大胆文笔！

我先把这个句子里的后面四个字说一下。“藩郡”就是指被封了王位的，对有王位的一个人，恭敬的称呼。“馀祯”这个“祯”字，是康熙一位皇子名字里的字，哪位皇子的名字里面有这个字呢？是康熙的十四阿哥，当年康熙给他取名字就叫胤祯。这十四阿哥跟四阿哥，他们俩同母，四阿哥，康熙给取的名字是胤禛，四阿哥那个是一个示字边一个“真假”的“真”，十四阿哥的这个名字是一个示字边一个“贞洁”的“贞”，两个字（尤其是繁体）非常相近，上头只差半画，读音也一样。康熙之所以给他们两个起的名字表面上那么接近，也因为他们两个是同一个母亲生的，康熙生了很多的儿子，但是这两个儿子是同一个妈妈生的，所以康熙可能在取名的时候故意让这两个儿子的名字有点接近，可能是这样考虑的。雍正登上皇位后，不服的人就传布关于他的坏话。有一种说法在民间流传很广，说康熙把一个藏有传位密诏的匣子放在了乾清宫“正大光明”匾额后面，雍正趁康熙不省人事，让人把那匣子取下来，打开一看，上面写着将皇位传给胤祯，于是就把祯字描改为了禛字；又有一种版本是说遗诏上写的是“传位十四阿哥”，他把“十”改成了“于”，变成了“传位于四阿哥”。这些说法，说明人们普遍怀疑雍正登上帝位的合法性，但这些传说被清史专家所否定。首先，康熙朝并没有将传位遗诏放到乾清宫“正大光明”匾额后面的做法，那种做法，恰恰是雍正发明的；而且传位诏书不会是那么简单的一种写法，清朝的诏书，尤其是这样重要的文件，都是先用满文书写，然后再译成汉文的，在满文里，四阿哥的名字和十四阿哥的名字，写出来差别比较大，很难描改。

但是，有的清史专家指出，康熙在晚年确实看重十四阿哥胤祯，有把皇位传给他的打算，后来这个念头表露得也很分明，因此雍正的登基，其实是一场宫廷政变。现在我们所能看到的传位遗诏，规格上倒是符合，有满文也有汉文，但疑点很多，很可能是事后伪造的。但不管你怎么在事后去分析，雍正他就是当成了皇帝。雍正当了皇帝以后，就让他的兄弟们把名字里的那个“胤”字都改成“允”，胤字只留给他自己专享。十四阿哥呢，成为雍正的一大心病，眼中钉、肉中刺，当然他对胤祯下的手，不像对八阿哥、九阿哥那么毒，那两个后来一个被叫作阿其那，一个被叫作塞思黑，彻底削爵，而且彻底地被轰出宗族，根本不算皇族的人了，甚至人都不是了，贱民都不是了，最后雍正更是干脆想办法把他们两个毒死了。这个十四阿哥毕竟还是他同母的兄弟，他先是让其去给康熙守陵，后来就拘禁起来，不过没有把他害死，但是告示天下，一个就是让他改“胤”为“允”——前面说了，所有的兄弟第一个字都不能叫作“胤”，都要改称“允”，第二就是这个人的名字，胤祯，光第一个字改成允也不行，第二个字还得改，就不许叫胤祯，就不允许“祯”字出现，谁要公开写出这个“祯”字，他就要生气，搞不好被他发现就要杀头。他把他这个同母弟弟的名字彻底改了，改成一个很怪的字，一个示字边，一个“是不是”的“是”，一个“一页两页”的“页”，这个“是”里面的一捺拖得比较长，把“页”搁进去，这个字就是“禵”，读音为提，最后他就把胤祯的名字改成了允禵。所以在雍正朝的时候，人们写文章都要避免“祯”字，到乾隆朝的时候，因为乾隆是雍正的儿子，是雍正指定的皇位继承人，虽然乾隆实行了怀柔政策，比如将允禵释放了出来，还封了爵位，但是乾隆仍然严格地执行他父皇的文字避忌。因此按说一个人在乾隆朝写书，他也是万万不能够在自己的笔下出现一个“祯”字的，而曹雪芹在写北静王的时候，就故意要把这个字放上去，各个古本在这点上没有差别，都叫作“藩郡馀祯”。

“藩郡馀祯”，这话表面上是什么意思呢？就是我们家贾宝玉确实有点如宝似玉，长得不错，是靠谁的福气呢？靠您，王爷您福气很大，您福气大得不得了，您还有富余，您剩下一点福气到了我们家，这点余福就让我们家的孩子出落得这么好，是这么个意思。表面是在向北静王谦虚，在那儿道谢，实际上在这儿说句不客气的话，就是露出毒牙，你雍正皇帝不是不喜欢“祯”字吗？现在我写书就偏要把这个“祯”字白纸黑字给你写出来，在这儿呢！所以如果你认为曹雪芹写作完全没有政治性的心理呢，那是说不通的，他确实不是想写一部政治小说，但是他们家的遭遇和三朝的政治斗争牵连得太紧密了，他们家不但跟废太子关系密切，和十四阿哥的关系也极为密切，好得不得了；所以雍正当了皇帝以后，他们心里头是不服气的，这种不服气通过上一辈，通过曹頫就会感染到曹雪芹，曹雪芹在写作的时候，时不时就会露出一种他内心的怨恨，那么“赖藩郡馀祯”，这个字眼儿本身就是很惊人。

说到这儿，我想有的朋友可能还是觉得，我光是举一个例子不服人，那就再举一个，其实我还有好多例子呢。还记得北静王见了贾宝玉的时候，送了贾宝玉一个什么东西吗？鹡鸰香念珠，对不对啊？有人查过什么叫鹡鸰香念珠吗？你去问古董商去，有没有这种鹡鸰香念珠啊，没有。这是曹雪芹杜撰的一个名目，鹡鸰是一种鸟的名字，而且在古代的汉语里面，它有兄弟的含义，明白吗？鹡鸰香念珠，这含有讽刺意味，这个水溶就说，这个香念珠是谁给他的？

当今皇上给他的。大家知道，在元春省亲之后，才是乾隆元年的故事，这个以后我还会再给你提供论据。从《红楼梦》第一回到第十五回，模模糊糊的应该是雍正朝的故事，对这一个阶段的故事曹雪芹在时序上时有混乱，而且有意无意地让它模糊不清，但是大体上可以推测出来，这一部分是写雍正朝的故事，或者说是写雍正刚刚暴死，乾隆刚刚即位，那个时间段上的故事，包括秦可卿死了，贾宝玉路谒北静王，应该都是这段时间里的事情。第十六回以后，应该才正儿八经是乾隆朝的故事。因此把这个鹡鸰香念珠送给北静王的皇帝，应该就是暗指雍正皇帝。曹雪芹敢不敢骂皇帝？他敢骂皇帝，他骂皇帝什么啊？想起一句话了吗？“臭男人”，他借谁的嘴骂的？他借林黛玉的嘴骂的。所以你不要以为《红楼梦》里面没有政治，他有黑话的，曹雪芹是写黑话的，他不得不写下一些这种黑话。而且他为什么把这个香念珠叫鹡鸰香念珠，他隐含着这样的讽刺：您还好意思把一串念珠叫作“鹡鸰”，您那个残杀兄弟的作为在历史上都是罕见的，不但残杀了八阿哥、九阿哥，三阿哥也被整得是一溜够，死于禁所；十四阿哥，他同父同母的兄弟，也被他折磨得够呛；在底下，他整治的人就更多了，包括把他扶上皇位的隆科多和年羹尧，他都毫不留情。你想想，这么一个人，假惺惺把一个鹡鸰香念珠，象征兄弟情谊的东西，给了北静王，北静王不要，给了贾宝玉，贾宝玉不懂事给了林黛玉，给林黛玉好，这个曹雪芹设计的情节非常巧妙，就由林黛玉来骂，什么臭男人拿过的，我不要他，所以掷而不取，“啪”就扔地上了。大大出了一口恶气。是不是啊？有红迷朋友跟我讨论，林黛玉骂臭男人，不是连北静王也一块儿骂了吗？而且，贾宝玉跟她只是说，那是北静王给的，林黛玉骂的臭男人就是北静王。说得也对，这一笔描写，把林黛玉那蔑视封建礼法价值观的叛逆性格，鲜明地刻画出来了。但曹雪芹也是在客观叙述，这叙述者前面是点明了鹡鸰香念珠的原始来历的，因此，曹雪芹这样写，就是骂皇帝是臭男人。

我觉得我的分析还是有道理的，这就说明在《红楼梦》里面是有政治的，而且是两军对垒的。一派就是以义忠亲王老千岁为旗帜，以北静王为掩护，以冯紫英等人打前阵的这样一股政治力量，而且这股政治力量的人物还很多，我以后还会说到，它都是有埋伏的，这是一派。这一派概括来说就是“义”字派，明白了吧，牵头的就是义忠亲王老千岁，突出一个“义”字。另外一派就是忠顺王府这一派，这一派写得比较模糊，仇都尉和他的儿子应该是这一派的，但杀出来短兵相接，就是长史官到贾政这儿要人，要蒋玉菡。这一派在命名上曹雪芹也很费苦心，是“顺”字派，明白了吗？两派的符码里，都有一个忠字，两派对书里的太上皇，也就是现实生活里存在过的康熙皇帝，都没意见，都忠，他们在这一点上，有重叠，但对所谓“当今”，态度就不同了。一派对当前坐皇位的人是顺从的，比较满意，忠顺王府一派对当今皇帝比较满意，所以曹雪芹给他取名叫忠顺王，“顺”字派；另一派是“义”字派，义忠亲王老千岁。

“顺”，代表着对皇权的顺从和拥护。“义”，这个“义”字，可不能随便出现的，大家想想在《水浒传》里面，一些造反的人，他们的厅堂挂一个什么匾啊？聚义厅！所谓“义”，就是面对着不义，愤而起来要主持正义，实际上在《红楼梦》里面，有很多笔墨写到那些日常生活的流水账，你觉得无非是吃饭啊，作诗、看花，但那些文字背后隐藏着重大的时代背景、历史背景。他的故事的总背景是有政治的。

在《红楼梦》里面，我们是可以找到两派政治力量互相激荡的痕迹的。贾府跟“义”字派是一头的，跟北静王的关系尤其密切。北静王府和贾府的关系密切到什么程度呢？在小说后面有很多透露，有些透露也还值得拿出来一说。你比如说在第五十五回好像很随便地写到了一句，宫中有一位太妃欠安，太妃就是当今皇帝的母亲那一辈的一个妃子，可是到了第五十八回，有人说是不是写错了，第五十八回说上回所表的那位老太妃已薨——前面不是说一个太妃病了吗？死的就应该是太妃，怎么又成了老太妃呢？其实这说的是一个人，看你以谁为坐标系：康熙的一个妃子，在雍正那一朝，她是什么啊？她是太妃；到了乾隆那一朝，她还没死，她是什么啊？老太妃。有人说，哎哟，能活那么久吗？哎呀，你查一查资料不得了，康熙有一位妃子活了九十七岁，的确有活得久的。那么《红楼梦》里面所写到的雍正朝的太妃、乾隆朝的老太妃，可以考证出来。因为在《红楼梦》小说的第五十五回、第五十八回已经写到乾隆二年的故事了，你查史料，乾隆二年确实有一位康熙的嫔（嫔比妃低一格）——姓陈，是汉族的血统——在那一年薨了，确实是大办丧事。这就说明《红楼梦》写所谓太妃老太妃薨的事，也是有生活原型的，只不过书里写她的时候，把她的封号提升了一下，从嫔升格为妃。

这个老太妃的生活原型就是陈氏，一个汉族女子。这个陈氏的父亲都可以查出名字，籍贯江南叫陈玉卿，有名有姓的。那么为什么曹雪芹要写这个陈氏呢？为什么要把现实生活当中的这样一个好像无足轻重的角色搁到小说里面来写呢？而且有一段文字就更古怪了，他写这个老太妃薨了以后，朝廷大办丧事，贾母虽然年纪大了，但她是诰命夫人，还有邢夫人、王夫人，这些人都要一起去参与这个丧事的，就要离开自己的府邸，到办丧事的地方，而且还要住下来的，结果她们怎么住呢？第五十八回有一段文字你也不要放过，说他们寻找下处，下处就是参与完祭奠活动以后去歇息的一个住处。他们所找到的下处，乃是一个大官的家庙，房舍极多极干净，有东院有西院，荣府便赁了东院，北静王便赁了西院，太妃、少妃每日宴息，见贾母等住东院，同出同入都有照应。这个文字很古怪，是吧？根据小说里面的描写，贾府地位并不高，是不是啊？贾府到了贾代善死了以后，就是贾赦袭了一个爵，无非就是一等将军，而北静王何等尊贵啊！两家合住一个大院子，而且大家知道，在中国的封建社会，东边西边哪个高贵啊？东比西贵，是吧。有人可能疑惑，说不对吧，慈禧太后不是西太后吗，她不是挺厉害吗？那是她本人厉害，在东太后活着的时候，东太后地位比她高，只是因为东太后这个人很善良、很懦弱，权柄就落到西宫的手里面去了，而且东太后后来死掉了，是不是？按旧时讲究，确实是东比西贵。

有的人说，这个曹雪芹写作就不认真，或者说就是艺术虚构，人家就乐意这么写，讨论什么啊，东、西有什么好讨论的？写小说嘛，贾家就住东院，北静王他们就住西院，怎么着了？你非要这么着我也没办法，这也是你的一种读书方法，我也很尊重，我这里作揖了，但是我希望还是听我说一说，就是因为有生活的真实在那儿。《红楼梦》是一个自叙性的小说，自传性的小说，他的创作素材，基本上就是他们曹家在那个时代的生活，他写这些事情都有生活原型，那为什么生活当中会是这样的，我要告诉你，曹寅和他的大舅子李煦，在康熙朝表面上是织造，实际上还负有非常重要的秘密任务，包括给康熙从汉族的女子当中选择妃嫔。这是有史料支撑的，有记载的，当然现在查不到很多资料，但是仍然可以从李煦的奏折当中查到，康熙有一个嫔姓王，汉族，王氏的母亲姓黄，死掉了，李煦就专门写一个奏折上奏康熙，康熙这种私人的事就是由他们来处理的。所以，书中这一段话之所以可以理解，是因为什么呢？因为在历史上，现实生活当中的康熙和现实生活当中的曹寅是一辈的，转化到小说当中，就是和贾母是一辈的，而之所以给这个陈氏大办丧事，现在我就告诉你她是谁的母亲了，她就是前面我们说到的，题写“天香庭院”

的那位皇子的生母，她就是二十一阿哥允禧的生母。允禧和雍正是一辈的，就是比贾母原型矮一辈，而且很可能在现实生活当中，陈氏之所以能够进入皇宫，之所以能够在康熙身边，给康熙生了儿子，就是跟曹家当时的选拔有关系。因此这个人生的儿子，转化为小说里面的北静王以后，这个府邸的人，对现实生活当中的曹家就绝对不能够摆老资格，摆自己的贵族地位，绝对是非常感激的，甚至又由于这一个宗族的老前辈还在，于是就让他们住东院，自己这边的太妃、少妃就甘愿去住西院。当然我说的是小说当中的人物，实际上现实生活当中这两组人物就是这样的一种相处方式，这被曹雪芹很认真地、纪实性地写到了小说里面，虽然这些人物的名字转化了，但是所呈现的面貌还是生活当中的真实面貌。

这样一想的话，就太有意思了，这个允禧究竟和曹家来往到一个什么程度？是不是啊？《红楼梦》的“天香楼”很显然就来自允禧的“天香庭院”的匾，《红楼梦》里面一会儿说太妃、一会儿说老太妃的那位妃子薨了以后的丧事当中，北静王和贾府两府临时居住的情况，就反映出当时的曹家和允禧这个王府之间有着非常微妙的关系。那么好，不多说了，总而言之我们现在得出这个结论，我们在通过一番寻找以后，终于找到了和曹雪芹他们家族关系最密切的几个皇族的分支，那么秦可卿的原型一定就在这些分支当中。下一讲我就会告诉你秦可卿的原型究竟是谁。

第十章 秦可卿原型大揭秘（上）

经过上几回的梳理，我们已经知道，要把秦可卿的原型搞清楚，需要从康、雍、乾三朝的政治斗争当中去寻找线索。那么现在其实已经可以说是接近水落石出了。经过了一番“柳暗花明”，我们已经走到了秦可卿的“又一村”了。我现在稍微回顾一下前面我对这个问题的探讨历程。

我首先从贾府的婚配入手，一步步走近秦可卿的生活原型。通过“贾府婚配之谜”、“秦可卿抱养之谜”、“秦可卿生存之谜”和“秦可卿出身之谜”，我层层剥笋般地分析，终于得出一个结论，就是秦可卿的真实出身，不但不可能寒微到是养生堂抱来的弃婴，也不可能是在一个小官吏的家庭里长大成人，然后才嫁到宁国府，有了贾蓉妻子那么一个身份。她的真实出身，不仅并不寒微，甚至还高于贾府，应该说是出身极其高贵，很可能来自宫中，是皇族的血脉；所谓由小官吏抱养，也确实找了个小官吏来合作，充当幌子，但从根本上说，那是对外施放的烟幕。她应该很小的时候就被隐藏到宁国府，作为童养媳，精心地加以培养，并且与她的真实的背景家庭也还一直有联系，她应该是这样的一个人物。通过“帐殿夜警之谜”“曹家浮沉之谜”“日月双悬之谜”“蒋玉菡之谜”和“北静王之谜”，我又抽丝剥茧般地揭示出来，《红楼梦》虽然托言无朝代年纪可考，其实这部书里讲述的故事，其时代背景是大可考据的。经我考据，得出的结论是：《红楼梦》描写的社会背景，就是清代康熙、雍正、乾隆三朝，书里把康熙、雍正、乾隆三个皇帝合并在一起写，重点写的是乾隆朝，“当今”这个“日”，和潜在的敌对政治势力“月”，构成了紧张的“双悬日月照乾坤”的形势。在真实的生活中，就是被康熙两立两废的太子胤礽和胤礽的嫡长子弘皙，他们那一派势力，总憋着要颠覆乾隆，取而代之，他们被曹雪芹艺术性地演化到书里，就是义忠亲王老千岁、北静王、冯紫英等。书里面也出现了忠顺王那样的角色，跟北静王，跟“义”字派，或者说“月”派，尖锐对立，双方的摩擦乃至冲突，震荡波一直辐射到贾府，造成宝玉被痛笞，皮开肉绽。总而言之，在康、雍、乾这三朝的皇族之中，存在着两股敌对的政治势力，而秦可卿这个人物的生活原型，显然与其中的一股有着密切的联系。

经过这样一番梳理，秦可卿的生活原型已经基本浮出水面。

但《红楼梦》的文本里面，仍然存有一些至关重要的疑点需要进一步探究，这些疑点的解密，对揭示秦可卿的生活原型，有着关键的作用。比如在第五讲“秦可卿生存之谜”中，我就提到，有一点特别令人困惑不解，如果秦可卿出身真的那么低贱，贾母怎么会对她极为满意，认为她是重孙媳中第一得意之人？还有，秦可卿的卧室陈设为何那么古怪，曹雪芹用这样的笔墨，究竟在向读者暗示什么？

秦可卿是在第五回出场的，前面已经讲了很多。前面所讲的我不重复了，通过贾母认定秦可卿乃重孙媳中第一个得意之人，以及秦可卿卧室的布置，我们隐约知道，秦可卿的出身是高于贾府的，能给贾府带来好处，令贾母都得意；而且她很有可能是一个公主级的人物，最起码是郡主级，是皇家的血肉。在分析秦可卿卧室陈设的时候，前面讲过的不重复，现在略做补充，就是在曹雪芹行文时，他特别写到，秦可卿安排贾宝玉午睡，还“亲自展开了西子浣过的纱衾，移了红娘抱过的鸳枕”，记得吧？除了其他的东西以外，还有这两样呢。大家知道，西子就是西施，不展开议论，因为大家很熟悉，西施意味着一种政治阴谋，她不是一个一般的女性，她在政治上具有颠覆性。那么红娘呢？也不是个一般的丫头，红娘能够成就好事，是一种中间的媒介，可以把两方面撮合在一起使双方得到好处。所以像这样一些符码都暗示我们，秦可卿的高于贾府的出身，其中含有某种政治阴谋色彩，并且能够使贾府从中谋取利益。

常有人说，读《红楼梦》里关于秦可卿的文字，总觉得她很神秘。其实构成她神秘的因素之一，就是她身上含有某种政治阴谋色彩。我在第六讲“秦可卿出身之谜”中提到一个情节，就是书中第七回薛姨妈派周瑞家的送宫花，贾府里的其他小姐、媳妇对宫花的态度都或者平淡或者调侃甚至挑剔，而秦可卿接受宫花的情况，并没有明写；但恰恰在这一回，有一首回前诗，透露出在所有这些接受宫花的人里有一位惜花人，她跟宫花有一种特殊的“相逢”关系，这个人“家住江南姓本秦”。家住江南，现在暂且不讨论，在十二支宫花的接收者中，只一个人姓秦，就是秦可卿，对不对？秦可卿既然本属宫中的人，宫花送到她手中，是她跟宫花喜相逢，那她为什么不能公开她的真实血统、真实身份呢？那本来应该是很光荣的呀！为什么要隐瞒呢？为什么要放出烟幕，说她是养生堂的弃婴，是由小官吏抱养的呢？可见这里面有不能公开的隐情，而且事关重大。

《红楼梦》第十回，秦可卿突然病了，得了什么病，书中交代得很含糊。冯紫英便向贾珍推荐他幼时从学的一个先生，名叫张友士，是上京给儿子捐官的，兼通医理，可以给秦可卿看看病，于是《红楼梦》第十回就出现了一个“张太医论病细穷源”的情节。张友士为什么叫张太医呢？他与秦可卿究竟有什么深层的关系？

秦可卿的病症，乍听乍看，很像是怀孕了，邢夫人就做出过这样的判断，但是后来我们就知道，她没有怀孕，她月经不调，内分泌紊乱，吃不下睡不好，人消耗得瘦弱不堪，用今天的临床医学的观点来衡量，她应该是神经系统的毛病，心理上的病症，主要表现为焦虑、抑郁。她为什么好端端地突然就焦虑了，就抑郁了？宗族的老祖宗贾母对她不是挺好吗，认为她是第一得意之人；她婆婆对她也很好啊，连荣国府的王熙凤都对她那么样地百般呵护，上上下下的人对她都很好，怎么就焦虑起来了呢？然后就写到因为病了就要看病，那么当时是怎么给她看病呢？三四个人一日轮流着倒有四五遍来看脉，很离奇，哪有这么看病的，这不折腾死人吗？说弄得一日换四五遍衣服，坐起来看大夫，每看一次大夫就要换一套衣裳，这很古怪。得病得的怪，看病的方式也很古怪。

最后就来了一个张友士。我们知道，《红楼梦》的人名都是采取谐音、暗喻的命名方式，有的时候一个人的名字就谐一个意思，有的时候是几个人的名字合起来谐一个意思，“张友士”显然谐的是“有事”这两个字的音。那么这个姓张的，他有什么事呢？在前面我已经点明了，第十回回目当中写的是“张太医论病细穷源”，但是在第十回正文里面又明明告诉你，他的身份，公开身份不是太医，他有事，忽然以这个太医的身份跑到贾府里来了，到宁国府来了。他有事，他有什么事？他论病细穷源，论的什么病？穷的什么源？

值得探究。

仔细研究《红楼梦》的文本，我就感觉到，秦可卿这个角色的原型不但是皇族的成员，而且应该是皇族当中不得意的那一个支脉的成员。她是一个身份上具有某种阴谋色彩的人物，她在皇族和贾家之间具有某种红娘的作用，具有某种媒介的作用；她得病，她突然焦虑和抑郁，并不是因为贾家的人对她不好，而是因为某个她自己的背景方面传来的重要信息，这应该是一个胜负未定，而且还很可能会暂时失利的、不祥的信息。

而这个时候，忽然来了一个重量级人物给她看病。这个人物表面上说是冯紫英的一个朋友，目的是上京给儿子捐官，却有一个奇怪的身份，说是太医，所以我估计在八十回后，这个人物一定会以太医的身份出现；否则在那么多的古本当中，本来有那么多的回目出现不同的文字，而在“张太医”这三个字上，所有古本却都一致。

有的红迷朋友会微微颔首，说对呀，太医，只有皇帝才能够设太医院，那里面的大夫才能够叫太医对不对？冯紫英这位朋友怎么能叫太医呢？《红楼梦》文本里，写到好几位正式的太医。贾府那样的人家，府里主子生病了，有权让太医院派太医来诊视，这也可以说是皇帝赐予这些封爵的高级奴才的一种福利，他们可以享受太医出诊的医疗待遇。第四十二回写贾母欠安，请来了太医院的太医，穿着六品官服。贾母见了他，派头很大，问他姓什么，说姓王，贾母就摆老资格，说“当日太医院正堂王君效，好脉息”，那王太医忙躬身低头，回答她“那是晚生家叔祖”。你看太医是要穿官服的，而且贾府请太医来看病是很平常的事，这么一对比，张友士就太不对头了，这么一个人，怎么会在回目上锁定他是太医呢？

在上几讲里面我们已经讲到，在现实生活当中，有一个什么人他擅立内务府七司，设置了一系列和皇帝完全一样的宫廷般的机构呢？这个人不是别人，就是弘皙。这个人就是废太子的儿子，从血缘上讲，他是康熙的嫡长孙。他当时住在郑家庄，身份是亲王，但是他擅自按照宫廷的规格给自己设置了各种机构，那么他既然可以设立内务府七司，当然也可以设立一个机构给自己看病，就叫太医院。因此，从生活的真实到艺术的真实，曹雪芹就构思出了这么一个角色，这位张友士就应该是来自这个系统的一个人物。也就是说，张友士的生活原型应该是弘皙在郑家庄擅自成立的小朝廷里，所设置的太医院里面的一个人物。这么一个人物，变成了小说里参与阴谋活动的角色，那么他进了京城以后，当然不能公开说，我来自一个另外的朝廷，我是那儿的太医，于是他就说自己是上京捐官的。住在谁家里呢？就住在冯紫英家。这是我们在前面一再讲到的，《红楼梦》里有两股政治势力，一股是以义忠亲王老千岁及其同情者、庇护者组成的，这是可以叫作“义”字的一派，另一派是以忠顺王府为代表的“顺”字派。这个张友士显然就是“义”字派当中的一个人物，跟冯紫英是一伙的，于是，在第十回，他就出现在了秦可卿面前，给她号脉，看病。

以太医身份出现的张友士，在给秦可卿号了脉看完病后，还开列了一个长长的药方。红学界在有关张友士行医的情节上有不同的见解。有人认为这个情节并没有什么特别的用意，书中贾珍、贾蓉对这一江湖游医的客气，也只是反映了当时人们的观念是尊重业余的而非专业的；还有人说这是作者富有游戏性的即兴笔墨，没有更深的内容可考；至于书中的药方，也只是作者借此显示自己的学识渊博，不足深究。但是，我要问，如果真是如此的话，曹雪芹为什么花这么大气力来写“张太医论病细穷源”呢？药方当中是不是隐藏了什么秘密呢？

脂砚斋批语里透露，《红楼梦》里面原来有很多药方子，据说原来在写林黛玉的时候，从第二十三回以后，回回都要开一个药方子，以显示林黛玉的病越来越重了。这条脂批现在保留了，在第二十八回回后，它说“自‘闻曲’回以后回回写药方是白描颦儿添病也”。“闻曲”就是林黛玉葬花以后，听到梨香院里传来十二个唱戏的女孩儿正在练唱，她听到了《牡丹亭》里的曲子，如痴如醉。但是我们所看到的古本《红楼梦》里面，没有给林黛玉开的任何药方子；因此也有专家认为，那条脂批的断句，应该是“自‘闻曲’回以后，回回写药，方是白描颦儿添病也”。可是现在我们所看到的文字里，也并不是回回写到跟林黛玉有关的药，这就说明，曹雪芹在披阅十载、增删五次的过程里，来回调整已写出的文字，他把书中其他的药方子都删除了，把有关林黛玉用药的文字也精简了，现在我们所看到的前八十回里面，正儿八经地作为作者的叙述文字开出的药方子，就只有张友士给秦可卿开的这一个。这个药方子曹雪芹在来回调整文本的时候，始终没有删除，一直保留在那里，被一代又一代的读者默默阅读，也引起很多红学家包括民间红学家对其进行探索，究竟这个药方子有没有深意？它究竟传递着什么样的信息？

我们都知道曹雪芹有一个惯常的写作方式，就是通过谐音，还有所谓拆字法，来进行隐喻。谐音好懂，什么是拆字？比如说《红楼梦》那个金陵十二钗册页里面写到王熙凤，“一从二令三人木”。是不是啊？“一从二令”我们现在不去分析，“三人木”就是一个拆字法，“人木”就是“休”字，就是他把“休”字拆开了呈现出来，透露出最后王熙凤是被贾琏给休掉了。他往往在文本里面用谐音、拆字这样的手段，来向读者透露一些信息，因此，很多研究者，就都顺着这个路子去探究张太医的这个药方。甚至有的人已经把整个药方都破解出来了。

我也研究这个药方，但还不成熟，在这里就不展开谈了，我只说药方里面的头几味药。头几味药说的什么？人参、白术、云苓、熟地、归身。我也认为，实际上这个药方，应该是秦可卿真实的背景家族，跟她、跟宁国府进行秘密联络时亮出的一个密语单子。

张友士来给秦可卿看病，甩下一个药方，这个药方起码头几句就很恐怖，因为贾蓉在他看完病以后就问他，我们这个病人能不能好，张友士怎么说的，大家应该还记得，张友士说人病到这个地步，非一朝一夕的症候，“依小弟看来，今年一冬是不相干的，总是过了春分就可望痊愈了”。这都是一些黑话啊，是不是啊？为什么是黑话？因为曹雪芹写了这句之后呢，在叙述当中也说，他说贾蓉也是一个明白人，也就不往下问了。明白吧，这种叙述文本就告诉你，这个话不是正常医生的话，实际上他所传递的是某种非医疗诊断的信息。因此我们从这样的文本，也就可以进一步做出判断，秦可卿的原型，应该是属于一个皇族的分支，在当今皇帝当朝的时候，是被打击被排挤的一支；而这一支又很不甘心，又想卷土重来，想颠覆现在皇帝的皇位。在这个阴谋集团当中，有各种各样的人物，张友士也是其中之一，他负责来跟宁国府、跟秦可卿秘密联系。这样，秦可卿的真实的皇族身份就又清晰了一步。

这个药方的头一句如果要用谐音的方式来解释的话，人参、白术，按我的思路，应该代表着她的父母；如果父母不在了，那就代表她的家长，俗话说“长兄如父”，这也可能代表她的兄嫂；或者她父亲没有了，母亲还在，哥哥还在，这就代表她的母亲和兄长。人参，这个参，可以理解成天上的星星，人已经化为星辰了，高高在上，我觉得可以理解为象征长辈；白术，作为一味中药，术的读音应该是 zhu（第二声），但是曹雪芹从南方来到北京，还保留着不少江南人的发音习惯，张爱玲在她的那本《红楼梦魇》里面，举出过很多例子，吴语里 zhu（第二声）和“宿”的发音很接近，因此“白术”作为黑话，也可以理解成“白宿”，“宿”也有星辰的意思，白昼的星辰，当然，“星宿”里的那个“宿”字，正确的发音又要读成 xiu（第四声）。总之，我觉得“参”和“术”都隐含着星辰的意思，上几讲我已经揭示过，在《红楼梦》的文本中，月喻太子，星月同辉，中秋夜在凹晶馆黛玉和湘云联诗，星月的含义是相通的，因此，我觉得这药方里的头四个字，代表着秦可卿家里的长辈，她的父母，她的兄长。

如果说理解头两味药的谐音转义比较费劲儿，那么，下面我把第三味药的两个字拆开，与前后两味药连成句子，那意思就很直白了，它是这样的：

人参白术云：苓熟地归身。

意思就是她的父母说，告诉她底下这句话，说老实话，她的父母可能心情也很沉重，她自己看了以后也会更痛苦，就是“令（苓）熟地归身”，也即命令她，在关键时刻，在她生长的熟悉的地方，结束她的生命。为什么？在皇族的权力斗争当中，她的家族做出了一个很恐怖的决定，让她牺牲自己，延缓双方搏斗的时机以求一逞，所以她后来淫丧天香楼，画梁春尽落香尘。她的病，原来是政治病，她的死，原来是政治原因，这个角色在书里就是这样的。在下几讲里，我会讲到，为什么她必须死，为什么她死了，义忠亲王老千岁一派得以有喘息的机会；而她的死，虽然延缓了双方的大搏斗，但斗争仍在继续；到最后，她的事情仍旧被“当今”追究，“月落乌啼霜满天”，太阳获得了绝对的胜利，书里面的贾府，也就彻底倾覆，那也应该是整个“义”字派的陨灭，“白骨如山忘姓氏，无非公子与红妆”，“落了片白茫茫大地真干净”。把这些弄清楚，我们就更接近她的生活原型了。

张友士开药方的时候，就说明她的父母兄长是处在困境当中，不但被当今皇帝所排斥，而且想进一步夺权的话，又障碍重重，很难得逞，甚至有时候不得不牺牲掉一些东西，乃至于牺牲掉自己亲生的女儿、自己的亲妹妹。这一回的文字，笼罩着浓重的阴影，调子十分沉重，怎么能说是没有深意的游戏笔墨呢？

当然，我对张友士这个药方的解读，到目前为止还没有十分的把握，说出这些想法，仅供大家参考。我对自己原型研究的总体判断，有相当的把握，但具体到对这个药方的解读，我现在只能提出一个初步的思路来。

在张友士看完病不久，秦可卿就死掉了。秦可卿究竟得了什么病，张友士并没有指出来，只是说，“今年一冬是不相干的，总是过了春分就可望痊愈了”。从表面上理解这句话，秦可卿得的病并无大碍，很快就会好起来。但是随后不久，秦可卿却选择了死亡。这是为什么？

而且为什么张友士说“今年一冬是不相干的”，为什么冬天就不相干，为什么“总是过了春分就可望痊愈了”？而且后面写秦可卿的死，你能感到，模模糊糊是刮大风的时候，应该是在秋天，为什么总是在春秋时分决定这样人物的命运？

在前几讲里面，我已经点明了，清朝皇帝有一种很重要的活动，就是春秋两季木兰的围猎，当然其中重要的是秋狝，即秋天是最重要的一次，但春天有时候也去。所以一般来说，冬天就比较平静，因为在木兰秋狝的时候，特别是在春天比较小规模狩猎的时候，反对派是最容易下手的，最容易掀起一个义举，所谓聚义，然后闹事，来颠覆皇权。因此小说的这个人物，给她看病的人，实际上就是她的家族派来的一个密探，跟她透露——当然这个话是当着贾蓉说的——今年这一冬是不相干的，这一冬双方可能都按兵不动；“总是过了春分就可望痊愈了”，春天那一次皇帝的狩猎如果这方面准备得充分的话，就有可能把皇帝杀掉。突发事变以后，这一派就可以掌握政权。那么你现在再想一想，我上一讲提到的那段情节，就是冯紫英说春天他跟着他父亲去过围场，有没有这样的情节？想一想对不对？来回至少有一个多星期，甚至有个把月，脸上还留下了轻伤，他大不幸，但是他又回来了，大不幸中又大幸。这就说明，他们尝试过一次，那段故事应该发生在乾隆元年，那一年的春天，“义”字派聚集过一次力量，做过一次尝试，没有能够成功。当然，秦可卿之死这段故事，发生在我说的这个情节之前，这就说明，反对派在每一次皇帝出去行猎的时候，都曾经或者去踏勘过地形，做过事先的准备，或者说从蠢蠢欲动到蠢动，到出手，有过一些尝试，可是都被挫败了。所幸还没有完全被皇帝彻底地侦破，没有遭到毁灭性打击，所以他们只能采取收缩的办法，牺牲掉一些利益，甚至用牺牲掉一些本族人员的办法，来维持一个再一次积蓄力量的局面。所以你看，这些描写背后，都有很多很多的可供思索的东西。

因此，我们就可以知道，秦可卿的原型应该是一个不幸的公主。她的家族如果登上皇位，她就是正儿八经的公主。她得的是政治病，她隶属的那一支皇族在权力斗争当中处于劣势，而她的家族经过几次向皇位的冲击以后，都没有得逞，因此给她传递了一个很糟糕的信息，就是在必要时候让她顾全大局，自尽而死，以为缓兵之计。这就是秦可卿这个角色在小说里面的尴尬处境；她的原型在生活里面也应该是类似的，处于很困难的境地。

在秦可卿身上，除了她扑朔迷离的身世以外，更让人说长道短的，莫过于她和她的公公贾珍之间的关系。在现存的《红楼梦》文本里，对这一关系的描写比较奇怪，我在“秦可卿生存之谜”那一讲中特别提出了这一点。生性耿直的焦大在故事开始时就很明白地骂了出来。从《红楼梦》里的描写来看，秦可卿和贾珍之间的暧昧关系，在宁国府里已是不争的事实，可身为婆婆的尤氏却睁一眼闭一眼，贾府里其他的人也都对此心照不宣，而且不动声色，这又是为什么？

在第七回的下半回，就写到焦大醉骂，这个大家都应该印象很深。焦大醉骂有两句难听的话，其中有一句我在前几讲已经分析过了，不重复了，就是“爬灰的爬灰”，这是骂贾珍和秦可卿之间有不正当关系。还有一句骂的是谁？“养小叔子的养小叔子”，这个骂人的话就比较费猜测。有人猜测说，他可能骂凤姐和宝玉呢。因为小叔子不是叔叔的意思，俗话里面什么叫小叔子？一个女性嫁了一个人家，她的丈夫的弟弟叫小叔子，丈夫的哥哥叫大伯子，如果还有另外的哥哥就是二伯子、三伯子，弟弟才是小叔子。那么王熙凤是贾宝玉的嫂子，贾宝玉确实是王熙凤的小叔子，所以有人认为这句话是骂王熙凤和贾宝玉有不正当关系。但是从书中描写来看，证据不足，也很难说焦大就是骂他们俩；而且书里面描写了，骂的时候，大家都听见了，贾宝玉当时只问，什么叫爬灰，贾宝玉就没有问什么叫养小叔子，难道是贾宝玉知道自己是小叔子那个角色吗？显然不是这样的，所以这一点也值得推敲。

那么秦可卿究竟和贾珍之间是怎样一种关系，这个是历代读者都特别感兴趣的。听到这里有人在笑，说是不是这里面因为有情色描写，所以感兴趣？我看也不一定是这样，而是因为它构成一种非常复杂的互动关系，是值得我们探究的。人的生存是艰难的，人性是复杂的，好的作家总是要写到人在生存当中的生存危机，写到人与人之间在生存当中互相争斗和互相慰藉，所以我觉得我们可以在这里理直气壮地讨论贾珍和秦可卿的恋情。

有的红迷朋友始终不能原谅秦可卿，更不能原谅贾珍，说乱伦，多丑恶啊，是不是啊？焦大都骂他们，连焦大这种水平的人都骂他，我这样一个高水平的人我能不骂他吗？我也得跟着骂！您先别忙跟着骂，其实您也是一个复杂的生命存在，您看过话剧《雷雨》吧，多半看过吧。这是一个现代作家曹禺的作品，已经成为中国话剧的经典剧目了，也拍成过电影和电视连续剧，对不对？您在剧场里观看这出话剧的时候，没准还带着手绢，擦过眼角呢，是不是啊？《雷雨》里面有爱情没有啊？《雷雨》里面有一组重要的爱情是谁爱谁啊？是周萍和繁漪之间的爱情，他们两个是什么样的伦常秩序啊？是儿子爱后妈，是后母爱前夫的大儿子，是乱伦恋，您看的时候把破鞋往台上扔了吗？您没扔，您很理解、很同情，闭幕以后您还鼓掌，那怎么对这个周萍和繁漪的爱情，您就这么能接受，对贾珍和秦可卿他们之间的感情，您就这么样地不能容忍呢？我觉得您可以冷静下来好好想一想，是不是啊？不能完全站在那个落伍的封建伦理的立场上来看待这件事，来思考这个问题。更何况经过我前几讲的分析，您应该已经明白，秦可卿之所以到贾府里面来，是避难来了，是她的家庭在皇权斗争当中失利了，家里在某种特定情况下，必须把她隐藏起来，因此谎称她是养生堂的弃婴；直接送到贾家不方便，贾政，小说里面写他是一个员外郎，工部员外郎，负责工程建设的那个部的员外郎，因此找了自己一个下属叫营缮郎，营缮郎就是工部下面某分支的一个小官员，这个小官员是贾政的直接下属，就假称是这个营缮郎因为无儿无女，抱养了一对儿女，其中有一个女孩子是秦可卿，暂时寄存在贾家。秦可卿寄存到贾家时贾珍已经结婚，有了正妻尤氏，因此在名分上，只能把她说成贾蓉的妻子。

而实际上秦可卿这个角色，她的生活原型的辈分，和贾珍是同辈的，两人并不乱伦。我为什么这么说，因为前几讲里面我反复跟大家讲，从人物的生活原型到曹家的真实情况，到小说里面的艺术角色，它的人物辈分是匹配的，这里再重复一下：义忠亲王老千岁，小说里面出现的一个名称，生活原型就是康熙朝的废太子，就是胤礽，后来被雍正改名为允礽，他的儿子是弘皙；在曹家这个家族里面，曹頫跟废太子是同辈的，在小说里面对应着贾敬、贾政、贾赦这一辈；胤礽生下的儿子就是弘皙，如果说他生下女儿的话，比如说弘皙的妹妹的话，在生活当中就应该对应曹雪芹这一辈，是不是啊？在小说中对应的就是贾宝玉这一辈。小说里面跟贾宝玉一辈的是谁？在宁国府就是贾珍，在荣国府有贾琏、贾环等。所以说呢，如果秦可卿的生活原型是废太子家族的，而且如果她是弘皙的一个妹妹的话，那么她的辈分挪移到《红楼梦》小说里面，就跟贾珍是一辈人，和宝玉也是一辈人。我这个逻辑听明白了吗？因此，为什么曹雪芹放手写贾珍和秦可卿的感情，就是因为在他心目当中，他并不认为这是乱伦恋，他只是认为这是一种畸恋，一种畸形恋。

从小说里面的描写可以隐约感觉到，秦可卿的年龄实际上比贾蓉大，比贾宝玉更大。当然她比贾珍要小一些，她出场的时候应该是二十岁上下。她寄存到贾府时，很可能就是和贾珍一辈的，而贾珍是知道的。她跟贾蓉是名分上的夫妻，在小说里面你可以看到，贾蓉和秦可卿根本就没有同房过夫妻生活的迹象。第五回写宝玉要午睡，秦可卿先带他“来至上房内间”，那可能是贾珍和尤氏的住房，宝玉不喜欢那里头的气氛，秦可卿就说“不然往我屋里去吧”。这时候还写了有一个嬷嬷插嘴，她觉得不妥，忍不住就劝谏秦可卿，至少有两种古本里，那句劝谏的话是这么说的：“那里有个叔叔往侄儿媳妇房里睡觉的礼？”现在通行本里也是这么写的，但秦可卿满不在乎，就把宝玉往她卧室里带。要特别注意到，书里一再强调是秦可卿的卧室，都没有说到贾蓉的卧室去。按过去封建社会的规矩和语言习惯，不能够说这个卧室是媳妇的，一定要以丈夫来命名这个卧室，比如说到贾政的房间，到贾赦的内室，等等。但秦可卿她就公开说那是她的卧室。这就说明，她在宁国府里面有很独特的生活方式，她多半是住在自己的房间里面，她跟贾蓉只是名分上的夫妻，而且这一点阖府上下应该都是比较清楚的。

当然，在宁国府里，也应该有一处贾蓉的居室，必要的时候，秦可卿也会在那里面，书里写张友士来给秦可卿看病，就使用了那个空间；秦氏的特享卧室，有时候贾蓉也会去，比如王熙凤和宝玉去探视生病的秦可卿，贾蓉也陪着进去；但书里写贾蓉与秦可卿的夫妻关系，相当含混，相敬如宾有余，男欢女爱了无痕迹。

焦大之所以跳着脚骂，触因当然是管家竟然把苦差事派给了他，他又正喝醉了酒。但焦大是跟着宁国公为皇家立过汗马功劳的人，他是有政治头脑的，他骂“爬灰的爬灰”，当然是骂贾珍，因为从名分上贾珍和秦可卿是公媳，偷媳妇是不对的，而且他应该知道秦可卿的真实身份，他知道藏匿秦可卿这件事的分量，他认为你贾珍既然把秦可卿当作贾蓉的媳妇藏匿起来，你就应该负责任，就应该扮演好公公这个角色，以等待秦可卿的家族获取最后胜利，给宁国公在天之灵争口气，却“那里承望到如今生下这些畜生来”，居然都是些败家子，贾珍就是头一个败家的畜生，你跟秦可卿乱搞，你坏了大事！

那他骂“养小叔子的养小叔子”，骂的是谁呢？我认为，他骂的是秦可卿和贾宝玉。他知道秦可卿和宝玉是一辈的，秦可卿实际上是贾珍隐秘的妻子，他门儿清，他清楚，宝玉是贾珍的弟弟，堂弟，是她的小叔子。即使不去考虑贾珍跟秦可卿的隐秘关系，就从秦可卿家族辈分与贾氏家族辈分的匹配关系上看，秦可卿主动去跟贾宝玉发生关系，不管她嫁的是谁，都是养小叔子的行为。注意，“爬灰的爬灰”，谴责的重点在偷媳的公公，而“养小叔子的养小叔子”，谴责的重点不在小叔子，而在那个越轨的女性。焦大因为知道秦可卿以矮一辈的身份藏匿在宁国府，是负有使命的，她应该静待她家族的胜利消息，应该最后为贾家带来好处，然而他发现这个女子竟然置自己的神圣使命不顾，在自己的卧室里跟贾宝玉乱搞，他真是痛心疾首啊！

书里写到，焦大骂时还说“我要往祠堂里哭太爷去”，最后还高喊，“我什么不知道！咱们‘胳膊折了往袖子里藏’！”只差一点儿，他就忍不住要把秦可卿的真实出身叫嚷出来了，由于众小厮往他嘴里填满了土和马粪，才算中止了他的叫骂。曹雪芹写这一段，显然，是有他的深意的。

秦可卿这个形象，曹雪芹写她，确实有不安分的一面，往好了说，是浪漫，往坏了说，就是淫荡。有红迷朋友问，如果秦可卿真是皇家的骨血，藏匿到宁国府以后，贾珍怎么敢欺负她呢？贾珍是一个七情六欲都很旺盛的男子，颇有阳刚之气，胆大妄为，恣行无忌，虽然他知道藏匿秦可卿事关重大，但当秦可卿一天天在他眼前长大，出落得风流袅娜以后，他是无法克制自己的情欲的；而且他会觉得，关起宁国府大门，在那高高的围墙里，他怎么行事谁也管不着他，他也并不以为那就会坏掉宗族所期待的“好事”。而且，曹雪芹虽然对贾珍、秦可卿的恋情写得很含蓄，由于后来又删去了大段文字，更令人如堕雾中，但我们读那些有关的文字，还是能品出味来，就是秦可卿对贾珍，有主动的一面，很难说是贾珍强迫了她。这就跟《雷雨》里的繁漪和周萍一样，很难说究竟谁欺负了谁，谁勾引了谁。我觉得，曹雪芹其实是很客观地来对待贾珍和秦可卿之间的恋情，什么应该不应该的，他们就那么相互爱恋了。生活，人性，就那么复杂，那么诡谲。

我们还要注意到，在第五回里面，警幻仙姑密授贾宝玉云雨之事，把其妹可卿许配与他，其实就是暗写，秦可卿作为宝玉的性启蒙者，使他尝到云雨情，所以之后贾宝玉和袭人不是一试云雨情，而是二试了，过去有的评家老早指出过这一点了。有的读者对曹雪芹这样写，当然是扑朔迷离的文本，也不大能接受，觉得那不是流氓教唆吗？其实在中国古典文学里面，在《红楼梦》以前的白话小说里，像《金瓶梅》，写性爱是非常直露的，甚至可以说是相当地色情。《红楼梦》干净太多了，色情文字很少，就是写到性行为，也尽量含蓄。比如周瑞家的送宫花，大中午的，贾琏戏熙凤，他完全是暗场处理，脂砚斋说那是一种“柳藏鹦鹉语方知”的手法；还有一处，他写贾琏忽然跟王熙凤说：“只是昨儿晚上，我不过要改个样儿，你就扭手扭脚的。”凤姐嗤的一声笑了，啐了他一口，低下头便吃饭。这种含蓄的写法，是对《金瓶梅》那类作品的极大超越，是以情色文字替代了色情文字。当然《红楼梦》也有个别地方，可以说比较色情，如写贾琏跟多姑娘偷情，但那是为了塑造贾琏这个艺术形象服务的，还引出了贾母“从小儿世人都打这么过的”著名议论，使我们知道那个时代的主流观念，骨子里究竟是些什么。简言之，《红楼梦》写性，都是为塑造人物服务的，他写贾宝玉在梦中被警幻仙姑以可卿加以点化，初尝性爱滋味，是为了展示贾宝玉这个人物的身心发展历程。他写这一笔，告诉我们贾宝玉生理上成熟了，但这时贾宝玉只是跟袭人偷尝禁果；他后来又写到贾宝玉心理的成熟和情感的成熟，与林黛玉之间有了真正的爱情，但对林黛玉没有一点轻佻的表现，那完全是精神上的共鸣，升华到圣洁的层次。因此，不能认为他写秦可卿对贾宝玉的性启蒙，是猥亵性的低俗文字。

秦可卿的“擅风情，秉月貌”，她与贾珍的暧昧关系，在宁国府并不是什么了不得的秘密。焦大醉骂，上下人等都听见了，尤氏当然也听见了，但尤氏无所谓，或许她心里不痛快，但表面上她不动声色，因为尤氏是一个深明大义的人，她知道，这个女子养在家里面，决定着宁国府今后的前途。万一秦可卿的背景家族获得了政权，那么他们就是开国功臣之一，他们保存了这个家族宝贵的血脉，他们的荣华富贵就会升级，所以对贾珍和秦可卿之间的暧昧关系，在秦可卿死去之前，她都容忍。只是在秦可卿死了以后，他们所期盼的“好事”不幸“终了”，她才撂了挑子，说自己胃痛旧疾复发，躺在床上再不起来，后来是由王熙凤过来，张罗本来该由她张罗的丧事。贾蓉也是一样，王熙凤也是一样，他们都听到焦大醉骂，他们不能容忍焦大再骂，却一样也容忍了贾珍与秦可卿的非正当关系，为什么？那理由跟尤氏是一样的。我们这样来读《红楼梦》这些文字的话，就会有豁然贯通之感。

所以贾珍在秦可卿死了之后，他不掩饰对秦可卿的痛惜，哭得泪人一般，还有一句话叫作恨不能代秦氏之死，如果仅仅是爱情，何至于到这个地步，是不是？他觉得这是葬送了宁国府很重大的政治前程，他很痛心，他说“合家大小、远近亲友谁不知道我这媳妇比儿子还强十倍，如今伸腿去了，可见这长房内绝灭无人了”。然后别人问他怎么料理，他说“如何料理，不过尽我所有罢了”，还是拍着手，不是压低声音偷偷地说，他公开说，他不在乎。

秦可卿死了以后，她睡在一个什么棺木里面？就睡在薛蟠提供的，坏了事的义忠亲王老千岁所留下的、珍贵的樯木所制成的棺材里面。她叶落归根了。这时候她真实的家族血缘实际上就揭示出来了。

第十一章 秦可卿原型大揭秘（下）

在对秦可卿真实身份的层层解读中，这一人物的原型已经浮出了水面。在上一讲的“秦可卿原型大揭秘”中，《红楼梦》里关于她的古怪文字，已逐步加以破解。但仍有一些疑问还没有完全解开，例如，如果秦可卿的原型真是一个公主级的人物，她是谁的女儿？在戒备森严的清宫大院，她如何能躲过搜查送出宫而让人收养？为什么偏偏选择了曹家来收养这个女子？曹家为什么敢冒那么大的风险？在文字狱盛行的清朝，曹雪芹对政治避之不及，为何还要以这个女子为原型，塑造出秦可卿这样一个与政治有着重大干系的角色呢？

在这一讲里，我要对这些疑问一一做出解答。

《红楼梦》是一部被删改过的作品，这是一个不争的事实。作者曹雪芹和他的合作者脂砚斋多次披露，在《红楼梦》的创作中，由于某种不能说得太清楚的原因，实际上也就是非艺术性的考虑，而删减了内容。在对《红楼梦》细细的解读中，一个明显被删减的痕迹，就出现在第十三回。脂砚斋明确指出，这一回删去了“四五叶”之多，线装书的“一叶”，相当于现在书籍的两个页码，若以每个页码五百字计算，那被删去的就差不多有二千五百字左右。以曹雪芹的文笔，他用一千三百五十个字就能让妙玉的形象活跳出来，而且还把妙玉与贾母，与刘姥姥，特别是与宝玉、黛玉和宝钗这些不同的人物的互动关系生动地表现了出来，因此也就可以估计出，第十三回所删去的文字里，该有多么丰富而生动的内容。确实这一回也显得比较短，跟其他各回相比，在篇幅上不够匀称。

第十三回说的是秦可卿突然死亡，王熙凤协理宁国府丧事的故事。根据脂砚斋的批语，我们可以知道，这一回的回目原来是“秦可卿淫丧天香楼”，因为删去了关于天香楼的文字，所以后来把回目改成了“秦可卿死封龙禁尉”。这在字面上也是说不通的，前面已经分析过，这里不再重复。

那么，第十三回里被删去的，究竟是些什么内容呢？一般人都猜测，一定写的是贾珍和秦可卿两个人的恋情，两人在天香楼上做爱，一定写这个。我也认为会有这个内容，但仅仅是这个内容吗？我觉得肯定不止这个内容，如果只是这个内容的话，曹雪芹不至于把它删掉，不至于脂砚斋给他一出主意，就把这个删了，不可能。因为在《红楼梦》里面，有时候根据情节的需要，根据塑造人物的需要，他也写一些情色场面，写得也挺露骨的，比如贾琏和多姑娘偷情，那段文字脂砚斋就没提议删去，他来回地整理书稿都没有删。因此，可以判断删去的“四五叶”当中，既有贾珍和秦可卿两个人的恋情，还有必须删掉的政治性内容。

删去的文字里有政治性内容，可以从两个丫头的离奇表现看出来。秦可卿在天香楼上吊死了，导致了两个丫头的古怪反应。一个是瑞珠，秦可卿死了以后，她就触柱而亡，如果她只是看见了主子淫乱，她何至于触柱而亡啊。贵族府邸的那些老爷、少爷是满不在乎的，你是我的仆人，我当着你的面做这样的事，你能怎么着，你看惯了见怪不怪！大家记得尤二姐、尤三姐到了宁国府以后的那个情节吗？贾敬吞丹死了，当时贾珍和贾蓉不在家，尤氏来料理这个丧事，她把娘家的继母和两个妹子接到宁国府，帮助照应一下。后来贾珍和贾蓉骑着马赶回来了，贾蓉先回来，这时有很大一段文字描写，说他当着丫头婆子什么的就乱来。因为尤二姐、尤三姐虽然是他的姨母，但是他很不尊重，这两个人年龄也不是很大，又很漂亮，本身作风也不好，他就想，首先不说别的，想占便宜。你记得那一回里面写到，旁边丫头还有劝的，说她两个虽小，到底人家也是姨妈那一辈的，贾蓉说你说得对，咱俩先亲一个，馋她两个。我现在说的不是原文，是大致的情节，记不记得？搂过丫头来就亲嘴，有鬼个避忌！当时在封建大家庭里面，主子具有至高无上的地位，尤其是男主人，他不避讳这些丫头的。如果贾珍和秦可卿在天香楼上仅仅是乱性，被瑞珠撞见了，虽然也对瑞珠不利，但瑞珠不至于事后便触柱而亡；瑞珠一定是听见了绝对不应该听见的话。那绝对不应该听见的话，就应该是秦可卿真实出身的泄露，就应该是政治性的信息，也就是义忠亲王老千岁那一派，“义”字派的绝密信息。所以瑞珠觉得我被发现听见了，我如果自己不死，主子把我治死就会更惨，我别活了，她就急茬儿，活不下去，触柱而亡了。另一个丫头显然也听见了什么，那就是宝珠，宝珠不愿意死，宝珠比瑞珠聪明，她采取了什么办法呢？一想秦可卿没有生育，没有子女，我就甘愿做她的义女，我来驾灵，我来摔盆，我来充她的子息，参与丧事活动；后来秦可卿的灵柩被送到了铁槛寺，她就在那儿待下来，表示我再也不回来了。当然这样令贾珍很放心，贾珍听说一个触柱而亡了，他知道这个人听见了政治性的机密信息了，你死了，死了好，你就泄露不了了；这一位也打算永远闭嘴，永远闭嘴也好，就接受她当义女。按说宝珠那么一个丫头是没那个资格的，贾珍将瑞珠以孙女的规格殓殡，又命令府里的仆人称宝珠为小姐，都是很滑稽的，他为什么要这样？其实就是暗暗感谢她们不泄露政治性机密。可见曹雪芹所删去的“四五叶”文字，里面会有关于秦可卿真实出身的泄露，会有关于秦可卿的这个家族处境如何困难的一些文字描写。

曹雪芹写《红楼梦》的总动机，确实还不是写一部政治小说，再加上当时文字狱那么严酷，所以脂砚斋跟他说，你删去算了，不要有这些内容。脂砚斋有关的批语是这样写的：“秦可卿淫丧天香楼，作者用史笔也。老朽因有魂托凤姐贾家后事二件，嫡是安富尊荣坐享人能想得到处，其事虽未漏，其言其意则令人悲切感服，姑赦之，因命芹溪删去。”经过我前面那么多的分析，这条本来让我们觉得语意含混难解的批语，就比较好理解了。脂砚斋说曹雪芹写秦可卿用的是“史笔”，就是不顾情面，照实写来。这段批语的口气，完全是在说秦可卿的生活原型，脂砚斋的意思是，你如实地写本没有什么不对，这个人尽管没能完成原来预定的使命，但是她临死前毕竟还是贡献出了很好的主意，这是那些只知道享福的人想不到说不出的，她的这个好的表现你没有遗漏掉，给她写出来了，光是她的这些言语和一片心意就让人感动佩服了，那么，就姑且赦免她的“擅风情，秉月貌”吧，所以我让你删去她在天香楼上淫乱的这些文字。曹雪芹听取了脂砚斋的建议，他可能后来也觉得自己虽然有真实的生活依据，但是那么样写出来未免太残酷了，这个人物的原型本来就那么可怜，这些事帮她隐瞒算了，于是就动手把有关情节删除了。当然，无论是脂砚斋还是曹雪芹，删减第十三回的重要动机，应该还是避免文字狱。这可不像“藩郡馀祯”或者“臭男人”那样，仅仅是只言片语，这可是大段的情节，还是删掉算了，但这个根本的动机他们又不能留下文字的痕迹。

我在最前面关于红学的简介中，提到红学的一个分支版本学，也就是说《红楼梦》是一部有多种版本留世的作品，早期的手抄本大都叫作《石头记》，各种版本在文字上都有若干差别，研究这些差别，可以探寻出曹雪芹的原笔原意。有的版本出现的异文可能是誊抄者的手误，有些却是人为的曲解，有的则是曹雪芹原笔原意的保留。仔细研究不同版本里的异文，对我们更准确地把握曹雪芹的创作意图，是一个重要的方法。那么，在《红楼梦》的各种版本里，有关秦可卿的文字，有没有特别值得注意的异文呢？在戚蓼生作序的《石头记》里，我就发现了一处在别的版本里被删掉的文字——回前诗。这首回前诗反映了曹雪芹真实的写作意图，作者对秦可卿这个人物的真实身份，在这首回前诗里是有所透露的。在蒙古王府本的《红楼梦》第十三回前面，也能找到这样一首回前诗，只有个别字跟戚序本不同。

戚蓼生作序的古本《石头记》第十三回的四句回前诗是这么写的：“生死穷通何处真？英明难遏是精神。微密久藏偏自露，幻中梦里语惊人。”这四句什么意思呢？“生死穷通”，生和死不用解释了，穷和通也是两个概念，跟生死是搭配的，穷就是完蛋了，到尽头了，通就是通达了，走通了。那么小说里面写的这些，尤其是秦可卿以及相关人物的生生死死、穷穷通通，哪些是真的呢？回前诗中先自问一下。“英明难遏是精神”，这文笔很英明，他不能都写出来，但是有一种精神，作者有一种精神上的倾向，他没有办法遏制；或者说是秦可卿这个人物有她的英明之处，就是她临死也还有股精神，她难以遏制这股精神，她要发泄，结果就“微密久藏偏自露”。“微密久藏偏自露”，这七个字太重要，也太露骨了，告诉我们，秦可卿的真实身份长久都是很隐秘的，但是在这一回里面偏偏要有所暴露，有所显示，那就是秦可卿给王熙凤托梦，“幻中梦里语惊人”。她显然是高于贾府的一个有广阔的政治眼光的人物，在梦里她指点贾府，今后你们应该怎么办，我已经不行了，我要走了，但是我实际上是一场政治交易的产物，我死了以后，你们家并不是马上也要遭灾，反而会有一桩喜事降临，会有“烈火烹油、鲜花着锦”的好事出现，但是那也是瞬息的繁华，在那个好事之后跟着来的就是“三春去后诸芳尽，各自须寻各自门”。所以这个人很厉害，“幻中梦里语惊人”。秦可卿这个人物的生活原型，其实在这首回前诗里已经透露出来了。

关于秦可卿，在第七回还有一个细节，您千万别忘，就是香菱被薛家强买以后，又被带到京城，住到贾家。当时周瑞家的看见香菱，周瑞家的说她长得像谁啊？周瑞家的跟金钏说：“倒好个模样儿，竟有些像咱们家东府里蓉大奶奶的品格儿。”金钏就立即表示她也有同感。曹雪芹写这一笔是乱写的吗？随便写的吗？他都是有寓意的。香菱是个什么人呢？第一回你还记得吗？甄士隐正抱着香菱玩，来了一僧一道，这两人当时怎么说的？他们说，“施主，你把这有命无运、累及爹娘之物，抱在怀内作甚？”秦可卿就是一个有命无运的累及爹娘的一个生命。她自己很清楚，她生在最不应该出生的时刻，给爹娘带来很大的麻烦。后来她虽然被隐秘地寄养在了宁国府，爹娘牵挂她，但她的被藏匿又随时可能给爹娘招惹麻烦；而她的生死存亡，完全取决于她的家族能否在政治权力的搏斗中获得胜利。她虽然是一个生命，却无法自己决定自己的命运，所以后来她焦虑到极点，得了抑郁症。她自己说，任凭神仙也罢，治得病治不得命，她那有命无运的悲惨程度，甚至超过了香菱。

在《红楼梦》第五回“游幻境指迷十二钗，饮仙醪曲演红楼梦”

中，曹雪芹一连写了很多首册页诗，这些诗是金陵十二钗的判词；此外，又有《红楼梦》十二支曲；每一首诗每一支曲，都暗示着书中人物后来的命运。虽然《红楼梦》是部残缺不全的作品，但是通过这些词曲中的暗示，读者能了解到这些人物的命运轨迹和最终结局，也能了解作者对这些人物的态度和评价。在“金陵十二钗正册”最后一页的判词中，以及关于秦可卿的那支曲《好事终》中，曹雪芹概括了秦可卿的命运并对之有所评价。

金陵十二钗正册最后一页上，画着高楼大厦，应该画的是天香楼，画上有一美人在高楼里悬梁自尽。这画面很明确地告诉你，秦可卿不是病死在床上，她是上吊自尽的。配合这幅图画的判词一共四句：“情天情海幻情身”，意味着秦可卿的家族背景是天和海。“情既相逢必主淫”，这当然是说秦可卿跟贾珍相逢，双方都有情欲，你爱我我也爱你，必然就会有淫乱的事情发生。曹雪芹是用“秦”来谐“情”的，吴音里 qin 和 qing 是不分的，“秦可卿”谐“情可轻”，意思就是这种感情本来是应该轻视的，不必那么看重的，但事实上却发生了——“秦可卿”又谐“情可倾”——过分倾注情感的事情。我以为，曹雪芹这样谐音，他的含义不是单一的，不光是说贾珍跟秦可卿的感情，也是在说贾家和“义”字派的感情，和“双悬日月”的那个“月”的感情，太过深厚了，结果就做出了藏匿秦可卿的事情；如此看重政治结盟的感情，也是并不可取的，“情可轻不可倾”，这是事后悟出的，很沉痛的教训。下两句是“漫言不肖皆荣出，造衅开端实在宁”，这就说到秦可卿与贾府陨灭的因果关系了。如果秦可卿的问题只不过是跟贾珍有不正当的关系，没有别的因素在内，那么她的生死存亡，跟荣、宁二府的兴衰安危能有多大关系呢？这两句实际上就跟我们点明了，不要以为后来贾家断送了前辈创下的家业，问题都出在荣国府，那祸根，实实在在地是在宁国府这边；那滔天大罪，就是宁国府藏匿了秦可卿，又不是谨谨慎慎小心翼翼地藏匿，贾珍又跟秦可卿发生了恋情，把事情弄复杂了，因此，最后贾府的倾覆，首要的罪责，在宁国府。

《红楼梦》十二支曲，实际上加上引子和收尾，一共是十四支，那第十二支，曲名叫《好事终》，说的是秦可卿。“画梁春尽落香尘”，这是对秦可卿在天香楼悬梁自尽的诗化描绘。“擅风情，秉月貌，便是败家的根本”，是说秦可卿不安分，她不该在藏匿期间跟贾珍淫乱。在这里我要提醒大家注意“秉月貌”的措辞，月貌当然是花容月貌的意思，就是说秦可卿非常之美丽，但是我上几讲已经告诉你了，在《红楼梦》的文本里，月喻太子，因此这样措辞，我以为也是在点明秦可卿跟“月亮”的亲缘关系。下面的句子，跟那判词一样，也说到秦可卿跟贾家败落的关系，“箕裘颓堕皆从敬，家事消亡首罪宁，宿孽总因情”。“家事消亡首罪宁”跟“造衅开端实在宁”意思一样，好懂。不好懂的是“箕裘颓堕皆从敬”，“箕”是簸箕，“裘”皮衣，古时用这两样东西代指家族的正经事，“箕裘颓堕”就是家族的正经事因为不去负责，都乱套了、颠倒了，但是这怎么能说是贾敬的问题呢？有的红迷朋友就跟我讨论，说贾敬跟秦可卿有什么关系呀，他根本就不在宁国府里待着，他跑到都城外的道观里跟道士胡羼，炼丹，打算升天当神仙，怎么这支说秦可卿的曲子里，竟会责备起他来了呢？应该说“箕裘颓堕皆从珍”才是啊。贾珍一味享乐，把宁国府都翻了过来，也没人敢管他；他又跟秦可卿乱来，他有责任嘛！怎么会这里不去说他，反倒去说贾敬呢？

曹雪芹在关于秦可卿的这支曲里，就是要透露这样的信息，就是要告诉我们，对宁国府藏匿秦可卿这桩关系到家族命运的大事，贾敬竟然采取了逃避的态度，他居然就不负责任；如果他负责的话，他留在府里，对贾珍起到抑制的作用，也许事情就不至于闹得那么乱乎，焦大也就不至于骂出那样一些丑事来；但是他逃避了，任凭箕裘颓堕，不闻不问，他连府里给他过生日，都坚决不回来，他对宁国府后来的倾覆，负有头等的罪责。这个贾敬应该也是有生活原型的，最初接收那个秦可卿原型的时候，他的父亲，也就是书里贾代化的原型还活着，跟贾代善、贾母的原型他们共同决策，决定由宁国府的原型来藏匿秦可卿的原型。做出这一决策的根本原因，“宿孽总因情”，就是他们跟现实生活中的废太子，关系实在太铁了，太有感情了，也就顾不得是否最后会导致“作孽”的后果，是否会葬送了百年望族的前程。当然，他们也是投机，这件事做稳妥了，一旦废太子，或者废太子死后，当着理亲王的弘皙能够翻过身来，登上皇位，他们家族所能得到的好处，那就怎么往高了估计也不过分。在真实的生活里，贾敬的原型，那时候就不同意藏匿秦可卿的原型，但长辈做了主，他也无法阻拦。后来贾代化、贾代善的原型相继死去后，他就公开撂挑子了，他就逃避了，他把爵位让给贾珍的原型袭了，把族长也让给贾珍的原型当了，他的态度就是，今后府里的事跟我都没关系了。从生活原型，原型人物、原型空间、原型事件，到小说里的人物、府第、故事，应该就是这样的一种对应关系。

关于秦可卿的这支曲，曲名叫《好事终》，现在含义很清楚了：本来藏匿秦可卿是一桩好事——对于秦可卿本人来说，她可以不必跟父母及其他家人过被圈禁的生活，而且一旦她的家族在权力斗争中获胜，她就可以亮出真实的公主身份；而藏匿她的贾家，如果她的背景家族，也就是月亮，“天上一轮才捧出，人间万姓仰头看”，终于成事了，那么就相当于立了大功，荣华富贵就一定会升级，这当然是大大的好事。但是最终却是“月”派的失败，而且还没等到最后失败，就先要让秦可卿牺牲，好事没成，好事终结了，所以关于秦可卿的曲子叫《好事终》。

高鹗续书，前面也保留了关于秦可卿的判词和《好事终》曲，那里明白地写着“首罪宁”，他往下续书，到最后当然也只好把宁国府的罪写得好像比较大。根据他的写法，皇帝整治宁国府比较彻底，贾家延世泽，只宽恕了荣国府，但是高鹗最后给宁国府归纳的罪状是什么呢？你现在看看去，很滑稽的，大体上一个就是逼娶良家妇女，就是说尤二姐的事。但这个尤二姐是谁娶了她啊？是贾珍吗？就算贾珍在当中起了不好的作用，罪名首先也应该是贾琏啊。贾琏他国丧、家丧都不顾，违反封建礼法娶了尤二姐，而且还造成尤二姐跟她原来订婚的丈夫分开，造成了一些其他的后果。这是荣国府的事呀，高鹗却为了把宁国府写得罪大恶极，列出这么一条罪状。还有一条更可笑，有关尤三姐。高鹗的文字大体就是说，这个人死了以后宁国府没有报官，私自掩埋了。可这才算多大的罪啊，在封建社会也不是什么不得了的罪。然后他就把贾珍写得最后被治得很惨。他想不出别的办法，因为什么？也许是他没有搞清楚前面关于秦可卿的描写是怎么回事？其实也许是他太清楚了，他要回避，他要掩盖，所以他这么写。实际上在八十回以后，根据曹雪芹本人的构思，贾府的陨灭，“造衅开端实在宁”，“家事消亡首罪宁”，应该主要是宁国府惹出大祸，那“造衅、首罪”是什么？应该就是后来“当今”重提宁国府居然收养了皇族罪家女儿的事情。本来这件事已经通过秦可卿自尽体面地解决了，但“三春去后”，“当今”改变了态度，新账旧账一起算，那么藏匿秦可卿这件事，当然就是弥天大罪，贾家就没有活头了。这时不但宁国府罪不可赦，荣国府也脱不了干系，于是忽喇喇似大厦倾，昏惨惨似灯将尽，家亡人散各奔腾。

那么我说到这儿，先做一个结论，再针对可能对我提出的质问做出一点解答。我的结论就是：曹雪芹所写的秦可卿这个角色是有生活原型的。这个角色的生活原型，就是康熙朝两立两废的太子所生下的一个女儿。这个女儿应该是在他第二次被废的关键时刻落生的，所以在那个时候，为了避免这个女儿也跟他一起被圈禁起来，就偷运出宫，托曹家照应。而现实生活当中的曹家，当时就收留了这个女儿，把她隐藏起来，一直养大到可以对外说是家里的一个媳妇。在曹雪芹写《红楼梦》的时候，这个生活原型使他不能够回避，他觉得应该写下来，于是就塑造了一个秦可卿的形象。概而言之，秦可卿的原型就是废太子胤礽的女儿，废太子的长子弘皙的妹妹。如果废太子能摆脱厄运，当上皇帝，她就是一个公主；如果弘皙登上皇位，弘皙就会把已故的父亲尊为先皇，那样算来，秦可卿原型的身份依然可以说是一个公主。

秦可卿原型的公主级身份，是许多《红楼梦》的读者没有想到的。我这个结论出来以后，一定会有人提出质疑，头一个问题就是，在康熙时期，太子胤礽被废圈禁后，受到严格的看管，在那样的情况下，把一个婴儿偷运出宫，难道是可能的吗？历史上难道存在过类似的事实吗？

有的人不清楚清朝那时候的情况，以为太子被废被圈禁，只是把他一个人带到一处地方关起来，不是那样的；废太子被圈禁，是整窝地被圈禁。他当太子的时候住在毓庆宫，被废被圈禁后，有个移宫的过程，移往紫禁城一角的咸安宫去，而且也不是光转移他一个人。他除了正妻以外，还有许多小老婆，有大大小小一群儿女，还有伺候他和他妻妾儿女的一大堆男女仆人，因此，那转移是个浩大的系统工程。就算康熙动了气，下了很严厉的命令，要求转移的过程中不许有疏漏，那也难免出现一些混乱、一些漏洞。何况太子一废以后，没多久康熙又后悔了，太子又复位了，那么一废的时候对太子不好的人，在太子复位后肯定会被打击报复，因此，二废的诏令下来时，执行移宫的人员里，就一定会有人觉得不能太生硬，谁知道康熙过些时候会不会又平了气，再让太子复位呢？在那样的过程里，发生一些逃逸的事情，看守者执法不严的事情，都是可能的。更何况，贪图钱财，贿赂到手，管你什么王法不王法，这样的人、这样的事，自古有之。人性的黑暗面，加上还可能有的人性中的同情心、怜悯心、不忍之心，在那种复杂的世态中，有人以复杂的心态做出越轨的事，实在不是什么难以理解的事。

就是把废太子一家都转移完了，太子一家全都被安顿到咸安宫里软禁起来了，看守的制度也完善了，那也依然难保没有空子可钻。因为康熙有指示，对废太子以及他那一大家子，生活待遇上还要保持原来的水平，叫作“丰其衣食”，那么天天往里头送生活用品，往外运废物垃圾，应该还是川流不息的状态。清朝史料里还有夏天往咸安宫里运送冰块，给太子他们消暑的记载。废太子和他的家人，刚迁到咸安宫里，气焰不会太高，却也难免还会习惯性地颐指气使，还有一些余威；看守他们的人员，有的一开始也肯定让他们三分。因为那时候谁也说不清楚，以后究竟会怎么样，既然一废不久康熙就后悔过，焉知二废后会不会三立呢？当时的情况，可以说是很怪异、很微妙的。

根据史料，太子被二废后，他是一直不死心的。他曾利用太医院太医去给他的福晋——就是大老婆——看病的机会，买通那个太医，让他带出一封密信去。密信是用矾水写的，表面上是张白纸，但是拿到火上去一烘焙，字就现出来了。太医把密信递到了废太子指定的人手里，那人也没拒绝接收。这封密信的内容，是废太子指示那个接收密信的大官，设法在见到康熙皇帝的时候，为他说好话。当时西北又有部族叛乱，废太子让帮他说话的人向康熙保举他担任征西大将军，以戴罪立功，实际上就是图谋重新回到太子的位置上去。没想到矾水写密信、私递出咸安宫的事很快被人告发了，康熙严厉地处置了相关的人，对废太子倒没再怎么样，只不过不去理他就是了。这个例子也充分说明，废太子不甘心，他也还是有余威的，有的人就帮他传递密信，有的人就帮他说话。

根据查出的这些史料，我形成了一个思路。在当时那种情况下，废太子身边的一个女人，如果恰恰在他被二废的关键时刻产下了一个婴儿，他们不愿意让这个可怜的孩子一落生就陷于被圈禁的处境，于是趁着混乱，买通看守，将其偷运出宫，送往曹家藏匿。这种事情是有可能的。

但是抽象推论，是不能说服人的。那么我不跟你进行抽象的推论了，我要告诉你，从清朝所留下的档案里面，可以找到根据，证明在那样的情况下，是有人曾经逃逸出来的。这些材料，甚至在雍正朝和乾隆朝反复清理遗留档案的时候都没有被删去。例如，根据《清圣主实录》第二百六十八卷的记载，在太子第二次被废的前后，从太子被圈禁的咸安宫里面就逃出过一个人，不过不是一个幼儿，是一个成人。这个人有名有姓，当然是满族人，叫得麟。这个人没想到自己的主子又被废了，又要从毓庆宫移到咸安宫，而且移到咸安宫以后，就要跟主子一起被圈禁，这一圈禁，就不知道哪一天才能获得自由了，他就决定逃走。他采取了一个什么办法呢？诈死。他装死，想办法通知外面看守的人，说死人了，要运死尸，所以就把他当作死尸抬出去了。这可不是假设，不是推理，这是生活中真实存在过的事情。这个得麟诈死逃出以后，还有人收留他。你不要总是问，逃出皇帝下命令的圈禁，已经是死罪，难道会有人敢于收留他吗？那不也是死罪吗？依我看，任何时代，任何情况下，总会有人冒死做一些违法的事。收留得麟的是一个大学士，叫嵩祝，他就收留了得麟。后来康熙亲自处理这个案子，得麟被处死，嵩祝也被惩治；康熙指出，虽然太子被废了，但是像嵩祝这种人，还是做讨好废太子的事，就是总怕废太子再成为太子，最后还要登基成为皇帝。现在我们虽然还没找到任何关于太子的女儿偷运出来，被曹家藏匿的史料，但我们可以不必再问：那是可能的吗？因为其可能性，应该大于得麟的逃逸和被收留藏匿。得麟是一个成人，诈死以后装作死尸也很大，尚且都可以偷运出来，何况刚刚诞生的婴儿。得麟不过是废太子身边的仆役，尚且有大学士嵩祝觉得“奇货可居”，可以作为将来向“正位”的胤礽邀功的本钱，愿意将其收留藏匿，那么，收留藏匿胤礽的一个女儿，对于曹家来说，难道不是能获取更大利益的政治投资吗？何况“宿孽总因情”，他们之间不光有共同的政治利益，交往久了，也确实有了感情。

说到这儿，可能有人会说，我还是有点不服气，我知道清朝当时有宗人府啊。什么叫宗人府？就是皇室的每一个成员，每一个皇族血脉的孩子，从婴儿就要开始登记的。宗人府是管这个的，这些是要严格登记的，不能说你生一个孩子就让人家抱养了，隐瞒起来，这查出来以后可是死罪。但还是上面那句话，在任何时代，都会有个别人，冒死去做一些违禁的事。我现在就举实例告诉你，也在康熙朝，康熙自己就曾经处理过相关的案子。宗室原来的内大臣觉罗他达，因为孩子太多，小老婆又生了一个孩子，他就不想要了。尽管宗人府定例森严，他就是不报，不报这个孩子又不能把他弄死，怎么办呢？就有包衣佐领——这个人还有名字，康熙还点了名，名字叫郑特，他就把觉罗他达不要的这个孩子，领到自己家养起来了。现实生活当中的曹家，就是满族的包衣，就是统治集团的一个奴才班子里面的成员，跟这个郑特的身份是一样的。作为包衣，郑特居然就敢背着宗人府收养皇族血统的后代，这可不是什么小说里面的情节，这是历史上的真事，因此你就不要再那么问了：皇家有规定，皇族血统的孩子必须一落生就到宗人府登记，难道会有人敢于不登记吗？私自收养皇家血统的孩子，是违法的，尤其是奴才身份的人，更不允许把皇族的后裔私自抱去养起来，难道会有包衣把皇族没在宗人府登记的孩子私自抱去养起来吗？可能吗？不存在可能不可能的问题，康熙亲自处理过这样的事，有史料可查；而且康熙处理时还提出这样一条，说这一家血脉因此就不清楚了，所以今后在选秀女的时候，这一家的女孩子就不可以混入选秀女的名单里面了。康熙很严厉地指示，有类似情况要严格查明。虽然皇帝很严厉，但是，你看有例子是不是？有人就从被圈禁的宫里面逃逸；有人就收留逃逸的人；有的皇族生了孩子就瞒着宗人府，违禁地送给别人；而包衣奴才身份的人，就敢私自把皇族血统的孩子抱到自己家养起来……包衣郑特的身份跟曹家差不多。曹家就是包衣世家，按说不可以随便把皇族的血脉拿到自己家里养，何况是被废掉的，坏了事的。但是康熙朝就发生过类似事件。因此，我们所面对的就不是一个可能不可能的问题，依我说，这是完全可能的，只是我们现在还没有找到胤礽的一个女儿被曹家藏匿的一手档案而已。

那么在这一讲的最后，我重申我研究得出的结论，就是《红楼梦》里面所写的秦可卿是有生活原型的，这个原型人物就是现实生活当中废太子家的一个小女儿，她应该是在废太子第二次被废掉的关键时刻被偷偷地送到曹家养起来的。曹雪芹在写作一部带有自叙性的作品的时候，就把这个生活原型化为了小说当中的秦可卿。

但是关于秦可卿的故事并没有结束，因为秦可卿在临死前给凤姐托梦的时候有明确暗示，就是她的死亡和另外一个人的升腾是互为表里的，她是被人出卖的，她是被人告密的。那么在现实生活当中和在小说当中，向皇帝告密造成秦可卿死亡的那个人是谁呢？我将在下面几讲里，逐步地揭示这个人的真面目。

贾元春篇

秦可卿被告发之谜（上）

在上一讲最后，我把自己探究的结论告诉了大家，就是《红楼梦》里面秦可卿这个艺术形象，她的生活原型，是康熙朝废太子的一个女儿。那么这个结论出来以后，我就碰到了一位红迷朋友，他不太服气，跟我来讨论。当然，我自己的一些结论，并不要求别人都来认同，本来红学就是一个公众共享的学术空间，大家都可以活跃起来，各自发表看法。我就问他，你怎么想不通呢？他说，依他想来，如果曹家藏匿了废太子的一个女儿，而且被人告密了，事情败露了，皇帝不会仅仅是让这个废太子的女儿自尽，一定会立即打击曹家。可是他说，你看看书里面怎么写的呀？书里面写的是，秦可卿在天香楼上自尽以后，贾家不但没有马上遭到打击，反而进入了一个“烈火烹油、鲜花着锦”的新局面。这家的富贵荣华，还上了一个新台阶了！因此，他就跟我讨论，问我，如果生活当中确实发生了您说的那样的事情，而您又说，它是一个自叙性、自传性的小说，反映到小说里边，作者却又这样来写，秦可卿的死亡没有马上给贾家带来打击，更不要说毁灭性的打击了，不但没有遭到打击，反而贾家情况更好了！这多奇怪呀！

我觉得他这个思路挺有意思的。我估计，看我这些讲座的读者里，也会有人提出类似的问题，就是说，小说里这么写了，究竟是现实生活当中，大体上就是这么一个状况呢，还是曹雪芹在写这一段的时候，完全离开了生活的真实，去进行凭空的艺术想象呢？

现在我可以很明快地回答大家这个问题，跟我讨论的这位朋友，我也是很明快地回答了他。我说呢，在现实当中，恰恰就是这么一个情况，曹雪芹写入小说的时候，当然对原始的生活形态有改变，有挪移，有夸张，有渲染，有回避，有遮掩，但是总的来说，现实当中基本就是这么一个情况。我说完以后，那位红迷朋友就觉得，有一个新的问题，要跟我讨论。我说，你先别着急，因为我在上一讲里面，最后我自己提出了一个问题，我得先把我那个问题回答了，咱们再来讨论你这个新问题。他也觉得挺逗的，怎么研究《红楼梦》，跟套罐娃娃似的，一个问题套着一个问题？我说，这样研究《红楼梦》才兴味盎然。

大家记得吗？在上一回最后，我自己提出一个问题，就是说，如果说在书里面——咱们先说小说，秦可卿这个事情暴露了，是有人告密，那么，这个告密者是谁呢？是谁把秦可卿的真实身份告诉了皇帝呢？那么这个问题，我现在不绕很多的弯子，我也可以很明快地告诉你：你读《红楼梦》，读完秦可卿之死，很快就会读到另外一个人的升腾，这个人是谁呢？就是贾元春。第十三回秦可卿死了，对不对？第十四回、第十五回，基本都是写秦可卿的丧事，到第十六回，就写了一件跟丧事反差很大的喜事。什么喜事？“贾元春才选凤藻宫”。因此从小说里面内在的情节逻辑来看的话，向皇帝告发秦可卿真实身份的这个人，应该就是贾元春。

你现在仔细想一想，贾家的命运，如果把贾家比喻为一只鸟的身子，他们家的命运，就是靠两只翅膀的扇动来决定家族的提升。一只翅膀就是秦可卿。贾家藏匿、收养了一个义忠亲王老千岁的骨血，一个女儿，这就是秦可卿。他们为什么要这样做呢？因为义忠亲王老千岁虽然“坏了事”，但是“坏了事”并不等于说这支力量就彻底地毁灭掉了，它还存在，还可能从“坏了事”的状态转化为“好了事”。所以从小说来看的话，宁国府隐藏了这样一个人物，一直把她作为贾蓉的媳妇养起来，把她调理成一个气象万千的杰出女性，就是在进行政治投资。这是往义忠亲王老千岁这股政治力量方面来投资。

在上几讲里边，我已经给大家讲了，义忠亲王老千岁的原型应该就是康熙朝被两立两废的太子。他虽然被两立又被两废了，但是在康熙朝，这个人并没有死去，这个人是在雍正二年才去世的。康熙到了晚年，大家觉得，这位老皇帝的脾气越来越让人觉得反复无常。不少人就想，他既然可以把胤礽废了又立，立了又废，那么有没有可能，就在他还在世的时候，第三次把胤礽立起来呢？因为这是他的亲骨肉，他从小把他培养成一个太子，费了多少心血啊。当时一些官僚集团的人都有这种揣测，尤其是康熙认为“皇长孙颇贤”的传言流传得特别广泛。“皇长孙”就是废太子的嫡子弘皙，而且弘皙那时候又为康熙生下了嫡重孙永琛，人们普遍觉得，即使康熙彻底废了胤礽，不让他继承皇位了，把帝位传给弘皙的可能性也是很大的。这些生活中的真实状况，化为小说里面的故事以后，贾家藏匿秦可卿，视她为政治投资的“绩优股”，你也应该能够理解了，是不是？虽然义忠亲王老千岁“坏了事”，但是他的那些残余势力仍然存在，像冯紫英什么的都是，小说里面这些人物，都是属于这一派。所以贾家觉得，可以通过收养、藏匿秦可卿，进行这边的政治投资，一旦政局发生变化，义忠亲王老千岁本人，或者他的儿子，在小说里以模糊的光亮笼罩全局的“月”，在新的政治局面下成了皇帝，那么贾家就立大功了。你在人家最困难的时候，能够毅然决然地去藏匿人家的骨血，让其免于跟父母一起被圈禁，那么，人家成了新皇帝，肯定要大大地褒奖你。

我在上几讲里面已经大体上提到了，你现在应该懂得这一点，就是为什么“坏了事”的义忠亲王老千岁，会把一个女儿寄顿到贾家呢？就是因为在真实生活当中，太子一废的时候，可能还没有什么思想准备，有关情况我就不重复了，我前几讲讲过这个内容了；但是在二废之前，这个人会不会已有了思想准备？他经历过一次了啊！他有思想准备。他的家属，一大群人，除了他的正室以外，还有很多个小老婆，他的正室给他生了孩子，他的小老婆也给他生了孩子，太子也是子女满堂的。另外，还有伺候他们的很多人，是不是啊？而且在前一讲已经讲过了，那就不是小说了，是史料记载，那时有一个叫得麟的人，发现太子又不行了，又要被废掉了，废掉了就要被圈禁起来啊，谁愿意被圈禁起来呢？就算是对太子的生活供应标准还不太降低的话，也没有自由啊——人总是向往自由的，高级监狱毕竟也是监狱，对不对？废太子没有自由了，所有那些跟他有关的人，包括伺候他的人，也都没有自由了，所以这个叫得麟的人，无论如何不想跟着被圈禁，就设法逃出去。他就诈死，把自己装成死人，想办法让人把他当尸体运出去，然后还真那么运出去了，还有一个大官僚就把他给收留了。当然，最后被人揭发了，这个得麟被处死了，藏匿他的官僚被惩治了。

因此，你应该能够理解，在第二次大风暴要来临的时候，很可能这个时候，太子的一个妻妾就要临盆了，这时候，他或他的那个妻妾就想，风声传来了，又要被废了，又要被圈禁起来了，这个有命无运的孩子，为什么让她从一个婴儿起就做囚徒呢？还是想办法通过各种关系把她偷运出宫吧！于是就把这个孩子偷运出来，或者谎称是养生堂的孩子，或者谎称是被一个小官僚收养，或者就直接地，干脆藏匿到曹家，由曹家造出一些谣言，把她保护起来，养起来。所以无论是现实生活当中也好，是小说当中也好，你都应该能够理解，一家人之所以能够去藏匿、收留暂时政治上失利的一派政治力量的一个骨肉，一是因为他们之间毕竟交往多年，有感情，“宿孽总因情”；二是因为这样做也是政治投资，将来还很难说，像押宝一样，还有一本万利的可能。这就是贾家的一只翅膀，秦可卿。

但是和当时清朝的其他官僚一样，曹家进行政治投资，不能光是一面投资——一面投资就不保险，得“双保险”！于是就有另外一只翅膀，那翅膀也使劲儿扇动，就是把自己家族的一个女儿送到宫里面去，想办法让她逐步晋升，使她最后能够到皇帝的身边，成为皇帝所宠爱的一个女子。在小说里面，这个人就是贾元春。这当然是一个很现实的投资了，因为投资对象是现在的皇帝，所谓的“当今”啊！

就这样，两只翅膀飞。如果这边这个投资失败了，不成功，那么只要这个翅膀没有完全折断，还勉强能够扇动，那边的翅膀又还强劲的话，这个鸟还能飞起来。所以他们两面进行政治投资。在现实生活里，曹家是这样的，小说里面，曹雪芹的艺术构思是设计一个贾家，告诉你贾家的一些故事。在小说的前半部，他就重点给你讲了，一个是秦可卿，一个是贾元春，她们两个的故事。

当然，前面也写到了一些其他的女性，写到刘姥姥，有很多的故事，但是可以说，从第一回到第十六回，“金陵十二钗”中亮相得比较充分的，应该就是秦可卿，然后在第十六回的时候，就像海面上浮出来一角冰山一样，贾元春就浮出海面了。这是关系到贾家命运的两个女子，她们是非常重要的。

根据小说的描写，我们就发现，有这样一个因果关系，就是秦可卿上吊自杀之后，接着发生的事情，就是贾元春地位得到提升。因此，我刚才之所以能够很明快地告诉你，因为我的判断就是，作者的构思——他没有直截了当写出来，但是他的构思是这样的，后面我还要举很多例证证明，他确实是这样一个构思——就是由于贾元春告诉了皇帝，我们家藏匿了一个义忠亲王老千岁的女儿，就是由于她对秦可卿真实身份的告发，才形成了小说里面那样一些情节的流动。其中最关键的情节就是，秦可卿在天香楼悬梁自尽。她不得不死，因为皇族的骨血，尤其是罪家的骨血，是不可以藏匿起来的。可是皇帝喜欢贾元春，她的告发行为，又体现出了她对皇帝的忠诚，于是皇帝就把这件事画个句号，秦可卿自尽了就算了，贾家藏匿皇家骨肉的事情就不予追究了。而且，皇族家的这类事情也属于“家丑不可外扬”，因此，对外还允许贾家大办丧事，宫里还来大太监参与祭奠，就对这个事情进行遮掩，让丧事表面显得很风光，不让社会上一般人知道真相。贾元春告发了秦可卿，体现出了对皇帝的忠诚，当然她也一定会苦苦哀求皇帝，不要追究他们贾氏，皇帝大概觉得她忠孝两全，于是予以褒赏，就提升她的地位，就“才选凤藻宫”了。小说里面，它是这样一个情节逻辑。

说到这里，必须回答那位红迷朋友这样一个问题了，这恐怕也是很多人都想问我的：在现实生活当中，是不是真有这么一个情况？皇帝难道就那么愿意原谅生活当中的曹家吗？小说里面，写成贾家在秦可卿死了之后，不但没有受到惩罚，反而有一个大好局面出现，这样的情节安排，有合理性吗？

要回答这个问题，就必须弄清楚《红楼梦》叙述文本里的时间顺序问题。

《红楼梦》是小说，作者在第一回里面，通过石头跟空空道人对话，就故意有一个说法，叫作“朝代年纪，地舆邦国，却反失落无考”。就是他不愿意直接说出来，我写的是哪朝哪代的事，他也不愿意直接说出来，我写的是哪个空间里面的事情。所以红学界一直有争论，究竟它写的是什么时候的事情？在《红楼梦》文本里，对男人，避免写他们剃去额发留大辫子，贾宝玉虽然写他梳辫子，但又不像典型的清朝男子的辫子，写北静王的服饰，更接近明代的样式。以致后来许多人画《红楼梦》图画，男人的服装打扮基本上往明朝靠；戏剧影视当中，人物的服装造型就离清朝更远了。但是清代对女性的服装改变不是很大，一般汉族妇女的服饰跟明代很接近。《红楼梦》里写女性服饰，清朝的味道是有的，但不明显。比如满族妇女有自己很特殊的服饰，如旗袍、两把头、花盆底鞋等，这些在《红楼梦》里都没写。而且，对于书中诸女子究竟是大脚还是小脚，除了尤三姐直接写到是小脚，傻大姐直接写到是大脚以外，都写得很含混。这当然是曹雪芹的一种艺术处理技巧，他不想直截了当地通过这些描写来坐实小说的具体时代背景，但这里面除了艺术考虑以外，恐怕也有避免惹麻烦的非艺术考虑。时间上有模糊处，空间上也有模糊处，大观园里，南方北方的特有植物全出现，比如红梅花。北方地栽的红梅花非常罕见，甚至根本就种不活，但是故事里出现了很壮观的红梅花。红学界因此争论也很多，大观园是在南京还是在北京啊？究竟在什么地方？当然，更多的细节证明，书里写的荣国府、大观园，还是在北方，在北京。比如里面多次写到炕，在炕上坐，在炕上吃饭，贾环在炕上抄经，故意把炕桌上的蜡烛推下去，烫伤正躺在炕上的贾宝玉等，炕这个东西在金陵是没有的。贾宝玉还说“常听人说金陵极大”，可见他懂事后就根本不住在金陵，金陵对于他来说只是一个常听大人提到的地方。也就是说，自林黛玉进都以后，故事里人物活动的主要空间，就是在北京，甚至连北京西北城的花枝胡同也写进去了。当然，曹雪芹也借用了某些江南的事物，特别是景物，不过从主要的方面看，是写北京。曹雪芹在文本上，时间、空间方面，都故意让它有一定的模糊性，他使用了烟云模糊的艺术手法。

但是实际上《红楼梦》的文本又具有很强烈的自叙性和自传性。它的自叙性和自传性，又是可以勘察清楚的，因为它具有这种素质，所以这个文本很有意思。在《红楼梦》第一回当中，我上面所引的“朝代年纪，地舆邦国，却反失落无考”这话旁边，脂砚斋就有一条批语，一语道破天机。

脂砚斋很厉害，因为她是曹雪芹的合作者。小说里面的石头不是跟空空道人有段对话吗，这段话你明白吗？为什么叫《石头记》呢？就是石头后来缩成扇坠大小下凡去，经历一番人世的浮沉，复杂的经历，最后又回到原来那个地方，青埂峰，还原成一个大石头。还原成大石头以后，跟原来有什么不同呢？上面就写满了字。写满什么字呢？意思就是写满了现在咱们看到的字，就是《石头记》。所以石头就跟空空道人说，我所写的这个东西“朝代年纪，地舆邦国，却反失落无考”。可是脂砚斋批语马上跟上一句，叫作“据余说，却大有考证”。脂砚斋批的时候很开心，他们两个人互相在调侃，脂砚斋的意思就是，实际上你写这些东西，托言石头所写，其实不就是你曹雪芹写的嘛，其实你所写的这些，无论是从时间上来说，还是从空间上来说，都是“大有考证”！

我个人的研究方法，属于探佚学当中的考证派，我考证的思路，就是原型研究，所以我现在进行这些考证，我觉得不好笑，因为脂砚斋鼓励了我，脂砚斋就说了，“大有考证”。那么现在我要考证什么问题呢？就是要考证《红楼梦》叙述文本里的年代顺序问题，就是《红楼梦》究竟写的是什么时代、什么朝代、什么历史事件背景当中的事？

大的方向我们老早就确定了，在前面，我已经讲了很多，比如帐殿夜警事件，曹家在三朝中的浮沉兴衰，等等，通过那些分析，我们就知道，《红楼梦》应该写的是康熙、雍正、乾隆三朝，写的是在那个大背景下发生的事。现在就需要更加细化，比如说从第一回到第八十回，究竟写的是哪一年的事？把这个问题搞清楚以后，有什么好处呢？那样的话，不但我们可以进一步地了解到《红楼梦》写作的历史背景，而且可以了解到作家写作的时候，他内心的种种情愫，他的痛苦，他的欢乐。而且我们还可以通过排一个时间表，了解到《红楼梦》小说文本后面的人物原型、事件原型、物件原型、细节原型，所以这种探究是很有意思的。

为了讨论起来方便，我把最容易回答的部分先说出来，比较麻烦的，我放在后头。最容易的部分是什么呢？就是我可以很明快地告诉你，《红楼梦》的第十八回的后半回起到第五十三回上半回，写的都是一年里面的事情。这个我想大家不应该有争论的，因为你读时就发现了，它的季节变化的时序非常清晰，可以说是一丝不乱的："元妃省亲"，当然，除夕我就不算了，转过来就是过年了，然后就是元宵节，然后就是春天了，然后就是初春、仲春，然后是春末，然后是初夏，然后是夏天，然后是秋天，然后是冬天，然后下雪了，然后又到过年的时候了。所以，从第十八回后半部，到第五十三回上半回这三十五回书，很显然，写的就是一年里面的事情，而且它把春、夏、秋、冬四季，把季节背景描绘得非常清楚。那么这三十五回书，所写的这一年是哪一年？就是乾隆元年。

为什么我说它是乾隆元年？有很多证据。但是我在这儿要讨论的问题太多，我不一一列举，我只举几例。首先举一个最小的例子，第十八回写到贾元春省亲，省亲就有一些细节描写，写到所谓的銮舆卤簿—— 卤簿是一个文言词，可能你听起来不太好懂，但是我跟你一说成白话文，你就懂了，就是仪仗。皇帝出行或者后妃出行，前面都有仪仗队，仪仗队非常复杂，有非常烦琐的仪仗规定。《红楼梦》写元妃省亲，就写到卤簿，“一对对龙旌凤，雉羽夔头”等，我就不细致引用原文了，你可以自己去翻。但是里面有一个细节值得注意，就是书里面提到在贾元春省亲的时候，仪仗队里面有一把曲柄七凤黄金伞。过去的仪仗，你看《红楼梦》的那些图画，或者现在拍成的电影、电视剧，都会有这样一些道具出现。首先，仪仗里面会有一种伞，当然这个伞不像我们现在生活当中的伞这么小、这么低，它有很长的柄，上面有很大的伞盖，而且伞盖旁边，有时候有一层，有时候有三层布幔围起来。它主要的作用，还不是来遮阴或者遮雨，它有那个功能，但那是其次的，它主要是表示一种威严，是权力地位的象征。曹雪芹笔下，就有一个很具体的名词出现，有一个具体的器物，叫作曲柄七凤黄金伞。

现在我就告诉你，这种曲柄的黄金伞，只有乾隆朝的时候才开始有，在康熙和雍正朝时候，当时在所规定的銮舆卤簿、仪仗里面的伞，都是直柄的，曲柄伞是乾隆朝才开始有的一种创制。就是说在仪仗方面，各朝不断有所改进，曲柄伞是乾隆朝的时候才有。因此光是这一句就说明，第十八回末尾到第五十三回，书中所写的这段故事，它的朝代背景，是乾隆期间的事情。

但是这样一个很小的物件的一个细节，还不足以充分说明问题，因为你可能会说，它也可以把乾隆朝有的东西借用在这儿。那么好，你现在读第十八回到第五十三回，读这一年的故事，你就会发现其中有一回，就是第二十七回，很明确地提出一个日子。

什么日子呢？就是四月二十六日。作者就很明确告诉你，这一年的四月二十六日是芒种节。我们都知道，每年的二十四节气，并不都在同一天交那个节气，有的年还会是闰年，同一个节气，相近的各年日期会差很多天。二十四节气有一个芒种，曹雪芹就在书里告诉你，他所写的这一年就是四月二十六日交芒种。那么你去查《万年历》，乾隆元年就是四月二十六日交芒种。这不是巧合。再加上有的红学家，比如像周汝昌先生就考证出来，实际上四月二十六日就是曹雪芹的生日！作者之所以这么郑重地来写这一年的故事，就是因为那一年他十三岁了，关于那段时间他的记忆是最完整的，而且这一年生活是最美好的，所以他铆足了劲儿来写这一年的故事。《红楼梦》里多次明写暗表，贾宝玉在那些情节中是十三岁。例如第二十三回，写贾宝玉住进了大观园怡红院，就写了几首诗，抒发他四季里快乐闲适的生活。在叙述文字里，曹雪芹就这样写道："因这几首诗，当时有一等势利人，见是荣国府十二三岁的公子作的，抄录出来各处称颂……"又如第二十五回，写贾宝玉和王熙凤被魇后奄奄一息，一僧一道忽然出现，来解救他，癞头和尚把通灵宝玉擎在手上，长叹一声道："青埂峰一别，展眼已过十三载矣！"都是表明书里的这位主人公落生十三年了。

周先生关于曹雪芹年龄和生日的推算，您可以去读他的著作，我这儿借用他的学术成果，我不做铺开的讲述，因为这太复杂。

那么在小说里面，在一个艺术的故事里面，曹雪芹他设定为，这一年是四月二十六日交芒种节，这应该就证明，他写的是乾隆元年的事情。因为整部书它是具有自叙性、自传性的，是有写实的前提的，它的艺术的升华，都是在现实的时间和空间的基础之上去渲染完成的。把这点搞清楚，很要紧。而且曹雪芹写得非常有趣，他把四月二十六日这个芒种节说成饯花节，饯花神的日子。因为到芒种的时候，所有的花就都谢光了。《红楼梦》里引用了一句诗，叫“开到荼蘼花事了”——据说，荼蘼这种花是开得最晚的，因此也谢得最晚，等它谢了，那基本上就没有什么花开了，植物都开始结果，开始出现另外的局面了。想象有花神，这是很美丽的一个想象，所有花都开完以后，花神就要去休息了，因此，就要跟他饯别。闺中女儿们，小姑娘们，就特别地讲究这个风俗，因此在《红楼梦》里面，出现了那一回的描写，包括黛玉葬花。黛玉为什么要在那一天葬花啊？因为那一天是一个跟花神告别的日子，她要通过葬花这样一种礼仪形式，来表达自己对花的一种珍惜，对花神辛苦了一年，给我们带来这么多美丽的花朵开放的情景，表示感谢。当然她也表示哀悼，因为花儿谢落了，还是很让人遗憾的事情。第二十七回准确地点明芒种节日期，大写饯花神，更证明了第一回到第五十三回应该就是写乾隆元年的事情。

那么第五十四到第六十九回这十六回，我又可以断定，它是写乾隆二年的事情。它就是一年一年往下这么写。为什么说它写的是乾隆二年的事？我也有证据。因为在这一部分，刚开始写那一年春天的时候，就写到宫里面有一个太妃，先是病了，后来又说是上一回所表的那一位老太妃薨逝了。记得吧？有这个交代吧？我记得我在前面已经跟大家点出来过，所谓太妃、老太妃，或者以后我们还要讲的王妃、皇妃，有的时候指的就是一个人。比如说，康熙身边的一个女子，如果是一个妃子的话，在雍正朝她就是一个太妃，是不是啊？大家称呼她太妃，非常符合；但是雍正驾崩以后，到乾隆朝她就成了老太妃了，实际上，小说里面所写到的太妃、老太妃，就是同一个人。

那么，这个人有没有原型？这样一个背景人物，其实也是有原型的。恰恰在乾隆二年年初，宫里面就死了一位康熙身边的女子。

小说是很忠实地把乾隆二年朝廷里面的一个情况写出来了。在真实的生活里，这个女子姓陈，她的父亲叫陈玉卿，是个汉族人。你现在可以去查康熙的有关资料，康熙是一个七情六欲发达的人，他身边有四十位女子，前后都有过封号，没封号的更多；就是他给过封号，或者他去世以后，由雍正或者乾隆再给予封号的女子，就有四十位之多！当然，其中三十多位都是满族的妇女。在这点上，康熙既是一个会享乐的帝王，又是一个很有政治原则的人。这些妇女到了宫里面，他可能很宠爱，也跟她生孩子，但是给封号，他非常谨慎，他基本上只给满族的妇女封号；一些汉族的女子非常美丽，他也非常宠爱，也生儿养女，但在给汉族的女子封号方面，康熙相当吝啬。这就显示他是一个政治家，因为他觉得，满族的这个政权，要把它巩固住的话，必须确立一些原则，包括从细节上来确定满族高于汉族的原则，也是必要的；因为满族是少数民族，入主中原以后，统治这么一大批人，多数都是汉族人，所以不能够让汉族人觉得，自己好像可以翘尾巴，所以汉族女子到了宫里面以后，康熙是这样的态度。

这个陈氏到了康熙身边以后很得宠；陈氏给康熙生的儿子，他也很喜欢。但是在康熙朝的时候，给陈氏的封号非常低，陈氏是到了乾隆朝才死，在乾隆二年死后，才由乾隆封她为熙嫔，还没到妃那一级。但是小说把她说成一个妃，这个也是能理解的，毕竟从生活到艺术，有一个适度夸张、渲染的过程。

我这么说，可能有的朋友还是要跟我讨论，说，你这样说，还是猜测成分太大吧？你仅仅是因为那一年宫里面死了这么一个康熙身边的女子，后来封为一个嫔，你现在就说小说的第五十四回到第六十九回就是写乾隆二年的事情，是不是太武断？我觉得，我再往下讲，你就会感觉到我真不武断，因为如果仅仅是点到这儿，其他就不说了，那么我这个说法，确实还缺乏充分的根据。但是，大家记得吧？后面书里面有一些具体的交代，这个交代很古怪。前面我已经讲过，现在有必要略加重复，就是书里说，贾母、邢夫人、王夫人她们这些人，根据朝廷的规定，都要去参加丧葬祭奠活动，守灵期间不能回家。那么晚上在哪儿过呢？就要找一个下处来休息，于是就租用了一个大官的家庙。这本来也不稀奇，过去的贵族参与丧礼活动照例要这样做。所租的家庙，小说里面就写得很清楚了，东院是贾母她们住。那么谁住西院呢？北静王府的人，北静王府的太妃、少妃住西院。看起来是闲闲的一笔，但是你仔细想的话，咱们先不说生活真实，就以小说来说，这写得不通啊。北静王，小说里面已经说明，他的封号是王爷，是不是啊？贾家你算什么呀？贾政官职相比就低太多了，虽然贾赦有一个头衔，有一个爵位，也无非是个将军，比王爷差很远。而且过去讲究东比西贵，曹雪芹却写贾府住东院，北静王他们住西院，所有的古本，一直到通行本，都这么写的，可见，曹雪芹他不是随意那么一写，他是有生活依据的。在《北静王之谜》那一讲里，我已经讲到这个情况，那是为了说明北静王的生活原型究竟是谁，现在我又一次讲到这些，是为了告诉你，这前后的文字所描写的究竟是哪一年的事情。

关于《红楼梦》里的时序问题，我在下一讲里，还会有更详尽的分析。

第二章

秦可卿被告发之谜（下）

上一讲最后，我讲到《红楼梦》第五十八回里，写在参与宫中老太妃的祭奠活动时，贾府和北静王府合租一个大官的家庙，作为女眷歇息的下处；尽管贾府地位远比北静王府低，可是贾府女眷却住在了东边，占据了尊位。那他为什么这么写？就是因为他太忠于生活的真实了。

小说里贾代善的原型是曹寅；贾母的原型是曹寅的妻子李氏，李氏的哥哥叫李煦。

在真实的生活当中，曹雪芹的祖父曹寅，以及他妻子的哥哥李煦，是康熙特别喜欢的两个官员，一个后来当江宁织造，一个当苏州织造。什么叫织造？这官位看起来并不高，就是管理机房，给宫里面制作纺织品的这么一个机构。但实际上这两个人跟康熙关系可不一般了！前面几讲我讲到了，他们还兼当康熙的密探，经常秘奏江南地区的气候收成，民间舆论有什么流言，还有明朝的遗老遗少有什么动向，以及退休官员的表现，等等；对遗民或退休官员，他们派人盯梢，或者亲自去拜访，实际上是摸一摸情况，然后就给康熙写密折。当时有些外国传教士、外国商人，也是他们先进行接触，然后把情况汇报给康熙。他们两人还有一个很“光荣”，但是又绝对不能把“光荣”亮出来的任务，就是给康熙挑选江南美女，充实康熙的内宫。

康熙很喜欢汉族妇女，喜欢小脚女人。这个不是我乱说，康熙朝的外国传教士——这些外国传教士有时候很放肆，按说，他们是不能够观看康熙的妃嫔的，但是有一个西方传教士，汉名马国贤，他回去后写了一本回忆录，书名叫《京庭十三年》。书里写到，有一次，当时不许他到现场，但是他把园林亭榭的窗帘拉开了，他往外偷看，看到了康熙和他的妃嫔嬉戏的情景。他就说，在康熙的妃嫔里面，有两种装扮的女人，一种是满装的，满族是大脚；一种是汉族妇女，小脚。他说，康熙故意用青蛙吓唬汉族的妇女，汉族妇女就吓得尖叫着跑，脚又小，跑不动，康熙就哈哈大笑。这个从情爱上讲，是一种性虐待的表现，是可以理解的，从现代性心理学说，也不算太出格，这个玩笑开得不是很大，不必因为这一点就对康熙激烈否定。这个例子证明，康熙很喜欢一些美丽的汉族妇女。

那么现在能不能查到有关档案，证明在他身边的这些汉族妇女里面，就有李煦或者曹寅给他挑选出来的呢？可惜的是，曹寅这方面的资料，现在还没有能够查出来。但是李煦方面查得很清楚。李煦跟曹寅，一根绳上俩蚂蚱，所以在他们两个之间进行类比，进行推论的话，应该是说得通的。在故宫的档案馆里面可以查到，李煦有一个奏折，报告王氏的母亲黄氏病故的一个奏折；就说明这个王氏，一个汉族妇女，一个江南美人，她就是李煦挑选的，送到康熙身边后，得到康熙宠爱。而且，这个王氏也很争气，她给康熙生了三个儿子，其中有一个儿子，就是我在前几讲提到的，在“帐殿夜警”事件当中，康熙为一个什么儿子着急啊？十八阿哥。就是用现在的临床医学观点来看，得腮腺炎的那个孩子。康熙把他紧紧搂在怀里面，还记得吧？这就是王氏生的，是一个满汉混血儿，是康熙非常喜欢的一个皇子。当然，后来很遗憾，十八阿哥死去了，没能长大成人。李煦的这个奏折就说明，这个王氏所有的事情，都由他来操办，王氏家里边，母亲姓黄，死掉了，这个事都要由李煦写奏折来告诉康熙。从现在的角度来看的话，那不就是康熙的岳母吗？岳母之一吧，当然，康熙皇帝可能不一定这么去认，但是康熙也需要及时地知道，他身边这个汉族女子家族里的情况，那么这样的私事，就由李煦来帮他处理。你说康熙对李煦、曹寅他们有多信任。

这个陈氏，虽然没有找到什么过硬的档案资料，证明她确实是曹寅向康熙推荐的，但是我的推测也并不离谱。为什么？就是因为后来发现，曹家和陈氏所生的一个康熙的皇子来往甚密，这就是我在前几讲里提到的允禧，就是康熙的第二十一阿哥。允禧还留下了他亲自题写的一个匾，我在前面也给你讲过，现在我们再回顾一下，这个匾挂在哪儿呢？恭王府里面。当然，这个恭亲王指的是咸丰皇帝的兄弟，晚清的那个王爷，这处地方在康、雍、乾时期由谁居住，还需要查找资料，也许，允禧一度住过？允禧题的那个匾上，写了哪四个字呢？“天香庭院”。你不觉得惊心动魄吗？在这些字眼儿上，难道一律都是巧合吗？天下有这么多巧的事情吗？怎么就巧来巧去，全巧一块儿了呢？这就说明，《红楼梦》的生活真实，和它的艺术真实当中，都有很多证据证明，现实中的曹家和乾隆二年死去的这个老太妃关系密切。因此在小说里面，就写成了这个样子，这个老太妃薨逝以后，她的后代，对小说里面的贾家如此尊重。

我说到这儿，你可能又一头雾水。她的后代，我记得我在讲北静王的原型的时候讲到过。北静王的原型，他的名字，来自乾隆的一个儿子，叫永瑢。小说里面，北静王叫什么名字啊？叫水溶，“永远”的“永”去掉一点，念什么啊？念水；一个玉字边一个“容易”的“容”，去掉玉字旁当中的一竖，变成三点水，念什么啊？念溶，对不对？所以，水溶这个名字，显然就是从永瑢那儿过渡过来的，是不是啊？那么，你会说了，那不是永瑢吗，永瑢跟允禧，有什么关系啊？永瑢后来过继给了允禧，成为允禧的孙子，明白了吗？小说里面，北静王的形象、气质，主要就取自允禧，名字取自过继给他的孙子，北静王是这两个人物综合起来的艺术形象。所以说小说里面，写贾家和北静王两家，在老太妃薨逝以后，他们所歇息的院落，贾家住了上院，占据尊位，北静王的少妃、太妃甘愿住下院。小说背后是生活的真实，你现在明白了吗？他们家之所以最后能有一个允禧，有这样的荣华富贵，喝水不忘挖井人，当年谁给您推荐到皇宫里来的呀？你光是长得漂亮，没人推荐，你不也就在那儿自己憔悴到底吗？是不是？显然就是曹寅，和李煦一样，轮流地给康熙送江南美女。曹家所推荐的陈氏，也生了孩子，而且这个孩子—— 二十一阿哥后来还长大了，封了王，就是允禧。小说里面他就演化为北静王的形象。

通过这些分析，你也许能够大体同意我的推断，就是说，《红楼梦》的第五十四回到第六十九回，应该就是讲的乾隆二年的故事。在乾隆二年，没有其他的任何一个康熙的妃嫔，或者宫里面跟康熙有关系的、有名有姓的女子薨逝，就只有这么一个，实际生活当中是熙嫔，小说里面叫作老太妃。而乾隆为了团结皇族，表达他对祖父的尊重，为了向官员百姓表现他如何提倡孝道，当然，更是为了显示他继承祖业的合法性，就为这位熙嫔大办丧事。这成为那一年开初的一桩大事，书里写贾母等去参与祭奠，也写在年初，完全合榫。所以，你看书里虽然石头自己说，我写的这个年代无考，但是脂砚斋就说了，大有考证。我就根据脂砚斋的指点，考证了一番。

那么第七十回到第八十回，写的就是乾隆三年的事情。这个我也有证据。在现实生活当中，到乾隆三年的时候，曹家的情况就不是太好了，自身还撑得住，但是他们家亲戚出事了，曹家的一些靠山，就从坚硬的石头山化为冰山了。

曹家当时有两大靠山，一个叫作傅鼐。傅鼐是什么人呢？傅鼐一生宦途，他的官运起起伏伏，可以叫作波澜壮阔。但是，这个姓傅的和姓曹的有什么关系呢？曹寅的一个妹妹嫁给了傅鼐，懂了吗？这个傅鼐，应该是曹雪芹的什么啊？他的祖父的妹妹的丈夫，是祖姑丈，他祖父的妹妹应该是他祖姑。当然现在的人不太论这个，现在好多年轻人都是独生子女，关系没那么复杂，三姑六爷不知道是谁。但是在过去那个时代，那是很近的亲戚。傅鼐的仕途，细说起来很复杂，概而言之，就是在康熙朝的时候很不错；在雍正朝的时候，一开始遭到打击，因为你知道雍正，凡是他父亲喜欢的官员，他都不喜欢，但是傅鼐这个人在做官上有一套权术，他就尽量让雍正皇帝感觉他是无害的，所以到了雍正晚年，政局比较稳定以后，雍正又起用了一些过去他冷淡过、甚至打击过的官员，其中包括傅鼐，雍正把他提升了。

到了乾隆朝，乾隆元年的时候，傅鼐得到重用，就做到尚书一级了，他当了兵部尚书，还兼刑部尚书，那可是非常大的官啊。但是，到了乾隆三年的时候，傅鼐出事了，得罪乾隆了，乾隆就整治傅鼐，不但罢了他的官，还让他入狱了。入狱以后，他在监狱里面就真的病了，病得不行了，皇帝又发慈悲，让他回家，用今天话说，叫“保外就医”，他就死在家里面了。是不是很悲惨？当时曹家这么重要的一门亲戚，就出现了这么个很糟糕的状况。

还有一门亲戚，离曹雪芹就更近一点，曹雪芹他的祖父曹寅的女儿，嫁得比他祖姑更好。嫁给了谁呢？嫁给了平郡王，成了平郡王的正室，也就是成了平郡王妃。那么这个女子跟曹雪芹是什么关系呢？

就是他的姑妈嘛！他这个姑妈也很争气，在封建社会，一个女人，怎么叫争气啊？就是你嫁到人家，你得生孩子，生男孩，这是非常重要的。曹雪芹他这个姑妈就给平郡王生了世子。什么叫世子？在清朝，皇帝生的儿子可以叫皇子，也可以叫王子，更多的情况下叫阿哥，皇子再生孩子就叫世子，世代的“世”，就是说，皇族的血统世代往下传流。那么曹雪芹这位姑妈生的这个世子是谁呢？就是福彭。

那么福彭又是谁呢？福彭是乾隆的发小，乾隆当皇帝以前，当然不叫乾隆了，那时还没有这个年号，乾隆原来叫弘历，弘历小的时候读书，谁是陪读？福彭。他为什么是陪读呢？因为他是王爷家的孩子嘛，世子陪皇帝的孩子，陪阿哥读书，这很正常。两人关系非常好，乾隆那个时候就爱写诗，乾隆的诗集自己刻印，谁写序啊？福彭写序。所以乾隆当了皇帝以后，你估计福彭会怎么样啊？当然官运亨通。福彭最后当的官比尚书还高，等于内廷一个总理事务的职位，核心政治集团里面的成员，得到非同小可的重用。

但是再好的关系，因为它是一个权力关系、利益关系，也会出现裂痕。到了乾隆三年的时候，福彭跟乾隆之间就失和了，福彭就被人参了，乾隆就拉下脸，不论什么发小不发小了，就要有关机构去查他的问题，福彭就危了。本来福彭是曹雪芹的表哥，关系多铁啊，曹家有这么大的靠山，日子多好过。但是到乾隆三年的时候，情况就不妙了。我说这些，你可能又不耐烦了，大概在想，光说这些历史上的事，干吗啊？你说的这些情况，书里面有没有反映啊？书里面有反映。在第七十回到第八十回，曹雪芹写得很聪明，他没有写贾家直接受到打击，但是贾家自己就窝里斗了，外面的还没有杀进来，自己家的人就跟乌眼鸡似的，恨不得你吃了我，我吃了你。那个时候，真实的生活中，确实是曹家还没有直接受到打击，虽然他们的权贵亲戚出了一些问题。当时曹家还混得过去，可是他家的背景开始出现问题了，靠山开始融化了，气氛也就紧张起来。把现实生活的真实气氛反映到小说里，在《红楼梦》第七十五回开头那段文字，你就可以感觉到，外部的紧张气氛蔓延到了贾府里面。

有人总是不注意读这些内容，一位红迷朋友就对我说，你讲《红楼梦》，你老是讲过场戏！你讲的那是《红楼梦》吗？我也就问他：什么叫过场戏？怎么来读《红楼梦》？他是受过去的一个思维定式的影响，过去通行本的影响太大了。《红楼梦》又多次被改编成戏曲、戏剧、电影什么的，改编过程中，把很多东西全给排除掉了。它排除掉有它的道理，尤其戏曲，它的艺术特点是大写意，它不可能像小说这样说得很细，只能选取改编者认为最主要的，粗线条地加以表现。所以不少人对《红楼梦》的印象就是一个“宝黛悲剧”。跟我讨论的这位红迷朋友，他对《红楼梦》就有个思维定式，他满脑子除了调包计、黛玉焚稿、宝玉哭灵啊，没别的，你说别的，他就不耐烦，甚至责问：你讲这些，算是讲《红楼梦》吗？我反过来问他，我提到的这些文字，都是曹雪芹写在书里的呀，难道曹雪芹不该写下这些吗？分析这些文字，怎么会不是讲《红楼梦》呢？当然，一本书各人有各人的读法，谁也勉强不了谁，他就那么看待《红楼梦》，对此我也很尊重；但是我也希望他人尊重我，尊重我发表自己看法的权利。我在这些讲座里经常举出一些以往人们很少注意到，甚至红学界也很少涉及的《红楼梦》里面的一些所谓过场戏，一些没有在各回回目中概括到的内容，但这毕竟是《红楼梦》的正式文本啊，不是总有人说，研究《红楼梦》不要脱离它的文本吗？我很细致地来分析它里面的文字，正是紧扣文本啊，强调“文本”的人士，为什么要“叶公好龙”呢？我认为，有些一般人认为是过场戏的文字，其实都不是可有可无的过场戏，这都是一些不可或缺的文字，传递着非常重要的信息。像第七十五回开头所写的，就应该非常重视。

它写的什么呢？写尤氏在荣国府，办完一些事，就要到上房去，要到王夫人那儿去。这时候，她身边的仆人就悄悄劝告她说，你不要去。为什么不要去？那仆人说："才有甄家几个人来，还有些东西，不知是什么机密事。"这时就出现这么个情况，气氛不对头，甄家来了一些人，带东西来了。于是尤氏想起来，贾珍看了邸报——邸报就是当时官方所发布的，给所有官员看的，类似现在内参的东西，上面会有一些朝廷的重大事件，一些皇帝的指示，一些案件什么的，这种东西叫邸报——说甄家犯了罪，现今抄没家私，调取进京治罪。而且底下仆人还跟尤氏反映："才来几个女人，气色不成气色，慌慌张张的，想必有什么瞒人的事也是有的。"你懂这是在干吗吗？寄顿财物，就是说，小说里面写到，江南甄家被查抄了，被查抄以后，这些人就到贾家来寄顿财物。知道吧？这是违法的，这是皇帝不允许的。但是甄家、贾家，他们之间的关系，那实在是择不开，所以贾家就帮甄家藏匿这些东西，就出现了这样惊心动魄的情节。所以尤氏一想，那就别到王夫人那儿去了，就回避了。后来又写王夫人到贾母面前，因为这样的事，你不能不跟老祖宗汇报啊。王夫人就跟贾母说，甄家出了事，被抄家什么的，贾母就不爱听，当然不爱听，心情很不好。后来贾母大意就是说，咱们就别说这些，咱们该怎么乐，咱们还怎么乐，咱们过咱们自己的快活日子，于是故事就继续往下流动。曹雪芹这样写，脂砚斋又批，脂砚斋的批语，正好批在咱们心上。我看到这儿，我就想，怎么这儿说的是甄家的事呢？真奇怪！影影绰绰写了一个甄家，似乎甄家也就是贾家，仿佛一个在镜子里头一个在镜子外头，不好坐实的，怎么这儿就写甄家出事了呢？脂砚斋批语也是这么说："奇极！此曰甄家事！"什么意思？就是你这个作者，真亏你想得出来，你把这样的事栽到甄家头上，愣告诉读者说是甄家的事！你这样处理素材，不是很奇怪吗？他们两个之间是一种合作的关系，批语因此也就很调侃。

曹雪芹什么用意？他就是要把真实生活当中，曹家在乾隆三年所遇到的，跟自己家关系很密切的这些亲戚，傅鼐家、福彭家，遭到皇帝打击的情况，含蓄地投射到小说里面去。他想来想去，在小说里面，你要说有什么人家出事的话，只能够把甄家挑出来，把这个情节安在甄家头上。所以脂砚斋等于跟他讨论，说你这样一个写法，合理不合理啊？“奇极，此曰甄家事！”但曹雪芹他就是这么写，现在我们读的文本就是这样。这就是因为在乾隆三年，曹家后台很硬的、地位很高的两家亲戚都出了问题，有一家还特别惨，傅鼐就入狱了，虽然最后允许回家养病，死在家里面，那也等于是完蛋了。福彭后来在政坛上还有起伏，但是在乾隆三年的时候危了，不灵了。

所以，实际上《红楼梦》的第一回到第八十回，整个儿是写的清朝从康熙、雍正到乾隆朝的故事，其中，第十八回后半部到第八十回都是乾隆时期的事。这一点特别清楚，有八个字可以形容它清楚到什么程度，一个叫作“粲若列眉”，“粲”就是非常清晰，甚至发亮，好像两弯浓眉毛似的，非常清楚；另一个叫作“若合符契”。古代皇帝把将军派出去打仗，怎么下命令啊？临别时候，就拿一个“符契”，它用金属或者玉石什么的做成，剖成两瓣，它有它的形状、图案，而且上面还有字，我留一半，你拿一半，到时候我有什么特别重要的命令，我就让我派的使臣，骑着驿马跑到你那儿，说皇帝传旨了。你说有什么凭信？啪，拿出来一对，严丝合缝，这叫“若合符契”。所以实际上从第十八回后半部，到第八十回，写乾隆元年、二年、三年的事情是很清楚的。整个故事的背景不是不可考，而是正如脂砚斋所说，大有考据。

但是第一回到第十七回，究竟写的是康、雍、乾时期什么时候的事，这就比较含混了。当然第十三回、第十四回、第十五回，应该说还是清楚的，包括第十六回，内容都是雍正暴亡、乾隆登基那个时候发生的一些事情。这个我下面还会给你详细解释。

但是从第一回到第十二回，它就是比较混乱的，在时间表述上，大体上它有一个轨迹，但是前后，第一，有矛盾；第二，有含混不清的地方。比如说，我在上几讲里面反复给你讲到，有个“枫露茶事件”。“枫露茶事件”是在第八回。第八回，你记得吗？下雪了，下雪珠了，是不是啊？而且贾宝玉把茶杯摔了以后，贾母问什么声，袭人撒谎说，下雪了，我倒茶滑了一跤。应该是冬天吧！对不对啊？但是往下写，它故事又没有中断，人物事件好像顺着一条河道，继续往下航行，但是，时间上就互相矛盾了。它写到，比如说，第十一回，王熙凤到宁国府里面去，这时候又是一派秋天景象，你记不记得？又是菊花盛开，又有溪水在潺潺流动，又有蝉声在叫，是一个夏末秋初，或者是深秋景象，说什么它也不是下了雪珠子，有人被雪滑倒了之后的情况。所以它在季节时序上，有说不通的地方。

另外，在作者本身的时间交代上也有矛盾之处，这一点很早就有《红楼梦》研究人士指出来。比如，林黛玉的父亲林如海，究竟什么时候死的？林黛玉由贾琏带着去苏州，究竟是什么时候？它前后说得不一样，一会儿说林如海是冬底身染重疾，一会儿昭儿回来了，又说林如海是九月初三病故的，似乎贾琏他们去的时候还只是秋天，一时回不来，要年底才回来，所以还要给他们捎大毛衣服去……时间交代上，前后明显矛盾。而且这第十二回在故事内容上，也有一些明显的风格不统一处。比如说，贾瑞的这段故事，就显得有点突兀，对不对？

据我分析，这是由以下几个原因造成的。第一，我个人认为，这是因为曹雪芹不太愿意写雍正朝曹家的惨况。那个时候，他年纪很小，雍正抄拣曹家是在雍正五年，曹頫被逮京问罪、枷号示众是在雍正六年。当然，红学界对曹雪芹究竟生在哪一年是有争议的，有的认为是生在康熙朝的晚期，有的认为生在雍正二年。但不管你怎么算，那个时候他年纪都很小，他的记忆不是很清晰，主要靠听大人来讲，才能够知道当时的情况，对那段生活他个人生命体验不丰富，所以，他没怎么写，他甚至把乾隆元年以后，他们家得到一个更上台阶的新局面的一些好事情前移了，挪到第三回到第十六回里面来写了，这是一个原因。

另外一个原因，我觉得，就是因为他一开始写《红楼梦》的时候，打算把他原来的一部稿子糅合进去。原来曹雪芹完成过一部什么小说稿呢？《风月宝鉴》。这个在脂砚斋批语里面说得很清楚。脂砚斋有一条批语说，“雪芹旧有《风月宝鉴》之书，乃其弟棠村序也。今棠村已逝，余睹新怀旧，故仍因之”。这是在《红楼梦》第一回，讲到这本书有过很多名字的时候，脂砚斋的一条批语。在第一回里面，讲到这部书有过很多的书名。当时可能正接近于写完这部书，刚刚草创完最后的情榜，曹雪芹本人就比较主张叫《金陵十二钗》；但当初身边其他人也出过主意，有说叫《红楼梦》的，有说叫《风月宝鉴》的，也有《情僧录》的叫法。脂砚斋是坚持要叫《石头记》，曹雪芹开头也把它叫《石头记》，《金陵十二钗》可能是他刚排定九组一百零八位女性名单时产生的一个并不稳定的想法。不过最后他还是同意了脂砚斋的意见，就把这本书叫作《石头记》。但是其中为什么要列上《风月宝鉴》这样一个名字呢？就是因为曹雪芹在小的时候，可能还是练笔的时候，写过一本小说，估计没有多么大的篇幅，叫作《风月宝鉴》。

这小说什么内容，你现在不难估计，《红楼梦》现在的文本里面，就糅入了《风月宝鉴》的部分内容。比如说，贾瑞的故事，肯定就是《风月宝鉴》里面的。在写贾瑞的这个故事里面，就出现了那个东西，记得吧？一面镜子，正面照怎么样，反面照怎么样。当时这部书，可能内容都是写一些风月故事，就是一些性爱的故事。其中，很显然就写了贾瑞追求王熙凤，又追不到，自己淫性发作，最后死于过分的性亢奋，死得很惨。那么这部小说的主题，看起来也比较肤浅，就是告诫人不要妄动风月，就是在情爱、性爱这类事情上，你要谨慎，不要沉迷其中；如果沉迷其中，就会像贾瑞一样没有好下场，类似这样一种主题。脂砚斋看来并不喜欢这部旧稿，只是觉得曹雪芹弟弟棠村为那部稿子写过序，而棠村在曹雪芹写《石头记》的时候已经故去了，于是仅仅为了留个纪念，才保留下《风月宝鉴》这么个名字而已。

那么在第一回到第十六回里面，秦钟和智能儿的故事，还有什么香怜、玉爱之类，估计也是原来《风月宝鉴》的一部分。你还可以找到其他一些痕迹。曹雪芹把当年《风月宝鉴》的一些东西糅到了前十几回里面，其中保留最完整的，应该就是贾瑞的故事。这样把旧作一糅进来的话，就搞乱了，尤其写贾瑞的部分，贾瑞究竟病了多久？贾瑞从来来回回照镜子，病得越来越厉害，吃多少药也没用，到死亡，究竟有多久？这里面的叙述就紊乱了。所以在第一回到第十六、第十七回的时间上，尤其是第一回到第十二回，在叙述的时间上，有大致的线索轨迹，但是又比较模糊，而且有前后矛盾之处。这是可以理解和谅解的，为什么呢？因为毕竟《红楼梦》是一部没有最后定稿的书，它大体完成了，又很悲惨地丢掉了八十回以后的那些篇章；这八十回书，又遭到了别人的改动！那么最后这八十回书，有的地方也不很完整，有些毛刺没有剔尽，有些该调适的地方没有调整好。

但是不管怎么说，就是这样一部残缺的著作，已经让我迷醉得不行了，阅读它，分析它，是极大的快乐。那么在这一讲最后，我要跟大家讨论什么问题呢？就是说，如果像我前面所讲的，在小说里面秦可卿之死，是由于贾元春向皇帝告密，那么在真实的生活当中，有可能发生这样的事情吗？贾元春的生活原型，究竟是谁呢？

第三章

贾元春原型之谜

大家注意到没有，《红楼梦》里贾元春这个形象，真正浮出水面应该是在第十六回，前面虽然提到这个人物，在“冷子兴演说荣国府”里提到过这个人，但是这个人出戏，是在秦可卿死了之后。第十六回值得细读，里面有一句话特别要紧，就是贾府家人向贾母她们报告，说，“如今老爷又往东宫去了”，所以探索贾元春究竟是怎么一回事，咱们得从东宫说起。东宫，早在《诗经》里面就有这个词，指的是太子的居所。在很古老的时候，中国就形成这么一个规矩，就是太子的宫殿要盖在天子宫殿的东边。东宫是隐藏在《红楼梦》文本后面，一个很重要的因素。

在第四回讲到薛宝钗，薛家，他们要到京城来，来干吗呢？当然他们有好几个目的，其中一个目的，是从薛宝钗这个角度考虑的。书里面怎么说的呢？书里面说：“因今上崇诗尚礼，征采才能，降不世出之隆恩，除聘选妃嫔外，凡仕宦名家之女，皆亲名达部，以备选为公主郡主入学陪侍，充为才人赞善之职。”在清朝，有一个选秀女的制度，这个薛宝钗作为金陵四大家族薛家的一个女孩儿，逐渐长大了，家里就要带她到京城来准备参加选秀女。这对薛家来说，是一件天大的事。薛宝钗家里带她到京城来，就是因为小说里面的皇帝，当时有这样一些做法，要从仕宦名家里面，选这些够岁数的女子，让她们家先把她们的名字报到部里面去。过去清朝选秀女，是先报到户部。小说是虚写，就不写得那么坐实，但是大意是这样的。上了名单以后，在某一个时段，就会通知这些秀女进宫，由有关的人来挑选，选上的就进行分配。

清朝选秀女范围很广泛，选出来的女性，用途也很广泛，分配到的处所也很多。最漂亮的或者是背景最好的，或者是给挑选的人员行了贿的，可能就能够分配到皇帝宫中，离皇帝比较近的地方；有的就可能只是留在宫里面，作为一个普通的宫女；还有的可能就并不留在皇帝身边，而是分配到皇帝的儿子那里，有太子的时候——比如康熙朝两立太子——就会分到太子身边，这都是可能的。有趣的是，曹雪芹行文的时候，有几处措辞特别扎眼，他说那些仕宦名家之女亲名达部后，备选什么呢？他没有完全按照清朝有关的选秀女的那些条文来写，这个地方他有他主观的意识渗入进去，他说，选为什么呢？选为公主、郡主入学陪侍。“郡主”什么意思？郡主就不是皇帝的女儿了，就矮一级，指皇帝的儿子封为王爷后生的女儿，那种女性不叫公主，叫郡主。曹雪芹就特意这样来写，点明女孩子选进去，并不一定成为皇帝的妃嫔，可能最后就只是公主、郡主入学的陪读，有的可能只成为伺候郡主的高级丫头。更值得注意的是，曹雪芹在行文措辞里面，还特别说，“可以充为才人赞善之职”。才人是过去宫中女官的一种称谓。但是“赞善”这个词是很特殊的。你查查古书就知道，赞善在清朝，在古代，是专门指太子府里面的一种官职，这种官职只在太子府。或者是皇帝的儿子，没封太子的皇子，在他们的府里面，有一种专门的角色叫赞善。我认为，曹雪芹在使用这些词语上，不是随意的，他是有他的写作动机的，就是他在很小的地方点出来，小说里面这些人物，不仅将和皇帝，和皇帝居住的皇宫发生关系，而且还将和公主、郡主、太子、皇子、和这些人以及这些人所居住的空间，发生某种特有的关系。你看，曹雪芹在很小的地方，都埋下了伏笔。

在清朝的时候，一个女子被选进皇宫里，得到封号的机遇还是很多的。最低档的，可以被叫作“答应”——你不要觉得这个词很俗、很土，在当时这是一个正式的封号，说这个女子是一个“答应”，不得了！“答应”啊，说明她已经进了皇宫，而且有机会接近皇帝，可以随叫随到了。有的家族在那个时候，自己女儿在宫里边成了“答应”，全家会高兴得不得了。当然，“答应”是否会被皇帝叫过去，全凭运气，那几率确实也不高，可能一辈子也没被叫过去，想“答应”没人叫，是吧？但是如果一叫，你“答应”了，来了以后，觉得你不错，那就可能再升一级，叫作“常在”。这俩字你仔细想一想，更不错了，就是常在皇帝身边了，可能还不能完全得到皇帝的宠爱，但是距离比较近了。“常在”之上，比较得宠的，封号叫作贵人，贵人之上就是嫔，嫔之上是妃，妃之上是贵妃，贵妃之上是皇贵妃，皇贵妃之上就是皇后了。所以皇帝六宫粉黛，人数之多，等级之复杂，现在听起来，不少人会感到吃惊，觉得怎么会是这样？人们为什么这样生活？构建这么一种制度？曹雪芹写的时候，就特别强调，薛宝钗有可能是充为赞善之职。他为什么要这样写？我们再往下一环一环去探讨。

现在需要讨论的首先是，现实生活当中，曹家的女儿有没有可能在选秀女的制度下去报部备选？这是完全有可能的。曹家虽然从血统上说是汉族，但是他们不是一般的汉人，早在满族还在关外和明朝军队进行战斗的时候，他们的祖先就被俘虏了，并被编入到满族的八旗里面作为奴仆，叫作包衣，跟着清军战斗，一直辅助满族打进山海关，入主中原，实现了在全中国的统治。曹家祖上被满族俘虏后，收编为正白旗的包衣。满族有八旗，后来这八旗又分为上三旗、下五旗。上三旗是哪三旗呢？就是正黄旗、镶黄旗和正白旗。这三旗归皇帝亲自统领，地位比另外五旗高，上三旗里的包衣也就随主子神气了许多。曹家这个包衣虽然是奴隶的身份，但是他们所属的旗是上三旗之一——正白旗。曹家的祖上和当时皇族的成员关系还比较好，因为那个时候是一个王朝的初创期，奴才的身份虽然低，但是如果在战斗当中冲在前面，主子还是很欣赏的，他们因此有同甘共苦的一面。到顺治一朝，满族彻底地掌握了中国政权，在北京定都，顺治就当了一个名副其实的统一的中国的皇帝。这个情况下，正白旗的包衣，就都得到了一定的好处，曹家就是一个例子。从曹家的祖上开始，皇帝就让他们出任一些比较重要的官职，后来曹寅的父亲就做了江宁织造，再后来曹寅自己也当江宁织造，曹寅的儿子曹颙也当江宁织造，曹颙死了以后，过继给曹寅做儿子的曹頫还当江宁织造。所以曹家虽然是汉族人，但是他们和满族的上层有过共同战斗的情谊，皇帝和皇族的一些成员，都很善待他们，他们不属于后来的汉军系统，因此有人把曹家说成汉军旗里的人，是不对的。曹家既然属于正白旗系统，虽然他们是包衣身份，但是他们家的女儿，是有资格参加选秀女的。所以在《红楼梦》里面，曹雪芹把生活的真实写入小说中，根据他的设计，像贾家的元、迎、探、惜四姐妹，都是有可能选进宫的；而元春呢，故事一开始就告诉你，已经选进去了，“冷子兴演说荣国府”的时候，就告诉你她已经进宫了。那么薛家作为金陵四大家族之一，在现实生活当中，其生活原型，应该和曹家类似。到了小说里，像薛宝钗这样的女子，都是有可能通过参与选秀女而进宫的。显然，在真实的生活当中，曹家应该是有一个女子被选进宫了，这个女子的辈分，应该是曹雪芹的姐姐；她可能是曹寅亲儿子曹颙的一个女儿，也可能是曹寅的过继儿子曹頫的一个女儿，也可能是曹家跟曹頫一辈的兄弟当中，某人的一个女儿。总之，这个女子进宫以后成为整个曹氏家族的一个骄傲。从辈分上来说，她就是曹雪芹的一个姐姐。

这样的推测是不是缺乏证据支撑呢？不是的，因为在《红楼梦》的文本里面，对相关信息多次有所逗漏。注意我说的是“逗漏”而不是“透露”，逗就是一个“豌豆”的“豆”加一个走之，漏就是“漏出来”的“漏”，什么叫逗漏？它和透露还不太一样，透露是比较有意识地直接把一个信息传输给你；逗漏是什么意思呢？就是它在有的地方稍微点一下，刺激你一下，稍微漏出一点，然后让你去思索。“逗漏”两个字希望你注意，我下面还会使用这个词，告诉你根据我阅读《红楼梦》的体会，曹雪芹在文本里逗漏出来了一些什么信息。

比如说，《红楼梦》第六十三回，“寿怡红群芳开夜宴”，写贾宝玉过生日，众女儿在怡红院会聚，大家喝酒、唱曲，当中还做一种游戏，抽签，签上有花名，有一句诗，暗示每一个抽签者的命运。在这个游戏过程中，大家记得吧，探春就抽到了一根签，这个签上面有一句诗“日边红杏倚云栽”，签词上就说，抽中这个签的人必得贵婿。这个时候众人就有一句议论，说：“我们家已有了王妃，难道你也是王妃不成？”咱们就小说论小说，有的读者会觉得，这点写错了呀！根据书里描写，贾家有皇妃，没有王妃，是不是？小说里面设定的贾元春的身份是什么呢？在第十六回里面“才选凤藻宫”了，她是皇妃，对不对？她不是王妃，王妃你就说低了呀，凡事应该都是从低往高说，哪有从高往低说的呀？这是怎么写的呀？

是不是啊？曹雪芹之所以写出这样一句话，而且在各种版本里面，这句话都一样，就是“我们家已有了王妃”，这就逗漏出一个消息，就是贾元春这个角色，她的原型最初并不是皇妃，就是一个王妃。明白我的意思了吧。

当然，前面提到，曹雪芹一个姑妈，后来成为平郡王妃，不过那不是通过选秀女攀附上的，那时候曹寅活着，康熙对曹寅好得不得了，曹寅的那个女儿嫁为平郡王正室，是康熙指婚，她的辈分比元春原型高。“我们家已有了王妃”，曹家人说这个话首先会是指这个平郡王妃，但把曹家的事情写成小说，生活中的平郡王妃并没有转化为一个里面的艺术形象。曹雪芹在书里写的诸多女性，生活原型都取自跟他自己一辈的，元春跟平郡王妃对不上号，其原型应该是另一个跟曹雪芹平辈，但年龄大许多的姐姐。“我们家已有了王妃”，在生活里也是说她，在小说里就是指贾元春。

前面我特别跟你强调，第四回曹雪芹关于宫中选秀女的交代，他所说的选秀女的游戏规则，是这些女性都选到皇帝身边吗？不是的，他说可能充为赞善之职。赞善这个职称，在皇帝的那个皇宫里边是不存在的，只在王府一级、太子府一级才存在，因此这个地方就逗漏出来，贾元春这个人物的原型，最早并不是皇帝身边的一个皇妃，而只是一个王妃。

那么她最早可能是哪儿的王妃呢？要回答这个问题，我们就要先说到清虚观打醮这件事情。这个事情我在前几回里面讲过，你还有印象吗？很重要的一个情节。那么清虚观打醮的起因是什么？为什么要到清虚观打醮？有人说，你已经讲了呀，贾母她“享福人福深还祷福”嘛。贾母确实是这样一个目的，但是清虚观打醮的发起者是贾元春，关于这一点书里面是非常清楚地给我们写出来的。在第二十九回，袭人报告给宝玉说，昨儿贵妃打发夏太监出来—— 这个夏太监不得了，一会儿我们讲第十六回，要提到这个人，叫夏守忠—— 送了一百二十两银子，叫在清虚观初一到初三打三天平安醮。这才是清虚观打醮最早的起因，这才是贾母求福的由头。我认为，这一笔曹雪芹不会乱写，更不可能就偏要写一句废话。曹雪芹的《红楼梦》每句话都是认真下笔，都有用意的。清虚观打醮由头是贾元春，她要贾府去做这件事。在什么日子做呢？在五月的初一至初三，在端午节前。打什么醮呢？打平安醮，打醮就是祈福。她显然是要为某一个人祈求平安，如果是活着的人，她希望他活着平安，如果是死去的人，她希望他的灵魂能得到安息。那么贾元春为什么要在五月初一到初三安排去清虚观打醮？我下面说出的这个事情难道又是巧合吗？查阅所有康熙的儿子的生卒年，我就发现，只有一个人生在阴历五月，只有一个人生在阴历的五月初三，这个人不是别人，就是废太子，就是胤礽。胤礽一生很悲苦，两立两废，在废了以后又被囚禁了十多年，眼睁睁看着一个没被立过太子的四阿哥当了皇帝，才咽了气。而在书里面，贾元春就指定要在五月初一到初三给一个人安魂，打平安醮。我觉得，这个不是巧合，否则曹雪芹写这个都成废话了！因此这里又是我那个词，我不叫透露，我叫逗漏。他写的时候心里边有一种抑制不住的情愫，使他下笔的时候就要这样来写。因此，我的推测应该是有一定道理的，就是生活当中的贾元春，这个原型最早不在皇帝身边。她在谁的身边？她在废太子身边。她在选秀女当中，首先充为赞善之职，也就是说在真实的生活里，曹家有一个女子，最早应该是送到胤礽身边，跟胤礽在一起生活过一段时间，起码和胤礽的儿子弘皙在一起生活过—— 如果你觉得胤礽年纪太大的话，当时弘皙却并不小了—— 她有可能在太子府里面，作为太子府的一个女官，一个高级的女仆，在那儿待过。否则，曹雪芹写小说不会写到这个地方，非要说是贾元春让在五月初一至初三到清虚观去打醮，而且打平安醮。这个推测，我自己觉得还是有道理的。

曹家的一个女儿，选秀女选上了，但开始分配得并不理想，这符合曹家在正白旗里面的地位。因为在正白旗里面，曹家毕竟是包衣，毕竟是奴仆，不管后来你怎么富贵，你天生就打上了被俘虏，然后当人家奴仆的出身印记，这是你以后如何荣华富贵也无法改变的，这个历史你是没有办法改写的。大家一定还记得，小说里面写贾家世仆的后代赖尚荣当了一个县官，赖嬷嬷到贾府里面说了一些话吧？赖家是贾府的老奴仆，这些奴仆仗着主子势力，自己也可以过一种社会上一般人很羡慕的豪华生活，并且为自己的后代谋取到一官半职。但是赖嬷嬷教训赖尚荣时，有句话很沉痛，就是，“你那里知道‘奴才’两个字是怎么写的！”她还说：“你一个奴才秧子，仔细折了福！”生活里的曹家，实际上也有这种隐痛。因此在选秀女的时候，他家女孩的竞争力当然就不如真正的满族正白旗主子家庭的那些女儿们，对不对？你比得了人家吗？你能一下子就分配到皇帝身边吗？这种家庭送去的女儿，选来选去最后能送到皇子身边，送到太子的身边，就很不错了。“群芳开夜宴”时众人调侃探春的话，就反映出那样出身的家庭，一个女子有希望成为王妃，就很不错了。所以贾元春的原型，应该是曹家的一个女性，最早应该是到了太子府里面，她究竟是伺候太子，还是伺候弘皙，还是伺候太子妃？这个就不清楚。但是从书中所逗漏出的信息分析，她很有可能一度得到胤礽的喜爱，否则，她怎么会非要让家人在五月初一至初三到清虚观打醮呢？虽然在书中她已化为一个艺术形象，化为贾元春了，但是从艺术形象回溯的话，原型显然会有这种心理动机，做过类似这样的事。因此增添了这样的论据以后，我在上一回告诉你的，由贾元春来告发秦可卿真实出身的论断，就更符合逻辑了。因为在现实当中，如果是一个贾家的女子，她最早选秀女被选进太子宫里面，在那里边生活过一段的话，那么她对太子府的一些隐秘事情，就会有所耳闻，有所觉察；关于她自己家族藏匿了一个从太子府里面偷渡出去的女婴，她后来也是能够获得这个信息的，并且经过长期的观察、思考以后，她是可以得出两者必有关系的结论的。她揭发了那个被藏匿的女子的真实身份，造成了那个女子的死亡，尽管她觉得自己忠于皇家律法是正确的，也没导致自己家族受到处罚，甚至还相当“风光”地了结了那段“孽缘”，但她内心里毕竟不安，她就私下里派太监给家里送银子去，让家人给那女婴的父亲打平安醮，以免冤家来跟她纠缠。明白我这个逻辑了吧？所以从这样一些分析来看，现实生活当中，我们推测的曹家的一些情况，和小说里面所呈现的艺术文本是对榫的。因为我确定的大前提是《红楼梦》具有自叙性、自传性，那么我这样一些思路，都应该是成立的。否则，小说里面不会有这么多的“逗漏”之处。

细读小说，还要细读第十六回，第十六回非常重要。有人跟我讨论过，说第十六回有点说不通，就是贾政正在过生日，忽然宫里边就来了一个太监，一个夏太监，来下圣旨，贾氏就慌得不得了。你记得这个情节吧？书中说，“唬的贾赦、贾政等一干人不知是何消息”。后来宣贾政入朝，贾政就去了。贾赦等不知是何兆头，“贾母等合家人等心中皆惶惶不定”—— 书中多次写到，贾母心神不定什么的。有人跟我讨论，说这个写得很没有道理，秦可卿这个事不是已经画了句号，了结了吗？第十六回是在第十三回之后了，对不对啊？秦可卿的丧事都办完了，皇帝都派了大太监亲来上祭了，各路的公侯都在路边路祭了，北静王都亲切接见了路祭当中的贾宝玉了，你贾家心里还有什么鬼啊？你这是干吗？怎么会皇帝一下旨让贾政入朝，就慌成这个样子？这写什么呢？也有人说，这是不是皇帝对第十三回到第十五回所写的那些，那样允许贾家大办丧事，后悔了，所以又来问罪啊？但是，接下去没有那么写呀，接下去的文字里根本没有关于秦可卿的字样，完全写另外的事，写贾家很快转恐为喜，赖大这些家人就回来报告，说老爷还请老太太带着太太等进朝谢恩，闹半天是好事，大喜事，贾元春“才选凤藻宫”了。接下去写到贾母她们方心神安定，不免又洋洋喜气盈腮，再往下就是那句很重要的话，又是我那个词，叫“逗漏”，写大管家赖大向贾母报告，说“如今老爷又往东宫去了”。为什么要往东宫去？这是怎么回事？

这些写法本身都说明，他是在写真实生活当中的一个重大事件，这个重大的事件就是雍正的突然死亡以及乾隆的匆忙继位。雍正是在雍正十三年的八月去世的，死得很突然，上午还好好的，忽然到傍晚就传出他驾崩的消息。到现在你都查不到翔实的、准确的档案，说明他究竟是得什么病、因为什么死的。民间有传说，他是被仇家派刺客谋杀的，有的历史学家推测，他是服丹砂急性中毒身亡。那么《红楼梦》第十六回在写什么呢？这一回实际上写的就是雍正的暴亡，和乾隆将从东宫移到主宫去当皇帝的这样一段史实。明白我的这个意思了吗？第十六回反映的真实生活，就是雍正暴亡和乾隆的登基。贾政作为一个官员，他在家里面还在大摆宴席过生日，这意味着什么呢？意味着他不知道皇帝会出事。如果是皇帝病了，甚至是一个太妃、老太妃病了，按当时的规矩，这些贵族都不能够再进行娱乐活动，都不能够这样大摆宴席。这就说明，曹雪芹很真实地写出了雍正死亡的状态，是突然死亡，所有人都没有能够预感到，现实生活里面的曹家——转化到小说里就是贾家——也不例外。小说里面的皇帝，是把康熙、雍正和乾隆综合起来的一个模糊的形象。所以在小说里面，皇帝上面还有太上皇呢，记得吧？他有这样的写法。其实，在曹雪芹在世的时候，从努尔哈赤算起，一直到雍正，没有任何一个皇帝当过太上皇，或者他当皇帝的时候上面有太上皇。乾隆当过太上皇，但是那个时候，曹雪芹已经去世有三十多年了，曹雪芹不可能去预测乾隆以后当太上皇的事，他也没有必要预测这个事。他之所以在小说里面写皇帝上面有太上皇，就是因为他们家族对康熙有一种亲切的感情，于是他就把康熙也写成好像还没有去世，把康熙、雍正、乾隆合并在一起来写。但是在第十六回的这一笔所写的，应该是雍正的突然死亡。这个消息传来以后，小说里面的贾家慌作一团，这样描写是正确的；并不是因为什么秦可卿的事，他们才那么慌张，实际上他是暗示政局突然发生了很大的变化，令贾家惊恐。

一朝天子一朝臣哪，生活当中的曹家是尝过这个滋味的。康熙一死，曹家就立刻失去了皇帝的宠爱，马上生活就发生了巨大的变化，甚至发生了惨痛的转折。所以当雍正突然死亡的消息传到曹家的时候，可想而知，现实当中的曹家肯定是乱作一团。虽然雍正对他们很不好，他们对雍正的感情，应该和对康熙的感情是不一样的，但是这样一来，命运的不可知的成分显然就又增加了。所以曹雪芹把这个情况移到书里面，就出现了贾家“不知是何兆头”，“贾母等合家人等心中皆惶惶不定”的慌乱场面，他这样写非常合理。在这种情况下，得到消息的这些王公大臣，首先当然要到正宫去，是不是啊？皇帝死了嘛，要履行某种仪式，也得有所表示。然后，凡是和即将继承王位的皇子有关系的，就应该到东宫去，到那个继承皇位的人居住的地方，去表示祝贺。所以“如今老爷又往东宫去了”，写得很准确。

当然，我刚才已经说了，现实当中雍正采取的是秘密建储的传位方式，不立太子，没有明确地告诉大家，也没有告诉弘历本人，说你就是我的接班人，今后皇帝让你当。雍正是秘密地内定了由弘历来继位，但是在雍正晚年的时候，大家都看出来了，他看重弘历，虽不明说，但很明显，继承他皇位的应该就是弘历。所以在小说里面，把弘历的居所称为“东宫”，也很自然，“东宫”就是皇储住的地方。反映到小说当中，就是第十六回写的这个情况，“老爷又往东宫去了”。

肯定下面有人要跟我讨论，说，刚才你推测贾元春的原型，最早不是送到胤礽那儿去了吗？怎么会在小说里又写成“老爷又往东宫去了”，然后传来消息，小说里面的贾元春就得到晋升了，“才选凤藻宫”了，晋封为凤藻宫尚书，加封贤德妃了，这怎么回事呢？这一点都不奇怪，因为你查一查清朝的有关档案就可以发现，这些选秀女被选中的女性，当她们没有成为皇帝身边宠爱的女子的时候，她们的命运完全由有关的六宫主管太监，乃至于由内务府来安排，可以多次重新分配。懂我的意思吗？你不是什么很重要的人，你又没有真正成为皇帝身边宠爱的女子，就可以对你多次进行重新分配。那么在康熙的儿子、孙子当中，身边的女子被进行重新分配的，可能性最大的是谁呢？当然就是两立两废的太子，以及他的儿子弘皙。明白了吧？而且，我在前一讲已经讲过，老早在康熙的时候，康熙就觉得，我不能让太子继承皇位了，但是我要善待他，弘皙是我的爱孙，也不能亏待。但这些人搁在宫里面又不安全，对他自己不安全，对政局也不安全，于是他就决心在现在叫郑各庄、过去叫郑家庄的地方，盖一大片房子，打算把这个废太子移到那儿去住。当然，太子被废后没活很久，康熙去世以后，他在雍正二年就死亡了。而且雍正那个时候面对的政敌太多，他觉得废太子，以及废太子的儿子弘皙都是死老虎，所以并没有对他们进行十分的迫害。当然他也对其进行严密监视，但是表面上还容纳他们，就封弘皙为亲王，把他移到郑家庄去居住。在这样一个移宫过程中，需要配备上下各种各样的人员，男的派作管家、仆从，女的就派去侍候王府的女眷。可以推测，在这样的二次分配当中，曹家的这个女性，就没有跟弘皙他们到郑家庄去。这也很可以理解，因为对废太子也好，对弘皙也好，给他们配备人员时，一般来说只能是做“减法”，不能做“加法”，道理是不是这样的啊？因为他们是政治上的弱势族群了，弘皙后来虽然不是圈禁，但肯定是被监控，所以在二次分配当中，我们现在寻找到一个女性，这个人在现实生活中，可能就是曹家的一个女子，她在二次分配中，就被从弘皙那边拨到了弘历的身边；她二次分配也没能够分配到雍正的身边，她不够格，于是她就从康熙的嫡长孙弘皙身边，被派往康熙另外一个孙子弘历的身边。这是当时这些女性共同的命运，她们像用品一样，不能自己选择去留所在，人家把你搁到哪儿就是哪儿，有的要经历多次的再分配，被挪来挪去的。但是她到了弘历身边以后，很可能在弘历还没有当皇帝的时候，就已经得到了宠幸，成为一个王妃。小说里面把这些事写进来，她已经是王妃了，因此探春抽到“必得贵婿”的签，大家就跟她说，我们家已经有了一个王妃，难道你也要成为一个王妃吗？这个话，实际上是现实生活当中曹家人嘴边的话，曹雪芹就把它写进去了，明白吧？他写这个的时候因为全书还没有统稿，从第一回到最后一回他还没有来得及仔细地剔掉毛刺，他前面设计贾元春已经做了皇妃了，不是王妃，但是现实生活当中，贾宝玉过生日的故事，可能发生在这之前，他挪用了当时人们经常说的一句话。就是说，贾元春原型原来的身份就是一个王妃，但是她所伺候的这个王，一旦成为东宫的储君，一旦真正接替了王位，这个王妃和皇妃，可不可以就是一个人呢？就像太妃和老太妃可以是一个人一样，当然就是同一个人。我想，我已经把这个逻辑给你理顺了。所以，虽然寻找贾元春的这个原型不是很容易，可是我们也还是获得了这么多的线索。

那么贾元春跟着皇帝，就过了一段很美好的生活，但是好景不长，正像秦可卿可怕的预言一样，“三春去后诸芳尽，各自须寻各自门”。在乾隆元年、二年、三年，这三个美好的春天过去之后，在第四春的时候，就发生了重大的变化，现实中的曹家，这次是遭到了灭顶之灾，彻底毁灭。小说当中的贾家，最后也是彻底毁灭。因此我们就需要在下面继续探讨这样一个问题，就是如果贾元春的原型，果然是先在胤礽、弘晳身边，后到弘历身边，最后有幸成为弘历身边一个受宠的女子，那么小说为什么最后要写三个春天过去以后，在第四个春天她就悲惨地死去了呢？在生活当中发生了什么原型事件呢？现实当中这个女子想必也是在乾隆四年的时候悲惨地死去了。其实曹雪芹在《红楼梦》第五回中，关于贾元春的判词和《恨无常》曲里面，就对这个角色的命运有了一个非常完整的勾勒，有了非常明确的预言。但是红学界从来都对第五回里面关于贾元春的判词和《恨无常》曲有争议。那么我在下一讲里面，就将向大家讲述我对贾元春这个艺术形象在八十回以后的命运所做出的我个人的一个探佚、推测。

第四章 贾元春判词之谜

贾元春在前八十回里面正式出场很少，只有省亲的时候有她的一个重头戏，然后她就是一个背景人物了。八十回以后，贾元春肯定是有戏的。因为在第五回的判词里面，预示了贾元春后来的命运。

在红学发展过程中，有一个说法，认为《红楼梦》有四个不解之谜，这四个不解之谜是：贾元春判词之谜、贾元春《恨无常》曲之谜、《红楼梦》书名之谜和《红楼梦》二十首绝句之谜。前三个谜指的是什么，你一听就明白，都是《红楼梦》文本里出现过的，第四个谜则需要略微解释一下。这不是《红楼梦》文本里的，是《红楼梦》手抄本流传的过程里，在乾隆朝中期，有个叫富察明义的人，他读了以后，写了二十首绝句，诗句里透露出来，他所看到的手抄本似乎不止八十回，但八十回后也绝非高鹗所续，在诗中他道出了一些他所看到的八十回后的情节，但是他以诗的形式表达，又把自己的感慨糅合进去，意思就很朦胧，人们的理解就各不一样，因此也就成了不解之谜。由于红学界对这四个不解之谜争论不休，难有定论，因此有人干脆将它们称之为“红楼死结”。

四个不解之谜里，四个死结里，两个都与贾元春有关。可见《红楼梦》第五回里关于贾元春的判词和《恨无常》曲，是难啃的硬骨头。可是，这两个谜非破解不可，这不仅关系到我们对贾元春这个人物的理解，也关系到我们对整部书的理解。我自己在这方面也进行了很长时间的研究，也有所收获，现在我就把自己啃下这两块硬骨头以后，对这两个谜的破解，以及打开这两个死结的心得，竭诚地告诉大家，以供参考。

先来看关于贾元春的判词。贾元春在太虚幻境薄命司厨中的《金陵十二钗》正册里，处第二位，在她那一页上，画着一张弓，弓上挂着香橼，画弓当然是为了让我们联想到“宫”，香橼当然是为了让我们联想到“元”，弓又是凶器，被挂在上面不是什么吉兆；画旁边有一首歌词，那就是关于贾元春的判词，一共四句：“二十年来辨是非，榴花开处照宫闱。三春争及初春景，虎兕相逢大梦归。”这短短的四句话，究竟在表达些什么？在每句判词的背后，究竟隐藏着什么秘密？

“二十年来辨是非”，这是贾元春判词的第一句。从字面看起来没有什么难解释的，一个是一个年代，一个是做一件事，年头就是二十年，做什么事呢？“辨是非”。但是红学界过去就觉得这句话很古怪，二十年是怎么算的？从什么时候算到什么时候？有人说了，大概是说贾元春进宫二十年了。你想选秀女，按清朝规定，三年进行一次，备选女子在十四岁至十六岁之间最合适，有时也会略微降低一点年龄，那么我们假设贾元春十三岁选上，她进宫二十年后，都三十三岁了，那就是一个中年妇女了。这个“二十年”意味着什么呢？是表示说她在宫里面待得久呢，还是想表示她在宫里面待得还不够长？说它干吗啊？“二十年”不好解释。“辨是非”就更不好解释了。过去有人怎么解释啊？说她二十年在皇宫里面，不断地去辨别皇帝的是非。这可能吗？这有必要吗？一个妇女好容易得到皇帝的宠爱，她会用二十年时间去辨皇帝的是非？在那个社会里，皇帝只有是，没有非，他怎么着都是对的，除非他的权力被别人拿走了，他是个傀儡皇帝，否则，他掌大权的话，虽然有时候也会听取一下别人的意见，对于所谓“诤臣”，有时候还会加以表扬，但是他拍了板，那就是定论了，就得照办，皇帝本人乃是非的终极标准。特别是当时宫廷里面的妃嫔，皇帝是严禁她们干预朝政的。在清朝的康、雍、乾三朝，这一点皇帝把持得很紧，也没有出现过后妃干预朝纲的事情。所以我认为，书里写贾元春用二十年的时间辨是非，不可能是去辨皇帝的是非。

当然，有人坚持认为，“二十年来辨是非”，就是二十年里不断地分辨皇帝的是非，贾元春就那么做，曹雪芹他就是那么个意思。我也很尊重他的看法。有不同的看法，大家讨论，才能够去愈来愈接近那个真实的存在。讨论是好事，大家记得《红楼梦》里写“秋爽斋偶结海棠社”，贾宝玉怎么说的呀？说“大家鼓舞起来，不要你谦我让的。各有主意自管说出来大家平章”，咱们应该按贾宝玉的倡议去做。皇帝有没有非？从今天的无产阶级革命立场来看的话，不消说，你实行的是封建专制统治，是个大大的非；从当时农民起义者的角度来看的话，皇帝当然也绝对是大非，是个必须要推翻的坏东西。问题是我们现在讨论的是小说里面的贾元春这个角色，从贾元春这个角度来看的话，她不会去把自己的人生目的确定为去辨别皇帝的是非，小说里面也没有任何情节写到她去辨别皇帝的是非，连这样的暗示也没有。所以咱们讨论贾元春这个艺术形象，就很难解释她究竟在分辨谁的什么是非，而且用二十年时间去辨。

这句话现在我又把它分成两截儿，咱们先来讨论“二十年”。《红楼梦》里面“二十年”这个字样可是多次出现的哟，您回忆一下。《红楼梦》里面经常出现一些年代语言，比如说在第五回，警幻仙姑碰到宁荣二公，宁荣二公在嘱托她的话里，就有一个年代概念，他们说，“吾家自国朝定鼎以来，功名奕世，富贵流传，虽历百年，奈运终数尽不可挽回者。”在这里宁荣二公就提出了一个概念叫作“百年”，就是说他们这个家族的荣华富贵流传到故事发生的那一刻，也就是贾宝玉在宁国府、在秦可卿的卧室里面午睡的时候，已经有一百年了。这个数字和清朝确立他们的政权，又经历了顺治、康熙、雍正这些朝代的那个年数大体相合，和生活当中的曹家，从他们当年在关外被八旗兵俘虏，沦为正白旗的包衣到当时的那个年数也是大体相合的。这也就再次说明，《红楼梦》是具有自叙性、自传性、家族史这种特点的小说。

大家印象更深刻的应该是第七回的焦大醉骂。咱们在前几讲里面，引用分析了焦大所骂的一些话，下面咱们再引用一句。焦大醉骂当中有这样一句话，他说，“二十年头里的焦大太爷眼里有谁？”“二十年头里”，这就又出现一个“二十年”。焦大所指的“二十年头里”应该是什么时候呢？小说是一个虚拟的时间和空间，我们现在要讨论的是在真实的生活当中，如果是焦大的生活原型在那个时候骂，他所说的那二十年，“二十年头里”，大体是什么时候？在前几讲里，我已经分析了《红楼梦》文本的时代背景，虽然作者托言“无朝代年纪可考”，实际上脂砚斋就指出“大有考证”，我就已经考证出来，第一回至第十六回，应该大体上是雍正时期，更具体地说，是在雍正朝晚期，也就差不多是雍正暴死之前。雍正，大家知道，他当皇帝当了十三年，是在雍正十三年八月份突然死亡的。在雍正朝最后，说“二十年头里”，那么减去雍正朝的年头，所指的就是康熙朝。“二十年头里的焦大太爷眼里有谁”，这句话就证明，小说里面的贾家在二十多年前，他们的状态比小说里面写到秦钟到他们那儿去做客，然后让焦大把他送回家的时候要强得多。那个时候，焦大作为一个老仆是非常风光的，非常神气的，谁也惹不起的。考虑到《红楼梦》是一部带有自叙性、自传性、家族史特色的小说，我们就回过头来，到真实的生活当中去看一看，会发现确实是，前面我多次讲到，在康熙朝的时候，曹家是最风光的。

我上一讲已经跟大家说了，第十六回实际上讲的是雍正暴亡和乾隆登基的情况，整个故事发生在这样一个背景下，小说节奏加快，说“老爷又往东宫去了”，然后就写到贾元春不但“才选凤藻宫”，而且得到皇帝的特许，还可以回家省亲了，于是贾府开始为省亲做准备了，这对贾氏宗族是一件天大的事，大家都很喜悦。这个时候，家里面的老仆人赵嬷嬷，还有王熙凤，她们就开始议论省亲的事情。这个时候，王熙凤的话里面也有一些年代数字，比如王熙凤说了，“可恨我小几岁年纪，若早生二三十年，如今这些老人家也不薄我没见世面了。说起当年太祖皇帝访舜巡的故事，比一部书还热闹”。王熙凤在这儿用了一个很概括的时间概念，“二三十年”。从雍正朝晚期，往前推二三十年，就恰恰是康熙皇帝南巡的那个时间段。康熙是在康熙二十三年首次南巡，最后一次南巡是在康熙四十六年，他是在康熙六十一年的时候去世的。雍正只当了十三年皇帝，你从雍正十三年往前推二三十年，大体就是康熙后几次南巡的那个时间。所以曹雪芹写王熙凤这样讲，也是有真实生活为依托的。曹雪芹写这些人物，说这些话，不是凭空的艺术创造、艺术想象，当然写小说可以完全脱离生活真实去凭空想象，世界上有那样的小说，但是《红楼梦》不属于那种类型。

我个人的研究证实，《红楼梦》里面所讲出来的这些年代数字，都是与康、雍、乾三朝里政局的情况、曹家的兴衰对榫的，都是能够落到实处的，能够找到生活的原型事件、原生状态的。书里有一个年代数字的表述，我特别重视，是在第四十七回，贾母有一个表述，她说："我进了这门子，做重孙子媳妇起，到如今我也有了重孙子媳妇了，连头带尾五十四年，凭什么大惊大险、千奇百怪的事，也经了些。"这个数字就忽然精确到个位，前面你看都是一些"百年""二十年""二三十年"那样的概括性数字，这次曹雪芹写贾母说话，她不说"五十"，也不说"五十五"，她说"五十四"，这个我想不是偶然的，不是曹雪芹写到这儿，兴之所至，随便写上去的。前面我讲到过，贾母这个人物是有生活原型的，这个生活原型是可以非常准确地加以确认的。贾母的原型就是李煦的一个妹妹，她嫁给了曹寅，李煦在给康熙的奏折里有"臣妹曹寅之妻李氏"这样非常清晰的表述。李氏在小说当中化为了贾母这个艺术形象。你查一查曹家的历史，贾母说这个话是在第四十七回，我在上几讲里已经给你论证了《红楼梦》里的背景时序是怎样的，这里不再重复，根据我的判断，这一回写的应该是乾隆元年的事情。从乾隆元年回溯五十四年，是哪一年呢？是康熙二十一年，那一年曹玺还活着，任江宁织造。曹玺是曹寅的父亲，曹寅当时在京城，他是治仪正或兼佐领职。当时曹寅是二十五岁的样子，贾母原型的年纪应该大体和曹寅相当。她就在那个时候过门了，嫁到曹家，嫁给曹寅，从那个时候算到乾隆元年，就正好是五十四年。她说"到如今我也有了重孙子媳妇了"，这一点有人可能会提出意见，说秦可卿已经死掉了呀。但细心的读者可能会注意到，秦可卿死掉以后，贾蓉续娶了，小说后面几次提到有一个贾蓉之妻，而且在第五十八回里面写到老太妃薨逝后，"贾母、邢、王、尤、许婆媳祖孙等皆每日入朝随祭"，这句话里排在最后的一位，应该就是贾蓉之妻。这里点出了她的姓氏，她姓许，只是这个人在前八十回里面没有任何故事而已，彻底成为一个背景上的影子了。后来高鹗续书，通行本上，又把贾蓉续娶的妻子说成姓胡。所以贾母说这个话的时候，她所说的“到如今我也有了重孙子媳妇了”，那个重孙子媳妇当然已经不是指曾让她认为是“第一个得意之人”的秦可卿，她指的应该是许氏。她说五十四年前自己的身份是重孙子媳妇，意味着当时她嫁过去的时候，上面可能还有一个太婆婆；从那一年，过了五十四年之后，她也有了重孙子媳妇。而且贾母说这五十四年是不平静的，她经历了很多大惊大险、千奇百怪的事，这也正符合历史上曹家的情况。曹寅娶了李氏以后，一直到最后去世，那真是大惊大险多极了。

我说这么多，什么目的呢？就是告诉你“二十年来辨是非”的这个“二十”，不会是一个随便写下的数字，而是和我刚才说的那些数字一样，也是可以相应地加以推算的一个数字。“二十年来”怎么个算法呢？我个人认为，不是说贾元春已经进宫二十年，不是这个意思，而是说贾元春为了一件事情，她可以说是辛苦了二十年。为一件什么事情呢？现在我们所读到的判词，在多数的版本上都叫作“二十年来辨是非”，实际上在古本《红楼梦》里面，不完全是这样的写法，起码有两个古本里面，它写的是“二十年来辨是谁”，这很值得我们思考。很可能这样的古本里边的这个句子，更接近于曹雪芹的原笔原意。她二十年来，一直在判断有一个人究竟是谁，这个人绝不是皇帝，皇帝是谁还用她去判断吗？她所判断的，就是小说里面的秦可卿。因为，我们从这个小说所叙述的贾家的情况来看，贾元春不可能年龄非常大。如果贾元春年龄非常大，王夫人生不下她来，小说里的王夫人也无非是一个五十几岁或者接近六十岁的妇女。贾元春，她的生活原型我们在上一讲里面也说了，应该是曹家曹颙的一个女儿，或者是曹頫的一个女儿，总之，她应该是曹雪芹的一个亲姐姐或者堂姐姐。这个人应该是在选秀女的时候，有机会被选中了，又由于他们曹家的背景不是特别好，虽然属于上三旗里的正白旗，但属于正白旗里面的包衣世家的后代，皇帝宠信你家，可以让你家男人做官，但是论身份、血统，她不能和那些正宗的满族家庭的女子相比。所以她一开始——我在上一两讲里面已经分析了——可能并不能直接地进到皇帝的那个宫里面去，她可能被分配到皇帝下面的太子或者是其他阿哥的那些居所去，供那些人使役，她是从下到上，从低到高，一步步地完成了人生的旅程。

贾元春，大体而言，应该比秦可卿稍微大一点，也无非是大个四五岁的样子。在她四五岁记事的时候，她就发现他们家族里出现了一个神秘的女性，比她略小。这个女孩子被说成一个小官吏抱养的，然后就被送到宁国府里，开头可能是童养媳的身份，因为那个时候她年龄还很小，就在宁国府里面长大成人。秦可卿，从小说里的描写来看，气象万千，派头很大，我已经有很多分析，不再重复。在真实的生活当中，这个人作为废太子的一个女儿，她并不是真正地在一个破落的小官吏家庭里面长大。之所以要把她藏匿起来，就是为了避免让她跟父母一起被圈禁嘛。她被曹家收养以后，曹家当时境况并不怎么好，不像书里写的宁荣两府那么富贵繁荣，但是她可以不被圈禁，她就有了自由，不但可以跟自己的家族保持秘密联系，还可以和皇族里其他知道她的真实身份而不予揭示的同情者，以及真以为她是曹家媳妇的又还接纳曹家的王公贵族，比如康熙的二十一阿哥允禧那样的家庭中的女眷公开来往，建立比较密切的关系。因此她的生活环境、成长环境，绝不是一个小官吏家庭的环境，也不仅是曹家的环境，她应该有更广阔深邃的成长环境。

前面我已经多次给大家指出，雍正登基以后，所要对付的政敌非常之多，他对废太子这一支不会放松警惕，但是没有把他们作为打击的首选。而且对于废太子的儿子弘皙，他还遵照康熙的遗嘱，封为郡王，后来又升为亲王—— 当然他是把弘皙移到了郑家庄去居住，不让他住在皇城里面。这种安排，不是圈禁，雍正不能公开宣布把他圈禁起来，这和废太子的待遇应该在表面上是两样的。雍正当然会对弘皙有所监视，可是弘皙的自由度应该就比圈禁状态要大得多，后来弘皙自己私立内务府七司了嘛，可见弘皙的活动空间还是比较大的。那么，弘皙不可能不关注他的这个藏匿在曹家的妹妹，这个妹妹在逐渐长大以后，也不可能不和弘皙、她家族的人发生关系；而且既然弘皙并不是一个被圈禁的人，她又有行动自由，她就可以短时间或者是相当长一段时间到郑家庄的亲王府里去住。因此，秦可卿之所以不但血统高贵，而且她也有一种高于贾家的见识和修养，从其原型的这种成长历程来看，是完全可以理解的。

为什么贾元春要来琢磨自己家族里面的这样一个秦可卿究竟是谁，这个在上一两讲里面我已经给大家分析过了。贾元春的原型很可能是曹雪芹的一个姐姐，先被送去参选秀女，又由于本身条件不是非常好，一开头可能并没有被选拔到皇帝的身边，而且很可能是先被派去伺候胤礽和弘皙他们。你想，如果在胤礽第二次被废前夕，胤礽的家族曾经做了这样一件事情，把即将临盆的一个妇女，把她生孩子的这个事情隐瞒起来，或者谎报生下的婴儿是个死婴，最后还把这个落生的婴儿偷渡出宫殿，寄养到跟自己关系密切的、一贯相好的官僚家族里面，这是完全可能的。而贾元春原型在小时候，可能模模糊糊觉得这个比她小一点的女子有点奇怪，但是她不可能有深刻的意识，她也不一定有去仔细辨认她是谁的浓厚兴趣。但是她到了胤礽和弘皙的生活空间里面以后，她就会从那个空间里面的一些妇人的嘁嘁喳喳的私语里面，隐约感觉到有些奇怪。府里面当年说是生育了，然后生出来又死掉的婴儿，很可能就是她小时候，忽然出现在她家族里的那个女孩儿，于是她就一直琢磨这个事情。那句判词之所以在有的古本上写作“二十年来辨是谁”，它的含义就是贾元春一直在琢磨，他们贾府里面的这个女人究竟是谁呢？她不是到了当今皇帝身边才开始“辨是谁”的，她从四五岁上就开始纳闷儿了，后来她选秀女选上了，她还在辨，再后来她的生活出现了一个大的转折，她辨到第二十年的时候，她的判断就成熟了，她就说出来了。

我在上一讲里分析出，贾元春的生活原型，后来又从胤礽和弘皙的身边，通过内务府的二次分配，移到了弘历的身边。她逐渐掌握了确凿的证据以后，就选择了一个最佳时机来揭露这件事情，告发了秦可卿被藏匿的事情。你想她如果是四五岁开始琢磨这个事情，到二十年以后，她应该是二十四五岁；而弘历在做皇帝的时候差不多也是二十四五岁，这两个人的年龄应该是比较相当的。弘历对来到他身边的这样一个曹家的女子肯定产生了好感，她得到了弘历的宠爱。这时正好雍正暴亡，弘历登基，而弘历登基以后的第一件事就是抚平政治伤口，上下做团结工作，该赦的赦，该免的免。贾元春原型，也就是现实生活当中的这个曹家女子，看到这个情况以后，就觉得这是一个最好的时机。无论是这个生活原型，还是小说里的贾元春，告发家族藏匿皇家女子，都得选择一个最佳时机。她要达到三个目的：第一个目的，她觉得自己要坚持原则，我是皇家的人，我要坚持一个至高无上的皇家原则，皇家里面有个别的人做了这种不对头的事情，我有揭发的义务。她第二个目的，是要保护自己的家族，她揭发自己的家藏匿了不该藏匿的人，不是为了让自己的家族遭连累，她是为了保护自己的父母，让自己的家族得到解脱。为什么在这个时候来告发，她的家族就能得到赦免解脱呢？她看到了新皇帝在忙着干什么呢？就是正在给所有这些皇族遗留问题画句号呢。同时，第三个目的，她是为了达到隐藏心底的一个愿望。她不可能没有一个往上爬的愿望，因为做了这样的事，而且家里配合得也很好，皇帝会认为她忠孝贤德，所以小说里写皇帝最后就把贾元春提升了，她于是就“才选凤藻宫，加封贤德妃”了。小说里面写的，虽然把真实生活当中发生的事情在顺序上略有挪移，但大体上应该就是这样。经过我这样分析，你再读小说里面第十三回到第十六回，你会觉得它在叙述的时间排列上就基本合理了。因此我觉得“二十年来辨是非”这句判词的意思应该是很清楚的，并不难解释。

关于贾元春的判词，第二句是“榴花开处照宫闱”。对于这句判词，很多红学研究者认为它没有什么特别意义，只不过是一句景观描写而已。我不这样认为，这一句也需要破解出其中的深意。

“榴花开处照宫闱”。“榴”就是石榴，石榴有一个什么特点啊？石榴多籽。为什么在紫禁城里妃嫔住的那些院落里面都种石榴树啊？它有时候不直接栽在地下，而是栽在一个大盆里面，现在你去故宫参观，有时候还能发现，月台上一溜儿都是石榴树。封建社会，从皇族一直到普通老百姓，都希望多子多福。康熙皇帝本身就是一个榜样，你看他那么多子女，而且以子女众多为荣、为喜。“榴花开处”意味着什么？我个人以为，意味着小说里面的那个贾元春实际上已经为皇帝怀孕了，所以她得到皇帝那么大的宠爱。一般来说，皇帝宠爱一个妇女，在多数情况下，还是因为她为自己有所生育，特别是能给自己生儿子。所以贾元春后来命运为什么悲惨呢？因为从小说里面我们看不到一点痕迹，说她把怀的这个孩子生下来了。在真实的生活当中，情况可能也是很悲惨的，她的原型给乾隆怀了孩子，孩子却并没有顺利地落生。所以“榴花开处照宫闱”，那个石榴树开着花，石榴树开花就意味着要结石榴果，但是结出来没有呢？它不是“石榴结处照宫闱”，它仅仅是“榴花”，并没有完全结成石榴。

这一句就点出来，贾元春是处于这么一种状态。

关于贾元春判词的第三句是“三春争及初春景”。对于这句判词，很多红学研究者认为，这是指贾府四位小姐——元春、迎春、探春和惜春之间的关系，“三春”指的是迎春、探春和惜春，因为她们三人都不如元春地位风光显赫，所以是“三春争及初春景”。

那这句话又为什么被人说是“红楼死结”，是不解之谜呢？大家知道，贾家有四个平辈的女性，元、迎、探、惜。这四个女性的名字本身的第一个字合起来又是一个谐音，就是“原应叹息”，“原来就应该为她们叹息啊”。这是曹雪芹为这些最后命运都不好的薄命女性进行的艺术概括。她们的名字又都带“春”字，因此可以说是四春——元春、迎春、探春、惜春。所以“三春争及初春景”，很多人就解释成，你看元春多风光啊，元春到皇帝身边，“才选凤藻宫，加封贤德妃”了，迎春、探春、惜春你们都不如她，所以叫作“三春争及初春景”。但是这个话是说不通的。为什么说不通呢？因为《红楼梦》第五回关于十二钗的判词和曲，都不是说她们一段时间里的状态，而是概括她们的整体命运，点明她们的结局。那么就结局而言，迎春确实命最苦，她嫁给“中山狼”孙绍祖以后，很快就被蹂躏死了；但是探春跟惜春都没有死，尽管一个远嫁，一个当了尼姑，总比死了好吧；而元春呢，我们读完这个判词再读有关她的那个曲《恨无常》，就知道她后来是很悲惨地死掉了。在第二十二回，元春的那首灯谜诗，也很清楚地预示着她的惨死：“一声震得人方恐，回首相看已化灰。”她究竟怎么死的，那些情节，有关细节，因为曹雪芹的八十回后文字散佚了，所以探讨起来可能麻烦一点，但是她的结局是悲惨地死掉，这是无可争议的呀！如果非要以四位女性的结局作比的话，只能感叹“迎春怎及初春景”，怎么会“三春争及初春景”呢？而且元春是元春，你说初春干什么呀？所以如果这么解释，会越解释越乱。

非把“三春”解释为元、迎、探、惜里面的三位，非把“春”理解成指人，那读《红楼梦》就会越读越糊涂。不光是这一句的问题，书里有“三春”字样的句子非常之多，比如说“勘破三春景不长”，“将那三春看破”，更何况还有我们反复引用过秦可卿临死前向凤姐托梦，最后所念的那个话，那个偈语，叫作“三春去后诸芳尽，各自须寻各自门”。所以如果你要是胶着在“春”是四个人，来回来去饬这“三春”的话，你怎么饬也饬不出一个道理来，越饬越乱乎，特别是“三春去后诸芳尽”，怎么算“去”？如果死了算“去”的话，那只有迎春、元春死了，应该说“二春去后诸芳尽”；如果远嫁、出家也算“去”，那就该说“四春去后诸芳尽”，怎么也算不出“三春”来。那么这些话里面的“三春”究竟都是指什么呢？其实很简单，不是指三个女子而是指三个春天，“三春去后”就是“三度春天过去”。那么“三春争及初春景”是什么意思呢？如果你把“三春”理解成三个春天，也就是说把“三春”理解为三个美好的年头的话，这个问题就迎刃而解。一年固然有四季，但如果我们觉得我们三年都过得不好，我们就可以说这三年是“三冬”，因为冬天一般就让人觉得比较寒冷。“三春”则应该是指美好的年头一共有三个。你把胶着在四个人身上的思路搁在一边，你把你的思路挪移到按年头来理解的话，所有的这些话全通了，一通百通。“三春争及初春景”，就是贾元春她最美好的日子就是封为贤德妃的第一年，就是乾隆元年，就是初春，首先她省亲了呀，那多美好，是不是？小说也写了二春、三春的故事，写了背景大约是乾隆二年和乾隆三年的故事，由于各种各样的原因，虽然那个时候元春的情况还是比较好，但是她又回家省亲了吗？没有了。所以对于贾元春来说，确实是“三春争及初春景”。她一共有三个都比较美好的春天，但是在这三个春天里面加以比较的话，哪一个春天最好呢？初春。这样就把贾元春的命运发展的轨迹表述出来了。

关于贾元春判词的第四句是“虎兕相逢大梦归”。对于这句判词，红学界争议更大。那么红学界争论的焦点在哪里？这句判词究竟意味着什么？

“虎兕相逢大梦归”，我这么一念，下面我看有的红迷朋友就在那儿皱眉，可能要对我说：您念错了吧？不是“虎兔相逢大梦归”吗？你看的那个版本，很可能上面写的是“虎兔相逢大梦归”，后来的通行本写的都是“虎兔相逢大梦归”。但究竟是“虎兔相逢大梦归”还是“虎兕相逢大梦归”，这是《红楼梦》研究当中一个很热门的话题。

有的研究者认为，原来是“虎兔”，因为“兔”字跟“兕”很相似，当年的抄手抄错了；有的研究者也认为是抄错，但却是把“兕”字错抄成了“兔”字，因为“兕”字比“兔”字生僻，如果原来是“兔”，很难想象有人会把一个常见的字抄成一个许多人都不会写也不知道该怎么念的怪字；也有的研究者认为，是高鹗续书的时候选定了“兔”字，他那是别有用心，故意把曹雪芹原作里传递的权力斗争的信息，化解为一种宿命，一种迷信。

我个人的意见是这样的，我认为，曹雪芹的原笔原意，应该是“虎兕相逢大梦归”。

虎，不用解释了，一种猛兽。兕也是一种猛兽，犀牛一类的那种兽，独角兽，很凶猛，身体体积很大，力气很足，顶起人来很可怕。它跟虎之间可以说是有得一搏的，很难说一定是虎胜，也很难说一定是兕胜。在虎兕相逢，两兽的恶斗当中，贾元春如何了呢？“大梦归”。这个你应该能理解，就是意味着她死掉了，人生如梦，魂归离恨天，就是死掉了。

但是有一些人坚持认为是“虎兔相逢大梦归”。高鹗、程伟元他们续后四十回《红楼梦》，写了元妃之死。高鹗他的续书是有一些优点的，我不想全盘否定，但是高鹗写这个贾元春之死确实是太荒唐了，现在我们来看一看他怎么写的。

首先，高鹗说贾元春怎么死的呀？没有发生任何不测，她是“自选了凤藻宫后，圣眷隆重，身体发福”，用今天的话说就是肥胖症。说她“未免举动费力，每日起居劳乏，时发痰疾”，说她吃荤东西吃多了，喉咙这儿老堵着痰，“偶沾寒气”以后，就“勾起旧疾”，勾起她的旧病后，“竟至痰气壅塞，四肢厥冷”，因此就薨逝了。她是因为发福，因为多痰，因为受了风寒，可能得了点儿感冒，她就死了，很太平地死在凤藻宫里面了。那么，前面第五回的判词也好，关于她的《恨无常》曲也好，关于她那首灯谜诗也好，等于都白写了，一点儿没有暗示作用，成胡言乱语了。高鹗就这样告诉我们，贾元春这个人，她很太平、很正常地在宫中薨逝了。

那他怎么解释“虎兔相逢大梦归”呢？这不是我非要跟高鹗过不去。他实在没办法，他就这么说，“是年甲寅年十二月十八日立春，元妃薨日是十二月十九日，已交卯年寅月，存年四十三岁”。因为那一年是卯年，那个月是寅月，卯就是兔，寅就是虎，所以这不就是“兔虎相逢”了嘛，她就大梦归了。首先，这是兔虎相逢，不是虎兔相逢，应该先把年搁前头，把月搁后头，对不对？他自己说“是年甲寅年十二月十八日立春”，他说那是一个甲寅年，甲寅年那是虎年啊——过去也确实有一种说法，就是立春以后，可以算是另外一年了，甲寅过后是乙卯，你就说元春是死在虎年和兔年相交接的日子不就行了吗？他又偏不按年与年说，非按年与月说，也许他的意思是到了卯年了，但月还属于寅年的月，所以卯中有寅，算是兔虎相逢。但这样营造逻辑，实在是说的人和听的人都脑仁儿疼。我认为，说来说去，他就是要回避“虎兕相逢”这个概念，他一定要写成“虎兔相逢”，这个起码可以说它是败笔吧。而且他说贾元春去世的时候四十三岁，在那个社会四十三岁是一个很大的年纪，就是说贾元春死的时候已是一个小老太太，这个也很古怪，不知道他怎么想的。“才选凤藻宫”没多久，贾元春就四十三岁了。高鹗续《红楼梦》八十回以后，也没有很大的时间跳跃，没有说现在过了三年、过了五年，他没这么说，他就那么像煞有介事地，按前八十回的那个时间顺序往下写。他写到贾元春死的时候，离元妃省亲也不过是几年的事情，这样往回推算的话，一个三十七八岁的妇女，还能得到皇帝那么大的宠爱吗？也没有生下一个儿子来。当然，他有想象的自由，问题是我不跟着他想象，我觉得他这个读起来不舒服。按我的分析，贾元春在省亲的时候不过二十四五岁，我那样算，和书中对其他年代的交代是对榫的，和真实生活当中曹家的情况也是能够大体对榫的，所以我觉得我的这个思路应该还是成立的。何况古本上写的就是“虎兕相逢大梦归”，就是意味着两个猛兽进行恶斗，在这个过程当中，贾元春不幸地一命呜呼，最后只得到一个人生如梦的感叹。这样，我们现在就把贾元春的判词完全读通了，它不再是不解之谜，更不是什么死结，是个蝴蝶结，一抻就解开了。

当然了，第五回不仅是通过一个判词来暗示贾元春的最后结局，还通过了《红楼梦》十二支曲当中的一支曲《恨无常》，来概括贾元春的命运。因此对贾元春的死亡原因如果要做探究的话，就必须对《恨无常》曲以及书中其他的一些描写来做研究，来做分析。

第五章 贾元春死亡之谜

我们现在要探讨的问题就是贾元春究竟是怎么死的，因为我们现在看不到八十回以后曹雪芹关于贾元春的描写了。因此，我们只能够从第五回里面，曹雪芹写下的对贾元春命运的暗示里去分析。上一讲里面，我已经分析了关于贾元春的判词，指出按曹雪芹的情节设计，她不是像高鹗续书里写的那样，很太平地薨逝在凤藻宫，她是因为虎兕相争，在一场权力争斗当中，悲惨地死去。第五回除了判词，还有曲，现在我就要把关于贾元春的那一首《恨无常》曲，探究一番。判词和曲，总的意思是相通的、相同的，但是在对一些具体事件、具体情况的交代上，又各有侧重。

《恨无常》曲是这样的："喜荣华正好，恨无常又到，眼睁睁，把万事全抛，荡悠悠，把芳魂消耗。望家乡，路远山高。故向爹娘梦里相寻告：儿命已入黄泉。天伦呵，须要退步抽身早！"

对于这支曲，我们应该如何解读？它究竟怎样预示了贾元春的死亡？

这首曲曲名叫作《恨无常》，大家再想一想关于秦可卿的那首，曲名是什么呢？是《好事终》。两首曲的曲名搁到一起，触目惊心。我认为，两个曲名体现出了我在前几讲里面所说的那个因果关系。秦可卿和贾元春是扯动贾家命运的两翼——秦可卿的好事终了，很快贾元春的好事就来临。但是贾元春的最终命运仍然不好，所以叫《恨无常》。什么叫无常啊？如果始终不好，就叫常不好，始终好就叫常好；情况总在变动中，没有什么是可以持久的，而且往往那变动也无法预测，因此也就无法控制，无法避免，这才叫无常。各种状态都不能持久，如果是不好的状态不能持久，当然挺不错的，但是贾元春命运的悲惨在于，她的好运不能持久，所以她所谓的“恨无常”，实际上也等同于“好事终”。曹雪芹在营造这些《红楼梦》曲的时候，真是呕心沥血。

这个曲我们要一句一句地去体味。“喜荣华正好，恨无常又到。”这两句我觉得跟秦可卿那个曲的曲名真是挺对榫的，你把秦可卿的《好事终》那个曲名挪到这两句前头，不也挺恰当吗？“荣华正好”，结果“无常又到”。“无常”既是一个意味着事情不稳定，经常变化的名词，同时在中国过去的社会里面，它又是一个特指。什么叫“无常”？催命鬼。一个人死了以后，牛头、马面就来了，无常就来了，牛头马面是指人身子上长着牛和马的脑袋的一对鬼怪，是专门为阎王爷从阴间跑到阳间来勾人魂的，他们把锁链套在人脖子上，拉着那么一走，人就死了，就奔赴黄泉了；无常则是另外一种形象。鲁迅在他的著作《朝花夕拾》里，就有一篇《无常》，回忆他小时候在乡间看迎神赛会的民俗活动中，所看到的装扮出来的这种鬼，“浑身雪白”，“一顶白纸的高帽子”，手里捏一把“破芭蕉扇”，有时候还拿一个算盘，意思是来找人“算总账”。鲁迅在那本书里还亲自画了关于无常的插图，你可以找来看。总之，无常也是过去民间传说中的来自阴间的一个鬼，他让活人感到一切都不可能长久，一切都会变化，到头来要被他清算，被他带往阴间；而且他不讲情面，鲁迅先生就在他那篇文章里写到，过去的目连戏里，无常给人印象最深的唱词就是，“那怕你，铜墙铁壁！那怕你，皇亲国戚！”因此关于贾元春的曲里说“恨无常又到”，既是表示说，没有想到的一种最坏的变化来到了，同时也意味着，去勾她赴黄泉的无常鬼跑来了。

底下一句就接着说，贾元春“眼睁睁，把万事全抛”，很悲惨的。她“二十年来辨是谁”，多费心思啊！向皇帝效忠，告发了宁国府的那个女子是谁，是不是？她苦心经营了一番啊，又让皇帝觉得她忠心耿耿，又为贾家求得了赦免，只是让秦可卿自尽了事，没把真相暴露于社会，皇家、贾家的面子全保住了。而且，秦可卿的长辈在当时那种情况下，也忍痛牺牲了秦可卿，以求暂时的政治平衡，而她就因此被皇帝褒奖，才选凤藻宫，加封贤德妃，而且回家省亲，大大地风光了一回。甚至于为了面面俱到，她还专门安排了清虚观打醮活动，在秦可卿的父亲生日那天，为其打平安醮，以表示她的告发是不得已，是坚持原则，当然也是希望事情了结后，他能理解她谅解她，她自己也求个心理平安。而且很可能她还怀上了孕，“榴花开处照宫闱”，石榴树都开花了，如果结出果子的话是什么样的情景啊？但是，没想到这些竟然都是过眼烟云，正如秦可卿在天香楼上吊前跟王熙凤预言的那样，“也不过是瞬息的繁华，一时的欢乐”，到头来，她还是“眼睁睁，把万事全抛”。

注意，曹雪芹在《恨无常》曲的第二句里，就已经非常明确地告诉我们，这个人的死亡，不是因为什么发福、痰壅、感冒，因病死亡，她是突然死亡。什么叫作“眼睁睁，把万事全抛”啊？一个人眼睁睁地不愿意死，生理上不到死的时候，结果“把万事全抛”，就说明是非正常死亡。

如果我这么解释你不服的话，请读或者叫作请听警幻仙姑让歌姬们所唱出的下一句，“荡悠悠，把芳魂消耗”。这句话很恐怖。有位红迷朋友跟我讨论，说闹半天，她也是上吊死的呀？她的死法和秦可卿闹半天是一样的呀？他很感叹。但是我现在要郑重告诉你，她的死法和秦可卿是有区别的。秦可卿是自己上吊而亡，是“画梁春尽落香尘”。她怎么死的呀？“荡悠悠，把芳魂消耗”，她很可能是被别人缢死的，被别人用绸巾、玉帛绞死的。而且这过程当中她非常痛苦，她的“芳魂”是“荡悠悠”地、一缕一缕地归于消失，非常悲惨，她的死相应该是比秦可卿还要可怖。

她死在什么地方呢？《恨无常》曲交代得非常清楚。是像高鹗写的那样，死在宫里面吗？在凤藻宫吗？不是，叫作“望家乡，路远山高”，你想这是在什么地方？也有人跟我辩论，说她不是金陵十二钗吗？她的“家乡”应该指的是金陵了。如果她是在皇帝身边，在北京的话，她望她的家乡不是“路远山高”吗？这个听起来似乎也还自成逻辑，但是我认为，这样解释很牵强。因为通过小说里面的描写可以知道，贾家很早就离开金陵了，小说里面写到贾宝玉神游太虚境，看到有金陵十二钗的册页，就向警幻仙姑提问：“常听人说金陵极大，怎么只十二个女子？”小说里面的贾宝玉，对金陵就完全没有记忆。当然，警幻仙姑就有一个解释，说不重要的就不录了，录进的都是重要的。这就说明小说里面的贾家已经离开金陵故乡很久了，金陵只是一个原籍。贾家里面每一个人的死亡，后来几乎都是在离金陵很远的地方，曹雪芹不可能把一句可以通用于贾家诸多人物的词句，特特地写在这里，所以我认为“路远山高”不会是指原籍。在《恨无常》曲里面这样来写元春之死，它指的应该是元春死于一处荒郊野外，也就是说元春死在不但离她的祖籍金陵很远，而且离她平时所居住的凤藻宫也很远，当然离她自己父母所住的荣国府也一样远，比如说潢海铁网山那一类的地方。“路远山高”是那样的含义。

她和秦可卿又有类似的地方。秦可卿上吊以后，没死绝的时候，跑去给凤姐托梦，说我要走了，你们贾氏宗族应该怎么办。贾元春在“芳魂荡悠悠”的时候，她向她的父母，估计也托了梦，或者起码是她的阴灵想托梦，想表达一个意思。一个什么意思呢？《恨无常》曲里面写得很清楚，就是“故向爹娘梦里相寻告”，这句话说明她也是托梦。小说的八十回以内没来得及写到她的死亡，八十回以后的文字，曹雪芹的原笔现在没有看到，估计她也是托梦。她在梦里跟她的父母说了什么话呢？表达了一个什么意思呢？她说“儿命已入黄泉”，这句话就更确定她是死亡了。如果说“荡悠悠，把芳魂消耗”你觉得还不一定是死，那么这句话就太清楚不过了，说明最后她是死掉了。她发出一个什么样的惨痛的警告呢？她说，“天伦呵，须要退步抽身早！”“天伦”就是她向她父母的一声呼唤，当然也不仅是父母，一说天伦的话，所有的亲族几乎都可以包括在内，就是说建议贾氏家族“须要退步抽身早”。什么叫“退步抽身”？大家记不记得《红楼梦》的第二回写到贾雨村这个人物？他赋闲的时候到了一个破庙，叫智通寺，这个庙有一副对联，怎么写的呀？“身后有余忘缩手，眼前无路想回头。”这些意蕴在《红楼梦》里面是贯通的。就是说，不要老觉得荣华富贵是可以持续绵延的，不要总是去想尽办法到争夺权力的战场上去抢一块肉、分一杯羹。人生在荣华富贵的诱惑面前，不要眼前无路才想回头，身后还有余的时候忘了缩手。你看，在第二回就出现了这样的句子。在《恨无常》曲里面，作者在贾元春向她父母，向她的家族提出的警告当中，又发出了这样的声音，就是要“退步抽身”。从哪儿退步？从哪儿抽身？就是从“双悬日月照乾坤”的这种皇权斗争的格局里面来退步，来抽身。当然这种劝告估计起不到作用，因为像小说里面所描写的四大家族，像贾家这样的贵族家庭，特别是这个家庭里面的那些主要成员，他们是不太可能真正从权力的角逐当中退步抽身的，而整个《红楼梦》的悲剧根源也就在于此。

尽管由于稿子的散失，我们无法看到《红楼梦》八十回之后真正的原作，不过通过贾元春的《恨无常》曲，我们还是可以得出一个清晰的结论，就是贾元春最终将难逃悲惨死去的命运。那么，以“草蛇灰线，伏延千里”著称，擅长设置大伏笔的曹雪芹，在《红楼梦》前八十回里面，有没有这方面的设计呢？元春唯一的一次公开亮相也就是省亲的时候，会不会透露了这方面的蛛丝马迹呢？

关于贾元春的悲惨结局，其实不仅是在判词和《恨无常》曲里面有所揭示，前八十回虽然没有直接写到贾元春后来的遭遇，但是也多次暗示了她不幸的结局。比如说在贾元春省亲的时候，进行完其他活动以后就要演戏，当时就点了戏，点了什么戏呢？点了四出戏。这四出戏非常重要，因为脂砚斋提醒我们，说“所点之戏剧伏四事，乃通部书之大过节，大关键”。虽然我们现在读小说只能读到八十回，曹雪芹的原笔原意只到八十回，可是在第十八回里面元妃省亲的时候点的这四出戏中，实际上把八十回以后的一些情况早就已经暗示出来了。

哪四出戏呢？第一出叫作《家宴》，是一个折子戏，什么戏里面的一折呢？叫作《一捧雪》。这个戏名是什么意思呢？一捧雪是一个古玩，一个玉杯的名称，就是一个玉器，一个像白雪一样的玉器，拿到手里面像一捧雪一样，非常珍贵。这是清代一个叫李玉的人，作的剧本《一捧雪传奇》。我就不细讲这个戏的剧情了。总而言之，一捧雪这个重要道具贯穿这出戏的始终，造成了很多人的不幸命运。脂砚斋的批语很细，在这第一出戏《家宴》，《一捧雪》当中的《家宴》的旁边，就批了，说“伏贾家之败”。在元妃省亲的时候这出戏的出现之所以是一个伏笔，说明在八十回以后，估计贾家的最后陨灭和一件重要的古玩有关。戏里面是一捧雪，小说里面不会这么笨地也去写一捧雪，所以估计是会写到另外的古玩。和元春有关系的应该是一件什么样的古玩呢？我觉得我的看法是可以引起你的兴趣的。

大家知道，在《红楼梦》第七十二回里面，忽然写到一件事情，就是鸳鸯因为一件什么事，跑到贾琏和王熙凤他们住的那个地方，他们两个住在贾府后面一个单独的小院子里面。贾琏突然就问鸳鸯，大意就是说有一件事我忘了，上年老太太生日，有一个外路来的和尚孝敬的一个腊油冻的佛手，因为老太太喜欢，就立刻拿去摆着了。他说因为前日老太太生日，我看古董账上还有这一笔，可是又不知道这件东西现在着落在何方。贾琏作为一个荣国府的管家，他亲自过问这件事情。每一件古玩在使用完了以后都要归档，贾府有一个机构专门来管理府内事务，结果就发现古董账上记的一个腊油冻佛手，归档的实物里面没有这样东西，他就认为是一件天大的事，就要查问。鸳鸯就生气了，鸳鸯说，老太太摆了几天就厌烦了，早就给你们奶奶了。就是说给了王熙凤了。贾琏还要查问，后来平儿出来了，平儿就说是给了王熙凤了，然后就埋怨贾琏，说这么一个事你怎么记不清楚，来回来去地问。贾琏后来还感叹，说我现在也是记性越来越坏了。大意是这样。曹雪芹写文章，他是几乎没有任何废笔废墨的，他写腊油冻佛手用了好几百个字，他写它干吗呀？难道又是废话连篇吗？又不值得细读吗？

什么叫腊油冻佛手？这个腊油冻，我请教过有关的古玩专家，还有特别做玉器的玉工，他们说腊油冻其实指的是它的颜色和质感，就和南方的腊肉上面的肥肉部分一样滑润，明白这个意思吧？是那样的一种石料所雕刻成的佛手。我获得的这个信息，我认为非常重要。就事论事，贾琏为什么要追问这个东西呀？腊油冻石料是产量非常之少的，用这个东西雕刻的佛手是非常有特点的，也是非常名贵的，非常值钱的。这个东西在古董账上有，可是查摆古董的架子上却没有，当然构成一个事件，查问它的下落是有道理的。为什么在前八十回里面会有这样一段情节呢？用的字还挺多。我估计在八十回后，这件古玩将是贾家败落的一个导火线。因为在省亲时候点戏，第一出就是《一捧雪》嘛，一捧雪就是古玩嘛；脂砚斋也说了，这出戏“伏贾家之败”嘛。而且请你注意，什么叫佛手啊？佛手是一种芸香科植物，佛手是这种植物果实的变异，如果它不变异叫什么？叫香橼。香橼这个词在《红楼梦》里面你应该很熟悉呀，上一讲我讲了贾元春的判词，跟判词配套的那幅画是怎么画的呀？记得吗？画的是一个弓，弓箭的那个弓，它当然是谐音，让你联想到宫殿的意思，元春她入宫了嘛，对不对？弓上挂着一个什么呀？挂着一个香橼，香橼的“橼”当然是谐元春的“元”，有没有这么一幅画啊？腊油冻佛手，也可以说就是腊油冻石料雕刻出的一个变形香橼，也就是元春本人的一种象征。当然，现在因为看不到曹雪芹在八十回以后所写的关于贾元春的具体故事了，我只能做一些猜测。但是我这种猜测也不能说绝无道理吧？有人跟我说你看又是巧合，您这一讲一讲里面充满了巧合。我开头也是这么看，我说这是巧合，那是巧合，但是第一次是巧合，第二个例子又是巧合，第三个它还是巧合，到最后，我个人的看法是去掉这个“巧”字，不是“巧合”，就是“契合”，就是“合”，就是这些地方显然绝不是信笔乱写，毫无含义的。因此在省亲的时候所点的这出戏《一捧雪》，伏贾家之败，而且还伏在元春的身上，可能跟腊油冻佛手有关系，这应该是一个合理的猜测。

那么第二出戏是什么？第二出戏就是《长生殿》。这个《长生殿》，脂砚斋在这个戏的戏名后面的批语就更清楚了，脂砚斋就明写“伏元妃之死”。《长生殿》写的是唐玄宗和杨贵妃的故事，杨贵妃后来怎么了？三军哗变，杨贵妃就被赐死了，自己又不愿意上吊，是被人用绸子缢死的，就是“荡悠悠，把芳魂消耗”。对不对？所以贾元春后来显然是惨死，她不愿意死，可是又不得不死，她死得比秦可卿还要惨，秦可卿还可以选择自己上吊的地点，自己来结束自己的生命，贾元春最后是让别人慢慢地给缢死的，很惨。

第三出戏是折子戏《仙缘》，写的是什么呢？写的是黄粱一梦的故事。脂砚斋对此的批语特别惊动红学研究者，这个大家就都没法猜了。脂砚斋说，点这出戏埋伏的是什么呢？是什么伏笔呢？是“伏甄宝玉送玉”。就是在八十回以后会有一个重要情节，甄宝玉这个人物要正式出现，而且他有一个行为就是送玉，这个甄宝玉送的什么玉？为什么要送玉？送完玉以后又出现了什么情况？这里暂不探究。

第四出戏也是折子戏，是《离魂》，《牡丹亭》里面的。脂砚斋的批语说得很清楚，就是“伏黛玉之死”，因为我们现在主要是探究贾元春，黛玉的事情我们也暂时按下不表。

除了元春省亲时的点戏对贾元春的结局有所暗示之外，《红楼梦》里还有相关的描写，也起了暗示的作用。在《红楼梦》第二十二回的下半回“制灯谜贾政悲谶语”中，就通过元宵节时贾府众人制谜猜谜的故事，暗示了这些人物各自的命运。其中，贾元春所制灯谜最能够引起人们的兴趣，上一讲里我提了一下，现在来详细地加以分析。

在省亲后的元宵节，元春带头写灯谜，引出了荣国府里的灯谜大会。她写了一个灯谜，这个灯谜的谜底是爆竹。这个灯谜是这么写的：“能使妖魔胆尽摧，身如束帛气如雷。一声震得人方恐，回首相看已化灰。”这个谜语意思是很浅白的。她把自己比喻成一个爆竹，“能使妖魔胆尽摧”，为什么她自己有这样一种情怀呢？就是因为我上一讲所讲的，她自己“二十年来辨是谁”，她发现自己家族里面居然藏匿着一个义忠亲王老千岁的女儿，她认为这样做是不符合皇家的规定的，是违法的，是一种妖魔的做法，是不对的；特别是因为她本人，在小说里面也设定为荣国府的人，她对宁国府可能本来就没有什么好感，尤其对贾珍这样的人，她没有好感，所以她觉得她自己“能使妖魔胆尽摧”，很有勇气。她“身如束帛气如雷”，之所以能够去揭发秦可卿，她觉得是道理、正义在她这一边，在她手里面，她一身正气，所以气势如雷，义无反顾。她“一声震得人方恐”，最后出现了什么事态呢？秦可卿不得不死。而她自己又怎么样呢？“回首相看已化灰”，别人回过头一看，您很快化为灰了。就这么个谜语。脂砚斋在这个谜语旁边是有批语的，批语就把这个谜语的内涵解释得更清楚了。她这么说的，“此元春之谜，才得侥幸，奈寿不长，可悲哉！”什么叫侥幸？就是说她之所以获得皇帝的宠爱，不完全是因为她本身的素质，还因为她有某种贡献，一个贡献可能就是因为她揭发了家族的一个不应该做的事，还有就是“榴花开处照宫闱”，她可能怀孕了。所以她很侥幸，得到皇帝充分的信任。但是，“奈寿不长”，她的命太短。所以高鹗说她活到了四十三岁，不但和曹雪芹前面的描写不相合，和脂砚斋的批语也不合。你老说我现在的分析是巧合、巧合，那你那么喜欢高鹗的话，高鹗他怎么就那么不巧啊？怎么就那么拙啊？怎么就老不能合呢？你续书，你就得合啊！高鹗的写法不合，是不是？

贾元春悲惨地死去，那么她死在谁的手里呢？因为八十回后文字我们看不到了，不好做非常具体细致的猜测，但是大体而言我们也可以了解到，贾元春之死应该是在贾家彻底败落之前。那不应该是八十回以后最后几回的故事，应该是在写到整个贾家家族大败落之前发生的事，她作为一个前奏，她的死亡应该是在那样一个节点上。前几讲里我分析了，到第八十回，故事的真实的时代背景，已经写到乾隆三年了，写到那一年的深秋了，宝玉吟出了“池塘一夜秋风冷，吹散芰荷红玉影”的句子；八十回后，应该很快就写到乾隆四年的事情。乾隆四年春天，发生了所谓“弘皙逆案”，就是弘皙那一派趁乾隆离宫外出春狩，实行了对他的谋刺；但是没有成功，并且也不再是“大不幸之中又大幸”，弘皙那派这回是彻底地“大不幸”了，乾隆快刀斩乱麻，果断地处理了此案。对外他尽量不动声色，似乎朝政并没有出现什么大的问题，对弘皙一党则分化瓦解，有的参与者处理得相当轻，对弘皙本人也没有处死，而是把他拘禁到景山东果园里严密看管。后来乾隆又销毁了绝大部分有关档案，但这个逆案对乾隆本人的刺激，是很深重的。现实生活中的曹家，也正是因为被牵连进了弘皙逆案，而遭到毁灭性打击。曹家在雍正朝遭打击的情况，还可以查到一些档案，乾隆朝的这次彻底陨灭，却几乎找不到任何正式档案了。但是我们可以估计出来，贾元春原型的死亡，应该就是在乾隆四年的这个刺杀事件当中，乾隆皇帝没有被刺而死，并且最后平定了叛逆，但是贾元春的原型却没能幸免于难。

八十回后，作者应该很快会以这个真实的事件为素材，写到贾元春的非正常死亡，死亡的地点很可能就是潢海铁网山。小说里在写完贾元春死亡以后，估计就会写到皇帝对贾家不但再无任何好感，而且深恶痛绝，新账旧账一起算，本来秦可卿被藏匿一事已经了结，这时候却又重新追究，宁国府的罪就比荣国府更大；当然荣国府帮甄家转移藏匿财物也是罪该万死，皇帝不可能对他们“沐皇恩延世泽”，而宁国府的被连根拔掉就彻底应了前面写下的那些预言：“造衅开端实在宁”，“家世消亡首罪宁”。

那么，具体而言，贾元春死于谁手呢？很显然，她的死和小说当中的“月”派分子有关。最恨她的，应该是小说当中的“月”派人物，尤其是义忠亲王老千岁这个家族的人。在真实的生活当中，最恨曹家的这个女子的，也应该是弘皙他们这些人。所以，贾元春最后应该是死在他们手里，情节应该是类似《长生殿》里面所写的，在逼宫的情况下，皇帝不得不以牺牲她来换取暂时的休战。她成为两派政治力量斗争当中的一个牺牲品，非常悲惨。

在前八十回，影影绰绰出现了很多“月”派人物，比如冯紫英就是其中的一个活鲜鲜的人物。这个人物，作者对他的刻画比较多，出场后给人印象深刻，性格活跳，暗场出现也有好几次。在脂砚斋的相关批语里面还有很有意思的话，有一条批语它是这么说的，它称倪二、紫英、湘莲、玉菡为“四侠”。它又说，“写倪二、紫英、湘莲、玉菡侠文，皆各得传真写照之笔”。“传真写照”既是一个审美性的评价，也是一个透露各人生活原型的话语。它所点出的这“四侠”很有趣，身份、性格完全不同。倪二排第一，倪二是什么人呢？市井泼皮无赖，放高利贷的，记不记得啊？这个人在《红楼梦》的书里面是很跳色的，一大堆贵族家庭的人物当中，忽然出现这么个人物。这个人物显然不会只在小说里面出现那一次，不会只有一个借给贾芸银子的行为。而且在关于倪二的那段描写里面，醉金刚倪二他最后跟贾芸怎么说啊？把银子给了贾芸以后他说，今晚就不回家了，他的意思就是说，你给我家里带个信儿，如果家里有事要找他，到马贩子王短腿儿那儿去找，书中有没有这样的一个人物的称呼出现呢？你翻一翻书，是有的。我认为这都不是闲文废笔，王短腿作为这个政治派别最底层的一个角色，在八十回后也应该是有戏的。

冯紫英排第二，这个角色就不消说了，他是一个贵族公子，神武将军冯唐的儿子，和贾珍是铁哥们儿，和贾宝玉、薛蟠也好得不得了。第三个侠是柳湘莲，此人却又是另一路人物。柳湘莲是破落世家的飘零子弟，这个人多才多艺，还会串戏，文武双全，是一种存在于民间的边缘人物；他既可以和贵族府邸发生关系，也可以和乡间野民混在一起，是一个身份很暧昧的人。比较令我意外的是脂砚斋把蒋玉菡也列为四侠之一。蒋玉菡说难听点是一个戏子，说好听点是一个优伶。这个蒋玉菡不是一个普通人物，他原来是在忠顺王府里面，为忠顺王唱戏的，可是后来他自己自觉地跑到北静王府，成为北静王所心爱的一个戏子，而且更后来为了不让忠顺王府找到他，在京东二十里地的紫檀堡置了庄院隐居起来。前八十回里，他的形象显得柔媚有余，估计在八十回后，他一定会显露出其性格的另一面，会有比较惊人的侠义行为，否则，脂砚斋不会把他列在“红楼四侠”之中。

你想，脂砚斋她读了八十回以后的全部的已经写好的文字，她就告诉你，有“红楼四侠”，而且这四侠居然是四个身份如此不同、反差如此之大的人。这意味着什么？我认为这意味着在“月”派势力方面，通过小说你可以感觉到，它纠集了社会上不同阶层的不同人等，构成了一种不可忽视的、立体推进的力量。这四侠应该是杀死贾元春的那支力量里面最活跃的人物。

但是，在真实生活当中，“月”派最后没有成功。估计在真实的生活当中，冯紫英的原型这伙人，他们之所以在春天跑到潢海铁网山打围，就是为了勘探地形，进行演练，为他们在皇帝一旦出来打围的时候行刺做准备。第二十六回写冯紫英的那段戏，在八十回后，一定会有所呼应。

我这样推测并不离奇，因为据清史专家考证，后来乾隆之所以扑灭“弘皙逆案”，确实并不仅仅是因为弘皙私设什么内务府七司，或者仅仅从语言上表露出一点野心，而是他已经纠集了一批人，确实是在乾隆离京出行的时候，营造了一次谋刺事件。但是他们没有成功，乾隆在扑灭这个事情之后，销毁了有关档案，以维护自己的尊严。

因此小说里面这样一些影影绰绰的情节，实际上还原为真实生活的话，都是一些惊心动魄的事情。书里面的冯紫英始终感觉到有人盯梢，所以他说“大不幸之中又大幸”，就显然是指在那次预谋行动当中，几乎就要被皇帝查获，但是他们逃脱了。究竟是怎么回事，他没说，他的警惕性高是对的。因为你要知道，在他宴饮的时候旁边还有妓院的云儿，云儿是个妓女，妓女所交往的人非常杂，他不得不谨慎。

你如果读得细，你还会发现，在写到忠顺王府的长史官到荣国府里，问贾政、贾宝玉索要蒋玉菡的时候，贾宝玉起初要赖，说不知琪官二字为何物，那长史官就冷笑道：“现有证据，何必还赖？……既云不知此人，那红汗巾子怎么到了公子腰里？”宝玉听了这话，不觉轰去魂魄，目瞪口呆，于是为了免得那长史官再说出别的事来，就只好交代出蒋玉菡的去向。初读这一段的时候，我朦胧觉得，是因为贾宝玉腰上系着那条血点似的大红汗巾，被那长史官看见了，所以长史官指着他的腰那么说。后来一细想，再重读，白天汗巾子是系在大衣服里面的，根本不可能被长史官看见；何况书里前面交代得很清楚，那天得到那条汗巾子以后，晚上睡觉的时候，贾宝玉就将它换到袭人腰上了，袭人醒来发现后，很不乐意，就把它扔到一个空箱子里去了。这就说明，长史官来之前就掌握了这个情报。那么，那天在冯紫英家饮酒唱曲，冯紫英说什么也不肯解释“大不幸之中又大幸”，他的谨慎是有道理的。但就是那么谨慎，贾宝玉跟蒋玉菡互换信物的事，还是被忠顺王府派的探子探到了。因此，在表面平静的吃喝玩乐的日常生活后面，“月”派和“日”派的权力较量，是多么紧张激烈啊！秦可卿之死、贾元春之死，都是这种权力斗争造成的，她们的命运一样悲惨，一样是政治角力的牺牲品，都值得我们叹息，而曹雪芹塑造她们的形象，也正有这样的目的。

我通过这么多讲，把《红楼梦》金陵十二钗正册里面的二钗讲了一下。一个是秦可卿，我花了很大力气；最近几讲，我讲的是贾元春。请你注意，我所做的研究不是人物论。我是把秦可卿这个人物，当作一个朝里眺望的窗口，一道最重要的门槛，一把最灵便的钥匙，去探究《红楼梦》这座巍峨宫殿里面的奥秘。我要达到的目的，不是仅仅去给你分析秦可卿，或者仅仅分析一个跟她同属于扯动贾府命运两翼的贾元春，我的探索将涉及金陵十二钗当中的几乎所有人物，首先是金陵十二钗正册当中的人物。金陵十二钗正册里面都有谁呢？你是心中有数的。我会在下一讲里面，首先向你汇报我自己对哪一钗的研究成果呢？我将向你讲述我探究妙玉的命运的心得。

妙玉篇

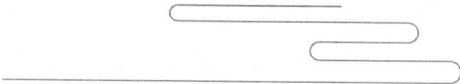

第一章 妙玉入正册与排序之谜

通过前面各讲，我对金陵十二钗中个人命运与政治联系得最紧密的两个人物——秦可卿和贾元春——的生活原型进行了细致的探索。有红迷朋友问我：你讲的倒也大体上自圆其说，但照你这么分析，《红楼梦》的文本里隐含着那么多的政治因素，是否就可以做出《红楼梦》是一部政治小说的结论呢？我告诉他，我的看法是：《红楼梦》里有政治，曹雪芹有政治倾向，但是，曹雪芹又终于超越了政治，把《红楼梦》写成了一部超越政治的奇书。比如，在第一回里，作者通过空空道人检阅《石头记》的心得，明确指出：此书“上面虽有些指奸责佞贬恶诛邪之语，亦非伤时骂世之旨”，“大旨谈情”，“毫不干涉时世”。“奸佞恶邪”对曹雪芹及其家族的打击刺激是深重的，艰难时世中曹雪芹的感受是丰富强烈的，他写这部书时，内心里被这些因素所煎熬，对这些，我们是应该理解的。但是，曹雪芹却以伟大的艺术力量，从痛苦中升华出理想，他没有把《红楼梦》写成一部表达政见的书，而是通过贾宝玉以及金陵十二钗中许多女子的形象，表达出对人的个性尊严的肯定，宣布个体生命有追求诗意生存的神圣权利。这是非常了不起的，特别是在二百年前的封建王朝的社会环境里。

我认为，金陵十二钗正册里，妙玉这个人物的设计与塑造，就特别凸显出曹雪芹对政治的超越。如果说秦可卿和贾元春身上的政治色彩太浓，那么，妙玉身上的政治色彩却很淡。政治，主要是个权力问题，所谓政治倾向，就是你究竟喜欢由哪种力量，喜欢由谁来掌握权力的内心看法。超越政治，就是对权力分配不再感兴趣，就是认为不管你是哪派政治力量，作为权贵，你都不能以势压人。这样的想法，当然就比拥护谁反对谁的政见高一个档次了。妙玉这个人物，就体现出曹雪芹从政治意识升华到了对社会中独立人格的关注，值得我们好好探索。

《红楼梦》第五回，曹雪芹设计了这样一个情节：贾宝玉神游太虚幻境，见到金陵十二钗的册页，里面有正册、副册和又副册，每一册各有十二个人物。正册里面有十一幅画和十一首诗，现在大家都知道，其中第一幅画第一首诗说的是两位女性，以后每一幅画、每一首诗，都预示着《红楼梦》里一个女性人物的命运结局。在这十二名女子中，她们的排名依次是林黛玉、薛宝钗并列第一，第三贾元春，第四贾探春，第五史湘云，第六是妙玉，第七贾迎春，第八贾惜春，第九王熙凤，第十巧姐，十一是李纨，十二是秦可卿。这个排名，匆匆那么一看，似乎没什么稀奇，但不知您细想了没有？稍微多想想，就会有疑问。

我后来读《红楼梦》，读得仔细以后，就发现金陵十二钗正册的排列顺序有点奇怪。大家知道，金陵十二钗正册里面是收入了十二位女性，这十二位女性其中十一位要么是第四回里面所写到的贾王史薛四大家族的女子，要么是嫁到四大家族做媳妇的女子，唯独有一位，两不是。这两不是的是谁呢？就是妙玉。这有点奇怪，你现在稍微回忆一下，是不是金陵十二钗正册里面，其他十一位都是四大家族的呢？其中元、迎、探、惜这是贾家的四位女子；然后有三位非常重要的女子，一个是林黛玉，另两位是宝钗和湘云。林黛玉虽然姓林，但她是谁生的呢？贾敏生的，贾敏是贾母的女儿，所以她也有贾家的血统；薛宝钗是四大家族里薛家的后代；史湘云则是这四大家族里史家的后代。所以说，她们都是四大家族的女子。

至于王熙凤，她的身份就更特殊了，她既是四大家族中王家的女子，又嫁给四大家族的贾家为媳妇；那么她的女儿巧姐，则既有贾家的血统，又有王家的血统，她们母女俩不消说都在特定的范畴之内。而李纨虽然姓李，并不是四大家族的女儿，但是她嫁到四大家族的贾家当了媳妇，而且还给贾家生了孩子，是不是？关于秦可卿，前面已经探究很多了，她后来是以贾蓉妻子的身份在宁国府生活了一段，因此她也是四大家族的媳妇之一。所以这样算来算去，在金陵十二钗正册里面，唯一无四大家族血统，也没有嫁到四大家族里面做媳妇的女性，只有妙玉。

开头我觉得无所谓，后来我一琢磨，觉得有点奇怪：曹雪芹为什么有这样的艺术构思？我也跟一些朋友探讨过，有的就说可能是书里面其他的女性角色不够多，再挑出来加入金陵十二钗正册可能都不够格。因为大家知道，曹雪芹他在金陵十二钗正册、副册、又副册的设计上，还是有等级观念的，能够入这个正册的，简单来说，按当时的标准就是主子辈儿的，丫头比如说晴雯，再美丽、聪明，再值得肯定，也不能入正册。是不是主子辈儿这方面的角色不够？人不够，拉来凑，所以就想来想去，勉强找一个妙玉搁在里面？那么你仔细想想，是这个情况吗？显然不是。丫头我们现在就排除了，因为我们知道他的艺术构思框架——你怎么评价曹雪芹，咱们现在不讨论——他就是有上、中、下等级观念的。在《红楼梦》里面，他写到贾宝玉到太虚幻境偷看册页的时候，先拿出来的不是正册，是又副册，拿出又副册以后，他就翻，他翻了以后，是不是把又副册全都读了，曹雪芹全给写出来了呢？也不是，只写了两页，介绍两幅画，每幅画配有一首叫作判词的诗，当然后来读者们都猜出来了，一个说的是晴雯，一个说的是袭人。那么在这个册页里面，还有十位是谁呢？我们就不清楚，就需要探讨，可能在八十回以后，作者会有一个明确的交代，但是我们可以根据写出的两个，推测出其余十个也肯定都是大丫头这种等级的。然后他写贾宝玉在那儿打闷葫芦，看也看不明白，也不感兴趣，就没有继续往下看又副册，而是又拿出一本来翻，这本就是副册。在副册里我们就发现，曹雪芹的构思是这样的，他只介绍了一幅画、一首诗，也就是说他只透露了副册里面的一个人，那这个人，后来我们猜出来，就是香菱。香菱虽然出身也是很不错的，可是她被拐卖以后，到了薛蟠家，地位是比较低的，比薛宝钗这些人的地位要低，所以这样的人曹雪芹就安排在了副册里面。但是香菱后来毕竟一度成为薛蟠的妾，比大丫头等级略高，所以她不在又副册里，估计跟她在一个册子里的，应该是些次要的主子一类的女性。那么类似香菱这种身份的，或者类似晴雯、袭人这种身份的女性，我们就不去探讨了，我们现在只扫一扫，小说里面，正经主子小姐身份的，有资格进入到金陵十二钗正册的，还有没有？很明显，起码有一个，按说是无可争议的，她就是薛宝琴。大家想一想，这个角色戏多不多啊，作者用笔细致不细致啊，通过其他人物之口对她的赞美多不多啊？所以说，这是非常重要的一个角色。但是，曹雪芹最后调整来调整去，就是说琢磨这个金陵十二钗正册里面该放进哪些人呢，我究竟该把哪十二个女子作为我最主要的一组呢？想来想去，他最后放弃了薛宝琴，安排了妙玉。薛宝琴是四大家族薛家的女子啊，按说把薛宝琴搁进去，十二钗正册不就整齐了吗？整整齐齐、完完满满，都是金陵四大家族的女子，或者是嫁到贾家来做媳妇的人。但是他宁愿不整齐，他选择了妙玉，放弃了薛宝琴。这是为什么？我觉得值得研究一下。

薛宝琴是薛姨妈的侄女，是一位异常美丽聪慧的女性，因到贾家做客，成为大观园里的活跃分子。虽然她也是四大家族的成员之一，却没能入金陵十二钗正册，而与四大家族没有血缘与婚姻瓜葛的妙玉不但入了正册，还排在了《红楼梦》里的一大主角、被称为脂粉英雄的王熙凤之前。曹雪芹为什么要这样安排？难道是薛宝琴的戏份儿不多？还是什么别的原因？

我们可以对比一下书里面关于妙玉和薛宝琴描写的篇幅，这个篇幅是有差距的，妙玉在前八十回正式出场只有两次。你想想，妙玉正面出场多不多啊？只有两次，一次就是第四十一回，在拢翠庵里面品茶，这个时候妙玉正式出场了，这是书里前八十回妙玉的正传，是以她为中心的一场戏。此后她几乎都是暗场出现。她再一次正式出场就比较晚了，是在第七十六回了，就是在凹晶馆林黛玉和史湘云两个人联诗，这一回重点是写林、史两位女性，联到最后，突然有一个人走了出来，是妙玉。最后妙玉把她们两个领到拢翠庵里面，并把她们两个没联完的诗，一口气，自己写了一大篇，就把这个诗续完了。这是妙玉第二次出场。

在前八十回里面，妙玉就这么两次直接亮相。当然其他的暗写比较多，比如写到大观园盖好了，家里的仆人向王夫人汇报，说有这么一个女子是不是可以请来，这是暗出一次；还有一次很重要的暗出，就是贾宝玉过生日，寿怡红群芳开夜宴，第二天早晨，大家黑甜一觉醒来，贾宝玉发现砚台底下压了一张帖子，是妙玉给他祝寿的一张帖子，然后由此引出一些情节，这样妙玉又暗出一次。

当中还有一些情节比较模糊。比如下雪了，大家很高兴地赏雪，想起拢翠庵里面梅花盛开，红梅很美丽。李纨就说了，妙玉的为人我很讨厌，我不愿意自己派人去要，但是她那个红梅很好，咱们应该要一点红梅花来赏，然后就罚贾宝玉出面，去乞红梅。后来薛宝琴也去了，妙玉开头是送了他们一枝形态十分奇特漂亮的红梅，后来又送薛宝琴红梅，同时给每一位小姐都送了红梅，可能还包括讨厌她的李纨。你要再细算，比如贾元春省亲的时候，写她到这儿，到那儿，最后说她忽见山环佛寺，于是就另外盥手——因为进佛堂要非常虔诚——然后拈香拜佛，还题了一个匾，这就算是又暗写了妙玉一下，但是都很模糊。实际上我们仔细看妙玉在《红楼梦》前八十回里面的文字，精确统计的话，她的明出就是两次，暗出，把我刚才说的全算上，也无非四五次。虽然她很重要，但她出场次数不是特别多，按戏份儿她并不是到了非入十二钗正册不可的地步。按一般的思路，应该得出这个结论：除非是人不够，人不够她也算一个。但实际上我就点出来了，薛宝琴非常够格，身份够格，跟其他的十一个女子也匹配，是不是？

薛宝琴出场的次数多不多呢？非常多，而且都是正面出场。薛宝琴正面出场有多少次呢？我们可以算一算，首先是第四十九回，写她和李纨两个堂妹李纹、李绮，还有邢夫人的侄女邢岫烟——都是大美人儿，连眼光最挑剔的晴雯都说，“倒像一把子四根水葱儿”——四个人一块儿投奔了贾府，贾母很喜欢，就把她们都留下来住。而且贾母特别喜欢薛宝琴。李纹、李绮因为是李纨的亲戚，自然就住在稻香村；邢岫烟因为是邢家的亲戚，就住在邢夫人的女儿——当然不是她亲生的——迎春的那个地方，安插在那儿。薛宝琴什么待遇呢？薛宝琴是贾宝玉和林黛玉当初的待遇，就是被贾母留在身边住，贾母喜欢她到这个地步。而且薛宝琴一出来就光彩照人，贾母喜欢得不行，给了她一件非常华贵的披风，前面我讲到过，大家还记得吧，就是用野鸭子头上的毛做成的披风，藏了那么多年，连宝玉都没给，林黛玉来了以后也没拿出来，见了薛宝琴，却马上让取出来，单让她穿；书里面甚至还写到，她们到府里面住下以后开宴席，贾母是让薛宝琴和宝玉和黛玉跟自己坐在一起，薛宝钗这个时候因为有了薛宝琴，就到另外一桌，跟迎春坐在一起去了；而且书里面特别写到，这些小姐在玩儿的时候，贾母还派人来传话，说不能委屈了薛宝琴，薛宝钗因此还有点吃醋。薛宝钗按说书里面处处写她如何大度，那么一个最不说酸话的人，但是在那个具体的场景里面，也酸溜溜地说了一句话，心眼儿窄的程度不亚于平时的林黛玉。曹雪芹就这么来写薛宝琴，她一出场就气度不凡。

在第五十回作者又写到，在芦雪广[1]这些小姐开始联诗，联诗最突出的角色是谁啊？有好几个，其中最重要的就是史湘云和薛宝琴。因为联诗就是要比各自的能力，看你才思是否敏捷，人家说了上句你能不能马上接续下句，接上来以后是不是符合诗词格律，是不是意思恰切，并且优美生动。这个时候，作者就特别地写到了几个人大战史湘云，最后是剩下了一个人跟史湘云争，就是薛宝琴。她的诗才技压群芳，不让林、薛——我现在说的这个薛指她的堂姐薛宝钗——而且直逼史湘云，她是这么一个可爱的聪慧女性。她又写了《红梅花诗》，又亲自去拢翠庵讨梅花，而且制造了小说里面最美丽的一个场景，就是在那个白雪皑皑的山坡上，突然出现了一个非常俏丽的画中人，就是薛宝琴；她出现以后，又出来一个丫头，

[1] 在简化之前，这“广（廣）”字与如今“广州”的“广”字是两回事，应读作掩，意思是依山傍水修建的亭榭。——作者注

她的丫头小螺斜站在她身后，抱着一个瓶子，瓶子里面插着红梅。你想，当时没有电影、电视，但是曹雪芹这个艺术思维简直叫人惊叹，这是影视思维啊！书里贾母就说，这个人怎么这么漂亮，有人就说这跟老祖宗您屋里的一幅画太像了—— 贾母在她的屋子里挂有一幅非常名贵的明朝大画家仇十洲的画，叫《双艳图》。贾母接着怎么说呢，贾母说画上也没现在咱们看见的这个人好。贾母他们都是曹雪芹笔下的人物，作家写小说呢，他虽然有生活依据，有生活素材，但是他写起来以后，这个人物由他的笔支配，对吧，他就支配他笔下的贾母这样赞美薛宝琴，没见贾母这样赞扬林黛玉和薛宝钗，任何女性贾母都没这么赞扬过，而且，他底下写的这个情节就更加让人觉得耐人寻味。

贾母后来就问起薛姨妈，问什么呢？细问薛宝琴的年庚八字和家内境况。你想想这是什么意思，竟然喜欢她到这个地步。贾母就动了这个心眼了，而且书里面明文地写薛姨妈也是聪明人，懂得贾母的意思，好像就是想问清楚以后许配给宝玉。但是贾母又没有明说，因此，薛姨妈就半吞半吐地告诉贾母，大意就是说薛宝琴已经许了人家了，许给了梅翰林家。贾母一听已经许了人家—— 在封建社会若女子已经许了人家，在法律上和道德上就都等于已经被定位了，你要破坏，去把它拆散的话，既违法又有违道德—— 就没继续再说了。作者写薛宝琴写到这个程度，几乎就要被贾母认定为可以跟宝玉结婚的人物了。

作者对薛宝琴的用笔毫不吝啬，那么挥洒到什么程度呢？第四十九回这么写她，第五十回这么写她，第五十一回还写她，而且这第五十一回干脆就让她上了回目，“薛小妹新编怀古诗”。当然薛小妹这十首怀古诗，到现在仍然是红学研究当中的最大的难题，不少人都对这十首怀古诗做了猜测：因为她作的是灯谜诗，首先你要猜测这个诗打的是一个什么东西；其次，因为我们都知道，《红楼梦》里面的诗都有深层次的含义，那么这十首诗究竟表达了什么样的深层意思？如果每首诗暗示一钗的命运，那么又为什么不足十二？聚讼纷纭，以后有机会我们可以讨论，现在我想强调的是，作者对薛宝琴这个角色，真可谓厚爱不已。

到了第五十二回，更出奇了。薛宝琴真不得了，她不仅自己会写诗，而且这个人跟着父亲还到了很多地方，不但中国境内几乎走遍了大部分，在境外也有所游历。她还掌握真真国女子的汉文诗，她还把真真国女子的汉文诗背给大家听，这首诗就完整地出现在《红楼梦》的文本里面，你说薛宝琴这个角色厉害不厉害？她的视野，是林、薛、史等才女们望尘莫及的。

更重要的是第五十三回，第五十三回写什么呢？又到年底了，新一年要开始了，这个时候就要祭祖了，祭宗祠。历代都有一些《红楼梦》的评论者指出，曹雪芹这一点写得非常奇怪，按说是不符合当时的社会习俗的，因为贾府祭宗祠，外姓是不能进入祠堂的，也是没有必要进祠堂的，而曹雪芹却偏偏写有一个人去旁观贾府祭祀，记不记得？谁进去旁观了，作者选择了哪一个角色呢？选择的就是薛宝琴。这个很奇怪。有朋友说，也许是因为书里面写了，贾母因为喜欢薛宝琴，逼王夫人认了她做干女儿，所以她也就算是贾家的人，可以一起祭宗祠。我却觉得这样解释还不足以说明问题。例如，贾雨村不是外姓，在第二回跟冷子兴对话时，自称与荣国府一支同谱，后来跑到京城，跟贾赦、贾政过从甚密，但宁、荣二府祭宗祠，他也没有参与或旁观的必要。我想，如果作者不是对薛宝琴这个人物有一种特殊的情感或者特殊的评价，如果在他的总体构思里面不是对这个人物有一个非常特殊的关照的话，他不会这么写。因为整个《红楼梦》的叙述语言，基本上是客观叙述，就是第三人称叙述，偶然有一点第一人称语言插入当中，基本也是第三人称的叙事，犯不上非得通过一个薛宝琴去看贾府怎么祭祀，可是作者就要这么写。生活素材一到了艺术作品里头，艺术家本身，作家本身有他的创作自由，他之所以这样来运用自由，他内心一定有一种驱动力，你想薛宝琴在曹雪芹心目中是多么重要啊。

我说这么多，什么意思？就是说薛宝琴这个角色非同小可。八十回以后可见她还有戏，这是一个贯穿性的人物，但是曹雪芹在调整来调整去以后，却没有把她安排在金陵十二钗正册里面。她是四大家族的一个正牌主子小姐，戏又这么多，可是曹雪芹想来想去，不安排。安排了谁？妙玉。

所以从这个角度研究妙玉，也很有意思。前八十回里面，妙玉只正面出场两次，薛宝琴出场多少次呢？我刚才这么一说，你算算吧，一二三四五六七，起码六七次，是不是？可是呢，想来想去，曹雪芹却选择一位戏少的进入了正册。

有红迷朋友跟我讨论，说薛宝琴不入册，可能是因为她不属于薄命，她很幸福，命运跟书里其他女子不同，贾宝玉是在太虚幻境的薄命司里面翻册页，不薄命的女子当然册子里不收。薛宝琴的具体命运轨迹我们放到后面再讨论，这里只强调一点，就是她属于贾、史、王、薛四大家族，在第四回说到护官符的时候，讲得很明白，就是这四家皆联络有亲，一损俱损，一荣俱荣，扶持遮饰，俱有照应的。八十回后，贾家败落，而且惨痛到“家亡人散各奔腾”的地步，一损俱损嘛，薛家肯定也要遭殃，薛宝琴怎么可能独好？我认为，到头来她也薄命，曹雪芹只是没把她搁到正册里而已。曹雪芹把金陵十二钗的册子分成了几组，每一组十二人，怎么分？他动尽脑筋，这是他非常重要的一项工作。因为写一个长篇小说你要列提纲的，即使还来不及确定每回的回目，但每一回打算写什么，应该是有一个考虑的；还要列人物表，列出我要写些什么人物。这部书主要是为闺阁立传，为女子立传的，那么他就构想了一个金陵十二钗，这样一个办法，一组一组地呈现这些女性：最重要的是正册，其次是副册，然后是又副册。现在据有的红学家考证，在最后一回就是情榜，情榜中共有九组金钗，一共是一百零八个女性，作者应该是这样的构想。所以你在古本《石头记》里面，会发现第一回里面就介绍了这个书名的演变，最早这个书就叫作《石头记》，因为他的艺术构思是，一块女娲补天的剩余石被弃掷在大荒山青埂峰，它化为通灵宝玉，到人世周游了一番；它本来很大，后来经过仙界僧人大施幻术，可大可小，最后缩成扇坠儿那么大，可以和一个生命同时降落到人间，因为它可以让那个婴儿衔在嘴里面；小说里面那个婴儿就是贾宝玉，口衔一个通灵宝玉，就生在一个温柔富贵乡，历尽了离合悲欢、炎凉世态，最后那块石头又返回到了大荒山，回到青埂峰下；在那里，它恢复原来的形状，很大一个石头，上面写满了字，讲述它下凡所经历的故事，所以这个书是《石头记》，最早书的定名就是《石头记》。

书里面又说，空空道人—— 这是书里面作者设想的一个人物，一个有点非现实色彩的人物—— 读了一遍以后，觉得可以抄下来去流传，就将之易名为《情僧录》，因为书里面八十回以后写到了贾宝玉出家，出家就是当了和尚，和尚就是僧，他又是一个情痴、情种，所以是《情僧录》。那么在古本《石头记》里面，很多版本里面都没有《红楼梦》这样的书名，只有甲戌本里面有一句，说有一个叫吴玉峰的人把这个书叫《红楼梦》，这是怎么回事，以后咱们再研究。这里面特别提到，还有一个人是东鲁孔梅溪，东鲁是个地名，表示孔夫子的家乡，孔梅溪这个名字意味着他是孔夫子的后代，他又把这个书叫作《风月宝鉴》。通过脂砚斋批语我们知道，曹雪芹在少年时代曾经写过一部小说叫《风月宝鉴》，那么很显然现在的《红楼梦》里面，运用了他早期小说里面的一些情节，特别是贾瑞的故事，在那段故事里面，就出现了那样一个东西，叫风月宝鉴。大家还记得吧，像一个镜子一样的东西，你拿着以后，正面照会怎么样，反面照会怎么样。这一段故事很显然是从他的旧作《风月宝鉴》里面挑出来，融化到《红楼梦》整体故事里去的。当然，用《风月宝鉴》这个名字概括《红楼梦》，现在看来是很不恰当的，脂砚斋就解释了，因为当年曹雪芹写《风月宝鉴》的时候，可能还比较小，他的弟弟棠村，给他写过序，这个棠村后来不幸去世了，所以为了纪念棠村，脂砚斋觉得《风月宝鉴》这个名字还可以保留。而对曹雪芹本人来说，在他自己写成的第一回里面就强调，说曹雪芹在悼红轩中批阅十载，增删五次，纂成目录，分出章回，则题曰什么呢？曹雪芹自己一度比较倾心于把这个书的名字定为《金陵十二钗》。当然最后他的合作者脂砚斋劝他，说这个书还是应该叫作《石头记》，所以脂砚斋后来在甲戌年她抄阅再评本书的时候，又恢复了最早的书名《石头记》。有人就不理解，有人读了古本的这段话不理解，埋怨说，曹雪芹也真是，我们现在都把他的书叫《红楼梦》，他老兄倒好，他连《石头记》都不叫，他叫《金陵十二钗》。因此有人怀疑，这些文字是曹雪芹自己写的吗？我倒觉得这恰恰是他写的，这就说明，一个作者在构思一个长篇的时候，在考虑人物配置的时候很动脑筋。曹雪芹为了确定这个小说里面的女性角色，呕心沥血，正册应该是谁，副册应该是谁，又副册应该是谁，四副、五副到八副都是谁，他来来回回调整，不是一次就成型的。像正册究竟收入哪几位，如何排序，他费了很多脑筋。

在《红楼梦》这部小说的定名过程中，作者曹雪芹曾一度倾向于《金陵十二钗》这个名字，由此可见作者对所选十二位女性的珍视程度，他绝不是轻率而为，而是经过一番思索之后才确定下来的。

尽管薛宝琴近乎完美，但曹雪芹在正册中最终没有选择薛宝琴，而选了妙玉。曹雪芹为什么要这样安排？他通过妙玉到底想说明什么？

那么现在我们就注意到，妙玉不但入了正册，而且排名还很靠前，她排名第六。你想妙玉特殊不特殊？你现在记得《红楼梦》里面金陵十二钗正册的排序吗？那排序很有意思，第一、第二不分名次，并列，就是林黛玉和薛宝钗。在这个太虚幻境里面，金陵十二钗正册实际上只有十一幅图、十一首诗，林黛玉和薛宝钗是合为一图一诗的，在《红楼梦》十二支曲里面，林黛玉和薛宝钗也是合在一起的。所以，对排名作者很动脑筋，他觉得这两个人很难分出一二，于是就让这两个人并列，这是头两个。第三就是贾元春，因为他觉得贾元春很重要，是贾府女儿里面年龄最大、后来地位最高的，并且通过前几讲你也知道，她是牵动整个贾府命运的重要女性，所以贾元春排第三。但是底下你看他动不动脑筋，按说贾元春排了以后，接着应该是迎春、探春、惜春对不对？“原应叹息”嘛！但是他不这么排，你注意没有，他第四位排的是谁呢？贾探春。所以贾探春这个人物也不得了，这说明她在作者心目当中是一个非常重要的角色，“三春去后诸芳尽，各自须寻各自门”。探春的命运是最特殊的，以后我们还会探究的，她既不是死亡，也不是出家，而是远嫁，而这个远嫁又不是一般性的远嫁，所以说这是一个非常重要的角色，他想来想去，把探春排在了第四位。第五排的是史湘云，按说史湘云排第五已经是够委屈的了，史湘云，你想这是一个多么可爱的女性，对吧？非常重要的一个角色，但是他想来想去把她排在了第五。那么谁应该第六呢？我当时看《红楼梦》，就觉得王熙凤应该第六，王熙凤不能再往后排了，是不是？你从各种角度看，这都是一个脂粉英雄，戏份儿太多，她出场多少次都算不清，算完了以后，咱俩还得打架，你会说我算得不准，还有哪点儿忽略了。她的戏太多了，说过的话能装好几车，对不对？人没到声先到，大家印象多深刻啊。可是这个人，曹雪芹在正册里面就没把她往前排，第五之后，第六排的就是妙玉，不是她，妙玉在十二钗当中等于是横云断岭，把其他各钗分成两半。曹雪芹怎么这样构思？难道不值得我们探究吗？妙玉之后才是迎春、惜春，然后才是王熙凤，还有王熙凤的女儿巧姐。有人说巧姐排在十二钗里面好像牵强了一点，因为巧姐在前八十回里面年龄很小，也没什么戏，但是我想她排进去是有道理的，因为要展示这样一个金陵世家女子的命运的话，其他人基本都是一代人（秦可卿的实际辈分问题，前面讨论过，这里不再枝蔓），那么有了这个巧姐以后，能够使这个阵容稍微立体化一点；而且巧姐最后的命运又很特殊，又和刘姥姥的故事有关系，体现了曹雪芹思维里面的一个很重要的方面，所以正册中有巧姐是说得通的。然后是李纨，最后是秦可卿。所以你看这个妙玉，她既不是有四大家族血统的女子，又没有嫁到四大家族里面做媳妇，在书里面的戏份儿，又少于薛宝琴，但是曹雪芹却绝不能割舍这个角色，他珍爱这个女性，他就一定要把她列为金陵十二钗正册当中的女子，而且要给她排名第六。

那么，我们能不能从书里面找到一些线索，来破解曹雪芹的创作心理，揭示他设置这个人物的一些奥秘呢？请听下回分解。

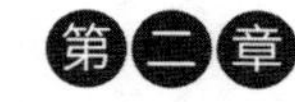

第二章 太虚幻境四仙姑命名之谜

妙玉，她既不是四大家族的女子，又没有嫁到四大家族里面做媳妇，在书里面的戏份儿，又少于薛宝琴，但是曹雪芹极其珍爱这个女性，他一定要把她列为金陵十二钗正册当中的女子，而且要给她排名第六。我们能不能从书里面找到一些线索，来破解曹雪芹设置这个人物的一些奥秘呢？我觉得是有线索的。

第五回的文字，你仔细读，很有意思，贾宝玉到太虚幻境，警幻仙姑领着他到处游玩，最后警幻仙姑唤出仙境的一些仙女，来跟他见面。

有的读者粗心，他没觉得这个细节有什么值得注意的，以至于现在我提出来讨论，他还觉得奇怪，他简直不记得有那么一笔了。现在我请求大家注意，曹雪芹在写贾宝玉神游太虚境的时候，他特别写到，翻看了一下金陵十二钗的册页后，贾宝玉又随警幻仙姑到仙府后面去，但见珠帘绣幕，画栋雕檐，又有仙花馥郁，异草芬芳，这时候警幻仙姑就呼唤了：“你们快出来迎接贵客！”一语未了，房中走出几个仙子，开头几位仙子还瞧不上贾宝玉，经警幻仙姑解释，她们才接受了他。贾宝玉本来对仙境仙人也有陌生感，很拘束，但是，他忽然发现那仙人居住的屋子里，窗下有唾绒，奁间渍有粉污，这就很有人间气氛了。脂粉污渍好懂，就是说这些仙女也跟薛宝钗、史湘云她们一样，是使用化妆品打扮自己的；唾绒是什么东西呢？过去妇女刺绣，停针后，要用牙齿咬断丝线，那样就会有一些丝线的绒毛含在了嘴里，需要把它啐出去，那啐出去的东西就叫唾绒。这在荣国府里，是处在女儿丛中的贾宝玉常见的东西，因此他看到很亲切。曹雪芹写这一笔，也是在暗示仙境里的这些仙子跟人间的女性其实是相通的。于是曹雪芹写到，贾宝玉在感到亲切后，就主动问众仙姑的姓名。

仙境里的仙子很多，但他没多写，他就写了最主要的四个仙姑，这四个最主要的仙姑都有仙名，这四个仙名你推敲过吗？曹雪芹绝不是随便那么一写。这太虚幻境四仙姑排列顺序是这样的，各个古本在这一点上文字是一致的，一名痴梦仙姑，一名钟情大士，一名引愁金女，一名度恨菩提。很多人不推敲，可这些名字太值得推敲了。太虚幻境虽然是作者设置的虚幻的空间，但是在这个空间里面作者却把他对现实当中的一些人物的命运做了预设，所以第五回是很重要的，应该是全书的一个总纲。所以他写这个太虚幻境四仙姑，还给她们取出名字，绝不是随便一写，即便你看着他是无意随手，但是脂砚斋就告诉你了，作者的无意随手，实际上都是一树千枝、一源万派，都是草蛇灰线，伏延千里。所以四仙姑的命名，我现在告诉你我的推敲心得，实际上就是曹雪芹在这个地方向你点出来，在贾宝玉一生当中，对他的命运有着重大关键作用的四个女子，他给四仙姑取的这四个名字，影射的就是金陵十二钗正册中的四钗。请注意，我是说这四仙姑的名字，是在影射书里大观园里的四个女子，而不是说她们就是那四个女子，但这个地方的影射很重要，应该把作者的意图搞清楚。那么，四仙姑的名字，是在影射金陵十二钗正册里的哪四个女子呢？我们一个一个来说。

一名痴梦仙姑。这不消说是影射林黛玉。再强调一下，我是说这位仙姑的这个名字影射着林黛玉，并不是说这仙姑就是林黛玉，林黛玉下凡人间以前，是西方灵河岸三生石畔的绛珠仙草，后来化为女身下凡人间，有时候，她那生魂还会升到天界游玩，那段时间里，人间的林黛玉应该是在做梦；警幻仙姑唤出众仙姑来时，她们见到宝玉，还埋怨，说本来等的是绛珠妹子的生魂，怎么反而来了这么个浊物？请你一定要听明白我现在所讲的意思，我是说，四仙姑的名字，是曹雪芹特意设下的譬喻，影射四位在贾宝玉一生中最重要的女性，那么痴梦仙姑这个名字，是影射林黛玉。林黛玉很痴，第五十七回的回目就叫“慈姨妈爱语慰痴颦”。薛姨妈究竟是否真的慈爱——有的评论家指出，她住进潇湘馆其实是为了监视林黛玉——这里暂不讨论，但颦儿被冠以“痴”字，读者们都是认同的。林黛玉沉浸在爱情梦里，她本身就是天界的一个仙女下凡，是天上的绛珠仙草，用痴梦仙姑这样一个名号影射她再贴切不过。她是贾宝玉一生当中最重要的一个女性，贾宝玉真正爱的就是这个人。有人猜这个猜那个，贾宝玉是不是也爱薛宝钗，又爱史湘云，是不是还爱妙玉，贾宝玉和有些丫头也很轻佻，他和有的丫头还有肉体关系，似乎他见一个爱一个，但是真正严格意义上的爱情，他只给了一个人，就是林黛玉；林黛玉更不消说，她把全身心的情感都献给了贾宝玉。所以痴梦仙姑就是影射林黛玉，在宝玉一生当中，她最重要、最关键。

那么第二位是谁呢？你注意一下太虚幻境四仙姑的排序，第二位叫作钟情大士，是哪一位？就是影射金陵十二钗当中的史湘云。

为什么这么说？因为在同一回里面，作者为史湘云所写的判词，及关于史湘云的一首曲里面，就说得很清楚。史湘云是一个什么人呢？从未将儿女私情略萦心上，这个人，幸生来英豪阔大宽宏量，虽然是一个女性，却有男子风度。小说里面几次写到，她穿贾宝玉的衣服扮男孩儿，还惹得贾母以为她就是宝玉。记不记得还有这种情节？她玩儿什么游戏？把整个身子往雪上扑。记得吧，有这种描写。而且她和贾宝玉在芦雪广还吃烧烤，吃鹿肉，现在吃烧烤你觉得是一种很流行的吃法，但是当年的一个封建的、大家族的贵族女子，居然在铁丝蒙上自己亲手烧烤，这个是很出格的，书里的李婶娘就对此大为惊异。所以他用钟情大士概括史湘云。所谓钟情，在《红楼梦》里有一个概念叫“情种”，就是特别懂得感情的人，在有的古本里面这个地方又写成“种情”。种情大士，史湘云确实是一个播种快乐、播种情感的人，但是从前八十回里面看，她本人还不太懂得男女之间的爱情，她“爱哥哥”“爱哥哥”地叫着贾宝玉（因为咬舌，她把“二”说成“爱”），那是一种少男少女间最纯真的友情的体现。所谓闺友闺情，是打动曹雪芹最深，促使他超越一般政治社会情绪，写出追求诗意生存的《石头记》的原动力，史湘云就是一个充溢着这种纯真感情的活泼女性。“大士”是佛教语言，在民间一般指观音大士，即观世音菩萨。菩萨一般来说，按我的理解，是没有性别的，是能够解救人间百姓苦难的一种天界的存在。观音菩萨之所以那么受欢迎，是因为观音呈女相，显得特别温柔慈祥，其实观音无所谓男女；反过来说，大士、观音，本身又意味着具有女相，所以拿来影射还不谙风月、有男子气度，却又非常具有女性魅力的史湘云，也很贴切。她是贾宝玉生活当中另一个非常重要的女性，而且有不止一位红学家，通过他们的研究和考证指出，在小说的八十回以后，还会写到史湘云：她曾经嫁了一个很不错的丈夫，那丈夫却因病去世了；后来她的家族遭受沉重打击，家破人亡，历尽坎坷。在非常困难的情况下，她和小说当中的贾宝玉“因麒麟伏白首双星”——这是前八十回的一个回目，还记得吧？他们最后遇合，相濡以沫，厮守终老。当然，这只是一个粗略的概括，事情应该也不那么简单，以后我还要跟大家详细讨论。

那么在贾宝玉最后的岁月中，陪伴他的女性就是史湘云。当然对这个八十回后的探佚是有争议的，但是支撑这种论点的论据也不少。曾经有民国期间的人见到过另外的一种续书，另外的续八十回，就是早期的续书人，从八十回往后续的，就和高鹗的大不一样，写到了贾宝玉和史湘云的遇合；还有人看见的更离奇，那续书一开始不是紧接咱们看到的第八十回，一开始他续的第一回，就是贾宝玉和史湘云两个人作为乞丐，乞丐夫妇，在那儿乞讨，可见这个续书人所看到的古本的最后的结尾，就是史湘云和贾宝玉是一对贫贱夫妻，一块儿结伴在那儿讨饭。史湘云在贾宝玉的人生中，实在是太重要了，越到后来越重要。

四仙姑的第三名是引愁金女，这个比较好讨论，金女就是薛宝钗，薛宝钗戴金锁，是不是？在这儿我插一句，前面我提到《红楼梦》这个书各种不同的书名，可能下面会有人提醒：你忘了一个，还有一个书名叫《金玉缘》。现在我告诉你，在曹雪芹活着的时候，无论是他还是脂砚斋，还是当时跟他亲近的人，或者跟他不亲近的人，都不曾把这个书叫作《金玉缘》。高鹗续书，程伟元活字摆印，都不曾这么叫过，这个书名是较晚的时候才叫开来的。按当时叫它《金玉缘》的人的意识，它主要是讲一个戴金锁的女子薛宝钗，和一个衔着通灵宝玉诞生的男子的故事，所以就叫《金玉缘》，他们俩后来也一度结婚，是不是？他们是这么理解的。这么叫从逻辑上我可以理解，我能够认同。确实薛宝钗就是一个金女，可是这个金女引出贾宝玉一生当中无数的烦闷、无数的忧愁，所以她是一个引愁金女。薛宝钗自己也很不幸，这是一个非常美丽、非常有才能，也有思想、有作为的女子，怎么评价她，我们以后再说。但是她最后也很不幸，她虽然和贾宝玉结合了，但是根据很多线索我们可以知道，他们两个并没有真正地过夫妻生活，她等于是守活寡，最后也是抑郁而死。这是一个很悲惨的女子，她是一个引愁金女，也是贾宝玉一生当中起了很大作用的女子。

有朋友跟我指出，金女也可能是指史湘云啊，她佩戴了一只金麒麟，比较小，是雌麒麟，而贾宝玉从张道士那里也得到一只麒麟，比较大，是雄麒麟。“因麒麟伏白首双星”嘛，你说贾、史后来遇合，那不也是“金玉缘”吗？我的回答是：第一，把《红楼梦》叫成《金玉缘》的人，几乎没有把“金”往史湘云身上想的；第二，史湘云虽然佩戴金麒麟，但她从来没有给贾宝玉引来过愁闷，所以“引愁金女”只能是影射薛宝钗而不可能是影射史湘云。至于薛之金与史之金在书里的作用，我将在下面专门讲到她俩时再作探究，这里且不枝蔓。

以上我把太虚幻境四仙姑中的三位都探究了，虽然也费了点周折，但是结果出来以后，估计大家不会怎么惊讶。

那么第四位呢？度恨菩提是影射谁呢？菩提大家知道，这是一个佛教用语，也指菩提树，据说北京一共只有两株，这个咱们不细说，总之是很珍贵的一个树种。据说当时释迦牟尼就在菩提树下悟道，创建了佛教，所以菩提也就是菩萨的意思，延伸开来也指救苦救难一类的意思，或者是佛教教义中觉悟、醒悟的意思。那么，度恨菩提，就是最后引导贾宝玉渡过所有的艰难困苦，最后把恨——情感当中最硬的那一档——都渡过去了，使他进入了一个全新的精神境界的人。这个女性是谁呢？我认为，就是妙玉。刚听我点出来，你可能多少有些意外，但如果你能细想想，就有可能认同我的分析。

所以，实际上林黛玉、史湘云、薛宝钗、妙玉，才是贾宝玉一生当中最重要的四位女子。这在第五回警幻仙姑引出四位仙姑和贾宝玉见面的时候，通过给她们取的名字，就已经向读者透露了。这反映出曹雪芹在他的整体构思当中，妙玉在前八十回出场的次数虽然比较少，戏份儿比较淡，但是在八十回以后，她将是一个使落难的贾宝玉和史湘云终于脱离苦难结合在一起的关键人物，她是一个度恨菩提。在下面我还会展开来讲这个意思。

《红楼梦》里的太虚幻境，是一个谜语式的布局方法，曹雪芹用贾宝玉神游太虚境一段来对"金陵十二钗"的命运做了概括性预言，给读者勾勒出一个大致的轮廓。但具体到里面的四位仙姑，历来很少有人研究，我认为她们的名字，分别影射着贾宝玉一生中最为重要的四位女性。林黛玉、薛宝钗、史湘云这三位女性，可以说是公认的与贾宝玉关系密切的人，这个看法大概多数人能够接受，但是第四位的妙玉，我这样强调，是不是有人会觉得牵强呢？

如果你真的这么想，那么我说，你应该跟我讨论，我从来不觉得我自己的观点都是对的。不要以为我在这儿讲这些东西，我来开一个讲座，就好像我认定自己都是对的，我要把正确的告诉大家，你跟我想的不一样就都是错的，要予以纠正，不是这个意思。《红楼梦》是一个公众共赏的古典文学宝库，红学也是一个公众共享的学术空间，我只是把我自己经过仔细钻研以后的心得，很诚恳地告诉大家。到现在为止，我所讲的只是我现在觉得对的，或者我觉得有道理的，至少是我觉得有一定道理的。我希望你跟我讨论，通过讨论可能纠正我确实存在的错误，也可能咱们各自保留自己的看法。但是在这个过程当中，我想我们大家对《红楼梦》的兴趣肯定就更浓了，我们对它的理解可能就各自加深了。

那么我们现在讨论什么呢？如果说，刚才我们所说的这些事情，都还不足以说明曹雪芹这么看重妙玉，是因为她在贾宝玉一生当中起了很重要的作用，那么我们现在来看一看《红楼梦》十二支曲。《红楼梦》十二支曲和《红楼梦》金陵十二钗的那个正册的画和诗是匹配的，也是来概括这十二位女性的命运的。

《红楼梦》第五回是特别耐人寻味的一回，也是理解《红楼梦》人物最关键的一回。在这一回里，曹雪芹设置了很多伏笔，真可谓呕心沥血，用心良苦。在这一回的每一句后面都隐藏着许多故事。第五回贾宝玉神游太虚幻境，见到金陵十二钗的册页，里面有正册、副册和又副册，每一册各有十二个人物，其中正册里面分别有十一幅画和十一首诗。我们有必要再温习一下，正册中十二位女性的排名依次是林黛玉、薛宝钗并列第一，第三贾元春，第四贾探春，第五史湘云，第六是妙玉，第七贾迎春，第八贾惜春，第九王熙凤，第十巧姐，第十一是李纨，第十二是秦可卿。贾宝玉看完这些诗后，警幻仙姑又命人演唱曲子，一共演唱了十四支曲。这十四支曲分别是第一《红楼梦引子》，第二《终身误》，第三《枉凝眉》，第四《恨无常》，第五《分骨肉》，第六《乐中悲》，第七《世难容》，第八《喜冤家》，第九《虚花悟》，第十《聪明累》，第十一《留余庆》，第十二《晚韶华》，第十三《好事终》，第十四《收尾·飞鸟各投林》。这十四支曲也是对十二位人物最终命运的概括和暗示，但是为什么是十四支呢？难道又是曹雪芹随便那么一写？——每当我进行文本细读，将书里的某些片段、细节和语言拿出来探究时，总有人这样反对：这是小说，作者进行艺术想象，他虚构，可以很随意的，如果像你分析的那样，句句都那么呕心沥血，都蕴含着那么多的意思，作者岂不是太累了吗？我们读这部书，不也太累了吗？曹雪芹确实写得很累，他自己说了嘛，“字字看来皆是血，十年辛苦不寻常”。但那不是艺匠的累，而是神驰魂飞的辛劳，是悲欣交集的心灵悸动。

他说，“满纸荒唐言，一把辛酸泪；都云作者痴，谁解其中味？”当然我们各人读《红楼梦》可以有各人的方法，不细读细品也是一种读法，但通过细读细品，善察能悟，获得醍醐灌顶的快感，解出书中醇味，那种“累”，其实才是审美的大愉悦，精神的大升华，值得。那么我们就发现，在《红楼梦》十二支曲里面，有一曲叫《枉凝眉》，记得吧？而且如果你仔细来对比的话，你就会发现，在第五回里面，金陵十二钗正册的这个排序，和《红楼梦》十二支曲的排序，不完全匹配，这个现象你注意到了吗？咱们现在来捋一下，金陵十二钗正册第一幅画，第一首诗，那是钗、黛合一，对吧？就是把林黛玉和薛宝钗合在一起的，所以整个金陵十二钗正册，实际上只有十一幅画、十一首诗。所谓《红楼梦》十二支曲，是警幻仙姑说的，实际上她给了书里面的贾宝玉一个文字稿，让贾宝玉一边看这个一边来听，文字稿实际上是十四支曲。这套曲前面有一个是引子，最后有一个是收尾，当中是十二支曲，所以实际上曲子是十四支。咱们先不去把引子跟收尾算上，当中的十二支曲，你应该注意到，它和金陵十二钗正册里面的画和诗不完全匹配。因为金陵十二钗正册那个册页，实际上只有十一页，林黛玉和薛宝钗合为了一页，对不对？可是十二支曲真有十二支，一个是十一，一个是十二，这个数就不一样，对不对？而且一般人都认为，十二支曲的第一曲叫《终身误》，是以贾宝玉的口吻，把薛、林两个人都说了，既说了林黛玉又说了薛宝钗，我就不俱引了，你自己去翻看就明白，这不就相当于《红楼梦》里面所写到的金陵十二钗正册的第一幅画和第一首诗吗？对不对？也就是说，最后我们发现十二支曲多出一支曲来，就是第二支曲，而从第四支曲开始，也就是说去了引子以后的第三支曲，就和金陵十二钗正册里面的排序吻合了。因为金陵十二钗正册里面的第二幅画、第二首诗说的谁呢？说的贾元春，那么你现在看《红楼梦》

十二支曲，不算引子和收尾，《恨无常》正是第三，底下就都可以对应了；所以册页里面第三是贾元春，第四是探春，第五是史湘云，然后你往下，一直到秦可卿，在十二支曲里面，如果你把第二支《枉凝眉》挑出来，先不管它，那么，册页和曲子就都是配套的，一一对榫，明白了吧？就是说《终身误》是黛钗合一的，然后就是元春、探春、史湘云、妙玉、迎春、惜春、王熙凤、巧姐、李纨、秦可卿。但是曲子里却比册页多出来了一个，所以就必须要研究这个多出来的《枉凝眉》曲，这一曲究竟说的是谁？为什么要设计出这么一支曲？

你现在看那些一般的《红楼梦》版本里面的解释，就都告诉你这一支《枉凝眉》说的是贾宝玉和林黛玉。从字面上看这么说似乎也通，《枉凝眉》这个曲子怎么说的？在电视连续剧《红楼梦》里面，是把这支曲当作歌颂贾宝玉和林黛玉爱情的主题曲，幽咽婉转地唱出里面的词句：一个是阆苑仙葩，一个是美玉无瑕；若说没奇缘，今生偏又遇见他；若说有奇缘，如何心事终虚化；一个枉自嗟呀，一个空劳牵挂；一个是水中月，一个是镜中花；想眼中能有多少泪珠儿，怎经得秋流到冬尽，春流到夏。这个内容要理解成在说贾宝玉和林黛玉，好像说得通，因为你想“美玉无瑕”不就是贾宝玉吗，他戴着通灵宝玉，对不对？说林黛玉是“阆苑仙葩”，因为她是绛珠仙草下凡，模模糊糊好像也对得上茬儿。更何况林黛玉最是爱哭，林黛玉下凡的使命是还泪，要把她的眼泪还给曾在天上用雨露灌溉过她的神瑛侍者，也就是下凡到人间的贾宝玉，所以曲子里最后唱到“多少泪珠儿”如何如何，多少年来没有人怀疑过，就觉得这首曲铁定说的是贾宝玉和林黛玉。人民文学出版社 1982 年初版的，由中国艺术研究院红楼梦研究所校注，现在非常流行的一个《红楼梦》版本，它对《枉凝眉》也是这么注解的。

但是现在我要说出不同的看法，要跟大家讨论一下。为什么要讨论？因为在《终身误》的曲子里面，已经用贾宝玉的口吻说到林黛玉和薛宝钗了，是不是？怎么会又来一个《枉凝眉》，又单说一遍？但是这一遍里面好像没有薛宝钗了，单说贾宝玉和林黛玉，有这个必要吗？再说，林黛玉她是仙草，大家知道，而什么叫作“葩”呢，“葩”说的是花是不是？林黛玉她不是花，她始终是天界一株草，是不是？那么，这个“葩”究竟说的是谁呢？再一推敲，觉得很有趣。“阆苑”，这个词汇泛指大观园，一处很美丽的园林，元春省亲的时候，让众姊妹和宝玉赋诗，那些诗里就一再地把大观园比喻为仙境——“谁信世间有此境”，“风流文采胜蓬莱”，“名园筑何处，仙境别红尘”……那这仙境里有什么样的仙葩呢？往后看，我们在《红楼梦》正文里面就发现曹雪芹写到怡红院，怡红院有什么花？有海棠花，而这个海棠花是谁的象征呢？在“寿怡红群芳开夜宴”的时候我们都很清楚，就是史湘云，海棠花是象征史湘云的。在《红楼梦》写到怡红院的海棠花的时候，有什么样的文字呢？说那一边乃是一棵西府海棠，其势若伞，丝垂翠缕，葩吐丹砂。所以“一个是阆苑仙葩”，就很可能说的是史湘云，史湘云的象征就是“葩吐丹砂”的海棠花。而且大家知道史湘云的丫头叫什么，叫翠缕，那么，曹雪芹他在写到这个怡红院的海棠花的时候，他为什么用这样的字眼儿呢？《红楼梦》的文字有一个特点，它总是前后互相呼应的，曹雪芹在无意之间，他总是要传递很多信息的。所以我们可以说，因为在描写怡红院的海棠的时候，作者很明确地使用了“葩”这个字眼儿，而且作者给史湘云的丫头设定的名字就是翠缕，所以“一个是阆苑仙葩”，越想越应该是指史湘云。

那么“一个是美玉无瑕”又是在说谁呢？不一定指的是贾宝玉。谁美玉无瑕？妙玉啊。第五回，在那个关于妙玉的判词和关于她的《世难容》曲里面很明确地说，妙玉是美玉。大家记得关于妙玉的那幅画，一块美玉落到污泥里面，是不是？“无瑕白玉”，这个字眼儿在关于妙玉的《世难容》里明明白白地写出来了嘛。贾宝玉是赤瑕宫的神瑛侍者下凡，“赤瑕”就是有红色瑕疵的玉，“瑛”虽然是玉但并非最纯净的玉，脂砚斋在批语里就明确指出赤瑕的意思：“玉，小赤也；又：玉有病也。以此命名，恰极！”下凡后的神瑛侍者，也就是贾宝玉，他“行为偏僻性乖张”，是块病玉，并非无瑕美玉啊，因此，基本上可以排除拿“美玉无瑕”形容他的可能性。这样看来，曲子里所说的“一个是美玉无瑕”，只能认定为妙玉。

这样一想的话，思路就豁然贯通了。你想一想，我们刚才分析了太虚幻境四仙姑，四位女性是谁呢？就是林黛玉、史湘云、薛宝钗、妙玉这四位女性。那么现在曹雪芹再给她们写成曲，第一曲是两个女性合一，就是林黛玉和薛宝钗；第二曲呢，很可能就是把另外的两个再合在一起来说，一个是史湘云，一个就是妙玉。我不是说我的思路就绝对正确，但是这样探究还是很有意思的，对不对？

那么你再推敲，你把这支曲子里的话拆开细琢磨，相应“一个是阆苑仙葩”的这个句子下面所说的，就是“若说没奇缘，今生偏又遇着他”。这是说贾宝玉和史湘云在前八十回，看得出他们没有爱情关系，他们就是亲如兄妹，或者说是大家都没有性别感，天真烂漫的生命，进行着完全没有遮拦的情感交流，是一种人生最美好的境界，他们两个没有奇缘；但是在八十回后，他们两个却很奇怪地遇合了，我说的这个“遇”是遇到的遇，就是又遇上了，又合在一起了，所以“若说没奇缘，今生偏又遇着他”。“一个枉自嗟呀”，“一个是水中月”——这都是我把这个曲劈开了，相应史湘云下面的一些话，这些话的意思就是，经过一番坎坷的经历，两人遇合以后，“枉自嗟呀”，当然就很感叹，但是事已如此，命运就是这样，生活就是这样，人生就是这样；而为什么说是“水中月”，当然可以探讨，因为所有这些女性最美好的岁月都过去了，呈现在面前的史湘云是一个脱了形的月，是一个水中月，贾宝玉自己的形象肯定也很不堪了，但是两人还可以相依为命，相濡以沫，共度残生。这是对“阆苑仙葩”史湘云的吟唱。

“一个是美玉无瑕”下面的话是些什么意思呢？把这个曲劈开了，再看这些句子：“若说有奇缘，如何心事终虚化？”因为曹雪芹在八十回后，很可能写到妙玉又出现了，和贾宝玉又见面了，如果真是有奇缘，如何心事终虚化？什么叫作心事，这也值得探讨，就是贾宝玉和妙玉之间，究竟有没有爱情，这是一个很大的探讨课题。我觉得，这儿说的心事，不一定指的爱情，他们两个是互相肯定、互相欣赏的，但是生活的巨变使得他们终于还是无法沟通。“一个空劳牵挂”，“一个是镜中花”，相对于贾宝玉来说，他对妙玉的牵挂，并不能解决妙玉什么问题，而恰恰是妙玉，后来在他生活里起到了决定性的作用；对他来说，妙玉只是一个可望而不可即的美丽女性，只留下一些镜中花般的回忆而已。想起这两个女性最后的命运，贾宝玉自己想，“想眼中能有多少泪珠儿，怎经得秋流到冬尽，春流到夏”。

这就是我对《枉凝眉》曲的一种破解，这种解释的好处，就是可以和太虚幻境四仙姑所影射到的四位女性的重要性相匹配，而且可以解释为什么在册页里面是十一页，十一幅画、十一首诗就把十二个人说全了，而这里的曲子却有十二首；去掉开头的引子和后面的收尾，十二支曲里面，为什么从第三支以后，就都是符合那个自贾元春往下的排序了。也就是说，曹雪芹他把最重要的女性，每两个人一组，各写了一支曲，一个是《终身误》，一个就是《枉凝眉》。“枉凝眉”就是白白地皱眉头，是吧，面对一个无可奈何的命运结局，深深地皱起眉头悲叹，就是这个意思。

当然，我只是向大家提供一种新的思路。有人说，“凝眉”就是皱眉，林黛玉眉尖若蹙，贾宝玉送她一个妙字“颦颦”，那以后人们常称她“颦儿”，因此，从这个曲名上看，这支曲就该是说黛玉。我的思路是，不能光看曲的名字，还要仔细分析曲的内容，才能做出最终判断。比如《世难容》，林黛玉她“一年三百六十日，风刀霜剑严相逼”，不也是“世难容”吗？但《世难容》曲的内容跟她的情况不对榫，因此当然就不能说是一支关于她的曲。有人说，把《终身误》理解成说薛宝钗，把《枉凝眉》理解成说林黛玉，那么，十二支曲不就成了每钗一曲，很匀称了吗？但是，《终身误》分明是既说了钗又说了黛，是合一的格局，曹雪芹对于黛、钗总是不去分一二的，如果《终身误》是说钗，《枉凝眉》是说黛，那么，不仅打破了全书黛、钗合一的总体设计，还排出了次序，成为钗一、黛二，再看《终身误》的内容，全是怨钗怀黛的内容，如果真要将黛、钗分列两曲，也应该是《枉凝眉》排前头呀，因此，认为《终》《枉》二曲先说钗后说黛的观点，我很尊重，但不认同。又有人说，如果这支曲说的是史湘云和妙玉，那么，后面又专门为湘、妙二人各写了一曲，曹雪芹至于对湘、妙那么偏爱吗？当然，把黛、钗定位于其他各钗绝对不能超越的思路，已经成为许多读者和研究者的思维定式，我很理解，但是，应该允许在文本细读的情况下，提出新解新说，以活跃思路，打破红学多年的沉闷局面。我认为，不能光从“凝眉”两个字，就断定这支曲非黛玉莫属，容不得讨论，因为贾宝玉“天然一段风骚，全在眉梢；平生万种情思，悉堆眼角”，这也是第三回里的明文。那么，他想起湘、妙，伤怀地“凝眉”而又觉无可奈何，也是说得通的；而且，尽管曹雪芹在前八十回里，特别是前四十回重点描写了宝、黛的爱情，但从全书来说，有很多证据可以说明，在八十回后，他对湘、妙厚爱有加——我下面会讲到我这方面的探佚收获——那么，他为湘、妙再各写一支曲，也是有可能的。

第三章 妙玉身世之谜

金陵十二钗正册里，妙玉身份最特殊，虽然与四大家族没有血缘与婚姻关系，却也能跻身其中，排名又在脂粉英雄王熙凤之上，这令很多人不解。而更让人吃惊的是，通过我上几讲的探究，妙玉还是贾宝玉生命中最为重要的女性之一。那么妙玉的身世究竟如何？她在贾宝玉的人生途程里究竟有什么重要作用？曹雪芹设置这样一个人物，意图何在？这是我要跟大家接着来深入讨论的。

首先探究一下妙玉的身世。

关于妙玉她是一个什么样的身世，书里面主要是通过两个人从旁介绍的。通过旁人介绍、评价人物，给读者留下印象，是曹雪芹常用的一个写作手法，对妙玉这个人物也是这样。

第一次是在第十七回和第十八回里面，大家知道，古本的《红楼梦》第十七、第十八这两回没有完全分开，一直保留着一个待分开的状态，所以我说第十七、第十八回，说的是古本的状态。在第

十七、第十八回里头，妙玉第一次暗出。这个时候大观园已经造好了，元春要来省亲，府里面为了迎接她来，就要做各种准备，包括一些宗教仪式的准备。当时府里面已经去买了来一些年轻的女孩儿作为尼姑、道姑，进行培训，准备在省亲时使用。在准备工作即将完全结束的时候，就有一个仆人来向王夫人汇报，说除了这些小尼姑、小道姑之外，还有一个人您是不是考虑，说外有一个带发修行的女子，本是苏州人士——苏州当然也属于金陵的范围，金陵是一个大概念——祖上也是读书仕宦之家，云云。其中有一大段话说她为什么出家，大意就是说她小时候多病多灾，往往有钱人家在这种情况下，就会花钱请一些人做替身，替她去出家，结果这也不中用，她简直病得不行了，最后干脆让她自己出了家，她的病才好了，从此就带发修行了。而且，故事发展到元妃要省亲的时候，她就已经十八岁了。她真实的姓氏究竟是什么呢？她有没有一个真实的名字呢？没有交代，起码在前八十回里面，我们始终没有看到任何这方面的蛛丝马迹。书里只说她有一个法名——出家以后就要取一个佛教范畴之内大家互相称呼的名字，这叫法名——她的法名是妙玉。此外交代得很清楚，妙玉的父母已经双双亡故了，现在妙玉怎么生活呢？身边只有两个嬷嬷、一个小丫头服侍，就是说孤苦伶仃的。但是妙玉她也有很大的优势，这个仆人汇报说她文墨也极通，经文也不用学了，模样又极好，不是一般地好。那么现在为什么跑到都城来了？书里面反复说长安、都城，其实都是影射北京，影射清朝当时的首都北京。妙玉为什么到长安都城来？因为都城里面有观音遗迹和贝叶遗文，这是佛教界最珍视的一些文物。过去印度有一种树叫作贝多树，它的树叶很长，很厚，就叫贝叶，在上面可以直接书写经文，不用去造纸，有了这树的树叶，就可以直接拿它当纸用。在故事发展到这儿的时候，那仆人继续汇报说，妙玉前一年随她师父到了北京，在西门外牟尼院住。妙玉就是这么一个情况，作者就是这样通过贾府的仆人，以向王夫人汇报的形式来介绍她的。

那么这个仆人向王夫人说完这些以后，本来就想提建议，但是书里边的行文就很有趣。大家知道王夫人是一个什么性格，王夫人这个人心里面往往是很有看法的，但是这个人凡事一慢二看三通过，性格是比较沉稳的。甚至她驱逐金钏儿那一次，她也把贾宝玉和金钏他们两个调笑的话听完，等到她觉得金钏儿罪证确凿之后，她才突然起身，打了金钏儿耳光，发起怒来。要是别样性格的人，听第一句可能就要蹦起来，王夫人不是这样。包括对晴雯的处置，她也隐忍了很久，后来她坦白地说，她老早就看着她不顺眼，看到一个模样像林妹妹的那么一个大丫头在那儿骂小丫头，老早就觉得不对头，但是她都能隐忍，所以说她是一个很沉稳的人。但是书里面在这个地方请你注意曹雪芹的行文，他说王夫人不等说完，没等仆人说完，没把汇报听完便说，既这样我们何不接了她来。很痛快，人家还没有说完话呢，她就做决定了。这意味着什么？一会儿到后面我会回过头再解释这一点。但是这个仆人把话也说在前头，说这个妙玉可不太好请，她说了，侯门公府必以贵势压人，我再不去的。这句话一方面反映了妙玉的性格，我们都知道，她是一个孤高自赏、万人不在她眼里的怪人；另一方面则说明，妙玉的家庭背景应该不是侯门公府一类的，她家应该是书香门第，靠科举一步一步考上去，才成为一个仕宦之家的——应该是那样的家庭，否则她不会那样说，因为如果她自己也是一个贵族家庭的女子，她说这个话就等于把自己家也骂了。但是王夫人这个时候，就让人觉得很奇怪，王夫人听到仆人这么说，丝毫不犹豫，主动说，她既是官宦小姐，自然骄傲些，就下个帖子请她何妨呢。王夫人主张下帖子请她，一下帖子，这就是一个白纸黑字的东西，是不是啊？后来果然这个仆人就照办了，书里面就交代，命书启相公写了帖子，去请妙玉，第二天就派人备车轿把妙玉接进大观园，住进拢翠庵。《红楼梦》里的道具都不是随便出现的，这个帖子我估计八十回后，会有有关情节涉及它。既然前面交代是写帖子请的，抄拣大观园，先是内部自己抄自己胡闹，后来外面抄进来，皇帝治罪，造成毁灭性打击，这个帖子早晚是要被抄出来的，抄出来后会是什么后果？八十回后估计会有相关情节。这是曹雪芹的艺术手法，草蛇灰线、伏延千里的又一例证，很有意思。

这是一个仆人在向王夫人汇报妙玉的情况，是妙玉第一次侧面出场。

那么第二次呢？是另外一个人来说她。她已经正式出场过了，但是她仍然是云龙见首尾不见身子，所以小说就安排另外一个人物从旁再来介绍她，这个人就是邢岫烟。相关情节出现在第六十三回。

第六十三回，贾宝玉发现他过生日的时候，妙玉给他留下一个拜帖，一个祝寿的帖子，上面写着“槛外人妙玉恭肃遥叩芳辰”。贾宝玉看了以后很高兴、很珍视，觉得应该有所回应，人家给你一个帖子，你应该有一个回信给人家，所谓有来有往，但是怎么写呢？他就想找人解决这个问题，找谁？自然是找林妹妹，能找宝姐姐吗？这种事不能找宝姐姐，这种事要找林妹妹。可是还没找到林妹妹，就看对面颤巍巍走来一个美女，是谁呢？就是邢岫烟。他就问邢岫烟，他也没想跟她请教，因为书里在这段情节以前，邢岫烟是个不起眼儿的角色，显得比较寒酸，没有出众的才华见识，对她以礼相待就是了，谁会去请教邢岫烟什么啊，所以他就随便问一句，说你去哪儿？邢岫烟说我去拢翠庵。宝玉一听，好家伙，这个妙玉是万人不接待的，是不是？怎么你去拢翠庵呢？于是邢岫烟跟他讲了一番话，通过邢岫烟就又交代了妙玉一些情况，补充了前面那个仆人向王夫人所介绍之外的另外一些情况。邢岫烟把这些告诉宝玉，让宝玉大吃一惊，原来邢岫烟和妙玉老早认识，关系极好。邢岫烟就跟贾宝玉讲她们两个的交往经过，说她也未必那么真心重我，为什么别人不理，专接待我，就是因为我和她做过十年的邻居——邢家当时赁的房子就是庙里面的房子——在十年之间，当时可能还是个小姑娘，邢岫烟就经常到庙里面去跟妙玉做伴，她认得的字都是妙玉教给她的，所以邢岫烟就概括她跟妙玉的关系，既是贫贱之交又有半师之分，是那么一种非同寻常的关系。底下邢岫烟再说的情况，就是听说了，也是一个模糊信息了，因为后来他们家就离开了。她说，因为妙玉她不合时宜，权势不容，竟投到这里来了。这妙玉不合时宜，关于她这样一个定评多次出现。什么叫作不合时宜？这个不合时宜不是一个政治色彩很浓的语汇，这是在俗世社会里面非政治性的一个贬语，就是说这个人做的事可能不犯法，但是跟别人做的事不一样，特古怪，一般人见了以后，都讨厌。妙玉有一些行为是不合时宜，但是她这个不合时宜又导致了什么？又导致了权贵不容。按说一般人讨厌她也罢了，一般人讨厌她，也不能把她怎么样，最后显然又惹怒了权贵，为权贵所不容，所以才投奔到这儿来。这是邢岫烟的一个解释，但这也只是她听说的，曹雪芹写得迷离扑朔。

贾宝玉一想，眼前站了一个最了解妙玉的人，那就别找林妹妹了，就把这个帖子给邢岫烟看了。邢岫烟看了怎么评价妙玉？她一看拜帖，便说她这脾气竟不能改，竟是生成这等放诞诡僻了，从来没见拜帖上下别号的。你给人写一个拜寿的帖子，按说应该是写上自己的名字的，就说妙玉你出家了，没有真实姓名，你也可以写上妙玉，写法号也很好，但是她写了一个别号，写了“槛外人”，于是邢岫烟就脱口而出，说了对妙玉实际上很刻薄的话。邢岫烟应该是一个很温柔的女子，但是一看拜帖太古怪了，不合时宜，所以就说出了一句尖锐的批评的话：这可是俗语说的僧不僧，俗不俗，女不女，男不男的，成个什么道理！这在那个社会是很尖锐、很严厉的一种批评，是不是？僧不僧，俗不俗，女不女，男不男的，不成道理了是吧？但是邢岫烟后来冷静一下想了想，也跟宝玉探讨了这个问题，说，我能跟你解释，为什么她自称是槛外人。因为妙玉曾经给邢岫烟说过，而且常说，说过不止一次，她说古人中，自汉晋五代唐宋以来，都没有好诗，只有两句诗好。这两句诗很古怪，到现在为止，我个人也没觉得这两句诗好，但是妙玉觉得这两句诗，是经历过那么多朝代，古人留下的诗句里唯独算得上好的。这两句诗现在年轻人可能不太懂了，叫作“纵有千年铁门槛，终须一个土馒头”，是宋朝一个叫范成大的诗人写的。这是只有在那个社会才有的两样东西，“铁门槛”和“土馒头”。过去封建贵族家庭或者是富豪人家会被称作门槛高，这个门槛高不光是一个形容词，是真高，体现住宅的气派。而且最有钱和最有势的人，他的门槛要包铁皮，有的家希望自己的铁门槛可以存在一千年。但是范成大这个诗人就指出来了，就算你这个铁门槛能够存在一千年，你能活一千岁吗？到头来你需要一个什么呢？需要一个土馒头！这个现在的年轻人不懂，我跟一个小学生说过，他说人死了不就是装骨灰盒吗，要土馒头干什么啊？好吃不好吃？这个他就不懂，因为过去是土葬，土葬的话都是要用土堆一个坟头，而且在古代的时候特别讲究，就是要堆成土馒头。“土馒头”在这句诗里构成一个标志，生命终结的标志，就是说到头来，你无非也是要死掉，徒然留下一个坟头而已。过去地位越高的人，死了以后坟头就做得越大，帝王的“土馒头”甚至会成为一座丘陵，但那“土馒头”再大，你人不存在了，也终究不会有什么乐趣，是不是？

妙玉认为这两句诗好，这意味着什么？意味着她对人生有一种她个人的特殊看法，这种看法正巧和古代范成大的两句诗呼应了。这是一种很悲观的看法，这是一种悲剧性的人生观，就是看破红尘，认为所有荣华富贵都没有什么意义，人生追求长寿也没有多大意思，到最后谁都逃不过死亡，表达的就是这样的意蕴。

邢岫烟介绍了妙玉欣赏这两句诗以后又说，妙玉最爱读庄子的文章，认为文章就只有庄子写得好。那么庄子有的文章里面就讲到畸人，畸零之人——《庄子》里面伪造了一句孔子的话，《庄子》里面引的孔子的话语都不可信，都是为了写文章方便，故意说什么什么事孔子怎么说，其实代表庄子自己的观点——这个庄子的文章里面就借孔子的口说畸零之人，说这种人是非常个别的古怪的人，他和其他的众人绝对不一样，合不来，但是和谁比较和谐呢？他和天，和亘古永存的自然宇宙是和谐的，这样一种生命叫作畸人。孔子恐怕没有说过这样的话，但是庄子的文章里面说孔夫子听到人问，就这么解释这种人。妙玉喜欢庄子的文章，自认为是畸零之人，这意味着她对政治，对权力，没有兴趣；对社会，对俗世，对名利，也都看破；她不合群，自愿在边缘生存，享受孤独。但因为她能与天、与宇宙、与自然达到和谐，她又觉得自己很有尊严，很有价值，不可轻亵，凛然莫犯。我前面讲秦可卿，讲贾元春，讲了书里书外很多的政治，书外是康、雍、乾三朝的政权更迭与明争暗斗，特别是乾隆登基以后，还有弘皙逆案的发生；书里呢，有义忠亲王老千岁，有月喻太子的文字，有北静王府和忠顺王府争夺蒋玉菡，等等。因为是一环环地讲，前面各环里政治斗争的气氛浓浓的，使得一些听讲的人误以为，我就认定《红楼梦》是一部政治小说，曹雪芹除了政治影射不写别的。但现在我讲到了妙玉，讲到这里，我要诚恳地告诉你，曹雪芹的伟大，就在于他能既关心政治，有自己的政治倾向，却又能超越政治。他所塑造的妙玉这个形象，就体现出他这种超越意识，这是我们应该特别注意的。

接着说邢岫烟跟宝玉的对话，听了拜帖的事，得知宝玉为不知怎么回帖子犯愁，邢岫烟就给宝玉出主意了。她说妙玉不是自称槛外人吗？你就要自谦，你别跟她拗着来，你就说自己是槛内人；如果她说自己是畸零之人，你就说自己是世中扰扰之人。就是她怎么说，你就怎么跟她反着说，她就高兴。什么叫扰扰之人？一天到晚奔波忙碌干吗？谋吃谋喝谋享受谋快乐，是不是？俗人，对吧？当然也不是坏人，就是世界上熙熙攘攘的人群当中，一天到晚忙忙碌碌的一个小生命。你这么说她就高兴了。她要说是槛外人，你就说槛内人，你承认自己是铁门槛里面的，这样你就合她的心了。宝玉听了，顿觉醍醐灌顶——这是一句佛教用语，意思是立刻大彻大悟。后来贾宝玉果然就听取邢岫烟的建议，写了一个自称是槛内人的回帖，也没有直接给妙玉，到了拢翠庵，从庵门的门缝塞了进去。这是一个很重要的情节，也是一个侧面介绍。

通过前面仆人向王夫人汇报的内容，以及现在我给你详细重复的书里面写到的邢岫烟对妙玉的介绍，妙玉这个人物形象基本上就立起来了，我们了解了她的基本身世，她的生命到十八岁为止的轨迹，她的交往，她喜欢的诗喜欢的文，她怎么看自己、怎么看别人，这些就基本清楚了。

妙玉的前后两次暗出，已经让读者领略到了她的孤傲和清高。一般来说，《红楼梦》中的重要角色，曹雪芹都要单独为她立传，被作者珍视的妙玉当然也不例外，《红楼梦》第四十一回拢翠庵茶品梅花雪，就是妙玉的正传。在这一回里，刘姥姥二进大观园，贾母带着刘姥姥在大观园里四处参观游玩，当走到拢翠庵时，就歇了脚，喝口茶，这样就引出了妙玉敬茶的故事。妙玉在经过了他人的交代之后，也正面走出来和读者见面。

那么第四十一回，拢翠庵茶品梅花雪，曹雪芹郑重其事地为妙玉写照立传，在这一回里面，写妙玉出场，到这场戏结束，贾母她们离开拢翠庵，一共才多少字呢？我查阅了各种古本以及现在的通行本，上下出入字数不到五个，大体上是一千三百五十个字—— 很少的字数。妙玉在这一场里面只说了十二句话，或者严格来说，某一次开口，断句，分成几句，是十二次开口。曹雪芹在一千三百五十个字里面，就让这个角色开了十二次口，就够了，这个人就站出来了，性格就凸现了。所以我确实佩服曹雪芹，佩服《红楼梦》，甚至他还不光是写这个人的性格，他把很多信息都传达出来了。

那么我们就把她的十二次开口，像品茶一样，细细地品味一番。

书里写道，贾母到了拢翠庵，带着刘姥姥，还有一拨小姐什么的去了。妙玉就给贾母献茶，用了一个什么样的茶具呢？是一个海棠花式的雕漆填金云龙献寿的小茶盘，里面放了一个成窑五彩小盖钟——这是一个非常重要的道具，现在我不细说。然后他一下笔我就非常惊叹，他怎么写的啊？先写贾母说了一句话，贾母这句话很古怪，说我不吃六安茶。怪不怪？曹雪芹多省事啊，他要传达一个什么信息？显然，贾母跟妙玉的家庭，跟她的上一辈，还不仅是父母一辈，可能跟她爷爷奶奶一辈，曾经非常熟悉。她知道妙玉家的待客习惯，在妙玉长辈在世的时候，妙玉那家人待客，总是要端出六安茶来，这已成待客的惯例。贾母她是贾府的老祖宗，妙玉是晚辈，她用不着客气，所以曹雪芹不多废话，就直接写贾母说，我不吃六安茶。然后妙玉这个角色在第一次出场中也就第一回开口了，妙玉这句话也很简洁，更妙，很厉害，她说，知道，这是老君眉。厉害不厉害？贾家和妙玉背后的那个家庭之间的关系，就点出来了。那家人过去跟贾家交往，老往外端六安茶，不合贾府人的口味，特别不合贾母的口味。而这一年妙玉已经十八岁了，她父母虽然双亡，家庭记忆还是有的，她老早就有防备，是不是啊？所以她立刻回答了两个字，知道，然后告诉贾母，这是老君眉。妙玉也是软顶，她不能对贾母话多，说你不吃六安茶，但这不是六安茶，不用换，这是老君眉，老君眉你得喝吧，老君眉这名称含有祝寿的意思，你不能拒绝好意吧？贾母接过了茶，但贾母也很厉害，她就问是什么水？懂得喝茶才有这种话，对不对？不懂得喝茶，她会这么问吗？作者把贾母写得也很有性格，很会享受生活，享受到精致入微的地步，这种人真的是品茶，不能叫喝茶，叫品茶。会品的不仅要挑剔茶叶，光说茶叶是老君眉没有用，还要讲究烹茶的用水，所以必须问是什么水，如果水不合格，那么茶叶合格了，也还是不能喝。妙玉就告诉她，是旧年蠲的雨水。过去烹茶时兴把今年雨季那个雨水，拿坛子罐子接了，接了以后让它澄清，清了以后把水滗出来，搁在专门的一种瓷器里面，或者陶器里面，埋在树根底下，过了一年以后，再把它刨出来，然后用那个水烹茶，那才算是合格的水，现汲的井水是不行的。可能现在有人听着觉得，哎哟，那个能喝吗？咱们现在有自来水、矿泉水、太空水，陈旧的雨水怎么能喝啊？但是一个时代一种讲究，当时就认为旧年蠲的雨水是很高级的烹茶用水。贾母一听，茶也对路水也合格，当然也就算了，就品那杯茶，喝去半盅。

通过贾母和妙玉短短的两次对话，我觉得，妙玉这个人物固然是一个艺术形象，但她是有生活原型的，否则作者不可能写出这样的文字来。我们不要忘记贾母的原型是康熙朝苏州织造李煦的妹妹，现在书里交代妙玉是苏州人士，她的原型应该就是苏州一个官宦人家的女儿。她父亲的官职可能与茶叶的生产贸易税收有关，所以她家对各种茶叶，以及烹茶用水还有茶具，都非常懂行、非常讲究。管宫廷织品，并且还经常兼管盐政的官员李煦，与同一地方管理茶政的官员之间，关系当然可以是非常密切的，两家的家属也会认识，礼尚往来。因此，前面写仆人跟王夫人介绍妙玉的情况，她不等听完就表了态，以及这里写贾母进了禅堂坐下，没等接待者开口就宣称不吃六安茶，就都不奇怪了。贾母的原型后来常住南京，之后王夫人成为她儿媳妇，一起住，但她们跟苏州的亲友保持着密切联系，与妙玉家是有来往的，用不着别人详细介绍，她们知其根底。我认为，曹雪芹这样写，就是因为在真实的生活里，有那么一个苏州的官宦人家，有那么一个比他大几岁的女性。我还特别注意到，六安茶和老君眉都是好茶，但六安茶——出产地在安徽六安——的特点是很本色，略有苦味。一个非豪门出身的靠科举当上官儿的人，他和他的家人喜好喝六安茶，来了客人也往往敬六安茶，是完全可以理解的，很自然的现象。但是生活中的李家、曹家，到了书里化为了史家、贾家，他们是公侯的后代，世代簪缨，没有什么寒窗苦读的感受，犯不上喝略带苦味的六安茶来抚慰自己的心灵。他们爱喝的，是几种每年特别要向皇帝进贡的香茶，那么老君眉——产在洞庭湖的君山——形如银针，味甘气醇，当然就很符合他们的心理和舌喉的需求了。妙玉深知这些侯门贵族的讲究，不献六安茶而捧出老君眉，也就顺理成章了。我觉得这样的细节是很难凭空虚构的，应该是从生活的原生态里提炼出来的，难为曹雪芹把这么丰富的内涵，用如此简洁的方式表达了出来。

好，咱们接着往下看曹雪芹怎么写妙玉。妙玉跟贾母说完这么两句话之后，就懒得再去理贾母她们了。她是一个很高傲的人，对贾母不得不敷衍，但也懒得浪费更多的时间。她拉一拉宝钗和黛玉的衣襟，就把她们带到东禅房旁边的耳房，单请她们去喝梯己茶。贾宝玉照例要跟进去——贾宝玉这个人就是凡是女性的美好的活动，他一律要去扎堆，总少不了他，这真是一个很有意思的青春女性崇拜者。

贾宝玉跟进去以后，《红楼梦》里面各古本写法不一样，有的说是黛玉和宝钗两个人跟他说，你又赶来蹭茶吃，这里并没你的；

有的说是三个人说的。如果算三个人说话，妙玉就又开了一次口，我把它算进去，算是妙玉第三次开口。这里并没你的，这句话可能就是妙玉说的，因为她是要单请林黛玉和薛宝钗品这个茶。然后正在这个时候，那边贾母就喝得差不多了，而且大家都知道，贾母喝了半盅茶之后，就把剩下的半盅给刘姥姥喝了。当时妙玉也看见了，这个时候妙玉的仆人把这个成窑杯收回来了，妙玉就第四次开口，她命令那个仆人把成窑的茶杯就别收了，搁到外面去吧。这就是写这个人洁癖，太过分地好清洁，而且用今天的观点看，她歧视劳动人民，得被扣上这个帽子。估计她心里说，如果光是贾母喝了，算了，洗干净点，洗仔细点，还能留着，结果让刘姥姥喝了——刘姥姥可能农村生活条件也差，一口黄牙，她看了就别扭——被刘姥姥喝了以后，洗了她都不要了，怎么都不要了，这就是妙玉。我说曹雪芹珍爱妙玉这个人物，但并不等于说他不写这个人物的缺点，实际上曹雪芹笔下的每一钗都是既有优点又有缺点的，还有说不清是优点还是缺点的性格特征，她们都是活生生的生命存在，携带着自己全部复杂的人性，走过自己的人生历程。然后作者就写道，妙玉招待林黛玉和薛宝钗，拿出非常珍贵的茶具，这个描写非常夸张，有些描写跟书里前面描写秦可卿的卧房真是差不多，太夸张了。她拿出一样东西——𤫩瓟斝，读作“班袍甲”——这个东西不是瓷器，大体来说就是在葫芦生长的时候，用一个模具把葫芦套上，等葫芦长大，把那个模具空间充满之后，将模具拆开，葫芦就长成了模具里面要求长成的怪样子；此外，这个东西还要经过另外一些精细的加工。书里面说这个怪东西旁边还有耳，杯上还刻着字，写的是“晋王恺珍玩”，并且更夸张了，后面还有一行小字，内容是“宋元丰五年四月眉山苏轼见于秘府”。大家知道，王恺是晋朝的大富豪，收藏各种名贵东西的人，这个东西还被王恺收藏过，而且还有人做证，有一个宋朝人做证，元丰五年——元丰五年是宋朝的一个年号，宋元丰五年四月眉山苏轼——不是别的苏轼，就是出生于眉山的苏轼，就是苏东坡——还见于秘府。这个很夸张，实际上这个描写是从生活的原型升华为艺术的创造，他夸张得非常过度，因为你要是去问文物专家，他们会告诉你，这种用葫芦做成的饮具，用模具强迫葫芦长成怪样子，这种做法是在康熙年间才有的，是清朝康熙朝以后才流行的，根本很难找到证据证明晋朝或者宋朝有这种东西，但他就愣这么写，这就是他艺术上的发挥了。这个怪器皿妙玉就用来给薛宝钗斟了茶，请薛宝钗品。另外一个饮具也是奇珍，叫作点犀盉，读作“点西桥”。有的版本第一个字不是“斑点”的“点”而是“桃杏”的“杏”，这个东西的名字在版本学上有争议，我现在不细说，总归也是一个非常珍贵的东西，是用犀牛角做的，她用来给林黛玉品茶。

那么这个时候，贾宝玉就看她拿什么给自己品茶，这个也是所有《红楼梦》研究者最感兴趣的一个问题，就是他们发现曹雪芹怎么写的呢？妙玉就把前番自己常日吃茶的那只绿玉斗，拿来给宝玉品茶。什么叫绿玉斗？就是用绿色的玉制作的，形状像过去量米的斗——当然缩小了很多倍，可以拿在手中使用——妙玉就拿这个给他品茶。因为这个是前番妙玉自己常日吃茶用过的，所以引起很多读者的浮想联翩，是吧？我将在下面再去跟你一起详细探讨这个问题。这时妙玉就要第五次开口了，因为贾宝玉首先抗议了，贾宝玉说，常言世法平等，她们就用这样的古玩奇珍，我就用这个俗器了？妙玉就回答他说，这是俗器？不是我说狂话，只怕你家里，未必找得出这么一个俗器来呢！这就是妙玉的性格，“不是我说狂话”，她其实就是说狂话，她这个人一句比一句狂，对吧？曹雪芹写到这儿，她说的话，总共一百字都没到，这人物就活了，就是这么一个人，就这么个性格。然后她看大家喝得高兴，就又寻出一个东西，这个太夸张了，很难复原这个东西，叫作九曲十八环一百二十节蟠虬整雕竹根的一个大盒。这个你想想，我不掰开细说，一个湘妃竹竹根整雕的，这是什么东西！然后她就拿着这个东西，笑着对贾宝玉说，就剩下这一个，你可吃得了这一海？贾宝玉有点傻帽儿，说我吃得了。妙玉就笑道——这是妙玉第七次说话——说你虽吃得了，也没这些茶糟蹋，你岂不闻一杯为品，二杯即是解渴的蠢物，三杯便是饮牛饮驴了！这个话好厉害，我每次看到这儿以后，都特别惭愧，因为我喝茶，老是大茶缸子，一缸子一缸子喝，按妙玉的标准，咱们都别喝了，只能喝一杯，小口喝一点，一杯为品，二杯就是解渴的蠢物，三杯的话，不重复了，很难听，但是妙玉就说出来了，而且说你吃这一海更成个什么，因为这一海比三杯还多。这就是妙玉。

然后第八次她开口说话，说你这遭吃茶是托她们两个的福，独你来了，我是不给你吃的。这个话本来你不说大家也明白，你是一个出家人，他是一个男性，你带发修行，是一个尼姑，当然不能随便招待一位公子品茶，但她就要说出口，就这么一个人。

然后第九句，宝玉就说那我谢她们便是，妙玉回复说："这话明白。"她说出的这些个话都很有刚性的，都是"钢铁公司"的那种东西，是不是？然后最突出表现妙玉的孤僻和尖刻的就是底下，她第十次说话。

第十次开口是说林黛玉。林妹妹在书里面真是超凡入圣的一个人物，你记不记得有一次林黛玉离开潇湘馆的时候怎么嘱咐紫鹃的，那段话我背不下来，但是你能回想出大意是什么，是吧？那段话是说怎么把屋子收拾了，把窗户打开让大燕子回来，又怎么放帘子，怎么样烧香炉，等等。那个林黛玉的生活，你想，诗化的生活，雅致得不能再雅致。你批评林黛玉可以用无数的词语，但是你不可以用一个字眼来批评林黛玉，若说林黛玉俗，你忍心吗？你可以吗？

但是在底下的描写里，林黛玉跟贾宝玉一样，居然也傻帽儿了，她就问了一句，这也是旧年的雨水？因为前面大家都跟贾母在一起，在东禅堂，贾母问了这是什么水？妙玉说这是旧年蠲的雨水，蠲就是储存的意思。林黛玉就以为自己喝的茶也是去年蠲的雨水，那算是烹茶使用的很高级的水了。结果妙玉冷笑道，你这么个人，竟是个大俗人，连水也尝不出来，这是五年前我在玄墓蟠香寺住着，收的梅花上的雪，共得了那一鬼脸青的花瓮一瓮，总舍不得吃，埋在地下，今年夏天才开了，我只吃过一回，这是第二回了，你怎么尝不出来？隔年蠲的雨水，哪儿有我这样的清醇，如何吃得？——这个妙玉亏曹雪芹写得出来，怎么这么说话，她敢教训林黛玉。薛宝钗后来也教训过林黛玉，但是你看，赔多少小心，话绕来绕去，最后怎么样，只是指点一下林黛玉。妙玉她不这样。而且这段话就透露出很多的信息，说明她给贾母喝旧年的雨水本身也并不意味着看重贾母，知道吧，我还有好水，轮不到给您喝。你张口就说我不吃六安茶，你那臭德行谁不知道，知道，这是老君眉！这就是妙玉。

然后她第十一次说话。宝玉后来就建议，成窑小盖钟你既然不要了，干脆送给刘姥姥得了。妙玉听了，想了一想才开口说——她就这一次开口有点时间差，不像前面张口就来，别人问完以后，一句就跟上了，这次想一想才说，这也罢了，幸而那杯子是我没吃过的，如果我吃过的我就砸碎了也不能给她，只是我可不亲自给她，你要给她我也不管，我只交给你，你快拿去吧。就这么把杯子打发了，这是她第十一次说话。

她第十二次开口是客人要走了，这时贾宝玉就说了，是不是叫几个小幺儿到河里打几桶水洗洗地？其实贾宝玉是一个调侃，开一个玩笑，对吧？结果妙玉就接这个茬儿，你以为你开玩笑，我还当真了。这更好了，妙玉说，只是你嘱咐他们抬了水只搁在山门外面墙根下，别进门来。这真是把妙玉的性格写绝了，对不对？然后底下就接着写，所有人出了拢翠庵，妙玉并不甚留，送出山门回身便将门关闭了。这就是妙玉。这段文字，现在我告诉你，各种古本和通行本上下相差非常少，就是一千三百五十个字左右。而以蒙古王府本为底本，我用六个本子汇校以后，最后得出的它的精确数字是一千三百四十七个字。其中写到妙玉的性格，写到了她和贾母之间的关系，写到了她对刘姥姥的态度，写到她本身和这个大观园里面最雅的一个女子林黛玉之间的冲突，写到她和薛宝钗、贾宝玉的种种微妙关系，才用了这么点字。

说到这儿以后，我想大家最感兴趣的一个问题就浮现出来了，就是究竟妙玉和宝玉之间有没有情爱关系，说白了，她把她那个绿玉斗给宝玉喝，有没有暗中亲嘴的意思？这是一个年轻人直截了当给我提出来的，问我作者究竟有没有这个意思在里面。我将在下一讲里面分析妙玉的情爱之谜。

第四章

妙玉情爱之谜

妙玉和贾宝玉之间，究竟是个什么关系，他们之间有没有情爱？特别是在第四十一回，大家注意到，妙玉请人品茶的时候，她把自己用过的一个茶具——绿玉斗——拿来给贾宝玉用。有的人就很敏感，说那么一个爱干净的人，因为刘姥姥喝了一口茶，那么名贵珍稀的成窑茶杯她都可以不要了，她怎么舍得把自己喝过茶的一个绿玉斗拿给贾宝玉去用呢？这是不是意味着妙玉对贾宝玉有一种特殊的情感？说白了，是不是她爱贾宝玉？

妙玉和贾宝玉之间到底有没有爱情，这实在是一个历来为红学爱好者和研究者热衷探讨和争论的话题。许多人认为，从《红楼梦》中的文字描写来分析，在心性上比林黛玉、薛宝钗更成熟的妙玉，肯定对贾宝玉有爱慕之情；而更多的人则认为，即使两人之间不是爱情关系，也一定有一种说不清、道不明的情愫在其中，否则，妙玉又怎么会将自己用过的绿玉斗给贾宝玉斟茶喝呢？总之，他们之间，让人觉得多少有点暧昧。那么，曹雪芹笔下的妙玉和贾宝玉之间，究竟是一种什么关系？这其中到底有什么玄机呢？

这是一个很有意思的问题。高鹗续《红楼梦》的时候，他的思路就是认定这个行为意味着妙玉暗恋贾宝玉，所以你看他在续书里面，安排了几次妙玉的戏，写妙玉看见贾宝玉就脸红心跳，回到自己的禅房，坐到蒲团上就心猿意马。他就顺着这样一个思路往下写，而且最后他给妙玉安排的结局，是她对贾宝玉的心猿意马没有结果，却被强盗用闷香给闷晕抢走了，强盗把她抱走以前还对她轻薄了一番，最后她或者就屈从强盗了，或者是不愿意屈从被强盗杀死了，高鹗最后给的也是个模糊信息。高鹗这样来续，有没有道理呢？妙玉是不是应该是这样一个结局呢？我的答案是否定的。高鹗完全歪曲了曹雪芹对妙玉这个角色的基本构想。我在前面就告诉大家，妙玉是曹雪芹极为珍爱的一个角色，她在曹雪芹心目当中是一个非常美丽的、有才华的，而且散发出一种特殊性格光芒的女性，高鹗那样去写她，把她糟蹋了，是不对的。

关于妙玉和贾宝玉之间的关系，贾宝玉有一些话可以使我们洞彻。贾宝玉过生日，得到妙玉的拜帖之后，想找林黛玉去商量怎么回这个拜帖，结果半路上遇见了邢岫烟。贾宝玉和邢岫烟之间有段对话，这个时候作者也写到了贾宝玉自己的话，他在和邢岫烟的对话当中，一方面听取邢岫烟对妙玉的种种介绍、评价，同时他自己也说了一些话，体现出他对妙玉的评价。贾宝玉说，“她为人孤高，不合时宜，万人不入她目”。因此贾宝玉对她是了解的，他们两个之间心灵上是相通的，互相是懂得对方是怎么回事的。特别注意“不合时宜”这四个字，“不合时宜”这四个字在书里面写妙玉的时候出现了好多次，书里屡次说她“不合时宜”。而且，贾宝玉还说，“她原不在这些人中算。”贾宝玉一天到晚在姊妹当中混，在女儿群当中混，他和大观园这些女儿们不管是主子还是丫头们，都是一天到晚地厮混，在一起过着一种梦一般的生活，诗一般的生活。贾宝玉说，妙玉这个人不在这些人中算，不仅是生活方式不在这些人当中算，包括她的心境、她的精神境界，也不在这些人当中算，她是另外一种人。他说“她原是世人意外之人”，世界上的人可能都不理解她，而且她的某种行为会让人感到非常意外，是世人意外之人。这些话都有很深的含义。贾宝玉他个人理解妙玉给他帖子的原因，他是这么解释的，为什么妙玉对他这么看重，他过生日会给他一个拜帖呢？贾宝玉说：“因取我是个些微有知识的，方给我这帖子。”“些微有知识”，请你特别注意这句话，“些微”就是稍稍地，有那么一点儿。有一点儿什么呢？妙玉看上贾宝玉什么呢？是贾宝玉还稍微有点“知识”。这个“知识”和我们今天嘴里面常说的那个“知识”不是一个概念，今天我们说的“知识”是在现代的白话语境当中表达的那么一个概念，比如我们经常说学知识、用知识，但在《红楼梦》里它不是那个意思。这个“知识”它是一种佛家的语言、佛教的语言，就是有悟性，指某个人有一种觉悟，对个人和宇宙、生命和自然、自己和别人，有一种比较透彻的醒悟。当然贾宝玉自己也觉得自己还醒悟得不够，但是稍微有一点，有一点就行了，妙玉就说看得起你，一万个人我都看不上了，但是你贾宝玉现在的表现，我觉得你“些微有知识”，看得上你，所以你槛内人过生日，我槛外人要给你下一个祝寿的拜帖。

贾宝玉确实是一个“些微有知识”的人，你看他对自然，对这些生命花朵，对美丽的青春少女是什么态度？他看见燕子就跟燕子说话，到了河边看见河里鱼儿游动他就和鱼儿去交流，他体贴女儿们，自己被水淋成水鸡儿，却一点感觉也没有，只关心那淋雨的姑娘，提醒人家赶快去躲雨……你说贾宝玉是不是“些微有知识”的人呢？

从这个角度看的话，说实在的，即使在我们今天这样一种社会生活当中，能具有这样一种精神境界的人都不多，是吧？他懂得天地万物当中任何生命都是宝贵的。这种人，看见流浪猫，他会很着急，这个生命它晚上在什么地方过夜呀？天气预报说要有雷阵雨，或者甚至要有大雨，它在哪儿避雨呀？它明天吃什么呀？它是个生命啊！他看见一个麻雀钻进自家的空调室外机——现在安装空调机的人家很多——首先他不是想我的室外机是不是会被破坏，而是觉得，哟，多有意思啊！你看这麻雀，钻来钻去的。他热爱生命，他懂得每一个生命都是不容易的。谁创造了生命？生命的尊严是不论大小的。包括我们现在有缘相聚在一起，我在这儿讲你在那儿听，我们都是活泼泼的生命。谁的生存是容易的呀？对不对？生命和生命之间第一要义不是争斗，而是互相给予慰藉。当然我这是把贾宝玉的情怀，挪移到今天来发感慨了，我想表达的意思，想必你能领会。二百多年前，曹雪芹笔下的贾宝玉，他有这些“知识”，这种“知识”，现在的你有没有啊？

通读全书，你应该得出这个结论，就是妙玉看出来了，贾宝玉跟别人也不一样，贾宝玉其实也是很怪僻的一个人，但是他的怪主要体现在上述那些方面，是个“些微有知识的人”，贾宝玉能懂得她，她也懂得贾宝玉。所以，我个人认为，在曹雪芹的笔下，妙玉和贾宝玉之间不是一种情爱关系，而是一种高级的精神交流，这两个人物之间是互相欣赏的，是互相给予高评价的，他们是这样一种关系。我们一定要懂得，人与人之间，男女之间，老少之间，不同的种族之间，不同信仰的人之间，是可以建立起这样一种高级的精神关系的。男女之间，除了有性爱，有情爱，也可以有这种惺惺惜惺惺的高级情感关系。曹雪芹写《红楼梦》，确实不是只想写人与人的利害关系，写冯紫英所属的那一个“月派”如何想颠覆“日派”，或者只是去写大家族里大房和二房之间在财产继承权上的摩擦争斗，或者只是写贾宝玉与林黛玉那铭心刻骨的爱情。他和《红楼梦》的伟大之处，就在于他通过这部书，一直在螺旋式地超越、升华，最后他所表达出来的，是非常深刻、非常高级的思想。这种思想内涵能在那样一个时代、那样一种人文环境下被书写出来，真是一个奇迹。它不仅在我们民族的文化史、思想史上达到了一个难以企及和突破的高峰，就是跟同一历史阶段的其他地域里其他民族所产生的文化思想成果相比较，也是绝不逊色，甚至还高过一筹。

听了看了我揭秘《红楼梦》的前面所讲以后，有的听众读者误会了我，以为我是把《红楼梦》当成清史来读，或者只对书里所投射的政治内涵感兴趣。其实，我是要一步步深入，把我对《红楼梦》里更重要的因素、更高级的内涵的感悟，竭诚地汇报给大家，以供参考。

好，我再往下分析妙玉和贾宝玉之间的情感关系。

关于那个绿玉斗，好像成为千古疑案了。为什么妙玉要给贾宝玉这么一个器皿来喝水呢？大家知道这是妙玉自己用过的，但是如果你仔细推敲书里面的原文的话，会发现书里面是这么措辞的，而且各种古本基本都一样，说是妙玉“仍将前番自己常日吃茶的那只绿玉斗来斟与宝玉”。不是当天妙玉自己就曾用这个绿玉斗来喝茶，贾宝玉来了以后，就直接把自己用过的茶杯给他用，这个茶杯只是她“前番”用过的。什么叫前番？前一阵，不是这一阵，有一个比较大的时间差才叫前番。现在咱们不这么说话了，但是过去人们可以这么说话，比如问去没去过黄山啊？回答说前番我去过——前番就不是说昨天或者是上个月，上一回去黄山可能是很久以前了，表达起来就可以说是前番。妙玉把自己常日吃茶的一个绿玉斗给贾宝玉喝了茶，就引出了很多人这样那样的想法，但我觉得，这只说明她对贾宝玉格外亲切，还看得起贾宝玉，万人不入她的眼，但是她觉得贾宝玉是一个“些微有知识”的人，因此才那样招待贾宝玉。所以，虽然这只绿玉斗她以前有一阵每天用它来喝茶，但现在已经很长时间没有用过了，而且你也知道她的洁癖，她的每一个用具在用完以后很显然都经过了非常仔细的清洗。所以我觉得，并不能够得出这样的结论，就是仅通过这么一笔就断定妙玉内心有一种很奇怪的想法，在潜意识里想通过这个东西来达到一种和贾宝玉接吻的目的，不是这样。

而且通过作者大量的文字描写我们可以知道，贾宝玉他对女子的感情要分几个层次，真正说到爱情的话，他只爱一个人，就是林黛玉，这个再明显不过了。在生命当中的某些片段时刻，他可能觉得这个很美丽，那个很好看，是吧？但他真正从精神上和肉体上全方位钟爱的女子就是林黛玉一人。所以有了一个薛宝钗，已经有点三角关系了，又有一个史湘云，又是一个活泼泼的表妹，有人认为已经构成四角关系了——其实史湘云不掺和这个事，这是一些读者自己的浪漫想象。而如果再凭空添一个妙玉，你想乱不乱乎，是吧？你到底要娶谁做媳妇啊？所以我认为不是这样的，看不出这一点来。

妙玉诚然是《红楼梦》里一个非常特殊的女性，她美丽、纯洁，而又高傲、孤僻，这样一个妙龄少女，为什么会在如花年华选择与青灯古殿、暮鼓晨钟相随相伴？难道在遁入空门之前的她，会有一段难以言表的情感纠葛吗？而在八十回之后，妙玉又会是怎样的经历？她真的会像有的人所揣想的那样，沦落到青楼了吗？说高鹗续书对妙玉的描述是严重歪曲了曹雪芹原意，还有更多的证据吗？

其实，妙玉究竟后来怎么样，在第五回的金陵十二钗正册的册页里面，曹雪芹是有透露的呀！特别是后面《红楼梦》十二支曲，关于妙玉的那一支曲，大家都很清楚，题目叫作《世难容》。在《世难容》曲里面，作者全面地展示了妙玉的性格风采、命运和结局。我们来细读一下。

《世难容》这个曲的名字本身，就意味着妙玉在这个世界上的生存是非常困难的，这个世界容不了她。曹雪芹是这样写的，说她“气质美如兰，才华阜比仙”，这是两句非常高的评价。所谓“玉精神，兰气息”，是过去古人对女子的一种最高评价，这个妙玉就是“气质美如兰”；“才华阜比仙”——什么叫阜？就是丰富、多，多得都溢出来了——她的才华到了这个程度，可以和仙人相比。

她的性格当然是比较古怪，叫作“天生成孤僻人皆罕”。人间很少见这种人，万人不入她的眼，能被她看得上是很困难的。她很高傲，但是妙玉的那种高傲、孤僻，不具有破坏性，不具有攻击性，她不妨碍他人和群体的生存，她只是个人的率性，由着自己的性子生活，是这么种状况。

往下看，曲里面有一句是这么说的，“你道是：啖肉食腥膻，视绮罗俗厌”。这是以唱曲人的口吻来对妙玉说，说你这个人，认为吃肉，吃那些腥的、膻的东西，穿那些绫罗绸缎，是恶俗不堪，你看不起那些人。这个曲里的“你道是”跟下面那个“却不知”，它是两口气，是衔接的，说完“你道是”，然后说“却不知：太高人愈妒，过洁世同嫌”，这个话很好懂，不展开分析了。

底下的话值得注意，“可叹这，青灯古殿人将老；辜负了，红粉朱楼春色阑”。“青灯古殿人将老”——拢翠庵是一个古建筑吗？拢翠庵的禅堂是一个古殿吗？不是的。大家很清楚，书里写得非常明白，整个大观园是一个新造的园子，虽然里面使用了一些原来荣国府、宁国府旧有的山石、树木、小的亭台楼阁，将它们加以组合、运用，但是拢翠庵应该和稻香村这些建筑群一样，是新造的，是在元妃省亲之前新造出来的。因此拢翠庵不能说是一个古殿，所以“青灯古殿人将老”这句话说的空间位置，应该不是指大观园的拢翠庵，它指的应该是像邢岫烟所交代的，妙玉当年在江南所住的那个寺庙。这个寺庙妙玉自己有所透露，在品茶的时候她自己说了。她请薛宝钗他们吃梯己茶，用的什么水啊？是旧年蠲的雨水吗？她把旧年蠲的雨水给贾母她们吃，而给薛宝钗、林黛玉和贾宝玉烹茶用的水，是收的梅花上的雪，是什么时候收的呢？是五年前。地点呢？地点是在江南，她说那个时候，“我在玄墓蟠香寺住着”。玄墓是一个地名，有这么一个地名，蟠香寺那就应该是一个古寺，所以这一句应该是告诉大家，妙玉在蟠香寺曾经有过这样的处境，叫作“青灯古殿人将老”。也可能有人要跟我讨论，说老吗？妙玉到大观园里面的时候是十八岁，五年前，她应该是十三岁，当然不老，但是“人将老”，什么意思？因为在那个社会，十三岁的女孩儿，如果你家里背景够格的话，就要准备参加选秀女了；如果是一个一般人家的话，这时候也要谈婚论嫁了，那个时代就是这样的。妙玉在蟠香寺住的时候，她的青春岁月匆匆地在流逝。在那个时候，一个女子满了十三岁是一件大事，意味着她离开了少女时期，开始进入更广阔的人生世界。

那么在那个时候，发生了什么事情呢？下面有一句，就说她“辜负了，红粉朱楼春色阑”，这是什么意思？这是怎么回事？这“红粉朱楼”显然指的不是大观园里面的那些园林建筑，因为这一句和“青灯古殿”那一句是连属的，就说明在她的青春期、少女期，虽然她带发修行，但是有可能，她所居住的那个寺庙、那个古庙，是有红粉朱楼的，有美丽的园林建筑。她有时候也会登到楼上去眺望春色。“春色阑”，“阑”就是快结束了，春天会匆匆地过去。春逝、春将去、送春、春梦随云散，这些都是中国人乃至全球各民族共同的一种对自然界中生命流逝的喟叹。这一句就说明她本身也是一个活泼泼的生命，她肯定有她的芳心，有她的爱情。我认为这两句实际上是点明了妙玉在来到大观园以前的情爱境界，她带发修行是被迫的，是无可奈何的，她有她自己的春心萌动，这两句是写得很清楚的。

所有的这些词句当中争论最大和引起误会最多的是下面一句，请注意我的读法，“到头来，依旧是风尘肮脏（kǎng zǎng）违心愿”。有人说您这是不是读错了，这不是肮脏（āng zāng）吗？应该是“依旧是风尘肮脏（āng zāng）违心愿”吧？高鹗肯定就是这么读，按这么个思路往下写的，不管妙玉这个人前面怎么样，到头来，这个人一个是跟“风尘”沾边。“风尘”不就是妓女的意思嘛，风尘女子，那后来是不是入青楼了？另外，你那么喜欢干净，最后你却很肮脏，违背你原来的心愿了，是不是？这么一读一理解的话，高鹗所续的似乎就都合理了。

现在我就要告诉大家，对于“到头来，依旧是风尘肮脏违心愿”这一句的理解，我和高鹗之间，或者说很多的红学研究者和高鹗之间，存在着重大分歧。高鹗把这一句有意无意地加以了曲解，根据他的曲解，他在续后四十回的时候就把妙玉写成了那样一种不堪的样子，他是不对的。

实际上在这一句中，“风尘”并不是那样一种含义，这里的“风尘”就是俗世的意思，就是扰扰人世的意思，是“一路风尘”的那个“风尘”，“风尘仆仆”的那个“风尘”。咱们说一个正常人，不是有时候会说他长途奔波、一路风尘吗？会说他风尘仆仆、不辞辛劳吗？而且，《红楼梦》第一回回目就是“贾雨村风尘怀闺秀”，那当然不是他在妓院之类的环境里怀念闺秀的意思，他那时还很寒酸，他处在风尘仆仆奔前程的人生中途，曹雪芹显然是在很正面地使用“风尘”这个字眼儿，容不得歪曲、误读。在甲戌本的楔子里，他更明确指出：开卷即云“风尘怀闺秀”，则知作者本意原为记述当日闺友闺情。

至于说“肮脏”这两个字，写法是这样，但是在古汉语里面，“肮脏”两个字要读 kǎng zǎng，是表示不阿不屈的意思，就是形容一个人很坚强，在很困难的时候也不低头，能够坚持自己的理念，非常倔强地生存下去，这叫作肮脏。有没有例子呢？有很多例子，现在仅举一例，比如说文天祥，这个人知道吧？他是宋朝的大官，被建立元朝的人俘虏了，新政权对他劝降很久，用高官厚禄引诱他，但他就是不投降，最后被元朝皇帝处死。文天祥虽然是一个政治人物，但是他也写诗，他有一首有名的诗叫《得儿女消息》，里面就有两句，叫作“肮脏（kǎng zǎng）到头方是汉，娉婷更欲向何人”。有的今人因为不懂古文，觉得是“肮脏（āng zāng）”，于是就觉得疑惑：怎么能赞美肮脏到头的人呢？其实，古诗里这两个字，就是不屈不阿、不投降、不低头的意思。“肮脏到头方是汉”，这句话还能有别的解释吗？不能有别的解释。而且文天祥来写，你想想，他能认为一个人从头脏到尾才是一条汉子吗？他可能表达这么一个意思吗？表达这个意思还写成诗，而且是文天祥来写，可能吗？不可能。文天祥这句诗从来没有人误解过，一直都很清楚，和他的人格，和他自己在历史上的表现是统一的。因此曹雪芹在这儿用的这两个字，就是文天祥当年所用过的那两个字，就是肮脏，读作 kǎng zǎng，其含义是不屈不阿的意思。

通过上面的层层分析，我的结论是：妙玉和贾宝玉之间，只是一种高级的精神交流，并没有所谓的爱情关系。那么既然如此，为爱而选择终身皈依佛门的妙玉，她所爱的究竟是谁呢？《世难容》曲所描述的“王孙公子叹无缘”中的那个“王孙公子”，到底指的是何许人也？在《红楼梦》的文本当中，会有这个人的身影吗？

我们还要再进行精读。《世难容》曲最后说，“好一似，无瑕白玉遭泥陷；又何须，王孙公子叹无缘”。有人说，读完这个，我就更觉得高鹗写得对了，是吧？最后她就遭泥陷了，是不是？最后，贾宝玉，他当然是王孙公子，荣国公的后代嘛，就叹息自己跟妙玉没缘分。

现在我要跟你说的是，当她作为无瑕白玉遭泥陷之后，“王孙公子叹无缘”，这个“王孙公子”究竟是谁？谁叹无缘？我认为不是贾宝玉。贾宝玉当然也够得上一个王孙公子，但这句话里所说的不是贾宝玉，因为在前八十回里面，你找不到贾宝玉觉得自己跟妙玉之间有姻缘，后来因为姻缘不成就叹息，找不到这样的蛛丝马迹。

在《红楼梦》的文本里面，正儿八百地写出“王孙公子”四个字的地方有没有呢？是有的。在秦可卿办丧事的时候，在第十四回，曹雪芹的行文就非常明确地交代，当时来参加丧葬仪式的有些什么人物呢？当然他写到了很多王侯显贵，但他此处就有这么一句话，你注意到了吗？他前面列举了很多很多其他的人，然后就说“余者锦乡伯公子韩奇，神武将军公子冯紫英，陈也俊、卫若兰等诸王孙公子，不可枚举”。注意到了吗？正文里面有“王孙公子”字样。这里面有冯紫英，大家很熟悉了，我前几讲也不断讲到这个人，冯紫英在前八十回正面出场、暗地出场都是有的，对不对？当然有人可能会问了，说这个可能就是随便这么一写吧？拉名单嘛！谁来参加丧事了，王孙公子有什么人，随便一写而已。冯紫英后面有两个名字，一个是陈也俊，一个是卫若兰，肯定也就是随便一写，你也真是，难道“王孙公子叹无缘”会是这里面的人吗？我认为就会是。为什么？“卫若兰”这三个字在前八十回的正文里面只出现过这一次，淡淡地出现，对不对？但是卫若兰是一个非常重要的人物，为什么？在脂砚斋的批语里面一再提到这一点，说在八十回后这将是一个非常重要的人物。例如在第二十六回，脂砚斋批语说，“惜卫若兰射圃文字迷失无稿，叹叹！”曹雪芹已经写得了，不光是一个构思，八十回后有一回的文字是写卫若兰射圃。什么叫射圃？满族很讲究习武，除了皇家要打猎，贵族家庭有时候也出外打猎以外，他们有时候还要在自己家里面的花园或者是什么场地练习射箭，叫射圃。第七十五回已经写了贾珍在宁国府天香楼下，邀请世家子弟和富贵亲友来射箭；在八十回后，曹雪芹又写了卫若兰射圃的文字，只可惜迷失无稿了，被借阅者丢失了。有人就好奇了，说这个在第十四回里只出现过一下名字的卫若兰，居然八十回后是个角色，还要射圃，那么这个射圃算个什么情节呢？他和里面其他的人物之间，有没有什么重要关系呢？哎呀，太重要了！因为我们在第三十一回又发现一条脂批，说“后数十回，若兰在射圃所配之麒麟，正此麒麟也。提纲伏于此回中，所谓草蛇灰线，在千里之外”。就这么重要。第三十一回写史湘云在大观园里面走，她的丫头翠缕跟着她，然后就捡到了一个金麒麟。史湘云自己身上就戴着一个金麒麟，这时又捡到了一个金麒麟，而且这一回的回目很奇怪，叫作“因麒麟伏白首双星”。因为麒麟这个东西最后伏下一段事，什么事？就是有一男一女，最后他们白头偕老，共度残年。这个情节在后数十回曹雪芹已经写出来了。那么史湘云所捡到的这个麒麟，是谁佩戴的麒麟呢？就是这个卫若兰。后数十回卫若兰在射圃的时候所佩戴的那个麒麟，就是第三十一回里面的这个麒麟。关于这一对麒麟的事情，我下面还会给你细讲，这里不再枝蔓，但是我要提醒你，绝不能轻视第十四回曹雪芹所开列的这个名单，是不是？

前八十回中卫若兰只在第十四回里面这个名单中出现了一次。有的人觉得很无聊，认为作者不知道怎么着，忽然攒出一个名字，就那么随便一写，并没有什么深意。这样的读者总是觉得，写小说嘛，怎么可能连笔下一个名字都打着那么多埋伏呢，你别总这么眼尖心细了，行不行？可是我读《红楼梦》遍数多了，我就懂得，曹雪芹下笔，就有那么厉害，别的人写的别的小说另说，曹雪芹写的《红楼梦》就是一部奇书。他似乎不经意地点那么一笔，出现那么一个名字，嘿，到头来，那就是伏笔，就有用意，他的手法就那么高妙，就那么需要细嚼慢咽，才能品出味儿来。他在第十四回写出那么几个王孙公子的名字，真不是废语赘文，都有他的深意。脂砚斋一再指出，曹雪芹的笔法是“草蛇灰线，在千里之外”，如常山之蛇，见头不见尾，见尾不见头，非常蜿蜒曲折。所以《红楼梦》为什么是部伟大的小说？仅在设置伏笔方面，就非常了不起。

再来细读第十四回里的这句交代。如果说排在最后的这个卫若兰在八十回后都是一个重要人物的话，那么陈也俊这个名字，难道就是一个胡乱写出来的名字吗？又由于我在前面告诉了大家我的思路，从太虚幻境四仙姑和《枉凝眉》曲可以判断，史湘云和妙玉是并列的在贾宝玉一生当中起过重大作用的女性，那么既然卫若兰和史湘云有关系，我觉得我的判断不能说是完全没有道理，这个陈也俊，就应该是一个和妙玉有关系的王孙公子。“又何须，王孙公子叹无缘”，我个人认为：第一，“王孙公子”不是贾宝玉；第二，很可能他就是陈也俊。

有红迷朋友问，你为什么非认定是陈也俊？第十四回那句话里，不是还有韩奇和冯紫英吗？韩、冯二位都写了家庭背景，写出家庭背景就起到点染的作用，可以让读者感觉到秦可卿丧事之隆重，那么，冯紫英在前八十回里暗出明出几次，看不出他和妙玉有什么关系；唯独“陈也俊”这个名字很怪，和卫若兰一样，没特别写出是谁家的公子，但又排在卫若兰之前，这个名字如果不是一个伏笔，实在没有写的必要，卫既然与湘有瓜葛，那么，陈只能是与妙有关系。

为什么说妙玉“不合时宜”？在那样一个社会，你出家了，带发修行了，你父母又双亡了，你自作主张爱上一个王孙公子，你追求彻底的恋爱自由，那是非常出格的，那就叫不合时宜。这倒也罢了，很可能还有哪个权贵之门，靠着自己的权势，要强娶妙玉，所以妙玉不是因为政治原因逃避到京城来，投奔到大观园，住进拢翠庵的，她很可能就是为了争取对自己生命的支配自由，要自己决定自己的命运，她率性而为，要由着自己的性子来生活。所以，她确实是让别人觉得太古怪了，你是一个尼姑，又父母双亡，或者她和陈也俊有恋情的时候父母还在，父母也不会同意，你这么样自由恋爱，太出格、太离奇，是不是？但是她坚持自己的情感追求，她是一个“肮脏到头”的奇女子。

当然，很显然，她没有能够和她所爱恋的王孙公子——很可能就是这个陈也俊——结合在一起，所以《世难容》曲最后说，“又何须，王孙公子叹无缘”。发出长太息的王孙公子，不是贾宝玉，而是陈也俊。

那么，妙玉为什么那么样欣赏贾宝玉呢？因为她在大观园待了一段时间以后，可能就会发现贾宝玉和林黛玉的关系不一般，在那个时代，这是很引人注目的。两个人公开地表示心心相印，甚至到了不避嫌疑的地步。她可能不知道详情，但是她看出这一点，她便认为贾宝玉了不起，跟她一样，是“些微有知识”的人，懂得什么叫真正的爱情，懂得一个人应该怎么生活，怎么支配自己。尤其是情感生活，这是绝对神圣不可侵犯的，任何人不能够来勉强的。她和贾宝玉之间就是这样一种互相呼应的关系，所以书里好多文字，都是话里有话的。我认为曹雪芹的文笔真是高妙到极点，真是短短的十几个字，几十个字，就一声而两歌，一手而两牍，真所谓一石三鸟，甚至于一石数鸟。

那么，究竟妙玉最后是怎么一个结局呢？她在贾宝玉的生活当中充当了非常重要的一个角色，如果说她和贾宝玉之间并没有情爱关系，那么她和贾宝玉在八十回后，他们之间会有什么故事？我将在下一讲里面，跟你一起探讨妙玉最后的结局。

第五章 妙玉结局大揭秘

在第八十回以后，作者究竟将会怎样写到妙玉？如果说高鹗的续书对妙玉完全是歪曲，那么不歪曲地去想象一下，曹雪芹会怎样写妙玉？

由于《红楼梦》第八十回之后的文稿在流传过程中不幸散失，所以我们对于妙玉在《红楼梦》第八十回之后到底会有怎样的结局，确实是不得而知。但是根据前八十回的文本，我们还是可以探究出一些关于妙玉结局的线索。

妙玉在第八十回以后，将充分体现出她在贾宝玉一生当中的重要作用，这是我通过对太虚幻境四仙姑命名的分析，以及对那支《世难容》曲的探讨，已经明确了的。那么，她将起什么样的重要作用呢？我觉得我们还是应该再把前八十回里面妙玉的第二次正式出场探究一番。妙玉在前八十回里面是两次正面出场：一次就是在第四十一回，品茶那回；第二次就是第七十六回，她二次亮相。

第七十六回的主要角色还不是妙玉，主要的角色是林黛玉和史湘云。两个人在凹晶馆联诗，联到最后，出现了两句非常有名的句子，大家都记得，一句是“寒塘渡鹤影”，一句是“冷月葬花魂”。当然有人要跟我讨论了，应该是“冷月葬诗魂”吧？在通行本里面都写成“冷月葬诗魂”，但是在版本学的讨论当中，我个人是站在“冷月葬花魂”这一边的，认为“花魂”才是曹雪芹的原笔。很多古本都很明确地写的是“冷月葬花魂”，而“花魂”这个词汇，在《红楼梦》里面是多次出现过的，比如第二十六回末尾，写林黛玉哭，把宿鸟都忒楞楞惊飞了，于是作者写道：真是花魂默默无情绪，鸟梦痴痴何处惊；林黛玉吟的葬花吟里，一连有好几句使用了“花魂”这个语汇：“昨宵庭外悲歌发，知是花魂与鸟魂？花魂鸟魂总难留，鸟自无言花自羞。”请注意，“花魂”和“鸟魂”构成了一组相对应的概念，这也和“寒塘渡鹤影”对榫啊，“鹤影”不也就是“鸟魂”吗？关于这个，这里且不再深说，因为我们现在主要是讲妙玉。史湘云和林黛玉这两个句子非常好，想必许多读者读到这两句时，心里都会涌动着难以言说的心绪，心想她们下面该怎么联句啊，这两句出来，真是绝唱，比它们更好，难了！作者下笔很聪明，他也就没再往下写林、史二位联句，他写的是，就在林、史二位停下来，相对感叹的时候，一语未了，只见栏外山石后转出一个人来，妙玉就突然出现了。妙玉出来以后，就说你们联诗联到这个地步，就暂时别联下去了，然后妙玉就把她们带到了拢翠庵里面。妙玉自己兴致很高，就说我现在要把你们这个联诗续完，我一口气要把它续完，最后妙玉果然就把这个诗续完了。

在续诗之前，妙玉说了几句话，这个话很要紧，请注意妙玉的话语。妙玉说，“如今收结，到底还该归到本来面目上去”。这句话含义很深，表面上是说现在我把这个诗做一个了结，“收结”就是说你们已经联了二十二韵了，我要把它做一个了结，续成三十五韵，使它完整、清爽。“到底还该归到本来面目上去”，你不是吟月吗？表面上她是说，我要翻回来切题，但是另外一层意思是说什么呢？就是说做人跟作诗是一样的，或者说作诗跟做人是一样的，到头来，人应该保持自己的本来面目。这是妙玉一生的追求，就是我的性格我不遮掩，我的性格的棱角我不磨去，我要生活在自己的本来的性情里面，我要以真面目示人。因此曹雪芹通过这句话，实际上是从深层次启发我们读者，让我们知道妙玉身上有值得学习的东西，那就是她那种要求保持一种本真状态的人生追求，这是很了不起的，在任何时代、任何社会环境下，都很了不起。这话还有另外一个层次的意蕴，也预示着八十回以后，作者的总体追求，就是“到底还该归到本来面目上去”“质本洁来还洁去”。我们都知道《石头记》开篇就有一块大石头，它下界经历一番之后，最后还要回到青埂峰下，还要回到它本来的位置上去，所以曹雪芹的语言确实都是内涵很丰富的，层次很丰富的。然后妙玉还接着说，“若只管丢了真情真景，且去搜奇捡怪”，当然她这是半句话，下面还有半句，但咱们先说这半句。实际上曹雪芹通过妙玉这个话就再一次宣布了他自己的写作原则。在前面那么多讲我一直坚持了一个看法，就是《红楼梦》是带有自叙性、自传性这种特点的小说，它的人物有生活原型，它的事件有事件原型，甚至于它里面的物件有物件原型，它很多细节有细节原型，它里面很多话语是作者亲耳听见过的，从生活当中撷取来的。在这里他通过妙玉准备续诗，在提笔前说的一番话，再一次宣布了这样一个美学原则，就是不能丢了真情真景，不能够去搜奇捡怪。但是妙玉的后半句话更值得玩味，也有个别的红学家、红学研究者，注意到这后半句话当中的奇怪语气，请注意，后半句怎么说呢？还得接着前半句话，后半句话才说得顺，说“一则失了咱们的闺阁面目，二则也与题目无涉了”。这“二则”咱们先不讨论，咱们说这“一则”。有人就说曹雪芹怎么这么写呢？她是一个尼姑啊！你带发修行，你是在拢翠庵里面，每天坐蒲团，要念经的，要做功课的，对不对？你怎么能够去和林黛玉、史湘云站在一个立场上，说咱们都有闺阁面目，都是闺阁女子呢？你那禅房跟闺阁，是性质完全不同的两种空间啊！你自己以前不也常用槛内、槛外那样的概念，把两种空间区别得清清楚楚吗？怎么现在会这么说话呢？明白为什么有的人提出这个问题了吧？她这句话怪怪的，有人就觉得这话不应该由妙玉说出来，黛玉和湘云这么说可以理解，说咱们是闺阁女子，咱们不能失了咱们闺阁面目，但你妙玉怎么会忽然说出“不能失了咱们闺阁面目”呢？我个人认为，曹雪芹这样写，他是有用意的。他就告诉你妙玉这个人，确实是“不合时宜”。她人在庵中，却心有情爱，她爱的并不是贾宝玉，她爱某一个王孙公子，她始终认为自己是闺阁中人，她不认为自己因为种种原因成为了这样一个尼姑，就必须去遵守那些佛教的清规戒律。她就认为自己是一个闺阁当中有尊严的女子，她享有俗世的所有女子应该享有的权益，这就是妙玉，她就这么说话。这是值得我们注意的妙玉的语言，言为心声，妙玉的内心世界，由此可见一斑。

另外，更值得注意的是，妙玉她将怎么续？她未动笔前，先向林、史二位宣布她自己会怎么续，她说，“依我必须如此，方翻转过来，虽前头有凄楚之句，亦无甚碍了。”她续诗前续诗后都有话，她续这个诗，你看她不是一般地续，她有她的最高原则，有她的美学宣言，有她对诗句内涵的追求。她说她为什么要这么续时，强调必须如此方能翻转过来，请注意“翻转过来”四个字，在八十回后，妙玉在宝玉一生当中所起到的作用就可以用“翻转过来”四个字概括。一会儿我要讲给你听我的推测。

那么，《红楼梦》第七十六回，以出人意料的笔法让妙玉出场，并让她一气呵成续出了中秋联句十三韵，这其中的玄机到底在哪里？妙玉的十三韵究竟说明了什么？而它与妙玉的最终结局又有什么关系呢？我继续往下分析。

妙玉续的这个诗，有些读者读起来，会觉得比较艰涩、难懂，有的人读到这儿，不知道究竟曹雪芹在表现什么，就跳过去不读了；我觉得阅读当中有些地方跳过去也是一种办法，不能对每一个阅读者都有一个统一的要求，因为阅读是种审美活动，审美活动应该是率性而为，怎么读得舒服怎么来。我个人过去对妙玉所续的这十三韵，也经常跳过去读，但现在我需要探究妙玉究竟是怎么回事，我就要细读了。在西方文学批评各种体系里，曾经有一种颇为流行，叫作“新批评派”。他们的主张就是文本细读，认为只有仔细地，甚至探幽发微地去细读细抠细品细评作者写下的每一个句子，每一个用语字眼儿，才能洞彻作者的创作心理，并阐述出作者所想表达的深层意蕴。我对西方的这一文学批评方法，也很愿借鉴。我研究《红楼梦》，基本的方法也是细读，而细读了妙玉所续的这十三韵以后，就形成了我个人的见解，现在我就把自己细读的心得告诉你。

我个人细读的心得是，妙玉在她所续的这些诗句里面，把贾府，特别是金陵十二钗正册里面的除了她自己以外的这些女子，甚至你也可以把她包括在内，所有各钗的命运结局，做了一个扫描和概括。底下我讲的这些看法都仅供参考，再申明一次：我从来不认为我自己的想法都是对的，但是，我又从来都非常乐于把自己形成的一些看法竭诚地告诉别人，与同好形成一种平等讨论的关系。

妙玉是怎么写的呢？头两句，“香篆销金鼎，脂冰腻玉盆”。第一句“香篆销金鼎”，大意就是说很高级的那种香在很贵重的鼎里面，点燃以后在燃烧，但是它很快就要烧完了，这是预言贾元春。在第八十回后，虽然贾元春她身处在“金鼎”般的皇宫里面，但是她的命运也无非跟香一样，很快就会燃尽，报销掉。那么“脂冰腻玉盆”呢？这是讲秦可卿，是说秦可卿这个事已经结束了。什么叫“脂冰腻玉盆”呢？在过去，经常是用玉做的一种盆形的器皿来安放蜡烛，当然是贵族、有钱人家才这么做，而现在这个蜡不仅已经燃尽，而且是燃尽很久了，流淌出的蜡油，掩埋了蜡根，那玉盆里就好像堆满了脂肪一样，像冰一样凝结在里面了。这当然是指秦可卿这个事已经过去了。

然后她又写，叫作“箫增嫠妇泣，衾倩侍儿温”。箫就是吹箫、洞箫，箫的声音总是很悲凉、很凄惨的。嫠妇，就是寡妇、守寡的人，她在那儿哭，但是她的境遇也还过得去，晚上还有伺候她的侍女给她把被子弄暖了，比如搁个汤婆什么的，这个就是概括薛宝钗的命运。在八十回后，薛宝钗确实嫁给贾宝玉了，但是她和贾宝玉之间没有正常的夫妻生活，贾宝玉还一度出家，她很悲苦地过着一种活寡妇的生活。根据脂砚斋批语的透露，在袭人离开贾府的时候，曾经跟这个府里面的人留话，说“好歹留着麝月”，因此我们可以知道，最后在薛宝钗很悲苦的时候，身边只剩下一个伺候她的人，那人并不是莺儿，莺儿当时究竟还在不在，我们现在找不到什么线索，但是我们有一个很重要的线索，就是后来麝月留在了她身边，所以说“衾倩侍儿温”。

那么，后来王熙凤这些人到哪儿去了呢？下面就写了，“空帐悬文凤”，人去屋空，只是在帐子上还有凤凰的图案，成了一种悠远的回忆。这就是暗示王熙凤后来人都没有了，当年的一切繁华富贵的生活，她的那种弄权、那种调笑、那种得意、那种愠怒，都已烟消云散。下一句叫作“闲屏掩彩鸳”，它也是写景，屋子也是空的，但是在屏风上面还画了一些彩色的鸳鸯，这是暗示贾府里面像鸳鸯这样的一些大丫头，最后也都花落水流红，漂泊不知何方，留下的只有一些回忆，一些影像。

下面两句则应该是概括整个八十回后贾府的艰难处境的，叫作

"露浓苔更滑，霜重竹难扪"。

再下面两句，我认为是概括了迎春和探春的遭遇。一句叫作"犹步萦纡沼"，就是说走在那个沼泽旁边，随时要掉下去，这就预示着迎春嫁给孙绍祖以后，终究还是掉下去了，被中山狼吞吃了。探春怎么样呢？探春是"还登寂历原"。探春后来的命运似乎稍微好一些，她原来是一个庶出的女子，血统背景不怎么具有优势，可是她后来远嫁了，远嫁以后似乎地位表面上还有所提升，但是这种提升正像诗句所说的，是登上了"寂历原"。什么叫"寂历原"？很寂寞的，离自己的亲人和家乡很远的那样一个高地上，这预示着探春远嫁的命运。

底下两句，过去一般人都认为是在写大观园夜晚的景色，叫作"石奇神鬼搏，木怪虎狼蹲"。如果在一个月夜，尤其是月色朦胧的夜晚，你走到大的园林里面去，就会看到那些山石、太湖石，好像神鬼一样，而且好像在那儿互相搏斗；那些树木都阴森森的，好像很奇怪的一些东西，好像虎，或者狼，在那儿蹲着。它确实也是在写景，传达出一种凶煞的气氛。但是我个人认为，这两句实际上是在概括八十回后贾宝玉和林黛玉的险恶处境。谁是石啊？当然是贾宝玉，是不是？这个石是奇石，还不是大荒山无稽崖青埂峰的那块无材补天的大石头，而是西方灵河岸三生石畔的"赤瑕""神瑛"，是"病玉"，因此也就虽具玉名玉像，"腹内原来草莽"，其实还是一块顽石，这块奇石顽石，他的命运很险恶，神鬼要来害他；木当然是指林黛玉，她是绛珠仙草，木是她的象征，她自己也说过她是"草木人儿"，她跟贾宝玉构成了"木石前盟"，这些书里多次明点暗写，对吧？林黛玉的前途也是很凶险的，有虎、狼在那儿蹲着，等着她，要吞吃她。这两句是概括书中两位大主角八十回后的命运。

然后又有两句，叫作"赑屃朝光透，罘罳晓露屯"。这就是写大背景了，写这些人物命运后面的一个大的背景。"赑屃"，传说龙生九子，它是其中一子。俗话里所谓“王八驮石碑”，那个“王八”其实不是龟鳖，而是这个龙之子，只不过它的形态跟龟鳖接近罢了。“罘罳”，是宫门城角的多孔的屏障，用来观察敌情往外射箭。那么石碑和城堞这类象征权力威严和进攻防御的东西，都被朝光晓露笼罩，可见鹿死谁手，胜者为王败者寇，已经初现端倪了。也就是说，它预示着书里面的“月派”即将大溃败，贾家忽喇喇似大厦倾的局面，很快也就会无可避免地出现了。

妙玉这个诗很巧妙，她下面又写了两句，叫作“振林千树鸟，啼谷一声猿”，讲的似乎是自然界的现象，实际上她写的是一种反抗的力量。“振林千树鸟”就意味着从冯紫英到柳湘莲到蒋玉菡到倪二等，会在政局的大振荡中反抗到底；“啼谷一声猿”则更是困兽犹斗的意思，虎虽终胜，但兕会顽抗到底。

然后又有两句，一句叫作“歧熟焉忘径”，就是说有的人对斜路，对不正的路很熟悉，有人一开始就不愿意走正路，对偏门邪道他挺熟，所以到了关键时刻他不慌，他焉能忘记他已选择好的那个路径呢，他很自然就走到那条路上去了。这说的谁啊？我个人认为说的是惜春。惜春出家，她这个念头不是在她家族败落之后才产生的，大家记得吗？第七回送宫花的时候，她们家当时状况还很好啊，是不是？并没有出现什么危机嘛，可是她跟智能儿一块儿玩，开玩笑，她就说她以后要剪了头发当姑子。她一直存有这种念头，是不是可以叫作“歧熟”？一个封建贵族大家庭的小姐居然说这种话，不正经的话，有这种念头，想走歧途。结果到了八十回后，“三春去后诸芳尽”，她本人因为老早就有这个想法，所以很自然地就选择了出家。附带说一下，高鹗写惜春出家，很简单地把她安排在拢翠庵里面，去代替这个妙玉，这当然是不对的。因为根据曹雪芹的设计，最后贾府是落了片白茫茫大地真干净，而且关于惜春的判词里面说得也很清楚，说的是在一个古庙里面，一个女子在那儿独坐、念经，她当然不会是在拢翠庵里面。前面我已经指出过，拢翠庵不是古庙，从建造到贾府被抄一共还不到五年。“泉知不问源”，这说的是谁呢？说的当然是巧姐。巧姐后来的命运比较好，她被刘姥姥搭救，不是偶然的，是她生命的泉水流向了那里。根源是什么？就是她母亲善待过刘姥姥，“偶因济刘氏，巧得遇恩人”。当然，所谓她的命运比较好，也只是相对而言。

然后妙玉就开始写到自己和李纨了，当然写得很含蓄，叫作“钟鸣拢翠寺，鸡唱稻香村”。就是说在整个贾府都败落之后，出现了两个现象，一个就是拢翠庵——庵、寺有时候在中国俗称里面是可以混用的——还一度存在；而且更有趣的是它提示我们，稻香村还单独存在。这是为什么？我下面还会向大家讲到这件事，这是很有意思的。

然后她就做结束，她说，“芳情只自遣，雅趣向谁言”。这两句话比较直白，我想不用我再跟大家分析了，这是一个做总结的句子。

最后一句是整个诗的一个大结束，叫作“彻旦休云倦，烹茶更细论”，就结束了这篇诗。

这就是中秋夜大观园即景联句的三十五韵，你想妙玉重要不重要啊？这三十五韵你算一算，她一个人作了十三韵，而林、史二位合起来才作了多少韵？作了二十二韵，每个人只作了十一韵。所以曹雪芹早就预设了妙玉这个人“气质美如兰，才华阜比仙”，她很了不起，黛玉湘云读了她的续诗赞赏不已，说道，“可见我们天天是舍近而求远，现有这样诗仙在此，却天天去纸上谈兵！”这当然也是作者想传递给读者的信息，就是妙玉是个诗仙。

再往下读，你就会发现，曹雪芹有一个对比性的描写。大家记得在第四十一回，他写贾母她们品完了茶，走出拢翠庵，妙玉这时是什么表现啊？妙玉是“送出山门，回身便将门闭了”。但是这一次，她们熬了夜，二位离开的时候天都快亮了，她“送至门外，看她们去远，方掩门进来”。这对妙玉来说是很难得的。一个那么孤傲的人，这样的行为是很罕见的。作者为什么这样下笔？我觉得，他是告诉我们，妙玉是一个收束性的人物，是一个要把事情翻转过来的人。她在某种程度上甚至有点警幻仙姑的那个味道了，她预示到这些人物的命运，她觉得这两个人走了就不知道哪天能够再见了，细读能读出这种味道。这些文笔都是值得我们推敲、品味的。

想必有红迷朋友要问了：既然妙玉是一个收束性的人物，翻转性的人物，那么她在八十回之后到底有哪些作为呢？从前面的几讲可以看出，我把在前八十回中能够查到的线索都查了，该用的也都用到了，包括所有的脂砚斋批语，也没能提供这方面的明了答案。难道对妙玉结局的探索，就只好到这里终结了吗？

妙玉究竟后来在八十回以后有什么重要情节，值得作者在前面这么样地铺垫，值得他最后考虑来考虑去，把薛宝琴这么一个重要人物都排除在金陵十二钗正册之外？尽管现在我们所掌握的线索确实非常少，可是，也还可以再做一些努力。

大家知道，在《红楼梦》版本学的研究领域里面，曾经出现了一件聚讼纷纭的趣事。就是在20世纪的六十年代，在南方的扬州，有一个人，姓氏比较怪，姓靖，叫靖应鹍。这个靖先生当时家境已经没落了，大概是一九六四年前后——他家境没落，自己的生活也很一般，甚至可以说比较困难。但是他们家祖传留下了很多古书、线装书，最后因为住房狭窄，他就把这些书都堆在顶楼上头。大家知道南方那个房屋结构，有时候一层上面的屋顶是木板，有一个梯子可以到上面去，上面的空间一般不用来住人，是用来堆放东西的，南方有的地方把它叫作堆房。这些古旧书籍陆陆续续也失散了不少，但是他们家原来是一个书香门第，留下的也还很多，就堆在上面。有一天，他有一个朋友说想借书看，他说你自己上去挑吧！这个人上去一看有一部《石头记》，是手抄本，八十回本《石头记》，就拿回家看了。这个人对《红楼梦》感兴趣，对红学研究也有一定兴趣，他就发现这个本子上的脂评——不说正文，只说它的脂砚斋批语——和当时红学界所公布的一些批语不太一样。同一句批语，它上面或者多一些字，或者少一些字，还有一些批语是红学界所公布的其他版本里面都没有的，就是独家的批语。于是这个人就拿一个笔记本给抄下来了，抄下来以后，当时他也不知道红学家都住哪儿，但是知道很多都在北京，也知道他们所属的大概机构，比如说文学研究所啊、某某大学啊，于是他就把自己抄录的靖藏《石头记》的这些脂砚斋批语寄给了这些人，引起了这些红学界专家的重视。当然这个过程在那个时代、那个时期是比较迟慢的，这一点大家都能够理解，年纪大一点的人都能理解，这种事情在那个时候做起来周转速度快不了。最后红学界专家对这件事就很重视，觉得研究《红楼梦》就是要搜集各种《红楼梦》的古本，如今新发现一个手抄本，它上面还有异文——“异”就是不同的、“相异”的那个“异”——特别是批语上有新的脂砚斋批语出现，他们认为这是天大的事。于是，他们就开始跟那个人联系，说能不能把你们这个《石头记》送到北京来，由我们专家来看一下。这个朋友得到这个信以后很高兴，就去找这个靖先生，靖先生也很高兴。在这之前，借书的人看完以后，就把这个书又还给靖先生了，靖先生就让他自己把书放到那个堆房上头去，他就把它放上去了。等到北京要调这部书的时候，他们上楼翻，却怎么都没有，怎么都找不到了。他们家人最后说了，说前些天有人来收废品，他的夫人——他夫人没参与这个事，不知道——就把楼上的很大一堆书，说老堆在那儿特讨厌，就把一批这样的废旧图书论斤约了，所以就怎么也找不到了。这就是红学版本史上有名的一个靖本谜案。在那个时代，那个情况下，那家的人就是把它当废纸卖了也算不得什么，是不是？但是后来就引起红学界的争议，说究竟有没有这个东西，有没有这本书，对不对？会不会是寄信的人编造出来的一个事情？但是靖先生和那个人也很着急，楼上所有的书他们说都不能再动，一本本地保存，一本本地检查，最后却发现楼上剩下的这些书都不是什么独特的书，都是别人那儿也有的不稀奇的东西。不过他们在有一本书里面就发现了一张纸，这张纸是从靖本《石头记》上脱落下来的，这张纸现在还存在，因此就证明这部书是存在过的。他们不可能最后再去假造这么一张纸吧，这张纸上还写了一些字，而且还有一条独特的批语，我在这儿就不细说了。

我为什么说这个靖本《石头记》呢？因为靖本《石头记》在那位靖先生的朋友所抄录下来的独家批语中，有一条批语涉及妙玉在八十回后的故事。这是我们在其他版本中都没见过的，唯独在最后当废品卖掉的那部珍贵的手抄本里面才有的。

这个批语，抄录者记录下的文字，错乱不堪，后来经过红学专家仔细校正，才可以读通。批语是这样的，是在第四十一回，说“它日瓜州渡口，各示劝惩”。“它日”就是以后了，这是在介绍八十回后，脂砚斋所看到的，曹雪芹已经写出来的，关于妙玉的情节。“瓜州”我们都知道，是长江边上的一个渡口，古代就是一个很有名的渡口，“两三星火是瓜州”，古人有这样的诗句，意思是晚上离它还远，就能看到它岸上的灯光。“各示劝惩”，究竟劝惩什么？怎么样地“各示劝惩”？这比较难懂，但模模糊糊可以知道，这段发生在瓜州的情节里，有“劝告”和“惩罚”的内容。后面又有一句，“红颜固不能不屈从枯骨，岂不哀哉？”“红颜”，这应该是指妙玉，“固不能不屈从枯骨”，“固”是固然的“固”，“红颜固不能不屈从”什么呢，“枯骨”，一把老骨头。“岂不哀哉？”这个就好懂了，整个儿是个悲剧。这条独特的批语，就暗示了妙玉在八十回以后的命运，以及她对别人命运所起的作用。

当然这个依据应该说不是一个很坚实的依据：第一，这部靖先生所藏的靖本《石头记》现在找不到，迷失了。收废品的人是不是就一定把它毁掉了？也难说，也可能碰见一个热爱《红楼梦》的人，留下来读了，秘藏起来了。究竟这部书在现在的中国，在这个世界上还有没有？很难说，无从查证。第二，是不是真有这样一条批语？他们所找到的，留下的那页纸上的批语，可不是这个批语，就连那页纸和那条现在看得见的批语的真伪，现在红学界也看法不一。所以，我只能说我个人相信关于妙玉的这条批语是真实的，如果说是故意作假，单就这条批语而言，我想不出假造它的作案动机。而根据这条批语，我觉得就可以推测出来在八十回后关于妙玉的情节。

前面曹雪芹是有铺垫的，当仆人向王夫人讲述妙玉的来历的时候，曾经说过，说她的师傅圆寂的时候跟她怎么说啊？说她“不宜还乡”。记不记得啊？是吧？如果她留在京城的话，她没事儿；她如果还乡的话，对她不利。曹雪芹写林黛玉，也说她三岁时来了个癞头和尚，因为她有病总不见好，那和尚要化她出家，这就跟妙玉幼时的情况很相近。当然她没有出家，但是和尚就说了，她如果想要病好，一生不能听见哭声，而且除了父母之外，外姓亲友一概不能见。结果呢，她还是违背了和尚的警告，见了外姓亲友，寄人篱下，天天以泪洗面，那么，这就不能不是一个悲剧的结局。你可能会觉得，曹雪芹这样写，是在宣扬宿命论，但这也是他的一种艺术手法，就是一个人被警告不能怎么样，生活的逻辑、性格的逻辑却偏偏造成了她逆警告而动，林黛玉是这样，妙玉也是这样。他前面写下师傅警告妙玉“不宜还乡”，显然不是废文赘语，又是草蛇灰线，伏延千里。

八十回后，他就有意识地写到，由于某种原因，妙玉选择了往南走，往她家乡那个方向走，也就是所谓“风尘仆仆”。她一路风尘往南走，就到了哪儿？到了瓜州渡口。怎么叫“各示劝惩”？这个分析起来比较艰难。但是结合下一句，我们可以设想一下，什么又叫“红颜固不能不屈从枯骨”？“枯骨”显然是对恶势力，而且是上了年龄的恶势力的一种形容。我在上一讲里面分析这个妙玉，关于她那支《世难容》里面所讲到的，她也有过美好的青春。甚至我还预测，她有过大胆的、独立自择的爱情，我甚至还联想到，既然卫若兰跟史湘云在八十回后有戏，陈也俊这个名字的出现就不是偶然的，很可能就和妙玉有关系。但是妙玉这种不为世俗所容的、不合时宜的对爱情婚姻自由的追求，不但遭到了一般性的反对，你请注意，邢岫烟跟贾宝玉说，她不仅是不合时宜，还权势不容。那“权势”很可能就是“枯骨”，可能有类似贾赦那样的老色鬼看上了她，强迫她嫁过去，她则选择了坚决抗争。就是鸳鸯那样的平时很随和的女性，尚且可以在关键时刻抗婚，何况她那样的身份，那样的性格了，对不对？因此，她才离开了江南，到了北京，而且躲在寺庙里面，最后更躲进了大观园的一个尼姑庵里面，离政治中心、离社会的繁华地区就很远了。

妙玉在八十回后，为什么没有听从她师傅的劝告？师傅说她“不宜还乡”，在佛教界，一个师傅圆寂的时候跟你说的话，那是绝对要遵守的；而且书里交代了，她那个师傅会演先天神数，是会算命的。但是妙玉义无反顾，坚决南下。据我推测，她就是去解救贾宝玉的，并且在那样一个复杂的情况下，她还解救了史湘云。而解救这两人的条件就是必须要屈从“枯骨”，“枯骨”就很残酷地提出来，如果你牺牲自己，我就可以放这两个人一马。这“枯骨”想必是一个权贵，比如忠顺王那样的人，最终她“红颜固不能不屈从枯骨”。虽然她有如美玉陷入泥淖，但她是一个很高尚的人，她最后牺牲自己，所谓“欲洁何曾洁，云空未必空”，并不是她在那儿假出家、假惺惺、假正经，不是那样的。这是说她最后自愿牺牲，陷落在污泥里面。那么她是一块碎掉的玉吗？她是一块有污点的玉吗？曹雪芹在第五回的判词和《世难容》曲里写得很清楚，她是“美玉无瑕”，她是一块美玉陷在了污泥里面，她没有“玉碎”也就是并没有成为“碎玉”；她以屈从“枯骨”的代价，使贾宝玉和史湘云历经艰难困苦以后重新遇合，得以最后共度残生。你说这样一个女性，多高尚啊！这样一个女性在贾宝玉一生当中占据一个重要地位，还有什么可怀疑的吗？这样一个女性，你如果看了八十回后的内容，如果真有这样的文字，你就会觉得，她被列为金陵十二钗正册的一个成员当然够格，甚至她排在第六，也是顺理成章的。

当然以上这些，都是我个人的一些推测，仅供大家思索时参考。我通过秦可卿入手来研究《红楼梦》，又因为我前面很多讲都是讲秦可卿，所以有的人就误会了，以为我就是研究秦可卿那么一个人物，其实不是的。《红楼梦》是一个艺术宝库，一个思想宝库，一个文化宝库，一座巍峨的宫殿，我从哪个窗口往里望更好呢？我迈过哪一道门槛走进去更好呢？我个人先选择了秦可卿做原型研究。到这一讲时，大家已经很清楚了，我不仅是研究秦可卿，我的原型研究延伸到了贾元春，现在又延伸到了妙玉。当然我的研究还要延伸到更多的领域，比如说金陵十二钗的其他各钗，我都有研究心得。不过，由于贾宝玉是大家公认的《红楼梦》第一号人物，大主角，我既然说自己的研究覆盖到《红楼梦》的各个方面，那么，我在对贾宝玉的探究方面究竟有什么心得，现在该向红迷朋友们汇报了。

《红楼梦》一开头就写到女娲补天炼石，弃下一块没用，有读者说，那块石头下凡，就是贾宝玉吧？可是曹雪芹又写了关于神瑛侍者和绛珠仙草的神话故事，神瑛侍者下凡也是贾宝玉呀，那么究竟女娲补天剩余石、神瑛侍者，还有第八回薛宝钗托于掌上细看的通灵宝玉，以及贾宝玉本人，他们之间是怎么个对应关系啊？下一册开头，咱们就先来探究这个问题。

附录

善察能悟刘心武

周汝昌

刘心武先生，大家对他很熟悉，蜚声国际的名作家，无待我来做什么“介绍”，何况，我对他所知十分有限，根本没有妄言“介绍”的资格。但我对他“很感兴趣”，想了解他，一也；心知他著作十分丰盈，然而并不自足自满，仍在孜孜不息，勤奋实干，对之怀有佩服之敬意，二也。如今他又有新书稿即将梓行，要我写几句话，结一墨缘。这自是无可婉谢、欣然命笔的事情。所憾者，因目坏无法快睹其书稿之全璧，唯恐行文不能“扣题”，却是心有未安。

刘先生近年忽以“秦学”名世，驰誉海内外。这首先让我想起“红学”“曹学”“脂学”……如今又增添了一个崭新的分支“秦学”。我又同时想到“莎学”这一外国专学名目，真是无独有偶，中西辉映。

因在20世纪40年代“负笈”燕园时，读的是西语系，所以也很迷莎学，下过功夫，知道莎学内容也是考作者、辨版本，二者是此一专学的根本与命脉。没听说世界学者有什么不然或异议。可是事情一到中国的“红学”，麻烦就大了。比如说，胡适创始了“新红学”，新红学只知“考证”，不知文学创作。批评者以此为“新红学”的最大缺陷。

如今幸而来了一位名作家刘先生，心甘情愿弥补这一缺陷，对于红学界来说，增添了实力，注入了新的思想智慧，我们应该表示热烈欢迎。我们的先贤孟子还讲过读其书、诵其诗，必须知其人、论其事。人家外国倒没有洋孟子，怎么也正是要读其书、诵其诗，知其人、论其事呢。据说有一对夫妻学者为了“寻找莎氏”，查遍了英国国家档案馆的上千万件资料去“大海捞莎针”，每日工作多达18个小时，结果如何暂且不论，我只感叹难道“红学”是“中”学，就不能与“西”学同日而语吗？

因此又想，考作者、辨版本是世界诸大文学巨人不朽名作研究过程中绝无例外的，也是没有异议的。唯独到了中国的“红学”上，一涉及考作者、辨版本这种世界性的普遍研究工作就被视为是什么“不研究作品本身”“不研究文学创作”“光是考证祖宗八代”的过失甚或是一种错误，这就令人费解了。

《红楼梦》是一部多维结构、多层面意蕴的巨书奇书——奇就奇在一个“多”字，既丰富又灵动，味之愈厚、索之益深、谙之不尽……除了反映历史、社会，感悟人世人生，赞颂真善美，悲悼真善美被践踏、被毁灭而外，作者雪芹也十分明确表示：全部书的大悲剧，是女儿的不幸命运，而其根本原因是“家亡人散各奔腾”，是“事败休云贵，家亡莫论亲”，是“树倒猢狲散”，是“食尽鸟投林”这条极关重要的命脉。而这一命脉却被作者雪芹有意（也是无奈的）不敢明言正写，只好把它“隐去”，又只好将隐去的“真事”变称为“梦幻”。既然如此，研究者就必须从那隐去的真事中去考明这个“家亡人散”“事败休云贵”的历史本事。

由此看来，作家刘心武的“秦学”，正是要为解决这个问题而努力工作。他在这一方面有其前人所未道及的贡献。此贡献并不算小，也为红学长期闭塞的局面打开了一条新蹊径，值得重视与深入研讨。一个新的说法，初期难保十足完美，可以从容商量切磋，重要的不是立刻得出结论，而是给予启发。

考论《红楼梦》，揭示《石头记》中所“隐去”的“真事”，都不可能指望写“明”载“入”史料档案之中，若都那么“天真”，孟森先生这位真正的老辈史学专家也就不必费尽心力地去撰作什么清代“三大疑案”了。史学界也早就揭明：雍正为了不可告人的“内幕”，让张廷玉将康熙实录——六十年最丰富的史册都删得只剩了有清一代皇帝实录中的最单薄的一部假“实”史，你要证据吗？没有的（删净了）就都不能入“史学”，这理论通吗？如果不甘愿受雍正、张廷玉、乾隆、和珅之辈的骗，而探索雪芹所不敢直书明言的史实，就必须有“档案证据”才算学术，我们如果以那样的学术“逻辑”来评议红学中的研究问题，就有利于文化学术大事业的发展繁荣吗？

从本书我见到了王渔洋《居易录》中只有康熙原版才得幸存的康熙南巡随处写匾、太子随侍写联的真实记录，这条珍贵的资料正可佐证荣禧堂匾联的来历问题。至于联文是否自撰，抑或借用唐诗，与我们的主旨并无多么重大的关系。康熙所说“此吾家老人也”——其实也就是专对太子说的原话纪实。

我曾把“善察能悟”当作一条考证经验赠与刘心武先生，承他不弃，以为这是有道理的。

行文至此，回顾一下，散漫草率，实不成篇，而且还有很多想说的话尚未说完，时间有限，已不容我再絮絮不休了。时为丁亥八月廿八深夜。

诗曰：

作序原非漫赞扬，为芹解梦又何妨。
天经地义须前进，力破陈言意味长。

“秦人旧舍”字堪惊，“过露”谁能解得明。
坏事义忠老千岁，语音亲切内含情。

南巡宸翰墨生澜，太子扬才侍砚函。
金匾银联严典制，借唐写意总相干。

人人称道说刘郎，海内荧屏海外光。
“秦学”一门新事业，任凭辩短又争长。

中华古历癸酉八月初一日上、下午写毕

原《说在前头》

应中央电视台10频道（科学·教育频道）《百家讲坛》栏目邀请，我去录制大型系列节目《刘心武揭秘〈红楼梦〉》。该系列节目从2005年4月2日开播，大体上是每周星期六中午12:45播出一集，到2005年7月2日，已经播出了十三集。

没有想到的是，这样一档远非黄金时段——有人调侃说是“铁锡时间”，甚至说是“睡眠时间”，12:45本来是许多人要开始午睡，重播的时间为0:10，就更是许多人香梦沉酣的时刻了——的讲述节目，竟然产生了极强烈的反响。追踪观看的人士很是不少，老少都有，而且其中有相当一部分是年轻人，包括在校学生。在互联网上，更是很快就有了非常热烈的回应，激赏的，欢迎的，鼓励的，提意见的，提建议的，深表质疑的，大为不满的，“迎头痛击”的，都有。而且，这些反应不同的人士之间，有的还互相争议，互相辩驳。最可喜的，是有人表示，这个系列节目引发出了自己阅读《红楼梦》的兴趣，没读过的要找来读，没通读过的打算通读，通读过的还想再读。

红学研究应该是一个公众共享的学术空间。我在讲座里引用了蔡元培先贤的八个字：“多歧为贵，不取苟同。”谁也不应该声称关于《红楼梦》的阐释独他正确，更不能压制封杀不同的观点，要允许哪怕是自己觉得最刺耳的不同见解发表出来，要有平等讨论的态度、容纳分歧争议的学术襟怀；当然，面对聚讼纷纭的学术争议，又要坚持独立思考，不必苟同别人的见解，在争议中从别人的批评里汲取合理的成分，不断调整自己的思路，提升自己的学术水平。

我在讲座里还引用了袁枚的两句诗：“苔花如米小，也学牡丹开。”我常用这两句诗鼓励自己。我因为种种原因，并没有能够进入名牌大学，没有能受到正规的学术训练，先天不足，弱点自知，但是我从青春挫折期就勉励自己，要自学成才，要自强不息。我为自己高兴，因为经过多年的努力，我成为一个作家，除了能发表小说、随笔，我还能写建筑评论，能涉笔足球文化，并且，经过十多年努力，还在《红楼梦》研究中创建了秦学分支。我只是一朵苔花，但是，我也努力地像牡丹那样开放。我们的生命都是花朵，我鼓励自己，也把这样的信念告诉年轻人，特别是有这样那样明显弱点和缺点的年轻人，要清醒地知道，相对于永恒的宇宙，我们确实非常渺小，应该有谦卑之心；但是跟别的任何生命相比，我们的尊严，我们的价值，我们的可能性，是一样的；就算人家确实是牡丹玫瑰，自己只是小小的，角落里的一朵苔花，也应该灿烂地绽放，把自己涨圆，并且自豪地仰望苍天，说：“我也能！”

这本书，是我的“揭秘《红楼梦》”讲座第一讲至第十八讲的演讲记录文本。节目开播以后，一直有红迷朋友希望能买到我演讲的文稿结集，现在这本书应该能满足他们的需求。当然，我也盼望没看节目的人士，或者习惯上是不看电视只读书的人士，也能翻翻这本书。

大家知道，电视节目，包括《百家讲坛》这样形式上似乎比较简单的节目，都有一个加工制作的过程。节目版块的时间是固定的，一共四十五分钟，刨去片头片尾，以及编导嵌入的必要的解说词、衔接词等，电视节目里大家听到我所讲的，也不过三十几分钟。其实每次在摄像棚里录制时，我一讲总得有六七十分钟，编导制作节目当然是尽量取其精华，但限于每集容量，也确实不得不删掉一些其实是必要的论证、事例和逻辑过渡。现在大家看到的这本书里的每一讲，跟制作成的电视节目都略有不同，主要就是把一些因节目时间限制而砍掉的内容，恢复了进去。因为看书跟看电视节目不一样，我相信，这些在书里增添的内容，可以给阅读者带来更丰富的信息，形成更有说服力的逻辑链。

在实际演讲中，我有口误，有表述不当，也有错误处，把演讲制作为节目时，编导们已经尽可能地做了修正，但是，还是留下了一些没能清除尽的疏漏疵点。电视台的节目一旦定型，再加修改就很麻烦，这不能不说是种遗憾，但是，在整理这些演讲文稿的过程里，凡是发现的，我都一一做了修正补救。在此特别要感谢在节目播出过程里，通过电视台，通过互联网，以及设法直接给我来信的诸多人士，有的指正非常宝贵，我已经在这本书里采纳了其正确意见，有的建议非常之好，我也就相应地进行了删却增补。因此，现在大家看到的这本演讲记录，应该比已经播出的节目，比此前从网上找到的记录文本，更完善，更准确，也更丰富。我衷心希望，各方面的人士继续不吝赐教，这本书如果还有再印的机会，我会根据批评建议，以及自检和新悟，将这些文稿再加增订修正。

20 世纪二三十年代，苏联有位戏剧家叫梅耶荷德，他对一位文学艺术家的成功标准是什么，提出了一个见解。他认为，你一个作品出来，如果所有人都说你好，那么你是彻底地失败了；如果所有的人都说你坏，那么你当然也是失败，不过这说明你总算还有自己的某些特点；如果反响强烈，形成的局面是一部分人喜欢得要命，而另一部分人恨不得把你撕成两半，那么，你就是获得真正的成功了！后来有人夸张地将他的这一观点称之为“梅耶荷德定律”。

忽然想起“梅耶荷德定律”，是我觉得按他那说法衡量，自己这回到CCTV-10讲《红楼梦》，算是获得成功了吗？说真的，我还没自信到那个份儿上。但是，“另一部分人恨不得把你撕成两半”的滋味，我确实是尝到了一些，这对自己的心理承受力，应该是一种锻炼。在一个文化格局日趋多元化的社会里，如果“恨不得把你撕成两半”只不过是一种言论，并不具有法律宣判效力，也并不是形成了新的政治运动要对你实施“揪出来斗倒斗臭”，不影响领取退休金，不打进家门，那么，我觉得，就我个人而言，应该能够承受，而且必须承受。我算何方神圣，有何特权，不许人家恶攻？不许人家讨厌？不许人家出言不逊？你到中央电视台节目里高谈阔论，人家就有不喜欢，觉得恶心，给你一大哄的天赋人权！有些厌恶我的人，似乎对我的每一讲还都牺牲午觉或熬夜地盯着看，我感觉这也真好，至少对于他们来说，我具有反面的不可忽略的价值；当然，有些人士并不是厌恶我，他们对我心怀善意，只是把我当成一个辩论的对手，因此每讲必看，看过必争。没想到我花甲之后，还能被诸多人士赐以如此的关注，我整个的心情，确实必须以“欣慰”两个字来概括。

我的秦学研究，有的人误解了，以为我只研究《红楼梦》里的秦可卿这一个人物，或者我只把《红楼梦》当成一部清代康、雍、乾三朝政治权力的隐蔽史料来解读。不是这样的，我的研究，属于探佚学范畴，方法基本是原型研究。从对秦可卿原型的研究入手，揭示《红楼梦》文本背后的清代康、雍、乾三朝的政治权力之争，并不是我的终极目的。我是把对秦可卿的研究当作一个突破口，好比打开一扇最能看清内部景象的窗户，迈过一道最能通向深处的门槛，掌握一把最能开启巨锁的钥匙，去进入《红楼梦》这座巍峨的宫殿，去欣赏里面的壮观景象，去领悟里面的无穷奥妙。我的讲座，第一、第二讲概括地介绍红学，也是表明我的研究，是在前人奠定的基础上去进行的；第三讲至第十三讲重点揭秘秦可卿，第十四至第十八讲揭秘贾元春。这本书就先收录到第十八讲，因为第十九讲以后，讲妙玉的部分虽然录制了，但还没有整理出初步的文案，而之下的部分，就根本还没有录制。是否还能顺利录制，何时录制，何时能制作为节目播出，各方都还举棋未定，因此，这本书只能到此为止。如果第十九讲到拟定的第三十六讲也就是最后一讲有幸能够完成，那么，接续这本书再出一本，以为合璧，是我的愿望，相信也是支持我、鼓励我的红迷朋友们乐于见到的。

为了使关注我这一系列讲座的人士进一步知道，我确实不是只研究秦可卿，而是从她出发，去对《红楼梦》进行较全面的探索，在这里我把已经录制的四讲和初步拟定的后面的讲座题目公布一下。当然这只是一个初步的计划，真正实施时会有所调整，是否一定能完成也还要取决于主、客观各方面的条件。

第十九讲：妙玉在金陵十二钗正册中排名第六之谜

第二十讲：妙玉身世之谜

第二十一讲：妙玉情爱之谜

第二十二讲：妙玉结局之谜

第二十三讲：玉石之谜

第二十四讲：贾宝玉人生理想之谜

第二十五讲：宝黛爱情与黛玉死亡之谜

第二十六讲：钗黛合一与宝钗结局之谜

第二十七讲：史湘云之谜

第二十八讲：探春远嫁之谜

第二十九讲：迎春、惜春结局之谜

第三十讲：王熙凤、巧姐之谜

第三十一讲：李纨结局之谜

第三十二讲：金陵十二钗副册之谜

第三十三讲：金陵十二钗又副册之谜

第三十四讲：情榜之谜

第三十五讲：曹雪芹写书之谜

第三十六讲：《石头记》命运之谜

对于我的秦学研究，我有基本自信，因为：一、另辟蹊径；二、自成体系；三、自圆其说。但我也一直提醒自己：一、千万不能以为真理就只在自己手中了；二、千万要尊重别人的研究成果；三、广采博取，从善如流，欢迎批评，不断改进。

谢谢买这本书、读这本书的各方人士。说到头，我的秦学究竟是否能够成立，那并不是一个多么重要的问题。现在的情况是，我的这个系列讲座，引发出了人们对《红楼梦》的更浓厚的兴趣，读《红楼梦》的更多了，参与讨论它的人更多了，红学在民间的空间，因此大大拓展了，这才是最重要的。

一个民族，她那世代不灭的灵魂，以各种形式在无尽的时空里体现，其中一个极其重要的形式，就是体现在其以母语写出的经典文本中。正如莎士比亚及其戏剧之于英国人，是他们民族魂魄的构成因素一样，曹雪芹及其《红楼梦》，就是我们中华民族不朽魂魄的一部分。阅读《红楼梦》，讨论《红楼梦》，具有传承民族魂、提升民族魂的无可估量的意义，而所有民族发展的具体阶段中的具体问题，具体症结，具体的国计民生，无不与此相关联。我们如果热爱自己的民族，希望她发展得更好，那么，解决眼前切近之事，和深远的魂魄修养，应该都不要偏废，应该将二者融会贯通在一起，不能将二者割离，更不可将二者对立起来。

这段代替序言的“说在前头”，其实还是写出来的。写和说，是两种区别很大的表述方式。后面诸君所看到的，是演讲的真实记录，虽然也印成了文字，那感觉应该是另样的，我自己看的时候也觉得别是一番滋味。这些讲演记录稿虽然经过一定修饬，但仍保留着浓郁的口语风格。我为自己能出这样一本书而高兴，也希望它能给能够通过眼睛阅读激起听觉效应的诸君，起码能在艰辛的人生跋涉中，在业余时间里，多少增添一些有内涵的生活乐趣。

刘心武
2005 年 7 月 15 日
于温榆斋中

刘心武妙品红楼梦（壹）

出版统筹：新华先锋

出版策划：王　铭　木易雨田

选题策划：焦金木　刘　钊

责任编辑：牛炜征　孙志文　徐　樟

特邀编辑：刘　钊

文字编辑：王亚松

封面设计：吴黛君

内文插画：赵成伟

封面绘图：吴黛君

版式设计：徐　倩

责任印制：李　静

天猫旗舰店

京东旗舰店

当当自营

微信公众号

投稿邮箱：tougao@cooldu.com

新浪微博：@先锋读书会（免费精品好书天天送）